新日本古典文学大系 別巻

萬葉集索引

佐竹昭広
山田英雄
工藤力男
大谷雅夫
山崎福之
編

岩波書店刊行

目　　次

全句索引……………………………… 3
人名索引……………………………… 431
地名索引……………………………… 471
枕詞索引……………………………… 509
萬葉集年表…………………………… 525

全 句 索 引

1) この索引は，萬葉集巻1から巻20までに収められる和歌本文を，各句に分けて巻数と歌番号（イは一本・或本・異伝）を示したものである．歌番号の後の○付き数字は句の位置を示す．
2) 配列は歴史的仮名遣いによる五十音順である．
3) 同一の句が2句以上ある場合は次句を示し，最終句の場合には直前句を示した

あ

あえぬがに
—おもへどしらじ　10-2272 ③
—はなさきにけり　8-1507 ⑦
あがいきづきし　12-3115 ②
あがうまつまづく　7-1191 ④
あがうまなづむ　7-1192 ④
あがおくづま　17-3978 ⑩
あがおくのてに　9-1766 ④
あがおびゆるふ　13-3262 ④
あがおほぐろに　17-4011 ㉘
あがおほぬしは　19-4256 ④
あがおもの　14-3515 ①
あがおもひし
—あきのもみちを　8-1581 ③
—さくらのはなは　16-3786 ③
あがおもひづまは　11-2761 ⑤
あがおもふ
—いもにしあはねば　13-3297 ③
—こころしらずや　13-3250 ⑨
—みこのみことは　13-3324 ㉑
あがおもふあがこ　9-1790 ⑭
あがおもふいもが
—いへのあたりみつ　12-3057ィ ④
—ことのしげけく　11-2439 ④
—ことのしげけく　11-2728 ④
あがおもふいもに
—あはずやみなむ　11-2487 ④
—あへるよは　10-2057 ②
—こよひあへるかも　4-513 ④
—まそかがみ　8-1507 ⑫
—やすくあはなくに　11-2358 ⑤
あがおもふいもは
—いへどほくありて　11-2793 ④
—はやもしなぬか　11-2355 ②
あがおもふいもも
—ありといはばこそ　13-3263 ⑭
—かがみなす　13-3263 ⑫
あがおもふいもを
—いめにだにみむ　11-2418 ④
—おきてなげくも　11-2600 ④
—ひとみなの　12-2843 ②
—みむよしもがも　4-758 ④
あがおもふきみが
—こゑのしるけく　11-2774 ④
—みえぬころかも　12-2972 ④
あがおもふきみに
—あはずしにせめ　4-605 ④
—あはぬころかも　11-2745 ④
あがおもふきみは
—あきやまの　8-1584 ②
—あひおもふらむか　11-2736 ④
—いづくへに　13-3277 ②
—うつせみの　8-1453 ④
—おほきみの　13-3291 ⑥
—おほきみの　13-3291ィ ⑥
—ただひとりのみ　11-2382 ④
—ちとせにもがも　6-1024 ④
—とりがなく　12-3194 ②
あがおもふきみを　17-4009 ④
あがおもふこころ
—とげじとおもはめ　7-1382 ④
—はやかはの　4-687 ②
—やすきそらかも　9-1792 ㉔
あがおもふこらが　12-3057 ④
あがおもふひと　11-2457 ⑤
あがおもふひとの　12-3078 ④
あがおもふひとは　12-3050 ④
あがおもふひとを　12-3051ィ ④
あがおもへりける
おきをふかめて—　16-3804 ⑤
したにもきむと—　12-2964 ⑤
あがおもへる
—いもによりては　13-3284 ③
—きみがひにけに　13-3246 ③
—きみによりては　13-3286 ③
—きみによりては　13-3288 ⑤
—きみにわかれむ　19-4247 ③
—こらにこふべき　19-4244 ③

あがおもへるきみ
　こころひらけて―― 8-1661⑤
　たちてもゐても―― 4-568⑤
あがおもへるごと 2-112⑤
あがおもへるらむ
　こころふかめて―― 7-1381⑤
　ねもころごろに―― 12-3054⑤
あがかたこひの 17-3929④
あがかたこひは 11-2815④
あがかはは 16-3885㊸
あかきこころを 20-4465㊳
あがきたる 9-1787⑪
あかきぬの 12-2972①
あがきのみづに 17-4022④
あがきはやけば 11-2510②
あがきみに 8-1462①
あがきみは 4-552①
あがきもも 16-3885㊼
あがきをはやみ
　――くもゐにそ 2-136②
　――こととはずきぬ 14-3540④
あがくたぎちに 7-1141④
あがけらは 16-3885㊶
あがこえゆけば 7-1208②
あがこころ 12-2842①
あがこころ
　――あかしのうらに 15-3627㉓
　――あまつそらなり 12-2887③
　――きよすみのいけの 13-3289⑪
　――つくしのやまの 13-3333⑲
　――ふたゆくなもと 14-3526③
　――やくもわれなり 13-3271①
　――ゆたにたゆたに 7-1352①
あがこころいたし 8-1513⑤
あがこころかも
　うつろひやすき―― 4-657⑤
　こひのよどめる―― 11-2721⑤
　わくことかたき―― 10-2171⑤
あがこころさへ 4-514⑤
あがこころつま 8-1611⑤
あがこころどの
　――いけるともなき 11-2525④
　――このころはなき 12-3055④
　――なぐるひもなし 19-4173④
あがこころやく 7-1336⑤
あがごとか 4-497③
あがごとく
　――いもにこふれや 6-961③
　――きみにこふらむ 15-3750③
　――こひするみちに 11-2375③
あがことばしつ 5-904㊷
あがこにはあれど 19-4220⑧
あがこのとじを 4-723⑥
あがこはぐくめ 9-1791④
あがこはもあはれ 4-761⑤
あがこひきつる 15-3718④
あがこひざらむ
　いつとしりてか―― 2-140⑤
　いづれのときか―― 11-2606⑤
　いづれのときか―― 17-3891⑤
あがこひし
　――きみきますなり 8-1518③
　――きみきますなり 10-2048③
　――こともかたらひ 11-2543①
あがこひしなば
　――そわへかも 14-3566②
　――たがななならむも 12-3105④
あがこひすなむ 20-4391④
あがこひぞ 13-3329⑰
あがこひそめし 4-642⑤
あがこひぢから
　――しるしあつめ 16-3858②
　――たまはずは 16-3859②
あがこひづまは 11-2480⑤
あがこひづまを 11-2371④
あがこひなくに 12-2863⑤
あがこひに 4-596③
あがこひにける
　いつのまにそも―― 4-523⑤
　いつのまにそも―― 13-3264⑤
あがこひの 6-963⑦
あがこひのまく 17-4008㊱

あがこひのみし　14-3422④
あがこひは
　—しぐれしふらば　10-2236③
　—ちびきのいはを　4-743①
　—なぐさめかねつ　11-2814①
　—まさかもかなし　14-3403①
　—よしののかはの　6-916③
　—よるひるわかず　12-2902①
あがこひまくは
　あひだもなけむ—　4-551⑤
　—あらたまの　15-3683②
あがこひまさる
　いたくななきそ—　8-1419⑤
　もとなななきそ—　15-3781⑤
あがこひやまじ　11-2632④
あがこひやまず
　—かたもひにして　10-1910ィ④
　こころにふかく—　11-2469⑤
　—もとのしげけば　10-1910④
あがこひやまむ
　いかにせばかも—　11-2738⑤
　いつへのかたに—　2-88⑤
　やまずみえこそ—　12-2958⑤
あがこひやまめ
　あひみてばこそ—　13-3250㉘
　—いのちしなずは　12-2883④
　いのちにむかふ—　4-678⑤
　いのちにむかふ—　12-2883ィ⑤
　いのちにむかふ—　12-2979⑤
　うせなむひこそ—　12-3004⑤
　たえむひにこそ—　15-3605⑤
あがこひゆかむ　15-3690⑤
あがこひゆけば　7-1210②
あがこひわたる
　—このつきごろを　4-588④
　—こもりづまはも　10-2285④
　なにかここだく—　4-658⑤
　なにかここだく—　4-672⑤
　やすいもねずて—　15-3633⑤
　よるひるといはず—11-2569ィ⑤
あがこひを
　—しるしてつけて　20-4366③
　—つまはしれるを　10-1998①
あがこひをらく　11-2649⑤
あがこひをらむ
　—いのちしらずて　12-2935④
　いもにあはずや—　10-2296⑤
　—おほぶねの　11-2367③
　きみをやりつつ—　17-3936⑤
　こもりてのみや—　11-2715⑤
　さらにやいもに—　11-2673⑤
　つねのごとくや—　10-2037⑤
　—ときのしらなく　15-3749④
　としのをながく—　11-2534⑤
　—ぬばたまの　17-3938②
　へだててまたや—　10-2038⑤
あがこひをれば
　—しらくもの　9-1681②
　—わがやどの　4-488②
　—わがやどの　8-1606②
　—わがやどの　11-2465②
あがこふらくに　12-2850⑤
あがこふらくは
　あなひねひねし—　16-3848⑤
　ありかつましじ—　11-2481⑤
　いはなくのみそ—　11-2725⑤
　いはなくのみそ—　14-3560⑤
　いまさかりなり—　8-1449⑤
　—おくやまの　10-1903②
　ときそともなし—　12-3196⑤
　とほしてそおもふ—　11-2443⑤
　—なつくさの　11-2769②
　まなくときなし—　4-760⑤
　まなくときなし—　12-3088⑤
　まなくときなし—　12-3168⑤
　まなしわがせこ—　12-3087⑤
　—みづならば　11-2709②
　やむときもなし—　4-526⑤
　—やむときもなし　11-2612④
　—やむときもなし　13-3244④
　—やむときもなし　13-3260⑫
　ゆくへもしらず—　11-2739⑤

あがこふらくを
—しらずかあるらむ　4-720 ④
—ひとのしらなく　11-2737 ④
あがこふる
—あとなきこひの　11-2385 ③
—いもがあたりに　10-2234 ③
—いもはあはさず　9-1692 ①
—いもはいますと　2-210 ㊼
—きぢにありといふ　1-35 ③
—きみいかならず　13-3287 ③
—きみがふなでは　10-2061 ③
—きみそきぞのよ　2-150 ⑪
—きみにしあらねば　4-485 ⑦
—こころのうちは　11-2785 ③
—こころのうちを　13-3258 ⑬
—こころはけだし　4-716 ③
—ちへのひとへも　2-207 ㉟
—ちへのひとへも　4-509 ⑬
—ちへのひとへも　7-1213 ③
—ちへのひとへも　13-3272 ㉕
—つきをやきみが　6-984 ③
—にのほのおもわ　10-2003 ①
—ひとのめすらを　10-1932 ③
あがこふるきみ　2-150 ⑥
あがこふることを　9-1792 ⑯
あがこふるひは　5-904 ⑨
あかごまが
—あがきはやけば　11-2510 ①
—あがきをはやみ　14-3540 ③
—かどでをしつつ　14-3534 ①
あかごまに　5-804 ㉝
あかごまの
—あがくたぎちに　7-1141 ③
—いゆきはばかる　12-3069 ①
—こゆるうませの　4-530 ①
—はらばふたゐを　19-4260 ③
あかごまを
—うちてさをびき　14-3536 ①
—うまやにたて　13-3278 ①
—やまのにはがし　20-4417 ①
あがころも
—いろどりそめむ　7-1094 ①
—かたみにまつる　4-636 ①
—きみにきせよと　10-1961 ①
—したにをきませ　15-3584 ③
—すれるにはあらず　10-2101 ①
—ひとになきせそ　4-577 ①
あがころもでを　15-3778 ②
あかざるきみや　12-3207 ④
あかざるきみを　4-495 ④
あかしおほとに　3-254 ②
あかしがた　6-941 ①
あかしかねつも　10-1981 ⑤
あがししは　16-3885 ㊺
あがしたごころ　7-1304 ④
あがしたごろも
—うしなはず　15-3751 ②
—かへしたまはめ　16-3809 ④
さらさずぬひし—　7-1315 ⑤
あがしたはへし　14-3381 ⑤
あがしたばへを　14-3371 ④
あかしつらくも　4-485 ⑮
あかしつるうを　15-3653 ⑤
あかしていゆけ　11-2687 ④
あかしてともせ　15-3648 ④
あかしてむかも　11-2458 ⑤
あかしてゆかむ　6-1040 ⑤
あかしといへど　5-892 ㊴
あがしぬべきは　12-3111 ④
あかしのうらに
—ともすひの　3-326 ②
—ふねとめて　15-3627 ㉔
あかしのとなみ　7-1207 ④
あかしのとゆは　3-388 ⑧
あかしのとより
—いへのあたりみゆ
3-255 左注 ④, 15-3608 ④
—やまとしまみゆ　3-255 ④
あかしのみとに　7-1229 ②
あかしもえぬを　9-1787 ⑱
あかずのみ　20-4312 ③
あがすめかみに　20-4408 ㊳

あがすめろきよ　13–3312 ④
あかずやいもと　11–2706 ④
あがするきみも　2–164 ②
あがするさとの　7–1205 ④
あがするつきは　6–987 ②
あがするときに　13–3289 ⑥
あがするなへに　7–1282 ⑤
あかずわれゆく　15–3706 ④
あがせしはるを　6–948 ⑳
あがせむひろを　20–4329 ④
あがたちなげく　15–3580 ④
あがためたたば　7–1278 ⑤
あがためと　10–2027 ①
あがために　4–534 ⑮
あがためは
—さくやなりぬる　5–892 ㊱
—てりやたまはぬ　5–892 ㊵
あかちつかはし　6–971 ⑭
あかつきにかり　20–4388 ⑤
あかつくまでに　10–2028 ⑤
あかつくみれば　15–3667 ⑤
あがつのは　16–3885 ㉝
あがつめは　16–3885 ㊴
あがてとつけろ　20–4420 ④
あがてもすまに　8–1460 ②
あかときぐたち　10–2269 ②
あかときさむし　17–3945 ②
あかときづきに　19–4181 ②
あかときづくよ　10–2306 ②
あかときつゆに
—さきにけむかも　8–1605 ④
—わがたちぬれし　2–105 ④
—わがやどの　10–2182 ②
—わがやどの　10–2213 ②
あかときと
—かけはなくなり　11–2800 ①
—よがらすなけど　7–1263 ①
あかときに　18–4084 ①
あかときの
—あさぎりごもり　12–3035 ①
—あさぎりごもり　15–3665 ③
—いへごひしきに　15–3641 ①
—いめにみえつつ　9–1729 ①
—うらがなしきに　8–1507 ㉓
—かはたれどきに　20–4384 ①
—しほみちくれば　15–3627 ㉝
—つきにむかひて　19–4166 ㉛
—ねざめにきけば　6–1062 ⑬
—めさましぐさと　12–3061 ①
あかときのこゑ　6–1000 ⑤
あかときは　8–1545 ③
あかときやみの
—あさかげに　11–2664 ②
—おほほしく　12–3003 ②
あがとこのへに
いはひへすゑつ—　17–3927 ⑤
—なきつつもとな　10–2310 ②
あがなくなみた
—しきたへの　11–2549 ②
—しろたへの　12–2953 ②
あかぬかはかも　9–1723 ⑤
あかぬこゑかも　10–2157 ⑤
あがぬしの　5–882 ①
あかぬたごのうら　3–297 ②
あかねかも　2–179 ③
あかねさし
—てれるつくよに　4–565 ③
—てれるつくよに　11–2353 ④
あかねさす
—きみがこころし　16–3857 ⑤
—ひならべなくに　6–916 ①
—ひのくれゆけば　12–2901 ①
—ひのことごと　2–199 ⑽
—ひはてらせれど　2–169 ①
—ひるはしみらに　13–3270 ⑨
—ひるはしみらに　13–3297 ⑤
—ひるはしめらに　19–4166 ㉕
—ひるはたたびて　20–4455 ①
—ひるはものもひ　15–3732 ①
—むらさきのゆき　1–20 ①
あがのまつばら
—きよからなくに　10–2198 ④

―みわたせば　6–1030 ②
あがのれる　3–365 ③
あがひとりごの　9–1790 ⑥
あがひとりぬる　12–2999 ⑤
あがひとりねむ
いもにあはずて―　4–733 ⑤
ころもかたしき―　10–2261 ⑤
はたのにこよひ―　10–2338 ⑤
はたやこよひも―　1–74 ⑤
あがひものをの　11–2611 ④
あかふいのちは　12–3201 ④
あかふいのちも　17–4031 ④
あかぼしの　5–904 ⑩
あかましものを　15–3616 ⑤
あがまたなくに　17–3960 ⑤
あがまちこひし
―あきはぎは　10–2124 ②
―きみそきませる　8–1523 ④
あがまちし
―あきはぎさきぬ　10–2014 ①
―あきはきたりぬ　10–2036 ①
―あきはきたりぬ　10–2123 ①
―かひはさねなし　16–3810 ③
―もみちはやつげ　10–2183 ③
あがまちとふに　17–3957 ㉚
あがまちをらむ
きみがみふねを―　10–2082 ⑤
―よはふけにつつ　7–1084 ④
あがまちをれば　13–3344 ⑥
あがまつあきは　10–1972 ④
あがまついもが　11–2529 ④
あがまつきみが
―うまつまづくに　11–2421 ④
―ことをはり　18–4116 ㉞
―よはふけにつつ　6–1008 ④
あがまつきみし
―ふなですらしも　8–1529 ④
―ふなですらしも　9–1765 ④
あがまつきみは　2–224 ②
あがまつきみを
―いぬなほえそね　13–3278 ⑭
―たれかとどむる　11–2617 ④
―まちいでむかも　11–2804 ④
あがまつこよひ　10–2092 ㉒
あがまつしるし　11–2585 ②
あがまつたかを　17–4013 ④
あがまつつきも　7–1374 ④
あがまつときに　17–4011 ㊷
あがまつのきそ　10–1922 ⑤
あがまつばらよ　17–3890 ②
あがまつひとに　10–2112 ④
あがみげは　16–3885 ㊾
あがみこそ　15–3757 ①
あがみつる　11–2672 ③
あがみなりけり　18–4078 ⑤
あがみにしあれば　4–543 ㉜
あがみのうへに　5–897 ⑱
あがみはさけじ　4–637 ④
あがみはちたび　11–2390 ④
あがみはなりぬ
―からころも　11–2619 ②
―たまかきる　11–2394 ②
―たまかぎる　12–3085 ②
―なをおもひかねて　11–2664 ④
みへにゆふべく―　4–742 ⑤
みへにゆふべく―　13–3273 ⑤
あがみはやせぬ　4–723 ⑩
あがみひとつそ　16–3811 ⑥
あがみひとつに　16–3885 ㊼
あがみひとつは　11–2691 ④
あがみみは　16–3885 ㉟
あかみやま　14–3479 ①
あかむきみかも　20–4503 ⑤
あがむねいたし　15–3767 ④
あがむねは　12–2894 ③
あがめらは　16–3885 ㊲
あかもすそびき
―いにしすがたを　11–2550 ④
―やまあゐもち　9–1742 ⑥
―よちこらと　5–804ィ ⑭
―をとめらは　17–3973 ㉞
あかもすそびく　6–1001 ④

あがもての 20-4367 ①
あがもてる 11-2537 ③
あかものすがた 11-2786 ④
あかものすそに 15-3610 ④
あかものすその
—ぬれてゆかむみむ 7-1274 ⑤
—はるさめに 17-3969 ㊽
—ひづつらむ 7-1090 ②
あがもはなくに
けしきこころを— 14-3482 ⑤
けしきこころを— 15-3588 ⑤
けしきこころを— 15-3775 ⑤
あかもひづちて 9-1710 ②
あがもふいもが 14-3542 ④
あがもふいもに
—あはずしにせめ 15-3740 ④
—あはぬころかも 15-3650 ④
あがもふいもを
—おもひつつ 15-3729 ②
—やまかはを 15-3755 ②
あがもふきみが 18-4045 ④
あがもふきみは
—あきだらぬかも 20-4299 ④
—いやひけに 20-4504 ②
—しくしくおもほゆ 17-3974 ④
—なでしこが 20-4451 ②
あがもふこころ 15-3785 ④
あがもふひとの 4-583 ④
あがもへる
—きみにはあはむ 4-676 ③
—こころなぐやと 15-3627 ㊺
あからがしはは 20-4301 ②
あからたちばな 18-4060 ④
あからひく
—あさゆくきみを 11-2389 ③
—いろぐはしこを 10-1999 ①
—はだもふれずて 11-2399 ①
—ひもくるるまで 4-619 ㉙
あからをぶねに 16-3868 ②
あがりいましぬ 2-167 ㊱
あかるたちばな 19-4266 ⑳
あがるひばりに 20-4433 ②
あがわかるらむ 5-887 ⑤
あがわかれなむ 5-891 ⑤
あがをれば 10-2298 ③
あきかしは 11-2478 ①
あきかぜさむく 3-462 ②
あきかぜさむし
—とほつひと 17-3947 ②
—はぎのはな 10-2175 ②
—わぎもこが 15-3666 ②
あきかぜさむみ
—しのびつるかも 3-465 ④
—そのかはのへに 17-3953 ④
あきかぜに
—いまかいまかと 20-4311 ①
—いもがおときこゆ 10-2016 ③
—かはなみたちぬ 10-2046 ①
—かりがねきこゆ 10-2134ィ ③
—しらなみたちぬ 9-1757 ⑬
—なびかふみれば 10-2013 ③
—なびくかはびの 20-4309 ①
—なびけるうへに 8-1597 ③
—はぎさきぬれや 8-1468 ③
—ひもときあけな 20-4295 ③
—もみちにけらし 10-2189 ③
—もみちのやまを 19-4145 ③
—やまとびこゆる 10-2136 ①
—やまとへこゆる 10-2128 ①
—やまぶきのせの 9-1700 ①
あきかぜの
—きよきゆふへに 10-2043 ①
—さむきあさけを 3-361 ①
—さむきこのころ 8-1626 ①
—さむきこのころ 10-2260 ③
—さむきゆふへに 7-1161 ③
—さむくふくなへ 10-2158 ①
—さむくふくよは 10-2301 ③
—すゑふきなびく 20-4515 ①
—たちくるときに 11-2626 ③
—ちえのうらみの 11-2724 ①
—ひにけにふけば 8-1632 ③

—ひにけにふけば　10–2193 ①
—ひにけにふけば　10–2204 ①
—ふかむそのつき　15–3586 ③
—ふかむをまたば　19–4219 ③
—ふきかへらへば　10–2092 ⑬
—ふきくるなへに　10–2134 ③
—ふきくるよひに　10–2089 ⑲
—ふきこきしける　20–4453 ①
—ふきただよはす　10–2041 ①
—ふきなむときに　10–2109 ③
—ふきにしひより　8–1523 ①
—ふきにしひより　10–2083 ①
あきかぜは
—すずしくなりぬ　10–2103 ①
—つぎてなふきそ　7–1327 ①
—とくとくふきこ　10–2108 ①
—ひにけにふきぬ　10–2121 ①
—ひにけにふきぬ　15–3659 ①
あきかぜふきて
—つきかたぶきぬ　10–2298 ④
—はなはちりつつ　20–4452 ④
あきかぜふきぬ
—しらつゆに　10–2102 ②
—よしもあらなくに　17–3946 ④
あきかぜも　8–1628 ③
あきかたまけて　15–3619 ⑤
あきかへし　16–3809 ①
あきくさに　20–4312 ①
あきくさの　8–1612 ③
あきこぐふねの　10–2047 ④
あきさくものを　19–4231 ②
あきさらば
—あひみむものを　15–3581 ①
—いまもみるごと　1–84 ①
—いもにみせむと　10–2127 ①
—うつしもせむと　7–1362 ①
—かへりまさむと　15–3688 ⑨
—みつつしのへと　3–464 ①
—もみちのときに　17–3993 ㊾
—わがふねはてむ　15–3629 ①
あきさりくれば　6–1047 ㉖
あきさりごろも　10–2034 ④
あきさりて　16–3791 (80)
あきされば
—おくしらつゆに　10–2186 ①
—おくつゆしもに　15–3699 ①
—かすがのやまの　8–1604 ①
—かはぎりわたる　10–2030 ①
—かりとびこゆる　10–2294 ①
—きりたちわたる　20–4310 ①
—こひしみいもを　15–3714 ①
—もみちばにほひ　17–3907 ⑤
—やまもとどろに　6–1050 ㉓
あきじこりかも　7–1264 ⑤
あきすぎぬらし　10–2166 ⑤
あきたかる
—いもがりやらむ　9–1758 ③
—かりほのやどり　10–2100 ①
—かりほもいまだ　8–1556 ①
—かりほをつくり　10–2174 ①
—たびのいほりに　10–2235 ①
—とまでうごくなり　10–2176 ①
あきたかるまで　10–2250 ④
あきたたずとも　10–1965 ⑤
あきたちて　8–1555 ①
あきたつごとに　20–4485 ⑤
あきたつまつと　10–2000 ④
あきたてば
—もみちかざせり　1–38 ⑰
—もみちばかざし　1–38ィ ⑰
—もみちばかざし　2–196 ㉛
あきたのほたち　8–1567 ④
あきだらず　11–2719 ③
あきだらに　10–2009 ③
あきだらぬかも
あがもふきみは—　20–4299 ⑤
ひづちなけども—　13–3326 ㉗
ふしゐなげけど—　2–204 ⑯
あきだらぬひは　5–836 ④
あきだらねこそ　12–3216 ⑤
あきだらねども　10–2022 ②
あきだらめやも

—かくしこそ　19–4187 ⑳
—しらなみの　6–931 ⑭
あきつかみ　6–1050 ①
あきづきにけり　10–2160 ⑤
あきづきぬらし　15–3655 ②
あきづけば
—しぐれのあめふり　18–4111 ㉛
—つゆしもおひて　19–4160 ⑮
—にのほにもみつ　13–3266 ③
—はぎさきにほふ　19–4154 ⑲
—みくさのはなの　10–2272 ①
—もみちちらくは　19–4161 ③
—をばながうへに　8–1564 ①
あきづしま
—やまとのくにの　20–4465 ㉕
—やまとのくには　1–2 ⑫
—やまとのくには　13–3250 ①
—やまとのくにを　19–4254 ①
—やまとをすぎて　13–3333 ③
あきづのかはの　6–911 ②
あきづのに
—あさゐるくもの　7–1406 ①
—たなびくくもの　4–693 ③
—ゐるしらくもの　12–3179 ③
あきづのの
—かきつはたをし　7–1345 ③
—をばなかりそへ　10–2292 ①
あきづののへに　1–36 ⑫
あきづのみやは　6–907 ⑩
あきづのを　7–1405 ①
あきづのをのに　12–3065 ②
あきづのをのの　6–926 ④
あきつはに　10–2304 ①
あきづはの　3–376 ①
あきづひれ　13–3314 ⑮
あきづへに　9–1713 ③
あきといはむとや　10–2162 ⑤
あきといへば　20–4307 ①
あきとはいはむ　10–2110 ⑤
あきなのやまに　14–3431 ②
あきにあらずとも
いねてしかも—　8–1520 ㉟
いわたらさむを—　18–4126 ⑤
あきにいたれば　17–4011 ⑳
あきにしあらねば
—ことどひの　18–4125 ㉒
わたるすべなし—　8–1525 ⑤
あきのあさけに　10–2141 ②
あきのあめに　8–1573 ①
あきのおほのに　1–45 ⑳
あきのかぜふく
おもやはみえむ—　8–1535 ⑤
すだれうごかし—　4–488 ⑤
すだれうごかし—　8–1606 ⑤
なくなるなへに—　10–2231 ⑤
あきのかのよさ　10–2233 ⑤
あきのたの
—ほだのかりばか　4–512 ①
—ほだをかりがね　8–1539 ①
—ほのうへにおける　10–2246 ①
—ほのうへにきらふ　2–88 ①
—ほむきのよれる　2–114 ①
—ほむきのよれる　10–2247 ①
—ほむきみがてり　17–3943 ①
—わがかりばかの　10–2133 ①
—わさほのかづら　8–1625 ③
あきのつくよの　10–2226 ②
あきのつくよは
—てらせども　2–211 ②
—わたれども　2–214 ②
あきのつゆおけり　8–1597 ⑤
あきのつゆしも　10–2253 ②
あきのつゆは　8–1543 ①
あきのながよを　10–2302 ④
あきのには　20–4317 ①
あきののうへの
—あさぎりに　20–4319 ②
—なでしこがはな　8–1610 ②
あきののに
—さきたるはなを　8–1537 ①
—さけるあきはぎ　8–1597 ①
—さをしかなきつ　15–3678 ③

—つゆおへるはぎを 20-4318 ①
—やどるたびひと 1-46 ①
あきのののの
—みくさかりふき 1-7 ①
—をばながうれに 10-2167 ①
—をばながうれの 10-2242 ①
—をばながうれを 8-1577 ①
あきのののはぎや 10-2154 ④
あきのののを
—あさゆくしかの 8-1613 ①
—にほはすはぎは 15-3677 ①
あきのはぎさく 8-1622 ②
あきのはぎとは 10-2171 ②
あきのはぎはら
—いろづきにけり 10-2213 ④
むなわけゆかむ— 20-4320 ⑤
あきのはな
—くさぐさにあれど 19-4255 ①
—しがいろいろに 19-4254 ㊴
あきのはの
—にほひにてれる 19-4211 ⑰
—にほへるときに 17-3985 ⑦
—もみたむときに 19-4187 ㉕
あきのほを 10-2256 ①
あきのもみちの 8-1517 ④
あきのもみちば 13-3223 ⑭
あきのもみちを 8-1581 ④
あきのももよを 4-548 ④
あきのやまかも 10-2177 ⑤
あきのゆふかぜ 10-2230 ⑤
あきのゆふへは 20-4444 ④
あきのよの
—きりたちわたり 10-2241 ①
—つきかもきみは 10-2299 ①
—ながきにひとり 8-1631 ③
—ももよのながさ 4-546 ⑰
あきのよは
—あかときさむし 17-3945 ①
—かはしさやけし 3-324 ⑰
あきのよを
—ながしといへど 10-2303 ①
—ながみにかあらむ 15-3684 ①
—ぬるしるしなし 10-2264 ③
あきはぎさきぬ
—いまだにも 10-2014 ②
—をりてかざさむ 10-2105 ④
あきはぎしのぎ
—うまなめて 19-4249 ②
—さをしかなくも 10-2143 ④
—さをしかの 20-4297 ②
—なくしかも 8-1609 ②
あきはぎすすき
—おもほゆるかも 10-2221 ④
—ちりにけむかも 15-3681 ④
あきはきたりぬ
—いもとあれと 10-2036 ②
—しかれども 10-2123 ②
あきはぎに
—おきたるつゆの 8-1617 ①
—おけるしらつゆ 10-2168 ①
—こひつくさじと 10-2120 ①
—たまとみるまで 8-1598 ③
—にほひよろしき 20-4315 ③
—にほへるわがも 15-3656 ①
あきはぎの
—うへにおきたる 8-1608 ①
—うへにおきたる 10-2254 ①
—うへにしらつゆ 10-2259 ①
—うれわわらはに 8-1618 ③
—えだもとををに 8-1595 ①
—えだもとををに 10-2170 ①
—えだもとををに 10-2258 ①
—こひのみにやも 10-2122 ③
—こひもつきねば 10-2145 ①
—さきたるのへの 10-2155 ①
—さきたるのへは 10-2153 ①
—さきちるのへの 10-2252 ①
—さきてちりぬる 2-120 ③
—しぐれのふるに 10-2094 ③
—したばのもみち 10-2209 ①
—したばもみちぬ 10-2205 ①
—しなひにあるらむ 10-2284 ③

—そのはつはなの　10–2273 ③
—ちらへるのへの　15–3691 ㉗
—ちりすぎにける　8–1599 ③
—ちりすぎゆかば　10–2152 ①
—ちりのまがひに　8–1550 ①
—ちりゆくみれば　10–2150 ①
—つまをまかむと　9–1761 ⑤
—はなののすすき　10–2285 ①
—はなをふかさね　10–2292 ③
—もとはのもみち　10–2215 ③
あきはぎのうへに　10–2255 ②
あきはぎのはな　8–1542 ②
あきはぎは
—えだもしみみに　10–2124 ③
—かりにあはじと　10–2126 ①
—けふふるあめに　8–1557 ③
—このつきごろは　8–1560 ③
—さかりすぐるを　8–1559 ①
—さきてちりにき　10–2289 ③
—さきぬべからし　8–1514 ①
—つゆしもおひて　8–1580 ③
—つゆしもさむみ　8–1600 ③
—はなのみさきて　7–1364 ③
あきはぎまじる　8–1530 ②
あきはぎみつつ　9–1772 ④
あきはぎを
—おもふひとどち　8–1558 ③
—たれかしめさす　10–2114 ③
—ちらすながめの　10–2262 ①
—ちりすぎぬべみ　10–2290 ①
—つまどふかこそ　9–1790 ①
—をりのみをりて　10–2099 ③
あきはぎをれれ　8–1534 ②
あきはちりけり　9–1707 ⑤
あきはちりゆく　6–995 ⑤
あきへには　6–923 ⑪
あきまたずとも　8–1520ィ ㉟
あきまちかてに　10–2095 ⑤
あきまつわれは　10–2005 ⑤
あきやまそあれは　1–16 ⑱
あきやまに
—おつるもみちば　2–137 ①
—しぐれなふりそ　10–2179 ③
—しもふりおほひ　10–2243 ①
—もみつこのはの　8–1516 ①
あきやまの
—いろなつかしき　13–3234 ㉜
—このしたがくり　2–92 ①
—このはもいまだ　10–2232 ①
—このはをみては　1–16 ⑪
—したひがしたに　10–2239 ①
—したへるいも　2–217 ①
—はつもみちばに　8–1584 ③
—もみちあはれと　7–1409 ①
—もみちかたまつ　9–1703 ③
—もみちをかざし　15–3707 ①
—もみちをしげみ　2–208 ①
あきやまを
—いかにかきみが　2–106 ③
—かりいほつくり　10–2248 ①
—こころにあかず　10–2218 ③
—ゆめひとかくな　10–2184 ①
あきゆけば　13–3227 ⑬
あきらけき　20–4466 ③
あきらけく　16–3886 ⑨
あきらめたまひ
—あめつちの　18–4094 ㊱
—さかみづき　19–4254 ㊷
—しきませる　20–4360 ㉔
あくこともなし　11–2502 ⑤
あくたしつくも　7–1277 ⑥
あくのうらの　7–1187 ③
あくまでに
—あひみてゆかな　17–3999 ③
—ひとのみむこを　4–533 ③
あくらのはまの　11–2795 ②
あくらむわきも　11–2665 ②
あくるあした　15–3769 ③
あくるあしたは　5–904 ⑪
あけおきて　11–2617 ③
あけぐれの
—あさぎりごもり　4–509 ⑨

—あさぎりごもり　10–2129 ①
あけくれば
—あさぎりたち　6–913 ⑨
—いでたちむかひ　19–4177 ③
—うらさびくらし　2–159 ⑰
—うらみこぐらし　15–3664 ③
—おきになづさふ　15–3625 ③
—かどによりたち　17–3962 ㉙
—つみのさえだに　10–1937 ⑤
—とひたまふらし　2–159 ⑤
—なみこそきよれ　2–138 ⑰
あけさりにけり　10–2022 ④
あけされば
—しほをかれしむ　3–388 ⑪
—はまかぜさむみ　7–1198 ③
—はりのさえだに　19–4207 ⑤
あけずもあらぬか
あそぶこよひは—　8–1591 ⑤
きみまつよらは—　10–2070 ⑤
あけずもいかぬか　12–2859 ⑤
あげたかはのの　11–2652 ②
あけたたば　19–4177 ㉓
あげてあげて　16–3878 ⑥
あけていなば　2–93 ③
あけてさねにし　11–2678 ④
あげてしはたも　10–2019 ②
あげてもまきみ　16–3791 ㉑
あけてをちより　15–3726 ④
あけなばあけなむ　12–2962 ⑤
あけなむあすを　12–2884 ④
あけにけるかも
きみをおもふに—　11–2369ィ ⑤
ひさしくみむを—　15–3714 ⑤
あげにたねまき　12–2999 ②
あけぬしだくる　14–3461 ⑤
あけぬとし　3–388 ㉓
あけぬとも　10–2020 ③
あけぬべく　11–2807 ①
あけのそほぶね
—おきをこぐみゆ　3–270 ④
—そほぶねに　13–3300 ④
あけばあけぬとも
とりがねななき—　10–2021 ⑤
ひとりぬるよは—　11–2800 ⑤
ひとりぬるよは—　15–3662 ⑥
あけまくをしき　9–1693 ②
あけまくをしみ　9–1761 ⑧
あけむあしたか　8–1551 ④
あけむあしたに　8–1646 ④
あけむあしたは　18–4068 ④
あけもみず　6–997 ③
あごととのふる　3–238 ④
あごねのうらの　1–12 ④
あごねのはらを　13–3236 ⑩
あごのうみの
—あさけのしほに　7–1157 ③
—ありそのうへに　13–3243 ⑮
—ありそのうへの　13–3244 ①
あごのうらに　15–3610 ①
あごのしほひに　7–1154 ④
あごのやま　4–662 ①
あさいかねけむ　10–1949 ⑤
あさかがた　11–2698 ③
あさかげに
—あがみはなりぬ　11–2394 ①
—あがみはなりぬ　11–2619 ①
—あがみはなりぬ　11–2664 ③
—あがみはなりぬ　12–3085 ①
—まつらむいもし　12–3138 ③
あさかげみつつ　19–4192 ⑧
あさかしは　11–2754 ①
あさがすみ
—いつへのかたに　2–88 ③
—かひやがしたに　10–2265 ①
—かひやがしたの　16–3818 ①
—たなびくのへに　10–1940 ①
—たなびくやまを　12–3188 ①
—はるひのくれば　10–1876 ①
—ほのかにだにや　12–3037 ③
—やまずたなびく　7–1181 ①
あさかぜさむし　1–75 ②
あさかぜに　6–1065 ⑨

あさかのうらに　2–121 ④
あさかはわたり
　—かすがのを　3–460 ㊱
　—ふなぎほひ　1–36 ⑱
あさかはわたる　2–116 ⑤
あさがほがはな
　いろにはいでじ—　10–2274 ⑤
　またふぢはかま—　8–1538 ⑥
あさがほの
　—としさへこごと　14–3502 ③
　—ほにはさきでぬ　10–2275 ③
あさがほは　10–2104 ①
あさかみの　4–724 ①
あさかやま　16–3807 ①
あさがらす　12–3095 ①
あさがりに
　—いほつとりたて　17–4011 ㉛
　—いまたたすらし　1–3 ⑪
　—きみはたたしぬ　19–4257 ③
　—ししふみおこし　3–478 ⑨
　—ししふみおこし　6–926 ⑨
あさがりの　14–3568 ③
あさきこころを　16–3807 ④
あさぎぬければ　13–3324 ㊷
あさぎぬに　9–1807 ⑨
あさぎりごもり
　—かへらばに　12–3035 ②
　—かりがねそなく　15–3665 ④
　—なきてゆく　10–2129 ②
　—なくたづの　4–509 ⑩
あさぎりたち　6–913 ⑩
あさぎりに
　—しののにぬれて　10–1831 ①
　—つまよぶをしか　20–4319 ③
　—ぬれにしころも　9–1666 ①
あさぎりの
　—おほにあひみし　4–599 ①
　—おほになりつつ　3–481 ㉑
　—おもひまとひて　13–3344 ⑰
　—かよはすきみが　2–196ィ ㊸
　—たなびくたゐに　19–4224 ①
　—たなびくをのの　10–2118 ①
　—みだるるこころ　17–4008 ㉙
　—やへやまこえて　10–1941 ①
　—やへやまこえて　10–1945 ①
あさきをや　7–1381 ③
あさくもに　3–324 ⑲
あさぐもり　2–188 ①
あさけにきけば　8–1603 ②
あさけには　12–3094 ③
あさけのかすみ　19–4149 ④
あさけのかぜは　8–1555 ④
あさけのしほに　7–1157 ④
あさけのすがた
　—みればかなしも　12–3095 ④
　—よくみずて　12–2841 ②
あさけのなごり　7–1155 ②
あさこえて　7–1241 ③
あさこえまして　1–45 ⑯
あさこぎくれば　7–1417 ②
あさこぎしつつ　19–4150 ④
あさこぐふねは　14–3430 ②
あさこぐふねも　7–1163 ④
あさごちに　11–2717 ①
あさごちの　10–2125 ③
あさことに　2–167 ㊾
あさごとに
　—しぼみかれゆく　18–4122 ⑲
　—わがみるやどの　8–1616 ①
あさごろも
　—かたのまゆひは　7–1265 ③
　—ければなつかし　7–1195 ①
あさごろもきて　2–199 ⑯
あささはをのの　7–1361 ②
あざさゆひたれ　13–3295 ⑰
あささらず
　—あひてことどひ　17–4006 ⑨
　—きなきとよもす　6–1057 ③
　—きりたちわたり　17–4003 ㉕
　—くもゐたなびき　3–372 ⑤
　—ゆきけむひとの　3–423 ③
あさされば　15–3627 ①

あさしのはらの　11–2774 ②
あさしほみちに　20–4396 ②
あさしもの
　—けなばけといふに　2–199ィ ⑮
　—けなばけぬべく　11–2458 ①
　—けぬべくのみや　12–3045 ①
　—けやすきいのち　7–1375 ①
あさだちいなば
　—おくれたる　13–3291 ⑫
　—おくれたる　17–4008 ⑯
あさだちいにし　20–4474 ②
あさだちいまして　2–210 ㉒
あさだちいゆきて　2–213 ㉒
あさだちしつつ　9–1785 ⑯
あさだちゆけば　6–1047 ㊿
あさたつくもの　4–584 ②
あさたつのへの　8–1598 ②
あさぢいろづく
　—あらちやま　10–2331 ②
　—よなばりの　10–2190 ②
　—よなばりの　10–2207 ②
あさぢおしなべ　6–940 ②
あさぢがうへに
　—おもふどち　10–1880 ②
　—てりしつくよを　7–1179 ④
あさぢがうへの　8–1654 ②
あさぢがうらば　10–2186 ④
あさぢがはなの　8–1514 ④
あさぢがはらに　12–3196 ②
あさぢがはらの　8–1449 ②
あさぢがもとに　10–2158 ④
あさぢしめゆひ　12–3050 ②
あさぢはら
　—かりしめさして　11–2755 ①
　—ちふにあしふみ　12–3057 ①
　—つばらつばらに　3–333 ①
　—のちみむために　7–1342 ③
　—をのにしめゆひ　11–2466 ①
　—をのにしめゆひ　12–3063 ①
あさぢやま　15–3697 ③
あさづきの　11–2500 ①
あさづくひ　7–1294 ①
あさづくよ
　—あけまくをしみ　9–1761 ⑦
　—さやかにみれば　1–79 ㉑
あさづまの　10–1818 ③
あさづまやまに　10–1817 ④
あさつゆおひて　10–2104 ②
あさつゆに
　—さきすさびたる　10–2281 ①
　—たまもはひづち　2–194 ㉓
　—にほひそめたる　10–2179 ①
　—にほふもみちの　10–2187 ③
　—にほへるはなを　19–4185 ⑬
　—ぬれてののちは　7–1351 ③
　—ものすそひづち　15–3691 ⑮
あさつゆの
　—あがみひとつは　11–2691 ③
　—いのちはいけり　12–3040 ③
　—けなばけぬべく　13–3266 ⑬
　—けやすきあがみ　5–885 ①
　—けやすきあがみ　11–2689 ①
　—けやすきいのち　9–1804 ⑤
あさつゆのごと　2–217 ㉝
あさでかりほし　4–521 ②
あさでこぶすま
　—こよひだに　14–3454 ②
　つまよしこせね—　14–3454 ⑤
あさてづくりを　16–3791 ㊸
あさとあくれば　12–3034 ④
あさとあけて　8–1579 ①
あさとこに　19–4150 ①
あさとでに　11–2692 ③
あさとでの
　—かなしきあがこ　20–4408 ⑰
　—きみがあゆひを　11–2357 ①
　—きみがすがたを　10–1925 ①
あさとひらかむ　8–1499 ⑤
あさとびわたり　19–4192 ⑯
あさとりの
　—あさだちしつつ　9–1785 ⑮
　—かよはすきみが　2–196 ㊼

――ねのみしなかむ　3-483 ①
――ねのみなきつつ　3-481 ㊴
あさとを　11-2555 ①
あさとをひらき　10-2318 ②
あさなあらふこ
――なれもあれも　14-3440 ②
――ましもあれも　14-3440ィ ②
あさなぎしたり　17-4025 ④
あさなぎに
――いかきわたり　8-1520 ㉓
――かこととのへ　20-4331 ㉙
――かこのこゑしつつ　13-3333 ⑨
――かこのこゑよび　4-509 ㉙
――かたにあさりし　17-3993 ⑲
――かぢのおときこゆ　6-934 ①
――かぢひきのぼり　20-4360 ㉝
――きよるしらなみ　7-1391 ①
――きよるふかみる　13-3301 ③
――きよるふかみる　13-3302 ⑪
――たまもかりつつ　6-935 ⑤
――ちへなみよせ　6-931 ⑤
――ふなでをせむと　15-3627 ㊲
――へむけこがむと　20-4398 ㉝
――まかぢこぎでて　7-1185 ①
――みちくるしほの　13-3243 ⑤
――よするしらなみ　17-3985 ⑲
あさなげくきみ　2-150 ④
あさなさな
――あがるひばりに　20-4433 ①
――いふことやみ　5-904 ㊻
――かよひしきみが　11-2360 ④
――くさのうへしろく　12-3041 ①
――たまとしそみる　10-2168 ③
――つくしのかたを　12-3218 ①
――てにとりもちて　3-408 ③
――なれはすれども　11-2623 ③
――みまくほしきを　11-2801 ③
――みむときさへや　11-2633 ③
――みれどもきみは　11-2502 ③
――もとなそこふる　12-3180 ③
――わがみるやなぎ　10-1850 ①
あさなさなみむ
はなにさきでよ――　10-1992 ⑤
はなにもがもな――　17-4010 ⑤
あさなつみてむ　6-957 ⑤
あさなゆふなに　11-2798 ②
あさにけに
――いでみるごとに　8-1507 ⑨
――いもがふむらむ　11-2693 ③
――いろづくやまの　4-668 ①
――つねにみれども　3-377 ③
――みまくほりする　3-403 ①
あさにけにみむ　12-2897 ⑤
あさにはに　17-3957 ㊶
あさねがみ
――かきもけづらず　18-4101 ⑬
――われはけづらじ　11-2578 ①
あさののきぎし　3-388 ㉒
あさのゑみ　19-4160 ㉕
あさはのに　12-2863 ①
あさはののらに　11-2763 ②
あさはふる
――かぜこそよせめ　2-131 ⑰
――なみのおとさわき　6-1062 ⑨
あさひかげ　4-495 ①
あさひさし
――そがひにみゆる　17-4003 ①
――まきらはしもな　14-3407 ③
あさひさす
――かすがのやまに　10-1844 ③
――かすがのをのに　12-3042 ①
あさひてる
――さだのをかへに　2-177 ①
――さだのをかへに　2-192 ①
――しまのみかどに　2-189 ①
あさひなす　13-3234 ㉖
あさびらき
――いりえこぐなる　18-4065 ①
――こぎいにしふねの　3-351 ③
――こぎでてくれば　15-3595 ①
――こぎでてわれは　9-1670 ①
――わはこぎでぬと　20-4408 ㊄

あさびらきして 17-4029 ②
あさぶすま 5-892 ⑲
あさふすをのの 10-2267 ②
あさふますらむ 1-4 ④
あさまきし 7-1405 ③
あさまくわぎも 7-1195 ⑤
あさましものを 14-3429 ⑤
あさまもり 18-4094 ⑰
あさみどり 10-1847 ①
あさみやに 13-3230 ⑨
あさみやを 2-196 ㉓
あざむかず 5-906 ③
あざむかれけり 4-773 ⑤
あさもよし
—きぢにいりたち 4-543 ⑪
—きのかはのへの 7-1209 ③
—きのへのみちゆ 13-3324 ㊼
—きのへのみやを 2-199 ⑬
—きひとともしも 1-55 ①
—きへゆくきみが 9-1680 ①
あさゆくきみを 11-2389 ④
あさゆくしかの 8-1613 ②
あさよひごとに
あがおびゆるふ— 13-3262 ⑤
かはづなくなり— 10-2164 ⑤
—たつきりの 17-4000 ⑱
あさよひに
—ありつるきみは 3-443 ㊼
—かへらひぬれば 1-5 ⑰
—きかぬひまねく 19-4169 ⑦
—ねのみしなけば 20-4479 ①
—ねのみそあがなく 3-458 ③
—みちくるしほの 19-4211 ㉗
—みつつゆかむを 17-4006 ㊿
—みむときさへや 4-745 ①
—ゑみみゑまずも 18-4106 ⑲
あさよひにして
ねのみしなかゆ— 3-456 ⑤
ねのみしなかゆ— 20-4480 ⑤
あさらかに
—あひみしひとに 12-2966 ③
—おもひていもに 12-2970 ③
あさらのころも 12-2970 ②
あさりして 12-3091 ③
あさりしに 18-4034 ③
あさりすと
—いそにすむたづ 7-1198 ①
—いそにわがみし 7-1167 ①
あさりすらしも 7-1218 ⑤
あさりする
—あまのこどもと 5-853 ①
—あまをとめらが 7-1186 ①
—ひととをみませ 9-1727 ①
あさりするたづ
—しほみてば 7-1165 ②
—なきてさわきぬ 15-3642 ④
—なきわたるなり 15-3598 ④
あさるきぎしの 8-1446 ②
あさゐでに 10-1823 ①
あさゐるくもの
—うせゆけば 7-1406 ②
—おほほしく 4-677 ②
—しくしくに 4-698 ②
あさをひきほし 9-1800 ②
あさをらを 14-3484 ①
あしうらして 12-3006 ③
あしうらをそせし 4-736 ④
あしかきごしに
—ただひとめ 11-2565 ②
—わぎもこを 11-2576 ②
あしかきの
—おもひみだれて 9-1804 ㉓
—おもひみだれて 13-3272 ㉑
—くまとにたちて 20-4357 ①
—すゑかきわけて 13-3279 ①
—なかのにこぐさ 11-2762 ①
—ふりにしさとと 6-928 ③
—ほかになげかふ 17-3975 ③
—ほかにもきみが 17-3977 ①
あしがちる
—なにはにきゐて 20-4398 ㉙
—なにはにとしは 20-4362 ③

—なにはのみつに 20-4331 ㉕
あしがなかなる 14-3445 ②
あしがにを 16-3886 ⑤
あしがもさわき 17-3993 ㊹
あしがもの
—すだくいけみづ 11-2833 ①
—すだくふるえに 17-4011 ㊸
あしからぬ
—きみにはしゑや 10-1926 ③
—きみをいつしか 8-1428 ⑨
あしがらの
—はこねとびこえ 7-1175 ①
—はこねのやまに 14-3364 ①
—みさかかしこみ 14-3371 ①
—みさかたまはり 20-4372 ①
—みさかにたして 20-4423 ①
—みねはほくもを 20-4421 ③
—やへやまこえて 20-4440 ①
—をてもこのもに 14-3361 ①
あしがらやまに 3-391 ②
あしがらやまの 14-3363 ④
あしがらをぶね 14-3367 ②
あしかりに 20-4459 ①
あしがりの
—あきなのやまに 14-3431 ①
—とひのかふちに 14-3368 ①
—はこねのねろの 14-3370 ①
—ままのこすげの 14-3369 ①
—わをかけやまの 14-3432 ①
あしかると 17-4006 ㉓
あしかるとがも 14-3391 ④
あしきたの 3-246 ①
あしきのかはを 8-1531 ②
あしきのの 8-1530 ③
あしきやま 12-3155 ①
あしくはありけり
ききしれらくは— 7-1258 ⑤
こひせしむるは— 11-2584 ⑤
あじくまやまの 14-3572 ②
あしけくも 5-904 ㉙
あしげのうまの
—いなきたちつる 13-3327 ⑫
—いなくこゑ 13-3328 ②
あしけひとなり 20-4382 ②
あしすりさけび 5-904 ㉛
あしずりし
—きかみたけびて 9-1809 ㊿
—ねのみやなかむ 9-1780 ⑲
あしずりしつつ 9-1740 ㊿
あしたいにて 12-2893 ①
あしたおもなみ
—なばりにか 1-60 ②
—なばりのの 8-1536 ②
あしたさき 10-2291 ①
あしたたのしも 3-262 ⑤
あしたづの
—あなたづたづし 4-575 ③
—さわくいりえの 11-2768 ①
—ねのみしなかゆ 3-456 ③
あしたにおきて 2-217 ⑩
あしたには
—いでたちしのひ 3-481 ㉛
—いでゐてなげき 13-3274 ⑦
—いでゐてなげき 13-3329 ㊶
—うすといへ 2-217 ⑮
—うみへにあさりし 6-954 ①
—かどにいでたち 19-4209 ⑨
—しらつゆおき 13-3221 ③
—とりなでたまひ 1-3 ③
—にはにいでたち 8-1629 ⑦
—めしてつかひ 13-3326 ⑪
あしたはけぬる
—しらつゆの 12-3039 ②
—つゆならましを 12-3038 ④
あしだまも 10-2065 ①
あしたゆふへに
—さびつつをらむ 4-572 ④
—たまふれど 15-3767 ②
あしつきとると 17-4021 ④
あしとひとごと 14-3446 ④
あしにかりつみ 11-2748 ②
あしのうらばを 7-1288 ②

あしのうれの 2-128 ③
あしのねの 7-1324 ①
あしのはに 14-3570 ①
あしのやの
—うなひをとめの 9-1801 ⑤
—うなひをとめの 9-1809 ①
—うなひをとめの 9-1810 ①
あしはらの
—みづほのくにに 9-1804 ⑨
—みづほのくにに 13-3227 ①
—みづほのくには 13-3253 ①
—みづほのくにを 2-167 ⑮
—みづほのくにを 18-4094 ①
あしひきの
—あらしふくよは 11-2679 ③
—あらやまなかに 9-1806 ①
—いはねこごしみ 3-414 ①
—かたやまきぎし 12-3210 ①
—きよきやまへに 7-1415 ③
—このかたやまに 16-3885 ⑰
—このかたやまの 16-3886 ㉝
—このまたちくく 8-1495 ①
—このやまかげに 7-1416 ③
—なにおふやますげ 11-2477 ①
—のゆきやまゆき 13-3339 ③
—みやまもさやに 6-920 ①
—やつをとびこえ 19-4166 ㉗
—やつをのうへの 19-4266 ①
—やつをのきぎし 19-4149 ①
—やつをのつばき 20-4481 ①
—やつをふみこえ 19-4164 ⑰
—やまかたづきて 10-1842 ③
—やまかづらかげ 14-3573 ①
—やまかづらのこ 16-3789 ①
—やまかづらのこ 16-3790 ①
—やまがはのせの 7-1088 ①
—やまかはへなり 19-4214 ⑬
—やまがはみづの 12-3017 ①
—やまかもたかき 10-2313 ①
—やまきへなりて 4-670 ③
—やまきへなりて 17-3969 ㉑
—やまきへなりて 17-3981 ①
—やまこえぬゆき 17-3978 ⑬
—やまさかこえて 17-3962 ⑤
—やまさかこえて 19-4154 ①
—やまざくらとを 11-2617 ①
—やまさくらばな 8-1425 ①
—やまさくらばな 17-3970 ①
—やまさなかづら 10-2296 ①
—やまさはびとの 14-3462 ①
—やまさはゑぐを 11-2760 ①
—やまさへひかり 3-477 ①
—やましたとよみ 11-2704 ①
—やましたとよみ 19-4156 ⑤
—やましたとよめ 8-1611 ①
—やましたひかげ 19-4278 ①
—やましたひかる 15-3700 ①
—やますがのねし 20-4484 ③
—やますがのねの 12-3051 ①
—やますがのねの 12-3053 ①
—やまたちばなの 4-669 ①
—やまたちばなの 11-2767 ①
—やまたちばなを 7-1340 ③
—やまたちばなを 20-4471 ③
—やまだつくるこ 10-2219 ①
—やまたにこえて 17-3915 ①
—やまだもるをぢ 11-2649 ①
—やまぢこえむと 15-3723 ①
—やまぢはゆかむ 13-3338 ①
—やまぢもしらず 10-2315 ①
—やまぢをさして 3-466 ⑮
—やまつばきさく 7-1262 ①
—やまとびこゆる 15-3687 ①
—やまどりこそば 8-1629 ⑮
—やまどりのをの 11-2694 ①
—やまどりのをの 11-2802左注 ①
—やまどりのをの 11-2802 ③
—やまにおひたる 4-580 ①
—やまにしろきは 10-2324 ①
—やまにしをれば 4-721 ①
—やまにものにも 6-927 ①
—やまにものにも 10-1824 ③

—やまにものにも　17-3993⑤
—やまにゆきけむ　20-4294①
—やまのあらしは　10-2350①
—やまのこぬれに　13-3291ィ⑲
—やまのこぬれに　17-3957㊼
—やまのこぬれの　18-4136①
—やまのこぬれは　18-4111㉝
—やまのこぬれも　19-4160⑪
—やまのさつをに　3-267③
—やまのさはらず　17-3973③
—やまのしづくに　2-107①
—やまのしづくに　2-108③
—やまのたをりに　18-4122㉗
—やまのたをりに　19-4169⑪
—やまのとかげに　10-2156①
—やまのまてらす　10-1864①
—やまのもみたむ　10-2200③
—やまのもみちに　19-4225①
—やまのもみちば　8-1587①
—やまはなくもが　18-4076①
—やまはももへに　12-3189①
—やまびことよめ　9-1761⑨
—やまびことよめ　9-1762③
—やまびことよめ　15-3680③
—やまへにをりて　8-1632①
—やまへにをれば　17-3911①
—やまへをさして　3-460㊴
—やまほととぎす　8-1469①
—やまほととぎす　10-1940③
—やまほととぎす　19-4203③
—やまほととぎす　19-4210③
—やままつかげに　15-3655③
—やまもちかきを　17-3983①
—やまゆきくらし　7-1242①
—やまゆきしかば　20-4293①
—やまゆきのゆき　13-3335③
—やまよびとよめ　8-1603③
—やまよびとよめ　19-4180③
—やまよりいづる　12-3002①
—やまよりいづる　13-3276㉝
—やまよりきせば　10-2148①
—やまをこだかみ　12-3008①
—をてもこのもに　17-4011⑬
—をのうへのさくら　19-4151③
あしひたくやの　11-2651②
あしびなす　7-1128①
あしびのはなそ　10-1868④
あしびのはなの
—あしからぬ　10-1926②
—いまさかりなり　10-1903④
あしびのはなも　20-4511④
あしびのはなを　20-4512④
あしびはなさき　13-3222④
あしふたけども　20-4419②
あしふましなむ　14-3399④
あしふみて　11-2498③
あしふみぬき　13-3295④
あしへなる　10-2134①
あしへにさわき　15-3625②
あしへにさわく　6-1064②
あしへには
—かりねたるかも　10-2135③
—たづがねとよむ　6-1062⑲
—たづがねなきて　3-352①
あしべには　15-3627㉟
あしへもみえず　20-4400④
あしへゆく
—かものはおとの　12-3090①
—かものはがひに　1-64①
—かりのつばさを　13-3345①
あしへより　4-617①
あしへをさして
—たづなきわたる　6-919④
—とびわたる　15-3626②
あしほやま　14-3391③
あしやむわがせ　2-128④
あじろきに　3-264③
あじろひと　7-1135③
あしわけをぶね
—さはりおほみ　11-2745②
—さはりおほみ　12-2998②
—さはりおほみ　12-2998左注②

あしをかざらむ 11-2361⑥
あすかかぜ 1-51③
あすかがは
　—あすさへみむと 2-198ィ①
　—あすだにみむと 2-198①
　—あすもわたらむ 11-2701①
　—いまもかもとな 3-356ィ①
　—かはとをきよみ 19-4258①
　—かはよどさらず 3-325①
　—しがらみわたし 2-197①
　—したにごれるを 14-3544①
　—せくとしりせば 14-3545①
　—せぜにたまもは 7-1380①
　—せぜのたまもの 13-3267①
　—せぜゆわたしし 7-1126③
　—なづさひわたり 12-2859①
　—なせのよどに 7-1366①
　—はるさめふりて 10-1878③
　—みづゆきまさり 11-2702①
　—もみちばながる 10-2210①
　—ゆきみるをかの 8-1557①
　—ゆくせをはやみ 11-2713①
　—よろづよまでに 2-196⑪
あすかこえいなむ 12-3151⑤
あすかにいたり 16-3886⑳
あすかには 3-268③
あすかの
　—きよみのみやに 2-162①
　—ふるきみやこは 3-324⑪
　—まかみのはらに 2-199⑤
あすかのかはに 4-626④
あすかのかはの
　—かみつせに 2-194②
　—かみつせに 2-196②
　—はやきせに 13-3266⑧
　—みをはやみ 13-3227⑱
　—ゆふさらず 3-356②
　—よどめらば 7-1379②
あすかのさとを 1-78②
あすかはあれど 6-992②
あすかへりこむ 14-3510⑤
あすかもこむと 15-3688⑯
あすかをとこが 16-3791㊿
あすきせさめや 14-3484④
あすこえむ 18-4052③
あすさかむみむ 10-2102⑤
あすさへみまく 6-1014④
あすさへみむと 2-198ィ②
あすさへもがも
　きみにたぐひて— 12-3010⑤
　ともしききみは— 14-3523⑤
　をしかるきみは— 10-2066⑤
あすさへもみむ 8-1650⑤
あすだにみむと 2-198②
あすといはば 7-1309③
あすとりもちき 16-3886㊿
あすにしあるらし 20-4488⑤
あずのうへに 14-3539①
あすのごと 9-1740㊸
あすのはるひを 10-1914④
あすのひとりて 4-779④
あすのひの 18-4043①
あすのひは 12-2948①
あすのよし 11-2356④
あすのよひ
　—あはざらめやも 9-1762①
　—てらむつくよは 7-1072①
あすはきなむを 5-870④
あすはのかみに 20-4350②
あずへから 14-3541①
あすもかも 2-159⑪
あすもわたらむ 11-2701②
あすゆきて 4-534⑬
あすゆのちには 6-959④
あすゆりや 20-4321③
あすよりは
　—あれはこひむな 9-1778①
　—いなむのかはの 12-3198①
　—かすがのやまは 10-2195③
　—こひかもゆかむ 9-1728③
　—こひつつゆかむ 12-3119①
　—したゑましけむ 6-941③

――つぎてきこえむ　18-4069①
――つねのごとくや　10-2037③
――なびきてありこそ　12-3155③
――はるなつまむと　8-1427①
――ふたがみやまを　2-165③
――もみちかざさむ　8-1571③
――もりへやりそへ　18-4085③
――わがたまどこを　10-2050①
あすわかれなむ　12-3207⑤
あすをへだてて　10-2080④
あせかがた　14-3503①
あぜかかなしけ　14-3576⑤
あせかきなけ　9-1753⑧
あぜかそをいはむ　14-3472②
あぜかたえせむ　14-3434⑤
あぜかたえむと　14-3513④
あぜかまかさむ　14-3369④
あぜせろと　14-3517③
あぜそもこよひ　14-3469④
あぜといへか　14-3461①
あせにけるかも　3-292⑤
あそそには　4-543㉓
あそのかはらよ　14-3425②
あそのまそむら　14-3404②
あそばしし　13-3324㊸
あそばむはしも　19-4189⑯
あそばむものを　6-948⑯
あそびあるきし　5-804㊱
あそびあるけど　8-1629㉜
あそびくらさな　5-825⑤
あそびけむ
――ときのさかりを　5-804⑮
――よしののかはら　9-1725③
あそびしいそを　9-1796④
あそびしことを　6-949④
あそびたまひし　2-196㊷
あそびつつ　5-842③
あそびてゆかむ　4-571⑤
あそびなぐれど　18-4116㉔
あそびのみこそ　6-995②
あそびのみちに　3-347②
あそぶうちの　17-3905①
あそぶけふのひ　10-1880④
あそぶこのいけに　4-711②
あそぶこよひの　7-1076④
あそぶこよひは　8-1591④
あそぶさかりを　17-4006㉚
あそぶといふ　19-4153③
あそぶにあるべし　19-4174⑤
あそぶふねには　3-257⑯
あそぶをみむと　6-1016④
あそぶをみれば　5-843④
あそべども
――あきだらぬひは　5-836③
――いやめづらしき　5-828③
――ならのみやこは　15-3618③
あそやまつづら　14-3434②
あたかもにるか　19-4204④
あたしたまくら　11-2451④
あたしときゆは　10-1947④
あたたけくみゆ　3-336⑤
あだたらの　14-3428①
あだたらまゆみ
――つらはけて　7-1329②
――はじきおきて　14-3437②
あだのおほのの　10-2096④
あだひとの　11-2699①
あたひなき　3-345①
あだへゆく　7-1214①
あたまもる
――おさへのきそと　20-4331⑤
――つくしにいたり　6-971⑨
あたみたる　2-199㊾
あたゆまひ　20-4382③
あたらさかりを　20-4318④
あたらしき
――きみが　13-3247⑦
――きよきそのなそ　20-4465㉛
――みのさかりすら　19-4211⑲
――やまの　13-3331⑨
あたらふなぎを　3-391⑤
あたらよを　9-1693③

あぢかまの
—かけのみなとに　14-3553 ①
—かたにさくなみ　14-3551 ①
—しほつをさして　11-2747 ①
あぢかをし　5-894 ㊺
あぢさはふ
—いもがめかれて　6-942 ①
—めこともたえぬ　2-196 ㊼
—めのともしかるきみ　11-2555 ③
—めはあかざらね　12-2934 ①
—よるひるしらず　9-1804 ㉗
あぢさゐの　20-4448 ①
あぢのすむ
—すさのいりえの　11-2751 ①
—すさのいりえの　14-3547 ①
あぢふのはらに　6-928 ⑯
あぢふのみやは　6-1062 ㉖
あぢまのに　15-3770 ①
あぢむらさわき
—おきへには　3-260 ⑩
—しまみには　17-3991 ㉔
—ももしきの　3-257 ⑫
—ゆくなれど　4-486 ②
あぢむらの
—かよひはゆけど　4-485 ⑤
—さわききほひて　20-4360 ㊲
—とをよるうみに　7-1299 ①
あづきなく
—あひみそめても　12-2899 ③
—おとこじものや　11-2580 ③
—なにのたはこと　11-2582 ①
あつけくに　9-1753 ⑦
あづさのゆみの
—なかはずの　1-3 ⑧
—なかはずの　1-3 ⑯
—ゆづかにもがも　14-3567 ④
あづさゆみ
—おときくわれも　2-217 ⑰
—おとにききて　2-207 ㉙
—おとのみききて　2-207ィ ㉙
—すゑにたままき　14-3487 ①
—すゑのたづきは　12-2985左注 ①
—すゑのたまなは　9-1738 ③
—すゑのなかごろ　12-2988 ①
—すゑのはらのに　11-2638 ①
—すゑはししらず　12-2985 ①
—すゑはしらねど　12-3149 ①
—すゑはよりねむ　14-3490 ①
—すゑふりおこし　19-4164 ⑪
—つまびくよおとの　4-531 ①
—つまびくよおとの　19-4214 ㊺
—つらをとりはけ　2-99 ①
—てにとりもちて　2-230 ①
—てにとりもちて　18-4094 ㊸
—はるやまちかく　10-1829 ①
—ひかばまにまに　2-98 ①
—ひきつのへなる　7-1279 ①
—ひきつのへなる　10-1930 ①
—ひきてゆるさず　11-2505 ①
—ひきてゆるへぬ　12-2987 ①
—ひきとよくにの　3-311 ①
—ひきみゆるへみ　11-2640 ①
—ひきみゆるへみ　12-2986 ①
—ひきみゆるへみ　12-2989 ③
—やつたばさみ　16-3885 ㉑
—ゆきとりおひて　3-478 ㉗
—ゆづかまきかへ　11-2830 ①
—ゆばらふりおこし　13-3302 ㉓
—よらのやまへの　14-3489 ①
あづまぢの
—てごのよびさか　14-3442 ①
—てごのよびさか　14-3477 ①
あづまなる　18-4097 ③
あづまのくにに
—いにしへに　9-1807 ②
—たかやまは　3-382 ②
あづまのくにの
—かしこきや　9-1800 ⑱
—みいくさを　2-199 ㉘
—みちのくの　18-4094 ㉚
あづまのさかを　12-3194 ④

あづまひとの　2–100 ①
あづまをさして　18–4131 ②
あづまをとこの　20–4333 ②
あづまをのこは　20–4331 ⑫
あづまをみなを　4–521 ④
あてすぎて　7–1212 ①
あどかあがせむ　14–3404 ⑤
あどかたえせむ　14–3397 ⑤
あどかはなみは　9–1690 ②
あどかはやなぎ
　—かれども　7–1293 ③
　またもおふといふ—　7–1293 ⑥
あどかもいはむ　14–3379 ②
あどしらなみは　7–1238 ②
あどすすか　14–3564 ③
あどせろとかも　14–3465 ④
あとなきごとし　3–351 ⑤
あとなきこひの　11–2385 ④
あとのかたに　5–892 ㊶
あどのみなとに　9–1718 ④
あどのみなとを　9–1734 ②
あとふみもとめ　4–545 ②
あともなき
　—よのなかなれば　3–466 ㉓
　—よのひとにして　15–3625 ⑰
あともなく　8–1613 ③
あどもひたてて　9–1780 ⑫
あどもひたまひ
　—あさがりに　3–478 ⑧
　—ととのふる　2–199 ㊷
あどもひて
　—こぎいにしふねは　9–1718 ①
　—こぎゆくきみは　20–4331 ㉝
　—わがこぎゆけば　17–3993 ㊴
　—をとめをとこの　9–1759 ⑤
あどもふと　10–2140 ③
あどもへか
　—あじくまやまの　14–3572 ①
　—こころがなしく　15–3639 ③
あとりかまけり　20–4339 ②
あないきづかし
　—あひわかれなば　8–1454 ④
　—みずひさにして　14–3547 ④
あなおもしろ　6–1050 ㉛
あなこころなと　10–2302 ②
あなしがは　7–1087 ①
あなしのかはゆ　7–1100 ②
あなしのやまに　12–3126 ②
あなせのかはを　4–643 ④
あなたづたづし
　—ともなしにして　4–575 ④
　—ひとりさぬれば　15–3626 ④
あなたふと　6–1050 ㉝
あなにかむさび　16–3883ィ ②
あなひねひねし　16–3848 ④
あなみにく　3–344 ①
あなゆむこまの　14–3533 ④
あにくやしづし　14–3411 ④
あにしかめやも　3–346 ⑤
あになこひそと　12–2847 ②
あにまさめやも　3–345 ⑤
あにまさらじか　4–596 ④
あにもあらぬ　16–3799 ①
あのおとせず　14–3387 ①
あのなゆかむと　14–3447 ②
あのはゆかずて　14–3447 ④
あのみかも
　—きみにこふらむ　13–3329 ⑦
　—きみにこふれば　13–3329 ⑨
あのみして　6–913 ⑮
あのみやしかる　5–892 ㊸
あはおもはずき
　—またさらに　4–609 ②
　—やまかはも　4–601 ②
あはきつれども　11–2618 ④
あはこひおもふを　2–102 ⑤
あはこひなむを　11–2767 ④
あはこひまさる　4–698 ④
あはこふるかも　11–2381 ⑤
あはざらば　11–2650 ③
あはざらましを
　かかるこひには—　11–2393 ⑤

かかるこひには―― 11-2505⑤
あはざらむかも 4-740⑤
あはざらめやも
――あしひきの 9-1762②
ありてのちにも―― 4-763⑤
――ありてののちも 15-3741⑤
きみいかならず―― 13-3287⑤
きみしむすばば―― 11-2477⑤
――なのりそのはな 7-1279⑤
なはのりてしを―― 11-2747⑤
もてらむときに―― 12-2978⑤
あはざりき 4-538③
あはざれど 15-3775③
あはしたる 18-4116㊶
あはじといひし 12-3116④
あはじといへる 12-2889④
あはじとおもふ 15-3633②
あはじとすれや 12-2954②
あはしのびえず 11-2752④
あはしまに 7-1207①
あはしまの
――あはじとおもふ 15-3633①
――あはぬものゆゑ 12-3167③
あはしまを
――そがひにみつつ 3-358③
――そがひにみつつ 4-509㉗
――よそにやこひむ 15-3631③
あはじものかも 10-2087⑤
あはずあらば 11-2591③
あはすがへ 14-3479③
あはずかもあらむ
ときゆつりなば―― 14-3355⑤
よそりしきみは―― 11-2731⑤
あはずきにけり 10-1979⑤
あはずこそあれ 11-2428④
あはずして
――おもひわたれば 12-2869③
――こころのうちに 12-2944③
――こひわたるとも 12-2882①
――つきのへゆけば 12-2980③
――としのへぬれば 12-3107③
――ゆかばをしけむ 14-3558①
あはずしにせめ
あがおもふきみに―― 4-605⑤
あがもふいもに―― 15-3740⑤
あはずてまねく 12-2892④
あはずとも
――あたしたまくら 11-2451③
――われはうらみじ 11-2629①
あはずひさしみ 3-310④
あはずひさしも 11-2750②
あはずまにして 15-3769④
あはずやみなむ 11-2487⑤
あはせのころも 12-2965②
あはせやり 19-4154㉗
あはそでふらむ 7-1085②
あはぢしま
――あはれときみを 12-3197③
――いそがくりゐて 3-388⑮
――くもゐにみえぬ 15-3720③
――とわたるふねの 17-3894①
――なかにたておきて 3-388③
――まつほのうらに 6-935③
――みずかすぎなむ 7-1180③
あはぢにも 14-3405左注③
あはぢの
――のしまのあまの 6-933⑪
――のしまのさきの 3-251①
――のしまもすぎ 6-942⑨
あはぢのしまに
――ただむかふ 6-946②
――たづわたるみゆ 7-1160④
あはぢのしまは 15-3627⑱
あはぢをすぎ 4-509㉖
あはなくおもへば
あらびにけらし―― 11-2652⑤
すぎにしいもに―― 7-1410⑤
としそへにける―― 4-535⑤
あはなくに 11-2625①
あはなくのみそ 4-770②
あはなくは
――けながきものを 10-2038①

──しかもありなむ　12-3103①
あはなくも　12-2872①
あはなくもあやし
　ときにはなりぬ──　11-2641⑤
　なはのりてしを──　12-3076⑤
　みとはなれるを──　14-3364⑤
あはなはば　14-3426③
あはなへば
　──おきつまかもの　14-3524③
　──ねなへのからに　14-3482左注③
あはにつぎたる　9-1738②
あはになふりそ　2-203②
あはぬいもかも
　かかしめつつも──　4-562⑤
　──としはへにつつ　11-2474④
あはぬいもゆゑ　11-2395②
あはぬきみかも
　かくなるまでに──　10-1902⑤
　はなさくまでに──　10-1930⑤
　ひでてかるまで──　10-2244⑤
あはぬきみゆゑ
　──いたづらに　11-2705②
　たびねかもする──　2-194㉙
あはぬこのころ　4-713⑤
あはぬこゆゑに
　──いたづらに　11-2429②
　おとだかきかも──　11-2730⑤
　おもひそあがする──　3-372⑲
あはぬころかも
　あがおもふきみに──　11-2745⑤
　あがもふいもに──　15-3650⑤
あはぬひこほし　10-2076⑤
あはぬひとかも　12-2903⑤
あはぬひの　9-1792⑤
あはぬひまねく
　──つきのへぬらむ　9-1793④
　──としのへぬれば　12-2879④
あはぬひまねみ
　──おもひそあがする　19-4198④
　──こひわたるかも　11-2422④
あはぬひをおほみ
　きけばしのはく──　19-4168⑤
　まことそこひし──　12-2888⑤
あはぬものゆゑ
　──たきもとどろに　11-2717④
　──わによそるこら　12-3167④
あはぬよのおほき　4-623⑤
あはねども
　──けしきこころを　14-3482③
　──さねわすらえず　9-1794③
あはのこしまは　9-1711④
あばののの　7-1404③
あはのへしだも　14-3478④
あはのやま　6-998③
あはびたま
　──いほちもがも　18-4101⑤
　──さはにかづきで　6-933⑮
　──とりてのちもか　7-1322③
　──ひりはむといひて　13-3318③
　──ひりひにといひて　13-3257左注③
あはびたまもが　18-4103④
あはびのかひの　11-2798④
あはまかましを　3-404⑤
あはまきて　14-3364③
あはまけりせば　3-405②
あはましものか　4-620⑤
あはましものを　8-1492⑤
あはむといふは　12-2916②
あはむとおもふよ　10-2020④
あはむとおもへど　10-2025⑤
あはむとおもへや　1-31ィ⑤
あはむとき　2-140③
あはむときこせ　12-3063④
あはむとそおもふ
　ありてのちにも──　12-3064⑤
　のちもかならず──　12-3073⑤
あはむとならば　9-1740㊿
あはむとは　12-3104①
あはむともひし　5-835②
あはむひの　15-3753①
あはむひのため　12-3181⑤

あはむひまつに　10–2012 ⑤
あはむひまでに
　あれはこひむな──　12–3188 ⑤
　こひむすびせむ──　12–2854 ⑤
　われにみえこそ──　12–3142 ⑤
あはむひを　15–3742 ①
あはむものかも　12–2970 ⑤
あはむものゆゑ　15–3586 ⑤
あはむよは　4–730 ①
あはむわがせこ　4–541 ④
あはめやも
　──とこのへさらず　12–2957 ③
　──ぬるよをおちず　13–3283 ③
あばやのをぶね　7–1400 ②
あはよりにしを　14–3377 ⑤
あはれそのかこ　7–1417 ⑤
あはれそのとり　9–1756 ⑤
あはれときみを　12–3197 ④
あはれのとりと　18–4089 ㉖
あはれわぎもこ　11–2594 ④
あはをろの　14–3501 ①
あひあとらひ　9–1740 ㉑
あひあらそひき　1–13 ④
あひいひそめけむ　12–3130 ⑤
あひいひそめてば　11–2680 ⑤
あひいひてやりつ　11–2799 ⑤
あひいふつまを　13–3299 ⑭
あひおもはざらば　13–3259 ②
あひおもはざれや　4–791 ⑤
あひおもはず
　──あるものをかも　12–3054 ①
　──あるらむきみを　18–4075 ①
　──あるらむこゆゑ　10–1936 ①
　──きみはあるらし　11–2589 ①
　──きみはまさめど　12–2933 ①
あひおもはずとも　4–615 ②
あひおもはぬ
　──いもをやもとな　10–1934 ①
　──きみにあれやも　15–3691 ㉕
　──ひとのゆゑにか　11–2534 ①
　──ひとをおもはく　11–2709ィ ①
　──ひとをおもふは　4–608 ①
　──ひとをやもとな　4–614 ①
あひおもふらしも　13–3243 ㉕
あひおもふらむか　11–2736 ⑤
あひおもふわれは　19–4215 ⑤
あひかたき　10–1947 ①
あひがたくすな　11–2767 ⑤
あひかつましじ　2–225 ②
あひかわかれむ　20–4515 ⑤
あびきすと　3–238 ③
あびきする
　──あまとかみらむ　7–1187 ①
　──なにはをとこの　4–577 ③
あひきほひ　9–1801 ③
あひけらし　13–3290 ③
あひこすなゆめ　11–2375 ⑤
あひさかえむと　19–4273 ②
あひしおもはねば　4–772 ④
あひしこらはも　3–284 ⑤
あひしとき　1–14 ③
あひしひおもほゆ　2–209 ⑤
あひしひに　2–219 ③
あひしものかも　12–3110 ⑤
あひしらしめし　4–494 ②
あひしゑみてば　18–4137 ④
あひだあけつつ　11–2448 ②
あひだあらむ　11–2741 ③
あひだおきて　4–535 ③
あひだしましおけ　15–3785 ②
あひだなく
　──あがおもふきみは　11–2736 ③
　──あがこふらくを　11–2737 ③
　──おもふをなにか　12–3029 ③
　──こふれにかあらむ　4–621 ①
あひだもおかず　11–2793 ②
あひだもおきて
　──わがおもはなくに　11–2727 ④
　──わがおもはなくに　12–3046 ④
あひだもなけむ　4–551 ④
あひだよは　14–3395 ③
あひたるきみを　13–3289 ⑧

あひたるごとし　11-2813⑤
あひたるこらに　10-2060②
あひたるものを　4-667②
あひづねの　14-3426①
あひてことどひ　17-4006⑩
あひてこましを　15-3671⑤
あひてしあらば　20-4324④
あひてしあれば　10-2066②
あひてのちこそ　4-674④
あひてはやみむ　17-3978㊿
あひとはなくに　19-4282②
あひとよむまで
　—つまごひに　8-1602②
　—ほととぎす　10-1937⑫
あひにけるかも　3-267⑤
あひぬるものを　12-3000②
あひのまむきそ
　—このとよみきは　6-973⑯
　—このとよみきは　19-4264⑮
あひはたがはじ　14-3493⑤
あひまきしこも　7-1414②
あひみしいもは
　—いやとしさかる　2-211④
　—いやとしさかる　2-214④
　—わすらえめやも　3-447④
あひみしからに　11-2576④
あひみしこゆゑ　11-2565④
あひみしこらし　14-3537④
あひみしこらを
　—のちこひむかも　11-2449④
　—みむよしもがも　11-2450④
あひみしそのひ　4-703②
あひみしひとに　12-2966④
あひみしひとの　4-710④
あひみしまにま　18-4117②
あひみしめとそ
　いもをめかれず—　3-300⑤
　はなのさかりに—　17-4008㊺
あひみずあらば　14-3508④
あひみずあらめ　16-3792②
あひみずて
　—けながくなりぬ　4-648①
　—こひむとしつき　11-2577③
あひみずは
　—あがこひやまじ　11-2632③
　—こひざらましを　4-586①
　—こひしくあるべし　20-4408㉑
あひみせなくに　10-1932⑤
あひみそめけむ
　—とげざらまくに　4-612④
　なにかくるしく—　4-750⑤
あひみそめても　12-2899④
あひみつるかも
　いせをとめども—　1-81⑤
　いにしへびとを—　11-2614⑤
　おもふひとどち—　8-1558⑤
　かぐはしきみを—　18-4120⑤
　けふのあそびに—　5-835⑤
あひみてし
　—いもがこころは　20-4354③
　—そのこころびき　19-4248③
あひみてのちは　10-2087④
あひみては
　—いくかもへぬを　4-751①
　—いくびささにも　11-2583①
　—おもかくさるる　11-2554①
　—こひしきこころ　11-2392③
　—こひなぐさむと　11-2567①
　—ちとせやいぬる　11-2539①
　—ちとせやいぬる　14-3470①
　—つきもへなくに　4-654①
あひみてば　4-753①
あひみてばこそ　13-3250㉗
あひみてゆかな　17-3999④
あひみてゆかむ　14-3519⑤
あひみとも　10-2024③
あひみにこしか　14-3531②
あひみぬきみを　10-2042②
あひみぬは　4-666①
あひみねば
　—いたもすべなみ　17-3978㉓
　—こころもしのに　17-3979③

—こふるうちにも　12–2930 ③
—つきひよみつつ　17–3982 ③
あひみまく　12–3106 ①
あひみむと　11–2579 ③
あひみむものを　15–3581 ②
あひみらく　10–2022 ①
あひみるごとし　3–309 ⑤
あひみるものを
—すくなくも　18–4118 ②
—つきをしまたむ　20–4312 ④
あひみれど
—あがもふきみは　20–4299 ③
—ただにあらねば　17–3980 ③
あひみれば　17–3978 ⑤
あひむきたちて　8–1518 ②
あひよばひ　9–1809 ⑲
あひよるとかも　14–3483 ④
あひわかれなば　8–1454 ⑤
あひわかれなむ　5–891ィ ⑤
あふぎこひのみ　5–904 ㊹
あふぎてそまつ　18–4122 ㉖
あふぎてまたむ　10–2010 ④
あふぎてまつに　2–167 ㊿
あふぎてみつつ　13–3324 ⑭
あふぎてみれど　3–239 ㉒
あふきはなたぬ　9–1682 ④
あふぎみし　2–168 ③
あふことありやと　17–4011 ㉒
あふことかたし　14–3401 ④
あふこともあらむ
かたらひつぎて—　4–669 ⑤
—わがゆゑに　15–3745 ②
あふことやまめ　11–2419 ⑤
あふさかやまに
—たむけくさ　13–3237 ⑥
—たむけして　13–3240 ⑭
あふさかやまの　10–2283 ②
あふさかやまを
—こえてきて　15–3762 ②
われはこえゆく—　13–3236 ⑳
あふさかを　13–3238 ①
あぶさはず　19–4254 ㉕
あふさわに
—たれのひとかも　8–1547 ④
—われをほしといふ　11–2362 ④
あふちのえだに　17–3913 ②
あふちのはなは
—ちりすぎず　10–1973 ②
—ちりぬべし　5–798 ②
あふちをいへに　17–3910 ②
あふときありけり　4–573 ⑤
あふときまでは　8–1526 ⑤
あふときもなき　12–2994 ⑤
あふとはなけど　12–3180 ⑤
あふとはなしに
かたくいひつつ—　12–3113 ⑤
ききつつかあらむ—　4–592 ⑤
—としそへぬべき　11–2557 ④
としはやへなむ—　7–1400 ⑤
なきわたりなむ—　14–3390 ⑤
われはおへるか—　11–2726 ⑤
あふとみえこそ
—あがこふらくに　12–2850 ④
—あめのたりよに　13–3281 ㉔
—あめのたりよを　13–3280 ㉔
あふともや　11–2561 ③
あふひとごとに　12–2981 ⑤
あふひとの
—こひもすぎねば　10–2032 ③
—こひもつきねば　10–2032ィ ③
あふひはなさく　16–3834 ⑤
あふべかる　10–2039 ③
あふべきものを
あらばしばしば—　11–2359 ⑥
ともしむべしや—　10–2079 ⑤
あふべきよしの　15–3734 ④
あふべきよだに　10–2017 ⑤
あふべくあれや　9–1809 ㊱
あふべしと　13–3289 ⑦
あふみぢに　17–3978 ㊸
あふみぢの
—あふさかやまに　13–3240 ⑬

―とこのやまなる　4-487①
あぶみつかすも　17-4024⑤
あふみのあがたの　7-1287⑤
あふみのうみ
―おきこぐふねの　11-2440①
―おきつしまやま　11-2439①
―おきつしまやま　11-2728①
―おきつしらなみ　11-2435①
―しづくしらたま　11-2445①
―しらゆふはなに　13-3238③
―とまりやそあり　13-3239①
―なみかしこみと　7-1390①
―へたはひとしる　12-3027①
―みなとはやそち　7-1169①
―やそのみなとに　3-273③
―ゆふなみちどり　3-266①
あふみのうみの　13-3237⑩
あふみのうみを　2-153②
あふみのくにの
―ころもでの　1-50⑯
―ささなみの　1-29⑳
あふみのや　7-1350①
あふものならば　15-3731②
あふやとおもひて　2-194⑳
あふよあはぬよ　4-552④
あふよしなしに　10-2333④
あふよしの　12-2995①
あふよしもなき　4-775⑤
あふよしもなし
―いめにだに　11-2544②
なきつつをれど―　15-3762⑤
―ぬばたまの　5-807②
めにはみれども―　12-2938⑤
あふよしをなみ
あれはそこふる―　11-2402⑤
いたくこひむな―　4-508⑤
いままたさらに―　3-483⑤
―おほとりの　2-210㊹
―おほとりの　2-213㊹
こひかもやせむ―　12-2976⑤
こひやわたらむ―　11-2707⑤
―するがなる　11-2695②
あぶらひの　18-4086①
あぶりほす
―ひともあれやも　9-1688①
―ひともあれやも　9-1698①
あへかたきかも　4-537⑤
あへきつつ　3-366⑦
あへしまやまの　12-3152②
あへずして　15-3699③
あへたちばなの　11-2750④
あへてこぎでむ　3-388㉖
あへてこぎでめ　17-3956⑤
あへてこぐなり　9-1671⑤
あへなくに　7-1245③
あへぬくまでに　8-1465⑤
あへぬこころに　10-2279④
あへのいちぢに　3-284④
あへのしま　3-359①
あへのたのもに　14-3523②
あへまかまくも　20-4377⑤
あへもぬくがね　18-4102⑤
あへらくおもへば
こしくもしるし―　10-2074⑤
さかゆるときに―　6-996⑤
あへらくは　14-3358左注①
あへりきと　15-3675③
あへりしあまよの　16-3889④
あへりしきみに　8-1430②
あへるきみかも
くやしきときに―　10-1969⑤
こしくもしるく―　8-1577⑤
こもらふときに―　10-1980⑤
さもらふときに―　11-2508⑤
なみにあふのす―　14-3413⑤
あへるこやたれ　12-3101⑤
あへるこよひか　8-1613⑤
あへるせなかも　14-3463⑤
あへるときさへ　12-2916④
あへるときだに
―うつくしき　4-661②
よくせわがせこ―　12-2949⑤

あへるもみちを　8-1589 ②
あへるよは　10-2057 ③
あほしだも　14-3478 ③
あほやまの　10-1867 ①
あまかかりけむ　7-1167 ⑤
あまかけり　5-894 ㊺
あまぎらし
—ふりくるゆきの　10-2340 ③
—ふりくるゆきの　10-2342 ③
—ゆきもふらぬか　8-1643 ①
あまぎらひ
—かぜさへふきぬ　13-3268 ⑤
—ひかたふくらし　7-1231 ①
—ふりくるゆきの　10-2345 ①
あまぎらふ　6-1053 ⑰
あまくだり　18-4094 ③
あまくもいつぎ　14-3409 ②
あまくもかける　9-1700 ④
あまくもきらひ　10-1832 ④
あまくもに
—いはふねうかべ　19-4254 ③
—おもひはぶらし　13-3326 ㉓
—かりそなくなる　20-4296 ①
—ちかくひかりて　7-1369 ①
—はねうちつけて　11-2490 ①
あまくもの
—いかづちのうへに　3-235 ③
—いほへのしたに　2-205 ③
—おくかもしらず　12-3030 ③
—かげさへみゆる　13-3225 ①
—したなるひとは　13-3329 ⑤
—そきへのきはみ　9-1801 ⑰
—そきへのきはみ　19-4247 ①
—そくへのきはみ　3-420 ⑲
—そくへのきはみ　4-553 ①
—たどきもしらず　17-3898 ③
—たなびくやまの　7-1304 ①
—たゆたひくれば　15-3716 ①
—たゆたひやすき　12-3031 ①
—たゆたふこころ　11-2816 ③
—むかぶすきはみ　5-800 ㉓
—むかぶすくにの　3-443 ①
—やへかきわけて　2-167 ㉑
—やへくもがくり　11-2658 ①
—やへくもわけて　2-167ィ ㉑
—ゆきかへりなむ　19-4242 ①
—ゆきのまにまに　13-3344 ㉕
—ゆくらゆくらに　13-3272 ⑲
—よそにかりがね　10-2132 ①
—よそにそきみは　13-3259 ③
—よそにみしより　4-547 ①
—よそのみみつつ　4-546 ⑤
—よりあひとほみ　11-2451 ①
—わかれしゆけば　9-1804 ⑰
あまくもはれて　10-2227 ④
あまくもも
—いゆきはばかり　3-319 ⑨
—いゆきはばかり　3-321 ③
—ゆきたなびく　16-3791 ㉔
あまくもを
—ひのめもみせず　2-199 ㉝
—ほろにふみあだし　19-4235 ①
あまこぎくみゆ　14-3449 ④
あまこぎづらし　7-1227 ④
あまごもり
—こころいぶせみ　8-1568 ①
—ものもふときに　15-3782 ①
あまごもる　6-980 ①
あまさがる　4-509 ㉓
あまざかる
—ひなともしるく　17-4019 ①
—ひなにあるわれを　17-3949 ①
—ひなにいつとせ　5-880 ①
—ひなにくだりき　17-3962 ⑦
—ひなにしあれば　17-4011 ⑤
—ひなにしあれば　19-4189 ①
—ひなにしをれば　19-4169 ⑨
—ひなにつきへぬ　17-3948 ①
—ひなになかかす　17-4000 ①
—ひなにはあれど　1-29 ⑰
—ひなにはあれど　17-4008 ③
—ひなにひともも　18-4113 ㉗

—ひなにもつきは　15-3698 ①
—ひなのあらのに　2-227 ①
—ひなのながちゆ　3-255 ①
—ひなのながちを　15-3608 ①
—ひなのやつこに　18-4082 ①
—ひなへにまかる　6-1019 ⑪
—ひなもをさむる　17-3973 ⑤
—ひなをさめにと　9-1785 ⑬
—ひなをさめにと　13-3291ィ ⑨
—ひなをさめにと　17-3957 ①
—ひなをさめにと　17-3978 ⑮
あまそそり　17-4003 ⑦
あまたあらぬ　11-2723 ①
あまたあれども　17-4011 ㉖
あまたあれば　14-3498 ③
あまたかなしも　7-1184 ⑤
あまたきほしも　14-3350左注 ⑤
あまたくやしも　12-3184 ⑤
あまたしるけむ　12-2948 ⑤
あまたすべなき　8-1522 ⑤
あまたよそぬる　15-3673 ⑤
あまたよも
—いねてしかも　8-1520 ㉝
—いもさねてしか　8-1520ィ ㉝
—ゐねてこましを　14-3545 ③
あまたらしたり　2-147 ⑤
あまぢしらしめ　5-906 ⑤
あまぢはとほし　5-801 ②
あまつかみ　5-904 ㊸
あまつきりかも　7-1079 ⑤
あまつしるしと
—さだめてし　10-2092 ④
—みなしがは　10-2007 ②
あまつそらなり　12-2887 ④
あまづたひくる　3-261 ⑧
あまづたふ
—いりひさしぬれ　2-135 ㉝
—ひかさのうらに　7-1178 ③
—ひのくれぬれば　13-3258 ⑲
—ひのくれゆけば　17-3895 ③
あまつつみ
—いでてゆかねば　8-1570 ③
—きみにたぐひて　4-520 ③
—つねするきみは　4-519 ①
—とまりしきみが　11-2684 ③
あまつひれかも　10-2041 ⑤
あまつみかどを　2-199 ⑧
あまつみそらに　12-3004 ②
あまつみそらは　10-2322 ④
あまつみづ
—あふぎてそまつ　18-4122 ㉕
—あふぎてまつに　2-167 ㊾
あまつみやに　2-204 ⑥
あまつゆしもに　11-2395 ④
あまでらす
—かみのみよより　18-4125 ①
—ひるめのみこと　2-167 ⑪
あまてるつきの　11-2463 ②
あまてるつきは
—かみよにか　7-1080 ②
—みつれども　15-3650 ②
あまてるや　16-3886 ㊲
あまとかみらむ
—あくのうらの　7-1187 ②
—たびゆくわれを
3-252 ④, 15-3607左注 ④
—つりもせなくに　7-1204 ④
ひととはしらに—　19-4202 ⑤
あまとぶかりの　10-2266 ②
あまとぶくもに　11-2676 ②
あまとぶや
—かりのつばさの　10-2238 ①
—かりをつかひに　15-3676 ①
—かるのみちは　2-207 ①
—かるのみちより　4-543 ⑦
—かるのやしろの　11-2656 ①
—とりにもがもや　5-876 ①
—ひれかたしき　8-1520 ㉙
あまとやみらむ
—たびゆくわれを　7-1234 ④
—たびゆくわれを　15-3607 ④
あまなくに

—いかりもちき　13-3323 ⑤
—かりのみかりて　11-2837 ③
あまならましを
—たまもかりつつ　11-2743 ④
—たまもかるかる　12-3205 ④
あまなれや　1-23 ③
あまにあらましを　11-2743左注 ④
あまのいざりは　15-3672 ④
あまのいひし　7-1197 ③
あまのかぢのおと　12-3174 ②
あまのがは
—あひむきたちて　8-1518 ①
—いしなみおかば　20-4310 ③
—いとかはなみは　8-1524 ①
—いむかひたちて　10-2011 ①
—いむかひをりて　10-2089 ③
—うきつのなみおと　8-1529 ①
—うちはしわたす　10-2062 ③
—うちはしわたせ　10-2056 ①
—かぜはふくとも　10-2058 ③
—かぢのおときこゆ　10-2029 ①
—かはとにたちて　10-2048 ①
—かはとにをりて　10-2049 ①
—かはとやそあり　10-2082 ①
—かはにむかひて　8-1518ィ ①
—かはにむきたち　10-2048ィ ①
—かはにむきゐて　10-2030 ③
—かはのおときよし　10-2047 ①
—きりたちのぼる　10-2063 ①
—きりたちわたり　10-2044 ①
—きりたちわたる　9-1765 ①
—きりたちわたる　10-2045 ③
—きりたちわたる　10-2068 ③
—こぐふなびとを　15-3658 ③
—こぞのわたりぜ　10-2084 ①
—こぞのわたりで　10-2018 ①
—しらなみしのぎ　10-2089 ㉑
—しらなみたかし　10-2061 ①
—せごとにぬさを　10-2069 ①
—せぜにしらなみ　10-2085 ①
—せにいでたちて　10-2083 ③
—せをはやみかも　10-2076 ①
—たなはしわたせ　10-2081 ①
—とほきわたりは　10-2055 ①
—なづさひわたる　10-2071 ①
—なみはたつとも　10-2059 ①
—はしわたせらば　18-4126 ①
—ふなではやせよ　10-2042 ③
—ふねこぎわたる　10-2043 ③
—へだててまたや　10-2038 ③
—へだてればかも　8-1522 ③
—へなりにけらし　20-4308 ③
—みづかげくさの　10-2013 ①
—みづさへにてる　10-1996 ①
—やすのかはらに　10-2033 ①
—やすのかはらの　10-2089 ⑨
—やすのわたりに　10-2000 ①
—やそせきらへり　10-2053 ①
—よふねこぐなる　10-2015 ③
—よふねをこぎて　10-2020 ①
—わたりぜごとに　10-2074 ①
—わたりぜふかみ　10-2067 ①
あまのかはせに　8-1519 ②
あまのかはぢを　10-2001 ④
あまのかはづに
—としぞへにける　10-2019 ④
—ふねうけて　10-2070 ②
あまのかはとに　10-2040 ④
あまのがはに　9-1764 ②
あまのかはらに
—あまとぶや　8-1520 ㉘
—あらたまの　10-2092 ⑥
—いしまくらまく　10-2003 ④
—いでたちて　3-420 ㊵
—きみまつと　8-1528 ②
—きりのたてるは　8-1527 ④
—つきぞへにける　10-2093 ④
—ぬえどりの　10-1997 ②
—やほよろづ　2-167 ④
あまのこどもと　5-853 ②
あまのさぐめが　3-292 ②
あまのしまつが　7-1322 ②

あまのしらくも
―みれどあかぬかも　15–3602④
―わたつみの　18–4122㉚
あまのつりせぬ　13–3225⑧
あまのつりぶね
しのぎこぎりこ―　13–3225⑮
―なみのうへゆみゆ
3–256左注④, 15–3609④
―はてにけり　17–3892②
―はまにかへりぬ　3–294④
みだれていづみゆ―
3–256⑤, 15–3609左注⑤
むかへもこぬか―　18–4044⑤
あまのとひらき　20–4465②
あまのともしび
―おきになづさふ　15–3623④
―なみのまゆみゆ　7–1194④
―よそにだに　11–2744②
あまのともせる　19–4218②
あまのはら
―いはとをひらき　2–167㉝
―くもなきよひに　9–1712①
―とわたるひかり　6–983③
―ふじのしばやま　14–3355①
―ふりさけみつつ　13–3324㊳
―ふりさけみつつ　18–4125㉛
―ふりさけみれば　2–147①
―ふりさけみれば　3–289①
―ふりさけみれば　3–317⑦
―ふりさけみれば　10–2068①
―ふりさけみれば　13–3280③
―ふりさけみれば　15–3662①
―ふりさけみれば　19–4160⑦
―ゆきていてむと　10–2051①
あまのはらより　3–379②
あまのひつぎと
―あめのした　18–4098②
―かむながら　19–4254⑭
―しらしくる　18–4094⑧
―すめろきの　18–4089②
―つぎてくる　20–4465㉞
あまのみそらゆ　5–894㊹
あまのよびこゑ　3–238⑤
あまのをとめが　15–3661左注④
あまのをとめは　15–3627㉚
あまのをぶねは　17–4006㉔
あまはしも　13–3245①
あまはのれども　7–1303②
あまばれの　10–1959①
あまひれがくり
―とりじもの　2–210⑳
―とりじもの　2–213⑳
あまぶねさわき　6–938⑩
あまぶねに　17–3993㉟
あまぶねの　11–2746③
あままあけて　10–1971①
あままもおかず
―くもがくり　8–1566②
―こゆなきわたる　8–1491④
―ふりにせば　12–3214②
あまゆくつきを　3–240②
あまりにしかば
―かどにいでて　12–2947左注②
―すべをなみ　11–2551②
―すべをなみ　12–2947②
―すべをなみ　12–2947左注②
―にほどりの
11–2492②, 12–2947左注②
あまりにて　18–4080③
あまをとめ
―ありとはきけど　6–935⑨
―いざりたくひの　17–3899①
―おきつもかりに　7–1152③
―かづきとるといふ　12–3084①
―しほやくけぶり　3–366⑪
―たななしをぶね　6–930①
―たまもとむらし　6–1003①
あまをとめかも
かぢのおとするは―　15–3641⑤
とこよのくにの―　5–865⑤
あまをとめども
かみがてわたる―　7–1216⑤

—しまがくるみゆ　15-3597 ④
たまもかるとふ—　15-3638 ⑤
—たまもかるみゆ　17-3890 ④
—ながなのらさね　9-1726 ④
—みにゆかむ　6-936 ②
あまをとめらが
—うなげる　13-3243 ⑱
—そでとほり　7-1186 ②
—のれるふねみゆ　6-1063 ④
—ものすそぬれぬ　15-3661 ④
—やくしほの　1-5 ㉖
あまをぶね
—はつせのやまに　10-2347 ①
—はららにうきて　20-4360 ㊸
—ほかもはれると　7-1182 ①
あみささば　17-3917 ③
あみささましを　17-3918 ⑤
あみさして　17-4013 ③
あみとりに　19-4182 ③
あみにさし　3-240 ③
あみのうらに　1-40 ①, 15-3610左注 ①
あみのうらの　1-5 ㉕
あみめゆも　11-2530 ③
あみをほしたり　6-999 ④
あめあふぎ　9-1809 ㊾
あめうちふらば　8-1485 ④
あめうちふれば
—かすがのの　10-2169ィ ②
—かすがのの　16-3819 ②
あめしらさむと　3-476 ②
あめしらしぬる　2-200 ②
あめしらしぬれ　3-475 ㉖
あめしるや　1-52 ㊴
あめそふりくる　6-999 ②
あめそふるちふ　7-1170 ④
あめつしの
—いづれのかみを　20-4392 ①
—かみにぬさおき　20-4426 ①
あめつち
—ひつきとともに　2-220 ⑦
—ひつきとともに　13-3234 ㊱
—ひつきとともに　19-4254 ㉝
あめつちと
—あひさかえむと　19-4273 ①
—いふなのたえて　11-2419 ①
—いやとほながに　3-478 ㉙
—ともにひさしく　4-578 ①
—ともにもがもと　15-3691 ①
—ともにをへむと　2-176 ①
—ながくひさしく　3-315 ⑦
—ひさしきまでに　19-4275 ①
—わかれしときゆ　10-2005 ①
—わかれしときゆ　10-2092 ①
あめつちに
—おもひたらはし　13-3258 ⑦
—おもひたらはし　13-3276 ⑰
—くやしきことの　3-420 ⑮
—すこしいたらぬ　12-2875 ①
—たらはしてりて　19-4272 ①
—とほりてるとも　11-2354 ④
—みちたらはして　13-3329 ⑪
あめつちの
—いたれるまでに　3-420 ㉑
—いやとほながく　2-196 ㊲
—おほみかみたち　5-894 ㊴
—かためしくにそ　20-4487 ③
—かみあひうづなひ　18-4094 ㊲
—かみことよせて　4-546 ⑪
—かみことよせて　18-4106 ㉕
—かみしうらめし　13-3346 ⑪
—かみなきものに　15-3740 ①
—かみにそあがこふ　13-3288 ⑬
—かみのことわり　4-605 ①
—かみはなかれや　19-4236 ①
—かみもしらさむ　4-655 ③
—かみもたすけよ　4-549 ①
—かみもはなはだ　13-3250 ⑦
—かみをいのりて　13-3287 ①
—かみをいのりて　20-4374 ①
—かみをいのれど　13-3306 ③
—かみをこひつつ　15-3682 ①
—かみをこひのみ　3-443 ㉙

―かみをこひのみ　20-4499 ③
―かみをそあがのむ　13-3284 ⑪
―かみをそあがのむ　13-3286 ⑨
―かみをそいのる　6-920 ㉑
―かみをもあれは　13-3308 ①
―さかゆるときに　6-996 ③
―そこひのうらに　15-3750 ①
―とほきがごとく　6-933 ①
―とほきはじめよ　19-4160 ①
―ともにひさしく　5-814 ①
―はじめのときの　2-167 ①
―はじめのときゆ　10-2089 ①
―はじめのときゆ　19-4214 ①
―よりあひのきはみ　2-167 ⑰
―よりあひのきはみ　6-1047 ㊶
―よりあひのきはみ　11-2787 ①
―わかれしときゆ　3-317 ①
―わかれしときゆ　8-1520 ③
あめつちは　5-892 ㉞
あめつちも　1-50 ⑬
あめつちを
―うれへこひのみ　13-3241 ①
―てらすひつきの　20-4486 ①
あめなふりそね
けなばをしけむ―　3-299 ⑤
このはぎはらに―　10-2097 ⑤
こゆらむけふそ―　9-1680 ⑤
ちらばをしけむ―　10-2116 ⑤
ちらまくをしも―　10-1970 ⑤
あめなる
―ささらのをのの　3-420 ㉟
―ひとつたなはし　11-2361 ①
―ひめすがはらの　7-1277 ①
あめなるや
―ささらのをのに　16-3887 ①
―つきひのごとく　13-3246 ①
あめにとびあがり　17-3906 ④
あめにはきぬを　7-1371 ②
あめにはも　19-4274 ①
あめにふりきや　3-460 53
あめにます　6-985 ①
あめにもあるか　12-3122 ②
あめのうみに
―くものなみたち　7-1068 ①
―つきのふねうけ　10-2223 ①
あめのかぐやま
―かすみたつ　3-257 ②
―このゆふへ　10-1812 ②
ころもほしたり―　1-28 ⑤
―のぼりたち　1-2 ④
ひさしくなりぬ―　7-1096 ⑤
あめのごと
―あふぎてみつつ　13-3324 ⑬
―ふりさけみつつ　2-199 146
あめのしぐれの　1-82 ④
あめのした
―しらしまさむと　6-1047 ⑪
―しらしめさむと　6-1053 ㉓
―しらしめしきと　20-4360 ⑤
―しらしめしけむ　1-29 ㉓
―しらしめしける　1-29ィ ⑨
―しらしめしける　18-4098 ③
―しらしめしける　20-4465 ㉛
―しらしめしし　2-162 ③
―しらしめししを　1-29 ⑨
―しらしめしせば　2-167 ㊴
―すでにおほひて　17-3923 ①
―はらひたまひて　2-199ィ ㉓
―まをしたまはね　5-879 ③
―まをしたまひし　5-894 ㉑
―まをしたまへば　2-199 93
―やしまのうちに　6-1050 ③
―よものひとの　2-167 ㊺
―よものみちには　18-4122 ③
―をさめたまひ　2-199 ㉓
―をさめたまへば　19-4254 ⑰
あめのしたに　1-36 ④
あめのたづむら　9-1791 ⑤
あめのたりよに　13-3281 ㉕
あめのたりよを　13-3280 ㉕
あめのつゆしも
―おきにけり　4-651 ②

—とればけにつつ　7-1116④
あめのひもがも　15-3724⑤
あめのふらくに
いでつつそみし—　11-2681⑤
いでつつそみし—　12-3121⑤
たをりそあがこし—　8-1582⑤
—ほととぎす　10-1963②
あめのふるひを
こひそくらしし—　11-2682⑤
—ただひとり　4-769②
—とがりすと　17-4011㊾
—わがかどに　12-3125②
あめのふるよを　9-1756②
あめのみかげ　1-52㊳
あめのみかどを　20-4480②
あめはなふりそ　7-1091②
あめはふりきぬ
—あまぎらひ　13-3268④
—かくしあらば　18-4124②
あめはふりく　13-3310⑧
あめはふりける　1-25⑥
あめはふりしく　20-4443②
あめはふりしけ　6-1040②
あめはふる　7-1154①
あめはふるといふ
—そのゆきの　1-26⑥
—ときじくそ　13-3293④
あめはふるとも　12-3032⑤
あめはふれども
—いろもかはらず　20-4442④
—ぬれつつそこし　12-3126④
あめはれて　8-1569①
あめひとし　18-4082③
あめひとの　10-2090③
あめふらず
—とのぐもるよの　3-370①
—ひのかさなれば　18-4122⑮
あめふらずとも　9-1764⑩
あめふらば　3-374①
あめふりて
—かぜふかずとも　9-1764⑦
—にほひはすとも　16-3877③
あめふるかはの　12-3012②
あめふるごとに　10-2169②
あめふるよの　5-892②
あめふれば　10-2308①
あめへゆかば　5-800⑰
あめまじり　5-892③
あめみるごとく
—あふぎみし　2-168②
—まそかがみ　3-239⑳
あめもたまはね　18-4122㉟
あめもふらぬか
—あまつつみ　4-520②
—きみをとどめむ　11-2513④
—こころだらひに　18-4123④
—そをよしにせむ　11-2685④
—はちすばに　16-3837②
あめもふる　12-3124①
あめやみぬ　8-1551③
あめよりゆきの　5-822④
あめをば　2-167⑬
あめをまとのす　14-3561④
あもがめもがも　20-4383⑤
あもししが　20-4378③
あもししに　20-4376③
あもとじも　20-4377①
あもりいまして　2-199㉒
あもりつく
—あめのかぐやま　3-257①
—かみのかぐやま　3-260①
あもりまし　19-4254⑨
あもりましけむ　13-3227④
あやおへる　1-50㊲
あやしくも
—あれはそこふる　11-2402③
—ことにきほしき　7-1314③
—なげきわたるか　18-4075③
—わがころもでは　7-1371③
あやしみと　9-1740㉛
あやにあやに　14-3497③
あやにかしこき

—あすかの　2-199 ④
　—やまのへの　13-3234 ㉑
あやにかしこく　6-948 ㉒
あやにかしこし
　—いはまくも　3-475 ②
　—かむながら　20-4360 ⑩
　—すめろきの　18-4111 ②
　—たらしひめ　5-813 ②
　—ふぢはらの　13-3324 ②
　—わがおほきみ　3-478 ②
あやにかしこみ　2-204 ⑩
あやにかなしき　14-3465 ⑤
あやにかなしさ　14-3462 ⑤
あやにかなしみ
　—あけくれば　2-159 ⑯
　—おきてたかきぬ　20-4387 ④
　—ぬえどりの　2-196 ㊿
あやにかなしも
　あひみしこらし—　14-3537 ⑤
　あらそふいもし—　14-3479 ⑤
　たまくらはなれ—　20-4432 ⑤
　はしなるこらし—　14-3408 ⑤
あやにかもねむ　20-4428 ⑤
あやにかもねも　20-4422 ⑤
あやにきほしも　14-3350 ⑤
あやにくすしみ　18-4125 ㉘
あやにたふとさ　19-4254 ㊺
あやにたふとみ　18-4094 ㊵
あやにともしき　2-162 ⑱
あやにともしく　6-913 ②
あやにともしみ
　—しのひつつ　17-4006 ㉘
　—たまかづら　6-920 ⑯
あやはとも　14-3541 ③
あやほかど　14-3539 ③
あやまちしけむ　15-3688 ⑧
あやむしろ　11-2538 ③
あやめぐさ
　—かづらくまでに　19-4175 ③
　—かづらにせむひ　10-1955 ③
　—かづらにせむひ　18-4035 ③
　—たまにぬくひを　8-1490 ③
　—たまぬくまでに　18-4089 ⑲
　—たまぬくまでに　19-4177 ㉗
　—はなたちばなに　18-4101 ㉑
　—はなたちばなに　18-4102 ③
　—はなたちばなを　3-423 ⑨
　—はなたちばなを　19-4166 ㉑
　—はなたちばなを　19-4180 ⑨
　—よもぎかづらき　18-4116 ㉑
あやめをすゑて　7-1273 ⑤
あゆかつるらむ　5-861 ⑤
あゆこさばしり　3-475 ⑯
あゆこさばしる
　—きみまちがてに　5-859 ④
　—しまつとり　19-4156 ⑩
あゆしはしらば　19-4158 ②
あゆちがた
　—しほひにけらし　3-271 ③
　—しほひにけらし　7-1163 ①
あゆぢのみづを　13-3260 ②
あゆつると
　—たたせるいもが　5-855 ③
　—たたせるこらが　5-856 ③
　—みたたしせりし　5-869ィ ③
あゆのかぜ
　—いたくしふけば　17-4006 ⑰
　—いたくふくらし　17-4017 ①
あゆはしる
　—なつのさかりと　17-4011 ⑪
　—よしののたきに　6-960 ③
あゆひたづくり　17-4008 ⑭
あゆひはぬれぬ　7-1110 ④
あゆめあがこま　14-3441 ⑤
あゆめくろこま
　いつかいたらむ—　14-3441左注 ⑤
　はやくいたらむ—　7-1271 ⑤
あゆるみは　18-4111 ㉗
あゆをいたみ　19-4213 ①
あゆをいたみかも　18-4093 ⑤
あゆをくはしめ
　—くはしいもに　13-3330 ⑩

—しもつせの　13-3330 ⑧
あゆををしみ
—くはしいもに　13-3330 ⑫
—なぐるさの　13-3330 ⑭
あよくなめかも　20-4390 ⑤
あらかきの　11-2562 ③
あらがきまゆみ　14-3561 ②
あらかじめ
—あらぶるきみを　4-556 ③
—いもをとどめむ　3-468 ③
—おのづまかれて　9-1738 ㉑
—かねてしりせば　6-948 ㉕
—きみきまさむと　6-1013 ①
—ひとごとしげし　4-659 ①
あらかりしかど　16-3871 ④
あらきかぜ　19-4245 ㉕
あらきしまねに　15-3688 ㉔
あらきしまみを　1-42 ⑤
あらきだの　16-3848 ①
あらきなみ　6-1020(1021) ⑰
あらきにも　11-2639 ③
あらきのをだを　7-1110 ②
あらきはまへに　4-500 ⑤
あらきやまぢを　1-45 ⑫
あらくさだちぬ　14-3447 ⑤
あらくまの　11-2696 ①
あらくもおほく　5-809 ②
あらくもしるし　3-258 ②
あらくをよみぞ　6-975 ②
あらしかもとき　7-1101 ⑤
あらしそのみち
たむけよくせよ—　4-567 ⑤
よくしていませ—　3-381 ⑤
あらじとあれは　4-695 ②
あらしなふきそ　7-1189 ②
あらしのかぜの　11-2677 ②
あらしのふきて　13-3282 ②
あらしのふけば
—たちまつに　13-3281 ⑧
—たちまてる　13-3280 ⑧
あらしふくよは　11-2679 ④
あらしやしてむ　20-4477 ④
あらしをすらに　17-3962 ㊻
あらしをの　20-4430 ①
あらしをも　20-4372 ⑤
あらそひかねて
—あしはらの　9-1804 ⑧
—あをことなすな　14-3456 ④
—いろづきにけり　10-2196 ④
—さけるはぎ　10-2116 ②
—わがやどの　10-1869 ②
あらそひに　19-4211 ⑪
あらそふいもし　14-3479 ④
あらそふはぎの　10-2102 ④
あらそふはしに
—このくれの　19-4166 ⑫
—わたらひの　2-199 ㊳
—わたらひの　2-199ィ ㊳
あらそふみれば　9-1809 ㉞
あらそふらしき　1-13 ⑪
あらそへば　11-2659 ①
あらたあらたに　20-4299 ②
あらたしき
—としのはじめに　17-3925 ①
—としのはじめに　19-4284 ①
—としのはじめの　20-4516 ①
—としのはじめは　19-4229 ①
あらたなれども　10-1884 ④
あらたへの
—ころものそでは　2-159 ⑲
—ぬのきぬをだに　5-901 ①
—ふぢえのうらに
3-252 ①, 15-3607左注 ①
—ふぢはらがうへに　1-50 ⑤
—ふぢゐがはらに　1-52 ⑤
—ふぢゐのうらに　6-938 ⑦
あらたまの
—いつとせふれど　11-2385 ①
—きへがたかがき　11-2530 ①
—きへのはやしに　14-3353 ①
—きへゆくとしの　5-881 ③
—たつつきごとに　13-3324 ㊸

―たつつきごとに　15-3683③
―つきかさなりて　10-2092⑦
―つきかへぬると　4-638③
―つきたつまでに　8-1620①
―つきのかはれば　13-3329㉝
―つきのへゆけば　10-2205③
―つきひもきへぬ　15-3691⑨
―つきひよみつつ　20-4331㉓
―としかへるまで　17-3979①
―としつきかねて　12-2956①
―としのいつとせ　18-4113⑦
―としのへぬれば　4-590①
―としのへゆけば　10-2140①
―としのをながく　3-460㉓
―としのをながく　4-587③
―としのをながく　10-2089㉛
―としのをながく　11-2534③
―としのをながく　12-2891①
―としのをながく　12-2935①
―としのをながく　12-3207①
―としのをながく　15-3775①
―としのをながく　19-4244①
―としのをながく　19-4248①
―としのをながく　20-4408⑲
―としはきゆきて　13-3258①
―としははつれど　11-2410①
―としふるまでに　3-443㊸
―としゆきかはり　19-4156①
―としゆきがへり　17-3978⑲
―としゆきがへり　18-4116⑬
―としゆきがへり　20-4490①
あらたまるよし　10-1885②
あらたよと　1-50㊴
あらたよに　3-481⑦
あらたよの
―ことにしあれば　6-1047㊾
―さきくかよはむ　13-3227㉓
―ひとよもおちず　12-2842③
―ひとよもおちず　12-3120③
あらちやま　10-2331③
あらつのうみ
―しほひしほみち　17-3891①
―われぬさまつり　12-3217①
あらつのさきに　15-3660②
あらつのはまに　12-3215④
あらつまで　12-3216③
あらとこに　2-220㉟
あらなくに
―ここだくあれは　4-666③
―としつきのごと　11-2583③
―なにしかきけむ　2-164③
―わがころもでを　15-3712③
あらなみに　2-226①
あらぬかも　11-2585③
あらねども
―あはぬひまねみ　11-2422③
―うたてこのころ　12-2877③
―このながつきを　13-3329㉑
―ゆふかたまけて　11-2373③
あらのにはあれど　1-47②
あらのらに　6-929①
あらばこそ
―あがしたごろも　16-3809③
―あがもふいもに　15-3740③
―いましもあれも　11-2419③
―よのながけくも　12-2865③
―よのふくらくも　7-1414③
あらはさずありき　5-854⑤
あらはさばいかに　16-3803⑤
あらはさめかも　14-3559⑤
あらはしてあれば　18-4094㊹
あらばしばしば　11-2359⑤
あらばすべなみ　15-3590②
あらばちりなむ　8-1621⑤
あらはるましじき　7-1385④
あらはれめやも　11-2354⑥
あらはろまでも　14-3414④
あらひきぬ　12-3019①
あらひすすぎ　16-3880⑧
あらひとがみ　6-1020(1021)⑩
あらびなゆきそ
―きみいまさずとも　2-172④

—としかはるまで　2-180④
あらびにけらし　11-2652④
あらぶるいもに
—こひつつそをる　11-2822④
—こふるころかも　11-2822ィ④
あらぶるきみを　4-556④
あらふわかなの　11-2838②
あらましものを
いもせのやまに—　4-544⑤
—おもはしめつつ　15-3737④
—こひつつあらずは　11-2733④
そのよはゆたに—　12-2867⑤
みぬひときなく—　19-4221⑤
あらましを　2-163③
あらませば
—あがみはちたび　11-2390③
—いへなるいもに　15-3671③
—かかるこひには　11-2505③
—ちたびそわれは　4-603③
—はぐくみもちて　15-3579③
あらむとそ
—きみはきこしし　13-3318㉙
—このてるつきは　3-442③
あらめやと　15-3719③
あらめやも　11-2600③
あらやまなかに
—うみをなすかも　3-241④
—おくりおきて　9-1806②
あらやまも　13-3305⑬
あられうつ　1-65①
あられたばしり　20-4298②
あられたばしる　10-2312②
あられなす　2-199ィ㉛
あられふり
—いたやかぜふき　10-2338①
—かしまのかみを　20-4370①
—かしまのさきを　7-1174①
—きしみがたけを　3-385①
—とほつあふみの　7-1293①
—とほつおほうらに　11-2729①
あられまつばら　1-65②
あらゐのさきの　12-3192②
あらをらが
—ゆきにしひより　16-3863①
—よすかのやまと　16-3862③
あらをらは　16-3865①
あらをらを　16-3861①
ありあけのつくよ
—ありつつも　10-2300②
—ありつつも　11-2671②
—みれどあかぬかも　10-2229④
ありありて　12-3113①
ありかつましじ
—あがこふらくは　11-2481④
かくのみまたば—　4-484⑤
きみがいまさば—　4-610⑤
きみにこひつつ—　11-2470⑤
このつきごろも—　4-723⑰
こひのまさらば—　11-2702⑤
さねずはつひに—　2-94⑤
ありかねて　3-383③
ありがほし　6-1059㉓
ありがよはむと　13-3236⑭
ありがよひ
—いやとしのはに　17-3991㉝
—いやとしのはに　17-3992③
—いやとしのはに　17-4000㉑
—たかしらせるは　6-1006③
—つかへまつらむ　17-3907⑬
—みつつしのはめ　19-4187㉗
—めさくもしるし　6-938⑰
—めししいくぢの　3-479③
—めしたまふらし　18-4098⑬
ありがよひつつ　2-145②
ありがよひみむ　17-4002⑤
ありがよひめす　18-4099⑤
ありがよふ
—しまとをみれば　3-304③
—なにはのみやは　6-1062③
—なにはのみやは　6-1063①
—のわたりに　10-2089⑪
—ひとめをおほみ　12-3104③

ありきにければ　17-4003 ⑭
ありきぬの
　—ありてのちにも　15-3741 ③
　—ありてののちも　15-3741ィ ③
　—さゑさゑしづみ　14-3481 ①
　—たからのこらが　16-3791 ㊳
ありけむひとの
　—しつはたの　3-431 ②
　—もとめつつ　7-1166 ②
ありけむひとも
　—あがごとか　4-497 ②
　—わがごとか　7-1118 ②
ありけむものを　15-3691 ④
ありけらし　4-738 ③
ありけるきみを　12-2964 ②
ありけることと　9-1807 ④
ありけることを　9-1807 ㊵
ありけるしらに　3-401 ②
ありけるふねを　15-3594 ②
ありけるものを
　—いももあれも　3-470 ②
　—たちかくり　10-1877 ②
　とほくみつべく—　11-2372 ⑤
　—はぎのはな　3-455 ②
　—よのなかの　9-1740 ㉞
　—ゐながはの　16-3804 ②
ありけるわざの　19-4211 ②
ありけれど　3-308 ③
ありこすなゆめ　11-2712 ⑤
ありこせぬかも
　いまさけるごと—　10-1973 ⑤
　ちとせいほとせ—　6-1025 ⑤
　ちとせのごとも—　11-2387 ⑤
　ながれのながく—　10-2092 ㉕
　はなにもきみは—　8-1616 ⑤
　ももよのながさ—　4-546 ⑲
　よどむことなく—　2-119 ⑤
　わがへのそのに—　5-816 ⑤
ありこそと　13-3292 ③
ありさりて
　—いまならずとも　4-790 ③
　—のちもあはむと　17-3933 ①
ありさりてしも　12-3070 ④
ありしあひだに
　—うつせみの　9-1785 ⑧
　—うみをなす　6-928 ⑧
ありしかど　2-190 ③
ありしかば　14-3385 ③
ありしかも　12-3140 ③
ありしそで　10-2073 ③
ありそかねつる　4-613 ⑤
ありそこし　11-2434 ①
ありそこす
　—なみはかしこし　7-1397 ①
　—なみをかしこみ　7-1180 ①
ありそなみ　13-3253 ⑪
ありそにおふる
　—なのりその　3-363 ②
　—なのりその　12-3077 ②
ありそにそ　2-135 ⑦
ありそにはあれど　9-1797 ②
ありそにも　11-2733 ③
ありそによする
　—いほへなみ　4-568 ②
　—しぶたにの　17-3991 ⑧
ありそのうへに
　—うちなびき　4-509 ㊷
　—かあをくおふる　2-131 ⑭
　—かあをくおふる　2-138 ⑭
　—はまなつむ　13-3243 ⑯
ありそのうへの　13-3244 ②
ありそのさきに　17-3993 ㉖
ありそのすどり　11-2801 ②
ありそのたまも
　—かるとかも　12-3206 ②
　—しほひみち　6-918 ②
ありそのなみも　17-3959 ④
ありそのめぐり　18-4049 ④
ありそのわたり　12-3072 ②
ありそへに　9-1689 ①
ありそまきてぬ　10-2004 ④
ありそまつ　11-2751 ③

ありそみに　12-3163 ③
ありそもに　2-220 ㉙
ありそもみえず　7-1226 ②
ありそやに　14-3562 ①
ありそゆも　7-1202 ①
ありそをまきて　13-3341 ④
ありたたし　1-52 ⑪
ありたてる　13-3239 ⑤
ありたもとほり　17-4008 ㊵
ありちがた　12-3161 ①
ありつつみれど　11-2757 ④
ありつつみれば
　はなにしありけり――　10-2288 ⑤
　まきらはしもな――　14-3407 ⑤
ありつつも
　――あれはいたらむ　14-3428 ③
　――きみがきまさば　10-2300 ③
　――きみがきまさむ　7-1291 ④
　――きみがきまさむ　11-2363 ④
　――きみきましつつ　20-4302 ③
　――きみをおきては　11-2671 ③
　――きみをばまたむ　2-87 ①
　――つぎなむものを　14-3360 ③
　――はるしきたらば　4-529 ④
　――めしたまはむそ　19-4228 ①
　――やまずかよはむ　3-324 ⑨
ありつるきみは　3-443 ㊽
ありつれど　15-3686 ③
ありてしか　11-2676 ③
ありてのちにも
　――あはざらめやも　4-763 ④
　――あはざらめやも　15-3741 ④
　――あはむとそおもふ　12-3064 ④
ありてののちも　15-3741ィ ④
ありてもみづは　11-2817 ④
ありてもみむと　13-3253 ⑫
ありといはずやも
　たにになまじりて――　2-224 ⑤
　たまはみだれて――　3-424 ⑤
ありといはなくに　2-166 ⑤
ありといはばこそ　13-3263 ⑮
ありといふいもに　12-2909 ④
ありといふを
　――いつのまにそも　4-523 ③
　――いつのまにそも　13-3264 ③
　――ただひとりごに　6-1007 ③
ありといへど
　――あがこひのみし　14-3422 ③
　――えらえしあれそ　11-2476 ③
　――わたりぜごとに　7-1307 ③
ありとききつつ　4-757 ④
ありとききて　13-3242 ⑦
ありとしおもはば　13-3249 ④
ありとつげこそ
　しきてこひつつ――　12-3024 ⑤
　みしひのごとく――　20-4473 ⑤
ありとはきけど　6-935 ⑩
ありともや　17-3902 ③
ありなぐさめて
　――たまのをの　11-2826 ②
　――ゆかめども　12-3161 ②
ありなみえずぞ　13-3300 ⑪
ありなみすれど
　――ありなみえずぞ　13-3300 ⑩
　――いひづらひ　13-3300 ⑧
ありねよし　1-62 ①
ありのことごと　5-892 ㉒
ありますげ
　――ありつつみれど　11-2757 ③
　――ありてのちにも　12-3064 ③
ありまてど　13-3326 ⑲
ありまやま
　――くもゐたなびき　3-460 ㊿
　――ゆふぎりたちぬ　7-1140 ③
ありめぐり
　――ことしをはらば　20-4331 ㊸
　――わがくるまでに　20-4408 ㊰
ありよしと　6-1059 ⑦
ありわたるがね　10-2179 ⑤
ありわたるかも　11-2504 ⑤
ありわたるとも　18-4090 ②
あるがくるしさ　6-1007 ⑤

あるがともしさ
　いもにこひずて―― 7-1208⑤
　たびにもつまと―― 4-634⑤
あるきおほみ 14-3367③
あるなへに 12-3141③
あるはうべなり 12-2848②
あるひとに 10-1989③
あるひとの 10-2302①
あるひとは 9-1801㉓
あるひとを
　――いかにしりてか 11-2756③
　――めぐくやきみが 11-2560③
あるべかるらし 3-347⑤
あるべきものを 20-4486④
あるべくありける
　いもをばみずそ―― 15-3739⑤
　よそにそきみは―― 13-3259⑤
あるべくもあれや 18-4113㉙
あるみにいだし 15-3582②
あるみにこぎいで 7-1266②
あるものをかも 12-3054②
あるらくをしも
　すみよきさとの―― 6-1059㉕
　ならのみやこの―― 8-1604⑤
あるらむきみを
　――あやしくも 18-4075②
　――みむよしもがも 10-2248④
あるらむごとく 15-3691⑳
あるらむこゆゑ
　――こひわたるかも 12-2968④
　――たまのをの 10-1936②
あるらむこらは 11-2607④
あるらむひとを 4-717②
あるらむものと 15-3736④
あるらめど 13-3256③
あるわがやどに 8-1507②
あるわれを 4-589③
あれかくこふと 8-1498④
あれかこひむな 13-3291⑭
あれかへりこむ 17-3957⑭
あれかまとへる 12-2917④
あれかもまとふ 11-2595④
あれきたる 3-379③
あれこひにけり
　いもがめみねば―― 11-2426⑤
　このころきかずて―― 3-236⑤
　ひとづまゆゑに―― 12-3093⑤
　ひなにしすめば―― 18-4121⑤
あれこひぬべし 10-1999⑤
あれこひのめど 5-904㊿
あれこひむかも 7-1181⑤
あれこひめやも
　あひみずあらば―― 14-3508⑤
　いきのをにして―― 4-681⑤
　いちしろくしも―― 10-2255⑤
　いもしみえなば―― 11-2530⑤
　きみがきこさば―― 11-2805⑤
　きみがきまさば―― 10-2300⑤
　きみとしみてば―― 17-3970⑤
　こころつくして―― 9-1805ィ⑤
　こころみだれて―― 9-1805⑤
　こゑだにきかば―― 10-2265⑤
　さとびとみなに―― 11-2598⑤
　はなはだここだ―― 7-1328⑤
　ひとづまゆゑに―― 1-21⑤
　みなきこともち―― 11-2797⑤
　わがりしこずは―― 11-2773⑤
あれこひわたる 11-2486④
あれこひをらむ 15-3742⑤
あれざらましを 2-173⑤
あれしおもはば 12-2909②
あれしかなしも 17-3975⑤
あれそくやしき 17-3939⑤
あれそくるしき 12-2930⑤
あれそまさりて 12-3106④
あれそものおもふ 12-3022④
あれたちまたむ 12-3195⑤
あれたるいへに 3-440②
あれたるみやこ 1-33④
あれつかしつつ 6-1053㉒
あれつぎくれば 4-485②
あれつくや 1-53③

あれとかめやも 15–3585 ⑤
あれどもいへに 15–3670 ④
あれなしと 17–3997 ①
あれにけり
—おほみやひとの 6–1060 ③
—きみがきまさむ 10–2084 ③
—たたししきみの 20–4506 ③
あれにけるかも
いもがかきまは— 10–1899 ⑤
—ひさにあらなくに 2–234 ④
ひともゆかねば— 6–1047 (63)
みほのいはやは— 3–307ィ ⑤
あれにつぐらく 17–3973 ㉔
あれにつげつる 17–3957 (51)
あれにはまさじ 8–1609 ⑤
あれぬとも 20–4507 ③
あれのさき 1–58 ③
あれのみそ 4–656 ①
あれのみや 10–1986 ①
あれはあへるかも 4–559 ⑤
あれはありける 18–4132 ④
あれはいかにせむ 15–3746 ⑤
あれはいきづく 12–2905 ④
あれはいたらむ 14–3428 ④
あれはいとはじ 4–764 ④
あれはいははむ
—かへりくまでに 20–4350 ④
—もろもろは 20–4372 ⑫
あれはおもはじ 11–2434 ④
あれはくえゆく 20–4372 ④
あれはこぎぬと 20–4365 ④
あれはことあげす 13–3250 ⑥
あれはこひなむ
—きみにあはじかも 3–379 ⑱
—きみにあはじかも 3–380 ④
—たまづさの 11–2548 ②
あれはこひのむ 5–906 ②
あれはこひむな
—あはむひまでに 12–3188 ④
—いなみのの 7–1179 ②
—きみがめをほり 11–2674 ④
—ただにあふまでに 4–550 ④
—なほりやま 9–1778 ②
—のちはあひぬとも 12–3190 ④
—のちはあひぬとも 14–3477 ④
—みずひさならば 9–1785 ⑳
あれはこふるか
あひみそめても— 12–2899 ⑤
—なみならなくに 7–1331 ④
あれはこふるを 12–2849 ⑤
あれはしぬべし 12–2907 ⑤
あれはするかも
かかるこひをも— 11–2411 ⑤
からきこひをも— 11–2742 ⑤
からきこひをも— 15–3652 ⑤
からきこひをも— 17–3932 ⑤
けぬべきこひも— 10–2291 ⑤
けぬべきこひも— 12–3039 ⑤
たちえぬこひも— 11–2714 ⑤
あれはそこふる
—あふよしをなみ 11–2402 ④
—いもがただかに 9–1787 ⑳
—いもがただかに 13–3293 ⑫
—きみがすがたに 12–2933 ④
—きみがすがたに 12–3051 ④
—ふねかぢをなみ 6–935 ⑱
あれはときみじ 12–2919 ④
あれはなし
—このころのまの 12–2984 ③
—よるひるといはず 11–2376 ③
あれはまたむゑ 14–3406 ④
あれはまゐこむ 20–4298 ④
あれはもとめむ 5–808 ②
あれはものおもふ 10–2247 ④
あれはやこひむ
—いなみのの 9–1772 ②
—はるかすみ 9–1771 ②
あれはわすれじ
—このたちばなを 18–4058 ④
—こひはしぬとも 12–2939 ④
—ただにあふまでに 13–3289 ⑭
あれはわたらむ 13–3250 ㉔

あれまくをしも
　みこのみかどの――　2-168⑤
　やまの――　13-3331⑪
あれまさむ　6-1047⑨
あれましし　1-29⑤
あれまたむ
　――はやかへりませ　15-3747③
　――はやきませきみ　15-3682③
あれもなれるを　5-892㊼
あれやおもひます　13-3306⑤
あれやかなしき　17-4008⑱
あれやさらさら　10-1927④
あれやしかもふ　14-3470④
あれゆけば　6-1049③
あれゆのち　11-2375①
あれわすれめや　9-1770⑤
あれをおきて　5-892⑮
あれをしもはば　20-4426⑤
あれをたのめて　14-3429④
あれをちらすな　5-852ィ④
あれをばも　5-794㉓
あれをらめやも　15-3731⑤
あろこそえしも　14-3509⑤
あわゆきか　8-1420①
あわゆきそふる　10-1840⑤
あわゆきながる　10-2314⑤
あわゆきに　8-1641①
あわゆきにあひて　8-1436④
あわゆきの
　――けぬべきものを　8-1662①
　――このころつぎて　8-1651①
　――にはにふりしき　8-1663①
　――ふるにやきます　16-3805③
　――ほどろほどろに　8-1639①
あわゆきは
　――けふはなふりそ　10-2321①
　――ちへにふりしけ　10-2334①
あわゆきふると　8-1648②
あわゆきふれり　10-2323④
あわをによりて　4-763②
あをうなはら　20-4514①
あをうまの　12-3098③
あをうまを　20-4494③
あをかきごもり　6-923⑥
あをかきやま　1-38⑫
あをかきやまの　12-3187②
あをかぐやまは　1-52⑭
あをききぬがさ　19-4204⑤
あをきをば　1-16⑮
あをくおふる　13-3291③
あをくさを　11-2540③
あをくびつけ　9-1807⑩
あをくむの　20-4403③
あをくもの
　――いでこわぎもこ　14-3519③
　――たなびくひすら　16-3883③
　――ほしはなれゆく　2-161③
　――むかぶすくにの　13-3329③
あをことなすな　14-3456⑤
あをことなたえ　14-3501⑤
あをこまが　2-136①
あをしのふらし　12-3145②
あをしのふらむ　14-3532④
あをすがやまは　1-52㉖
あをなたえそね　14-3416⑤
あをなたのめそ　12-3031④
あをなにもちこ　16-3825②
あをなみに
　――そでさへぬれて　20-4313①
　――のぞみはたえぬ　8-1520⑪
あをによし
　――くぬちことごと　5-797③
　――ならぢきかよふ　17-3973⑨
　――ならなるひとの　7-1215③
　――ならなるひとも　10-1906③
　――ならにあるいもが　18-4107①
　――ならのあすかを　6-992③
　――ならのおほちは　15-3728①
　――ならのみやこに　5-806③
　――ならのみやこに　5-808③
　――ならのみやこに　15-3602①
　――ならのみやこに　15-3612①

—ならのみやこに　19-4266⑦
—ならのみやこの　1-79⑮
—ならのみやこは　3-328①
—ならのみやこは　17-3919①
—ならのみやこゆ　19-4245③
—ならのみやこを　6-1046③
—ならのみやには　1-80①
—ならのやまなる　8-1638①
—ならのやまの　1-17③
—ならのわぎへに　17-3978㊺
—ならひとみむと　19-4223①
—ならやまこえて　1-29ィ⑬
—ならやまこえて　13-3236③
—ならやますぎて　13-3237①
—ならやますぎて　17-3957⑦
—ならやまをこえ　1-29⑬
—ならをきはなれ　17-4008①
あをねがみねの　7-1120②
あをねしなくな　14-3362⑤
あをねしなくも　20-4437⑤
あをねしなくよ　14-3458④
あをねしなくる
きみがなかけて—　14-3362左注⑤
もとなみえつつ—　14-3471⑤
あをねろに
—いさよふくもの　14-3512③
—たなびくくもの　14-3511①
あをのうらに　18-4093①
あをはたの
—おさかのやまは　13-3331③
—かづらきやまに　4-509⑲
—こはたのうへを　2-148①
あをばのやまの　8-1543④
あをぶちに　16-3833③
あをまたすらむ
—ちちはははも　5-890④
—ははがかなしさ　5-890ィ④
あをまちかねて
—なげかすらしも　12-3147④
ひとりやぬらむ—　14-3562⑤
あをまつこらは　11-2751④
あをまつと
—あるらむこらは　11-2607③
—きみがぬれけむ　2-108①
—なすらむいもを　17-3978㊸
あをみづら　7-1287①
あをやぎの
—いとのくはしさ　10-1851①
—えだきりおろし　15-3603①
—えだくひもちて　10-1821③
—はらろかはとに　14-3546①
—はりてたてれば　14-3443③
—ほそきまよねを　19-4192⑤
—ほつえよぢとり　19-4289①
あをやぎは
—いまははるへと　8-1433③
—かづらにすべく　5-817③
あをやぎを
—かづらにしつつ　5-825③
—たをりてだにも　8-1432③
あをやなぎ　5-821①
あをやまの
—いはかきぬまの　11-2707①
—しげきやまへに　7-1289④
—そこともみえず　6-942⑮
—みねのしらくも　3-377①
あをやまを
—ふりさけみれば　13-3305③
—ふりさけみれば　13-3309③
—よこぎるくもの　4-688①
あをわすらすな
—いそのかみ　12-3013②
つかのあひだも—　11-2763⑤
ひざまくごとに—　14-3457⑤

い

いかかるくもの　14-3518 ②
いかきわたり
―ゆふしほに　8-1520 ㉔
―ゆふへにも　8-1520ィ ㉔
いかくりゆかば　6-918 ④
いかくるまで　1-17 ⑥
いかごやま
―いかにかあがせむ　13-3240 ㉛
―のへにさきたる　8-1533 ①
いかさまに
―おもひいませか　3-443 ㊾
―おもひけめかも　3-460 ⑮
―おもひをれか　2-217 ⑤
―おもほしけめか　1-29ィ ⑮
―おもほしめせか　1-29 ⑮
―おもほしめせか　2-162 ⑨
―おもほしめせか　2-167 ㉛
―おもほしめせか　13-3326 ③
いかだうかべて　19-4153 ②
いかだにつくり
―のぼすらむ　1-50 ㊹
―まかぢぬき　13-3232 ④
いかづちの　2-199 ㊺
いかづちのうへに　3-235 ④
いかづちやまに　3-235左注 ④
いかといかと　8-1507 ①
いかならむ　4-759 ①
いかなりといひて　11-2466 ④
いかなるいろに　7-1281 ⑤
いかなるせなか　14-3536 ④
いかなるひとか
―くろかみの　7-1411 ②
―ものおもはざらむ　11-2436 ④
いかなるひとの　11-2533 ②
いかなるや　13-3295 ⑦
いかにあらむ
―いづれのひにか　4-701 ③
―としつきひにか　3-443 ㉛
―なにおふかみに　11-2418 ①
―ひのときにかも　5-810 ①
―ひのときにかも　12-2897 ①
―よしをもちてか　11-2396 ③
いかにある　18-4036 ①
いかにおもへか　15-3647 ②
いかにかあがせむ
―まくらづく　5-795 ②
―ゆくへしらずて　13-3240 ㉜
いかにかあるらむ
にづらふいもは―　10-1986 ⑤
やまのさくらは―　8-1440 ⑤
いかにかきみが　2-106 ④
いかにかしかむ　9-1754 ②
いかにかぢとり　7-1235 ②
いかにかひとり　3-462 ④
いかにかもせむ
おもふこころを―　7-1334 ⑤
―するすべのなさ　17-3928 ④
―ひとめしげくて　4-752 ④
いかにかゆかむ
―かりてはなしに　5-888 ④
―かれひはなしに　5-888ィ ④
―わかくさの　11-2361 ③
いかにかわかむ　5-826 ⑤
いかにくらさむ
あけなむあすを―　12-2884 ⑤
あすのはるひを―　10-1914 ⑤
いかにこのよを　11-2458 ④
いかにさきくや　4-648 ④
いかにしつつか　5-892 ㉜
いかにして
―こひばかいもに　14-3376左注 ①
―こひやむものぞ　13-3306 ①
―つつみもちいかむ　7-1222 ③
―わするるものそ　8-1629 ㊲
―わするるものそ　11-2597 ①
いかにしりてか　11-2756 ④
いかにせば　20-4463 ③
いかにせばかも

—あがこひやまむ　11-2738 ④
—てゆかれずあらむ　3-403 ④
いかにせむとか
—わがねそめけむ　11-2650 ④
—わたつみの　7-1216 ②
いかにせよとか　5-794 ㉔
いかにせよとそ　14-3491 ⑤
いかにつげきや　8-1506 ⑤
いかにわれせむ　18-4046 ⑤
いかばかり
—おもひけめかも　4-633 ①
—こほしくありけむ　5-875 ③
いかほかぜ　14-3422 ①
いかほせよ　14-3419 ①
いかほねに　14-3421 ①
いかほのぬまに　14-3415 ②
いかほのねろに　14-3423 ②
いかほろに　14-3409 ①
いかほろの
—そひのはりはら　14-3410 ①
—そひのはりはら　14-3435 ①
—やさかのゐでに　14-3414 ①
いかむいのちそ　12-2913 ②
いかりおろし
—いかなるひとか　11-2436 ③
—いかにせばかも　11-2738 ③
—しのびてきみが　11-2440 ③
いかりもちき　13-3323 ⑥
いかりもちきて　13-3323 ⑧
いかるがかけ　13-3239 ⑩
いかるがとひめと　13-3239 ⑱
いかるがの　12-3020 ①
いきこしものを　4-559 ②
いきさへたえて　9-1740 ㊽
いきしにの　16-3849 ①
いきだにも
—いまだやすめず　5-794 ⑦
—いまだやすめず　17-3962 ⑨
いきづきあかし
—としながく　5-897 ㉔
—なげけども　2-210 ㊵
—なげけども　2-213 ㊵
いきづきあまり
—けだしくも　17-4011 ㊵
—はやかはの　7-1384 ②
いきづきわたり
—あがこふる　13-3258 ⑫
—したもひに　17-3973 ⑭
いきづきをらむ
—あらたまの　5-881 ②
—かくのみや　8-1520 ⑯
いきづきをるに　19-4214 ⑳
いきづくいもを　14-3527 ④
いきづくきみを　14-3388 ④
いきづくしかば　20-4421 ②
いきてあらば
—しろかみこらに　16-3792 ③
—みまくもしらず　4-581 ①
いきてあらめやも　12-2904 ⑤
いきてもあれは　11-2504 ④
いきとしりませ　15-3580 ⑤
いきどほる　19-4154 ㉙
いきにわがする　14-3539 ⑤
いきのをに
—あがいきづきし　12-3115 ①
—あがおもふいもに　8-1507 ⑪
—あがおもふきみは　8-1453 ③
—あがおもふきみは　12-3194 ①
—いもをしおもへば　11-2536 ①
—おもひしきみを　4-644 ③
—おもへばくるし　11-2788 ①
—おもへるわれを　7-1360 ①
—なげかすこら　18-4125 ⑦
—われはおもへど　11-2359 ①
いきのをにおもふ　19-4281 ⑤
いきのをにして
—あれこひめやも　4-681 ④
おもひわたらむ—　12-3045 ⑤
もとなそこふる—　13-3255 ⑰
もとなやこひむ—　13-3272 ㉙
いくかもあらねば　8-1555 ②
いくかもへぬを　4-751 ②

いくさなりとも 6-972 ②
いぐしたて 13-3229 ①
いくだもあらず 2-135 ⑭
いくだもあらねば
—しろたへの 10-2023 ②
—たつかづゑ 5-804 ㊻
いくぢやま 3-478 ⑰
いくづくまでに 14-3458 ⑤
いくばくか 8-1658 ③
いくばくも
—いけらじいのちを 12-2905 ①
—いけらじものを 9-1807 ㉛
—ふらぬあめゆゑ 11-2840 ①
いくびささにも
—あらなくに 4-666 ②
—あらなくに 11-2583 ②
いくひには 13-3263 ⑦
いくひをうち 13-3263 ④
いくよかへぬる 6-1042 ②
いくよかむびそ 17-4026 ⑥
いくよふと 18-4072 ③
いくよふるまで 15-3637 ④
いくよへにけむ 17-4003 ⑱
いくよへぬらむ 3-355 ⑤
いくよまであらむ 11-2656 ④
いくよまでにか
—としのへぬらむ 1-34 ④
—としはへにけむ 1-34ィ ④
—としはへぬらむ 9-1716 ④
いくよをへてか
—おのがなをのる 10-2139 ④
—かむさびわたる 15-3621 ④
いくらもあらぬに 17-3962 ⑫
いくりにそ 2-135 ⑤
いくりの 6-1062 ⑮
いくりのもりの 17-3952 ②
いけがみの 16-3831 ①
いけしうらめし 16-3788 ②
いけだのあそが 16-3841 ④
いけどりに 16-3885 ⑦
いけなみたち 3-260 ⑧
いけなみたちて 3-257 ⑥
いけにかづかず 2-170 ⑤
いけにすむといふ 4-726 ④
いけのしらなみ 20-4503 ②
いけのそこ 13-3289 ⑬
いけのつつみに 14-3492 ②
いけのつつみの
—こもりぬの 2-201 ②
—ももたらず 13-3223 ⑩
いけのなぎさに 3-378 ④
いけのへの
—まつのうらばに 8-1650 ①
—をつきがもとの 7-1276 ①
いけはわれしる 16-3835 ②
いけみづに 20-4512 ①
いけらじいのちを 12-2905 ②
いけらじものを 9-1807 ㉜
いけらずは 10-2282 ③
いけらばあらむを 16-3854 ②
いけらむきはみ 13-3250 ㉒
いけりとも
—あふべくあれや 9-1809 ㉟
—かくのみこそあが 13-3298 ③
—わによるべしと 4-684 ③
—わによるべしと 11-2355 ④
いけりともなし
おもひわたれば— 12-3060 ⑤
きみにおくれて— 12-3185 ⑤
つきのへゆけば— 12-2980 ⑤
としのへぬれば— 12-3107 ⑤
やまぢをゆけば— 2-212 ⑤
やらずてわれは— 6-946 ⑮
いけるしるしあり
—あめつちの 6-996 ②
かくこひすらば— 18-4082 ⑤
いけるすべなし
いへぢおもふに— 13-3347 ⑤
いもにこふるに— 13-3297 ⑪
いけるともなき 11-2525 ⑤
いけるともなし
おもひつつあれば— 2-227 ⑤

ひなにしをれば―― 19-4170⑤
やまぢおもふに―― 2-215⑤
いけるひと 3-460㉗
いけるひにこそ 11-2592④
いけるひの 4-560③
いけるよに
―こひといふものを 12-2930①
―わはいまだみず 4-746①
いけれども 11-2358④
いこぎつつ 19-4254⑦
いこぎむかひ 9-1740⑳
いこぎめぐれば 19-4187⑩
いこぎわたり 8-1520㉖
いこぎわたりて 20-4408㊿
いこじてうゑし 8-1423②
いこまたかねに 20-4380④
いこまのやまを 15-3590④
いこまやま
―うちこえくれば 10-2201③
―くもなたなびき 12-3032③
―こえてそあがくる 15-3589③
―とぶひがをかに 6-1047㉗
いざいざかはの 7-1112④
いざうちゆかな 17-3954②
いさきめぐれる 6-931⑯
いざこぎいでむ 10-2059④
いざここに 4-571③
いざこども
―あへてこぎでむ 3-388㉕
―かしひのかたに 6-957①
―たはわざなせそ 20-4487①
―つゆにきほひて 10-2173③
―はやくやまとへ 1-63①
―やまとへはやく 3-280①
いささかに 19-4201①
いささむらたけ 19-4291②
いささめに 7-1355③
いざせをどこに 14-3484⑤
いざつげやらな 15-3643左注⑤
いざつげやらむ 15-3643④
いさとをきこせ 11-2710④
いさなとり
―あふみのうみを 2-153①
―うみかたづきて 6-1062⑤
―うみぢにいでて 3-366⑤
―うみぢにいでて 13-3335⑦
―うみぢにいでて 13-3339⑦
―うみのはまへに 13-3336⑨
―うみへをさして 2-131⑪
―うみへをさして 2-138⑪
―うみやしにする 16-3852①
―うみをかしこみ 2-220㉑
―はまへをきよみ 6-931①
―ひぢきのなだを 17-3893③
いざなひたまひ 18-4094㉒
いさにとや 16-3791⑩①
いざにはの 3-322⑪
いざぬれな 8-1646③
いざねしめとら
ひとそおたはふ―― 14-3518⑤
ひととおたはふ―― 14-3409⑤
いざねよと 5-904⑲
いざのにゆかな 10-2103④
いざふたりねむ 4-652⑤
いさみたる 20-4331⑮
いざみにゆかな 17-3973㊵
いざみのやまを 1-44②
いざむすびてな 1-10⑤
いさめぬわざぞ 9-1759⑯
いさやがは
―いさとをきこせ 11-2710③
―けのころごろは 4-487③
いざゆかな 19-4226③
いざゆかむ 15-3710③
いざゆきてみむ 3-293⑤
いさよひに 14-3511③
いさよふくもの 14-3512④
いさよふくもは 3-428④
いさよふつきの 6-1008②
いさよふつきを
―いつとかも 7-1084②
―いでむかと 7-1071②

―よそにみてしか　3-393④
いさよふなみの　3-264④
いざりすと　6-939③
いざりする
―あまとやみらむ　3-252左注③, 15-3607③
―あまのかぢのおと　12-3174①
―あまのつりぶね　3-256左注③, 15-3609③
―あまのともしび　15-3623③
―あまのをとめが　15-3661左注③
―あまのをとめは　15-3627㉙
―あまをとめらが　15-3661③
いざりするあま
―あけくれば　15-3664②
―いへびとの　15-3653②
いざりたくひの　17-3899②
いざりつりけり　20-4360㊽
いざりひの
―ひかりにいゆけ　12-3169③
―ほにかいでなむ　19-4218③
―ほのかにいもを　12-3170③
いざるひは　15-3648③
いざわいでみむ　13-3346⑥
いざわがそのに　19-4277②
いしうらもちて　3-420㉖
いしかはに　2-225③
いしかはの
―かひにまじりて　2-224③
―たににまじりて　2-224ィ③
いしきをり　19-4205③
いしなみおかば　20-4310④
いしなみに　2-196ィ⑦
いしなみわたし　2-196ィ④
いしのはしはも　7-1283③
いしのはらに　13-3234㉓
いしのみゐは　13-3235②
いしばしに　2-196⑦
いしばしの
―とほきこころは　11-2701③
―まちかききみに　4-597③
いしばしふみ　13-3257③
いしばしもなし　7-1126⑤
いしばしわたし　2-196④
いしはふむとも　13-3317④
いしはふめども　13-3311④
いしふまず　14-3425③
いしふみわたり　13-3313②
いしまくら　13-3227㉑
いしまくらまく　10-2003⑤
いしまろに　16-3853①
いしもち　16-3880⑤
いしゐのてごが　14-3398④
いしゐのみづは　7-1128④
いしをたれみき　5-869⑤
いせのあまの　11-2798①
いせのうみの
―あさなぎに　13-3301②
―あまのしまつが　7-1322①
―いそもとどろに　4-600①
―おきつしらなみ　3-306①
いせのうみゆ　11-2805①
いせのくににも　2-163②
いせのくには
―おきつもも　2-162⑫
―くにみればしも　13-3234⑧
いせのはまをぎ　4-500②
いせをとめども　1-81④
いそがくりゐて　3-388⑯
いそかげの　20-4513①
いそかひの　11-2796③
いそこぎみつつ　13-3232⑥
いそこしぢなる　3-314②
いそこすなみに　12-3164④
いそこすなみの
―しきてしおもほゆ　9-1729④
―しくしくおもほゆ　7-1236④
いそごとに　17-3892①
いそさきの　12-3195③
いそしきわけと　4-780④
いそなしと　2-131ィ⑤
いそなみか　13-3225⑦

いそにあがをれば　7-1204②
いそにかりほす　12-3177②
いそにすむたづ　7-1198②
いそにたち　7-1227①
いそになびかむ　7-1396④
いそにふり　20-4328③
いそにみしはな　7-1117②
いそにもあるかも　20-4502⑤
いそによせ　20-4503③
いそにわがみし　7-1167②
いそのうへに
—おふるあしびを　2-166①
—おふるこまつの　12-2861①
—たてるむろのき　11-2488①
—つまぎをりたき　7-1203①
—ねばふむろのき　3-448①
いそのうへの　19-4159①
いそのうらに
—かくしもがもと　9-1735③
—きよるしらなみ　7-1389①
—つねよひきすむ　20-4505①
いそのうらみに
—かづきするかも　7-1301④
—みだれてあるらむ　7-1155④
いそのうらみの
—いはつつじ　2-185②
—まなごにも　9-1799②
いそのうらみを　9-1671④
いそのかみ
—そでふるかはの　12-3013③
—ふるともあめに　4-664①
—ふるのかむすぎ　10-1927①
—ふるのかむすぎ　11-2417①
—ふるのさとに　9-1787⑦
—ふるのたかはし　12-2997①
—ふるのみことは　6-1019①
—ふるのやまなる　3-422①
—ふるのわさだの　9-1768①
—ふるのわさだを　7-1353①
いそのくさねの　3-435④
いそのさき　3-273①
いそのさきざき
—あらきなみ　6-1020(1021)⑯
—こぎはてむ　19-4245㉒
いそのさやけさ　7-1201⑤
いそのしらなく　17-3892⑤
いそのなかなる　7-1300②
いそのまゆ　15-3619①
いそのむろのき　3-447②
いそのわかめの　14-3563②
いそはくみれば　1-50㊻
いそはなくとも
—いさなとり　2-131ィ⑩
—おきつなみ　13-3225⑫
いそばひをるよ　13-3239⑰
いそべのやまの　11-2444②
いそまつの　20-4498③
いそみすらしも　7-1164⑤
いそみするかも　3-368⑤
いそみにおふる　3-362②
いそみにをれば　7-1234②
いそみのうらゆ　15-3599④
いそみより　12-3199③
いそもとどろに　4-600②
いそもとゆすり　7-1239②
いたきあがみそ　16-3811⑫
いたききずには　5-897⑩
いたきこころは　3-472④
いたきこひには　4-573④
いたきめやつこ　16-3828⑤
いたくくたちぬ　5-847②
いたくこひむな　4-508④
いたくこひらし　20-4322②
いたくしこひば　13-3322④
いたくしふけば　17-4006⑱
いたくしふみて　11-2692④
いたくなきりそ　16-3862②
いたくななきそ
—あがこひまさる　8-1419④
—ながこゑを　8-1465②
—ひとりゐて　8-1484②
いたくなはねそ

—へつかい　2-153⑧
—わかくさの　2-153⑩
いたくなひきそ　16-3846④
いたくなふきそ
—いへにいたるまで　6-979④
—いももあらなくに　15-3592④
いたくなふりそ
—いへもあらなくに　8-1636④
—さくらばな　10-1870②
—わぎもこに　19-4222②
いたくなゆきそ　7-1370④
いたくなわびそ　12-3116②
いたくはなかぬ　11-2803④
いたくふきせば　15-3616②
いたくふくらし　17-4017②
いたくふる　10-1918③
いたくもないひ　4-537②
いたけくし　17-3962⑰
いたけくの　17-3969⑪
いただきて　20-4377③
いただきもちて　5-894㉖
いたたせりけむ　1-9④
いただのはしの　11-2644②
いたちなげかひ　9-1801㉒
いたづらに
—あれをちらすな　5-852ィ③
—いましもあれも　11-2517③
—うぢかはのせに　11-2429③
—かかしめつつも　4-562③
—かかしめつつも　12-2903③
—かざしにささず　8-1559③
—ここによせくも　9-1673ィ③
—ここによせくる　9-1673③
このかはのせに　11-2705③
—さきかちるらむ　2-231③
—すぐしやりつれ　17-3969㊸
—ちりかすぐらむ　15-3779③
—つちにかおちむ　10-1863③
—つちにちらせば　8-1507㉗
いたづらにふく　1-51⑤
いたどりよりて　5-804㊷
いたはしければ　5-886⑭
いたはしとかも
—ただわたりけむ　13-3335⑱
—とゐなみの　13-3339㉜
いたぶきの　4-779①
いたぶらしもよ　14-3550④
いたぶるなみの　11-2736②
いたむるごとに　20-4408㊹
いたもすべなし
あがもふこころ—　15-3785⑤
こころしおもへば—　12-2902⑤
いたもすべなみ
—あしたづの　3-456②
—あらたまの　13-3329㉜
かみにそあがこふ—　13-3288⑮
かみをそあがのむ—　13-3284⑬
かみをそあがのむ—　13-3286⑪
—しきたへの　17-3978㉔
—たまだすき　7-1335②
—ならやまの　4-593②
—ぬばたまの　4-619㉖
ねのみそあがなく—　12-3218⑤
いたやかぜふき　10-2338②
いたらねばかも　10-2072④
いたらばいもが
—うれしみと　11-2526②
—うれしみと　11-2546②
いたらむきはみ　10-2142④
いたらむくにの　16-3850④
いたらむとそよ　14-3381④
いたりけむかも　8-1505⑤
いたるとも　13-3322③
いたれるまでに　3-420㉒
いちしのはなの　11-2480②
いちしろく
—いろにはいでじ　10-2274③
—このいつしばに　8-1643③
—こひばいもがな　10-2346③
—しぐれのあめは　10-2197①
—ねにしもなかむ　19-4148③
—ひとしりにけり　11-2480ィ③

—ひとのしるべく　11-2604 ③
—ひとのしるべく　12-3021 ③
—ひとのしるべく　12-3133 ③
—ひとみなしりぬ　11-2480 ③
—みにしみとほり　16-3811 ⑬
—わがとはなくに　10-2268 ③
—わがなはのりつ　11-2497 ③
—われとゑまして　4-688 ③
いちしろくいでぬ
—ひとのしるべく　12-3023 ④
—ひとのしるべく　17-3935 ④
いちしろくしも
—あれこひめやも　10-2255 ④
—こひむあれかも　10-2339 ④
いちしろけむな
—あひいひそめてば　11-2680 ④
—まつかひやらば　10-2344 ④
いちにのめ　16-3827 ①
いちのうゑきの　3-310 ②
いちひがもとに　16-3885 ⑳
いちひつの　16-3824 ③
いつかいたらむ　14-3441 ④
いつかかよはむ　4-715 ⑤
いつかきなかむ
けなしのをかに—　8-1466 ⑤
やまほととぎす—　10-1940 ⑤
いつかきまさむ　10-2271 ⑤
いつかこえいかむ　15-3722 ⑤
いつかこえきて　7-1106 ④
いつかこえなむ　1-83 ④
いつかしがもと　1-9 ⑤
いつかしめさむ　3-279 ⑤
いつかときみを　12-3008 ④
いつかへりみむ　9-1720 ⑤
いつかもくりて　7-1346 ④
いつかもこえむ　3-282 ④
いつかもこむと　17-3962 ㉔
いつかもみむと
—おもへるわれを　11-2408 ④
—こひこしあれを　11-2808 ④
いつがりあひて　18-4106 ㊹
いつがりをれば　9-1767 ④
いつきいますと　3-420 ⑧
いつきしとのに　18-4110 ②
いつきのえだに　13-3223 ⑫
いつきのみやゆ　2-199 ㊿
いつきまさむと
—うらおきて　13-3333 ⑭
—たまほこの　13-3318 ⑧
—とひしこらはも　17-3897 ④
—とひしこらはも　20-4436 ④
ゆきしきみ—　13-3257左注 ⑥
いづくかよせむ　3-480 ⑤
いづくさしてか　10-2138 ④
いつくしきくに　5-894 ⑥
いつくすきはみ　18-4122 ⑥
いづくそ　16-3843 ①
いつくとふ　19-4220 ⑤
いづくにか
—きみがふねはて　7-1169 ③
—きみがまさむと　13-3344 ㉓
—きみがみふねを　10-2082 ③
—ふなのりしけむ　7-1172 ①
—ふなはてすらむ　1-58 ①
—わがやどりせむ　3-275 ①
いづくには　8-1488 ①
いづくのこひそ　4-695 ④
いつくはふりが　19-4243 ②
いづくへに　13-3277 ③
いつくみもろの　19-4241 ②
いづくもあかじを　16-3821 ②
いづくもりてか　10-2238 ④
いづくゆか
—いもがいりきて　12-3117 ③
—しわがきたりし　5-804 ㉕
いづくゆくらむ
—おきつもの　1-43 ②
—おきつもの　4-511 ②
いづくゆゆかむ　7-1226 ④
いづくより　5-802 ⑤
いづくをいへと　10-1948 ④
いつしかあけむ　18-4038 ②

いつしかいもが　10–2277 ④
いつしかきみと　17–3966 ④
いつしかきみを　11–2579 ②
いつしかと
　—あがおもふいもに　4–513 ③
　—あがまちこひし　8–1523 ③
　—あがまちをれば　13–3344 ⑤
　—あがまつこよひ　10–2092 ㉑
　—あがまつつきも　7–1374 ③
　—なげかすらむそ　17–3962 ㊲
　—まつらむいもに　3–445 ①
いつしかも
　—このよのあけむ　10–1873 ①
　—このよのあけむと　3–388 ⑰
　—たまにぬくべく　8–1478 ③
　—つかひのこむと　18–4106 ㉝
　—つかへまつりて　20–4359 ③
　—はなにさきなむ　8–1448 ③
　—はやくなりなむ　17–3978 ㊼
　—ひたらしまして　13–3324 ⑰
　—ひととなりいでて　5–904 ㉗
　—みむとおもひし　15–3631 ①
　—みやこにゆきて　12–3136 ③
　—みやこをみむと　5–886 ⑨
いつしばはらの　11–2770 ②
いづしむきてか　14–3474 ④
いつそいまかと　8–1535 ②
いづちむきてか
　—あがわかるらむ　5–887 ④
　—いもがなげかむ　14–3357 ④
いづちゆかめと
　—さきたけの　7–1412 ②
　—やますげの　14–3577 ②
いづてのふねの　20–4460 ②
いづてぶね　20–4336 ③
いつとかまたむ
　いますきみをば—　12–3186 ⑤
　うつろふつきを—　10–1876 ⑤
　きへゆくきみを—　13–3321 ⑤
　きまさぬきみを—　11–2613 ⑤
　きみがみふねを—　15–3705 ⑤
　たびゆくきみを—　13–3252 ⑤
　ときのむかへを—　15–3770 ⑤
　みればよきこを—　12–2946 ⑤
いつとかも　7–1084 ③
いつとかわれを　15–3659 ④
いつとしりてか　2–140 ④
いつとせふれど　11–2385 ②
いづのうみに
　—たつしらくもの　14–3360左注 ①
　—たつしらなみの　14–3360 ①
いづのたかねの　14–3358左注 ④
いつのまか　5–804 ㉑
いつのまさかも　12–2996 ④
いつのまに　7–1154 ③
いつのまにそも
　—あがこひにける　4–523 ④
　—あがこひにける　13–3264 ④
いつのまも　3–259 ①
いつはしも
　—こひずありとは　12–2877 ①
　—こひぬときとは　11–2373 ①
　—こひぬときとは　13–3329 ⑲
いつばたの　18–4055 ③
いつはりも
　—につきてそする　4–771 ①
　—につきてそする　11–2572 ①
いつはりを　12–2943 ③
いつはをらじと　17–3904 ②
いつへのかたに　2–88 ④
いづへのやまを　19–4195 ④
いづへゆきみは　7–1308 ④
いつまでか
　—あがこひをらむ　12–2935 ③
　—あがこひをらむ　15–3749 ③
　—あふぎてまたむ　10–2010 ③
　—いもをあひみず　10–2245 ③
　—ころもかたしき　10–2261 ③
いつまでに　12–2913 ①
いつまもが　20–4327 ③
いづみがは
　—きよきかはらに　17–3957 ⑨

―ゆくせのみづの　6–1054 ①
―わたりぜふかみ　13–3315 ①
―わたりとほみか　6–1058ィ ③
―わたりをとほみ　6–1058 ③
いづみのかはに　1–50 ㊵
いづみのかはの
―かみつせに　17–3907 ⑧
―はやきせを　13–3240 ⑥
―みをたえず　17–3908 ②
いづみのこすげ　11–2471 ②
いづみのさとに　4–696 ④
いづみのそまに　11–2645 ②
いつもあらむを
―こころいたく　3–467 ②
―なにすとか　4–730 ②
いつもいつも
―おもがこひすす　20–4386 ③
―きませわがせこ　4–491 ③
―きませわがせこ　10–1931 ③
―なりなむときに　3–398 ③
―ひとのゆるさむ　11–2770 ③
いつもとやなぎ　20–4386 ②
いづものこらが　3–430 ②
いづものこらは　3–429 ②
いつものはなの
―いつもいつも　4–491 ②
―いつもいつも　10–1931 ②
いつもるまでに　1–17 ⑧
いづゆかも　14–3549 ③
いつよりか　11–2572 ③
いづらととはば　3–448 ④
いづらとわれを　15–3689 ④
いづるひの　12–2940 ③
いづるふなびと　3–283 ⑤
いづるみづ　16–3875 ③
いつるやを　3–364 ③
いづるゆの　14–3368 ③
いづれのいもそ　4–706 ④
いづれのかみを
―いのらばか　9–1784 ②
―いのらばか　20–4392 ②
いづれのくまを　16–3790 ④
いづれのさとの　12–3214 ④
いづれのしまに　15–3593 ④
いづれのしまの　7–1167 ④
いづれのときか
―あがこひざらむ　11–2606 ④
―あがこひざらむ　17–3891 ④
いづれののへに　6–1017 ④
いづれのひとの　11–2621 ④
いづれのひにか
―またよそにみむ　4–701 ④
―わがさとをみむ　12–3153 ④
いづれのひまで　15–3742 ④
いづれをか　18–4089 ⑬
いであがきみ　4–660 ③
いであがこま　12–3154 ①
いであれはいかな　14–3496 ⑤
いでいりのかはの　7–1191 ②
いでかてに　14–3534 ③
いでかてぬかも　7–1332 ⑤
いでかへるらむ　7–1080 ④
いでかよひこね　2–130 ⑤
いでくるつきに　7–1085 ④
いでくるつきの
―あらはさばいかに　16–3803 ④
―おそくてるらむ　6–981 ④
―かたまちかたき　9–1763 ④
―ひかりともしき　3–290 ④
いでくるまでは　12–2995 ②
いでくるみづの　11–2716 ②
いでくれば　20–4358 ③
いでこしつきの　11–2820 ④
いでこたばりに　14–3440 ⑤
いでこむつきを　10–2332 ②
いでこわぎもこ　14–3519 ④
いでじとおもへば　10–2307 ④
いでたたむ　17–3972 ①
いでたちかてに　20–4398 ㉒
いでたちきけば　8–1479 ④
いでたちしのひ　3–481 ㉜
いでたちて

——ふりさけみれば　17-3985⑨
——みそぎてましを　3-420㊶
——わがたちみれば　17-4006⑮
いでたちならし　17-3957㊷
いでたちの
——きよきなぎさに　13-3302⑨
——くはしきやまぞ　13-3331⑦
——このまつばらを　9-1674③
——ももえつきのき　2-213⑤
いでたちみれば　17-3993⑯
いでたちむかひ　19-4177④
いでたちむかふ　10-1937②
いでたつごとに　6-1049④
いでたつらむか　20-4319⑤
いでたつわれは　20-4373⑤
いでたつをとめ　19-4139⑤
いでたてる　3-319⑦
いでつつくらく　4-755②
いでつつそみし
——あめのふらくに　11-2681④
——あめのふらくに　12-3121④
いでつつわれも　11-2357⑤
いでてあはましを　4-539⑤
いでていかば
——ちちしりぬべし　13-3312⑪
——もびきしるけむ　10-2343③
いでていけば　20-4332③
いでていなば
——あまとぶかりの　10-2266①
——いづしむきてか　14-3474③
——とまれるあれは　12-3198③
いでていなむ　4-585①
いでてうたへむ　16-3859⑤
いでてきにけり
こころおもひて——　7-1245⑤
にほひにめでて——　15-3704⑤
いでてこし
——きみにここにあひ　19-4253③
——つきひよみつつ　18-4101⑮
——ますらわれすら　17-3969⑤
——われをおくると　17-3957⑤
いでてこしかも　10-1915⑤
いでてそあがこし　8-1619⑤
いでてそあひける　9-1739⑤
いでてそみつる　11-2653④
いでてそゆきし
——いへのあたりみに　12-2947左注④
——そのかどをみに　11-2551④
いでてとあがくる　20-4430⑤
いでてまからむ　20-4330④
いでてみよ　12-2948③
いでてみる　10-1893①
いでてゆかねば　8-1570④
いでてゆきし
——うるはしづまは　4-543⑤
——ひをかぞへつつ　5-890①
いでてゆく　3-468①
いでなぞあが　12-2889①
いでなにか　11-2400①
いでにしつきの　12-3005②
いではしり　5-899③
いでまさじとや　8-1452⑤
いでましし　2-191③
いでまして　2-196㊶
いでましところ
かむさびゆかむ——　3-322㉓
わがおほきみの——　3-295⑤
いでましの
——たひのひかりそ　2-230㉗
——やまこすかぜの　1-5⑬
いでましのみや　3-315⑪
いでみつつ
——ねのみそあがなく　12-3218③
——まつらむものを　15-3691㉑
いでみのはまの　7-1274②
いでみるごとに
——いきのをに　8-1507⑩
——きみをしそおもふ　12-3209④
——なでしこが　18-4113⑳
いでみれば
——あまのともしび　7-1194③

—あわゆきふれり　10-2323 ③
—かすがのやまは　8-1568 ③
—にはもはだらに　10-2318 ③
—にはもほどろに　10-2318ィ ③
—やどのはつはぎ　10-2113 ③
いでむかと
—あがまつきみが　6-1008 ③
—まちつつをるに　7-1071 ③
いでむかひ　20-4331 ⑬
いでむとたづは　18-4034 ④
いでゆけば　11-2414 ③
いでゐつつ　12-3201 ③
いでゐてなげき
—ゆふへには　13-3274 ⑧
—ゆふへには　13-3329 ㊷
いとがのやまの　7-1212 ②
いとかはなみは　8-1524 ②
いとこ　16-3885 ①
いとちかく　3-411 ③
いとほみかも　19-4219 ⑤
いとになるとも　20-4405 ④
いとねたけくは　18-4092 ②
いとのきて
—いたききずには　5-897 ⑨
—うすきまよねを　12-2903 ①
—かなしけせろに　14-3548 ③
—みじかきものを　5-892 ㊲
いとのくはしさ　10-1851 ②
いとはしみ　16-3849 ③
いとはずあれは　11-2378 ④
いとはぬいもを　15-3756 ④
いとはねど　17-3904 ③
いとひもなしと　10-2348 ④
いとふときなし
—あやめぐさ　10-1955 ②
—あやめぐさ　18-4035 ②
いとまあらば
—なづさひわたり　9-1750 ①
—ひりひてゆかむ　6-964 ③
—ひりひにゆかむ　7-1147 ①
いとまあれや　10-1883 ③
いとまなく
—あまのいざりは　15-3672 ③
—ひとのまよねを　4-562 ①
いとまなみ
—きまさぬきみに　8-1498 ①
—くしらのをぐし　3-278 ③
—さつきをすらに　8-1504 ①
いとまをなみと　6-1026 ④
いともすべなし　20-4381 ⑤
いともすべなみ　20-4379 ④
いともちて　4-516 ③
いとらして　5-813 ⑨
いとりきて　13-3245 ⑦
いとわかみかも　4-786 ⑤
いとをそあがよる
—あしひきの　7-1340 ②
—わがせこが　10-1987 ②
いなきたちつる　13-3327 ⑬
いなきをとめが　16-3791 ㊺
いなくこゑ　13-3328 ③
いなさほそえの　14-3429 ②
いなだきに　3-412 ①
いなといはば　4-679 ①
いなといはむかも　2-96 ⑤
いなといはめや　20-4497 ②
いなといふににる　8-1503 ⑤
いなといへど
—かたれかたれと　3-237 ①
—しふるしひのが　3-236 ①
いななとおもへど　5-899 ④
いなにはあらず　8-1612 ②
いなのめの　10-2022 ③
いなばかきわけ　10-2230 ②
いなびつま　4-509 ㊲
いなびのも　3-253 ①
いなぶにはあらず　4-762 ②
いなみくにはら　1-14 ⑤
いなみつま
—からにのしまの　6-942 ⑪
—しらなみたかみ　15-3596 ③
いなみのうみの　3-303 ②

いなみのの
—あからがしはは 20-4301①
—あきはぎみつつ 9-1772③
—あさぢおしなべ 6-940①
—あさぢがうへに 7-1179③
—おふみのはらの 6-938⑤
いなみのは 7-1178①
いなむこゆゑに 9-1772⑤
いなむしろ
—かはにむきたち 8-1520⑤
—しきてもきみを 11-2643③
いなむのかはの 12-3198②
いなもをも
—とものなみなみ 16-3798③
—ほしきまにまに 16-3796①
いならのぬまの 14-3417②
いなをかも
—あれやしかもふ 14-3470③
—かなしきころが 14-3351③
—われやしかおもふ 11-2539③
いにしきみかも 3-445⑤
いにしきみゆゑ 12-3180②
いにしこゆゑに
ほのかにみえて— 11-2394⑤
ほのかにみえて— 12-3085⑤
いにしすがたを 11-2550⑤
いにしつきより 12-2895④
いにしへ 16-3791⑰
いにしへおもひて 1-45㉕
いにしへおもふに 1-46⑤
いにしへおもへば
ねのみしなかゆ— 3-324㉕
みればかなしも— 9-1801㉛
いにしへおもほゆ
いやしくしくに— 17-3986⑤
いりますみれば— 13-3230⑬
おもしろくして— 7-1240⑤
かたりしつげば— 3-313⑤
こころもしのに— 3-266⑤
こころもとけず— 2-144⑤
いにしへに
—ありけむひとの 3-431①
—ありけむひとの 7-1166①
—ありけむひとも 4-497①
—ありけむひとも 7-1118①
—ありけることと 9-1807③
—ありけるわざの 19-4211①
—いもとわがみし 9-1798①
—おりてしはたを 10-2064①
—きみのみよへて 19-4256①
—こふらむとりは 2-112①
—こふるとりかも 2-111①
—やなうつひとの 3-387①
いにしへの
—おほきひじりの 3-339③
—かみのときより 13-3290①
—ことそおもほゆる 9-1740⑦
—ことはしらぬを 7-1096①
—さおりのおびを 11-2628左注①
—さかしきひとの 9-1725①
—さかしきひとも 16-3791⑩④
—しつはたおびを 11-2628①
—しのだをとこの 9-1802①
—ななのさかしき 3-340①
—ひとさへみきと 7-1115③
—ひとそまさりて 4-498③
—ひとにわれあれや 1-32①
—ひとのうゑけむ 10-1814①
—ふるきつつみは 3-378①
—ますらをとこの 9-1801①
いにしへびとを 11-2614④
いにしへも
—かくききつつか 7-1111①
—しかにあれこそ 1-13⑦
いにしへゆ
—あげてしはたも 10-2019①
—ありきにければ 17-4003⑬
—いひつぎくらし 17-3973⑰
—いひつぎけらく 13-3255①
—いまのをつつに 17-3985㉕
—かたりつぎつる 19-4166⑰
—さやけくおひて 20-4467③

―なかりししるし 19-4254㉗
―ひとのいひける 6-1034①
―みやつかへけむ 6-1035③
いにしへよ
―いまのをつつに 18-4094㊾
―いまのをつつに 18-4122⑨
―しのひにければ 18-4119①
いにしへを 18-4099①
いにしへをとこ 9-1803⑤
いにしよひより 14-3375④
いぬかみの 11-2710①
いぬじもの 5-886㉙
いぬなほえそね 13-3278⑮
いぬよびこして 7-1289②
いぬれども 20-4351③
いねかてずけむ 4-497⑤
いねかてなくに
きみにこふるに― 10-2310⑥
ながこゑきけば― 7-1124⑤
いねかてなくは 12-2942⑤
いねかてにする 11-2588⑤
いねかてぬかも
きみをしおもへば― 4-607⑤
こゑをききつつ― 10-2146⑤
ながこひしつつ― 12-3193ィ⑤
やまごしにおきて― 11-2698⑤
いねずおきたる 12-3094②
いねつけば 14-3459①
いねてしかも 8-1520㉞
いねてしよひの 12-2878②
いねにけらしも
こよひはなかず― 8-1511⑤
こよひはなかず― 9-1664⑤
いねぬあさけに
―たがのれる 11-2654②
―ほととぎす 10-1960②
―をしどりの 11-2491②
いねぬあしたに 12-2858②
いねぬよぞおほき 2-156⑤
いねぬよのおほき 12-2945⑤
いねはつかねど 14-3550②
いねらえず 11-2593③
いねらえずけれ 4-639⑤
いねらえなくに 11-2412⑤
いのちあらば 15-3745①
いのちかたまけ 13-3255⑫
いのちしなずは
あがこひやまめ― 12-2883⑤
やまずやこひむ― 12-3066⑤
われはわすれじ― 4-504⑤
いのちしにける 9-1740㊿
いのちしぬべく 4-599④
いのちしらずて 12-2935⑤
いのちすぎなむ 5-886㉛
いのちたえぬれ 5-904㊿
いのちだにへば 15-3745⑤
いのちつがまし 15-3733⑤
いのちつぎけむ 11-2377②
いのちなれやも 11-2444④
いのちにしあれば 3-461②
いのちにむかひ 8-1455②
いのちにむかふ
―あがこひやまめ 4-678④
―あがこひやまめ 12-2883ィ④
―あがこひやまめ 12-2979④
いのちのこさむ 15-3774④
いのちのこせり 11-2764②
いのちはいけり 12-3040④
いのちはしらず 6-1043②
いのちはすてつ 11-2531④
いのちもあれは 9-1769④
いのちもしらず
―うなはらの 20-4408㊿
―としはへにつつ 11-2374④
いのちもすてて 19-4211⑩
いのちもて 4-672③
いのちもわれも 6-922②
いのちをし
―さきくよけむと 7-1142①
―まさきくもがも 9-1779①
―またくしあらば 15-3741①
いのちをしけど

—せむすべの　17-3962 ㊷
—せむすべの　17-3969 ㉚
—せむすべもなし　5-804 ㊻
いのちをながく　13-3292 ②
いのちをば　11-2416 ③
いのちをもとな　11-2358 ②
いのちををしみ　1-24 ②
いのねかてねば　3-388 ⑳
いのねらえぬに
—あかときの　15-3665 ②
—あきののに　15-3678 ②
—あしひきの　15-3680 ②
—きけばくるしも　8-1484 ④
—こころなく　1-71 ②
—てりつつもとな　10-2226 ④
いのねらえぬは　12-2844 ②
いのねらえぬも　15-3684 ④
いのらばか
—うつくしははに　20-4392 ③
—ゆくさもくさも　9-1784 ③
いのりつつ　20-4370 ③
いのりてき　13-3308 ③
いのりまをして　20-4408 ⑩
いのれども　2-202 ③
いはかきぬまの　11-2707 ②
いはかきふちの
—こもりたるつま　11-2509 ④
—こもりには　11-2700 ②
—こもりのみ　2-207 ⑯
いはがくり　6-951 ③
いはがくります　2-199 ⑫
いはかげにおふる　4-791 ②
いはがね　1-45 ⑬
いはがねの
—あらきしまねに　15-3688 ㉓
—こごしきみちの　13-3329 ㊲
—こごしきみちを　13-3274 ③
—こごしきやまに　7-1332 ①
—こごしきやまを　3-301 ①
いはかまへ　9-1801 ⑮
いはきにも
—こもらばともに　16-3806 ③
—ならましものを　4-722 ③
いはきやま　12-3195 ①
いはきより　5-800 ⑭
いはきをも　5-794 ⑰
いはくえの　14-3365 ③
いはぐくる　14-3554 ③
いはくにやまを　4-567 ②
いはくもしるく　4-619 ㊱
いはくらの　7-1368 ①
いはこすげ　11-2472ィ ③
いはしろの
—きしのまつがえ　2-143 ①
—こまつがうれを　2-146 ③
—のなかにたてる　2-144 ①
—のへのしたくさ　7-1343 ③
—はままつがえを　2-141 ①
—をかのくさねを　1-10 ③
いはずきぬかも　20-4364 ⑤
いはずていひしと　11-2573 ④
いはせのに
—あきはぎしのぎ　19-4249 ①
—うまだきゆきて　19-4154 ㉑
いはせのもりの
—ほととぎす　8-1466 ②
—ほととぎす　8-1470 ②
—よぶこどり　8-1419 ②
いはせふみ　13-3320 ③
いはそそき　7-1388 ①
いはたたみ　7-1331 ①
いはたのに　15-3689 ①
いはたのもりに
—こころおそく　12-2856 ②
—ぬさおかば　9-1731 ②
いはたのもりの　13-3236 ⑯
いはたのをのの　9-1730 ②
いはつつじ
—もくさくみちを　2-185 ③
—わがくるまでに　7-1188 ③
いはつなの
—はへてしあらば　12-3067ィ ③

—またをちかへり　6-1046①
いはつるまでに　18-4122⑧
いはとかしはと　7-1134②
いはとこと　1-79㉕
いはとこの
—ねばへるかどに　13-3329㊴
—ねばへるかどを　13-3274⑤
いはとたて　3-418③
いはとわる　3-419①
いはとをひらき
—かむあがり　2-167㉞
—かむのぼり　2-167ィ㉞
いはなくのみそ
—あがこふらくは　11-2725④
—あがこふらくは　14-3560④
いはなさずとも　11-2556④
いはなるいもは　20-4423④
いはなるわれは　20-4416④
いはにおふる　6-948㉙
いはにこけむし
—かしこくも　6-962②
—かしこけど　7-1334②
いはにふれ
—かへらばかへれ　4-557③
—きみがくだけむ　10-2308③
—くだけてそおもふ　11-2716③
—よどめるよどに　9-1714③
いはぬときなし　18-4089㉗
いはぬひはなし　12-3197⑤
いはねこごしき　7-1130②
いはねこごしみ　3-414②
いはねさくみて
—なづみこし　2-210㊿
—なづみこし　2-213㊿
—ふみとほり　20-4465⑯
いはねしまきて　2-86④
いはねしまける　2-223②
いはねふみ
—こえへなりなば　17-4006㊶
—やまこえのゆき　18-4116⑨
—よみちゆかじと　11-2590①
いはねふむ
—いこまのやまを　15-3590③
—かさなるやまは　11-2422①
いはねゆも　11-2794③
いはねをも　11-2443③
いはのいもろ　20-4427①
いはのうへに　12-2861左注①
いはのうへの　7-1373③
いはのかむさび　17-4003⑯
いはのはしはも　7-1283⑥
いはのへに　14-3518①
いはのまを　4-509㉟
いはばしの
—かむなびやまに　13-3230⑦
—ままにおひたる　10-2288①
いはばしり　6-991①
いはばしる
—あふみのあがたの　7-1287④
—あふみのくにの　1-29⑲
—あふみのくにの　1-50⑮
—たきもとどろに　15-3617①
—たるみのうへの　8-1418①
—たるみのみづの　12-3025①
—たるみのみづを　7-1142③
いはばゆゆしみ
—あさがほの　10-2275②
—となみやま　17-4008㉜
—やまがはの　11-2432②
いはひきにけむ　15-3637⑤
いはひこも　9-1807⑲
いはひしま
—いくよふるまで　15-3637③
—いはひまつらむ　15-3636③
いはひたまひし　5-813⑩
いはひつき　11-2656③
いはひつつ
—あがおもふあがこ　9-1790⑬
—いませわがせな　20-4426③
—きみをばまたむ　8-1453㉑
いはひつまかも　7-1262⑤
いはひてしかも　20-4347⑤

いはひてとらむ　7-1319 ④
いはひてまたね
　かひりくまでに――　20-4339 ⑤
　――つくしなる　20-4340 ②
いはひてまたむ
　けふかあすかと――　15-3587 ⑤
　とまれるわれは――　13-3292 ⑤
　ひとはわれじく――　19-4280 ⑤
　わがものすそに――　19-4265 ⑤
いはひてまてと　17-3957 ⑯
いはひてまてど　12-2975 ④
いはひてむ　12-3217 ③
いはひとどめむ　4-708 ⑤
いはびとの　20-4375 ③
いはひふしつつ　2-199 ⑪②
いはひへすゑつ　17-3927 ④
いはひへとおきて　20-4393 ④
いはひへに　9-1790 ⑪
いはひへを
　――いはひほりすゑ　3-379 ⑨
　――いはひほりすゑ　13-3284 ⑦
　――いはひほりすゑ　13-3288 ⑪
　――とこへにすゑて　20-4331 ㊼
　――まへにすゑおきて　3-443 ㉑
いはひへをすゑ　3-420 ㉚
いはひほりすゑ
　――あめつちの　13-3288 ⑫
　――たかたまを　3-379 ⑩
　――たかたまを　13-3284 ⑧
いはひまたねか　15-3688 ⑥
いはひまつらむ
　いつとかわれを――　15-3659 ⑤
　――たびゆくわれを　15-3636 ④
いはひまつれる　13-3227 ㉘
いはひもとほり
　――かしこみと　3-239 ⑯
　――さもらへど　2-199 ⑪⑧
いはひもとほれ　3-239 ⑫
いはひわたるに　13-3333 ⑯
いはひをろがみ　3-239 ⑭
いはひをろがめ　3-239 ⑩
いはふいのちは　20-4402 ④
いはふいのちも　11-2403 ④
いはふこのとを　14-3460 ⑤
いはふこのもり　7-1378 ②
いはふすぎ
　――おもひすぎめや　13-3228 ③
　――てふれしつみか　4-712 ③
いはふすぎはら　7-1403 ③
いはぶちの　11-2715 ③
いはふともひて　19-4263 ⑤
いはふにはあらず　7-1377 ④
いはふねうかべ　19-4254 ④
いはふねの　3-292 ③
いはふみならし
　――きみがこえいなば　9-1778 ④
　――またまたもこむ　9-1779 ④
いはふみもろの　12-2981 ②
いはふむやまは　11-2421 ②
いはふやしろの　10-2309 ②
いはへかみたち　19-4240 ⑤
いはへども　11-2657 ③
いはへにかあらむ　20-4409 ②
いはへるくにそ　19-4264 ⑧
いはへわがせこ　15-3778 ④
いはほすげ　11-2472 ③
いはほすら　11-2386 ①
いはほなす　6-988 ③
いはほにうゑたる　19-4232 ②
いはほにおふる
　――すがのねの　20-4454 ②
　――まつがねの　12-3047 ②
いはほには
　――はなさきををり　6-1050 ㉙
　――ふりしはだれか　9-1709 ③
　――やましたひかり　6-1053 ⑪
いはほのうへに
　――いませつるかも　3-420 ㊹
　――きみがこやせる　3-421 ④
いはほろの　14-3495 ①
いはまくも
　――あやにかしこき　2-199 ③

—ゆゆしきかも　3-475 ③
—ゆゆしくあらむと　6-948 ㉓
いはみなる　2-134 ①
いはみのうみ
—うつたのやまの　2-139 ①
—つのうらをなみ　2-138 ①
—つののうらみを　2-131 ①
いはみのうみの　2-135 ②
いはみのや　2-132 ①
いはむすべ
—せむすべしらず　3-342 ①
—せむすべしらず　13-3291 ⑰
—せむすべしらに　2-207 ㉛
—せむすべしらに　3-460 ㊸
—せむすべしらに　3-481 ㉗
—せむすべしらに　5-794 ⑮
—せむすべしらに　19-4236 ⑪
—せむすべもなし　8-1629 ③
いはもとさらず　10-2161 ②
いはもとすげの　11-2761 ②
いはもとすげを　3-397 ②
いはもとたきち　11-2718 ②
いはもとどろに　14-3392 ②
いはやどに　3-309 ①
いはやはいまも　3-308 ②
いはるものから　14-3512 ②
いはるるひとは　3-443 ④
いはれけめ　3-312 ③
いはれしいもは　11-2455 ②
いはれしきみは　4-564 ④
いはれしものを　11-2535 ⑤
いはれしわがせ　10-1905 ⑤
いはれにしあがみ　13-3300 ⑫
いはれのいけに　3-416 ②
いはれのみちを　3-423 ②
いはれのやまに　13-3325 ②
いはれもすぎず　3-282 ②
いはれをみつつ　13-3324 ⑳
いはろには　20-4419 ①
いはゐつら
—ひかばぬるぬる　14-3378 ③
—ひかばぬれつつ　14-3416 ③
いひかしく　5-892 ㊽
いひけることの　15-3695 ②
いひけるものを　18-4106 ⑫
いひければ　9-1740 ㊺
いひしうめがえ　8-1436 ②
いひしかば　15-3772 ③
いひしきみはも　12-3041 ⑤
いひしけとばぜ　20-4346 ④
いひしこなはも　20-4358 ⑤
いひしころはも　14-3513 ⑤
いひしときより　7-1311 ④
いひつがひけり　5-894 ⑩
いひつぎきたる　13-3227 ⑧
いひつぎくらし　17-3973 ⑱
いひつぎけらく
—こひすれば　13-3255 ②
—ちちははを　18-4106 ④
いひつぎにすれ　18-4125 ㉝
いひつぎにせむ　18-4047 ⑤
いひつぎゆかむ
—かはしたえずは　17-4003 ㊱
—ふじのたかねは　3-317 ⑱
いひつぐがねと　5-813 ⑯
いひつげと　5-814 ③
いひつげとかも　5-872 ②
いひつげる　18-4094 ㊶
いひつつも　5-878 ①
いひつつもあるか　12-2896 ②
いひつてくらく　5-894 ②
いひづらひ　13-3300 ⑨
いひてしものを
いもにあはむと—　4-664 ⑤
—しらくもに　17-3958 ②
ながくときみは—　13-3334 ⑤
—ならずはやまじ　11-2834 ④
—はねずいろの　4-657 ②
いひにして　20-4343 ③
いひはめど　16-3857 ①
いひはらへ　17-4031 ③
いひもえず

—なづけもしらず 3-319 ⑰
—なづけもしらず 3-466 ㉑
いひもりて 16-3861 ③
いひやらむ 4-543 ㉟
いひりひもちきて 16-3880 ④
いふがくるしさ 7-1339 ⑤
いふかしみする 12-3106 ⑤
いふかしわぎも 4-648 ⑤
いふかりし 9-1753 ㉑
いふきまとはし 2-199 ㊷
いふことの 4-683 ①
いふことのごと 5-897 ⑯
いふことやみ 5-904 ㊼
いふことを 7-1258 ③
いふすべの
—たづきもなきは 18-4078 ③
—たどきをしらに 17-4011 ㊺
いぶせかりけり 4-769 ⑤
いぶせきあがむね 10-2263 ④
いぶせききみを 11-2720 ④
いぶせくあるらむ 4-611 ⑤
いぶせくもあるか 12-2991 ④
いぶせみと 18-4113 ⑬
いぶせむときの 9-1809 ⑫
いふといはなくに 4-684 ⑤
いふなげきしも 18-4135 ④
いふなのたえて 11-2419 ②
いふはたがこと
このひもとけと— 12-2866 ⑤
—さごろもの 12-2866 ②
いふれけむ 3-435 ③
いふわきしらず 4-716 ②
いへうせめやと 9-1740 ㊻
いへおもはざらむ 6-943 ⑤
いへおもふと
—いをねずをれば 20-4400 ①
—こころすすむな 3-381 ①
いへおもふらしも 7-1191 ⑤
いへおもふらむか 9-1696 ⑤
いへかぜは 20-4353 ①
いへごともちて 20-4353 ④
いへごひしきに 15-3641 ②
いへこひをらむ 10-2245 ⑤
いへこふらしも
あがうまなづむ— 7-1192 ⑤
うまそつまづく— 3-365 ⑤
いへざかり
—いますわぎもを 3-471 ①
—うみへにいでたち 19-4211 ㉕
—たびにしあれば 7-1161 ①
—としのへゆけば 19-4189 ⑤
いへざかりいます 5-794 ㉙
いへししのはゆ
けながくしあれば— 6-940 ⑤
まくらきぬれど— 1-66 ⑤
いへしまは
—くもゐにみえぬ 15-3627 ㊸
—なにこそありけれ 15-3718 ①
いへしらば 2-220 ㊲
いへぢおもふに 13-3347 ④
いへちかづけば 6-941 ⑤
いへぢしらずも
たたせるこらが— 5-856 ⑤
ふしたるきみが— 13-3343 ⑤
いへぢもいはず 13-3339 ㉘
いへぢをも 4-504 ③
いへづかずして 15-3645 ⑤
いへづくらしも 15-3720 ⑤
いへづとに
—いもにやらむと 15-3627 ㊸
—かひそひりへる 20-4411 ①
—かひをひりふと 15-3709 ①
いへづとにせむ 3-306 ⑤
いへづとやらむ 20-4410 ④
いへつとり 13-3310 ⑪
いへでせし 13-3265 ③
いへどころみゆ 9-1740 ㊸
いへとすむ 6-955 ③
いへとへど
—いへぢもいはず 13-3339 ㉗
—いへをもいはず 9-1800 ㉗
いへとへば 13-3336 ⑲

いへどほくありて 11-2793⑤
いへどほくして 15-3715⑤
いへなみや 9-1804⑪
いへならば
—いもがてまかむ 3-415①
—かたちはあらむを 5-794⑲
いへなるいもい 12-3161④
いへなるいもが 6-976④
いへなるいもし 8-1469④
いへなるいもに 15-3671④
いへなるいもを
—かけてしのひつ 1-6④
—またみてももや 20-4415④
—わすれておもへや 1-68④
いへなるひとも 4-651④
いへなるものは 16-3826④
いへにあらば 5-886㉕
いへにあらましを 7-1280⑥
いへにありし 16-3816①
いへにありて 5-889①
いへにあるいもし 15-3686④
いへにあれば 2-142①
いへにいたりきや 13-3268⑪
いへにいたるまで
いたくなふきそ— 6-979⑤
たびゆくきみが— 4-549⑤
いへにかかへる 15-3696②
いへにかへりて
—ちちははに 9-1740㊵
—なりをしまさに 5-801④
いへにきて 2-216①
いへにさけなむ 13-3346⑩
いへにして
—あれはこひむな 7-1179①
—こひつつあらずは 20-4347①
—みれどあかぬを 4-634①
—ゆひてしひもを 17-3950①
いへにつげこそ 20-4408㊆
いへにても 17-3896①
いへにはやらな 9-1688④
いへにはゆかむ 18-4060②
いへにもこずて 9-1740⑭
いへにもみえず 9-1809⑧
いへにもゆかめ 13-3263⑰
いへにゆきて
—いかにかあがせむ 5-795①
—なにをかたらむ 19-4203①
いへのあたり 4-509⑰
いへのあたりかも 14-3542⑤
いへのあたりみず 3-254⑤
いへのあたりみつ
あがおもふいもが—12-3057ィ⑤
あがおもふこらが— 12-3057⑤
いへのあたりみに 12-2947左注⑤
いへのあたりみむ 7-1244⑤
いへのあたりみゆ
3-255ィ⑤, 15-3608⑤
いへのあたりを 11-2609④
いへのいむが 20-4364③
いへのいもが 3-360③
いへのいもし 12-3147③
いへのいもに
—ものいはずきにて 4-503③
—ものいはずきにて 14-3481③
いへのかきつの 8-1503②
いへのかなとに 9-1775④
いへのこと 5-894㉓
いへのごと 9-1753㉗
いへのこどもの 5-900②
いへのこらはも 14-3534⑤
いへのころはも 14-3532⑤
いへのしま 4-509㊶
いへのしらなく 9-1742⑰
いへのにははも 4-578⑤
いへのもが 20-4388③
いへのらな 1-1⑦
いへはあらむと 9-1740㊆
いへはあれど 5-854③
いへはおもはず 11-2454④
いへはをれども 19-4209②
いへびとに 4-696①
いへびとの

──いづらとわれを　15-3689 ③
──いはひまたねか　15-3688 ⑤
──いはへにかあらむ　20-4409 ①
──つかひにあらし　9-1697 ①
──はるさめすらを　9-1698 ③
──まちこふらむに　15-3653 ③
──まつらむものを　13-3341 ①
いへびとは
──かへりはやこと　15-3636 ①
──まちこふらむに　15-3688 ⑰
──みちもしみみに　11-2529 ①
いへまたまくに　3-426 ⑤
いへみれど　9-1740 ㊼
いへもあらなくに
いたくなふりそ──　8-1636 ⑤
さののわたりに──　3-265 ⑤
いへもあらましを　2-91 ⑤
いへもあれたり　6-1059 ⑭
いへもなにせむ　11-2825 ②
いへもみかねて　9-1740 ㊽
いへやもいづち　3-287 ②
いへやをるべき
──このあがめの　12-2876 ②
──さをしかの　10-2146 ②
いへゆいでて　9-1740 ㊸
いへゆはいでて　3-461 ④
いへゆもいでて　3-481 ⑱
いへりしわぎも　12-2871 ⑤
いへるがごとく　5-892 ㊻
いへれかも　10-2126ィ ③
いへればか　10-2126 ③
いへわすれ　1-50 ㉗
いへゐせる　19-4207 ⑲
いへゐせるきみ　10-1842 ⑤
いへをおき　1-79 ④
いへをおもひで　20-4398 ㊷
いへをしそおもふ
ひのくれゆけば──　17-3895 ⑤
われはわすれず──　17-3894 ⑤
いへをはなれて　15-3691 ⑥
いへをへだてて　4-685 ④
いへをもいはず　9-1800 ㉘
いへをもつくり　3-460 ㉒
いへをもなをも　1-1 ⑰
いへをものらず　13-3336 ⑳
いへをらば　10-1829 ③
いへをらましを　2-91ィ ⑤
いへをれば
──ともしくもあらず　10-1820 ③
──ともしくもあらず　10-2230 ③
いほえさし　3-324 ③
いほえはぎたれ　16-3886 ㊱
いほさきの　3-298 ③
いほしろをだを　8-1592 ②
いほちもがも　18-4101 ⑥
いほつきて　10-2250 ③
いほつくり　16-3886 ③
いほつつどひを
──てにむすび　18-4105 ②
──ときもみず　10-2012 ②
いほつつなはふ
くにしらさむと──　19-4274 ⑤
──よろづよに　19-4274 ②
いほつとりたて　17-4011 ㉜
いほはたたてて　10-2034 ②
いほはらの　3-296 ①
いほへかくせる　4-662 ②
いほへなみ
──たちてもゐても　4-568 ③
──ちへしくしくに　11-2437 ③
いほへなみよす　6-931 ⑧
いほへにかくり　10-2026 ②
いほへのしたに　2-205 ④
いほへふりしけ　8-1650 ④
いほへやま　6-971 ⑦
いほよつぎこそ　6-985 ⑤
いほよろづ　13-3227 ⑤
いほりかなしみ　7-1238 ⑤
いほりして
──あるらむきみを　10-2248 ③
──みやこなしたり　6-928 ⑲
──われたびなりと　10-2249 ③

いほりするかも　15-3620⑤
いほりすわれは
3-250左注⑤, 15-3606⑤
いほりせむ　7-1190③
いほりせむわれ
いづれのしまに――　15-3593⑤
いづれののへに――　6-1017⑤
いほりせりけむ　1-60⑤
いほりせりといふ　7-1408⑤
いほりせりとは　9-1677⑤
いほりせるかも　3-235⑤
いほりせるらむ　10-1918⑤
いほりてみれば　2-220㉚
いまかいまかと
――いでみれば　10-2323②
――ひもときて　20-4311②
――まちをるに　12-2864②
いまかきますと　11-2379④
いまかこぐらむ　9-1734⑤
いまかさくらむ　8-1435④
いまかちるらむ　10-2118④
いまかながこし　10-1962④
いまかはる　20-4335①
いまかへりこむ　13-3322⑤
いまかまくらむ　10-2035②
いまきなきそむ　19-4175②
いまきのみねに　9-1795②
いまきのをかを　10-1944④
いまきわたると
――おもふまで　2-199㊻
――もろひとの　2-199ィ㊻
いまこぎくらし　10-2045②
いまこそなかめ
あたしときゆは――　10-1947⑤
――ともにあへるとき　8-1481④
いまこそば
――こゑのかるがに　10-1951③
――ふなだなうちて　17-3956③
いまこそまされ
こひせしよりは――　11-2445⑤
よそにみしよは――　14-3417⑤
いまこそもみち　10-2211④
いまこそゆかめ　20-4317②
いまこむはるも　17-3952④
いまこむわれを　12-2998④
いまさかりなり
――あがこふらくは　8-1449④
あしびのはなの――　10-1903⑤
――おもふどち　5-820②
かざしにしてな――　5-820⑤
――なにはのうみ　20-4361②
にほふがごとく――　3-328⑤
――みむひともがも　5-850④
――ももとりの　5-834②
――をりてかざさむ　10-2106④
いまさきにけり　8-1471⑤
いまさくはなの　10-2279②
いまさけるごと
――ありこせぬかも　10-1973④
――ちりすぎず　5-816②
いまさけるらむ　20-4316④
いまさへや　15-3758ィ③
いまさらさらに　10-2270④
いまさらに
――あふべきよしの　15-3734③
――いもにあはめやと　4-611①
――きみいなめやも　12-3124③
――きみがたまくら　11-2611①
――きみかわをよぶ　16-3811⑲
――きみきまさめや　13-3280⑬
――きみきまさめや　13-3281⑮
――きみはいゆかじ　10-1916①
――くにわかれして　15-3746③
――こふともきみに　13-3283①
――なにをかおもはむ　4-505①
――なにをかおもはむ　12-2989①
――ねめやわがせこ　12-3120①
――はるさめふりて　10-1929③
――ゆきふらめやも　10-1835①
――わらはごとする　11-2582③
いましきなかば　17-3914②
いましくは　7-1103①

いましくやしも
こととはましを―― 12-3143⑤
そがひにねしく―― 7-1412⑤
そがひにねしく―― 14-3577⑤
いましくらしも
かりがねきこゆ―― 10-2131⑤
かりがねきこゆ―― 10-2134ィ⑤
なきてこゆなり―― 20-4305⑤
いましけむ
――しつのいはやは 3-355③
――みほのいはやは 3-307ィ③
いましける 3-307③
いましこぐらし 10-2053⑤
いまししきみが 3-459②
いまししものを 3-460㉖
いましすらしも 10-2061⑤
いましせば
――きのふもけふも 3-454③
――しまのみかどは 2-173③
いましたまはね 11-2351③
いましたまひて 5-879②
いましちるらし 10-2210⑤
いましちるらむ 10-1855⑤
いましななよを 10-2057④
いましなば 20-4440③
いましにしかば 2-167ィ㊱
いましはし 4-732①
いましはと 4-590③
いましもあれも
――あふことやまめ 11-2419④
――ことそなるべき 11-2517④
いましもなかむ 16-3847⑤
いましらが 6-973③
いましらず 4-768①
いましをたのみ
――おやにたがひぬ 14-3359ィ④
――ははにたがひぬ 14-3359④
いますかみかも
――せのうみと 3-319⑳
――たからとも 3-319㉜
いますきみ 15-3582③
いますきみをば 12-3186④
いまするいもが 11-2627②
いまするいもは 4-706②
いまするいもを
――いめにみて 4-705②
――うらわかみ 7-1112②
いますわぎもを 3-471②
いませおほきみよ 1-79㉜
いませつるかも 3-420㊺
いませははとじ 20-4342④
いませまつりし 2-167㉔
いませわがせこ
――そのまにもみむ 4-709④
――みつつしのはむ 20-4448④
いませわがせな 20-4426④
いまそくやしき
あはずまにして―― 15-3769⑤
きみをあひみて―― 12-3001⑤
しめささましを―― 7-1337⑤
つけてましもの―― 4-516⑤
いまぞくやしき
おほにみしくは―― 2-219⑤
ものはずけにて―― 20-4337⑤
いまぞくやしけ 20-4376⑤
いまそさかりと
――あしひきの 17-3993④
――ひとはいへど 18-4074②
いまそしる 6-1045③
いまそなぎぬる 11-2579⑤
いまそなくなる 18-4034⑤
いまそわがくる 7-1243④
いまそわがゆく 7-1211②
いまだあかなくに
いまかちるらむ―― 10-2118⑤
うらしほみちく―― 15-3707⑤
きみがたまくら―― 11-2807⑤
こひこしこころ―― 7-1221⑤
いまだあはなくに 4-563⑤
いまだあはぬかも 12-2895⑤
いまだあらねば 5-794⑩
いまだからねど 7-1348⑤

いまだきこえず　19-4209 ⑮
いまだきずして　3-395 ④
いまだきなかず　19-4209 ⑥
いまだきなかぬ　13-3223 ⑥
いまだきなれず　3-413 ⑤
いまだきねども　7-1296 ⑤
いまださかずける　10-2123 ⑤
いまださかなく　4-786 ④
いまださかねば　8-1477 ②
いまださわけり　7-1207 ⑤
いまだしづけし　7-1263 ⑤
いまだすぎぬに　2-199 ⑫④
いまだすぎねば　8-1434 ②
いまだせずして　10-2060 ④
いまだせなくに　11-2368 ⑤
いまたたすらし
—みとらしの　1-3 ⑭
—ゆふがりに　1-3 ⑫
いまだつきねば　2-199 ⑫⑥
いまだとかねば　12-2906 ④
いまだときだに　4-579 ②
いまだとほみか　8-1490 ⑤
いまだなへなり　11-2836 ②
いまだにも
—いもがりゆかな　10-2257 ③
—くににまかりて　9-1800 ⑪
—ともしむべしや　10-2017 ③
—にほひにゆかな　10-2014 ③
—めなともしめそ　11-2577 ①
—もなくゆかむと　15-3694 ⑤
いまだねなくに　14-3543 ⑤
いまだねなふも　14-3525 ⑤
いまだはきねど　3-336 ④
いまだひなくに
わがなくなみた—　5-798 ⑤
わがなくなみだ—　3-469 ⑤
いまだふかねば　8-1628 ④
いまだふふめり
—きみまちかてに　9-1684 ④
—ことなたえそね　7-1363 ④
—ひとめみにこね　18-4077 ④
わかきのうめも—　4-792 ⑤
いまだふゆかも　9-1695 ⑤
いまだふゆなり
—しかすがに　10-1862 ②
—しかすがに　20-4492 ②
いまだへなくに　7-1126 ②
いまだまかねば　10-2071 ④
いまだみなくに　10-1870 ④
いまだみぬ　17-4000 ㉗
いまだもこねば　4-556 ②
いまだもつかず　15-3688 ⑳
いまだやすめず
—としつきも　5-794 ⑧
—としつきも　17-3962 ⑩
いまだやまぬに　18-4083 ②
いまだわたらぬ　2-116 ④
いまつくる
—くにのみやこに　8-1631 ①
—くにのみやこは　6-1037 ①
—まだらのころも　7-1296 ①
いまつくるみち　12-2855 ②
いまとかめやも　11-2602 ⑤
いまとかも　7-1078 ③
いまなかずして　18-4052 ②
いまなぬかだみ　13-3318 ㉖
いまならずとも
あはむわがせこ—　4-541 ⑤
ありさりてしも—　12-3070 ⑤
—きみがまにまに　4-790 ④
いまにあらずとも
いもにはわれは—　11-2431 ⑤
いもにはわれは—　12-3018 ⑤
のちにもあはむ—　4-699 ⑤
いまにしあるべし　9-1749 ⑯
いまにつげつる　17-4011 ⑩⑥
いまのこころも　13-3290 ④
いまのごと
—あはむとならば　9-1740 ㊾
—こころをつねに　8-1653 ①
—こひしくきみが　17-3928 ①
いまのはりみち　14-3399 ②

いまのまさかも　18-4088④
いまのみに　6-931⑬
いまのみの　4-498①
いまのよの　5-894⑪
いまのをつつに
　―かくしこそ　17-3985㉖
　―たふときろかむ　5-813㉖
　―ながさへる　18-4094⑳
　―よろづつき　18-4122⑩
いまのをに　20-4360⑦
いまはあけぬと　13-3321②
いまはあは
　―しなむよわがせ　4-684①
　―しなむよわがせ　12-2936①
　―しなむよわぎも　12-2869①
　―わびそしにける　4-644①
いまはあはじと　4-542④
いまはいかにせも　14-3418⑤
いまはうつろふ　15-3713②
いまはえてしか　18-4133④
いまはきなきぬ　10-2183②
いまはこぎいでな　1-8⑤
いまはこぎぬと　20-4363④
いまはさかりに　17-3965②
いまはながしと　2-124②
いまはなかむと　17-4030②
いまはなくらむ　17-3915④
いまはなし
　―いもにあはずて　12-2881③
　―いもにあはずて　12-2941③
　―きみがめみずて　12-2881ィ③
　―きみにあはずて　13-3261③
　―こひのやつこに　12-2907③
いまははるへと　8-1433④
いまはまからむ　3-337②
いまはよらまし　7-1137④
いまはるやまに　10-1923②
いまはわがなの　11-2663④
いまふつかだみ
　―あらばちりなむ　8-1621④
　―あらむとそ　13-3318㉘
　―とほくあらば　17-4011⑱
いままたさらに　3-483④
いまままでに
　―たえずいひける　9-1807⑤
　―ながらへぬるは　8-1662③
いまみやこひき　3-312④
いまみるひとも　17-4005④
いまみれば
　―いよよさやけく　3-316③
　―おひざりしくさ　2-181③
　―やまなつかしも　7-1333③
いまもえてしか　5-806②
いまもかも
　―おほきのやまに　8-1474①
　―ひとなぶりのみ　15-3758③
　―まつかぜはやみ　8-1458③
いまもかもとな　3-356ィ②
いまもなかぬか
　―きみにきかせむ　18-4067④
　―やまのとかげに　8-1470④
いまもみがほし　10-2284②
いまもみてしか
　―いめのみに　12-2880②
　―いもがすがたを　8-1622④
　―いもがゑまひを　8-1627④
いまもみるごと
　かくしあそばむ―　17-3991㊲
　―たぐひてもがも　4-534⑲
　つねにいまさね―　20-4498⑤
　―つまごひに　1-84②
　わごおほきみは―　18-4063⑤
いまゆきて　10-1878①
いまよりは
　―あきかぜさむく　3-462①
　―あきづきぬらし　15-3655①
　―あはじとすれや　12-2954①
　―きやまのみちは　4-576①
　―こふともいもに　12-2957①
　―わがたまにせむ　11-2446③
いみづかは
　―あさこぎしつつ　19-4150③

—いゆきめぐれる　17-3985 ①
—きよきかふちに　17-4006 ⑬
—ながるみなわの　18-4106 ㊴
—みなとのすどり　17-3993 ⑰
—ゆきげはふりて　18-4116 ㉕
いむかひたちて
—こひしらに　10-2011 ②
—としのこひ　18-4127 ②
いむかひをりて　10-2089 ④
いむなしにして　20-4321 ⑤
いむべきものを
ひとにかたりつ—　11-2719 ⑤
われはいひてき—　12-2947 ⑤
いむれてをれば　19-4284 ④
いめかと　12-2955 ①
いめかも　13-3324 ㊸
いめたてて
—ししまつごとく　13-3278 ⑪
—とみのをかへの　8-1549 ①
いめたてわたし　6-926 ⑧
いめならし　11-2813 ③
いめにあひみに　4-744 ④
いめにいめにし　12-2890 ④
いめにかたらく
—いたづらに　5-852ィ ②
—みやびたる　5-852 ②
いめにかも　12-2917 ③
いめにさへ　12-2848ィ ③
いめにしみえむ
へだてあむかず—　12-2995 ⑤
まくらさらずて—　5-809 ⑤
いめにしみつつ　8-1620 ④
いめにしみゆる
あひみしひとの—　4-710 ⑤
いもがすがたの—　12-2937 ⑤
おもへやいもが—　4-490 ⑤
ここにももとな—　12-3162 ⑤
さではへしこが—　4-662 ⑤
たびなるきみが—　4-621 ⑤
はなれこしまの—　7-1202 ⑤
ひとよもおちず—　15-3647 ⑤
ひとよもおちず—　15-3738 ⑤
ひらきあけつと—　4-591 ⑤
よごとにきみが—　11-2569 ⑤
いめにそみつる　10-2241 ④
いめにだに
—あふとみえこそ　12-2850 ③
—あふとみえこそ　13-3280 ㉓
—あふとみえこそ　13-3281 ㉓
—いもがたもとを　4-784 ③
—つぎてみえこそ　12-2959 ③
—なにかもみえぬ　11-2595 ①
—なにしかひとの　12-2848 ③
—ひさしくみむを　15-3714 ③
—まなくみえきみ　11-2544 ③
—みえばこそあらめ　4-749 ①
—みえむとわれは　4-772 ①
—みざりしものを　2-175 ①
—やまずみえこそ　12-2958 ③
—われにみえこそ　12-3142 ③
いめにだにみむ　11-2418 ⑤
いめにつぐらく　17-4011 ㊹
いめにつげつも　17-4013 ⑤
いめにはみれど　17-3978 ㉘
いめにはもとな　17-3980 ②
いめにみえきや
あがしぬべきは—　12-3111 ⑤
こころはけだし—　4-716 ⑤
そでかへししは—　11-2812 ⑤
つかひにやりし—　12-2874 ⑤
いめにみえけり
—きみがすがたは　12-2956 ④
こころしゆけば—　17-3981 ⑤
しのひてぬれば—　11-2754 ⑤
いめにみえける　4-724 ⑤
いめにみえけれ　17-3977 ⑤
いめにみえこし　4-633 ⑤
いめにみえこそ
おもかげさらず—　11-2634 ⑤
きみがまくらは—　4-615 ⑤
とこのへさらず—　11-2501 ⑤
とこのへさらず—　12-2957 ⑤

ぬるよをおちず―― 13-3283⑤
ひとよもおちず―― 12-2842⑤
ひとよもおちず―― 12-3120⑤
いめにみえこと 12-3128②
いめにみえこぬ 4-767⑤
いめにみえずて 11-2814④
いめにみえつつ
あかものすがた―― 11-2786⑤
――いねらえずけれ 4-639④
――かぢしまの 9-1729②
われいねかねつ―― 11-2587⑤
いめにみえつる
いもがいりきて―― 12-3117⑤
きみそきぞのよ―― 2-150⑬
こころがなしく―― 15-3639⑤
しなむよいもと―― 4-581⑤
いめにみしかも 7-1345⑤
いめにみせこそ 13-3227㉖
いめにみつ 4-604③
いめにみて
――おきてさぐるに 12-2914③
――こころのうちに 4-705③
――こころのうちに 4-718③
――ころもをとりき 12-3112①
いめにもいもが 15-3735④
いめにもみえず
――うけひてぬれど 11-2589④
――たえぬとも 11-2815②
いめにもわれは 11-2601②
いめにわれ 12-2912③
いめのあひは 4-741①
いめのごと
――おもほゆるかも 4-787①
――きみをあひみて 10-2342①
――みちのそらぢに 15-3694⑪
いめのみに
――うけひわたりて 11-2479③
――たもとまきぬと 12-2880③
――たもとまきぬと 19-4237③
――つぎてみえつつ 7-1236①
――みてすらここだ 11-2553①
――もとなみえつつ 14-3471③
いめのわだ
――ことにしありけり 7-1132①
――せにはならずて 3-335③
いめひとの 9-1699③
いめみむと 11-2412③
いもがあたり
――あはそでふらむ 7-1085①
――いまそわがゆく 7-1211①
――しげきかりがね 9-1702①
――つぎてもみむに 2-91ィ①
――とほくもみれば 11-2402①
いもがあたりに 10-2234④
いもがあたりの
――しものうへにねぬ 11-2616④
――せにこそよらめ 11-2838④
いもがあたりは
――かくりきにける 2-136ィ④
よひさらずみむ―― 10-2026⑤
いもがあたりみつ 11-2787⑤
いもがあたりみむ
いつかこえなむ―― 1-83⑤
ちりなまがひそ―― 2-137ィ⑤
なちりまがひそ―― 2-137⑤
なびきてありこそ―― 12-3155⑤
やそしまのうへゆ―― 15-3651⑥
いもがあたりを 2-136④
いもがありせば 3-466⑥
いもがいでたち 7-1078④
いもがいぬれば 9-1809㊷
いもがいのちを 11-2467④
いもがいははば 15-3583②
いもがいひし 12-2967③
いもがいひしを 20-4429④
いもがいへぢ
――ちかくありせば 15-3635①
――やまずかよはむ 10-2056③
いもがいへぢに 10-1877④
いもがいへに
――いくりのもりの 17-3952①
――さきたるうめの 3-398①

―さきたるはなの　3-399 ①
―はやくいたらむ　7-1271 ③
いもがいへの　8-1596 ①
いもがいへのあたり　14-3423 ⑤
いもがいへも　2-91 ①
いもがいへらく　9-1740 ㊻
いもがいりきて　12-3117 ④
いもがうへのことを　12-2855 ⑤
いもがうゑし　3-464 ③
いもがおときこゆ　10-2016 ④
いもがかきまは　10-1899 ④
いもがかたみと　8-1626 ④
いもがかど
―いでいりのかはの　7-1191 ①
―いやとほそきぬ　14-3389 ①
―いりいづみがはの　9-1695 ①
―ゆきすぎかねつ　11-2685 ①
―ゆきすぎかねて　12-3056 ①
いもがかどみむ　2-131 ㊳
いもがかなしさ
あがこひすなむ―　20-4391 ⑤
おもひわぶらむ―　15-3727 ⑤
いもがかみ
―あげたかはのの　11-2652 ①
―このころみぬに　2-123 ③
いもがきせてし　15-3625 ⑳
いもがきませる　12-2917 ②
いもがきる　6-987 ③
いもがくゆべき　3-437 ④
いもがくろかみ　11-2564 ②
いもがこころの　5-796 ④
いもがこころは
―あよくなめかも　20-4390 ④
―うたがひもなし　4-530 ④
―うたがひもなし　12-3028 ④
―わすれせぬかも　20-4354 ④
いもがこころを
―わがおもはなくに　11-2471 ④
―わすれておもへや　4-502 ④
いもがこひしく　20-4407 ④
いもがこまくら　2-216 ⑤
いもがこやせる　9-1807 ㊳
いもがころもで　17-3945 ④
いもがころもの　15-3667 ④
いもがこゑをきく　7-1411 ⑤
いもがしたびも　12-3049 ④
いもがしま　7-1199 ③
いもがしらひも　8-1421 ④
いもがすがたの　12-2937 ④
いもがすがたは
―おもほゆるかも　12-3200 ④
よにもわすれじ―　12-3084 ⑤
いもがすがたを
いまもみてしか―　8-1622 ⑤
いめにそみつる―　10-2241 ⑤
―けふみつるかも　11-2614左注 ④
しなひにあるらむ―　10-2284 ⑤
―みずひさに　18-4121ィ ②
―みまくくるしも　2-229 ④
いもがそで
―さやにもみえず　2-135 ㉕
―まききのやまの　10-2187 ①
―わかれしひより　11-2608 ①
―わかれてひさに　15-3604 ①
―われまくらかむ　19-4163 ①
いもがただかに
あれはそこふる―　9-1787 ㉑
あれはそこふる―　13-3293 ⑬
いもがただてよ　14-3439 ⑤
いもがたまくら
―さしかへて　17-3978 ㊱
―まきてねましを　6-1036 ④
いもがため
―いのちのこせり　11-2764 ①
―かひをひりふと　7-1145 ①
―すがのみつみに　7-1250 ①
―そでさへぬれて　4-782 ③
―たまをひりふと　7-1220 ①
―てにまきもちて　17-3993 ㉛
―ほつえのうめを　10-2330 ①
―わがすなどれる　4-625 ③
―われたまひりふ　9-1665 ①

—われたまもとむ　9-1667①
—われもことなく　4-534⑰
いもがためこそ
あかふいのちは—　12-3201⑤
いはふいのちも—　11-2403⑤
いもがたもとし　6-1029④
いもがたもとに　10-2320④
いもがたもとは　19-4236⑳
いもがたもとを
—かるるこのころ　11-2668④
—つゆしもの　2-131ィ㉔
—つゆしもの　2-138㉖
—まかぬこよひは　10-2253④
—まかぬよもありき　11-2547④
—まきぬとしみば　4-784④
—われこそまかめ　5-857④
いもかちならむ　13-3317②
いもがつかひか　11-2491⑤
いもがつかひそ　12-3112④
いもがつたへは　10-2008④
いもがてにまく　15-3627②
いもがてまかむ　3-415②
いもがてもちて　7-1114②
いもがてを
—とりてひきよぢ　9-1683①
—とろしのいけの　10-2166①
いもがてをとる　3-385⑤
いもがとはせる　8-1563②
いもがなげかむ
いづしむきてか—　14-3474⑤
いづちむきてか—　14-3357⑤
いもがなに　16-3787①
いもがなのりつ
たむけにたらして—　15-3730⑤
—ゆゆしきものを　11-2441④
いもがなは　2-228①
いもがなも　11-2697①
いもがなよびて
—あをねしなくな　14-3362④
—そでそふりつる　2-207㊾
いもがにはにも　7-1074④
いもがぬる　14-3554①
いもがひも
—とくとむすびて　10-2211①
—ゆふやかふちを　7-1115①
いもがふむらむ　11-2693④
いもがへに
—いつかいたらむ　14-3441③
—ゆきかもふると　5-844①
いもがほすべく　15-3712②
いもがまつべき　15-3685④
いもかまつらむ　4-765⑤
いもがまつらむ
—つきはへにつつ　15-3663④
—よそふけにける　12-2997④
いもがみし
—あふちのはなは　5-798①
—やどにはなさき　3-469①
いもがみためと　7-1275⑤
いもがみて　8-1509①
いもがみむため　10-2312⑤
いもがむすびし　3-251④
いもがめかれて
—あれをらめやも　15-3731④
—しきたへの　6-942②
いもがめの　11-2666①
いもがめみねば　11-2426④
いもがめを
—はつみのさきの　8-1560①
—みまくほりえの　12-3024①
いもがめをほり
こえてそあがくる—　15-3589⑤
ひとりそあがくる—　13-3237⑮
いもがめをみむ　12-3011⑤
いもがゆふらむ　4-742②
いもがりと
—うまにくらおきて　10-2201①
—わがゆくみちの　8-1546①
いもがりといへば　11-2435④
いもがりとへば　14-3356④
いもがりやらむ　9-1758④
いもがりやりて　14-3538④

いもがりゆかな　10–2257 ④
いもがゑまひし　11–2642 ④
いもがゑまひは　12–3137 ④
いもがゑまひを
　いまもみてしか―　8–1627 ⑤
　―いめにみて　4–718 ②
いもがをどこに　14–3354 ⑤
いもこそありけれ　7–1098 ⑤
いもこひむかも
　―しきたへの　4–493 ②
　わがひさならば―　12–3127 ⑤
いもさねてしか　8–1520ィ㉞
いもしとどめば　11–2514 ⑤
いもしなければ　12–2982 ②
いもしみえなば　11–2530 ④
いもすらを　12–3115 ③
いもせのやまに
　―あさまくわぎも　7–1195 ④
　―あらましものを　4–544 ④
いもせのやまを　7–1247 ④
いもそとほくは　15–3698 ④
いもそもあしき　15–3737 ②
いもたちまちて　7–1242 ④
いもとありし　15–3591 ①
いもとあれと
　―ここにありと　7–1290 ④
　―てたづさはりて　8–1629 ⑤
　―なにごとあれそ　10–2036 ③
　―ぬるよはなくて　11–2615 ③
いもとあれとし　10–1983 ④
いもといはば　12–2915 ①
いもとこし　3–449 ①
いもとして　3–452 ①
いもとしねねば　4–524 ④
いもとせのやま
　きのかはのへの―　7–1209 ⑤
　ならびをるかも―　7–1210 ⑤
いもとはよばじ　3–286 ⑤
いもとわがみし　9–1798 ②
いもとをりてば　11–2825 ⑤
いもなげくらし　15–3615 ②
いもなねが　9–1800 ③
いもなろが　14–3446 ①
いもにあはざらむ
　うつしごころや―　7–1343ィ⑤
　ほのかにだにや―　12–3037 ⑤
　ゆくときさへや―　12–3006 ⑤
いもにあはざる　12–2920 ④
いもにあはざれば　4–785 ⑤
いもにあはず
　―あらばすべなみ　15–3590 ①
　―ひさしくなりぬ　4–768 ③
　―ひさしくなりぬ　17–4028 ①
いもにあはずあらむ　11–2792 ⑤
いもにあはずあれば　4–522 ⑤
いもにあはずして
　いぶせくもあるか―　12–2991 ⑤
　ひめやわがそで―　12–2857 ⑤
　ものをそおもふ―　2–125 ⑤
いもにあはずて
　―あがひとりねむ　4–733 ④
　―つきそへにける　8–1464 ④
　―つきのへゆけば　12–2881 ④
　―としのへゆけば　12–2941 ④
いもにあはずや　10–2296 ④
いもにあはなくに　4–558 ⑤
いもにあはぬかも
　ひとめをおほみ―　12–2910 ⑤
　ひとめをしげみ―　12–2932 ⑤
いもにあはぬよは　11–2716 ⑤
いもにあはむかも　12–3053 ⑤
いもにあはむため　20–4306 ⑤
いもにあはむと
　―いひてしものを　4–664 ④
　―うけひつるかも　11–2433 ④
　―ただちから　11–2618 ②
いもにあはむとそ　8–1662 ⑤
いもにあはめやと　4–611 ②
いもにあひがたき
　おもふをなにか―　12–3029 ⑤
　こふれどなぞも―　4–783 ⑤
　たむけしたれや―　12–2856 ⑤

いもにあひてこね　15-3687⑤
いもにあふ
　―ときかたまつと　10-2093①
　―ときさもらふと　10-2092⑨
いもにあへるかも　11-2614左注⑤
いもにあれや　15-3633③
いもにいひしを　15-3719④
いもにかもあらむ
　いさよふくもは―　3-428⑤
　たなびくくもは―　7-1407⑤
いもにことどひ
　―あがために　4-534⑭
　―あすかへりこむ　14-3510④
いもにこひ
　―あがこえゆけば　7-1208①
　―あがなくなみた　11-2549①
　―あがのまつばら　6-1030①
　―いねぬあさけに　11-2491①
　―いねぬあしたに　12-2858①
　―ひにけにやせぬ　12-2928③
いもにこひずて　7-1208④
いもにこひつつ
　―いねかてずけむ　4-497④
　―すべなけなくに　15-3743④
いもにこふらく　3-326⑤
いもにこふるに　13-3297⑩
いもにこふれか　12-3092④
いもにこふれば　15-3783②
いもにこふれや　6-961④
いもにしあはねば　13-3297④
いもにしあらねば　20-4351⑤
いもにしかめや　9-1807⑳
いもにしふれば　12-2858④
いもにしめさむ　9-1694⑤
いもにしらせむ　20-4366⑤
いもにつぎこそ　20-4365⑤
いもにつげこそ
　あきたつまつと―　10-2000⑤
　いまはこぎぬと―　20-4363⑤
　かりはあがこひ―　10-2129⑤
　われたちまつと―　11-2776⑤
　われたびなりと―　10-2249⑤
　われはいりぬと―　11-2722⑤
いもにつげつや　18-4138⑤
いもにつげねば　11-2388④
いもににる　19-4197①
いもにはあれど
　―たのめりし　2-210⑫
　―たのめりし　2-213⑫
　―よのなかを　2-213⑭
いもにはわれは
　―いまにあらずとも　11-2431④
　―いまにあらずとも　12-3018④
いもにみえきや　10-1996⑤
いもにみせまく　13-3233⑤
いもにみせむと　10-2127②
いもにみせむに　15-3614②
いもにもあるかも　4-692②
いもにやらむと　15-3627㊽
いもによりては
　かへらばかへれ―　4-557⑤
　―ことのいみも　13-3284④
　―しのびかねつも　11-2590④
　―ちたびたつとも　4-732④
いもによりねむ　12-2918④
いもぬらめやも　1-46④
いもねがてにと　4-485⑭
いもねかねてき　13-3269⑤
いもねずこふる　9-1788④
いもねずに
　―あがおもふきみは　13-3277①
　―あれはそこふる　9-1787⑲
　―いもにこふるに　13-3297⑨
　―けふもしめらに　17-3969㊾
いものなを　3-285③
いものみことの　5-794㉒
いものみことは　10-2009②
いものやま
　―ことゆるせやも　7-1193③
　―せのやまこえて　13-3318⑤
いものらに　14-3528③
いものるものに　15-3579②

いものるらむか　1-42 ④
いもはあはさず
　―たまのうらに　9-1692 ②
　―たゆたひにして　11-2690 ④
いもはあはむと
　―あさつゆの　12-3040 ②
　―われにのりつる　11-2507 ④
いもはあひよらむ　11-2506 ⑤
いもはいへど　12-2847 ③
いもはいますと
　―ひとのいへば　2-210 ㊽
　―ひとのいへば　2-213 ㊽
いもはかざしつ　8-1589 ④
いもはこころに
　―のりにけるかも　2-100 ④
　―のりにけるかも　10-1896 ④
　―のりにけるかも　11-2427 ④
　―のりにけるかも　11-2748 ④
　―のりにけるかも　11-2749 ④
　―のりにけるかも　12-3174 ④
いもはしぬはね　20-4367 ⑤
いもはたまかも　7-1415 ②
いもははなかも　7-1416 ②
いもはまかなし　14-3567 ②
いもはわすれじ　12-3189 ④
いもまつと
　―みかさのやまの　12-3066 ①
　―われたちぬれぬ　2-107 ③
いもまつらむか　11-2631 ⑤
いもまつらむそ　17-3982 ⑤
いもまつわれを　12-3002 ⑤
いもみけむかも　2-134 ⑤
いもみつらむか
　わがふるそでを―　2-132 ⑤
　わがふるそでを―　2-139 ⑤
いももあはぬかも
　―たまのをの　11-2366 ③
　よもふけゆくに―　10-1894 ⑤
いももあらなくに
　あがこひきつる―　15-3718 ⑤
　いたくなふきそ―　15-3592 ⑤
　ころもかすべき―　1-75 ⑤
いももあれも
　―いたくこひむな　4-508 ③
　―きよみのかはの　3-437 ①
　―こころはおやじ　17-3978 ①
　―ちとせのごとく　3-470 ③
　―ひとつなれかも　3-276 ①
いももことなく　4-534 ⑯
いももせも　17-3962 ㊴
いももふれけむ　9-1799 ⑤
いもやまありといへ　7-1098 ②
いもらがり
　―いまきのみねに　9-1795 ①
　―わがゆくみちの　7-1121 ①
いもらはたたし
　―このかたに　13-3299 ②
　―このかたに　13-3299左注 ④
いもらをみらむ　5-863 ④
いもろをたてて　14-3489 ④
いもをあひみず
　―いへこひをらむ　10-2245 ④
　―かくやなげかむ　17-3964 ④
いもをあひみずて　12-2960 ④
いもをあひみて
　―こふるころかも　11-2605 ④
　―のちこひむかも　10-1909 ④
　―のちこひむかも　12-3141 ④
いもをあひみに　8-1619 ④
いもをいかにせむ　4-632 ⑤
いもをおきて
　―こころそらなり　11-2541 ③
　―やまぢおもふに　2-215 ③
　―やまぢをゆけば　2-212 ③
　―われいねかねつ　11-2587 ③
いもをおきてきぬ　15-3634 ⑤
いもをおもひ
　―いのねらえぬに　15-3665 ①
　―いのねらえぬに　15-3678 ①
いもをおもひいで
　―いちしろく　12-3133 ②
　―しきたへの　12-2885 ②

——なかぬひはなし　3-473④
いもをおもふと　10-1911②
いもをかけつつ　8-1623④
いもをこそ　14-3531①
いもをしおもへば　11-2536②
いもをしそおもふ
かみにたくらむ——　11-2540⑤
たちてもゐても——　11-2453⑤
ひにけにふけば——　8-1632⑤
いもをしぞおもふ　12-3219⑤
いもをしのはむ　11-2463⑤
いもをそみつる　11-2461④
いもをとどめむ　3-468④
いもをばみずそ　15-3739④
いもをまちなむ　11-2820②
いもをみず　19-4173①
いもをみて　4-586③
いもをめかれず　3-300④
いもをもとめむ
——みちしらずして　2-208ィ④
——やまぢしらずも　2-208④
いもをやもとな　10-1934②
いもをわすれて　4-770④
いやあはざらむ　11-2459⑤
いやかたましに　14-3486⑤
いやかはのぼる　7-1251⑤
いやさかばえに　18-4111㊻
いやざかりくも　14-3412⑤
いやしきあがみ　5-848④
いやしきなきぬ　19-4177⑯
いやしきなけど　19-4234②
いやしきふるに　4-786②
いやしきますも　18-4135⑤
いやしきやども　19-4270②
いやしきわがゆゑ　9-1809㉜
いやしくしくに
——いにしへおもほゆ　17-3986④
——たかくよすれど　20-4411④
——つきにけに　6-931⑩
——わぎもこに　13-3243⑫
いやしけど　8-1573③
いやしけよごと　20-4516⑤
いやたかしらす　1-36㉔
いやたかに
——やまもこえきぬ　2-131㉝
——やまもこえきぬ　2-138㉟
——やまもこえきぬ　13-3240㉗
——やまをこえすぎ　20-4398㉗
いやたてて　18-4094⑩③
いやちへしきに　19-4213④
いやつぎつぎに
——あめのした　1-29⑧
——かくしこそ　18-4098㉔
——しらしくる　19-4254⑫
——たまかづら　3-324⑥
——まつがねの　19-4266④
——みるひとの　20-4465㊻
——よろづよに　6-907⑥
いやてりに　18-4063③
いやときじくに　18-4112④
いやとこしくに　7-1133④
いやとこはのき　6-1009⑤
いやとこよまで　3-261⑪
いやとしさかる
あひみしいもは——　2-211⑤
あひみしいもは——　2-214⑤
いやとしに　19-4229③
いやとしのはに
——おもふどち　17-3991㉞
つねにやこひむ——　16-3787⑤
——はるはなの　19-4187㉒
——みつつしのはむ　17-3992④
やまずかよはむ——　20-4303⑤
——よそのみも　17-4000㉒
われはあひみむ——　10-1881⑤
いやとほざかる　10-2128④
いやとほそきぬ
こふればみやこ——　19-4258⑤
——つくはやま　14-3389②
いやとほながき　14-3356②
いやとほながく
——あがおもへる　13-3288④

―おやのなも　3-443 ⑫
―しのひゆかむ　2-196 ㊳
―よろづよに　3-423 ⑱
いやとほながに
あがおもふひとは―　12-3050 ⑤
―おほぶねの　3-423ィ ⑱
つかへまつらめ―　18-4098 ㉗
―よろづよに　3-478 ㉚
いやとほに
―いもがめみねば　11-2426 ③
―きみがいまさば　4-610 ③
―くにをきはなれ　20-4398 ㉕
―さとさかりきぬ　2-138 ㉝
―さとさかりきぬ　13-3240 ㉕
―さとはさかりぬ　2-131 ㉛
―しのひにせよと　19-4211 ㊴
いやなつかしき　5-846 ④
いやなつかしく
―あひみれば　17-3978 ④
―きけどあきだらず　19-4176 ④
いやはつはなに
―こひしきわがせ　20-4443 ④
―さきはますとも　20-4450 ④
いやはやに　11-2459 ③
いやひけに
―かはらふみれば　3-478 ㊶
―きませわがせこ　20-4504 ③
―こひのまさらば　11-2702 ③
―さかゆるときに　3-475 ⑰
いやひこ
―あなにかむさび　16-3883ィ ①
―おのれかむさび　16-3883 ①
―かみのふもとに　16-3884 ①
いやひにけには
―おもひますとも　4-595 ④
―おもひますとも　12-2882 ④
いやまさりなむ　12-3135 ⑤
いやましに
―あがもふきみが　18-4045 ③
―あれはまゐこむ　20-4298 ③
―おもへかきみが　4-617 ③
―こひはまされど　12-3159 ③
―たちしきよせく　18-4093 ③
―たゆることなく　17-3985 ㉓
―ひとごとしげく　12-2872 ③
いやましにのみ　18-4116 ㉘
いやますますに
―このかはの　6-923 ⑭
―こひこそまされ　10-2132ィ ④
―そのなみの　13-3243 ⑩
いやみがほしく　18-4111 ㊵
いやめづらしき
―うめのはなかも　5-828 ④
―きみにあへるかも　10-1886 ④
―わがおほきみかも　3-239 ㉔
いやめづらしく
―おもほゆるかも　18-4084 ④
―さくはなを　19-4167 ②
―やちくさに　19-4166 ②
いやめづらしみ　2-196 ㊳
いやめづらしも
―かくしこそ　20-4485 ②
―なのりなくなへ　18-4091 ④
なれはすれども―　11-2623 ⑤
なれはすれども―　12-2971 ⑤
いやもひますに　14-3557 ⑤
いややせにやす　8-1462 ⑤
いやをちにさけ　20-4446 ⑤
いゆきあひの　9-1752 ①
いゆきいたりて　1-79 ⑱
いゆきかへらひ　7-1177 ④
いゆきかへるに　8-1528 ④
いゆきさぐくみ
―いはのまを　4-509 ㉞
―まさきくも　20-4331 ㊱
いゆきさくみ　6-971 ⑧
いゆきつどひ　9-1809 ㊵
いゆきなかにも　19-4178 ⑤
いゆきなば　12-3190 ③
いゆきのりたち　17-3978 ㊹
いゆきはばかり
―たなびくものを　3-321 ④

—ときじくそ	3-317 ⑭
—とぶとりも	3-319 ⑩
いゆきはばかる	12-3069 ②
いゆきふれぬか	10-2320 ⑤
いゆきめぐれる	
—かはそひの	9-1751 ②
—たまくしげ	17-3985 ②
いゆきもとほり	4-509 ㊱
いゆきわたらし	18-4125 ⑭
いゆきわたりて	18-4103 ②
いゆくさつをは	10-2147 ②
いゆくわぎもか	3-467 ④
いゆししの	
—こころをいたみ	9-1804 ㉑
—ゆきもしなむと	13-3344 ㉗
いゆししを	16-3874 ①
いよにもとほし	3-388 ⑥
いよのたかねの	3-322 ⑩
いよよおもひて	18-4094 62
いよよさやけく	3-316 ④
いよよとぐべし	20-4467 ②
いよよますます	5-793 ④
いよりたたしし	1-3 ⑥
いらかしだくさ	11-2475 ②
いらごのしまの	
—たまもかりはむ	1-24 ④
—たまもかります	1-23 ④
いらごのしまへ	1-42 ②
いらずはやまじ	6-950 ⑤
いらつこうちに	13-3322 ②
いらなけく	17-3969 ⑮
いらまくをしも	9-1712 ⑤
いらむひや	3-254 ③
いりいづみがはの	9-1695 ②
いりえこぐ	17-4006 ㉕
いりえこぐなる	18-4065 ②
いりえとよむなり	9-1699 ②
いりえにあさる	4-575 ②
いりえのこもを	11-2766 ②
いりえのすどり	15-3578 ②
いりかてぬかも	2-186 ⑤
いりかよひこね	11-2364 ③
いりきてなさね	14-3467 ⑤
いりそめて	7-1332 ③
いりてかつねむ	13-3310 ⑮
いりてねまくも	
こてたずくもか—	14-3553 ⑤
みづにもがもよ—	14-3554 ⑤
いりてみえけむ	12-3118 ⑤
いりてもとらず	1-16 ⑧
いりなましもの	14-3354 ④
いりにしいもは	7-1409 ④
いりにしやまを	3-481 ㊻
いりぬるいその	7-1394 ②
いりののすすき	10-2277 ②
いりひさし	1-15 ③
いりひさしぬれ	2-135 ㉞
いりひなす	
—かくりにしかば	2-210 ㉓
—かくりにしかば	2-213 ㉓
—かくりにしかば	3-466 ⑰
いりますみれば	13-3230 ⑫
いりまぢの	14-3378 ①
いりみだれ	1-57 ③
いりゐこひつつ	13-3329 ㊹
いりゐてしのひ	13-3274 ⑩
いりゐなげかひ	3-481 ㉞
いるしほの	14-3553 ③
いるといはずやも	2-160 ④
いるまとかたは	1-61 ④
いるわきしらぬ	12-2940 ④
いれいませてむ	4-759 ⑤
いろぐはしこを	10-1999 ②
いろげせる	16-3875 ⑫
いろごとに	19-4255 ③
いろせとあがみむ	2-165 ⑤
いろづかふ	10-2253 ①
いろづきにけり	
あきのはぎはら—	10-2213 ⑤
あさぢがうらば—	10-2186 ⑤
あらそひかねて—	10-2196 ⑤
おほきのやまは—	10-2197 ⑤

かすがのやまは――　8-1568⑤
かすがのやまは――　10-2180⑤
かすがのやまは――　10-2199⑤
こぬれあまねく――　8-1553⑤
しぐれにきほひ――　10-2214⑤
はぎのしたばは――　10-2182⑤
はぎのしたばは――　10-2204⑤
みかさのやまは――　10-2212⑤
をかのくずはは――　10-2208⑤
をかのこのはも――　10-2193⑤
いろづきにける
このののあさぢ――　8-1578⑤
ののうへのくさそ――　10-2191⑤
のへのあさぢそ――　8-1540⑤
いろづきぬ
――きまさぬきみは　10-2295③
――しぐれのあめは　8-1593③
いろづきぬらむ　15-3699⑤
いろづくときに　6-971④
いろづくみれば
あをばのやまの――　8-1543⑤
かつらのえだの――　10-2202⑤
のやまづかさの――　10-2203⑤
いろづくやまの　4-668②
いろどりころも　7-1255④
いろどりそめむ　7-1094②
いろなつかしき
――むらさきの　16-3791㉕
――ももしきの　13-3234㉝
いろにいでず　12-2976③
いろにいでずとも　10-1993⑤
いろにいでて
――あはこひなむを　11-2767③
――いはなくのみそ　11-2725③
――こひばひとみて　11-2566①
――ひとしりぬべみ　13-3276㉛
いろにいでにけり
いまだきずして――　3-395⑤
からあゐのはなの――　10-2278⑤
いろにいでにける　12-3035⑤
いろにいでば　9-1787⑮
いろにいでめやも
からあゐのはなの――　11-2784⑤
けなばけぬとも――　8-1595⑤
ねにはなくとも――　3-301⑤
いろにいでよ　4-669③
いろにづなゆめ　14-3376⑤
いろにでずあらむ　14-3376左注⑤
いろにでて　14-3560③
いろにでめやも　14-3503⑤
いろにないでそ　4-683④
いろにはいでじ　10-2274④
いろにはいでず　11-2523②
いろはかはらず　6-1061②
いろはにも　10-2307③
いろぶかく
――しみにしかばか　11-2624③
――せながころもは　20-4424①
いろめづらしく　6-1059⑳
いろもうつろひ　19-4160㉒
いろもかはらず　20-4442⑤
いわかれゆかば　8-1453⑱
いわたらさむに　10-2081④
いわたらさむを　18-4126④
いわたらすこは　9-1742⑩
いわたりて　18-4101③
いをさきだたね　14-3353⑤
いをさだはさみ　20-4430②
いをねかねつる　12-3092⑤
いをねずをれば　20-4400②

う

うかてるあなより 12–3118 ④
うかねらひ 8–1576 ③
うかねらふ 10–2346 ①
うかはたたさね 19–4190 ④
うかはたち
　—かゆきかくゆき 17–3991 ⑮
　—とらさむあゆの 19–4191 ①
うかはたちけり 17–4023 ⑤
うかはをたち 1–38 ㉔
うかひがともは 17–4011 ⑭
うかひともなへ 19–4156 ⑫
うかびゆくらむ 8–1587 ④
うかべながせれ 1–50 ㉔
うがらどち 9–1809 ㊾
うがらはらがら 3–460 ⑥
うかれかゆかむ 11–2646 ④
うきいづるやと 16–3878 ⑧
うきことあれや
　—きみがきまさぬ 8–1501 ④
　—きみがきまさぬ 10–1988 ④
うきたのもりの 11–2839 ④
うきたるこころ 4–711 ④
うきつのなみおと 8–1529 ②
うきてしをれば 17–3896 ④
うきてながるる 13–3226 ②
うきぬなは 7–1352 ③
うきぬのいけの 7–1249 ②
うきねせしよひ 15–3639 ②
うきねせむよは 15–3592 ②
うきねやすべき 7–1235 ④
うきねをしける 4–507 ④
うきねをしつつ 15–3627 ㉖
うきねをすれば 15–3649 ②
うきはしわたし 17–3907 ⑫
うきまなご 11–2504 ③
うきをるふねの 14–3401 ②
うぐひすそ 5–827 ③
うぐひすなきつ
　—はるになるらし 8–1443 ④
　やなぎのうれに— 10–1819 ⑤
うぐひすなきて 10–1837 ②
うぐひすなきぬ 6–948 ⑧
うぐひすなくも
　えだくひもちて— 10–1821 ⑤
　きみをかけつつ— 10–1825 ⑤
　こぬれがしたに— 13–3221 ⑨
　このゆふかげに— 19–4290 ⑤
　たけのはやしに— 5–824 ⑤
　たなびくのへの— 10–1888 ⑥
　—ちらまくをしみ 5–842 ④
　—はるかたまけて 5–838 ④
　やまにものにも— 10–1824 ⑤
　わぎへのそのに— 8–1441 ⑤
　をはうちふれて— 10–1830 ⑤
うぐひすの
　—うつしまこかも 19–4166 ⑲
　—おときくなへに 5–841 ①
　—かひごのなかに 9–1755 ①
　—かよふかきねの 10–1988 ①
　—きなくはるへは 6–1053 ⑨
　—きなくやまぶき 17–3968 ①
　—きゐてなくべき 10–1850 ③
　—こづたひちらす 10–1873 ③
　—こづたひちらす 19–4277 ③
　—こづたふうめの 10–1854 ①
　—ことさきだちし 10–1935 ③
　—こぬれをつたひ 10–1826 ③
　—こゑだにきかず 17–3969 ㊸
　—こゑはすぎぬと 20–4445 ①
　—こゑをきくらむ 17–3971 ③
　—なかむはるへは 20–4488 ③
　—なきしかきつに 19–4287 ①
　—なきちらすらむ 17–3966 ①
　—なくくらたにに 17–3941 ①
　—なくわがしまそ 6–1012 ③
　—はねしろたへに 10–1840 ③
　—はるになるらし 10–1845 ①
　—まちかてにせし 5–845 ①

うぐひすのこゑ
いまはなくらむ―― 17-3915 ⑤
きなきとよもす―― 6-1057 ⑤
つぎてきくらむ―― 10-1829 ⑤
ともしくもあらず―― 10-1820 ⑤
うぐひすは
――いまはなかむと 17-4030 ①
――うゑきのこまを 20-4495 ③
――しばなきにしを 19-4286 ③
うぐひすはなけ 20-4490 ⑤
うぐひすも 10-1892 ③
うけくつらけく
――いとのきて 5-897 ⑧
――さくはなも 19-4214 ㉚
うけぐつを 5-800 ⑩
うけのをの 11-2646 ③
うけひつるかも 11-2433 ⑤
うけひてぬれど
――いめにみえこぬ 4-767 ④
いめにもみえず―― 11-2589 ⑤
うけひわたりて 11-2479 ④
うけらがはなの
――いろにづなゆめ 14-3376 ④
――いろにでずあらむ 14-3376左注 ④
――いろにでめやも 14-3503 ④
――ときなきものを 14-3379 ④
うさかがは 17-4022 ①
うしとおもひて 13-3265 ②
うしとおもへば 12-2872 ②
うしとやさしと 5-893 ②
うしなはず 15-3751 ③
うしにこそ 16-3886 ㉛
うしはきいまし 19-4245 ⑱
うしはきいます
――にひかはの 17-4000 ⑩
――もろもろの 5-894 ㉞
うしはきたまひ 6-1020(1021) ⑫
うしはくかみの 9-1759 ⑭
うしはくきみが 16-3888 ②
うしまどの 11-2731 ①
うすきこころを 20-4478 ④
うすきことなり 12-2939 ②
うすきまよねを 12-2903 ②
うすぞめごろも 12-2966 ②
うすといへ 2-217 ⑯
うずにさし
――つかへまつるは 19-4276 ③
――ひもときさけて 19-4266 ㉑
うずのたまかげ 13-3229 ④
うすひのさかを 20-4407 ②
うすひのやまを 14-3402 ②
うすみかも 11-2721 ③
うすらびの 20-4478 ③
うするまでおもふ 11-2400 ④
うすれいなば 11-2674 ③
うせざらましを 7-1267 ⑥
うせなむひこそ 12-3004 ④
うせゆくごとく 19-4214 ㊹
うせゆけば 7-1406 ③
うそぶきのぼり 9-1753 ⑩
うたおもひ 3-322 ⑬
うたがたも
――いひつつもあるか 12-2896 ①
――きみがてふれず 17-3968 ③
――ひさしきときを 15-3600 ③
――ひもときさけて 17-3949 ③
うたがひもなし
いもがこころは―― 4-530 ⑤
いもがこころは―― 12-3028 ⑤
うたてけに
――こころいぶせし 12-2949 ①
――はなになそへて 20-4307 ③
うたてこのころ
――こひししげしも 12-2877 ④
したごころよし―― 10-1889 ⑤
みまくそほしき―― 11-2464 ⑤
うだのおほのは 2-191 ④
うだのののの 8-1609 ①
うだのまはにの 7-1376 ②
うたびとと 16-3886 ⑪
うたふふなびと 19-4150 ⑤

うちいでてみれば
—あふみのうみ 13-3238②
—ましろにそ 3-318②
うちえする 20-4345③
うぢかはなみを 7-1139②
うぢかはに 7-1136①
うぢかはの
—せぜのしきなみ 11-2427①
—みなあわさかまき 11-2430①
うぢかはのせに 11-2429④
うぢかはは 7-1135①
うぢかはわたり 13-3237④
うぢかはを 7-1138①
うちきらし 8-1441①
うちくちぶりの 17-3991⑥
うちこいふして 5-886⑳
うちこえきてそ 7-1104④
うちこえくれば 10-2201④
うちこえて
—たびゆくきみは 6-971⑤
—なにおへるもりに 9-1751⑰
うちこえみれば 3-272②
うちこえゆけば
—あがのれる 3-365②
—たきのうへの 9-1749④
うちさらし
—よせくるなみの 7-1151③
—よせくるなみの 7-1159③
うちじのひ 19-4196③
うちすすろひて 5-892⑩
うちそかけ 12-2990③
うちそやし 16-3791㊱
うちそを 1-23①
うちでこし 8-1596③
うちてさをびき 14-3536②
うちてなゆきそ 3-263②
うぢとなにおへる 20-4465㊳
うちなげき
—あはれのとりと 18-4089㉕
—いもがいぬれば 9-1809㊶
—かたりけまくは 18-4106㉑
—しなえうらぶれ 19-4166⑨
うちなすつづみ 11-2641②
うちなでそ 6-973⑬
うちなびき
—いもぬらめやも 1-46③
—おふるたまもに 6-931③
—こころはいもに 13-3267③
—こころはきみに 4-505③
—こころはよりて 11-2482③
—こころはよりて 13-3266⑪
—こころもしのに 11-2779③
—こやしぬれ 5-794⑬
—しじにおひたる 4-509㊸
—とこにこいふし 17-3962⑮
—とこにこいふし 17-3969⑨
—ひとりやぬらむ 14-3562③
うちなびく
—くさかのやまを 8-1428③
—こころもしのに 17-3993⑨
—たまもかりけむ 3-433③
—はるきたるらし 8-1422①
—はるさりくらし 10-1865①
—はるさりくれば 3-260③
—はるさりくれば 10-1830①
—はるさりくれば 10-1832①
—はるさりぬれば 3-475⑪
—はるさりゆくと 6-948③
—はるたちぬらし 10-1819①
—はるとおもへど 10-1837③
—はるともしるく 20-4495①
—はるのはじめは 20-4360⑬
—はるのやなぎと 5-826①
—はるみましゆは 9-1753㉙
—はるをちかみか 20-4489①
—わがくろかみに 2-87③
—わがくろかみに 12-3044③
うちにとまをせ 11-2352⑥
うちにはいらじ 11-2688②
うちにもとにも
—ひかるまで 17-3926②
—めづらしく 19-4285②

うちぬらさえぬ 7–1387 ④
うちのおほのに 1–4 ②
うちのかぎりは 5–897 ②
うちのへに 3–443 ⑨
うちのへの 9–1740 ㉗
うちのぼる 8–1433 ①
うぢのみやこの 1–7 ④
うぢのわたり 13–3236 ⑧
うぢのわたりの
—せをはやみ 11–2428 ②
—たきつせを 13–3240 ⑩
うちはしに 2–196 ⑪
うちはしわたし 17–3907 ⑩
うちはしわたす
—いしなみに 2–196ィ ⑥
—いしばしに 2–196 ⑥
—きみがこむため 10–2062 ④
ことゆるせやも— 7–1193 ⑤
—ながくとおもへば 4–528 ④
うちはしわたせ 10–2056 ②
うちはなひ 11–2637 ①
うちはぶき 19–4233 ①
うちはへて
—おもひしをのは 13–3272 ①
—おもへりしくは 6–1047 ㊴
うちはめて 17–3941 ③
うちはらひ
—きみといねずて 10–2050 ③
—さぬとふものを 15–3625 ⑪
うちひさす
—おほみやつかへ 13–3234 ㉔
—みやこしみみに 3–460 ⑪
—みやこのひとに 20–4473 ①
—みやぢにあひし 11–2365 ①
—みやぢをひとは 11–2382 ①
—みやぢをゆくに 7–1280 ①
—みやにはあれど 12–3058 ①
—みやにゆくこを 4–532 ①
—みやのとねりは 13–3324ィ ㊾
—みやのとねりも 13–3324 ㊾
—みやのわがせは 14–3457 ①
—みやをみな 16–3791 ㊽
うちひさず 5–886 ①
うちひさつ
—みやけのはらゆ 13–3295 ①
—みやのせがはの 14–3505 ①
うぢひとの 7–1137 ①
うちまできこゆ 3–238 ②
うぢまやま 1–75 ①
うちみつるかも 8–1645 ⑤
うちみのさきの 11–2715 ②
うちみのさとに 4–589 ②
うちむれこえき 9–1720 ②
うちゆきて
—あそびあるけど 8–1629 ㉛
—いもがたまくら 6–1036 ③
—いもがたまくら 17–3978 ㉟
うちよする 3–319 ③
うちわたす 4–760 ①
うちをらむ 13–3270 ⑤
うづきしたてば 19–4166 ⑭
うづきと 16–3885 ⑬
うつくしいもは 11–2420 ④
うつくしき
—きみがたまくら 11–2578 ③
—ことつくしてよ 4–661 ③
—ひとのまきてし 3–438 ①
—わがつまさかる 19–4236 ③
うつくしく 5–904 ㉕
うつくしけ 20–4414 ③
うつくしづまと 13–3276 ④
うつくしと
—あがおもふいもは 11–2355 ①
—あがおもふいもを 12–2843 ①
—あがおもふこころ 4–687 ①
—おもふわぎもを 12–2914 ①
—おもへりけらし 11–2558 ①
うつくしははに 20–4392 ④
うつくしみ
—えひはとかなな 20–4428 ③
—おびはとかなな 20–4422 ③
—たぐひてそこし 4–566 ③

うつしくも　4-771③
うつしけめやも
　きみにおくれて――　12-3210⑤
　きみにこひつつ――　15-3752⑤
うつしごころも
　――あれはなし　11-2376②
　――われはなし　12-2960②
うつしごころや
　――いもにあはざらむ　7-1343ィ④
　――としつきの　11-2792②
　――やそかかけ　12-3211②
うつしにありけり　8-1543②
うづしほに　15-3638③
うつしまこかも　19-4166⑳
うつしもせむと　7-1362②
うつすみなはの　11-2648④
うつせがひ　11-2797③
うつせみし　2-150①
うつせみと
　――あらそふはしに　2-199ィ⑰
　――おもひしいもが　2-210㊸
　――おもひしときに　2-210①
うつせみの
　――いのちをながく　13-3292①
　――いのちををしみ　1-24①
　――いもがゑまひし　11-2642③
　――うつしごころも　12-2960①
　――かれるみなれば　3-466⑪
　――つねなきみれば　19-4162①
　――つねのことばと　12-2961①
　――なをあらそふと　19-4211⑦
　――ひとかさふらむ　4-619⑲
　――ひとなるあれや　8-1629⑲
　――ひとめしげくは　12-3108①
　――ひとめをしげみ　4-597①
　――ひとめをしげみ　12-2932③
　――ひとめをしげみ　12-3107①
　――やそことのへは　14-3456①
　――よのことなれば　3-482①
　――よのことわりと　18-4106⑨
　――よのことわりと　19-4220⑨
　――よのひとなれば　4-729③
　――よのひとなれば　8-1453⑤
　――よのひとなれば　9-1785⑨
　――よのひとなれば　9-1787①
　――よのひとなれば　17-3962⑬
　――よのひとなれば　20-4408㊸
　――よのひとわれし　10-1857③
　――よのひとわれも　18-4125㉕
　――よはつねなしと　3-465①
　――よやもふたゆく　4-733①
　――をしきこのよを　3-443㊶
うつせみは
　――かずなきみなり　20-4468①
　――こひをしげみと　19-4185①
　――ものもひしげし　19-4189⑦
うつせみも
　――かくのみならし　19-4160⑲
　――つねなくありけり　19-4214㉝
　――つまを　1-13⑨
うつせみよひと　13-3332⑧
うつそみと
　――おもひしいもが　2-213㊸
　――おもひしときに　2-196㉗
　――おもひしときに　2-210ィ①
　――おもひしときに　2-213①
うつそみの
　――ひとなるわれや　2-165①
　――やそとものをは　19-4214③
うつたに　11-2476①
うつたのやまの　2-139②
うつたへに
　――とりははまねど　10-1858①
　――ひとづまといへば　4-517③
　――まがきのすがた　4-778①
うつたへは　16-3791㊵
うつつかもと　13-3324㊹
うつつにか　12-2917①
うつつにし　17-3978㉙
うつつにと　19-4237①
うつつには
　――あふよしもなし　5-807①

—あふよしもなし　11–2544①
—いづれのひとの　11–2621③
—うべもあはなく　12–2848ィ①
—きみにはあはず　13–3280㉑
—きみにはあはず　13–3281㉑
—ことたえてあり　12–2959①
—さらにもえいはじ　4–784①
—ただにはあはず　12–2850①
うつつにみてば　11–2553④
うつつにも
—いまもみてしか　12–2880①
—いめにもわれは　11–2601①
—おのづますらを　16–3808③
—みてけるものを　7–1132③
うつつるひとは　11–2626②
うつてこそ　11–2661③
うつてては　5–897㉝
うつなれど　4–607③
うづのみてもち　6–973⑩
うつはりに　16–3825③
うつやをのとの　14–3473②
うつゆふの　9–1809⑨
うつらうつら　20–4449③
うづらこそ　3–239⑪
うづらなく
—ひとのふるへに　11–2799③
—ふりにしさとの　8–1558①
—ふりにしさとゆ　4–775①
—ふるしとひとは　17–3920①
うづらなす
—いはひもとほり　2–199⑰
—いはひもとほり　3–239⑮
うづらをたつも　16–3887⑤
うつりいゆけば　3–459④
うつりなば　8–1516③
うつりゆく　20–4483①
うつろはむかも　19–4282⑤
うつろはめやも　16–3877⑤
うつろひかはり　6–1047㊹
うつろひなむか　8–1485⑤
うつろひにけり
もみちのやまも—　15–3716⑤
—よのなかは　3–478⑳
—よのなかは　5–804ィ㉘
うつろひぬとも　7–1351⑤
うつろひぬらむ
なくよのあめに—　17–3916⑤
はなにかきみが—　7–1360⑤
うつろひぬれば　6–1060⑤
うつろひやすき
—あがこころかも　4–657④
—こころあれば　12–3074②
うつろひやすく　4–583②
うつろひゆかめ　6–1054⑤
うつろふいろと　7–1339④
うつろふこころ
—わがおもはなくに　12–3058④
—われもためやも　12–3059④
うつろふつきの　11–2821②
うつろふつきを　10–1876④
うつろふときあり　20–4484②
うつろふまでに
—あひみねば　17–3978㉒
—あひみねば　17–3982②
うつろふみれば
ならのみやこの—　6–1045⑤
—にはたづみ　19–4160㉜
うつろふものそ　18–4109②
うつろふらむか　19–4287⑤
うつろへば
—かはせをふむに　10–2018③
—さくらのはなの　10–1854③
うてどもこりず　11–2574④
うながけりゐて　18–4125⑯
うなかみがたの
—おきつすに　7–1176②
—おきつすに　14–3348②
うなかみの
—こふのはらに　5–813⑲
—そのつをさして　9–1780㉑
うなげる　13–3243⑲
うなさかを　9–1740⑮

うなつきの　16-3791 ⑨
うなてのもりの
—かみししらさむ　12-3100 ④
—すがのねを　7-1344 ②
うなはらに
—うきねせむよは　15-3592 ①
—かすみたなびき　20-4399 ①
うなはらの
—おきつなはのり　11-2779 ①
—おきへにともし　15-3648 ①
—おきゆくふねを　5-874 ①
—かしこきみちを　20-4408 ㊼
—たゆたふなみに　7-1089 ③
—とほきわたりを　6-1016 ①
—ねやはらこすげ　14-3498 ①
—へにもおきにも　5-894 ㉛
—みちとほみかも　7-1075 ①
—みちにのりてや　11-2367 ①
—やそしまのうへゆ　15-3651 ④
—ゆたけきみつつ　20-4362 ①
うなはらのうへに　20-4335 ④
うなはらは　1-2 ⑨
うなはらみれば　20-4360 ㊵
うなはらを
—あがこひきつる　15-3718 ③
—こぎでてわたる　15-3611 ③
—とほくわたりて　20-4334 ①
—やそしまがくり　15-3613 ①
うなひがは　17-3991 ⑬
うなひをさして　14-3381 ②
うなひをとこい　9-1809 ㊽
うなひをとこの
—うつせみの　19-4211 ⑥
—ふせやたき　9-1809 ⑯
うなひをとめの
—おくつきぞこれ　9-1802 ④
—おくつきを　9-1801 ⑥
—おくつきを　9-1810 ②
—やとせこの　9-1809 ②
うなゐはなりに　16-3823 ④
うなゐはなりは　16-3822 ④
うにしもあれや　6-943 ④
うねびの　1-52 ⑲
うねびのみやに　20-4465 ㉘
うねびのやまに
—なくとりの　2-207 ㊹
—われしめゆひつ　7-1335 ④
うねびのやまの　1-29 ②
うねびをみつつ　4-543 ⑩
うねびををしと　1-13 ②
うねめの　1-51 ①
うのすむいそに　3-359 ②
うのはなぐたし　10-1899 ②
うのはなづくよ　10-1953 ②
うのはなの
—うきことあれや　8-1501 ③
—うきことあれや　10-1988 ③
—さきたるのへゆ　9-1755 ⑨
—さきちるをかに　10-1942 ③
—さきちるをかゆ　10-1976 ①
—さくつきたちぬ　18-4066 ①
—さくつきたてば　18-4089 ⑮
—さくとはなしに　10-1989 ①
—さつきをまたば　10-1975 ③
—すぎばをしみか　8-1491 ①
—ちらまくをしみ　10-1957 ①
—ともにしなけば　18-4091 ①
—ともにやこしと　8-1472 ③
—にほへるやまを　17-3978 ㊾
うのはなは　17-3993 ③
うのはなへから　10-1945 ④
うのはなも　8-1477 ①
うのはなもちし　7-1259 ②
うのはなやまに　10-1963 ④
うのはなやまの　17-4008 ㉖
うのはなを　19-4217 ①
うのはらわたる　20-4328 ④
うはにうつと　5-897 ⑮
うばひてさける　5-850 ②
うはへなき
—いもにもあるかも　4-692 ①
—ものかもひとは　4-631 ①

うばらかりそけ　16-3832 ②
うへかたやまは　15-3703 ②
うべこなは　14-3476 ①
うべこひにけり　3-310 ⑤
うべしかみよゆ
—さだめけらしも　6-907 ⑰
—はじめけらしも　20-4360 ㊹
うべしこそ
—まがきのもとの　10-2316 ③
—みるひとごとに　6-1065 ⑰
—むかしのひとも　19-4147 ③
—わがおほきみは　6-1050 ㉟
うべしらすらし　6-1037 ⑤
うべなうべな
—ちちはしらじ　13-3295 ⑫
—ははは しらじ　13-3295 ⑩
うへにいでず　9-1792 ㉓
うへにおきたる
—しらつゆの　8-1608 ②
—しらつゆの　10-2254 ②
うへにしらつゆ　10-2259 ②
うへにしをれば　17-3898 ②
うへにとりきば　7-1313 ④
うへにやさらに　19-4278 ④
うへはなさがり　5-904 ㉒
うへはむすびて　12-2851 ②
うべほしからむ　16-3845 ④
うべみえざらむ　4-772 ⑤
うべもあはなく　12-2848ィ ②
うべもきまさじ　8-1452 ②
うべもこひけり　7-1131 ④
うべもさきたる　5-831 ②
うべもしほやく　6-938 ⑯
うべもつりはす　6-938 ⑭
うべもなきけり　10-2161 ④
うべよそりけり　16-3820 ⑤
うへをふせて　11-2832 ②
うまいはねずて
—おほぶねの　13-3274 ⑱
—はしきやし　11-2369 ②
うまいはねずに　13-3329 ㊽
うまいはねずや　12-2963 ④
うまいひを　16-3810 ①
うまうちむれて　17-3993 ⑭
うまうちわたし　4-715 ④
うまかはば　13-3317 ①
うまかへわがせ　13-3314 ⑰
うまぐたの
—ねろにかくりゐ　14-3383 ①
—ねろのささばの　14-3382 ①
うまくひやまゆ　9-1708 ②
うまくもあらず　16-3857 ②
うまこしがねて　14-3538 ②
うまこり
—あやにともしき　2-162 ⑰
—あやにともしく　6-913 ①
うまさけ
—みむろのやまは　7-1094 ③
—みわのやしろの　8-1517 ①
—みわのやま　1-17 ①
うまさけの　11-2512 ①
うまさけを
—かむなびやまの　13-3266 ⑤
—みわのはふりが　4-712 ①
うましくにそ　1-2 ⑪
うましましとめ　19-4206 ⑤
うましもの　11-2750 ③
うまじもの
—たちてつまづき　13-3276 ⑪
—なはとりつけ　6-1019 ⑤
うまずとも　14-3484 ③
うませごし　14-3537左注 ①
うませごしに　12-3096 ①
うまそつまづく　3-365 ④
うまだきゆきて　19-4154 ㉒
うまたてて　7-1153 ③
うまつかるるに　2-164 ⑤
うまつなぎ　16-3846 ③
うまつまづくに　11-2421 ⑤
うまとどめ
—うまにみづかへ　12-3097 ③
—わかれしときに　17-3957 ⑪

うまないたく 3-263①
うまなめて
——あさふますらむ 1-4③
——いざうちゆかな 17-3954①
——いざのにゆかな 10-2103③
——うちくちぶりの 17-3991⑤
——うちむれこえき 9-1720①
——たかのやまへを 10-1859①
——はつとがりだに 19-4249③
——みかりそたたす 6-926⑬
——みかりたたしし 1-49③
——みかりたたせる 3-239⑤
——みよしのがはを 7-1104①
——ゆかましさとを 6-948⑰
うまにくらおきて 10-2201②
うまにこそ 16-3886㉙
うまにこひこば 18-4083④
うまにふつまに 18-4081②
うまにみづかへ 12-3097④
うまのあのおとそ 11-2654④
うまのあゆみ 6-1002①
うまのおとそする 11-2512⑤
うまのおとの 11-2653①
うまのつめ 18-4122⑤
うまのりころも 7-1273③
うまはあれど 11-2425③
うまひとさびて 2-96④
うまひとのこと 5-853⑤
うまもいかず 6-1047㊶
うまやすめきみ 7-1289⑥
うまやぢに 11-2749①
うまやなる 20-4429①
うまやにたて 13-3278②
うまやにたてて 13-3278④
うまよりゆくに 13-3314④
うまらのうれに 20-4352②
うまるれば 3-349①
うまれいでたる 5-904⑦
うまれむひとは 11-2375②
うみかたづきて 6-1062⑥
うみこそあるれ 7-1309②
うみちかみ 6-1063③
うみぢにいでて
——あへきつつ 3-366⑥
——かしこきや 13-3335⑧
——ふくかぜも 13-3339⑧
うみぢはゆかじ 13-3338⑤
うみつぢの 9-1781①
うみとこそば 13-3332②
うみながら 13-3332⑤
うみにいでたる 15-3605②
うみにうきゐて 7-1184②
うみのこの 20-4465㊺
うみのたまもの 7-1397④
うみのなぎさに 20-4383②
うみのはまへに 13-3336⑩
うみはあるとも 7-1317④
うみはしほひて 16-3852⑤
うみふけば 9-1715③
うみへつねさらず 17-3932②
うみへにあさりし 6-954②
うみへにいでたち 19-4211㉖
うみへのやどに 15-3580②
うみへより 18-4044③
うみへをさして
——にきたつの 2-138⑫
——にきたづの 2-131⑫
うみもひろし 13-3234⑮
うみやしにする 16-3852②
うみやまこえて 12-3190②
うみやまも 4-689①
うみゆかば 18-4094㊾
うみゆまさりて 11-2438④
うみをかくといふ 6-1056②
うみをかしこみ 2-220㉒
うみをなす
——ながとのうらに 13-3243③
——ながらのみやに 6-928⑨
うみをなすかも 3-241⑤
うみをのたたり 12-2990②
うむときなしに 12-2990④
うめがえに 10-1840①

うめがしづえに　5-827⑤
うめがはな　5-845③
うめがはなさく　5-837⑤
うめこのゆきに　19-4287④
うめさきたりと　6-1011②
うめとのはなを　5-821②
うめにかありけむ　10-2327②
うめのしづえに
—あそびつつ　5-842②
—おくつゆの　10-2335②
うめのちるらむ　10-1856⑤
うめのはつはな
—ちりかすぎなむ　8-1651④
—ちりぬともよし　10-2328④
うめのはな
—いつはをらじと　17-3904①
—いまさかりなり　5-820①
—いまさかりなり　5-834①
—いまさかりなり　5-850③
—いまさけるごと　5-816①
—いまださかなく　4-786③
—いめにかたらく　5-852①
—えだにかちると　8-1647①
—かをかぐはしみ　20-4500①
—きみがりやらば　8-1641③
—きみにしあらねば　17-3901③
—きみをおもふと　5-831③
—けふのあそびに　5-835③
—こころひらけて　8-1661③
—さかえてありまて　19-4241③
—さかぬがしろに　8-1642③
—さきかもちると　10-1841ィ③
—さきたるそのの　5-817①
—さきたるそのの　5-825①
—さきちりすぎぬ　10-1834①
—さきちるそのに　10-1900①
—さきちるそのに　18-4041①
—さきちるはるの　20-4502①
—さきてちりなば　5-829①
—さきてちりなば　10-1922①
—さきてちりぬと　3-400①
—さけるがなかに　19-4283①
—さけるつくよに　8-1452③
—さけるをかへに　10-1820①
—しだりやなぎに　10-1904①
—しましはさかず　10-1871③
—そでにこきれつ　8-1644③
—それともみえず　8-1426③
—それともみえず　10-2344①
—たゆることなく　5-830③
—たれかうかべし　5-840③
—たをりかざして　5-836①
—たをりをきつつ　19-4174③
—ちらくはいづく　5-823①
—ちらすあらしの　8-1660①
—ちらすはるさめ　10-1918①
—ちらまくをしみ　5-824①
—ちりかもくると　10-1841③
—ちりすぐるまで　20-4497③
—ちりまがひたる　5-838①
—ちるべくなりぬ　5-851③
—ともにおくれぬ　17-3903③
—とりもちみれば　10-1853①
—のこれるゆきを　8-1640③
—はなにとはむと　8-1438③
—はやくなちりそ　5-849③
—ひとりみつつや　5-818③
—ふりおほふゆきを　10-1833①
—まづさくえだを　10-2326①
—みにしなりなば　3-399③
—みやまとしみに　17-3902①
—やまのあらしに　8-1437③
—ゆきにしをれて　19-4282③
—よしこのころは　10-2329③
—わぎへのそのに　5-841③
—われはちらさじ　10-1906①
—をりかざしつつ　5-843①
—をりておくらむ　18-4134③
—をりてかざせる　5-832①
—をりもをらずも　8-1652①
うめのはなうかべ　8-1656②
うめのはなかと　8-1645④

うめのはなかも
　いやなつかしき── 5-846⑤
　いやめづらしき── 5-828⑤
　ここだもまがふ── 5-844⑤
　にほはしたるは── 10-1859⑤
　もらまくほしき── 10-1858⑤
うめのはなさく 8-1648④
うめのはなそも 10-2325②
うめのはなちる
　──ひさかたの 5-822②
　ひとのみるまで── 5-839⑤
うめのはなとを 5-826④
うめのはなにも
　──ならましものを 5-819④
　──ならましものを 5-864④
うめのはなみつ 8-1434⑤
うめのはなみに 19-4277⑤
うめのはなみむ 10-1873⑤
うめはさけども 10-1857②
うめはちりつつ 10-1862⑤
うめやなぎ
　──すぐらくをしみ 6-949①
　──たれとともにか 19-4238③
　──をりかざしてば 17-3905③
うめをうゑて 4-788③
うめをかざして
　──ここにつどへる 10-1883④
　──たのしくのまめ 5-833④
うめをしのはむ 19-4278⑤
うめをなこひそ 10-1842②
うめををさつつ 5-815④
うものはにあらし 16-3826⑤
うもれぎの
　あらはるましじき 7-1385③
　──したゆそこふる 11-2723③
うやつかづけて 19-4158④
うらいそをみつつ 15-3627㊽
うらうらに 19-4292①
うらうるはしみ 6-1067②
うらおきて 13-3333⑮
うらがくりをり 6-945⑤
うらがなし
　──このゆふかげに 19-4290③
　──はるしすぐれば 19-4177⑬
うらがなしきに
　──おくれゐて 15-3752②
　──おへどおへど 8-1507㉔
うらがなしけむ 15-3584②
うらがなしけを 14-3500④
うらがれせなな 14-3436④
うらぐはし
　──ふせのみづうみに 17-3993㉝
　──やまそ 13-3222⑦
うらぐはしこ 13-3295㉑
うらぐはしも 13-3234㉙
うらこぎみつつ 19-4188④
うらごひし 17-4010①
うらごひしけむ 12-3203④
うらごひしみと 17-3993⑫
うらごひすなり 17-3973㊳
うらこひをれば 10-2015②
うらさびくらし
　──あらたへの 2-159⑱
　──よるは 2-213㊳
　──よるはも 2-210㊳
うらさびて
　──あれたるみやこ 1-33③
　──なげかひいます 19-4214㉗
うらさぶる 1-82①
うらしほみちく 15-3707④
うらすには 6-1062⑰
うらとへど 16-3812③
うらなきましつ 10-1997④
うらなきをりと 10-2031④
うらなけしつつ 17-3978㊽
うらなけをれば 1-5⑧
うらなしと
　──ひとこそみらめ 2-131③
　──ひとこそみらめ 2-138③
うらなへば 11-2507③
うらなみか 13-3225⑤
うらなみさわき 6-1065⑩

うらなみの　13–3343 ①
うらにあらなくに　18–4037 ⑤
うらにせば　12–2965 ③
うらにでにけり　14–3374 ⑤
うらになみたち　11–2726 ②
うらにもそとふ　16–3811 ㉖
うらにものれる　11–2613 ②
うらのおきへに　15–3615 ④
うらのことごと　6–942 ⑳
うらのしまこが
―いへどころみゆ　9–1740 92
―かつをつり　9–1740 ⑩
うらののやまに　14–3565 ④
うらのはまゆふ　4–496 ②
うらはなくとも
―よしゑやし　2–131 ⑧
―よしゑやし　2–138 ⑧
―よしゑやし　13–3225 ⑩
うらふくかぜの
―あどすすか　14–3564 ②
―やむときなかれ　4–606 ④
うらぶちに　13–3342 ①
うらぶちを　13–3339 ⑲
うらぶれたてり　7–1119 ④
うらぶれて
―いりにしいもは　7–1409 ③
―かれにしそでを　12–2927 ①
―こころにふかく　11–2469 ③
―つまはあひきと　13–3303 ⑬
―ものなおもひそ　11–2816 ①
―ものはおもはじ　11–2817 ①
うらぶれにけり
くささへおもひ―　11–2465 ⑤
なくなるこゑも―　10–2144 ⑤
うらぶれをるに　5–877 ②
うらぶれをれば
―くやしくも　11–2409 ②
―しきののの　10–2143 ②
うらへかたやき　14–3374 ②
うらへするゑ　16–3811 ⑨
うらへをも　16–3812 ①
うらまけて　7–1278 ④
うらまさにのる　11–2506 ④
うらまちをるに　20–4311 ④
うらみこぐ　12–3172 ①
うらみこぐかも　15–3622 ⑤
うらみこぐらし　15–3664 ④
うらみする　19–4202 ③
うらみには　6–946 ⑦
うらみのもみち　15–3702 ②
うらみゆきみる　3–390 ②
うらみより
―かぢのおとするは　15–3641 ③
―こぎこしふねを　15–3646 ①
―こぎてわたれば　15–3627 ⑮
うらみをすぎて　4–509 ㊳
うらめしき　5–794 ㉑
うらめしく　20–4496 ①
うらめしみおもへ　4–494 ⑤
うらもつぎたり　18–4129 ⑤
うらもとなくも　14–3495 ⑤
うらもなく
―あるらむこゆゑ　12–2968 ③
―いにしきみゆゑ　12–3180 ①
―ふしたるきみは　13–3339 ㉑
―ふしたるひとは　13–3336 ⑪
―わがゆくみちに　14–3443 ①
うらやすに　14–3504 ③
うらゆこぎあはむ　7–1200 ⑤
うらわかみ
―いざいざかはの　7–1112 ③
―つゆにかれけり　10–2095 ③
―はなさきがたき　4–788 ①
―ひとのかざしし　8–1610 ④
―ゑみみいかりみ　11–2627 ③
うらわかみこそ　14–3574 ⑤
うらをこぎつつ　18–4047 ②
うらをこぐふね　18–4048 ②
うらをゆきつつ　18–4038 ④
うらをよみ　6–938 ⑬
うりはめば　5–802 ①
うるはしき

—きみがたなれの　5-811 ③
—とばのまつばら　13-3346 ③
うるはしづまは
—あまとぶや　4-543 ⑥
—もみちばの　13-3303 ④
うるはしと
—あがもふいもを　15-3729 ①
—あがもふいもを　15-3755 ①
—あがもふきみは　17-3974 ③
—あがもふきみは　20-4504 ①
—おもひしおもはば　15-3766 ①
うるはしみ
—あがおもふきみが　11-2774 ③
—あがもふきみは　20-4451 ①
—きみにたぐひて　12-3149 ③
—このよすがらに　17-3969 ㊼
うるはしみすれ　18-4088 ⑤
うるやかはへの　11-2754 ②
うるわかはへの　11-2478 ②
うれしからまし　8-1658 ⑤
うれしかりけれ　12-2922 ⑤
うれしかるべき　12-2865 ⑤
うれしきものを　10-2273 ⑤
うれしくもあるか　19-4284 ⑤
うれしけく　18-4094 ㉛
うれしびながら　19-4154 ㉜
うれしみと
—あがまちとふに　17-3957 ㉙
—ひものをときて　9-1753 ㉕
—ゑまむすがたを　11-2526 ③
—ゑまむまよびき　11-2546 ③
うれたきや
—しこほととぎす　8-1507 ㉑
—しこほととぎす　10-1951 ①
うれつみからし　14-3455 ④
うれへこひのみ　13-3241 ②
うれへさまよひ
—かまどには　5-892 ㊸
—ことことは　5-897 ㉘
うれへはやみぬ　9-1757 ⑲
うれむそこれが　3-327 ④
うれむぞは　11-2487 ③
うれわわらはに　8-1618 ④
うゑおほしたる　10-2114 ②
うゑきたちばな　19-4207 ⑫
うゑきのこまを　20-4495 ④
うゑこなぎ
—かくこひむとや　14-3415 ③
—なへなりといひし　3-407 ③
うゑこゆらむ　5-892 ㉘
うゑしあきはぎ　10-2119 ④
うゑしうめのき　3-453 ②
うゑしきの　9-1705 ③
うゑしたも　18-4122 ⑰
うゑしたを
—かりてをさめむ　9-1710 ③
—かれるはついひは　8-1635 ③
—ひきたわがはへ　8-1634 ③
うゑしはぎ　10-2127 ③
うゑしはぎにや　8-1633 ②
うゑしふぢなみ　8-1471 ④
うゑしまつのき　11-2484 ④
うゑしもしるく　10-2113 ②
うゑだけの　14-3474 ①
うゑたらば　17-3910 ③
うゑたるはぎの　19-4252 ②
うゑたれど　12-3062 ③
うゑつきがうへの　13-3324 ㉔
うゑてけるきみ　20-4481 ⑤
うゑてしゆゑに　3-411 ④
うをかづけつつ　19-4189 ㉔
うをやつかづけ
—かみつせの　13-3330 ⑥
—しもつせに　13-3330 ④

え

えがたきかげを 14-3573 ④
えがてにすといふ 2-95 ④
えしたまかも
——あたらしき 13-3247 ⑥
——ひりひて 13-3247 ④
えだきりおろし 15-3603 ②
えだくひもちて 10-1821 ④
えださせるごと 2-213 ⑧
えだならめやも 3-400 ⑤
えだにかちると 8-1647 ②
えだにたをりて 18-4111 ⑳
えだにゐて 10-1950 ③
えだもしみみに 10-2124 ④
えだもたわたわ 10-2315ィ ④
えだもとををに
——おくつゆの 8-1595 ②
——おくつゆの 10-2258 ②
——つゆしもおき 10-2170 ②
——ふさたをり 13-3223 ⑳
——ゆきのふれれば 10-2315 ④
えつきはたらば 16-3847 ④
えてしかも 15-3676 ③
えなつにたちて 3-283 ②
えにしもふれど 6-1009 ④
えのみもりはむ 16-3872 ②
えはさしにけむ 3-407 ⑤
えはやしに 7-1292 ①
えひはとかなな 20-4428 ④
えもなづけたり 18-4078 ②
えゆきてはてむ 10-2091 ④
えらえしあれそ 11-2476 ④
えらえしなりそ 12-2999 ④
えらひたまひて 5-894 ㉔

お

おいしたいでて 4-764 ②
おいづくあがみ 19-4220 ㉔
おいなみに 4-559 ③
おいにけるかも 12-2926 ②
おいにてある 5-897 ⑰
おいぬとも
——またをちかへり 11-2689 ③
——またをちかへり 12-3043 ③
おいはてぬ 16-3885 ㊿
おいひとにして 11-2582 ⑤
おいひとの 6-1034 ③
おいひとも 18-4094 ㊸
おいひとを 16-3791 ⑱
おいもせず 9-1740 ㉛
おうのうみの
——かはらのちどり 3-371 ①
——しほひのかたの 4-536 ①
おかしたまひて 5-813 ㉒
おかまくをしみ 10-2099 ②
おかみにいひて 2-104 ②
おかればかなし 14-3556 ②
おきこぎくらし 7-1199 ②
おきこぐふねの 11-2440 ②
おきこぐふねを 7-1223 ②
おきさけて 2-153 ③
おきそのかぜに 5-799 ④
おきそやま
——みののやま 13-3242 ⑨
——みののやま 13-3242 ⑯
おきたたば 13-3312 ⑨
おきたるつゆの 8-1617 ②
おきつありそに 11-2739 ②
おきついくりに 6-933 ⑭
おきつかい 2-153 ⑦
おきつかぜ
——いたくなふきそ 15-3592 ③
——いたくふきせば 15-3616 ①

──さむきゆふへは　7-1219③
おきつかぢ　7-1205①
おきつかりしま　6-1024②
おきつくに　16-3888①
おきつこしまに　7-1401②
おきつしほさゐ　15-3710④
おきつしま
──ありそのたまも　6-918①
──いゆきわたりて　18-4103①
──きよきなぎさに　6-917⑦
──こぎみるふねは　3-357③
おきつしまなる　18-4104④
おきつしまもり　4-596⑤
おきつしまやま
──おくまけて　11-2439②
──おくまへて　11-2728②
おきつしらたま
──ひりひてゆかな　15-3614④
──ひりへれど　15-3628②
──よしをなみ　7-1323②
わがかづきこし──　7-1203⑤
おきつしらなみ
──ありがよひ　17-3992②
──かしこみと　15-3673②
──かぜふけば　7-1158②
──しくしくに　17-3989②
しらたまよせこ──　9-1667⑤
──しらねども　11-2435②
──たかからし　3-294②
──たちくらし　15-3597②
──たちしくらしも　15-3654④
──たつたやま　1-83②
たまよせもちこ──　9-1665⑤
はなにもが　3-306②
──みちしきぬらし　15-3654左注④
よせきておけれ──　15-3629⑤
われをぬらすな──　7-1196⑤
おきつすに
──とりはすだけど　7-1176③
──なくなるたづの　6-1000③
──ふねはとどめむ　14-3348③
おきつたまもの
──なのりそのはな　7-1290②
──なびきねむ　12-3079②
おきつたまもは　7-1168②
おきつつきくそ　19-4171②
おきつとり
──あぢふのはらに　6-928⑮
──かもといふふねの　16-3866①
──かもといふふねは　16-3867①
おきつなはのり
──うちなびき　11-2779②
──くるときと　15-3663②
おきつなみ
──かしこきうみに　6-1003③
──きみをおきては　12-3027③
──きよするありそを　2-222①
──きよせざりせば　7-1267④
──きよるしらたま　13-3318⑰
──きよるはまへを　13-3237⑪
──さわくをきけば　7-1184③
──しきてのみやも　11-2596ィ③
──しのぎこぎりこ　13-3225⑬
──たかくたちきぬ　15-3627㊶
──たかくたつひに　15-3675①
──ちへにかくりぬ　3-303③
──ちへにたつとも　15-3583③
──とをむまよびき　19-4220⑰
──へつもまきもち　7-1206①
──へなみしくしく　7-1206ィ①
──へなみしづけみ　6-939①
──へなみたつとも　3-247①
──へなみなたちそ　19-4246①
──へなみのきよる　11-2732①
──へなみのきよる　12-3160①
──よするありその　7-1395①
──よせくるたまも　17-3993㉗
おきつふかえの　5-813⑱
おきつまかもの　14-3524④
おきつみうらに　15-3646④
おきつみかみに　18-4101②
おきつみやへに　18-4122㉜

おきつもかりに　7-1152④
おきつもの
　—なばりのやまを　1-43③
　—なばりのやまを　4-511③
　—なびきしいもは　2-207㉓
　—なびきしきみが　11-2782③
　—はなさきたらば　7-1248③
おきつもも　2-162⑬
おきつもを
　—かくさふなみの　11-2437①
　—まくらになし　13-3336⑤
おきて　13-3323⑨
おきてあらば　16-3851③
おきていかにせむ　4-492⑤
おきていかば　14-3567①
おきていかばをし
　みつつゆかむを—　17-3990⑤
　みつつゆかむを—　17-4006㊸
おきていなば
　—きみがあたりは　1-78③
　—きみがあたりを　1-78ィ③
おきていにけむ　3-443㊹
おきてかなしも　20-4429⑤
おきてからしみ　18-4111㉖
おきてきのかも　14-3527⑤
おきてさぐるに　12-2914④
おきてしくれば
　—このみちの　2-131㉖
　—このみちの　2-138㉘
おきてそきぬや　20-4401④
おきてそなげく　1-16⑯
おきてたかきぬ　20-4387⑤
おきてともきぬ　20-4385⑤
おきてなげくも　11-2600⑤
おきてはわれは　7-1127④
おきてやこえむ　12-3148④
おきてやながく
　—あがわかれなむ　5-891④
　—あひわかれなむ　5-891ィ④
おきてゆかば　4-493①
おきながかはは　20-4458②
おきながの
　—をちのこすげ　13-3323③
　—をちのこすげ　13-3323⑪
おきなさびせむ　18-4133⑤
おきなのうたに　16-3794②
おきなみたかみ　7-1165④
おきなるたまを　7-1327④
おきにいでて　18-4032③
おきにおひたる　12-3080②
おきにけらしも　10-2175⑤
おきにけり　4-651③
おきにすむ　11-2806③
おきにすも　14-3527①
おきにそでふる　16-3860⑤
おきになづさふ
　あまのともしび—　15-3623⑤
　—かもすらも　15-3625④
　よしののかはの—　3-430⑤
おきにへに　7-1150③
おきにもちゆきて　3-327②
おきにやすまむ　15-3645④
おきによるみゆ　7-1163⑤
おきはかしこし　12-3199②
おきはふかけむ　7-1386④
おきふるし　11-2819③
おきへこぎ　17-3991㉑
おきへこぎいづる　11-2746②
おきへこぐみゆ　6-1033⑤
おきへなさかり
　—さよふけにけり　3-274④
　—さよふけにけり　7-1229④
おきへなる
　—しらたまよせこ　9-1667③
　—たまよせもちこ　9-1665③
おきへにともし　15-3648②
おきへには
　—かもつまよばひ　3-257⑨
　—かもつまよばひ　3-260⑪
　—しらなみたかみ　15-3627⑬
　—ふかみるとり　6-946⑤
おきへのかたに　15-3624④

おきへはこがじ 1-72 ②
おきへゆき 4-625 ①
おきへより
—しほみちくらし 15-3642 ①
—ふなびとのぼる 15-3643 ①
—みちくるしほの 18-4045 ①
—よせくるなみに 15-3709 ③
おきへをみれば
—いざりする 15-3627 ㉘
—めかりぶね 7-1227 ②
おきまろが 16-3826 ③
おきみれば 2-220 ⑰
おきもいかにあらめ 4-659 ⑤
おきやからさむ
えがたきかげを— 14-3573 ⑤
をりのみをりて— 10-2099 ⑤
おきゆくふねを 5-874 ②
おきゆくや 16-3868 ①
おきゆさけなむ 7-1402 ②
おきゆなさかり 7-1200 ②
おきよおきよ 16-3873 ③
おぎろなきかも 20-4360 ㊿
おきゐつつ 10-2310 ④
おきをこぐみゆ 3-270 ⑤
おきをふかめて
—あがおもへりける 16-3804 ④
—あがもへる 4-676 ②
—おふるもの 11-2781 ②
—さどはせる 18-4106 ㊽
おくかしらずも 17-3896 ⑤
おくかなく 12-3150 ③
おくかひの 11-2649 ③
おくかもしらず
—こひつつぞをる 12-3030 ④
—ゆくわれを 17-3897 ②
おくかもしらに 13-3272 ⑩
おくかをなみ 13-3324 ⑱
おくごとに 10-2259 ③
おくこのにはに 8-1552 ④
おくしもの 10-1908 ③
おくしもも 13-3281 ⑪
おくしらつゆに 10-2186 ②
おくしらつゆの
—あかずのみ 20-4312 ②
—いろはにも 10-2307 ②
おくつきぞこれ 9-1802 ⑤
おくつきといま 3-474 ④
おくつきところ
ままのてごなが— 3-432 ⑤
—われさへに 9-1801 ㉘
おくつきに 9-1807 ㊲
おくつきは 18-4096 ③
おくつきを
—こことさだめて 19-4211 ㉟
—こことはきけど 3-431 ⑨
—ゆきくとみれば 9-1810 ③
—わがたちみれば 9-1801 ⑦
おくつゆしもに 15-3699 ②
おくつゆに 10-2172 ③
おくつゆの
—いちしろくしも 10-2255 ③
—きえゆくがごと 19-4214 ㊺
—けかもしなまし 10-2256 ③
—けかもしなまし 10-2258 ③
—けなばけぬとも 8-1595 ③
—けなばともにと 12-3041 ③
—けぬべきあがみ 12-3042 ③
—けぬべくいもに 10-2335 ③
—けぬべくもあれは 8-1564 ③
—みもをしからず 4-785 ③
おくつゆを 10-2225 ③
おくてなる 8-1548 ③
おくとこに 13-3312 ⑤
おくとも 16-3886 ㉑
おくなにいたり 16-3886 ㉒
おくにおもふを 3-376 ④
おくぬさは 3-300 ③
おくほだなしと
—つげにきぬらし 10-2176 ④
—つげにくらしも 10-2176ィ ④
おくまけて 11-2439 ③
おくまへて

—あがおもふいもが　11–2728 ③
—あがおもふきみは　6–1024 ③
—われをおもへる　6–1025 ①
おくやまに　10–2098 ①
おくやまの
—あしびのはなの　10–1903 ③
—いはかげにおふる　4–791 ①
—いはにこけむし　6–962 ①
—いはにこけむし　7–1334 ①
—いはもとすげの　11–2761 ①
—いはもとすげを　3–397 ①
—このはがくりて　11–2711 ①
—さかきのえだに　3–379 ⑤
—しきみがはなの　20–4476 ①
—すがのはしのぎ　3–299 ①
—まきのいたとを　11–2519 ①
—まきのいたとを　11–2616 ①
—まきのいたどを　14–3467 ①
—まきのはしのぎ　6–1010 ①
—やつをのつばき　19–4152 ①
おくらむいもは　10–1967 ④
おくららは　3–337 ①
おくりおきて　9–1806 ③
おくりける　20–4482 ③
おくりしくるま　16–3791 ⑽⑼
おくりそきぬる　12–3216 ④
おくりたる　15–3585 ③
おくりまをして　5–876 ④
おくるがへ　20–4429 ③
おくるるあひだに　12–3091 ④
おくれたる
—あれかこひむな　13–3291 ⑬
—あれやかなしき　17–4008 ⑰
—うなひをとこい　9–1809 ㊼
—きみはあれども　17–4006 ㉟
おくれてや　4–572 ③
おくれてをらむ　12–3211 ⑤
おくれてをれど　15–3773 ④
おくれなみゐて　9–1780 ⑯
おくれにし　6–1031 ①
おくれゐて
—あがこひをれば　9–1681 ①
—あれはやこひむ　9–1771 ①
—あれはやこひむ　9–1772 ①
—きみにこひつつ　15–3752 ③
—こひつつあらずは　2–115 ①
—こひつつあらずは　4–544 ①
—こひつつあらずは　12–3205 ①
—こひばくるしも　14–3568 ①
—こふればみやこ　19–4258 ③
—ときそともなし　12–3196 ③
—ながこひせずは　5–864 ①
—はるなつむこを　8–1442 ③
おくをかぬかぬ　14–3487 ⑤
おくをなかねそ　14–3410 ④
おけりしひとそ　7–1325 ④
おけるあきはぎ　8–1579 ④
おけるしらつゆ
—あさなさな　10–2168 ②
うれわわらはに—　8–1618 ⑤
たまとしそみる—　10–2168 ⑤
たまとみるまで—　8–1598 ⑤
おこせたる　19–4156 ⑲
おこせむあまは　18–4105 ④
おさかのやまは　13–3331 ④
おさへさす　13–3295 ⑳
おさへとどめよ　6–1002 ②
おさへのきそと　20–4331 ⑥
おしたれをのゆ　16–3875 ②
おしていなと　14–3550 ①
おしててらせる　7–1074 ②
おしてる
—なにはすがかさ　11–2819 ①
—なにはにくだり　19–4245 ⑤
—なにはのくにに　3–443 ㊶
—なにはのくにに　20–4360 ③
—なにはのくには　6–928 ①
—なにはのさきに　13–3300 ①
—なにはのすげの　4–619 ①
—なにはのみやに　6–933 ⑤
—なにはほりえの　10–2135 ①
—なにはをすぎて　8–1428 ①

おしてるみやに　20-4361 ④
おしてるや
—なにはのうみと　6-977 ③
—なにはのつゆり　20-4365 ①
—なにはのをえに　16-3886 ①
—なにはのをえの　16-3886 ㊸
おしなべて
—こしくもしるく　8-1577 ③
—われこそをれ　1-1 ⑪
おしひらき
—いたどりよりて　5-804 ㊶
—しゑやいでこね　11-2519 ③
おしふせて　11-2477 ③
おしへにおふる　14-3359 ②
おすひとりかけ　3-379 ⑯
おそくてるらむ　6-981 ⑤
おそのみやびを　2-126 ⑤
おそはやも
—きみをしまたむ　14-3493左注 ①
—なをこそまため　14-3493 ①
おそやこのきみ　9-1741 ⑤
おそりなく　4-518 ③
おちたぎち
—ながるさきたの　19-4156 ⑦
—ながるるみづの　9-1714 ①
おちたぎちたる　10-2164 ②
おちたぎつ
—かたかひがはの　17-4005 ①
—きよきかふちに　17-4003 ㉓
—せのおともきよし　6-1053 ⑦
—せをさやけみと　7-1107 ③
—たきのかふちは　6-909 ③
—なつみのかはと　9-1736 ③
—はしりゐみづの　7-1127 ①
—はやせわたりて　10-2089 ㉓
—よしののかはの　6-920 ③
おつるしぐれの　8-1551 ②
おつるしらなみ
たきもとどろに—　13-3232 ⑪
—とまりにし　13-3233 ③
おつるなみたは　8-1617 ④
おつるひなしに　11-2676 ⑤
おつるみづ　14-3392 ③
おつるもみちば　2-137 ②
おときしより　11-2711 ④
おときくなへに　5-841 ②
おときくわれも　2-217 ⑱
おとこじものや　11-2580 ④
おとしいれ　16-3878 ④
おとしばたちぬ　20-4460 ④
おとすなり
—あさがりに　1-3 ⑩
なかはずの—　1-3 ⑱
おとだかきかも　11-2730 ④
おとだかしもな　14-3555 ④
おとどろも　11-2805 ③
おとにいでず　12-3017 ③
おとにきき
—めにはいまだみず　5-883 ①
—めにはいまだみぬ　7-1105 ①
おとにききて　2-207 ㉚
おとにしでなば　4-790 ②
おとにはたてじ　11-2718 ④
おとのかそけき　19-4291 ④
おとのきよきは　6-1042 ④
おとのきよけく　7-1108 ⑤
おとのさやけさ
いざいざかはの—　7-1112 ⑤
—たぎつせごとに　3-314 ④
ほそたにがはの—　7-1102 ⑤
—みるにともしく　9-1724 ④
よせくるなみの—　7-1159 ⑤
おとのすくなき　16-3875 ⑧
おとのはるけさ　10-1952 ⑤
おとのみききし
—まきむくの　7-1092 ②
—みよしのの　6-913 ④
おとのみききて　2-207ィ ㉚
おとのみことは　9-1804 ④
おとのみに
—ききしわぎもを　8-1660 ③
—ききつつもとな　12-3090 ③

—ききてめにみぬ　18-4039①
おとのみにやも　11-2658④
おとのみも
—なのみもききて　17-4000㉙
—なのみもたえず　2-196㊿
おとのみを　11-2810①
おとはやみ　11-2616③
おとひをとめと　1-65④
おともさやけく　17-4003㉞
おどろきて　4-741③
おとろへゆけば　12-2952②
おなじきさとを　18-4076④
おなじくになり　18-4073②
おなじこころそ　19-4189④
おなじこころと　16-3797②
おなじこころに　12-2921②
おなじこと　15-3773③
おなじとそおもふ　6-956⑤
おなじをにあらむ　11-2790⑤
おのがあたりを　8-1446④
おのがいのちを　12-2868④
おのがおへる　18-4098⑰
おのがかほ　16-3791㊷
おのがじし　12-2928①
おのがつま　10-2005③
おのがつまこそ　11-2651④
おのがつまどち　12-3091②
おのがつまよぶ　7-1165⑤
おのがとき　7-1286④
おのがとそおもふ　7-1348④
おのがなおひて　18-4098⑱
おのがなをしみ　6-946⑫
おのがなをのる　10-2139⑤
おのがみし　5-886⑬
おのがみのから　16-3799②
おのがむきむき　9-1804⑯
おのがゆく　9-1738⑮
おのがよに　2-116③
おのがをに　9-1744④
おのがをを　14-3535①
おのづから　13-3235③
おのづまかれて　9-1738㉒
おのづまし　13-3314⑤
おのづますらを　16-3808④
おのづまと　4-546⑮
おのづまに　10-2004①
おのづまよぶも　7-1198⑤
おのづまを　14-3571①
おのともおのや　18-4129④
おのれかむさび　16-3883②
おのれゆゑ　12-3098①
おばせる
—いづみのかはの　17-3907⑦
—かたかひがはの　17-4000⑮
おはぬものかも　4-646⑤
おはむとは　4-543㉙
おひかはりおひて　19-4212④
おひきにし　3-286③
おひくるものは　5-804⑥
おびこふべしや　10-2023④
おひざらましを　11-2777⑤
おひざらめやも　16-3792⑤
おひざりしくさ　2-181④
おひしかむ　2-115③
おひしくごとし
かりそくれども—　11-2769⑤
かりはらへども—　10-1984⑤
おひそやの　20-4398㊸
おひたちさかえ　18-4111⑭
おひたるやどの　10-2159②
おひたれど
—こひわすれぐさ　11-2475③
—しがらみあれば　7-1380③
おひつぎにけり　3-322⑱
おびつつけながら　18-4130②
おひてしゆかむ　19-4251⑤
おひてとほらせ　5-905⑤
おひてなびけり　19-4211㊸
おびときかへて　3-431④
おひなびき　10-2242③
おひなびける　2-196⑧
おひなめもちて　13-3314⑯

おひにけるかも　2-181⑤
おびにせる
—あすかのかはの　13-3227⑰
—あすかのかはの　13-3266⑦
—ほそたにがはの　7-1102③
おびのむすびも　12-2974②
おひばおふるがに　14-3452⑤
おびはとかなな　20-4422④
おひみむだきみ　3-481㊳
おひもいでず　11-2778③
おひもちて　18-4094㊷
おひゆかば　4-545③
おひゆきければ　9-1809㊻
おびゆるまでに　2-199㊷
おびをすら　4-742③
おびをみへゆひ　9-1800⑧
おひをれる　2-196⑫
おふごとに　17-4011㉟
おふしもと　14-3488①
おふせたまほか　20-4389④
おふみかづきの　11-2461②
おふみのはらの　6-938⑥
おふもかなしも　14-3403⑤
おふるあしびを　2-166②
おふるこまつの　12-2861②
おふるすがもを　7-1136②
おふるたちばな　8-1507④
おふるたまもに　6-931④
おふるたまもの
—うちなびき　11-2482②
—うちなびき　13-3266⑩
—うちなびき　14-3562②
—おひもいでず　11-2778②
おふるたまもは　2-194④
おふるつちはり　7-1338②
おふるむらさき　3-395②
おふるもの　11-2781③
おへどおへど　8-1507㉕
おへるやまのな　5-871⑤
おほあやのきぬ　16-3791㉗
おほあらきの
—うきたのもりの　11-2839③
—ときにはあらねど　3-441③
おほあらきのの　7-1349④
おほうらたぬは　16-3863④
おほえのやまの　12-3071②
おほかたは
—こひつつあらずは　12-2913③
—たがみむとかも　11-2532①
—なにかもこひむ　12-2918①
おほがのの　9-1677③
おほかはのへの　12-3127②
おほかはよどを　7-1103④
おほかみの　19-4264⑦
おほかるわれは　20-4475④
おほかれど
—こころにのりて　4-691③
—やまにものにも　10-2147③
おほきうみに
—あらしなふきそ　7-1189①
—しまもあらなくに　7-1089①
—たつらむなみは　11-2741①
おほきうみの
—ありそのすどり　11-2801①
—いそもとゆすり　7-1239①
—おくかもしらず　17-3897①
—そこをふかめて　12-3028①
—なみはかしこし　7-1232①
—へにゆくなみの　10-1920③
—みなそこてらし　7-1319①
—みなそことよみ　7-1201①
—みなそこふかく　20-4491①
おほきうみを　7-1308①
おほきのやまに　8-1474②
おほきのやまは　10-2197④
おほきひじりの　3-339④
おほきみいます　5-800⑳
おほきみかどに
—はるやまと　1-52⑯
—みづやまと　1-52㉒
—よろしなへ　1-52㉘
おほきみかどゆ　1-52㉞

おほきみかどを　2-186④
おほきみし　19-4270③
おほきみに
—つかへまつれば　17-3922③
—まつろふものと　18-4094㊇
—まつろふものと　19-4214⑤
—われはつかへむ　16-3885㉛
おほきみの
—さかひたまふと　6-950①
—しきますくにに　3-460⑨
—しきますくには　19-4154⑦
—しきますときは　6-929③
—しこのみたてと　20-4373③
—しほやくあまの　12-2971①
—つかはさなくに　16-3860①
—つぎてめすらし　20-4510①
—とほのみかどそ　17-4011①
—とほのみかどと　3-304①
—とほのみかどと　5-794①
—とほのみかどと　15-3668①
—とほのみかどと　18-4113①
—とほのみかどと　20-4331①
—にきたまあへや　3-417①
—ひきのまにまに　6-1047㉛
—へにこそしなめ　18-4094㊸
—まきのまにまに　18-4116①
—まけのまにまに　3-369③
—まけのまにまに　13-3291⑦
—まけのまにまに　17-3957③
—まけのまにまに　17-3962①
—まけのまにまに　17-3969①
—まけのまにまに　18-4098⑲
—まけのまにまに　20-4408①
—みいのちはながく　2-147③
—みかさにぬへる　11-2757①
—みかさのやまの　7-1102①
—みかさのやまの　8-1554①
—みかどのまもり　18-4094㊹
—みことかしこみ　1-79①
—みことかしこみ　3-297③
—みことかしこみ　3-368③
—みことかしこみ　3-441①
—みことかしこみ　3-443㊴
—みことかしこみ　6-948㉟
—みことかしこみ　6-1019⑨
—みことかしこみ　6-1020(1021)①
—みことかしこみ　8-1453⑦
—みことかしこみ　9-1785⑪
—みことかしこみ　9-1787③
—みことかしこみ　13-3240①
—みことかしこみ　13-3291ィ⑦
—みことかしこみ　13-3333①
—みことかしこみ　14-3480①
—みことかしこみ　15-3644①
—みことかしこみ　17-3973①
—みことかしこみ　17-3978⑪
—みことかしこみ　17-4008⑨
—みことかしこみ　19-4214⑨
—みことかしこみ　20-4328①
—みことかしこみ　20-4358①
—みことかしこみ　20-4394①
—みことかしこみ　20-4398①
—みことかしこみ　20-4403①
—みことかしこみ　20-4408㊴
—みことかしこみ　20-4414①
—みことかしこみ　20-4472①
—みことにされば　20-4393①
—みことのさきの　18-4094⑩⑤
—みことのさきの　18-4095ィ③
—みことのさきを　18-4094ィ⑩⑥
—みことのさきを　18-4095③
—みことのまにま　20-4331㊴
—みゆきのまにま　4-543①
—みゆきのまにま　6-1032①
—めししのへには　20-4509③
おほきみは
—かみにしいませば　2-205①
—かみにしいませば　3-235①
—かみにしいませば　3-235左注①
—かみにしいませば　3-241①
—かみにしいませば　19-4260①

―かみにしいませば　19-4261①
―ちとせにまさむ　3-243①
―ときはにまさむ　18-4064①
おほきみめすと　16-3886⑥
おほきみを　18-4056③
おほくあらなむ　11-2829②
おほくあれども
―さとはしも　6-1050⑥
―ものもはず　15-3760②
おほくいませど　13-3324⑧
おほくちの
―まかみのはらに　8-1636①
―まかみのはらゆ　13-3268⑦
おほくにみたま　5-894㊷
おほくめぬしと　18-4094㊻
おほくめの　20-4465⑪
おほくらの　9-1699①
おほさかを　10-2185①
おほさきの
―ありそのわたり　12-3072①
―かみのをばまは　6-1023①
おほしまのねに
―いへもあらましを　2-91④
―いへをらましを　2-91ィ④
おほせもて　18-4081③
おほぞらゆ　10-2001①
おほたきを　9-1737①
おほちしおもほゆ　19-4142⑤
おほつかなきに　10-1952②
おほつかなくも　8-1451④
おほつかなしも　10-1875④
おほつちは　11-2442①
おほつちを　13-3344⑬
おほつのこが　2-219②
おほつのみやに　1-29㉒
おほてらの　4-608③
おほとのの
―このもとほりの　19-4227①
―このもとほりの　19-4228③
―みぎりしみみに　13-3324㉛
おほとののうへに　3-261⑥
おほとのは　1-29㉙
おほとのを
―つかへまつりて　13-3326⑦
―ふりさけみつつ　2-199⑪⑮
―ふりさけみれば　13-3324㊺
おほともと　18-4094㊸
おほともに　7-1086③
おほともの
―うぢとなにおへる　20-4465㊼
―たかしのはまの　1-66①
―とほつかむおやの　18-4094㊳
―とほつかむおやの　18-4096①
―なにおふゆきおびて　3-480①
―みつとはいはじ　4-565①
―みつにふなのり　15-3593①
―みつのしらなみ　11-2737①
―みつのとまりに　15-3722①
―みつのはまなる　1-68①
―みつのはまびに　5-894㊼
―みつのはまへゆ　13-3333⑤
―みつのはまへを　7-1151①
―みつのはままつ　1-63③
―みつのまつばら　5-895①
おほとりの
―はがひのやまに　2-210㊺
―はがひのやまに　2-213㊺
おほなこを　2-110①
おほなむち
―くすなびこなの　18-4106①
―すくなびこなの　3-355①
―すくなびこなの　6-963①
―すくなみかみの　7-1247①
おほならば　6-965①
おほなわに　4-606③
おほにあひみし　4-599②
おほにしおもはば　10-1813④
おほにそみける　3-476④
おほになおもひそ　14-3535②
おほになりつつ　3-481㉒
おほにはたたず　13-3335⑭
おぼにはふかず　13-3339⑩

おほにみし　2-217 ⑲
おほにみしかど　7-1333 ②
おほにみしくは　2-219 ④
おほにもいはめ　7-1252 ②
おほのうらの　8-1615 ①
おほのうらを　20-4472 ③
おほのがはらの　11-2703 ②
おほのぢは　16-3881 ①
おほのなる　4-561 ③
おほのびにかも　6-986 ④
おほのやま　5-799 ①
おほのらに
—こさめふりしく　11-2457 ①
—たどきもしらず　11-2481 ①
おほのろに　14-3520 ③
おほはしの　9-1743 ①
おほはしのうへゆ　9-1742 ④
おほばやま
—かすみたなびき　7-1224 ①
—かすみたなびき　9-1732 ①
おほはらの
—このいちしばの　4-513 ①
—ふりにしさとに　2-103 ③
—ふりにしさとに　11-2587 ①
おほひきぬれば　5-904 ㊱
おほひたまひて　2-199 ㊻
おほひばの　10-2238 ③
おほぶねに
—あしにかりつみ　11-2748 ①
—いものるものに　15-3579 ①
—かしふりたてて　15-3632 ①
—かぢしもあらなむ　7-1254 ①
—まかいしじぬき　20-4331 ㉗
—まかぢしじぬき　3-368 ①
—まかぢしじぬき　7-1386 ①
—まかぢしじぬき　8-1453 ⑬
—まかぢしじぬき　9-1668 ③
—まかぢしじぬき　11-2494 ①
—まかぢしじぬき　13-3333 ⑦
—まかぢしじぬき　15-3611 ①
—まかぢしじぬき　15-3627 ⑤
—まかぢしじぬき　15-3679 ①
—まかぢしじぬき　19-4240 ①
—まかぢぬきおろし　3-366 ③
—をぶねひきそへ　16-3869 ①
おほぶねの
—うへにしをれば　17-3898 ①
—おもひたのみし　4-550 ①
—おもひたのみて　2-167 ㊼
—おもひたのみて　2-207 ⑬
—おもひたのみて　3-423ィ ⑲
—おもひたのみて　10-2089 ㉗
—おもひたのみて　13-3288 ①
—おもひたのみて　13-3302 ⑦
—おもひたのみて　13-3344 ③
—おもひたのむに　5-904 ㉛
—おもひたのめど　13-3281 ⑲
—おもひたのめる　13-3251 ①
—かとりのうみに　11-2436 ①
—たのめるときに　4-619 ⑮
—たのめるときに　13-3324 ㊿
—たゆたふうみに　11-2738 ①
—たゆたふみれば　2-196 ㊾
—つもりがうらに　2-109 ①
—ともにもへにも　11-2740 ①
—はつるとまりの　2-122 ①
—ゆきのまにまに　15-3644 ③
—ゆくらゆくらに　13-3274 ⑲
—ゆくらゆくらに　13-3329 ㊾
—ゆくらゆくらに　17-3962 ㉑
—ゆくらゆくらに　19-4220 ⑲
—ゆたにあるらむ　11-2367 ④
—わたりのやまの　2-135 ㉑
おほぶねを
—あるみにいだし　15-3582 ①
—あるみにこぎいで　7-1266 ①
—こぎのまにまに　4-557 ①
—こぎわがゆけば　15-3627 ㊾
—へゆもともゆも　14-3559 ①
おほふをやすみ　2-93 ②
おほへるにはに　11-2824 ④
おほへるをやも　11-2825 ④

おほほしき　16-3794③
おほほしく
——あひみしこらを　11-2449③
——あひみしこらを　11-2450③
——いくよをへてか　10-2139③
——いづちむきてか　5-887③
——いめにそみつる　10-2241③
——いもをあひみて　10-1909③
——きみをあひみて　10-1921①
——けふやすぎなむ　5-884③
——しらぬひとにも　4-677③
——てれるつくよの　6-982③
——ひとおともせねば　2-189③
——まちかこふらむ　2-220㊸
——みしひとゆゑに　12-3003③
——みつつそきぬる　14-3571③
——みやでもするか　2-175③
——よびしふなびと　7-1225③
おぼほしく　17-3899③
おほほしみ　10-2150③
おほほしみせむ　12-3161⑤
おほまへつきみ　1-76④
おほみかど　1-52⑦
おほみかみたち
——ふなのへに　5-894㊱
——ふなのへに　5-894㊿
——やまとの　5-894㊵
おほみけに
——つかへまつると　1-38㉑
——つかへまつると　20-4360㊺
おほみこと　5-894㉕
おほみそで　13-3324㊾
おほみてに
——とらしたまひて　13-3324㊶
——ゆみとりもたし　2-199㊴
おほみふね
——はてしとまりに　2-151③
——はててさもらふ　7-1171①
——まちかこふらむ　2-152③
おほみまの　3-478⑬
おほみみに　2-199㊲
おほみやこと　6-1050㊵
おほみやすらを　6-1047㊻
おほみやつかへ
——あさひなす　13-3234㉕
——あれつくや　1-53②
おほみやところ
——うつろひゆかめ　6-1054④
——うべしこそ　6-1050㉞
かはるましじき——　6-1053㉗
かはるましじき——　6-1055⑤
かむしみゆかむ——　6-1052⑤
——さだめけらしも　6-1051④
たぎつかふちの——　6-921⑤
つかへまつらむ——　17-3908⑤
——みればかなしも　1-29㊱
——みればさぶしも　1-29ィ㊱
——やむときもあらめ　6-1005⑱
おほみやの
——うちにもとにも　17-3926①
——うちにもとにも　19-4285①
——うちまできこゆ　3-238①
おほみやは　1-29㉗
おほみやひとし　7-1218④
おほみやひとぞ　6-1061④
おほみやひとに　18-4040④
おほみやひとの
——いへとすむ　6-955②
——うつろひぬれば　6-1060④
——かづらける　10-1852②
——たまほこの　6-948㊳
——たまもかるらむ　1-41④
——にぎたつに　3-323②
——ふねまちかねつ　1-30④
——ふみしあとどころ　7-1267②
——ふみならし　6-1047㊳
——まかりでて　3-257⑭
——まかりでて　3-260⑭
——まかりでて　7-1076②
——みなきくまでに　20-4459④
おほみやひとは
——あめつち　13-3234㉟

—いとまあれや　10–1883 ②
—いまさへや　15–3758ィ ②
—いまもかも　15–3758 ②
—おほかれど　4–691 ②
—けふもかも　6–1026 ②
—つねにかよはむ　6–923 ⑱
—ふねなめて　1–36 ⑯
—ゆきわかれなむ　2–155 ⑭
おほみやひとも　6–920 ⑫
おほみやを　19–4273 ③
おほみわの　16–3840 ③
おほやがはらの　14–3378 ②
おほやまと　3–475 ⑨
おほやまもりは　2–154 ②
おほゆきの　2–199 ⑪
おほゆきふれり　2–103 ②
おほろかに
—あれしおもはば　12–2909 ①
—おもひてゆくな　6–974 ③
—こころつくして　19–4164 ⑤
—われしおもはば　7–1312 ①
—われしおもはば　11–2568 ①
おぼろかに　20–4465 ㊸
おほろかにすな　8–1456 ⑤
おほろかの　11–2535 ①
おほわだのはま　6–1067 ⑤
おほゐぐさ　14–3417 ③
おほをそどりの　14–3521 ②
おみなにしてや
—かくばかり　2–129 ②
—こひをだに　2–129ィ ②
おみのきも　3–322 ⑰
おみのめの　4–509 ①
おみのをとこは　3–369 ②
おめがはりせず　20–4342 ⑤
おもかくさるる　11–2554 ②
おもかくしする　12–2916 ⑤
おもかげさらず　11–2634 ④
おもかげに
—かかりてもとな　12–2900 ③
—みえつついもは　8–1630 ③
—もとなみえつつ　19–4220 ㉑
—われにおもほゆ　7–1296 ③
おもかげにして
いもがゑまひは—　12–3137 ⑤
こととふすがた—　4–602 ⑤
さねわすらえず—　9–1794 ⑤
—みゆといふものを　3–396 ④
おもかげにみゆ
あるらむこらは—　11–2607 ⑤
いもがゑまひし—　11–2642 ⑤
おもへりしくし—　4–754 ⑤
まつらむいもし—　12–3138 ⑤
おもかげのみに　4–752 ②
おもがこひすす　20–4386 ④
おもかたの
—わするさあらば　11–2580 ①
—わすれむしだは　14–3520 ①
おもがはりせず
かくしつねみむ—　18–4116 ㊺
はやかへりませ—　12–3217 ⑤
おもきうまにに　5–897 ⑭
おもしるきみが　12–3015 ④
おもしるこらが　12–3068 ④
おもしろき　14–3452 ①
おもしろくして　7–1240 ④
おもしろみ
—わがをるそでに　7–1081 ③
—われをおもへか　16–3791 ㊆
おもたかぶだに　12–3098 ④
おもちちが　13–3339 ㉓
おもちちがため　20–4402 ⑤
おもちちに
—つまにこどもに　3–443 ⑮
—まなごにかあらむ　13–3336 ⑬
おもちちも
—つまもこどもも　13–3337 ①
—つまもこどもも　13–3340 ①
おもてのうへに　5–804 ㉔
おもなしにして　20–4401 ⑤
おもにみえつる　14–3473 ⑤
おもはえてある　16–3791 ㊉

おもはえてある　16-3791 ⑩②
おもはくのよさ　10-2073 ⑤
おもはじと　4-657 ①
おもはしむらく　10-2250 ⑤
おもはしめつつ　15-3737 ⑤
おもはずあらむ　12-2977 ②
おもはずありき　8-1487 ②
おもはずき　11-2601 ③
おもはずて　15-3736 ③
おもはずひとは　13-3256 ②
おもはずも　15-3735 ①
おもはずろ　16-3865 ③
おもはぬあひだに　5-794 ⑫
おもはぬに
—いたらばいもが　11-2546 ①
—いもがゑまひを　4-718 ①
—いもをあひみて　11-2605 ③
—かすがのさとに　8-1434 ③
—しぐれのあめは　10-2227 ①
—はままつのうへに　3-444 ③
—よこしまかぜの　5-904 ㉝
おもはぬひとの　7-1338 ④
おもはぬものを　7-1069 ②
おもはぬわれし　7-1354 ④
おもはぬを
—おもふといはば　4-561 ①
—おもふといはば　4-655 ①
—おもふといはば　12-3100 ①
おもはねば
—いもがたもとを　11-2547 ③
—おほにそみける　3-476 ③
—きみがたもとを　12-2924 ③
—ふふめるはなの　11-2783 ③
おもはへなくに　20-4389 ⑤
おもはるるかも　14-3372 ⑤
おもひあへなくに
とひたまふかも—　6-962 ⑤
まとへるこころ—　4-671 ⑤
おもひあまり　7-1335 ①
おもひいづる
—ときはすべなみ　10-2341 ①
—ときはすべなみ　12-3036 ①
おもひいでつつ　11-2521 ④
おもひいでて
—すべなきときは　12-3030 ①
—ねにはなくとも　11-2604 ①
おもひいませか　3-443 ㊿
おもひうらぶれ　17-3978 ㊿
おもひがなしも　15-3686 ⑤
おもひかねつも
かくれしきみを—　14-3475 ⑤
とごころもあれは—　20-4479 ⑤
なのをしけくも—　11-2499 ⑤
なほしこひしく—　12-3096 ⑤
ものいはずきにて—　4-503 ⑤
ものいはずきにて—　14-3528 ⑤
ゆかむたどきも—　15-3696 ⑤
よどまむこころ—　12-3019 ⑤
おもひきわれは　4-501 ⑤
おもひぐさ　10-2270 ③
おもひくゆべき　11-2528 ④
おもひくらさく　10-1936 ⑤
おもひくらさむ　10-1934 ⑤
おもひぐるしも　14-3481 ⑤
おもひけめかも
—しきたへの　4-633 ②
—つれもなき　3-460 ⑯
おもひけらくは　11-2447 ④
おもひけらしも　11-2637 ⑤
おもひけりあれは　11-2415 ⑤
おもひこし　10-2089 ㉝
おもひこひ
—いきづきあまり　17-4011 ⑲
—いきづきをるに　19-4214 ⑲
おもひこふらむ　2-217 ㉚
おもひしいもが
—たまかぎる　2-210 ㊴
—はひにていませば　2-213 ㊴
おもひしおもはば
—したびもに　15-3766 ②
われにかきむけ—　19-4191 ⑤
おもひしおもへば　7-1132 ⑤

おもひしきみに　8-1613 ④
おもひしきみを　4-644 ④
おもひしげけば　19-4185 ④
おもひしこころ　11-2579 ④
おもひしごとく　20-4474 ⑤
おもひしことは　11-2809 ④
おもひししげし　19-4154 ⑯
おもひしときに
—たづさはり　2-213 ②
—とりもちて　2-210 ②
—とりもちて　2-210ィ ②
—はるへには　2-196 ㉘
おもひしなえて
—しのふらむ　2-131 ㊱
—なげくらむ　2-138 ㊵
—ゆふつづの　2-196 ㊻
おもひしなへに　18-4120 ②
おもひしに　19-4236 ⑨
おもひしぬとも　4-683 ⑤
おもひしまさる　18-4094 ⑭
おもひしものを
さやかにききつ—　20-4474ィ ⑤
わがかよはむと—　4-576 ⑤
をらずきにけり—　3-392 ⑤
おもひしわれや　12-2875 ④
おもひしをのは　13-3272 ②
おもひすぎめや
—ありがよひ　17-4000 ⑳
—こけむすまでに　13-3228 ④
おもひすぐさず　17-4003 ㉜
おもひすぐべき
—きみにあらなくに　3-422 ④
—きみにあらなくに　4-668 ④
—こひにあらなくに　3-325 ④
—こひにあらなくに　10-2024 ④
おもひすごさむ　14-3564 ⑤
おもひそあがくる　6-942 ㉔
おもひそあがする
—あはぬこゆゑに　3-372 ⑱
あはぬひまねみ—　19-4198 ⑤
きみをいはねば—　12-3020 ⑤
ひとのことしみ—　4-788 ⑤
—わかれかなしみ　19-4242 ④
おもひそあがせし
いめにしみつつ—　8-1620 ⑤
こゆるがからに—　6-1038 ⑤
おもひそめけむ
たれにみせむと—　18-4070 ⑤
なにしかふかめ—　11-2488 ⑤
おもひそめてき　18-4087 ⑤
おもひそめてし　11-2430 ⑤
おもひそやくる　1-5 ㉘
おもひたえ　4-750 ①
おもひたえても　15-3686 ②
おもひたけびて　11-2354ィ ②
おもひたのみし　4-550 ②
おもひたのみて
—あまつみづ　2-167 ㊽
—いつしかと　13-3344 ④
—いつしかも　13-3324 ⑯
—いでたちの　13-3302 ⑧
—かよひけむ　3-423ィ ⑳
—こぎくらむ　10-2089 ㉘
—さなかづら　13-3288 ②
—たまかぎる　2-207 ⑭
おもひたのむに　5-904 ㉜
おもひたのめど　13-3281 ⑳
おもひたのめる　13-3251 ②
おもひたらはし
—たまあはば　13-3276 ⑱
—たらちねの　13-3258 ⑧
おもひたりけれ　11-2766 ⑤
おもひたる　16-3800 ③
おもひたわみて　6-935 ⑯
おもひつきにし　13-3248 ⑧
おもひつつ
—ありけむものを　15-3691 ③
—ありしあひだに　9-1785 ⑦
—いかにこのよを　11-2458 ③
—いもねがてにと　4-485 ⑬
—かたらひをれど　5-886 ⑪
—かへりにしひと　13-3268 ⑨

―かへりみすれど　2-135⑲
―かよひけまくは　3-423⑤
―きみはあるらむと　4-543㉑
―くれどきかねて　9-1733①
―けながくこひし　11-2614左注③
―こしくもしるし　10-2074③
―つかへまつりし　2-176③
―なげきふせらく　5-886㉑
―ぬればかもとな　15-3738①
―もびきならしし　20-4491③
―ゆきけむきみは　9-1800⑮
―ゆけばかもとな　15-3729③
―わがぬるよらは　13-3329㊿
―わがぬるよらを　13-3274㉑
―をればくるしも　12-2931①
おもひつつあれば　2-227④
おもひつつぞこし
―そのやまみちを　1-25⑫
―そのやまみちを　1-26⑫
おもひづま　13-3278⑦
おもひつみこし　9-1757⑱
おもひつるかも
ことしもあるごと―　4-649⑤
さきかもちると―　10-1841ィ⑤
ちりかもくると―　10-1841⑤
おもひてありし
―あがこはもあはれ　4-761④
―いへのにははも　4-578④
―われしかなしも　2-183④
おもひていもに　12-2970④
おもひてきみを　17-3960④
おもひてこしを　19-4201②
おもひてしかも　19-4237②
おもひてしめし　19-4151②
おもひてぬらむ　2-217㉘
おもひてゆくな　6-974④
おもひどろ　14-3419③
おもひなげかひ　17-3969㉞
おもひなみかも　17-3905⑤
おもひなやせそ　15-3586②
おもひなわびそ　12-3178②
おもひにし
―あまりにしかば　11-2492①
―あまりにしかば　11-2551①
―あまりにしかば　12-2947①
―しにするものに　4-603①
おもひのべ
―うれしびながら　19-4154㉛
―みなぎしやまに　19-4177⑦
おもひはすぎず　10-2269④
おもひはぶらし　13-3326㉔
おもひはやまず
―こひこそまさめ　11-2670④
―こひこそまされ　19-4186④
―こひししげしも　19-4185⑯
おもひほこりて　17-4011㊹
おもひますとも
いやひにけには―　4-595⑤
いやひにけには―　12-2882⑤
おもひますらむ　8-1544②
おもひまとはひ　9-1804⑳
おもひまとひて　13-3344⑱
おもひみだれて
―いつしかと　10-2092⑳
―いへにあらましを　7-1280⑤
―かくしたるつま　11-2354②
―かくばかり　4-724②
―きみまつと　17-3973㊱
―こひつつまたむ　12-3204④
―こひつつもあらむ　4-679④
―こふれども　11-2620②
―こふれども　12-2969②
―しぬべきものを　11-2764④
―しぬべきものを　11-2765④
―ぬへるころもそ　15-3753④
―ぬるよしそおほき　11-2365⑤
―ぬるよしそおほき　12-3065④
―はるとりの　9-1804㉔
―みだれをの　13-3272㉒
―ゆるしつるかも　12-3182④
おもひみて　12-2986③
おもひむすぼれ　18-4116㉜

おもひも　2-199 ⑫⑤
おもひもかねつ　11-2802 ②
おもひもすぎず　9-1773 ④
おもひもとほり　13-3248 ⑥
おもひやすみて　6-928 ⑥
おもひやむ　16-3811 ⑤
おもひやむとも　2-149 ②
おもひやゆかむ　4-536 ④
おもひやる
—こともありしを　17-4008 ⑦
—すべのしらねば　4-707 ①
—すべのたづきも　13-3261 ①
—すべのたどきも　12-2892 ①
—たづきをしらに　1-5 ㉓
—たどきもわれは　12-2941 ①
—たどきをしらに　9-1792 ⑨
おもひより　11-2404 ①
おもひわするる　6-914 ④
おもひわたらむ　12-3045 ④
おもひわたれど　4-714 ②
おもひわたれば
—いけりともなし　12-3060 ④
—やすけくもなし　12-2869 ④
おもひわづらひ　5-897 ㊳
おもひわびつつ　4-646 ②
おもひわぶらむ　15-3727 ④
おもひわぶれて　15-3759 ④
おもひをれか　2-217 ⑥
おもふあひだに　17-3957 ㉖
おもふこが
—ころもすらむに　10-1965 ①
—やどにこよひは　6-1040 ③
おもふこがため　5-845 ⑤
おもふこころは　8-1614 ④
おもふこころを
—いかにかもせむ　7-1334 ④
—たれかしらむも　17-3950 ④
おもふごとならぬ　13-3312 ⑯
おもふこに　8-1565 ③
おもふこのころ
しばしばきみを—　10-1919 ⑤
ゆたけくきみを—　8-1615 ⑤
おもふそら
—くるしきものを　13-3272 ⑮
—くるしきものを　17-3969 ⑲
—くるしきものを　19-4169 ⑰
—やすくあらねば　17-4008 ㉑
—やすくもあらず　20-4408 ㊾
—やすけなくに　4-534 ⑤
—やすけなくに　8-1520 ⑦
—やすけなくに　13-3299 ⑤
—やすけなくに　13-3330 ⑰
おもふといはば
—あめつちの　4-655 ②
—おほのなる　4-561 ②
—まとりすむ　12-3100 ②
おもふどち
—あそぶけふのひ　10-1880 ③
—あそぶこよひは　8-1591 ③
—いむれてをれば　19-4284 ③
—うまうちむれて　17-3993 ⑬
—かくしあそばむ　17-3991 ㉟
—かざしにしてな　5-820 ③
—こころやらむと　17-3991 ③
—こしけふのひは　10-1882 ③
—たをりかざさず　17-3969 ㊴
—のみてののちは　8-1656 ③
—ますらをのこの　19-4187 ①
おもふとりたつ　2-153 ⑬
おもふなむ　14-3496 ③
おもふにし　4-723 ⑨
おもふひそおほき　19-4162 ⑤
おもふひと　11-2824 ①
おもふひとどち　8-1558 ④
おもふひとには　11-2515 ④
おもふまで　2-199 ㊲
おもふものから　19-4154 ⑫
おもふやもきみ　6-955 ⑤
おもふらむ
—あきのながよを　10-2302 ③
—そのこなれやも　19-4164 ⑦
—そのひとなれや　11-2569 ①

—ひとにあらなくに　4-682①
おもふらめやも　15-3657⑤
おもふわぎもを
—いめにみて　12-2914②
—ひとごとの　12-3109②
おもふゑに　15-3731①
おもふをなにか　12-3029④
おもへかきみが　4-617④
おもへかも
—あがこころどの　12-3055③
—あがもふひとの　4-583③
—あふよあはぬよ　4-552③
—きみがつかひの　4-499③
—ここだくあがむね　4-611③
—ここにももとな　12-3162③
—こころのいたき　13-3329⑮
—ひもかへずして　12-3131③
—むねやすからぬ　13-3250⑮
—わがおほきみの　2-198ィ③
おもへこそ
—いまのまさかも　18-4088③
—おのがいのちを　12-2868③
—しぬべきものを　4-739③
—つゆのいのちも　17-3933③
—としのやとせを　13-3309⑭
—ひとへのころも　12-2853③
—ひのくるらくも　12-2922③
おもへどいよよ　4-753④
おもへどしらじ　10-2272④
おもへども
—あかしのとなみ　7-1207③
—いもにつげねば　11-2388③
—おもひもかねつ　11-2802①
—かつてわすれず　11-2383③
—かなしきものは　13-3336㉕
—こひのしげきに　13-3275③
—しみにしこころ　20-4445③
—しるしもなしと　4-658①
—しるしをなみ　13-3324㊑
—しゑやあたらし　10-2120③
—たづきをしらに　4-619㉝
—つかひをやらむ　11-2552③
—つぎてしきけば　12-2961③
—とびたちかねつ　5-893③
—なぞそのたまの　3-409③
—なにそもいもに　4-775③
—ひとのことこそ　4-647③
—ひとのことこそ　12-3114③
—みちのしらねば　13-3344㉙
—よのことなれば　5-805③
おもへばか　4-540③
おもへばくるし　11-2788②
おもへやいもが　4-490④
おもへやも　2-198③
おもへらなくに　17-3942④
おもへらば
—うけらがはなの　14-3503③
—まづさくはなの　8-1653③
おもへりけらし　11-2558②
おもへりし
—あがこにはあれど　19-4220⑦
—あがこのとじを　4-723⑤
—いもがすがたを　11-2614左注③
—いもにはあれど　2-210⑪
—いもにはあれど　2-213⑪
—おほみやすらを　6-1047㊺
—きみしまさねば　3-457③
—こころはとげず　3-481⑬
おもへりしくし　4-754④
おもへりしくは　6-1047㊵
おもへるあれを　11-2584②
おもへるに　11-2614③
おもへるものを　20-4456②
おもへるわれも
—くさまくら　1-5⑳
—しきたへの　2-135㊱
おもへるわれや　6-968②
おもへるわれを
いつかもみむと—　11-2408⑤
—かくばかり　4-719②
—やまぢさの　7-1360②
おもへるを　4-695③

おもへれど
—いもによりては 11-2590 ③
—けながくしあれば 15-3668 ③
—はなたちばなの 17-3920 ③
—ひとめをおほみ 12-2910 ③
おもへれば
—おきへのかたに 15-3624 ③
—こころこひしき 3-253 ③
—よしこのころは 11-2603 ③
おもほえしきみ 17-3961 ⑤
おもほえず 6-1004 ①
おもほえぬかも
とほきこころは— 11-2701 ⑤
ながきこころも— 7-1413 ⑤
ますらをごころ— 11-2758 ⑤
ゆくらむわきも— 11-2536 ⑤
おもほえば
—いかにかもせむ 4-752 ③
—いかにかもせむ 17-3928 ③
—こころつくして 9-1805ィ ③
—こころみだれて 9-1805 ③
おもほえむかも
いかくりゆかば— 6-918 ⑤
うだのおほのは— 2-191 ⑤
—たちわかれなば 17-3989 ④
つくしのこしま— 6-967 ⑤
としにわすれず— 19-4269 ⑤
おもほさむかも 4-654 ⑤
おもほしき
—ことつてむやと 13-3336 ⑰
—ことつてやらず 17-3962 ㊼
—こともかたらひ 18-4125 ⑰
—こともかよはず 17-3969 ㉗
おもほしけめか 1-29ィ ⑯
おもほしし 2-196 ㊴
おもほして
—したなやますに 18-4094 ㉗
—はりそたまへる 18-4128 ③
おもほしめして
—つくらしし 2-199 ⑭⓪
—とよのあかり 19-4266 ⑭
—もののふの 18-4094 ㊽
おもほしめすな 15-3736 ⑤
おもほしめせか
—あまざかる 1-29 ⑯
—かむかぜの 2-162 ⑩
—つれもなき 2-167 ㊾
—つれもなき 13-3326 ④
おもほすな 12-2888 ③
おもほすなへに 1-50 ⑫
おもほすなもろ 14-3552 ④
おもほすやきみ 3-330 ⑤
おもほすよりは 2-92 ⑤
おもほすらしも 18-4099 ②
おもほすらめや 17-3949 ⑤
おもほせりける 2-206 ⑤
おもほせるきみ 13-3301 ⑫
おもほせわぎも 15-3764 ⑤
おもほせわれを 10-1890 ⑤
おもほゆべしも 5-795 ⑤
おもほゆらくに
こえにしきみが— 12-3191 ⑤
すぎにしひとの— 3-463 ⑤
そのもみちばの— 10-2184 ⑤
わがさほがはの— 3-371 ⑤
おもほゆる 16-3875 ⑦
おもほゆるいも 4-691 ⑤
おもほゆるかも
—あがおもひづまは 11-2761 ④
あきはぎすすき— 10-2221 ⑤
いもがすがたは— 12-3200 ⑤
いもがたもとし— 6-1029 ⑤
いやめづらしく— 18-4084 ⑤
おほつかなくも— 8-1451 ⑤
かかりてもとな— 12-2900 ⑤
かたりつぐべく— 17-3914 ⑤
かぢとるまなく— 12-3173 ⑤
くるひにくるひ— 4-751 ⑤
けぬがにもとな— 4-594 ⑤
けぬべくもあれは— 8-1564 ⑤
けぬべくもあれは— 10-2246 ⑤
こころにしみて— 4-569 ⑤

こころもしのに―― 11-2779⑤
こころもしのに―― 17-3979⑤
こせのをぐろし―― 16-3844⑤
――このとしころは 12-3146④
――こひのしげきに 7-1378④
――さよとへわがせ 8-1659④
――しかれども 15-3588②
――しらくもの 5-866②
ちとせにもがと―― 5-903⑤
つののまつばら―― 17-3899⑤
としつきのごと―― 11-2583⑤
ならのみやこし―― 8-1639⑤
にこよかにしも―― 20-4309⑤
――はしきやし 4-787②
はつせのひばら―― 7-1095⑤
――はるかすみ 4-789②
ひとのまよびき―― 6-994⑤
ふりにしさとし―― 3-333⑤
まなくもきみは―― 12-3012⑤
みけむがごとも―― 9-1807㊸
むかしのひとし―― 20-4483⑤
やなぎのまよし―― 10-1853⑤
やまずもいもは―― 12-2862⑤
――やまぶきのはな 10-1860④
わぎもがやどし―― 8-1573⑤
ゑまひのにほひ―― 18-4114⑤
ゑまむまよびき―― 11-2546⑤
おもほゆるきみ
としつきのごと―― 4-579⑤
やむときなしに―― 6-915⑤
おももとむらむ 12-2925⑤
おもやはみえむ 8-1535④
おもやめづらし 18-4117④
おもわすれ
――いかなるひとの 11-2533①
――だにもえすやと 11-2574①
おもわすれたる 11-2829⑤
おもわすれなむ 11-2591⑤
おもわのうちに 19-4192④
おやじときはに 17-4006⑥
おやじまくらは 14-3464④
おやにたがひぬ 14-3359ィ⑤
おやにまをさね 20-4409⑤
おやのこどもそ 18-4094㊷
おやのつかさと 20-4465㊷
おやのなたたず 18-4094㊳
おやのなたつな 20-4465㊶
おやのなも 3-443⑬
おやのみこと 19-4169⑥
おやのめをほり 5-885⑤
おやはいまさね 20-4408㉝
おやはさくれど 14-3420④
おやはしるとも
なはのらしてよ―― 3-362⑤
よしなはのらじ―― 12-3077⑤
よしなはのらせ―― 3-363⑤
おゆらくをしも
きみが―― 13-3247⑨
きみがひにけに―― 13-3246⑤
おゆるまで 4-563③
およしをは 5-804㊸
およづれか
――ひとのつげつる 19-4214㊸
――わがききつる 3-420⑪
およづれことか 7-1408②
およづれの
――たはこととかも 3-421①
――たはこととかも 3-475⑲
――たはこととかも 17-3957㉛
およびをり 8-1537③
おりたるきぬぞ 7-1281③
おりつがむ 7-1298③
おりてけむかも 10-2027⑤
おりてしはたを 10-2064②
おるしろたへは 10-2027④
おるぬのの 10-2034③
おるはたの 10-2028③
おるはたのうへを 7-1233②
おるはたを 10-2065③
おるもみちばに 8-1512④
おろかにそ 18-4049①
おろかひとの 9-1740㊱

か

かあをくおふる
—たまもおきつも　2-131 ⑮
—たまもおきつも　2-138 ⑮
かいのちりかも　10-2052 ⑤
かうぬれる　16-3828 ①
かえがむたねむ　20-4321 ④
かかげたくしま　7-1233 ④
かかしめつつも
—あはぬいもかも　4-562 ④
—あはぬひとかも　12-2903 ④
かかなくわしの　14-3390 ②
かがふかがひに　9-1759 ⑧
かかふのみ　5-892 ㊷
かがみかけ　14-3468 ③
かがみとみつも　16-3808 ⑤
かがみなす
—あがおもふいもも　13-3263 ⑬
—かくしつねみむ　18-4116 ㊸
—みつのはまびに　15-3627 ③
—みつのはまへに　4-509 ③
—みれどもあかず　2-196 ㉟
—わがみしきみを　7-1404 ①
かがみにせむと　16-3791 ⑩⑦
かがみにせむを　20-4465 ㊿
かがみのやまに　2-155 ⑥
かがみのやまの　3-418 ②
かがみのやまを　3-417 ④
かがみやま　3-311 ③
かがみをかけ　13-3263 ⑧
かがよふたまを　6-951 ④
かからずも　5-904 ㊼
かからはしもよ　5-800 ⑧
かからむと
—かねてしりせば　2-151 ①
—かねてしりせば　17-3959 ①
かがりさし
—なづさひのぼる　17-4011 ⑰
—なづさひゆけば　19-4156 ⑬
—やそとものをは　17-4023 ③
かかりしことを　18-4094 ㊷
かかりてもとな　12-2900 ④
かかりも　5-904 ㊽
かがるあがてを　14-3459 ②
かかるおもひに　4-620 ④
かかるこひには
—あはざらましを　11-2393 ④
—あはざらましを　11-2505 ④
—いまだあはなくに　4-563 ④
かかるこひにも　4-559 ④
かかるこひをも　11-2411 ④
かかれるくもは　13-3325 ④
かきいれつらむか　2-123 ⑤
かきうてむ　13-3270 ③
かきかぞふ　17-4006 ①
かきかぞふれば　8-1537 ④
かききらし　9-1756 ①
かきごしに　7-1289 ①
かきさぐれども　4-741 ④
かぎさへまつる　9-1738 ㉔
かきつたの　13-3223 ⑨
かきつのたにに　19-4207 ④
かきつはた
—きぬにすりつけ　7-1361 ③
—きぬにすりつけ　17-3921 ①
—さきさはにおふる　12-3052 ①
—さきぬのすげを　11-2818 ①
—につらふいもは　10-1986 ③
—につらふきみを　11-2521 ①
かきつはたをし　7-1345 ④
かきつやぎ　14-3455 ③
かきなでそ　6-973 ⑪
かきなでみつつ　19-4155 ④
がきのしりへに　4-608 ④
かきはかむため　16-3830 ⑤
かきはきて　5-895 ③
かきはけづらず　9-1807 ⑭
かきほなす
—ひとごとききて　4-713 ①

―ひとのとふとき　9–1809 ⑬
―ひとのよこごと　9–1793 ①
―ひとはいへども　11–2405 ①
かきむすび　9–1740 ㉓
かきむだき　14–3404 ③
かきもけづらず　18–4101 ⑭
かきもしみみに　12–3062 ②
かきもなく　9–1740 ㉟
かぎりしらずて　5–881 ⑤
かぎりとや　14–3495 ③
かぎりなしといふ　20–4494 ⑤
かぎるひの　2–213 ⑰
かぎろひの
―こころもえつつ　9–1804 ㉙
―はるにしなれば　6–1047 ⑰
―もゆるあらのに　2–210 ⑰
―もゆるはるへと　10–1835 ③
かくありけるか　6–1059 ⑯
かくおもしろく　4–746 ④
かくかへるとも　19–4145 ②
かくききそめて　8–1495 ④
かくききつつか　7–1111 ②
かくこそあるもの　16–3826 ②
かくこひけるを　4–582 ②
かくこひすらば　18–4082 ④
かくこひすらむ　10–1986 ②
かくこひば
―おいづくあがみ　19–4220 ㉓
―まことわがいのち　10–1985 ③
―まことわがいのち　12–2891 ③
かくこひむ
―ものとしりせば　12–3038 ①
―ものとしりせば　12–3143 ①
かくこひむとは　4–601 ⑤
かくこひむとや　14–3415 ④
かくこふれこそ　4–639 ②
かくさきたらば　8–1425 ④
かくさきにけり　19–4151 ⑤
かくさはぬ　20–4465 ㊲
かくさふなみの　11–2437 ②
かくさふべしや
くもの―　1–17 ⑮
こころあらなも―　1–18 ⑤
かくさまに
―いひけるものを　18–4106 ⑪
―なりきにけらし　15–3761 ③
かくさむを　3–269 ③
かくしあそばむ　17–3991 ㊱
かくしあらば
―うめのはなにも　5–819 ③
―ことあげせずとも　18–4124 ③
―しゑやわがせこ　4–659 ③
―なにかうゑけむ　10–1907 ①
かくしきこさば　20–4499 ②
かくしこそ
―いやとしのはに　19–4187 ㉑
―うめをかざして　5–833 ③
―うめををさつつ　5–815 ③
―うらこぎみつつ　19–4188 ③
―つかへまつらめ　18–4098 ㉕
―みもあきらめめ　17–3993 ㊺
―みるひとごとに　17–3985 ㉗
―めしあきらめめ　19–4267 ③
―めしあきらめめ　20–4485 ③
―やなぎかづらき　18–4071 ③
かくししらさむ　6–907 ⑧
かくしたる　10–2088 ①
かくしたるつま
―あかねさし　11–2353 ③
―あめつちに　11–2354 ③
かくしつつ
―あがまつしるし　11–2585 ①
―あそびのみこそ　6–995 ①
―あひしゑみてば　18–4137 ③
―あらくをよみぞ　6–975 ①
―ありなぐさめて　11–2826 ①
かくしつねみむ　18–4116 ㊹
かくしてそ　12–3075 ①
かくしてのちに　4–762 ④
かくしても　18–4118 ①
かくしてや
―あらしをすらに　17–3962 ㊺

──なほやおいなむ　7-1349 ①
──なほやまからむ　4-700 ①
──なほやまもらむ　11-2839 ①
かくしもあらむと
──おほぶねの　13-3302 ⑥
──ゆふはなの　2-199ィ (96)
かくしもあらめや　18-4106 ㉔
かくしもがもと
──あめつちの　6-920 ⑳
──おほぶねの　13-3324 ㊿
──おもへども　5-805 ②
──たのめりし　3-478 ㉜
──なくかはづかも　9-1735 ④
かくしらませば　5-797 ②
かくすすそ　14-3487 ③
かくすとも　12-3189 ③
かくすらむかも　10-2332 ⑤
かくせども　12-3189ィ ③
かくぞことわり　5-800 ⑥
かくぞとしにある　10-2005 ④
かくそもみてる　8-1628 ⑤
かくたつなみに　9-1781 ④
かくだにも
──あれはこひなむ　3-379 ⑰
──あれはこひなむ　3-380 ③
──あれはこひなむ　11-2548 ①
──いもをまちなむ　11-2820 ①
──くにのとほかば　14-3383 ③
かくつぎて　6-948 ⑬
かくてあらずは　4-734 ②
かくてかよはむ　11-2778 ⑤
かくてこじとや　12-3026 ⑤
かくてもあるがね　10-2329 ⑤
かくなるまでに
──あはぬきみかも　10-1902 ④
──なにかきなかぬ　8-1487 ④
かくにあるらし　1-13 ⑥
かくのごと
──きみをみまくは　20-4304 ③
──わかけむこらに　16-3793 ③
かくのこのみと　18-4111 ㊾
かくのこのみを　18-4111 ⑩
かくのみからに　5-796 ②
かくのみきみは　17-3902 ④
かくのみこそあが　13-3298 ④
かくのみし
──あひおもはざらば　13-3259 ①
──こひしわたれば　9-1769 ①
──こひばしぬべし　11-2570 ①
──こひやわたらむ　4-693 ①
──こひやわたらむ　11-2374 ①
──こひやわたらむ　11-2596 ③
かくのみならし
──いぬじもの　5-886 ㉘
──くれなゐの　19-4160 ⑳
──たまきはる　5-804 ㊺
──ますらをの　3-478 ㉒
──ますらをの　5-804ィ ㉚
かくのみに
──ありけるきみを　12-2964 ①
──ありけるものを　3-455 ①
──ありけるものを　3-470 ①
──ありけるものを　16-3804 ①
かくのみまたば　4-484 ④
かくのみや
──あがこひをらむ　17-3938 ①
──いきづきをらむ　5-881 ①
──いきづきをらむ　8-1520 ⑮
──きみをやりつつ　17-3936 ③
──こひつつあらむ　8-1520 ⑰
かくのみゆゑに　2-157 ④
かくばかり
──あがこふらくを　4-720 ③
──あめのふらくに　10-1963 ①
──いきのをにして　4-681 ③
──おもかげのみに　4-752 ①
──かたきみかどを　11-2568 ③
──こひしくしあらば　19-4221 ①
──こひせしむるは　11-2584 ③
──こひつつあらずは　2-86 ①
──こひつつあらずは　4-722 ①
──こひつつあらずは　11-2693 ①

—こひにしづまむ　2-129③
—こひむとかねて　15-3739①
—こひむものそと　11-2372①
—こひむものそと　11-2547①
—こひむものそと　12-2867①
—すべなきことは　11-2368③
—すべなきものか　5-892(80)
—とほきいへぢを　4-631③
—なねがこふれそ　4-724③
—ひとのこころを　4-692③
—ふりしくゆきに　19-4233③
—みえずしあるは　4-749③
—みつれにみつれ　4-719③
—もとなしこひば　4-723⑬
かぐはしき
—おやのみこと　19-4169⑤
—つくはのやまを　20-4371③
—はなたちばなを　10-1967①
かぐはしきみを　18-4120④
かぐはしみ　18-4111㉕
かくふくよひは　10-2261②
かくふらば　8-1651③
かくまかりなば　6-973④
かくまとへれば　9-1738㉖
かくみゐて　5-892(62)
かくもうつしく　13-3332④
かくもみてしか　6-908②
かくやしのはむ　18-4090⑤
かくやなげかむ
いもをあひみず—　17-3964⑤
—せむすべをなみ　5-901④
かぐやまと　1-14①
かぐやまに　11-2449①
かぐやまの
—ふりにしさとを　3-334③
—ほこすぎがうれに　3-259③
かぐやまのみや　2-199(142)
かぐやまは　1-13①
かくゆけば　5-804(51)
かくゆゑに　3-305①
かくよれと　13-3242⑬
かくらくをしも
あがするさとの—　7-1205⑤
たかしまやまに—　9-1691⑤
よわたるつきの—　2-169⑤
かくらひかねて　10-2267④
かくらひくれば　2-135㉜
かくらふつきの　11-2668②
かくりきにける　2-136ィ⑤
かくりたまひぬ　2-205⑤
かくりなば　11-2463③
かくりにしかば
—そこおもふに　3-466⑱
—わぎもこが　2-210㉔
—わぎもこが　2-213㉔
かくりましぬれ　3-460㊷
かくりゆかむぞ　11-2510④
かくることなく　13-3236⑫
かくれしきみを　14-3475④
かくれたりけり　11-2485⑤
かくれぬほとに　14-3389④
かぐろきかみに
—あくたしつくも　7-1277⑤
—いつのまか　5-804⑳
—つゆそおきにける　15-3649④
—まゆふもち　13-3295⑮
かぐろしかみを　16-3791⑰
かげくさの　10-2159①
かげさへみえて　20-4512②
かげさへみゆる
—こもりくの　13-3225②
—やまのゐの　16-3807②
かけずわすれむ　12-2898④
かげたちよりあひ　15-3658②
かけたるさくら　16-3787②
かけたれば　12-2992③
かけつつきみが　20-4464②
かけつつもとな　20-4437④
かけつれば　20-4480③
かけておもはぬ　12-3172④
かけてこぐふね　6-998④
かけてこぐみゆ　10-2223④

かけてしぬへと　15-3765②
かけてしのはし　13-3324㊱
かけてしのはせ　9-1786⑤
かけてしのはな　13-3324(88)
かけてしのはむ　2-199(148)
かけてしのはめ　17-3985㉙
かけてしのひつ
　―あふひとごとに　12-2981④
　いへなるいもを―　1-6⑤
　―やまとしまねを　3-366⑳
かけてないひそ　4-697②
かけてよらむと　4-642④
かげともの　1-52㊳
かげなすわたの　19-4199②
かげにかがよふ　11-2642②
かげにきほひて　20-4469②
かげにならむか　7-1099⑤
かげにみえこね　11-2462⑤
かげにみえつつ
　あからたちばな―　18-4060⑤
　のむさかづきに―　7-1295⑥
　―わすらえぬかも　2-149④
かけぬときなく
　―あがおもふ　13-3297②
　―あがおもへる　13-3286②
　―いきのをに　8-1453②
　―くちやまず　9-1792⑭
　―こふれども　12-2994②
かけぬときなし　10-2236②
かけねばくるし　12-2992②
かけのたりをの　7-1413②
かけのみなとに　14-3553②
かけのよろしき　10-1818②
かけのよろしく　1-5⑩
かけばいかにあらむ　3-285⑤
かけはきの　9-1809(55)
かけはなくとも　19-4233②
かけはなくなり　11-2800②
かげふむみちの　2-125②
かけまくの　19-4245⑬
かけまくは　5-813①
かけまくほしき
　―いものなを　3-285②
　―ことにあるかも　12-2915④
かけまくも
　―あやにかしこき　13-3234⑳
　―あやにかしこく　6-948㉑
　―あやにかしこし　3-475①
　―あやにかしこし　3-478①
　―あやにかしこし　13-3324①
　―あやにかしこし　18-4111①
　―あやにかしこし　20-4360⑨
　―ゆゆしかしこし
　　6-1020(1021)⑦
　―ゆゆしきかも　2-199①
　―ゆゆしけれども　2-199ィ①
かげみえて
　―いまかさくらむ　8-1435③
　―なくほととぎす　19-4181③
かげもかくらひ　3-317⑩
かけもなく　13-3310⑫
かけりいにきと　17-4011(60)
かげをしみ　11-2821③
かごさへみえて　20-4322④
かこじもの
　―あがひとりごの　9-1790⑤
　―ただひとりして　20-4408⑮
かこそなくなる　7-1417④
かこととのへ　20-4331㉚
かこととのへて　20-4408(74)
かこのこゑしつつ　13-3333⑩
かこのこゑよび
　―うらみこぐかも　15-3622④
　―ゆふなぎに　4-509㉚
かこのしまみゆ　3-253⑤
かこのみとみゆ　3-253ィ⑤
かこもこゑよび　15-3627㊵
かざしたりけり　20-4302⑤
かざしつらくは　18-4136④
かざしつるかも
　あきのもみちを―　8-1581⑤
　きみがもみちを―　8-1583⑤

かざしつるはぎ 19-4253⑤
かざしてゆかむ 19-4200④
かざしにささず 8-1559④
かざしにしてな 5-820④
かざしにせむと 16-3786②
かざしのたまし 9-1686②
かざしのために 8-1429②
かざしのはぎに 10-2225②
かさしまを 12-3192③
かざしをりけむ 7-1118⑤
かざせれど 5-846③
かさたてて 10-2233③
かさなみと 11-2684①
かさならなくに 11-2819⑤
かさなりゆけば 9-1792⑧
かさなるやまは 11-2422②
かさにぬひ 11-2818③
かさにぬふといふ 12-3064②
かさにもあまぬ 7-1284⑤
かさぬひの 3-272③
かさのかりての 11-2722②
かさのやま 3-374③
かざはやの
—うらのおきへに 15-3615③
—はまのしらなみ 9-1673①
—みほのうらみの 3-434①
—みほのうらみを 7-1228①
かざまつりせな 9-1751⑲
かざまもり 3-381③
かさもきず
—いでつつそみし 11-2681③
—いでつつそみし 12-3121③
かざりまつりて 13-3324㊽
かしこきうみに 6-1003④
かしこきうみを 13-3339㉞
かしこきくにそ 4-683②
かしこきひとに 4-600④
かしこきみちそ 11-2511④
かしこきみちを
—しまづたひ 20-4408㊽
—やすけくも 15-3694②
かしこきや
—あめのみかどを 20-4480①
—かみのみさかに 9-1800⑲
—かみのわたりの 13-3339⑬
—かみのわたりは 13-3335⑨
—みことかがふり 20-4321①
—みはかつかふる 2-155③
かしこきやまと 7-1331②
かしこくあれども
かけてしのはな— 13-3324㊸
かけてしのはむ— 2-199⑭⑨
かみをそいのる— 6-920㉓
かしこくも
—さだめたまひて 2-199⑨
—とひたまふかも 6-962③
—のこしたまへれ 18-4111⑪
—はじめたまひて 18-4098⑦
かしこけど
—おもひたのみて 13-3324⑮
—おもひわするる 6-914③
—おもふこころを 7-1334③
—をしかなくなり 10-2149③
かしこけば 7-1310③
かしこけめやも 19-4235⑤
かしこのさかに 6-1022⑧
かしこみと
—さもらふときに 11-2508③
—つかへまつりて 3-239⑰
—のこのとまりに 15-3673③
—のらずありしを 15-3730①
—ふりたきそでを 6-965③
かしのみの 9-1742⑬
かしはらの
—うねびのみやに 20-4465㉗
—ひじりのみやゆ 1-29ィ③
—ひじりのみよゆ 1-29③
かしひがた
—あすゆのちには 6-959③
—しほひのうらに 6-958③
かしひのかたに 6-957②
かしふえに 15-3654①

かしふりたてて
―いほりせむ　7-1190②
―はまぎよき　15-3632②
かしふるほとに　20-4313④
かしまなる　9-1669③
かしまねの　16-3880①
かしまのうみに　13-3336②
かしまのかみを　20-4370②
かしまのさきに　9-1780④
かしまのさきを　7-1174②
かしまより　17-4027①
かしゆかやらむ　20-4417⑤
かしらかきなで　20-4346②
かずかくごとき　11-2433②
かすがなる
―はがひのやまゆ　10-1827①
―みかさのやまに　7-1295①
―みかさのやまに　10-1887①
―みかさのやまに　12-3209①
―みかさのやまは　10-2212③
かすがのさとに　8-1434④
かすがのさとの
―うめのはな　8-1437②
―うめのはな　8-1438②
―うゑこなぎ　3-407②
かすがのに
―あさぢしめゆひ　12-3050①
―あさゐるくもの　4-698①
―あはまけりせば　3-405①
―いつくみもろの　19-4241①
―けぶりたつみゆ　10-1879①
―さきたるはぎは　7-1363①
―しぐれふるみゆ　8-1571①
―てれるゆふひの　12-3001①
かすがのの
―あさぢがうへに　10-1880①
―あさぢがはらに　12-3196①
―はぎはちりなば　10-2125①
―ふぢはちりにて　10-1974①
―やまへのみちを　4-518①
―をばながうへの　10-2169③
―をばながうれの　16-3819③
かすがののへに
―あはまかましを　3-404④
―かすみたち　10-1872②
―たつかすみ　10-1913②
かすがのやまに
―かすみたなびく　10-1844④
―はやたちにけり　10-1843④
かすがのやまの
―たかくらの　3-372②
―もみちみる　8-1604②
かすがのやまは
―いろづきにけり　8-1568④
―いろづきにけり　10-2180④
―いろづきにけり　10-2199④
―うちなびく　6-948②
―もみちそめなむ　10-2195④
かすがのやまを　10-2181④
かすがのを　3-460㊲
かすがのをのに　12-3042②
かすがやいづち　8-1570②
かすがやま
―あさたつくもの　4-584①
―あさゐるくもの　4-677①
―おしててらせる　7-1074①
―かすみたなびき　4-735①
―かすみたなびく　10-1845③
―くもゐかくりて　11-2454①
―みかさののへに　6-1047⑲
―もみちにけらし　8-1513③
―やまたかからし　7-1373①
かすがをさして　10-1959④
かずなきみなり　20-4468②
かずなきものか　17-3963②
かずなきものそ　17-3973⑳
かずにもあらぬ
―いのちもて　4-672②
―みにはあれど　5-903②
―われゆゑに　15-3727②
かすみがくりて　10-2105②
かすみたち

—さきにほへるは　10-1872③
—たなびくくもは　7-1407③
—はるひかきれる　1-29ィ㉛
—はるひのきれる　1-29㉝
かすみたつ
—あすのはるひを　10-1914③
—あまのかはらに　8-1528①
—かすがのさとの　8-1437①
—かすがのさとの　8-1438①
—ながきはるひの　1-5①
—ながきはるひを　5-846①
—ながきはるひを　13-3258⑤
—ののうへのかたに　8-1443①
—はるにいたれば　3-257③
—はるのながひを　10-1894①
—はるのながひを　12-3150①
—はるのはじめを　20-4300①
—はるひもくれに　10-1911③
かすみたつらむ　7-1125④
かすみたなびき
—いやとほに　11-2426②
—うらがなし　19-4290②
—こころぐく　4-735②
—さくはなの　10-1902②
—さよふけて　7-1224②
—さよふけて　9-1732②
—しかすがに　18-4079②
—たかまとに　6-948⑥
—たづがねの　20-4399②
—たにへには　19-4177⑩
—たるひめに　19-4187⑫
—つきはへにつつ　17-4030④
—はるさりにけり　10-1836④
かすみたなびく　13-3221⑥
かすみたなびく
あさづまやまに—　10-1817⑤
かすがのやまに—　10-1844⑤
かたやまぎしに—　10-1818⑤
このはしのぎて—　10-1815⑤
とほきやまへに—　8-1439⑤
—はるたちぬとか　20-4492④
—はるたつらしも　10-1812④
—はるはきぬらし　10-1814④
みやこもみえず—　20-4434⑤
ゆつきがたけに—　10-1816⑤
—よめにみれども　10-1845④
かすみたるらむ　20-4489⑤
かすみゐる　14-3357①
かすめるときに　9-1740②
かすゆざけ　5-892⑨
かぜくもに　19-4214⑮
かぜくもは　8-1521①
かぜこそきよれ　2-138⑳
かぜこそよせね　7-1391⑤
かぜこそよせめ　2-131⑱
かぜさへふきぬ　13-3268⑥
かぜしやまねば　9-1747⑧
かぜたかく　4-782①
かぜとまをさむ　11-2364⑥
かぜなふきそと　9-1751⑯
かぜなふきそね　7-1319⑤
かぜなみなびき　20-4514②
かぜにあはせず　6-1020(1021)⑱
かぜにかいもが　10-1856④
かぜにたぐひて　10-2125④
かぜにちる　10-1966①
かぜになちらし　9-1748⑤
かぜにみだれて　8-1647④
かぜのとの　14-3453①
かぜのまにまに　8-1590⑤
かぜのむた
—くものゆくごと　12-3178③
—ここにちるらし　10-1838③
—なびかふごとく　2-199㊾
—よせくるなみに　15-3661①
かせのやま
—こだちをしげみ　6-1057①
—ときしゆければ　6-1056③
かぜはふくとも　10-2058④
かぜはやみ　15-3646③
かぜふかずかも　14-3572⑤
かぜふかずとも　9-1764⑧

かぜふかぬ　11–2726①
かぜふきて
—あめふらずとも　9–1764⑨
—うみこそあるれ　7–1309①
—うみはあるとも　7–1317③
—おつるなみたは　8–1617③
—かはなみたちぬ　10–2054①
—なみはよすとも　7–1117③
かぜふきとくな
—ただにあふまでに　12–3056ィ④
—またかへりみむ　12–3056④
かぜふくなゆめ　7–1333⑤
かぜふけば
—おきつしらなみ　15–3673①
—きよするはまを　7–1158③
—しらなみさわき　6–917⑨
—なみかたたむと　6–945①
—なみのささふる　13–3338③
—もみちちりつつ　10–2198①
かぜまじり
—あめふるよの　5–892①
—もみちちりけり　19–4160⑰
—ゆきはふりつつ　10–1836①
—ゆきはふるとも　8–1445①
かぜまもり
—としはやへなむ　7–1390③
—としはやへなむ　7–1400③
かぜもふかぬか　7–1223④
かせやまのまに
—さくはなの　6–1059⑱
—みやばしら　6–1050⑭
かぜをいたみ
—いたぶるなみの　11–2736①
—おきつしらなみ　3–294①
—たちはのぼらず　7–1246③
—ちるべくなりぬ　8–1542③
—つなはたゆとも　14–3380③
—ふねよせかねつ　7–1401③
かぜをいたみかも　10–2205⑤
かぜをだに
—こふるはともし　4–489①
—こふるはともし　8–1607①
—こむとしまたば　4–489③
—こむとしまたば　8–1607③
かぜをときじみ　1–6②
かそけきのへに　19–4192⑱
かぞへえず　18–4094⑰
かたいとにあれど　7–1316④
かたいともち　11–2791①
かたえだは　7–1363③
かたおひのときゆ　9–1809④
かたおもひを　18–4081①
かたかごのはな　19–4143⑤
かたかひがはの
—きよきせに　17–4000⑯
—たえぬごと　17–4005②
かたかひの　17–4002①
かたきけわぎも　10–2167⑤
かたきみかどを　11–2568④
かたくいひつつ　12–3113④
かたこひしつつ
—あさぎりの　2–196ィ㊾
—なくひしそおほき　8–1473④
かたこひせむと　2–117②
かたこひづま　2–196㊾
かたこひに　12–2933③
かたこひのみに
—としはへにつつ　11–2796④
—ひるはも　3–372⑫
かたこひをすと　12–3111②
かたしはがはの　9–1742②
かたしほを　5–892⑦
かたちつくほり　5–904㊺
かたちはあらむを　5–794⑳
かたちはみゆや　16–3796④
かたてには
—にきたへまつり　3–443㉕
—ゆふとりもち　3–443㉓
かたなしと
—ひとこそみらめ　2–131⑤
—ひとこそみらめ　2–138⑤
かたにあさりし　17–3993⑳

かたにいでむかも　14-3488 ⑤
かたにうちかけ　5-892 ㊸
かたにさくなみ　14-3551 ②
かたにしあるらし　4-574 ⑤
かたにとりかけ
　―いはひへを　13-3288 ⑩
　―しつぬさを　19-4236 ⑭
かだのおほしま　15-3634 ②
かたのまゆひは　7-1265 ④
かたはなくとも
　―いさなとり　2-131 ⑩
　―いさなとり　2-138 ⑩
かだひとがとも　16-3836 ⑤
かたぶくまでに　11-2820 ⑤
かたまちかたき　9-1763 ⑤
かたまちがてら　18-4041 ⑤
かたまちがてり
　―うらゆこぎあはむ　7-1200 ④
　きみがつかひを―　10-1900 ⑤
かたまつわれぞ　9-1705 ⑤
かたまてば　17-4030 ③
かたみがてらと　19-4156 ⑯
かたみして　12-3215 ③
かたみとそこし
　すぎにしいもが―　9-1797 ⑤
　すぎにしきみが―　1-47 ⑤
かたみにおける
　―みどりこの　2-210 ㉖
　―みどりこの　2-213 ㉖
かたみにここを　2-196 ㊷
かたみにせむと
　―わがふたり　11-2484 ②
　―わがやどに　8-1471 ②
かたみにせよと
　―たわやめの　15-3753 ②
　―わがせこが　10-2119 ②
かたみにまつる　4-636 ②
かたみにみむを　15-3596 ②
かたみのうらに　7-1199 ④
かたみのころも
　―したにきて　4-747 ②
　―つまどひに　4-637 ②
　―なかりせば　15-3733 ②
　―われしたにけり　7-1091 ④
かたみのねぶは　8-1463 ②
かたみのものを　15-3765 ④
かためしくにそ　20-4487 ④
かためしことを　9-1740 ㊹
かためてし　14-3559 ③
かためとし　20-4390 ③
かたもひすれか　11-2525 ②
かたもひそする　11-2472 ⑤
かたもひに
　―あがおもふひとの　12-3078 ③
　―おもひやゆかむ　4-536 ③
　―われはおもへば　4-717 ③
かたもひにして
　あがこひやまず―　10-1910ィ ⑤
　あはびのかひの―　11-2798 ⑤
　こひやわたらむ―　10-1989 ⑤
かたもひの　4-707 ③
かたもひをせむ　4-719 ⑤
かたやきて　15-3694 ⑨
かたやまきぎし　12-3210 ②
かたやまぎしに　10-1818 ④
かたやまつばき　20-4418 ②
かたよりに
　―あれはものおもふ　10-2247 ③
　―いとをそあがよる　10-1987 ①
　―かづらにつくり　17-3993 ㉙
　―きみによりなな　2-114 ③
　―こよひによりて　7-1072 ③
かたらはず　13-3276 ⑤
かたらひぐさと　17-4000 ㉖
かたらひし　5-794 ㉗
かたらひつぎて　4-669 ④
かたらひて
　―こしひのきはみ　17-3957 ⑰
　―たちにしひより　3-443 ⑰
かたらひをれど　5-886 ⑫
かたりけまくは　18-4106 ㉒
かたりさけ　19-4154 ⑬

かたりしつげば　3-313 ④
かたりつがへと　13-3329 ㉘
かたりつがむと　9-1809 64
かたりつぎ
　―いひつがひけり　5-894 ⑨
　―いひつぎゆかむ　3-317 ⑰
　―しのひけらしき　6-1065 ⑲
　―しのひつぎくる　9-1801 ㉕
　―ながらへきたれ　19-4160 ⑤
かたりつぎつる　19-4166 ⑱
かたりつぎてて　20-4465 ㊽
かたりつぎてむ　18-4040 ⑤
かたりつぐ　9-1803 ①
かたりつぐがね
　ききつぐひとも―　19-4165 ⑤
　のちみむひとは―　3-364 ⑤
　―よしゑやし　12-2873 ②
かたりつぐべき　6-978 ④
かたりつぐべく
　―おもほゆるかも　17-3914 ④
　―なをたつべしも　19-4164 ㉒
かたりつぐまで　20-4463 ⑤
かたりつげとし　5-873 ②
かたりつげむか　3-448 ⑤
かたりにしつつ　9-1801 ⑩
かたりにすれば　6-1062 ㉒
かたりよらしも　14-3446 ⑤
かたれかたれと　3-237 ②
かたれば　2-230 ㉓
かたをかの　7-1099 ①
かたをなみ　6-919 ③
かたをによりて　12-3081 ②
かたをよろしみ　16-3820 ④
かぢからにもが　8-1455 ⑤
かぢさをなくて　10-2088 ②
かぢさをも　3-257 ⑰
かぢしまの　9-1729 ③
かぢしもあらなむ　7-1254 ②
かぢつくめ　20-4460 ③
かぢとるまなき　11-2746 ④
かぢとるまなく
　―おもほえしきみ　17-3961 ④
　―おもほゆるかも　12-3173 ④
　―こひはしげけむ　20-4336 ④
　―みやこしおもほゆ　17-4027 ④
かぢのおときこゆ
　―あかときの　6-1062 ⑫
　うらみこぐらし―　15-3664 ⑤
　こぎくるきみが―　10-2067 ⑤
　たびのやどりに―　6-930 ⑤
　―ひこほしと　10-2029 ②
　―みけつくに　6-934 ②
　―よのふけゆけば　10-2044 ④
　よふねこぐなる―　10-2015 ⑤
かぢのおとしつつ
　―なみのうへを　4-509 ㉜
　―ゆきしきみ　13-3333 ⑫
かぢのおとすなり
　―あまをとめ　7-1152ィ ②
　おきへのかたに―　15-3624 ⑤
かぢのおとするは　15-3641 ④
かぢのおとぞ　7-1152 ①
かぢのおとたかし
　―そこをしも　17-4006 ㉖
　―みをはやみかも　7-1143 ④
かぢのおとの
　―つばらつばらに　18-4065 ③
　―まなくぞならは　20-4461 ③
かぢのおとのせぬ　10-2072 ⑤
かぢのおとは　20-4459 ③
かぢのおともせず　7-1138 ⑤
かぢはなひきそ　7-1221 ②
かぢひきのぼり　20-4360 ㉞
かぢひきをり　20-4331 ㉜
かぢひきをりて　2-220 ㉔
かぢまにも
　―ならのわぎへを　18-4048 ③
　―われはわすれず　17-3894 ③
かちよりあがこし　11-2425 ④
かちよりゆけば　13-3314 ⑥
かつがつも　4-652 ③
かづきあはめやも　16-3869 ⑤

かづきする
　—あまとやみらむ　7-1234 ③
　—あまはのれども　7-1303 ①
　—をしとたかべと　3-258 ③
かづきするあまは
　ちたびそのりし—　7-1302 ⑤
　ちたびそのりし—　7-1318 ⑤
かづきするかも　7-1301 ⑤
かづきせめやも　7-1254 ④
かづきとるといふ
　—あはびたま　18-4101 ④
　—しらたまの　19-4169 ⑳
　—わすれがひ　12-3084 ②
かづきはなせそ　7-1253 ④
かづくいけみづ　4-725 ②
かづくちふ　18-4103 ③
かづくといふ　11-2798 ③
かづくとも　16-3869 ③
かづくとり　16-3870 ③
かづさかずとも　14-3432 ⑤
かつしかの
　—ままのいりえに　3-433 ①
　—ままのてごなが　3-432 ③
　—ままのてごなが　3-431 ⑦
　—ままのてごなが　9-1807 ⑦
　—ままのゐみれば　9-1808 ①
かづしかの
　—ままのうらみを　14-3349 ①
　—ままのつぎはし　14-3387 ③
　—ままのてごなが　14-3385 ①
　—ままのてごなを　14-3384 ①
かづしかわせを　14-3386 ②
かつしれど　3-472 ③
かつてきうゑじ　10-1946 ②
かつてもしらぬ　4-675 ④
かつてわすれず　11-2383 ④
かづのきの　14-3432 ③
かつののはらに　3-275 ④
かつはしれども　4-543 ㉔
かつまたの　16-3835 ①
かつもしのはむ　8-1626 ⑤
かづらかげ　18-4120 ③
かつらかぢ　10-2223 ③
かづらきて　19-4189 ⑮
かづらきの
　—そつびこまゆみ　11-2639 ①
　—たかまのかやの　7-1337 ①
　—やまのこのはは　10-2210 ③
かづらきやまに
　—たつくもの　11-2453 ②
　—たなびける　4-509 ⑳
かづらくは　19-4289 ③
かづらくまでに
　—かるるひあらめや　19-4175 ④
　—さととよめ　19-4180 ⑫
かづらける
　—うへにやさらに　19-4278 ③
　—しだりやなぎは　10-1852 ③
かづらせわぎも　10-1924 ⑤
かづらそみつつ　8-1624 ④
かづらにしつつ　5-825 ④
かづらにすべく
　—なりにけらずや　5-817 ④
　—もえにけるかも　10-1846 ④
かづらにせむと　3-423 ⑫
かづらにせむひ
　—こゆなきわたれ　10-1955 ④
　—こゆなきわたれ　18-4035 ④
かづらにせよと　18-4101 ㉔
かづらにつくり　17-3993 ㉚
かづらにをりし　5-840 ②
かつらのえだの　10-2202 ④
かつらのごとき　4-632 ④
かづらのためと　8-1429 ④
かつをつり　9-1740 ⑪
かどうちはなち　6-989 ②
かどささず　11-2594 ③
かどたてて
　—とはさしたれど　12-3118 ①
　—ともさしたるを　12-3117 ①
かどたわせ　10-2251 ③
かどたをみむと　8-1596 ②

かどでをしつつ 14-3534 ②
かどでをすれば 20-4398 ⑧
かどにいたりぬ 9-1738 ⑱
かどにいでたち
　—あしうらして 12-3006 ②
　—いもかまつらむ 4-765 ④
　—まてどきまさず 16-3861 ④
　—ゆふけとひ 4-736 ②
　—ゆふへには 19-4209 ⑩
かどにいでて 12-2947左注 ③
かどにたち 17-3978 ⑥①
かどにやどにも 6-1013 ④
かどによりたち 17-3962 ㉚
かどにゐし 13-3322 ①
かとりなびけし 9-1678 ④
かとりのうみに 11-2436 ②
かとりのうらゆ 7-1172 ④
かとりをとめの 14-3427 ④
かなかむやまそ 1-84 ④
かなくやまへに 8-1602 ④
かなくやまへの 8-1600 ②
かなしいもが
　—たまくらはなれ 14-3480 ③
　—たまくらはなれ 20-4432 ③
かなしいもを
　—いづちゆかめと 14-3577 ①
　—ゆづかなべまき 14-3486 ①
かなしかりけり 5-793 ⑤
かなしきあがこ 20-4408 ⑱
かなしきが
　—こまはたぐとも 14-3451 ③
　—てをしとりてば 7-1259 ③
かなしきころが 14-3351 ④
かなしきせろが 14-3549 ④
かなしきものは 13-3336 ㉖
かなしきよひは 20-4399 ④
かなしきろかも 3-478 ㊸
かなしくありけむ 20-4333 ④
かなしくおもほゆ 17-4016 ⑤
かなしくなけば 20-4398 ㊵
かなしくはあれど 20-4398 ④
かなしくめぐし 18-4106 ⑧
かなしくもあるか
　うつりいゆけば— 3-459 ⑤
　わかるといへば— 19-4279 ⑤
かなしけいもそ 20-4369 ④
かなしけく 17-3969 ⑬
かなしけこらに 14-3412 ④
かなしけころを 14-3564 ④
かなしけしだは 14-3533 ②
かなしけせろに 14-3548 ④
かなしけをおきて 14-3551 ⑤
かなしびませば 20-4408 ㉖
かなとだを 14-3561 ①
かなとでに 14-3569 ③
かなとにし 9-1739 ①
かなるましづみ
　—いでてとあがくる 20-4430 ④
　—ころあれひもとく 14-3361 ④
かにかくに
　—おもひわづらひ 5-897 ㊲
　—こころはもたず 4-619 ⑬
　—ひとはいふとも 4-737 ①
　—ひとはいふとも 7-1298 ①
　—ほしきまにまに 5-800 ㉙
　—ものはおもはじ 11-2648 ①
　—ものはおもはじ 11-2691 ①
かにはのたゐに 20-4456 ④
かにはまき 6-942 ⑤
かにもかくにも
　—かだひとがとも 16-3836 ④
　—きみがまにまに 3-412 ④
　—きみがみゆきは 9-1749 ⑭
　—まちがてにすれ 4-629 ④
　—もとめてゆかむ 4-628 ④
かにもよこさも 18-4132 ②
かぬまづく 14-3409 ③
かねてさむしも 10-2350 ⑤
かねてしりせば
　—おほみふね 2-151 ②
　—こしのうみの 17-3959 ②
　—ちどりなく 6-948 ㉖

みふねこがむと――　18-4056⑤
かねのみさきを　7-1230②
かのころと　14-3565①
かのまづく　14-3518③
かはおとたかしも　7-1101④
かはかぜの　3-425①
かはかみに　11-2838①
かはかみの　14-3497①
かはからし　3-315⑤
かはぎしの　3-437③
かはぎりわたる　10-2030②
かはくしよしも　19-4155⑤
かはぐちの　6-1029①
かはくまの
――くそぶなはめる　16-3828③
――やそくまおちず　1-79⑨
かはごろも　9-1682③
かはごろもきて　16-3884⑤
かはしあれば　8-1546③
かはしさやけし　3-324⑱
かはしたえずは　17-4003㊲
かはすにも　19-4288①
かはせたづねむ　19-4158⑤
かはせとめ　19-4146③
かはせには　3-475⑮
かはせのたづは　8-1545④
かはせのみちを　2-218④
かはせもしらず　14-3413②
かはせをふむに　10-2018④
かはせをわたる　10-2091②
かはそひの　9-1751③
かはたれどきに　20-4384②
かはちかみ　6-1050⑲
かはちどり　11 2680①
かはぢにも　14-3405③
かはづきかせず　6-1004④
かはづしおもほゆ　10-2091⑤
かはづつまよぶ
――ももしきの　6-920⑩
――ゆふされば　10-2165②
かはづとふたつ　7-1123④
かはづなく
――いづみのさとに　4-696③
――かむなびかはに　8-1435①
――きよきかはらを　7-1106①
――むつたのかはの　9-1723①
――よしののかはの　10-1868①
かはづなくせの　3-356④
かはづなくなり
――あきといはむとや　10-2162④
――あさよひごとに　10-2164④
――ひもとかぬ　6-913⑫
かはづなくなる　10-2222②
かはづはさわく　3-324㉒
かはとなす　6-915③
かはとにたちて　10-2048②
かはとには　5-859③
かはとにをりて　10-2049②
かはとほしろし
――のをひろみ　17-4011⑧
――はるのひは　3-324⑭
かはとほみ　7-1315③
かはとやそあり　10-2082②
かはとをきよみ　19-4258②
かはなみたかみ　9-1722②
かはなみたたず　12-3010②
かはなみたちぬ
――しましくは　10-2046②
――ひきふねに　10-2054②
――まきむくの　7-1087②
かはなみの
――きよきかふちそ　6-923⑦
――たちあふさとと　6-1050⑪
――なみにしもはば　5-858③
かはにながるな　16-3854⑤
かはにむかひて　8-1518ィ②
かはにむきたち
――あがこひし　10-2048ィ②
――ありしそで　10-2073②
――おもふそら　8-1520⑥
かはにむきゐて　10-2030④
かはのおときよし

—いざここに　4–571 ②
　—ひこほしの　10–2047 ②
かはのかみも　1–38 ⑳
かはのしづすげ
　かさにもあまぬ—　7–1284 ⑥
　—わがかりて　7–1284 ③
かはのせきよく　17–4002 ②
かはのせきよし　6–1052 ②
かはのせきよみ　6–1059 ④
かはのせごとに
　—あけくれば　6–913 ⑧
　—さをさしのぼれ　18–4062 ④
かはのせに
　—あゆこさばしる　19–4156 ⑨
　—きりたちわたれ　19–4163 ③
かはのせの
　—いしふみわたり　13–3313 ①
　—きよきをみれば　6–920 ⑤
　—たぎちをみれば　9–1685 ①
かはのせはやみ　5–861 ②
かはのせひかり　5–855 ②
かはのせまうせ　18–4061 ⑤
かはのせを　13–3303 ⑪
かはのそひには　10–1849 ④
かはのつねかも　9–1685 ⑤
かはのひこごり　1–79 ㉖
かはのへの
　—いつものはなの　4–491 ①
　—いつものはなの　10–1931 ①
　—つらつらつばき　1–56 ①
　—ゆついはむらに　1–22 ①
かはのわたりぜ　17–4024 ④
かははしも　17–4000 ⑦
かははやみ
　—せのおとぞきよき　6–1005 ⑦
　—とらずきにけり　7–1136 ③
かはみれば
　—さやけくきよし　13–3234 ⑫
　—みのさやけく　20–4360 ⑲
かはものごとく　2–196 ⑳
かはももぞ　2–196 ⑬
かはやぎの　9–1723 ③
かはゆきわたり
　—いさなとり　13–3335 ⑥
　—いさなとり　13–3339 ⑥
かはよどさらず　3–325 ②
かはよどに　3–375 ③
かはよどの　12–3019 ③
かはらずあらむ　3–315 ⑩
かはらねば　4–579 ③
かはらのちどり　3–371 ②
かはらひぬとも　13–3231 ②
かはらふみれば　3–478 ㊷
かはらをしのひ　7–1251 ④
かはるはわぎへ
　いつがりをれば—　9–1767 ⑤
　—ひものこに　9–1767 ②
かはるましじき
　—おほみやところ　6–1053 ㉖
　—おほみやところ　6–1055 ④
かはをさやけみ　10–2161 ⑤
かひごのなかに　9–1755 ②
かひしかりのこ　2–182 ②
かひそひりへる　20–4411 ②
かひてしきぬの　7–1264 ④
かひとほせらば　19–4183 ②
かひなにかけて　3–420 ㉞
かひにありせば　20–4396 ④
かひにまじりて　2–224 ④
かひのくに　3–319 ②
かひはさねなし　16–3810 ④
かひひりふ　7–1196 ③
かひやがしたに　10–2265 ②
かひやがしたの　16–3818 ②
かひりくまでに　20–4339 ④
かひをひりふと
　—おきへより　15–3709 ②
　—ちぬのうみに　7–1145 ②
かふちめの　7–1316 ①
かべくさかりに　11–2351 ②
かへさくおもへば　4–631 ⑤
かへさへば　18–4129 ③

かへししわれそ　2-127④
かへしたまはね　6-1020(1021)㉒
かへしたまはめ　16-3809⑤
かへしつるかも
　かはづきかせず――　6-1004⑤
　きみがつかひを――　11-2545⑤
かへしてむかも　4-777⑤
かへしやる　15-3627㊼
かへばいかにあらむ　3-285ィ⑤
かへらぬごとく　15-3625⑭
かへらばかへれ　4-557④
かへらばに　12-3035③
かへらひぬれば　1-5⑱
かへらひみつつ
　――たがこそとや　16-3791㊾
　――はるさりて　16-3791㊸
かへらふみれば　9-1806④
かへらまに　11-2823①
かへらむひには　5-894㊽
かへりきたりて　9-1740㊻
かへりきて
　――しはぶれつぐれ　17-4011㊶
　――みむとおもひし　15-3681①
　――われにつげこむ　11-2384③
かへりきまさむ　15-3774②
かへりきませと　20-4331㊻
かへりくまでに
　あれはいははむ――　20-4350⑤
　さけくとまをす――　20-4372⑮
かへりくるまで
　さかえてありまて――　19-4241⑤
　たびゆくきみが――　9-1747⑲
　ちらずもあらなむ――　7-1212⑤
　――ちりこすなゆめ　15-3702④
かへりける　15-3772①
かへりこと　19-4264⑬
かへりこなむと　12-3138②
かへりこぬかも　6-1019⑮
かへりこば　16-3866③
かへりこましを　16-3789⑤
かへりこむ
　――つきひをしらむ　17-3937③
　――つきひをよみて　4-510③
　――ときのむかへを　15-3770③
　――ますらたけをに　19-4262③
かへりこむとは　4-609⑤
かへりこむひに　6-973⑮
かへりこわがせ　7-1170⑤
かへりたち　16-3791㊻
かへりつつ　7-1389③
かへりてならむ　13-3265⑤
かへりては　8-1633③
かへりなむとや　8-1559⑤
かへりにし　13-3269①
かへりにしひと　13-3268⑩
かへりにだにも
　――うちゆきて　6-1036②
　――うちゆきて　17-3978㉞
かへりはしらに　11-2677④
かへりはやこと　15-3636②
かへりまかりて　18-4116㊱
かへりまさむと　15-3688⑩
かへりますまも　10-1890④
かへりみしつつ
　――いやとほに　20-4398㉔
　――たまほこの　1-79⑫
　――はろはろに　20-4408㊻
かへりみず
　――あまのかはづに　10-2019③
　――あれはくえゆく　20-4372③
かへりみすれど
　――いやとほに　2-131㉚
　――いやとほに　2-138㉜
　――おほぶねの　2-135⑳
かへりみすれば　1-48④
かへりみせずて　20-4331⑭
かへりみなくて　20-4373②
かへりみに　12-3132③
かへりみは　18-4094㊺
かへりもくやと　12-3132②
かへりもしらず　13-3276⑩
かへりゐば　2-187③

かへるこのかり 19–4145ィ②
かへるさに
—いもにみせむに 15–3614①
—ひとりしみれば 3–449③
かへるさにみむ 15–3706⑤
かへるそでかも 10–2063⑤
かへるべく 3–439①
かへるみの 18–4055①
かへれとか 5–874③
かほがはな 14–3575③
かほとりの
—まなくしばなく 3–372⑦
—まなくしばなく 10–1898①
—まなくしばなく 17–3973㉗
かほとりは 6–1047㉓
かほばなの
—こひてかぬらむ 14–3505③
—はなにしありけり 10–2288③
かほやがぬまの 14–3416②
かほよきに 9–1738㉗
かほよきは 16–3821①
かまくらの
—みごしのさきの 14–3365①
—みなのせがはに 14–3366③
かまくらやまの 14–3433②
かまけてをらむ 16–3794⑤
かまどには 5–892㊹
かまめたちたつ 1–2⑩
かみあげつらむか
うなゐはなりに— 16–3823⑤
うなゐはなりは— 16–3822⑤
かみあひうづなひ 18–4094㊳
かみかさけけむ 4–619⑱
かみがてわたる 7–1216④
かみこそば 6–963③
かみことよせて
—しきたへの 4–546⑫
—はるはなの 18–4106㉖
かみさぶる 20–4380③
かみしうらめし 13–3346⑫
かみししらさむ
うなてのもりの— 12–3100⑤
みかさのもりの— 4–561⑤
かみしまちさけ 4–555②
かみしまの 15–3599③
かみそつくといふ 2–101④
かみたくまでに 9–1809⑥
かみだにも 9–1807⑬
かみつけの
—あそのまそむら 14–3404①
—あそやまつづら 14–3434①
—いかほのぬまに 14–3415①
—いかほのねろに 14–3423①
—いならのぬまの 14–3417①
—かほやがぬまの 14–3416①
—くろほのねろの 14–3412①
—さのだのなへの 14–3418①
—さののくくたち 14–3406①
—さののふなはし 14–3420①
—まぐはしまとに 14–3407①
—をどのたどりが 14–3405①
—をののたどりが 14–3405左注①
かみつせに
—いくひをうち 13–3263③
—いしなみわたし 2–196ィ③
—いしばしわたし 2–196③
—うかはをたち 1–38㉓
—うちはしわたし 17–3907⑨
—うをやつかづけ 13–3330③
—おふるたまもは 2–194③
—かはづつまよぶ 10–2165①
—たまはしわたし 9–1764③
かみつせの 13–3330⑦
かみといませば 2–204⑧
かみとけの 13–3223①
かみなきものに 15–3740②
かみなづき
—あままもおかず 12–3214①
—しぐれのあめに 12–3213①
—しぐれのつねか 19–4259①
かみななりそね 14–3421②
かみにあへねば 2–150②

かみにおほせむ　14-3566④
かみにしいませば
　—あかごまの　19-4260②
　—あまくもの　2-205②
　—あまくもの　3-235②
　—くもがくる　3-235左注②
　—まきのたつ　3-241②
　—みづとりの　19-4261②
かみにしませば　13-3227㉙
かみにそあがこふ　13-3288⑭
かみにたくらむ　11-2540④
かみにぬさおき　20-4426②
かみにはあらず　3-406②
かみにもなおほせ　16-3811⑧
かみのいかきも　11-2663②
かみのいけなる　2-172②
かみのおばせる　9-1770②
かみのおほみよに　18-4111④
かみのかぐやま　3-260②
かみのごと　12-3015①
かみのことごと　1-29⑥
かみのことわり　4-605②
かみのときより　13-3290②
かみのとわたる　16-3888⑤
かみのふもとに　16-3884②
かみのまにまに　4-743⑤
かみのまにまにと　5-904㊾
かみのみおもと　2-220⑩
かみのみかどに　3-443⑥
かみのみかどを　11-2508②
かみのみこと
　—おくやまの　3-379④
　—からくにを　5-813④
かみのみことと
　—あまくもの　2-167⑳
　—あまくもの　2-167ィ⑳
かみのみことの
　—あゆつると　5-869ィ②
　—おほみやは　1-29㉖
　—かしこくも　18-4098⑥
　—きこしをす　18-4089④
　—しきいます　3-322②
　—たかしらす　6-1053②
　—なつらすと　5-869②
　—みくしげに　19-4220②
　—みよかさね　18-4094⑥
かみのみこの　2-230㉖
かみのみさかに
　—にきたへの　9-1800⑳
　—ぬさまつり　20-4402②
かみのみやの　9-1740㉖
かみのみやひと　7-1133②
かみのみよかも　1-38㉙
かみのみよより
　—しきませる　6-1047⑥
　—ともしづま　10-2002②
　—はじゆみを　20-4465⑥
　—ももふねの　6-1065②
　—やすのかは　18-4125②
　—よろしなへ　18-4111㊽
かみのむた　9-1804⑦
かみのもたせる　11-2416②
かみのやしろし　3-404②
かみのやしろに
　—てるかがみ　17-4011㊅
　—わがかけし　4-558②
かみのやしろを
　—のまぬひはなし　11-2660④
　—のまぬひはなし　11-2662④
かみのわたりの　13-3339⑭
かみのわたりは　13-3335⑩
かみのをとめに　9-1740⑱
かみのをばまは　6-1023②
かみはなかれや　19-4236②
かみはみだれて　9-1800㉔
かみへには　6-920⑦
かみもしらけぬ　9-1740㊻
かみもしらさむ　4-655④
かみもたすけよ　4-549②
かみもにくます　11-2659②
かみもはなはだ　13-3250⑧
かみもわれをば　11-2661②

かみよしうらめし 10–2007 ⑤
かみよしおもほゆ 3–304 ⑤
かみよにか 7–1080 ③
かみよより
—あれつぎくれば 4–485 ①
—いひつぎきたる 13–3227 ⑦
—いひつぎけらく 18–4106 ③
—いひつてくらく 5–894 ①
—かくにあるらし 1–13 ⑤
—しかそたふとき 6–917 ⑬
—ちふねのはつる 6–1067 ③
—はるははりつつ 9–1707 ③
—ひとのいひつぎ 3–382 ⑨
—よしののみやに 6–1006 ①
かみよりいたに 9–1773 ②
かみをいのりて
—あがこふる 13–3287 ②
—さつやぬき 20–4374 ②
—ふなでせばいかに 7–1232 ④
かみをいのれど 13–3306 ④
かみをかの
—やまのもみちは 9–1676 ③
—やまのもみちを 2–159 ⑦
かみをことむけ 20–4465 ⑳
かみをこひつつ 15–3682 ②
かみをこひのみ
—いかにあらむ 3–443 ㉚
—ながくとそおもふ 20–4499 ④
かみをそあがのむ
—いたもすべなみ 13–3284 ⑫
—いたもすべなみ 13–3286 ⑩
かみをそいのる 6–920 ㉒
かみをみじかみ 11–2540 ②
かみをもあれは 13–3308 ②
かむあがり 2–167 ㉟
かむかぜに 2–199 ㉛
かむかぜの
—いせのうみの 13–3301 ①
—いせのくににも 2–163 ①
—いせのくには 2–162 ⑪
—いせのくには 13–3234 ⑦
—いせのはまをぎ 4–500 ①
—いせをとめども 1–81 ③
かむからか
—ここだたふとき 2–220 ⑤
—たふとくあるらむ 6–907 ⑪
—みがほしからむ 6–910 ①
かむからと 13–3250 ③
かむからならし
いそはくみれば— 1–50 ㊼
みれどもあかず— 17–4001 ⑤
かむからや 17–3985 ⑪
かむきにも 4–517 ①
かむくだし 2–167 ㉓
かむごとと 19–4243 ③
かむさびいます 5–813 ㉔
かむさびけむも 4–522 ④
かむさびけるか 3–259 ②
かむさびせすと
—ふとしかす 1–45 ⑥
—よしのがは 1–38 ④
かむさびたちて 6–990 ②
かむさびたてり 1–52 ㉚
かむさびて
—いはふにはあらず 7–1377 ③
—いはほにおふる 12–3047 ①
—たかくたふとき 3–317 ③
—たてるつがのき 17–4006 ③
—みればたふとく 6–1005 ⑨
かむさびに 3–420 ⑦
かむさびにけり
しまのこだちも— 5–867 ⑤
としふかからし— 19–4159 ⑤
かむさびゆかむ 3–322 ㉒
かむさびわたる 15–3621 ⑤
かむさびをるか 3–245 ④
かむさぶと
—いなにはあらず 8–1612 ①
—いなぶにはあらず 4–762 ①
—いはがくります 2–199 ⑪
かむさぶる
—あらつのさきに 15–3660 ①

―いはねこごしき　7-1130 ①
―こひをもあれは　11-2417 ③
―たるひめのさき　18-4046 ①
かむしだの
―とののなかちし　14-3438 ③
―とののわくごし　14-3438左注 ③
かむしみゆかむ　6-1052 ④
かむつどひ　2-167 ⑦
かむづまり　5-894 ㉝
かむながら
―おもほしめして　18-4094 ㊼
―おもほしめして　19-4266 ⑬
―おもほすなへに　1-50 ⑪
―かみといませば　2-204 ⑦
―かむさびいます　5-813 ㉓
―かむさびせすと　1-38 ③
―かむさびせすと　1-45 ⑤
―ことあげせぬくに　13-3253 ③
―しづまりましぬ　2-199 ⑬⑥
―たかしらせる　6-938 ③
―たぎつかふちに　1-39 ③
―ふとしきまして　2-167 ㉙
―ふとしきまして　2-199 ㊽
―みなにおばせる　17-4003 ③
―めでのさかりに　5-894 ⑲
―わがおほきみの　19-4254 ⑮
―わごおほきみの　20-4360 ⑪
かむながらとそ　17-4004 ⑤
かむなづき
―しぐれにあへる　8-1590 ①
―しぐれのあめふり　10-2263ィ ①
かむなびかはに　8-1435 ②
かむなびに　11-2657 ①
かむなびの
―あさしのはらの　11-2774 ①
―いはせのもりの　8-1419 ①
―いはせのもりの　8-1466 ①
―うちみのさきの　11-2715 ①
―かみよりいたに　9-1773 ①
―きよきみたやの　13-3223 ⑦
―このやまへから　13-3303 ⑦
―そのやまへから　13-3303ィ ⑦
―ふちはあせにて　6-969 ③
―みもろのかみの　13-3227 ⑮
―みもろのやまに　13-3228 ①
―みもろのやまは　13-3227 ⑨
―やましたとよみ　10-2162 ①
―やまのもみちば　13-3224 ③
かむなびのさと　7-1125 ⑤
かむなびやまに
―あけくれば　10-1937 ④
―あさみやに　13-3230 ⑧
―いほえさし　3-324 ②
―さよふけてなく　10-1938 ④
―たちむかふ　9-1761 ②
かむなびやまの　13-3266 ⑥
かむなびやまゆ　13-3268 ②
かむのねに　14-3516 ③
かむのぼり　2-167ィ ㉟
かむはかり　2-167 ⑨
かむはぶり
―はぶりいませて　2-199 ⑫⑨
―はぶりまつれば　13-3324 ㉛
かむびにし　10-1927 ③
かむみやに　2-199 ⑩①
かめもなやきそ　16-3811 ⑩
かもかくも
―きみがまにまと　17-3993 ㊸
―きみがまにまに　14-3377 ③
―みことうけむと　16-3886 ⑰
かもかくもせむ　3-399 ⑤
かもかけるみゆ　7-1227 ⑤
かもがねの　14-3570 ③
かもがはの　11-2431 ①
かもかもすらく　8-1576 ④
かもかもせむを
―いはしろの　7-1343 ②
―かしこみと　6-965 ②
―くれなゐの　7-1343ィ ③
かもじもの
―うきねをすれば　15-3649 ①
―みづにうきゐて　1-50 ㉙

かもすらに 3–390 ③
かもすらも
—おのがつまどち 12–3091 ①
—つまとたぐひて 15–3625 ⑤
かもそなくなる 3–375 ④
かもそはねきる 9–1744 ③
かもつまよばひ
—へつへに 3–257 ⑩
—ももしきの 3–260 ⑫
かもといふふねの 16–3866 ②
かもといふふねは 16–3867 ②
かもとりの 4–711 ①
かもにあらましを 4–726 ⑤
かものうきねの 11–2806 ④
かものすむいけの 11–2720 ②
かものはいろの
—あをうまを 20–4494 ②
—はるやまの 8–1451 ②
かものはおとの 12–3090 ②
かものはがひに 1–64 ②
かものはほのす 14–3525 ②
かもやまの 2–223 ①
かやかりばかに 16–3887 ④
かやなくは 1–11 ③
かやのやまへに 15–3674 ④
かやもかりつつ
—つかふとも 4–780ィ ②
—つかへめど 4–780 ②
かゆきかくゆき
—おほぶねの 2–196 ㊽
—みつれども 17–3991 ⑯
かゆけば 5–804 ㊾
かよはさば 11–2777 ③
かよはざるらむ 6–1058ィ ⑤
かよはしし 4–619 ㉑
かよはすきみが 2–196 ㊹
かよはすもあご 13–3295 ⑨
かよはとりがす 14–3526 ②
かよひけまくは 3–423 ⑥
かよひけむ
—きみをあすゆは 3–423ィ ㉑
—きみをばあすゆ 3–423 ㉑
かよひしきみが
—こねばかなしも 11–2360 ⑤
—つかひこず 4–542 ②
—みえぬころかも 4–518 ④
かよひしみちは 6–1047 ㊿
かよひつつ 1–79 ㉙
かよひなば 10–1978 ③
かよひはゆけど 4–485 ⑥
かよふあまぢを 10–2010 ②
かよふかきねの 10–1988 ②
かよふとは 2–148 ③
かよふらむ 17–3969 51
かよふわれすら 10–2001 ②
かよへども
—あがまついもが 11–2529 ③
—わがとほづまの 8–1521 ③
—わがはしづまの 8–1521ィ ③
かよりあはば 4–512 ③
かよりかくより 2–194 ⑧
かよりかくよる
—たまもなす 2–131 ㉒
—たまもなす 2–138 ㉒
—はしきよし 2–131ィ ㉒
からあゐのはなの
—いろにいでにけり 10–2278 ④
—いろにいでめやも 11–2784 ④
からあゐのはなを 7–1362 ④
からあゐまきおほし 3–384 ②
からうすにつき 16–3886 ㊵
からおびにとらせ 16–3791 63
からかぢの 14–3555 ③
からきこひをも
—あれはするかも 11–2742 ④
—あれはするかも 15–3652 ④
—あれはするかも 17–3932 ④
からくたれきて 16–3886 ㊻
からくにに
—ゆきたらはして 19–4262 ①
—わたりゆかむと 15–3627 ⑦
—わたるわがせは 15–3688 ③

からくにの
―からくもここに　15-3695 ③
―とらといふかみを　16-3885 ⑤
からくにへやる　19-4240 ④
からくにを　5-813 ⑤
からくもここに　15-3695 ④
からころむ　20-4401 ①
からころも
―きならのさとの　6-952 ①
―きみにうちきせ　11-2682 ①
―すそのあはずて　11-2619 ③
―すそのうちかひ　14-3482左注 ①
―すそのうちかへ　14-3482 ①
―たつたのやまは　10-2194 ③
からしほに　16-3880 ⑨
からしほを　5-897 ⑪
からしやあがきみ　4-641 ⑤
からすとふ　14-3521 ①
からたちの　16-3832 ①
からたまを　5-804 ⑪
からとまり　15-3670 ①
からにのしまに　6-943 ②
からにのしまの　6-942 ⑫
からにもここだ　9-1803 ②
からにわすると　7-1197 ②
からぬひまねく　17-4012 ④
からのうらに　15-3642 ③
からのさきなる　2-135 ④
からひとの　4-569 ①
からひとも　19-4153 ①
からまるきみを　20-4352 ④
かりいほしおもほゆ　1-7 ⑤
かりいほつくらす　1-11 ②
かりいほつくり　10-2248 ②
かりがきなかむ　17-3947 ④
かりがねききつ　8-1513 ②
かりがねきこゆ
―いましくらしも　10-2131 ④
―いましくらしも　10-2134ィ ④
―ふゆかたまけて　10-2133 ④
かりがねさむく　8-1540 ②
かりがねさむし　8-1556 ④
かりがねそなく　15-3665 ⑤
かりがねの
―きこゆるそらゆ　10-2224 ③
―きこゆるそらを　9-1701 ③
―きつぐこのころ　6-948 ⑪
―きなかむひまで　10-2097 ①
―きなきしなへに　10-2194 ①
―こゑきくなへに　10-2195 ①
―こゑとほざかる　10-2136 ③
―さむきあさけの　10-2181 ①
―さむくなきしゆ　10-2208 ①
―さわきにしより　10-2212 ①
―つまよぶこゑの　8-1562 ③
―はつこゑききて　10-2276 ①
かりがねは
―いづくさしてか　10-2138 ③
―いまはきなきぬ　10-2183 ①
―いやとほざかる　10-2128 ③
―くにしのひつつ　19-4144 ③
―つかひにこむと　17-3953 ①
―まこともとほく　8-1563 ③
―みやこにゆかば　15-3687 ③
かりがねも
―いまだきなかぬ　13-3223 ⑤
―さむくきなきぬ　9-1757 ⑨
―つぎてきなけば　15-3691 ⑪
―とよみてさむし　13-3281 ③
かりがねを　10-2191 ①
かりこかままろ　16-3830 ②
かりこもの
―おもひみだれて　11-2764 ③
―おもひみだれて　11-2765 ③
―こころもしのに　13-3255 ⑬
―ひとへをしきて　11-2520 ①
―みだれていづみゆ　3-256 ③, 15-3609左注 ③
―みだれていもに　12-3176 ③
―みだれておもふ　4-697 ③
―みだれておもふ　15-3640 ③
かりこわがせこ　14-3445 ④

かりしともしも　6-954⑤
かりしめさして　11-2755②
かりそくれども　11-2769④
かりそなくなる　20-4296②
かりたかの
　—たかまとやまを　6-981①
　—のへさへきよく　7-1070③
かりぢのいけに　12-3089②
かりぢのをのに　3-239⑧
かりてきなはも　14-3472⑤
かりてはなしに　5-888⑤
かりてをさめむ　9-1710④
かりとびこゆる　10-2294②
かりなきわたる
　さむきゆふへに—　7-1161⑤
　ふきくるなへに—　10-2134⑤
かりなくときは　9-1703②
かりにあはじと
　—いへれかも　10-2126ィ②
　—いへればか　10-2126②
かりにあへるかも　9-1700⑤
かりにこそ　11-2766③
かりにたぐひて　8-1515④
かりねたるかも　10-2135④
かりのこえゆく　10-2214②
かりのつかひは　9-1708④
かりのつばさの　10-2238②
かりのつばさを　13-3345②
かりのなくねは　10-2137②
かりのみかりて　11-2837④
かりはあがこひ　10-2129④
かりはきぬ　10-2144①
かりばねに　14-3399③
かりはのをのの　12-3048②
かりはらへども　10-1984④
かりほにつくり　19-4202②
かりほにふきて　15-3691㉚
かりほのためと　7-1355④
かりほのやどり　10-2100②
かりほはつくる　7-1154②
かりほもいまだ　8-1556②
かりほをつくり　10-2174②
かりみだり　8-1592③
かりみやに　2-199㉑
かりわたるらし　9-1699⑤
かりをつかひに　15-3676②
かるうすは　16-3817①
かるかやの
　—おもひみだれて　12-3065③
　—つかのあひだも　2-110③
　—つかのあひだも　11-2763③
かるとかも　12-3206③
かるときすぎぬ　10-2251④
かるときに　10-2117③
かるのいけの　3-390①
かるのいちに　2-207㊶
かるのみちは　2-207②
かるのみちより　4-543⑧
かるのやしろの　11-2656②
かるるこのころ　11-2668⑤
かるるひあらめや　19-4175⑤
かるればはゆる　2-196⑭
かれずかなかむ　17-3917⑤
かれずこむかも　17-3910⑤
かれずなくがね　19-4182⑤
かれども　7-1293④
かれにしいもを　19-4184④
かれにしきみが　12-2955④
かれにしそでを　12-2927②
かれにしものと　19-4198②
かれぬれど　3-384③
かれひはなしに　5-888ィ⑤
かれまくをしも　3-435⑤
かれるいのちに　11-2756②
かれるたまもそ　4-782⑤
かれるはついひは　8-1635④
かれるみそとは　20-4470②
かれるみなれば　3-466⑫
かをかぐはしみ　20-4500②
かをれるくにに　2-162⑯

き

きえうせたれや　9–1782 ④
きえのこりたる　9–1709 ⑤
きえゆくがごと　19–4214 ㊻
きかくしよしも
　きみがみゆきを──　4–531 ⑤
　きよきせのおとを──　10–2222 ⑤
きかしたまひて　6–1050 ㊳
きかずして　13–3304 ①
きかせかも　4–680 ③
きかぬひなけむ　17–3909 ⑤
きかぬひまねく　19–4169 ⑧
きかまくほりと　19–4209 ⑧
きかましものを　10–2148 ⑤
きかみたけびて　9–1809 (52)
きかむとならし　11–2811 ②
ききこすなゆめ　4–660 ⑤
ききこふるまで　10–1937 ⑩
ききしごと
　──ちぬをとこにし　9–1811 ③
　──まことたふとく　3–245 ①
きぎしなく　10–1866 ①
ききしなへ
　──なにかもきみが　12–3202 ③
　──のへのあさぢそ　8–1540 ③
きぎしはとよむ　13–3310 ⑩
ききしゆゑに　16–3814 ③
ききしより
　──いやますますに　10–2132ィ ③
　──はだれしもふり　10–2132 ③
　──ものをおもへば　12–2894 ①
ききしれらくは　7–1258 ④
ききしわぎもを　8–1660 ④
ききつがのへの　11–2752 ②
ききつぐひとも
　──いやとほに　19–4211 ㊳
　──かたりつぐがね　19–4165 ④
ききつつかあらむ　4–592 ④
ききつつもとな　12–3090 ④
ききつつをらむ　5–868 ⑤
ききつつをれば　7–1237 ⑤
ききつやと
　──いもがとはせる　8–1563 ①
　──きみがとはせる　10–1977 ①
ききつるなへに　10–2191 ②
ききつれば　19–4215 ③
ききてありえねば
　──あがこふる　2–207 ㉞
　──あがこふる　2–207ィ ㉞
ききてけむかも　15–3675 ⑤
ききてけるかも　12–2855 ④
ききてしひより　13–3272 ⑥
ききてめにみぬ　18–4039 ②
ききてやこひむ　11–2810 ②
ききのかしこく　2–199 (68)
ききのかなしも　18–4089 ⑫
ききまとふまで　2–199ィ (52)
ききわたりなむ　11–2658 ⑤
きくがともしさ　8–1561 ⑤
きくごとに　18–4089 ㉓
きくといふものそ　3–369 ⑤
きくのいけなる　16–3876 ②
きくのたかはま　12–3220 ②
きくのながはま　12–3219 ②
きくのはまへの　7–1393 ②
きくのはままつ　12–3130 ②
きくひとの
　──かがみにせむを　20–4465 ㊾
　──みまくほりする　6–1062 ㉓
きくものにもが　10–1878 ②
きけどあかぬかも　10–2159 ⑤
きけどあきだらず　19–4176 ⑤
きけどもあかず
　──あみとりに　19–4182 ②
　──またなかぬかも　10–1953 ④
きけば　2–230 ㉑
きけばかなしさ　19–4211 ⑭
きけばかなしみ　19–4214 (58)
きけばかなしも

たちたなびくと―― 17-3958 ⑤
ひとづまなりと―― 12-3115 ⑤
きけばくるしき 8-1447 ②
きけばくるしも
いのねらえぬに―― 8-1484 ⑤
そのなくこゑを―― 8-1467 ⑤
きけばさぶしも
――きみとあれと 19-4177 ⑱
――ほととぎす 19-4178 ②
きけばしのはく 19-4168 ④
きけばたふとみ
みことのさきの―― 18-4094 ⑩⑦
みことのさきを―― 18-4095 ⑤
きけばなつかし
――あやめぐさ 19-4180 ⑧
なくほととぎす―― 19-4181 ⑤
きけばはるけし 19-4150 ②
きけむそのひも 9-1754 ⑤
きこえくるかも 12-2872 ⑤
きこえこぬかも
おもふこころは―― 8-1614 ⑤
たみてこぎくと―― 16-3867 ⑤
きこえこば 5-896 ③
きこえざりせば 1-67 ③
きこえずあらし 7-1138 ④
きこえもゆくか 9-1677 ②
きこしめす 2-199 ⑮
きこしめすなへ 20-4361 ⑤
きこしをす
――あめのしたに 1-36 ③
――くにのまほらぞ 5-800 ㉗
――くにのまほらに 18-4089 ⑤
――みけつくに 13-3234 ⑤
――よものくにには 20-4331 ⑦
――よものくにより 20-4360 ㉗
きこゆるそらゆ 10-2224 ④
きこゆるそらを 9-1701 ④
きこゆるたきの 12-3015 ②
きこゆるたゐに 10-2249 ②
きこりきて 13-3232 ③
きさのなかやま 1-70 ④
きさのをがはを
――いまみれば 3-316 ②
――ゆきてみむため 3-332 ④
きさやまのまの 6-924 ②
きしかぬかもと 4-499 ②
きしにいでゐて 9-1740 ④
きしにいへもが 7-1150 ②
きしにはなみは 7-1237 ②
きしにむかへる 12-3197 ②
きしによるといふ 7-1147 ④
きしのうらみに
――しくなみの 11-2735 ②
――よするなみ 7-1388 ②
きしのうらみゆ 7-1144 ④
きしのこまつに 10-2313 ④
きしのつかさの 4-529 ②
きしののはりに 16-3801 ②
きしのはにふに
――にほはさましを 1-69 ④
――にほひてゆかな 6-932 ④
――にほひてゆかむ 6-1002 ④
きしのはにふを
――みむよしもがも 7-1146 ④
――よろづよにみむ 7-1148 ④
きしのまつがえ 2-143 ②
きしのまつがね 7-1159 ②
きしみがたけを 3-385 ②
きしわれを 16-3791 ⑬
きしをたにはり 10-2244 ②
きずてきにけり 11-2771 ⑤
きすめるたまは 3-412 ②
きずやなりなむ 11-2836 ④
きすらあぢさゐ 4-773 ②
きすらいもとせと 6-1007 ②
きすらはるさき 19-4161 ②
きせがてに 5-901 ③
きせしきぬ 14-3453 ③
きせしころもに 20-4388 ④
きせずてきにけり 3-269 ⑤
きせてむとかも 7-1272 ⑤
きせむこもがも 7-1344 ⑤

きそこそば 14-3522①
きぞのよのあめに 4-519④
きぞはかへしつ 4-781②
きそひかりする 17-3921④
きそひとりねて 14-3550⑤
きそへども 5-892㉓
きそもこよひも
　こひてかぬらむ── 14-3505⑤
　わをかまつなも── 14-3563⑤
きたちなくのの 8-1580②
きたちなげかく 16-3885㉘
きたちよばひぬ 5-892⑲
きたなきやどに 4-759④
きたひはやすも
　──きたひはやすも 16-3886㊸
　きたひはやすも── 16-3886㊹
きたやまに 2-161①
きたりしものそ 5-802⑥
きたるこよひし 6-1015④
きぢにありといふ 1-35④
きぢにいりたち 4-543⑫
きぢにこそ 7-1098①
きつぐこのころ 6-948⑫
きつつかづかば 16-3788④
きつつみるがね 10-1906⑤
きつねにあむさむ 16-3824⑤
きてにほはばや 7-1297④
きてみべき 10-2328①
きなかずあるらし 17-3984⑤
きなかずつちに 8-1486④
きなかなく 19-4207⑮
きなかむつきに 17-3978㊻
きなかむひまで 10-2097②
きなきかけらふ 16-3791⑲
きなきしなへに 10-2194②
きなきてすぎぬ 9-1702④
きなきてよ 20-4438③
きなきとよむる
　たまぬくつきし── 17-3912⑤
　はなぢるときに── 18-4092⑤
　ものもふときに── 15-3780⑤
きなきとよめて
　──こひまさらしむ 10-1946④
　──もとにちらしつ 8-1493④
きなきとよめば
　──くさとらむ 19-4172②
　──はだこひめやも 18-4051④
きなきとよめめ 10-1951⑤
きなきとよめよ 18-4066④
きなきとよもし 9-1755⑫
きなきとよもす
　──うぐひすのこゑ 6-1057④
　──うのはなの 8-1472②
　さほのやまへに── 8-1477⑤
　──たちばなの 10-1968②
　のにいでやまにいり── 10-1957⑤
　わがすむさとに── 15-3782⑤
　──をかへなる 10-1991②
きなきとよもせ 8-1480⑤
きなきわたるは 9-1713④
きなくかほとり 10-1823②
きなくさつきに 19-4169②
きなくさつきの
　──あやめぐさ 18-4101⑳
　──あやめぐさ 18-4116⑳
　──みじかよも 10-1981②
きなくさをしか 8-1541⑤
きなくはつこゑ 19-4171⑤
きなくはるへは 6-1053⑩
きなくひぐらし
　いでたちきけば── 8-1479⑤
　──ここだくも 10-2157②
きなくものゆゑ 19-4168②
きなくやまぶき 17-3968②
きなばやきみが 11-2829④
きなむといはば 11-2356⑤
きなむわがせこ 17-4011⑩²
きならのさとの 6-952②
きならのやまに 12-3088②
きにきりゆきつ 3-391④
きにしそのなそ 20-4467⑤

きにはありとも 5–811 ②
きにはあれども 13–3324 ㉜
きにもありとも 5–812 ②
きぬがさにせり 3–240 ⑤
きぬかさましを 3–361 ⑤
きぬこそば 13–3330 ㉑
きぬたつわぎも 7–1278 ③
きぬだにきずに 13–3336 ⑧
きぬときあらひ 12–3009 ②
きぬならば
—したにもきむと 12–2964 ③
—ぬくときもなく 2–150 ⑨
きぬにかきつけ 7–1344 ④
きぬにしめ 3–395 ③
きぬにすらゆな 7–1338 ⑤
きぬにすり 14–3576 ③
きぬにすりけむ 7–1166 ④
きぬにすりつけ
—きむひしらずも 7–1361 ④
—ますらをの 17–3921 ②
きぬにつくなす 1–19 ④
きぬぬれにけり 17–4022 ⑤
きぬのおびを 16–3791 ㊀
きぬはあれど 14–3350 ③
きぬはひとみな 7–1311 ②
きぬるころもの 15–3715 ②
きぬれども 15–3613 ③
きぬわたらはも 5–900 ⑤
きのうみの 11–2730 ①
きのかはのへの 7–1209 ④
きのくにに 9–1679 ①
きのくにの
—あくらのはまの 11–2795 ①
—いもせのやまに 4–544 ③
—いもせのやまに 7–1195 ③
—さひかのうらに 7–1194 ①
—はまによるといふ
13–3257左注 ①
—はまによるといふ 13–3318 ①
—むかしゆみをの 9–1678 ①
—むろのえのへに 13–3302 ①
—ゆらのみさきに 7–1220 ③
きのこのくれの 10–1875 ②
きのせきもりい 4–545 ④
きのふけふ 15–3777 ①
きのふこそ
—きみはありしか 3–444 ①
—としははてしか 10–1843 ①
—ふなではせしか 17–3893 ①
—わがこえこしか 9–1751 ⑤
きのふしも 9–1807 ㊶
きのふのゆふへ
—ふりしゆきかも 10–2324 ④
—みしものを 11–2391 ②
きのふみし 7–1149 ③
きのふみて 11–2559 ①
きのふもありつ 17–4011 ㊻
きのふもけふも
—なきひとおもほゆ 7–1406 ④
—みつれども 6–1014 ②
—めすこともなし 2–184 ④
—ゆきのふれれば 17–3924 ④
—ゆきはふりつつ 8–1427 ④
—ゆきはふりつつ 18–4079 ④
—わをめさましを 3–454 ④
きのへのみちゆ 13–3324 ㊸
きのへのみやに 13–3326 ⑥
きのへのみやを
—とこみやと 2–196 ㊹
—とこみやと 2–199 ⑬²
きのむといふぞ 19–4205 ④
きはつくの 14–3444 ①
きはまりて
—たふときものは 3–342 ③
—われもあはむと 12–3114 ①
きはみなく 20–4486 ③
きはめつくして 20–4465 ㊵
きひとともしも
—まつちやま 1–55 ②
ゆきくとみらむ— 1–55 ⑤
きびのこしまを 6–967 ②
きびのさけ 4–554 ③

きへがたかがき　11–2530②
きへのはやしに　14–3353②
きへひとの　14–3354①
きへゆくきみが　9–1680②
きへゆくきみを　13–3321④
きへゆくとしの　5–881④
きほしきか　7–1260③
きほしくおもほゆ　7–1311⑤
きほひあへむかも　3–302⑤
きほひしときに　9–1809㉘
きほひたつみむ　10–2108⑤
きまさざるらむ　10–2039⑤
きまさぬきみに　8–1498②
きまさぬきみは　10–2295④
きまさぬきみを
　—いつとかまたむ　11–2613④
　—ころくとそなく　14–3521④
　—なにせむに　11–2378②
きまさねば　8–1620③
きまししきみを　6–1004②
きませわがせこ
　—かきつやぎ　14–3455②
　—たゆるひなしに　20–4504④
　—ときじけめやも　4–491④
　—ときじけめやも　10–1931④
きみいかならず　13–3287④
きみいしなくは　4–537④
きみいなめやも　12–3124④
きみいまさずして　5–878⑤
きみいまさずとも　2–172⑤
きみいまさめやも　19–4233⑤
きみが　13–3247⑧
きみがあたり　12–3032①
きみがあたりは　1–78④
きみがあたりを
　—へだてたりけれ　18–4073④
　—みずてかもあらむ　1–78ィ④
きみがあたりをば　10–1897⑤
きみがあゆひを　11–2357②
きみがあるくに　3–425④
きみがいなば　4–550③
きみがいへなる
　—はだすすき　8–1601②
　—をばなしおもほゆ　8–1533④
きみがいへに
　—うゑたるはぎの　19–4252①
　—ゆけとおひしは　8–1505③
　—わがすみさかの　4–504①
きみがいへの
　—いけにすむといふ　4–726③
　—いけのしらなみ　20–4503①
　—はなたちばなは　8–1492①
　—もみちばはやく　10–2217①
　—ゆきのいはほに　19–4231③
きみがいへば　3–463③
きみがいまさば
　—ありかつましじ　4–610④
　—しきしまの　19–4280②
きみがうへは　20–4474③
きみがおとそする　10–2347⑤
きみがおばしし　13–3345④
きみがおほせる　20–4447②
きみがおもほえて　7–1405④
きみがかざしに
　ちよにさかぬか—　19–4232⑤
　われはもちていく—　13–3223㉓
きみがかたみに
　—みつつしぬはむ　2–233④
　—みつつしのはむ　7–1276⑤
きみがかちより　13–3316④
きみがかりほに　10–2292⑤
きみがききつつ　19–4207⑳
きみがきこさば　11–2805④
きみがきこして　4–619④
きみがきまさぬ
　うきことあれや—　8–1501⑤
　うきことあれや—　10–1988⑤
　—うらもとなくも　14–3495④
　ここだくまてど—　4–680⑤
　ちりすぐるまで—　20–4497⑤
　—ひりふとそ　13–3318㉒
　みちみわすれて—　11–2380⑤

われしひめやも―― 12-2965 ⑤
きみがきまさば
―あれこひめやも 10-2300 ④
―なけといひし 18-4050 ②
むかへまゐでむ―― 6-971 ㉝
きみかきまさむ 11-2655 ⑤
きみがきまさむ
―みちのしらなく 10-2084 ④
―みちのしらなく 13-3319 ④
―みまくさにせむ 7-1291 ⑤
―よきみちにせむ 11-2363 ⑤
きみがきる 11-2675 ①
きみがくいていふ 18-4057 ②
きみがくだけむ 10-2308 ④
きみがくゆべき 14-3365 ④
きみがこえいなば
いはふみならし―― 9-1778 ⑤
たなびくやまを―― 9-1771 ⑤
きみがこえまく 19-4225 ⑤
きみがこぎゆかば 9-1780 ㉓
きみがこころし 16-3857 ⑥
きみがこころの 18-4106 ㊿
きみがこころは
―わすらゆましじ 20-4482 ④
―わすれかねつも 12-3047 ④
きみがこころを 17-3969 ㊻
きみがこととを 19-4251 ④
きみがこのしま 20-4511 ②
きみがこむため 10-2062 ⑤
きみがこやせる 3-421 ⑤
きみがしたびも 12-3181 ②
きみかしのはむ 13-3291 ⑯
きみがすがたか 10-1913 ⑤
きみがすがたに
あれはそこふる―― 12-2933 ⑤
あれはそこふる―― 12-3051 ⑤
きみがすがたは 12-2956 ⑤
きみがすがたを
―みずひさに 18-4121 ②
みつつそしのふ―― 10-2259 ⑤
―みてばこそ 12-2883 ②
―よくみずて 10-1925 ②
よくみてましを―― 12-3007 ⑤
―わすれずは 20-4441 ②
きみがそでふる 1-20 ⑤
きみがただかそ 4-697 ⑤
きみがただかを
ちりすぎにきと―― 13-3333 ㉓
―ひとのつげつる 13-3304 ④
―まさきくも 17-4008 ㊳
きみがたつひの 4-570 ②
きみがたなれの 5-811 ④
きみがたまくら
―いまだあかなくに 11-2807 ④
―ふれてしものを 11-2578 ④
―まきねめや 11-2611 ②
きみがため
―いろどりころも 7-1255 ③
―うきぬのいけの 7-1249 ①
―かみしまちさけ 4-555 ①
―たぢからつかれ 7-1281 ①
―たまにこそぬけ 8-1502 ③
―やまだのさはに 10-1839 ①
きみがたもとを 12-2924 ④
きみがつかひの
―たをりける 10-2111 ②
―まねくかよへば 4-787 ④
―みれどあかざらむ 4-499 ④
きみがつかひを
―かたまちがてら 18-4041 ④
―かたまちがてり 10-1900 ④
―かへしつるかも 11-2545 ④
―まちしよの 12-2945 ②
―まちやかねてむ 4-619 ㊵
―まちやかねてむ 11-2543 ④
―まちやかねてむ 11-2548 ④
きみがてとらば 7-1109 ④
きみがてふれず 17-3968 ④
きみがても 10-2071 ③
きみかとおもひて 15-3772 ⑤
きみがとはすも 18-4037ィ ⑥
きみがとはせる 10-1977 ②

きみがないはば　13-3276 ㉚
きみがなかけて　14-3362左注 ④
きみがなげくと　19-4215 ②
きみがなたたば　4-731 ④
きみがなはあれど　2-93 ④
きみがなも　11-2697左注 ①
きみがなりなば　17-3939 ②
きみがぬれけむ　2-108 ②
きみがひさしく　12-3206 ④
きみがひにけに　13-3246 ④
きみがふなでは
　―いましすらしも　10-2061 ④
　―としにこそまて　10-2055 ④
きみがふね
　―いまこぎくらし　10-2045 ①
　―こぎかへりきて　19-4246 ③
きみがふねはて　7-1169 ④
きみがまくらは　4-615 ④
きみがまさむと　13-3344 ㉔
きみがまにまと
　―おもひつつ　9-1785 ⑥
　―かくしこそ　17-3993 ㊹
きみがまにまに
　あがみひとつは―　11-2691 ⑤
　―あはよりにしを　14-3377 ④
　いまならずとも―　4-790 ⑤
　かにもかくにも―　3-412 ⑤
　こころはよしゑ―　11-2537 ⑤
　こころはよしゑ―　13-3285 ⑤
　さらにひくとも―　11-2830 ⑤
　たつともうとも―　10-1912 ⑤
　ひさしくあるべし―　7-1309 ⑤
　よすともわれは―　11-2740 ⑤
　よりあふをとめは―　11-2351 ⑥
　―われさへに　11-2563 ②
　をしきあがみは―　20-4505 ⑤
きみがみあとと　10-1966 ④
きみがみかどを　13-3324 ⑫
きみがみけしし　14-3350 ④
きみがみけしに　10-2065 ④
きみがみことと　16-3811 ②
きみがみことを　2-113 ④
きみがみしかみ　2-124 ④
きみがみせむと　18-4036 ④
きみがみために　16-3882 ⑤
きみがみふねの
　―かぢからにもが　8-1455 ④
　―つなしとりてば　15-3656 ④
きみがみふねを
　―あがまちをらむ　10-2082 ④
　―いつとかまたむ　15-3705 ④
きみがみむ　9-1751 ⑬
きみがみゆきは　9-1749 ⑮
きみがみゆきを　4-531 ④
きみがむすべる　2-146 ②
きみがむた　15-3773 ①
きみがめすらを　11-2369 ④
きみがめに　13-3248 ⑨
きみがめの　11-2381 ①
きみがめみずて　12-2881ィ ④
きみがめみねば　11-2423 ④
きみがめを
　―けふかあすかと　15-3587 ③
　―みずひさならば　17-3934 ③
きみがめをほり
　あれはこひむな―　11-2674 ⑤
　しかそまつらむ―　4-766 ⑤
きみがめをみむ　12-3136 ⑤
きみかもこひむ　17-4008 ⑳
きみがもみちを　8-1583 ④
きみがやどにし　19-4289 ④
きみがゆき
　―けながくなりぬ　2-85 ①
　―けながくなりぬ　2-90 ①
　―けながくなりぬ　5-867 ①
　―もしひさにあらば　19-4238 ①
きみがゆく
　―うみへのやどに　15-3580 ①
　―みちのながてを　15-3724 ①
きみがゆくらむ　12-3213 ④
きみがゆづるの　11-2638 ④
きみがゆみにも　14-3568 ④

きみがよも 1–10 ①
きみがよもがも 14–3448 ⑤
きみがりやらば 8–1641 ④
きみかわをよぶ 16–3811 ⑳
きみききけむか 10–1949 ④
きみきまさずは
　—くるしかるべし 12–2929 ④
　—ひとりかもねむ 13–3282 ④
きみきまさむか 19–4271 ④
きみきまさむと
　—おほぶねの 13–3344 ②
　—しらませば 6–1013 ②
　—まちしよの 11–2588 ②
きみきまさめや
　—さなかづら 13–3280 ⑭
　—さなかづら 13–3281 ⑯
きみきましつつ 20–4302 ④
きみきますなり
　—ひもときまけな 8–1518 ④
　—ひもときまたむ 10–2048 ④
きみきますやと 13–3276 ⑳
きみきませりと 9–1753 ⑥
きみきませるに 11–2424 ④
きみこずは 11–2484 ①
きみこそみらめ 3–281 ④
きみこそわれに 11–2823 ②
きみこむと 6–986 ③
きみこゆと 13–3279 ③
きみしいまさねば 11–2490 ⑤
きみしかよはば 16–3881 ④
きみしふみてば 14–3400 ④
きみしまさねば 3–457 ④
きみしむすばば 11–2477 ④
きみしもつぎて 17–3929 ②
きみそきぞのよ 2–150 ⑫
きみそきまさぬ 16–3872 ⑤
きみそきませる 8–1523 ⑤
きみとあれと 19–4177 ⑲
きみといねずて 10–2050 ④
きみとしあらねば 18–4074 ⑤
きみとしぬれば 11–2520 ④
きみとしみてば 17–3970 ④
きみとときどき 2–196 ㊵
きみながら 6–1050 ㊲
きみなきよひは 10–2350 ④
きみなくは 9–1777 ①
きみなしに 7–1254 ③
きみなしにして 3–458 ⑤
きみならなくに
　はなのみとはむ— 20–4447 ⑤
　ひもときさけし— 11–2405 ⑤
きみにあがこふる 4–725 ④
きみにあはじかも
　あれはこひなむ— 3–379 ⑲
　あれはこひなむ— 3–380 ⑤
きみにあはず
　—ひさしきときゆ 10–2028 ①
　—ひさしくなりぬ 12–3082 ①
　—まこともひさに 10–2280 ③
きみにあはずして
　ひさしくなりぬ— 11–2753 ⑤
　わがそでひめや— 10–1995 ⑤
きみにあはずて
　—するすべの 15–3777 ②
　—としそへにける 12–2998左注 ④
　—としのへぬれば 4–616 ④
　—としのへゆけば 13–3261 ④
きみにあはずは 13–3250 ⑳
きみにあはつぎ 16–3834 ②
きみにあはぬかも 10–2286 ⑤
きみにあはまくは 11–2794 ⑤
きみにあはむかも 10–1904 ⑤
きみにあはむため 4–604 ⑤
きみにあはむと
　—おもへこそ 12–2922 ②
　—たもとほりきつ 8–1574 ④
　—たもとほりくも 7–1256 ④
　—ながらへわたる 10–2345 ④
きみにあひがたき 4–712 ⑤
きみにあへなく 11–2478 ⑤
きみにあへるかも
　いやめづらしき— 10–1886 ⑤

けながくこひし―― 6-993⑤
きみにあへるとき 18-4053⑤
きみにあへるよ 10-1947②
きみにあらなくに
おもひすぐべき―― 3-422⑤
おもひすぐべき―― 4-668⑤
ふたたびかよふ―― 10-2077⑤
きみにあれやも 15-3691㉖
きみにうちきせ 11-2682②
きみにおくれて
――いけりともなし 12-3185④
――うつしけめやも 12-3210④
――こひしきおもへば 12-3140④
きみにかたらむ 20-4458④
きみにきかせむ 18-4067⑤
きみにきせよと 10-1961②
きみにここにあひ 19-4253④
きみにこひ
――あがなくなみた 12-2953①
――いたもすべなみ 3-456①
――いたもすべなみ 4-593①
――いねぬあさけに 11-2654①
――うらぶれをれば 10-2143①
――うらぶれをれば 11-2409①
――しなえうらぶれ 10-2298①
きみにこひずは
――にほのうらの 11-2743左注②
――ひらのうらの 11-2743②
きみにこひつつ
――ありかつましじ 11-2470④
――いけらずは 10-2282②
――うつしけめやも 15-3752④
きみにこふらく
――やむときもなし 11-2741④
――わがこころから 12-3025④
きみにこふらむ
――あのみかも 13-3329⑧
――ひとはさねあらじ 15-3750④
きみにこふるに
――いねかてなくに 10-2310⑤
――こころどもなし 17-3972④
――ねのみしなかゆ 13-3344㉜
きみにこふるも 13-3271④
きみにこふれば 13-3329⑩
きみにこふれや 10-1823④
きみにしあらねば
――ひるは 4-485⑧
みれどもさぶし―― 10-2290⑤
われはさぶしゑ―― 4-486⑤
――をくひともなし 17-3901④
きみにしありけり 11-2809⑤
きみにそこふる 11-2598②
きみにたぐひて
――あすさへもがも 12-3010④
――このひくらさむ 4-520④
――やまぢこえきぬ 12-3149④
きみにつきなな 14-3514④
きみににる 7-1347①
きみにはあはず
――いめにだに 13-3280㉒
――いめにだに 13-3281㉒
きみにはあはむ 4-676④
きみにはあはめど 12-2923②
きみにはあひぬ 12-2988④
きみにはこふる 4-656②
きみにはしゑや 10-1926④
きみにはまさじ
たれしのひとも―― 11-2628左注⑤
たれといふひとも―― 11-2628⑤
きみにまされる 7-1206④
きみにまつらば 10-2304④
きみにまつりて 13-3245⑧
きみにまつると 11-2603②
きみにみすれば 9-1753⑫
きみにみせてば 17-3967④
きみにみせむと
――とればけにつつ 10-1833④
――とればけにつつ 11-2686④
きみにもあるかも
みまくのほしき―― 4-584⑤
みまくのほしき―― 20-4449⑤
きみにやもとな 15-3690④

きみにより
—ことのしげきを　4-626①
—わがなはすでに　17-3931①
きみによりてし　11-2398④
きみによりてそ　16-3813④
きみによりては
—ことのゆゑも　13-3288⑥
—しつぬさを　13-3286④
しなばしなむよ—　11-2498⑤
きみによりなな　2-114④
きみにわかれむ　19-4247④
きみのみみめや　8-1461④
きみのみよへて　19-4256②
きみのみよみよ
—かくさはぬ　20-4465㊱
—しきませる　18-4094⑩
きみはありしか　3-444②
きみはあるらし　11-2589②
きみはあるらむと　4-543㉒
きみはあれども　17-4006㊱
きみはいにしを　12-3183②
きみはいへども　2-140②
きみはいゆかじ　10-1916②
きみはおともせず　7-1176⑤
きみはかなしも　7-1285③
きみはかよはせ　11-2556⑤
きみはききつや　10-1976⑤
きみはきこしし　13-3318㉚
きみはきぬらし　10-2068⑤
きみはきまさず　8-1499②
きみはきまさぬ　13-3318㉔
きみはこじとや　10-1991⑤
きみはこず　12-3026①
きみはこのころ　19-4214㉖
きみはしも　13-3324⑦
きみはたたしぬ　19-4257④
きみはともしも　17-3971⑤
きみはまさめど　12-2933②
きみはもあるか　20-4496②
きみはわすらす　14-3498④
きみませば　2-174③
きみまちかてに
ありそまきてぬ—　10-2004⑤
いまだふふめり—　9-1684⑤
きみまちがてに
あゆこさばしる—　5-859⑤
あれやしかもふ—　14-3470⑤
われやしかおもふ—　11-2539⑤
きみまちがてり　3-370⑤
きみまちかねて　10-2289⑤
きみまつと
—あがこひをれば　4-488①
—あがこひをれば　8-1606①
—いゆきかへるに　8-1528③
—うらごひすなり　17-3973㊲
—にはにしをれば　12-3044①
—をりしあひだに　11-2667③
きみまつのきに　6-1041②
きみまつよらは
—あけずもあらぬか　10-2070④
—さよふけにけり　12-3220④
きみまつらやま　5-883⑤
きみまつわれを
ころもにぬひて—　10-2064⑤
つゆにぬれつつ—　10-2240⑤
ひとにはいひて—　13-3276㊲
きみもあはぬかも　14-3558⑤
きみもあふやと　2-194ィ⑳
きみもあらなくに
なにしかきけむ—　2-163⑤
やまにしめゆふ—　2-154⑤
きみもあれも
—あふとはなしに　11-2557③
—たえむといひて　12-3110③
きみもきまさず
—たまづさの　4-619㉒
—やまのなにあらし　7-1097④
きみゆゑに
—つくすこころは　13-3251③
—ひつきもしらず　2-200③
—ゆゆしくもあは　12-2893③
きみゆゑにこそ　8-1576⑤

きみよびかへせ　10-1822④
きみよりも　12-3106③
きみをあがもふ　20-4301④
きみをあすゆは　3-423ィ㉒
きみをあひみて
—あまぎらし　10-2342②
—いまそくやしき　12-3001④
—すがのねの　10-1921②
—ゆふたたみ　12-3151②
きみをあひみむ
—おつるひなしに　11-2676④
—たどきしらずも　16-3812④
きみをいつしか　8-1428⑩
きみをいとはむ　10-2273②
きみをいはねば　12-3020④
きみをいませて
—いつまでか　15-3749②
—なにをかおもはむ　12-3005④
きみをおきて　2-227③
きみをおきては
—しるひともなし　12-3027④
—まつひともなし　11-2671④
きみをおもはく　12-3189ィ④
きみをおもひ　15-3683①
きみをおもひで　17-3944④
きみをおもふと
—すべもなき　15-3768②
—よいもねなくに　5-831④
きみをおもふに
—あけにけるかも　11-2369ィ④
—ひさかたの　12-3208②
きみをかけつつ　10-1825④
きみをきませと　11-2660②
きみをこそ　4-629③
きみをこそまて　10-2349⑤
きみをしおもへば　4-607④
きみをしそおもふ
あらしふくよは—　11-2679⑤
いでみるごとに—　12-3209⑤
いへはおもはず—　11-2454⑤
こころもしのに—　20-4500⑤
さむくふくよは—　10-2301⑤
そでのなれにし—　12-2952⑤
たちてもゐても—　10-2294⑤
たちてもゐても—　12-3089⑤
きみをしのはむ　9-1776⑤
きみをしまたむ
いかなりといひて—　11-2466⑤
ことさきだちし—　10-1935⑤
こむとしらせし—　12-3063左注⑤
またをちかへり—　11-2689⑤
またをちかへり—　12-3043⑤
みになるまでに—　11-2759⑤
—むかつをの　14-3493左注②
やけはしぬとも—　17-3941⑤
われはよどまず—　5-860⑤
をになるまでに—　11-2538⑤
きみをそもとな　19-4281④
きみをとどめむ
あめもふらぬか—　11-2513⑤
もりへやりそへ—　18-4085⑤
きみをとまとも　14-3561⑤
きみをなやませ　19-4177㉛
きみをばあすゆ　3-423㉒
きみをはなれて　15-3578④
きみをばまたむ
—うちなびく　2-87②
—ぬばたまの　2-89②
—はやかへりませ　8-1453㉒
きみをばみむと　12-3131②
きみをまちいでむ　11-2484⑤
きみをまつ　5-865①
きみをまつらむ　15-3693④
きみをみにこそ　4-778⑤
きみをみまくは　20-4304④
きみをみむとこそ　11-2575②
きみをやさしみ　5-854④
きみをやりつつ　17-3936④
きむかふなつは　19-4183④
きむとおもへる　3-374②
きむひしらずも　7-1361⑤
きむひをまつに　11-2818④

きむよしもがも　17–3945 ⑤
きめにみゆ　17–3929 ③
きもとはましを　2–220 ㊵
きもむかふ
　—こころくだけて　9–1792 ⑪
　—こころをいたみ　2–135 ⑰
きやまのみちは　4–576 ②
きゆといへ　2–217 ⑫
きよからなくに　10–2198 ⑤
きよきありそを　7–1187 ④
きよきいそみに　17–3954 ④
きよきかはせに　15–3618 ②
きよきかはせを　9–1737 ④
きよきかはらに
　—うまとどめ　17–3957 ⑩
　—ちどりしばなく　6–925 ④
　—なくちどり　7–1123 ②
　—みそぎして　11–2403 ②
きよきかはらを
　—けふみては　7–1106 ②
　—みらくしをしも　6–913 ⑯
　—みれどあかなくに　9–1721 ④
きよきかふちそ　6–923 ⑧
きよきかふちと　1–36 ⑧
きよきかふちに
　—あささらず　17–4003 ㉔
　—いでたちて　17–4006 ⑭
きよきかふちの　6–908 ④
きよきしらはま
　しのはえゆかむ—　6–1065 ㉓
　めさくもしるし—　6–938 ⑲
きよきせごとに
　—うかはたち　17–3991 ⑭
　—かがりさし　17–4011 ⑯
　—みなうらはへてな　17–4028 ④
きよきせに
　—あさよひごとに　17–4000 ⑰
　—ちどりつまよび　7–1125 ①
きよきせのおとを
　—きかくしよしも　10–2222 ④
　このふるかはの—　7–1111 ⑤
きよきせを　4–715 ③
きよきそのなそ　20–4465 52
きよきそのなを　18–4094 78
きよきそのみち　20–4469 ④
きよきつくよに
　—くもたちわたる　17–3900 ④
　—くもなたなびき　11–2669 ④
　—ここだちりくる　10–2325 ④
　—ただひとめ　8–1507 ⑭
　—みれどあかぬかも　20–4453 ④
　—わぎもこに　8–1508 ②
きよきつくよの　11–2670 ②
きよきつくよも　12–3208 ④
きよきなぎさに
　—あさなぎに　13–3302 ⑩
　—かぜふけば　6–917 ⑧
きよきなぎさを　15–3706 ②
きよきはまびを
　あかもすそびく—　6–1001 ⑤
　つぎてみにこむ—　17–3994 ⑤
きよきはまへに
　きみきまさむか—　19–4271 ⑤
　—たましかば　19–4271 ②
きよきはまへは　6–1065 ⑭
きよきみたやの　13–3223 ⑧
きよきやまへに　7–1415 ④
きよきゆふへに　10–2043 ②
きよきをみれば　6–920 ⑥
きよくあれば　7–1127 ③
きよくてりたる　8–1569 ②
きよくてるらむ　10–1874 ④
きよすみのいけの　13–3289 ⑫
きよするありそを　2–222 ②
きよするしまの　11–2733 ②
きよするはまに　13–3343 ②
きよするはまを　7–1158 ④
きよせざりせば　7–1267 ⑤
きよみかも　7–1139 ③
きよみこそ
　—おほみやところ　6–1051 ③
　—こととしめさし　6–1051ィ ③

きよみさやけみ　6–907 ⑯
きよみのかはの　3–437 ②
きよみのさきの　3–296 ②
きよみのみやに
—あめのした　2–162 ②
—かむながら　2–167 ㉘
きよるしらたま　13–3318 ⑱
きよるしらなみ
—かへりつつ　7–1389 ②
—みまくほり　7–1391 ②
きよるなはのり　13–3302 ⑭
きよるはまへを　13–3237 ⑫
きよるふかみる
—ゆふなぎに　13–3301 ④
—ゆふなぎに　13–3302 ⑫
きよるまたみる　13–3301 ⑥
きらきらしきに　9–1738 ⑩
きりかみの
—よちこをすぎ　13–3307 ③
—よちこをすぎ　13–3309 ⑯
きりこそば　2–217 ⑬
きりごもり　10–2141 ③
きりそむすべる　7–1113 ②
きりたたば　15–3580 ③
きりたちのぼる　10–2063 ②
きりたちわたり
—おほほしく　10–2241 ②
—ひこほしの　10–2044 ②
—ふるゆきと　5–839 ②
—ゆふされば　17–4003 ㉖
きりたちわたる
—あまのがは　20–4310 ②
おきそのかぜに—　5–799 ⑤
—きみはきぬらし　10–2068 ④
—けふけふと　9–1765 ②
—このかはのせに　10–2045 ④
—そのやまの　6–923 ⑫
—わがなげく　5–799 ②
きりたちわたれ　19–4163 ④
きりたなびけり　15–3615 ⑤
きりなれや　3–429 ③
きりにたちつつ　6–916 ⑤
きりにたつべく　15–3581 ④
きりにまとへる　10–1892 ②
きりのたてるは　8–1527 ⑤
きりめやま　12–3037 ①
きりやくごとし　4–755 ⑤
きるといふものを　7–1357 ⑤
きるみなみ　5–900 ③
きればはえすれ　14–3491 ②
きゐつつなくは　20–4462 ④
きゐてなくこゑ　18–4089 ⑩
きゐてなくとり　12–3093 ②
きゐてなくべき　10–1850 ④
きゐもなかぬか　10–1954 ②

く

くいにはありといへ　4–674 ⑤
くうにまをさば　16–3858 ④
くえてわはゆく　20–4372 ⑧
くがねありと　18–4094 ㉝
くがねかも　18–4094 ㉕
くがねはなさく　18–4097 ⑤
くがねもたまも　5–803 ②
くぐつもち　3–293 ③
くくりつつ　13–3330 ㉗
くくりのみやに　13–3242 ④
くくりよすれば　11–2448 ④
くくりよせつつ　11–2790 ②
くさかえの　4–575 ①
くさかげの
　—あのなゆかむと　14–3447 ①
　—あらゐのさきの　12–3192 ①
くさかのやまを　8–1428 ④
くさかるわらは　7–1291 ②
くさきすら　6–995 ③
くさきはなさき　19–4166 ④
くさきをうゑて　20–4314 ②
くさぐさにあれど　19–4255 ②
くさこそしげき　17–4011 ⑩
くさこそば　13–3327 ⑦
くささへおもひ　11–2465 ④
くさたをり　5–886 ⑰
くさとみしより
　—わがしめし　7–1347 ②
　—わがしめし　19–4197 ②
くさとらむ　19–4172 ③
くさとりかなわ　3–385 ④
くさとわくわく　12–3099 ②
くさなかりそね
　—みなのわた　7–1277 ③
　わがみるをのの—　20–4457 ⑤
くさなたをりそ
　—おのがとき　7–1286 ③
　たちさかゆとも—　7–1286 ⑥
くさなれや　7–1394 ③
くさねかりそけ　14–3479 ②
くさねのしげき　10–1898 ④
くさのうへしろく
　—おくつゆの　4–785 ②
　—おくつゆの　12–3041 ②
くさのごと　11–2351 ④
くさはなかりそ　16–3842 ②
くさはむこまの　14–3532 ②
くさはもろむき　14–3377 ②
くさふかみ　1–16 ⑨
くさぶかみ　10–2271 ①
くさぶかゆりの
　—はなゑみに　7–1257 ②
　—ゆりもといふ　11–2467 ②
くさまくら
　—このたびのけに　13–3346 ⑬
　—このたびのけに　13–3347 ①
　—たごのいりのの　14–3403 ③
　—たびいにしきみが　17–3937 ①
　—たびとしおもへば　12–3134 ③
　—たびなるあひだに　3–460 ㉝
　—たびなるきみが　4–621 ③
　—たびにこやせる　3–415 ③
　—たびにしあれば　1–5 ㉑
　—たびにしあれば　2–142 ③
　—たびにしあれば　3–366 ⑬
　—たびにしばしば　17–3936 ①
　—たびにしゆけば　9–1790 ⑦
　—たびにしをれば　12–3176 ①
　—たびにはつまは　4–635 ①
　—たびにひさしく　4–622 ①
　—たびにひさしく　15–3719 ①
　—たびにまさりて　3–451 ③
　—たびにもつまと　4–634 ③
　—たびにものおもひ　10–2163 ①
　—たびねかもする　2–194 ㉗
　—たびねのごとく　13–3272 ⑬
　—たびのうれへを　9–1757 ①
　—たびのおきなと　18–4128 ①

—たびのかなしく　12-3141 ①
—たびのけにして　13-3347ィ ①
—たびのころもの　12-3146 ①
—たびのひもとく　12-3147 ①
—たびのまるねの　20-4420 ①
—たびのまろねに　12-3145 ③
—たびのやどりに　3-426 ①
—たびはくるしと　20-4406 ③
—たびはゆくとも　20-4325 ③
—たびやどりせす　1-45 ㉓
—たびゆくきみが　4-549 ③
—たびゆくきみが　9-1747 ⑰
—たびゆくきみと　1-69 ①
—たびゆくきみを　4-566 ①
—たびゆくきみを　12-3184 ①
—たびゆくきみを　12-3216 ①
—たびゆくきみを　13-3252 ③
—たびゆくきみを　17-3927 ①
—たびゆくきみを　19-4263 ③
—たびゆくせなが　20-4416 ①
—たびゆくひとに　9-1727 ③
—たびゆくひとも　8-1532 ①
—たびゆくひとを　15-3637 ①
—たびゆくふねの　15-3612 ④
—たびをくるしみ　15-3674 ①
—たびをよろしと　4-543 ⑲
くさむさず　1-22 ③
くさむすかばね　18-4094 ㊷
くさむすびけむ　7-1169 ⑤
くさむすぶ　12-3056 ③
くさわかみ　10-2267 ③
くさをからさね　1-11 ⑤
くさをふゆのに　11-2776 ②
くじがはは　20-4368 ①
くしげなる　9-1777 ③
くしげにのれる　4-509 ②
くしげのうちの　4-635 ④
くしつくるとじ　16-3832 ⑤
くしみたま　5-813 ㉕
くしもみじ　19-4263 ①
くしらのをぐし　3-278 ④
くしろつく　1-41 ①
くしろにあらなむ　9-1766 ②
くすしきかめも　1-50 ㊳
くすしきものか　3-388 ②
くすしくも
—いますかみかも　3-319 ⑲
—かむさびをるか　3-245 ③
くずのねの　3-423ィ ⑰
くずはがた　14-3412 ③
くすばしき　19-4211 ③
くずはひにけに　10-2295 ②
くずひくわぎも　7-1272 ③
くずひくをとめ　10-1942 ⑤
くすりがり　16-3885 ⑮
くすりはむとも　5-847 ④
くすりはむよは　5-848 ②
くせのさぎさか　9-1707 ②
くせのやしろの　7-1286 ②
くせのわくごが　11-2362 ②
くそかづら　16-3855 ③
くそとほくまれ　16-3832 ④
くそぶなはめる　16-3828 ④
くだけてそおもふ　11-2716 ④
くたしすつらむ　5-900 ④
くたすながめの　19-4217 ②
くだのおとも　2-199 ㊽
くたみやま　11-2674 ①
くだらのの　8-1431 ①
くだらのはらゆ　2-199 ⑫⑧
くちおさへとめ　3-478 ⑭
くちやまず
—あがこふるこを　9-1792 ⑮
—あをしのふらむ　14-3532 ③
くつはけわがせ　14-3399 ⑤
くつをだに　9-1807 ⑮
くにかたを　6-971 ⑲
くにからか
—みがほしからむ　6-907 ⑬
—みれどもあかぬ　2-220 ③
くにぐにの
—さきもりつどひ　20-4381 ①

―やしろのかみに　20-4391①
くにさかえむと　7-1086④
くにしのひつつ　19-4144④
くにしらさまし　2-171④
くにしらさむと
―いほつつなはふ　19-4274④
―やすみしし　19-4266⑩
くにしらすらし　6-933⑧
くにすらが　10-1919①
くにつかみ　5-904㊺
くにつみかみの　1-33②
くにつみかみは　17-3930②
くにとへど　9-1800㉕
くにとほき　5-884①
くにとほみ
―おもひなわびそ　12-3178①
―ただにはあはず　12-3142①
くにとほみかも　1-44⑤
くににあらずは　8-1515ィ②
くににあらば　5-886㉓
くににいでます　6-1020(1021)④
くににさけなむ　13-3346⑧
くににしあれば　6-1047⑧
くにはみちて　4-485④
くににへむかも　20-4359⑤
くににまかりて　9-1800⑫
くににも　13-3263⑯
くにのうちには　3-329④
くにのおくかを　5-886⑥
くにのことごと　3-322④
くにのとほかば　14-3383④
くにのはたてに　8-1429⑥
くにのまほらぞ　5-800㉘
くにのまほらに　18-4089⑥
くにのまほらを　9-1753㉒
くにのみなかゆ　3-319⑥
くにのみやこに
―あきのよの　8-1631②
―いもにあはず　4-768②
くにのみやこは
―あれにけり　6-1060②
―うちなびく　3-475⑩
―はるされば　17-3907②
―やまかはの　6-1037②
―やまたかく　6-1059②
くにはおなじそ　11-2420②
くにはしも
―おほくあれども　6-1050⑤
―さはにあれども　1-36⑤
くにはふり　14-3515③
くにはらは　1-2⑦
くにへかもゆく　10-2130⑤
くにへしおもほゆ　20-4399⑤
くにへましなば　17-3996②
くにまぎしつつ　20-4465⑱
くにみあそばし　13-3324㉘
くにみしせして　19-4254⑧
くにみする　3-382⑪
くにみもせむを　10-1971②
くにみれど　6-1059⑪
くにみればしも　13-3234⑨
くにみをすれば　1-2⑥
くにみをせせば　1-38⑩
くにめぐる　20-4339①
くにもあらぬか　4-728②
くにもせに　18-4111⑬
くにわかれして　15-3746④
くにわすれたる　3-426④
くにをきはなれ　20-4398㉖
くにをさどほみ　14-3426②
くにをさめにと　13-3291⑩
くにをはらへと　2-199ィ㉞
くにをものらず　9-1800㉖
くにををさむと　19-4214⑫
くにををさめと　2-199㉞
くぬちことごと
―みせましものを　5-797④
―やまはしも　17-4000④
くはこにも　12-3086③
くはしいもに
―あゆををしみ　13-3330⑪
―あゆををしみ　13-3330⑬

くはしきやまぞ　13-3331 ⑧
くはすらに　7-1357 ③
くはへてあれば　5-897 ⑳
くびにかけむも　4-743 ④
くふしくめあるか　20-4345 ⑤
くへごしに　14-3537 ①
くまきさかやに　16-3879 ②
くまきのやらに　16-3878 ②
くまきをさして　17-4027 ②
くまこそしつと　14-3419 ④
くまとにたちて　20-4357 ②
くまのぶねつき　12-3172 ②
くまもおかず　6-942 ㉓
くまもおちず
　―おもひつつぞこし　1-25 ⑪
　―おもひつつぞこし　1-26 ⑪
くみてかふといへ　13-3327 ⑩
くみにゆかめど　2-158 ④
くみまがふ　19-4143 ③
くむひとの　13-3260 ⑦
くめのわくごが
　―いふれけむ　3-435 ②
　―いましけむ　3-307ィ ②
　―いましける　3-307 ②
くもかかくせる　7-1079 ④
くもがくり
　―あないきづかし　8-1454 ③
　―かけりいにきと　17-4011 ㊾
　―かりなくときは　9-1703 ①
　―くるしきものぞ　10-2025 ③
　―しましくみねば　10-2299 ③
　―なきそゆくなる　8-1566 ③
　―なきゆくとりの　5-898 ③
　―なくなるかりの　8-1567 ①
　―みまくそほしき　11-2464 ③
　―ゆくへをなみと　6-984 ①
くもがくりたり　6-966 ②
くもがくりつつ　10-2128 ⑤
くもがくりなく　19-4144 ⑤
くもがくりなむ　3-416 ⑤
くもがくりにき　3-461 ⑤
くもがくります　3-441 ⑤
くもがくる
　―いかづちやまに　3-235左注 ③
　―こしまのかみの　7-1310 ①
くもがくるごと　2-207 ㉒
くもがくるなり　8-1563 ⑤
くもがくるまで　10-2009 ⑤
くもがくるらし　10-2136 ⑤
くもがくるらむ　10-2138 ⑤
くもそたなびく
　いこまたかねに―　20-4380 ⑤
　―かははやみ　6-1005 ⑥
くもたちのぼり　9-1760 ②
くもたちわたる
　きよきつくよに―　17-3900 ⑤
　ゆつきがたけに―　7-1088 ⑤
くもたちわたれ　2-225 ④
くもだにも
　―こころあらなも　1-18 ③
　―しるくしたたば　11-2452 ①
くもなかくしそ　9-1719 ②
くもなきよひに　9-1712 ②
くもなたなびき
　―あめはふるとも　12-3032 ④
　いでくるつきに―　7-1085 ⑤
　―いへのあたりみむ　7-1244 ④
　きよきつくよに―　11-2669 ⑤
　このつきのおもに―　11-2460 ⑤
　またさらにして―　8-1569 ⑤
くもにしもあれや　7-1368 ④
くもにたぐひて　10-1959 ②
くもにたなびく
　いもがたもとは―　19-4236 ㉑
　はままつのうへに―　3-444 ⑤
くもにとぶ
　―くすりはむとも　5-847 ③
　―くすりはむよは　5-848 ①
くもにもがも　4-534 ⑩
くもにもがもな　14-3510 ②
くもの　1-17 ⑭
くものうへに

—こよひなくなり　10-2130③
—なきつるかりの　8-1575①
—なくなるかりの　8-1574①
くものうへゆ　14-3522③
くものころもの　10-2063④
くものすかきて　5-892㊼
くものつくのす　14-3514②
くものなみたち　7-1068②
くものゆくごと　12-3178④
くもばなれ　15-3691㉛
くもほびこりて　18-4123②
くもまより
—さわたるつきの　11-2450①
—わたらふつきの　2-135㉙
くももつかひと　20-4410②
くもらひにつつ　10-2322⑤
くもりよの
—あがしたばへを　14-3371③
—たどきもしらぬ　12-3186①
—まとへるあひだに　13-3324㊵
くもゐあめふる　9-1753⑱
くもゐかくりて　11-2454②
くもゐかくりぬ　15-3627⑳
くもゐたつらし　7-1087⑤
くもゐたなびき
—あめにふりきや　3-460㊷
—おほほしく　11-2449②
—かほとりの　3-372⑥
—くもゐなす　17-4003㉘
くもゐつつ　12-3126③
くもゐなす
—こころいさよひ　3-372⑨
—こころもしのに　17-4003㉙
—とほくもわれは　3-248③
くもゐなる　12-3190①
くもゐにそ
—いもがあたりは　2-136ィ③
—いもがあたりを　2-136③
—とほくありける　1-52㉟
くもゐにふくに　2-220⑯
くもゐにみえぬ
—あがもへる　15-3627㊹
—いへづくらしも　15-3720④
くもゐにみゆる
—あはしまの　12-3167②
—あはのやま　6-998②
—いもがいへに　7-1271②
—いもがへに　14-3441②
—うるはしき　13-3346②
—しまならなくに　20-4355④
くもゐにも　11-2510③
くもゐにや　4-640③
くもゐねば　10-2314③
くもゐれば　7-1170③
くやしかも　5-797①
くやしきことの　3-420⑯
くやしきことは　3-420⑱
くやしきときに　10-1969④
くやしくいもを　15-3594④
くやしくも
—おいにけるかも　12-2926①
—みちぬるしほか　7-1144①
—わがしたびもの　11-2409③
くやしみか　2-217㉙
くらけくに　8-1539③
くらたてむ　16-3832③
くらなしのはま　9-1710⑤
くらにあげて　16-3848③
くらのうへのかさ　16-3838⑤
くらはしがはの
—いしのはしはも　7-1283②
—かはのしづすげ　7-1284②
くらはしの
—やまをたかみか　3-290①
—やまをたかみか　9-1763①
くらはしやまに　7-1282②
くりかへし　7-1316③
くりたたね　15-3724③
くりはめば　5-802③
くるしかりけり
—おどろきて　4-741②
きみがめみねば—　11-2423⑤

こととはなくも—— 12-2934 ⑤
たびにまさりて—— 3-451 ⑤
くるしかるべし
きみきまさずは—— 12-2929 ⑤
たびにまさりて—— 3-440 ⑤
くるしきたびも 15-3763 ④
くるしきに 9-1800 ⑨
くるしきものそ 8-1500 ⑤
くるしきものぞ 10-2025 ④
くるしきものと 13-3255 ④
くるしきものに 4-738 ②
くるしきものを
——あしひきの 17-3969 ⑳
——いつしかと 7-1374 ②
——うつせみの 20-4408 ㊾
——なげくそら 13-3272 ⑯
——なごのあまの 19-4169 ⑱
——みそらゆく 4-534 ⑧
くるしくあれば 5-899 ②
くるしくも
——くれゆくひかも 9-1721 ①
——ふりくるあめか 3-265 ①
くるしくもあるか 4-717 ⑤
くるすのをのの 6-970 ②
くるときと 15-3663 ③
くるにくぎさし 20-4390 ②
くるひともなし 20-4353 ⑤
くるひにくるひ 4-751 ④
くるべきに 4-642 ③
くるみちは 11-2421 ①
くれくれと
——いかにかゆかむ 5-888 ③
——ひとりそあがくる 13-3237 ⑬
くれずもあらぬか 10-1882 ⑤
くれどきかねて 9-1733 ②
くれなゐいろに 19-4192 ②
くれなゐに
——ころもそめまく 7-1297 ①
——そめてしころも 16-3877 ①
——にほひちれども 18-4111 ㉟
——にほへるやまの 8-1594 ③
——ふかくしみにし 6-1044 ①
くれなゐにほふ
——かむなびの 13-3227 ⑭
——ももしきの 7-1218 ②
——もものはな 19-4139 ②
——をとめらし 17-4021 ②
くれなゐの
——あかもすそびき 5-804ィ ⑬
——あかもすそびき 9-1742 ⑤
——あかもすそびき 11-2550 ③
——あかもすそびき 17-3973 ㉝
——あかものすその 17-3969 ㊼
——あさはののらに 11-2763 ①
——いろにないでそ 4-683 ③
——いろもうつろひ 19-4160 ㉑
——うすぞめごろも 12-2966 ①
——うつしごころや 7-1343ィ ③
——おもてのうへに 5-804 ㉓
——こぞめのきぬを 11-2828 ①
——こぞめのころも 7-1313 ①
——こぞめのころも 11-2624 ①
——ころもにほはし 19-4157 ①
——すそつくかはを 11-2655ィ ①
——すそびくみちを 11-2655 ①
——すゑつむはなの 10-1993 ③
——たまもすそびき 9-1672 ③
——はなにしあらば 11-2827 ①
——まだらにみゆる 10-2177 ③
——ものすそぬれて 5-861 ③
——やしほにそめて 19-4156 ⑰
——やしほのいろに 15-3703 ③
——やしほのころも 11-2623 ①
くれなゐは 18-4109 ①
くれにける 1-5 ③
くれぬるがごと 2-207 ⑳
くればこひしき 11-2698 ②
くれゆくひかも 9-1721 ②
くろうしがた 9-1672 ①
くろうしがたを 9-1798 ④
くろうしのうみ 7-1218 ①
くろかみかはり

—あさのゑみ 19-4160 ㉔
—しらけても 4-573 ②
くろかみしきて
—いつしかと 17-3962 ㊱
—ながきけを 20-4331 ㊾
—ながきこのよを 4-493 ④
—ながきよを 11-2631 ②
—ひとのぬる 13-3274 ⑯
—ひとのぬる 13-3329 ㊻
くろかみに 4-563 ①
くろかみぬれて 16-3805 ②
くろかみの
—しろかみまでと 11-2602 ①
—しろくなるまで 7-1411 ③
くろかみは 3-430 ③
くろかみやまの 11-2456 ②
くろかみやまを 7-1241 ②
くろかりし 9-1740 ㊿
くろきしろきを 19-4275 ⑤
くろきとり 4-780 ①
くろきのやねは 4-779 ②
くろきもち
—つくれるむろは 8-1637 ③
—つくれるむろは 8-1638 ③
くろこまを 13-3278 ③
くろのくるよは
—つねにあらぬかも 13-3313 ④
—としにもあらぬか 4-525 ④
くろほのねろの 14-3412 ②
くろまにのりて 13-3303 ⑩
くわそなしに 15-3754 ①

け

けかもしなまし
—こひつつあらずは 8-1608 ④
—こひつつあらずは 10-2254 ④
—こひつつあらずは 10-2256 ④
—こひつつあらずは 10-2258 ④
けころもを 2-191 ①
けさなきし 8-1515 ③
けさなきて 8-1578 ①
けさなくなへに 10-2138 ②
けさのあさけ
—あきかぜさむし 17-3947 ①
—かりがねききつ 8-1513 ①
—かりがねさむく 8-1540 ①
けさのあさけに 10-1949 ②
けさのわかれの 4-540 ④
けさふくかぜは 10-2232 ④
けさふりし 8-1436 ③
けさゆきて 10-1817 ①
けしきこころを
—あがもはなくに 14-3482 ④
—あがもはなくに 15-3588 ④
—あがもはなくに 15-3775 ④
けずてわたるは 17-4004 ④
けせるころもの 4-514 ②
けだしあはむかも 3-427 ⑤
けだしあへむかも 19-4220 ㉕
けだしありとも 3-402 ②
けだしかどより 4-777 ④
けだしきなかず 18-4043 ④
けだしきみかと 11-2653 ⑤
けだしくも
—あがこひしなば 12-3105 ③
—あきののはぎや 10-2154 ③
—あふことありやと 17-4011 ⑪
—あふやとおもひて 2-194 ⑲
—きみきまさずは 12-2929 ③
—きみもあふやと 2-194ィ ⑲

—ことのしたびに　7-1129③
—ひとのなかごと　4-680①
けだしひとみて　16-3868④
けだしまからば　15-3725②
けだしやなきし　2-112④
けだしわぎもに　9-1731④
けたずたばらむ　8-1618②
けたずてあらむ　10-2312④
けたずておかむ　8-1654④
けたずてたまに　8-1572④
けたよりゆかむ　11-2644④
けつつもあれは　10-1908④
けながきあれは　10-2334④
けながきいもが　1-60④
けながきこらが　18-4127④
けながきものを
—あふべかる　10-2039②
—あまのがは　10-2038②
—いまだにも　10-2017②
—こよひだに　10-2079②
—みまくほり　17-3957㉔
けながくこひし
—いもにあへるかも
11-2614左注④
—きみがおとそする　10-2347④
—きみにあへるかも　6-993④
けながくしあれば
—いへししのはゆ　6-940④
—こひにけるかも　15-3668④
—わがそのの　10-2278②
けながくなりぬ
—このころは　4-648②
—ならぢなる　5-867②
—やまたづね　2-85②
—やまたづの　2-90②
けなしのをかに　8-1466④
けなばかも　10-2337③
けなばけといふに　2-199ィ⑯
けなばけぬがに　4-624④
けなばけぬとも　8-1595④
けなばけぬべく
—おもひつつ　11-2458②
—こひしくも　13-3266⑭
—ゆくとりの　2-199⑯
けなばともにと　12-3041④
けなばをしけむ
あけむあしたに—　8-1646⑤
—あめなふりそね　3-299④
けなめども　10-2345③
けならべて　3-263③
けならべば　11-2387①
けにもるいひを　2-142②
けによはずきぬ　14-3356⑤
けぬがにもとな　4-594④
けぬとかいはも　8-1655④
けぬべきあがみ　12-3042④
けぬべきこひも
—あれはするかも　10-2291④
—あれはするかも　12-3039④
けぬべきものを　8-1662②
けぬべくいもに　10-2335④
けぬべくおもほゆ
たつあまぎりの—　12-3036⑤
ひくたつなへに—　10-2281⑤
ふりくるゆきの—　10-2340⑤
ふりくるゆきの—　10-2342⑤
ゆふやまゆきの—　10-2341⑤
けぬべくのみや　12-3045②
けぬべくもあれは
—おもほゆるかも　8-1564④
—おもほゆるかも　10-2246④
けぬるがごとく　3-466⑭
けのこりの　20-4471①
けのこるときに　19-4226②
けのころごろは　4-487④
けのながけむそ　17-4006㊹
けひのうみの　3-256①, 15-3609左注①
けひのうらに　12-3200①
けふかあすかと　15-3587④
けふかこむ　15-3688⑮
けふかこゆらむ
あづまのさかを—　12-3194⑤

たなびくやまを―― 9-1681 ⑤
なばりのやまを―― 1-43 ⑤
なばりのやまを―― 4-511 ⑤
けふかすぎなむ 9-1674 ⑤
けふかちるらむ 9-1676 ⑤
けふけふと
―あがまつきみし 9-1765 ③
―あがまつきみは 2-224 ①
―あすかにいたり 16-3886 ⑲
―あをまたすらむ 5-890 ③
―こむとまつらむ 13-3342 ③
―まつらむものを 15-3771 ③
けふけふといふに 10-2266 ④
けふこえて 6-1017 ③
けふこそへだて 11-2559 ②
けふそわがこし 10-2216 ④
けふそわがせこ 19-4153 ④
けふだにあはむを 12-3122 ⑤
けふだにも 20-4408 ㉓
けふなれば 11-2809 ①
けふにしあらずは 14-3401 ⑤
けふにしありけり 5-836 ⑤
けふにまさりて 19-4235 ④
けふにもあるかも 15-3700 ⑤
けふのあしたに 11-2391 ④
けふのあそびに 5-835 ④
けふのあひだは 5-832 ④
けふのあひだを 12-2841 ④
けふのあろじは 20-4498 ②
けふのこさめに 7-1090 ④
けふのごと
―いづれのくまを 16-3790 ③
―みむとおもへば 20-4300 ③
けふのしぐれに 8-1554 ④
けふのたのしさ 9-1753 ㉝
けふのたふとさ 19-4255 ⑤
けふのためと 19-4151 ①
けふのひに 9-1754 ①
けふのひは
―たのしくあそべ 18-4047 ③
―ちとせのごとも 11-2387 ③
けふのひや 20-4330 ③
けふのみそなく 8-1488 ⑤
けふのみに 19-4187 ⑲
けふのみは 9-1759 ⑰
けふのみみてや 3-416 ④
けふはあらめど 12-2884 ②
けふはくらさね 19-4152 ④
けふはくらしつ 10-1914 ②
けふはなふりそ 10-2321 ②
けふふりし 8-1649 ①
けふふるあめに 8-1557 ④
けふふるゆきの 20-4516 ④
けふまでに
―あがこひやまず 10-1910 ③
―わがころもでは 4-703 ③
―われはわすれず 4-702 ③
けふまでもいけれ 4-739 ⑤
けふみしひとに 12-2993 ④
けふみつる 9-1720 ③
けふみつるかも
いぶせききみを―― 11-2720 ⑤
いもがすがたを―― 11-2614左注 ⑤
おほかはよどを―― 7-1103 ⑤
とほくもわれは―― 3-248 ⑤
ひぢきのなだを―― 17-3893 ⑤
ひばらのやまを―― 7-1092 ⑤
むつたのよどを―― 7-1105 ⑤
けふみては
―いつかこえきて 7-1106 ③
―としにわすれず 19-4269 ③
―よろづよまでに 8-1531 ③
けふみるひとは 20-4494 ④
けふみれば
―あしびのはなも 20-4511 ③
―うべもこひけり 7-1131 ③
―おもやめづらし 18-4117 ③
―かすがのやまは 10-2199 ③
―こだちしげしも 17-4026 ④
けふむすびてな 12-3181 ④
けふもかも
―あすかのかはの 3-356 ①

―いそのうらみに　7-1155 ③
―いとまをなみと　6-1026 ③
―おきつたまもは　7-1168 ①
―おほみやひとの　1-41 ③
―しらつゆおきて　10-2206 ③
―ちりみだるらむ　10-1867 ③
―とひたまはまし　2-159 ⑨
―みやこなりせば　15-3776 ①
けふもしめらに　17-3969 ⑹⓪
けふもへめやも　18-4115 ⑤
けふやすぎなむ　5-884 ④
けふやもこらに　16-3791 ⑽⓪
けふゆきて
―あすとりもちき　16-3886 ㊾
―あすはきなむを　5-870 ③
―いもにことどひ　14-3510 ③
けふゆくと　16-3789 ③
けふよりは　20-4373 ①
けふらもか　16-3884 ③
けぶりたちたつ　1-2 ⑧
けぶりたつ　13-3324 ㊺
けぶりたつみゆ　10-1879 ②
けふわがみつる　7-1148 ②
けふをはじめて
―かがみなす　18-4116 ㊷
―よろづよにみむ　8-1530 ④
けものしたに　10-1889 ②
けやすきあがみ
―おいぬとも　11-2689 ②
―おいぬとも　12-3043 ②
―ひとくにに　5-885 ②
けやすきいのち
―かみのむた　9-1804 ⑥
―たがために　7-1375 ⑫
けりといめにみつ　11-2621 ②
けるきぬうすし　6-979 ②
けるひとやたれ　12-3125 ⑤
ければなつかし　7-1195 ②

こ

こいしふみわたり　4-525 ②
こいまろび
―あしずりしつつ　9-1740 ⑺⑼
―こひかもをらむ　9-1780 ⑰
―こひはしぬとも　10-2274 ①
―ひづちなけども　3-475 ㉗
―ひづちなけども　13-3326 ㉕
こえかねて　3-301 ③
こえがねて　14-3442 ③
こえくなる　9-1708 ③
こえこざらめや　19-4145 ⑤
こえしだに　20-4407 ③
こえていなば
―あれはこひむな　12-3188 ③
―あれはこひむな　14-3477 ③
こえてきて　15-3762 ③
こえてきにけり　3-287 ⑤
こえてすぎゆき　5-886 ⑧
こえてそあがくる
いこまのやまを―　15-3590 ⑤
―いもがめをほり　15-3589 ④
こえにしきみが　12-3191 ④
こえぬべく　7-1378 ③
こえぬべし　11-2663 ③
こえへなりなば　17-4006 ㊷
こえむひは
―たむけよくせよ　4-567 ③
―とまれるわれを　9-1786 ③
こえゆかむ
―きみをそもとな　19-4281 ③
―ひだにやきみが　6-953 ③
こがこぐふねに　14-3558 ④
こがたのうみに　16-3870 ②
こがたのうみの　12-3166 ④
こがのわたりの　14-3555 ②
こがむとおもへど　3-260 ⑲
こぎいにしふねの　3-351 ④

こぎいにしふねは　9–1718 ②
こぎかくるみゆ
　つりするをぶね—　17–4017 ⑤
　ほしのはやしに—　7–1068 ⑤
こぎかへりきて　19–4246 ④
こぎくらむ　10–2089 ㉙
こぎくるきみが　10–2067 ④
こぎくるふね
　—おきつかい　2–153 ⑥
　—へつきて　2–153 ④
こぎくれど　9–1711 ③
こぎくれば
　—ながはまのうらに　17–4029 ③
　—ゆふぎりたちぬ　7–1140ィ ③
こぎけるふねは　3–260 ⑯
こぎこしふねを　15–3646 ②
こぎすぎて　9–1734 ③
こぎすぎぬらし　7–1178ィ ②
こきだくも
　—あれにけるかも　2–234 ③
　—しげくあれたるか　2–232 ③
こぎたみゆかせ　12–3199 ④
こぎたみゆきし　1–58 ④
こぎたみゆけば　3–273 ②
こぎたむる　6–942 ⑲
こぎたもとほり　18–4037 ②
こぎづらし
　—あまのかはらに　8–1527 ③
　—たびのやどりに　6–930 ③
こぎづるふねの　12–3171 ②
こぎでくるふね　7–1172 ⑤
こぎでてくれば　15–3595 ②
こぎでては　15–3593 ③
こぎでてみれば　20–4380 ②
こぎでてわたる　15–3611 ④
こぎでてわれは　9–1670 ②
こぎでなば
　—あふことかたし　14–3401 ③
　—うらごひしけむ　12–3203 ③
　—おきはふかけむ　7–1386 ③
こぎでなむ　15–3705 ③
こぎでむふねに　12–3211 ④
こぎてわたれば　15–3627 ⑯
こぎにしふねの　20–4384 ④
こぎのまにまに　4–557 ②
こきばくも　20–4360 (51)
こぎはてむ
　—おきへなさかり　3–274 ③
　—おきへなさかり　7–1229 ③
　—とまりとまりに　19–4245 ㉓
こぎみるふねは　3–357 ④
こぎみるをぶね　3–358 ②
こぎみれば　3–389 ③
こぎめぐり
　—みれどもあかず　17–3993 ㊼
　—みれどもあかず　18–4046 ③
こぎゆかな　15–3721 ③
こぎゆくきみは　20–4331 ㉞
こぎわがゆけば　15–3627 ㊿
こぎわかれなむ　3–254 ④
こぎわたらむと　7–1207 ②
こぎわたりつつも　13–3299 ⑬
こぐとはなしに　7–1390 ⑤
こぐひとなしに　3–257 ⑲
こぐふなびとを　15–3658 ④
こぐふねに
　—いものるらむか　1–42 ③
　—のりにしこころ　7–1399 ③
こぐふねの
　—かしふるほとに　20–4313 ③
　—かぢとるまなく　17–3961 ③
　—かぢとるまなく　17–4027 ③
　—なはのりてしを　11–2747 ③
　—にほひにめでて　15–3704 ③
　—ふなびとさわく　7–1228 ③
　—ふなびとさわく　14–3349 ③
　—わすれはせなな　14–3557 ③
こぐほとも　11–2494 ③
こぐらめかもよ　14–3430 ④
こけむしにけり
　ひさしくみねば—　7–1214 ⑤
　わがこまくらは—　11–2630 ⑤

こけむしにたり 11-2516⑤
こけむしろ 7-1120③
こけむすまでに
あへたちばなの―― 11-2750⑤
――あらたよの 13-3227㉒
おもひすぎめや―― 13-3228⑤
こまつがうれに―― 2-228⑤
ほこすぎがうれに―― 3-259⑤
ここおもへば 8-1629㉕
こごしかも
――いはのかむさび 17-4003⑮
――いよのたかねの 3-322⑨
こごしきみちの 13-3329㊳
こごしきみちを 13-3274④
こごしきやまに 7-1332②
こごしきやまを 3-301②
ここだかなしき 14-3373⑤
ここだくあがむね 4-611④
ここだくあれは 4-666④
ここだくこふる
――ほととぎす 8-1475②
――わぎもこが 12-2889②
ここだくつぎて 11-2559④
ここだくに 18-4036③
ここだくまてど 4-680④
ここだくも
――あまつみそらは 10-2322③
――おもふごとならぬ 13-3312⑮
――くるひにくるひ 4-751③
――さきてあるかも 10-2327③
――しげきこひかも 17-4019③
――ひごとにきけど 10-2157③
――わがもるものを 8-1507⑲
ここだこひしき 10-2299⑤
ここだこふるを 11-2494④
ここだこふれば 16-3805⑤
ここだたふとき 2-220⑥
ここだちかきを 7-1180⑤
ここだちりくる 10-2325⑤
ここだてりたる 2-230㉙
ここだともしき 4-689⑤
ここだはなはだ 11-2400②
ここだもさわく 6-924④
ここだもまがふ 5-844④
ここといへども
――かすみたち 1-29ィ㉚
――はるくさの 1-29㉚
こことききけども 1-29㉘
こことさだめて 19-4211㊱
こことしめさし 6-1051ィ④
こことはきけど 3-431⑩
こごともみ 16-3880⑩
ここにあはむとは 11-2601⑤
ここにあらめ 15-3757③
ここにありて
――かすがやいづち 8-1570①
――つくしやいづち 4-574①
ここにありと 7-1290⑤
ここにおもひで 17-3969⑭
ここにかきたれ 16-3791⑲
ここにかよはず 6-1058⑤
ここにきたれば 7-1078②
ここにこやせる 9-1800㉛
ここにしあらねば 4-534②
ここにして
――いへやもいづち 3-287①
――そがひにみゆる 19-4207①
ここにちかくを 20-4438②
ここにちりこね 10-2125⑤
ここにちるらし 10-1838④
ここにつどへる 10-1883⑤
ここにもあらまし 3-387④
ここにももとな 12-3162④
ここによせくも 9-1673ィ④
ここによせくる 9-1673④
ここのこらや 16-3794④
ここはおもはず 12-2920②
ここばかなしけ 14-3517⑤
ここばくも 17-3991㉗
ここばこがたに 14-3431⑤
ここみれば 20-4360㊸
ここもおやじと 19-4154⑩

こころあひおもふ　10–2094 ②
こころあらなも　1–18 ④
こころあらば
　—あをなたのめそ　12–3031 ③
　—きみにあがこふる　4–725 ③
こころあるごと　4–538 ④
こころあれかも　13–3328 ④
こころあれこそ　7–1366 ④
こころあれこよひ　8–1480 ④
こころあれば　12–3074 ③
こころいさよひ
　—そのとりの　3–372 ⑩
　—とききぬの　10–2092 ⑱
こころいたく
　—いゆくわぎもか　3–467 ③
　—むかしのひとし　20–4483 ③
こころいたみ　14–3542 ③
こころいぶせし　12–2949 ②
こころいぶせみ　8–1568 ②
こころうつくし　14–3496 ④
こころおそく　12–2856 ③
こころおもひて
　—いでてきにけり　7–1245 ④
　—むなことも　20–4465 ㊿④
こころおもほゆ　18–4095 ②
こころがなしく　15–3639 ④
こころがなしも
　—ひとりしおもへば　19–4292 ④
　ひとりすぐれば—　3–450 ⑤
こころかも　6–1044 ③
こころぐき　8–1450 ①
こころぐく
　—おもほゆるかも　4–789 ①
　—てれるつくよに　4–735 ③
こころぐし
　—いざみにゆかな　17–3973 ㊴
　—めぐしもなしに　17–3978 ⑦
こころくだけて
　—かくばかり　4–720 ②
　—しなむいのち　16–3811 ⑯
　—たまだすき　9–1792 ⑫
こころぐみ
　—あがおもふいもが　12–3057ィ ③
　—あがおもふこらが　12–3057 ③
こころぐるしも　9–1806 ⑤
こころけうせぬ　9–1740 ㉜
こころこひしき
　—かこのしまみゆ　3–253 ④
　—かこのみとみゆ　3–253ィ ④
こころさぶしく
　—はしきよし　17–3962 ㉖
　—みなみふき　18–4106 ㊱
こころさへ
　—いもをわすれて　4–770 ③
　—きえうせたれや　9–1782 ③
　—まつれるきみに　11–2573 ①
こころさまねし　1–82 ②
こころさやらず　19–4164 ⑳
こころしあるらし　8–1476 ⑤
こころしいたし
　—たらちねの　13–3314 ⑩
　—ほととぎす　17–4006 ㊻
こころしおもへば　12–2902 ④
こころしなくは
　—あまざかる　18–4113 ㉖
　—いきてあらめやも　12–2904 ④
　—けふもへめやも　18–4115 ④
こころしめさね　4–725 ⑤
こころしゆけば
　—いめにみえけり　17–3981 ④
　—こふるものかも　4–553 ④
こころしらずて　14–3566 ⑤
こころしらずや　13–3250 ⑩
こころすすむな　3–381 ②
こころそいたき
　—うたてけに　20–4307 ②
　—すめろきの　2–230 ㉔
こころそむきて　5–794 ㉘
こころそらなり
　—つちはふめども　11–2541 ④
　—つちはふめども　12–2950 ④
こころたがひぬ

—いはむすべ　19–4236 ⑩
　つかへまつりし—　2–176 ⑤
こころたゆたひ　4–713 ④
こころだらひに
　あめもふらぬか—　18–4123 ⑤
　—なでたまひ　18–4094 ㊻
こころつくさむ　8–1633 ⑤
こころつくして
　あれこひめやも—　9–1805ィ ④
　—おもふらむ　19–4164 ⑥
　—おもへかも　12–3162 ②
　—こふるあれかも　4–682 ④
　—わがおもはなくに　7–1320 ④
こころつくすな　19–4216 ④
こころつけずて
　—おもふひそおほき　19–4162 ④
　—なげくひそおほき　19–4162ィ ④
こころつごきて　18–4089 ㉔
こころつとめよ　20–4466 ⑤
こころどもなし
　きみしまさねば—　3–457 ⑤
　きみにこふるに—　17–3972 ⑤
　こひのしげきに—　13–3275 ⑤
　やまがくしつれ—　3–471 ⑤
こころなき
　—あきのつくよの　10–2226 ①
　—あめにもあるか　12–3122 ①
　—とりにそありける　15–3784 ①
こころなぎむと　19–4185 ⑧
こころなきやまの　13–3242 ⑮
こころなく
　—くもの　1–17 ⑬
　—このすさきみに　1–71 ③
　　さとのみなかに　14–3463 ③
こころなぐさに
　うかはたたさね—　19–4190 ⑤
　—なでしこを　18–4113 ⑭
　—ほととぎす　18–4101 ⑱
　—ほととぎす　19–4189 ⑩
　—やらむため　18–4104 ②
こころなぐやと
　—あきづけば　19–4154 ⑱
　—たかまとの　8–1629 ㉘
　—はやくきて　15–3627 ㊻
こころにあかず　10–2218 ④
こころにいりて　12–2977 ④
こころにしみて　4–569 ④
こころにのりて
　—おもほゆるいも　4–691 ④
　—ここばかなしけ　14–3517 ④
　—たかやまの　13–3278 ⑧
こころには
　—おもひほこりて　17–4011 ㊸
　—おもひわたれど　4–714 ①
　—おもふものから　19–4154 ⑪
　—ちへにおもへど　11–2371 ①
　—ちへにしくしく　11–2552 ①
　—ちへにももへに　12–2910 ①
　—ひさへもえつつ　17–4011 ㊼
　—もえておもへど　12–2932 ①
　—ゆるふことなく　17–4015 ①
　—わするるひなく　4–647 ①
　—わすれぬものを　4–653 ①
こころにふかく　11–2469 ④
こころにむせひ　4–645 ④
こころにもちて　15–3723 ④
こころのいたき
　—あがこひぞ　13–3329 ⑯
　—すゑつひに　13–3250 ⑱
こころのうちに
　—こひわたるかも　4–705 ④
　—こふるこのころ　9–1768 ④
　—こふるこのころ　12–2944 ④
　—つつみとなれり　7–1395 ④
　—もえつつぞをる　4–718 ④
　—わがおもはなくに　11–2523 ④
　—わがおもはなくに　11–2581 ④
　—わがおもはなくに　12–2911 ④
こころのうちの　11–2566 ④
こころのうちは　11–2785 ④
こころのうちを
　—おもひのべ　19–4154 ㉚

—ひとにいふ 13-3258 ⑭
こころのべむと 10-1882 ②
こころのみ
—いもがりやりて 14-3538 ③
—むせつつあるに 4-546 ⑨
こころのをろに 14-3466 ④
こころはあらまし
—しなばしぬとも 5-889 ④
—のちはしぬとも 5-889ィ ④
こころはあらむを 18-4125 ⑳
こころはいもに
—よりにけるかも 10-2242 ④
—よりにけるかも 13-3267 ④
—よりにしものを 11-2780 ④
—よりにしものを 15-3757 ④
こころはおなじ 12-3099 ⑤
こころはおもはじ 11-2535 ②
こころはおもへど
—ただにあはぬかも 4-496 ④
—ただにあはぬかも 11-2699 ④
ふねよせかねつ— 7-1401 ⑤
よそのみそみし— 11-2522 ⑤
こころはおやじ 17-3978 ②
こころはきみに
—よりにしものを 4-505 ④
—よりにしものを 12-2985左注 ④
こころはきみを 10-2069 ④
こころはけだし 4-716 ④
こころはしらゆ 16-3800 ④
こころはとげず 3-481 ⑭
こころはとけて 17-3940 ②
こころはなくて 10-2122 ②
こころはなしに
—おきつなみ 11-2596ィ ②
—かくのみし 11-2596 ②
—くもがくり 5-898 ②
—たわやめの 6-935 ⑭
—はるはなの 17-3969 ㊱
こころはもえぬ
—かにかくに 5-897 ㊱
—たまきはる 17-3962 ㊿
こころはもたじ
いもがくゆべき— 3-437 ⑤
おもひくゆべき— 11-2528 ⑤
きみがくだけむ— 10-2308 ⑤
きみがくゆべき— 14-3365 ⑤
こころはもたず 4-619 ⑭
こころはもへど 14-3367 ⑤
こころはよしゑ
—きみがまにまに 11-2537 ④
—きみがまにまに 13-3285 ④
こころはよりて
—あさつゆの 13-3266 ⑫
—こふるこのころ 11-2482 ④
こころはよりぬ 11-2724 ④
こころびき 14-3536 ③
こころひとつを 11-2602 ④
こころひらけて 8-1661 ④
こころふかめて 7-1381 ④
こころふりおこし
—あしひきの 17-3962 ④
—つるぎたち 3-478 ㉔
—とりよそひ 20-4398 ⑥
こころへだてつ 18-4076 ⑤
こころへだてや 7-1310 ⑤
こころまとひぬ
つきかへぬると— 4-638 ⑤
つぎてしきけば— 12-2961 ⑤
—つきまねく 12-2955 ②
こころみだれて 9-1805 ④
こころむせつつ 3-453 ④
こころもあらず 2-196 62
こころもありやと
—いへのあたり 4-509 ⑯
—わぎもこが 2-207 ㊳
こころもあるらむ 11-2571 ④
こころもえつつ 9-1804 ㉚
こころもけやに 16-3875 ⑥
こころもしのに
—いにしへおもほゆ 3-266 ④
—おもほゆるかも 11-2779 ④
—おもほゆるかも 17-3979 ④

—きみをしそおもふ　20-4500 ④
—しらつゆの　8-1552 ②
—そこをしも　17-3993 ⑩
—たつきりの　17-4003 ㉚
—なくちどりかも　19-4146 ④
—ひとしれず　13-3255 ⑭
こころもしらず　20-4294 ④
こころもしるく　8-1596 ④
こころもとけず　2-144 ④
こころもみさへ　4-547 ④
こころもゆかず　3-466 ④
こころやすめむ　12-2908 ④
こころやらむと
—うまなめて　17-3991 ④
—ふせのうみに　19-4187 ⑥
こころやり　12-2845 ③
こころゆも
—あはおもはずき　4-601 ①
—あはおもはずき　4-609 ①
—おもはぬあひだに　5-794 ⑪
—おもはぬひとの　7-1338 ③
—おもはぬわれし　7-1354 ③
—おもへやいもが　4-490 ③
—ひとひかめやも　11-2835 ③
こころより　8-1544 ③
こころをいたみ
—あしかきの　9-1804 ㉒
—おもひつつ　2-135 ⑱
—ぬえことり　1-5 ⑥
—みどりこの　18-4122 ㉒
こころをえねば　7-1303 ④
こころをけには　11-2399 ④
こころをし
—きみにまつると　11-2603 ①
—むがうのさとに　16-3851 ①
こころをしらに　13-3255 ⑧
こころをそ　12-2874 ③
こころをちかく　15-3764 ④
こころをつねに　8-1653 ②
こころをひとの　10-1916 ④
こころをもちて
—ありめぐり　20-4331 ㊷
—まそでもち　13-3280 ⑱
こころをやるに　3-346 ④
ここをしも
—あやにくすしみ　18-4125 ㉗
—あやにたふとみ　18-4094 ㊾
—まぐはしみかも　13-3234 ⑱
こさめそほふる　16-3883 ⑤
こさめにふれば　2-230 ⑭
こさめふり　11-2683 ③
こさめふりしき　11-2456 ④
こさめふりしく　11-2457 ②
こしきには　5-892 ㊻
こしくもしるく
—あへるきみかも　8-1577 ④
—よしのがは　9-1724 ②
こしくもしるし　10-2074 ④
こしけふのひは　10-1882 ④
こしぢをさして　19-4220 ⑭
こじといふものを　4-527 ⑤
こじといふを　4-527 ③
こじとすらしも　10-2251 ⑤
こしとなにおへる　17-4011 ④
こじとはしれる　4-766 ②
こしにいつとせ　19-4250 ②
こしにくだりき　18-4113 ⑥
こしにしすめば　19-4154 ⑥
こしにたがねて　5-804 ㊽
こしにとりはき
—あさまもり　18-4094 ㊻
—あしひきの　19-4164 ⑯
—あづさゆみ　3-478 ㉖
—さつゆみを　5-804 ㉚
—まかなしき　20-4413 ②
こしになづみ　13-3295 ⑥
こしになづみて　19-4230 ②
こしのうみの
—ありそのなみも　17-3959 ③
—こがたのうみの　12-3166 ③
—しなののはまを　17-4020 ①
—たゆひがうらを　3-367 ①

—つのがのはまゆ 3-366①
こしのおほやま 12-3153②
こしのきみらと 18-4071②
こしのくにへに 19-4173②
こしのなか 17-4000③
こしばさし 20-4350③
こしひのきはみ 17-3957⑱
こしへにやらば 18-4081④
こしぼそに 16-3791㊽
こしぼその 9-1738⑦
こしまのかみの 7-1310②
こしまはみしを 1-12ィ②
こしものを 12-2859③
こしわれそ 8-1424③
こしわれや 20-4435③
こしををさめに 17-3969④
こすげのかさを 11-2771④
こすげろの 14-3564①
こすげをかさに 11-2772②
こすずもゆらに
—あはせやり 19-4154㉖
—たわやめに 13-3223⑯
こずはこず 11-2640③
こずはこばそを 11-2640⑤
こせのはるのは 1-56⑤
こせのはるのを 1-54⑤
こせのをぐろし 16-3844④
こせやまの 1-54①
こぞさきし 10-1863①
こぞのあき 18-4117①
こそのさとびと 14-3559④
こぞのはる
—あへりしきみに 8-1430①
—いこじてうゑし 8-1423①
こぞのわたりぜ 10-2084②
こぞのわたりで 10-2018②
こぞみてし
—あきのつくよは 2-211①
—あきのつくよは 2-214①
こぞめのきぬを 11-2828②
こぞめのころも
—いろぶかく 11-2624②
—したにきて 7-1313②
こだかくしげく 3-452④
こだかくて 19-4209③
こだかくは 10-1946①
こだちしげしも 17-4026⑤
こだちのしげに 3-478⑱
こだちもみえず 3-262②
こだちをしげみ 6-1057②
こたへぬに 10-1828①
こたへむきはみ 6-971⑯
こたへやる 13-3276㉗
こだるきを 14-3433③
こだるまで 3-310③
こちこせやまと 7-1097②
こちごちに 2-213⑦
こちごちの
—くにのみなかゆ 3-319⑤
—はなのさかりに 9-1749⑪
こちごちのえの 2-210⑧
こちたかるかも 11-2768⑤
こちたくありとも 2-114⑤
こちたくは 7-1343①
こちたみあれせむ 4-748⑤
こちでしは 4-776①
こちでつるかも 14-3371⑤
こづたひちらす
—うめのはなみに 19-4277④
—うめのはなみむ 10-1873④
こづたふうめの 10-1854②
こつのよすなす 14-3548②
こつみこずとも 7-1137⑤
こつみなす 11-2724③
こてたずくもか 14-3553④
ことあげすあれは
—ことあげすあれは 13-3253⑮
ことあげすあれは— 13-3253⑯
ことあげせず
—いもによりねむ 12-2918③
—とりてきぬべき 6-972③
ことあげせずとも 18-4124④

ことあげせぬくに
——しかれども　13-3250④
——しかれども　13-3253④
ことあげせねども　7-1113⑤
ことあげぞあがする　13-3253⑥
こといたはしみ　19-4211㉒
こといふににたり　6-1011④
ことうるはしみ　10-2343②
ことおもほしし　3-322⑭
ことかしげけむ　11-2621⑤
ことかたねもち　18-4116⑥
ことかへらずそ　11-2430④
こどきにいたれば　14-3506②
こときよく　4-537①
ことくやしきを　2-217⑳
ことこそば　12-2996③
ことことは　5-897㉙
ことさきく　13-3253⑦
ことさきだちし　10-1935④
ことさけば
——いへにさけなむ　13-3346⑨
——おきゆさけなむ　7-1402①
——くににさけなむ　13-3346⑦
ことさけを　16-3875①
ことさへく
——からのさきなる　2-135③
——くだらのはらゆ　2-199(127)
ことさらに
——ころもはすらじ　10-2107①
——つまごひしつつ　4-585③
ことしあらば
——いづへゆきみは　7-1308③
——ひにもみづにも　4-506③
——をはつせやまの　16-3806①
ことしげき
——くににあらずは　8-1515ィ①
——さとにすまずは　8-1515①
ことしげみ
——あひとはなくに　19-4282①
——きみはきまさず　8-1499①
——まろねそあがする　10-2305③
ことしこずとも　14-3406⑤
ことしのなつの　7-1099④
ことしへて　19-4183③
ことしまで　4-783③
ことしもあるごと　4-649④
ことしゆく　7-1265①
ことしをはらば　20-4331㊹
ことそおもほゆる　9-1740⑧
ことそかよはぬ　8-1521⑤
ことそこもれる　8-1456④
ことそさだおほき　11-2576⑤
ことそなるべき　11-2517⑤
ことたえて　4-746③
ことたえてあり　12-2959②
ことたかりつも　14-3482左注⑤
ことだてて　20-4465㊸
ことだにつげず　3-445④
ことだにつげむ　10-2011④
ことだにとはず　13-3336㉔
ことだにも
——つげにぞきつる　10-2006③
——われにはつげず　17-4011㊾
ことだまの
——さきはふくにと　5-894⑦
——たすくるくにぞ　13-3254③
——やそのちまたに　11-2506①
ことつきめやも　20-4458⑤
ことつくしてよ　4-661④
ことつげやらむ
ならのみやこに——　15-3676⑤
みだれておもふ——　15-3640⑤
ことつげやりし　8-1506④
ことつてむやと　13-3336⑱
ことつてやらず　17-3962㊽
ことといひつぐ　19-4211④
こととがめせぬ
——いめにだに　12-2958②
——いめにわれ　12-2912②
こととくは　11-2712①
こととしいはば　14-3486④
こととはじかも　12-3187⑤

こととはずきぬ 14-3540 ⑤
こととはずとも
あがみはさけじ―― 4-637 ⑤
われにみえこそ―― 7-1211 ⑤
こととはなくも 12-2934 ④
こととはぬ
――きすらあぢさゐ 4-773 ①
――きすらいもとせと 6-1007 ①
――きすらはるさき 19-4161 ①
――きにはありとも 5-811 ①
――きにはあれども 13-3324 ㉛
――きにもありとも 5-812 ①
――ものにはあれど 3-481 ㊸
こととはましを 12-3143 ④
こととはむ 4-546 ⑦
ことどひすれば 20-4398 ⑳
ことどひせむと 20-4408 ㉔
ことどひの 18-4125 ㉓
ことどひも 10-2060 ③
ことどひもなく 5-884 ⑤
こととふすがた 4-602 ④
ことどふや 11-2516 ③
こととももしかも 8-1611 ④
こととりもちて 17-4008 ⑫
こととるなへに 18-4135 ②
こととれば 7-1129 ①
ことなきみよと 19-4254 ㉜
ことなきわぎも 11-2757 ⑤
ことなくは 7-1328 ③
ことなさむかも 7-1313 ⑤
ことなしと 7-1311 ③
ことなたえそね
いしゐのてごが―― 14-3398 ⑤
いまだふふめり―― 7-1363 ⑤
つなはたゆとも―― 14-3380 ⑤
ことなりしかば 9-1740 ㉒
ことにあらなくに 7-1385 ⑤
ことにあるかも 12-2915 ⑤
ことにあれば 9-1774 ③
ことにいでて
――いはばゆゆしみ 10-2275 ①
――いはばゆゆしみ 11-2432 ①
――いはばゆゆしみ 17-4008 ㉛
ことにいへば 11-2581 ①
ことにきほしき 7-1314 ④
ことにしありけり
――あがこふる 7-1213 ②
――うつつにも 7-1132 ②
こひわすれがひ―― 7-1149 ⑤
こひわすれがひ―― 7-1197 ⑤
しこのしこぐさ―― 4-727 ⑤
ことにしあるべし 5-811 ⑤
ことにしあれば 6-1047 ㊿
ことにそやすき
――すくなくも 15-3743 ②
――すべもなく 15-3763 ②
ことにでにしか 14-3497 ⑤
ことにまさめやも 15-3763 ⑤
ことのいみも 13-3284 ⑤
ことのかよひに 11-2524 ④
ことのかよへば
かれにしきみが―― 12-2955 ⑤
たなびくときに―― 4-789 ⑤
ことのしげきも 4-730 ⑤
ことのしげきを
――たつたこえ 4-626ィ ②
――ふるさとの 4-626 ②
ことのしげけく
あがおもふいもが―― 11-2439 ⑤
あがおもふいもが―― 11-2728 ⑤
あがおもふひとの―― 12-3078 ⑤
いでじとおもへば―― 10-2307 ⑤
きみによりてし―― 11-2398 ⑤
ひにけにくれば―― 11-2397 ⑤
ことのしげけむ
なにしかひとの―― 12-2848 ⑤
なほわがうへに―― 11-2561 ⑤
へにきよらばか―― 7-1388 ⑤
ことのしたびに 7-1129 ④
ことのつかさそ 18-4094 ㊷
ことのなぐさそ 4-656 ⑤
ことのなぐさに 7-1258 ②

ことのみも　3-431 ⑮
ことのみを
　―かたくいひつつ　12-3113 ③
　―のちもあはむと　4-740 ①
ことのゆゑも　13-3288 ⑦
ことのよろしさ　3-339 ⑤
ことはいへど　4-674 ③
ことはおもはず　4-628 ②
ことはかたきを　9-1785 ②
ことはかもなき　8-1654 ⑤
ことはかよはむ　12-3178 ⑤
ことはかよへど
　―ただにあはず　19-4214 ⑯
　―ふねそかよはぬ　7-1173 ④
ことはかり
　―いめにみせこそ　13-3227 ㉕
　―よくせわがせこ　12-2949 ③
ことはかりせよ
　こころやすめむ―　12-2908 ⑤
　つぎてあひみむ―　4-756 ⑤
ことはかりもが　12-2898 ⑤
ことはさだめつ　14-3418 ④
ことはさだめむ　3-398 ⑤
ことはしらぬを　7-1096 ②
ことはたえずて　12-3074 ⑤
ことはたなしれ　13-3279 ⑤
ことはたなゆひ　17-3973 ㊶
ことはたゆとも　14-3398 ②
ことははたさず　3-481 ⑫
ことひうしの　9-1780 ①
ことひきと　16-3886 ⑮
ことひのうしの　16-3838 ④
ことふらば　10-2317 ①
ことまつわれぞ　11-2440 ⑤
ことまつわれを　11-2782 ⑤
ことまをさずて　20-4376 ④
こともあらなくに
　あはじといひし―　12-3116 ⑤
　あはじといへる―　12-2889 ⑤
こともあらむと　17-3973 ㉒
こともありしを　17-4008 ⑧
こともありやと　9-1757 ④
こどもおもほゆ　5-802 ②
こともかたらひ
　―あすのごと　9-1740 ㊷
　―なぐさむる　18-4125 ⑱
　―なぐさめむ　11-2543 ②
こともかゆはむ　20-4324 ⑤
こともかよはず　17-3969 ㉘
こともかよはぬ　9-1782 ⑤
こともちかねて　8-1457 ④
こともつくさじ　16-3799 ④
こともつげこぬ　4-583 ⑤
こともつげなく　11-2370 ⑤
こともつげなむ　10-1998 ⑤
こともとがむな　9-1759 ⑲
こともなく
　―いきこしものを　4-559 ①
　―もなくもあらむを　5-897 ⑤
　―ものいはぬさきに　16-3795 ③
こともわすれて　5-892 ㊹
ことゆるせやも　7-1193 ④
ことよせつまを　11-2562 ②
ことよせむかも　7-1109 ⑤
ことをしそおもふ　12-2920 ⑤
ことをしたはへ　9-1792 ④
ことをしまたむ
　ひとのゆるさむ―　11-2770 ⑤
　よそりしきみが―　11-2755 ⑤
ことをはやみか　11-2459 ④
ことをはり
　―かへらむひには　5-894 ㊼
　―かへりまかりて　18-4116 ㉟
ことをろはへて　14-3525 ④
こなぎがはなを　14-3576 ②
こなくらむ　3-337 ③
こなのしらねに　14-3478 ②
こならのす　14-3424 ③
こにしかめやも　5-803 ⑤
こにものたなふ　14-3444 ④
こぬときあるを　4-527 ②
こぬみのはまに　12-3195 ④

こぬれあまねく　8-1553 ④
こぬれがうへは　7-1263 ④
こぬれがくりて　5-827 ②
こぬれがしたに　13-3221 ⑧
こぬれことごと　12-3155 ②
こぬれにすまふ　7-1367 ②
こぬれには　6-924 ③
こぬれのしげに　8-1494 ②
こぬれはなさき　17-3991 ㉖
こぬれもとむと　3-267 ②
こぬれをつたひ　10-1826 ④
こねばかなしも　11-2360 ⑥
このあがける　15-3667 ③
このあがこころ　2-190 ④
このあかときに　19-4171 ④
このあがまの　17-4022 ③
このあがめの　12-2876 ③
このあきはぎは　10-2111 ④
このあきはぎを　10-2293 ④
このあごを　19-4240 ③
このいちしばの　4-513 ②
このいつしばに　8-1643 ④
このえなびけり　9-1811 ②
このおほみやに　18-4098 ⑫
このかたに
　—われはたちて　13-3299 ③
　—われはたちて　13-3299左注 ⑤
このかたやまに　16-3885 ⑱
このかたやまの　16-3886 ㉞
このかはかみに　5-854 ②
このかはに　14-3440 ①
このかはの
　—したにもながく　13-3307 ⑦
　—したにもながく　13-3309 ⑳
　—たえばのみこそ　6-1005 ⑮
　—たゆることなく　1-36 ㉑
　—たゆることなく　6-923 ⑮
　—たゆることなく　18-4098 ㉑
　—ながれのながく　10-2092 ㉓
このかはのせに
　あゆひはぬれぬ—　7-1110 ⑤
　きりたちわたる—　10-2045 ⑤
　—たまもぬらしつ　11-2705 ④
　みだれにけらし—　9-1686 ⑤
このかはやぎは　10-1848 ④
このかはゆ　7-1307 ①
このきのやまに　5-823 ④
このくしげ　9-1740 ㉛
このくしみたま　5-814 ④
このくれ　19-4187 ③
このくれおほみ　10-1875ィ ②
このくれがくり　6-1047 ㉒
このくれしげに
　—おきへには　3-257 ⑧
　—ほととぎす　18-4051 ②
　—まつかぜに　3-260 ⑥
このくれに　18-4053 ①
このくれの
　—うづきしたてば　19-4166 ⑬
　—かくなるまでに　8-1487 ③
　—しげきたにへを　19-4192 ⑬
　—しげきをのへを　20-4305 ①
　—ときゆつりなば　14-3355 ③
　—ゆふやみなるに　10-1948 ①
　—ゆふやみなれば　10-1948ィ ①
このことを　11-2811 ①
このころきかずて　3-236 ④
このころつぎて　8-1651 ②
このころに　12-3111 ③
このころの
　—あがこころどの　11-2525 ③
　—あがこひぢから　16-3858 ①
　—あがこひぢから　16-3859 ①
　—あかときつゆに　8-1605 ③
　—あかときつゆに　10-2182 ①
　—あかときつゆに　10-2213 ①
　—あきかぜさむし　10-2175 ①
　—あきのあさけに　10-2141 ①
　—あさけにきけば　8-1603 ①
　—いのねらえぬは　12-2844 ①
　—こひのしげけく　10-1984 ①
このころのあひだ　12-3022 ⑤

このころのまの　12-2984④
このころは
　—いかにさきくや　4-648③
　—うけひてぬれど　4-767③
　—きみをおもふと　15-3768①
　—こひつつもあらむ　15-3726①
　—ちとせやゆきも　4-686①
このころはなき　12-3055⑤
このころみぬに　2-123④
このさきを　3-450③
このさだすぎて
　—のちこひむかも　11-2732④
　—のちこひむかも　12-3160④
このさとは　19-4268①
このしぐれ　19-4222①
このしたがくり　2-92②
このしらつゆに　10-2115④
このすさきみに　1-71④
このせのやまに
　—かけばいかにあらむ　3-285④
　—かへばいかにあらむ3-285ィ④
このせのやまを　3-286④
このたけに　5-873③
このたちばなの　18-4063②
このたちばなを
　あれはわすれじ—　18-4058⑤
　—ときじくの　18-4111㊿
このたびとあはれ　3-415⑤
このたびのけに
　—つまさかり　13-3347②
　—つまさくべしや　13-3346⑭
このつきごろは　8-1560④
このつきごろも　4-723⑯
このつきごろを　4-588⑤
このつきの
　—ここにきたれば　7-1078①
　—すぎかくらまく　7-1069③
このつきのおもに　11-2460④
このつきは
　—いもがにはにも　7-1074③
　—きみきまさむと　13-3344①
このつくよ　8-1569③
このてかしはの
　—ふたおもに　16-3836②
　—ほほまれど　20-4387②
このてらす　5-800㉑
このてるつきは　3-442④
このときは　5-892㉛
このとこの　13-3270⑬
このとしころは　12-3146⑤
このとしころを
　つぎてそこふる—　12-2860⑤
　よなきかはらふ—　2-192⑤
このとひらかせ　13-3310⑯
このとよみきは
　あひのまむきそ—　6-973⑰
　あひのまむきそ—　19-4264⑯
このながつきの　13-3329㉚
このながつきを　13-3329㉒
このなくごとに　3-481㊱
このにはに　20-4452③
このねとり　9-1753⑨
このねぬる　8-1555③
このののあさぢ　8-1578④
このはおちて　4-711③
このはがくりて　11-2711②
このはぎはらに　10-2097④
このはごもれる　11-2666④
このはこを　9-1740㊲
このはしのぎて　10-1815④
このはしりけむ　3-291⑤
このはしるらむ　7-1304⑤
このはちり　10-2243③
このはなの
　ひとよのうらに　8-1456①
　—ひとよのうちは　8-1457①
このはまに　19-4206③
このはもいまだ　10-2232②
このはるさめに　10-1864④
このはるのあめに　8-1444④
このはをば　7-1305③
このはをみては　1-16⑫

このひくらさむ　4–520 ⑤
このひくらしつ
　いもがいへぢに――　10–1877 ⑤
　まつらむいもを――　11–2713 ⑤
　やまぢにまとひ――　7–1250 ⑤
　ゆらのみさきに――　7–1220 ⑤
このひくれなば　3–275 ⑤
このひもとけと　12–2866 ④
このふせのうみを　19–4187 ㉙
このふたよ　11–2381 ③
このふるかはの　7–1111 ④
このふるゆきの　8–1658 ④
このほほがしは　19–4205 ⑤
このまくら　11–2629 ③
このまたちくき　17–3911 ④
このまたちくく　8–1495 ②
このまつばらを　9–1674 ④
このまゆも　2–134 ③
このまより
　――いでくるつきに　7–1085 ③
　――うつろふつきの　11–2821 ①
　――うつろふつきを　10–1876 ③
　――わがふるそでを　2–132 ③
　――わがふるそでを　2–139 ③
このみたるらむ　15–3758 ⑤
このみちにてし　6–977 ②
このみちの
　――やそくまごとに　2–131 ㉗
　――やそくまごとに　2–138 ㉙
このみちのあひだ　14–3571 ⑤
このみちを　9–1801 ⑲
このみづやまは　1–52 ⑳
このみねもせに　10–2233 ②
このみゆる
　――あまのしらくも　18–4122 ㉙
　――くもほびこりて　18–4123 ①
このむかつをに　7–1099 ②
このむかつをの　14–3448 ②
このもかのもに　9–1809 ㊳
このもとに　11–2457 ③
このもとほりの
　――ゆきなふみそね　19–4227 ②
　――ゆきなふみそね　19–4228 ④
このもとやまの　14–3488 ②
このもりの　7–1263 ③
このやまかげに　7–1416 ④
このやまの
　――いやたかしらす　1–36 ㉓
　――いやつぎつぎに　18–4098 ㉓
　――つきばのみこそ　6–1005 ⑬
　――みねにちかしと　11–2672 ①
　――もみちのしたの　7–1306 ①
このやまのくき　12–3148 ⑤
このやまのへに　5–872 ④
このやまぶきを　17–3976 ④
このやまへから　13–3303 ⑧
このやまみちは　15–3728 ④
このやまを　9–1759 ⑬
このゆきの　19–4226 ①
このゆふかげに　19–4290 ④
このゆふへ
　――あきかぜふきぬ　10–2102 ①
　――かすみたなびく　10–1812 ③
　――ころもにぬひて　10–2064 ③
　――つみのさえだの　3–386 ①
　――ふりくるあめは　10–2052 ①
このゆふへかも
　おとのかそけき――　19–4291 ⑤
　ことにきほしき――　7–1314 ⑤
このよすがらに　17–3969 ㊳
このよなあけそ　11–2389 ②
このよなるまは　3–349 ④
このよにし　3–348 ①
このよには　4–541 ①
このよのあけむ　10–1873 ②
このよのあけむと　3–388 ⑱
このよはあけぬ　13–3310 ⑭
このよらは　10–2224 ①
このわがさとに　17–3984 ④
このをかに
　――くさかるわらは　7–1291 ①
　――なつますこ　1–1 ⑤

——をしかふみおこし　8-1576①
このをがは　7-1113①
こばこそをなぞ　11-2640④
こはたのうへを　2-148②
こはたのやまを　11-2425②
こはなくに　9-1738㉓
こばのはなりが　14-3496②
こはばとらせむ　7-1196②
こはまのしじみ　6-997②
こはむこがため　8-1534⑤
こひいたしわがせ　2-130④
こひうらぶれぬ　11-2501②
こひかもやせむ　12-2976④
こひかもゆかむ　9-1728④
こひかもをらむ　9-1780⑱
こひぐさを　4-694①
こひくらし　10-1894③
こひくらすかも　12-2841⑤
こひくれば
——あかしのとより　3-255③
——あかしのとより　15-3608③
こひけれこそば　17-3977④
こひこしあれを　11-2808⑤
こひこしいもが　11-2703④
こひこしきみに　10-2049④
こひこしこころ　7-1221④
こひこそまさめ　11-2670⑤
こひこそまされ
いやますますに——　10-2132ィ⑤
おもひはすぎず——　10-2269⑤
おもひはやまず——　19-4186⑤
こゑいつぎいつぎ——　10-2145⑤
なくこゑきけば——　8-1475⑤
なれはまさらず——　12-3048⑤
こひこひて
——あひたるものを　4-667①
——あへるときだに　4-661①
——のちもあはむと　12-2904①
こひごろも　12-3088①
こひざらましを
——いもをみて　4-586②
てにまきもちて——　3-436⑤
こひざらめやも　12-3081⑤
こひざるさきに　11-2377④
こひしかりける　20-4461⑤
こひしきおもへば　12-3140⑤
こひしきこころ　11-2392④
こひしきまでに　11-2461⑤
こひしきものを
こころにいりて——　12-2977⑤
すぎてやゆかむ——　7-1174⑤
なくこゑききて——　18-4119⑤
まことありえむや——　7-1350⑤
みつつやあらむ——　10-2297⑤
ゆきやわかれむ——　10-1923⑤
こひしきわがせ　20-4443⑤
こひしきを　9-1803③
こひしくあるべし　20-4408㉒
こひしくきみが　17-3928②
こひしくしあらば　19-4221②
こひしくに　16-3811⑪
こひしくの
——おほかるわれは　20-4475③
——けながきあれは　10-2334③
こひしくは
——かたみにせよと　10-2119①
——けながきものを　10-2017①
こひしくも　13-3266⑮
こひしけく
——けながきものを　10-2039①
——けながきものを　17-3957㉓
——けのながけむそ　17-4006㊸
——ちへにつもりぬ　17-3978㉛
こひしげけむと　12-2924②
こひしげしゑや　5-819②
こひしけば
——かたみにせむと　8-1471①
——きませわがせこ　14-3455①
——そでもふらむを　14-3376①
こひしけまくに　9-1722⑤
こひしげみ　15-3620①
こひしけむかも

みずひさならば——　3-311⑤
みぬひさまねみ——　17-3995⑤
みぬひひさしみ——　17-3995ィ⑤
こひしけれやも　18-4118⑤
こひししげしも
うたてこのころ——　12-2877⑤
おもひはやまず——　19-4185⑰
こひじとすれど
——あきかぜの　10-2301②
——ゆふまやま　12-3191②
こひしなぬとに
はやかへりませ——　15-3747⑤
はやかへりませ——　15-3748⑤
こひしなば
——こひもしねとや　11-2370①
——こひもしねとや　11-2401①
——こひもしねとや　15-3780①
こひしなむ
——そこもおなじそ　4-748①
——のちはなにせむ　4-560①
——のちはなにせむ　11-2592①
こひしみいもを　15-3714②
こひしらに　10-2011③
こひしわたれば
——たまきはる　9-1769②
——つるぎたち　11-2499②
よるひるといはず——　11-2376⑤
こひずあらめかも　20-4371⑤
こひずありとは　12-2877②
こひすぎめやも　4-696②
こひすとそ　12-3016③
こひすべながり
——あしかきの　17-3975②
——むねをあつみ　12-3034②
こひするに　11-2390①
こひするみちに　11-2375④
こひすれば
——あがおびゆるふ　13-3262③
——くるしきものと　13-3255③
——ひとよひとひも　12-2936③
こひせしむるは　11-2584④
こひせしよりは　11-2445④
こひそくらしし　11-2682④
こひたるすがた　12-2948④
こひつくさじと　10-2120②
こひつくすらむ　10-2089㉞
こひつつあらずは
——あきはぎの　2-120②
——あさにけに　11-2693②
あらましものを——　11-2733⑤
——いはきにも　4-722②
うかれかゆかむ——　11-2646⑤
——おひしかむ　2-115②
——かりこもの　11-2765②
——きのくにの　4-544②
——きみがいへの　4-726②
けかもしなまし——　8-1608⑤
けかもしなまし——　10-2254⑤
けかもしなまし——　10-2256⑤
けかもしなまし——　10-2258⑤
しにかもしなむ——　11-2636⑤
——しぬるまされり　12-2913④
——たかやまの　2-86②
——たごのうらの　12-3205②
——ながはける　20-4347②
こひつつあらむ　8-1520⑱
こひつつあらめや　12-2909⑤
こひつつあるに　2-207⑱
こひつつあるらむ　15-3669⑤
こひつついまさむ　4-685⑤
こひつつかこむ　12-3150⑤
こひつつくれば　13-3243⑭
こひつつそ　12-2905③
こひつつそぬる　11-2608⑤
こひつつそをる
あらぶるいもに——　11-2822⑤
いでてゆかねば——　8-1570⑤
いまかきますと——　11-2379⑤
おくかもしらず——　12-3030⑤
けふもしめらに——　17-3969㊶
ちたびなげきて——　12-2901⑤
ひとめをおほみ——　12-3104⑤

こひつつまたむ　12-3204⑤
こひつつまちし　7-1364②
こひつつも
　―あれはわたらむ　13-3250㉓
　―いなばかきわけ　10-2230①
　―けふはあらめど　12-2884①
　―けふはくらしつ　10-1914①
　―のちもあはむと　12-2868①
　―をらむとすれど　14-3475①
こひつつもあらむ
　おもひみだれて―　4-679⑤
　けのころごろは―　4-487⑤
　―たまくしげ　15-3726②
こひつつもあるか　4-666⑤
こひつつやあらむ
　しらざるいのち―　11-2406⑤
　とまれるあれは―　12-3198⑤
　なのみよそりて―　11-2708ィ⑤
　まつとながいはば―　14-3433⑤
こひつつゆかむ
　―こよひだに　12-3119②
　つかひをなみや―　20-4412⑤
こひつつをあらむ　11-2603⑤
こひつつをらむ
　いとはずあれは―　11-2378⑤
　いのちなれやも―　11-2444⑤
　おとこじものや―　11-2580⑤
　―つきもへなくに　4-640④
　みずてやわれは―　5-862⑤
こひつつをりき　3-370④
こひつつをれば
　―あけぐれの　4-509⑧
　いまかながこし―　10-1962⑤
　―はるさめの　10-1933②
こひてかぬらむ　14-3505④
こひてしなまし　1-67④
こひてしぬとも
　あれはおもはじ―　11-2434⑤
　おとにはたてじ―　11-2718⑤
　―みそのふの　11-2784②
こひてしねとか　4-749⑤
こひてすべなみ
　―いめみむと　11-2412②
　―しろたへの　11-2812②
　とめそわがこし―　13-3320⑤
　なづみぞあがこし―　13-3257⑤
　―はるさめの　10-1915②
こひてなくらむ　5-892㉚
こひてみだれば　4-642②
こひてもしなむ　12-2873④
こひといふことは　11-2386④
こひといふものは
　―さねやまずけり　13-3308④
　―わすれかねつも　11-2622④
こひといふものを
　―あひみねば　12-2930②
　―しのびかねてむ　11-2635④
　―しのびかねてむ　12-2987④
　わするるものそ―　8-1629㊴
こひといふやつこ　11-2574⑤
こひといへば　12-2939①
こひなくごとに
　―とりあたふる　2-210㉘
　―とりまかする　2-213㉘
こひなぐさむと　11-2567②
こひなりにける　4-707⑤
こひにあひにける　10-1927⑤
こひにあへずて　4-738④
こひにあらなくに
　おもひすぐべき―　3-325⑤
　おもひすぐべき―　10-2024⑤
こひにけるかも　15-3668⑤
こひにしありけり　11-2442⑤
こひにしづまむ　2-129④
こひにしなする　11-2560⑤
こひにしなむを　14-3491④
こひにしぬべし
　きみをはなれて―　15-3578⑤
　まなくみえきみ―　11-2544⑤
こひにてし　8-1430③
こひにもそ　4-598①
こひぬときとは

―あらねども　11-2373 ②
―あらねども　13-3329 ⑳
こひぬひなけむ　3-408 ⑤
こひぬひはなし
あれどもいへに―　15-3670 ⑤
いもをかけつつ―　8-1623 ⑤
みだれていもに―　12-3176 ⑤
こひのさかりと　10-1855 ④
こひのしげきに
あがむねいたし―　15-3767 ⑤
あれかまとへる―　12-2917 ⑤
あれかもまとふ―　11-2595 ⑤
うきねをしける―　4-507 ⑤
おもひもすぎず―　9-1773 ⑤
おもほゆるかも―　7-1378 ⑤
―こころどもなし　13-3275 ④
このころのまの―　12-2984 ⑤
こひのしげきは　8-1450 ⑤
こひのしげけく
けぬとかいはも―　8-1655 ⑤
―なつくさの　10-1984 ②
ひとめをしつつ―　12-2876 ⑤
こひのしげけむ
とりてのちもか―　7-1322 ⑤
ひもかへずして―　12-3131 ⑤
みむときさへや―　11-2633 ⑤
こひのなぐさに
あはむときこせ―　12-3063 ⑤
さきてみえこそ―　10-1928 ⑤
こひのまさらば　11-2702 ④
こひのまされば　4-494 ④
こひのみしつつ　15-3768 ④
こひのみて　17-4011 ㊶
こひのみにやも　10-2122 ④
こひのやつこが　16-3816 ④
こひのやつこに　12-2907 ④
こひのよどめる　11-2721 ④
こひばいかにせむ　4-586 ⑤
こひはいまは　4-695 ①
こひばいもがな　10-2346 ④
こひばかいもに　14-3376左注 ②
こひばくるしも　14-3568 ②
こひはしげけど　12-3040 ⑤
こひはしげけむ　20-4336 ⑤
こひはしなずて　11-2734 ⑤
こひはしぬとも
あれはわすれじ―　12-2939 ⑤
―いちしろく　10-2274 ②
なはさねのらじ―　12-3080 ⑤
こひばしぬべし　11-2570 ②
こひはすべなき　11-2781 ⑤
こひはすべなし　11-2373 ⑤
こひばひとみて　11-2566 ②
こひはまされど
―いろにいでば　9-1787 ⑭
―けふのみに　19-4187 ⑱
―わすらえなくに　11-2597 ④
―わすらえぬかも　12-3159 ④
こひはますとも　4-764 ⑤
こひまくおもへば　7-1217 ⑤
こひまくもいたく　11-2810 ⑤
こひまさらくに　10-2228 ⑤
こひまさらしむ　10-1946 ⑤
こひまさりけり　4-753 ⑤
こひまさりける　11-2567 ⑤
こひまさりけれ　7-1365 ⑤
こひみだれ　10-2171 ③
こひみだれつつ　11-2504 ②
こひむあれかも　10-2339 ⑤
こひむすびせむ　12-2854 ④
こひむとかねて　15-3739 ②
こひむとしつき　11-2577 ④
こひむものそと
―おもはねば　11-2547 ②
―しらませば　11-2372 ②
―しらませば　12-2867 ②
こひむゆは　8-1455 ③
こひめやと　17-3939 ③
こひもしねとや
―たまほこの　11-2370 ②
―ほととぎす　15-3780 ②
―わぎもこが　11-2401 ②

こひもすぎねば
おびこふべしや―― 10-2023⑤
――よはふけゆくも 10-2032④
こひもするかも
かぢとるまなき―― 11-2746⑤
かつてもしらぬ―― 4-675⑤
くさねのしげき―― 10-1898⑤
たてばつがるる―― 11-2675⑤
つきのそらなる―― 11-2672⑤
ほにはさきでぬ―― 10-2275⑤
やめばつがるる―― 3-373⑤
こひもつきねば
――さよそあけにける 10-2032ィ④
――さをしかの 10-2145②
こひもなく 15-3737③
こひやあかさむ 13-3248⑩
こひやくらさむ 10-1925⑤
こひやこもれる 19-4283④
こひやまずけり 17-3980⑤
こひやむものぞ 13-3306②
こひやわたらむ
――あきづのに 4-693②
――あふよしをなみ 11-2707④
――かたもひにして 10-1989④
――たまきはる 11-2374②
――つきにひにけに 11-2596④
――ひとのこゆゑに 11-2486左注④
こひゆゑにこそ 11-2400⑤
こひわすれがひ
きしによるといふ―― 7-1147⑤
――ことにしありけり 7-1149④
――ことにしありけり 7-1197④
――とらずはゆかじ 15-3711④
ひりひてゆかむ―― 6-964⑤
こひわすれぐさ 11-2475④
こひわたりなむ
うまいはねずや―― 12-2963⑤
こもりてのみや―― 6-997⑤
しきてのみやも―― 11-2596ィ⑤
しくしくきみに―― 20-4476⑤
すかなくのみや―― 17-4015⑤
つねかくのみや―― 7-1323⑤
まなくやいもに―― 15-3660⑤
みつつやきみを―― 12-2983⑤
もとなやいもに―― 12-2974⑤
ゆくへもなくや―― 12-3072⑤
よのかぎりにや―― 20-4441⑤
こひわたりなめ 13-3298⑤
こひわたるかも
あはぬひまねみ―― 11-2422⑤
あるらむこゆゑ―― 12-2968⑤
いのちしぬべく―― 4-599⑤
いやちへしきに―― 19-4213⑤
うむときなしに―― 12-2990⑤
かしこきひとに―― 4-600⑤
ききつつもとな―― 12-3090⑤
けつつもあれは―― 10-1908⑤
こころのうちに―― 4-705⑤
しげみあはずて―― 12-2923⑤
ちたびのかぎり―― 10-1891⑤
ちへしくしくに―― 11-2437⑤
ときともなくも―― 11-2704⑤
ながきはるひを―― 10-1921⑤
はるひもくれに―― 10-1911⑤
ひつきもしらず―― 2-200⑤
ひとにはいはず―― 12-2861左注⑤
ひとにはしれず―― 12-2861⑤
ひとのこゆゑに―― 12-3017⑤
ひとよのからに―― 18-4069⑤
ほにはさきいでず―― 10-2283⑤
まちかききみに―― 4-597⑤
みしひとゆゑに―― 12-3003⑤
みだれてなほも―― 11-2610⑤
やすいもねずに―― 12-3157⑤
やすむときなく―― 11-2645⑤
ゆゆしききみに―― 15-3603⑤
よそにみしこに―― 13-3294⑤
こひわたるとも 12-2882②
こひわびにけり 11-2634②
こひをあがする 10-2311③
こひをしげみと 19-4185②
こひをしすれば 13-3273②

こひをだに　2-129ィ③
こひをつくせば　10-2303④
こひをもあれは　11-2417④
こひをもするか　11-2599②
こひをれば　15-3674③
こふしかるなも　14-3476⑤
こふしけもはも　20-4419⑤
こふといはば　4-654③
こふといふことは　4-656④
こふといふとも　4-774②
こふといふは　18-4078①
こふといふものを　12-3091⑤
こふといふよりは　18-4080②
こふといふわぎも　4-624⑤
こふとにしあらし　12-2942②
こふともいもに　12-2957②
こふともきみに　13-3283②
こふのはらに　5-813⑳
こふべきものか
　けふのあしたに――　11-2391⑤
　ひとめみしこに――　11-2694⑤
こふらくおもへば
　ひとしくやしも――　13-3302㉙
　やむときもなく――　10-1907⑤
こふらくに　10-1982③
こふらくのおほき　7-1394⑤
こふらくは
　――ふじのたかねに　14-3358左注③
　――ふじのたかねの　14-3358③
こふらくはゆめ　11-2511⑤
こふらむきみと　10-2306④
こふらむとりは　2-112②
こふるあは　11-2553③
こふるあひだに　12-2847④
こふるあれかも　4-682⑤
こふるうちにも　12-2930④
こふるこころに　4-582④
こふるこころゆ　10-2016②
こふること
　――なぐさめかねて　11-2414①
　――まされるいまは　12-3083①
こふるこのころ
　けぬべくいもに――　10-2335⑤
　こころのうちに――　9-1768⑤
　こころのうちに――　12-2944⑤
　こころはよりて――　11-2482⑤
　ひもときさけず――　12-3144⑤
　みちにもいでず――　6-948㊶
　みぬひとゆゑに――　11-2744⑤
こふるころかも
　あひみしひとに――　12-2966⑤
　あらぶるいもに――　11-2822ィ⑤
　いもをあひみて――　11-2605⑤
こふるそら
　――くるしきものを　20-4408㊿
　――やすくしあらねば　18-4116⑰
こふるとりかも　2-111②
こふるにあれは　15-3744②
こふるにし
　――こころはもえぬ　17-3962㊾
　――ますらをごころ　11-2758③
こふるはともし
　――かぜをだに　4-489②
　――かぜをだに　8-1607②
こふるひおほけむ　17-3999⑤
こふるひそおほき　12-2851⑤
こふるひの
　――かさなりゆけば　9-1792⑦
　――けながくしあれば　10-2278①
こふるひは　10-2079①
こふるみよしの　7-1131②
こふるものかも
　こころしゆけば――　4-553⑤
　しらぬひとにも――　4-677⑤
こふるよそおほき
　かはにむきゐて――　10-2030⑤
　ひとりおきゐて――　10-2262⑤
こふれかも
　――こころのいたき　13-3250⑰
　――むねのやみたる　13-3329⑬
こふれこそ　2-118③
こふれどなぞも　4-783④

こふれども
—あふよしなしに 10-2333 ③
—あふよしをなみ 2-210 ㊸
—あふよしをなみ 2-213 ㊸
—しるしをなみと 3-481 ㊶
—なぞながゆゑと 11-2620 ③
—なにしかいもに 12-2994 ③
—なにのゆゑそと 12-2969 ③
—ひとこゑだにも 19-4209 ⑬
こふれにかあらむ
—おきにすむ 11-2806 ②
—くさまくら 4-621 ②
こふればか 12-2937 ③
こふればくるし
—いつしかも 12-3136 ②
—いとまあらば 6-964 ②
—しましくも 12-2908 ②
—たまだすき 12-2898 ②
—なでしこが 10-1992 ②
—やまのはゆ 16-3803 ②
—わぎもこを 4-756 ②
こふればみやこ 19-4258 ④
こほしくありけむ 5-875 ④
こほしくありなり 9-1689 ⑤
こほたねば 8-1556 ③
こほりわたりぬ
—いまさらに 13-3280 ⑫
—いまさらに 13-3281 ⑭
こほりわたれる 20-4478 ②
こほれなば 11-2644 ③
こほろぎさはに 10-2271 ②
こほろぎなくも
あさぢがもとに— 10-2158 ⑤
おくこのにはに— 8-1552 ⑤
こほろぎの
—あがとこのへに 10-2310 ①
—なくこゑきけば 10-2160 ③
—まちよろこぶる 10-2264 ①
こまくらとほり 11-2549 ④
こまつがうれに
—こけむすまでに 2-228 ④
—さとびとの 10-1937 ⑧
こまつがうれの 11-2487 ②
こまつがうれゆ 10-2314 ④
こまつがうれを 2-146 ④
こまつがもとに 4-593 ④
こまつがもとの 1-11 ④
こまつくる 16-3845 ①
こまつばら 15-3621 ③
こまつるぎ
—わがこころゆゑ 12-2983 ①
—わざみがはらの 2-199 ⑲
こまなめて 7-1148 ①
こまにあふものを 14-3535 ⑤
こまにしき
—ひもときかはし 10-2090 ①
—ひもときさけし 11-2405 ③
—ひもときさけて 11-2406 ①
—ひもときさけて 14-3465 ①
—ひもにぬひつけ 16-3791 ㉜
—ひものかたへぞ 11-2356 ①
—ひものむすびも 12-2975 ①
こまのゆこのす 14-3541 ②
こまはたぐとも 14-3451 ④
こまひとの 11-2496 ①
こまやまに 6-1058 ①
こまをつなぎて 14-3539 ②
こまをはささげ 14-3538左注 ②
こまをはさせて 14-3542 ②
こむかこじかと
—あがまつのきそ 10-1922 ④
—いひもりて 16-3861 ②
こむといふひとを 4-744 ⑤
こむといふも 4-527 ①
こむとかたりし 12-2870 ②
こむとかよるも 11-2594 ②
こむとしまたば
—なにかなげかむ 4-489 ④
—なにかなげかむ 8-1607 ④
こむとしらせし 12-3063左注 ④
こむとしりせば 11-2824 ②
こむとはまたじ 4-527 ④

こむとまちけむ　13-3337 ④
こむとまつらむ
　—つましかなしも　13-3342 ④
　—ひとのかなしさ　13-3340 ④
こむひとのたに　5-808 ⑤
こむよには　3-348 ③
こむよにも　4-541 ③
こむらをみれば　3-322 ⑯
こめちやすらむ　20-4343 ④
こめてしのはむ　14-3575 ⑤
こもくちめやも　11-2538 ②
こもたたみ　16-3843 ③
こもちやま　14-3494 ①
こもてりといへ　9-1790 ④
こもまくら　7-1414 ①
こもよ　1-1 ①
こもらばともに　16-3806 ④
こもらひをりて　10-2199 ②
こもらふときに　10-1980 ④
こもりいませば　13-3326 ⑩
こもりえの　3-249 ③
こもりくの
　—とよはつせぢは　11-2511 ①
　—はつせのかはに　1-79 ⑤
　—はつせのかはの　13-3263 ①
　—はつせのかはの　13-3299左注 ①
　—はつせのかはの　13-3330 ①
　—はつせのかはは　13-3225 ③
　—はつせのくにに　13-3310 ①
　—はつせのひばら　7-1095 ③
　—はつせのやま　13-3331 ①
　—はつせのやまに　3-420 ⑤
　—はつせのやまに　7-1270 ①
　—はつせのやまに　7-1407 ①
　—はつせのやまに　7-1408 ③
　—はつせのやまの　3-428 ①
　—はつせのやまは　1-45 ⑨
　—はつせのやまは　8-1593 ①
　—はつせをぐにに　13-3311 ①
　—はつせをぐにに　13-3312 ①
　—はつせをとめが　3-424 ①
こもりこひ　17-3973 ⑬
こもりたる　7-1304 ③
こもりたるつま　11-2509 ⑤
こもりつつむと　18-4138 ④
こもりづの　11-2794 ①
こもりづまかも
　おもふごとならぬ—　13-3312 ⑰
　しるくもあへる—　13-3266 ⑰
　ねにしもなかむ—　19-4148 ⑤
こもりづまそも　11-2656 ⑤
こもりづまはも
　あがこひわたる—　10-2285 ⑤
　いたくはなかぬ—　11-2803 ⑤
　こころのうちの—　11-2566 ⑤
　なのみよそりし—　11-2708 ⑤
こもりてありけり　6-987 ⑤
こもりてのみや
　—あがこひをらむ　11-2715 ④
　—こひわたりなむ　6-997 ④
こもりてをれば　9-1809 ⑩
こもりどの　11-2443 ①
こもりにけらし
　—あがこころさへ　4-514 ④
　—まてどきまさず　3-418 ④
こもりにし　19-4239 ③
こもりには
　—こひてしぬとも　11-2784 ①
　—ふしてしぬとも　11-2700 ③
こもりぬの
　—あないきづかし　14-3547 ③
　—したにこふれば　11-2719 ①
　—したはへおきて　9-1809 ㊴
　—したゆこひあまり　12-3023 ①
　—したゆこひあまり　17-3935 ①
　—したゆこふれば　11-2441 ①
　—したゆはこひむ　12-3021 ①
　—ゆくへをしらに　2-201 ③
こもりのみ
　—こひつつあるに　2-207 ⑰
　—こふればくるし　10-1992 ①
　—こふればくるし　16-3803 ①

—をればいぶせみ　8-1479 ①
こもりゐて
—おもひなげかひ　17-3969 ㉝
—きみにこふるに　17-3972 ③
こもりをるらむ　20-4439 ⑤
こもれるいもを　11-2495 ④
こもれるをぬの　12-3022 ②
こやしぬれ　5-794 ⑭
こやせば　2-196 ⑲
こゆかくわたる　11-2491 ④
こゆこせぢから
—いしばしふみ　13-3257 ②
—いはせふみ　13-3320 ②
こゆなきわたる
あままもおかず—　8-1491 ⑤
かすがをさして—　10-1959 ⑤
—かりがねの　8-1562 ②
—こころしあるらし　8-1476 ④
しののにぬれて—　10-1977 ⑤
こゆなきわたれ
かづらにせむひ—　10-1955 ⑤
かづらにせむひ—　18-4035 ⑤
こゆらむきみに　3-361 ④
こゆらむきみは　4-543 ⑭
こゆらむけふそ　9-1680 ④
こゆるうませの　4-530 ②
こゆるがからに　6-1038 ④
こゆるひは　14-3402 ③
こゆわかれなば　9-1728 ⑤
こよてきぬかむ　20-4403 ⑤
こよなきわたる　15-3783 ⑤
こよなきわたれ　18-4054 ②
こよひあひなば　10-2080 ②
こよひあふ　10-2040 ③
こよひあふらしも　10-2029 ⑤
こよひあへるかも
あがおもふいもに—　4-513 ⑤
こひこしきみに—　10-2049 ⑤
こよひいたらむ　12-2912 ④
こよひかきみが　8-1519 ④
こよひかざしつ
—ちらばちるとも　8-1588 ④
—なにをかおもはむ　8-1586 ④
こよひきませり　11-2555 ⑤
こよひさへ　4-781 ③
こよひだに
—きまさぬきみを　11-2613 ③
—つまよしこせね　14-3454 ③
—ともしむべしや　10-2079 ③
—はやくよひより　12-3119 ③
こよひたれとか　13-3277 ④
こよひつくして　10-2037 ②
こよひとのらろ　14-3469 ②
こよひなくなり　10-2130 ④
こよひによりて　7-1072 ④
こよひの
—あかときぐたち　10-2269 ①
—ありあけのつくよ　11-2671 ①
—おほつかなきに　10-1952 ①
—はやくあけなば　4-548 ①
こよひのつくよ
—かすみたるらむ　20-4489 ④
—さやけかりこそ　1-15 ④
こよひのながさ　6-985 ④
こよひのはなに　8-1652 ④
こよひのみ
—あひみてのちは　10-2087 ③
—のまむさけかも　8-1657 ③
こよひのゆきに　8-1646 ②
こよひはなかず
—いねにけらしも　8-1511 ④
—いねにけらしも　9-1664 ④
こよひはねなむ　9-1728 ②
こよひはのまむ　18-4068 ②
こよひははやも　12-2962 ④
こよひまかむと　10-2073 ④
こよひもか
—あまのかはらに　10-2003 ③
—うかびゆくらむ　8-1587 ③
—とののわくごが　14-3459 ③
—わがなきとこに　11-2564 ③
こよひゆこひの　12-3135 ④

こらがいへぢ　3-302 ①
こらがてを
—まきむくやまに　10-1815 ①
—まきむくやまは　7-1093 ③
—まきむくやまは　7-1268 ①
こらがなに　10-1818 ①
こらがむすべる　20-4334 ④
こらがよちには　16-3791 ⑮
こらしあらば　6-1000 ①
こらにおひなば　16-3793 ②
こらにこふべき　19-4244 ④
こらにさやりぬ　5-899 ⑤
こらにはあれど　2-210 ⑭
こらによりてぞ　14-3421 ⑤
こらはあはなも　14-3405 ④
こらはかなしく　14-3372 ④
こられあはゆく　14-3519 ②
こりずてまたも　3-384 ④
こりにけむかも　4-519 ⑤
これのはるもし　20-4420 ⑤
これのみづしま　3-245 ⑤
これのやとほし　7-1237 ④
これはたばりぬ　18-4133 ②
これやこの
—なにおふなるとの　15-3638 ①
—やまとにしては　1-35 ①
これをおきて　17-4011 ㊴
これをだに　12-3061 ③
ころあれひもとく　14-3361 ⑤
ころがいはなくに　14-3368 ⑤
ころがうへに　14-3525 ③
ころがおそきの　14-3509 ④
ころがかなとよ　14-3530 ④
ころがはだはも　20-4431 ⑤
ごろくさむ　16-3827 ③
ころくとそなく　14-3521 ⑤
ころしかなしも　14-3537左注 ⑤
ころせたまくら　14-3369 ⑤
ころとさねしか　14-3522 ②
ころはいへども　14-3543 ④
ころふすきみが　2-220 ㊱
ころもいろどり　7-1339 ②
ころもかすがの　12-3011 ②
ころもかすべき　1-75 ④
ころもかたしき
—あがひとりねむ　10-2261 ④
—こひつつそぬる　11-2608 ④
—ひとりかもねむ　9-1692 ④
ころもさむらに　9-1800 ㉒
ころもしも　11-2829 ①
ころもすらむに　10-1965 ②
ころもそそむる　7-1255 ②
ころもそむといふ　4-569 ②
ころもそめまく　7-1297 ②
ころもで
—あしげのうまの　13-3328 ①
—ひたちのくにの　9-1753 ①
ころもでかへて　4-546 ⑭
ころもでかれて
—あをまつと　11-2607 ②
—たまもなす　11-2483 ②
—ひとりかもねむ　9-1693 ④
ころもでさむき　15-3591 ④
ころもでさむく　10-2174 ④
ころもでさむし　10-2319 ②
ころもでさむみ　10-2165 ④
ころもでに
—あらしのふきて　13-3282 ①
—そめつけもちて　11-2827 ③
—とりとどこほり　4-492 ①
—みしぶつくまで　8-1634 ①
ころもでぬれて
—いまだにも　10-2257 ②
—さきくしも　15-3691 ⑱
ころもでぬれぬ
—ほすこはなしに　9-1717 ④
よせくるなみに—　15-3709 ⑤
ころもでの
—かへりもしらず　13-3276 ⑨
—たかやのうへに　9-1706 ③
—たなかみやまの　1-50 ⑰
—なきのかはへを　9-1696 ①

──まわかのうらの　12-3168①
──わかるこよひゆ　4-508①
──わかれしときよ　18-4101⑨
ころもでほさず　3-460㊽
ころもでを
──うちみのさとに　4-589①
──をりかへしつつ　17-3962㉛
ころもとりきて　3-478㊳
ころもにあらなむ　10-2260②
ころもにありせば　12-2852④
ころもにすりつ　7-1354⑤
ころもにぬひて　10-2064④
ころもにほはし　19-4157②
ころもにほはせ　1-57④
ころもにませる　20-4431④
ころもぬらしつ　4-690④
ころものうへゆ　1-79⑳
ころものすそも　19-4156⑳
ころものそでは
──とほりてぬれぬ　2-135㊳
──ふるときもなし　2-159⑳
ころものそでを　14-3449②
ころものぬひめ　12-2967④
ころものひもを　15-3585④
ころもはいたく　10-1917②
ころもはすらじ　10-2107②
ころもはすらむ　7-1351②
ころもはなれぬ　9-1787⑫
ころもはぬかじ　12-2846④
ころもはぬれて　2-194㉖
ころもひづちて　2-230⑯
ころもほしたり　1-28④
ころもほさず　3-443㊻
ころもをとりき　12-3112②
ころをしもへば　14-3504⑤
ごゐのかがふり　16-3858⑤
こゑいつぎいつぎ　10-2145④
こゑきかすやも　10-2156④
こゑききけむか　10-2167④
こゑきくなへに　10-2195②
こゑきくをのの　8-1468②
こゑしらむ　5-810③
こゑだにきかず　17-3969㊹
こゑだにきかば
──あれこひめやも　10-2265④
──なにかなげかむ　10-2239④
こゑときくまで　2-199㊻
こゑとほざかる
──いそみすらしも　7-1164④
──くもがくるらし　10-2136④
こゑなつかしき
──ありがほし　6-1059㉒
──ときにはなりぬ　8-1447④
──はしきつまのこ　4-663④
こゑにあへぬき　17-4007④
こゑにあへぬく　17-4006㊽
こゑのかなしき　10-2137⑤
こゑのかるがに　10-1951④
こゑのこひしき　17-3987④
こゑのこほしき　5-834④
こゑのさまよひ　20-4408㉜
こゑのさやけさ　10-2141⑤
こゑのしるけく　11-2774⑤
こゑのともしき　8-1468⑤
こゑのはるけさ
なきとよむなる──　8-1494⑤
なくなるしかの──　8-1550⑤
こゑはすぎぬと　20-4445②
こゑもかはらず　3-322⑳
こゑもかはらふ　19-4166⑥
こゑもきこえず　2-207㊻
こゑをききつつ　10-2146④
こゑをききては　10-2126④
こゑをきくらむ　17-3971④
こゑをしきけば　15-3617④
こをたれかしる　7-1115⑤
こをとつまをと　20-4385④

さ

さうけふに　16-3855①
さおりのおびを　11-2628左注②
さかえいまさね　19-4169㉖
さかえしきみが　7-1128②
さかえしきみの　3-454②
さかえたる　6-990③
さかえてありまて　19-4241④
さかえむと　2-183③
さかえむものと　18-4094㊻
さかえゆかむと　6-1047㊹
さかえをとめ
　—なれをそも　13-3305⑧
　—なれをぞも　13-3309⑧
さかきのえだに　3-379⑥
さかこえて　14-3523①
さかざりし　1-16⑤
さかしきひとの　9-1725②
さかしきひとも　16-3791(105)
さかしみと　3-341①
さがしみと　3-385③
さかしらするは　3-350②
さかしらに
　—ゆきしあらをら　16-3860③
　—ゆきしあらをら　16-3864③
さかしらをすと　3-344②
さかづきに　8-1656①
さかづきのへに　5-840⑤
さかつほに　3-343③
さかてをすぎ　13-3230⑥
さかとらが　16-3821③
さかどりの　1-45⑮
さかにそでふれ　18-4055④
さかぬがしろに　8-1642④
さかのうへにそある　9-1678⑤
さかのふもとに　9-1752②
さかひたまふと　6-950②
さかみづき
　—あそびなぐれど　18-4116㉓
　—さかゆるけふの　19-4254㊸
さかみづきいます　18-4059④
さがむぢの　14-3372①
さかむとおもひて　10-2109⑤
さがむねの　14-3362①
さかむはなをし　20-4314④
さかむはるへは　9-1776④
さかゆるけふの　19-4254㊹
さかゆるときと　20-4360㉒
さかゆるときに
　—あへらくおもへば　6-996④
　—およづれの　3-475⑱
　—さすたけの　2-199ィ(98)
　—わがおほきみ　2-199(98)
さがらかやまの　3-481㉔
さかりかもいぬる　8-1599⑤
さかりすぎゆく
　すれるころもの—　7-1156⑤
　つゆしもさむみ—　8-1600⑤
さかりすぐらし　19-4193④
さかりすぐるを　8-1559②
さかりなり　8-1496③
さかりなりけり　8-1444⑤
さかりにさける
　—うめのはな　5-851②
　—うめのはな　8-1640②
さかりもあらむと　18-4106㉘
さかりゐて
　—あがこふるきみ　2-150⑤
　—なげきこふらむ　8-1629㉓
さきかちるらむ　2-231④
さきかもちると
　—おもひつるかも　10-1841ィ④
　—みるまでに　12-3129②
さきくあらば
　—のちにもあはむ　10-1895③
　—またかへりみむ　13-3240⑲
　—またかへりみむ　13-3241③
さきくありまて　9-1668②
さきくあれと　17-3927③

さきくあれど　1-30 ③
さきくいまさね　12-3204 ②
さきくいまさば　13-3253 ⑩
さきくいまして　5-894 ㊷
さきくいますと　11-2384 ②
さきくかよはむ　13-3227 ㉔
さきくきませと　10-2069 ⑤
さきくさの　5-904 ㉓
さきくしも　15-3691 ⑲
さきくとそおもふ　6-1031 ⑤
さきくよけむと　7-1142 ②
さぎさかやまの
—しらつつじ　9-1694 ②
—まつかげに　9-1687 ②
さきさはにおふる
—すがのねの　12-3052 ②
—はなかつみ　4-675 ②
さきさはのへの　7-1346 ②
さきしあきはぎ　10-2286 ②
さきすさびたる　10-2281 ②
さきそめにけり　10-1869 ⑤
さきたがは
—うやつかづけて　19-4158 ③
—たゆることなく　19-4157 ③
さきたけの　7-1412 ③
さきだちにける　12-3112 ⑤
さきたまの
—つにをるふねの　14-3380 ①
—をさきのぬまに　9-1744 ①
さきたもとほり　17-3991 ⑩
さきたるうめの　3-398 ②
さきたるうめを　10-2349 ②
さきたるそのの
—あをやぎは　5-817 ②
—あをやぎを　5-825 ②
さきたるのへに　10-2231 ②
さきたるのへの
—さをしかは　10-2155 ②
—つぼすみれ　8-1444 ②
さきたるのへは　10-2153 ②
さきたるのへゆ　9-1755 ⑩
さきたるのへを
—ゆきつつみべし　17-3951 ④
—ゆきめぐり　17-3944 ②
さきたるは　9-1749 ⑦
さきたるはぎは　7-1363 ②
さきたるはなの
—うめのはな　3-399 ②
—ならずはやまじ　10-1893 ④
さきたるはなを　8-1537 ②
さきたるはねず　8-1485 ②
さきちりすぎぬ　10-1834 ②
さきちるそのに
—われゆかむ　10-1900 ②
—われゆかむ　18-4041 ②
さきちるのへの　10-2252 ②
さきちるはるの　20-4502 ②
さきちるをかに　10-1942 ④
さきちるをかゆ　10-1976 ②
さきつぎぬべし　9-1749 ⑩
さきつとしより　4-783 ②
さきてあらば　20-4303 ③
さきてありやと　3-455 ④
さきてあるかも　10-2327 ④
さきてけだしく　8-1463 ④
さきでこずけむ　20-4323 ⑤
さきでたる
—うめのしづえに　10-2335 ①
—やどのあきはぎ　10-2276 ③
さきてちりなば
—さくらばな　5-829 ②
—わぎもこを　10-1922 ②
さきてちりにき
—うのはなは　17-3993 ②
—きみまちかねて　10-2289 ④
さきてちりにし　10-2282 ④
さきてちりぬと
—ひとはいへど　3-400 ②
—ひとはいへど　8-1510 ②
さきてちりぬる　2-120 ④
さきてちるみゆ　5-841 ⑤
さきてみえこそ　10-1928 ④

さきなむときに 6-971 ㉚
さきにけむかも 8-1605 ⑤
さきにけらずや 6-912 ⑤
さきにけり 10-1972 ③
さきにける 8-1429 ⑦
さきにけるかも
　あしびのはなも── 20-4511 ⑤
　みかさのやまは── 10-1861 ⑤
　やどのなでしこ── 3-464 ⑤
　やどのはつはぎ── 10-2113 ⑤
さきにたて 20-4465 ⑬
さきにはさかず 10-2329 ②
さきにほふ
　──あしびのはなを 20-4512 ③
　──はなたちばなの 19-4169 ③
さきにほへるは 10-1872 ④
さきぬのすげを 11-2818 ②
さきぬべからし 8-1514 ②
さきぬらむかも 8-1436 ⑤
さきのありそに
　──あさなぎに 17-3985 ⑱
　──よするなみ 17-3986 ②
さきのさかりは 17-3904 ④
さきのにおふる 10-1905 ②
さきののはぎに 10-2107 ④
さきのををりに 8-1421 ②
さきのををりを 10-2228 ②
さきはひの 7-1411 ①
さきはふくにと 5-894 ⑧
さきはますとも 20-4450 ⑤
さきまさりけれ 10-2104 ⑤
さきむりに 20-4364 ①
さきもりつどひ 20-4381 ②
さきもりに
　──たちしあさけの 14-3569 ①
　──ゆくはたがせと 20-4425 ①
さきもりにさす 20-4382 ⑤
さきもりの 20-4336 ①
さきやまに 10-1887 ④
さきゆくみれば
　とほきこぬれの── 8-1422 ⑤
　とほきこぬれの── 10-1865 ⑤
　──ほととぎす 18-4042 ②
さきわたるべし 5-830 ⑤
さきををる
　──さくらのはなは 9-1747 ⑤
　──さくらのはなを 9-1752 ③
さくあれて 20-4346 ③
さくつきたちぬ 18-4066 ②
さくつきたてば 18-4089 ⑯
さくといへど 10-2104 ③
さくとはなしに 10-1989 ②
さくはなの
　──いろはかはらず 6-1061 ①
　──いろめづらしく 6-1059 ⑲
　──うつろひにけり 5-804ィ ㉗
　──かくなるまでに 10-1902 ③
　──ちりぬるごとき 3-477 ③
　──にほふがごとく 3-328 ③
さくはなは
　──うつろふときあり 20-4484 ①
　──すぐるときあれど 11-2785 ①
さくはなも
　──うつろひにけり 3-478 ⑲
　──ときにうつろふ 19-4214 ㉛
　──をそろはいとはし 8-1548 ①
さくはなを
　──いでみるごとに 18-4113 ⑲
　──をりもをらずも 19-4167 ③
さくはるののに 10-1901 ②
さくべきものか 7-1402 ⑤
さぐもり 13-3310 ⑦
さくやなりぬる 5-892 ㊲
さくらあさの
　──をふのしたくさ 11-2687 ①
　──をふのしたくさ 12-3049 ①
さくらだへ 3-271 ①
さくらのはなの
　──ちれるころかも 8-1459 ④
　──ときかたまけぬ 10-1854 ④
　──にほひはもあなに 8-1429 ⑧
さくらのはなは

—いまもかも　8-1458 ②
—けふもかも　10-1867 ②
—さきそめにけり　10-1869 ④
—さきたるは　9-1749 ⑥
—たきのせゆ　9-1751 ⑩
—ちりゆけるかも　16-3786 ④
—むかへくらしも　8-1430 ④
—やまたかみ　9-1747 ⑥
さくらのはなも　9-1750 ④
さくらのはなを　9-1752 ④
さくらばな
—いまさかりなり　20-4361 ①
—いまそさかりと　18-4074 ①
—いまだふふめり　18-4077 ③
—いまだみなくに　10-1870 ③
—このくれがくり　6-1047 ㉑
—このくれしげに　3-257 ⑦
—このくれしげに　3-260 ⑤
—このはるさめに　10-1864 ③
—さかえをとめ　13-3305 ⑦
—さかえをとめ　13-3309 ⑦
—さかむはるへは　9-1776 ③
—さきかもちると　12-3129 ①
—さきなむときに　6-971 ㉙
—ちらずもあらなむ　7-1212 ③
—ちりかすぎなむ　20-4395 ③
—ちりてながらふ　10-1866 ③
—つぎてさくべく　5-829 ③
—ときはすぎねど　10-1855 ①
さくらばなかも　10-1872 ⑤
さくらばなちり　17-3973 ㉖
さけくありまて　20-4368 ②
さけくとまをす　20-4372 ⑭
さけにうかべこそ
あれをちらすな—　5-852ィ ⑤
はなとあれもふ—　5-852 ⑤
さけにしあるらし
たふときものは—　3-342 ⑤
ほりせしものは—　3-340 ⑤
さけにしみなむ　3-343 ⑤
さけにしむねは　12-2878 ④
さけのなを　3-339 ①
さけのまぬ　3-344 ③
さけのみて
—こころをやるに　3-346 ③
—ゑひなきするし　3-341 ③
—ゑひなきするに　3-350 ③
さけびおらび　9-1809 ㊿
さけびそでふり　9-1740 ㊅
さけりけるかも　19-4231 ⑤
さけりとも
—しらずしあらば　10-2293 ①
—しらずしあらば　17-3976 ①
さけるあきはぎ
—あきかぜに　8-1597 ②
—つねにあらば　10-2112 ②
—みれどあかぬかも　10-2100 ④
さけるあしびの
—あしからぬ　8-1428 ⑧
—ちらまくをしも　20-4513 ④
さけるがなかに　19-4283 ②
さけるさかりに
—あきのはの　17-3985 ⑥
—おもふどち　17-3969 ㊳
—はしきよし　18-4106 ⑯
さけるさくらの　10-1887 ⑤
さけるさくらを　17-3967 ②
さけるつくよに　8-1452 ④
さけるなでしこ　20-4446 ②
さけるはぎ　10-2116 ③
さけるはぎかも　8-1532 ⑤
さけるふぢみて　19-4201 ④
さけるをかへに　10-1820 ②
さけるをみれば　10-2280 ②
さけれども　15-3677 ③
さごろもの
—このひもとけと　12-2866 ③
—をづくはねろの　14-3394 ①
ささがはの　20-4431 ①
ささきしわれや　16-3791 ㊈
ささげたる　2-199 ㊍
ささげてもてる　19-4204 ②

ささごてゆかむ　20-4325⑤
ささなみの
—おほつのみやに　1-29㉑
—おほやまもりは　2-154①
—くにつみかみの　1-33①
—しがさざれなみ　2-206①
—しがつのあまは　7-1253①
—しがつのうらの　7-1398①
—しがつのこらが　2-218①
—しがのおほわだ　1-31①
—しがのからさき　1-30①
—しがのからさき　13-3240⑰
—しがのつのこが　2-218ィ①
—なみくらやまに　7-1170①
—なみこすあざに　12-3046①
—ひらのおほわだ　1-31ィ①
—ひらやまかぜの　9-1715①
—ふるきみやこを　1-32③
—ふるきみやこを　3-305③
ささのはに　10-2337①
ささのはは　2-133①
ささふるみちを　13-3335⑯
ささらえをとこ　6-983②
ささらのをのに　16-3887②
ささらのをのの　3-420㊱
ささらをぎ　14-3446③
さざれいしに　14-3542①
さざれしも　14-3400③
さざれなみ
—あがこふらくは　13-3244③
—いそこしぢなる　3-314①
—うきてながるる　13-3226①
—しきてこひつつ　12-3024③
—たちてもゐても　17-3993㊺
—まなくもきみは　12-3012③
—やむときもなし　4-526③
さしあがる　2-167ィ⑪
さしかへて
—ぬらむきみゆゑ　13-3270⑦
—ねてもこましを　17-3978㊲
さしくもり　11-2513③
さしていくわれは　20-4374⑤
さしてもやらめ　16-3864②
さしてわがゆく　19-4206②
さしなべに　16-3824①
さしならぶ
—くににいでます　6-1020(1021)③
—となりのきみは　9-1738⑲
さしはきて　16-3791㊹
さしばにも　16-3882④
さしまくる　19-4164⑲
さしむかふ　9-1780③
さしやかむ　13-3270①
さしやなぎ　13-3324㊴
さしよらむ　19-4245㉑
さすたけの
—おほみやこここと　6-1050㊴
—おほみやひとの　6-955①
—おほみやひとの　6-1047㊼
—とねりをとこも　16-3791㊿
—みこのみかどを　2-199ィ㊾
—みこのみやひと　2-167ィ㊸
—よごもりてあれ　11-2773①
さすだけの　15-3758①
さすひたて　16-3879⑤
さすやかはへに　16-3820②
さすやなぎ　14-3492③
さすわなの　14-3361③
さだのうらに　12-3029①
さだのうらの
—このさだすぎて　11-2732③
—このさだすぎて　12-3160③
さだのをかへに
—かへりゐば　2-187②
—とのゐしにゆく　2-179④
—なくとりの　2-192②
—むれゐつつ　2-177②
さだまらずなく　10-1982⑤
さだまれる　19-4214⑦
さだめけむ　6-1047⑮
さだめけらしも

うべしかみよゆ── 6-907⑱
おほみやこことー── 6-1050㊶
おほみやところ── 6-1051⑤
こことしめさし── 6-1051ィ⑤
さだめたまひて
──あぢさはふ 2-196㊻
──かむさぶと 2-199⑩
さだめたまふと 2-199㉖
さだめたまへる 18-4098⑩
さだめてし
──あまのかはらに 10-2092⑤
──みづほのくにを 2-199㊲
──みぬめのうらは 6-1065⑦
さつきとのまに 16-3885⑭
さつきの 8-1502①
さつきのたまに
──あへぬくまでに 8-1465④
──まじへてぬかむ 10-1939④
さつきやま
──うのはなづくよ 10-1953①
──はなたちばなに 10-1980①
さつきをすらに 8-1504②
さつきをちかみ 8-1507⑥
さつきをまたば 10-1975④
さづけたまへる 20-4465㊹
さつひとの 10-1816③
さつまのせとを 3-248②
さつやたばさみ
──さわきてありみゆ 6-927④
──たちむかひ 1-61②
──たちむかふ 2-230④
さつやぬき 20-4374③
さつゆみを 5-804㉛
さつをのねらひ 10-2149②
さでさしわたし 19-4189㉒
さでさしわたす 1-38㉖
さでさすに 9-1717③
さでのさき 4-662③
さではへしこが 4-662④
さといへは 3-460⑬
さときこころも 12-2907②
さとごとに 18-4130③
さとさかり 12-3134①
さとさかりきぬ
──いやたかに 2-138㉞
──いやたかに 13-3240㉖
さとちかく
──ありときききつつ 4-757③
──いへやをるべき 12-2876①
──きみがなりなば 17-3939①
さとどほみ
──こひうらぶれぬ 11-2501①
──こひわびにけり 11-2634①
さとどほみかも 17-3988⑤
さととよめ
──なきわたれども 19-4180⑬
──なくなるかけの 11-2803ィ①
さとなかに 11-2803①
さとにいでざらむ 6-1026⑤
さとにおりける 6-1028④
さとにしあれば
──くにみれど 6-1059⑩
──ねもころに 2-207④
さとにすまずは 8-1515②
さとにはつきは 6-1039④
さとにやどかり 18-4138②
さとのみなかに 14-3463④
さとはあれども
──おほきみの 6-929②
──ほととぎす 19-4209④
さとはさかりぬ 2-131㉜
さとはしも 6-1050⑦
さどはすきみが 18-4108④
さどはせる 18-4106㊾
さとびとの
──あれにつぐらく 17-3973㉓
──ききこふるまで 10-1937⑨
──ことよせつまを 11-2562①
──みるめはづかし 18-4108①
──ゆきのつどひに 13-3302⑲
──われにつぐらく 13-3303①
さとびとみなに 11-2598④

さとびとも　12–2873 ①
さとへかよひし　7–1261 ②
さとみれど　9–1740 (59)
さとみれば
　—いへもあれたり　6–1059 ⑬
　—さともすみよし　6–1047 ㉟
さともすみよし　6–1047 ㊱
さともとどろに　18–4110 ⑤
さともみかねて　9–1740 (60)
さとゆきしかば　10–1886 ②
さとゆけに　10–2203 ①
さとをさが　16–3847 ③
さとをさがこゑは　5–892 (77)
さとをゆきすぎ　17–3957 ㊻
さなかづら
　—ありさりてしも　12–3070 ③
　—いやとほながく　13–3288 ③
　—さねずはつひに　2–94 ③
　—たえむといもを　12–3073ィ ③
　—のちもあはむと　13–3280 ⑮
　—のちもあはむと　13–3281 ⑰
　—のちもかならず　12–3073 ③
さなすいたとを　5–804 ㊵
さなつらの　14–3451 ①
さならくは　14–3358左注 ③
さならへる　17–4011 ㊶
さにつかば　7–1376 ③
さにつかふ　16–3791 ㉔
さにつらふ
　—いもをおもふと　10–1911 ①
　—いろにはいでず　11–2523 ①
　—きみがないはば　13–3276 ㉙
　—きみがみことと　16–3811 ①
　—きみによりてぞ　16–3813 ③
　—ひもときさけず　4–509 ⑤
　—ひもときさけず　12–3144 ③
　—もみちちりつつ　6–1053 ⑲
　—わがおほきみは　3–420 ③
さにぬりの
　—おほはしのうへゆ　9–1742 ③
　—をぶねもがも　8–1520 ⑲
　—をぶねもがも　13–3299 ⑨
　—をぶねをまけ　9–1780 ⑤
さぬかたの　10–2106 ①
さぬがには　11–2782 ①
さぬきのくには　2–220 ②
さぬとふものを　15–3625 ⑫
さぬのをか　3–361 ③
さぬらくは
　—としのわたりに　10–2078 ③
　—まかなしみ　14–3358 ①
さぬるよそなき　14–3504 ④
さぬるよの
　—いめにもいもが　15–3735 ③
　—けながくしあれば　6–940 ③
さぬるよは　15–3760 ①
さぬれども　11–2520 ③
さねかづら
　—たえむのこころ　12–3071 ③
　—のちもあはむと　2–207 ⑪
　—のちもあはむと　11–2479 ①
さねかやの　14–3499 ③
さねかわたらむ　20–4394 ④
さねさねてこそ　14–3497 ④
さねざらなくに　14–3396 ⑤
さねしこらはも　16–3874 ⑤
さねしつまやに　3–481 ㉚
さねしよの　5–804 ㊺
さねしよは　2–135 ⑬
さねしよや　8–1629 ⑬
さねずはつひに　2–94 ④
さねそめて　10–2023 ①
さねつれば　14–3556 ③
さねてくやしも　14–3544 ⑤
さねどはらふも　14–3489 ⑤
さねなきものを　15–3760 ⑤
さねなへば　14–3466 ③
さねにあはなくに　14–3461 ②
さねにわはゆく　14–3366 ②
さねぬよは　11–2528 ①
さねばふこすげ　11–2470 ②
さねみえなくに　14–3391 ⑤

さねやまずけり　13-3308⑤
さねわすらえず　9-1794④
さねをさねてば　14-3414⑤
さのかたは
　―みにならずとも　10-1928①
　―みになりにしを　10-1929①
さのだのなへの　14-3418②
さのつとり　16-3791⑱
さののくくたち　14-3406②
さののふなはし　14-3420②
さののわたりに　3-265④
さのはりの　1-19③
さのやまに　14-3473①
さはいづみなる　11-2443②
さばしるちどり　7-1124②
さはたつみなる　11-2794②
さはだなりぬを　14-3395④
さはにあれども
　―いかさまに　3-460⑭
　―しまやまの　3-322⑥
　―ふたがみの　3-382④
　―やまかはの　1-36⑥
　―やまなみの　6-1050⑧
さはにおほみと　18-4089⑧
さはにかくみゐ　20-4408㉚
さはにかづきで　6-933⑯
さはにゆけども　17-4000⑧
さばへなす
　―さわくこどもを　5-897㉛
　―さわくとねりは　3-478㉟
さはりあらめやも　15-3583⑤
さはりおほみ
　―あがおもふきみに　11-2745③
　―いまこむわれを　12-2998③
　―きみにあはずて　12-2998左注③
さはることなく　13-3302④
さひかのうらに　7-1194②
さひかのゆ　6-917⑤
さびつつをらむ　4-572⑤
さひづらふ　7-1273④
さひづるや　16-3886㊴
さひのくま
　―ひのくまがはに　12-3097①
　―ひのくまがはの　7-1109①
さひのくまみを　2-175⑤
さぶしくもあるか　16-3863⑤
さぶしけむ　4-576③
さぶしけむかも
　かくしてのちに―　4-762⑤
　なかむさつきは―　17-3996⑤
さぶしけめやも　5-878④
さぶしみか　2-217㉗
さぶるこが　18-4110①
さぶるこに　18-4108③
さぶるそのこに　18-4106㊷
さふるをとめが　16-3791㊼
さへきおしなべ　1-45⑭
さへきのうぢは　18-4094㊹
さへきやま　7-1259①
さへなへぬ　20-4432①
さほかぜは　6-979③
さほがはに
　―いゆきいたりて　1-79⑰
　―こほりわたれる　20-4478①
　―さばしるちどり　7-1124①
　―なくなるちどり　7-1251①
さほがはの
　―かはづきかせず　6-1004③
　―かはなみたたず　12-3010①
　―きしのつかさの　4-529①
　―きよきかはらに　7-1123①
　―こいしふみわたり　4-525①
　―みづをせきあげて　8-1635①
さほがはを　3-460㉟
さほすぎて　3-300①
さほぢをば　20-4477③
さほのうちに　6-949③
さほのうちの
　―あきはぎすすき　10-2221③
　―さとをゆきすぎ　17-3957㊺
さほのうちへ　10-1827③
さほのうちゆ　11-2677①

さほのかはせの　4–526 ②
さほのかはとの
　―きよきせを　4–715 ②
　―せをひろみ　4–528 ②
さほのかはらの　8–1433 ②
さほのやまへに
　―きなきとよもす　8–1477 ④
　―なくこなす　3–460 ⑱
さほのやまへを　10–1828 ④
さほのやまをば　6–955 ④
さほやまに
　―たつあまぎりの　12–3036 ③
　―たなびくかすみ　3–473 ①
さほやまを　7–1333 ①
さほわたり　4–663 ①
さまよひぬれば　2–199 ⑫②
さみねのしまの　2–220 ㉘
さみのやま　2–221 ③
さむからまくに　2–203 ⑤
さむきあさけの　10–2181 ②
さむきあさけを　3–361 ②
さむきこのころ
　―したにきましを　10–2260 ④
　―したにきむ　8–1626 ②
さむきなへ　8–1575 ③
さむきはつせを　3–425 ②
さむきやまへに　15–3691 ㉞
さむきゆふへし　14–3570 ④
さむきゆふへに　7–1161 ④
さむきゆふへの　10–2189 ②
さむきゆふへは
　―やまとしおもほゆ　1–64 ④
　―やまとしおもほゆ　7–1219 ④
さむきよすらを　5–892 ㉔
さむきよに　1–59 ③
さむきよや　10–2338 ③
さむきよを
　―きみきまさずは　13–3282 ③
　―たまくらまかず　8–1663 ③
　―やすむことなく　1–79 ㉗
さむくきなきぬ　9–1757 ⑩
さむくしあれば
　―あさぶすま　5–892 ⑱
　―かたしほを　5–892 ⑥
さむくなきしゆ　10–2208 ②
さむくふくなへ　10–2158 ②
さむくふくよは　10–2301 ④
さむくふくらし　17–4018 ②
さむくふくらむ　3–352 ④
さむくふるらし　10–2331 ⑤
さむくもときは　10–2170 ④
さむけくに　1–74 ③
さむけくもなし　11–2520 ⑤
さむしこのよは　10–2132 ⑤
さむみかも　8–1578 ③
さむみづの　16–3875 ⑤
さもらはば　11–2606 ③
さもらひえねば　2–199 ⑫⓪
さもらひかたし　8–1524 ④
さもらひに　6–945 ③
さもらふと　20–4398 ㉟
さもらふときに　11–2508 ④
さもらふに　3–388 ⑲
さもらふみなと　7–1308 ②
さもらへど
　―きのふもけふも　2–184 ③
　―さもらひえねば　2–199 ⑪⑨
さやかにききつ　20–4474 ④
　―おもひしごとく　20–4474 ④
　―おもひしものを　20–4474ィ ④
さやかにみよと　10–2225 ④
さやかにみれば　1–79 ㉒
さやかにも　12–2855 ③
さやぐしもよに　20–4431 ②
さやけかりけり　7–1074 ⑤
さやけかりこそ　1–15 ⑤
さやけきみつつ　20–4468 ④
さやけきみれば　6–1037 ④
さやけくあらし　3–315 ⑥
さやけくあるらむ　3–356 ⑤
さやけくおひて　20–4467 ④
さやけくきよし　13–3234 ⑬

さやけくは 12-3007 ③
さやげども 2-133 ③
さやにいりのに 7-1272 ②
さやにてらして 9-1753 ⑳
さやにふらしつ 14-3402 ⑤
さやにみもかも 20-4423 ⑤
さやにもみえず
—くもがくり 11-2464 ②
—つまごもる 2-135 ㉖
さやまだの 17-4014 ③
さやゆぬきいでて 13-3240 ㉚
さゆりのはなの
—はなゑみに 18-4116 ㊳
—ゑまはしきかも 18-4086 ④
さゆりばな
—ゆりといへるは 8-1503 ③
—ゆりもあはむと 18-4087 ③
—ゆりもあはむと 18-4088 ①
—ゆりもあはむと 18-4113 ㉓
—ゆりもあはむと 18-4115 ①
さゆりひきうゑて 18-4113 ⑱
さゆるのはなの 20-4369 ②
さよそあけにける
いまだせずして— 10-2060 ⑤
いまだとかねば— 12-2906 ⑤
こひもつきねば— 10-2032ィ ⑤
さよとへわがせ 8-1659 ⑤
さよなかと 9-1701 ①
さよなかに
—ともよぶちどり 4-618 ①
—なくほととぎす 19-4180 ⑤
さよなかになく 10-1937 ⑮
さよはあけ 13-3310 ⑬
さよばひに 13-3310 ③
さよひめが
—このやまのへに 5-872 ③
—ひれふりきとふ 5-883 ③
さよひめのこが 5-868 ②
さよふくと 13-3281 ⑦
さよふけて
—あかときづきに 19-4181 ①
—あかときつゆに 2-105 ③
—あらしのふけば 13-3280 ⑦
—いでこしつきの 11-2820 ③
—いまはあけぬと 13-3321 ①
—いもをおもひいで 12-2885 ①
—しぐれなふりそ 10-2215 ①
—はぶきなくしぎ 19-4141 ③
—ほりえこぐなる 7-1143 ①
—ゆくへをしらに 15-3627 ㉑
—よなかのかたに 7-1225 ①
—わがふねはてむ 7-1224 ③
—わがふねはてむ 9-1732 ③
さよふけてなく 10-1938 ⑤
さよふけなむか 20-4313 ⑤
さよふけにけり
おきへなさかり— 3-274 ⑤
おきへなさかり— 7-1229 ⑤
きみまつよらは— 12-3220 ⑤
たちもとほるに— 11-2821 ⑤
ふねはとどめむ— 14-3348 ⑤
さよふけぬとに 19-4163 ⑤
さよふけぬらし 10-2224 ②
さよふけば 10-2332 ①
さらさずぬひし 7-1315 ④
さらさらに 14-3373 ③
さらしゐの 9-1745 ③
さらすてづくり 14-3373 ②
さらにするかも 11-2417 ⑤
さらにひくとも 11-2830 ④
さらにもえいはじ 4-784 ②
さらにやあきを 8-1516 ④
さらにやいもに 11-2673 ④
さるにかもにる 3-344 ⑤
さわききほひて 20-4360 ㊳
さわきてありみゆ 6-927 ⑤
さわきなくらむ 17-3962 ㊷
さわきにしより 10-2212 ②
さわくいりえの 11-2768 ②
さわくこどもを 5-897 ㉜
さわくとねりは 3-478 ㊱
さわくなり 8-1529 ③

さわくほりえの　12–3173 ②
さわくみたみも　1–50 ㉖
さわくみなとの　9–1807 ㊱
さわくらむ　17–3953 ③
さわくをきけば　7–1184 ④
さわけども
　—われはいへおもふ　7–1238 ③
　—われはいへおもふ　9–1690 ③
さわたりの　14–3540 ①
さわたるきはみ
　—きこしをす　5–800 ㉖
　—くにかたを　6–971 ⑱
さわたるつきの　11–2450 ②
さわらびの　8–1418 ③
さわゑうらだち　14–3552 ②
さゐさゐしづみ　4–503 ②
さゑさゑしづみ　14–3481 ②
さをかぢも　3–260 ⑰
さをさしくだり　20–4360 ㊱
さをさしのぼれ　18–4062 ⑤
さをさしわたり　13–3240 ⑧
さをしかきなく　8–1541 ②
さをしかそ　10–2153 ③
さをしかなきつ　15–3678 ④
さをしかなくも
　あきはぎしのぎ—　10–2143 ⑤
　かやのやまへに—　15–3674 ⑤
　つまごひすらし—　10–2150 ⑤
　やまにものにも—　10–2147 ⑤
　やまびことよめ—　15–3680 ⑤
　やまよびとよめ—　8–1603 ⑤
さをしかの
　—あさたつのへの　8–1598 ①
　—あさふすをのの　10–2267 ①
　—いりののすすき　10–2277 ①
　—きたちなくのの　8–1580 ①
　—きたちなげかく　16–3885 ㉗
　—こころあひおもふ　10–2094 ①
　—こゑいつぎいつぎ　10–2145 ③
　—こゑをききつつ　10–2146 ③
　—つまととのふと　10–2142 ①
　—つまどふときに　10–2131 ①
　—つまよぶあきは　6–1053 ⑮
　—つまよぶこゑは　10–2151 ③
　—つまよぶこゑを　10–2148 ③
　—つまよぶやまの　10–2220 ①
　—つゆわけなかむ　20–4297 ③
　—なくなるこゑも　10–2144 ③
　—なくなるやまを　6–953 ①
　—はぎにぬきおける　8–1547 ①
　—ふすやくさむら　14–3530 ①
　—むなわけにかも　8–1599 ①
　—むなわけゆかむ　20–4320 ③
　—をののくさぶし　10–2268 ①
さをしかは
　—ちらまくをしみ　10–2155 ③
　—つまよびとよめ　6–1047 ㉛
　—つまよびとよめ　6–1050 ㉕
　—わびなきせむな　10–2152 ③
さをどるきぎし　19–4148 ②
さをなるきみが　16–3889 ②
さをぶねの　10–2091 ③

し

しかあるこひにも　12-3140②
しかいふきみが　16-3835④
しがいろいろに　19-4254㊵
しがかたらへば　5-904㉖
しがさざれなみ　2-206②
しかさしけらし　19-4211㊷
しかしあそばね　19-4189㉖
しかしけらしも　5-814⑤
しかしもあらむと　2-199(96)
しかすがに
　―あまくもきらひ　10-1832③
　―うみのたまもの　7-1397③
　―かけまくほしき　12-2915③
　―かすみたなびき　10-1836③
　―かすみたなびく　20-4492③
　―きのふもけふも　18-4079③
　―このかはやぎは　10-1848③
　―このきのやまに　5-823③
　―しらゆきにはに　10-1834③
　―はるかすみたち　10-1862③
　―もだもえあらねば　4-543㉕
　―わぎへのそのに　8-1441③
しかそたふとき　6-917⑭
しかそまつらむ　4-766④
しがつのあまは　7-1253②
しがつのうらの　7-1398②
しがつのこらが　2-218②
しかとあらぬ
　―いほしろをだを　8-1592①
　―ひげかきなでて　5-892⑬
しかなかりそね　7-1291③
しかなくに　13-3323⑦
しがにあらなくに　3-263⑤
しかにあれこそ　1-13⑧
しかにはあらじか
　ほしきまにまに―　5-800㉛
　まつらむこころ―　18-4107⑤
しがねがふ　18-4094(55)
しかのあまの
　―いそにかりほす　12-3177①
　―おほうらたぬは　16-3863③
　―しほやきころも　11-2622①
　―しほやくけぶり　7-1246①
　―つりしともせる　12-3170①
　―つりぶねのつな　7-1245①
　―ひとひもおちず　15-3652①
　―ほけやきたてて　11-2742①
しかのあまは　3-278①
しかのあらをに　16-3869④
しかのうらに
　―いざりするあま　15-3653①
　―いざりするあま　15-3664①
　―おきつしらなみ　15-3654③
しがのおほつに　3-288④
しがのおほわだ　1-31②
しがのからさき
　―さきくあらば　13-3240⑱
　―さきくあれど　1-30②
　またかへりみむ―　13-3241⑤
　まちかこふらむ―　2-152⑤
しかのすめかみ　7-1230⑤
しがのつのこが　2-218ィ②
しかのはまへを　4-566⑤
しかのふすらむ　16-3884④
しかのみに　17-3960③
しかのやま　16-3862①
しがはたは　19-4191③
しかまえは　7-1178ィ①
しかまがは　15-3605③
しかまことならめ　13-3332⑥
しかもありなむ　12-3103②
しかもかくすか　1-18②
しかもないひそ　16-3847②
しからばか　14-3472③
しがらみあれば　7-1380④
しがらみこして　11-2709④
しがらみちらし　6-1047㉚
しがらみわたし　2-197②

しかれかも　2–196 ㊾
しかれこそ
—かみのみよより　18–4111 ㊼
—としのやとせを　13–3307 ①
しかれども
—あれはことあげす　13–3250 ⑤
—あれはわすれじ　12–2939 ③
—かみをいのりて　7–1232 ③
—けしきこころを　15–3588 ③
—ことあげぞあがする　13–3253 ⑤
—そのをまたぬき　16–3815 ③
—たにかたづきて　19–4207 ⑰
—つまなしのきを　10–2188 ③
—はぎのはなそも　10–2123 ③
—まさかはきみに　12–2985 ③
—ゆひてしひもを　17–3948 ③
—わがおほきみの　2–199 ⑬⑦
—わがおほきみの　18–4094 ⑲
—わがふるそでを　6–966 ③
しきいます
—おほとののうへに　3–261 ⑤
—くにのことごと　3–322 ③
しきしまの
—ひとはわれじく　19–4280 ③
—やまとのくにに　13–3248 ①
—やまとのくにに　13–3249 ①
—やまとのくにに　13–3326 ①
—やまとのくにに　20–4466 ①
—やまとのくにの　9–1787 ⑤
—やまとのくには　13–3254 ①
しきたへの
—いへゆはいでて　3–461 ③
—いへをもつくり　3–460 ㉑
—いもがたもとを　2–138 ㉕
—きみがまくらは　4–615 ③
—くろかみしきて　4–493 ③
—こまくらとほり　11–2549 ③
—ころもでかへて　4–546 ⑬
—ころもでかれて　11–2483 ①
—ころもでかれて　11–2607 ①
—ころものそでは　2–135 ㊲
—そでかへしきみ　2–195 ①
—そでかへしこを　11–2410 ③
—そでかへしつつ　17–3978 ㉕
—そでたづさはり　2–196 ㉝
—たまくらまかず　4–535 ①
—たまくらまかず　18–4113 ⑨
—たまくらまきて　2–217 ㉑
—たまくらまきて　12–2844 ③
—とこのへさらず　5–904 ⑫
—まくらうごきて　11–2515 ①
—まくらうごきて　11–2593 ①
—まくらかたさる　4–633 ③
—まくらさらずて　5–809 ③
—まくらとほりて　11–2549ィ ③
—まくらとまきて　2–222 ③
—まくらになして　2–220 ㉝
—まくらのあたり　1–72 ③
—まくらはひとに　11–2516 ①
—まくらもそよに　12–2885 ③
—まくらもまかず　6–942 ③
—まくらゆくくる　4–507 ①
—まくらをさけず　4–636 ③
—まくらをまきて　11–2615 ①
—わがこまくらは　11–2630 ③
—わがたまくらを　3–438 ③
しきつのうらの　12–3076 ②
しきてこひつつ　12–3024 ④
しきてしおもほゆ　9–1729 ⑤
しきてのみやも　11–2596ィ ④
しきてもきみを　11–2643 ④
しきなべて　1–1 ⑬
しきなみの　13–3339 ⑮
しきののの　10–2143 ③
しきますくにと　2–167 ㉜
しきますくにに　3–460 ⑩
しきますくにの　18–4122 ②
しきますくには　19–4154 ⑧
しきますときは　6–929 ④
しきませばかも　19–4272 ④
しきませる

—くににしあれば　6-1047 ⑦
—くにのうちには　3-329 ③
—くにのはたてに　8-1429 ⑤
—なにはのみやは　20-4360 ㉕
—よものくにには　18-4094 ⑪
しきみがはなの　20-4476 ②
しきるしらなみ　6-937 ⑤
しくしくいもを　11-2735 ④
しくしくおもほゆ
あがもふきみは—　17-3974 ⑤
いそこすなみの—　7-1236 ⑤
こさめふりしき—　11-2456 ⑤
しくしくきみに　20-4476 ④
しくしくに
—あはこひまさる　4-698 ③
—いもがすがたは　12-3200 ③
—いもはこころに　11-2427 ③
—おもはずひとは　13-3256 ①
—おもほえむかも　17-3989 ③
—こひはまされど　19-4187 ⑰
—つねにときみが　2-206 ③
しくしくふるに　8-1440 ②
しくしくも　8-1659 ③
しくしくわびし　12-3026 ④
しくなみの
—しくしくいもを　11-2735 ③
—しばしばきみを　12-3165 ③
しぐひあひにけむ　16-3821 ⑤
しくらがは
—せをたづねつつ　19-4190 ①
—なづさひのぼり　19-4189 ⑲
しぐれしふらば　10-2236 ④
しぐれなふりそ
—あきはぎの　10 2215 ②
—ありわたるがね　10-2179 ④
しぐれにあへる　8-1590 ②
しぐれにきほひ　10-2214 ④
しぐれのあきは　13-3324 ㉚
しぐれのあめ
—まなくしふれば　8-1553 ①
—まなくしふれば　10-2196 ①
—まなくなふりそ　8-1594 ①
しぐれのあめし　8-1585 ④
しぐれのあめに
—ぬれつつか　12-3213 ②
—ぬれとほり　10-2180 ②
—ぬれにけらしも　10-2217 ④
—もみたひにけり　15-3697 ④
しぐれのあめの　10-2263 ②
しぐれのあめは
—ふらなくに　10-2197 ②
—ふりたれど　10-2227 ②
—ふりにけらしも　8-1593 ④
しぐれのあめふり
—あしひきの　18-4111 ㉜
—やまぎりの　10-2263ィ ②
しぐれのつねか　19-4259 ②
しぐれのときは　3-423 ⑭
しぐれのふるに　10-2094 ④
しぐれのふれば　13-3223 ④
しぐれふり
—ぬれとほるとも　9-1760 ③
—わがそでぬれぬ　10-2235 ③
しぐれふりつつ　10-2185 ⑤
しぐれふる　10-2306 ①
しぐれふるみゆ
—あすよりは　8-1571 ②
いもがあたりに—　10-2234 ⑤
しぐれふるらし　10-2207 ⑤
しぐれをいたみ　6-1053 ⑱
しげかくに　14-3489 ③
しげきあがこひ　10-1920 ②
しげきおもひを　19-4187 ④
しげきがごとく
—おもへりし　2-210 ⑩
—おもへりし　2-213 ⑩
しげきかりがね　9-1702 ②
しげきかりほに　16-3850 ②
しげききみにあれ
ひとのことこそ—　4-647 ⑤
ひとのことこそ—　12-3114 ⑤
しげきこのころ

たえたるこひの――　11-2366⑥
――たまならば　3-436②
しげきこのまよ　14-3396②
しげきこひかも　17-4019④
しげきころかも　17-3931⑤
しげきさかりに　19-4187㉔
しげきたにへを　19-4192⑭
しげきときには　12-2852②
しげきによりて
――まをごもの　14-3464②
――よどむころかも　4-630④
――よどむころかも　12-3109④
しげきはあれど　9-1753㉜
しげきはまへを　2-220㉜
しげきまもりて　11-2561②
しげきまもると　11-2591②
しげきやまへに　7-1289⑤
しげきをのへを　20-4305②
しげくありとも　4-539④
しげくあれたるか　2-232④
しげくおひたる　1-29㉜
しげくしあらば　12-3110②
しげくしおもほゆ　8-1567⑤
しげくちるらむ　10-2154⑤
しげくとも
――あらそひかねて　14-3456③
――いもとあれとし　10-1983③
――きみしかよはば　16-3881③
しげくなりける　7-1261④
しげくなりぬる　1-29ィ㉞
しげければかも　17-3929⑤
しげちしげみち　16-3881②
しげみあはずて　12-2923④
しげみかも
――あはぬひまねく　9-1793③
――ほそかはのせに　9-1704③
しげみこちたみ
――あはざりき　4-538②
――おのがよに　2-116②
――わがせこを　12-2938②
――わぎもこに　12-2895②
しげみといもに　12-2944②
しげみときみに　11-2586②
しげみときみを　11-2799②
しげみとびくく
――うぐひすの　17-3969㊷
――うぐひすの　17-3971②
しげみにさける　8-1500②
しげみやきみが　4-685②
しげやまの　19-4185⑨
しげりたつ　9-1795③
しげりたるらむ　3-431⑫
しげりはすぎぬ　19-4210②
しけるときには　9-1809⑳
しげをかに　6-990①
しこつおきなの　17-4011㊽
しこのしこぐさ
――ことにしありけり　4-727④
――なほこひにけり　12-3062④
しこのしこてを　13-3270⑥
しこのますらを　2-117④
しこのみたてと　20-4373④
しこほととぎす
――あかときの　8-1507㉒
――いまこそば　10-1951②
しこりこめやも　12-2870⑤
しさへありけり　16-3827④
ししくしろ　9-1809㊲
ししこそば　3-239⑨
ししじもの
――いはひふしつつ　2-199⑪⑪
――いはひをろがみ　3-239⑬
――ひざをりふして　3-379⑬
――ゆみやかくみて　6-1019⑦
ししだのいねを　16-3848②
ししだもるごと　12-3000④
――ははがもらしし　12-3000ィ④
――ははしもらすも　12-3000④
ししなすおもへる　14-3531⑤
しじにあれども　17-4000⑥
しじにおひたる
――つがのきの　3-324④

—とがのきの　6-907④
—なのりそが　4-509㊹
しじにしあれば　6-920⑭
しじにぬきたれ
—あめつちの　13-3286⑧
—いはひへに　9-1790⑩
—ししじもの　3-379⑫
ししふみおこし
—ゆふがりに　3-478⑩
—ゆふがりに　6-926⑩
ししまちに　3-405③
ししまつきみが　7-1262④
ししまつごとく　13-3278⑫
ししまつと　16-3885㉕
ししまつわがせ　7-1292⑥
ししらぬきみを　17-3930④
したいぶかしみ
—おもへりし　11-2614左注②
—おもへるに　11-2614②
したくさなびき　16-3802②
したぐもあらなふ　14-3516②
したこがれのみ　11-2649④
したごころよし　10-1889④
したごひに
—いつかもこむと　17-3962㉓
—おもひうらぶれ　17-3978㊾
しただみを　16-3880③
したでるにはに　18-4059②
したでるみちに　19-4139④
したなほなほに　14-3364左注⑤
したなやますに　18-4094㉘
したなるひとは　13-3329⑥
したにきて
—うへにとりきば　7-1313③
—ただにあふまでは　4-747③
—なれにしきぬを　7-1312③
したにきば　11-2828③
したにきましを
ころもにありせば—　12-2852⑤
さむきこのころ—　10-2260⑤
したにきむ　8-1626③
したにこふれば　11-2719②
したにこれるを　14-3544②
したにもきむと　12-2964④
したにもきよと　15-3585②
したにもながく
—ながこころまて　13-3307⑧
—ながこころまて　13-3309㉑
したにをきませ　15-3584④
しだのうらを　14-3430①
したばのもみち　10-2209②
したはふる　18-4115③
したはへおきて　9-1809㊵
したはへて　20-4457③
したばもみちぬ　10-2205②
したひがしたに　10-2239②
したひきまして
—いきだにも　5-794⑥
—しきたへの　3-460⑳
したひこし　5-796③
したひしものを　20-4408㊳
したびなみ　11-2720③
したびもときて　12-2851④
したびもとけぬ　12-3145⑤
したびもに　15-3766③
したびもの　15-3708③
したひやま　9-1792㉑
したふくかぜの　20-4371②
したへのつかひ　5-905④
したへるいも　2-217②
したもひに
—あれそものおもふ　12-3022③
—なげかふわがせ　17-3973⑮
したゆあれやす　4-598④
したゆくみづの　9-1792㉒
したゆこひあまり
—しらなみの　12-3023②
—しらなみの　17-3935②
したゆこふるに　15-3708④
したゆこふれば　11-2441②
したゆそこふる　11-2723④
したゆはこひむ　12-3021②

したよしこひば　10-1901 ④
しだりやなぎに　10-1904 ②
しだりやなぎの
—かづらせわぎも　10-1924 ④
—とををにも　10-1896 ②
しだりやなぎは　10-1852 ④
しだりをの　11-2802左注 ③
したゑましけむ　6-941 ④
しづえとり
—ならむやきみと　11-2489 ③
—はなまついまに　7-1359 ③
しづえに
—のこれるはなは　9-1747 ⑬
—ひめをかけ　13-3239 ⑪
しづえのつゆに　10-2330 ④
しづくあひて　19-4225 ③
しづくいしをも　19-4199 ④
しづくしらたま
—かぜふきて　7-1317 ②
—しらずして　11-2445 ②
—たがゆゑに　7-1320 ②
しづくたま　7-1319 ③
しつくのたゐに　9-1757 ⑧
しつくらうちおき　5-804 ㉞
しづけくも
—きしにはなみは　7-1237 ①
—きみにたぐひて　12-3010 ③
しづけるたまを　7-1318 ②
しつたまき
—いやしきわがゆゑ　9-1809 ㉛
—かずにもあらぬ　4-672 ①
—かずにもあらぬ　5-903 ①
しつにとりそへ　17-4011 ㊿
しつぬさを
—てにとりもちて　13-3286 ⑤
—てにとりもちて　19-4236 ⑮
しつのいはやは　3-355 ④
しつはたおびを　11-2628 ②
しつはたの　3-431 ③
しづまりましぬ　2-199 ⑬⑥
しづみにし　2-229 ③
しづめかねつも　2-190 ⑤
しづめたまふと　5-813 ⑧
しづめとも　3-319 ㉛
しづをのともは　18-4061 ④
しでのさき　6-1031 ③
しなえうらぶれ
—あがをれば　10-2298 ②
—しのひつつ　19-4166 ⑩
しながとり
—あはにつぎたる　9-1738 ①
—ゐなのうらみを　7-1140ィ ①
—ゐなのみなとに　7-1189 ③
—ゐなのをくれば　7-1140 ①
—ゐなやまとよに　11-2708 ①
しなざかる
—こしぢをさして　19-4220 ⑬
—こしにいつとせ　19-4250 ①
—こしにしすめば　19-4154 ⑤
—こしのきみらと　18-4071 ①
—こしををさめに　17-3969 ③
しなたつ　13-3323 ①
しなてる　9-1742 ①
しななとおもへど　5-897 ㉚
しなぬのまゆみ
—ひかずして　2-97 ②
—わがひかば　2-96 ②
しなのぢは　14-3399 ①
しなのなる
—すがのあらのに　14-3352 ①
—ちぐまのかはの　14-3400 ①
しなののはまを　17-4020 ②
しなばこそ　16-3792 ①
しなばしなむよ　11-2498 ④
しなばしぬとも　5-889 ⑤
しなばやすけむ
—いづるひの　12-2940 ②
—きみがめを　17-3934 ②
しなひさかえて　13-3234 ㉛
しなひにあるらむ　10-2284 ④
しなひねぶ　11-2752 ③
しなふせのやま　3-291 ②

しなまくのみそ　11–2789 ④
しなましものを
　いはねしまきて──　2–86 ⑤
　こひざるさきに──　11–2377 ⑤
しなむいのち
　──ここはおもはず　12–2920 ①
　──にはかになりぬ　16–3811 ⑰
しなむよいもと　4–581 ④
しなむよわがせ
　──いけりとも　4–684 ②
　──こひすれば　12–2936 ②
しなむよわぎも
　──あはずして　12–2869 ②
　──いけりとも　13–3298 ②
しにかへらまし
　あがみはちたび──　11–2390 ⑤
　ちたびそわれは──　4–603 ⑤
しにかもしなむ　11–2636 ④
しにするものに
　──あらませば　4–603 ②
　──あらませば　11–2390 ②
しにはしらず　5–897 ㉞
しにもいきも
　──おなじこころと　16–3797 ①
　──きみがまにまと　9–1785 ⑤
しにもせずして　9–1740 ㉜
しぬといふことに　3–460 ㉘
しぬひにせよと　20–4405 ②
しぬべきおもへば
　こひにあへずて──　4–738 ⑤
　ちりのまがひに──　17–3963 ⑤
しぬべきものを
　おもひみだれて──　11–2764 ⑤
　おもひみだれて──　11–2765 ⑤
　──けふまでもいけれ　4–739 ④
しぬべきわがゆゑ　16–3811 ㉗
しぬべくおもほゆ　12–3083 ⑤
しぬるまされり　12–2913 ⑤
しぬれこそ　16–3852 ④
しのぎこぎりこ　13–3225 ⑭
しのぎはを　13–3302 ㉕
しのすすき　7–1121 ③
しのだをとこの　9–1802 ②
しのなかりそね　7–1276 ③
しのにあらなくに　7–1349 ⑤
しのにおしなべ　10–2256 ②
しののうへに　12–3093 ①
しののうれに　10–1830 ③
しののにぬれて
　──こゆなきわたる　10–1977 ④
　──よぶこどり　10–1831 ②
しののめの
　──しのひてぬれば　11–2754 ③
　──ひとにはしのび　11–2478 ③
しのはえゆかむ　6–1065 ㉒
しのはくしらに　19–4195 ②
しのはずて　3–291 ③
しのはせる　17–3969 ㊺
しのはせわがせ　8–1624 ⑤
しのびかねつも
　いたきこころは──　3–472 ⑤
　いもによりては──　11–2590 ⑤
　つみしてみつつ──　17–3940 ⑤
しのびかねてむ
　こひといふものを──　11–2635 ⑤
　こひといふものを──　12–2987 ⑤
　──たわらはのごと　2–129ィ ④
しのひきにけれ　19–4147 ⑤
しのひけむ　7–1111 ③
しのひけらしき　6–1065 ⑳
しのひつぎくる　9–1801 ㉖
しのひつつ
　──あそぶさかりを　17–4006 ㉙
　──あらそふはしに　19–4166 ⑪
しのひつつありと　16–3818 ④
しのひつるかも
　かれにしいもを──　19–4184 ⑤
　きみがみあとと──　10–1966 ⑤
　しほひのやまを──　16–3849 ⑤
しのびつるかも　3–465 ⑤
しのびてあるかも　6–965 ⑤
しのびてきみが　11–2440 ④

しのひてぬれば　11-2754 ④
しのひにければ　18-4119 ②
しのひにせむと　9-1801 ⑫
しのひにせもと　14-3426 ④
しのひにせよと
　―ちよにも　13-3329 ㉔
　―つげをぐし　19-4211 ㊵
しのひゆかむ　2-196 ㊾
しのひわたれと　13-3329 ㉖
しのふかはらを　7-1252 ④
しのふくさ　6-948 ㉛
しのぶらひ　16-3791 ㊷
しのふらむ
　―いもがかどみむ　2-131 ㊲
　―このつきのおもに　11-2460 ③
しのをおしなべ　1-45 ㉒
しばしばきみを
　―おもふこのころ　10-1919 ④
　―こととはじかも　12-3187 ④
　―みむよしもがも　12-3165 ④
しばしばみとも　20-4503 ④
しばしばも
　―あひみぬきみを　10-2042 ①
　―ふらぬゆきそ　19-4227 ④
　―みさけむやまを　1-17 ⑪
しはすには　8-1648 ①
しはせやま　11-2696 ③
しばつきの　14-3508 ①
しはつのあま　6-999 ③
しはつやま　3-272 ①
しばとりしきて　5-886 ⑱
しばなかりそね
　―ありつつも　4-529 ③
　―をとめらが　7-1274 ③
しばなきにしを　19-4286 ④
しばののの　10-1919 ③
しはぶかひ　5-892 ⑪
しはぶれつぐれ　17-4011 ㊷
しばみれば　10-1999 ③
しひいはまをせ　3-237 ④
しひかたり　3-236 ③
しひかたりといふ　3-237 ⑤
しびつくと　19-4218 ①
しびつると　6-938 ⑨
しひてあれやは　9-1783 ②
しひにてあれかも　17-4014 ②
しひのこやでの　14-3493 ④
しひのさえだの　14-3493左注 ④
しひのはにもる　2-142 ⑤
しひまかば　7-1099 ③
しひめやわがせ　4-679 ②
しぶたにの
　―ありそのさきに　17-3993 ㉕
　―きよきいそみに　17-3954 ③
　―さきたもとほり　17-3991 ⑨
　―さきのありそに　17-3985 ⑰
　―さきのありそに　17-3986 ①
　―ふたがみやまに　16-3882 ①
しぶたにを　19-4206 ①
しふるしひのが　3-236 ②
しほかれの　3-293 ①
しほかれのむた　6-1062 ⑯
しほけたつ　9-1797 ①
しほけのみ　2-162 ⑮
しほさゐに　1-42 ①
しほさゐの　3-388 ⑬
しほつすがうら　9-1734 ④
しほつやま　3-365 ①
しほつをさして　11-2747 ②
しほなみちそね　9-1669 ②
しほぬりたまひ　16-3886 ㊾
しほのはやひば　18-4034 ②
しほはひぬとも　7-1386 ⑤
しほはやみ　7-1234 ①
しほひしほみち　17-3891 ②
しほひなありそね　2-229 ②
しほひなば
　―たまもかりつめ　3-360 ①
　―またもわれこむ　15-3710 ①
しほひにいでて　9-1726 ②
しほひにけらし
　―しらかみの　9-1671 ②

—たづなきわたる　3-271 ④
—ちたのうらに　7-1163 ②
しほひにたちて　7-1160 ②
しほひのうらに　6-958 ④
しほひのうらを　9-1672 ②
しほひのかたに
—たづがこゑすも　15-3595 ④
—たづなきわたる　6-1030 ④
しほひのかたの　4-536 ②
しほひのこまつ　11-2486左注 ②
しほひのなごり
—あくまでに　4-533 ②
—よくみてむ　6-976 ②
しほひのみちを　6-941 ②
しほひのやまを　16-3849 ④
しほひのゆたに　14-3503 ②
しほひみち　6-918 ③
しほぶねに　20-4368 ③
しほふねの
—ならべてみれば　14-3450 ③
—へこそしらなみ　20-4389 ①
しほぶねの　14-3556 ①
しほふれば
—あしへにさわく　6-1064 ①
—たまもかりつつ　6-917 ⑪
—ともにかたにいで　7-1164 ①
しほまちて　15-3627 ⑪
しほまつと　15-3594 ①
しぼみかれゆく　18-4122 ⑳
しほみたば　7-1216 ①
しほみちきなむ　2-121 ②
しほみちくらし　15-3642 ②
しほみちくれば
—あしべには　15-3627 ㉞
—かたをなみ　6-919 ②
しほみちわたる　14-3549 ②
しほみつなむか　14-3366 ⑤
しほみつらむか
あかものすそに—　15-3610 ⑤
たまものすそに—　1-40 ⑤
しほみてば
—あかずわれゆく　15-3706 ③
—いりぬるいその　7-1394 ①
—おきなみたかみ　7-1165 ③
—つまよびかはす　17-3993 ㉑
—みなわにうかぶ　11-2734 ①
しほもかなひぬ　1-8 ④
しほやききぬの
—なれなばか　6-947 ②
—ふぢころも　3-413 ②
しほやきころも　11-2622 ②
しほやくあまの　12-2971 ②
しほやくけぶり
—かぜをいたみ　7-1246 ②
—くさまくら　3-366 ⑫
しほやくと　6-938 ⑪
しほやくほのけ　3-354 ②
しほをかれしむ　3-388 ⑫
しほをみたしめ　3-388 ⑩
しまかぎを　20-4384 ③
しまがくり　6-944 ①
しまがくりなば　12-3212 ②
しまがくるみゆ　15-3597 ⑤
しまかげに
—わがふねはてて　20-4412 ①
—わがふねはてむ　9-1719 ③
しまくまやまの　12-3193 ②
—ゆふぎりに　12-3193ィ ②
—ゆふぐれに　12-3193 ②
しまこぎかくる　3-272 ④
しましくこひは　4-753 ②
しましくは
—いへにかへりて　9-1740 ㊴
—ちりなまがひそ　2-137ィ ③
—らりなまがひそ　9-1747 ⑮
—なちりまがひそ　2-137 ③
—やそのふなつに　10-2046 ③
しましくみねば　10-2299 ④
しましくも
—いもがめかれて　15-3731 ③
—きみがめみねば　11-2423 ③
—こころやすめむ　12-2908 ③

—ひとりありうる 15-3601 ①
—みねばこひしき 11-2397 ①
—みねばこひしき 15-3634 ③
—やむときもなく 12-2921 ③
—ゆきてみてしか 6-969 ①
—よけくはなしに 5-904 ㊾
—よどむことなく 2-119 ③
—わかるといへば 19-4279 ③
しましくもあは 13-3256 ④
しましそわぎも 11-2438 ②
しましとよもし
—さしくもり 11-2513 ②
—ふらずとも 11-2514 ②
しましはありまて
ふねかさめやも— 10-2088 ⑤
よはこもるらむ— 4-667 ⑤
しましはさかず 10-1871 ④
しまづたひ
—いこぎわたりて 20-4408 ㊾
—いわかれゆかば 8-1453 ⑰
—みぬめのさきを 3-389 ①
—みれどもあかず 13-3232 ⑦
しまづたひゆく 20-4414 ⑤
しまづたふ 7-1400 ①
しまつとり
—うかひがともは 17-4011 ⑬
—うかひともなへ 19-4156 ⑪
しまとよみ 11-2731 ③
しまとをみれば 3-304 ④
しまならなくに
くもゐにみゆる— 20-4355 ⑤
こがたのうみの— 12-3166 ⑤
しまにおりゐて 2-188 ④
しまにしをれば 7-1315 ②
しまのあまならし 6-1033 ②
しまのありそを 2-181 ②
しまのうらみに 4-551 ②
しまのこだちも 5-867 ④
しまのさきざき
—ありたてる 13-3239 ④
—くまもおかず 6-942 ㉒
—よりたまはむ 6-1020(1021) ⑭
しまのはりはら
—あきたたずとも 10-1965 ④
—ときにあらねども 7-1260 ④
しまのまゆ 6-942 ⑬
しまのみかどに 2-189 ②
しまのみかどは 2-173 ④
しまのみはしに 2-187 ④
しまのみや
—かみのいけなる 2-172 ①
—まがりのいけの 2-170 ①
しまのみやには 2-179 ②
しまのみやはも 2-171 ⑤
しまのむろのき 15-3601 ④
しまはおほけど 2-220 ㉖
しまばしむとも
そでにこきれつ— 8-1644 ⑤
そでにこきれつ— 19-4192 ㉗
しまみすと 7-1117 ①
しまみする 6-943 ③
しまみにたちて 20-4398 ㊳
しまみには 17-3991 ㉕
しまもあらなくに 7-1089 ②
しまもなたかし 13-3234 ⑰
しまもりに 20-4408 ③
しまやまに
—あかるたちばな 19-4266 ⑲
—てれるたちばな 19-4276 ①
しまやまの 3-322 ⑦
しまやまを 9-1751 ①
しまらくは 14-3471 ①
しまをみるとき 2-178 ②
しまをもいへと 2-180 ②
しみさびたてり 1-52 ⑱
しみにしかばか 11-2624 ④
しみにしこころ
—なほこひにけり 20-4445 ④
—わすらえめやも 11-2496ィ ④
—われわすれめや 11-2496 ④
しみみにも 11-2748 ③
しめけむもみち 19-4223 ④

しめささましを　7-1337 ④
しめしたまひて　5-813 ⑭
しめしたまへば　9-1753 ㉔
しめしのに　8-1427 ③
しめじめと　3-370 ③
しめしより　7-1348 ③
しめなはこえて　10-2309 ④
しめにあらなくに　11-2839 ⑤
しめのみそゆふ　3-414 ⑤
しめのゆき　1-20 ③
しめゆはましを
　のちみむためにー　7-1342 ⑤
　はてしとまりにー　2-151 ⑤
しめゆひし　4-530 ③
しめゆひたてて　3-401 ④
しめゆひて
　ーありかつましじ　11-2481 ③
　ーわがさだめてし　3-394 ①
しめゆふと　13-3272 ⑤
しめゆふなゆめ　7-1252 ⑤
しめゆふの　11-2496 ③
しめゆふべしも　20-4509 ⑤
しめゆへわがせ　2-115 ⑤
しもおきにけり　11-2692 ②
しもおけども　18-4111 ㊸
しもがれの　10-1846 ①
しもくもり　7-1083 ①
しもそおきにける　12-3044 ⑤
しもつけの
　ーあそのかはらよ　14-3425 ①
　ーみかものやまの　14-3424 ①
しもつせに
　ーうちはしわたす　2-196 ⑤
　ーうをやつかづけ　13-3330 ⑤
　ーさでさしわたす　1-38 ㉕
　ーながれふらばふ　2-194 ⑤
　ーふねうけすゑ　9-1764 ⑤
　ーまくひをうち　13-3263 ⑤
しもつせの　13-3330 ⑨
しもとどる　5-892 ⑯
しもなふりそと　15-3625 ⑧
しもなふりそね　8-1512 ⑤
しものうへに　20-4298 ①
しものうへにねぬ　11-2616 ⑤
しものおくまでに　2-87 ⑤
しものふらくに　10-2135 ⑤
しものふりけむ
　いづくもりてかー　10-2238 ⑤
　ーくれなゐの　5-804 ㉒
　ーにのほなす　5-804ィ ㉒
しものふるよを　10-2336 ⑤
しもはおくらし　10-2203 ②
しもはふるとも
　わがくろかみにー　2-89 ⑤
　わさだはからじー　10-2220 ⑤
しもふらば　9-1791 ③
しもふりおほひ　10-2243 ②
しもふりて　1-64 ③
しもへには　6-920 ⑨
しももおきぬがに　8-1556 ⑤
しももおきぬべく　10-2232 ⑤
しもゆきも　8-1434 ①
しらえぬこひは　8-1500 ④
しらかおひにたり　4-627 ⑤
しらかおふる　4-628 ①
しらかしの
　ーえだもたわたわ　10-2315ィ ③
　ーえだもとををに　10-2315 ③
しらかつく
　ーゆふとりつけて　3-379 ⑦
　ーゆふはなもの　12-2996 ①
しらかつけ　19-4265 ③
しらかみの　9-1671 ③
しらきのくにゆ　3-460 ②
しらきへいます　15-3587 ②
しらきへか　15-3696 ①
しらきをの　16-3878 ③
しらくもがくる　4-509 ㉒
しらくもに
　ーたちたなびくと　17-3957 ㊾
　ーたちたなびくと　17-3958 ③
　ーなみたはつきぬ　8-1520 ⑬

しらくもの
—いほへにかくり 10-2026①
—おもひすぐべき 4-668③
—たえにしいもを 14-3517①
—たつたのやまの 6-971①
—たつたのやまの 9-1747①
—たつたのやまを 9-1749①
—たなびくくにの 13-3329①
—たなびくやまの 4-574③
—たなびくやまの 4-758①
—たなびくやまを 3-287③
—たなびくやまを 9-1681③
—たなびくやまを 17-4006㊴
—ちへにへだてる 5-866③
—ちへをおしわけ 17-4003⑤
—はこよりいでて 9-1740㊸
しらくもは
—たなばたつめの 10-2041③
—ゆきはばかりて 3-353③
しらくもも
—いゆきはばかり 3-317⑬
—ちへになりきぬ 6-942⑰
—みふねのやまに 3-243③
しらけても 4-573③
しらさぎの 16-3831③
しらさきは 9-1668①
しらざらなくに 10-1916⑤
しらざるいのち 11-2406④
しらしくる
—あまのひつぎと 19-4254⑬
—きみのみよみよ 18-4094⑨
しらしまさむと 6-1047⑫
しらしめさむと 6-1053㉔
しらしめしきと 20-4360⑥
しらしめしけむ 1-29㉔
しらしめしける
—すめろきの 18-4094④
—すめろきの 18-4098④
—すめろきの 20-4465㉜
—そらみつ 1-29ィ⑩
しらしめしし 2-162④
しらしめししを 1-29⑩
しらしめしせば 2-167㊵
しらしめす 2-167⑲
しらしめすと 2-167⑭
しらずかあるらむ 4-720⑤
しらずきにけり 11-2414⑤
しらすげの
—しらせむためと 11-2768③
—まののはりはら 3-280③
—まののはりはら 3-281①
—まののはりはら 7-1354①
しらずしあらば
—もだもあらむ 10-2293②
—もだもあらむ 17-3976②
しらずして
—くやしくいもを 15-3594③
—こひせしよりは 11-2445③
—せななとふたり 14-3544③
—ねてわがこしを 11-2665③
しらずとも
—たづなのはまの 9-1746③
—われししれらば 6-1018④
しらずともよし
—しらずとも 6-1018③
われししれらば— 6-1018⑥
しらせぬこゆゑ 13-3296②
しらせむためと 11-2768④
しらたまとると 7-1299④
しらたまの
—あがこふるひは 5-904⑧
—あひだあけつつ 11-2448①
—いほつつどひを 10-2012①
—いほつつどひを 18-4105①
—ひとのそのなを 9-1792①
—みがほしきみを 19-4170①
—みがほしみおもわ 19-4169㉑
—をだえはまこと 16-3815①
しらたまのをの 7-1321④
しらたまは
—ひとにしらえず 6-1018①
—をだえしにきと 16-3814①

しらたまもがも　18-4104⑤
しらたまよせこ　9-1667④
しらたまを
　―つつみてやらば　18-4102①
　―てにとりもして　20-4415①
　―てにはまかずに　7-1325①
　―てにまきしより　11-2447①
　―ひとにしらえず　7-1300③
　―まきてもちたる　11-2446①
しらつきやまの　12-3073②
しらつつじ
　―しらぬこともて　10-1905③
　―みれどもさぶし　3-434③
　―みればかなしも　3-434ィ③
　―われににほはね　9-1694③
しらつゆおき　13-3221④
しらつゆおきて　10-2206④
しらつゆおひて　10-2200②
しらつゆおもほゆ
　をばながうへの―　10-2169⑤
　をばながうれの―　16-3819⑤
しらつゆおもみ　11-2469②
しらつゆし　10-2176③
しらつゆと　10-2171①
しらつゆに
　―あらそひかねて　10-2116①
　―あらそふはぎの　10-2102③
しらつゆの
　―おかまくをしみ　10-2099①
　―おくこのにはに　8-1552③
　―おけるあきはぎ　8-1579③
　―けかもしなまし　8-1608③
　―けかもしなまし　10-2254③
　―けぬがにもとな　4-594③
　―けぬべきこひも　12-3039③
　―けぬべくもあれは　10-2246③
しらつゆを
　―きみにみせむと　11-2686③
　―けたずてたまに　8-1572③
　―たまになしたる　10-2229①
　―とらばけぬべし　10-2173①
しらとほふ　14-3436①
しらとりの
　―さぎさかやまの　9-1687①
　―とばやままつの　4-588①
しらなみさわき
　―しくしくに　19-4187⑯
　―しほふれば　6-917⑩
しらなみさわく　2-220⑳
しらなみしのぎ　10-2089㉒
しらなみたかし　10-2061②
しらなみたかみ
　―うらみより　15-3627⑭
　―つまよぶと　17-4006⑳
　―よそにかもみむ　15-3596④
しらなみたちて　7-1219②
しらなみたちぬ　9-1757⑭
しらなみに　10-2164③
しらなみの
　―ありそによする　17-3991⑦
　―いさきめぐれる　6-931⑮
　―いちしろくいでぬ　12-3023③
　―いちしろくいでぬ　17-3935③
　―おもしるきみが　12-3015③
　―きよするしまの　11-2733①
　―たかきあるみを　8-1453⑮
　―ちへにきよする　6-932①
　―はままつがえの　1-34①
　―はままつのきの　9-1716①
　―へにもおきにも　12-3158③
　―やへをるがうへに　7-1168③
　―やへをるがうへに　20-4360㊶
　―よするいそみを　17-3961①
　―よせくるたまも　17-3994①
　―よそるはまへに　20-4379①
しらなみを　3-388⑤
しらにそひとは　4-589④
しらにといもが　2-223④
しらぬくに　1-50㉝
しらぬこともて　10-1905④
しらぬひ
　―つくしのくにに　5-794③

—つくしのくには　20-4331 ③
—つくしのわたは　3-336 ①
しらぬひとにも　4-677 ④
しらぬやまぢを　12-3150 ④
しらぬりの
—こすずもゆらに　19-4154 ㉕
—すずとりつけて　17-4011 ㉙
しらねかも　8-1648 ③
しらねども
—いもがりといへば　11-2435 ③
—かたりしつげば　3-313 ③
—こころはきみに　12-2985左注 ③
—にひものごとも　9-1809 ⑪
しらばしるとも　11-2788 ⑤
しらはまなみの
—よりもあへず　11-2822 ②
—よるときもなき　11-2823 ④
しらひげのうへゆ　20-4408 ⑫
しらませば
—いもをばみずそ　15-3739 ③
—かどにやどにも　6-1013 ③
—きしのはにふに　1-69 ③
—そのよはゆたに　12-2867 ③
—とほくみつべく　11-2372 ③
しらまなご
—きよきはまへは　6-1065 ⑬
—みつのはにふの　11-2725 ①
しらまゆみ
—いそべのやまの　11-2444 ①
—いまはるやまに　10-1923 ①
—はりてかけたり　3-289 ③
—ひきてかくれる　10-2051 ③
—ひだのほそえの　12-3092 ①
—ゆきとりおひて　9-1809 ㉓
しらやまかぜの　14-3509 ②
しらゆきにはに　10-1834 ④
しらゆきの
—いちしろくしも　10-2339 ③
—つねしくふゆは　10-1888 ①
—ふりしくやまを　19-4281 ①
しらゆきを　8-1654 ③
しらゆふはなに
—おちたぎつ　6-909 ②
—おちたぎつ　7-1107 ②
—おちたぎつ　9-1736 ②
—なみたちわたる　13-3238 ④
しりかてぬかも　2-98 ⑤
しりくさの　11-2468 ③
しりつつも　7-1331 ③
しりぬべし　11-2566 ③
しりひかしもよ　14-3431 ④
しるくしたたば　11-2452 ②
しるくしめたて　18-4096 ④
しるくもあへる　13-3266 ⑯
しるしあつめ　16-3858 ③
しるしあらめやも
すぎなむのちに—　20-4438 ⑤
のちにいふとも—　4-673 ⑤
のちにくゆとも—　3-410 ⑤
やまになくとも—　18-4052 ⑤
しるしつがむそ　19-4254 ㊱
しるしてつけて　20-4366 ④
しるしなき
—こひをもするか　11-2599 ①
—ものをおもはずは　3-338 ①
しるしなきかも　12-2975 ⑤
しるしなし　13-3316 ③
しるしなみ　15-3759 ③
しるしにせむと　9-1809 ㊷
しるしもあるか　19-4230 ④
しるしもなしと　4-658 ②
しるしをなみ
—おもへども　4-619 ㉜
—なげけども　13-3324 ⑯
しるしをなみと
—いづくにか　13-3344 ㉒
—こととはぬ　3-481 ㊷
—またおきつるかも　15-3627 ⑩
しるすとならし　17-3925 ④
しるといはなくに　2-97 ⑤
しるときし　5-793 ③
しるはのいそと　20-4324 ②

しるひとそひく　2-99 ⑤
しるひともなし　12-3027 ⑤
しるへには　20-4385 ③
しるものを
　—あきかぜさむみ　3-465 ③
　—なにかここだく　4-658 ③
しるらむを　19-4216 ③
しれるときだに　11-2446 ⑤
しれれども　20-4470 ③
しろかねも　5-803 ①
しろかみこらに　16-3792 ④
しろかみし　16-3793 ①
しろかみまじり　4-563 ②
しろかみまでと　11-2602 ②
しろかみまでに　17-3922 ②
しろきあさごろも　7-1298 ⑤
しろくあれば　16-3845 ③
しろくなるまで　7-1411 ④
しろたへころも
　—あかつくまでに　10-2028 ④
　—ゆきふれば　10-2192 ②
しろたへに
　—かかれるくもは　13-3325 ③
　—かざりまつりて　13-3324 ㊼
　—ころもとりきて　3-478 ㊲
　—とねりよそひて　3-475 ㉑
　—にほはしたるは　10-1859 ③
　—にほふまつちの　7-1192 ①
　—ゆきはふりおきて　17-4003 ⑪
しろたへの
　—あがころもでを　15-3778 ①
　—あがしたごろも　15-3751 ①
　—あさごろもきて　2-199 ⑯⑥
　—あまひれがくり　2-210 ⑲
　—あまひれがくり　2-213 ⑲
　—いもがころもで　17-3945 ③
　—おびこふべしや　10-2023 ③
　—きみがしたびも　12-3181 ①
　—きみがたまくら　11-2807 ③
　—くもかかくせる　7-1079 ③
　—ころもかたしき　11-2608 ③
　—ころもでほさず　3-460 ㊼
　—ころものそでを　14-3449 ①
　—ころもはぬかじ　12-2846 ③
　—ころもひづちて　2-230 ⑮
　—ころもほしたり　1-28 ③
　—ころももほさず　3-443 ㊺
　—そでかへししは　11-2812 ③
　—そでかれてぬる　12-2962 ①
　—そでさしかへて　3-481 ①
　—そでさしかへて　8-1629 ⑪
　—そでさへぬれて　6-957 ③
　—そでさへぬれて　12-2953 ③
　—そでときかへて　4-510 ①
　—そでなきぬらし　20-4408 ㉝
　—そでにもこきれ　18-4111 ㉓
　—そでのなれにし　12-2952 ③
　—そでのわかれは　12-3182 ①
　—そでのわかれを　12-3215 ①
　—そではまゆひぬ　11-2609 ①
　—そでひつまでに　4-614 ③
　—そでひつまでに　11-2518 ③
　—そでふりかはし　5-804ィ ⑪
　—そでふりかへし　17-3993 ㊲
　—そでふるみえつ　13-3243 ㉓
　—そでふれにしよ　11-2612 ①
　—そでまきあげて　7-1292 ④
　—そでまきほさむ　10-2321 ③
　—そでわかるべき　4-645 ①
　—そでをかさにき　12-3123 ③
　—そでをはつはつ　11-2411 ①
　—そでをふらさね　15-3725 ③
　—そでをりかへし　12-2937 ①
　—そでをりかへし　17-3973 ㉛
　—そでをりかへし　20-4331 ㊾
　—たすきをかけ　5-904 ㊴
　—たもとゆたけく　12-2963 ①
　—たもとをわかれ　3-481 ⑮
　—はねさしかへて　15-3625 ⑨
　—ひもをもとかず　9-1800 ⑤
　—ふぢえのうらに
　　3-252左注 ①，15-3607 ①

—わがころもでに　4-708 ③
—わがころもでに　11-2688 ③
—わがころもでに　11-2690 ①
—わがころもでに　12-3044ィ③
—わがころもでの　12-2954 ③
—わがころもでは　9-1675 ③
—わがころもでも　13-3258 ㉑
—わがころもでを　13-3274 ⑪
—わがひものをの　12-2854 ①
しわがきたりし　5-804 ㉖
しゑやあたらし　10-2120 ④
しゑやいでこね　11-2519 ④
しゑやいのちの　11-2661 ④
しゑやさらさら　12-2870 ④
しゑやわがせこ　4-659 ④
しをぢから　17-4025 ①

す

すがかさをがさ　16-3875 ⑬
すがしまの　11-2727 ①
すがたしおもほゆ　11-2684 ⑤
すがたはみえね　12-3137 ②
すがとりの　12-3092 ③
すかなくのみや　17-4015 ④
すがのあらのに　14-3352 ②
すがのねとりて　6-948 ㉚
すがのねの
—おもひみだれて　4-679 ③
—たゆとやきみが　12-3052 ③
—ながきはるひを　10-1921 ③
—ながきはるひを　10-1934 ③
—ねもころいもに　11-2758 ①
—ねもころきみが　11-2473 ①
—ねもころごろに　12-2857 ①
—ねもころごろに　12-3054 ③
—ねもころごろに　13-3284 ①
—ねもころごろに　20-4454 ③
—ねもころたがゆゑ　12-2863 ③
—ねもころみまく　4-580 ③
—ねもころわれも　4-791 ③
すがのねみむに　7-1373 ④
すがのねを
—きぬにかきつけ　7-1344 ③
—ひかばかたみと　3-414 ③
すがのはしのぎ
—ふるゆきの　3-299 ②
—ふるゆきの　8-1655 ②
すがのみつみに　7-1250 ②
すかのやま　17-4015 ③
すがはらのさと　20-4491 ⑤
すかへにたてる　14-3575 ②
すがまくら　14-3369 ③
すがるなすのの　10-1979 ②
すがるのごとき　16-3791 ㊸
すがるをとめの　9-1738 ⑧

すぎがえに　10-1814③
すぎかくらまく　7-1069④
すぎかてなくは　7-1389④
すぎかてに　14-3388③
すぎかてぬかも
　—おやのめをほり　5-885④
　なごえのはまへ—　7-1190⑤
すぎかてぬこを　10-2297②
すぎていかば　6-967③
すぎていにきと
　—たまづさの　2-207㉖
　—たまづさの　13-3344⑧
すぎてきにける　2-136⑤
すぎてくべしや　10-1998④
すぎてこぎゆくに　9-1740⑯
すぎてなつみに　9-1737②
すぎてやゆかむ　7-1174④
すぎてゆくべき　6-1066④
すぎてゆくらむ　11-2401⑤
すぎなむのちに　20-4438④
すぎにけむかも　11-2455⑤
すぎにけらしも　10-1888③
すぎにけらずや　2-221⑤
すぎにけるかも　15-3600⑤
すぎにしいもが　9-1797④
すぎにしいもに　7-1410④
すぎにしきみが　1-47④
すぎにしこひい　12-2927④
すぎにしこらが　2-217㉜
すぎにしこらと　9-1796②
すぎにしひとに
　—けだしあはむかも　3-427④
　—ゆきまかめやも　7-1268④
すぎにしひとの　3-463④
すぎぬとも　7-1230③
すぎぬると　4-686③
すぎぬれば　10-2133③
すぎのこのまか　14-3363⑤
すぎののに　19-4148①
すぎばをしみか　8-1491②
すぎまくを　13-3329㉛
すぎまくをしみ　8-1591②
すぎましにけれ　19-4211㉞
すぎむとおもへや　2-199(144)
すぎむらの　3-422③
すぎめやも　17-4011(101)
すぎゆくひとの　7-1119②
すぐしえぬものを　13-3272⑱
すぐしつるかも　10-2218⑤
すぐしてむとか　20-4318⑤
すぐしやりつれ
　—しのはせる　17-3969(54)
　—みなのわた　5-804⑱
すぐせどすぎず　12-2845④
すぐといはなくに　6-1023⑤
すぐとはなしに　4-693⑤
すくなき　16-3875⑱
すくなきよ　16-3875⑩
すくなくも
　—あがのまつばら　10-2198③
　—いもにこひつつ　15-3743③
　—こころのうちに　11-2523③
　—こころのうちに　11-2581③
　—こころのうちに　12-2911③
　—としつきふれば　18-4118③
すくなびこなの
　—いましけむ　3-355②
　—かみこそば　6-963②
　—かみよより　18-4106②
すくなみかみの　7-1247②
すぐはゆけども　20-4378②
すぐらくをしみ　6-949②
すぐらくをしも　8-1601⑤
すぐるときあれど　11-2785②
すぐれやきみが　4-623④
すぐろくの　16-3838③
すぐろくのさえ　16-3827⑤
すこしいたらぬ　12-2875②
すこしひらくに　9-1740(72)
すごもしき　16-3825①
すさのいりえの
　—ありそまつ　11-2751②

—こもりぬの　14-3547②
すしてあれど　11-2651③
すずがおときこゆ　14-3438②
すずかがは　12-3156①
すずかけぬ　18-4110③
すずがねの　14-3439①
すすきおしなべ　17-4016②
すずきつる　3-252③，15-3607左注③
すずきとる　11-2744①
すすしきほひ　9-1809⑱
すずしきゆふへ　20-4306②
すずしくなりぬ　10-2103②
すずとりつけて　17-4011㉚
すずのあまの　18-4101①
すずのうみに　17-4029①
すそつくかはを　11-2655ィ②
すそにとりつき　20-4401②
すそのあはずて　11-2619④
すそのうちかひ　14-3482左注②
すそのうちかへ　14-3482②
すそびくみちを　11-2655②
すそみのたゐに　9-1758②
すそみのやまの　17-3985⑯
すだくいけみづ　11-2833②
すだくふるえに　17-4011㊿
すだくみぬまを　19-4261④
すだちなば　2-182③
すだれうごかし
—あきのかぜふく　4-488④
—あきのかぜふく　8-1606④
すでにおほひて　17-3923②
すでにこころは　12-2986④
すとにかあるらむ　7-1083②
すどりはさわく　17-4006㉒
すにゐるふねの
—こぎでなば　12-3203②
—ゆふしほを　11-2831②
すはにある　4-567①
すべなかりつる　4-540⑤
すべなかるべし
あけてをちより—　15-3726⑤
たえてわかれば—　11-2826⑤
みずひさならば—　17-3934⑤
すべなきことは　11-2368④
すべなきときは　12-3030②
すべなきまでに
うらなきましつ—　10-1997⑤
きなきてすぎぬ—　9-1702⑤
なきてさわたる—　10-1960⑤
すべなきものか　5-892㊶
すべなきものは　5-804②
すべなけなくに　15-3743⑤
すべのしらなく
つかひをやらむ—　11-2552⑤
つきひをしらむ—　17-3937⑤
をみなにしあれば—　3-419⑤
すべのしらねば　4-707②
すべのたづきも　13-3261②
すべのたどきも
—いまはなし　12-2881②
—われはなし　12-2892②
すべもすべなさ
いもがこころの—　5-796⑤
きみがこころの—　18-4106㊿
すべもなき
—かたこひをすと　12-3111①
—こひのみしつつ　15-3768③
すべもなく
—くるしきたびも　15-3763③
—くるしくあれば　5-899①
—さむくしあれば　5-892⑤
すべをしらにと　4-543㊱
すべをなみ
—あきのももよを　4-548③
—いでてそゆきし　11-2551③
—いでてそゆきし　12-2947左注③
—いもがなのりつ　11-2441③
—いもがなよびて　2-207㊿
—きみがつかひを　11-2545③
—ちたびなげきて　12-2901③
—よぢてたをりつ　8-1507㉙
—われはいひてき　12-2947③

すまのあまの
—しほやききぬの 3-413 ①
—しほやききぬの 6-947 ①
すまはむと 4-578 ③
すまひつつ
—いまししものを 3-460 ㉕
—みやこのてぶり 5-880 ③
すまひとの 17-3932 ①
すみあしとそいふ 15-3748 ②
すみけらし 4-650 ③
すみけるひとそ 3-308 ④
すみすみて
—いたらむくにの 16-3850 ③
—たちわかれまく 19-4250 ③
すみだかはらに 3-298 ④
すみなはを 5-894 ㊸
すみのえに
—いつくはふりが 19-4243 ①
—かへりきたりて 9-1740 ㊺
—ゆくといふみちに 7-1149 ①
すみのえの
—あがすめかみに 20-4408 ㊷
—あさかのうらに 2-121 ③
—あさささはをのの 7-1361 ①
—あらひとがみ 6-1020(1021) ⑨
—いでみのはまの 7-1274 ①
—えなつにたちて 3-283 ①
—おきつしらなみ 7-1158 ①
—おとひをとめと 1-65 ③
—きしにいでゐて 9-1740 ③
—きしにいへもが 7-1150 ①
—きしにむかへる 12-3197 ①
—きしによるといふ 7-1147 ③
きしのうらみに 11-2735 ①
—きしのうらみゆ 7-1144 ③
—きしののはりに 16-3801 ①
—きしのはにふに 6-932 ③
—きしのはにふに 6-1002 ③
—きしのはにふを 7-1146 ③
—きしのはにふを 7-1148 ③
—きしのまつがね 7-1159 ①
—きしをたにはり 10-2244 ①
—こはまのしじみ 6-997 ①
—さとゆきしかば 10-1886 ①
—しきつのうらの 12-3076 ①
—つもりあびきの 11-2646 ①
—とほさとをのの 7-1156 ①
—とほさとをのの 16-3791 ㉘
—なごのはまへに 7-1153 ①
—のきのまつばら 3-295 ①
—はづまのきみが 7-1273 ①
—はまによるといふ 11-2797 ①
—はまのこまつは 3-394 ③
—はままつがねの 20-4457 ①
—みつにふなのり 19-4245 ⑦
—わがおほみかみ 19-4245 ⑮
—をだをからすこ 7-1275 ①
—をつめにいでて 16-3808 ①
すみのえのはま 6-931 ⑰
すみよきさとの 6-1059 ㉔
すみよけを 20-4419 ③
すみよしと 6-1059 ⑤
すみれつみにと 8-1424 ②
すみれをつむと 17-3973 ㉚
すみわたるがね 10-1958 ⑤
すみわたれとり 9-1755 ㉑
すむさはのうへに 11-2680 ②
すむといふしかの 10-2098 ②
すむといふやまの 11-2696 ②
すむときなかば 17-3909 ④
すむとりの 12-3089 ③
すむとりも
—あらびなゆきそ 2-180 ③
—こころあれこそ 7-1366 ③
すむべきものを 9-1741 ②
すむやけく
—かへしたまはね
6-1020(1021) ㉑
—はやかへりませ 15-3748 ③
すめかみに 13-3236 ⑰
すめかみの
—いつくしきくに 5-894 ⑤

―うしはきいます　17-4000 ⑨
―すそみのやまの　17-3985 ⑮
―そへてたまへる　1-77 ③
すめらへに　20-4465 ㊴
すめらみくさに　20-4370 ④
すめらみこかも　13-3325 ⑤
すめらわれ　6-973 ⑨
すめろきの
―あまのひつぎと　20-4465 ㉝
―かみのおほみよに　18-4111 ③
―かみのみかどに　3-443 ⑤
―かみのみかどを　11-2508 ①
―かみのみことの　1-29 ㉕
―かみのみことの　3-322 ①
―かみのみことの　18-4089 ③
―かみのみことの　18-4094 ⑤
―かみのみことの　18-4098 ⑤
―かみのみこの　2-230 ㉕
―かみのみやひと　7-1133 ①
―かみのみよより　6-1047 ⑤
―かみのみよより　20-4465 ⑤
―しきますくにと　2-167 ㉛
―しきますくにの　18-4122 ①
―とほきみよにも　20-4360 ①
―とほのみかどと　15-3688 ①
―とほみよみよは　19-4205 ①
―みたまたすけて　18-4094 ㊴
―みよさかえむと　18-4097 ①
―みよよろづよに　19-4267 ①
―をすくになれば　17-4006 ㉛
すもものはなか　19-4140 ②
すらむとおもひて　7-1255 ⑤
すらめども　7-1339 ③
すりころも　11-2621 ①
すりてばよけむ　7-1281 ⑥
すりぶくろ　18-4133 ③
するがなる
―あへのいちぢに　3-284 ③
―ふじのたかねの　11-2695 ③
―ふじのたかねは　3-319 ㉟
―ふじのたかねを　3-317 ⑤
するがのうみ　14-3359 ①
するがのくにと　3-319 ④
するがのねらは　20-4345 ④
するきみを　15-3723 ③
するすぎの　9-1773 ③
するすべの　15-3777 ③
するすべのなさ　17-3928 ⑤
するものそ　11-2533 ③
すれるきぬきて　9-1742 ⑧
すれるころもの　7-1156 ④
すれるにはあらず　10-2101 ②
すゑかきわけて　13-3279 ②
すゑしたねから　15-3761 ⑤
すゑつひに
―きみにあはずは　13-3250 ⑲
―ちよにわすれむ　20-4508 ③
―ゆきはわかれず　11-2790 ③
すゑつむはなの　10-1993 ④
すゑてそあがかふ　19-4154 ㊱
すゑにたままき　14-3487 ②
すゑのたづきは　12-2985 左注 ②
すゑのたまなは　9-1738 ④
すゑのなかごろ　12-2988 ②
すゑのはらのに　11-2638 ②
すゑはししらず　12-2985 ②
すゑはしらねど　12-3149 ②
すゑはよりねむ　14-3490 ②
すゑひとの　16-3886 ㊼
すゑふきなびく　20-4515 ②
すゑふりおこし　19-4164 ⑫
すゑへには　13-3222 ⑤

せ

せかへたりけり　11-2432⑤
せかへてあるかも　7-1383⑤
せかませば　2-197③
　―ながるるみづの　2-197ィ③
　―ながるるみづも　2-197③
せきさへに　17-3978㊶
せきとびこゆる　15-3754②
せきなくは　6-1036①
せきにせくとも　4-687④
せきもあらぬかも　7-1077⑤
せきもおかましを　3-468⑤
せきもこえきぬ　15-3734②
せきやまこえて　15-3757②
せくとしりせば
　―あまたよも　14-3545②
　ゐねてこましを―　14-3545⑤
せごとにぬさを　10-2069②
せじとことだて　18-4094㊻
せしめつつ　11-2474③
せしをみたてし　14-3534④
せずやわかれむ　19-4249⑤
せぜにしらなみ　10-2085②
せぜにたまもは　7-1380②
せぜのしきなみ　11-2427②
せぜのたまもの　13-3267②
せぜゆわたしし　7-1126④
せとのいはほも　6-960②
せとのさきなる　12-3164②
せとのわかめは　16-3871②
せながころもは　20-4424②
せなとつまさね　14-3444⑤
せななとふたり　14-3544④
せなのがそでも　14-3402④
せなはあはなも　14-3405左注④
せにいでたちて　10-2083④
せにかなるらむ　6-969⑤
せにこそよらめ　11-2838⑤
せにたたすらし　17-4021⑤
せにはたつとも　7-1384④
せにはならずて　3-335④
せにゐるとりの　4-761②
せのうみと　3-319㉑
せのおとそきよき　6-1005⑧
せのおとぞきよき　6-1050⑳
せのおともきよし　6-1053⑧
せのやまこえて　13-3318⑥
せのやまに
　―ただにむかへる　7-1193①
　―もみちつねしく　9-1676①
せのやまの　7-1208③
せばけども　6-1023③
せはわたらずて　2-130②
せみどはくまず　14-3546④
せむすべしらず
　―あしひきの　13-3291ィ⑱
　―きはまりて　3-342②
　―はふつたの　13-3291⑱
せむすべしらに
　―いはきをも　5-794⑯
　―こふれども　2-210㊷
　―こふれども　2-213㊷
　―たもとほり　3-460㊹
　―なのみを　2-207ィ㉜
　―ねのみしそなく　4-515④
　―ねのみを　2-207㉜
　―ゆふだすき　19-4236⑫
　―わぎもこと　3-481㉘
せむすべしれや　2-196㊹
せむすべの
　―たづきをしらに　13-3274①
　―たづきをしらに　13-3276⑬
　―たどきをしらに　5-904㊲
　―たどきをしらに　13-3329㉟
　―たどきをしらに　17-3962㊸
　―たどきをしらに　17-3969㉛
せむすべもなし
　いのちをしけど―　5-804㊼
　―いもとあれと　8-1629④

そでさへぬれて―― 12-2953 ⑤
ひづちなけども―― 3-475 ㉙
よのなかなれば―― 3-466 ㉕
せむすべをなみ 5-901 ⑤
せめたれば 6-1028 ③
せめてとふとも 11-2696 ④
せめよりきたる 5-804 ⑧
せらしめきなば 14-3437 ④
せりそつみける 20-4456 ⑤
せろがめきこむ 20-4413 ④
せろにあはなふよ 14-3375 ⑤
せをさやけみと 7-1107 ④
せをたづねつつ 19-4190 ②
せをはやみ
――あがうまつまづく 7-1191 ③
――あはずこそあれ 11-2428 ③
――おちたぎちたる 10-2164 ①
――きみがてとらば 7-1109 ③
――こころはおもへど 11-2699 ③
――ゐでこすなみの 7-1108 ③
せをはやみかも 10-2076 ②
せをひろみ 4-528 ③

そ

そがのかはらに 12-3087 ②
そがひにねしく
――いましくやしも 7-1412 ④
――いましくやしも 14-3577 ④
そがひにみつつ
――あさなぎに 4-509 ㉘
――あしひきの 3-460 ㊳
――ともしきをぶね 3-358 ④
――ふたがみの 17-4011 ㊻
――みやこへのぼる 20-4472 ④
そがひにみゆる
――あしほやま 14-3391 ②
――おきつしま 3-357 ②
――おきつしま 6-917 ⑥
――かむながら 17-4003 ②
――わがせこが 19-4207 ②
そきいたもち 11-2650 ①
そきだくも 20-4360 ㊾
そきへのきはみ
――あがおもへる 19-4247 ②
――このみちを 9-1801 ⑱
そきへをとほみ 17-3964 ②
そくへのきはみ
――あめつちの 3-420 ⑳
――とほけども 4-553 ②
そこおもふに
――こころしいたし 13-3314 ⑨
――むねこそいたき 3-466 ⑲
そこきよみ
――しづくいしをも 19-4199 ③
――しづけるたまを 7-1318 ①
そこことも 19-4189 ③
そこさへにほふ 19-4200 ②
そこしうらめし 1-16 ⑰
そこともみえず
――しらくもも 6-942 ⑯
――をとつひも 17-3924 ②

そこなるたま　13-3247②
そこにおもはく　9-1740⑫
そこにおもひで　17-3969⑯
そこにさはらむ　12-2886④
そこにそあれは　4-707④
そこにちりけむ　2-104⑤
そこにつまもが　9-1745⑤
そこになければ　17-4011⑭
そこはうらみず　19-4207⑯
そこばこひたる　4-706⑤
そこばたふとき　17-3985⑫
そこひのうらに　15-3750②
そこふかき　1-12③
そこもあかにと　17-3991⑱
そこもおなじそ　4-748②
そこもかひとの
―わをことなさむ　4-512④
―わをことなさむ　7-1376④
そこもへば　17-4006㊺
そこゆゑに
―こころなぐさに　19-4189⑨
―こころなぐやと　8-1629㉗
―こころなぐやと　19-4154⑰
―せむすべしれや　2-196㊸
―なぐさめかねて　2-194⑰
―みこのみやひと　2-167㊸
そこらくに　9-1740㊸
そこをしも
―あやにかしこみ　2-204⑨
―あやにかなしみ　2-196ィ㊾
―あやにともしみ　17-4006㉗
―うらごひしみと　17-3993⑪
そこをふかめて　12-3028②
そそくちふがごとく　5-897⑬
そちよりくれば　2-199ィ㊷
そつびこまゆみ　11-2639②
そでかたしきて　15-3625㉒
そでかへしきみ　2-195②
そでかへしこを　11-2410④
そでかへししは　11-2812④
そでかへしつつ　17-3978㉖
そでかへずあらむ　10-2020⑤
そでかへすよの　11-2813②
そでかへるみゆ　9-1715⑤
そでかれてぬる　12-2962②
そでさしかへて
―さねしよや　8-1629⑫
―なびきねし　3-481②
そでさへにほふ　10-2115②
そでさへぬれて
―あさなつみてむ　6-957④
―かれるたまもそ　4-782④
―こぐふねの　20-4313②
―せむすべもなし　12-2953④
―とほるべく　10-2317②
―わすれがひ　12-3175②
そでさへぬれぬ
―かくばかり　4-723⑫
こまくらとほり―　11-2549⑤
そでそふりつる　2-207㊸
そでたづさはり　2-196㉞
そでたれて　19-4277①
そでつくばかり　7-1381②
そでつぐよひの　8-1545②
そでつけごろも
―あきはぎに　20-4315②
―きしわれを　16-3791⑫
そでときかへて　4-510②
そでとほり　7-1186③
そでなきぬらし　20-4408㉞
そでにうけて　10-1966③
そでにきゐつつ　10-1961⑤
そでにこきいれつ　19-4193ィ④
そでにこきれつ
―しまばしむとも　8-1644④
―しまばしむとも　19-4192㉖
そでにこきれな　20-4512⑤
そではいれて　15-3627㊻
そでにもこきれ　18-4111㉔
そでのなれにし　12-2952④
そでのみふれて　7-1392④
そでのわかれは　12-3182②

そでのわかれを　12–3215②
そではふりてな　14–3389⑤
そではまゆひぬ　11–2609②
そでひつまでに
—なきしおもほゆ　11–2518④
—ねのみしなかも　4–614④
そでふきかへす　1–51②
そでふらずきぬ　11–2493④
そでふらずして　12–3184④
そでふらば
—いはなるいもは　20–4423③
—みつべきかぎり　11–2485①
—みもかはしつべく　8–1525①
そでふりかはし
—いきのをに　18–4125⑥
—くれなゐの　5–804ィ⑫
そでふりかへし　17–3993㊳
そでふるいもを　3–376②
そでふるかはの　12–3013④
そでふるひなく　12–2849④
そでふるみえつ
—あひおもふらしも　13–3243㉔
—くもがくるまで　10–2009④
そでふるやまの
—みづかきの　4–501②
—みづかきの　11–2415②
そでふれにしよ　11–2612②
そでまきあげて　7–1292⑤
そでまきほさむ　10–2321④
そでまけわぎも　11–2510⑤
そでみえじかも　12–3212⑤
そでもしほほに　20–4357④
そでもちなでて　20–4356②
そでもふらむを　14–3376②
そでわかるべき　4–645②
そでをかさにき　12–3123④
そでをたのみて　11–2771②
そでをはつはつ　11–2411②
そでをふらさね　15–3725④
そでをりかへし
—くれなゐの　17–3973㉜
—こふればか　12–2937②
—ぬばたまの　20–4331㊿
そともの　1–52㉗
そとものくにの　2–199⑯
そのあめの
—まなきがごとく　1–25⑨
—まなきがごとく　1–26⑨
—まなきがごとく　13–3293⑦
そのいめにだに　12–2849②
そのかげもみむ　18–4054⑤
そのかどゆかむ　12–2948②
そのかどをみに　11–2551⑤
そのかなしきを　14–3386④
そのかはのせに　7–1122④
そのかはのへに　17–3953⑤
そのかはを　16–3885⑨
そのかほの　9–1738⑨
そのかほよきに　14–3411⑤
そのくさぶかの　1–4⑤
そのくろきいろを　16–3845⑤
そのこころ　18–4070③
そのこころびき　19–4248④
そのこなれやも　19–4164⑧
そのこはらまむ　16–3840⑤
そのさとびとの　13–3272④
そのさほがはに　6–948㉘
そのしほの　13–3243⑨
そのたちやまに　17–4000⑫
そのたまを　3–403③
そのつのうへに　9–1759④
そのつまのこが　10–2089㉚
そのつまのこと　18–4106⑱
そのつまのこは　2–217㉖
そのつをさして　9–1780㉒
そのとりの　3–372⑪
そのながはまに　8–1615②
そのなくこゑを　8–1467④
そのなのらじと　11–2531②
そのなはのらじ　11–2407⑤
そのなみの　13–3243⑪
そのなりはひを　18–4122⑭

そのなをば　18–4094 ㊵
そのはさへ　6–1009 ③
そのはつかりの　8–1614 ②
そのはつはなの　10–2273 ④
そのはなづまに　18–4113 ㉒
そのはなにもが　3–408 ②
そのはもかれず　18–4111 ㊹
そのひとしらず　15–3742 ②
そのひとなれや　11–2569 ②
そのひのきはみ
　—あらたまの　17–3978 ⑱
　—なみのむた　4–619 ⑩
そのひまでには　9–1751 ⑭
そのへゆも
　—いゆきわたらし　18–4125 ⑬
　—いわたらさむを　18–4126 ③
そのほつたかは　17–4011 ㊻
そのほととぎす　19–4239 ④
そのまくらには　11–2516 ④
そのまつがえに　11–2485 ④
そのまにもみむ　4–709 ⑤
そのみなりなむ　8–1478 ⑤
そのもみちばの　10–2184 ④
そのやどに　10–2027 ③
そのやまなみに　7–1093 ②
そのやまに　3–401 ③
そのやまの
　—いやますますに　6–923 ⑬
　—つつめるうみそ　3–319 ㉓
　—みづのたぎちそ　3–319 ㉗
そのやまへから　13–3303ィ ⑧
そのやまみちを
　おもひつつぞこし—　1–25 ⑬
　おもひつつぞこし—　1–26 ⑬
そのやまを　2–159 ⑬
そのゆきの
　—ときじきがごと　1–26 ⑦
　—ときじきがごと　13–3293 ⑨
　—ときなきがごと　1–25 ⑦
そのよいめにみ　9–1809 ㊹
そのよのうめを　3–392 ②
そのよのつくよ　4–702 ②
そのよはゆたに　12–2867 ④
そのよはわれも　13–3269 ④
そのよひあひて　4–730 ④
そのよふりけり　3–320 ⑤
そのをはかへて　7–1326 ④
そのをまたぬき
　—ひともちいにけり　16–3815 ④
　—わがたまにせむ　16–3814 ④
そひのはりはら
　—ねもころに　14–3410 ②
　—わがきぬに　14–3435 ②
そひのわかまつ　14–3495 ②
そへてだにみむ　8–1642 ⑤
そへてたまへる　1–77 ④
そほぶねに　13–3300 ⑤
そほぶねの　10–2089 ⑬
そむきしえねば
　—かぎるひの　2–213 ⑯
　—かぎろひの　2–210 ⑯
そむきたまふや　2–196 ㉖
そめかけたりと　10–1847 ②
そめつけもちて　11–2827 ④
そめてありけれ　10–2211 ⑤
そめてしころも　16–3877 ②
そめましを　20–4424 ③
そよとなるまで　20–4398 ㊹
そらかぞふ　2–219 ①
そらにけなまし　12–2896 ⑤
そらにけにつつ　10–2317 ⑤
そらにけぬべく　10–2333 ②
そらにみつ　1–29 ⑪
そらみつ
　—やまとのくに　13–3236 ①
　—やまとのくに　19–4245 ①
　—やまとのくには　1–1 ⑨
　—やまとのくには　5–894 ③
　—やまとのくには　19–4264 ①
　—やまとをおき　1–29ィ ⑪
そらゆときぬよ　14–3425 ④
そらゆひきこし　11–2647 ②

それそのははも　3-337 ④
それそわがつま　13-3295 ㉒
それとしらむな　10-2344ィ ⑤
それともみえず
　—ふるゆきに　10-2344ィ ②
　—ふるゆきの　10-2344 ②
　—ゆきのふれれば　8-1426 ④
それもしるごと　10-1933 ④
それやれぬれば　13-3330 ㉒
それをかひ　13-3278 ⑤
それをだに　7-1276 ④
そわへかも　14-3566 ③
そをしらむ　13-3255 ⑨
そをとると　1-50 ㉕
そをみれど　3-466 ③
そをみれば　18-4122 ㉑
そをよしにせむ　11-2685 ⑤

た

たえじいいもと　3-481 ⑩
たえじとおもひて　3-423 ⑳
たえじとおもふ　11-2787 ④
たえずあらば　15-3619 ③
たえずいひける　9-1807 ⑥
たえずいひつつ　20-4360 ⑧
たえずかよはむ　9-1745 ④
たえずしのはむ　20-4509 ②
たえずてひとを　4-704 ④
たえずゆく　7-1379 ①
たえたるこひの
　──しげきこのころ　11-2366 ⑤
　──しげきころかも　17-3931 ④
　──みだれなば　11-2789 ②
たえつつも　14-3360左注 ③
たえてみだれて　12-3083 ④
たえてみだれな　11-2788 ④
たえてわかれば　11-2826 ④
たえにけるかも　20-4404 ⑤
たえにしいもを　14-3517 ②
たえにしひもを　4-515 ②
たえぬごと　17-4005 ③
たえぬつかひの　4-649 ②
たえぬとも
　──あがかたこひは　11-2815 ③
　──きみにかたらむ　20-4458 ③
たえぬまに　12-2854 ③
たえぬものから　10-2078 ②
たえばこそ
　──あがおもふこころ　7-1382 ③
　──おほみやところ　6-1054 ③
たえばたゆとも　9-1789 ④
たえばのみこそ　6-1005 ⑯
たえむといひて　12-3110 ④
たえむといもを　12-3073ィ ④
たえむとおもへや
　かたいとにあれど──　7-1316 ⑤
　きみがゆづるの──　11-2638 ⑤
　そでふるかはの──　12-3013 ⑤
たえむときみを　10-2086 ④
たえむのこころ
　──わがおもはなくに　12-3071 ④
　──わがおもはなくに　14-3507 ④
たえむひにこそ　15-3605 ④
たえめやと　12-3050 ③
たかからし　3-294 ③
たかきあるみを　8-1453 ⑯
たかきたちやま　17-4003 ⑧
たかきたの　13-3242 ③
たかきねに　14-3514 ①
たかきのやまに　3-353 ②
たかくたちきぬ
　おきつしほさゐ──　15-3710 ⑤
　──よそのみに　15-3627 52
たかくたつひに　15-3675 ②
たかくたふとき　3-317 ④
たかくたふとし　13-3234 ⑪
たかくまつりて　2-199 134
たかくもがも　13-3245 ④
たかくよすれど　20-4411 ⑤
たかくらの
　──みかさのやまに　3-372 ③
　──みかさのやまに　3-373 ①
たがけかもたむ　14-3424 ⑤
たかけども　10-2085 ③
たがこころ　13-3335 ⑰
たがこそとや　16-3791 94
たがことなるか　4-776 ②
たがことを　13-3339 31
たがこひならめ　2-102 ④
たがさふれかも　11-2380 ②
たかしかす　6-1047 ③
たかしきの
　──うへかたやまは　15-3703 ①
　──うらみのもみち　15-3702 ①
　──たまもなびかし　15-3705 ①
　──もみちをみれば　15-3701 ①
たかしのはまの　1-66 ②

たかしまの
—あどかはなみは　9-1690 ①
—あどしらなみは　7-1238 ①
—あどのみなとに　9-1718 ③
—あどのみなとを　9-1734 ①
—いそこすなみの　7-1236 ③
—かつののはらに　3-275 ③
—かとりのうらゆ　7-1172 ③
—みをのかつのの　7-1171 ③
たかしまやまに　9-1691 ④
たかしらさむと　1-50 ⑩
たかしらす
—ふたぎのみやは　6-1050 ⑰
—ふたぎのみやは　6-1053 ③
—よしののみやは　6-923 ③
たかしらせる　6-938 ④
たかしらせるは　6-1006 ④
たかしりまして
—あさことに　2-167 ㊽
—のぼりたち　1-38 ⑧
たかしるや　1-52 ㊲
たかせなる　12-3018 ①
たがそのの
—うめにかありけむ　10-2327 ①
—うめのはなそも　10-2325 ①
たかたかに
—あがおもふいもを　4-758 ③
—あがまつきみを　11-2804 ③
—いもがまつらむ　12-2997 ③
—きみまつよらは　12-3220 ③
—きみをいませて　12-3005 ③
—こむとまちけむ　13-3337 ③
—こむとまつらむ　13-3340 ③
—まつらむきみや　15-3692 ③
—まつらむこころ　18-4107 ③
たがたにかすむ　19-4141 ⑤
たかたまを
—しじにぬきたれ　3-379 ⑪
—しじにぬきたれ　9-1790 ⑨
—しじにぬきたれ　13-3286 ⑦
—まなくぬきたれ　3-420 ㉛
—まなくぬきたれ　13-3284 ⑨
たがためか　2-154 ③
たがために　7-1375 ③
たがためにかも　11-2416 ④
たがためになれ　17-4031 ⑤
たがたもとをか　3-439 ④
たかちほの　20-4465 ③
たかつきにもり　16-3880 ⑪
たかつのやまの
—このまゆも　2-134 ②
—このまより　2-132 ②
たがつまか　3-426 ③
たかてらす
—ひのみこ　1-45 ③
—ひのみこ　1-50 ③
—ひのみこ　1-52 ③
—ひのみこ　2-162 ⑦
—ひのみこ　2-162 ⑲
—ひのみこの　13-3234 ③
—ひのみこは　2-167 ㉕
たがとけか　12-3183 ③
たかどのを　1-38 ⑦
たかとぶ　4-534 ⑪
たがならむも　12-3105 ⑤
たがならめや　12-2873 ⑤
たかにありせば　9-1746 ②
たかねともひて　14-3514 ⑤
たかねばながき　2-123 ②
たかのつきむら　3-277 ④
たかのはらのうへ　1-84 ⑤
たかのやまへを　10-1859 ②
たがのれる　11-2654 ③
たかはかりしき　9-1677 ④
たかはしも　17-4011 ㉕
たかはなけむと　17-4011 ㊷
たがはのに　12-2863ィ①
たかひかる
—ひのおほみかど　5-894 ⑰
—ひのみこ　2-204 ③
—ひのみこ　3-261 ③
—わがひのみこの　2-171 ①

—わがひのみこの　2-173 ①
—わがひのみこの　3-239 ③
たかひしらしぬ　2-202 ⑤
たがひはをらむ　16-3798 ②
たかべさわたり　11-2804 ②
たかまつの
—このみねもせに　10-2233 ①
—ののうへのくさそ　10-2191 ③
—のへゆきしかば　10-2101 ③
—のやまづかさの　10-2203 ③
—やまのきごとに　10-2319 ③
たかまつののに　10-1874 ⑤
たかまとに　6-948 ⑦
たかまとの
—あきののうへの　8-1610 ①
—あきののうへの　20-4319 ①
—ののうへのみやは　20-4506 ①
—のへのあきはぎ　2-231 ①
—のへのあきはぎ　2-233 ①
—のへのあきはぎ　8-1605 ①
—のへのあきはぎ　10-2121 ③
—のへのかほばな　8-1630 ①
—のへはふくずの　20-4508 ①
—のへみるごとに　20-4510 ③
—はぎのしたばは　20-4296 ③
—みやのすそみの　20-4316 ①
—やまにものにも　8-1629 ㉙
—やまのさくらは　8-1440 ③
—をのうへのみやは　20-4507 ①
—をばなふきこす　20-4295 ①
たかまとののそ　20-4297 ⑤
たかまとのへに　10-1866 ②
たかまとのみや　20-4315 ⑤
たかまとのやま　8-1571 ⑥
たかまとやまに
—せめたれば　6-1028 ②
—はるのやく　2-230 ⑥
たかまとやまを　6-981 ②
たかまのかやの　7-1337 ②
たかみおしねり　9-1809 ㉒
たかみかしこみ　3-321 ②
たかみかも
—いでくるつきの　6-981 ③
—つきのいでこぬ　6-980 ③
—やまとのみえぬ　1-44 ③
たかみくら
—あまのひつぎと　18-4089 ①
—あまのひつぎと　18-4098 ①
たがみむとかも　11-2532 ②
たかやのうへに　9-1706 ④
たかやまと　13-3332 ①
たかやまに　11-2804 ①
たかやまの
—いはねしまきて　2-86 ③
—いはほにおふる　20-4454 ①
—いはほのうへに　3-420 ㊸
—いはほのうへに　3-421 ③
—いはもとたきち　11-2718 ①
—すがのはしのぎ　8-1655 ①
—みねのあさぎり　11-2455 ③
—みねのしらくも　10-2332 ③
—みねのたをりに　13-3278 ⑨
—みねゆくししの　11-2493 ①
たかやまは　3-382 ③
たかやまも　13-3245 ③
たかやまゆ　11-2716 ①
たかやまを
—へだてにおきて　13-3339 ⑰
—へだてになして　13-3336 ③
たがゆゑか
—きみきませるに　11-2424 ③
—よごえにこえむ　12-3156 ③
たがゆゑかいかむ　13-3263 ⑱
たがゆゑに　7-1320 ③
たからといふとも　3-345 ②
たからとも　3-319 ㉝
たからのこらが　16-3791 ㊴
たからもわれは　5-904 ④
たかをてにすゑ　17-4012 ②
たきぎこり　7-1403 ④
たきぎこる　14-3433 ①
たぎちたる　7-1113 ③

たぎちながるる　6–991 ②
たぎちをみれば　9–1685 ②
たぎつかふちに
　―たかどのを　1–38 ⑥
　―ふなでせすかも　1–39 ④
たぎつかふちの　6–921 ④
たきつこころを　7–1383 ④
たぎつこころを　11–2432 ④
たぎつしらなみ　6–908 ⑤
たぎつせごとに　3–314 ⑤
たきつせのおとを　10–1878 ⑤
たきつせを　13–3240 ⑪
たきつやまがは　10–2308 ②
たぎつやまがは　15–3619 ②
たきにあそびつる　7–1104 ⑤
たきにまされる　12–3016 ②
たきのうへの
　―あさののきぎし　3–388 ㉑
　―あしびのはなぞ　10–1868 ③
　―さくらのはなは　9–1749 ⑤
　―みふねのやまに　3–242 ①
　―みふねのやまに　6–907 ①
　―みふねのやまは　6–914 ①
　―みふねのやまゆ　9–1713 ①
　―をぐらのみねに　9–1747 ③
たきのうらを　9–1722 ③
たきのかふちは
　―みれどあかぬかも　6–909 ④
　―みれどあかぬかも　6–910 ④
たきのしらなみ　3–313 ②
たきのせゆ　9–1751 ⑪
たきのときはの　6–922 ④
たぎのののうへに　6–1035 ⑤
たぎのみかどに　2–184 ②
たきのみなわに　6–912 ④
たきのみやこは　1–36 ㉖
たきもとどろに
　あはぬものゆゑ―　11–2717 ⑤
　―おつるしらなみ　13–3232 ⑩
　―おつるしらなみ　13–3233 ②
　―なくせみの　15–3617 ②
　みなのこころだく―　11–2840 ⑤
たきをきよみか　6–1035 ②
たくづのの
　―しらきのくにゆ　3–460 ①
　―しらひげのうへゆ　20–4408 ⑪
たくなはの
　―ちひろにもがと　5–902 ③
　―ながきいのちを　2–217 ⑦
　―ながきいのちを　4–704 ①
たくはひおきて　19–4220 ④
たぐひあらめやも　4–582 ⑤
たぐひてそこし　4–566 ④
たぐひてもがも　4–534 ⑳
たぐひてをらむ　4–728 ⑤
たくひれの
　―かけまくほしき　3–285 ①
　―さぎさかやまの　9–1694 ①
　―しらはまなみの　11–2822 ①
　―しらはまなみの　11–2823 ③
たくぶすま
　―しらきへいます　15–3587 ①
　―しらやまかぜの　14–3509 ①
たぐへれど　17–3978 ③
たけきいくさと　20–4331 ⑯
たけそかに　6–1015 ③
たけたのはらに　4–760 ②
たけといへど　2–124 ③
たけにあもりし　20–4465 ④
たけのはやしに
　―うぐひすなくも　5–824 ④
　―うぐひすは　19–4286 ②
たけばぬれ　2–123 ①
たごのいりのの　14–3403 ④
たこのうらに　19–4201 ③
たこのうらの　19–4200 ①
たごのうらの　12–3205 ③
たごのうらゆ　3–318 ①
たこのさき　18–4051 ①
たこのしま　17–4011 ㉑
たごのねに　14–3411 ①
たしかなる　12–2874 ①

たしけくあらむと　18-4094㉖
たしでもときに　20-4383④
たしやはばかる　20-4372⑥
たすきをかけ　5-904㊵
たすくるくにぞ　13-3254④
たそかれと
　—とはばこたへむ　11-2545①
　—われをなとひそ　10-2240①
ただけふも　12-2923①
ただこえきませ　12-3195②
ただこえくれば　17-4025②
ただこえの　6-977①
ただこよひ　10-2060①
たたさにも　18-4132①
たたしいまして　19-4245⑳
ただしくも
　—いもにあはざる　12-2920③
　—ひとはふりゆく　10-1885③
たたしきみの
　—みなわすれめや　20-4507④
　—みよとほそけば　20-4506④
たたせば　2-196⑰
たたせるいもが　5-855④
たたせるこらが　5-856④
ただちから　11-2618③
たたなづく
　—あをかきごもり　6-923⑤
　—あをかきやまの　12-3187①
　—にきはだすらを　2-194⑪
たたなはる　1-38⑪
たたなめて　17-3908①
ただならずとも
　—ぬえどりの　10-2031②
　ひもときあけな—　20-4295⑤
ただにあはざれば　10-2272⑤
ただにあはず
　—あらくもおほく　5-809①
　—あるはうべなり　12-2848①
　—ひのかさなれば　19-4214⑰
ただにあはずて　12-3105②
ただにあはぬかも
　こころはおもへど—　4-496⑤
　こころはおもへど—　11-2699⑤
　めにはみれども—　2-148⑤
ただにあはばこそ　11-2524②
ただにあはむかも　9-1731⑤
ただにあひて　4-678①
ただにあふまでに
　あれはこひむな—　4-550⑤
　あれはわすれじ—　13-3289⑮
　いはへわがせこ—　15-3778⑤
　いもはわすれじ—　12-3189⑤
　かぜふきとくな—　12-3056ィ⑤
　ころもはぬかじ—　12-2846⑤
　したにをきませ—　15-3584⑤
　たえばたゆとも—　9-1789⑤
　つぎてみえこそ—　12-2959⑤
　ひとになしらせ—　11-2413⑤
　みつつもあらむ—　11-2452⑤
　もてれわがせこ—　15-3751⑤
ただにあふまでは
　あれはときみじ—　12-2919⑤
　—われぬかめやも　4-747④
ただにあへりとも　4-565⑤
ただにあらねば
　—こひしけく　17-3978㉚
　—こひやまずけり　17-3980④
ただにいかず　13-3320①
ただにこず　13-3257①
ただにしあらねば　16-3810⑤
ただにしいもを　11-2632②
ただにしよけむ　12-3069⑤
ただにはあはず
　—いめにだに　12-2850②
　—いめにだに　12-2958ィ②
　—いめにだに　12-3142②
ただにみわたす　9-1788②
ただにむかへる　7-1193②
ただにゐゆきて　5-906④
たたぬひは　15-3670③
たたねども　8-1524③
ただのあひは　2-225①

ただのりに 11-2749 ③
たたはしけむと
—あがおもふ 13-3324 ⑳
—あめのした 2-167 ㊹
—をすくにの 2-167ィ ㊹
ただはてに 5-894 ㊾
ただひとみちに 11-2648 ⑤
ただひとめ
—あひみしこゆゑ 11-2565 ③
—あひみしひとの 4-710 ③
—きみにみせてば 17-3967 ③
—みするまでには 8-1507 ⑮
ただひとめのみ
—みしひとゆゑに 10-2311 ⑤
—みしひとゆゑに 12-3075 ④
ただひとよ 4-638 ①
ただひとよのみ 10-2078 ⑤
ただひとり
—あへりしあまよの 16-3889 ③
—いわたらすこは 9-1742 ⑨
—ぬれどねかねて 12-3123 ①
—やまへにをれば 4-769 ③
ただひとりいでて 7-1264 ②
ただひとりごに 6-1007 ④
ただひとりして
—あさとでの 20-4408 ⑯
—しろたへの 3-460 ㊻
ただひとりのみ
あがおもふきみは— 11-2382 ⑤
あをまつこらは— 11-2751 ⑤
ただまならすも 11-2352 ③
ただまもゆらに 10-2065 ②
ただみかづきの 6-993 ②
ただみかも 15-3688 ⑦
たたみけめ 20-4338 ①
たたみこも
—へだてあむかず 11-2777 ①
—へだてあむかず 12-2995 ③
たたみにさし 16-3885 ⑩
ただむかひ 19-4169 ㉓
ただむかふ
—あはぢをすぎ 4-509 ㉕
—みぬめのうらの 6-946 ③
—みぬめをさして 15-3627 ⑨
たたむさわきに 20-4364 ②
たたむよそひに 14-3528 ②
ただめにあひて 11-2810 ④
ただめにきみを
—あひみてばこそ 13-3250 ㉖
—みてばこそ 12-2979 ②
ただめにみけむ 9-1803 ④
ただめにみねば 9-1792 ⑳
たたりしもころ 20-4375 ⑤
ただわたり
—なみにあふのす 14-3413 ③
—ひのいるくにに 19-4245 ⑨
ただわたりきぬ 10-2085 ④
ただわたりけむ
かしこきうみを— 13-3339 ㉟
—ただわたりけむ 13-3335 ⑲
ただわたりけむ— 13-3335 ⑳
たちあざり 5-904 ㊿
たちあふさとと 6-1050 ⑫
たちえぬこひも 11-2714 ④
たちかくり 10-1877 ③
たちかくるがね 4-529 ⑥
たちかてにする 7-1139 ⑤
たちかはり
—つきかさなりて 9-1794 ①
—ふるきみやこと 6-1048 ①
たちかはりける 6-1061 ⑤
たちかへり 15-3759 ①
たちかむさぶる 12-2863 ②
たぢからつかれ 7-1281 ②
たぢからもがも
—たよわき 3-419 ②
をりてかざさむ— 17-3965 ⑤
たちがをも 12-2906 ③
たちくくと 19-4192 ㉑
たちくらし 15-3597 ③
たちくるときに 11-2626 ④
たちこもの 20-4354 ①

たちさかゆとも　7-1286⑤
たちさもらひ　3-443⑧
たちさわくらし　3-388㉔
たちしあさけの　14-3569②
たちしきよせく　18-4093④
たちしくらしも　15-3654⑤
たちしなひたる　12-2863ィ②
たちしなふ　20-4441①
たちたなびくと
—あれにつげつる　17-3957㊿
—きけばかなしも　17-3958④
たちていぬべしや　4-585⑤
たちておもひ　11-2550①
たちてつまづき　13-3276⑫
たちてつまづく　4-543㊲
たちてみにこし　1-14④
たちてもきみは　11-2714ィ④
たちてもゐても
—あがおもへるきみ　4-568④
—いもをしそおもふ　11-2453④
—きみをしそおもふ　10-2294④
—きみをしそおもふ　12-3089④
—こぎめぐり　17-3993㊻
たちてゐて
—おもひそあがする　3-372⑰
—すべのたどきも　12-2881①
—たどきもしらず　11-2388①
—たどきもしらず　12-2887①
—たどきをしらに　10-2092⑮
—のちにくゆとも　3-410③
—まちけむひとは　3-443㊲
—まてどまちかね　19-4253①
—みれどもあやし　17-4003⑲
—ゆくへもしらず　13-3344⑮
たちどならすも　14-3546⑤
たちとまり
—なにかととはば　13-3276㉕
—われにかたらく　2-230⑰
たちとりはかし　2-199㊳
たちなげくかも　4-593⑤
たちならし
—みづくましけむ　9-1808③
—むすびしひもを　12-2951③
たちにしひより
—けふまでに　10-1910②
—たらちねの　3-443⑱
たちになりても　20-4347④
たちぬとも　4-731③
たちのいそぎに　20-4337②
たちのさわきに　20-4354②
たちのしり
—さやにいりのに　7-1272①
—たままきたゐに　10-2245①
たちはきて　20-4456③
たちはしり　9-1740㊆
たちばしりせむ　5-896⑤
たちばなの
—かげふむみちの　2-125①
—こばのはなりが　14-3496①
—したでるにはに　18-4059①
—したふくかぜの　20-4371①
—しまにしをれば　7-1315①
—しまのみやには　2-179①
—たまにあへぬき　19-4189⑬
—たまぬくつきし　17-3912③
—てらのながやに　16-3822①
—てれるながやに　16-3823①
—とののたちばな　18-4064③
—とをのたちばな　18-4058①
—なれるそのみは　18-4111㊲
—にほへるかかも　17-3916①
—にほへるそのに　17-3918①
—はなちるさとに　10-1978①
—はなちるさとの　8-1473①
—はなぢるときに　18-4092③
—はなちるにはを　10-1968③
—はなをゐちらし　9-1755⑬
—はやしをうゑむ　10-1958①
—ほつえをすぎて　13-3307⑤
—ほつえをすぐり　13-3309⑱
—みをりのさとに　20-4341①
—もとにみちふむ　6-1027①

—もとにわがたち　11–2489 ①
たちばなは
—とこはなにもが　17–3909 ①
—はなにもみにも　18–4112 ①
—みさへはなさへ　6–1009 ①
たちはなれゆかむ　4–665 ④
たちばなを
—もりへのさとの　10–2251 ①
—やどにうゑおほし　3–410 ①
たちはのぼらず　7–1246 ④
たちませりみゆ　16–3817 ⑤
たちまちに
—こころけうせぬ　9–1740 ⑧①
—われはしぬべし　16–3885 ㉙
たちまつに
—わがころもでに　10–2092 ⑪
—わがころもでに　13–3281 ⑨
たちまてる　13–3280 ⑨
たぢまもり　18–4111 ⑤
たちみだえ　14–3563 ③
たちむかひ
—いるまとかたは　1–61 ③
—きほひしときに　9–1809 ㉗
たちむかひしも
—あさしもの　2–199ィ ⑦④
—つゆしもの　2–199 ⑦④
たちむかふ
—たかまとやまに　2–230 ⑤
—みかきのやまに　9–1761 ③
たちもとほるに　11–2821 ④
たちやまに
—ふりおけるゆきの　17–4004 ①
—ふりおけるゆきを　17–4001 ①
たちやまの　17–4024 ①
たちゆかむ　12–3210 ③
たちよそひたる　2–158 ②
たちわかれ
—いにしよひより　14–3375 ③
—きみがいまさば　19–4280 ①
たちわかれなば
—おくれたる　17–4006 ㉞
おもほえむかも—　17–3989 ⑤
たちわかれまく　19–4250 ④
たちわたり　18–4122 ㉝
たちわたる　7–1368 ③
たちをどり　5–904 ⑥⓪
たつあまぎりの　12–3036 ④
たづかけるみゆ　7–1199 ⑤
たづがこゑすも　15–3595 ⑤
たつかすがのを　10–1881 ②
たつかすみ
—たつともうとも　10–1912 ③
—みまくのほしき　10–1913 ③
たづがつまよぶ　8–1453 ⑩
たつかづゑ　5–804 ㊼
たづがなき　15–3626 ①
たづがなく
—あしへもみえず　20–4400 ③
—なごえのすげの　18–4116 ㉙
たづがねとよむ　6–1062 ⑳
たづがねなきて　3–352 ②
たづがねの
—かなしきよひは　20–4399 ③
—かなしくなけば　20–4398 ㊴
—きこゆるたゐに　10–2249 ①
—けさなくなへに　10–2138 ①
たつかゆみ　19–4257 ①
たづきしらずも
いたらむくにの—　16–3850 ⑤
いへづとやらむ—　20–4410 ⑤
こぎにしふねの—　20–4384 ⑤
たちはなれゆかむ—　4–665 ⑤
たづきもしらず　1–5 ④
たづきもしらに　13–3272 ⑧
たづきもなきは　18–4078 ④
たつきりの
—いちしろけむな　11–2680 ③
—うせゆくごとく　19–4214 ㊸
—おもひすぎめや　17–4000 ⑲
—おもひすぐさず　17–4003 ㉛
—おもひすぐべき　3–325 ③
たづきをしらに

—あみのうらの　1-5 ㉔
—いはがねの　13-3274 ②
—おもへども　13-3324 ㊹
—さにつらふ　13-3276 ㉘
—たわやめと　4-619 ㉞
—もののふの　13-3276 ⑭
たつくもの
—たちてもゐても　11-2453 ③
—つねにあらむと　3-244 ③
たつくもを　19-4169 ⑬
たづさはになく
つまよびかはし—　17-4018 ⑤
やそのみなとに—　3-273 ⑤
やまとこひしく—　3-389 ⑤
たづさはり
—あそびしいそを　9-1796 ③
—いでたちみれば　17-3993 ⑮
—うながけりゐて　18-4125 ⑮
—こととはなくも　12-2934 ③
—ともにあらむと　19-4236 ⑦
—ふたりいりゐて　9-1740 ㉙
—わがふたりみし　2-213 ③
—わかれかてにと　20-4408 ㉟
たづさはりねば　10-1983 ⑤
たづさはりゐて　10-2024 ②
たづさひゆきて　4-728 ④
たづさわくなり　17-4018 ィ ⑤
たつしらくもの　14-3360 左注 ②
たつしらなみの　14-3360 ②
たつたこえ　4-626 ィ ③
たつたぢの　6-971 ㉕
たづたづしかも　11-2490 ④
たつたのやまの
—たきのうへの　9-1747 ②
—つゆしもに　6-971 ②
たつたのやまは　10-2194 ④
たつたのやまを
—いつかこえいかむ　15-3722 ④
—ゆふぐれに　9-1749 ②
たつたひこ　9-1748 ③
たつたみの　11-2645 ③
たつたやま
—いつかこえなむ　1-83 ③
—いまこそもみち　10-2211 ③
—しぐれにきほひ　10-2214 ③
—たえたるこひの　17-3931 ③
—たちてもゐても　10-2294 ③
—ふなでせむひは　7-1181 ③
—みつつこえこし　20-4395 ①
—みまちかづかば　5-877 ③
たつつきごとに
—あまのはら　13-3324 ㊹
—よくるひもあらじ　15-3683 ④
たつつきの　11-2512 ③
たつといはば　4-641 ①
たつとしいはば　4-681 ②
たつとしのはに　19-4267 ⑤
たつともうとも　10-1912 ④
たつとりの　14-3396 ③
たづなきわたる
—あさなぎに　15-3627 ㊱
あしへをさして—　6-919 ⑤
—あゆちがた　3-271 ②
—しかのうらに　15-3654 ②
しほひにけらし—　3-271 ⑤
しほひのかたに—　6-1030 ⑤
たづなくべしや　1-71 ⑤
たづなのはまの　9-1746 ④
たつなみの
—しくしくわびし　12-3026 ③
—よせむとおもへる　7-1201 ③
—よせむとおもへる　7-1239 ③
たつなみも
—おほにはたたず　13-3335 ⑬
—のどにはたたぬ　13-3339 ⑪
たづねきなまし　9-1746 ⑤
たづねてな　20-4469 ③
たつのじの　14-3414 ③
たつのまも　5-806 ①
たつのまを　5-808 ①
たづはみだれ　3-324 ⑳
たつひちかづく　17-3999 ②

たつべきものか　11-2772 ⑤
たつまゆみ　7-1330 ③
たつみえて　1-48 ③
たつらむなみは　11-2741 ②
たつることだて
　―ちさのはな　18-4106 ⑭
　―ひとのこは　18-4094 ㊻
たづわたるみゆ　7-1160 ⑤
たてたつらしも　1-76 ⑤
たててかふこま
　―くさこそば　13-3327 ⑥
　―ひむがしのうまや　13-3327 ④
たてぬきなしに　7-1120 ⑤
たてばつがるる　11-2675 ④
たてまつる
　―こころはきみを　10-2069 ③
　―みつきたからは　18-4094 ⑮
　―みつきのふねは　20-4360 ㉙
たてもなく　8-1512 ①
たてらくの　13-3272 ⑦
たてるこまつの　12-2861左注 ②
たてるしらくも
　あがするなへに―　7-1282 ⑥
　たゆたふなみに―　7-1089 ⑤
　―みまくほり　7-1282 ③
たてるつがのき　17-4006 ④
たてるまつのき　3-309 ②
たてるむろのき
　―うたがたも　15-3600 ②
　―ねもころに　11-2488 ②
たてるもものき　7-1356 ②
たてれども　5-904 ⑭
たどかはの　6-1035 ①
たどきしらずも　16-3812 ⑤
たどきもしらず　17-3898 ④
たどきもしらず
　―あがこころ　12-2887 ②
　―おもへども　11-2388 ②
　―しめゆひて　11-2481 ②
たどきもしらぬ　12-3186 ②
たどきもわれは　12-2941 ②
たどきをしらに
　―いはがねの　13-3329 ㊱
　―かくしてや　17-3962 ㊹
　―きもむかふ　9-1792 ⑩
　―こころには　17-4011 ㊻
　―こもりゐて　17-3969 ㉜
　―しろたへの　5-904 ㊳
　―ねのみしそなく　15-3777 ④
　―むらきもの　10-2092 ⑯
たとつくの
　―ぬがなへゆけど　14-3476左注 ③
　―のがなへゆけば　14-3476 ③
たとへのあじろ　7-1137 ②
たなかみやまの
　―さなかづら　12-3070 ②
　―まきさく　1-50 ⑱
たなぎらひ　8-1642 ①
たなぐもり　13-3310 ⑤
たなくらののに　19-4257 ⑤
たななしをぶね
　こぎたみゆきし―　1-58 ⑤
　―こぎづらし　6-930 ②
　しまこぎかくる―　3-272 ⑤
たなはしわたせ
　いわたらさむに―　10-2081 ⑤
　―たなばたの　10-2081 ②
たなばたし　17-3900 ①
たなばたつめと
　―あめつちの　8-1520 ②
　―こよひあふ　10-2040 ②
　―こよひあふらしも　10-2029 ④
たなばたつめの
　―あまつひれかも　10-2041 ④
　―そのやどに　10-2027 ②
たなばたの
　―いほはたたてて　10-2034 ①
　―いわたらさむに　10-2081 ③
　―くものころもの　10-2063 ③
　―こよひあひなば　10-2080 ①
　―そでつぐよひの　8-1545 ①
たなびきぬれば　9-1740 ㊻

たなびくかすみ　3-473 ②
たなびくくにの　13-3329 ②
たなびくくもの
　—あをくもの　2-161 ②
　—いさよひに　14-3511 ②
　—すぐとはなしに　4-693 ④
たなびくくもは　7-1407 ④
たなびくくもを
　—みつつしのはむ　14-3520 ④
　—みつつしのはも　14-3516 ④
たなびくけふの　10-1874 ②
たなびくたゐに
　—いほつきて　10-2250 ②
　—なくかりを　19-4224 ②
たなびくときに
　—ことのかよへば　4-789 ④
　—こひのしげきは　8-1450 ④
たなびくのへに　10-1940 ②
たなびくのへの　10-1888 ⑤
たなびくひすら　16-3883 ④
たなびくまでに　9-1706 ⑤
たなびくものを　3-321 ⑤
たなびくやまの
　—かたにしあるらし　4-574 ④
　—こもりたる　7-1304 ②
　—たかたかに　4-758 ②
　—へなれれば　8-1464 ②
たなびくやまを
　—いはねふみ　17-4006 ㊵
　—きみがこえいなば　9-1771 ④
　—けふかこゆらむ　9-1681 ④
　—こえていなば　12-3188 ②
　—こえてきにけり　3-287 ④
たなびくゐのの　10-2118 ⑬
たなびけりみゆ　3-353 ⑤
たなびける
　—あまのしらくも　15-3602 ③
　—しらくもがくる　4-509 ㉑
たなれのみこと　5-812 ④
たにかたづきて　19-4207 ⑱
たにぎりて　11-2574 ③
たにぎりもたし　20-4465 ⑧
たにぎりもちて　5-804 ㉜
たにぐくの
　—さわたるきはみ　5-800 ㉕
　—さわたるきはみ　6-971 ⑰
たにせばみ
　—みねにはひたる　14-3507 ①
　—みねへにはへる　12-3067 ①
たにたちつかる
　—きみはかなしも　7-1285 ②
　つまなききみは—　7-1285 ⑥
たにちかく　19-4209 ①
たににまじりて　2-224ィ ④
たにはぢの　12-3071 ①
たにへにおふる　19-4185 ⑩
たにへには　19-4177 ⑪
たにへにはへる　11-2775 ②
だにもえすやと　11-2574 ②
たにをふかみと　17-4003 ㉒
たにをみわたし　19-4209 ⑫
たねもとめけむ　14-3415 ⑤
たのしきにはに　17-3905 ②
たのしきは　3-347 ③
たのしきをさと　19-4272 ⑤
たのしきをへは　19-4174 ②
たのしきをへめ　5-815 ⑤
たのしくあそばめ　18-4071 ⑤
たのしくあそべ　18-4047 ④
たのしくあらば　3-348 ②
たのしくあるべし　5-832 ⑤
たのしくおもほゆ　6-1015 ⑤
たのしくのまめ　5-833 ⑤
たのしくをあらな　3-349 ⑤
たのしとそもふ　20-4300 ⑤
たのみしこころ　3-480 ④
たのみすぐさむ　9-1774 ⑤
たのみたりけり　3-470 ⑤
たのみたる　11-2398 ③
たのめずは　4-620 ③
たのめやきみが　11-2639 ④
たのめりし

—いもにはあれど　2-213 ⑬
—こらにはあれど　2-210 ⑬
—ならのみやこを　6-1047 ㊼
—ひとのことごと　3-460 ㉛
—みこのみかどの　3-478 ㉝
たのめるこよひ　4-546 ⑯
たのめるときに
—ちはやぶる　4-619 ⑯
—なくわれ　13-3324 ㊾
たはうゑまさず　15-3746 ②
たはことか
—およづれことか　7-1408 ①
—ひとのいひつる　13-3333 ⑰
—ひとのいひつる　13-3334 ①
—ひとのいひつる　19-4214 ㊿
—わがききつるも　3-420 ⑬
たはこととかも
—しろたへに　3-475 ⑳
—たかやまの　3-421 ②
—はしきよし　17-3957 ㉜
たばさみそへて　20-4465 ⑩
たばなれも　17-4011 ㊲
たばなれをしみ　14-3569 ④
たはみづら　14-3501 ③
たばりたる　8-1462 ③
たはれてありける　9-1738 ㉙
たはわざなせそ　20-4487 ②
たびいにしきみが　17-3937 ②
たびころも　20-4351 ①
たひつりほこり　9-1740 ⑫
たびといへば
—ことにそやすき　15-3743 ①
—ことにそやすき　15-3763 ①
たびとおめほど　20-4343 ②
たびとしおもへば　12-3134 ④
たびとへど　20-4388 ①
たびなるあひだに　3-460 ㉞
たびなるきみが　4-621 ④
たびなれば
—おもひたえても　15-3686 ①
—きみかしのはむ　13-3291 ⑮
—よなかにわきて　9-1691 ①
たびにありて
—こふればくるし　12-3136 ①
—ものをそおもふ　12-3158 ①
たびにあれど　15-3669 ①
たびにいにし　17-3929 ①
たびにこやせる　3-415 ④
たびにしあれば
—あきかぜの　7-1161 ②
—あのみして　6-913 ⑭
—おもひやる　1-5 ㉒
—しひのはにもる　2-142 ④
—ひとりして　3-366 ⑭
みるしるしなし—　15-3677 ⑤
たびにして　1-67 ①
たびにして
—いもにこふれば　15-3783 ①
—いもをおもひいで　12-3133 ①
—ころもかすべき　1-75 ③
—つまごひすらし　10-1938 ①
—みればともしみ　3-367 ③
—ものこひしきに　3-270 ①
—ものもふときに　15-3781 ①
たびにしばしば　17-3936 ②
たびにしゆけば　9-1790 ⑧
たびにしをれば　12-3176 ②
たびにすら　10-2305 ①
たびにても　15-3717 ①
たびにはあれども　6-928 ㉑
たびにはつまは　4-635 ②
たびにひさしく
—あらめやと　15-3719 ②
—なりぬれば　4-622 ②
たびにまさりて
—くるしかりけり　3-451 ④
—くるしかるべし　3-440 ④
たびにもつまと　4-634 ④
たびにものおもひ　10-2163 ②
たびにやきみが　10-1918 ④
たびにゆく　17-4008 ⑲
たびねえせめや　12-3152 ④

たひねがふ　16-3829 ③
たびねかもする　2-194 ㉘
たびねのごとく　13-3272 ⑭
たびねやすらむ　4-500 ④
たびのいほりに　10-2235 ②
たびのうれへを　9-1757 ②
たびのおきなと　18-4128 ②
たびのかなしく　12-3141 ②
たびのかりほに　20-4348 ④
たびのけながみ　6-942 ㉕
たびのけにして　13-3347ィ ②
たびのころもの　12-3146 ②
たびのしるしに
　いへにはやらな──　9-1688 ⑤
　ころもにほはせ──　1-57 ⑤
たひのひかりそ　2-230 ㉘
たびのひもとく　12-3147 ②
たびのまるねの　20-4420 ②
たびのまろねに　12-3145 ④
たびのやどりに
　──かぢのおときこゆ　6-930 ④
　──たがつまか　3-426 ②
　──たまほこの　4-546 ②
たびのやどりを
　──いざつげやらな　15-3643左注 ④
　いざつげやらむ──　15-3643 ⑤
たびのよの　12-3144 ①
たびはくるしと　20-4406 ④
たびはゆくとも　20-4325 ④
たびひとの　9-1791 ①
たびまねく
　──なげくなげきを　4-646 ③
　──なればあがむね　4-755 ③
　──まをしたまひぬ　19-4254 ㉙
たびやどりせす　1-45 ㉔
たびゆきごろも　13-3315 ④
たびゆきに　20-4376 ①
たびゆきも　17-3930 ③
たびゆくあれは　20-4327 ④
たびゆくきみが
　──いへにいたるまで　4-549 ④
　──かへりくるまで　9-1747 ⑱
たびゆくきみと　1-69 ②
たびゆくきみは　6-971 ⑥
たびゆくきみを
　──あらつまで　12-3216 ②
　──いつとかまたむ　13-3252 ④
　──いはふともひて　19-4263 ④
　──うつくしみ　4-566 ②
　──さきくあれと　17-3927 ②
　──ひとめおほみ　12-3184 ②
たびゆくせなが　20-4416 ②
たびゆくひとに　9-1727 ④
たびゆくひとの　7-1139 ④
たびゆくひとも　8-1532 ②
たびゆくひとを　15-3637 ②
たびゆくふねの　15-3612 ⑤
たびゆくわれを
　あまとかみらむ──　3-252 ⑤
　あまとやみらむ──　7-1234 ⑤
　あまとやみらむ──　15-3607 ⑤
　いはひまつらむ──　15-3636 ⑤
たひらけく
　──いはひてまてと　17-3957 ⑮
　──おやはいまさね　20-4408 ㊸
　──はやわたりきて　19-4264 ⑪
　──ふなではしぬと　20-4409 ③
　──まさきくませと　3-443 ㉗
　──やすくもあらむを　5-897 ③
　──われはあそばむ　6-973 ⑤
　──われはいははむ　20-4398 ⑬
　──ゐてかへりませ　19-4245 ㉗
たびわかるどち　19-4252 ⑤
たびをくるしみ　15-3674 ②
たびをよろしと　4-543 ⑳
たふさきにする　16-3839 ②
たふしのさきに　1-41 ②
たぶせにをれば　8-1592 ④
たぶせのもとに　16-3817 ②
たぶてにも　8-1522 ①
たふとからむと　2-167 ㊷
たふときあがきみ

さかえいまさね―― 19-4169 ㉗
ときはにいませ―― 6-988 ⑤
たふときみれば 6-933 ⑲
たふときものは 3-342 ④
たふときやまの 3-382 ⑥
たふときろかむ 5-813 ㉗
たふとくあらし 3-315 ④
たふとくあるらむ 6-907 ⑫
たふとくうれしき 19-4273 ⑤
たふとくしあれば
みことのさきの―― 18-4095ィ ⑤
みことのさきを―― 18-4094ィ (107)
たふとくも 18-4098 ⑨
たふとくもあるか
つかへまつれば―― 17-3922 ⑤
ひかりをみれば―― 17-3923 ⑤
たふとびねがふ 5-904 ②
たふになよりそ 16-3828 ②
たぶれたる 17-4011 ㊼
たへなるとのに 9-1740 ㉘
たへのほに 1-79 ㉓
たへのほの 13-3324 (61)
たまあはば 13-3276 ⑲
たまあへば 12-3000 ①
たまえのこもを 7-1348 ②
たまかきる 11-2394 ③
たまかぎる
――いはかきふちの 2-207 ⑮
――いはかきふちの 11-2509 ③
――いはかきふちの 11-2700 ①
――きのふのゆふへ 11-2391 ①
――ただひとめのみ 10-2311 ④
――ひもかさなりて 13-3250 ⑬
――ほのかにだにも 2-210 (55)
――ほのかにみえて 8-1526 ①
――ほのかにみえて 12-3085 ③
――ゆふさりくれば 1-45 ⑰
――ゆふさりくれば 10-1816 ①
たまかづきでば 16-3870 ④
たまかつま
――あはむといふは 12-2916 ①
――あへしまやまの 12-3152 ①
――しまくまやまの 12-3193 ①
たまかづら
――いやとほながく 3-443 ⑪
――かげにみえつつ 2-149 ③
――かけぬときなく 12-2994 ①
――さきくいまさね 12-3204 ①
――たえぬものから 10-2078 ①
――たえむのこころ 14-3507 ③
――たゆることなく 3-324 ⑦
――たゆることなく 6-920 ⑰
――たゆるときなく 11-2775 ③
――はなのみさきて 2-102 ①
――はへてしあらば 12-3067 ③
――みならぬきには 2-101 ①
たまがはに 14-3373 ①
たまかも 9-1685 ③
たまぎぬの 4-503 ①
たまきのたまを 15-3627 (62)
たまきはる
――いくよへにけむ 17-4003 ⑰
――いのちたえぬれ 5-904 (58)
――いのちにむかひ 8-1455 ①
――いのちにむかふ 4-678 ③
――いのちはしらず 6-1043 ①
――いのちはすてつ 11-2531 ③
――いのちもあれは 9-1769 ③
――いのちもしらず 11-2374 ③
――いのちもしらず 20-4408 (55)
――いのちもすてて 19-4211 ⑨
――いのちをしけど 5-804 (55)
――いのちをしけど 17-3962 (51)
――いのちをしけど 17-3969 ㉙
――うちのおほのに 1-4 ①
――うちのかぎりは 5-897 ①
――みじかきいのちも 15-3744 ③
――みじかきいのちを 6-975 ③
――わがやまのうへに 10-1912 ①
たまくしげ
――あけてさねにし 11-2678 ③
――あけてをちより 15-3726 ③

—あけなむあすを　12-2884 ③
—あけまくをしき　9-1693 ①
—あしきのかはを　8-1531 ①
—いつしかあけむ　18-4038 ①
—おくにおもふを　3-376 ③
—おほふをやすみ　2-93 ①
—すこしひらくに　9-1740 ㉑
—ひらきあけつと　4-591 ③
—ふたがみやまに　17-3955 ③
—ふたがみやまに　17-3987 ①
—ふたがみやまに　17-3991 ㉙
—ふたがみやまは　17-3985 ③
—ふたがみやまも　7-1098 ③
—みむろとやまの　2-94 ィ ①
—みもろとやまを　7-1240 ①
—みもろのやまの　2-94 ①
たまくしげなる　4-522 ②
たまくしの　4-522 ③
たまくしろ
—てにとりもちて　9-1792 ⑰
—まきぬるいもも　12-2865 ①
—まきねしいもを　12-3148 ①
たまくせの　11-2403 ①
たまくらかへて　10-2021 ②
たまくらのうへに　11-2631 ④
たまくらはなれ
—あやにかなしも　20-4432 ④
—よだちきのかも　14-3480 ④
たまくらまかず
—あひだおきて　4-535 ②
—つきそへにける　6-1032 ④
—ひとりかもねむ　8-1663 ④
—ひもとかず　18-4113 ⑩
たまくらまきて
—つるぎたち　2-217 ㉒
—ねまくほりこそ　12-2844 ④
たまこきしきて　18-4057 ィ ④
たまこすげ　14-3445 ③
たまこそおもほゆれ　4-635 ⑤
たまこそば　13-3330 ㉕
たまさかに
—いこぎむかひ　9-1740 ⑲
—みぬひさまねく　4-653 ③
—わがみしひとを　11-2396 ①
たまさへさやに　7-1082 ②
たましかず　18-4057 ①
たましかば　19-4271 ③
たましかましを
—おほきみを　18-4056 ②
おほへるにはに—　11-2824 ⑤
かどにやどにも—　6-1013 ⑤
まさむとしらば—　19-4270 ⑤
たましきて　6-1015 ①
たましきみてて　18-4057 ④
たましける
—いへもなにせむ　11-2825 ①
—きよきなぎさを　15-3706 ①
たましひは　15-3767 ①
たましまがはに　5-856 ②
たましまの　5-854 ①
たましまのうらに　5-863 ②
たましまを　5-862 ③
たまそあひにける　14-3393 ⑤
たまそひりはぬ　1-12 ⑤
たまだすき
—うねびのやまに　2-207 ㊸
—うねびのやまに　7-1335 ③
—うねびのやまの　1-29 ①
—うねびをみつつ　4-543 ⑨
—かけずわすれむ　12-2898 ③
—かけてしのはし　13-3324 ㉟
—かけてしのはな　13-3324 ㊇
—かけてしのはむ　2-199 ⒁⒎
—かけてしのひつ　3-366 ⑲
—かけぬときなく　8-1453 ①
—かけぬときなく　9-1792 ⑬
—かけぬときなく　13-3286 ①
—かけぬときなく　13-3297 ①
—かけぬときなし　10-2236 ①
—かけねばくるし　12-2992 ①
—かけのよろしく　1-5 ⑨
たまだれの

―をすのすけきに　11-2364 ①
―をすのたれすを　11-2556 ①
―をすのまとほし　7-1073 ①
―をちのおほのの　2-194 ㉑
―をちのすぎゆく　2-195 ③
―をちのにすぎぬ　2-195ィ ③
たまぢはふ　11-2661 ①
たまづさの
―いもはたまかも　7-1415 ①
―いもははなかも　7-1416 ①
―きみがつかひの　10-2111 ①
―きみがつかひを　11-2548 ③
―きみがつかひを　12-2945 ①
―ことだにつげず　3-445 ③
―つかひたえめや　17-3973 ⑪
―つかひのいへば　2-207 ㉗
―つかひのいへば　13-3344 ⑨
―つかひのければ　17-3957 ㉗
―つかひのこねば　13-3258 ③
―つかひもこねば　16-3811 ③
―つかひもみえず　4-619 ㉓
―つかひもやらず　11-2586 ③
―つかひをだにも　12-3103 ③
―つかひをみれば　2-209 ③
―ひとそいひつる　3-420 ⑨
たまつしま
―いそのうらみの　9-1799 ①
―みてしよけくも　7-1217 ①
―みれどもあかず　7-1222 ①
―よくみていませ　7-1215 ①
たまつしまやま　6-917 ⑮
たまでさしかへ
―あまたよも　8-1520 ㉜
―さねしよの　5-804 ㊹
たまといふとも　3-346 ②
たまどこの　2-216 ③
たまとしそみる　10-2168 ④
たまとそあがみる　19-4199 ⑤
たまとひろはむ　14-3400 ⑤
たまとみるまで
―おけるしらつゆ　8-1598 ④
はなはちらむな―　17-3913 ⑤
たまなげかする　7-1325 ⑤
たまならば
―てにまきもちて　2-150 ⑦
―てにまきもちて　3-436 ③
―てにもまかむを　4-729 ①
たまにあへぬき　19-4189 ⑭
たまにこそぬけ　8-1502 ④
たまにそあがぬく　17-3998 ④
たまになしたる　10-2229 ②
たまにるみむ　16-3837 ⑤
たまにぬき
―おくらむいもは　10-1967 ③
―かづらにせむと　3-423 ⑪
―けたずたばらむ　8-1618 ①
たまにぬきつつ　18-4111 ㉘
たまにぬく
―あふちをいへに　17-3910 ①
―さつきをちかみ　8-1507 ⑤
―はなたちばなを　17-3984 ①
たまにぬくひを　8-1490 ④
たまにぬくべく
―そのみなりなむ　8-1478 ④
―みになりにけり　8-1489 ④
たまにひりひつ　7-1404 ⑤
たまにまさりて　19-4220 ⑥
たまにまじれる　11-2796 ②
たまにもが
―てにまきもちて　17-4006 ㊾
―まこともいもが　4-734 ③
たまにもがもな
―てにまきて　17-3990 ②
―ほととぎす　17-4007 ②
たまにもがもや　20-4377 ②
たまぬくつきし　17-3912 ④
たまぬくまでに
―あかねさす　19-4166 ㉔
―なきとよめ　19-4177 ㉘
―ひるくらし　18-4089 ⑳
たまのうら　7-1202 ③
たまのうらに

—あさりするたづ　15-3598 ③
—ころもかたしき　9-1692 ③
—ふねをとどめて　15-3627 ㊺
たまのうらの　15-3628 ①
たまのごと　11-2352 ④
たまのすがたは　20-4378 ④
たまのななつを　16-3875 ⑮
たまのよこやま　20-4417 ④
たまのをごとの　7-1328 ②
たまのをしけや　14-3358左注 ②
たまのをといはば　7-1324 ④
たまのをの
—あひだもおかず　11-2793 ①
—うつしごころや　11-2792 ①
—うつしごころや　12-3211 ①
—おもひみだれて　7-1280 ④
—おもひみだれて　11-2365 ④
—くくりよせつつ　11-2790 ①
—たえじいいもと　3-481 ⑨
—たえじとおもふ　11-2787 ③
—たえたるこひの　11-2366 ④
—たえたるこひの　11-2789 ①
—たえてみだれて　12-3083 ③
—たえてみだれな　11-2788 ③
—たえてわかれば　11-2826 ③
—つぎてはいへど　13-3255 ⑤
—ながきいのちの　12-3082 ③
—ながきはるひを　10-1936 ③
—ながくときみは　13-3334 ③
—をしきさかりに　19-4214 ㊶
たまのをばかり
—こふらくは　14-3358 ②
ならましものを—　12-3086 ⑤
たまのをを
—あわをによりて　4-763 ①
—かたをによりて　12-3081 ①
たまはさづけて　4-652 ②
たまはしわたし　9-1764 ④
たまはしわたす　9-1764 ⑬
たまはずは　16-3859 ③
たまばはき
—かりこかままろ　16-3830 ①
—てにとるからに　20-4493 ③
たまはひりはむ　7-1154 ⑤
たまはみだれて　3-424 ④
たまはやす　17-3895 ①
たまひりひしく　7-1153 ④
たまひりふ　6-1062 ⑦
たまふれど　15-3767 ③
たまへしめたる　4-554 ②
たまほこの
—さとびとみなに　11-2598 ③
—みちくるひとの　2-230 ⑪
—みちくるひとの　13-3276 ㉓
—みちくるひとの　19-4214 ㉑
—みちだにしらず　2-220 ㊶
—みちにいでたち　12-3139 ①
—みちにいでたち　13-3318 ⑨
—みちにいでたち　13-3339 ①
—みちにいでたち　17-3995 ①
—みちにいでたち　18-4116 ⑦
—みちにいでたち　19-4251 ①
—みちにいでたち　20-4408 ㊶
—みちにもあはじと　12-2871 ③
—みちにもいでず　6-948 ㊴
—みちにゆきあひて　12-2946 ①
—みちのかみたち　17-4009 ①
—みちのくまみに　5-886 ⑮
—みちのとほけば　17-3969 ㉓
—みちのへちかく　9-1801 ⑬
—みちのゆきあひに　4-546 ③
—みちはしとほく　17-3978 ㊴
—みちはとほけど　8-1619 ①
—みちみわすれて　11-2380 ③
—みちゆかずあらば　11-2393 ①
—みちゆきうらに　11-2507 ①
—みちゆきくらし　1-79 ⑬
—みちゆきつかれ　11-2643 ①
—みちゆきづとと　8-1534 ③
—みちゆきびとの　11-2370 ③
—みちゆきびとは　13-3335 ①
—みちゆきびとも　2-207 ㊼

——みちゆきぶりに　11-2605 ①
——みちゆくひとは　9-1738 ⑬
——みちゆくわれは　17-4006 ㊲
——みちをたどほみ　4-534 ③
——みちをたどほみ　17-3957 ⑲
——みちをたどほみ　17-3962 ㊸
たままきたゐに　10-2245 ②
たままきの
——まかいもがも　8-1520 ㉑
——をかぢしじぬき　9-1780 ⑦
——をかぢもがも　13-3299 ⑪
——をさをもがも　8-1520ィ ㉑
たままつがえは　2-113 ②
たまもおきつも
——あけくれば　2-138 ⑯
——あさはふる　2-131 ⑯
たまもがも　7-1326 ③
たまもかりけむ　3-433 ④
たまもかりつつ
あまならましを——　11-2743 ⑤
——かみよより　6-917 ⑫
——ゆふなぎに　6-935 ⑥
たまもかりつめ　3-360 ②
たまもかりてな
あさかのうらに——　2-121 ⑤
あさけのしほに——　7-1157 ⑤
しほひのうらに——　6-958 ⑤
たまもかりはむ　1-24 ⑤
たまもかります　1-23 ⑤
たまもかる
——あまをとめども　6-936 ①
——あまをとめども　9-1726 ③
——おきへはこがじ　1-72 ①
——からにのしまに　6-943 ①
——みぬめをすぎて　3-250 ①
——ゐでのしがらみ　11-2721 ①
——をとめをすぎて　15-3606 ①
たまもかるかる
あまならましを——　12-3205 ⑤
あまにあらましを——
11-2743左注 ⑤
たまもかるとふ　15-3638 ④
たまもかるみゆ　17-3890 ⑤
たまもかるらむ
——いざゆきてみむ　3-293 ④
おほみやひとの——　1-41 ⑤
たまもこそ　14-3397 ③
たまもすそびき　9-1672 ④
たまもすそびく　20-4452 ②
たまもとむらし　6-1003 ②
たまもなす
——うかべながせれ　1-50 ㉓
——かよりかくより　2-194 ⑦
——なびきかぬらむ　11-2483 ③
——なびきこいふし　19-4214 ㊼
——なびきねしこを　2-135 ⑨
——なびきわがねし　2-138 ㉓
——よりねしいもを　2-131 ㉓
たまもなびかし　15-3705 ②
たまもぬらしつ　11-2705 ⑤
たまものうへに　3-390 ④
たまものすそに 1-40 ④, 15-3610左注 ④
たまものもころ　2-196 ⑱
たまもはおふる　2-135 ⑧
たまもはきよる　6-1065 ⑫
たまもはひづち　2-194 ㉔
たまもひりはむ　18-4038 ⑤
たまももぞ　2-196 ⑨
たまもゆららに　13-3243 ㉒
たまもよし　2-220 ①
たまもりに　4-652 ①
たまゆゑに　7-1301 ③
たまよせめやも　7-1206 ⑤
たまよせもちこ　9-1665 ④
たまれるみづの
——たまににるみむ　16-3837 ④
——ゆくへなみ　13-3289 ④
たまをしつけむ　6-952 ④
たまをそぬける　10-1975 ②
たまをぬかさね　17-3997 ⑤
たまをひりふと　7-1220 ②
たみたるみちを　11-2363 ②

たみてこぎくと　16-3867 ④
たむけくさ
　—いくよまでにか　1-34 ③
　—いくよまでにか　9-1716 ③
　—ぬさとりおきて　13-3237 ⑦
たむけしたれや　12-2856 ④
たむけして　13-3240 ⑮
たむけすと　13-3227 ③
たむけする　6-1022 ⑦
たむけせば
　—あがおもふいもを　11-2418 ③
　—すぎにしひとに　3-427 ③
たむけそあがする　12-3128 ⑤
たむけにたちて　15-3730 ④
たむけのかみに　17-4008 ㉞
たむけのやまを
　—あすかこえいなむ　12-3151 ④
　—けふこえて　6-1017 ②
たむけよくせよ　4-567 ④
たむだきて
　—ことなきみよと　19-4254 ㉛
　—われはいまさむ　6-973 ⑦
たむのやまぎり　9-1704 ②
ためこそいもを　4-560 ④
ためこそおもは　12-2925 ②
たもとさむしも　8-1555 ⑤
たもととほりて　15-3711 ②
たもとにまかし　5-804 ⑫
たもとのくだり　14-3453 ④
たもとほり
　—あれはそこふる　6-935 ⑰
　—いまかきますと　11-2379 ③
　—いまそわがくる　7-1243 ③
　—きみがつかひを　4-619 ㊴
　—ただひとりして　3-460 ㊺
　—ゆきみのさとに　11-2541 ①
たもとほりきつ　8-1574 ⑤
たもとほりきぬ　17-3944 ⑤
たもとほりくも　7-1256 ⑤
たもとまきぬと
　—みればくるしも　12-2880 ④
　—みればすべなし　19-4237 ④
たもとゆたけく　12-2963 ②
たもとをわかれ　3-481 ⑯
たゆたひくれば　15-3716 ②
たゆたひに　2-122 ③
たゆたひにして　11-2690 ⑤
たゆたひぬらし　4-542 ⑤
たゆたひやすき　12-3031 ②
たゆたふいのち　17-3896 ②
たゆたふうみに　11-2738 ②
たゆたふこころ　11-2816 ④
たゆたふなみに　7-1089 ④
たゆたふみれば　2-196 ㊿
たゆといふことを　11-2712 ④
たゆとへだてや　11-2647 ⑤
たゆとやきみが　12-3052 ④
たゆひがうらに　3-366 ⑩
たゆひがうらを　3-367 ②
たゆひがた　14-3549 ①
たゆらきの　9-1776 ①
たゆらくおもへば　7-1321 ⑤
たゆることなく
　—ありがよひみむ　17-4002 ④
　—ありつつも　3-324 ⑧
　—あをによし　19-4266 ⑥
　—いにしへゆ　17-3985 ㉔
　—このやまの　1-36 ㉒
　—このやまの　18-4098 ㉒
　—さきわたるべし　5-830 ④
　—つかへつつみむ　18-4100 ④
　—またかへりみむ　1-37 ④
　—またかへりみむ　6-911 ④
　—またかへりみむ　7-1100 ④
　またもきてみむ　6-991 ④
　—みやつかへせむ　16-3855 ④
　—ももしきの　6-923 ⑯
　—よろづよに　6-920 ⑱
　—われかへりみむ　19-4157 ④
たゆるときなく　11-2775 ④
たゆるひあらめや
　みふねのやまに—　3-243 ⑤

みもあきらめめ―― 17-3993 ㊼
たゆるひなしに 20-4504 ⑤
たゆるひものを 12-2982 ⑤
たゆればおふる 2-196 ⑩
たよりにも 8-1614 ③
たよわき 3-419 ③
たらしひめ
―かみのみこと 5-813 ③
―かみのみことの 5-869 ①
―みふねはてけむ 15-3685 ①
たらちし 16-3791 ③
たらちしの 5-887 ①
たらちしや 5-886 ③
たらちねの
―にひぐはまよの 14-3350左注 ①
―ははがかたみと 13-3314 ⑪
―ははがかふこの 12-2991 ①
―ははがかふこの 13-3258 ⑨
―ははかきなで 20-4398 ⑨
―ははがそのなる 7-1357 ①
―ははがてはなれ 11-2368 ①
―ははがとはさば 11-2364 ④
―ははがめかれて 20-4331 ⑲
―ははがよぶなを 12-3102 ①
―ははにころはえ 11-2527 ③
―ははにさはらば 11-2517 ①
―ははにしらえず 11-2537 ①
―ははにまうして 15-3688 ⑪
―ははにまをさば 11-2557 ①
―ははにもつげつ 11-2570 ③
―ははにものらず 13-3285 ①
―ははのみことか 16-3811 ㉑
―ははのみことの 9-1774 ①
―ははのみことの 17-3962 ⑲
―ははのみことは 3-443 ⑲
―ははもつまらも 15-3691 ⑬
―ははをわかれて 20-4348 ①
―みははのみこと 19-4214 ㉟
たらつねの 11-2495 ①
たらはしてりて 19-4272 ②
たりゆかむ 2-220 ⑨
たるひめに 19-4187 ⑬
たるひめの
―うらをこぎつつ 18-4047 ①
―うらをこぐふね 18-4048 ①
たるひめのさき 18-4046 ②
たるみのうへの 8-1418 ②
たるみのみづの 12-3025 ②
たるみのみづを 7-1142 ④
たれかうかべし 5-840 ④
たれかおりけむ 7-1120 ④
たれかしめさす 10-2114 ④
たれかしらむも 17-3950 ⑤
たれかすまはむ 2-187 ⑤
たれかたをりし
のへのやまぶき―― 19-4197 ⑤
―わがせこが 7-1288 ③
たれかつげけむ 2-226 ⑤
たれかつみけむ 7-1362 ⑤
たれかとどむる 11-2617 ⑤
たれかとりみむ
あきさりごろも―― 10-2034 ⑤
かたのまゆひは―― 7-1265 ⑤
たれかもここに 12-3129 ④
たれかもゆはむ 15-3715 ④
たれききつ 8-1562 ①
たれこひざらめ 3-393 ②
たれしのひとも 11-2628左注 ④
たれそこの
―やのとおそぶる 14-3460 ①
―わがやどきよぶ 11-2527 ①
たれといふひとも 11-2628 ④
たれとかぬらむ 4-564 ⑤
たれとしりてか 12-3102 ⑤
たれとともにか 19-4238 ④
たれともねめど 11-2782 ②
たれなるか 12-2916 ③
たれにたゆたへ 7-1389 ⑤
たれにみせむと 18-4070 ④
たれのひとかも 8-1547 ⑤
たれよぶこどり
きなきわたるは―― 9-1713 ⑤

なきゆくなるは── 10-1827 ⑤
たれるおもわに 9-1807 ㉒
たれをかきみと 20-4440 ④
たれをかみむと 11-2614左注 ②
たわすれて 3-392 ③
たわやめあれは 10-1982 ④
たわやめと 4-619 ㉟
たわやめに 13-3223 ⑰
たわやめの
──あがみにしあれば 4-543 ㉛
──おすひとりかけ 3-379 ⑮
──おもひたわみて 6-935 ⑮
──おもひみだれて 15-3753 ③
──こふるこころに 4-582 ③
──まとひによりて 6-1019 ③
たわやめは 12-2921 ①
たわらはの 4-619 ㊲
たわらはのごと
こひにしづまむ── 2-129 ⑤
しのびかねてむ── 2-129ィ ⑤
たをみばやまむ 10-2263 ⑤
たをらずて
──あたらさかりを 20-4318 ③
──ちりなばをしと 8-1581 ①
たをらねば 7-1119 ③
たをらめど 2-166 ③
たをりかざさず 17-3969 ㊵
たをりかざさむ
いつしかきみと── 17-3966 ⑤
つまなしのきを── 10-2188 ⑤
たをりかざして 5-836 ②
たをりきて
──いもはかざしつ 8-1589 ③
──こよひかざしつ 8-1586 ③
──こよひかざしつ 8-1588 ③
たをりけりきみ 13-3224 ⑤
たをりける 10-2111 ③
たをりそあがこし 8-1582 ④
たをりてだにも 8-1432 ④
たをりてば 10-2326 ③
たをりてひとめ 8-1496 ④
たをりても 3-466 ⑨
たをりてゆかむ 3-280 ⑤
たをりもち
──けふそわがこし 10-2216 ③
──ちたびのかぎり 10-1891 ③
──みれどもさぶし 10-2290 ③
たをりをきつつ 19-4174 ④
たをるとは 10-2330 ③
だんをちや 16-3847 ①

ち

ちえのうらみの 11–2724 ②
ちかからぬ 4–700 ③
ちかきこのせを 8–1524 ⑤
ちかきさとみを 7–1243 ②
ちかきものから 6–951 ②
ちかきわたりを 11–2379 ②
ちかくあらば
　――いまふつかだみ 17–4011 ㊆
　――かへりにだにも 17–3978 ㉝
ちかくありせば 15–3635 ②
ちかくあれば
　――なのみもききて 12–3135 ①
　――みねどもあるを 4–610 ①
ちかくひかりて 7–1369 ②
ちかくゐて 9–1737 ③
ちかけども 8–1525 ③
ちかづきにけり
　いへのかなとに―― 9–1775 ⑤
　なくべきときに―― 18–4042 ⑤
ちかづきゆくを 10–2075 ⑤
ちかづくらしも 10–1972 ⑤
ちかづけば 4–570 ③
ちかのさきより 5–894 ㊻
ちがやかり 16–3887 ③
ちからぐるまに 4–694 ②
ちからをなみと 17–3972 ②
ちぐまのかはの 14–3400 ②
ちこふがごとく 18–4122 ㉔
ちさのはな 18–4106 ⑮
ちたのうらに 7–1163 ③
ちたびおもへど
　――ありがよふ 12–3104 ②
　――たわやめの 4–543 ㉚
ちたびさはらひ 4–699 ②
ちたびそのりし
　――かづきするあまは 7–1302 ④
　――かづきするあまは 7–1318 ④
ちたびそわれは 4–603 ④
ちたびたつとも 4–732 ⑤
ちたびなげきつ 11–2565 ⑤
ちたびなげきて 12–2901 ④
ちたびのかぎり 10–1891 ④
ちたびまゐりし 2–186 ②
ちちぎみに 6–1022 ①
ちちしりぬべし 13–3312 ⑫
ちちとりみまし 5–886 ㉔
ちちにあへつや 16–3880 ⑮
ちちのみこと 19–4164 ②
ちちのみことは 20–4408 ⑩
ちちのみの
　――ちちのみこと 19–4164 ①
　――ちちのみことは 20–4408 ⑨
ちちはいねたり 13–3312 ⑧
ちちはしらじ 13–3295 ⑬
ちちははが
　――かしらかきなで 20–4346 ①
　――とののしりへの 20–4326 ①
　――なしのまにまに 9–1804 ①
ちちははに
　――こともかたらひ 9–1740 ㊶
　――しらせぬこゆゑ 13–3296 ①
　――まをしわかれて 19–4211 ㉓
　――ものはずけにて 20–4337 ③
ちちははは
　――うゑこゆらむ 5–892 ㉗
　――まくらのかたに 5–892 ㊽
ちちははも
　――うへはなさがり 5–904 ㉑
　――つまをもみむと 9–1800 ⑬
　――はなにもがもや 20–4325 ①
ちちははらはも 5–890 ⑤
ちちははを
　――いはひへとおきて 20–4393 ③
　――おきてやながく 5–891 ③
　――みればたふとく 18–4106 ⑤
　――みればたふとし 5–800 ①
ちちははをおきて 20–4328 ⑤
ちちをおきて 20–4341 ③

ちとせいほとせ　6-1025④
ちとせに
　—かくることなく　13-3236⑪
　—さはることなく　13-3302③
ちとせにまさむ　3-243②
ちとせにもがと　5-903④
ちとせにもがも
　あがおもふきみは—　6-1024⑤
　きみをみまくは—　20-4304⑤
ちとせのいのちを　20-4470⑤
ちとせのごとく　3-470④
ちとせのごとも
　—あはこふるかも　11-2381④
　—ありこせぬかも　11-2387④
ちとせほき　19-4266㉓
ちとせほくとそ
　かざしつらくは—　18-4136⑤
　きみがやどにし—　19-4289⑤
ちとせもがもと　7-1375④
ちとせやいぬる
　—いなをかも　11-2539②
　—いなをかも　14-3470②
ちとせやゆきも　4-686②
ちとせをかねて　6-1047⑭
ちどりしばなき　6-920⑧
ちとりしばなく
　—おきよおきよ　16-3873②
　—しろたへの　11-2807②
ちどりしばなく　6-925⑤
ちどりつまよび
　—あしへには　6-1062⑱
　—やまのまに　7-1125②
ちどりなく
　—さほのかはせの　4-526①
　—さほのかはとの　4-528①
　—さほのかはとの　4-715①
　—そのさほがはに　6-948㉗
　—みよしのがはの　6-915①
ちどりなくなり　3-268④
ちどりなくらし　19-4288④
ちどりのなきし　20-4477②
ちとりはくれど　16-3872④
ちとりふみたて　17-4011㉞
ちなのいほなに　4-731②
ちぬのうみに　7-1145③
ちぬのうみの
　—しほひのこまつ　11-2486左注①
　—はまへのこまつ　11-2486①
ちぬみより　6-999①
ちぬをとこ
　—うなひをとこの　9-1809⑮
　—うなひをとこの　19-4211⑤
　—そのよいめにみ　9-1809㊸
ちぬをとこにし　9-1811④
ちのめやきみが　12-2925④
ちばのぬの　20-4387①
ちはひたまひて　9-1753⑯
ちはやひと
　—うぢかはなみを　7-1139①
　—うぢのわたりの　11-2428①
ちはやふる　20-4402①
ちはやぶる
　—うぢのわたり　13-3236⑦
　—うぢのわたりの　13-3240⑨
　—かねのみさきを　7-1230①
　—かみかさけけむ　4-619⑰
　—かみそつくといふ　2-101③
　—かみにもなおほせ　16-3811⑦
　—かみのいかきも　11-2663①
　—かみのもたせる　11-2416①
　—かみのやしろし　3-404①
　—かみのやしろに　4-558①
　—かみのやしろに　17-4011㊆
　—かみのやしろを　11-2660③
　—かみのやしろを　11-2662③
　—かみをことむけ　20-4465⑲
　—ひとをやはせと　2-199㉛
ちびきのいはを　4-743②
ちひろいわたし　19-4164⑭
ちひろにもがと　5-902④
ちふにあしふみ　12-3057②
ちふねのはつる　6-1067④

ちへしくしくに
　――あがこふる　10-2234②
　――こひわたるかも　11-2437④
ちへなみしきに
　――おもへども　3-409②
　――ことあげすあれは　13-3253⑭
ちへなみよせ　6-931⑥
ちへにおもへど　11-2371②
ちへにかくりぬ　3-303④
ちへにきよする　6-932②
ちへにしくしく　11-2552②
ちへにたつとも　15-3583④
ちへにつめこそ　19-4234④
ちへにつもりぬ
　――ちかくあらば　17-3978㉜
　へにゆくなみの――　10-1920⑤
ちへになりきぬ　6-942⑱
ちへにふりしけ
　――こひしくの　10-2334②
　――こひしくの　20-4475②
ちへにへだてる　5-866④
ちへにももへに　12-2910②
ちへのひとへも
　――なぐさめなくに　6-963⑧
　――なぐさめなくに　7-1213④
　――なぐさもる　2-207㊱
　――なぐさもる　4-509⑭
　――ひとしれず　13-3272㉖
ちへをおしわけ　17-4003⑥
ちまりゐて　20-4372⑪
ちよかさね　19-4254⑪
ちよしもいきて　11-2600②
ちよとことばに　2-183②
ちよにさかぬか　19-4232④
ちよにながれむ　2-228②
ちよにも　13-3329㉕
ちよにわすれむ　20-4508④
ちよまつのきの　6-990④
ちよまでに　1-79㉛
ちよもありとも　11-2528②
ちよろづかみの
　――かみよより　13-3227⑥
　――かむつどひ　2-167⑥
ちよろづの　6-972①
ちらくしをしも　10-2094⑤
ちらくはいづく　5-823②
ちらしつるかも　8-1565⑤
ちらしてむかも　18-4043⑤
ちらしてむとか　8-1486⑤
ちらすあらしの　8-1660②
ちらずありこそ　5-845④
ちらすしぐれに　8-1583②
ちらすしぐれの　10-2237②
ちらすしらつゆ　10-2175④
ちらすながめの　10-2262②
ちらすはるさめ　10-1918②
ちらずもあらなむ　7-1212④
ちらぬまに　10-2287③
ちらばちるとも　8-1588⑤
ちらばをしけむ　10-2116④
ちらひてながる　9-1751⑫
ちらふやまへゆ　15-3704②
ちらへるのへの　15-3691㉘
ちらまくもみむ　10-2172⑤
ちらまくをしき　10-1871②
ちらまくをしみ
　うぐひすなくも――　5-842⑤
　――きほひたつみむ　10-2108④
　たまにこそぬけ――　8-1502⑤
　――たをりきて　8-1586②
　――なきゆくものを　10-2155④
　――ほととぎす　10-1944②
　――ほととぎす　10-1957②
　――わがそのの　5-824②
ちらまくをしも
　あきのもみちの――　8-1517⑤
　――あめなふりそね　10-1970④
　いまだみなくに――　10-1870⑤
　このしらつゆに――　10-2115⑤
　さけるあしびの――　20-4513⑤
　つまどふはぎの――　10-2098⑤
　にほひそめたり――　10-2178⑤

にほふもみちの—— 10-2187⑤
にほへるやまの—— 8-1594⑤
のへのあきはぎ—— 10-2121⑤
もとはのもみち—— 10-2215⑤
ちらむときにし 6-970④
ちらむやまぢを 19-4225④
ちらめやも 20-4450③
ちりかすぎなむ
うめのはつはな—— 8-1651⑤
けふのしぐれに—— 8-1554⑤
けふふるあめに—— 8-1557⑤
——わがかへるとに 20-4395④
ちりかすぐらむ 15-3779④
ちりかもくると 10-1841④
ちりこすな 8-1507⑰
ちりこすなゆめ
かへりくるまで—— 15-3702⑤
このつきごろは—— 8-1560⑤
のまむさけかも—— 8-1657⑤
やまのあらしに—— 8-1437⑤
ちりすぎず
——いまさけるごと 10-1973③
——わがへのそのに 5-816③
ちりすぎて
——たまにぬくべく 8-1489③
——みになるまでに 10-2286③
ちりすぎにきと 13-3333㉒
ちりすぎにけり
——しづえに 9-1747⑫
——ふふめるは 9-1749⑧
ちりすぎにける 8-1599④
ちりすぎぬとも 9-1684②
ちりすぎぬべみ 10-2290②
ちりすぎゆかば 10-2152②
ちりすぐるまで
——きみがきまさぬ 20-4497④
——みしめずありける 20-4496④
ちりてながらふ 10-1866④
ちりとぶみつつ 4-543⑯
ちりなばをしと 8-1581②
ちりなまがひそ
——いもがあたりみむ 2-137ィ④
——くさまくら 9-1747⑯
ちりなむのちに 20-4435④
ちりなむやまに 15-3693②
ちりにけむかも
あきはぎすすき—— 15-3681⑤
はなたちばなは—— 10-1971⑤
ちりにけり
——くやしきときに 10-1969③
——さかりすぐらし 19-4193③
——しぐれのあめに 10-2217③
ちりにけるかも
たかのつきむら—— 3-277⑤
つゆしもおひて—— 10-2127⑤
ちりにしものを 8-1580⑤
ちりぬとも 8-1482③
ちりぬともよし
うめのはつはな—— 10-2328⑤
こといふににたり—— 6-1011⑤
のみてののちは—— 5-821⑤
のみてののちは—— 8-1656⑤
ちりぬべし 5-798③
ちりぬべみ 19-4193ィ③
ちりぬるごとき 3-477④
ちりのまがひに
——いもがそで 2-135㉔
——しぬべきおもへば 17-3963④
——よびたてて 8-1550②
ちりのまがひは 15-3700④
ちりひぢの 15-3727①
ちりまがひたる
——かむなびの 13-3303⑥
——をかびには 5-838②
ちりみだるらむ 10-1867④
ちりみだれたる 9-1685④
ちりゆかむかも 10-1864⑤
ちりゆくなへに 2-209②
ちりゆくみれば
あさぢがはなの—— 8-1514⑤
——おほほしみ 10-2150②
ちりゆけるかも 16-3786⑤

ちるといふものを　10–2309 ⑤
ちるはなし　17–3906 ③
ちるべきものを　4–630 ②
ちるべくなりぬ
　—みむひともがも　5–851 ④
　—みむひともがも　8–1542 ④
ちるべくみゆる　19–4259 ⑤
ちれるころかも　8–1459 ⑤

つ

つかさこそ　16–3864 ①
つかさにしあれば　19–4214 ⑧
つかさにも　8–1657 ①
つかさのまにま　18–4113 ④
つかずもゆきて　3–420 ㉔
つかずもわれは　13–3319 ②
つかねども　16–3886 ㉓
つかのあひだも
　—あをわすらすな　11–2763 ④
　—われわすれめや　2–110 ④
つがのきの
　—いやつぎつぎに　1–29 ⑦
　—いやつぎつぎに　3–324 ⑤
　—いやつぎつぎに　19–4266 ③
つかのまも　4–502 ③
つかはさなくに　16–3860 ②
つかはされ　5–894 ㉙
つかはしし
　—とねりのこらは　13–3326 ⑮
　—みかどのひとも　2–199 (103)
つかひこず　4–542 ③
つかひこぬかも　11–2529 ⑤
つかひこむかと　9–1674 ②
つかひたえめや　17–3973 ⑫
つかひなければ　15–3627 (68)
つかひにあらし　9–1697 ②
つかひにこむと　17–3953 ②
つかひにやりし　12–2874 ④
つかひのいへば
　—あづさゆみ　2–207 ㉘
　—ほたるなす　13–3344 ⑩
つかひのきぬる　4–629 ②
つかひのければ　17–3957 ㉘
つかひのこねば　13–3258 ④
つかひのこむと　18–4106 ㉞
つかひもこねば　16–3811 ④
つかひもみえず　4–619 ㉔

つかひもやらず 11-2586④
つかひをだにも 12-3103④
つかひをなみと 12-2874②
つかひをなみや 20-4412④
つかひをまつと
　―かさもきず 11-2681②
　―かさもきず 12-3121②
つかひをみれば 2-209④
つかひをやらむ 11-2552④
つかふかはづの 14-3446②
つかふとも 4-780ィ③
つかふるくにの 18-4116④
つかふるときに 16-3885⑯
つかへくる 20-4465㊶
つかへけり 19-4256③
つかへこし 13-3324⑪
つかへしつかさ 18-4094㊳
つかへつつみむ 18-4100⑤
つかへまつらむ
　―おほみやところ 17-3908④
　―くろきしろきを 19-4275④
　―よろづよまでに 17-3907⑭
つかへまつらめ 18-4098㉖
つかへまつりし 2-176④
つかへまつりて
　―あきづしま 20-4465㉔
　―いまだにも 9-1800⑩
　―くににへむかも 20-4359④
　―たまかづら 3-443⑩
　―とのごもり 13-3326⑧
　―ひさかたの 3-239⑱
　―よしのへと 13-3230⑩
つかへまつるが 6-933⑱
つかへまつると
　―かみつせに 1-38㉒
　―をちこちに 20-4360㊻
つかへまつるは 19-4276④
つかへまつるを 19-4266㉖
つかへまつれば
　―たふとくうれしき 19-4273④
　―たふとくもあるか 17-3922④
つかへまつれる 6-917④
つかへむものと 3-457②
つかへめど 4-780③
つかみかかりて 16-3816⑤
つかみかかれる 4-695⑤
つがむともへや 14-3360左注④
つきおしてりて 11-2679②
つきおしてれり 8-1480②
つきかさなりて
　―あはねども 9-1794②
　―いもにあふ 10-2092⑧
つきかさね
　―あがおもふいもに 10-2057①
　―うれへさまよひ 5-897㉗
　―みぬひさまねみ 18-4116⑮
つきかたぶきぬ
　あきかぜふきて― 10-2298⑤
　うらまちをるに― 20-4311⑤
　かへりみすれば― 1-48⑤
　ふたがみやまに― 17-3955⑤
　をりしあひだに― 11-2667⑤
つきかたぶけば 15-3623②
つきかへて 12-3131①
つきかへぬると 4-638④
つきかもきみは 10-2299②
つぎきたる 2-220⑪
つきくさに
　―ころもいろどり 7-1339①
　―ころもそそむる 7-1255①
　―ころもはすらむ 7-1351①
つきくさの
　―うつろひやすく 4-583①
　―うつろふこころ 12-3058③
　―うつろふこころ 12-3059③
　―かれるいのちに 11-2756①
　―けぬべきこひも 10-2291③
　―ひくたつなへに 10-2281③
つぎこせぬかも 10-2057⑤
つきしあれば
　―あくらむわきも 11-2665①
　―よはこもるらむ 4-667③

つきそへにける
あふよしなしに―― 10-2333⑤
いもにあはずて―― 8-1464⑤
からぬひまねく―― 17-4012⑤
したゆこふるに―― 15-3708⑤
たまくらまかず―― 6-1032⑤
みぬひさまねく―― 4-653⑤
われはおもへど―― 15-3679⑤
つきぞへにける 10-2093⑤
つきたたば 17-4008㊶
つきたちし 19-4196①
つきたちて 6-993①
つきたちわたる 10-2224⑤
つきたつまでに
――きまさねば 8-1620②
――なにかきなかぬ 17-3983④
つきたてりみゆ 7-1294③
つきたまはむ 6-1020(1021)⑬
つきたるかみそ 3-406④
つきちかづきぬ
こらにこふべき―― 19-4244⑤
ひもときさくる―― 20-4464⑤
つぎつつも 13-3330㉓
つぎつつわたれ 17-3933⑤
つぎてあひみむ 4-756④
つきてあるひの 2-199㊿
つぎてかよはむ 18-4057⑤
つぎてきくらむ 10-1829④
つぎてきこえむ 18-4069②
つぎてきなけば 15-3691⑫
つぎてくる 20-4465㉟
つきてこがさね 9-1689②
つぎてさくべく 5-829④
つぎてしおもへば
ひとしりにけり―― 10-2002⑤
ひとしりにけり―― 11-2480ィ⑤
われはしかねつ―― 11-2533⑤
つぎてしきけば 12-2961④
つぎてしふれば 9-1747⑩
つぎてしもやおく 19-4268②
つぎてそこふる 12-2860④
つぎてなふきそ 7-1327②
つぎてはいへど 13-3255⑥
つぎてみえこそ
――ただにあふまでに 12-2959④
よるのいめにを―― 5-807⑤
よるのいめにを―― 12-3108⑤
つぎてみえつつ 7-1236②
つぎてみにこむ 17-3994④
つぎてみまくの
――ほしききみかも 11-2554④
――ほしききみかも 12-2992④
つぎてみましを 2-91②
つぎてみむかも 20-4310⑤
つぎてめすらし 20-4510②
つぎてもみむに 2-91ィ②
つぎてゆかましを 3-405④
つきてりにけり 17-4029⑤
つぎなむものを 14-3360④
つきにけに 6-931⑪
つきにひに 19-4189㉕
つきにひにけに
あはこひまさる―― 4-698⑤
こひやわたらむ―― 11-2596⑤
したゆあれやす―― 4-598⑤
つきにむかひて
――あやめぐさ 19-4177㉖
――ほととぎす 17-3988②
――ゆきかへり 19-4166㉜
つぎねふ 13-3314①
つきのいでこぬ 6-980④
つきのうちの 4-632③
つきのかげみゆ 9-1714⑤
つきのかはれば 13-3329㉞
つきのきの 2-210⑦
つきのさやけさ 7-1076⑤
つきのそらなる 11-2672④
つきのてりたる 6-986⑤
つきのひかりに 4-710②
つきのふね 7-1068③
つきのふねいづ 7-1295③
つきのふねうけ 10-2223②

つきのへぬらむ　9-1793⑤
つきのへゆけば
　あはずてまねく――　12-2892⑤
　――いけりともなし　12-2980④
　いもにあはずて――　12-2881⑤
　――かぜをいたみかも　10-2205④
　きみがめみずて――　12-2881ィ⑤
つぎのよろしも　7-1093⑤
つきはきにけり　17-3921⑤
つきはてりたり　15-3672②
つきはてるらし
　くにさかえむと――　7-1086⑤
　さやかにみよと――　10-2225⑤
つきばのみこそ　6-1005⑭
つきはへにつつ
　いもがまつべき――　15-3685⑤
　いもがまつらむ――　15-3663⑤
　かすみたなびき――　17-4030⑤
つきはへぬとも　12-3199⑤
つきはゆつりぬ　4-623②
つきひえらひ　10-2066①
つきひとの　10-2202③
つきひとをとこ
　あふぎてまたむ――　10-2010⑤
　かけてこぐみゆ――　10-2223⑤
　こぎでてわたる――　15-3611⑤
　ひきてかくれる――　10-2051⑤
　ふねこぎわたる――　10-2043⑤
つきひのごとく　13-3246②
つきひもきへぬ　15-3691⑩
つきひよみつつ
　――あしがちる　20-4331㉔
　――いもまつらむそ　17-3982④
　――なげくらむ　18-4101⑯
つきひをしらむ　17-3937④
つきひをよみて　4-510④
つきまちがたし　7-1373⑤
つきまちがてり　12-3169⑤
つきまちて
　――いへにはゆかむ　18-4060①
　――いませわがせこ　4-709③
つきまつごとし　11-2666⑤
つきまつと
　――ひとにはいひて　12-3002③
　――ひとにはいひて　13-3276㉟
つきまてば　1-8③
つきまねく　12-2955③
つきみれば
　――おなじきさとを　18-4076③
　――おなじくになり　18-4073①
　――くにはおなじそ　11-2420①
つきもいでぬかも　10-1887③
つきもひも　13-3231①
つきもひもなし　12-3172⑤
つきもへず　12-3148③
つきもへなくに
　こひつつをらむ――　4-640⑤
　――こふといはば　4-654②
つきもへぬれば　15-3688⑭
つきもへゆけば　13-3250⑫
つぎゆくものと　3-443⑭
つきよめば　20-4492①
つきよらしもよ　14-3435④
つきわたるまで　15-3756⑤
つきわたるみゆ　9-1701⑤
つきをしまたむ　20-4312⑤
つきをはなれて　2-161⑤
つきをやきみが　6-984④
つきをよみ　10-2131③
つくえのしまの　16-3880②
つくかたよるも　14-3565⑤
つくさくおもへば　4-692⑤
つくしえぬものは　11-2442④
つくしぢの
　――ありそのたまも　12-3206①
　――かだのおほしま　15-3634①
つくしなる
　――にほふこゆゑに　14-3427①
　――みづくしらたま　20-4340③
つくしにいたり　6-971⑩
つくしにいたりて　20-4419④
つくしのかたを　12-3218②

つくしのくにに　5–794 ④
つくしのくには
　―あたまもる　20–4331 ④
　ちへにへだてる―　5–866 ⑤
つくしのこしま　6–967 ④
つくしのさきに　20–4372 ⑩
つくしのしまを　20–4374 ④
つくしのやまの　13–3333 ⑳
つくしのわたは　3–336 ②
つくしはやりて　20–4428 ②
つくしぶね　4–556 ①
つくしへに　20–4359 ①
つくしへやりて　20–4422 ②
つくしもかねつ　18–4094 ⑱
つくしやいづち　4–574 ②
つくすこころは　13–3251 ④
つくのしらなく　20–4413 ⑤
つくのにいたり　16–3886 ㉔
つくはねに
　―かかなくわしの　14–3390 ①
　―そがひにみゆる　14–3391 ①
　―のぼりてみれば　9–1757 ⑤
　―むかしのひとの　9–1754 ③
　―ゆきかもふらる　14–3351 ①
　―わがゆけりせば　8–1497 ①
つくはねの
　―いはもとどろに　14–3392 ①
　―さゆるのはなの　20–4369 ①
　―すそみのたゐに　9–1758 ①
　―にひぐはまよの　14–3350 ①
　―ねろにかすみゐ　14–3388 ①
　―よけくをみれば　9–1757 ⑮
　―をてもこのもに　14–3393 ①
つくはねを
　―さやにてらして　9–1753 ⑲
　―ふりさけみつつ　20–4367 ③
　―よそのみみつつ　3–383 ①
つくはのやまの　9–1759 ②
つくはのやまを
　―こひずあらめかも　20–4371 ④
　―ふゆごもり　3–382 ⑫
　―みまくほり　9–1753 ④
つくはやま　14–3389 ③
つくひやは　20–4378 ①
つくまさのかた　13–3323 ②
つくまのに　3–395 ①
つくめむすぶと　8–1546 ④
つくよあきてむ　19–4206 ④
つくよさし　10–1889 ③
つくよさやけし　10–2227 ⑤
つくよになそへ　18–4054 ④
つくよには　4–736 ①
つくよのきよき　10–2228 ④
つくよみの
　―ひかりすくなき　7–1075 ③
　―ひかりにきませ　4–670 ①
　―ひかりはきよく　4–671 ①
　―ひかりをきよみ　15–3599 ①
　―ひかりをきよみ　15–3622 ①
　―もてるをちみづ　13–3245 ⑤
つくよみをとこ
　―まひはせむ　6–985 ②
　―ゆふさらず　7–1372 ②
つくよよし　4–571 ①
つくよよみ
　―いもにあはむと　11–2618 ①
　―かどにいでたち　4–765 ③
　―かどにいでたち　12–3006 ①
　―なくほととぎす　10–1943 ①
　―よひよひみせむ　10–2349 ③
つくよをきよみ　8–1661 ②
つくらしし
　―いもせのやまを　7–1247 ③
　―かぐやまのみや　2–199 ⑭
つくりおける　9–1809 ㊴
つくりきせけむ　9–1800 ④
つくりけめやも　7–1355 ⑤
つくりたる
　―かづらそみつつ　8–1624 ③
　―しだりやなぎの　10–1924 ③
　―そのなりはひを　18–4122 ⑬
つくるそまびと　7–1355 ②

つくるやの　16-3820③
つくるゆふはな　6-912②
つぐれども　19-4194③
つくれるかめを　16-3886㊽
つくれるつかを　9-1801⑯
つくれるふねに　6-942⑥
つくれるみやに　1-79㉚
つくれるむろは
　―ませどあかぬかも　8-1638④
　―よろづよまでに　8-1637④
つくれるをだを　16-3856②
つくゑにたてて　16-3880⑫
つけしひも　20-4405③
つけしひもがを　20-4404④
つけしひもとく　11-2627⑤
つけたれど　4-727③
つけてましもの　4-516④
つけなくに　10-1994③
つげなくもうし　19-4207㉑
つげにきぬらし　10-2176⑤
つげにくらしも　10-2176ィ⑤
つげにぞきつる　10-2006④
つげぬきみかも　19-4208⑤
つげのをぐしも　9-1777④
つげのをぐしを　13-3295⑲
つげまくは　20-4473③
つげまくら　11-2503③
つげむこもがも
　うらなきをりと―　10-2031⑤
　しのひつつありと―　16-3818⑤
つけめやと　12-2982③
つげやらば　6-1011③
つげやらまくも　20-4406⑤
つげやらむ　20-4412③
つげをぐし
　―おひかはりおひて　19-4212③
　―しかさしけらし　19-4211㊶
つしまのねは　14-3516①
つしまのわたり　1-62②
つだのほそえに　6-945④
つちさへさけて　10-1995②
つちならば　5-800⑲
つちにあらましを　11-2693⑤
つちにおかめやも　5-812⑤
つちにおちむみむ　10-1954⑤
つちにおちめやも
　しめけむもみち―　19-4223⑤
　ふりはますとも―　6-1010⑤
　まづさくはなの―　8-1653⑤
つちにおちもかも　20-4418⑤
つちにかおちむ　10-1863④
つちにちらしつ　8-1509⑤
つちにちらせば　8-1507㉘
つちにちるらむ　8-1458⑤
つちにつくまで　20-4439②
つちにはおちず　12-2896④
つちはふめども
　あまつそらなり―　12-2887⑤
　こころそらなり―　11-2541⑤
　こころそらなり―　12-2950⑤
つちゆくごとく　19-4264④
つつきのはら　13-3236⑥
つつきやぶり　16-3880⑥
つつじはな
　―にほえをとめ　13-3305⑤
　―にほえをとめ　13-3309⑤
　―にほへるきみが　3-443㉝
つつまはず　20-4331㊺
つつまめや　4-664③
つつみていもが　3-306④
つつみてやらば　18-4102②
つつみてやらむ
　あはびたまもが―　18-4103⑤
　かづらにせよと―　18-4101㉕
つつみとなれり　7-1395⑤
つつみなく
　―さきくいまさば　13-3253⑨
　―さきくいまして　5-894㉛
　―つまはまたせと　20-4408㊺
　―やまひあらせず　6-1020(1021)⑲
つつみにたてる　2-210⑥

つつみのうへに　1-52 ⑩
つづみのおとは　2-199 ㊹
つつみもち　10-1833 ③
つつみもちいかむ　7-1222 ④
つつみゐの　14-3439 ③
つつむことなく
　―はやかへりませ　15-3582 ④
　―ふねははやけむ　20-4514 ④
つつめりし　13-3285 ③
つつめるうみそ　3-319 ㉔
つてことに　19-4214 ㉓
つととなづけて　10-2326 ④
つとにせましを
　かひにありせば―　20-4396 ⑤
　とらずきにけり―　7-1136 ⑤
つとにつみこな　20-4471 ⑤
つとにもやりみ　18-4111 ㉒
つとにゆく　10-2137 ①
つどひいまして　2-167 ⑧
つとめたぶべし　2-128 ⑤
つともがと　7-1196 ①
つとやらば　16-3868 ③
つなぐかはへの　16-3874 ②
つなしとりてば　15-3656 ⑤
つなしとる　17-4011 ㊾
つなてひく　11-2438 ③
つなとりかけ　13-3300 ⑥
つなはたゆとも　14-3380 ④
つにはつるまで　19-4246 ⑤
つにをるふねの　14-3380 ②
つねかくし　12-2908 ①
つねかくしみむ　17-3952 ⑤
つねかくにもが　19-4229 ⑤
つねかくのみか　7-1321 ②
つねかくのみし　11-2606 ②
つねかくのみと
　―おもへども　11-2383 ②
　―かつしれど　3-472 ②
　―わかれぬる　15-3690 ②
つねかくのみや　7-1323 ④
つねしくふゆは　10-1888 ②
つねしなければ　17-3969 ⑧
つねしらぬ
　―くにのおくかを　5-886 ⑤
　―みちのながてを　5-888 ①
つねするきみは　4-519 ②
つねなかりける　3-308 ⑤
つねなきことは　19-4216 ②
つねなきみれば　19-4162 ②
つねなきものと
　―いまそしる　6-1045 ②
　―かたりつぎ　19-4160 ④
つねなくありけり　19-4214 ㉞
つねなけむとそ　19-4161 ィ ⑤
つねならぬ　7-1345 ①
つねならぬかも　6-922 ⑤
つねならめやも　10-1985 ⑤
つねなりし
　―ゑまひふるまひ　3-478 ㊴
　―ゑまひまよびき　5-804 ィ ㉕
つねにあらなくに　11-2585 ⑤
つねにあらぬか　3-332 ②
つねにあらぬかも　13-3313 ⑤
つねにあらば　10-2112 ③
つねにあらむと
　―わがおもはなくに　3-242 ④
　―わがおもはなくに　3-244 ④
つねにあらめ　1-52 ㊷
つねにありける
　―あしひきの　8-1629 ⑭
　―をとめらが　5-804 ㊳
つねにありせば　6-948 ⑭
つねにあれど　7-1268 ③
つねにいまさね　20-4498 ④
つねにおもへり　4-613 ④
つねにかよはむ　6-923 ⑲
つねにしあらねば　8-1459 ②
つねにしのはゆ　8-1469 ⑤
つねにときみが　2-206 ④
つねにふゆまで　10-1958 ④
つねにみれども　3-377 ④
つねにもがもな　1-22 ④

つねにやこひむ　16-3787 ④
つねにわがみし　6-959 ②
つねのおびを　13-3273 ③
つねのごと
　―あすをへだてて　10-2080 ③
　―いもがゑまひは　12-3137 ③
つねのごとくや　10-2037 ④
つねのことばと　12-2961 ②
つねのことわり　15-3761 ②
つねのこひ　18-4083 ①
つねのものかも　17-3903 ⑤
つねはさね　7-1069 ①
つねひとの
　―いふなげきしも　18-4135 ③
　―こふといふよりは　18-4080 ①
つねひとも　19-4171 ①
つねもなく　19-4160 ㉛
つねやまず　4-542 ①
つねゆけになく　13-3328 ⑤
つねよひきすむ　20-4505 ②
つねわすらえず
　いまのこころも―　13-3290 ⑤
　おとききしより―　11-2711 ⑤
　たまひりひしく―　7-1153 ⑤
　のりにしこころ―　7-1398 ⑤
つねわすらえね　12-2996 ⑤
つねをなみこそ　19-4161 ⑤
つのうらをなみ　2-138 ②
つのがのはまゆ　3-366 ②
つのくにの　20-4383 ①
つのさはふ
　―いはみのうみの　2-135 ①
　―いはれのみちを　3-423 ①
　―いはれのやまに　13-3325 ①
　―いはれもすぎず　3-282 ①
　―いはれをみつつ　13-3324 ㊾
つのしまの　16-3871 ①
つのつきながら　16-3884 ⑥
つののうらみを　2-131 ②
つののさとみむ　2-138 ㊷
つののふくれに　16-3821 ④
つののまつばら
　―いつかしめさむ　3-279 ④
　―おもほゆるかも　17-3899 ④
つばきちの
　―やそのちまたに　12-2951 ①
　―やそのちまたに　12-3101 ③
つばきはなさく
　―うらがなし　19-4177 ⑫
　―うらぐはし　13-3222 ⑥
つばさなす　2-145 ①
つばなぬく　8-1449 ①
つばなをはめど　8-1462 ④
つばめくる　19-4144 ①
つばらかに
　―けふはくらさね　19-4152 ③
　―しめしたまへば　9-1753 ㉓
つばらつばらに
　―ものおもへば　3-333 ②
　―わぎへしおもほゆ　18-4065 ④
つばらにも　1-17 ⑨
つひにもしぬる　3-349 ②
つひにやこらが　11-2591 ④
つぶれいしの　16-3839 ③
つほすみれ
　―いまさかりなり　8-1449 ③
　―このはるのあめに　8-1444 ③
つまおもひかねて　15-3678 ⑤
つまかありけむ　13-3336 ⑯
つまかあるらむ　9-1742 ⑫
つまがてまくと　10-2089 ㉖
つまがめをほり　10-2149 ⑤
つまがりといはば　11-2361 ⑤
つまぎをりたき　7-1203 ②
つまごひしつつ　4-585 ④
つまごひすらし
　―さよなかになく　10-1937 ⑭
　―さをしかなくも　10-2150 ④
　―ほととぎす　10-1938 ②
つまごひに
　―おのがあたりを　8-1446 ③
　―かなかむやまそ　1-84 ③

—かなくやまへに 8-1602 ③
—かなくやまへの 8-1600 ①
—ひれふりしより 5-871 ③
—みだれにけらし 9-1686 ③
—ものおもふひと 10-2089 ⑦
つまごもる
—むろかみやまの 2-135ィ ㉗
—やかみのやまの 2-135 ㉗
—やののかみやま 10-2178 ①
つまさかり 13-3347 ③
つまさくべしや 13-3346 ⑮
つましあれば 13-3311 ③
つましかなしも 13-3342 ⑤
つましらば 2-220 ㊴
つまたまはにも 9-1679ィ ④
つまといはじとかも 13-3301 ⑪
つまといひながら
つまよしこせね— 9-1679 ⑤
つまたまはにも— 9-1679ィ ⑤
つまといふべしや 7-1257 ⑤
つまとたぐひて 15-3625 ⑥
つまとたのませ 11-2497 ⑤
つまととのふと 10-2142 ②
つまどひし 9-1802 ③
つまどひしけむ
—あしのやの 9-1801 ④
—かつしかの 3-431 ⑥
つまどひしける
つゆをわけつつ— 10-2153 ⑤
—をとめらが 19-4211 ⑫
つまどひすといへ 8-1629 ⑱
つまどひに 4-637 ③
つまどひのよそ 18-4127 ⑤
つまどふかこそ 9-1790 ②
つまどふと 16-3791 ㊻
つまどふときに 10-2131 ②
つまどふはぎの 10-2098 ④
つまどふまでは 10-2011 ⑤
つまどふよひぞ 10-2090 ④
つまとりつき 20-4398 ⑫
つまなききみは 7-1285 ⑤
つまなしのきは 10-2189 ⑤
つまなしのきを 10-2188 ④
つまにこどもに 3-443 ⑯
つまにこふらく 8-1609 ④
つまにしありけり 13-3330 ㉚
つまの 2-153 ⑫
つまのみことの
—ころもでの 18-4101 ⑧
—たたなづく 2-194 ⑩
つまのみことも 17-3962 ㉘
つまのもり
—つまたまはにも 9-1679ィ ③
—つまよしこせね 9-1679 ③
つまはあひきと 13-3303 ⑭
つまはしれるを 10-1998 ②
つまはまたせと 20-4408 ㊻
つまびくよおとの
—とほおとにも 4-531 ②
—とほおとにも 19-4214 ㊺
つままかむとか 10-2165 ⑤
つままちかねて 3-268 ⑤
つままつに 6-952 ③
つままつのきは 9-1795 ④
つままをみれば 19-4159 ②
つまむかへぶね 8-1527 ②
つまもあらなくに 12-3156 ⑤
つまもあらば 2-221 ①
つまもあるらむ 13-3339 ㉖
つまもこどもも
—たかたかに 13-3337 ②
—たかたかに 13-3340 ②
—たかたかに 15-3692 ②
—をちこちに 20-4408 ㉘
つまやこもれる 7-1129 ⑤
つまやさぶしく 5-795 ④
つまやのうちに
—とぐらゆひ 19-4154 ㉞
—ひるは 2-213 ㊱
—ひるはも 2-210 ㊱
つまやのしたに 7-1278 ②
つまよしこせね

—あさでこぶすま　14-3454④
—つまといひながら　9-1679④
つまよびかはし
—たづさはになく　17-4018④
—たづさわくなり　17-4018ィ④
つまよびかはす　17-3993㉒
つまよびたてて　7-1162④
つまよびとよめ
—はるされば　6-1050㉖
—やまみれば　6-1047㉜
つまよぶあきは　6-1053⑯
つまよぶこゑの　8-1562④
つまよぶこゑは
—ともしくもあるか　10-2151④
—みやもとどろに　6-1064④
つまよぶこゑを
—きかましものを　10-2148④
—きくがともしさ　8-1561④
つまよぶしかの　10-2141④
つまよぶと　17-4006㉑
つまよぶふねの
—ちかづきゆくを　10-2075④
—ひきづなの　10-2086②
つまよぶやまの　10-2220②
つまよぶをしか　20-4319④
つまわかれ
—かなしくありけむ　20-4333③
—かなしくはあれど　20-4398③
つまを　1-13⑩
つまをまかむと　9-1761⑥
つまをもとむと　10-1826②
つまをもまかず　20-4331㉒
つまをもみむと　9-1800⑭
つみあげかきなで　20-4408⑧
つみおほし　11-2759③
つみしてみつつ　17-3940④
つみてこふらく　4-694④
つみてたげまし　2-221②
つみてにらしも　10-1879⑤
つみにゆかむ　11-2760③
つみのえだはも　3-387⑤
つみのさえだに　10-1937⑥
つみのさえだの　3-386②
つむがのに　14-3438①
つむじかも　2-199㊺
つむとやいもが　16-3876④
つむまでに　7-1279④
つめにいへあらば　9-1743②
つめるせりこれ　20-4455⑤
つもりあびきの　11-2646②
つもりがうらに　2-109②
つもりにし　10-2303③
つゆおひて　13-3324㉝
つゆおへるはぎを　20-4318②
つゆこそば　2-217⑨
つゆしあれば　11-2687③
つゆしもおき　10-2170③
つゆしもおひて
—かぜまじり　19-4160⑯
—ちりにけるかも　10-2127④
—ちりにしものを　8-1580④
つゆしもさむみ　8-1600④
つゆしもに
—あへるもみちを　8-1589①
—いろづくときに　6-971③
—ころもでぬれて　10-2257①
—にほひそめたり　10-2178③
つゆしもの
—あきさりくれば　6-1047㉕
—あきにいたれば　17-4011⑲
—おきていにけむ　3-443㊸
—おきてしくれば　2-131㉕
—おきてしくれば　2-138㉗
—けなばけぬべく　2-199㊵
—けぬるがごとく　3-466⑬
—けやすきあがみ　12-3043①
—さむきやまへに　15-3691㉝
—さむきゆふへの　10-2189①
—すぎましにけれ　19-4211㉝
—ぬれてわきなば　14-3382③
つゆそおきにける
かぐろきかみに—　15-3649⑤

ころもでさむく―― 10-2174 ⑤
わがころもでに―― 12-3044ィ ⑤
わがをるそでに―― 7-1081 ⑤
つゆならし 10-2181 ③
つゆならましを 12-3038 ⑤
つゆにかれけり 10-2095 ④
つゆにきほひて 10-2173 ④
つゆにぬれつつ 10-2240 ④
つゆのいのちも 17-3933 ④
つゆのしらたま 8-1547 ③
つゆはおきぬ 11-2690 ③
つゆはおきぬとも 11-2688 ⑤
つゆわけごろも 10-1994 ②
つゆわけなかむ 20-4297 ④
つゆをおもみ 10-2204 ③
つゆをわけつつ 10-2153 ④
つらつらつばき
――つらつらに 1-54 ②
――つらつらに 1-56 ②
つらつらに
――みつつしのはな 1-54 ③
――みともあかめや 20-4481 ③
――みれどもあかず 1-56 ③
つらはかめかも 14-3437 ⑤
つらはけて 7-1329 ③
つららにうけり 15-3627 ㉜
つらをとりはけ 2-99 ②
つりしすらしも 3-357 ⑤
つりしともせる 12-3170 ②
つりするあまの
――いざりひの 12-3169 ②
――そでかへるみゆ 9-1715 ④
つりするあまを
――みてかへりこむ 9-1669 ④
――みてかへりこむ 9-1670 ④
つりするふねは 17-3956 ②
つりするをぶね 17-4017 ④
つりぶねの 9-1740 ⑤
つりぶねのつな 7-1245 ②
つりもせなくに 7-1204 ⑤
つるぎたち
――いはひまつれる 13-3227 ㉗
――いよよとぐべし 20-4467 ①
――こしにとりはき 3-478 ㉕
――こしにとりはき 5-804 ㉙
――こしにとりはき 18-4094 ㊾
――こしにとりはき 19-4164 ⑮
――さやゆぬきいでて 13-3240 ㉙
――とぎしこころを 13-3326 ㉑
――ながこころから 9-1741 ③
――なのをしけくも 4-616 ①
――なのをしけくも 11-2499 ③
――なのをしけくも 12-2984 ①
――みにそふいもし 11-2637 ③
――みにそふいもを 14-3485 ①
――みにそへねけむ 2-217 ㉓
――みにそへねねば 2-194 ⑬
――みにとりそふと 4-604 ①
――みにはきそふる 11-2635 ①
――もろはのうへに 11-2636 ①
――もろはのときに 11-2498 ①
つるぎたちもが 16-3833 ⑤
つるぎのいけの 13-3289 ②
つるのつつみの 14-3543 ②
つるはみの
――あはせのころも 12-2965 ①
――きぬときあらひ 12-3009 ①
――きぬはひとみな 7-1311 ①
――ときあらひきぬの 7-1314 ①
――なれにしきぬに 18-4109 ③
――ひとへのころも 12-2968 ①
つれなきものを 10-2247 ⑤
つれもなき
――ありそをまきて 13-3341 ③
――きのへのみやに 13-3326 ⑤
――さだのをかへに 2-187 ①
――さほのやまへに 3-460 ⑰
――まゆみのをかに 2-167 ㊸
つれもなく
――ありしあひだに 6-928 ⑦
――あるらむひとを 4-717 ①
――かれにしいもを 19-4184 ③

—かれにしものと　19-4198 ①
—ふしたるきみが　13-3343 ③
つゑたらず　13-3344 ⑲
つゑつきも
—つかずもゆきて　3-420 ㉓
—つかずもわれは　13-3319 ①
つをのさきはも　3-352 ⑤

て

てうさんの　18-4121 ①
てうすにつき　16-3886 ㊷
てこなしおもほゆ　3-433 ⑤
てごなしおもほゆ　9-1808 ⑤
てごにあらなくに　14-3485 ⑤
てごにいゆきあひ　14-3540 ②
てごのよびさか
—こえがねて　14-3442 ②
—こえていなば　14-3477 ②
てそめのいとを　7-1316 ②
てたづさはりて
—あけくれば　19-4177 ②
—あしたには　8-1629 ⑥
—あそびけむ　5-804 ⑭
—いみづかは　17-4006 ⑫
てにとりもして　20-4415 ②
てにとりもちて
—あさがりに　19-4257 ②
—あさなさな　11-2502 ②
—あさなさな　11-2633 ②
—あまつかみ　5-904 ㊷
—かくだにも　3-380 ②
—こひぬひなけむ　3-408 ④
—たかたまを　13-3286 ⑥
—つるぎたち　18-4094 94
—なさけそと　19-4236 ⑯
—ひさかたの　3-420 ㊳
—ますらをの　2-230 ②
—まそかがみ　9-1792 ⑱
—みれどあかぬ　12-3185 ②
てにとりもてる　19-4192 ⑩
てにとるが　7-1197 ①
てにとるからに　20-4493 ④
てにとれば　10-2115 ①
てにはとらえぬ　4-632 ②
てにはふるとも　4-577 ⑤
てにはまかずに　7-1325 ②

てにまかしたる 3-366 ⑱
てにまかずして 12-2843 ⑤
てにまかむちふ 8-1547 ⑥
てにまかれむを 4-734 ⑤
てにまきがたき 3-409 ⑤
てにまきがたし 4-729 ⑤
てにまきしより 11-2447 ②
てにまきて
　―みつつゆかむを 17-3990 ③
　―みれどもあかず 18-4111 ㉙
てにまきてゆかむ 17-4007 ⑤
てにまきふるす 7-1326 ②
てにまきもちて
　―あさよひに 17-4006 ㊿
　―うらぐはし 17-3993 ㉜
　―きぬならば 2-150 ⑧
　―こひざらましを 3-436 ④
てにまきもてる
　―たまゆゑに 7-1301 ②
　―とものうらみを 7-1183 ④
てにまくまでに 7-1327 ⑤
てにまける
　―たまはみだれて 3-424 ③
　―たまもゆららに 13-3243 ㉑
てにむすび 18-4105 ③
てにもてる 5-904 64
てにもふれねば 4-741 ⑤
てにもまかむを 4-729 ②
てはふるといふを 4-517 ②
てふれしつみか 4-712 ④
てふれわぎもこ 10-2172 ④
てもすまに
　―うゑしはぎにや 8-1633 ①
　―うゑしもしるく 10-2113 ①
てゆかれずあらむ 3-403 ⑤
てらさひあるけど 18-4130 ④
てらずともよし 6-1039 ⑤
てらすひつきの 20-4486 ②
てらせども 2-211 ③
てらせれど 4-671 ③
てらてらの 16-3840 ①
てらのながやに 16-3822 ②
てらむつくよは 7-1072 ②
てらゐのうへの 19-4143 ④
てりいづるつきの 11-2462 ④
てりさづが 7-1326 ①
てりしつくよを 7-1179 ⑤
てりたるきみを 11-2352 ⑤
てりつつもとな 10-2226 ⑤
てりてたてるは 20-4397 ④
てりやたまはぬ 5-892 ㊶
てるかがみ 17-4011 79
てるつきの
　―あかざるきみや 12-3207 ③
　―あかざるきみを 4-495 ③
　―うせなむひこそ 12-3004 ③
　―くもがくるごと 2-207 ㉑
　―たかしまやまに 9-1691 ③
　―ひかりもみえず 3-317 ⑪
てるつきは 7-1270 ③
てるつきも 19-4160 ⑨
てるつきを
　―くもなかくしそ 9-1719 ①
　―やみにみなして 4-690 ①
てるつくよかも
　こころもしるく― 8-1596 ⑤
　のへさへきよく― 7-1070 ⑤
　―よのふけゆけば 7-1082 ④
てるひにも
　―ひめやわがそで 12-2857 ③
　―わがそでひめや 10-1995 ③
てるべきつきも 10-2025 ②
てるべきつきを 7-1079 ②
てるまでに
　―さけるあしびの 20-4513 ③
　―みかさのやまは 10-1861 ③
てれるたちばな 19-4276 ②
てれるつくよに
　―うめのはな 18-4134 ②
　―ただにあへりとも 4-565 ④
　―ひとみつらむか 11-2353ィ ⑤
　―ひとみてむかも 11-2353 ⑤

—ひとりかもねむ 4-735④
てれるつくよの 6-982④
てれるつくよも 11-2811④
てれるながやに 16-3823②
てれるはるひに 19-4292②
てれるゆふひの 12-3001②
てれれども 15-3698③
てをしとりてば 7-1259④
てをたづさはり 5-904⑳
てをのとらえぬ 7-1403⑥
てをまくらかむ 10-2277⑤

と

とかざらましを 12-3049⑤
とがのきの 6-907⑤
とかまくをしも 12-2951⑤
とかむとそ 20-4306③
とかむひとほみ 11-2630②
とがめたまふな 4-721⑤
とかめやも 9-1789③
とがりすと 17-4011(53)
とがりすらしも 14-3438⑤
とがりする 11-2638③
とがりするきみ 7-1289③
ときあらひきぬの 7-1314②
ときあらひごろも 15-3666④
ときかたまけて 2-191②
ときかたまけぬ 10-1854⑤
ときかたまつと 10-2093②
とききぬの
—おもひみだれて 10-2092⑲
—おもひみだれて 11-2620①
—おもひみだれて 12-2969①
—こひみだれつつ 11-2504①
ときごとに
—いやめづらしく 19-4166①
—いやめづらしく 19-4167①
—さかむはなをし 20-4314③
ときさけず
—いはひてまてど 12-2975③
—おもふこころを 17-3950③
ときさけずして 17-3938⑤
ときさもらふと 10-2092⑩
ときじきがごと
—そのあめの 1-26⑧
—まもおちず 13-3293⑩
—わぎもこに 13-3260⑩
ときじきときと 3-382⑭
ときじきふぢの 8-1627②
ときじくそ

―ひとはのむといふ　13-3260 ⑤
―ゆきはふりける　3-317 ⑮
―ゆきはふるといふ　1-26 ③
―ゆきはふるといふ　13-3293 ⑤
ときじくの
―かくのこのみと　18-4111 ㊶
―かくのこのみを　18-4111 ⑨
ときじけめやも
あひしゑみてば―　18-4137 ⑤
きませわがせこ―　4-491 ⑤
きませわがせこ―　10-1931 ⑤
とぎしこころを
―あまくもに　13-3326 ㉒
―ゆるしてし　4-619 ⑧
―ゆるしてば　4-673 ②
ときしはあらむを
―ことさらに　4-585 ②
―はだすすき　17-3957 ㊱
―まそかがみ　19-4214 ㊳
ときしゆければ　6-1056 ④
ときすぎにけり　14-3352 ⑤
ときすぎゆかば　10-2209 ④
ときそきにける　15-3701 ⑤
ときそともなし　12-3196 ④
ときちかみかも　17-3947 ⑤
ときつかぜ
―くもゐにふくに　2-220 ⑮
―ふかまくしらず　7-1157 ①
―ふくべくなりぬ　6-958 ①
―ふけひのはまに　12-3201 ①
ときどきの　20-4323 ①
ときとなく
―おもひわたれば　12-3060 ③
―くもゐあめふる　9-1753 ⑰
ときとなけども　10-1982 ②
ときともなくも　11-2704 ④
ときなかりけり　14-3422 ⑤
ときなきがごと　1-25 ⑧
ときなきものを　14-3379 ⑤
ときなくそ　1-25 ③
ときなしに　12-3045 ③
ときならず
―すぎにしこらが　2-217 ㉛
―たまをそぬける　10-1975 ①
ときならぬ　7-1260 ①
ときなれば　10-2106 ③
ときにあらずして　3-443 ㊿
ときにあらねども　7-1260 ⑤
ときにうつろふ　19-4214 ㉜
ときにかいもを　4-759 ②
ときになりぬと　19-4144 ②
ときになるらし　10-2202 ②
ときにはあらねど　3-441 ④
ときにはなりぬ
―あはなくもあやし　11-2641 ④
こゑなつかしき―　8-1447 ⑤
ときのさかりそ　18-4106 ㉚
ときのさかりを
―いたづらに　17-3969 ㊾
―とどみかね　5-804 ⑯
ときのしらなく　15-3749 ⑤
ときのため　15-3774 ③
ときのはな　20-4485 ①
ときのへゆけば　15-3713 ⑤
ときのむかへを　15-3770 ④
ときはあれど
―いづれのときか　17-3891 ③
―きみをあがもふ　20-4301 ③
ときはあれども　15-3591 ②
ときはいま　8-1439 ①
ときはきにけり
こゑのこひしき―　17-3987 ⑤
なびかふみれば―　10-2013 ⑤
ときはきむかふ　1-49 ⑤
ときはさねなし　20-4301 ⑤
ときはしも　3-467 ①
ときはすぎねど　10-1855 ②
ときはすぐとも　14-3493左注 ⑤
ときはすぐれど　9-1703 ⑤
ときはすべなみ
―さほやまに　12-3036 ②
―とよくにの　10-2341 ②

ときはなす
　――いはやはいまも　3-308①
　――いやさかばえに　18-4111㊺
　――かくしもがもと　5-805①
　――われはかよはむ　7-1134③
ときはなりけり　3-439②
ときはなる
　――いのちなれやも　11-2444③
　――まつのさえだを　20-4501③
ときはにいませ　6-988④
ときはにまさむ　18-4064②
ときはへぬ　3-469③
ときまたずとも　10-2056⑤
ときまたば　11-2836③
ときまちて　8-1551①
ときまつと　15-3679③
ときまつふねは　10-2053④
ときまつわれを　7-1396⑤
ときみだり　16-3791㉒
ときみるごとに　20-4483②
ときもあけなくに　17-3948⑤
ときもかはさず　17-4008㊷
ときもすぎ　15-3688⑬
ときもなかなむ　10-1964②
ときもひもなし　6-914⑤
ときもみず
　――もとなやいもに　12-2974③
　――わはありかてぬ　10-2012③
ときもりの　11-2641①
ときゆつりなば　14-3355④
ときわかずなく　6-961⑤
ときをしまたむ　7-1368⑤
ときをへずなく　10-1823⑤
ときをまだしみ　19-4207⑭
とくとくふきこ　10-2108②
とくとむすびて　10-2211②
とくはかなしも　8-1612⑤
とくひとはあらじ　11-2473⑤
とくらくおもへば　11-2558⑤
とくらくもへば　20-4427⑤
とぐらたて　2-182①
とぐらゆひ　19-4154㉟
とくるひあらめや　12-2973⑤
とげざらまくに　4-612⑤
とげじとおもはめ　7-1382⑤
とけしめて　11-2413③
とけつつもとな　11-2611⑤
とけてそあそぶ　9-1753㉘
とけなへひもの　14-3483②
とげむといはば　4-539②
とこうちはらひ
　――うつつには　13-3280⑳
　――きみまつと　11-2667②
　――しろたへの　8-1629⑩
　――ぬばたまの　17-3962㉞
とごころの　11-2400③
とごころもあれは　20-4479④
とごころもなし　12-2894⑤
とこさへぬれぬ　11-2683④
とこしきて　13-3278⑬
とこしへに
　――かくしもあらめや　18-4106㉓
　――なつふゆゆけや　9-1682①
とこじもの　5-886⑲
とこつみかどと　2-174④
とこなつに
　――けずてわたるは　17-4004③
　――みれどもあかず　17-4001③
　――ゆきふりしきて　17-4000⑬
とこなめに　9-1695③
とこなめの
　――かしこきみちそ　11-2511③
　――たゆることなく　1-37③
とこにおちにける　11-2356③
とこにこいふし
　――いたけくし　17-3962⑯
　――いたけくの　17-3969⑩
とこにをるごと　19-4264⑥
とこのあたりに　14-3554②
とこのへさらず
　――いめにみえこそ　11-2501④
　――いめにみえこそ　12-2957④

—たてれども　5–904 ⑬
とこのへさらぬ　11–2503 ②
とこのへだしに　14–3445 ⑤
とこのやまなる
—いさやがは　4–487 ②
—いさやがは　11–2710 ②
とこはつはなに　17–3978 ⑥
とこはなにもが　17–3909 ②
とこはにもがも　14–3436 ⑤
とこへにすゑて　20–4331 ㊽
とこみやと
—さだめたまひて　2–196 ㊺
—たかくまつりて　2–199 ⑬③
—つかへまつれる　6–917 ③
とこめづらしき　11–2651 ⑤
とこやみに
—いづれのひまで　15–3742 ③
—おほひたまひて　2–199 ㊽
とこよにあれど　3–446 ④
とこよにいたり　9–1740 ㉔
とこよにと　4–723 ①
とこよにならむ　1–50 ㊱
とこよにわたり　18–4111 ⑥
とこよのくにに　4–650 ②
とこよのくにの　5–865 ④
とこよへに
—すむべきものを　9–1741 ①
—たなびきぬれば　9–1740 ㊺
—またかへりきて　9–1740 ㊼
とこよもの　18–4063 ①
ところづら
—いやとこしくに　7–1133 ③
—とめゆきければ　9–1809 ㊼
とこをとめにて　1–22 ⑤
としかはるまで　2–180 ⑤
としかへるまで　17–3979 ②
としきはる　11–2398 ①
としさへこごと　14–3502 ④
としそへにける
—あはなくおもへば　4–535 ④
きみにあはずて—　12–2998左注 ⑤
きむひをまつに—　11–2818 ⑤
けふけふといふに—　10–2266 ⑤
ぬるよはなくて—　11–2615 ⑤
としぞへにける　10–2019 ⑤
としそへぬべき　11–2557 ⑤
としつきかねて　12–2956 ②
としつきの
—ゆきかはるまで　11–2792 ③
—ゆくらむわきも　11–2536 ③
としつきのごと
—おもほゆるかも　11–2583 ④
—おもほゆるきみ　4–579 ④
としつきは
—あらたあらたに　20–4299 ①
—あらたなれども　10–1884 ③
—ながるるごとし　5–804 ③
としつきひにか　3–443 ㉜
としつきふれば　18–4118 ④
としつきも
—いくらもあらぬに　17–3962 ⑪
—いまだあらねば　5–794 ⑨
—いまだへなくに　7–1126 ①
としつきを　10–2049 ③
としながく　5–897 ㉕
としにあらばいかに　11–2494 ⑤
としにありて
—いまかまくらむ　10–2035 ①
—ひとよいもにあふ　15–3657 ①
としにおそふ　10–2058 ①
としにこずとも　12–3067 ⑤
としにこそまて　10–2055 ⑤
としにしのはめ　19–4188 ⑤
としにもあらぬか　4–525 ⑤
としにわすれず　19–4269 ④
としのいつとせ　18–4113 ⑧
としのうちの　18–4116 ⑤
としのこのころ　14–3511 ⑤
としのこひ
—けながきこらが　18–4127 ③
—こよひつくして　10–2037 ①
としのしらなく

ちよまつのきの── 6-990⑤
ふなのりしけむ── 3-323⑤
としのはごとに 18-4125㉚
としのはじめに
──おもふどち 19-4284②
しるしもあるか── 19-4230⑤
──とよのとし 17-3925②
としのはじめの 20-4516②
としのはじめは 19-4229②
としのはに
──あゆしはしらば 19-4158①
──うめはさけども 10-1857①
──かくもみてしか 6-908①
──きなくものゆゑ 19-4168①
──はるのきたらば 5-833①
としのへぬべき 6-1044⑤
としのへぬらく 15-3719⑤
としのへぬらむ 1-34⑤
としのへぬれば
あはぬひまねく── 12-2879⑤
──いけりともなし 12-3107④
いづみのさとに── 4-696⑤
──いましはと 4-590②
いめにみえずて── 11-2814⑤
きみにあはずて── 4-616⑤
としのへば 12-2967①
としのへゆけば
──あどもふと 10-2140②
いもにあはずて── 12-2941⑤
いもをあひみずて── 12-2960⑤
──うつせみは 19-4189⑥
きみにあはずて── 13-3261⑤
としのやとせを
──きりかみの 13-3307②
──きりかみの 13-3309⑮
──まてどきまさず 16-3865④
──わがぬすまひし 11-2832④
としのわたりに 10-2078④
としのをながく
──あがおもへる 19-4244②
──あがこひをらむ 11-2534④
──あはざれど 15-3775②
──あひみずは 20-4408⑳
──あひみてし 19-4248②
あれはまゐこむ── 20-4298⑤
──いつまでか 12-2935②
──おもひこし 10-2089㉜
──かくこひば 12-2891②
──しなざかる 19-4154④
──すまひつつ 3-460㉔
──たのみすぐさむ 9-1774④
──つかへこし 13-3324⑩
──てるつきの 12-3207②
へなりにけらし── 20-4308⑤
──われもおもはむ 4-587④
としのをながみ 20-4333⑤
としはきふとも 5-830②
としはきゆきて 13-3258②
としはさかえむ 18-4124⑤
としはちかきを 12-2918⑤
としはながけむ 10-2080⑤
としははつれど 11-2410②
としははてしか 10-1843②
としはへにけむ 1-34ィ⑤
としはへにける 18-4033⑤
としはへにつつ
あはぬいもかも── 11-2474⑤
いでかへるらむ── 7-1080⑤
いのちもしらず── 11-2374⑤
うけひわたりて── 11-2479⑤
かたこひのみに── 11-2796⑤
こふるあひだに── 12-2847⑤
としはへぬとも
あがこひやまじ── 11-2632⑤
きみにはあはむ── 4-676⑤
みずはのぼらじ── 18-4039⑤
われはわすれじ── 11-2795⑤
としはへぬらむ 9-1716⑤
としはやへなむ
──あふとはなしに 7-1400④
──こぐとはなしに 7-1390④
としはゆくとも 10-2243④

としふかからし　19–4159 ④
としふかく　4–619 ⑤
としふかみ　3–378 ③
としふかみかも　6–1042 ⑤
としふとも　20–4334 ③
としふるまでに　3–443 ㊹
としふれば　19–4173 ③
としもへず　12–3138 ①
としゆきかはり　19–4156 ②
としゆきがへり
　—つきかさね　18–4116 ⑭
　—はるたたば　20–4490 ②
　—はるはなの　17–3978 ⑳
としわたる　13–3264 ①
としをそきふる　12–3074 ④
とちははえ　20–4340 ①
とつみやところ
　ふるきみやこの—　13–3231左注 ⑤
　みもろのやまの—　13–3231 ⑤
とどこに　13–3312 ⑦
とどこほり　20–4398 ㉓
とどとして　14–3467 ③
とどともすれば　11–2653 ②
ととのふる　2–199 ㊸
ととのへたまひ　19–4254 ㉒
とどまれる　8–1453 ⑲
とどみかね　5–804 ⑰
とどみかねつも　5–805 ⑤
とどめえぬ　3–461 ①
とどめえむかも　19–4224 ④
とどめかね　3–471 ③
とどめかねつも
　おつるなみたは—　8–1617 ⑤
　ながるるなみだ—　19–4160 ㉟
　ながるるなみだ—　19–4214 ㊶
とどめてむかも　4–545 ⑤
とどめむに　7–1077 ③
とどめもえぬと　19–4214 ㊿
とどめもかねて　17–4008 ㉔
となふべみこそ　14–3468 ④
となみのせきに　18–4085 ②
となみはり　17–4011 ㊺
となみはる　13–3230 ⑤
となみやま
　—たむけのかみに　17–4008 ㉝
　—とびこえゆきて　19–4177 ㉑
となりのきぬを　14–3472 ④
となりのきみは　9–1738 ⑳
とにたてめやも　14–3386 ⑤
とにたてらまし　15–3776 ⑤
とねがはの　14–3413 ①
とねりのこらは　13–3326 ⑯
とねりはまとふ　2–201 ⑤
とねりよそひて　3–475 ㉒
とねりをとこも　16–3791 ㊷
とのぐもり
　—あめのふるひを　17–4011 ㊶
　—あめはふりきぬ　13–3268 ③
　—あめふるかはの　12–3012 ①
　—あめもふらぬか　18–4123 ③
とのぐもりあひて　18–4122 ㉞
とのぐもるよの　3–370 ②
とのごもり　13–3326 ⑨
とのしくも　5–878 ③
とのたてて　18–4059 ③
とののいらかに　16–3791 ㊺
とののごと　20–4342 ③
とののしりへの　20–4326 ②
とののたちばな　18–4064 ④
とののなかちし　14–3438 ④
とののわくごが　14–3459 ④
とののわくごし　14–3438左注 ④
とのびくやまを　20–4403 ④
とのへに　3–443 ⑦
とのゐしにゆく　2–179 ⑤
とのゐするかも　2–174 ⑤
とはさしたれど　12–3118 ②
とばたのうらに　12–3165 ②
とばのあふみも　9–1757 ⑫
とばのまつばら　13–3346 ④
とはばいかにいはむ　15–3689 ⑤
とはばこたへむ　11–2545 ②

とはまくの　9-1742⑮
とはましものを　8-1472⑤
とはむこたへを　4-543㉞
とばやままつの　4-588②
とびかけり　9-1755⑪
とびかける　16-3791㊻
とびかへりこね　2-182⑤
とびかへるもの　5-876⑤
とびこえゆきて　19-4177㉒
とひさくる　3-460⑤
とひさけしらず　5-794⑱
とひしきみはも
　あかずやいもと――　11-2706⑤
　さきてありやと――　3-455⑤
とひしこらはも
　いつきまさむと――　17-3897⑤
　いつきまさむと――　20-4436⑤
　ならむやきみと――　11-2489⑤
とびたちかねつ　5-893④
とひたまはまし　2-159⑩
とひたまふかも　6-962④
とひたまふらし　2-159⑥
とびたもとほり　17-4011㊶
とひのかふちに　14-3368②
とびものぼらず　3-319⑫
とびわたる　15-3626③
とびわたるらむ　16-3831⑤
とぶさたて
　――あしがらやまに　3-391①
　――ふなぎきるといふ　17-4026①
とぶたづの　11-2490③
とぶとりの
　――あすかのかはの　2-194①
　――あすかのかはの　2-196①
　――あすかのさとを　1-78①
　――あすかをとこが　16-3791㊿
　――いたらむとそよ　14-3381③
　――きよみのみやに　2-167㉗
　――はやくきまさね　6-971㉓
とぶとりも　3-319⑪
とぶひがをかに　6-1047㉘
とふひともなき　11-2620⑤
とふひともなし　12-2969⑤
とふひとやたれ　10-2140⑤
とふひとを　20-4425③
とへたほみ　20-4324①
とほおとにも
　――きけばかなしみ　19-4214㊼
　――きみがなげくと　19-4215①
　――きみがみゆきを　4-531③
とほかども　14-3473③
とほからなくに
　いもねずこふる――　9-1788⑤
　――くさまくら　12-3134②
　やまきへなりて――　4-670⑤
とほからぬ　13-3272③
とほきいへぢを　4-631④
とほきいもが　11-2460①
とほきがごとく　6-933②
とほきくにへの　15-3691㉜
とほきこころは　11-2701④
とほきこぬれの
　――さきゆくみれば　8-1422④
　――さきゆくみれば　10-1865④
とほきさかひに　5-894㉘
とほきさとまで　20-4482②
とほきとさぢを　6-1022⑪
とほきはじめよ　19-4160②
とほきみよにも　20-4360②
とほきやま　15-3734①
とほきやまへに　8-1439④
とほきよに
　――ありけることを　9-1807㊴
　――かかりしことを　18-4094㊶
　――かたりつがむと　9-1809㊸
　――かむさびゆかむ　3-322㉑
とほきわぎもが　14-3453②
とほきわたりは　10-2055②
とほきわたりを　6-1016②
とほくあらば　17-4011㊾
とほくありける　1-52㊱
とほくありて　7-1271①

とほくあれど 11-2598①
とほくあれば
—すがたはみえね 12-3137①
—ひとひひとよも 15-3736①
—わびてもあるを 4-757①
とほくさかりて 15-3688㉒
とほくして 14-3441左注①
とほくとも
—いもがつたへは 10-2008③
—こころをちかく 15-3764③
—よひさらずみむ 10-2026③
とほくなゆきそ 9-1755⑱
とほくひさしき 3-431⑭
とほくみつべく 11-2372④
とほくもあらず 6-1038②
とほくもみれば 11-2402②
とほくもわれは 3-248④
とほくわたりて 20-4334②
とほけども
—いへはおもはず 11-2454③
—おもかげにして 3-396③
—きみにあはむと 8-1574③
—こころしゆけば 4-553③
—こころしゆけば 17-3981③
—こころもしのに 20-4500③
とほざかりゐて 13-3330⑯
とほさとをのの
—まはりもち 7-1156②
—まはりもち 16-3791㉙
とほしてそおもふ 11-2443④
とほしとふ 14-3478①
とほつあふみ 14-3429①
とほつあふみの 7-1293②
とほつおほうらに 11-2729②
とほつかみ
—わがおほきみの 1-5⑪
—わがおほきみの 3-295③
とほつかむおやの
—おくつきは 18-4096②
—そのなをば 18-4094㊹
とほつくに 9-1804⑬
とほつのはまの 7-1188②
とほつひと
—かりがきなかむ 17-3947③
—かりぢのいけに 12-3089①
—まつのしたぢゆ 13-3324㉕
—まつらさよひめ 5-871①
—まつらのかはに 5-857①
とほづまし 9-1746①
とほづまと 10-2021①
とほづまの 4-534①
とほづまのてを 10-2035⑤
とほづまを 7-1294④
とほながく 3-457①
とほのくに 15-3688⑲
とほのみかどそ 17-4011②
とほのみかどと
—ありがよふ 3-304②
—おもへれど 15-3668②
—からくにに 15-3688②
—しらぬひ 5-794②
—しらぬひ 20-4331②
—まきたまふ 18-4113②
とほのみかどに 6-973②
とほみかいもが 4-767②
とほみこそ 11-2647③
とほみよみよは 19-4205②
とほやまに 11-2426①
とほらめや 10-1917③
とほりておもふ 11-2794④
とほりてぬれぬ
ころものすそも— 19-4156㉑
ころものそでは— 2-135㊴
わがころもでも— 13-3258㉓
とほりてるとも 11-2354⑤
とほるべく
—あめはなふりそ 7-1091①
—ふりなむゆきの 10-2317③
とまでうごくなり 10-2176②
とまらぬごとく 19-4160㉚
とまりしきみが 11-2684④
とまりしらずも

かけてこぐふね―― 6-998⑤
わがふねはてむ―― 7-1224⑤
わがふねはてむ―― 9-1719⑤
わがふねはてむ―― 9-1732⑤
とまりつげむに 15-3612⑥
とまりとまりに 19-4245㉔
とまりにし
――いもにみせまく 13-3233④
――ひとをおもふに 12-3179①
とまりやそあり 13-3239②
とまりゐて 9-1785⑲
とまれとふらむ 12-3212④
とまれるあれは 12-3198④
とまれるわれは 13-3292④
とまれるわれを 9-1786④
とみすゑおきて 6-926⑥
とみのをかへの 8-1549②
とみひとの 5-900①
とみやまゆきの 10-2346②
とむればくるし 4-532④
とめそかねつる 2-178⑤
とめそわがこし 13-3320④
とめゆきければ 9-1809㊽
ともいざなひて 17-4011㉔
ともうぐひすの 10-1890②
ともさしたるを 12-3117②
ともしあへりみゆ 15-3672⑤
ともしかも 6-944③
ともしきいもに 12-3122④
ともしききみは 14-3523④
ともしきこら 18-4125㉔
ともしきこらは 10-2004②
ともしきに 17-3993㉓
ともしきみれば 7-1175④
ともしきろかも 1-53⑤
ともしきをぶね 3-358⑤
ともしくも 7-1210③
ともしくもあらず
――あきのゆふかぜ 10-2230④
――うぐひすのこゑ 10-1820④
ともしくもあるか 10-2151⑤
ともしくもあるを 8-1562⑤
ともしづま 10-2002③
ともしびの
――あかしおほとに 3-254①
――かげにかがよふ 11-2642①
――ひかりにみゆる 18-4087①
ともしびを 18-4054③
ともしぶるがね 17-4000㉛
ともしみし 17-3984③
ともしみと 19-4154⑮
ともしむべしや
――あふべきものを 10-2079④
――あふべきよだに 10-2017④
ともすひの 3-326③
ともなしにして
あなたづたづし―― 4-575⑤
ひとりやのまむ―― 4-555⑤
ともなへたてて 19-4189⑱
ともなめて 6-948⑮
ともにあへるとき 8-1481⑤
ともにあらむと
――おもひしに 19-4236⑧
――たまのをの 3-481⑧
ともにおくれぬ 17-3903④
ともにかざさず 20-4515④
ともにかたにいで 7-1164②
ともにしなけば 18-4091②
ともにたはぶれ 5-904⑯
ともにひさしく
――いひつげと 5-814②
――すまはむと 4-578②
ともにへに 19-4254⑤
ともにもがもと 15-3691②
ともにもへにも
――ふなよそひ 10-2089⑭
――よするなみ 11-2740②
ともにやこしと 8-1472④
ともにをへむと 2-176②
とものうらの 3-447①
とものうらみに 7-1182④
とものうらみを 7-1183⑤

ともの おとすなり　1–76 ②
とものさわきに　11–2571 ②
とものなみなみ　16–3798 ④
とものへを　6–971 ⑬
とものまにまに　16–3802 ⑤
とものをひろき　7–1086 ②
ともやたがはむ　16–3797 ④
ともよぶちどり　4–618 ②
ともをおほみ　11–2493 ③
とやののに　14–3529 ①
とよくにの
　—かがみのやまの　3–418 ①
　—かがみのやまを　3–417 ③
　—かはるはわぎへ　9–1767 ①
　—きくのいけなる　16–3876 ①
　—きくのたかはま　12–3220 ①
　—きくのながはま　12–3219 ①
　—きくのはまへの　7–1393 ①
　—きくのはままつ　12–3130 ①
　—ゆふやまゆきの　10–2341 ③
とよのあかり　19–4266 ⑮
とよのとし　17–3925 ③
とよはたくもに　1–15 ②
とよはつせぢは　11–2511 ②
とよみてさむし　13–3281 ④
とよめてそなく　4–570 ⑤
とよもさむかも　10–1978 ⑤
とらかほゆると　2–199 ㊿
とらくをしらに
　—いそばひをるよ　13–3239 ⑯
　—ながちちを　13–3239 ⑭
とらさむあゆの　19–4191 ②
とらしたまひて　13–3324 ㊷
とらずかもあらむ　3–386 ⑤
とらずきにけり　7–1136 ④
とらずはやまじ
　うみはあるとも—　7–1317 ⑤
　かがよふたまを—　6–951 ⑤
　なみはよすとも—　7–1117 ⑤
とらずはゆかじ　15–3711 ⑤
とらといふかみを　16–3885 ⑥
とらにのり　16–3833 ①
とらばけぬべし　10–2173 ②
とらふばかりを　12–2943 ⑤
とらむとももはず　9–1777 ⑤
とりあげまへにおき　18–4129 ②
とりあたふる　2–210 ㉙
とりおきてまたむ　11–2356 ⑥
とりかざらひ　16–3791 ㊾
とりがなく
　—あづまのくにに　3–382 ①
　—あづまのくにに　9–1807 ①
　—あづまのくにの　2–199 ㉗
　—あづまのくにの　9–1800 ⑰
　—あづまのくにの　18–4094 ㉙
　—あづまのさかを　12–3194 ③
　—あづまをさして　18–4131 ①
　—あづまをとこの　20–4333 ①
　—あづまをのこは　20–4331 ⑪
とりかにて　20–4417 ③
とりがねさわく　10–2166 ④
とりがねとよむ　6–1050 ㉒
とりがねななき　10–2021 ④
とりがねの　13–3336 ①
とりかひがはの　12–3019 ②
とりかへて　11–2829 ③
とりかへも　16–3875 ⑯
とりじもの
　—あさだちいまして　2–210 ㉑
　—あさだちいゆきて　2–213 ㉑
　—うみにうきゐて　7–1184 ①
　—なづさひゆけば　4–509 ㊴
とりすだけりと　17–4011 ㉒
とりつかね　16–3791 ⑳
とりつくすとも　11–2442 ②
とりつつき
　—おひくるものは　5–804 ⑤
　—おひゆきければ　9–1809 ㊺
とりつづしろひ　5–892 ⑧
とりてかふといへ　13–3327 ⑧
とりてきぬべき　6–972 ④
とりてきめやも　7–1312 ⑤

とりてくまでに　20-4340 ⑤
とりてそしのふ　1-16 ⑭
とりてつつみて　2-160 ②
とりてなげかむ　14-3459 ⑤
とりてなつけな　19-4182 ④
とりてのちもか　7-1322 ④
とりてひきよぢ　9-1683 ②
とりてもみず　1-16 ⑩
とりとどこほり　4-492 ②
とりなでたまひ　1-3 ④
とりなめかけて　16-3791 ㉛
とりにしあらねば　5-893 ⑤
とりにそありける　15-3784 ②
とりにもがも　4-534 ⑫
とりにもがもや　5-876 ②
とりのこゑかも　6-924 ⑤
とりのをかちし　14-3458 ②
とりはすだけど　7-1176 ④
とりはなし　14-3420 ③
とりははまねど　10-1858 ②
とりふみたて
—うまなめて　6-926 ⑫
—おほみまの　3-478 ⑫
—しらぬりの　19-4154 ㉔
とりまかする　2-213 ㉙
とりまつごとく　7-1367 ④
とりみがね　14-3485 ③
とりもきなきぬ　1-16 ④
とりもちて
—いはへわがせこ　15-3778 ③
—つかふるくにの　18-4116 ③
—みればみやこの　19-4142 ③
—わがふたりみし　2-210 ③
とりもちみれば　10-1853 ②
とりもてる　2-199 ㊶
とりもみなくに　3-278 ⑤
とりよそひ　20-4398 ⑦
とりよろふ　1-2 ③
とればけにつつ
あめのつゆしも—　7-1116 ⑤
きみにみせむと—　10-1833 ⑤
きみにみせむと—　11-2686 ⑤
とればちる　8-1585 ③
とろしのいけの　10-2166 ②
とわたるひかり　6-983 ④
とわたるふねの　17-3894 ②
とゐなみたち　2-220 ⑱
とゐなみの
—かしこきうみを　13-3339 ㉝
—ささふるみちを　13-3335 ⑮
とをあけて　13-3321 ③
とをのたちばな　18-4058 ②
とをむまよびき　19-4220 ⑱
とをよるうみに　7-1299 ②
とをよるこらは　2-217 ④
とをよるみこ　3-420 ②
とをらふみれば　9-1740 ⑥
とををにも　10-1896 ③

な

ないねそと　13-3289 ⑨
なおとのみこと　17-3957 ㉞
なおもひと　2-140 ①
なおもひわがせ　16-3806 ⑤
なおもひわがせこ　4-538 ⑤
ながきいのちの　12-3082 ④
ながきいのちを
　—つゆこそば　2-217 ⑧
　—ほりしくは　4-704 ②
ながきがごとく　6-933 ④
ながきけに
　—おもひつみこし　9-1757 ⑰
　—おもほゆるかも　10-1860 ③
ながきけを
　—かくのみまたば　4-484 ③
　—まちかもこひむ　20-4331 ㊿③
ながきこころに　8-1548 ④
ながきこころも　7-1413 ④
ながきこのよを
　あかしつらくも—　4-485 ⑯
　くろかみしきて—　4-493 ⑤
　こひやあかさむ—　13-3248 ⑪
　たびねえせめや—　12-3152 ⑤
　まろねそあがする—　10-2305 ⑤
　やまどりのをの—　11-2802 ⑤
ながきにひとり　8-1631 ④
ながきはるひの　1-5 ②
ながきはるひも　17-4020 ④
ながきはるひを
　—あめつちに　13-3258 ⑥
　—おもひくらさく　10-1936 ④
　—おもひくらさむ　10-1934 ④
　—かざせれど　5-846 ②
　—こひやくらさむ　10-1925 ④
　—こひわたるかも　10-1921 ④
ながきひを　20-4502 ③
ながきよに
　—ありけるものを　9-1740 ㉝
　—しるしにせむと　9-1809 ㊐
ながきよの　9-1801 ⑨
ながきよを
　—きみにこひつつ　10-2282 ①
　—たまくらのうへに　11-2631 ③
　—ひとりやねむと　3-463 ①
ながきよをねむ　3-462 ⑤
ながくいひつつ　4-620 ②
ながくおひにけり　6-1048 ⑤
ながくしいへば　4-619 ⑥
ながくとおもはば　4-661 ⑤
ながくとおもひき　2-157 ⑤
ながくとおもへば　4-528 ⑤
ながくときみは　13-3334 ④
ながくとそおもふ
　かみをこひのみ—　20-4499 ⑤
　むすぶこころは—　6-1043 ⑤
ながくはありけり　20-4484 ⑤
ながくひさしく　3-315 ⑧
ながくほしけく　12-2943 ②
ながくほり　12-2972 ③
ながくほりする　6-975 ⑤
ながくほりすれ　12-2868 ⑤
ながくほりせし　16-3813 ⑤
ながくほりせむ
　—いけれども　11-2358 ③
　たがためにかも—　11-2416 ⑤
ながくもがも　13-3245 ②
ながけこのよを　20-4394 ⑤
ながこころから　9-1741 ④
ながこころのれ　14-3425 ⑤
ながこころまて
　したにもながく—　13-3307 ⑨
　したにもながく—　13-3309 ㉒
ながこころゆめ
　ひとそささやく—　7-1356 ⑤
　よそるとぞいふ—　13-3305 ⑯
ながこひしつつ　12-3193ィ ④
ながこひせずは　5-864 ②
ながこふる

―いものみことは　10-2009 ①
―いもはいますと　2-213 ㊼
―うるはしづまは　13-3303 ③
―そのほつたかは　17-4011 ㊱
ながこゑきけば　7-1124 ④
ながこゑを　8-1465 ③
ながさへる　18-4094 ㊶
なかざりし　1-16 ③
ながしといへど　10-2303 ②
なかずあらなくに　17-3919 ⑤
なかずともよし　8-1545 ⑤
ながためと　7-1203 ③
なかだをれ　14-3458 ③
ながちちに　9-1755 ⑤
ながちちを　13-3239 ⑮
なかつえに　13-3239 ⑨
ながつきの
―ありあけのつくよ　10-2229 ③
―ありあけのつくよ　10-2300 ①
―しぐれのあきは　13-3324 ㉙
―しぐれのあめに　10-2180 ①
―しぐれのあめの　10-2263 ①
―しぐれのときは　3-423 ⑬
―しぐれのふれば　13-3223 ③
―しらつゆおひて　10-2200 ①
―そのはつかりの　8-1614 ①
―つゆにぬれつつ　10-2240 ③
―もみちのやまも　15-3716 ③
ながとなる　6-1024 ①
ながとのうらに　13-3243 ④
ながとのしまの　15-3621 ②
なかとみの　17-4031 ①
ながながしよを　11-2802左注 ④
なかなかに
―きみにこひずは　11-2743 ①
―きみにこひずは　11-2743左注 ①
―ことをしたはへ　9-1792 ③
―しなばやすけむ　12-2940 ①
―しなばやすけむ　17-3934 ①
―たつとしいはば　4-681 ①
―なにかくるしく　4-750 ③
―なにかしりけむ　12-3033 ①
―ひととあらずは　3-343 ①
―ひととあらずは　12-3086 ①
―みざりしよりも　11-2392 ①
―もだもあらましを　4-612 ①
―もだもあらましを　12-2899 ①
ながなくごとに　10-1956 ④
ながなけば
―あがもふこころ　15-3785 ③
―いへなるいもし　8-1469 ③
―こころもしのに　3-266 ③
―わがさほがはの　3-371 ③
ながなのらさね
あまをとめども―　9-1726 ⑤
―あめへゆかば　5-800 ⑯
ながなはのらじ
せめてとふとも―　11-2696 ⑤
ふしてしぬとも―　11-2700 ⑤
なかにおきて　11-2655 ③
なかにたておきて　3-388 ④
なかにつくりおき　9-1809 ㊻
なかにつつめる　9-1807 ⑱
なかにへだてて　18-4125 ④
なかにへなりて
―とほくとも　15-3764 ②
―やすけくもなし　15-3755 ④
なかにむかへる　9-1745 ②
なかにをねむと　5-904 ㉔
なかぬひはなし
いもをおもひいで―　3-473 ⑤
このまたちくき―　17-3911 ⑤
なかのにこぐさ　11-2762 ②
なかのぼりこぬ　9-1783 ④
なかのみかどゆ　16-3886 ㉖
なかのみなとゆ　2-220 ⑫
ながはける　20-4347 ③
なかはずの
―おとすなり　1-3 ⑨
―おとすなり　1-3 ⑰
ながはつこゑは　10-1939 ②
ながははに

—こられあはゆく 14-3519 ①
—にてはなかず 9-1755 ⑦
ながはははを 13-3239 ⑬
ながはますぎて 17-3991 ⑫
ながはまのうらに 17-4029 ④
なかはよどませ 11-2712 ②
なかましやそれ 8-1497 ⑤
ながまつきみは 13-3318 ⑯
ながまにまに 5-800 ⑱
ながみにかあらむ 15-3684 ②
なかむさつきは
—さぶしけむかも 17-3996 ④
—たまをぬかさね 17-3997 ④
なかむはるへは 20-4488 ④
ながめいみ 16-3791 ㊾
ながめほりせむ 14-3383 ⑤
ながゆゑに 10-2001 ③
なかよどにして 4-776 ⑤
ながよはわたる 5-892 ㉝
ながらのみやに 6-928 ⑩
ながらふる 1-59 ①
ながらへきたれ 19-4160 ⑥
ながらへちるは 8-1420 ④
ながらへぬるは 8-1662 ④
ながらへわたる 10-2345 ⑤
なかりししるし 19-4254 ㉘
なかりしを 4-706 ③
なかりせば
—かすがののへに 3-404 ③
—ここにもあらまし 3-387 ③
—なにものもてか 15-3733 ③
なかるくににも 8-1467 ②
ながるさきたの 19-4156 ⑧
なかるなを 11-2726 ③
ながるみなわの
—たえばこそ 7-1382 ②
—よるへなみ 18-4106 ㊵
ながるるごとし 5-804 ④
ながるるなへに 10-1821 ②
ながるるなみた 2-178 ④
ながるるなみだ
—とどめかねつも 19-4160 ㉞
—とどめかねつも 19-4214 ㊿
ながるるみづの
—いはにふれ 9-1714 ②
—よどにかあらまし 2-197ィ ④
ながるるみづも 2-197 ④
ながるるみをの 7-1108 ②
ながれあふみれば 1-82 ⑤
ながれいきて 10-2320 ③
ながれきて 11-2838 ③
ながれくるかも 5-822 ⑤
ながれこば 3-386 ③
ながれのながく 10-2092 ㉔
ながれふらばふ 2-194 ⑥
なきかこゆらむ 19-4195 ⑤
なきがさぶしさ
あふべきよしの— 15-3734 ⑤
おきてさぐるに— 12-2914 ⑤
よるべきいその— 13-3226 ⑤
なきくにに 3-460 ⑦
なきくるたづの 11-2805 ②
なぎさしおもほゆ 7-1171 ⑤
なぎさには
—あしがもさわき 17-3993 ㊸
—あぢむらさわき 17-3991 ㉓
なきさはの 2-202 ①
なきしおもほゆ 11-2518 ⑤
なきしかきつに 19-4287 ②
なきしかりがね 10-2130 ②
なきしこころを 20-4356 ④
なきしこらはも 14-3569 ⑤
なきしすなはち 8-1505 ②
なきしそもはゆ 20-4357 ⑤
なきしとよめば 17-3993 ⑧
なきしまの 12-3164 ③
なきしわたらば 18-4090 ④
なきすぎわたる 19-4176 ②
なきすみの
—ふなせのはまに 6-937 ③
—ふなせゆみゆる 6-935 ①
なきそゆくなる 8-1566 ④

なきちらすらむ　17-3966②
なきつつありてや　2-155⑫
なきつつもとな
　―おきゐつつ　10-2310③
　こぬれをつたひ―　10-1826⑤
　ものおもふときに―　10-1964⑤
　わびをるときに―　4-618⑤
なきつつをれど　15-3762④
なきつるかりの　8-1575②
なきつるは　10-1949③
なきていぬなる　5-827④
なきてうつろふ　10-1840②
なきてかくらむ
　―ほととぎす　10-1956②
　―よぶこどり　1-70②
なきてこえきぬ　10-1945⑤
なきてこゆなり
　いまきのをかを―　10-1944⑤
　―いましくらしも　20-4305④
なきてさわきぬ　15-3642⑤
なきてさわたる
　―きみはききつや　10-1976④
　―すべなきまでに　10-1960④
なきてすぎにし　17-3946②
なきてゆく　10-2129③
なきてゆくなり　9-1756④
なきとよむ　19-4149③
なきとよむなる　8-1494④
なきとよむらむ　8-1474④
なきとよむれど　19-4166㉞
なきとよめ　19-4177㉙
なきとよもせば　10-1950④
なぎなむときも　9-1781②
なきにけむかも　8-1431⑥
なきぬべみ　10-2266③
なきぬるときは　17-3951②
なぎのあつもの　16-3829⑤
なきのかはへを　9-1696②
なきひとおもふに　3-434ィ⑤
なきひとおもへば　3-434⑤
なきひとおもほゆ
　きのふもけふも―　7-1406⑤
　ながなくごとに―　10-1956⑤
なぎむかと　4-753③
なきもしにけむ　8-1488②
なきやながくる　10-1941④
なきゆくたづの　14-3522④
なきゆくとりの　5-898④
なきゆくなるは　10-1827④
なきゆくものを　10-2155⑤
なきわかれ　10-1890③
なきわたらなむ　20-4495⑤
なきわたらむそ　18-4068⑤
なきわたりなむ　14-3390④
なきわたりぬと　19-4194②
なきわたりゆく　2-111⑤
なきわたるかも　8-1539⑤
なきわたるなり　15-3598⑤
なきわたるみゆ　10-1831⑤
なきわたるらむ　10-1948⑤
なきわたれども　19-4180⑭
なくあしたづは　6-961②
なくありこそと
　―いはひへを　13-3284⑥
　―ゆふだすき　13-3288⑧
なくおとはるけし　17-3988④
なくかけは　19-4234①
なくかはちどり　19-4147②
なくかはづ
　―うべもなきけり　10-2161③
　―こゑだにきかば　10-2265③
　―しのひつつありと　16-3818③
なくかはづかも
　かくしもがもと―　9-1735⑤
　ゆふかたまけて―　10-2163⑤
なくかもを　3-416③
なくかりを　19-4224③
なくくらたにに　17-3941②
なくこなす
　―ことだにとはず　13-3336㉓
　―したひきまして　3-460⑲
　―したひきまして　5-794⑤

―ねのみしなかゆ　15-3627 ㊾
―ゆきとりさぐり　13-3302 ㉑
なくこにも　4-492 ③
なくこほろぎは　10-2159 ④
なくこもるやま　13-3222 ⑨
なくこらを　20-4401 ③
なくこゑききて　18-4119 ④
なくこゑきくや　10-1942 ②
なくこゑきけば
―あきづきにけり　10-2160 ④
―こひこそまされ　8-1475 ④
―ときすぎにけり　14-3352 ④
なくこゑの　10-2142 ③
なくこゑを　19-4209 ⑦
なくさつきには
―あやめぐさ　3-423 ⑧
―はつはなを　18-4111 ⑱
なぐさむと　8-1479 ③
なぐさむる
―こころしなくは　18-4113 ㉕
―こころはあらまし　5-889 ③
―こころはあらむを　18-4125 ⑲
―こころはなしに　5-898 ①
―こころはなしに　17-3969 ㉟
―こころをもちて　13-3280 ⑰
―こともあらむと　17-3973 ㉑
なぐさめかねつ　11-2814 ②
なぐさめかねて
―いでゆけば　11-2414 ②
―けだしくも　2-194 ⑱
―ひぐらしの　15-3620 ②
なぐさめつ　12-3135 ③
なぐさめて　9-1728 ①
なぐさめなくに
ちへのひとへも―　6-963 ⑨
ちへのひとへも―　7-1213 ⑤
なぐさめに　11-2452 ③
なぐさめむ　11-2543 ③
なぐさもる
―こころしなくは　12-2904 ③
―こころはなしに　11-2596 ①
―こころもあらず　2-196 ㉛
―こころもありやと　2-207 ㊲
―こころもありやと　4-509 ⑮
―こころもあるらむ　11-2571 ③
―こともありやと　9-1757 ③
なぐさやま　7-1213 ①
なくしかの
―ことともしかも　8-1611 ③
―こゑきかすやも　10-2156 ③
なくしかは　8-1511 ③
なくしかも　8-1609 ③
なくしまかげに　15-3620 ④
なくせみの　15-3617 ③
なくたづの
―おもひはすぎず　10-2269 ③
―こゑとほざかる　7-1164 ③
―ねのみしなかゆ　4-509 ⑪
―まなくときなし　4-760 ③
なくちどり
―かはづとふたつ　7-1123 ③
―まなしわがせこ　12-3087 ③
なくちどりかも　19-4146 ⑤
なくてさぶしも
―こがむとおもへど　3-260 ⑱
―こぐひとなしに　3-257 ⑱
なくとひとつぐ　17-3918 ④
なくとりの
―こゑだにきかば　10-2239 ③
―こゑなつかしき　4-663 ③
―こゑのこひしき　17-3987 ③
―こゑもかはらず　3-322 ⑲
―こゑもかはらふ　19-4166 ⑤
―こゑもきこえず　2-207 ㊺
―まなくときなし　12-3088 ③
―やめばつがるる　3-373 ③
―よなきかはらふ　2-192 ③
なくなみた
―こさめにふれば　2-230 ⑬
―ころもぬらしつ　4-690 ③
なくなやみきて　15-3694 ④
なくなるかけの

——よびたてて　11-2803 ②
——よびたてて　11-2803ィ ②
なくなるかりの
——とほけども　8-1574 ②
——ゆきてゐむ　8-1567 ②
なくなるこゑの　10-1952 ④
なくなるこゑも　10-2144 ④
なくなるしかの　8-1550 ④
なくなるたづの
——あかときのこゑ　6-1000 ④
——よそのみに　4-592 ②
なくなるちどり　7-1251 ②
なくなるなへに　10-2231 ④
なくなるやまを　6-953 ②
なくはこそ　4-605 ③
なぐはし　2-220 ㉗
なぐはしき
——いなみのうみの　3-303 ①
——よしののやまは　1-52 ㉛
なくはつこゑを　19-4189 ⑫
なくはぶれにも
——ちりにけり　19-4193 ②
——ちりぬべみ　19-4193ィ ②
なくひしそおほき　8-1473 ⑤
なくべきときに　18-4042 ④
なくべきものか　15-3784 ⑤
なくほととぎす
——あやめぐさ　18-4089 ⑱
——いづみがは　6-1058 ②
——いにしへゆ　19-4166 ⑯
——きけばなつかし　19-4181 ④
——たちくくと　19-4192 ⑳
——はつこゑを　19-4180 ⑥
——みにそわがこし　8-1483 ④
みまくほり　10-1943 ②
——わがやどの　19-4207 ⑩
——われわすれめや　8-1482 ④
なくもがも　11-2421 ③
なくもずの　10-2167 ③
なくやうぐひす　5-837 ②
なくやどの　10-2271 ③
なくよのあめに　17-3916 ④
なぐるさの　13-3330 ⑮
なぐるひもなく　17-4019 ⑤
なぐるひもなし　19-4173 ⑤
なくわがしまそ　6-1012 ④
なくわれ　13-3324 (53)
なくをのうへの　8-1501 ②
なくをもおきて　3-481 ⑳
なげかくを　17-4008 ㉓
なげかすいもが　18-4106 ㉜
なげかすこら　18-4125 ⑧
なげかすつまに　10-2006 ②
なげかすなゆめ　11-2604 ⑤
なげかすらしも　12-3147 ⑤
なげかすらむそ　17-3962 ㊳
なげかひいます　19-4214 ㉘
なげかひくらし　5-897 ㉒
なげかふわがせ　17-3973 ⑯
なげきけむつま　20-4332 ⑤
なげきこふらむ　8-1629 ㉔
なげきさきだつ　7-1129 ②
なげきしまさむ　15-3581 ⑤
なげきしまさる　6-1049 ⑤
なげきせば　7-1383 ①
なげきせむかも　12-3133 ⑤
なげきせめやも　12-3021 ⑤
なげきそあがする
おきつまかもの——　14-3524 ⑤
よそのみにして——　4-714 ⑤
なげきつつ
——あがまつきみが　18-4116 ㉝
——きみがあるくに　3-425 ③
——ますらをのこの　2-118 ①
——わがすぎゆけば　13-3240 ㉓
——わがなくなみた　3-460 ㊾
なげきつるかも
おもひいでつつ——　11-2521 ⑤
しまにおりゐて——　2-188 ⑤
そよとなるまで——　20-4398 ㊺
はなまついまに——　7-1359 ⑤
ひしとなるまで——　13-3270 ⑮

まくらもそよに――　12-2885 ⑤
ゆゆしくもあは――　12-2893 ⑤
よのふけゆけば――　12-2864 ⑤
なげきのきりに　15-3616 ④
なげきのたばく　20-4408 ⑭
なげきはやまず　7-1405 ⑤
なげきはやまむ　12-2988 ⑤
なげきふせらく　5-886 ㉒
なげきふせらむ　17-3962 ㊼
なげきも　2-199 ⑫③
なげきわかれぬ　9-1804 ㉛
なげきわたるか　18-4075 ④
なげくそら
――くるしきものを　4-534 ⑦
――すぐしえぬものを　13-3272 ⑰
――やすけなくに　8-1520 ⑨
――やすけなくに　13-3299 ⑦
――やすけなくに　13-3330 ⑲
――やすけなくに　17-3969 ⑰
――やすけなくに　19-4169 ⑮
なげくなげきを　4-646 ④
なげくにし　4-723 ⑪
なげくひそおほき　19-4162ィ ⑤
なげくよそおほき　11-2677 ⑤
なげくらむ
――きよきつくよに　11-2669 ③
――こころなぐさに　18-4101 ⑰
――つののさとみむ　2-138 ㊶
なげけども
――おくかをなみ　13-3324 ⑰
――しこのますらを　2-117 ③
――しるしをなみ　4-619 ㉛
――しるしをなみと　13-3344 ㉑
――せむすべしらに　2-210 ㊶
――せむすべしらに　2-213 ㊶
なげこしつべき　8-1522 ②
なけといひし　18-4050 ③
なけどききよし　9-1755 ⑯
なけどもあれは　15-3759 ②
なげやしおもほゆ　13-3345 ⑤
なげやもち　19-4164 ⑬
なけれども　10-2055 ③
なごえのすげの　18-4116 ㉚
なごえのはまへ　7-1190 ④
なこしのやまの　10-1822 ②
なごのあまの
――かづきとるといふ　19-4169 ⑲
――つりするふねは　17-3956 ①
――つりするをぶね　17-4017 ③
なごのうみに
――しほのはやひば　18-4034 ①
――ふねしましかせ　18-4032 ①
なごのうみの
――あさけのなごり　7-1155 ①
――おきつしらなみ　17-3989 ①
――おきをふかめて　18-4106 ㊼
なごのうみを　7-1417 ①
なごのうらみに
――よするなみ　19-4213 ②
――よるかひの　18-4033 ②
なごのえに　17-4018 ③
なごのはまへに　7-1153 ②
なこひそよとそ　17-4011 ⑩④
なこひそわぎも
きみはきこしし――　13-3318 ㉛
けたよりゆかむ――　11-2644 ⑤
なをこそおもへ――　4-622 ⑤
のちにもあはむ――　10-1895 ⑤
なごやがしたに　4-524 ②
なごやまとおひて　6-963 ⑥
なごりそいまも
――いねかてにする　11-2588 ④
――いねぬよのおほき　12-2945 ④
なさかのうみの　14-3397 ②
なさきいでそね　14-3575 ④
なさけそと　19-4236 ⑰
なしなつめ　16-3834 ①
なしのまにまに　9-1804 ②
なすきやま　3-279 ③
なすらむいもを　17-3978 ㊹
なせのきみ　16-3885 ②
なせのこや　14-3458 ①

なせるきみかも　2-222 ⑤
なぞことば　15-3684 ③
なぞしかの　10-2154 ①
なぞそのたまの　3-409 ④
なぞながゆゑと　11-2620 ④
なそへつつみむ　8-1448 ⑤
なぞみよそはむ　9-1777 ②
なたかのうらに　11-2730 ②
なたかのうらの
　―なのりその　7-1396 ②
　―なびきもの　11-2780 ②
　―まなごつち　7-1392 ②
なだにものらず
　―たがことを　13-3339 ㉚
　―なくこなす　13-3336 ㉒
なちりそね　2-233 ③
なちりまがひそ　2-137 ④
なつかげの　7-1278 ①
なつかしと　16-3791 ㊷
なつかしみおもふ　7-1305 ⑤
なつかしみせよ　17-4009 ⑤
なつきたるらし　1-28 ②
なつきにし　6-1049 ①
なつきむかへば　19-4180 ②
なつくさか　1-29ィ ㉝
なつくさかるも　7-1272 ⑥
なつくさの
　―おもひしなえて　2-131 ㉟
　―おもひしなえて　2-138 ㊴
　―おもひしなえて　2-196 ㊺
　―かりそくれども　11-2769 ③
　―かりはらへども　10-1984 ③
　―しげきはあれど　9-1753 ㉛
　―つゆわけごろも　10-1994 ①
　―のしまがさきに
　　3-250左注, 15-3606 ③
　―のしまのさきに　3-250 ③
なつくさを　13-3295 ⑤
なつくずの　4-649 ①
なづけけらしも
　かくのこのみと―　18-4111 ㊸
　なにはのうみと―　6-977 ⑤
なづけそめけめ　6-963 ④
なづけてあるも　3-319 ㉒
なつけむと　5-837 ③
なづけもしらず
　―あともなき　3-466 ㉒
　―くすしくも　3-319 ⑱
なづさひきにて　15-3691 ⑧
なづさひこしを
　11-2492 ④, 12-2947左注 ④
なづさひこむと　3-443 ㊱
なづさひそこし　6-1016 ⑤
なづさひのぼり　19-4189 ⑳
なづさひのぼる　17-4011 ⑱
なづさひゆけば
　―いへしまは　15-3627 ㊷
　―いへのしま　4-509 ㊵
　―わぎもこが　19-4156 ⑭
なづさひわたり
　―こしものを　12-2859 ②
　―むかつをの　9-1750 ②
なづさひわたる　10-2071 ②
なつそびく
　―いのちかたまけ　13-3255 ⑪
　―うなかみがたの　7-1176 ①
　―うなかみがたの　14-3348 ①
　―うなひをさして　14-3381 ①
なつのさかりと　17-4011 ⑫
なつののくさの　10-1983 ②
なつののくさを　13-3296 ④
なつののしげく　10-1985 ②
なつののに　19-4268 ③
なつののの
　―さゆりのはなの　18-4116 ㊲
　―さゆりひきうゑて　18-4113 ⑰
　―しげみにさける　8-1500 ①
なつのゆく　4-502 ①
なつのよは　18-4062 ①
なつはみどりに　10-2177 ②
なつふゆゆけや　9-1682 ②
なつまけて　8-1485 ①

なつますこ 1-1 ⑥
なづみくるかも 13-3296 ⑤
なづみけるかも 3-383 ⑤
なづみこし
　—よけくもそなき 2-210 51
　—よけくもぞなき 2-213 51
なづみこめやも 10-1813 ⑤
なづみぞあがける 3-382 ⑲
なづみぞあがこし 13-3257 ④
なづみてありなむ 10-2122 ⑤
なづみてぞこし 10-2001 ⑤
なつみのうへに 10-2207 ④
なつみのうらに 11-2727 ②
なつみのかはと 9-1736 ④
なつみのかはの 3-375 ②
なづみまゐきて 4-700 ⑤
なづみゆくみれば 13-3316 ⑤
なつむしの 9-1807 ㉕
なつめがもとと 16-3830 ④
なつやせに 16-3853 ③
なつやまの 8-1494 ①
なつらすと 5-869 ③
なでしこうゑし 18-4070 ②
なでしこが
　—いやはつはなに 20-4443 ③
　—そのはなづまに 18-4113 ㉑
　—そのはなにもが 3-408 ①
　—ちらまくをしも 10-1970 ③
　—はなとりもちて 20-4449 ①
　—はなにさきでよ 10-1992 ③
　—はなになそへて 20-4451 ③
　—はなにもがもな 17-4010 ③
　—はなにもきみは 8-1616 ③
　—はなのさかりに 17-4008 43
　—はなのみとはむ 20-4447 ③
　—はなみるごとに 18-4114 ①
なでしこがはな
　—うらわかみ 8-1610 ③
　—さきにけり 10-1972 ②
　ひとのかざしし— 8-1610 ⑥
　—ふさたをり 8-1549 ③
　—をみなへし 8-1538 ③
なでしこのはな 8-1496 ②
なでしこは
　—あきさくものを 19-4231 ①
　—さきてちりぬと 8-1510 ①
　—ちよにさかぬか 19-4232 ③
なでしこを 18-4113 ⑮
なでたまひ
　—ととのへたまひ 19-4254 ㉑
　—をさめたまへば 18-4094 57
なでつつおほさむ 20-4302 ②
などかきなかぬ 19-4210 ⑤
などかもいもに 4-509 46
なとふたりはも 14-3492 ⑤
ななかしそね 16-3878 ⑦
ななくさの 5-904 ③
ななくさのはな 8-1537 ⑤
ななくるま 4-694 ③
ななせのよどに 7-1366 ②
ななせのよどは 5-860 ②
ななせわたりて 13-3303 ⑫
ななのさかしき 3-340 ②
ななばかり 4-743 ③
ななふすげ 3-420 37
ななへかる 20-4431 ③
ななへはなさく 16-3885 53
ななよまをさね 19-4256 ⑤
なにおふかみに 11-2418 ②
なにおふせのやま 1-35 ⑤
なにおふたきのせ 6-1034 ⑤
なにおふものを 20-4466 ④
なにおふなるとの 15-3638 ②
なにおふやますげ 11-2477 ②
なにおふゆきおびて 3-480 ②
なにおふよごゑ 11-2497 ②
なにおへるもりに 9-1751 ⑱
なにかあきだらむ 19-4166 ㉟
なにかあひがたき 12-3177 ⑤
なにかうゑけむ 10-1907 ②
なにかおもはむ 10-2270 ⑤
なにかきなかぬ

かくなるまでに―― 8-1487⑤
――きみにあへるとき 18-4053④
つきたつまでに―― 17-3983⑤
やまほとゝぎす―― 18-4050⑤
なにかくるしく 4-750④
なにかここだく
――あがこひわたる 4-658④
――あがこひわたる 4-672④
なにかさやれる 5-870⑤
なにかしりけむ 12-3033②
なにかそこゆゑ 11-2524⑤
なにかとゝはば 13-3276㉖
なにかとゝへば 2-230⑩
なにかなげかむ
ありとしおもはば―― 13-3249⑤
こむとしまたば―― 4-489⑤
こむとしまたば―― 8-1607⑤
こゑだにきかば―― 10-2239⑤
まなほにしあらば―― 7-1393⑤
なにかもきみが 12-3202④
なにかもこひむ 12-2918②
なにかものもふ 17-3973⑧
なにかもみえぬ 11-2595②
なにかをはらむ 11-2447⑤
なにごころそも 10-2295⑤
なにこそありけれ 15-3718②
なにこそよされ 14-3478⑤
なにごとあれそ 10-2036④
なにしかいもに
――あひいひそめけむ 12-3130④
――あふときもなき 12-2994④
なにしかきけむ
――うまつかるるに 2-164④
――きみもあらなくに 2-163④
なにしかきみが 11-2500④
なにしかこひの 12-3035④
なにしかなれの 11-2503④
なにしかひとの 12-2848④
なにしかふかめ 11-2488④
なにしかも
――あきにしあらねば 18-4125㉑
――あしげのうまの 13-3327⑪
――かはらをしのひ 7-1251③
――きみがただかを 13-3304③
――きりにたつべく 15-3581③
――ここだくこふる 8-1475①
――しなむよいもと 4-581③
――ときしはあらむを 17-3957㉟
――ときしはあらむを 19-4214㊲
――めことをだにも 4-689③
――もとなとぶらふ 2-230⑲
――わがおほきみの 2-196⑮
なにすと 16-3798①
なにすとか
――あひみそめけむ 4-612③
――いもにあはずて 4-733③
――きみをいとはむ 10-2273①
――そのよひあひて 4-730③
――つかひのきぬる 4-629①
――ひとひひとよも 8-1629㉑
――みをたなしりて 9-1807㉝
なにすれそ 20-4323③
なにせむに
――いとはずあれは 11-2378③
――いのちつぎけむ 11-2377①
――いのちをもとな 11-2358①
――ひとめひとごと 4-748③
――まされるたから 5-803③
――わがなかの 5-904⑤
――わをめすらめや 16-3886⑦
なにそこのこの 14-3373④
なにそもいもに 4-775④
なにともわれを 11-2783②
なににたとへむ 3-351②
なになそへて 11-2463④
なにのこころそ 17-3912②
なにのさがそも 4-604④
なにのたはこと 11-2582②
なにのつてこと 12-3069④
なにのはなそも 8-1420⑤
なにのゆゑそと 12-2969④
なにはがた

—くもゐにみゆる 20-4355 ③
—こぎづるふねの 12-3171 ①
—しほひなありそね 2-229 ①
—しほひにいでて 9-1726 ①
—しほひにたちて 7-1160 ①
—しほひのなごり 4-533 ①
—しほひのなごり 6-976 ①
—みつのさきより 8-1453 ⑪
なにはすがかさ 11-2819 ②
なにはぢを 20-4404 ①
なにはつに
—ふねをうけすゑ 20-4408 ㉛
—みふねおろすゑ 20-4363 ①
—みふねはてぬと 5-896 ①
—よそひよそひて 20-4330 ①
なにはとを 20-4380 ①
なにはにきゐて 20-4398 ㉚
なにはにくだり 19-4245 ⑥
なにはにつどひ 20-4329 ②
なにはにとしは 20-4362 ④
なにはのうみ 20-4361 ③
なにはのうみと 6-977 ④
なにはのくにに
—あめのした 20-4360 ④
—あらたまの 3-443 ㊷
なにはのくには 6-928 ②
なにはのさきに 13-3300 ②
なにはのすげの 4-619 ②
なにはのつゆり 20-4365 ②
なにはのみつに 20-4331 ㉖
なにはのみやに 6-933 ⑥
なにはのみやは
—いさなとり 6-1062 ④
—うみちかみ 6-1063 ②
—きこしをす 20-4360 ㉖
なにはのをえに 16-3886 ②
なにはのをえの 16-3886 ㊹
なにはひと 11-2651 ①
なにはへに 8-1442 ①
なにはほりえの 10-2135 ②
なにはゐなかと 3-312 ②
なにはをすぎて 8-1428 ②
なにはをとこの 4-577 ④
なにものもてか 15-3733 ④
なにゆゑか 12-2977 ①
なによそりけめ 14-3468 ⑤
なにをかおもはむ
—あづさゆみ 12-2989 ②
あるべきものを— 20-4486 ⑤
—うちなびき 4-505 ②
きみにみせてば— 17-3967 ⑤
きみをいませて— 12-3005 ⑤
こよひかざしつ— 8-1586 ⑤
なにをかたらむ 19-4203 ②
なにをかも
—いはずていひしと 11-2573 ③
—みかりのひとの 10-1974 ③
なにをしめさむ 3-360 ⑤
なぬかこえきぬ 11-2435 ⑤
なぬかこじとや 10-1917 ⑤
なぬかしふらば 10-1917 ④
なぬかのよのみ 10-2032 ②
なぬかのよひは 10-2089 ㊱
なぬかのをちは 17-4011 ⑽
なぬかはすぎじ 9-1748 ②
なぬかまで 9-1740 ⑬
なねがこふれそ 4-724 ④
なのごとや 20-4476 ③
なのみもききて
—ともしぶるがね 17-4000 ㉚
—なぐさめつ 12-3135 ②
なのみもたえず 2-196 ㊻
なのみもわれは 3-431 ⑯
なのみよそりし 11-2708 ④
なのみよそりて 11-2708ィ ④
なのみを
—ききてありえねば 2-207ィ ㉝
—なごやまとおひて 6-963 ⑤
なのみをのりて 17-4011 ㊹
なのらさね 1-1 ⑧
なのりそが 4-509 ㊺
なのりそかる 6-946 ⑧

なのりその
　—いそになびかむ　7–1396 ③
　—おのがなをしみ　6–946 ⑪
　—なはのらしてよ　3–362 ③
　—なはのりてしを　12–3076 ③
　—なはのりてしを　12–3177 ③
　—はなさくまでに　10–1930 ③
　—よしなはのらじ　12–3077 ③
　—よしなはのらせ　3–363 ③
なのりそのはな
　あはざらめやも—　7–1279 ⑥
　—いもとあれと　7–1290 ③
　ここにありと—　7–1290 ⑥
　—つむまでに　7–1279 ③
なのりそは　7–1395 ③
なのりそを　7–1167 ③
なのりなくなへ　18–4091 ⑤
なのりなくなる　18–4084 ②
なのをしけくも
　—あれはなし　12–2984 ②
　—おもひかねつも　11–2499 ④
　—われはなし　4–616 ②
　—われはなし　4–732 ②
　—われはなし　12–2879 ②
なはあどかもふ　14–3494 ⑤
なはいかにおもふ　13–3309 ⑬
なはこふばそも　14–3382 ⑤
なはさねのらじ　12–3080 ④
なはしろの　14–3576 ①
なはしろみづの　4–776 ④
なはたため　11–2524 ③
なはたつこまの　20–4429 ②
なはたてずして　6–978 ⑤
なはだにはへよ
　—もりつつをらむ　7–1353 ④
　—もるとしるがね　10–2219 ④
なはとりつけ　6–1019 ⑥
なはのうらに　3–354 ①
なはのうらゆ　3–357 ①
なはのらしてよ　3–362 ④
なはのりてしを
　—あはざらめやも　11–2747 ④
　—あはなくもあやし　12–3076 ④
　—なにかあひがたき　12–3177 ④
なはのりの
　—なはさねのらじ　12–3080 ③
　—ひけばたゆとや　13–3302 ⑰
なははへて　10–1858 ③
なばりにか　1–60 ③
なばりのの　8–1536 ③
なばりのやまを
　—けふかこゆらむ　1–43 ④
　—けふかこゆらむ　4–511 ④
なびかひし　2–194 ⑨
なびかひの　2–196 ㉑
なびかふごとく　2–199 ㊿
なびかふみれば　10–2013 ④
なびきあはなくに　7–1380 ⑤
なびきかぬらむ　11–2483 ④
なびきけらしも　19–4212 ⑤
なびきこいふし　19–4214 ㊽
なびきしいもは　2–207 ㉔
なびきしきみが　11–2782 ④
なびきてありこそ　12–3155 ④
なびきねし　3–481 ③
なびきねしこを　2–135 ⑩
なびきねむ　12–3079 ③
なびきもの　11–2780 ③
なびきわがねし　2–138 ㉔
なびくあきかぜ　10–2096 ②
なびくかはびの　20–4309 ②
なびくたまもの
　—かたもひに　12–3078 ②
　—かにかくに　4–619 ⑫
　—ふしのまも　19–4211 ㉚
なびけこのやま
　いもがかどみむ—　2–131 ㊴
　つののさとみむ—　2–138 ㊸
なびけしのはら　7–1121 ⑤
なびけてぬらむ　11–2564 ⑤
なびけてをらむ　11–2532 ⑤
なびけと　13–3242 ⑪

なびけはぎはら　10-2142 ⑤
なびけるうへに　8-1597 ④
なびけるはぎを　13-3324 ㉞
なふみそね　19-4227 ⑩
なふみそねをし　19-4285 ⑤
なふりそね　10-2253 ③
なへなりといひし　3-407 ④
なほかなくらむ　10-1963 ⑤
なほこひしけむ　4-745 ⑤
なほこひにけり
　あへぬこころに――　10-2279 ⑤
　かつてわすれず――　11-2383 ⑤
　しこのしこぐさ――　12-3062 ⑤
　しこのますらを――　2-117 ⑤
　しみにしこころ――　20-4445 ⑤
　すぐせどすぎず――　12-2845 ⑤
　たびとしおもへば――　12-3134 ⑤
　はつはつにみて――　7-1306 ⑤
なほしかずけり
　こよひのはなに――　8-1652 ⑤
　ながきこころに――　8-1548 ⑤
　もとつひとには――　12-3009 ⑤
　よしののたきに――　6-960 ⑤
　ゑひなきするに――　3-350 ⑤
なほしかめやも　18-4109 ⑤
なほしきなきて　8-1507 ㉖
なほしきにけり　13-3311 ⑤
なほしこひしく　12-3096 ④
なほししのはゆ　19-4180 ⑮
なほしねがひつ　20-4470 ④
なほしみがほし　18-4112 ⑤
なほなほに　5-801 ③
なほはださむし　20-4351 ④
なほもなかなむ　20-4437 ②
なほやおいなむ　7-1349 ②
なほやくえなむ　4-687 ⑤
なほやこぐべき　7-1235 ⑤
なほやまからむ　4-700 ②
なほやまもらむ　11-2839 ②
なほりやま
　――いはふみならし　9-1778 ③
　――いはふみならし　9-1779 ③
なほわがうへに　11-2561 ④
なまじひに　4-613 ③
なまよみの　3-319 ①
なまりてをる　16-3886 ④
なみかさねきて　16-3791 ㉟
なみかしこみと　7-1390 ②
なみかたたむと　6-945 ②
なみくもの　13-3276 ③
なみくらやまに　7-1170 ②
なみごしにみゆ　7-1185 ⑤
なみこすあざに　12-3046 ②
なみこそきよれ
　――なみのむた　2-131 ⑳
　――ゆふされば　2-138 ⑱
なみしばののの　10-2190 ④
なみたかくとも　6-936 ⑤
なみたかし　7-1235 ①
なみたかみ　7-1174 ③
なみたぐましも　3-449 ⑤
なみたしながる　3-453 ⑤
なみたたずして　7-1223 ⑤
なみたたずとも
　かづきせめやも――　7-1254 ⑤
　かづきはなせそ――　7-1253 ⑤
なみたためやも　3-247 ⑤
なみだたり　20-4408 ⑬
なみたちくやと　18-4032 ④
なみたちぬ　7-1226 ③
なみたちの　3-382 ⑦
なみたちわたる
　しらゆふはなに――　13-3238 ⑤
　をかのみなとに――　7-1231 ⑤
なみたつなゆめ
　あまこぎくみゆ――　14-3449 ⑤
　あまのかはとに――　10-2040 ⑤
　かぜはふくとも――　10-2058 ⑤
　そのかはのせに――　7-1122 ⑤
　みづしまにゆかむ――　3-246 ⑤
なみたつらしも
　ふなびとさわく――　7-1228 ⑤

ふなびとさわく―― 14-3349 ⑤
なみたてざらめ 7-1366 ⑤
なみたてば 18-4033 ①
なみたてや 7-1162 ③
なみたてりみゆ
ともの浦みに―― 7-1182 ⑤
ひかさのうらに―― 7-1178 ⑤
なみたにそ 4-507 ③
なみたのごはむ 6-968 ⑤
なみたはつきぬ 8-1520 ⑭
なみたるなみに 2-162 ⑭
なみたるみれば 20-4375 ②
なみだをのごひ 20-4398 ⑱
なみなさきそね 20-4335 ⑤
なみなとゑらひ 20-4385 ②
なみなみに 11-2471 ③
なみならなくに 7-1331 ⑤
なみにあはせず 19-4245 ㉖
なみにあふのす 14-3413 ④
なみにしもはば 5-858 ④
なみにそでふる 16-3864 ⑤
なみにぬれ 1-24 ③
なみのうへに
――うきてしをれば 17-3896 ③
――うきねせしよひ 15-3639 ①
なみのうへゆ
――なづさひきにて 15-3691 ⑦
――みゆるこしまの 8-1454 ①
なみのうへゆみゆ
3-256左注 ⑤, 15-3609 ⑤
なみのうへを 4-509 ㉝
なみのおとさわき 6-1062 ⑩
なみのおとの
――さわくみなとの 9-1807 ㉟
――しげきはまへを 2-220 ㉛
なみのささふる 13-3338 ④
なみのさわきか 10-2047 ⑤
なみのさわける 9-1704 ⑤
なみのしほさゐ 11-2731 ②
なみのほの 14-3550 ③
なみのまゆ
――くもゐにみゆる 12-3167 ①
――とりがねさわく 10-2166 ③
――みゆるこしまの 11-2753 ①
なみのまゆみゆ
あまのともしび―― 7-1194 ⑤
かかげたくしま―― 7-1233 ⑤
なみのまを 20-4331 ㉟
なみのむた
――かよりかくよる 2-131 ㉑
――かよりかくよる 2-138 ㉑
――なびくたまもの 4-619 ⑪
――なびくたまもの 12-3078 ①
なみはかしこし
――しかすがに 7-1397 ②
――しかれども 7-1232 ②
なみはたつとも 10-2059 ②
なみはよすとも 7-1117 ④
なみもとどろに 14-3385 ⑤
なみよまずして 7-1387 ⑤
なみをかしこみ
――あはぢしま 3-388 ⑭
――あはぢしま 7-1180 ②
――こもりえの 3-249 ②
なめしかしこし 12-2915 ②
なめしともふな 6-966 ⑤
なやましけ 14-3557 ①
なゆきそと 12-3132 ①
なゆたけの 3-420 ①
なよたけの 2-217 ③
なよびとよめそ 10-1828 ②
なよもはりそね 14-3526 ⑤
ならざらめやも 7-1358 ⑤
ならざるは 2-102 ③
ならしのをかの 8-1506 ②
ならしばの 12-3048 ③
ならずかもあらむ 7-1364 ⑤
ならずはやまじ
いひてしものを―― 11-2834 ⑤
うゑてしゆゑに―― 3-411 ⑤
さきたるはなの―― 10-1893 ⑤
ならぢきかよふ 17-3973 ⑩

ならぢなる　5-867 ③
ならなるひとの　7-1215 ④
ならなるひとも　10-1906 ④
ならにあるいもが　18-4107 ②
ならぬきごとに　2-101 ⑤
ならのあすかを　6-992 ④
ならのおほちは　15-3728 ②
ならのさとびと　10-2287 ⑤
ならのたむけに　3-300 ②
ならのみやこし　8-1639 ④
ならのみやこに
　―ことつげやらむ　15-3676 ④
　―こむひとのたに　5-808 ④
　―たなびける　15-3602 ②
　―としのへぬべき　6-1044 ④
　―めさげたまはね　5-882 ④
　―ゆきてこむため　5-806 ④
　―ゆくひともがも　15-3612 ②
　―よろづよに　19-4266 ⑧
ならのみやこの
　―あるらくをしも　8-1604 ④
　―あれゆけば　6-1049 ②
　―うつろふみれば　6-1045 ④
　―さほがはに　1-79 ⑯
ならのみやこは
　―かぎろひの　6-1047 ⑯
　―さくはなの　3-328 ②
　―ふりぬれど　17-3919 ②
　―わすれかねつも　15-3613 ④
　―わすれかねつも　15-3618 ④
ならのみやこゆ　19-4245 ④
ならのみやこを
　―あらたよの　6-1047 ㊽
　―おもほすやきみ　3-330 ④
　―またもみむかも　6-1046 ④
　―みずかなりなむ　3-331 ④
ならのみやには　1-80 ②
ならのやまなる　8-1638 ②
ならのやまの　1-17 ④
ならのわぎへに　17-3978 ㊻
ならのわぎへを　18-4048 ④
ならひとのため　8-1549 ⑥
ならひとみむと　19-4223 ②
ならびをる　9-1809 ⑦
ならびをるかも　7-1210 ④
ならべてみれば　14-3450 ④
ならましものを
　うめのはなにも―　5-819 ⑤
　うめのはなにも―　5-864 ⑤
　きみがゆみにも―　14-3568 ⑤
　―たまのをばかり　12-3086 ④
　―ものおもはずして　4-722 ④
　やまのしづくに―　2-108 ⑤
ならむやきみと　11-2489 ④
ならめやと　7-1356 ③
ならやまこえて
　―いかさまに　1-29ィ ⑭
　―まきつむ　13-3240 ④
　―やましろの　13-3236 ④
ならやますぎて
　―いづみがは　17-3957 ⑧
　―もののふの　13-3237 ②
ならやまの
　―このてかしはの　16-3836 ①
　―こまつがうれの　11-2487 ①
　―こまつがもとに　4-593 ③
　―みねなほきらふ　10-2316 ①
　―みねのもみちば　8-1585 ①
ならやまを　8-1588 ①
ならやまをこえ　1-29 ⑭
ならよりいでて　13-3230 ②
ならをきはなれ　17-4008 ②
なりきにけらし　15-3761 ④
なりてしか　20-4433 ③
なりでしひとか　5-800 ⑮
なりとつくれる　8-1625 ②
なりなむきはみ　3-481 ⑥
なりなむときに　3-398 ④
なりにけらしも　10-2117 ④
なりにけらずや　5-817 ⑤
なりにけり
　―ならのみやこを　3-330 ③

—はななるときに　8-1492 ③
なりにけるかも
いまははるへと—　8-1433 ⑤
いよよさやけく—　3-316 ⑤
こだかくしげく—　3-452 ⑤
さむくもときは—　10-2170 ⑤
まこともひさに—　10-2280 ⑤
もえいづるはるに—　8-1418 ⑤
やしほのいろに—　15-3703 ⑤
なりにしものを　10-1835 ⑤
なりにたらずや　18-4080 ⑤
なりにてあらずや　5-829 ⑤
なりにてしかも　3-343 ④
なりぬがに　14-3543 ③
なりぬとも　12-2886 ③
なりぬるものを　18-4053 ②
なりぬれど　15-3604 ③
なりぬれば
—いたもすべなみ　4-619 ㉕
—なをこそおもへ　4-622 ③
—みちのしばくさ　6-1048 ③
—みやこもみえず　20-4434 ③
なりはたをとめ　19-4236 ⑥
なりましつしも　20-4386 ⑤
なりもならずも　14-3492 ④
なりやもち　9-1678 ③
なりをしまさに　5-801 ⑤
なるかみの
—おとのみききし　6-913 ③
—おとのみききし　7-1092 ①
—おとのみにやも　11-2658 ③
—しましとよもし　11-2513 ①
—しましとよもし　11-2514 ①
—みればかしこし　7-1369 ③
なるかみも　19-4235 ③
なるさはなすよ　14-3358左注 ⑤
なるさはのごと　14-3358 ⑤
なるせろに　14-3548 ①
なるなへに
—あまくもかける　9-1700 ③
—ゆつきがたけに　7-1088 ③
なるべきことを　20-4364 ④
なるるまにまに　14-3576 ④
なれごろも　15-3625 ㉑
なれだにきなけ　8-1499 ④
なれだにも　10-1823 ③
なれなばか　6-947 ③
なれにけるかも　15-3717 ⑤
なれにしきぬに　18-4109 ④
なれにしきぬを　7-1312 ④
なれによすといふ
—あらやまも　13-3305 ⑫
—なはいかにおもふ　13-3309 ⑫
なれぬれど　11-2622 ③
なればあがむね　4-755 ④
なれはすれども
—いやめづらしも　11-2623 ④
—いやめづらしも　12-2971 ④
なれはまさらず　12-3048 ④
なれもあれも　14-3440 ③
なれるあがみは　9-1785 ④
なれるそのみは　18-4111 ㊳
なれるにしきを　13-3235 ④
なれるやまかも　3-319 ㉞
なれをそも　13-3305 ⑨
なれをぞも　13-3309 ⑨
なわすれと　11-2558 ③
なわびわがせこ　17-3997 ②
なをあらそふと　19-4211 ⑧
なをおもひかねて
あがみはなりぬ—　11-2664 ⑤
かちよりあがこし—　11-2425 ⑤
なをかけなはめ　14-3394 ⑤
なをこそおもへ　4-622 ④
なをこそまため　14-3493 ②
なをしたつべし　19-4165 ②
なをしもをしみ　11-2723 ②
なをたつべしも　19-4164 ㉓
なをたてて　14-3353 ③
なをとあを　4-660 ①
なをどかもしむ　14-3556 ⑤
なをとへど

—なだにものらず 13-3336 ㉑
—なだにものらず 13-3339 ㉙
なをはしにおけれ 14-3490 ⑤
なをばしのはむ 14-3570 ⑤
なをまつと 14-3546 ③
なをみれば 3-309 ③
なををしみ
—ひとにはいはず 12-2861左注 ③
—ひとにはしれず 12-2861 ③

に

にぎしがは 17-4028 ③
にきたつに
—ふなのりせむと 1-8 ①
—ふなのりせむと 12-3202 ①
にぎたつに 3-323 ③
にきたつの 2-138 ⑬
にきたづの 2-131 ⑬
にきたへの 9-1800 ㉑
にきたへまつり 3-443 ㉖
にきたまあへや 3-417 ②
にきはだすらを 2-194 ⑫
にきびにし
—いへゆもいでて 3-481 ⑰
—いへをおき 1-79 ③
—わがいへすらを 13-3272 ⑪
—われはおもはず 4-543 ⑰
にくくあらなくに
よしもよすとも— 11-2729 ⑤
よそにやあがみむ— 11-2562 ⑤
よそふるきみが— 11-2659 ⑤
よをやへだてむ— 11-2542 ⑤
にくくあらば 1-21 ③
にくくはあらずて 7-1397 ⑤
にくくもあらめ 10-1990 ②
にこぐさの
—にこよかにしも 20-4309 ③
—はなつつまなれや 14-3370 ③
—みのわかかへに 16-3874 ③
にこよかに 11-2762 ③
にこよかにしも 20-4309 ④
にごれるさけに 3-345 ④
にごれるさけを 3-338 ④
にしきあやの 9-1807 ⑰
にしきなす 6-1053 ⑬
にしのいちに 7-1264 ①
にしのうまや 13-3327 ③
にしのみまやの 15-3776 ④

にしのやまへに　7-1077 ④
につきてそする
　—いつよりか　11-2572 ②
　—うつしくも　4-771 ②
につつじの　6-971 ㉗
につらふいもは　10-1986 ④
につらふきみを　11-2521 ②
にてこそありけれ　8-1584 ⑤
にてしゆかねば　2-207 ㊿
にてはなかず
　—うのはなの　9-1755 ⑧
　—ながははに　9-1755 ⑥
になひあへむかも　18-4083 ⑤
にぬりのやかた　16-3888 ④
にのぐもの　14-3513 ③
にのほさるかも　14-3351 ⑤
にのほなす　5-804 ィ ㉓
にのほにもみつ　13-3266 ④
にのほのおもわ　10-2003 ②
にのをにも　2-100 ③
にはかになりぬ　16-3811 ⑱
にはきよみ　11-2746 ①
にはくさに　10-2160 ①
にはしくも　20-4389 ③
にはたつみ　7-1370 ③
にはたづみ
　—かはゆきわたり　13-3335 ⑤
　—かはゆきわたり　13-3339 ⑤
　—ながるるなみた　2-178 ③
　—ながるるなみだ　19-4160 ㉝
　—ながるるなみだ　19-4214 ㊾
にはつとり　7-1413 ①
にはつとりさへ　12-3094 ⑤
にはなかの　20-4350 ①
にはにいでたち　8-1629 ⑧
にはにしをれば
　—うちなびく　12-3044 ②
　—しろたへの　12-3044 ィ ②
にはにたたずめ　16-3791 ㊺
にはにたち　14-3535 ③
にはにたつ
　—あさでかりほし　4-521 ①
　—あさでこぶすま　14-3454 ①
　—てうすにつき　16-3886 ㊶
にはにふりしき　8-1663 ②
にはにふる
　—はだれのいまだ　19-4140 ③
　—ゆきはちへしく　17-3960 ①
にはもしづけし　3-388 ㉗
にはもはだらに　10-2318 ④
にはもほどろに
　あわゆきふれり—　10-2323 ⑤
　—ゆきそふりたる　10-2318 ィ ④
にはよくあらし
　—いざりする
　　3-256 左注 ②, 15-3609 ②
　—かりこもの　3-256 ②
にひかはの　17-4000 ⑪
にひくさまじり　14-3452 ④
にひぐはまよの　14-3350 ②
にひさきもりが
　—あさごろも　7-1265 ②
　—ふなでする　20-4335 ②
にひたまくらを　11-2542 ②
にひたやま　14-3408 ①
にひはだふれし　14-3537 左注 ④
にひばりの
　—いまつくるみち　12-2855 ①
　—とばのあふみも　9-1757 ⑪
にひむろの
　—かべくさかりに　11-2351 ①
　—こどきにいたれば　14-3506 ①
にひむろを　11-2352 ①
にひものごとも　9-1809 ㊷
にふなみに　14-3460 ③
にふのかは
　—ことはかよへど　7-1173 ③
　—せはわたらずて　2-130 ①
にふのひやまの　13-3232 ②
にふのまそほの　14-3560 ②
にふのやまへに　19-4178 ④
にふふかに　5-904 ㉟

にふぶにゑみて
　—あはしたる　18-4116 ㊵
　—たちませりみゆ　16-3817 ④
にへすとも　14-3386 ③
にへのうらと　20-4324 ③
にほえさかえて　19-4211 ⑯
にほえをとめ
　—さくらばな　13-3305 ⑥
　—さくらばな　13-3309 ⑥
にほどりの
　—おきながかはは　20-4458 ①
　—かづくいけみづ　4-725 ①
　—かづしかわせを　14-3386 ①
　—なづさひこしを
　　11-2492 ③, 12-2947左注 ③
　—なづさひこむと　3-443 ㉟
　—なづさひゆけば　15-3627 ㊶
　—ふたりならびゐ　5-794 ㉕
　—ふたりならびゐ　18-4106 ㊺
にほのうらの　11-2743左注 ③
にほはさましを　1-69 ⑤
にほはしたるは　10-1859 ④
にほはすはぎは　15-3677 ②
にほはすもみち　8-1588 ②
にほはぬわれや　16-3801 ④
にほはむときの　6-971 ㉘
にほひいでむかも　11-2828 ⑤
にほひこそ　10-1965 ③
にほひそめたり　10-2178 ④
にほひそめたる　10-2179 ②
にほひたる　19-4192 ③
にほひちれども　18-4111 ㊱
にほひてあれば　8-1629 ㉞
にほひてゆかな
　—いももふれけむ　9-1799 ④
　きしのはにふに—　6-932 ⑤
にほひてゆかむ　6-1002 ⑤
にほひてをらむ
　さきのはぎに—　10-2107 ⑤
　にほはぬわれや—　16-3801 ⑤
にほひにてれる　19-4211 ⑱
にほひにめでて　15-3704 ④
にほひにゆかな　10-2014 ④
にほひぬべくも
　—さけるはぎかも　8-1532 ④
　—もみつやまかも　10-2192 ④
にほひはしげし　10-2188 ②
にほひはすとも　16-3877 ④
にほひはもあなに　8-1429 ⑨
にほひひづちて　17-3969 ㊿
にほひよりなむ　16-3802 ④
にほひよる　16-3791 ⑭
にほひよろしき　20-4315 ④
にほふがごとく　3-328 ④
にほふこのやど　17-3920 ⑤
にほふこゆゑに　14-3427 ②
にほふはりはら　1-57 ②
にほふまつちの　7-1192 ②
にほふまで　10-2100 ③
にほふもみちの　10-2187 ④
にほふらむ　17-3965 ③
にほふれど　16-3801 ③
にほへりし　19-4287 ③
にほへるいもが　11-2786 ②
にほへるいもを　1-21 ②
にほへるかかも　17-3916 ②
にほへるきみが　3-443 ㉞
にほへるころも　10-2304 ②
にほへるそのに　17-3918 ②
にほへるときに　17-3985 ⑧
にほへるはなを　19-4185 ⑭
にほへるやどを　17-3957 ㊵
にほへるやまに　4-495 ②
にほへるやまの　8-1594 ④
にほへるやまを　17-3978 ㊿
にほへるわがも　15-3656 ②
にほほしきぬに　16-3791 ㉛
にるひともあへや　3-425 ⑤

ぬ

ぬえことり　1-5 ⑦
ぬえどりの
　—うらなきましつ　10-1997 ③
　—うらなきをりと　10-2031 ③
　—うらなけしつつ　17-3978 ㊿
　—かたこひしつつ　2-196ィ ㊿
　—かたこひづま　2-196 ㊿
　—のどよひをるに　5-892 ⑰
ぬかがみゆへる　11-2496 ②
ぬかつくごとし　4-608 ⑤
ぬがなへゆけど　14-3476左注 ④
ぬかむとおもひて
　はなたちばなを—　10-1987 ⑤
　やまたちばなを—　7-1340 ⑤
ぬきすたばらむ　4-554 ⑤
ぬきたるたまの　11-2791 ②
ぬきつるごとく　5-800 ⑪
ぬきまじへ
　—かづらくまでに　19-4180 ⑪
　—かづらにせむと　3-423ィ ⑪
　—かづらにせよと　18-4101 ㉓
ぬきもさだめず　8-1512 ②
ぬくときもなく　2-150 ⑩
ぬくものにもが　8-1572 ⑤
ぬけるつばなそ　8-1460 ④
ぬけるをも　11-2448 ③
ぬさおかば　9-1731 ③
ぬさとりおきて　13-3237 ⑧
ぬさとりむけて
　—はやかへりこね　1-62 ④
　—われはこえゆく　13-3236 ⑱
ぬさにおくに　11-2625 ③
ぬさはたばらむ　4-558 ④
ぬさまつり
　—あがこひすなむ　20-4391 ③
　—あがこひのまく　17-4008 ㉟
　—いのりまをして　20-4408 ㊾
　—いはふいのちは　20-4402 ③
　—われはぞおへる　6-1022 ⑨
ぬしのとのどに　18-4132 ⑤
ぬしまちかたき　11-2503 ⑤
ぬすびとの　12-3118 ③
ぬすまはず　11-2470 ③
ぬながはの　13-3247 ①
ぬのかたぎぬ　5-892 ㉑
ぬのかたぎぬの　5-892 ㊾
ぬのきぬをだに　5-901 ②
ぬのさらす　4-521 ③
ぬはずして　11-2772 ③
ぬばたまの
　—いねてしよひの　12-2878 ①
　—いめにはもとな　17-3980 ①
　—いめにみえけり　12-2956 ③
　—いめにみえつつ　4-639 ③
　—いめにもみえず　11-2589 ③
　—いもがくろかみ　11-2564 ①
　—いもがほすべく　15-3712 ①
　—かみはみだれて　9-1800 ㉓
　—きぞはかへしつ　4-781 ①
　—くろうしがたを　9-1798 ③
　—くろかみかはり　4-573 ①
　—くろかみかはり　19-4160 ㉓
　—くろかみしきて　11-2631 ①
　—くろかみしきて　13-3274 ⑮
　—くろかみしきて　13-3329 ㊺
　—くろかみしきて　17-3962 ㉟
　—くろかみしきて　20-4331 ㊿
　—くろかみぬれて　16-3805 ①
　—くろかみやまの　11-2456 ①
　—くろかみやまを　7-1241 ①
　—くろのくるよは　4-525 ③
　—くろのくるよは　13-3313 ③
　—くろまにのりて　13-3303 ⑨
　—このよなあけそ　11-2389 ①
　—こよひのつくよ　20-4489 ③
　—こよひのゆきに　8-1646 ①
　—こよひはやも　12-2962 ③
　—そのいめにだに　12-2849 ①

―そのよのうめを　3-392①
―そのよのつくよ　4-702①
―そのよはわれも　13-3269③
―つきにむかひて　17-3988①
―ひだのおほぐろ　16-3844①
―ひとよもおちず　15-3647③
―ひとよもおちず　15-3738③
―ゆふへにいたれば　2-199⑪③
―よあかしもふねは　15-3721①
―よぎりごもれる　10-2035③
―よぎりにこもり　10-2008①
―よぎりのたちて　6-982①
―よぎりはたちぬ　9-1706①
―よごとにきみが　11-2569③
―よとこかたさり　18-4101⑪
―よとこもあるらむ　2-194⑮
―よとこもあれなむ　2-194ィ⑮
―よのふけゆけば　6-925①
―よはあけぬらし　15-3598①
―よはあけゆきぬ　13-3312⑬
―よはふけにつつ　10-2076③
―よはふけぬらし　17-3955①
―よもふけにけり　13-3280⑤
―よもふけにけり　13-3281⑤
―よるさりくれば　7-1101①
―よるにいたらば　12-2931③
―よるのいとまに　20-4455③
―よるのいめにを　5-807③
―よるのいめにを　12-3108③
―よるのひもだに　17-3938③
―よるはすがらに　4-619㉗
―よるはすがらに　13-3270⑪
―よるはすがらに　13-3297⑦
―よるはすがらに　15-3732③
―よるはすがらに　19-4166㉙
―よるひるといはず　4-723⑦
―よるひるといはず　11-2569ィ③
―よるみしきみを　15-3769①
―よわたるかりは　10-2139①
―よわたるつきに　3-302③
―よわたるつきに　15-3671①
―よわたるつきの　2-169③
―よわたるつきの　9-1712③
―よわたるつきの　11-2673①
―よわたるつきの　12-3007①
―よわたるつきは　15-3651①
―よわたるつきを　7-1077①
―よわたるつきを　7-1081①
―よわたるつきを　18-4072①
―よをながみかも　12-2890①
―わがくろかみに　2-89③
―わがくろかみに　7-1116①
―わがくろかみを　11-2532③
―わがくろかみを　11-2610①
ぬはむものもが　18-4128⑤
ぬひしくろぐつ　16-3791㊸
ぬひもあへむかも　10-2065⑤
ぬへるころもそ　15-3753⑤
ぬへるころもぞ　7-1273⑥
ぬへるふくろは　4-746⑤
ぬまふたつ　14-3526①
ぬらくしけらく　14-3358左注②
ぬらさくおもへば　9-1697⑤
ぬらすつゆはら　11-2357③
ぬらむきみゆゑ　13-3270⑧
ぬらむこゆゑに　11-2599⑤
ぬりやかた　16-3888③
ぬるがくるしさ　8-1631⑤
ぬるがへに　14-3465③
ぬるくはいでず　16-3875④
ぬるしるしなし　10-2264④
ぬるよおちず
―いへなるいもを　1-6③
―いめにはみれど　17-3978㉗
ぬるよしそおほき
おもひみだれて―　11-2365⑥
おもひみだれて―　12-3065⑤
おもひわぶれて―　15-3759⑤
ぬるよはなくて　11-2615④
ぬるよをおちず　13-3283④
ぬれぎぬを　9-1688③
ぬれつつか　12-3213③

ぬれつつきませ　10–2252④
ぬれつつそこし
　あめはふれども——　12–3126⑤
　そでをかさにき——　12–3123⑤
ぬれつつもいかむ　10–2236⑤
ぬれつつをれば　8–1573②
ぬれていかにせむ　15–3712⑤
ぬれてきて　8–1583③
ぬれてののちは　7–1351④
ぬれてゆかむみむ　7–1274⑥
ぬれてわきなば　14–3382④
ぬれどあかぬを　14–3404④
ぬれどねかねて　12–3123②
ぬれとほり　10–2180③
ぬれとほるとも　9–1760④
ぬれにけらしも　10–2217⑤
ぬれにけるかも
　あがくたぎちに——　7–1141⑤
　あまつゆしもに——　11–2395⑤
　いそこすなみに——　12–3164⑤
　しづえのつゆに——　10–2330⑤
　やましたつゆに——　7–1241⑤
　わがころもでは——　9–1675⑤
　わがころもでは——　12–3163⑤
　わがそめしそで——　7–1249⑤
ぬれにしころも
　——ほさずして　9–1666②
　——ほせどかわかず　7–1186④
ぬれにしそでは　7–1145④
ぬれぬとも
　——きみがみふねの　15–3656③
　——こひわすれがひ　15–3711③
ぬればかもとな　15–3738②
ぬればことにづ　14–3466②
ぬればひつとも　3–374⑤
ぬれもあへむかも　6–999⑤

ね

ねがひくらしつ　5–902⑤
ねがひつるかも　4–548⑤
ねがへばきぬに　7–1357④
ねぎたまひ　20–4331⑰
ねぎたまふ
　——うちなでそ　6–973⑫
　——かへりこむひに　6–973⑭
ねさめてをれば　19–4146②
ねざめにきけば　6–1062⑭
ねざめふすのみ　10–2302⑤
ねじろたかがや　14–3497②
ねずかなりなむ　7–1392⑤
ねずやなりなむ　14–3565②
ねたりしからに　9–1751⑧
ねたるよは　10–2021③
ねたれども　11–2399③
ねつこぐさ　14–3508③
ねつつもあらむを　14–3471②
ねてもこましを　17–3978㊳
ねてわがこしを　11–2665④
ねどなさりそね　14–3428⑤
ねなきつるかも　9–1809㊸
ねななりにし　14–3487④
ねなへこゆゑに
　おとだかしもな——　14–3555⑤
　——ははにころはえ　14–3529④
ねなへども　14–3509③
ねなへのからに　14–3482左注④
ねにさへなきし　4–498⑤
ねにしもなかむ　19–4148④
ねにたつくもを　14–3515④
ねにはつかなな　14–3408②
ねにはなくとも
　——いちしろく　11–2604②
　——いろにいでめやも　3–301④
ねにふすししの　14–3428②
ねにもなきつつ　9–1801㉔

ねのみしそなく
こひのみしつつ―― 15-3768 ⑤
せむすべしらに―― 4-515 ⑤
たどきをしらに―― 15-3777 ⑤
ねのみしなかむ 3-483 ②
ねのみしなかも 4-614 ⑤
ねのみしなかゆ
――あがこふる 4-509 ⑫
――あさぎりの 17-4008 ㉘
――あさよひにして 3-456 ④
――あさよひにして 20-4480 ④
――あひおもふわれは 19-4215 ④
――いにしへおもへば 3-324 ㉔
おもひわづらひ―― 5-897 ㊴
――かたれば 2-230 ㉒
きみにこふるに―― 13-3344 ㉝
こころにむせひ―― 4-645 ⑤
――そこおもふに 13-3314 ⑧
なきゆくとりの―― 5-898 ⑤
のへみるごとに―― 20-4510 ⑤
ゆきくとみれば―― 9-1810 ⑤
よるはすがらに―― 15-3732 ⑤
――わたつみの 15-3627 ⑳
ねのみしなけば 20-4479 ②
ねのみそあがなく
――いたもすべなみ 12-3218 ④
――きみなしにして 3-458 ④
ねのみなきつつ
――あぢさはふ 9-1804 ㉖
――こふれども 3-481 ㊵
――たもとほり 4-619 ㊳
ねのみやなかむ 9-1780 ⑳
ねのみを
――ききてありえねば 2-207 ㉝
――なきつつありてや 2-155 ⑪
ねのみをか 14-3390 ③
ねばふむろのき 3-448 ②
ねばふよこのの 10-1825 ②
ねばへるかどに 13-3329 ㊵
ねばへるかどを 13-3274 ⑥
ねはりあづさを 13-3324 ㊵
ねふかくも 11-2761 ③
ねふかめて
――あれこひわたる 11-2486 ③
――むすびしこころ 3-397 ③
ねぶのはな 8-1461 ③
ねまくほりこそ 12-2844 ⑤
ねめやわがせこ 12-3120 ②
ねもころいもに 11-2758 ②
ねもころおもひて 7-1324 ②
ねもころきみが 11-2473 ②
ねもころごろに
――あがおもへる 13-3284 ②
――あがおもへるらむ 12-3054 ④
――てるひにも 12-2857 ②
――ふりおくしらゆき 20-4454 ④
ねもころたがゆゑ 12-2863 ④
ねもころに
――あがおもふきみは 13-3291 ⑤
――あがおもふひとを 12-3051ィ ③
――あれはそこふる 12-3051 ③
――おくをなかねそ 14-3410 ③
――おもひむすぼれ 18-4116 ㉛
――おもふわぎもを 12-3109 ①
――かたもひすれか 11-2525 ①
――きみがきこして 4-619 ③
――こころつくして 4-682 ③
――こひやわたらむ 11-2486左注 ③
――なこひそよとそ 17-4011 (103)
――なにしかいもに 12-3130 ③
――なにしかふかめ 11-2488 ③
――みまくほしけど 2-207 ⑤
――ものをおもへば 8-1629 ①
――やまずおもはば 12-3053 ③
――われをたのめて 4-740 ③
ねもころの 11-2393 ③
ねもころみまく 4-580 ④
ねもころみれど 9-1723 ④
ねもころわれは 11-2472 ④
ねもころわれも 4-791 ④
ねもとかころが 14-3473 ④
ねもとわはもふ 14-3494 ④

ねやどまで 5-892 ⑱
ねやはらこすげ 14-3498 ②
ねよとのかねは 4-607 ②
ねりのことばは 4-774 ④
ねりのむらとに 4-773 ④
ねろとへなかも 14-3499 ⑤
ねろにかくりゐ 14-3383 ②
ねろにかすみゐ 14-3388 ②
ねろにつくたし 14-3395 ②
ねろのささばの 14-3382 ②
ねをかもをふる 14-3500 ②
ねをそなきつる 14-3485 ④
ねをはへて 19-4159 ③
ねををへなくに 14-3500 ⑤

の

のがなへゆけば 14-3476 ④
のぎにふりおほふ 10-2339 ②
のきのまつばら 3-295 ②
のこしたまへれ 18-4111 ⑫
のごとに 2-199 ㊼
のこのうらなみ 15-3670 ②
のこのとまりに 15-3673 ④
のこりたる 5-849 ①
のこりたるかも 19-4140 ⑤
のこれるはなは 9-1747 ⑭
のこれるゆきを 8-1640 ④
のさかのうらゆ 3-246 ②
のさきのはこの 2-100 ②
のしまがさきに
3-250左注 ④, 15-3606 ④
のしまのあまの
—ふねにしあるらし 6-934 ④
—わたのそこ 6-933 ⑫
のしまのさきに 3-250 ④
のしまのさきの 3-251 ②
のしまはみせつ 1-12 ②
のしまもすぎ 6-942 ⑩
のぞみはたえぬ 8-1520 ⑫
のちこそしらめ 5-878 ②
のちこひむかも
あひみしこらを— 11-2449 ⑤
いもをあひみて— 10-1909 ⑤
いもをあひみて— 12-3141 ⑤
かくききそめて— 8-1495 ⑤
けふみしひとに— 12-2993 ⑤
このさだすぎて— 11-2732 ⑤
このさだすぎて— 12-3160 ⑤
ときすぎゆかば— 10-2209 ⑤
のちせしづけく 11-2431 ②
のちせのやまの 4-737 ④
のちせやま 4-739 ①
のちつひに

—あはじといひし　12-3116③
—いのちしにける　9-1740(89)
—いもはあはむと　12-3040①
のちにいふとも　4-673④
のちにくゆとも　3-410④
のちにはあはむ　19-4279②
のちにもあはむ
—いまにあらずとも　4-699④
—なこひそわぎも　10-1895④
のちにもあはむと　16-3834④
のちのくいあり　11-2386⑤
のちのこころを
—しりかてぬかも　2-98④
—しるひとそひく　2-99④
のちのしるしと　19-4212②
のちのよに　19-4165③
のちのよの
—かがみにせむと　16-3791(106)
—かたりつぐべく　19-4164㉑
—ききつぐひとも　19-4211㊲
のちはあひぬとも
あれはこひむな—　12-3190⑤
あれはこひむな—　14-3477⑤
うらごひしけむ—　12-3203⑤
のちはしぬとも　5-889ィ⑤
のちはしらねど　11-2724⑤
のちはたがきむ　11-2819④
のちはちりすぐ　6-988②
のちはちるとも　8-1589⑤
のちはなにせむ
—いけるひの　4-560②
しゑやいでこね—　11-2519⑤
—わがいのちの　11-2592②
のちひとの　9-1801⑪
のちみむために　7-1342④
のちみむと　2-146①
のちみむひとは　3-364④
のちもあはむ
—あになこひそと　12-2847①
—いもにはわれは　11-2431③
—いもにはわれは　12-3018③
のちもあはむきみ　4-737⑤
のちもあはむと
—いめのみに　11-2479②
—おほぶねの　2-207⑫
—おほぶねの　13-3281⑱
—おもへこそ　4-739②
—おもへこそ　12-2868②
—おもへこそ　17-3933②
—ことのみを　12-3113②
—なぐさむる　13-3280⑯
—なぐさもる　12-2904②
—ねもころに　4-740②
のちもあはむといふ　11-2756⑤
のちもあふものを
おもふひとには—　11-2515⑤
くくりよすれば—　11-2448⑤
のちもかならず　12-3073④
のちもなかなむ　8-1509②
のちもわがつま
あはずこそあれ—　11-2428⑤
みをしたえずは—　12-3014⑤
のちもわがまつ　3-394⑤
のづかさに
—いまさけるらむ　20-4316③
—いまはなくらむ　17-3915③
のつとり　13-3310⑨
のとかのやまの　11-2424②
のとがはの
—のちにはあはむ　19-4279①
—みなそこさへに　10-1861①
のとせがは　3-314③
のとせのかはの　12-3018②
のどにかあらまし　2-197⑤
のどにはたたぬ　13-3339⑫
のどにはふかず　13-3335⑫
のとのうみに　12-3169①
のとのしまやま　17-4026③
のどよひをるに　5-892(71)
のなかにたてる　2-144②
のにいでやまにいり　10-1957④
のにかぎろひの　1-48②

のにたつしかも　4-570 ④
のにもあはなむ　14-3463 ②
ののうへには　6-926 ⑤
ののうへのうはぎ　2-221 ④
ののうへのかたに　8-1443 ②
ののうへのくさそ　10-2191 ④
ののうへのみやは　20-4506 ②
ののそきみよと　6-971 ⑫
のはことにして　12-3099 ④
のびとみるまで　2-230 ⑧
のへさへきよく　7-1070 ④
のへにいほりて　6-1029 ②
のへにさきたる　8-1533 ②
のへのあきはぎ
　―いたづらに　2-231 ②
　―うらわかみ　10-2095 ②
　―このころの　8-1605 ②
　―ちらまくをしも　10-2121 ④
　―ときなれば　10-2106 ②
　―なちりそね　2-233 ②
のへのあさぢそ　8-1540 ④
のへのかほばな　8-1630 ②
のへのしたくさ　7-1343 ④
のへのやまぶき　19-4197 ④
のへはふくずの　20-4508 ②
のへみるごとに　20-4510 ④
のへみれば　10-1972 ①
のへゆきしかば　10-2101 ④
のへゆくみちは　2-232 ②
のへゆゆくみち　2-234 ②
のへをめぐれば　16-3791 ㊆
のぼすらむ　1-50 ㊺
のぼらして　13-3324 ㉗
のぼりくだりに　10-1828 ⑤
のぼりたち
　―くにみをすれば　1-2 ⑤
　―くにみをせせば　1-38 ⑨
のぼりてみれば　9-1757 ⑥
のまぬひはなし
　かみのやしろを―　11-2660 ⑤
　かみのやしろを―　11-2662 ⑤
のまむさけかも　8-1657 ④
のみてののちは
　―ちりぬともよし　5-821 ④
　―ちりぬともよし　8-1656 ④
のみにはあらず　16-3827 ②
のむさかづきに　7-1295 ⑤
のむひとの　13-3260 ⑨
のむべくあるらし　3-338 ⑤
のむみづに　20-4322 ③
のめどあかぬかも　7-1128 ⑤
のもさはに　17-4011 ㉑
のもりはみずや　1-20 ④
のやまづかさの　10-2203 ④
のやまのあさぢ　7-1347 ④
のゆきやまゆき
　―にはたづみ　13-3339 ④
　―われくれど　20-4344 ②
のらえかねめや　16-3793 ⑤
のらえてをれば　12-3098 ②
のらずありしを　15-3730 ②
のらずきにけむ　4-509 ㊼
のらせこそ　3-237 ③
のらぬいもがな　14-3488 ④
のらぬきみがな　14-3374 ④
のらむとは　2-109 ③
のらめ　1-1 ⑯
のらゆれど　12-3096 ③
のりてかたらく　9-1740 ㊳
のりてかなしも　14-3466 ⑤
のりてくべしや　12-3098 ⑤
のりにけるかも
　いもはこころに―　2-100 ⑤
　いもはこころに―　10-1896 ⑤
　いもはこころに―　11-2427 ⑤
　いもはこころに―　11-2748 ⑤
　いもはこころに―　11-2749 ⑤
　いもはこころに―　12-3174 ⑤
のりにしこころ
　―つねわすらえず　7-1398 ④
　―わすれかねつも　7-1399 ④
のれるふねみゆ　6-1063 ⑤

のわたりに　10-2089 ⑫
のをなつかしみ　8-1424 ④
のをばなやきそ　14-3452 ②
のをひろみ
—くさこそしげき　17-4011 ⑨
—はひにしものを　14-3434 ③

は

はかずゆけども　9-1807⑯
はかのうへの　9-1811①
はがひのやまに
—あがこふる　2-210㊻
—ながこふる　2-213㊻
はがひのやまゆ　10-1827②
はかりしときに
—あまでらす　2-167⑩
—さしあがる　2-167ィ⑩
はがれかゆかむ　20-4352⑤
はききよめ　20-4465㉓
はぎさきにけり
—あきかぜの　19-4219②
—ちらぬまに　10-2287②
はぎさきにほふ　19-4154⑳
はぎさきぬれや　8-1468④
はぎにぬきおける　8-1547②
はぎのあそびせむ　10-2173⑤
はぎのうれながし　10-2109②
はぎのえを　6-1047㉙
はぎのしたばは
—あきかぜも　8-1628②
—いろづきにけり　10-2182④
—いろづきにけり　10-2204④
—もみちあへむかも　20-4296④
—もみちぬるかも　8-1575④
はぎのすれるそ　10-2101⑤
はぎのはな
—いまかちるらむ　10-2118③
—さきたるのへに　10-2231①
—さきてありやと　3-455③
—さきのををりを　10-2228①
—さけるをみれば　10-2280①
—ちらすしらつゆ　10-2175③
—ちらまくをしみ　10-2108③
—ちらむときにし　6-970③
—ともにかざさず　20-4515③
—にほへるやどを　17-3957㊴
—をばなくずはな　8-1538①
はぎのはなさく　10-2117⑤
はぎのはなそも　10-2123④
はぎのはなちる　10-2096⑤
はぎのはなみに　10-2103⑤
はぎのふるえに　8-1431②
はぎはちりなば　10-2125②
はぎはちりにき　8-1536④
はぎはちりぬと　10-2144②
はぎはなさけり　8-1621②
はぎみにきみは　10-2271④
はぎみれば　8-1533③
はぎをあきといふ　10-2110②
はぐくみもちて　15-3579④
はぐくもる　15-3578③
はくひのうみ　17-4025③
はこねとびこえ　7-1175②
はこねのねろの　14-3370②
はこねのやまに
—あはまきて　14-3364②
—はふくずの　14-3364左注②
はこのみに　7-1325③
はこよりいでて　9-1740㉔
はじきおきて　14-3437③
はしきかも
—きみがみことを　2-113③
—みこのみことの　3-479①
はしきこもがも　18-4134⑤
はしきさほやま　3-474⑤
はしきたがつま　20-4397⑤
はしきつまのこ　4-663⑤
はしきつまらは
まちかこふらむ—　2-220㊺
まちかもこひむ—　20-4331㊺
はしきやし
—あはぬきみゆゑ　11-2705①
—あはぬこゆゑに　11-2429①
—いもがありせば　3-466⑤
—いもをあひみに　8-1619③
—おきなのうたに　16-3794①

—きみがつかひの　4-787 ③
—きみがめすらを　11-2369 ③
—きみにこふらく　12-3025 ③
—きみにこふるも　13-3271 ③
—きみをおもふに　11-2369ィ ③
—けふやもこらに　16-3791 ⑲
—さかえしきみの　3-454 ①
—しかあるこひにも　12-3140 ①
—たがさふれかも　11-2380 ①
—ふかぬかぜゆゑ　11-2678 ①
—まちかきさとの　6-986 ①
—わがおほきみの　2-196 ㊸
—わがせのきみを
6-1020(1021) ⑤
—わがつまのこが　2-138 ㊲
—わぎへのけもも　7-1358 ①
はしきよし
—いもがすがたを　18-4121ィ ①
—いもがたもとを　2-131ィ ㉓
—いもをあひみず　17-3964 ③
—かくのみからに　5-796 ①
—きみはこのころ　19-4214 ㉕
—けふのあろじは　20-4498 ①
—そのつまのこと　18-4106 ⑰
—つまのみことの　18-4101 ⑦
—つまのみことも　17-3962 ㉗
—なおとのみこと　17-3957 ㉝
—わがせのきみを　17-4006 ⑦
はしきると　5-892 ㊹
はしきわがせこ　19-4189 ㉗
はしけやし
—あがおくづま　17-3978 ⑨
—いへをはなれて　15-3691 ⑤
—かくありけるか　6-1059 ⑮
—きみがただかを　17-4008 ㊲
—つまもこどもも　15-3692 ①
—まちかきさとを　4-640 ①
はしたての
—くまきさかやに　16-3879 ①
—くまきのやらに　16-3878 ①
—くらはしがはの　7-1283 ①
—くらはしがはの　7-1284 ①
—くらはしやまに　7-1282 ①
はしだにも　18-4125 ⑪
はしなるこらし　14-3408 ④
はしにおくなゆめ　10-1868 ⑤
はじのしびまろ　16-3845 ②
はしむかふ　9-1804 ③
はじめけらしも　20-4360 ㊺
はじめたまひて
—くがねかも　18-4094 ㉔
—たふとくも　18-4098 ⑧
—はにやすの　1-52 ⑧
はじめてし　13-3329 ㉙
はじめのときの　2-167 ②
はじめのときゆ
—あまのがは　10-2089 ②
—うつそみの　19-4214 ②
はじめより　4-620 ①
はじゆみを　20-4465 ⑦
はしりでの
—つつみにたてる　2-210 ⑤
—よろしきやまの　13-3331 ⑤
はしりゐのうへに　7-1113 ④
はしりゐみづの　7-1127 ②
はしわたせらば　18-4126 ②
はたあはざらむ　6-953 ⑤
はだこひめやも
かくさきたらば—　8-1425 ⑤
きなきとよめば—　18-4051 ⑤
はたこらが　2-193 ①
はだしさむしも　4-524 ⑤
はたすすき
—しのをおしなべ　1-45 ㉑
—もとはもそよに　10-2089 ⑰
はだすすき
—うらののやまに　14-3565 ③
—くめのわくごが　3-307 ①
—ほにいづるあきの　8-1601 ③
—ほにいづるあきの　17-3957 ㊲
—ほにでしきみが　14-3506 ③
—ほにはさきいでず　10-2283 ③

──ほにはさきでぬ　10-2311①
──ほにはないでと　16-3800①
──をばなさかふき　8-1637①
はたたくそらの　13-3223②
はだなおもひそ　15-3745④
はたのなびきは　2-199㊴
はたのにこよひ　10-2338④
はたほこにをり　16-3856⑤
はだもしわみぬ　9-1740㊹
はたものの　10-2062①
はだもふれずて　11-2399②
はたやこよひも　1-74④
はたやはた
──かくしてのちに　4-762③
──むなぎをとると　16-3854③
はだれしもふり　10-2132④
はだれにふると　8-1420②
はだれのいまだ　19-4140④
はだれふりおほひ　10-2337②
はぢしのび　16-3795①
はちすなし　16-3835③
はちすばに
──たまれるみづの　13-3289③
──たまれるみづの　16-3837③
はちすばは　16-3826①
はぢをもだして　16-3795②
はつあきかぜ　20-4306①
はつこゑききて　10-2276②
はつこゑを　19-4180⑦
はつせかぜ　10-2261①
はつせがは
──しらゆふはなに　7-1107①
──たゆることなく　6-991③
──ながるみなわの　7-1382①
──ながるるみをの　7-1108①
──はやみはやせを　11-2706①
──みをしたえずは　9-1770③
──ゆふわたりきて　9-1775①
──よるべきいその　13-3226③
はつせの　11-2353①
はつせのかはに　1-79⑥
はつせのかはの
──かみつせに　13-3263②
──かみつせに　13-3330②
──をちかたに　13-3299左注②
はつせのかはは　13-3225④
はつせのくにに　13-3310②
はつせのひばら　7-1095④
はつせのやま　13-3331②
はつせのやまに
──いほりせりといふ　7-1408④
──かすみたち　7-1407②
──かむさびに　3-420⑥
──てるつきは　7-1270②
──ふるゆきの　10-2347②
はつせのやまの　3-428②
はつせのやまは
──いろづきぬ　8-1593②
──まきたつ　1-45⑩
はつせめの　6-912①
はつせやま　3-282③
はつせをぐにに
──つましあれば　13-3311②
──よばひせす　13-3312②
はつせをとめが　3-424②
はつたりを　16-3886㊺
はつとがりだに　19-4249④
はつねのけふの　20-4493②
はつはぎの　8-1541③
はつはつに
──あひみしこらし　14-3537③
──いもをそみつる　11-2461③
──にひはだふれし　14-3537左注③
──ひとをあひみて　4-701①
はつはつにみし　7-1306④
はつはなの　4-630①
はつはなを
──えだにたをりて　18-4111⑲
──をりてかざさな　19-4252③
はつはるの
──けふふるゆきの　20-4516③
──はつねのけふの　20-4493①

はづまのきみが　7-1273 ②
はつみのさきの　8-1560 ②
はつもみちばに　8-1584 ④
はつもみちばを　10-2216 ②
はつゆきは　20-4475 ①
はつるつしまの　15-3697 ②
はつるとまりと　6-1065 ④
はつるとまりの　2-122 ②
はつをばな
—いつしかいもが　10-2277 ③
—かりほにふきて　15-3691 ㉙
—はなにみむとし　20-4308 ①
はてしたかつは　3-292 ④
はてしとまりに　2-151 ④
はててさもらふ　7-1171 ②
はてにけむかも
あどのみなとに—　9-1718 ⑤
よびしふなびと—　7-1225 ⑤
はてにけり　17-3892 ③
はてむつの　10-2004 ③
はなかざしもち　1-38 ⑯
はなかずにしも　17-3942 ②
はなかつみ　4-675 ③
はなかづらせよ　19-4153 ⑤
はなぐはし　11-2565 ①
はなごめに　17-3998 ③
はなさかむ　20-4444 ③
はなさかめやも　10-1929 ⑤
はなさきがたき　4-788 ②
はなさきたらば　7-1248 ④
はなさきて　10-1860 ①
はなさきにけり
—あさにけに　8-1507 ⑧
うゑしあきはぎ—　10-2119 ⑤
えだもしみみに—　10-2124 ⑤
ふゆきのうめは—　8-1649 ⑤
わかきのうめは—　8-1423 ⑤
はなさきにほひ
—あきづけば　19-4160 ⑭
—やまみれば　20-4360 ⑯
はなさきをり
—あきされば　17-3907 ④
—あきづけば　13-3266 ②
—あきへには　6-923 ⑩
—あなおもしろ　6-1050 ㉚
—かはせには　3-475 ⑭
—さをしかの　6-1053 ⑭
はなさくまでに　10-1930 ④
はなさけるかも　9-1683 ⑤
はなそさきたる　3-466 ②
はなたちばなに
—あへもぬくがね　18-4102 ④
—すみわたれとり　9-1755 ⑳
—ぬきまじへ　18-4101 ㉒
—ほととぎす　8-1481 ②
—ほととぎす　10-1980 ②
はなたちばなの
—いつしかも　8-1478 ②
—えだにゐて　10-1950 ②
—かぐはしき　19-4169 ④
—たまにひりひつ　7-1404 ④
—つちにおちむみむ　10-1954 ④
—にほふこのやど　17-3920 ④
はなたちばなは
—いたづらに　15-3779 ②
—ちりすぎて　8-1489 ②
—ちりにけむかも　10-1971 ④
—ちりにけり　10-1969 ②
—なりにけり　8-1492 ②
はなたちばなを
—きみがため　8-1502 ②
—そでにうけて　10-1966 ②
—たまにぬき　3-423 ⑩
—たまにぬき　10-1967 ②
—つちにちらしつ　8-1509 ④
—ともしみし　17-3984 ②
—ぬかむとおもひて　10-1987 ④
—ぬきまじへ　3-423ィ ⑩
—ぬきまじへ　19-4180 ⑩
—はなごめに　17-3998 ②
—ひきよぢて　14-3574 ②
—ほつえに　13-3239 ⑥

—ほととぎす　8-1486 ②
—ほととぎす　8-1493 ②
—みずかすぎなむ　8-1504 ④
—みにはこじとや　10-1990 ④
—やどにはうゑずて　19-4172 ④
—をとめらが　19-4166 ㉒
はなちけむ　13-3302 ㉗
はなちどり
—あらびなゆきそ　2-172 ③
—ひとめにこひて　2-170 ③
はなちらば　16-3787 ③
はなぢらふ
—あきづののへに　1-36 ⑪
—このむかつをの　14-3448 ①
はなちらめやも　17-3968 ⑤
はなちりまがひ　17-3993 ㊷
はなちるさとに　10-1978 ②
はなちるさとの　8-1473 ②
はなぢるときに　18-4092 ④
はなちるにはを　10-1968 ④
はなつつまなれや　14-3370 ④
はなつとも　3-327 ③
はなづまとひに　8-1541 ④
はなとあれもふ　5-852 ④
はなとりもちて
—うつらうつら　20-4449 ②
—つれもなく　19-4184 ②
はななつかしみ　19-4192 ㉔
はななははくれ　16-3886 ㉜
はななるときに　8-1492 ④
はなにあらましを
さきてちりにし—　10-2282 ⑤
さきてちりぬる—　2-120 ⑤
はなにあらめやも　8-1510 ⑤
はなにかきみが　7-1360 ④
はなにさきでよ　10-1992 ④
はなにさきなむ　8-1448 ④
はなにしあらば　11-2827 ②
はなにしありけり　10-2288 ④
はなにちらすな　8-1445 ⑤
はなにちりぬる　10-2126 ⑤
はなにちる　19-4207 ⑬
はなにつぎ　10-2209 ③
はなにとはむと　8-1438 ④
はなになそへて
—みまくほりかも　20-4307 ④
—みれどあかぬかも　20-4451 ④
はなにほひ　20-4397 ③
はなにほひみに　20-4317 ⑤
はなにまつらば　10-1904 ④
はなにみむとし　20-4308 ②
はなにもが　3-306 ③
はなにもがもな　17-4010 ④
はなにもがもや　20-4325 ②
はなにもきみは　8-1616 ④
はなにもみにも　18-4112 ②
はなのうへをほれ
いけだのあそが—　16-3841 ⑤
へぐりのあそが—　16-3843 ⑤
はなのごと
—ゑみてたてれば　9-1738 ⑪
—ゑみてたてれば　9-1807 ㉓
はなのさかりに
—あひみしめとそ　17-4008 ㊹
—かくしこそ　19-4188 ②
—かくのごと　20-4304 ②
—かもかくも　17-3993 ㊾
—めさずとも　9-1749 ⑫
はなのには　20-4453 ③
はなののすすき　10-2285 ②
はなのはじめに　20-4435 ②
はなのはなひし　11-2809 ②
はなのみさきて
—ならざらめやも　7-1358 ④
—ならざるは　2-102 ②
—ならずかもあらむ　7-1364 ④
はなのみし　8-1629 ㉝
はなのみとはむ　20-4447 ④
はなのみに
—さきてけだしく　8-1463 ③
—さきてみえこそ　10-1928 ③
はなのみにほふ　19-4156 ④

はなのみゆべく　10-1887 ⑥
はなはうつろふ　20-4501 ②
はなはさかりに　3-330 ②
はなはさけども　20-4323 ②
はなはすぎつつ　19-4194 ⑤
はなはすぐとも　17-3917 ④
はなはだここだ　7-1328 ④
はなはだも
　—ふらぬあめゆゑ　7-1370 ①
　—ふらぬゆきゆゑ　10-2322 ①
　—よふけてなゆき　10-2336 ①
はなはちらむな　17-3913 ④
はなはちりつつ
　あきかぜふきて—　20-4452 ⑤
　なきとよもせば—　10-1950 ⑤
はなはちるとも　7-1259 ⑤
はなびしびしに　5-892 ⑫
はなひひもとけ
　—まつらむか　11-2408 ②
　—まてりやも　11-2808 ②
はなまついまに　7-1359 ④
はなみるごとに　18-4114 ②
はなもさけれど　1-16 ⑥
はなやかに　12-2993 ③
はなよりは　7-1365 ③
はなりその　20-4338 ③
はなりのかみを　7-1244 ②
はなれこしまの　7-1202 ④
はなれごま　11-2652 ③
はなれそに　15-3600 ①
はなれてあるらむ　15-3601 ⑤
はなれゐて
　—あさなげくきみ　2-150 ③
　—なげかすいもが　18-4106 ㉛
はなゑみに
　—にふぶにゑみて　18-4116 ㊴
　—ゑまししからに　7-1257 ③
はなをあれ　7-1306 ③
はなをそひつる　11-2637 ②
はなをふかさね　10-2292 ④
はなをよみ　8-1483 ③
はなをりかざし　2-196 ㉚
はなをゐちらし　9-1755 ⑭
はにしなの　14-3398 ③
はにふのをやに　11-2683 ②
はにやすの
　—いけのつつみの　2-201 ①
　—つつみのうへに　1-52 ⑨
　—みかどのはらに　2-199 ⑩⑦
はねうちつけて　11-2490 ②
はねかづら
　—いまするいもが　11-2627 ①
　—いまするいもは　4-706 ①
　—いまするいもを　4-705 ①
　—いまするいもを　7-1112 ①
はねさしかへて　15-3625 ⑩
はねしろたへに　10-1840 ④
はねずいろの
　—あかものすがた　11-2786 ③
　—うつろひやすき　4-657 ③
　—うつろひやすき　12-3074 ①
ははいもれども　14-3393 ④
ははがかたみと　13-3314 ⑫
ははがかなしさ　5-890ィ ⑤
ははがかふこの
　—まよごもり　11-2495 ②
　—まよごもり　12-2991 ②
　—まよごもり　13-3258 ⑩
ははかきなで　20-4398 ⑩
ははがそのなる　7-1357 ②
ははがてはなれ
　—かくばかり　11-2368 ②
　—つねしらぬ　5-886 ④
ははがとはさば　11-2364 ⑤
ははがとりみば　5-889 ②
ははがまなごそ　7-1209 ②
ははがめかれて　20-4331 ⑳
ははがめみずて　5-887 ②
ははがもらしし　12-3000ィ ⑤
ははがよぶなを　12-3102 ②
ははきこせども　13-3289 ⑩
ははしもらすも　12-3000 ⑤

ははしりぬべし 13-3312 ⑩
ははそばの
　―ははのみこと 19-4164 ③
　―ははのみことは 20-4408 ⑤
ははそはら 9-1730 ③
ははとじに 6-1022 ③
ははとふはなの 20-4323 ④
ははとりみまし 5-886 ㉖
ははにあへつや 16-3880 ⑬
ははにかたらく 9-1809 ㉚
ははにころはえ
　ねなへこゆゑに― 14-3529 ⑤
　―ものおもふわれを 11-2527 ④
ははにさはらば 11-2517 ②
ははにしらえず 11-2537 ②
ははにたがひぬ 14-3359 ⑤
ははにまうして 15-3688 ⑫
ははにまをさば 11-2557 ②
ははにむだかえ 16-3791 ④
ははにもつげつ 11-2570 ④
ははにものらず 13-3285 ②
ははのみこと 19-4164 ④
ははのみことか 16-3811 ㉒
ははのみことの
　―おほぶねの 17-3962 ⑳
　―ことにあれば 9-1774 ②
ははのみことは
　―いはひへを 3-443 ⑳
　―みものすそ 20-4408 ⑥
ははははいねたり 13-3312 ⑥
はははしらじ 13-3295 ⑪
はははしるとも 11-2687 ⑤
はははせむとも 11-2760 ⑤
はははとふとも 11-2407 ④
ははもつまらも 15-3691 ⑭
ははをはなれて 20-4338 ④
ははをわかれて 20-4348 ②
はひおほとれる 16-3855 ②
はひさすものぞ 12-3101 ②
はひたもとほり 3-458 ②
はひつきの 17-4024 ③
はひにしものを 14-3434 ④
はひにていませば 2-213 ㊺
はひのりて 5-804 ㉟
はぶきなくしぎ 19-4141 ④
はふくずの
　―いやとほながく 3-423 ⑰
　―したよしこひば 10-1901 ③
　―たえずしのはむ 20-4509 ①
　―のちにもあはむと 16-3834 ③
　―ひかばよりこね 14-3364左注 ③
　―ゆくへもなくや 12-3072 ③
はふこがみには 16-3791 ⑥
はふつたの
　―おのがむきむき 9-1804 ⑮
　―ゆきの 13-3291 ⑲
　―ゆきはわかれず 17-3991 ㉛
　―わかれしくれば 2-135 ⑮
　―わかれにしより 19-4220 ⑮
はぶりいませて 2-199 ⑬⓪
はふりへが 13-3229 ③
はぶりまつれば 13-3324 ⑫
はふりらが
　―いはふみもろの 12-2981 ①
　―いはふやしろの 10-2309 ①
はふるとも 11-2833 ③
はぶれにちらす 19-4192 ㉒
はへたるごとく 5-894 ㊹
はへてしあらば
　―としにこずとも 12-3067 ④
　―としにこずとも 12-3067ィ ④
はほまめの 20-4352 ③
はまかぜさむみ 7-1198 ④
はまかぜに 3-251 ③
はまぎよき 15-3632 ③
はまきよく 19-4187 ⑮
はまきよみ
　―いそにあがをれば 7-1204 ①
　―いゆきかへらひ 7-1177 ③
　―うらうるはしみ 6-1067 ①
はますどり 14-3533 ③
はまつづら 14-3359 ③

はまづとこはば　3-360 ④
はまなつむ　13-3243 ⑰
はまなみは　20-4411 ③
はまならなくに　6-1066 ⑤
はまにいでて　20-4360 ㊴
はまにかへりぬ　3-294 ⑤
はまによるといふ
　—あはびたま　13-3257左注 ②
　—あはびたま　13-3318 ②
　—うつせがひ　11-2797 ②
はまのきよけく　7-1239 ⑤
はまのこまつは　3-394 ④
はまのしらなみ　9-1673 ②
はまのまなごも　4-596 ②
はまひさぎ　11-2753 ③
はまびより　15-3627 ㊼
はまへのこまつ　11-2486 ②
はまへより　18-4044 ①
はまへをきよみ　6-931 ②
はまへをちかみ　6-1062 ⑧
はままつがえの　1-34 ②
はままつがえを　2-141 ②
はままつがねの　20-4457 ②
はままつのうへに　3-444 ④
はままつのきの　9-1716 ②
はまもせに　9-1780 ⑮
はまゆきぐらし　17-4011 ㊇
はまゆくかぜの　11-2459 ②
はまをすぐれば　9-1689 ④
はまをよみ　6-938 ⑮
はむからす　16-3856 ③
はやかはに　16-3880 ⑦
はやかはの
　—せきにせくとも　4-687 ③
　—せにはたつとも　7-1384 ③
　—せにゐるとりの　4-761 ①
　—ゆきもしらず　13-3276 ⑦
はやかへりこと
　—しらかつけ　19-4265 ②
　—まそでもち　20-4398 ⑯
はやかへりこね　1-62 ⑤
はやかへりこむ　20-4433 ⑤
はやかへりませ
　—おもがはりせず　12-3217 ④
　きみをばまたむ—　8-1453 ㉓
　—こひしなぬとに　15-3747 ④
　—こひしなぬとに　15-3748 ④
　さきくいまして—　5-894 ㊸
　つつむことなく—　15-3582 ⑤
　われたちまたむ—　5-895 ⑤
はやからば　13-3318 ㉗
はやきせごとに　17-4023 ②
はやきせに
　—うをかづけつつ　19-4189 ㉓
　—おふるたまもの　13-3266 ⑨
　—たちえぬこひも　11-2714 ③
　—たちてもきみは　11-2714ィ ③
はやきせを　13-3240 ⑦
はやきてみべし　10-2287 ④
はやきても　3-277 ①
はやきませきみ
　—またばくるしも　12-3079 ④
　—またばくるしも　15-3682 ④
はやくあけなば　4-548 ②
はやくいたらむ　7-1271 ④
はやくいたりて　20-4331 ㊳
はやくおき　11-2357 ④
はやくおきつつ　11-2563 ④
はやくおひば　12-3049 ③
はやくきて　15-3627 ㊼
はやくきまさね　6-971 ㉔
はやくつげこそ
　いもがつたへは—　10-2008 ⑤
　やらのさきもり—　16-3866 ⑤
はやくなあけそ　11-2555 ②
はやくなちりそ　5-849 ④
はやくななきそ　12-3095 ②
はやくなりなむ　17-3978 ㊽
はやくやまとへ　1-63 ②
はやくゆきこそ　12-3154 ②
はやくよひより　12-3119 ④
はやけむと　11-2713 ③

はやこぐふねの　10-2052 ④
はやしのさきの　1-19 ②
はやしりて　7-1337 ③
はやしをうゑむ　10-1958 ②
はやせわたりて　10-2089 ㉔
はやたちにけり　10-1843 ⑤
はやひとの
　——さつまのせとを　3-248 ①
　——せとのいはほも　6-960 ①
　——なにおふよごゑ　11-2497 ①
はやみはまかぜ　1-73 ②
はやみはやせを　11-2706 ②
はやもあけぬかも　11-2593 ⑤
はやもいでぬかも　15-3651 ③
はやもこぬかと　15-3645 ②
はやもしなぬか　11-2355 ③
はやもてらぬか　7-1374 ⑤
はやゆきて　11-2579 ①
はやわたりきて　19-4264 ⑫
はゆまうまやの　14-3439 ②
はゆまくだれり　18-4110 ④
はらばふたゐを　19-4260 ④
はらひたひらげ　19-4254 ⑩
はらひたまひて　2-199ィ ㉔
はらふとにあらし　9-1744 ⑥
はらへてましを　6-948 ㉜
ばらもんの　16-3856 ①
はららにうきて　20-4360 ㊹
はらろかはとに　14-3546 ②
はりしみち　14-3447 ③
はりそたまへる　18-4128 ④
はりてかけたり　3-289 ④
はりてたてれば　14-3443 ④
はりのさえだに　19-4207 ⑥
はりはあれど　12-2982 ①
はりぶくろ
　——おびつつけながら　18-4130 ①
　——これはたばりぬ　18-4133 ①
　——とりあげまへにおき
　18-4129 ①
はりめおちず　4-514 ③
はるかすみ
　——おほにしおもはば　10-1813 ③
　——かすがのさとの　3-407 ①
　——かすがのやまに　10-1843 ③
　——しまみにたちて　20-4398 ㊲
　——たちにしひより　10-1910 ①
　——たつかすがのを　10-1881 ①
　——たなびくけふの　10-1874 ①
　——たなびくたゐに　10-2250 ①
　——たなびくときに　4-789 ③
　——たなびくときに　8-1450 ③
　——たなびくのへの　10-1888 ④
　——たなびくやまの　8-1464 ①
　——たなびくやまを　9-1771 ③
　——ながるるなへに　10-1821 ①
　——やまにたなびき　10-1909 ①
　——ゐのへゆただに　7-1256 ①
はるかすみたち
　——あきゆけば　13-3227 ⑫
　——うめはちりつつ　10-1862 ④
はるかぜに　10-1851 ③
はるかぜの　4-790 ①
はるかたまけて　5-838 ⑤
はるきたるらし
　——あさひさす　10-1844 ②
　こゑのこほしき——　5-834 ⑤
　——やまのまの　8-1422 ②
はるくさの
　——いやめづらしき　3-239 ㉓
　——しげきあがこひ　10-1920 ①
　——しげくおひたる　1-29 ㉛
はるくさは　6-988 ①
はるくさを　9-1708 ①
はるさくはなを　10-1891 ②
はるさめすらを　9-1698 ④
はるさめに
　——あらそひかねて　10-1869 ①
　——こもりつつむと　18-4138 ③
　——ころもはいたく　10-1917 ①
　——にほひひづちて　17-3969 ㊾
　——もえしやなぎか　17-3903 ①

―われたちぬると　9-1696③
はるさめの
―こころをひとの　10-1916③
―しくしくふるに　8-1440①
―それもしるごと　10-1933③
―つぎてしふれば　9-1747⑨
―ふるわきしらず　10-1915③
―やまずふるふる　10-1932①
―よくれどわれを　9-1697③
はるさめは　10-1870①
はるさめふりて
―たきつせのおとを　10-1878④
―はなさかめやも　10-1929④
はるさめを　4-792①
はるさらば
―あはむともひし　5-835①
―いかなるいろに　7-1281④
―かざしにせむと　16-3786①
―ならのみやこに　5-882③
―はなのさかりに　17-3993㊿
はるさりくらし　10-1865②
はるさりくれば
―あしたには　13-3221②
―あしひきの　10-1824②
―さくらばな　3-260④
―しかすがに　10-1832②
―しののうれに　10-1830②
―なかざりし　1-16②
―のごとに　2-199㊱
はるさりて　16-3791㊹
はるさりにけり　10-1836⑤
はるさりぬれば　3-475⑫
はるさりゆかば　6-971㉒
はるさりゆくと　6-948④
はるされば
―うのはなぐたし　10-1899①
―うゑつきがうへの　13-3324㉓
―かすみがくりて　10-2105①
―かへるこのかり　19-4145ィ①
―ききのかなしも　18-4089⑪
―きのこのくれの　10-1875①
―こぬれがくりて　5-827①
―このくれおほみ　10-1875ィ①
―このはしのぎて　10-1815③
―しだりやなぎの　10-1896①
―すがるなすのの　10-1979①
―ちらまくをしき　10-1871①
―つまをもとむと　10-1826①
―はなさきにほひ　19-4160⑬
―はなさきををり　13-3266①
―はなさきををり　17-3907③
―はなのみにほふ　19-4156③
―はるかすみたち　13-3227⑪
―ひこえもいつつ　18-4111⑮
―まづさきくさの　10-1895①
―まづさくやどの　5-818①
―まづなくとりの　10-1935①
―みくさのうへに　10-1908①
―もずのかやぐき　10-1897①
―わぎへのさとの　5-859①
―をかへもしじに　6-1050㉗
―ををりにををり　6-1012①
はるしきたらば　4-529⑤
はるしすぐれば　19-4177⑭
はるすぎて
―なつきたるらし　1-28①
―なつきむかへば　19-4180①
はるたたば　20-4490③
はるたちぬとか　20-4492⑤
はるたちぬらし　10-1819②
はるたつらしも　10-1812⑤
はるとおもへど　10-1837④
はるともしるく　20-4495②
はるとりの
―こゑのさまよひ　20-4408㉛
―さまよひぬれば　2-199(121)
―ねのみなきつつ　9-1804㉕
はるなかりけり　10-1857⑤
はるなつますと　17-3969㊻
はるなつまむと　8-1427②
はるなつむ　8-1421③
はるなつむこを　8-1442④

はるなつむらむ　10–1919 ②
はるなれば　5–831 ①
はるにいたれば　3–257 ④
はるにしなれば　6–1047 ⑱
はるになりぬと　8–1439 ②
はるになるらし
　うぐひすなきつ——　8–1443 ⑤
　——かすがやま　10–1845 ②
はるにはあれども　10–1838 ⑤
はるのあめに　10–1877 ①
はるのあめは　4–786 ①
はるのうちの　19–4174 ①
はるのおほのを　7–1336 ②
はるのかすみに　20–4400 ⑤
はるのきたらば
　——かくしこそ　5–815 ②
　——かくしこそ　5–833 ②
はるのきたれば　10–1884 ②
はるのしげのに　6–926 ⑮
はるのその　19–4139 ①
はるのながひを
　——おくかなく　12–3150 ②
　——こひくらし　10–1894 ②
はるのには　10–1825 ③
はるののうはぎ　10–1879 ④
はるののに
　——あさるきぎしの　8–1446 ①
　——かすみたなびき　10–1902 ①
　——かすみたなびき　19–4290 ①
　——きりたちわたり　5–839 ①
　——くさはむこまの　14–3532 ①
　——こころのべむと　10–1882 ①
　——すみれつみにと　8–1424 ①
　——すみれをつむと　17–3973 ㉙
　——なくやうぐひす　5–837 ①
　——ぬけるつばなそ　8–1460 ③
はるののの
　——くさねのしげき　10–1898 ③
　——しげみとびくく　17–3969 ㊶
　——したくさなびき　16–3802 ①
はるのはじめに　18–4137 ②
はるのはじめは　20–4360 ⑭
はるのはじめを　20–4300 ②
はるのはな
　——いつしかきみと　17–3966 ③
　——いまはさかりに　17–3965 ①
はるのはの
　——しげきがごとく　2–210 ⑨
　——しげきがごとく　2–213 ⑨
はるのひくらし　13–3324 ㊻
はるのひに　19–4142 ①
はるのひの
　——うらがなしきに　15–3752 ①
　——かすめるときに　9–1740 ①
はるのひは　3–324 ⑮
はるのやく　2–230 ⑦
はるのやくひの　2–199ィ ㊱
はるのやなぎと　5–826 ②
はるのやなぎは　10–1847 ④
はるはおひつつ　6–995 ④
はるはきたれど　17–3901 ②
はるはきぬらし　10–1814 ⑤
はるはなの
　——いやめづらしき　10–1886 ③
　——うつろひかはり　6–1047 ㊸
　——うつろふまでに　17–3978 ㉑
　——うつろふまでに　17–3982 ①
　——さかりもあらむと　18–4106 ㉗
　——さけるさかりに　17–3969 ㊲
　——さけるさかりに　17–3985 ⑤
　——しげきさかりに　19–4187 ㉓
　——たふとからむと　2–167 ㊶
　——ちりのまがひに　17–3963 ③
　——にほえさかえて　19–4211 ⑮
はるははりつつ　9–1707 ④
はるはもえ　10–2177 ①
はるひかきれる　1–29ィ ㉜
はるひきゆらめ　9–1782 ②
はるひくらさむ　5–818 ⑤
はるひすら　7–1285 ①
はるひのきれる　1–29 ㉞
はるひのくれば　10–1876 ②

はるひもくれに　10–1911 ④
はるひを　3–372 ①
はるへさく　14–3504 ①
はるへとさやに　20–4434 ②
はるへには
　—はなかざしもち　1–38 ⑮
　—はなさきををり　6–923 ⑨
　—はなをりかざし　2–196 ㉙
はるへをこひて　9–1705 ②
はるまけて
　—おもひしげけば　19–4185 ③
　—かくかへるとも　19–4145 ①
　—ものがなしきに　19–4141 ①
はるまつと　8–1431 ③
はるみましゆは　9–1753 ㉚
はるやなぎ
　—かづらきやまに　11–2453 ①
　—かづらにをりし　5–840 ①
はるやまちかく　10–1829 ②
はるやまと　1–52 ⑰
はるやまの
　—あしびのはなの　10–1926 ①
　—おほつかなくも　8–1451 ③
　—きりにまとへる　10–1892 ①
　—さきのををりに　8–1421 ①
　—しなひさかえて　13–3234 ㉚
　—ともうぐひすの　10–1890 ①
はるやまは　9–1684 ①
はるをちかみか　20–4489 ②
はれるやなぎを　19–4142 ②
はれるやまかも　13–3235 ⑤
はろはろに
　—おもほゆるかも　5–866 ①
　—おもほゆるかも　15–3588 ①
　—なくほととぎす　19–4192 ⑲
　—なくほととぎす　19–4207 ⑨
　—わかれきぬれど　12–3171 ③
　—わかれしくれば　20–4408 ㊼
はろばろに　20–4398 ㊶

ひ

ひえはしあまた　11–2476 ②
ひえをおほみ　12–2999 ③
ひかさのうらに　7–1178 ④
ひかずして　2–97 ③
ひかたふくらし　7–1231 ②
ひがとれば　14–3561 ③
ひかばかたみと　3–414 ④
ひかばかひとの　7–1329 ④
ひかばぬるぬる
　—あをことなたえ　14–3501 ④
　—わになたえそね　14–3378 ④
ひかばぬれつつ　14–3416 ④
ひかばまにまに　2–98 ②
ひかばよりこね　14–3364左注 ④
ひかりすくなき　7–1075 ④
ひかりともしき　3–290 ⑤
ひかりにいゆけ　12–3169 ④
ひかりにきませ　4–670 ②
ひかりにみゆる
　—さゆりばな　18–4087 ②
　—わがかづら　18–4086 ②
ひかりはきよく　4–671 ②
ひかりもみえず　3–317 ⑫
ひかりをきよみ
　—かみしまの　15–3599 ②
　—ゆふなぎに　15–3622 ②
ひかりをみれば　17–3923 ④
ひかるかみ　19–4236 ⑤
ひかるまで　17–3926 ③
ひきおびなす　16–3791 ㊷
ひきかがふり　5–892 ⑳
ひきたわがはへ　8–1634 ④
ひきづなの　10–2086 ③
ひきつのへなる
　—なのりその　10–1930 ②
　—なのりそのはな　7–1279 ②
ひきてかくれる　10–2051 ④

ひきでのやまに
—いもをおきて　2-212 ②
—いもをおきて　2-215 ②
ひきてゆるさず　11-2505 ②
ひきてゆるへぬ　12-2987 ②
ひきとどめ　20-4408 ㊲
ひきとよくにの　3-311 ②
ひきぬらし　11-2610 ③
ひきのぼる　13-3300 ③
ひきのまにまに
—しなざかる　19-4220 ⑫
—はるはなの　6-1047 ㊾
ひきはなつ　2-199 ㊾
ひきふねに　10-2054 ③
ひきふねわたし　11-2749 ②
ひきみゆるへみ
—おもひみて　12-2986 ②
—こずはこず　11-2640 ②
—よりにしものを　12-2989 ④
ひきむすび　2-141 ③
ひきよぢて
—えだもとををに　13-3223 ⑲
—そでにこきれつ　19-4192 ㉕
—をらばちるべみ　8-1644 ①
—をらむとすれど　14-3574 ③
—をりもをらずも　19-4185 ⑤
ひくたつなへに　10-2281 ④
ひくひとは　2-99 ③
ひくまのに　1-57 ①
ひぐらしきなく　15-3589 ②
ひぐらしなきぬ　15-3655 ⑤
ひぐらしの
—なきぬるときは　17-3951 ①
—なくしまかげに　15-3620 ③
—なくなるなへに　10-2231 ③
—ものおもふときに　10-1964 ③
ひぐらしは　10-1982 ①
ひげかきなでて　5-892 ⑭
ひげなきごとし　16-3835 ⑤
ひげのそりくひ　16-3846 ②
ひけばたえすれ　14-3397 ④
ひけばたゆとや　13-3302 ⑱
ひこえもいつつ　18-4111 ⑯
ひこかみに　9-1760 ①
ひこかみも　9-1753 ⑬
ひこづらひ　13-3300 ⑦
ひごとにきけど　10-2157 ④
ひこふねの　14-3431 ③
ひこほしし　8-1527 ①
ひこほしと
—たなばたつめと　10-2029 ③
—たなばたつめと　10-2040 ①
ひこほしの
—あきこぐふねの　10-2047 ③
—おもひますらむ　8-1544 ①
—かざしのたまし　9-1686 ①
—かぢのおときこゆ　10-2044 ③
—かはせをわたる　10-2091 ①
—つまよぶふねの　10-2075 ③
—つまよぶふねの　10-2086 ①
—ときまつふねは　10-2053 ③
—はやこぐふねの　10-2052 ③
ひこほしは
—たなばたつめと　8-1520 ①
—なげかすつまに　10-2006 ①
ひこほしも　15-3657 ③
ひさかたの
—あまぢはとほし　5-801 ①
—あまつしるしと　10-2007 ①
—あまつしるしと　10-2092 ③
—あまづたひくる　3-261 ⑦
—あまつみかどを　2-199 ⑦
—あまつみそらに　12-3004 ①
—あまつみやに　2-204 ⑤
—あまつゆしもに　11-2395 ③
—あまてるつきの　11-2463 ①
—あまてるつきは　7-1080 ①
—あまてるつきは　15-3650 ①
—あまとぶくもに　11-2676 ①
—あまのかはせに　8-1519 ①
—あまのかはづに　10-2070 ①
—あまのがはに　9-1764 ①

―あまのかはらに　2-167 ③
―あまのかはらに　3-420 ㊴
―あまのかはらに　8-1520 ㉗
―あまのかはらに　10-1997 ①
―あまのかはらに　10-2093 ③
―あまのさぐめが　3-292 ①
―あまのとひらき　20-4465 ①
―あまのはらより　3-379 ①
―あまのみそらゆ　5-894 ㊸
―あままもおかず　8-1566 ①
―あまゆくつきを　3-240 ①
―あめうちふらば　8-1485 ③
―あめしらしぬる　2-200 ①
―あめしらしぬれ　3-475 ㉕
―あめにはきぬを　7-1371 ①
―あめのかぐやま　10-1812 ①
―あめのしぐれの　1-82 ③
―あめのつゆしも　4-651 ①
―あめのふるひを　4-769 ①
―あめのふるひを　12-3125 ①
―あめはふりしく　20-4443 ①
―あめはふりしけ　6-1040 ①
―あめみるごとく　2-168 ①
―あめみるごとく　3-239 ⑲
―あめもふらぬか　4-520 ①
―あめもふらぬか　11-2685 ③
―あめもふらぬか　16-3837 ①
―あめよりゆきの　5-822 ③
―きぞのよのあめに　4-519 ③
―きよきつくよに　10-2325 ③
―きよきつくよも　12-3208 ③
―つきはてりたり　15-3672 ①
―つくよをきよみ　8-1661 ①
―みやこをおきて　13-3252 ①
―よわたるつきの　7-1083 ③
ひさぎいまさく　10-1863 ②
ひさぎおふる　6-925 ③
ひさしかるべみ　10-1975 ⑤
ひさしきときゆ
―おもひきわれは　4-501 ④
―おもひけりあれは　11-2415 ④
―おるはたの　10-2028 ②
―こひすれば　13-3262 ②
ひさしきときを　15-3600 ④
ひさしきまでに　19-4275 ②
ひさしくあらし　15-3667 ②
ひさしくあるべし　7-1309 ④
ひさしくなりぬ
―あめのかぐやま　7-1096 ④
―きみにあはずして　11-2753 ④
―たまのをの　12-3082 ②
―にぎしがは　17-4028 ②
―ゆきてはやみな　4-768 ④
ひさしくなれば
―さにつらふ　12-3144 ②
すそのあはずて―　11-2619 ⑤
ひさしくみねば　7-1214 ④
ひさしくみむを　15-3714 ④
ひさしくもあらむ　10-1901 ⑤
ひさしけまくに　11-2577 ⑤
ひさならば　13-3318 ㉕
ひさにあらなくに
あれにけるかも―　2-234 ⑤
しげくあれたるか―　2-232 ⑤
ひさにあらむ　12-3208 ①
ひさにはあらじ　3-335 ②
ひざにふす　7-1328 ①
ひさにふる
―ふるきみやこの　13-3231左注 ③
―みもろのやまの　13-3231 ③
ひさへもえつつ　17-4011 ㊳
ひざまくごとに　14-3457 ④
ひざらしの　16-3791 ㊷
ひざをりふして　3-379 ⑭
ひしつむと　7-1249 ③
ひしとなるまで　13-3270 ⑭
ひじにつくまで　14-3448 ④
ひしのうれを　16-3876 ③
ひしほすに　16-3829 ①
ひじりとおほせし　3-339 ②
ひじりのみやゆ　1-29ィ ④
ひじりのみよゆ　1-29 ④

ひたがたの 14–3563 ①
ひたさをを 9–1807 ⑪
ひたちさし 20–4366 ①
ひたちなる 14–3397 ①
ひたちのくにの 9–1753 ②
ひたつちに
—あしふみぬき 13–3295 ③
—わらときしきて 5–892 ㊻
ひたてりに 18–4111 ㊴
ひたてりにして 18–4064 ⑤
ひだにもあはせ 11–2760 ④
ひだにやきみが 6–953 ④
ひだのおほぐろ 16–3844 ②
ひだのほそえの 12–3092 ②
ひだひとの
—うつすみなはの 11–2648 ③
—まきながすといふ 7–1173 ①
ひたひにおふる 16–3838 ②
ひたへとおもへば 14–3435 ⑤
ひたらしまして 13–3324 ⑱
ひだりての
—あがおくのてに 9–1766 ③
—ゆみとるかたの 11–2575 ③
ひちかくなりぬ 19–4247 ⑤
ひぢきのなだを 17–3893 ④
ひちてぬれけれ 2–118 ⑤
ひつきとともに
—たりゆかむ 2–220 ⑧
—よろづよに 19–4254 ㉞
—よろづよにもが 13–3234 ㊲
ひつきの
—ながきがごとく 6–933 ③
—まねくなりぬれ 2–167 ㊶
ひつきのしたは 5 800 ㉒
ひつきは 5–892 ㊳
ひつきもしらず 2–200 ④
ひづちなけども
—あきだらぬかも 13–3326 ㉖
—せむすべもなし 3–475 ㉘
ひづちなむかも 13–3315 ⑤
ひづつらむ 7–1090 ③
ひつにかぎさし 16–3816 ②
ひつらにぬひき 16–3791 ⑧
ひでずとも
—なはだにはへよ 7–1353 ③
—なはだにはへよ 10–2219 ③
ひでてかるまで 10–2244 ④
ひとうらのころも 12–2972 ②
ひとおともせねば 2–189 ④
ひとかさふらむ 4–619 ⑳
ひとかたはむかも 18–4081 ⑤
ひときたれりと 15–3772 ②
ひとくにに
—きみをいませて 15–3749 ①
—すぎかてぬかも 5–885 ③
—よばひにゆきて 12–2906 ①
ひとくには 15–3748 ①
ひとくにやまの
—あきづのの 7–1345 ②
—このはをば 7–1305 ②
ひとこがず 3–258 ①
ひとこそしらね 2–145 ④
ひとこそば 7–1252 ①
ひとこそみらめ
—いそなしと 2–131ィ ④
—かたなしと 2–131 ④
—かたなしと 2–138 ④
—よしゑやし 2–131 ⑥
—よしゑやし 2–138 ⑥
ひとごとききて 4–713 ②
ひとごとしげく 12–2872 ④
ひとごとしげし
—かくしあらば 4–659 ②
—こむよにも 4–541 ②
—なをどかもしむ 14–3556 ④
ひとごとに 5–828 ①
ひとごとの
—しげきこのころ 3–436 ①
—しげきときには 12–2852 ①
—しげきによりて 4–630 ③
—しげきによりて 12–3109 ③
—しげきによりて 14–3464 ①

—しげきまもりて 11-2561①
—しげきまもると 11-2591①
—しげくしあらば 12-3110①
—よこしをききて 12-2871①
ひとごとは
—しげくありとも 4-539③
—しましそわぎも 11-2438①
—なつののくさの 10-1983①
—まことこちたく 12-2886①
ひとごとを
—しげみあはずて 12-2923③
—しげみこちたみ 2-116①
—しげみこちたみ 4-538①
—しげみこちたみ 12-2895①
—しげみこちたみ 12-2938①
—しげみといもに 12-2944①
—しげみときみに 11-2586①
—しげみときみを 11-2799①
—しげみやきみが 4-685①
—よしときかして 3-460③
ひとこゑだにも 19-4209⑭
ひとこゑもなけ 19-4203⑤
ひとさはに
—くにはみちて 4-485③
—まなといふこが 14-3462③
—みちてあれども 13-3248③
—みちてはあれど 20-4331⑨
—みちてはあれども 5-894⑮
ひとさへみきと 7-1115④
ひとさへや
—みつがずあらむ 10-2075①
—みつつあるらむ 10-2075ィ①
ひとさへよすも 14-3548⑤
ひとしかなしも 15-3693⑤
ひとしくやしも 13-3302㉘
ひとしにすらし 12-2928②
ひとしよすれば 13-3305⑭
ひとしらむかも 10-2346⑤
ひとしりにけり
—つぎてしおもへば 10-2002④
—つぎてしおもへば11-2480ィ④
ひとしりにける 12-3016④
ひとしりぬべし 11-2387②
ひとしりぬべみ
—あしひきの 13-3276㉜
—さねかづら 2-207⑩
—ふゆのよの 9-1787⑯
—やまがはの 7-1383②
ひとしれず
—もとなそこふる 13-3255⑮
—もとなやこひむ 13-3272㉗
ひとせには 4-699①
ひとそいひつる 3-420⑩
ひとそおたはふ 14-3518④
ひとそさくなる 4-660②
ひとそささやく 7-1356④
ひとそさはにある 6-938⑫
ひとそつげつる 13-3303⑮
ひとそまさりて 4-498④
ひとたちも 3-340③
ひとだまの 16-3889①
ひとつきの
—にごれるさけに 3-345③
—にごれるさけを 3-338③
ひとつたなはし 11-2361②
ひとつなれかも 3-276②
ひとづまかもよ 14-3557②
ひとづまころを
—いきにわがする 14-3539④
—まゆかせらふも 14-3541④
ひとつまつ 6-1042①
ひとづまと
—あぜかそをいはむ 14-3472①
—みつつやあらむ 10-2297③
ひとづまといへば 4-517④
ひとづまなりと 12-3115④
ひとづまに
—ありといふいもに 12-2909③
—いふはたがこと 12-2866①
—わもまじはらむ 9-1759⑨
ひとづまの 13-3314③
ひとづまゆゑに

―あれこひにけり　12-3093 ④
―あれこひぬべし　10-1999 ④
―あれこひめやも　1-21 ④
―たまのをの　11-2365 ③
ひととあらずは
―くはこにも　12-3086 ②
―さかつほに　3-343 ②
ひととおたはふ　14-3409 ④
ひととかめやも
たまのをといはば―　7-1324 ⑤
ゆひけむしめを―　3-402 ⑤
ひととせに
―なぬかのよのみ　10-2032 ①
―ふたたびあはぬ　10-2089 ⑤
―ふたたびかよふ　10-2077 ③
―ふたたびゆかぬ　10-2218 ①
ひととなりいでて　5-904 ㉘
ひととなる　9-1785 ①
ひととはあるを　5-892 ㊺
ひととはしらに　19-4202 ④
ひととをみませ　9-1727 ②
ひとなかよひそ　11-2363 ③
ひとなかりそね　7-1347 ⑤
ひとなぶりのみ　15-3758 ④
ひとなみに　5-892 ㊻
ひとならば　7-1209 ①
ひとなるあれや　8-1629 ⑳
ひとなるわれや　2-165 ②
ひとにあらなくに　4-682 ②
ひとにいとはえ　5-804 ㊿
ひとにいはぬ　11-2371 ③
ひとにいはめやも　7-1384 ⑤
ひとにいふ　13-3258 ⑮
ひとにかたりつ　11-2719 ④
ひとにこちたく　11-2535 ④
ひとにこふらく　10-2340 ②
ひとにしめすな　15-3765 ⑤
ひとにしらえじ　7-1330 ⑤
ひとにしらえず
あれはいきづく―　12-2905 ⑤
―しらずともよし　6-1018 ②
ひにけにやせぬ―　12-2928 ⑤
―みむよしもがも　7-1300 ④
ものをそおもふ―　6-1027 ⑤
ひとにしらゆな
いたくしふみて―　11-2692 ⑤
かくらひかねて―　10-2267 ⑤
しらたまとると―　7-1299 ⑤
わがひとよづま―　16-3873 ⑤
われとゑましてー　4-688 ⑤
われとゑましてー　11-2762 ⑤
ひとにしるれや　4-591 ②
ひとにしれつつ　8-1446 ⑤
ひとになきせそ
―あびきする　4-577 ②
―ぬれはひつとも　3-374 ④
ひとになしらせ　11-2413 ④
ひとになつげそ　13-3279 ④
ひとににくまえ　5-804 ㊷
ひとにはいはず　12-2861 左注 ④
ひとにはいひて
―あまつつみ　11-2684 ②
―いもまつわれを　12-3002 ④
―きみまつわれを　13-3276 ㊱
ひとにはしのび　11-2478 ④
ひとにはしれず　12-2861 ④
ひとにはみえじ　15-3708 ②
ひとにみえじと　4-613 ②
ひとにみせむと　8-1582 ②
ひとにもつげむ
―おとのみも　17-4000 ㉘
―かつしかの　3-432 ②
ひとにわれあれや　1-32 ②
ひとねろに　14-3512 ①
ひとのいはなくに　11-2355 ⑥
ひとのいひける　6-1034 ②
ひとのいひつぎ　3-382 ⑩
ひとのいひつる
―あがこころ　13-3333 ⑱
―およづれか　19-4214 ㊷
―たまのをの　13-3334 ②
ひとのいふとき　9-1807 ㉚

ひとのいへば
—いはねさくみて 2-210 ㊾
—いはねさくみて 2-213 ㊾
ひとのううる 15-3746 ①
ひとのうゑけむ 10-1814 ②
ひとのおやの
—たつることだて 18-4094 ㊽
—をとめこすゑて 11-2360 ①
ひとのかくれば 7-1405 ②
ひとのかざしし 8-1610 ⑤
ひとのかなしさ
こむとまちけむ— 13-3337 ⑤
こむとまつらむ— 13-3340 ⑤
ひとのからまく 7-1341 ④
ひとのきたてば 9-1739 ②
ひとのこころは 11-2657 ④
ひとのこころを 4-692 ④
ひとのことこそ
—しげききみにあれ 4-647 ④
—しげききみにあれ 12-3114 ④
ひとのことごと 3-460 ㉜
ひとのことしみ 4-788 ④
ひとのことばと 12-2888 ②
ひとのこの
—うらがなしけを 14-3500 ③
—かなしけしだは 14-3533 ①
—こともつくさじ 16-3799 ③
ひとのこは 18-4094 ㊿
ひとのこゆゑそ 13-3295 ⑧
ひとのこゆゑに
あれこひわたる— 11-2486 ⑤
こひやわたらむ— 11-2486左注 ⑤
—こひわたるかも 12-3017 ④
ものもひやせぬ— 2-122 ⑤
ゆたにあるらむ— 11-2367 ⑥
ひとのさとにおき 14-3571 ②
ひとのしにせし 11-2572 ⑤
ひとのしぬといふ 12-3075 ②
ひとのしらなく 11-2737 ⑤
ひとのしるべき 7-1297 ⑤
ひとのしるべく
いたくなゆきそ— 7-1370 ⑤
いちしろくいでぬ— 12-3023 ⑤
いちしろくいでぬ— 17-3935 ⑤
しるくしめたて— 18-4096 ⑤
—なげかすなゆめ 11-2604 ④
—なげきせむかも 12-3133 ④
—なげきせめやも 12-3021 ④
みだれやしなむ— 11-2791 ⑤
ひとのしれらく 10-2268 ⑤
ひとのそのなを 9-1792 ②
ひとのつげつる
—あづさゆみ 19-4214 ㊹
きみがただかを— 13-3304 ⑤
ひとのつねなき 7-1270 ⑤
ひとのてまきて 11-2599 ④
ひとのとふとき 9-1809 ⑭
ひとのとふまで 18-4075 ⑤
ひとのとほなを 11-2772 ④
ひとのともしさ 5-863 ⑤
ひとのなかごと
—きかせかも 4-680 ②
—ききこすなゆめ 4-660 ④
ひとのなげきは 15-3691 ㉔
ひとのぬる
—うまいはねずて 11-2369 ①
—うまいはねずて 13-3274 ⑰
—うまいはねずに 13-3329 ㊼
—うまいはねずや 12-2963 ③
ひとのひざのへ 5-810 ④
ひとのふるへに 11-2799 ④
ひとのまきてし 3-438 ②
ひとのまよねを 4-562 ②
ひとのまよびき 6-994 ④
ひとのみて
—ことゝがめせぬ 12-2912 ①
—ことゝがめせぬ 12-2958 ①
ひとのみぬ 12-2851 ③
ひとのみまくに 7-1379 ⑤
ひとのみむこを 4-533 ④
ひとのみらくに 11-2828 ④
ひとのみる 12-2851 ①

ひとのみるまで　5-839④
ひとのむた　16-3871③
ひとのめすらを　10-1932④
ひとのもるやま　13-3222②
ひとのゆければ　8-1442②
ひとのゆるさむ　11-2770④
ひとのゆゑにか　11-2534②
ひとのよこごと　9-1793②
ひとのわたるも　3-319㉖
ひとはあらじと
　—いやたてて　18-4094⑽
　—ほころへど　5-892⑯
ひとはいふとも
　—おりつがむ　7-1298②
　—つきくさの　12-3059②
　—わかさぢの　4-737②
ひとはいへど
　—あはぬひまねみ　19-4198③
　—いへづとやらむ　20-4410③
　—きみもきまさず　7-1097③
　—みてのちにそも　11-2567③
　—みるにしらえぬ　5-853③
　—わがしめしのの　8-1510③
　—わがしめゆひし　3-400③
　—われはさぶしも　18-4074③
ひとはいへども
　—ありよしと　6-1059⑥
　—こまにしき　11-2405②
ひとはかへりて　2-143④
ひとはくむといふ　13-3260④
ひとはさくれど　14-3502②
ひとはさねあらじ　15-3750⑤
ひとはしにする　4-598②
ひとはしも　13-3324⑤
ひとはつげども　13-3242⑭
ひとはとしにも　4-523②
ひとはのむといふ　13-3260⑥
ひとははなものそ　13-3332⑦
ひとはふめども　13-3242⑫
ひとはふりゆく
　あらたなれども—　10-1884⑤
　—よろしかるべし　10-1885④
ひとはよし　2-149①
ひとはわれじく　19-4280④
ひとひかめやも　11-2835④
ひとひこそ　4-484①
ひとひだに　4-537③
ひとひには
　—ちたびまゐりし　2-186①
　—ちへしくしくに　10-2234①
　—ちへなみしきに　3-409①
ひとひのあひだも　11-2404④
ひとひひとよも
　—おもはずて　15-3736②
　—さかりゐて　8-1629㉒
ひとひもいもを　15-3604④
ひとひもおちず
　—みしかども　15-3756②
　—やくしほの　15-3652②
ひとひもきみを　6-947④
ひとふたり　13-3249③
ひとへのころも
　—うらもなく　12-2968②
　—ひとりきてぬれ　12-2853④
ひとへのみ　4-742①
ひとへやま
　—こゆるがからに　6-1038③
　—へなれるものを　4-765①
ひとへゆふ　9-1800⑦
ひとへをしきて　11-2520②
ひとまもり　11-2576①
ひとみけむかも
　なづさひこしを—
　　11-2492⑤, 12-2947左注⑤
　ねてわがこしを—　11-2665⑤
　わがこいふすを—　12-2947左注⑤
ひとみずは　3-269①
ひとみつらむか　11-2353ィ⑥
ひとみてむかも　11-2353⑥
ひとみなか　5-892㊷
ひとみなしりぬ
　—あがこひづまは　11-2480④

―わがしたおもひは　11-2468 ④
ひとみなの
―いのちもわれも　6-922 ①
―おもひやすみて　6-928 ⑤
―かくまとへれば　9-1738 ㉕
―かさにぬふといふ　12-3064 ①
―ことはたゆとも　14-3398 ①
―みらむまつらの　5-862 ①
―ゆくごとみめや　12-2843 ③
ひとみなは
―いまはながしと　2-124 ①
―はぎをあきといふ　10-2110 ①
ひとむらはぎを　8-1565 ②
ひとめおほみ
―あはなくのみそ　4-770 ①
―そでふらずして　12-3184 ③
―ただにあはずて　12-3105 ①
―ただにはあはず　12-2958ィ ①
―つねかくのみし　11-2606 ①
―めこそしのぶれ　12-2911 ①
ひとめおほみこそ
いはふにはあらず―　7-1377 ⑤
―ふくかぜに　11-2359 ③
ひとめしげくて　4-752 ⑤
ひとめしげくは　12-3108 ②
ひとめだに　17-3970 ③
ひとめにこひて　2-170 ④
ひとめひとごと　4-748 ④
ひとめみし
―ひとにこふらく　10-2340 ①
―ひとのまよびき　6-994 ③
ひとめみしこに　11-2694 ④
ひとめみにこね　18-4077 ⑤
ひとめもり　12-3122 ③
ひとめもる　11-2563 ①
ひとめをおほみ
―いもにあはぬかも　12-2910 ④
―こひつつそをる　12-3104 ④
―なをはしにおけれ　14-3490 ④
―まねくいかば　2-207 ⑧
ひとめをしげみ
―あはずして　12-3107 ②
―いしばしの　4-597 ②
―いもにあはぬかも　12-2932 ④
ひとめをしつつ　12-2876 ④
ひともあはぬかも　7-1287 ③
ひともあらなくに
そでまきほさむ―　10-2321 ⑤
―わぎへなる　10-2328 ②
ひともあれやも
―いへびとの　9-1698 ②
―ぬれぎぬを　9-1688 ②
ひともかよはず　6-1059 ⑫
ひともことごと　5-894 ⑫
ひとも こととへ　9-1759 ⑫
ひともこぬかも　11-2384 ⑤
ひともちいにけり　16-3815 ⑤
ひともとがめず　18-4130 ⑤
ひともとの　18-4070 ①
ひともなき
―くにもあらぬか　4-728 ①
―ふりにしさとに　11-2560 ①
―むなしきいへは　3-451 ①
ひともなわすれ　4-606 ②
ひともねの　5-877 ①
ひともまちよき　4-484 ②
ひともゆかねば　6-1047 ㊷
ひとや　19-4227 ⑨
ひとゆゑに　4-599 ③
ひとよいもにあふ　15-3657 ②
ひとよには　5-891 ①
ひとよねにける　8-1424 ⑤
ひとよのうちに　8-1456 ②
ひとよのうちは　8-1457 ②
ひとよのからに　18-4069 ④
ひとよのみ　9-1751 ⑦
ひとよひとひも　12-2936 ④
ひとよへぬべし　19-4201 ⑤
ひとよもおちず
―いめにしみゆる　15-3647 ④
―いめにしみゆる　15-3738 ④
―いめにみえこそ　12-2842 ④

—いめにみえこそ　12-3120④
ひとよりは　15-3737①
ひとりありうる　15-3601②
ひとりうまれて　9-1755④
ひとりおきゐて　10-2262④
ひとりかきみが
—やまぢこゆらむ　9-1666④
—やまぢこゆらむ　12-3193④
ひとりかぬらむ
—とはまくの　9-1742⑭
わがせのきみは—　1-59⑤
ひとりかもねむ
きみきまさずは—　13-3282⑤
きみといねずて—　10-2050⑤
ころもかたしき—　9-1692⑤
ころもでかれて—　9-1693⑤
すみだかはらに—　3-298⑤
そでかたしきて—　15-3625㉓
たまくらまかず—　8-1663⑤
てれるつくよに—　4-735⑤
ながながしよを—　11-2802左注⑤
ひとりかもゆかむ　3-276左注⑤
ひとりききつつ　19-4208④
ひとりきてぬれ　12-2853⑤
ひとりごに　9-1790③
ひとりこゆらむ　2-106⑤
ひとりさぬれば　15-3626⑤
ひとりしおもへば　19-4292⑤
ひとりして
—あれはときみじ　12-2919③
—みるしるしなみ　3-366⑮
ひとりしぬれば
—あかしかねつも　10-1981④
—ぬばたまの　13-3274⑭
よさへそさむき—　10-2237⑤
ひとりしみれば　3-449④
ひとりすぐれば
—こころがなしも　3-450④
—みもさかずきぬ　3-450ィ④
ひとりそあがくる　13-3237⑭
ひとりだに　2-207㊾
ひとりなるべし　8-1635⑤
ひとりぬと　11-2538①
ひとりぬる　13-3275①
ひとりぬるよは
—あけばあけぬとも　11-2800④
—あけばあけぬとも　15-3662⑤
ひとりぬればか　15-3684⑤
ひとりねて　4-515①
ひとりねなくに　3-390⑤
ひとりねば　3-440③
ひとりのみ
—きけばさぶしも　19-4177⑰
—きけばさぶしも　19-4178①
—きぬるころもの　15-3715①
—みればこひしみ　13-3224①
ひとりのみして
かなくやまへに—　8-1602⑤
こらはあはなも—　14-3405⑤
ひとりみつつや　5-818④
ひとりやぬらむ　14-3562④
ひとりやねむと　3-463②
ひとりやのまむ　4-555④
ひとりゆくこに　9-1743④
ひとりゐて
—いのねらえぬに　8-1484③
—きみにこふるに　13-3344㉛
—こふればくるし　12-2898①
—みるしるしなき　7-1073③
—ものおもふよひに　8-1476①
ひとりをる　1-5⑮
ひとをあひみて　4-701②
ひとをおもはく　11-2709ィ②
ひとをおもふと　13-3269②
ひとをおもふに　12-3179②
ひとをおもふは　4-608②
ひとをこえ　11-2694③
ひとをこそ　4-494③
ひとをしのはく　6-1031②
ひとをもやはし　20-4465㉒
ひとをやはせと　2-199㉜
ひとをやもとな　4-614②

ひとをよくみば　3-344 ④
ひとをわぎへに　7-1146 ②
ひなくもり　20-4407 ①
ひなざかる
—くにをさめにと　13-3291 ⑨
—くにををさむと　19-4214 ⑪
ひなともしるく　17-4019 ②
ひなにあるわれを　17-3949 ②
ひなにいつとせ　5-880 ②
ひなにくだりき　17-3962 ⑧
ひなにしあれば
—そこここも　19-4189 ②
—やまたかみ　17-4011 ⑥
ひなにしすめば　18-4121 ④
ひなにしをれば
—あしひきの　19-4169 ⑩
—いけるともなし　19-4170 ④
ひなにつきへぬ　17-3948 ②
ひなになかかす　17-4000 ②
ひなにはあれど
—いはばしる　1-29 ⑱
—わがせこを　17-4008 ④
ひなにひとひも　18-4113 ㉘
ひなにもつきは　15-3698 ②
ひなのあらのに　2-227 ②
ひなのくにへに　4-509 ㉔
ひなのながちゆ　3-255 ②
ひなのながちを　15-3608 ②
ひなのやつこに　18-4082 ②
ひなへにまかる　6-1019 ⑫
ひなみしの　1-49 ①
ひなもをさむる　17-3973 ⑥
ひならべて
—あめはふれども　20-4442 ③
—かくさきたらば　8-1425 ③
ひならべなくに　6-916 ②
ひなをさめにと
—あさとりの　9-1785 ⑭
—おほきみの　17-3957 ②
—むらとりの　13-3291ィ ⑩
—わかれこし　17-3978 ⑯
ひにいるがごと　9-1807 ㉖
ひにけにくれば　11-2397 ④
ひにけにふきぬ
—たかまとの　10-2121 ②
—わぎもこは　15-3659 ②
ひにけにふけば
—いもをしそおもふ　8-1632 ④
—つゆをおもみ　10-2204 ②
—みづくきの　10-2193 ②
ひにけにまさる
—いつはしも　13-3329 ⑱
—たらちねの　17-3962 ⑱
ひにけにませば　17-3969 ⑫
ひにけにやせぬ　12-2928 ④
ひにさえわたり　13-3281 ⑫
ひにひにさきぬ　17-3974 ②
ひにひにふけど　20-4353 ②
ひにひにみとも　6-931 ⑫
ひにもいらむと　9-1809 ㉖
ひにもみづにも　4-506 ④
ひねもすに
—なけどききよし　9-1755 ⑮
—みともあくべき　18-4037 ③
ひのいりゆけば　2-188 ②
ひのいるくにに　19-4245 ⑩
ひのおほみかど　5-894 ⑱
ひのかさなれば
—うゑしたも　18-4122 ⑯
—おもひこひ　19-4214 ⑱
ひのくまがはに　12-3097 ②
ひのくまがはの　7-1109 ②
ひのくるらくも　12-2922 ④
ひのくるるまで　4-485 ⑩
ひのぐれに　14-3402 ①
ひのくれぬれば　13-3258 ⑳
ひのくれゆけば
—いへをしそおもふ　17-3895 ④
—いもをしぞおもふ　12-3219 ④
—すべをなみ　12-2901 ②
ひのけにほし　16-3886 ㊳
ひのことごと

—ししじもの	2-199 ⑪⓪
—ねのみを	2-155 ⑩
—よるはも	2-204 ⑫
—よるはも	3-372 ⑭
ひのたての	1-52 ⑮
ひのつまでを	1-50 ⑳
ひのときにかも	
—こゑしらむ	5-810 ②
—わぎもこが	12-2897 ②
ひのみかげの	1-52 ㊵
ひのみかどに	1-50 ㉜
ひのみこ	
—あらたへの	1-50 ④
—あらたへの	1-52 ④
—いかさまに	2-162 ⑧
—かむながら	1-45 ④
—しきいます	3-261 ④
たかてらす—	2-162 ⑳
—ひさかたの	2-204 ④
ひのみこの	13-3234 ④
ひのみこは	2-167 ㉖
ひのみつきと	6-933 ⑩
ひのめもみせず	2-199 ㊹
ひのもとの	3-319 ㉙
ひのよこの	1-52 ㉑
ひばしよりこむ	16-3824 ④
ひはてらせれど	2-169 ②
ひばらにたてる	10-1813 ②
ひばらのやまを	7-1092 ④
ひばらもいまだ	10-2314 ②
ひばりあがり	19-4292 ③
ひばりあがる	20-4434 ①
ひみのえすぎて	17-4011 ㊿
ひむがしの	
—いちのうゑきの	3-310 ①
—おほきみかどを	2-186 ③
—たぎのみかどに	2-184 ①
—なかのみかどゆ	16-3886 ㉕
—のにかぎろひの	1-48 ①
ひむがしのうまや	13-3327 ⑤
ひむかつげくし	11-2500 ②
ひむしはの	13-3336 ⑦
ひむつきの	16-3791 ⑤
ひめかぶら	16-3885 ㉓
ひめかみも	9-1753 ⑮
ひめしまの	2-228 ③
ひめすがはらの	7-1277 ②
ひめやわがそで	12-2857 ④
ひめゆりの	8-1500 ③
ひめをかけ	13-3239 ⑫
ひもかがみ	11-2424 ①
ひもかさなりて	13-3250 ⑭
ひもかへずして	12-3131 ④
ひもくるるまで	4-619 ㉚
ひもたえば	20-4420 ③
ひもてけちつつ	3-319 ⑯
ひもとかず	
—こふらむきみと	10-2306 ③
—まろねをすれば	9-1787 ⑨
—まろねをすれば	18-4113 ⑪
ひもとかずあらむ	10-2036 ⑤
ひもとかずねむ	
いはなるわれは—	20-4416 ⑤
きみきませるに—	11-2424 ⑤
はなつつまなれや—	14-3370 ⑤
ひもとかぬ	6-913 ⑬
ひもとかば	15-3715 ③
ひもときあけな	20-4295 ④
ひもときかはし	10-2090 ②
ひもときさくる	20-4464 ④
ひもときさけし	11-2405 ④
ひもときさけず	
—こふるこのころ	12-3144 ④
—わぎもこに	4-509 ⑥
ひもときさけて	
—おもほすらめや	17-3949 ④
—たちばしりせむ	5-896 ④
—ちとせほき	19-4266 ㉒
—ぬるがへに	14-3465 ②
—ゆふへだに	11-2406 ②
ひもときて	20-4311 ③
ひもときまけな	

きみいなめやも―― 12-3124 ⑤
きみきますなり―― 8-1518 ⑤
ひもときまたむ 10-2048 ⑤
ひもときゆかな 10-2016 ⑤
ひもとくあれは 11-2703 ⑤
ひもとくなゆめ 20-4334 ⑤
ひもとくものか 14-3551 ④
ひもとくものを 10-2305 ②
ひもとけて 12-3146 ③
ひもとけわぎも 12-3119 ⑤
ひもにぬひつけ 16-3791 ㉝
ひものかたへぞ 11-2356 ②
ひものこに 9-1767 ③
ひものむすびも 12-2975 ②
ひものをときて 9-1753 ㉖
ひものをの
――いつがりあひて 18-4106 ㊸
――こころにいりて 12-2977 ③
ひもはむすびし 20-4306 ④
ひもふきかへす 3-251 ⑤
ひもむすばさね 14-3426 ⑤
ひもろきたてて 11-2657 ②
ひもをもとかず 9-1800 ⑥
ひよりおもふに 12-3139 ④
ひよりをきつつ 19-4196 ②
ひらきあけつと 4-591 ④
ひらきてみてば 9-1740 ㊳
ひらきみむかも 16-3868 ⑤
ひらくなゆめと 9-1740 52
ひらせには 19-4189 ㉑
ひらせにも 14-3551 ③
ひらのうらの 11-2743 ③
ひらのおほわだ 1-31ィ ②
ひらのみなとに 3-274 ②
ひらやまかぜの 9-1715 ②
ひりはむといひて 13-3318 ④
ひりひて 13-3247 ⑤
ひりひてゆかな 15-3614 ⑤
ひりひてゆかむ 6-964 ④
ひりひとり 15-3627 65
ひりひにといひて 13-3257左注 ④
ひりひにゆかむ 7-1147 ②
ひりふとそ 13-3318 ㉓
ひりへどいもは
――わすらえなくに 12-3175 ④
――わすれかねつも 12-3175ィ ④
ひりへれど 15-3628 ③
ひるくらし 18-4089 ㉑
ひるつきあへて 16-3829 ②
ひるとけば 14-3483 ①
ひるは
――うらさびくらし 2-213 ㊲
――ひのくるるまで 4-485 ⑨
ひるはさき 8-1461 ①
ひるはしみらに
――ぬばたまの 13-3270 ⑩
――ぬばたまの 13-3297 ⑥
ひるはしめらに 19-4166 ㉖
ひるはたたびて 20-4455 ②
ひるはも
――うらさびくらし 2-210 ㊲
――なげかひくらし 5-897 ㉑
――ひのことごと 2-155 ⑨
――ひのことごと 2-204 ⑪
――ひのことごと 3-372 ⑬
ひるはものもひ 15-3732 ②
ひるみれど 3-297 ①
ひるめのみこと
――あめをば 2-167 ⑫
――あめをば 2-167ィ ⑫
ひるもかなしけ 20-4369 ⑤
ひれかたしき 8-1520 ㉚
ひれふらしけむ 5-874 ④
ひれふりきとふ 5-883 ④
ひれふりけらし 5-873 ④
ひれふりし 5-868 ③
ひれふりしのに 7-1243 ⑤
ひれふりしより 5-871 ④
ひれもてるがに 13-3243 ⑳
ひれをふりけむ 5-872 ⑤
ひろきわぎも 9-1738 ⑥
ひろしといへど 5-892 ㉟

ひろせがは　7-1381 ①
ひろはしを　14-3538 ①
ひろみあつみと　18-4094 ⑭
ひをかぞへつつ　5-890 ②
ひをそさがれる　16-3839 ⑤
ひをちかみ　4-645 ③

ふ

ふえのおとは　2-199ィ ㊽
ふえふきと　16-3886 ⑬
ふかくしそおもふ　11-2438 ⑤
ふかくしみにし　6-1044 ②
ふかざるなゆめ　1-73 ⑤
ふかつしまやま　11-2423 ②
ふかぬかぜゆゑ　11-2678 ②
ふかねども　10-2350 ③
ふかばちりなむ　8-1590 ④
ふかまくしらず　7-1157 ②
ふかみるおふる　2-135 ⑥
ふかみるとり　6-946 ⑥
ふかみるの
　―ふかめしこらを　13-3302 ⑮
　―ふかめしわれを　13-3301 ⑦
　―ふかめておもへど　2-135 ⑪
　―みまくほしけど　6-946 ⑨
ふかむそのつき　15-3586 ④
ふかむをまたば　19-4219 ④
ふかめしこらを　13-3302 ⑯
ふかめしわれを　13-3301 ⑧
ふかめておもへど　2-135 ⑫
ふきかへし　12-3068 ③
ふきかへらへば　10-2092 ⑭
ふきくるなへに　10-2134 ④
ふきくるよひに　10-2089 ⑳
ふきこきしける　20-4453 ②
ふきただよはす　10-2041 ②
ふきなせる
　―くだのおとも　2-199 ㊼
　―ふえのおとは　2-199ィ ㊼
ふきなむときに　10-2109 ④
ふきなむを　3-462 ③
ふきにしひより
　―あまのがは　10-2083 ②
　―いつしかと　8-1523 ②
ふきぬれば　11-2677 ③

ふきみだる 10–1856 ③
ふくかぜに 11–2359 ④
ふくかぜの
—おとのかそけき 19–4291 ③
—おとのきよきは 6–1042 ③
—みえぬがごとく 15–3625 ⑮
—みえぬがごとく 19–4160 ㉗
ふくかぜは 12–2858 ③
ふくかぜも
—おぼにはふかず 13–3339 ⑨
—のどにはふかず 13–3335 ⑪
ふくごとに 10–2096 ③
ふくしもよ 1–1 ③
ふくひふかぬひ 14–3422 ②
ふくべくなりぬ 6–958 ②
ふくろには 2–160 ③
ふけひのはまに 12–3201 ②
ふけるいための 11–2650 ②
ふさたをり
—たむのやまぎり 9–1704 ①
—わがかざすべく 9–1683 ③
—わはもちてゆく 8–1549 ④
—われはもちていく 13–3223 ㉑
ふさたをりける 17–3943 ④
ふさへしに 18–4131 ③
ふしあふぎ 5–904 62
ふじかはと 3–319 ㉕
ふしこえゆ 7–1387 ①
ふしたるきみが 13–3343 ④
ふしたるきみは 13–3339 ㉒
ふしたるきみを 13–3342 ②
ふしたるひとは 13–3336 ⑫
ふしてしぬとも 11–2700 ④
ふしてぬかつき 5–904 ㊻
ふじのしばやま 14–3355 ②
ふじのたかねに
—ふるゆきなすも 14–3358左注 ④
—ゆきはふりける 3–318 ④
ふじのたかねの
—なるさはのごと 14–3358 ④
—もえつつかあらむ 11–2695 ④
—もえつつもをれ 11–2697左注 ④
—もえつつわたれ 11–2697 ④
ふじのたかねは
—あまくもも 3–319 ⑧
いひつぎゆかむ— 3–317 ⑲
—みれどあかぬかも 3–319 ㊱
ふじのたかねを 3–317 ⑥
ふじのねに 3–320 ①
ふじのねの 14–3356 ①
ふじのねを 3–321 ①
ふしのまも 19–4211 ㉛
ふじのやまびに 14–3357 ②
ふしみがたゐに 9–1699 ④
ふしゐなげきて 10–1924 ②
ふしゐなげけど 2–204 ⑮
ふすしかし 9–1664 ③
ふすしかの
—つまよぶこゑを 8–1561 ③
—のはことにして 12–3099 ③
ふすまぢを
—ひきでのやまに 2–212 ①
—ひきでのやまに 2–215 ①
ふすやくさむら 14–3530 ②
ふせいほの 5–892 54
ふせおきて 5–906 ①
ふせのうみに
—ふねうけすゑて 17–3991 ⑲
—をぶねつらなめ 19–4187 ⑦
ふせのうみの
—うらをゆきつつ 18–4038 ③
—おきつしらなみ 17–3992 ①
ふせのうらそも 18–4036 ②
ふせのうらみの 18–4043 ②
ふせのうらを
—みずはのぼらじ 18–4039 ③
—ゆきてしみてば 18–4040 ①
ふせのみづうみに 17–3993 ㉞
ふせやたき 9–1809 ⑰
ふせやたて 3–431 ⑤
ふせるきみかも 13–3341 ⑤
ふせるししやも 7–1292 ②

ふせれども 4–524 ③
ふたあやしたぐつ 16–3791 ㊾
ふたおもに 16–3836 ③
ふたがみに
—かくらふつきの 11–2668 ①
—もみちばながる 10–2185 ③
ふたがみの
—たふときやまの 3–382 ⑤
—やまとびこえて 17–4011 ㊼
—やまにこもれる 18–4067 ①
—をてもこのもに 17–4013 ①
—をのうへのしげに 19–4239 ①
ふたがみやまに
—かむさびて 17–4006 ②
—このくれの 19–4192 ⑫
—つきかたぶきぬ 17–3955 ④
—なくとりの 17–3987 ②
—はふつたの 17–3991 ㉚
—わしそこむといふ 16–3882 ②
ふたがみやまは 17–3985 ④
ふたがみやまも 7–1098 ④
ふたがみやまを 2–165 ④
ふたぎののへを 6–1051 ②
ふたぎのはら 6–1050 ㉜
ふたぎのみやは
—かはちかみ 6–1050 ⑱
—ももきもり 6–1053 ④
ふたぎやま 6–1055 ①
ふたさやの 4–685 ③
ふたたびあはぬ 10–2089 ⑥
ふたたびかよふ 10–2077 ④
ふたたびみえぬ 5–891 ②
ふたたびゆかぬ 10–2218 ②
ふたつたつ 16–3885 ⑲
ふたつたばさみ 13–3302 ㉖
ふたつなき 13–3273 ①
ふたつなし 3–412 ③
ふたつのいしを 5–813 ⑫
ふたつのうみを 16–3849 ②
ふたつのきしに 8–1521 ②
ふたならぶ 9–1753 ③
ふたはしるらむ 4–552 ⑤
ふたほがみ 20–4382 ①
ふたみのみちゆ
—わかれかねつる 3–276 ④
—わかれなば 3–276左注 ②
ふたゆくなもと 14–3526 ④
ふたりいりゐて 9–1740 ㉚
ふたりきかむを 6–1000 ②
ふたりして 12–2919 ①
ふたりしをれば 6–1039 ②
ふたりつくりし 3–452 ②
ふたりならびゐ
—かたらひし 5–794 ㉖
—たをりても 3–466 ⑧
—なごのうみの 18–4106 ㊻
ふたりみませば 8–1658 ②
ふたりゆけど 2–106 ①
ふたりわがねし
—まくらづく 2–210 ㉞
—まくらづく 2–213 ㉞
ふたりわがみし
—うちえする 20–4345 ②
—このさきを 3–450 ②
ふぢえのうらに
—いざりする
3–252左注 ②, 15–3607 ②
—すずきつる 3–252 ②
—ふねそさわける 6–939 ④
ふぢころも
—なれはすれども 12–2971 ③
—まとほにしあれば 3–413 ③
ふぢしろの 9–1675 ①
ふちせもおちず 9–1717 ②
ふぢなみさきて 19–4187 ⑭
ふぢなみに 18–4043 ③
ふぢなみの
—おもひもとほり 13–3248 ⑤
—かげなすわたの 19–4199 ①
—さきゆくみれば 18–4042 ①
—さくはるののに 10–1901 ①
—しげりはすぎぬ 19–4210 ①

—ただひとめのみ　12-3075 ③
—ちらまくをしみ　10-1944 ①
—はななつかしみ　19-4192 ㉓
—はなのさかりに　19-4188 ①
—はなはさかりに　3-330 ①
ふぢなみのはな
さかりすぐらし—　19-4193 ⑤
そでにこきいれつ—19-4193ィ ⑤
ふぢなみは　17-3993 ①
ふぢなみみには　10-1991 ④
ふぢなみを
—かざしてゆかむ　19-4200 ③
—かりほにつくり　19-4202 ①
ふちにてありこそ　3-335 ⑤
ふぢのうらばの　14-3504 ②
ふぢのしげみに　19-4207 ⑧
ふぢのはな　17-3952 ③
ふちはあせにて　6-969 ④
ふぢはちりにて　10-1974 ②
ふぢはらがうへに　1-50 ⑥
ふぢはらの
—おほみやつかへ　1-53 ①
—ふりにしさとの　10-2289 ①
—みやこしみみに　13-3324 ③
ふぢゐがはらに　1-52 ⑥
ふぢゐのうらに　6-938 ⑧
ふときこころは　2-190 ②
ふとしかす　1-45 ⑦
ふとしきいまし　2-167 ㊻
ふとしきまして
—すめろきの　2-167 ㉚
—やすみしし　2-199 ㊿
ふとしきませば　1-36 ⑭
ふとしきまつり　6-1050 ⑯
ふとしりたてて　20-4465 ㉚
ふとたかしきて　6-928 ⑫
ふとのりとごと　17-4031 ②
ふなかざり　20-4329 ③
ふなぎきり　3-391 ③
ふなぎきるといふ　17-4026 ②
ふなぎほひ　1-36 ⑲
ふなぎほふ　20-4462 ①
ふなせのはまに　6-937 ④
ふなせゆみゆる　6-935 ②
ふなだなうちて　17-3956 ④
ふなでしいでむ　10-2087 ②
ふなでして　3-246 ③
ふなですべしや　9-1781 ⑤
ふなですらしも
あがまつきみし—　8-1529 ⑤
あがまつきみし—　9-1765 ⑤
おきつもかりに—　7-1152 ⑤
ふなでする　20-4335 ③
ふなですわれは　15-3599 ⑤
ふなでせすかも　1-39 ⑤
ふなでせばいかに　7-1232 ⑤
ふなでせむつま　10-2022 ⑤
ふなでせむひは　7-1181 ④
ふなでせりみゆ　6-1003 ⑤
ふなではしぬと　20-4409 ④
ふなではせしか　17-3893 ②
ふなではやせよ　10-2042 ④
ふなでをせむと　15-3627 ㊳
ふなどもに　19-4245 ⑲
ふなのへならべ　19-4264 ⑩
ふなのへに
—うしはきいまし　19-4245 ⑰
—うしはきたまひ　6-1020(1021) ⑪
—みちびきまをし　5-894 ㊲
—みてうちかけて　5-894 ㊿
ふなのへの　18-4122 ⑦
ふなのりしけむ
—たかしまの　7-1172 ②
—としのしらなく　3-323 ④
ふなのりすらし　17-3900 ②
ふなのりすらむ
—をとめらが　1-40 ②
—をとめらが　15-3610 ②
ふなのりせむと
—ききしなへ　12-3202 ②
—つきまてば　1-8 ②

ふなのりて　20-4381 ③
ふなのりに　7-1398 ③
ふなはてすらむ　1-58 ②
ふなびとさわく
　―なみたつらしも　7-1228 ④
　―なみたつらしも　14-3349 ④
ふなびとのぼる　15-3643 ②
ふなびとも　15-3627 ㊴
ふなよそひ
　―あれはこぎぬと　20-4365 ③
　―たしでもときに　20-4383 ③
　―まかぢしじぬき　10-2089 ⑮
ふねうけすゑ　9-1764 ⑥
ふねうけすゑて　17-3991 ⑳
ふねうけて
　―あきたつまつと　10-2000 ③
　―きみまつよらは　10-2070 ③
　―こぎくるきみが　10-2067 ③
　―こよひかきみが　8-1519 ③
　―しらたまとると　7-1299 ③
　―わがこぎくれば　2-220 ⑬
　―わがゆくかはの　1-79 ⑦
ふねかさめやも　10-2088 ④
ふねかぢもがも
　あさなぎしたり―　17-4025 ⑤
　―なみたかくとも　6-936 ④
ふねかぢをなみ　6-935 ⑲
ふねこぎいるる　11-2407 ②
ふねこぎわたる　10-2043 ④
ふねこぐごとく　9-1807 ㉘
ふねしましかせ　18-4032 ②
ふねしゆかずは　15-3630 ②
ふねそかよはぬ　7-1173 ⑤
ふねそさわける　6-939 ⑥
ふねちかづきぬ
　3-250 ⑤, 15-3606左注 ⑤
ふねとめて　15-3627 ㉕
ふねなめて
　―あさかはわたり　1-36 ⑰
　―つかへまつるが　6-933 ⑰
ふねなるひとは　10-1996 ④
ふねにしあるらし　6-934 ⑤
ふねにのり　18-4062 ③
ふねのうへにすむ　3-258 ⑤
ふねのうへは　19-4264 ⑤
ふねのはやけむ　9-1784 ⑤
ふねのよりこぬ　13-3225 ⑥
ふねはつるまで　7-1189 ⑤
ふねはてて
　―かしふりたてて　7-1190 ①
　―たつたのやまを　15-3722 ③
　―ふねなるひとは　10-1996 ③
ふねはとどめむ　14-3348 ④
ふねははやけむ
　つつむことなく―　20-4514 ⑤
　ゆくともくとも―　19-4243 ⑤
ふねはやわたせ　10-2077 ②
ふねはゆくべく　7-1307 ②
ふねまちかねつ　1-30 ⑤
ふねもまうけず　18-4125 ⑩
ふねよせかねつ　7-1401 ④
ふねよばふこゑ　7-1135 ④
ふねわたせをと
　―よばへども　7-1138 ②
　―よぶこゑの　10-2072 ②
ふねをうけすゑ
　―あさなぎに　20-4398 ㉜
　―やそかぬき　20-4408 ㊷
ふねをとどめて　15-3627 ㊺
ふのまちかくて　14-3524 ②
ふはのせき　20-4372 ⑦
ふはやまこえて　2-199 ⑱
ふふまるときに　14-3572 ④
ふふみたりとも　18-4066 ⑤
ふふみてありまて　7-1188 ⑤
ふふみてもがも　10-1871 ⑤
ふふめらずして　8-1648 ⑤
ふふめりし　20-4435 ①
ふふめりと　8-1436 ①
ふふめるは
　―こひやこもれる　19-4283 ③
　―さきつぎぬべし　9-1749 ⑨

ふふめるはなの 11–2783 ④
ふみからし 11–2776 ③
ふみしあとどころ 7–1267 ③
ふみしづむこし 11–2352 ②
ふみたひらげず 17–3957 ㊹
ふみづきの 10–2089 ㉟
ふみとほり 20–4465 ⑰
ふみならし 6–1047 ㊾
ふみぬきて 5–800 ⑫
ふもだしかくもの 16–3886 ㉚
ふゆかたまけて 10–2133 ⑤
ふゆきのうへに 8–1645 ②
ふゆきのうめは 8–1649 ④
ふゆごもり
—ときじきときと 3–382 ⑬
—はるさくはなを 10–1891 ①
—はるさりくれば 1–16 ①
—はるさりくれば 2–199 ㊺
—はるさりくれば 10–1824 ①
—はるさりくれば 13–3221 ①
—はるさりゆかば 6–971 ㉑
—はるのおほのを 7–1336 ①
—はるのやくひの 2–199ィ ㊺
—はるへをこひて 9–1705 ①
ふゆすぎて
—はるきたるらし 10–1844 ①
—はるのきたれば 10–1884 ①
ふゆなつと 17–4003 ⑨
ふゆにいたれば 18–4111 ㊷
ふゆのあしたは 13–3324 ㊳
ふゆのはやしに 2–199 ㊻
ふゆのやなぎは 10–1846 ②
ふゆのよの 9–1787 ⑰
ふゆはけふのみ 20–4488 ②
ふらえてさける 8–1641 ②
ふらしめし 2–104 ③
ふらずとも 11–2514 ③
ふらなくに 10–2197 ③
ふらぬあめゆゑ
—にはたつみ 7–1370 ②
—わがせこが 11–2840 ②
ふらぬゆきそ 19–4227 ⑤
ふらぬゆきゆゑ 10–2322 ②
ふらまくはのち 2–103 ⑤
ふらまくをみむ 8–1643 ⑤
ふりおきしゆきは 3–320 ②
ふりおくしらゆき 20–4454 ⑤
ふりおけるしもを 9–1744 ⑤
ふりおけるゆきし 10–1838 ②
ふりおけるゆきの
—しくしくも 8–1659 ②
—とこなつに 17–4004 ②
ふりおけるゆきを 17–4001 ②
ふりおほふゆきを 10–1833 ②
ふりくるあめか 3–265 ②
ふりくるあめは 10–2052 ②
ふりくるゆきの
—けなめども 10–2345 ②
—けぬべくおもほゆ 10–2340 ④
—けぬべくおもほゆ 10–2342 ④
ふりくるゆきを 10–1841 ②
ふりさけて 6–994 ①
ふりさけみつつ
—あふみぢに 17–3978 ㊾
—いきどほる 19–4154 ㉘
—いひつぎにすれ 18–4125 ㉜
—いもはしぬはね 20–4367 ④
—うづらなす 2–199 ⑯
—おもひのべ 19–4177 ⑥
—しのふらむ 11–2460 ②
—たまだすき 2–199 ⑭
—たまだすき 13–3324 ㊿
—なげくらむ 11–2669 ②
—ゆふされば 2–159 ⑭
—よろづよの 17–4000 ㉔
ふりさけみれば
—あまのがは 10–2068 ②
—おほきみの 2–147 ②
—かむからや 17–3985 ⑩
—しらまゆみ 3–289 ②
—しろたへに 13–3324 ㊺
—つつじはな 13–3305 ④

—つつじはな　13-3309 ④
—てるつきも　19-4160 ⑧
—ぬばたまの　13-3280 ④
—よそふけにける　15-3662 ②
—わたるひの　3-317 ⑧
ふりしきりつつ　10-1834 ⑤
ふりしくやまを　19-4281 ②
ふりしくゆきに　19-4233 ④
ふりしけば　8-1639 ③
ふりしはだれか　9-1709 ④
ふりしゆきかも　10-2324 ⑤
ふりしゆきそ　19-4227 ⑦
ふりたきそでを　6-965 ④
ふりたるきみに　11-2601 ④
ふりたれど　10-2227 ③
ふりつるゆきも　10-2320 ②
ふりとどみかね　5-875 ②
ふりなづむ　7-1116 ③
ふりなむゆきの　10-2317 ④
ふりにけらしも　8-1593 ⑤
ふりにし
—おみなにしてや　2-129 ①
—さとにしあれば　6-1059 ⑨
ふりにしさとし　3-333 ④
ふりにしさとと　6-928 ④
ふりにしさとに
—あるひとを　11-2560 ②
—いもをおきて　11-2587 ②
—ふらまくはのち　2-103 ④
ふりにしさとの
—あきはぎは　10-2289 ②
—あきはぎを　8-1558 ②
ふりにしさとゆ　4-775 ②
ふりにしさとを　3-331 ①
ふりにせば　12-3214 ③
ふりぬれど
—なにしかきみが　11-2500 ③
—もとほととぎす　17-3919 ③
ふりはますとも　6-1010 ④
ふりまがふ　3-262 ③
ふりわけの　11-2540 ①
ふるきかきつの　18-4077 ②
ふるきつつみは　3-378 ②
ふるきみやこと　6-1048 ②
ふるきみやこの　13-3231 左注 ④
ふるきみやこは　3-324 ⑫
ふるきみやこを
—みせつつもとな　3-305 ④
—みればかなしき　1-32 ④
ふるくさに　14-3452 ③
ふるこさめ　12-3046 ③
ふるころは　10-2262 ③
ふるころも
—うつつるひとは　11-2626 ①
—まつちやまより　6-1019 ⑬
ふるさとに　4-723 ⑮
ふるさとの
—あすかのかはに　4-626 ③
—あすかはあれど　6-992 ①
—かむなびやまに　10-1937 ③
—ならしのをかの　8-1506 ①
—はつもみちばを　10-2216 ①
—はなたちばなは　10-1971 ③
ふるさとは　6-1038 ①
ふるしとひとは　17-3920 ②
ふるてをみむと　7-1288 ⑤
ふるときなきか　7-1371 ⑤
ふるときもなき
わがころもでの—　10-1994 ⑤
わがころもでの—　12-2954 ⑤
ふるときもなし
ころものそでは—　2-159 ㉑
わがころもでは—　4-703 ⑤
ふるとはなしに　12-3163 ②
ふるともあめに　4-664 ②
ふるなへに　10-2237 ③
ふるにやきます　16-3805 ④
ふるのかむすぎ
—かむさぶる　11-2417 ②
—かむびにし　10-1927 ②
ふるのさとに　9-1787 ⑧
ふるのたかはし　12-2997 ②

ふるのみことは　6–1019②
ふるのやまなる　3–422②
ふるのわさだの　9–1768②
ふるのわさだを　7–1353②
ふるひとの　4–554①
ふるひとみけむ　9–1795⑤
ふるへのさとの　3–268②
ふるやまゆ　9–1788①
ふるやをこえて　16–3833②
ふるゆきと　5–839③
ふるゆきなすも　14–3358左注⑤
ふるゆきに
　—まつかひやらば　10–2344ィ③
　—やどかるけふし　17–4016③
ふるゆきの
　—いちしろけむな　10–2344③
　—いとひもなしと　10–2348③
　—けながくこひし　10–2347③
　—けなばけぬがに　4–624③
　—けなばをしけむ　3–299③
　—けぬとかいはも　8–1655③
　—しろかみまでに　17–3922①
　—そらにけぬべく　10–2333①
　—ちへにつめこそ　19–4234③
　—ひかりをみれば　17–3923③
　—ふりはますとも　6–1010③
　—ゆきにはゆかじ　6–1041③
ふるゆきは
　—あはになふりそ　2–203①
　—いたくなふりそ　8–1636③
　—いほへふりしけ　8–1650③
　—こほりわたりぬ　13–3280⑪
ふるゆきも　13–3281⑬
ふるゆきを
　—うめのはなかと　8–1645③
　—こしになづみて　19–4230①
　—ひもてけちつつ　3–319⑮
　—みずてやいもが　20–4439③
ふるわきしらず　10–1915④
ふれてしものを　11–2578⑤
ふれぬものかも　4–517⑤
ふれるおほゆき　19–4285④
ふれるしらゆき　17–3926④
ふろよきの　14–3423③

へ

へぐりのあそが　16-3843④
へぐりのやまに　16-3885⑫
へこそしらなみ　20-4389②
へそかたの　1-19①
へだたらなくに
　―かくこひむとは　4-601④
　―なにしかも　4-689②
へだてあむかず
　―いめにしみえむ　12-2995④
　―かよはさば　11-2777②
へだてしからに　4-638②
へだてたりけれ　18-4073⑤
へだてておきし　10-2007④
へだててこふる　19-4177⑳
へだててまたや　10-2038④
へだてにおきて　13-3339⑱
へだてになして　13-3336④
へだてればかも　8-1522④
へたはひとしる　12-3027②
へつかい　2-153⑨
へつかふことは　4-641④
へつかふときに　7-1402④
へつきて　2-153⑤
へつなみの
　―いやしくしくに　6-931⑨
　―よするしらたま　13-3318⑲
へつへに　3-257⑪
へつへには　3-260⑨
へつもまきもち　7-1206②
へておるぬの　16-3791㊶
へなみしくしく　7-1206ィ②
へなみしづけみ　6-939②
へなみたつとも　3-247②
へなみなたちそ　19-4246②
へなみのきよる
　―さだのうらの　11-2732②
　―さだのうらの　12-3160②
へなりたるかも　11-2420⑤
へなりてあれこそ　17-3978㊷
へなりてあれば　17-3957㉒
へなりなば　12-3187③
へなりにけらし　20-4308④
へなれるものを　4-765②
へなれれば　8-1464③
へにきよらばか　7-1388④
へにこぎみれば　17-3991㉒
へにこそしなめ　18-4094㊹
へにちかづくも　7-1162⑤
へにはふけども　4-782②
へにもおきにも
　―かむづまり　5-894㉜
　―よりかつましじ　7-1352④
　―よるとはなしに　12-3158④
へにゆくなみの　10-1920④
へによせむ　7-1223③
へぬべくおもほゆ　20-4362⑤
へみれば　2-220⑲
へむかるふねの　20-4359②
へむけこがむと　20-4398㉞
へゆもともゆも　14-3559②
へをゆきいまや　4-625②

ほ

ほかごころ　11-2434 ③
ほかになげかふ　17-3975 ④
ほかにむきけり　2-216 ④
ほかにもきみが　17-3977 ②
ほかもはれると　7-1182 ②
ほかゆくなみの　11-2434 ②
ほきとよもし　19-4266 ㉔
ほくとよみきに　6-989 ④
ほけふきたてず　5-892 ㊻
ほけやきたてて　11-2742 ②
ほこくひもちて　16-3831 ④
ほこすぎがうれに　3-259 ④
ほころへど　5-892 ⑰
ほさずして　9-1666 ③
ほしききみかも
あすさへみまく――　6-1014 ⑤
つぎてみまくの――　11-2554 ⑤
つぎてみまくの――　12-2992 ⑤
ねもころみまく――　4-580 ⑤
ほしきしらなみ　13-3233 ⑥
ほしきまにまに
――しかにはあらじか　5-800 ㉚
――ゆるすべき　16-3796 ②
ほしきわぎもが　9-1742 ⑯
ほしけくすれば　12-3106 ②
ほしけども　7-1297 ③
ほしといふわれ　11-2362 ③
ほしのはやしに　7-1068 ④
ほしはなれゆく　2-161 ④
ほすこはなしに　9-1717 ⑤
ほすひとなしに
ころもぬらしつ――　4-690 ⑤
わがそでぬれぬ――　10-2235 ⑤
ほせどかわかず
ぬれにしころも――　7-1186 ⑤
ぬれにしそでは――　7-1145 ⑤
ほそかはのせに　9-1704 ④
ほそかはやまに　7-1330 ②
ほそきまよねを　19-4192 ⑥
ほそたにがはの　7-1102 ④
ほたでふるから　11-2759 ②
ほだのかりばか　4-512 ②
ほたるなす　13-3344 ⑪
ほだをかりがね　8-1539 ②
ほつえに　13-3239 ⑦
ほつえのうめを　10-2330 ②
ほつえは　9-1747 ⑪
ほつえよぢとり　19-4289 ②
ほつえをすぎて　13-3307 ⑥
ほつえをすぐり　13-3309 ⑲
ほつてのうらへを　15-3694 ⑧
ほづみにいたり　13-3230 ④
ほづみのあそが　16-3842 ④
ほとけつくる　16-3841 ①
ほどけども　4-772 ③
ほととぎす　15-3754 ③
ほととぎす
――あけむあしたは　18-4068 ③
――あたしときゆは　10-1947 ③
――あひだしましおけ　15-3785 ①
――あふちのえだに　17-3913 ①
――あまもおかず　8-1491 ③
――あれかくこふと　8-1498 ③
――いたくななきそ　8-1465 ①
――いたくななきそ　8-1484 ①
――いづくをいへと　10-1948 ③
――いづへのやまを　19-4195 ③
――いとねたけくは　18-4092 ①
――いとふときなし　10-1955 ①
――いとふときなし　18-4035 ①
――いまきなきそむ　19-4175 ①
――いまきのをかを　10-1944 ③
――いまこそなかめ　8-1481 ③
――いましきなかば　17-3914 ①
――いまだきなかず　19-4209 ⑤
――いまなかずして　18-4052 ①
――いまもなかぬか　8-1470 ③
――いまもなかぬか　18-4067 ③

―いやしきなきぬ　19-4177 ⑮
―いやなつかしく　19-4176 ③
―いやめづらしく　18-4084 ③
―いやめづらしも　18-4091 ③
―うのはなへから　10-1945 ③
―うのはなやまに　10-1963 ③
―おもはずありき　8-1487 ①
―かくききそめて　8-1495 ③
―かけつつきみが　20-4464 ①
―かすがをさして　10-1959 ③
―かたこひしつつ　8-1473 ③
―かひとほせらば　19-4183 ①
―かむなびやまに　10-1938 ③
―きけどもあかず　10-1953 ③
―きけどもあかず　19-4182 ①
―きけばしのはく　19-4168 ③
―きなかずつちに　8-1486 ③
―きなかむつきに　17-3978 ㊺
―きなきとよめて　8-1493 ③
―きなきとよめて　10-1946 ③
―きなきとよめば　18-4051 ③
―きなきとよめば　19-4172 ①
―きなきとよめよ　18-4066 ③
―きなきとよもす　8-1472 ①
―きなきとよもす　10-1968 ①
―きなきとよもす　10-1991 ①
―きなくさつきに　19-4169 ①
―きなくさつきの　10-1981 ①
―きなくさつきの　18-4101 ⑲
―きなくさつきの　18-4116 ⑲
―きゐもなかぬか　10-1954 ①
―けさのあさけに　10-1949 ①
―けだしやなきし　2-112 ③
―けなしのをかに　8-1466 ③
―ここにちかくを　20-4438 ①
―こころあれこよひ　8-1480 ③
―ことつげやりし　8-1506 ③
―このあかときに　19-4171 ③
―このまたちくき　17-3911 ③
―こもらふときに　10-1980 ③
―こゆなきわたる　8-1476 ③
―こよなきわたれ　18-4054 ①
―こゑきくをのの　8-1468 ①
―こゑにあへぬき　17-4007 ③
―こゑにあへぬく　17-4006 ㊼
―さほのやまへに　8-1477 ③
―しののにぬれて　10-1977 ③
―すむときなかば　17-3909 ③
―つきたつまでに　17-3983 ③
―つねにふゆまで　10-1958 ③
―つまごひすらし　10-1937 ⑬
―とばたのうらに　12-3165 ①
―ながなくごとに　10-1956 ③
―ながはつこゑは　10-1939 ①
―なかむさつきは　17-3996 ③
―なかむさつきは　17-3997 ③
―なかるくににも　8-1467 ①
―なきしすなはち　8-1505 ①
―なきしとよめば　17-3993 ⑦
―なきしわたらば　18-4090 ③
―なきてこゆなり　20-4305 ③
―なきてさわたる　10-1960 ③
―なきてさわたる　10-1976 ③
―なきてすぎにし　17-3946 ①
―なきてゆくなり　9-1756 ③
―なきとよむなる　8-1494 ③
―なきとよむらむ　8-1474 ③
―なきわたりぬと　19-4194 ①
―なくおとはるけし　17-3988 ③
―なくこゑききて　18-4119 ③
―なくこゑきくや　10-1942 ①
―なくこゑきけば　8-1475 ③
―なくこゑきけば　14-3352 ③
―なくさつきには　3-423 ⑦
―なくさつきには　18-4111 ⑰
―なくとひとつぐ　17-3918 ③
―なくなるこゑの　10-1952 ③
―なくはつこゑを　19-4189 ⑪
―なくはぶれにも　19-4193 ①
―なくべきときに　18-4042 ③
―なくよのあめに　17-3916 ③
―なくをのうへの　8-1501 ①

―なにかきなかぬ　18-4053 ③
―なにのこころそ　17-3912 ①
―なほもなかなむ　20-4437 ①
―なれだにきなけ　8-1499 ③
―にふのやまへに　19-4178 ③
―ねのみしなかゆ　17-4008 ㉗
―のにいでやまにいり
10-1957 ③
―はなたちばなの　10-1950 ①
―はなたちばなを　8-1509 ③
―ひとよのからに　18-4069 ③
―ひとりうまれて　9-1755 ③
―ひとりききつつ　19-4208 ③
―ふせのうらみの　18-4043ィ ①
―ほとほといもに　10-1979 ③
―まづなくあさけ　20-4463 ①
―まてどきなかず　8-1490 ①
―もとなななきそ　15-3781 ③
―ものもふときに　15-3780 ③
―ものもふときに　15-3784 ③
―やまびことよめ　8-1497 ③
―よごゑなつかし　17-3917 ①
―よなきをしつつ　19-4179 ①
―わがすむさとに　15-3782 ③
―わがすむさとに　15-3783 ③
―わぎへのさとに　8-1488 ③
―われをうながす　10-1961 ③
ほととぎすかも　19-4196 ⑤
ほととぎすをや　10-1962 ②
ほとほといもに　10-1979 ④
ほとほとしくに　7-1403 ⑤
ほとほとしにき　15-3772 ④
ほとほとに　3-331 ③
ほどろほどろに　8-1639 ②
ほにいづるあきの
―すぐらくをしも　8-1601 ④
―はぎのはな　17-3957 ㊳
ほにかいでなむ　19-4218 ④
ほにさきぬべし　11-2783 ⑤
ほにそいでぬる　3-326 ④
ほにでしきみが　14-3506 ④
ほにはいでず
―あがこひわたる　10-2285 ③
―こころのうちに　9-1768 ③
ほにはさきいでず　10-2283 ④
ほにはさきでぬ
―こひもするかも　10-2275 ④
―こひをあがする　10-2311 ②
ほにはないでと　16-3800 ②
ほのうへにおける　10-2246 ②
ほのうへにきらふ　2-88 ②
ほのかにいもを　12-3170 ④
ほのかにききて　13-3344 ⑫
ほのかにすなる　7-1152 ②
ほのかにだにも　2-210 ㊹
ほのかにだにや　12-3037 ④
ほのかにみえて
―いにしこゆゑに　11-2394 ④
―いにしこゆゑに　12-3085 ④
―わかれなば　8-1526 ②
ほのききて　16-3791 ㊳
ほのほとふみて　13-3344 ⑭
ほふしはなかむ　16-3846 ⑤
ほふしらが　16-3846 ①
ほほがしは　19-4204 ③
ほほまれど　20-4387 ③
ほむきのよれる
―かたよりに　2-114 ②
―かたよりに　10-2247 ②
ほむきみがてり　17-3943 ②
ほめてつくれる　20-4342 ②
ほめむともあらず　4-780 ⑤
ほよとりて　18-4136 ③
ほりえこえ　20-4482 ①
ほりえこぎづる　20-4336 ②
ほりえこぐ　20-4460 ①
ほりえこぐなる
―かぢのおとは　20-4459 ②
―まつらぶね　7-1143 ②
ほりえには
―たまこきしきて　18-4057ィ ③
―たましかましを　18-4056 ①

―たましきみてて　18-4057 ③
ほりえのかはの　20-4462 ②
ほりえより
―あさしほみちに　20-4396 ①
―みをさかのぼる　20-4461 ①
―みをびきしつつ　18-4061 ①
―みをびきしつつ　20-4360 ㉛
ほりしくは　4-704 ③
ほりしなげかふ　11-2369 ⑤
ほりしゐの　7-1128 ③
ほりせしものは　3-340 ④
ほろにふみあだし　19-4235 ②

ま

まうしたまへれ　18–4094 ㉞
まうらがなしも　2–189 ⑤
まかいかけ　19–4187 ⑨
まかいしじぬき
　—あさなぎに　20–4331 ㉘
　—いこぎつつ　19–4254 ⑥
まかいもがも　8–1520 ㉒
まがきのすがた　4–778 ②
まがきのもとの　10–2316 ④
まかごやを　20–4465 ⑨
まかぢかいぬき　17–3993 ㊱
まかぢこぎでて　7–1185 ②
まかぢしじぬき
　—あさなぎに　13–3333 ⑧
　—うなはらを　15–3611 ②
　—おほきみの　3–368 ②
　—からくにに　15–3627 ⑥
　—こぎでなば　7–1386 ②
　—こぐほとも　11–2494 ②
　—このあごを　19–4240 ②
　—しらなみの　8–1453 ⑭
　—ときまつと　15–3679 ②
　—はたすすき　10–2089 ⑯
　—またかへりみむ　9–1668 ④
　—わはかへりこむ　20–4368 ④
まかぢぬき
　—いそこぎみつつ　13–3232 ⑤
　—ふねしゆかずは　15–3630 ①
　—わがこぎくれば　6–942 ⑦
まかぢぬきおろし　3–366 ④
まかなしき　20–4413 ③
まかなしく　9–1743 ③
まかなしみ
　—さねにわはゆく　14–3366 ①
　—とむればくるし　4–532 ③
　—ぬらくしけらく　14–3358左注 ①
　—ぬればことにづ　14–3466 ①
まかなもち　7–1385 ①
まかぬこよひは　10–2253 ⑤
まかぬよもありき
　いもがたもとを—　11–2547 ⑤
　きみがたもとを—　12–2924 ⑤
まかねふく　14–3560 ①
まがへつるかも　8–1640 ⑤
まかみのはらに
　—ひさかたの　2–199 ⑥
　—ふるゆきは　8–1636 ②
まかみのはらゆ　13–3268 ⑧
まかむとおもはむ　4–627 ②
まかむとそおもふ　3–384 ⑤
まかりいませ　5–894 ㉚
まかりぢの　2–218 ③
まかりでて
　—あそぶこよひの　7–1076 ③
　—あそぶふねには　3–257 ⑮
　—こぎけるふねは　3–260 ⑮
まかりでめやも　11–2568 ⑤
まかりなたちと　16–3791 ㊻
まがりのいけの　2–170 ②
まきかくし　10–2312 ③
まききのやまの　10–2187 ②
まきさく　1–50 ⑲
まきしいね　10–2244 ③
まきしなでしこ　8–1448 ②
まきしはたけも　18–4122 ⑱
まきそめて　11–2542 ③
まきたつ
　—あらきやまぢを　1–45 ⑪
　—ふはやまこえて　2–199 ⑰
まきたつやまに　13–3291 ②
まきたつやまゆ　6–913 ⑥
まきたまふ　18–4113 ③
まきつむ　13–3240 ⑤
まきていなましを　9–1766 ⑤
まきてさねませ
　まくらをさけず—　4–636 ⑤
　われとおもひて—　11–2629 ⑤
まきてねし　19–4236 ⑲

まきてねましを　6-1036⑤
まきてもちたる　11-2446②
まきながすといふ　7-1173②
まきぬとしみば　4-784⑤
まきぬるいもも　12-2865②
まきねしいもを　12-3148②
まきねめや　11-2611③
まきのいたとを
—おしひらき　11-2519②
—おとはやみ　11-2616②
まきのいたどを　14-3467②
まきのうへに　8-1659①
まきのたつ　3-241③
まきのつまでを　1-50㊷
まきのはしのぎ　6-1010②
まきのはの　3-291①
まきのはも
—あらそひかねて　10-2196③
—ひさしくみねば　7-1214③
まきのはや　3-431⑪
まきのまにまに　18-4116②
まきばしら
—つくるそまびと　7-1355①
—ふときこころは　2-190①
—ふとたかしきて　6-928⑪
まきむくの
—あなしのかはゆ　7-1100①
—あなしのやまに　12-3126①
—かはおとたかしも　7-1101③
—きしのこまつに　10-2313③
—ひばらにたてる　10-1813①
—ひばらのやまを　7-1092③
—ひばらもいまだ　10-2314①
—やまへとよみて　7-1269①
—ゆつきがたけに　7-1087③
まきむくやまに　10-1815②
まきむくやまは
—つぎのよろしも　7-1093④
—つねにあれど　7-1268②
まきもてる　13-3223⑮
まきらはしもな　14-3407④
まくさかる　1-47①
まくしもち
—かかげたくしま　7-1233③
—ここにかきたれ　16-3791⑱
まくずはふ
—かすがのやまは　6-948①
—なつののしげく　10-1985①
—をののあさぢを　11-2835①
まくずはら
—いつかもくりて　7-1346③
—なにのつてこと　12-3069③
—なびくあきかぜ　10-2096①
まぐはしころは　14-3424④
まぐはしまとに　14-3407②
まぐはしみかも　13-3234⑲
まぐはしも　13-3234㉗
まくひとあらめや　3-438⑤
まくひには　13-3263⑨
まくひをうち　13-3263⑥
まくまのの　6-1033③
まくまののふね　6-944⑤
まくらうごきて
—いねらえず　11-2593②
—よるもねず　11-2515②
まくらかたさる　4-633④
まくらがの
—こがこぐふねに　14-3558③
—こがのわたりの　14-3555①
まくらがよ　14-3449③
まくらきぬれど　1-66④
まくらさらずて　5-809④
まくらたし　20-4413①
まくらづく
—つまやさぶしく　5-795③
—つまやのうちに　2-210㉟
—つまやのうちに　2-213㉟
—つまやのうちに　19-4154㉝
まくらとほりて　11-2549ィ④
まくらとまきて　2-222④
まくらとわれは
—いざふたりねむ　4-652④

ぬるしるしなし―― 10-2264⑤
まくらにおき 2-226③
まくらになし 13-3336⑥
まくらになして 2-220㉞
まくらにまきて 13-3339⑳
まくらのあたり 1-72④
まくらのかたに 5-892㊾
まくらはひとに 11-2516②
まくらへに 3-420㉙
まくらもそよに 12-2885④
まくらもまかず 6-942④
まくらゆくくる 4-507②
まくらをさけず 4-636④
まくらをまきて 11-2615②
まげいほのうちに 5-892㊺
まけたまへば 2-199㊱
まけてはあらじと 9-1809㊹
まけながく
――いめにみえずて 11-2814③
――いめにもみえず 11-2815①
――かはにむきたち 10-2073①
――こふるこころゆ 10-2016①
まけのまにまに
――いでてこし 17-3957④
――きくといふものそ 3-369④
――このかはの 18-4098⑳
――しなざかる 17-3969②
――しまもりに 20-4408②
――たらちねの 20-4331⑱
――ひなざかる 13-3291⑧
――ますらをの 17-3962②
まけばうせぬる 7-1416⑤
まけばさむしも 11-2549ィ⑤
まけばしら 20-4342①
まけばちりぬる 7-1415⑤
まけみぞのへに 11-2833④
まけらゆる 19-4245⑪
まこがてはなり 20-4414④
まことありえむや
――こひしきものを 7-1350④
――さぬるよの 15-3735②
まことかも 14-3384③
まことこちたく 12-2886②
まことこよひは 12-2859④
まことそこひし 12-2888④
まことたふとく 3-245②
まことなごやは 14-3499④
まことなれ 20-4418③
まことふたよは 7-1410②
まこともいもが 4-734④
まこともきみに 11-2813④
まこともとほく 8-1563④
まこともひさに 10-2280④
まことわがいのち
――つねならめやも 10-1985④
――またからめやも 12-2891④
まことわぎもこ 4-771④
まことわれ 20-4348③
まこもかる 11-2703①
まこやのやまを 16-3851④
まさかこそ 14-3490③
まさかしよかば 14-3410⑤
まさかはきみに 12-2985④
まさかもかなし 14-3403②
まさきくあらば
――またかへりみむ 2-141④
――またもみむ 3-288②
まさきくありこそ
あがおもふあがこ―― 9-1790⑮
たすくるくにぞ―― 13-3254⑤
まさきくて
――あれかへりこむ 17-3957⑬
――いもがいははば 15-3583①
――はやかへりこと 20-4398⑮
――またかへりみむ 7-1183①
まさきくと 17-3958①
まさきくませと
――あめつちの 3-443㉘
――つつみなく 13-3253⑧
まさきくも
――ありたもとほり 17-4008㊴
――はやくいたりて 20-4331㊲

まさきくもがも　9-1779②
まさしくしりて　2-109④
まさでにも
　—きまさぬきみを　14-3521③
　—のらぬきみがな　14-3374③
まさむとしらば　19-4270④
まさやかにみむ　20-4424⑤
まさりたるらし　3-341⑤
まされるいまは　12-3083②
まされるたから　5-803④
まされるわれを　4-492④
ましていかにあらむ　11-2553⑤
ましておもへや　7-1202②
ましておもほゆ
　こひしきこころ—　11-2392⑤
　わすれむといへば—　10-2337⑤
ましてこひしみ　3-382⑯
ましてしぬはゆ　5-802④
ましてしのはゆ　8-1629㊱
ましばにも
　—えがたきかげを　14-3573③
　—のらぬいもがな　14-3488③
まじへてぬかむ　10-1939⑤
ましもあれも　14-3440ィ③
ましらかに　3-481⑤
ましらふのたか　19-4154㊲
まじれるくさの　11-2468②
ましろにそ　3-318③
ましろのたかを　19-4155②
ますげよし　12-3087①
ますますも　5-897⑬
ますみのかがみ　16-3885㊳
ますらたけをに　19-4262④
ますらたけをを　20-4465⑫
ますらわれすら　17-3969⑥
ますらをごころ　11-2758④
ますらをと
　—おもひしわれや　12-2875③
　—おもへるあれを　11-2584①
　—おもへるものを　20-4456①
　—おもへるわれも　1-5⑲
　—おもへるわれも　2-135㉟
　—おもへるわれや　6-968①
　—おもへるわれを　4-719①
ますらをとこの　9-1801②
ますらをに　3-406③
ますらをにして　19-4216⑤
ますらをの
　—あらそふみれば　9-1809㉝
　—いでたちむかふ　10-1937①
　—うつしごころも　11-2376①
　—おもひたけびて　11-2354ィ①
　—おもひみだれて　11-2354①
　—おもひわびつつ　4-646①
　—きそひかりする　17-3921③
　—きよきそのなを　18-4094㊼
　—こころおもほゆ　18-4095①
　—こころはなくて　10-2122①
　—こころはなしに　6-935⑬
　—こころふりおこし　3-478㉓
　—こころふりおこし　17-3962③
　—こころふりおこし　20-4398⑤
　—こころをもちて　20-4331㊶
　—ことたはしみ　19-4211㉑
　—さつやたばさみ　1-61①
　—さつやたばさみ　2-230③
　—さときこころも　12-2907①
　—たかまとやまに　6-1028①
　—たゆひがうらに　3-366⑨
　—てにまきもてる　7-1183③
　—ともいざなひて　17-4011㉓
　—とものおとすなり　1-76①
　—ひきのまにまに　19-4220⑪
　—ふしゐなげきて　10-1924①
　—ほくとよみきに　6-989③
　—ゆきとりおひて　20-4332①
　—ゆきのまにまに　9-1800㉙
　—ゆくといふみちそ　6-974①
　—ゆずゑふりおこし　3-364①
　—ゆずゑふりおこし　7-1070①
　—よびたてしかば　20-4320①
　—をとこさびすと　5-804㉗

ますらをのこの
—このくれ 19-4187 ②
—こふれこそ 2-118 ②
ますらをのとも
うぢとなにおへる— 20-4465 ㊾
おもひてゆくな— 6-974 ⑤
けふはくらさね— 19-4152 ⑤
ますらをは
—とものさわきに 11-2571 ①
—なをしたつべし 19-4165 ①
—みかりにたたし 6-1001 ①
—をちみづもとめ 4-627 ③
ますらをも
—かくこひけるを 4-582 ①
—こひといふことは 11-2386 ③
ますらをや
—かたこひせむと 2-117 ①
—こひといふものを 11-2635 ③
—こひといふものを 12-2987 ③
—なにかものもふ 17-3973 ⑦
—むなしくあるべき 19-4164 ⑨
ますらをを 19-4189 ⑰
ませどあかぬかも 8-1638 ⑤
まそかがみ
—あふぎてみれど 3-239 ㉑
—おもかげさらず 11-2634 ③
—かけてしぬへと 15-3765 ①
—かけてしのひつ 12-2981 ③
—きよきつくよに 8-1507 ⑬
—きよきつくよに 17-3900 ③
—きよきつくよの 11-2670 ①
—ただにしいもを 11-2632 ①
—ただめにあひて 11-2810 ③
—ただめにきみを 12-2979 ①
—ただめにきみを 13-3250 ㉕
—ただめにみねば 9-1792 ⑲
—てにとりもちて 5-904 ㊶
—てにとりもちて 11-2502 ①
—てにとりもちて 11-2633 ①
—てにとりもちて 12-3185 ①
—てりいづるつきの 11-2462 ③
—てるべきつきを 7-1079 ①
—てれるつくよも 11-2811 ③
—とぎしこころを 4-619 ⑦
—とぎしこころを 4-673 ①
—とこのへさらず 11-2501 ③
—とりなめかけて 16-3791 ㊿
—ふたがみやまに 19-4192 ⑪
—みあかぬいもに 12-2980 ①
—みあかぬきみに 4-572 ①
—みしかとおもふ 11-2366 ①
—みともいはめや 11-2509 ①
—みなぶちやまは 10-2206 ①
—みぬひときなく 19-4221 ③
—みぬめのうらは 6-1066 ①
—みませわがせこ 12-2978 ①
—みれどあかねば 13-3324 ㊼
—みれどもあかず 19-4214 ㊴
—もてれどわれは 13-3316 ①
まそでもち
—きせてむとかも 7-1272 ④
—とこうちはらひ 11-2667 ①
—とこうちはらひ 13-3280 ⑲
—なみだをのごひ 20-4398 ⑰
まそほたらずは 16-3841 ②
まそほほるをか 16-3843 ②
まそみかがみに 13-3314 ⑭
またおきつるかも 15-3627 ㉛
またかへりきて 9-1740 ㊽
またかへりこぬ 9-1804 ⑫
またかへりみつ 9-1733 ⑤
またかへりみむ
かぜふきとくな— 12-3056 ⑤
—しがのからさき 13-3241 ④
たゆることなく— 1-37 ⑤
たゆることなく— 6-911 ⑤
たゆることなく— 7-1100 ⑤
まかぢしじぬき— 9-1668 ⑤
まさきくあらば— 2-141 ⑤
—ますらをの 7-1183 ②
—みちのくま 13-3240 ⑳
—よろづよまでに 7-1114 ④

またからめやも　12-2891⑤
またくしあらば　15-3741②
またけむかぎり　4-595②
またこととはむ　20-4392⑤
またさらに
　―おほみかみたち　5-894㊾
　―やそしますぎて　20-4349③
　―わがふるさとに　4-609③
またさらにして　8-1569④
またしけむ　18-4106㉙
またすらむ
　―こころさぶしく　17-3962㉕
　―こころさぶしく　18-4106㉟
またそおきつる　15-3628④
またそつぐべき　11-2625⑤
またなかぬかも　10-1953⑤
またねてむかも　14-3395⑤
またはあはじかと　4-540②
またはありがたし　17-4011㊵
またばくるしみ
　ただわたりきぬ―　10-2085⑤
　たまにそあがぬく―　17-3998⑤
またばくるしも
　あさゆくきみを―　11-2389⑤
　あをなたのめそ―　12-3031⑤
　はやきませきみ―　12-3079⑤
　はやきませきみ―　15-3682⑤
　もみちはやつげ―　10-2183⑤
またひとめみむ　11-2396⑤
またびになりぬ　20-4388②
またふぢはかま　8-1538⑤
またまかば　12-2927③
またましよりは　6-1015②
またまたもこむ　9-1779⑥
またまつく
　―をちこちかねて　4-674①
　―をちこちかねて　12-2973①
　―をちのすがはら　7-1341①
　―をちをしかねて　12-2853①
またまでの
　―たまでさしかへ　5-804㊸
　―たまでさしかへ　8-1520㉛
またまなす
　―あがおもふいもも　13-3263⑪
　―ふたつのいしを　5-813⑪
またまをかけ　13-3263⑩
またみけむかも
　こまつがうれを―　2-146⑤
　ひとはかへりて―　2-143⑤
またみてももや　20-4415⑤
またみるの　13-3301⑨
またむといひし
　―ときそきにける　15-3701④
　―ときのへゆけば　15-3713④
またもあはずして　11-2789⑤
またもあはぬものは　13-3330㉙
またもあはむ　4-708①
またもあはむため　20-4469⑤
またもあはむと　11-2662②
またもあはめやも
　しゑやあたらし―　10-2120⑤
　むかしのひとに―　1-31⑤
　をちのすぎゆく―　2-195⑤
　をちのにすぎぬ―　2-195ィ⑤
またもあひみむ　15-3619④
またもあふといへ
　―たまこそば　13-3330㉔
　―またもあはぬものは　13-3330㉘
またもあふべく　9-1805②
またもあふみの　12-3157②
またもおふといふ　7-1293⑤
またもきてみむ　6-991⑤
またもみむ　3-288③
またもみむかも
　ならのみやこを―　6-1046⑤
　もくさくみちを―　2-185⑤
またもわれこむ　15-3710②
またゆきかへり　13-3301⑩
またよそにみむ　4-701⑤
まだらにみゆる　10-2177④
まだらのかづら　12-2993②

まだらのころも
—おもかげに　7–1296 ②
—きほしきか　7–1260 ②
まだらぶすまに　14–3354 ②
またをちかへり
—あをによし　6–1046 ②
—きみをしまたむ　11–2689 ④
—きみをしまたむ　12–3043 ④
またをちぬべし　5–848 ⑤
またをちめやも
くすりはむとも—　5–847 ⑤
—ほとほとに　3–331 ②
まちいでむかも　11–2804 ⑤
まちかききみに　4–597 ④
まちかきさとの　6–986 ②
まちかきさとを　4–640 ②
まちかこふらむ
—しがのからさき　2–152 ④
—はしきつまらは　2–220 ㊹
まちかてに
—あがするつきは　6–987 ①
—あがせしはるを　6–948 ⑲
まちがてにすれ　4–629 ⑤
まちかてにせし　5–845 ②
まちかねて　11–2688 ①
まちかもこひむ　20–4331 �
まちけむひとは　3–443 ㊳
まちこひぬらむ
いへなるひとも—　4–651 ⑤
みつのはままつ—　1–63 ⑤
みつのはままつ—　15–3721 ⑤
まちこふらむに
—あかしつるうを　15–3653 ④
—とほのくに　15–3688 ⑱
まちしうのはな　8–1482 ②
まちしよの
—なごりそいまも　11–2588 ③
—なごりそいまも　12–2945 ③
まちつつあるらむ
あはれわぎもこ—　11–2594 ⑤
いもがいでたち—　7–1078 ⑤
しらにといもが—　2–223 ⑤
まちつつそ　4–588 ③
まちつつをるに　7–1071 ④
まちとはばいかに　7–1215 ⑤
まちとはむため　6–976 ⑤
まちにかまたむ
むかへかゆかむ—　2–85 ⑤
われやかよはむ—　11–2655ィ ⑤
まちにしまたむ　6–1041 ⑤
まちやかねてむ
きみがつかひを—　4–619 ㊶
きみがつかひを—　11–2543 ⑤
きみがつかひを—　11–2548 ⑤
つかひをだにも—　12–3103 ⑤
まちよろこぶる　10–2264 ②
まちをるに　12–2864 ③
まつがうらに　14–3552 ①
まつがえの　20–4439 ①
まつがえを　6–1043 ③
まつがくるしさ　12–3008 ⑤
まつかげに
—いでてそみつる　11–2653 ③
—ひもときさくる　20–4464 ③
—やどりてゆかな　9–1687 ③
まつかげの
—あさぢがうへの　8–1654 ①
—きよきはまへに　19–4271 ①
まつかぜに
—いけなみたち　3–260 ⑦
—いけなみたちて　3–257 ⑤
まつかぜはやみ　8–1458 ④
まつがねの
—きみがこころは　12–3047 ③
—たゆることなく　19–4266 ⑤
—まつこととほみ　13–3258 ⑰
まつがねや　3–431 ⑬
まつがねを　1–66 ③
まつかひにする　9–1698 ⑤
まつかひも
—やらずてわれは　6–946 ⑬
—やるよしもなし　17–3962 ㊺

—やるよしもなみ 17-3969 ㉕
まつかひもこず 11-2388 ⑤
まつかひやらば
いちしろけむな— 10-2344 ⑤
—それとしらむな 10-2344ィ ④
まつかへの 19-4169 ㉕
まつがへり
—しひてあれやは 9-1783 ①
—しひにてあれかも 17-4014 ①
まつこととほみ 13-3258 ⑱
まづさきくさの 10-1895 ②
まづさくえだを 10-2326 ②
まづさくはなの 8-1653 ④
まづさくやどの 5-818 ②
まづしきひとの 5-892 ㉖
まつしだす 14-3363 ③
まつだえの
—ながはますぎて 17-3991 ⑪
—はまゆきぐらし 17-4011 ㊲
まつちやま
—こゆらむきみは 4-543 ⑬
—こゆらむけふそ 9-1680 ③
—まつらむいもを 12-3154 ③
—もとつひとには 12-3009 ③
—ゆきくとみらむ 1-55 ③
—ゆふこえゆきて 3-298 ①
まつちやまより 6-1019 ⑭
まつとつげこそ 10-2083 ⑤
まつとながいはば 14-3433 ④
まつとにしあらし 4-792 ②
まづなきなむを 19-4183 ⑤
まづなくあさけ 20-4463 ②
まづなくとりの 10-1935 ②
まつなへに 8-1535 ③
まつにきまさぬ 12-3206 ⑤
まつにはまたじ 2-90 ⑤
まつのうらばに 8-1650 ②
まつのけの 20-4375 ①
まつのさえだに 19-4177 ㉔
まつのさえだを 20-4501 ④
まつのしたぢゆ 13-3324 ㉖
まつのはな 17-3942 ①
まつのはに 4-623 ①
まつのはみつつ 15-3747 ②
まつはしるらむ 2-145 ⑤
まつひともなし 11-2671 ⑤
まつほのうらに 6-935 ④
まつらがた 5-868 ①
まつらがは
—かはのせはやみ 5-861 ①
—かはのせひかり 5-855 ①
—たましまのうらに 5-863 ①
—ななせのよどは 5-860 ①
まつらさよひめ
こほしくありけむ— 5-875 ⑤
—つまごひに 5-871 ②
ひれふらしけむ— 5-874 ⑤
ひれふりけらし— 5-873 ⑤
まつらなる 5-856 ①
まつらのうみ 15-3685 ③
まつらのうらの 5-865 ②
まつらのかはに 5-857 ②
まつらのかはの 5-858 ②
まつらぶね
—かぢのおとたかし 7-1143 ③
—さわくほりえの 12-3173 ①
まつらむいもし 12-3138 ④
まつらむいもに 3-445 ②
まつらむいもを
—このひくらしつ 11-2713 ④
—ゆきてはやみむ 12-3154 ④
まつらむか 11-2408 ③
まつらむきみや 15-3692 ④
まつらむこころ 18-4107 ④
まつらむに 11-2526 ①
まつらむものを
—つれもなき 13-3341 ②
—みえぬきみかも 15-3771 ④
—よのなかの 15-3691 ㉒
まつらむよりは 11-2831 ④
まつらむを 15-3645 ③
まつりだす 15-3765 ③

まつるつかさと 18-4122 ⑫
まつるみつきと 1-38 ⑭
まつるみもろの 7-1377 ②
まつれるきみに 11-2573 ②
まつろはず 2-199 ㊸
まつろはぬ
　—くにをはらへと 2-199ィ ㉝
　—くにををさめと 2-199 ㉝
まつろふものと
　—いひつげる 18-4094 ㊺
　—さだまれる 19-4214 ⑥
まつろへぬ 20-4465 ㉑
まつろへの 18-4094 ㊶
まづわがやどに 20-4490 ④
まてどきなかず
　—あやめぐさ 8-1490 ②
　そのほととぎす— 19-4239 ⑤
まてどきなかぬ
　—ほととぎす 19-4208 ②
　—ほととぎすかも 19-4196 ④
まてどきまさず
　—あまのはら 13-3280 ②
　いりにしいもは— 7-1409 ⑤
　かどにいでたち— 16-3861 ⑤
　—かりがねも 13-3281 ②
　こもりにけらし— 3-418 ⑤
　としのやとせを— 16-3865 ⑤
まてどきまさぬ 13-3277 ⑤
まてどこずける 4-589 ⑤
まてどまちかね 19-4253 ②
までにもひとは 13-3264 ②
まてりやも 11-2808 ③
まとかたの 7-1162 ①
まどごしに 11-2679 ①
まとひによりて 6-1019 ④
まとひぬる 2-208 ③
まとへるあひだに 13-3324 ㊱
まとへるこころ 4-671 ④
まとほくおもほゆ 14-3522 ⑤
まとほくの
　—くもゐにみゆる 14-3441 ①
　—のにもあはなむ 14-3463 ①
まとほにしあれば 3-413 ④
まとりすむ
　—うなてのもりの 7-1344 ①
　—うなてのもりの 12-3100 ③
まながのうらを 9-1733 ④
まなかひに 5-802 ⑦
まなきがごとく
　—くまもおちず 1-25 ⑩
　—くまもおちず 1-26 ⑩
　—そのゆきの 13-3293 ⑧
　—のむひとの 13-3260 ⑧
まなきこひにそ 18-4033 ④
まなくこのころ 3-359 ④
まなくしおもへば
　あはしのびえず— 11-2752 ⑤
　ひとしりにける— 12-3016 ⑤
　われはわすれず— 4-702 ⑤
まなくしばなき 6-1047 ㉔
まなくしばなく
　—くもゐなす 3-372 ⑧
　—はるののに 17-3973 ㉘
　—はるののの 10-1898 ②
まなくしふれば
　—まきのはも 10-2196 ②
　—みかさやま 8-1553 ②
まなくそ
　—あめはふりける 1-25 ⑤
　—あめはふるといふ 1-26 ⑤
　—ひとはくむといふ 13-3260 ③
まなくぞ 13-3293 ③
まなくそならは 20-4461 ④
まなくときなし
　—あがこふらくは 4-760 ④
　—あがこふらくは 12-3088 ④
　—あがこふらくは 12-3168 ④
まなくなふりそ 8-1594 ②
まなくぬきたれ
　—あめつちの 13-3284 ⑩
　—ゆふだすき 3-420 ㉜
まなくふるらし 8-1585 ⑤

まなくみえきみ　11-2544 ④
まなくもきみは　12-3012 ④
まなくやいもに　15-3660 ④
まなごつち
　—そでのみふれて　7-1392 ③
　—まなくときなし　12-3168 ③
　—まなほにしあらば　7-1393 ③
まなごなす　14-3372 ③
まなごにかあらむ　13-3336 ⑭
まなごにも
　—にほひてゆかな　9-1799 ③
　—わはなりてしか　11-2734 ③
まなごにもあらむ　13-3339 ㉔
まなしわがせこ　12-3087 ④
まなといふこが　14-3462 ④
まなぶたはれて　16-3856 ④
まなほにしあらば　7-1393 ④
まぬかれぬ　3-460 ㉙
まぬらるやつこ
　—わし　16-3879 ③
　—わし　16-3879 ⑦
まねきもちゆきて　10-2062 ②
まねくいかば　2-207 ⑨
まねくかよへば　4-787 ⑤
まねくすぐれば　9-1792 ⑥
まねくなりぬれ
　—さすたけの　2-167ィ ㊷
　—そこゆゑに　2-167 ㊷
まののいけの　11-2772 ①
まののうらの
　—こすげのかさを　11-2771 ③
　—よどのつぎはし　4-490 ①
まののかやはら　3-396 ②
まののはりはら
　きぬにすりけむ—　7-1166 ⑤
　きみこそみらめ—　3-281 ⑤
　—こころゆも　7-1354 ②
　—たをりてゆかむ　3-280 ④
　—ゆくさくさ　3-281 ②
まのまへに　5-894 ⑬
まはりもち
　—すれるころもの　7-1156 ③
　—にほほしきぬに　16-3791 ㉚
まひくれて　14-3461 ③
まひしつつ　20-4447 ①
まひとごと　14-3552 ③
まひはせむ
　—あがおもふきみを　17-4009 ③
　—こよひのながさ　6-985 ③
　—したへのつかひ　5-905 ③
　—とほくなゆきそ　9-1755 ⑰
　—ゆめはなちるな　20-4446 ③
まへつきみたち　19-4276 ⑤
まへにすゑおきて　3-443 ㉒
ままにおひたる　10-2288 ②
ままのいりえに　3-433 ②
ままのうらみを　14-3349 ②
ままのおすひに　14-3385 ④
ままのこすげの　14-3369 ②
ままのつぎはし　14-3387 ④
ままのてごなが
　—あさぎぬに　9-1807 ⑧
　—ありしかば　14-3385 ②
　—おくつきところ　3-432 ④
　—おくつきを　3-431 ⑧
ままのてごなを
　—まことかも　14-3384 ②
　われによすとふ—　14-3384 ⑤
ままのゐみれば　9-1808 ②
まみはしるしも　7-1266 ⑤
まもおちず　13-3293 ⑪
まもらふに　7-1387 ③
まもりあへぬもの　11-2657 ⑤
まもるひとあり　7-1307 ⑤
まもれるくるし　8-1634 ⑤
まゆかせらふも　14-3541 ⑤
まゆすひに　20-4427 ③
まゆふもち　13-3295 ⑯
まゆみのをかに
　—とびかへりこね　2-182 ④
　—みやばしら　2-167 ㊹
まゆみのをかも　2-174 ②

まよかゆみ　11-2809 ③
まよごもり
　—いきづきわたり　13-3258 ⑪
　—いぶせくもあるか　12-2991 ③
　—こもれるいもを　11-2495 ③
まよねかき
　—けながくこひし　6-993 ③
　—したいふかしみ　11-2614 ①
　—したいふかしみ　11-2614左注 ①
　—たれをかみむと　11-2614左注 ①
　—はなひひもとけ　11-2408 ①
　—はなひひもとけ　11-2808 ①
まよねかきつれ　11-2575 ⑤
まよのごと　6-998 ①
まよひきにけり　14-3453 ⑤
まよびきの　14-3531 ③
まりふのうらに
　—やどりかせまし　15-3632 ④
　—やどりせましを　15-3630 ④
まりふのうらを　15-3635 ④
まるねせば　20-4416 ③
まろといふやつこ　9-1783 ⑤
まろねそあがする　10-2305 ④
まろねをすれば
　—あがきたる　9-1787 ⑩
　—いぶせみと　18-4113 ⑫
まわかのうらの　12-3168 ②
まゐしわがせを　18-4116 ⑫
まゐできにしを　20-4393 ⑤
まゐでこしとき　18-4111 ⑧
まゐのぼる　6-1022 ⑤
まゐりきて　16-3886 ㉗
まゐりこし　19-4230 ③
まをごもの
　—おやじまくらは　14-3464 ③
　—ふのまちかくて　14-3524 ①
まをさむひに　19-4264 ⑭
まをさむものを　16-3875 ⑰
まをさめど　12-3102 ③
まをしたまはね　5-879 ④
まをしたまひし　5-894 ㉒
まをしたまひぬ　19-4254 ㉚
まをしたまへば　2-199 ㊾
まをしはやさね
　—まをしはやさね　16-3885 ㊺
　まをしはやさね—　16-3885 ㊻
まをしわかれて　19-4211 ㉔
まをせそのこに　10-2348 ⑤

み

みあかぬいもに　12-2980 ②
みあかぬきみに　4-572 ②
みあきらめ　19-4187 ⑤
みあらかは　1-50 ⑨
みあらかを　2-167 ㊼
みいくさを
　—あどもひたまひ　2-199 ㊶
　—めしたまひて　2-199 ㉙
みいのちはながく　2-147 ④
みうらさきなる　14-3508 ②
みえかへるらむ　12-2890 ⑤
みえこずあるらむ　12-3202 ⑤
みえざらなくに　15-3735 ⑤
みえざりし　10-2105 ③
みえずかもあらむ　1-78 ⑤
みえずしあるは　4-749 ④
みえずとも
　—ころがかなとよ　14-3530 ③
　—たれこひざらめ　3-393 ①
　—われはみやらむ　10-1897 ③
みえつげや　12-2849 ③
みえつついもは　8-1630 ④
みえつつもとな　8-1579 ⑤
みえてちりゆく　12-3129 ⑤
みえなくおもへば
　ほのかにだにも—　2-210 ㊼
　よわたるつきの—　7-1083 ⑤
みえぬがごとく
　—あともなき　15-3625 ⑯
　—ゆくみづの　19-4160 ㉘
みえぬきみかも
　まつらむものを—　15-3771 ⑤
　みまくほしきを—　11-2801 ⑤
みえぬこのころ
　おもしるきみが—　12-3015 ⑤
　たゆとやきみが—　12-3052 ⑤
　ほにでしきみが—　14-3506 ⑤
みえぬころかも
　あがおもふきみが—　12-2972 ⑤
　おもしるこらが—　12-3068 ⑤
　かよひしきみが—　4-518 ⑤
みえばこそあらめ　4-749 ②
みえむとわれは　4-772 ②
みおろせば　6-913 ⑦
みかきのやまに　9-1761 ④
みかさにぬへる　11-2757 ②
みかさののへに　6-1047 ⑳
みかさのはやし　16-3885 ㉞
みかさのもりの　4-561 ④
みかさのやまに
　—あささらず　3-372 ④
　—こもりてありけり　6-987 ④
　—つきのふねいづ　7-1295 ②
　—つきもいでぬかも　10-1887 ②
　—なくとりの　3-373 ②
　—ゐるくもの　11-2675 ②
　—ゐるくもを　12-3209 ②
みかさのやまの
　—おびにせる　7-1102 ②
　—もみちばは　8-1554 ②
　—やますげの　12-3066 ②
みかさのやまは
　—いろづきにけり　10-2212 ④
　—さきにけるかも　10-1861 ④
みかさのやまを　6-980 ②
みかさやま
　—こぬれあまねく　8-1553 ③
　—のへゆくみちは　2-232 ①
　—のへゆゆくみち　2-234 ①
みかたのうみの　7-1177 ②
みかづきの　11-2464 ①
みかづきみれば　6-994 ②
みかどさらずて　5-879 ⑤
みかどのはらに　2-199 ⑱
みかどのひとも　2-199 ⑭
みかどのまもり　18-4094 ⑩
みかねのたけに　13-3293 ②
みかのはら

—くにのみやこは　6–1059 ①
—くにのみやこは　6–1060 ①
—たびのやどりに　4–546 ①
—ふたぎののへを　6–1051 ①
みかはなる　3–276 ③
みかはの　3–276左注 ①
みがほしからむ
—すめかみの　17–3985 ⑭
—みよしのの　6–910 ②
—やまかはを　6–907 ⑭
みがほしきみが　11–2512 ④
みがほしきみを　19–4170 ②
みがほしまでに　10–2327 ⑤
みがほしみおもわ　19–4169 ㉒
みがほしやまと　3–382 ⑧
みかもなす　3–466 ⑦
みかものやまの　14–3424 ②
みかりする　12–3048 ①
みかりそたたす　6–926 ⑭
みかりたたしし　1–49 ④
みかりたたせる　3–239 ⑥
みかりにたたし　6–1001 ②
みかりのひとの　10–1974 ④
みかりびと　6–927 ③
みきたてまつる　19–4262 ⑤
みぎりしみみに　13–3324 ㉜
みくくのに　14–3525 ①
みくさおひにけり　3–378 ⑤
みくさかりふき　1–7 ②
みくさのうへに　10–1908 ②
みくさのはなの　10–2272 ②
みくしげに　19–4220 ③
みくにやま　7–1367 ①
みぐまがすげを　11–2837 ②
みくまのの　4–496 ①
みくまりやまを　7–1130 ④
みけつくに
—かむかぜの　13–3234 ⑥
—しまのあまならし　6–1033 ①
—のしまのあまの　6–934 ③
—ひのみつきと　6–933 ⑨
みけむがごとも　9–1807 ㊷
みけむかふ
—あぢふのみやは　6–1062 ㉕
—あはぢのしまに　6–946 ①
—きのへのみやを　2–196 ㊸
—みなぶちやまの　9–1709 ①
みこころを
—あきらめたまひ　18–4094 ㉟
—しづめたまふと　5–813 ⑦
—めしあきらめし　3–478 ⑮
—よしののくにの　1–36 ⑨
みこしたたして　3–475 ㉔
みこしぢの
—たむけにたちて　15–3730 ③
—ゆきふるやまを　9–1786 ①
みごしのさきの　14–3365 ②
みことうくれば　16–3886 ㉘
みことうけむと　16–3886 ⑱
みことかがふり　20–4321 ②
みことかしこみ
—あきづしま　13–3333 ②
—あしひきの　17–3973 ②
—あしひきの　17–3978 ⑫
—あまざかる　6–1019 ⑩
—あまざかる　9–1785 ⑫
—あまざかる　13–3291ィ ⑧
—あをくむの　20–4403 ②
—いそにふり　20–4328 ②
—いそみするかも　3–368 ④
—いでくれば　20–4358 ②
—うつくしけ　20–4414 ②
—おしてる　3–443 ㊵
—おほあらきの　3–441 ②
—おほのうらを　20–4472 ②
—おほぶねの　15–3644 ②
—かなしいもが　14–3480 ②
—さしならぶ　6–1020(1021) ②
—しきしまの　9–1787 ④
—たまほこの　20–4408 ㊵
—つまわかれ　20–4398 ②
—にきびにし　1–79 ②

—ひなざかる 19-4214 ⑩
—みれどあかぬ 13-3240 ②
—ももしきの 6-948 ㊱
—ゆふされば 8-1453 ⑧
—ゆみのみた 20-4394 ②
—よるみつるかも 3-297 ④
—をすくにの 17-4008 ⑩
みこととはさず 2-167 ㊿
みことにあれば 20-4432 ②
みことにされば 20-4393 ②
みことのさきの
—きけばたふとみ 18-4094 ⑯
—たふとくしあれば 18-4095ィ ④
みことのさきを
—きけばたふとみ 18-4095 ④
—たふとくしあれば 18-4094ィ ⑯
みことのまにま 20-4331 ㊵
みこともち 17-4006 ㉝
みこながら 2-199 ㉟
みこのつぎつぎ 6-1047 ⑩
みこのみかどの
—あれまくをしも 2-168 ④
—さばへなす 3-478 ㉞
みこのみかどを
—かむみやに 2-199 ⑩
—かむみやに 2-199ィ ⑩
みこのみこと
—もののふの 3-478 ④
—よろづよに 3-475 ⑥
みこのみことの
—あめのした 2-167 ㊳
—ありがよひ 3-479 ②
—うまなめて 1-49 ②
みこのみことは 13-3324 ㉒
みこのみやひと
—ゆくへしらずも 2-167 ㊹
—ゆくへしらにす 2-167ィ ㊹
みこもかる
—しなぬのまゆみ 2-96 ①
—しなぬのまゆみ 2-97 ①
みこもち 1-1 ②
みごもりに
—いきづきあまり 7-1384 ①
—こひこしいもが 11-2703 ③
—こひやわたらむ 11-2707 ③
みさかかしこみ 14-3371 ②
みさかこゆらむ 12-3192ィ ⑤
みさかたばらば 20-4424 ④
みさかたまはり 20-4372 ②
みさかにたして 20-4423 ②
みさかをこゆと 9-1675 ②
みさきみの 4-568 ①
みさくるひとめ 19-4154 ⑭
みさけむやまを 1-17 ⑫
みさごゐる
—ありそにおふる 3-363 ①
—ありそにおふる 12-3077 ①
—いそみにおふる 3-362 ①
—おきつありそに 11-2739 ①
—すにゐるふねの 11-2831 ①
—すにゐるふねの 12-3203 ①
みさとづかさに 16-3859 ④
みさへはなさへ 6-1009 ②
みざりしものを 2-175 ②
みざりしよりも 11-2392 ②
みじかかりけり 10-2303 ⑤
みじかきいのちも 15-3744 ④
みじかきいのちを 6-975 ④
みじかきものを 5-892 ㉝
みしかとおもふ 11-2366 ②
みしかども 15-3756 ③
みじかゆふ 2-157 ③
みじかよも 10-1981 ③
みしからに 11-2411 ③
みじといふものを 3-305 ②
みしとものうらの 3-446 ②
みしひとそなき 3-446 ⑤
みしひとの 4-602 ③
みしひとゆゑに
—こひわたるかも 12-3003 ④
ただひとめのみ— 10-2311 ⑥
ただひとめのみ— 12-3075 ⑤

みしひとを　3-448 ③
みしひのごとく　20-4473 ④
みしぶつくまで　8-1634 ②
みしほのはやし　16-3885 ㊿
みしまえの
　—いりえのこもを　11-2766 ①
　—たまえのこもを　7-1348 ①
みしますがかさ　11-2836 ⑤
みしますげ　11-2836 ①
みしまのに
　—かすみたなびき　18-4079 ①
　—からぬひまねく　17-4012 ③
みしまのを　17-4011 ㊺
みしめずありける　20-4496 ⑤
みしものを　11-2391 ③
みずかすぎなむ
　—ここだちかきを　7-1180 ④
　はなたちばなを—　8-1504 ⑤
みずかなりなむ
　—こひしけまくに　9-1722 ④
　ならのみやこを—　3-331 ⑤
みずてかもあらむ　1-78ィ ⑤
みずてやいもが　20-4439 ④
みずてやわれは　5-862 ④
みずてゆかば　3-382 ⑮
みずはともしみ　10-2152 ⑤
みずはのぼらじ　18-4039 ④
みずひさならば
　あれはこひむな—　9-1785 ㉑
　—こひしけむかも　3-311 ④
　—すべなかるべし　17-3934 ④
みずひさに
　—ひなにしすめば　18-4121 ③
　—ひなにしをれば　19-4170 ③
みずひさにして　14-3547 ⑤
みすべききみが　2-166 ④
みすみつほ　16-3885 ㊱
みするまでには　8-1507 ⑯
みせずほとほと　8-1565 ④
みせつつもとな
　このあきはぎを—　10-2293 ⑤
　このやまぶきを—　17-3976 ⑤
　ふるきみやこを—　3-305 ⑤
みせましものを
　あがまつひとに—　10-2112 ⑤
　ありそのなみも—　17-3959 ⑤
　—うつせみの　3-466 ⑩
　くぬちことごと—　5-797 ⑤
　まりふのうらを—　15-3635 ⑤
みせむがためにに　19-4222 ④
みせむこもがも
　さくらのはなを—　9-1752 ⑤
　たをりてひとめ—　8-1496 ⑤
　みだれぬいまに—　10-1851 ⑤
みせむとおもひし
　—うめのはな　8-1426 ②
　—やどのたちばな　8-1508 ④
みそぎして　11-2403 ③
みそぎしにゆく
　あすかのかはに—　4-626 ⑤
　みつのはまへに—　4-626ィ ⑤
みそぎてましを
　—おほきみの　6-948 ㉞
　—たかやまの　3-420 ㊷
みそでぬれけむ　16-3876 ⑤
みそのふの
　—うめのはなにも　5-864 ③
　—からあゐのはなの　11-2784 ③
　—たけのはやしに　19-4286 ①
　—ももきのうめの　17-3906 ①
みそらゆく
　—くもにもがも　4-534 ⑨
　—くもにもがもな　14-3510 ①
　—くももつかひと　20-4410 ①
　—つきのひかりに　4-710 ①
　—つくよみをとこ　7-1372 ①
　—なのをしけくも　12-2879 ①
みたたしせりし　5-869 ④
みたたしの
　—しまにおりゐて　2-188 ③
　—しまのありそを　2-181 ①
　—しまをみるとき　2-178 ①

—しまをもいへと　2-180①
みたまたすけて　18-4094㊵
みたまたまひて　5-882②
みたまへあがきみ　3-376⑤
みたみわれ　6-996①
みたりしりたり　5-894⑭
みだりてむとや　11-2837⑤
みだるるこころ　17-4008㉚
みだるるときに　12-3081④
みだれこひのみ　11-2474②
みだれこむかも　12-2927⑤
みだれしめめや　14-3360⑤
みだれそめけむ　14-3360左注⑤
みだれたりとも　2-124⑤
みだれてあるらむ
いそのうらみに—　7-1155⑤
やへをるがうへに—　7-1168⑤
みだれていづみゆ
3-256④, 15-3609左注④
みだれていもに　12-3176④
みだれておもふ
—きみがただかそ　4-697④
—ことつげやらむ　15-3640④
みだれてきたれ　2-199㊷
みだれてなほも　11-2610④
みだれなば　11-2789③
みだれにけらし　9-1686④
みだれぬいまに　10-1851④
みだれやしなむ　11-2791④
みだれをの
—ながきこころも　7-1413③
—をけをなみと　13-3272㉓
みちかけしけり
—あしひきの　19-4160⑩
—ひとのつねなき　7-1270④
みちかけしける　3-442⑤
みちくるしほの
—いやましに　4-617②
—いやましに　12-3159②
—いやましに　17-3985㉒
—いやましに　18-4045②
—やへなみに　19-4211㉘
—ゆふなぎに　13-3243⑥
みちくるひとの
—たちとまり　13-3276㉔
—つてことに　19-4214㉒
—なくなみた　2-230⑫
みちさかりたる　10-2233④
みちしきぬらし　15-3654左注⑤
みちしらずして　2-208ィ⑤
みちしらませば　3-468②
みちたづたづし
—つきまちて　4-709②
—ふねにのり　18-4062②
みちだにしらず　2-220㊷
みちたらはして　13-3329⑫
みちてあれども
—きみはしも　13-3324⑥
—ふぢなみの　13-3248④
みちてはあれど　20-4331⑩
みちてはあれども　5-894⑯
みちとほみ　4-766①
みちとほみかも　7-1075②
みちにあはさば　16-3875⑪
みちにあはぬかも
すくなき—　16-3875⑲
—すくなきよ　16-3875⑨
みちにあひて　4-624①
みちにいでたち
—あしひきの　13-3339②
—いはねふみ　18-4116⑧
—ゆくわれは　19-4251②
—ゆふうらを　13-3318⑩
—わかれこし　12-3139②
—わかれなば　17-3995②
—をかのさき　20-4408㊷
みちにのりてや　11-2367②
みちにふしてや
—いのちすぎなむ　5-886㉚
—わがよすぎなむ　5-886ィ㉚
みちにもあはじと　12-2871④
みちにもいでず　6-948㊵

みちにゆきあひて　12-2946 ②
みちぬるしほか　7-1144 ②
みちのあひだを　4-700 ④
みちのかみたち　17-4009 ②
みちのくの
　—あだたらまゆみ　7-1329 ①
　—あだたらまゆみ　14-3437 ①
　—かとりをとめの　14-3427 ③
　—まののかやはら　3-396 ①
　—をだなるやまに　18-4094 ㉛
みちのくま
　—いつもるまでに　1-17 ⑦
　—やそくまごとに　13-3240 ㉑
みちのくまみに
　—くさたをり　5-886 ⑯
　—しめゆへわがせ　2-115 ④
みちのくやまに　18-4097 ④
みちのしばくさ
　—おひざらましを　11-2777 ④
　—ながくおひにけり　6-1048 ④
みちのしらなく
　きみがきまさむ—　10-2084 ⑤
　きみがきまさむ—　13-3319 ⑤
　くみにゆかめど—　2-158 ⑤
みちのしらねば　13-3344 ㉚
みちのしり　11-2423 ①
みちのそらぢに　15-3694 ⑫
みちのとどみに　9-1780 ⑩
みちのとほけば　17-3969 ㉔
みちのなか　17-3930 ①
みちのながちは　20-4341 ④
みちのながてを
　—おほほしく　5-884 ②
　おもひやゆかむ—　4-536 ⑤
　—くりたたね　15-3724 ②
　—くれくれと　5-888 ②
　ゆけどかへらず—　12-3132 ⑤
　われをかへすな—　4-781 ⑤
みちのへちかく　9-1801 ⑭
みちのへの
　—いちしのはなの　11-2480 ①
　—いつしばはらの　11-2770 ①
　—うまらのうれに　20-4352 ①
　—くさぶかゆりの　7-1257 ①
　—くさぶかゆりの　11-2467 ①
　—くさをふゆのに　11-2776 ①
　—ゆざさのうへに　10-2336 ③
　—をばながしたの　10-2270 ①
みちのゆきあひに　4-546 ④
みちはあれど　7-1256 ③
みちはあれにけり　3-479 ⑤
みちはきにしを　20-4349 ②
みちはしとほく　17-3978 ㊵
みちはとほけど　8-1619 ②
みちはひろけむ　16-3881 ⑤
みちはゆかずて　9-1738 ⑯
みちびきまをし　5-894 ㊳
みちみわすれて　11-2380 ④
みちもしみみに　11-2529 ②
みちもりの　4-543 ㉝
みちゆかずあらば　11-2393 ②
みちゆかむひは　18-4055 ②
みちゆきうらに　11-2507 ②
みちゆきくらし　1-79 ⑭
みちゆきしらじ　5-905 ②
みちゆきつかれ　11-2643 ②
みちゆきづとと　8-1534 ④
みちゆきびとの　11-2370 ④
みちゆきびとは　13-3335 ②
みちゆきびとも　2-207 ㊽
みちゆきびとを　12-3102 ④
みちゆきぶりに　11-2605 ②
みちゆくひとは　9-1738 ⑭
みちゆくゆくも
　—あをやまを　13-3305 ②
　—あをやまを　13-3309 ②
みちゆくわれは　17-4006 ㊳
みちゆけど　11-2382 ③
みちをくれば　16-3791 ㊼
みちをたづねな　20-4468 ⑤
みちをたどほみ
　—おもふそら　4-534 ④

—まつかひも　17-3962 ㊹
—やまかはの　17-3957 ⑳
みつあひによれる　4-516 ②
みづえさし　6-907 ③
みづえさす　13-3223 ⑬
みづかきの
—ひさしきときゆ　4-501 ③
—ひさしきときゆ　11-2415 ③
—ひさしきときゆ　13-3262 ①
みづかげくさの　10-2013 ②
みづかげにおふる　12-2862 ②
みつがずあらむ　10-2075 ②
みつがのに　14-3438左注 ①
みつかはの　9-1717 ①
みつきたからは　18-4094 ⑯
みづきのうへに　6-968 ④
みつきのふねは　20-4360 ㉚
みづくかばね　18-4094 ⑳
みづくきの
—みづきのうへに　6-968 ③
—をかのくずはは　10-2208 ③
—をかのくずはを　12-3068 ①
—をかのこのはも　10-2193 ③
—をかのみなとに　7-1231 ③
みづくしらたま　20-4340 ④
みづくましけむ　9-1808 ④
みつぐりの
—なかにむかへる　9-1745 ①
—なかのぼりこぬ　9-1783 ③
みづこそば
—くみてかふといへ　13-3327 ⑨
—つねにあらめ　1-52 ㊶
みづさへにてる　10-1996 ②
みづしまにゆかむ　3-246 ④
みづたで　13-3230 ③
みづたまる　16-3841 ③
みつちとりこむ　16-3833 ④
みつつあらむ　10-2097 ③
みつつあるらむ　10-2075ィ ②
みつつあれば　5-897 ㉟
みつついまして　12-3061 ④
みつつかきみが
—みさかこゆらむ　12-3192ィ ④
—やまぢこゆらむ　9-1730 ④
—やまぢこゆらむ　12-3192 ④
みつつきにけむ　16-3790 ⑤
みつつこえこし　20-4395 ②
みつつこし　7-1185 ③
みつつこひなむ　10-1993 ②
みつつしぬはむ　2-233 ⑤
みつつしのはせ
—あらたまの　4-587 ②
ねにたつくもを—　14-3515 ⑤
みつつしのはな
—こせのはるのを　1-54 ④
さかむはなをし—　20-4314 ⑤
みつつしのはむ
いつかこえきて—　7-1106 ⑤
いませわがせこ—　20-4448 ⑤
いやとしのはに—　17-3992 ⑤
—おきつもの　7-1248 ②
おほかるわれは—　20-4475 ⑤
きみがかたみに—　7-1276 ⑥
くもたちわたれ—　2-225 ⑤
けながきあれは—　10-2334 ⑤
そでをふらさね—　15-3725 ⑤
たなびくくもを—　14-3520 ⑤
たびゆくあれは—　20-4327 ⑤
たれをかきみと—　20-4440 ⑤
もてらむひとし—　7-1294 ⑥
よすかのやまと—　16-3862 ⑤
よするしらなみ—　7-1150 ⑤
みつつしのはめ　19-4187 ㉘
みつつしのはも　14-3516 ⑤
みつつしのへと
—いもがいひし　12-2967 ②
—いもがうゑし　3-464 ②
みつつしをれば　17-4008 ⑥
みつつすぎゆき
—しぶたにの　17-3993 ㉔
—たまのうらに　15-3627 ㊿
みつつそきぬる　14-3571 ④

みつつそしのふ　10-2259 ④
みつつもあらむ　11-2452 ④
みつつもをらむ　12-3032 ②
みつつやあらむ　10-2297 ④
みつつやきみを　12-2983 ④
みつつゆかむを
　—おきていかばをし　17-3990 ④
　—おきていかばをし　17-4006 ㊿
　—しばしばも　1-17 ⑩
みつつわたりて　13-3240 ⑫
みつとはいはじ　4-565 ②
みづとりの
　—あをばのやまの　8-1543 ③
　—うきねやすべき　7-1235 ③
　—かものすむいけの　11-2720 ①
　—かものはいろの　8-1451 ①
　—かものはいろの　20-4494 ①
　—すだくみぬまを　19-4261 ③
　—たたむよそひに　14-3528 ①
　—たちのいそぎに　20-4337 ①
みづならば　11-2709 ③
みづにいり　9-1809 ㉕
みづにうきゐて　1-50 ㉚
みづにかみなし　16-3810 ②
みつにふなのり
　—こぎでては　15-3593 ②
　—ただわたり　19-4245 ⑧
みづにもがもよ　14-3554 ④
みつのあまめの　3-293 ②
みづのうへに　11-2433 ①
みづのうへは　19-4264 ③
みづのえの
　—うらのしまこが　9-1740 ⑨
　—うらのしまこが　9-1740 91
みつのさき　3-249 ①
みつのさきより　8-1453 ⑫
みつのしらなみ　11-2737 ②
みづのたぎちそ　3-319 ㉘
みつのとまりに　15-3722 ②
みつのはにふの　11-2725 ②
みつのはまなる　1-68 ②
みつのはまびに
　—おほぶねに　15-3627 ④
　—ただはてに　5-894 58
みつのはまへに
　—さにつらふ　4-509 ④
　—みそぎしにゆく　4-626ィ ④
みつのはまへゆ　13-3333 ⑥
みつのはまへを　7-1151 ②
みつのはままつ
　—まちこひぬらむ　1-63 ④
　—まちこひぬらむ　15-3721 ④
みつのまつばら
　—かきはきて　5-895 ②
　—なみごしにみゆ　7-1185 ④
みづはかれなむ　16-3788 ⑤
みづはなに　19-4217 ③
みつべきかぎり　11-2485 ②
みつべくも　7-1082 ③
みつぼなす　20-4470 ①
みづほのくにに
　—いへなみや　9-1804 ⑩
　—たむけすと　13-3227 ②
みづほのくには　13-3253 ②
みづほのくにを
　—あまくだり　18-4094 ②
　—あめつちの　2-167 ⑯
　—かむながら　2-199 88
みつみつし　3-435 ①
みづやまと　1-52 ㉓
みづゆきまさり　11-2702 ②
みづらのなかに　20-4377 ④
みつれてもあるか　10-1967 ⑤
みつれども
　—あがもふいもに　15-3650 ③
　—あすさへみまく　6-1014 ③
　—いやときじくに　18-4112 ③
　—こよひのはなに　8-1652 ③
　—そこもあかにと　17-3991 ⑰
みつれにみつれ　4-719 ④
みづをおほみ　12-2999 ①
みづをせきあげて　8-1635 ②

みづをたまへな　14-3439 ④
みてうちかけて　5-894 ㊷
みてかへりこむ
　つりするあまを──　9-1669 ⑤
　つりするあまを──　9-1670 ⑤
　なみたちくやと──　18-4032 ⑤
みてぐらを　13-3230 ①
みてけるものを　7-1132 ④
みてしかと　9-1809 ⑪
みてしよけくも　7-1217 ②
みてしより　12-2950 ③
みてすらここだ　11-2553 ②
みてづから　5-813 ㉑
みてのちにそも　11-2567 ④
みてばこそ
　──あがこひやまめ　12-2883 ③
　──いのちにむかふ　12-2883ィ ③
　──いのちにむかふ　12-2979 ③
みてばのみこそ　4-678 ②
みてはよりにし　11-2404 ②
みてましものを　3-277 ②
みてむとそおもふ　12-2921 ⑤
みてもわがゆく　3-263 ④
みてやわたらも　20-4355 ②
みとせのあひだに　9-1740 ㊹
みとしのはね　20-4421 ⑤
みとはなれるを　14-3364 ④
みともあかめや
　──うゑてけるきみ　20-4481 ④
　──なきすみの　6-937 ②
　──みよしのの　6-921 ②
みともあくべき　18-4037 ④
みともいはめや　11-2509 ②
みともみぬごと　4-745 ④
みとらしの
　──あづさのゆみの　1-3 ⑦
　──あづさのゆみの　1-3 ⑮
みどりこの
　──こひなくごとに　2-210 ㉗
　──こひなくごとに　2-213 ㉗
　──ためこそおもは　12-2925 ①
　──ちこふがごとく　18-4122 ㉓
　──なくをもおきて　3-481 ⑲
　──はひたもとほり　3-458 ①
　──よなきをしつつ　12-2942 ③
　──わきごがみには　16-3791 ①
みどりこをおきて　3-467 ⑤
みなあわさかまき　11-2430 ②
みなあわのごとし　7-1269 ④
みなうらはへてな　17-4028 ⑤
みなきくまでに　20-4459 ⑤
みなきこともち　11-2797 ④
みなぎしやまに　19-4177 ⑧
みなきはに　20-4462 ③
みなぎらふ
　──おきつこしまに　7-1401 ①
　──かはのそひには　10-1849 ③
みなくくる　11-2796 ①
みなしがは
　──たゆといふことを　11-2712 ③
　──へだてておきし　10-2007 ③
みなせがは
　──ありてもみづは　11-2817 ③
　──したゆあれやす　4-598 ③
みなそこさへに　10-1861 ②
みなそこたえず　12-2860 ②
みなそこてらし　7-1319 ②
みなそことよみ　7-1201 ②
みなそこに
　──おふるたまもの　11-2482 ①
　──おふるたまもの　11-2778 ①
　──しづくしらたま　7-1320 ①
みなそこの　7-1082 ①
みなそこふかく　20-4491 ②
みなそそく　1-36 ㉕
みなづきの
　──つちさへさけて　10-1995 ①
　──もちにけぬれば　3-320 ③
みなつたふ　2-185 ①
みなとあしに　11-2468 ①
みなといりに
　──あしわけをぶね　12-2998左注 ①

—ふねこぐごとく　9-1807 ㉗
みなといりの
—あしわけをぶね　11-2745 ①
—あしわけをぶね　12-2998 ①
みなとかぜ
—さむくふくらし　17-4018 ①
—さむくふくらむ　3-352 ③
みなとなす　13-3234 ⑭
みなとに　11-2470 ①
みなとには　17-4006 ⑲
みなとの
—あしがなかなる　14-3445 ①
—あしのうらばを　7-1288 ①
みなとのすどり
—あさなぎに　17-3993 ⑱
—なみたてや　7-1162 ②
みなとはやそち　7-1169 ②
みなとみに　12-3159 ①
みなとより　7-1402 ③
みなにおばせる　17-4003 ④
みなにかかせる　2-196 ⑳
みなのここだく　11-2840 ④
みなのせがはに　14-3366 ④
みなのわた
—かぐろきかみに　5-804 ⑲
—かぐろきかみに　7-1277 ④
—かぐろきかみに　13-3295 ⑭
—かぐろきかみに　15-3649 ③
—かぐろしかみを　16-3791 ⑯
みなひとの
—えがてにすといふ　2-95 ③
—こふるみよしの　7-1131 ①
—まちしうのはな　8-1482 ①
みなひとを　4-607 ①
みなぶちの　7-1330 ①
みなぶちやまの　9-1709 ②
みなぶちやまは　10-2206 ②
みなべのうら　9-1669 ①
みなますはやし
—あがきもも　16-3885 ㊻
—あがみげは　16-3885 ㊽
みなみふき　18-4106 ㊲
みならぬきには　2-101 ②
みならぬことを　4-564 ②
みなわすらえぬ　2-198ィ ⑤
みなわすれせぬ　2-198 ⑤
みなわすれめや　20-4507 ⑤
みなわなす　5-902 ①
みなわにうかぶ　11-2734 ②
みにきませ　8-1621 ③
みにこしわれを
きよきありそを—　7-1187 ⑤
せをさやけみと—　7-1107 ⑤
みにこわがせこ　10-2276 ⑤
みにしなりなば　3-399 ④
みにしみとほり　16-3811 ⑭
みにそふいもし　11-2637 ④
みにそふいもを　14-3485 ②
みにそへねけむ　2-217 ㉔
みにそへねねば　2-194 ⑭
みにそへわぎも　11-2683 ⑤
みにそわがこし　8-1483 ⑤
みにつけて　3-336 ③
みにとりそふと　4-604 ②
みにならじかも　8-1463 ⑤
みにならずとも　10-1928 ②
みにならぬ　8-1445 ③
みになりてこそ　7-1365 ④
みになりにけり　8-1489 ⑤
みになりにしを　10-1929 ②
みになるときを　9-1705 ④
みになるまでに
—きみにあはぬかも　10-2286 ④
—きみをしまたむ　11-2759 ④
みにはあれど　5-903 ③
みにはきそふる　11-2635 ②
みにはこじとや　10-1990 ⑤
みにゆかば　4-777 ③
みにゆかむ
—ふねかぢもがも　6-936 ③
—よしのなければ　6-935 ⑪
みぬがすべなさ　4-757 ⑤

みぬさとり　7-1403 ①
みぬひさまねく　4-653 ④
みぬひさまねみ
　―こひしけむかも　17-3995 ④
　―こふるそら　18-4116 ⑯
みぬひときなく　19-4221 ④
みぬひとこひに　11-2572 ④
みぬひとのため
　かざしてゆかむ―　19-4200 ⑤
　けふそわがこし―　10-2216 ⑤
　つつみもちいかむ―　7-1222 ⑤
みぬひとゆゑに　11-2744 ④
みぬひひさしみ　17-3995ィ ④
みぬめのうらの　6-946 ④
みぬめのうらは
　―あさかぜに　6-1065 ⑧
　―ももふねの　6-1066 ②
みぬめのさきを
　―かへるさに　3-449 ②
　―こぎみれば　3-389 ②
みぬめをさして　15-3627 ⑩
みぬめをすぎて
　3-250 ②, 15-3606左注 ②
みねだかみ　17-4003 ㉑
みねどもあるを　4-610 ②
みねなほきらふ　10-2316 ②
みねにたなびく　3-429 ⑤
みねにちかしと　11-2672 ②
みねにはひたる　14-3507 ②
みねのあさぎり　11-2455 ④
みねのあわゆき　10-2331 ④
みねのしらくも
　―あさにけに　3-377 ②
　―かくすらむかも　10-2332 ④
みねのたをりに　13-3278 ⑩
みねのもみちば　8-1585 ②
みねばかなしも　7-1369 ⑤
みねばこひしき
　―いもをおきてきぬ　15-3634 ④
　―わぎもこを　11-2397 ②
みねはほくもを　20-4421 ④
みねへにはへる
　―いはつなの　12-3067ィ ②
　―たまかづら　12-3067 ②
みねゆきすぎて　10-2348 ②
みねゆくししの　11-2493 ②
みのかさきずて　12-3125 ④
みのさかりすら　19-4211 ⑳
みのさやけきか　17-3991 ㉘
みのさやけく　20-4360 ⑳
みのてるもみむ　19-4226 ⑤
みのともしく　20-4360 ⑱
みののおほきみ　13-3327 ②
みののくにの　13-3242 ②
みののやま
　おきそやま―　13-3242 ⑰
　―なびけと　13-3242 ⑩
みのわかかへに　16-3874 ④
みはかしを　13-3289 ①
みはかつかふる　2-155 ④
みはこのかはに　16-3885 ㊹
みはたなしらず　9-1739 ④
みはなだの　16-3791 ㊵
みはならねども　10-1860 ②
みははのみこと　19-4214 ㊱
みぶくしもち　1-1 ④
みふなこを　9-1780 ⑪
みふねいでなば　9-1780 ⑭
みふねおろすゑ　20-4363 ②
みふねかもかれ　18-4045 ⑤
みふねこがむと　18-4056 ④
みふねさす　18-4061 ③
みふねとどめよ　10-2046 ⑤
みふねのとまり　3-247 ④
みふねのやまに
　―たつくもの　3-244 ②
　―たゆるひあらめや　3-243 ④
　―みづえさし　6-907 ②
　―ゐるくもの　3-242 ②
みふねのやまは　6-914 ②
みふねのやまゆ
　―あきづへに　9-1713 ②

—なきわたるみゆ 10–1831 ④
みふねはてけむ 15–3685 ②
みふねはてぬと 5–896 ②
みふねははてむ 5–894 ⑥⓪
みふみてはやし 16–3885 ④②
みふゆつぎ 17–3901 ①
みへにゆふべく
—あがみはなりぬ 4–742 ④
—あがみはなりぬ 13–3273 ④
みへのかはらの 9–1735 ②
みほしきは 13–3346 ①
みほのいはやは 3–307 ④
みほのうらの 3–296 ③
みほのうらみの 3–434 ②
みほのうらみを 7–1228 ②
みまくくるしも 2–229 ⑤
みまくさにせむ 7–1291 ⑥
みまくしもよし 10–2200 ⑤
みまくそほしき 11–2464 ④
みまくちかけむ 16–3851 ⑤
みまくのほしき
—きみがすがたか 10–1913 ④
—きみにもあるかも 4–584 ④
—きみにもあるかも 20–4449 ④
みまくほしきも 11–2559 ⑤
みまくほしきを 11–2801 ④
みまくほしけく
—このふたよ 11–2381 ②
—ゆふやみの 11–2666 ②
みまくほしけど
—なのりその 6–946 ⑩
—やまずいかば 2–207 ⑥
みまくほり
—あがおもふいもは 11–2793 ③
—あがするきみも 2–164 ①
—あがするさとの 7–1205 ③
—あがするなへに 7–1282 ④
—あがまちこひし 10–2124 ①
—うちこえきてそ 7–1104 ③
—おもひしなへに 18–4120 ①
—おもふあひだに 17–3957 ㉕
—きみきませりと 9–1753 ⑤
—こしくもしるく 9–1724 ①
—こひそくらしし 11–2682 ③
—こひつつまちし 7–1364 ①
—ちたびそのりし 7–1302 ③
—ちたびそのりし 7–1318 ③
—にしのみまやの 15–3776 ③
—ゆかむといへや 4–778 ③
—われくさとれり 10–1943 ③
—われはすれども 7–1391 ③
みまくほりえの 12–3024 ②
みまくほりかも
はなになそへて— 20–4307 ⑤
われやしかおもふ— 4–686 ⑤
みまくほりこそ 4–704 ⑤
みまくほりする
—そのたまを 3–403 ②
つきをやきみが— 6–984 ⑤
—みけむかふ 6–1062 ㉔
みまくほりすれ
いけるひにこそ— 11–2592 ⑤
ためこそいもを— 4–560 ⑤
みまくほりせむ 8–1516 ⑤
みまくもしらず 4–581 ②
みませわがせこ 12–2978 ②
みませわぎもこ 8–1507 ㉛
みまちかづかば 5–877 ④
みまつりて 4–579 ①
みまとふまでに 2–199ィ ⑥⑧
みみがのみねに 1–25 ②
みみがのやまに 1–26 ②
みみなしと 1–13 ③
みみなしの
—あをすがやまは 1–52 ㉕
—いけしうらめし 16–3788 ①
みみなしやまと 1–14 ②
みみにきき 19–4166 ⑦
みみにたやすし 11–2581 ②
みみによくにる 2–128 ②
みむ 16–3878 ⑨
みむごとに 3–447 ③

みむといはば　20-4497 ①
みむとおもひし
—あはしまを　15-3631 ②
—わがやどの　15-3681 ②
みむとおもひて　15-3627 ㊽
みむとおもへば　20-4300 ④
みむときさへや
—こひのしげけむ　11-2633 ④
—わぎもこが　4-745 ②
みむときまでは　19-4169 ㉔
みむひとは　7-1204 ③
みむひともがも
いまさかりなり—　5-850 ⑤
ちりてながらふ—　10-1866 ⑤
ちるべくなりぬ—　5-851 ⑤
ちるべくなりぬ—　8-1542 ⑤
われくさとれり—　10-1943 ⑤
みむひとやたれ　10-1968 ⑤
みむよしもがも
あがおもふいもを—　4-758 ⑤
あがおもふひとを—12-3051ィ ⑤
あがこひづまを—　11-2371 ⑤
あひみしこらを—　11-2450 ⑤
あるらむきみを—　10-2248 ⑤
きしのはにふを—　7-1146 ⑤
こもれるいもを—　11-2495 ⑤
しきてもきみを—　11-2643 ⑤
しくしくいもを—　11-2735 ⑤
しばしばきみを—　12-3165 ⑤
たゆるときなく—　11-2775 ⑤
たをりてだにも—　8-1432 ⑤
ひとにしらえず—　7-1300 ⑤
ほのかにいもを—　12-3170 ⑤
みむよしもなし　6-959 ⑤
みむろとやまの　2-94ィ ②
みむろのやまの　11-2472 ②
みむろのやまは　7-1094 ④
みめごのとじ　16-3880 ⑯
みめやとおもひし　7-1103 ②
みもあきらめめ　17-3993 ㊻
みもかはしつべく　8-1525 ②
みもさかずきぬ　3-450ィ ⑤
みもたなしらず　1-50 ㉘
みものすそ　20-4408 ⑦
みもひともがも　20-4329 ⑤
みもろつく
—かせやまのまに　6-1059 ⑰
—みわやまみれば　7-1095 ①
みもろとやまを　7-1240 ②
みもろの
—かみのおばせる　9-1770 ①
—かむなびやまに　3-324 ①
—かむなびやまに　9-1761 ①
—かむなびやまゆ　13-3268 ①
—そのやまなみに　7-1093 ①
—みわのかむすぎ　2-156 ①
みもろのかみの　13-3227 ⑯
みもろのやまに
—いはふすぎ　13-3228 ②
—たつつきの　11-2512 ②
みもろのやまの
—いはこすげ　11-2472ィ ②
—さなかづら　2-94 ②
—とつみやところ　13-3231 ④
みもろのやまは　13-3227 ⑩
みもろは　13-3222 ①
みもろをたてて　3-420 ㉘
みもをしからず　4-785 ④
みやぎひく　11-2645 ①
みやけぢの　13-3296 ③
みやけのかたに　9-1780 ②
みやけのはらゆ　13-3295 ②
みやこかたひと　18-4117 ⑤
みやこしおもほゆ
からとるまなく—　17-4027 ⑤
くにのうちには—　3-329 ⑤
こゑをしきけば—　15-3617 ⑤
たぶせにをれば—　8-1592 ⑤
みやこしぞもふ　5-843 ⑤
みやこしみみに
—さといへは　3-460 ⑫
—ひとはしも　13-3324 ④

みやこぢを　4-767 ①
みやことなしつ
　すだくみぬまを―　19-4261 ⑤
　はらばふたゐを―　19-4260 ⑤
みやことなりぬ
　しきますときは―　6-929 ⑤
　ときしゆければ―　6-1056 ⑤
みやこどりかも　20-4462 ⑤
みやこなしたり　6-928 ⑳
みやこなりせば　15-3776 ②
みやこなる　3-440 ①
みやこにしあれば　10-2151 ②
みやこにそ　9-1788 ③
みやこにて　3-439 ③
みやこにゆかば　15-3687 ④
みやこにゆきて
　―きみがめをみむ　12-3136 ④
　―こひまくおもへば　7-1217 ④
　―はやかへりこむ　20-4433 ④
みやこのてぶり　5-880 ④
みやこのひとに　20-4473 ②
みやこのひとは　15-3675 ④
みやこのやまは　15-3699 ④
みやこびにけり　3-312 ⑤
みやこへに
　―きみはいにしを　12-3183 ①
　―たつひちかづく　17-3999 ①
　―まゐしわがせを　18-4116 ⑪
　―ゆかむふねもが　15-3640 ①
みやこへのぼる　20-4472 ⑤
みやこへゆかむ　20-4435 ⑤
みやこまで　5-876 ③
みやこみば　5-848 ③
みやこもみえず　20-4434 ④
みやこより　18-4083 ③
みやこをおきて
　―くさまくら　13-3252 ②
　―こもりくの　1-45 ⑧
みやこをとほみ　1-51 ④
みやこをみむと　5-886 ⑩
みやこをも　19-4154 ⑨
みやしきいます　3-235左注 ⑤
みやじろの　14-3575 ①
みやぢにあひし　11-2365 ②
みやぢにぞする　2-193 ⑤
みやぢをひとは　11-2382 ②
みやぢをゆくに　7-1280 ②
みやつかへけむ　6-1035 ④
みやつかへせむ　16-3855 ⑤
みやでしりぶり　18-4108 ⑤
みやでもするか　2-175 ④
みやとさだむる　3-417 ⑤
みやにはあれど　12-3058 ②
みやにゆくこを　4-532 ②
みやのうちに　19-4288 ③
みやのすそみの　20-4316 ②
みやのせがはの　14-3505 ②
みやのとねりは　13-3324ィ ⑳
みやのとねりも　13-3324 ⑳
みやのわがせは　14-3457 ②
みやばしら
　―ふとしきいまし　2-167 ㊺
　―ふとしきませば　1-36 ⑬
　―ふとしきまつり　6-1050 ⑮
　―ふとしりたてて　20-4465 ㉙
みやびたる　5-852 ③
みやひとの
　―そでつけごろも　20-4315 ①
　―やすいもねずて　15-3771 ①
みやびなみ　4-721 ③
みやびをと　2-126 ①
みやびをに　2-127 ①
みやびをにはある　2-127 ⑤
みやびをの
　―あそぶをみむと　6-1016 ③
　―かづらのためと　8-1429 ③
　―のむさかづきに　7-1295 ④
みやへのぼると　5-886 ②
みやまとしみに　17-3902 ②
みやまには　6-926 ⑦
みやまもさやに
　―おちたぎつ　6-920 ②

—さやげども　2-133②
みやまをさらぬ　14-3513②
みやもとどろに
あそびしことを—　6-949⑤
つまよぶこゑは—　6-1064⑤
みやをみな　16-3791⑳
みゆきのこれり　9-1695④
みゆきのまにま
—もののふの　4-543②
—わぎもこが　6-1032②
みゆきふりくる　10-2313⑤
みゆきふりたり　10-2318⑤
みゆきふる
—あきのおほのに　1-45⑲
—おほあらきのの　7-1349③
—こしとなにおへる　17-4011③
—こしにくだりき　18-4113⑤
—こしのおほやま　12-3153①
—とほきやまへに　8-1439③
—ふゆにいたれば　18-4111㊶
—ふゆのあしたは　13-3324㊲
—ふゆのはやしに　2-199㊸
—ふゆはけふのみ　20-4488①
—ゆふのはやしに　2-199ィ㊸
—よしののたけに　13-3294①
みゆといはなくに　7-1303⑤
みゆといふものを　3-396⑤
みゆのうへの　3-322⑮
みゆみのゆはず　16-3885㊵
みゆるいけみづ　20-4513②
みゆるきりかも　12-3034⑤
みゆるこしまの
—くもがくり　8-1454②
—はまひさぎ　11 2753②
みゆれども　11-2595③
みよかさね　18-4094⑦
みよさかえむと　18-4097②
みよしのがはの　6-915②
みよしのがはを　7-1104②
みよしのの
—あきづのかはの　6-911①
—あきづのみやは　6-907⑨
—あきづのをのに　12-3065①
—あきづのをのの　6-926③
—あをねがみねの　7-1120①
—いはもとさらず　10-2161①
—おほかはよどを　7-1103③
—きさやまのまの　6-924①
—きよきかふちの　6-908③
—このおほみやに　18-4098⑪
—たかきのやまに　3-353①
—たぎつかふちの　6-921③
—たきのかふちは　6-910③
—たきのしらなみ　3-313①
—たきのときはの　6-922③
—たきのみなわに　6-912③
—たきもとどろに　13-3232⑨
—たきもとどろに　13-3233①
—たままつがえは　2-113①
—まきたつやまに　13-3291①
—まきたつやまゆ　6-913⑤
—みかねのたけに　13-3293①
—みぐまがすげを　11-2837①
—みくまりやまを　7-1130③
—みふねのやまに　3-244①
—みみがのみねに　1-25①
—みみがのやまに　1-26①
—やまのあらしの　1-74①
—よしののみやは　3-315①
みよとかも　10-2228③
みよとほそけば　20-4506⑤
みよよろづよに　19-4267②
みらくしよしも
いもがしらひも—　8-1421⑤
いもせのやまを—　7-1247⑤
ききしわぎもを—　8-1660⑤
とわたるひかり—　6-983⑤
ならのあすかを—　6-992⑤
をりもをらずも—　19-4167⑤
みらくしをしも　6-913⑰
みらくすくなく　7-1394④
みらむさほぢの　8-1432②

みらむまつらの 5-862②
みらめども 2-145③
みるがかなしさ
あらぶるきみを── 4-556⑤
はるなつむこを── 8-1442⑤
みるがさやけさ 9-1737⑤
みるがたふとさ 19-4266㉗
みるがともしさ
こぐふなびとを── 15-3658⑤
──ものもひもせず 20-4425④
みるごとに
──あやにともしみ 6-920⑮
──いもをおもひいで 3-473③
──いもをかけつつ 8-1623③
──おもひはやまず 19-4185⑮
──おもひはやまず 19-4186③
──きみがおばしし 13-3345③
──こころなぎむと 19-4185⑦
──こころむせつつ 3-453③
──こせのをぐろし 16-3844③
──こひはまされど 9-1787⑬
──ねのみしなかゆ 3-324㉓
──ねのみしなかゆ 13-3314⑦
──ましてしのはゆ 8-1629㉟
みるしるしなき 7-1073④
みるしるしなし 15-3677④
みるしるしなみ 3-366⑯
みるにあかざらむ 11-2500⑤
みるにいまだおひず 11-2475⑤
みるにさやけし 1-61⑤
みるにしらえぬ 5-853④
みるにともしく 9-1724⑤
みるのごと 5-892㊿
みるのすも 20-4415③
みるははなしに 20-4330⑤
みるひとごとに
──かけてしのはめ 17-3985㉘
──かたりつぎ 6-1065⑱
みるひとなしに
ここによせくも── 9-1673ィ⑤
ここによせくる── 9-1673⑤
さきかちるらむ── 2-231⑤
せなはあはなも── 14-3405左注⑤
ちりかすぐらむ── 15-3779⑤
ちりみだるらむ── 10-1867⑤
つちにかおちむ── 10-1863⑤
みるひとの
──かたりつぎてて 20-4465㊼
──かたりにすれば 6-1062㉑
──かづらにすべく 10-1846③
──こひのさかりと 10-1855③
みるひとをなみ 15-3628⑤
みるまでに
──かぜにみだれて 8-1647③
──ここだもまがふ 5-844③
──たれかもここに 12-3129③
──とものうらみに 7-1182③
──ながらへちるは 8-1420③
──はるのやなぎは 10-1847③
みるめはづかし 18-4108②
みるよしをなみ 20-4477⑤
みるわれくるし 8-1544④
みれどあかざらむ 4-499⑤
みれどあかず 3-459①
みれどあかずけり 18-4049⑤
みれどあかなくに 9-1721⑤
みれどあかにせむ 17-3902⑤
みれどあかぬ
──きみにおくれて 12-3185③
──ならやまこえて 13-3240③
──ひとくにやまの 7-1305①
──まりふのうらに 15-3630③
──まりふのうらを 15-3635③
──よしののかはの 1-37①
みれどあかぬかも
あぢふのみやは── 6-1062㉗
あはのこしまは── 9-1711⑤
あまのしらくも── 15-3602⑤
ありあけのつくよ── 10-2229⑤
いゆきかへらひ── 7-1177⑤
おとひをとめと── 1-65⑤
きよきつくよに── 20-4453⑤

このあきはぎは―― 10-2111 ⑤
さけるあきはぎ―― 10-2100 ⑤
しだりやなぎは―― 10-1852 ⑤
たきのかふちは―― 6-909 ⑤
たきのかふちは―― 6-910 ⑤
たきのみやこは―― 1-36 ㉗
なつみのかはと―― 9-1736 ⑤
はなになそへて―― 20-4451 ⑤
ふじのたかねは―― 3-319 ㊲
ふれるしらゆき―― 17-3926 ⑤
みほのいはやは―― 3-307 ⑤
よしののかはら―― 9-1725 ⑤
わさほのかづら―― 8-1625 ⑤
みれどあかぬを 4-634 ②
みれどあかねば 13-3324 ㊽
みれどもあかず
――あきさらば 17-3993 ㊽
――あきづけば 18-4111 ㉚
――いかにして 7-1222 ②
――いかにわれせむ 18-4046 ④
――うべしこそ 6-1065 ⑯
――かむからならし 17-4001 ④
――こころつくさむ 8-1633 ④
――こせのはるのは 1-56 ④
――たまのをの 19-4214 ㊵
――みよしのの 13-3232 ⑧
――もちづきの 2-196 ㊱
みれどもあかぬ
――いそにもあるかも 20-4502 ④
――かむからか 2-220 ④
――わぎもこに 4-665 ②
みれどもあやし 17-4003 ⑳
みれどもきみは 11-2502 ④
みれどもさぶし
――きみにしあらねば 10-2290 ④
――なきひとおもへば 3-434 ④
みればありしを 19-4269 ②
みればかしこし 7-1369 ④
みればかなしき 1-32 ⑤
みればかなしさ 6-982 ⑤
みればかなしも
あさけのかすみ―― 19-4149 ⑤
あさけのすがた―― 12-3095 ⑤
あそびしいそを―― 9-1796 ⑤
あれたるみやこ―― 1-33 ⑤
――いにしへおもへば 9-1801 ㉚
おほみやところ―― 1-29 ㊲
ころものぬひめ―― 12-2967 ⑤
――なきひとおもふに 3-434ィ ④
みくまりやまを―― 7-1130 ⑤
みればきよしも 7-1158 ⑤
みればくるしみ 10-2006 ⑤
みればくるしも 12-2880 ⑤
みればこひしみ 13-3224 ②
みればさぶしも
おほみやところ―― 1-29ィ ㊲
かはせのみちを―― 2-218 ⑤
くろうしがたを―― 9-1798 ⑤
みればさやけし 6-1005 ⑫
みればすべなし 19-4237 ⑤
みればたふとく
――めこみれば 18-4106 ⑥
――よろしなへ 6-1005 ⑩
みればたふとし 5-800 ②
みればともしみ 3-367 ④
みればともしも 13-3229 ⑤
みればみやこの 19-4142 ④
みればよきこを 12-2946 ④
みわがはの 10-2222 ③
みわすゑまつる 13-3229 ②
みわたしたまひ 5-894 ㊻
みわたしに 13-3299 ①
みわたしの
――みむろのやまの 11-2472 ①
みもろのやまの 11-2472ィ ①
みわたす 13-3234 ⑯
みわたせば
――あかしのうらに 3-326 ①
――あはぢのしまに 7-1160 ③
――あまをとめども 17-3890 ③
――うのはなやまの 17-4008 ㉕
――かすがののへに 10-1872 ①

—かすがののへに　10–1913 ①
—しほひのかたに　6–1030 ③
—ちかきさとみを　7–1243 ①
—ちかきものから　6–951 ①
—ちかきわたりを　11–2379 ①
—むかつをのへの　20–4397 ①
—むかひののへの　10–1970 ①
—むこのとまりゆ　3–283 ③
みわのかむすぎ　2–156 ②
みわのさき
—ありそもみえず　7–1226 ①
—さののわたりに　3–265 ③
みわのはふりが
—いはふすぎ　4–712 ②
—いはふすぎはら　7–1403 ②
みわのひばらに　7–1118 ④
みわのひばらは　7–1119 ⑤
みわのやしろの　8–1517 ②
みわのやま　1–17 ②
みわやまの
—やましたとよみ　12–3014 ①
—やまへまそゆふ　2–157 ①
みわやまは　9–1684 ③
みわやまみれば　7–1095 ②
みわやまを　1–18 ①
みゐのうへより　2–111 ④
みゐのすみみづ　1–52 ㊸
みゐをみがてり　1–81 ②
みをさかのぼる　20–4461 ②
みをしたえずは
—あれわすれめや　9–1770 ④
—のちもわがつま　12–3014 ④
みをたえず　17–3908 ③
みをたなしりて　9–1807 ㉞
みをつくし
—あれをたのめて　14–3429 ③
—こころつくして　12–3162 ①
みをのかつのの　7–1171 ④
みをのさき　9–1733 ③
みをはやみ
—かぢとるまなく　12–3173 ③
—むしためがたき　13–3227 ⑲
みをはやみかも
おとしばたちぬ—　20–4460 ⑤
かぢのおとたかし—　7–1143 ⑤
みをびきしつつ
—あさなぎに　20–4360 ㉜
—みふねさす　18–4061 ②
みをびきゆけば　15–3627 ⑫
みをもたえせず　12–2860ィ ②
みをりのさとに　20–4341 ②
みををはやみと　7–1141 ②

む

むがうのさとに　16-3851 ②
むがしくもあるか　18-4105 ⑤
むかしこそ
—なにはゐなかと　3-312 ①
—よそにもみしか　3-474 ①
むかしのひとし　20-4483 ④
むかしのひとに
—あはむとおもへや　1-31ィ ④
—またもあはめやも　1-31 ④
むかしのひとの　9-1754 ④
むかしのひとも　19-4147 ④
むかしのひとを　3-309 ④
むかしみし
—きさのをがはを　3-316 ①
—きさのをがはを　3-332 ③
むかしみしより　4-650 ④
むかしゆみをの　9-1678 ②
むかしより
—いさめぬわざぞ　9-1759 ⑮
—いひけることの　15-3695 ①
むかつをに　7-1356 ①
むかつをの
—さくらのはなも　9-1750 ③
—しひのこやでの　14-3493 ③
—しひのさえだの　14-3493左注 ③
—わかかつらのき　7-1359 ①
むかつをのへの　20-4397 ②
むかばきかけて　16-3825 ④
むかひたち
—かなるましづみ　20 4430 ③
—そでふりかはし　18-4125 ⑤
むかひのゝへの　10-1970 ②
むかひのやまに　7-1294 ②
むかひのをかに　10-1893 ②
むかひゐて
—ひとひもおちず　15-3756 ①
—みれどもあかぬ　4-665 ①
むかぶすきはみ　5-800 ㉔
むかぶすくにの
—あまくもの　13-3329 ④
—もののふと　3-443 ②
むかへかゆかむ　2-85 ④
むかへくらしも　8-1430 ⑤
むかへぶね　7-1200 ③
むかへまゐでむ　6-971 ㉜
むかへもこぬか　18-4044 ④
むかへをゆかむ　2-90 ④
むぎはむこうまの　14-3537 ②
むぎはむこまの
—のらゆれど　12-3096 ②
—はつはつに　14-3537左注 ②
むぐらはふ　19-4270 ①
むぐらふの　4-759 ③
むけたひらげて　5-813 ⑥
むけのまにまに　18-4094 ㊾
むこがはの　7-1141 ①
むこのうみ　3-256左注 ①
むこのうみの　15-3609 ①
むこのうらの
—いりえのすどり　15-3578 ①
—しほひのかたに　15-3595 ③
むこのうらを　3-358 ①
むこのとまりゆ　3-283 ④
むこのわたりに　17-3895 ②
むざさびそこれ　6-1028 ⑤
むささびの　7-1367 ③
むささびは　3-267 ①
むざしねの　14-3362左注 ①
むざしのに　14-3374 ①
むざしのの
—うけらがはなの　14-3376 ③
—うけらがはなの　14-3376左注 ③
—うけらがはなの　14-3379 ③
—くさはもろむき　14-3377 ①
—をぐきがきぎし　14-3375 ①
むしためがたき　13-3227 ⑳
むしにとりにも　3-348 ④
むしぶすま　4-524 ①

むすびあげて　11-2706 ③
むすびけむ　2-143 ③
むすびしこころ　3-397 ④
むすびしひもの　11-2558 ④
むすびしひもは　15-3717 ④
むすびしひもを
　―とかまくをしも　12-2951 ④
　―とくはかなしも　8-1612 ④
　―ひとりして　12-2919 ②
むすびたる　11-2473 ③
むすびたれ
　―たれしのひとも　11-2628左注 ③
　―たれといふひとも　11-2628 ③
むすびつる　12-2973 ③
むすびてし
　―いもがこころは　12-3028 ③
　―こころひとつを　11-2602 ③
　―ことははたさず　3-481 ⑪
　―しらたまのをの　7-1321 ③
　―たまのをといはば　7-1324 ③
　―ともやたがはむ　16-3797 ③
むすびてのみつ　7-1142 ⑤
むすびまつ　2-144 ③
むすぶこころは　6-1043 ④
むすべれば　4-763 ③
むせつつあるに　4-546 ⑩
むせひつつ　20-4398 ⑲
むつきたち　5-815 ①
むつきたつ　18-4137 ①
むつたのかはの　9-1723 ②
むつたのよどを　7-1105 ④
むなぎとりめせ　16-3853 ⑤
むなぎをとると　16-3854 ④
むなことも
　―あはむときこせ　12-3063 ③
　―おやのなたつな　20-4465 ㊺
　―よそりしきみが　11-2755 ③
むなことを　11-2466 ③
むなしきいへは　3-451 ②
むなしきものと
　―あらむとそ　3-442 ②
　―しるときし　5-793 ②
むなしくあるべき
　―あづさゆみ　19-4164 ⑩
　―よろづよに　6-978 ②
むなわけにかも　8-1599 ②
むなわけの　9-1738 ⑤
むなわけゆかむ　20-4320 ④
むねうちなげき　5-904 ㊸
むねこそいたき
　―いひもえず　3-466 ⑳
　―そこゆゑに　8-1629 ㉖
むねのやみたる　13-3329 ⑭
むねやすからぬ　13-3250 ⑯
むねをあつみ　12-3034 ③
むまのつめ　20-4372 ⑨
むらきもの
　―こころいさよひ　10-2092 ⑰
　―こころくだけて　4-720 ①
　―こころくだけて　16-3811 ⑮
　―こころをいたみ　1-5 ⑤
むらさきの
　―いとをそあがよる　7-1340 ①
　―おびのむすびも　12-2974 ①
　―おほあやのきぬ　16-3791 ㉖
　―こがたのうみに　16-3870 ①
　―こころにしみて　4-569 ③
　―なたかのうらの　7-1392 ①
　―なたかのうらの　7-1396 ①
　―なたかのうらの　11-2780 ①
　―にほへるいもを　1-21 ①
　―ねばふよこのの　10-1825 ①
　―まだらのかづら　12-2993 ①
　―わがしたびもの　12-2976 ①
むらさきのゆき　1-20 ②
むらさきは
　―ねをかもをふる　14-3500 ①
　―はひさすものそ　12-3101 ①
むらさきを　12-3099 ①
むらさめふりて　10-2160 ②
むらじがいその　20-4338 ②
むらだちいなば　9-1785 ⑱

むらたまの　20-4390 ①
むらとりの
　―あさだちいなば　13-3291 ⑪
　―あさだちいなば　17-4008 ⑮
　―あさだちいにし　20-4474 ①
　―あさだちゆけば　6-1047 ㊺
　―いでたちかてに　20-4398 ㉑
　―むらだちいなば　9-1785 ⑰
むらなへに　14-3418 ③
むらやまあれど　1-2 ②
むれてさもらひ　13-3326 ⑱
むれゐつつ　2-177 ③
むろかみやまの　2-135ィ ㉘
むろがやの　14-3543 ①
むろのうらの　12-3164 ①
むろのえのへに　13-3302 ②
むろのきと　16-3830 ③
むろのきは　3-446 ③
むろふのけもも　11-2834 ②

め

めがきまをさく　16-3840 ②
めかもまとへる　13-3324 ㊹
めかりしほやき　3-278 ②
めかりぶね　7-1227 ③
めぐくやきみが　11-2560 ④
めぐしうつくし　5-800 ④
めぐしもなしに　17-3978 ⑧
めぐしもなみそ　9-1759 ⑱
めぐみたまはな　17-3930 ⑤
めぐみたまへば　19-4254 ㉖
めこがなりをば　16-3865 ②
めこそかるらめ　14-3367 ④
めこそしのぶれ　12-2911 ②
めこそはへだて　7-1310 ④
めことかるらめ　11-2647 ④
めこともたえぬ
　―しかれかも　2-196 ㊽
　―そこをしも　2-196ィ ㊽
めこどもは
　―あとのかたに　5-892 ㊿
　―こひてなくらむ　5-892 ㉙
めことをだにも　4-689 ④
めこみれば
　―かなしくめぐし　18-4106 ⑦
　―めぐしうつくし　5-800 ③
めさくもしるし　6-938 ⑱
めさげたまはね　5-882 ⑤
めさずとも　9-1749 ⑬
めさましぐさと　12-3061 ②
めしあきらむる　19-4255 ④
めしあきらめし　3-478 ⑯
めしあきらめめ
　―あきたつごとに　20-4485 ④
　―たつとしのはに　19-4267 ④
めししいくぢの　3-479 ④
めししのへには　20-4509 ④
めしたまはねば　13-3326 ⑳

めしたまはまし
　―おほやまと　3-475 ⑧
　―そのやまを　2-159 ⑫
めしたまはむそ　19-4228 ②
めしたまはむと　1-50 ⑧
めしたまひ
　―あきらめたまひ　19-4254 ㊶
　―あきらめたまひ　20-4360 ㉓
めしたまひて
　―ちはやぶる　2-199 ㉚
　―ふゆごもり　6-971 ⑳
めしたまふ　6-1005 ③
めしたまふらし
　―あけくれば　2-159 ④
　―もののふの　18-4098 ⑭
めしたまへば　1-52 ⑫
めしつどへ　3-478 ⑦
めしてこえませ　8-1460 ⑤
めしてつかひ
　―つかはしし　13-3326 ⑭
　―ゆふへには　13-3326 ⑫
めすけふのひは　19-4266 ⑯
めすこともなし　2-184 ⑤
めづこのとじ　16-3880 ⑭
めづらしあがきみ　3-377 ⑤
めづらしき
　―きみがいへなる　8-1601 ①
　―きみがきまさば　18-4050 ①
　―きみをみむとこそ　11-2575 ①
　―ひとにみせむと　8-1582 ①
　―ひとをわぎへに　7-1146 ①
めづらしく
　―いまもみてしか　8-1627 ③
　―かけておもはぬ　12-3172 ③
　―なくほととぎす　18-4089 ⑰
　―ふれるおほゆき　19-4285 ③
めづらしと　8-1584 ①
めづらしみ　10-1962 ③
めでのさかりに　5-894 ⑳
めなともしめそ　11-2577 ②
めならべず　7-1264 ③
めにつくわがせ　1-19 ⑤
めにはいまだみず　5-883 ②
めにはいまだみぬ　7-1105 ②
めにはみて　4-632 ①
めにはみれども
　―あふよしもなし　12-2938 ④
　―ただにあはぬかも　2-148 ④
　―よるよしもなし　7-1372 ④
めにみるごとに　19-4166 ⑧
めのともしかるきみ　11-2555 ④
めのみだに　7-1211 ③
めはあかざらね　12-2934 ②
めひがはの　17-4023 ①
めひのの　17-4016 ①
めゆかなをみむ　14-3396 ④
めをやすみ　12-3093 ③

も

もえいづるはるに 8-1418 ④
もえしやなぎか 17-3903 ②
もえつつかあらむ 11-2695 ⑤
もえつつそをる 4-718 ⑤
もえつつもをれ 11-2697左注 ⑤
もえつつわたれ 11-2697 ⑤
もえておもへど 12-2932 ②
もえにけるかも
　かづらにすべく―― 10-1846 ⑤
　かはのそひには―― 10-1849 ⑤
　このかはやぎは―― 10-1848 ⑤
　はるのやなぎは―― 10-1847 ⑤
もかりぶね 7-1199 ①
もくさくみちを 2-185 ④
もころをに 9-1809 ㊸
もころをの 14-3486 ③
もしひさにあらば 19-4238 ②
もしほやきつつ 6-935 ⑧
もすそぬらさな 11-2357 ⑥
もすそぬらしつ 11-2429 ⑤
もずのかやぐき 10-1897 ②
もだあらじと 7-1258 ①
もだもあらましを
　――あづきなく 12-2899 ②
　――なにしかも 13-3304 ②
　――なにすとか 4-612 ②
もだもあらむ
　――このあきはぎを 10-2293 ③
　――このやまぶきを 17-3976 ③
　――ときもなかなむ 10-1964 ①
もだもえあらねば 4-543 ㉖
もだをりて 3-350 ①
もちかへりけり
　――もちかへりけり 16-3791 ⑪
　もちかへりけり―― 16-3791 ⑪
もちぐたち 8-1508 ①
もちこせる 1-50 ㊶
もちづきの
　――いやめづらしみ 2-196 ㊲
　――たたはしけむと 2-167 ㊸
　――たたはしけむと 13-3324 ⑲
　――たれるおもわに 9-1807 ㉑
もちてかよはく 2-113 ⑤
もちてまゐこむ 4-779 ⑤
もちてゆく 14-3567 ③
もちどりの 5-800 ⑦
もちにけぬれば 3-320 ④
もちのひに 12-3005 ①
もちひきかけ 13-3239 ⑧
もてらむときに 12-2978 ④
もてらむひとし 7-1294 ⑤
もてるしらたま 7-1302 ②
もてるをちみづ 13-3245 ⑥
もてれども 15-3627 ㊾
もてれどわれは 13-3316 ②
もてれわがせこ 15-3751 ④
もとさへとよみ 14-3474 ②
もとしげく
　――いひてしものを 11-2834 ③
　――さきたるはなの 10-1893 ③
もとしげみ 7-1358 ③
もとつひと
　――かけつつもとな 20-4437 ③
　――ほととぎすをや 10-1962 ①
もとつひとには 12-3009 ④
もとなおもひし 17-3939 ④
もとなかかりて 5-802 ⑧
もとなかくのみ 4-586 ④
もとなさきつつ 17-3942 ⑤
もとなしこひば 4-723 ⑭
もとなそこふる
　――あふとはなけど 12-3180 ④
　――いきのをにして 13-3255 ⑯
もとなとぶらふ 2-230 ⑳
もとなななきそ 15-3781 ④
もとなみえつつ
　――あをねしなくる 14-3471 ④
　――かくこひば 19-4220 ㉒

もとなやいもに　12-2974 ④
もとなやこひむ
　—あふときまでは　8-1526 ④
　—いきのをにして　13-3272 ㉘
もとにちらしつ　8-1493 ⑤
もとにみちふむ　6-1027 ②
もとにわがたち　11-2489 ②
もとのくにいへに　19-4245 ㉙
もとのくにへに　6-1020(1021) ㉓
もとのごと　9-1740 ㊾
もとのしげけば　10-1910 ⑤
もとはのもみち　10-2215 ④
もとはもそよに　10-2089 ⑱
もとへには　13-3222 ③
もとほととぎす　17-3919 ④
もとむといへ　12-2925 ③
もとむとそ　13-3318 ㉑
もとむるおもに　12-2926 ④
もとむるによき　7-1292 ③
もとめあはずけむ　17-4014 ⑤
もとめつつ　7-1166 ③
もとめて　13-3247 ③
もとめてゆかむ　4-628 ⑤
もとめむと　7-1110 ③
もともいまこそ　11-2781 ④
もともえも　17-4006 ⑤
もなくはやこと　15-3717 ②
もなくもあらむを　5-897 ⑥
もなくゆかむと　15-3694 ⑥
もにはおりきて　9-1807 ⑫
もぬらさず　9-1764 ⑪
ものいはずきにて
　—おもひかねつも　4-503 ④
　—おもひかねつも　14-3528 ④
　—おもひぐるしも　14-3481 ④
ものいはぬさきに　16-3795 ④
ものいふよりは　3-341 ②
ものおもはざらむ　11-2436 ⑤
ものおもはず
　—みちゆくゆくも　13-3305 ①
　—みちゆくゆくも　13-3309 ①
ものおもはずして　4-722 ⑤
ものおもはめやも　10-1892 ⑤
ものおもふこよひ　11-2593 ④
ものおもふと
　—いねずおきたる　12-3094 ①
　—いねぬあさけに　10-1960 ①
　—いのねらえぬに　10-2226 ③
　—こもらひをりて　10-2199 ①
　—ひとにみえじと　4-613 ①
ものおもふときに
　—しらつゆの　8-1579 ②
　—なきつつもとな　10-1964 ④
ものおもふひと　10-2089 ⑧
ものおもふものそ　11-2626 ⑤
ものおもふよひに　8-1476 ②
ものおもふわれを　11-2527 ⑤
ものおもへかも　10-2137 ④
ものおもへば　3-333 ③
ものがたりして　12-2845 ②
ものがたりせむ　7-1287 ⑥
ものがなしきに　19-4141 ②
ものがなしらに　4-723 ④
ものかもひとは　4-631 ②
ものからに
　—しかそまつらむ　4-766 ③
　—つぎてみまくの　11-2554 ③
ものごとに　20-4360 ㉑
ものこひしきに　3-270 ②
ものしなければ
　—をとこじもの　2-210 ㉚
　—をとこじもの　2-213 ㉚
ものすそぬれて　5-861 ④
ものすそぬれぬ
　あまのをとめが—　15-3661 左注 ⑤
　あまをとめらが—　15-3661 ⑤
　いゆきかへるに—　8-1528 ⑤
　たたせるいもが—　5-855 ⑤
　はやくおきつつ—　11-2563 ⑤
　ゆきげのみづに—　10-1839 ⑤
ものすそひづち　15-3691 ⑯
ものとしりせば

—ゆふへおきて　12-3038②
—わぎもこに　12-3143②
ものなおもひそ
—あまくもの　11-2816②
—ことしあらば　4-506②
ものなおもほし　1-77②
ものにあれば
—このよなるまは　3-349③
—ひとひのあひだも　11-2404③
ものにあれや　15-3601③
ものにいゆくとは　16-3885④
ものにしあらねば　13-3258⑯
ものにしあれば　3-460㉚
ものにそありける
ころもでさむき—　15-3591⑤
—はるかすみ　8-1450②
ものにはあれど　3-481㊹
もののふと　3-443③
もののふの
—いはせのもりの　8-1470①
—うぢかはわたり　13-3237③
—おほまへつきみ　1-76③
—おみのをとこは　3-369①
—やそうぢかはに　1-50㉑
—やそうぢかはの　3-264①
—やそうぢかはの　11-2714①
—やそうぢひとも　18-4100①
—やそとものをと　4-543③
—やそとものをの　6-1047㊲
—やそとものをの　17-3991①
—やそとものをの　19-4266⑰
—やそとものをは　6-928⑰
—やそとものをは　6-948⑨
—やそとものをも　18-4098⑮
—やそとものをを　3-478⑤
—やそとものをを　18-4094㊾
—やそとものをを　19-4254⑲
—やそのこころを　13-3276⑮
—やそをとめらが　19-4143①
—をとこをみなの　20-4317③
ものはおもはじ
—あさつゆの　11-2691②
—ひだひとの　11-2648②
—みなせがは　11-2817②
ものはずけにて　20-4337④
ものみなは　10-1885①
ものもはず　15-3760③
ものもひしげし　19-4189⑧
ものもひづつも　14-3443⑤
ものもひに　12-2878③
ものもひまさる　4-602②
ものもひもせず　20-4425⑤
ものもひもなし　3-296⑤
ものもひやせぬ　2-122④
ものもふと
—ひとにはみえじ　15-3708①
—わびをるときに　4-618③
ものもふときに
—きなきとよむる　15-3780④
—なくべきものか　15-3784④
—ほととぎす　15-3781②
—ほととぎす　15-3782②
ものゆゑに　19-4242③
ものをおもはずは　3-338②
ものをおもへば
—あがむねは　12-2894②
—いはむすべ　8-1629②
ものをそおもふ
—いもにあはずして　2-125④
—しらなみの　12-3158②
—としのこのころ　14-3511④
—ひとにしらえず　6-1027④
もはきつの　9-1759③
もびきしるけむ　10-2343④
もびきならしし　20-4491④
もびきのすがた　12-2897④
もふしつかふな　4-625⑤
もみたすものは　10-2181⑤
もみたねば　10-2232③
もみたひにけり　15-3697⑤
もみたむときに　19-4187㉖
もみちあはれと　7-1409②

もみちあへむかも 20-4296 ⑤
もみちかざさむ 8-1571 ④
もみちかざせり 1-38 ⑱
もみちかたまつ 9-1703 ④
もみちしにけり 7-1094 ⑤
もみちする 10-2202 ①
もみちそめたり 10-2194 ⑤
もみちそめなむ 10-2195 ⑤
もみちたりけり 19-4268 ⑤
もみちたをらな 9-1758 ⑤
もみちちらくは
—つねなけむとそ 19-4161ィ ④
—つねをなみこそ 19-4161 ④
もみちちりけり 19-4160 ⑱
もみちちりつつ
うちこえくれば— 10-2201 ⑤
—すくなくも 10-2198 ②
—やちとせに 6-1053 ⑳
もみちちるらし 10-2190 ⑤
もみちちるらむ 10-2206 ⑤
もみちつねしく 9-1676 ②
もみちとりてむ 19-4222 ⑤
もみちにけらし
—あがこころいたし 8-1513 ④
—つまなしのきは 10-2189 ④
もみちぬるかも 8-1575 ⑤
もみちのしたの 7-1306 ②
もみちのときに 17-3993 ㊿
もみちのやまも 15-3716 ④
もみちのやまを 19-4145 ④
もみちばかざし
—しきたへの 2-196 ㉜
—ゆきそふ 1-38ィ ⑱
もみちばながる
—かづらきの 10-2210 ②
—しぐれふりつつ 10-2185 ④
もみちばに 10-2307 ①
もみちばにほひ 17-3907 ⑥
もみちばの
—うつりいゆけば 3-459 ③
—すぎかてぬこを 10-2297 ①
—すぎていにきと 2-207 ㉕
—すぎていにきと 13-3344 ⑦
—すぎにしきみが 1-47 ③
—すぎにしこらと 9-1796 ①
—すぎまくをしみ 8-1591 ①
—すぐれやきみが 4-623 ③
—ちらふやまへゆ 15-3704 ①
—ちりすぎにきと 13-3333 ㉑
—ちりとぶみつつ 4-543 ⑮
—ちりなむやまに 15-3693 ①
—ちりのまがひに 2-135 ㉓
—ちりのまがひは 15-3700 ③
—ちりまがひたる 13-3303 ⑤
—ちりゆくなへに 2-209 ①
—にほひはしげし 10-2188 ①
—ふかばちりなむ 8-1590 ③
もみちばは
—いまはうつろふ 15-3713 ①
—けふのしぐれに 8-1554 ③
もみちばはやく 10-2217 ②
もみちばも 10-2309 ③
もみちはやつげ
はぎはちりにき— 8-1536 ⑤
—またばくるしも 10-2183 ④
もみちばを
—たをりそあがこし 8-1582 ③
—ちらすしぐれに 8-1583 ①
—ちらすしぐれの 10-2237 ①
—ちらまくをしみ 8-1586 ①
—をりかざさむと 3-423 ⑮
もみちみる 8-1604 ③
もみちをかざし 15-3707 ②
もみちをしげみ 2-208 ②
もみちをば 1-16 ⑬
もみちをみれば 15-3701 ②
もみつかへるて 8-1623 ②
もみつこのはの 8-1516 ②
もみつまで
—いもにあはずや 10-2296 ③
—ねもとわはもふ 14-3494 ③
もみつやまかも 10-2192 ⑤

もむにれを　16–3886 ㉟
ももえさし　8–1507 ③
ももえつきのき　2–213 ⑥
ももかしも　5–870 ①
ももきね　13–3242 ①
ももきのうめの　17–3906 ②
ももきもり　6–1053 ⑤
ももくさに　5–804 ⑦
ももくさの
—ことそこもれる　8–1456 ③
—こともちかねて　8–1457 ③
ももくまの　20–4349 ①
ももさかの　11–2407 ①
ももしきの
—おほみやところ　1–29 ㉟
—おほみやところ　6–1005 ⑰
—おほみやひとし　7–1218 ③
—おほみやひとぞ　6–1061 ③
—おほみやひとに　18–4040 ③
—おほみやひとの　3–257 ⑬
—おほみやひとの　3–260 ⑬
—おほみやひとの　3–323 ①
—おほみやひとの　6–948 ㊲
—おほみやひとの　7–1076 ①
—おほみやひとの　7–1267 ①
—おほみやひとの　10–1852 ①
—おほみやひとは　1–36 ⑮
—おほみやひとは　2–155 ⑬
—おほみやひとは　4–691 ①
—おほみやひとは　6–923 ⑰
—おほみやひとは　6–1026 ①
—おほみやひとは　10–1883 ①
—おほみやひとは　13–3234 ㉞
—おほみやひとも　6–920 ⑪
ももしのの　13–3327 ①
ももそめの　12–2970 ①
ももたづの　6–1064 ③
ももたらず
—いかだにつくり　1–50 ㊸
—いつきのえだに　13–3223 ⑪
—やそくまさかに　3–427 ①
—やそのちまたに　16–3811 ㉓
—やまだのみちを　13–3276 ①
ももちたび　4–774 ①
ももちとり　16–3872 ③
ももつしま　14–3367 ①
ももづたふ
—いはれのいけに　3–416 ①
—やそのしまみを　7–1399 ①
—やそのしまみを　9–1711 ①
ももとせに　4–764 ①
ももとりの
—きゐてなくこゑ　18–4089 ⑨
—こゑなつかしき　6–1059 ㉑
—こゑのこほしき　5–834 ③
ももにちに　12–3059 ①
もものはな
—くれなゐいろに　19–4192 ①
—したでるみちに　19–4139 ③
ももふなびとの　6–1065 ⑥
ももふなびとも　6–1023 ④
ももふねの
—すぎてゆくべき　6–1066 ③
—はつるつしまの　15–3697 ①
—はつるとまりと　6–1065 ③
ももへなす
—こころしおもへば　12–2902 ③
—こころはおもへど　4–496 ③
ももへなみ　13–3253 ⑬
ももへにも　4–499 ①
ももへやま　5–886 ⑦
ももよいでませ　20–4326 ④
ももよぐさ　20–4326 ③
ももよしも　11–2600 ①
ももよにも
—かはるましじき　6–1053 ㉕
—かはるましじき　6–1055 ③
ももよのながさ　4–546 ⑱
ももよへて　6–1065 ㉑
ももよまで　6–1052 ③
もゆるあらのに
—しろたへの　2–210 ⑱

—しろたへの　2–213 ⑱
もゆるはるへと　10–1835 ④
もゆるひも　2–160 ①
もゆるひを
—なにかととへば　2–230 ⑨
—ゆきもてけち　3–319 ⑬
もゆるほのけの　12–3033 ④
もらまくほしき　10–1858 ④
もりつつをらむ　7–1353 ⑤
もりにはやなれ　10–1850 ⑤
もりにみわすゑ　2–202 ②
もりへすゑ　14–3393 ③
もりへのさとの　10–2251 ②
もりへやりそへ　18–4085 ④
もりへをすゑて　17–4011 ⑯
もりもあへず　11–2832 ③
もるたをみれば　10–2221 ②
もるといふやまに　6–950 ④
もるとしるがね　10–2219 ⑤
もるやまの　14–3436 ③
もるやまへから　11–2360 ③
もろきいのちも　5–902 ②
もろこしの　5–894 ㉗
もろとらが
—ねりのことばは　4–774 ③
—ねりのむらとに　4–773 ③
もろはのうへに　11–2636 ②
もろはのときに　11–2498 ②
もろひとの
—あそぶをみれば　5–843 ③
—おびゆるまでに　2–199 ㊿
—ききまとふまで　2–199ィ ㊿
—みまとふまでに　2–199ィ ㊆
もろひとは　5–832 ③
もろひとを　18–4094 ㉑
もろもろの　5–894 ㉟
もろもろは　20–4372 ⑬

や

やうらさし　11-2407 ③
やかたをの
　──あがおほぐろに　17-4011 ㉗
　──たかをてにすゑ　17-4012 ①
　──ましろのたかを　19-4155 ①
やかみのやまの　2-135 ㉘
やきたちの
　──かどうちはなち　6-989 ①
　──たかみおしねり　9-1809 ㉑
　──とごころもあれは　20-4479 ③
　──へつかふことは　4-641 ③
やきたちを　18-4085 ①
やきたらねかも　7-1336 ④
やきづへに　3-284 ①
やきほろぼさむ　15-3724 ④
やくしほの
　──おもひそやくる　1-5 ㉗
　──からきこひをも　11-2742 ③
　──からきこひをも　15-3652 ③
　──からきこひをも　17-3932 ③
やくひとは　7-1336 ③
やくもさす　3-430 ①
やくもわれなり　13-3271 ②
やくやくに　5-904 ㊹
やけつつかあらむ　3-269 ④
やけはしぬとも　17-3941 ④
やさかどり　14-3527 ③
やさかのなげき
　──たまほこの　13-3276 ㉒
　──なげけども　13-3344 ⑳
やさかのゐでに　14-3414 ②
やしほにそめて　19-4156 ⑱
やしほのいろに　15-3703 ④
やしほのころも　11-2623 ②
やしまくに　6-1065 ⑤
やしまのうちに　6-1050 ④
やしろしうらめし　3-405 ⑤
やしろのかみに　20-4391 ②
やすいしなさぬ　5-802 ⑨
やすいなねしめ　19-4179 ④
やすいねしめず　19-4177 ㉚
やすいもねずて
　──あがこひわたる　15-3633 ④
　──けふけふと　15-3771 ②
やすいもねずに　12-3157 ④
やすきそらかも　9-1792 ㉕
やすくあはなくに　11-2358 ⑥
やすくあらねば　17-4008 ㉒
やすくしあらねば　18-4116 ⑱
やすくぬるよは　15-3760 ④
やすくねむかも　20-4348 ⑤
やすくもあらず
　──あかねさす　16-3857 ④
　──こふるそら　20-4408 ㊿
　──しろたへの　12-2846 ②
やすくもあらむを　5-897 ④
やすけくも　15-3694 ③
やすけくもなき　11-2806 ⑤
やすけくもなし
　おもひわたれば──　12-2869 ⑤
　こころにもちて──　15-3723 ⑤
　なかにへなりて──　15-3755 ⑤
　ひとよひとひも──　12-2936 ⑤
やすけなくに
　──あをなみに　8-1520 ⑩
　──おもふそら　17-3969 ⑱
　──おもふそら　19-4169 ⑯
　──きぬこそば　13-3330 ⑳
　──さにぬりの　13-3299 ⑧
　──なげくそら　4-534 ⑥
　──なげくそら　8-1520 ⑧
　──なげくそら　13-3299 ⑥
　──なげくそら　13-3330 ⑱
やすのかは
　──いむかひたちて　18-4127 ①
　──なかにへだてて　18-4125 ③
　──やすいもねずに　12-3157 ③
やすのかはらに　10-2033 ②

やすのかはらの　10–2089 ⑩
やすののに　4–555 ③
やすのわたりに　10–2000 ②
やすみこえたり
　えがてにすといふ――　2–95 ⑤
　――みなひとの　2–95 ②
やすみしし
　――わがおほきみ　1–38 ①
　――わがおほきみ　1–45 ①
　――わがおほきみ　1–50 ①
　――わがおほきみ　2–162 ⑤
　――わがおほきみ　2–204 ①
　――わがおほきみ　3–239 ①
　――わがおほきみ　3–261 ①
　――わがおほきみ　19–4254 ㊲
　――わがおほきみの　1–3 ①
　――わがおほきみの　1–36 ①
　――わがおほきみの　2–159 ①
　――わがおほきみの　2–199 ⑬
　――わがおほきみの　2–199 91
　――わがおほきみの　3–329 ①
　――わがおほきみの　6–938 ①
　――わがおほきみの　6–956 ①
　――わがおほきみの　6–1005 ①
　――わがおほきみの　6–1047 ①
　――わがおほきみの　6–1062 ①
　――わがおほきみの　19–4266 ⑪
　――わごおほきみ　1–52 ①
　――わごおほきみ　13–3234 ①
　――わごおほきみの　2–152 ①
　――わごおほきみの　2–155 ①
　――わごおほきみの　6–917 ①
　――わごおほきみの　6–923 ①
　――わごおほきみは　6–926 ①
やすむことなく　1–79 ㉘
やすむこのきみ　16–3825 ⑤
やすむときなく　11–2645 ④
やすやすも　16–3854 ①
やそうぢかはに　1–50 ㉒
やそうぢかはの
　――あじろきに　3–264 ②
　――はやきせに　11–2714 ②
やそうぢひとの　6–1022 ⑥
やそうぢひとも　18–4100 ②
やそかかけ
　――こぎでむふねに　12–3211 ③
　――しまがくりなば　12–3212 ①
やそかぬき
　――いまはこぎぬと　20–4363 ③
　――かこととのへて　20–4408 73
やそくには　20–4329 ①
やそくまおちず　1–79 ⑩
やそくまごとに
　――なげきつつ　13–3240 ㉒
　――よろづたび　2–131 ㉘
　――よろづたび　2–138 ㉚
やそくまさかに　3–427 ②
やそことのへは　14–3456 ②
やそしまがくり　15–3613 ②
やそしますぎて　20–4349 ④
やそしまの　13–3239 ③
やそしまのうへゆ　15–3651 ⑤
やそせきらへり　10–2053 ②
やそせわたりて　12–3156 ②
やそとものをと　4–543 ④
やそとものをの
　――うちはへて　6–1047 ㊳
　――おもふどち　17–3991 ②
　――しまやまに　19–4266 ⑱
やそとものをは
　――いほりして　6–928 ⑱
　――うかはたちけり　17–4023 ④
　――おほきみに　19–4214 ④
　――かりがねの　6–948 ⑩
やそとものをも　18–4098 ⑯
やそとものをを
　――なでたまひ　19–4254 ⑳
　――まつろへの　18–4094 ㊿
　――めしつどへ　3–478 ⑥
やそのこころを　13–3276 ⑯
やそのしまみを
　――こぎくれど　9–1711 ②

—こぐふねに　7-1399②
やそのちまたに
—あへるこやたれ　12-3101④
—たちならし　12-2951②
—ゆふけとふ　11-2506②
—ゆふけにも　16-3811㉔
やそのちまたも　16-3812②
やそのふなつに　10-2046④
やそのみなとに　3-273④
やそをとめらが　19-4143②
やたののの　10-2331①
やたびそでふる　20-4379⑤
やちくさに
—くさきはなさき　19-4166③
—くさきをうゑて　20-4314①
—はなさきにほひ　20-4360⑮
やちくさの　20-4501①
やちとせに　6-1053㉑
やちほこの
—かみのみよより　6-1065①
—かみのみよより　10-2002①
やちまたに
—ものをそおもふ　2-125③
—ものをそおもふ　6-1027③
やつこあれど　7-1275④
やつこかもなき　7-1275③
やつことそ　18-4132③
やつたばさみ
—ししまつと　16-3885㉔
—ひめかぶら　16-3885㉒
やつとりもちき　16-3885⑧
やつよにも　18-4058③
やつよにを　20-4448③
やつりがは
—みなそこたえず　12-2860①
—みをもたえせず　12-2860ィ①
やつりやま　3-262①
やつをこえ　7-1262③
やつをとびこえ　19-4166㉘
やつをには　19-4177⑨
やつをのうへの　19-4266②
やつをのきぎし　19-4149②
やつをのつばき
—つばらかに　19-4152②
—つらつらに　20-4481②
やつをふみこえ　19-4164⑱
やどあけまけて　4-744②
やどかからまし　12-3214⑤
やどかかるらむ　12-3213⑤
やどかさず
—かへししわれそ　2-127③
—われをかへせり　2-126③
やどかさましを　9-1743⑤
やどかさむかも　7-1242⑤
やどからば　7-1242③
やどかるけふし　17-4016④
やどさすなゆめ　12-2912⑤
やとせこの　9-1809③
やどなるはぎの　20-4444②
やどにある
—さくらのはなの　8-1459③
—さくらのはなは　8-1458①
やどにうゑおほし　3-410②
やどにうゑては　19-4186②
やどにこよひは　6-1040④
やどにするゑ　19-4155③
やどにはうゑずて　19-4172⑤
やどにはなさき　3-469②
やどにひきうゑて　19-4185⑫
やどにまきおほし　18-4113⑯
やどのあきはぎ
—はなよりは　7-1365②
—みにこわがせこ　10-2276④
やどのうめの　20-4496③
やどのたちばな
—いとちかく　3-411②
—はなをよみ　8-1483②
みせむとおもひし—　8-1508⑤
やどのなでしこ
—さきにけるかも　3-464④
—ちらめやも　20-4450②
—ひならべて　20-4442②

やどのはつはぎ 10–2113 ④
やどのまがきを 4–777 ②
やどのもみちば 19–4259 ④
やどのやまぶき 20–4303 ②
やどもあらなくに 10–1941 ⑤
やどりかせまし 15–3632 ⑤
やどりかなしみ 9–1690 ⑤
やどりすぐなり 9–1708 ⑤
やどりするかも
あらつのはまに── 12–3215 ⑤
おきつみうらに── 15–3646 ⑤
ゆきのまにまに── 15–3644 ⑤
やどりするきみ
あらきしまねに── 15–3688 ㉕
──いへびとの 15–3689 ②
やどりせましを 15–3630 ⑤
やどりせむのに 9–1791 ②
やどりせるらむ 15–3691 ㉟
やどりてゆかな 9–1687 ④
やどりぬる 15–3693 ③
やどりはなくて 7–1140 ⑤
やどりはなしに 14–3442 ⑤
やどるたびひと 1–46 ②
やどれりし 1–7 ③
やどれるきみが 15–3770 ②
やなうちわたす 11–2699 ②
やなうつひとの 3–387 ②
やなぎかづらき 18–4071 ④
やなぎこそ 14–3491 ①
やなぎのいとを 10–1856 ②
やなぎのうれに 10–1819 ④
やなぎのまよし 10–1853 ④
やなはうたずて 3–386 ④
やぬちもはかじ 19–4263 ②
やのしげけく
──あられなす 2–199ィ ⑰
──おほゆきの 2–199 ⑰
やのとおそぶる 14–3460 ②
やののかみやま 10–2178 ②
やはがずて 7–1350 ③
やばせのしのを 7–1350 ②
やぶなみの 18–4138 ①
やふねたけ 7–1266 ③
やへかきわけて 2–167 ㉒
やへきかさねて 20–4351 ②
やへくもがくり 11–2658 ②
やへくもわけて 2–167ィ ㉒
やへさくごとく 20–4448 ②
やへたたみ 16–3885 ⑪
やへなみに 19–4211 ㉙
やへはなさくと 16–3885 54
やへむぐら
──おほへるにはに 11–2824 ③
──おほへるをやも 11–2825 ③
やへやまこえて
──いましなば 20–4440 ②
──ほととぎす 10–1945 ②
──よぶこどり 10–1941 ②
やへをるがうへに
──あまをぶね 20–4360 42
──みだれてあるらむ 7–1168 ④
やほかゆく 4–596 ①
やほこもち 18–4111 ⑦
やほたでを 16–3842 ③
やほよろづ
──ちとせをかねて 6–1047 ⑬
──ちよろづかみの 2–167 ⑤
やまあゐもち 9–1742 ⑦
やまおろしの 9–1751 ⑮
やまがくしつれ 3–471 ④
やまがくれぬる 15–3692 ⑤
やまかげにして
おほつかなしも── 10–1875 ⑤
かもそなくなる── 3–375 ⑤
やまかたづきて 10–1842 ④
やまかづらかげ 14–3573 ②
やまかづらのこ
──けふのごと 16–3790 ②
──けふゆくと 16–3789 ②
やまかはきよみ 7–1131 ⑤
やまがはに
──あがうまなづむ 7–1192 ③

—うへをふせて　11-2832 ①
やまかはの
—きよきかふちと　1-36 ⑦
—さやけきみつつ　20-4468 ③
—さやけきみれば　6-1037 ③
—そきへをとほみ　17-3964 ①
—へなりてあれば　17-3957 ㉑
やまがはの
—きよきかはせに　15-3618 ①
—たきつこころを　7-1383 ③
—たぎつこころを　11-2432 ③
—たきにまされる　12-3016 ①
—みづかげにおふる　12-2862 ①
やまがはのせに　8-1587 ⑤
やまがはのせの　7-1088 ②
やまかはへなり　19-4214 ⑭
やまがはみづの　12-3017 ②
やまかはも
—へだたらなくに　4-601 ③
—よりてつかふる　1-38 ㉗
—よりてつかふる　1-39 ①
やまかはを
—いはねさくみて　20-4465 ⑮
—きよみさやけみ　6-907 ⑮
—なかにへなりて　15-3755 ③
—なかにへなりて　15-3764 ①
—ひろみあつみと　18-4094 ⑬
やまかはをよみ　6-1006 ⑤
やまがひに
—かすみたなびき　6-948 ⑤
—さけるさくらを　17-3967 ①
やまかもたかき　10-2313 ②
やまからし　3-315 ③
やまからや　17-3985 ⑬
やまきへなりて
—たまほこの　17-3969 ㉒
—とほからなくに　4-670 ④
—とほけども　17-3981 ②
やまぎりの　10-2263 ③
やまこえて
—いますきみをば　12-3186 ③
—とほつのはまの　7-1188 ①
やまこえぬゆき　17-3978 ⑭
やまこえのゆき　18-4116 ⑩
やまごしにおきて
あかざるきみを—　4-495 ⑤
—いねかてぬかも　11-2698 ④
やまごしの　1-6 ①
やまこすかぜの　1-5 ⑭
やまこそば　18-4073 ③
やまさかこえて
—あまざかる　17-3962 ⑥
—ゆきかはる　19-4154 ②
やまざくらとを　11-2617 ②
やまさくらばな
—ひとめだに　17-3970 ②
—ひならべて　8-1425 ②
やまさなかづら　10-2296 ②
やまさはびとの　14-3462 ②
やまさはゑぐを　11-2760 ②
やまさびいます　1-52 ㉔
やまさへひかり　3-477 ②
やましたつゆに　7-1241 ④
やましたとよみ
—おちたぎち　19-4156 ⑥
—ゆくみづに　10-2162 ②
—ゆくみづの　11-2704 ②
—ゆくみづの　12-3014 ②
やましたとよめ　8-1611 ②
やましたひかげ　19-4278 ②
やましたひかり　6-1053 ⑫
やましたひかる　15-3700 ②
やましなの
—いはたのもりに　9-1731 ①
—いはたのもりの　13-3236 ⑮
—いはたのをのの　9-1730 ①
—かがみのやまに　2-155 ⑤
—こはたのやまを　11-2425 ①
やましみがほし　3-324 ⑯
やましみづ　2-158 ③
やましろぢを　13-3314 ②
やましろの

―いづみのこすげ 11-2471 ①
―いはたのもりに 12-2856 ①
―かせやまのまに 6-1050 ⑬
―くせのさぎさか 9-1707 ①
―くせのやしろの 7-1286 ①
―くせのわくごが 11-2362 ①
―くにのみやこは 17-3907 ①
―さがらかやまの 3-481 ㉓
―たかのつきむら 3-277 ③
―つつきのはら 13-3236 ⑤
やましろのくせ 11-2362 ⑥
やまずいかば 2-207 ⑦
やまずいでみし 2-207 ㊵
やまずおもはば 12-3053 ④
やますがのねし 20-4484 ④
やますがのねの
―ねもころに 12-3051 ②
―ねもころに 12-3053 ②
―ねもころに 13-3291 ④
やまずかよはせ
なくわがしまそ― 6-1012 ⑤
ははにもつげつ― 11-2570 ⑤
やまずかよはむ 15-3754 ⑤
やまずかよはむ
―あすかの 3-324 ⑩
いまみるひとも― 17-4005 ⑤
―いやとしのはに 20-4303 ④
―つまのもり 9-1679 ②
―ときまたずとも 10-2056 ④
ままのつぎはし― 14-3387 ⑤
やまずきませと 9-1764 ⑫
やますげに 11-2456 ③
やますげの
―おもひみだれて 12-3204 ③
―そがひにねしく 14-3577 ③
―みだれこひのみ 11-2474 ①
―みならぬことを 4-564 ①
―やまずてきみを 12-3055 ①
―やまずもいもは 12-2862 ③
―やまずやこひむ 12-3066 ③
やまずしのはせ 15-3766 ⑤
やまずたなびく 7-1181 ②
やまずてきみを 12-3055 ②
やまずふりしに 11-2609 ⑤
やまずふりつつ 10-1933 ⑤
やまずふるふる 10-1932 ②
やまずみえこそ 12-2958 ④
やまずもいもは 12-2862 ④
やまずやこひむ 12-3066 ④
やまそ 13-3222 ⑧
やまたかからし 7-1373 ②
やまたかく
―かはのせきよし 6-1052 ①
―かはのせきよみ 6-1059 ③
やまたかみ
―かぜしやまねば 9-1747 ⑦
―かはとほしろし 3-324 ⑬
―かはとほしろし 17-4011 ⑦
―くもそたなびく 6-1005 ⑤
―さとにはつきは 6-1039 ③
―しらゆふはなに 6-909 ①
―しらゆふはなに 9-1736 ①
―ふりくるゆきを 10-1841 ①
やまだかみ
―たにへにはへる 11-2775 ①
―ゆふひかくりぬ 7-1342 ①
やまたちばなの
―いろにいでて 11-2767 ②
―いろにいでよ 4-669 ②
―みのてるもみむ 19-4226 ④
やまたちばなを
―つとにつみこな 20-4471 ④
―ぬかむとおもひて 7-1340 ④
やまだつくるこ 10-2219 ②
やまたづね 2-85 ③
やまたづの
―むかへまゐでむ 6-971 ㉛
―むかへをゆかむ 2-90 ③
やまたにこえて 17-3915 ②
やまだのさはに 10-1839 ②
やまだのみちを 13-3276 ②
やまだもらすこ 10-2156 ⑤

やまだもるをぢ　11–2649 ②
やまぢおもふに　2–215 ④
やまちかく　10–2146 ①
やまちかし　4–779 ③
やまちかみ　6–1050 ㉑
やまぢこえきぬ　12–3149 ⑤
やまぢこえむと　15–3723 ②
やまぢこゆらむ
ひとりかきみが――　9–1666 ⑤
ひとりかきみが――　12–3193 ⑤
みつつかきみが――　9–1730 ⑤
みつつかきみが――　12–3192 ⑤
やまぢさの
――しらつゆおもみ　11–2469 ①
――はなにかきみが　7–1360 ③
やまぢしらずも　2–208 ⑤
やまぢにまとひ　7–1250 ④
やまぢはゆかむ　13–3338 ②
やまぢもしらず　10–2315 ②
やまぢをさして　3–466 ⑯
やまぢをも　14–3356 ③
やまぢをゆけば　2–212 ④
やまづとそこれ　20–4293 ⑤
やまつばきさく　7–1262 ②
やまつみの　1–38 ⑬
やまてらす　8–1517 ③
やまとこひ　1–71 ①
やまとこひしく　3–389 ④
やまとしおもほゆ
さむきゆふへは――　1–64 ⑤
さむきゆふへは――　7–1219 ⑤
ともしきみれば――　7–1175 ⑤
まなくこのころ――　3–359 ⑤
やまとしのひつ　3–367 ⑤
やまとしまねは
かためしくにそ――　20–4487 ⑤
ちへにかくりぬ――　3–303 ⑤
やまとしまねを　3–366 ㉑
やまとしまみむ　15–3648 ⑤
やまとしまみゆ
3–255 ⑤, 15–3608左注 ⑤
やまとぢの
――きびのこしまを　6–967 ①
――しまのうらみに　4–551 ①
――わたりぜごとに　12–3128 ③
やまとぢは　6–966 ①
やまとなる
――おほしまのねに　2–91 ③
――われまつつばき　1–73 ③
やまとにしては　1–35 ②
やまとには
――きこえもゆくか　9–1677 ①
――なきてかくらむ　1–70 ①
――なきてかくらむ　10–1956 ①
――むらやまあれど　1–2 ①
やまとの
――あをかぐやまは　1–52 ⑬
――うだのまはにの　7–1376 ①
――おほくにみたま　5–894 ㊶
――つげのをぐしを　13–3295 ⑱
――むろふのけもも　11–2834 ①
やまとのくに
――あをによし　13–3236 ②
――あをによし　19–4245 ②
やまとのくにに
――あきらけき　20–4466 ②
――いかさまに　13–3326 ②
――ひとさはに　13–3248 ②
――ひとふたり　13–3249 ②
やまとのくにの
――いそのかみ　9–1787 ⑥
――かしはらの　20–4465 ㉖
――しづめとも　3–319 ㉚
やまとのくには
あきづしま――　1–2 ⑬
――おしなべて　1–1 ⑩
――かむからと　13–3250 ②
――ことだまの　13–3254 ②
――すめかみの　5–894 ④
――すめろきの　6–1047 ④
――みづのうへは　19–4264 ②
やまとのくにを　19–4254 ②

やまとのみえぬ　1–44 ④
やまとびこえて　17–4011 ㊳
やまとびこゆる
—かりがねの　10–2136 ②
—かりがねは　15–3687 ②
やまとへこゆる
—かりがねは　10–2128 ②
—かりしともしも　6–954 ④
やまとへに　4–570 ①
やまとへのぼる　6–944 ④
やまとへはやく　3–280 ②
やまとへやりて　14–3363 ②
やまとへやると　2–105 ②
やまとほき　10–2151 ①
やまとめの　14–3457 ③
やまともこども　6–956 ④
やまとより　7–1221 ③
やまどりこそば　8–1629 ⑯
やまどりの　14–3468 ①
やまどりのをの
—しだりをの　11–2802左注 ②
—ながきこのよを　11–2802 ④
—ひとをこえ　11–2694 ②
やまとをおき　1–29ィ ⑫
やまとをおきて　1–29 ⑫
やまとをすぎて　13–3333 ④
やまとをも　15–3688 ㉑
やまながら　13–3332 ③
やまなくもあやし　11–2385 ⑤
やまなつかしみ　7–1332 ④
やまなつかしも　7–1333 ④
やまなみの　6–1050 ⑨
やまなみみれば　6–1055 ②
やまにおひたる　4–580 ②
やまにかねむも　14–3442 ④
やまにこもれる　18–4067 ②
やまにしめゆふ　2–154 ④
やまにしろきは　10–2324 ②
やまにしをれば　4–721 ②
やまにすむひと　9–1682 ⑤
やまにたなびき　10–1909 ②
やまにたなびく
たちはのぼらず—　7–1246 ⑤
ゆきすぎかねて—　3–354 ⑤
やまになくとも　18–4052 ④
やまにものにも
—うぐひすなくも　10–1824 ④
—うちゆきて　8–1629 ㉚
—さをしかなくも　10–2147 ④
—ほととぎす　17–3993 ⑥
—みかりびと　6–927 ②
やまにゆきけむ　20–4294 ②
やまの　13–3331 ⑩
やまのあらしに　8–1437 ④
やまのあらしの　1–74 ②
やまのあらしは　10–2350 ②
やまのかひ　17–3924 ①
やまのきごとに　10–2319 ④
やまのこぬれに
—しらくもに　17–3957 ㊽
—はふつたの　13–3291ィ ⑳
やまのこぬれの　18–4136 ②
やまのこぬれは　18–4111 ㉞
やまのこぬれも　19–4160 ⑫
やまのこのはは　10–2210 ④
やまのさき　14–3394 ③
やまのさくらは　8–1440 ④
やまのさつをに　3–267 ④
やまのさはらず　17–3973 ④
やまのしづくに
—いもまつと　2–107 ②
—ならましものを　2–108 ④
われたちぬれぬ—　2–107 ⑤
やまのそき　6–971 ⑪
やまのたをりに
—このみゆる　18–4122 ㉘
—たつくもを　19–4169 ⑫
やまのとかげに
いまもなかぬか—　8–1470 ⑤
—なくしかの　10–2156 ②
やまのなと　5–872 ①
やまのなにあらし　7–1097 ⑤

やまのなのみや　5-868④
やまのにはがし　20-4417②
やまのはに
—あぢむらさわき　4-486①
—いさよふつきの　6-1008①
—いさよふつきを　3-393③
—いさよふつきを　7-1071①
—いさよふつきを　7-1084①
—つきかたぶけば　15-3623①
やまのはの　6-983①
やまのはゆ　16-3803③
やまのはを　11-2461①
やまのへに　10-2147①
やまのへの
—いしのはらに　13-3234㉒
—いしのみゐは　13-3235①
—みゐをみがてり　1-81①
やまのまてらす　10-1864②
やまのまに
—いかくるまで　1-17⑤
—いさよふくもは　3-428③
—うぐひすなきて　10-1837①
—かすみたつらむ　7-1125③
—ゆきすぎぬれば　3-481㉕
—ゆきはふりつつ　10-1848①
—わたるあきさの　7-1122①
やまのまの
—とほきこぬれの　8-1422③
—とほきこぬれの　10-1865③
—ゆきはけざるを　10-1849①
やまのまゆ　3-429①
やまのみに　19-4227⑥
やまのもみたむ
あけむあしたか—　8-1551⑤
—みまくしもよし　10-2200④
やまのもみちに　19-4225②
やまのもみちは　9-1676④
やまのもみちば
—こよひもか　8-1587②
—たをりけりきみ　13-3224④
やまのもみちを　2-159⑧
やまのゐの　16-3807③
やまのをのうへの　9-1776②
やまはかれすれ　16-3852⑥
やまはこだかし　6-1053⑥
やまはしも　17-4000⑤
やまはなくもが　18-4076②
やまはももへに
—かくすとも　12-3189②
—かくせども　12-3189ィ②
やまひあらせず　6-1020(1021)⑳
やまびことよめ
—さをしかなくも　15-3680④
—なかましやそれ　8-1497④
—よびたてなくも　9-1761⑩
—よびたてなくも　9-1762④
やまびこの
—あひとよむまで　8-1602①
—あひとよむまで　10-1937⑪
—こたへむきはみ　6-971⑮
やまびとの
—こころもしらず　20-4294③
—われにえしめし　20-4293③
やまびとやたれ　20-4294⑤
やまびには　17-3973㉕
やまひをと　5-897⑲
やまぶきの
—さきたるのへの　8-1444①
—しげみとびくく　17-3971①
—たちよそひたる　2-158①
—にほへるいもが　11-2786①
—はなとりもちて　19-4184①
—はなのさかりに　20-4304①
—やむときもなく　10-1907③
やまぶきのせの　9-1700②
やまぶきのはな
いまかさくらむ—　8-1435⑤
おもほゆるかも—　10-1860⑤
やまぶきは
—なでつつおほさむ　20-4302①
—ひにひにさきぬ　17-3974①
やまぶきを

―やどにうゑては　19-4186 ①
―やどにひきうゑて　19-4185 ⑪
やまへとよみて　7-1269 ②
やまへなり　11-2420 ③
やまへには
―さつをのねらひ　10-2149 ①
―はなさきををり　3-475 ⑬
やまへにをりて　8-1632 ②
やまへにをれば
―いぶせかりけり　4-769 ④
―ほととぎす　17-3911 ②
やまへのみちを　4-518 ②
やまへまそゆふ　2-157 ②
やまへをさして　3-460 ㊵
やまへをゆけば　16-3791 ㉛
やまほととぎす
―いつかきなかむ　10-1940 ④
―かれずこむかも　17-3910 ④
―とよもさむかも　10-1978 ④
―ながなけば　8-1469 ②
―などかきなかぬ　19-4210 ④
―なにかきなかぬ　18-4050 ④
―ひとこゑもなけ　19-4203 ④
やままつかげに　15-3655 ④
やまみちすらを　3-382 ⑱
やまみちそ　7-1261 ③
やまみれば
―たかくたふとし　13-3234 ⑩
―みのともしく　20-4360 ⑰
―やまもみがほし　6-1047 ㉝
やまもかはをも　11-2414 ④
やまもこえきぬ
―つるぎたち　13-3240 ㉘
―なつくさの　2-131 ㉞
―はしきやし　2-138 ㊱
やまもせに　8-1428 ⑦
やまもちかきを　17-3983 ②
やまもとどろに　6-1050 ㉔
やまもとの　3-270 ③
やまもみがほし　6-1047 ㉞
やまもりおき　6-950 ③
やまもりの
―ありけるしらに　3-401 ①
―さとへかよひし　7-1261 ①
やまもりは　3-402 ①
やまやしにする　16-3852 ③
やまゆかば　18-4094 ㉛
やまゆきくらし　7-1242 ②
やまゆきしかば　20-4293 ②
やまゆきのゆき　13-3335 ④
やまよびとよめ
―さよなかに　19-4180 ④
―さをしかなくも　8-1603 ④
やまよりいづる
―つきまつと　12-3002 ②
―つきまつと　13-3276 ㉞
やまよりきせば　10-2148 ②
やまをこえすぎ　20-4398 ㉘
やまをこだかみ　12-3008 ②
やまをしみ　1-16 ⑦
やまをしも　18-4089 ⑦
やまをたかみか
―よごもりに　3-290 ②
―よごもりに　9-1763 ②
やまをやいまは　3-482 ④
やみしわたれば　5-897 ㉖
やみならば　8-1452 ①
やみにみなして　4-690 ②
やみにやいもが　15-3669 ④
やみのみにみつ
きよきつくよも―　12-3208 ⑤
てれるつくよも―　11-2811 ⑤
やみのよに　4-592 ①
やみのよの　20-4436 ①
やみのよは　7-1374 ①
やみよなす　9-1804 ⑲
やむときなかれ　4-606 ⑤
やむときなしに　6-915 ④
やむときもあらじ　11-2815 ⑤
やむときもあらめ　6-1005 ⑲
やむときもなく
―こふらくおもへば　10-1907 ④

—みてむとそおもふ　12-2921 ④
やむときもなし
—あがこふらくは　4-526 ④
あがこふらくは—　11-2612 ⑤
あがこふらくは—　13-3244 ⑤
あがこふらくは—　13-3260 ⑬
きみにこふらく—　11-2741 ⑤
きみをおもはく—　12-3189ィ ⑤
こころのうちは—　11-2785 ⑤
さけにしむねは—　12-2878 ⑤
わがなくなみた—　2-177 ⑤
ゐるしらくもの—　12-3179 ⑤
やめばすべなし　4-554 ④
やめばつがるる　3-373 ④
ややおほきにたて　7-1278 ⑥
ややまとほきを　3-302 ②
やらずてわれは　6-946 ⑭
やらのさき　16-3867 ③
やらのさきもり　16-3866 ④
やらむため　18-4104 ③
やるよしもなし　17-3962 ㊻
やるよしもなみ　17-3969 ㉖
やれごもをしきて　13-3270 ④
やればすべなし　4-532 ⑤

ゆ

ゆかくしえしも　14-3530 ⑤
ゆかざらし　7-1410 ③
ゆかぬまつらぢ　5-870 ②
ゆかぬわを　11-2594 ①
ゆかばをしけむ　14-3558 ②
ゆかまくをほり　4-736 ⑤
ゆかましさとを　6-948 ⑱
ゆかましものを
—おなじこと　15-3773 ②
かりにたぐひて—　8-1515 ⑤
きしのうらみゆ—　7-1144 ⑤
はぐくみもちて—　15-3579 ⑤
—まもらふに　7-1387 ②
もとむるおもに—　12-2926 ⑤
ゆかむかりもが　20-4366 ②
ゆかむこまもが　14-3387 ②
ゆかむたどきも　15-3696 ④
ゆかむといへや　4-778 ④
ゆかむとおもへど　18-4131 ④
ゆかむとするに　15-3694 ⑩
ゆかむふねもが　15-3640 ②
ゆかめども
—いへなるいもい　12-3161 ③
—きみがきまさむ　13-3319 ③
ゆかもひともが　20-4406 ②
ゆきあしかりけり　15-3728 ⑤
ゆきあしかるらむ　15-3729 ⑤
ゆきあひのわせを　10-2117 ②
ゆきかくる
しまのさきざき　6-942 ㉑
—とものをひろき　7-1086 ①
ゆきかぐれ　9-1807 ㉙
ゆきかつましじ　14-3353 ④
ゆきかてぬかも
おきてはわれは—　7-1127 ⑤
みちのながちは—　20-4341 ⑤
ゆきかはる

—としのはごとに　18-4125 ㉙
—としのをながく　19-4154 ③
ゆきかはるまで　11-2792 ④
ゆきかふみちの　12-3037 ②
ゆきかへり
—つねにわがみし　6-959 ①
—なきとよむれど　19-4166 ㉝
—みれどもあかず　6-1065 ⑮
—われはあひみむ　10-1881 ③
ゆきかへりなむ　19-4242 ②
ゆきかもふらる　14-3351 ②
ゆきかもふると　5-844 ②
ゆきかよひつつ　3-261 ⑩
ゆきくとみらむ　1-55 ④
ゆきくとみれば　9-1810 ④
ゆきくらし
—ながきはるひも　17-4020 ③
—ひのくれゆけば　12-3219 ③
ゆきげする　3-382 ⑰
ゆきげのみちを　3-383 ④
ゆきげのみづに　10-1839 ④
ゆきげはふりて
—いみづかは　18-4106 ㊳
—ゆくみづの　18-4116 ㉖
ゆきけむきみは　9-1800 ⑯
ゆきけむひとの　3-423 ④
ゆきこそは　9-1782 ①
ゆきさむみ　10-2329 ①
ゆきしあらをら
—おきにそでふる　16-3860 ④
—なみにそでふる　16-3864 ④
ゆきしかば
—うぐひすなきつ　8-1443 ③
—おもしろくして　7-1240 ③
ゆきしかりがね　8-1578 ②
ゆきしきみ
—いつきまさむと　13-3257左注 ⑤
—いつきまさむと　13-3318 ⑦
—いつきまさむと　13-3333 ⑬
ゆきしくらしも　17-4024 ②
ゆきじもの　3-261 ⑨
ゆきしわれ　7-1250 ③
ゆきすぎがたき　2-106 ②
ゆきすぎかてに　3-253 ②
ゆきすぎかてぬ　14-3423 ④
ゆきすぎかねつ　11-2685 ②
ゆきすぎかねて
—くさむすぶ　12-3056 ②
—やまにたなびく　3-354 ④
ゆきすぎて　12-3153 ③
ゆきすぎぬらし　7-1178 ②
ゆきすぎぬれば　3-481 ㉖
ゆきそふ　1-38 ⑲
ゆきそふりくる　8-1647 ⑤
ゆきそふりたる
にはもほどろに—　10-2318ィ ⑤
やまのきごとに—　10-2319 ⑤
ゆきたなびく　16-3791 ㊵
ゆきたらはして　19-4262 ②
ゆきつつみべし　17-3951 ⑤
ゆきつどひ　9-1759 ⑦
ゆきていてむと　10-2051 ②
ゆきてくまでと　20-4404 ②
ゆきてこましを　4-510 ⑤
ゆきてこむため　5-806 ⑤
ゆきてしか　8-1467 ③
ゆきてしみてば　18-4040 ②
ゆきてたむけむ　6-970 ⑤
ゆきてつげこそ　8-1498 ⑤
ゆきてはやきむ　15-3666 ⑤
ゆきてはやみな　4-768 ⑤
ゆきてはやみむ
—あはぢしま　15-3720 ②
きみをいつしか—　8-1428 ⑪
まつらむいもを—　12-3154 ⑤
ゑまむすがたを—　11-2526 ⑤
ゆきてみて　11-2698 ①
ゆきてみてしか　6-969 ②
ゆきてみむため　3-332 ⑤
ゆきてもつげむ　2-220 ㊳
ゆきてゐば　17-3913 ③
ゆきてゐむ

—あきたのほたち　8-1567 ③
—そのかはのせに　7-1122 ③
ゆきとふりけむ　17-3906 ⑤
ゆきとほるべき　11-2386 ②
ゆきとりおひて
—あめつちと　3-478 ㉘
—いでていけば　20-4332 ②
—みづにいり　9-1809 ㉔
ゆきとりおほせ　20-4465 ⑭
ゆきとりさぐり　13-3302 ㉒
ゆきなふみそね
このもとほりの—　19-4228 ⑤
—しばしばも　19-4227 ③
ゆきなふりそね　10-2343 ⑤
ゆきにあへてる　20-4471 ②
ゆきにきほひて　8-1649 ②
ゆきにしひより　16-3863 ②
ゆきにしをれて　19-4282 ④
ゆきにつどへる　3-262 ④
ゆきにはゆかじ　6-1041 ④
ゆきにまじれる　5-849 ②
ゆきの　13-3291 ⑳
ゆきのあまの　15-3694 ⑦
ゆきのいはほに　19-4231 ④
ゆきのいろを　5-850 ①
ゆきのうへに　18-4134 ①
ゆきのくだけし　2-104 ④
ゆきのしま
—いはほにうゑたる　19-4232 ①
—ゆかむたどきも　15-3696 ③
ゆきのつどひに　13-3302 ⑳
ゆきのふれるは　17-3925 ⑤
ゆきのふれれば
えだもたわたわ—　10-2315ィ ⑤
えだもとををに—　10-2315 ⑤
きのふもけふも—　17-3924 ⑤
それともみえず—　8-1426 ⑤
ゆきのまにまに
—いゆししの　13-3344 ㉖
—おはむとは　4-543 ㉘
—ここにこやせる　9-1800 ㉚
—やどりするかも　15-3644 ④
ゆきは　19-4227 ⑪
ゆきはけざるを　10-1849 ②
ゆきはけずけれ　10-2316 ⑤
ゆきはけぬとも　5-849 ⑤
ゆきはちへしく　17-3960 ②
ゆきはばかりて　3-353 ④
ゆきはふりおきて　17-4003 ⑫
ゆきはふりく　13-3310 ⑥
ゆきはふりける
—かたりつぎ　3-317 ⑯
ふじのたかねに—　3-318 ⑤
—まなくそ　1-25 ④
ゆきはふりつつ
あまくもきらひ—　10-1832 ⑤
きのふもけふも—　8-1427 ⑤
きのふもけふも—　18-4079 ⑤
このきのやまに—　5-823 ⑤
—しかすがに　8-1441 ②
—しかすがに　10-1836 ②
—しかすがに　10-1848 ②
しばなきにしを—　19-4286 ⑤
ゆきはふるといふ
—そのあめの　13-3293 ⑥
—まなくそ　1-26 ④
ゆきはふるとも　8-1445 ②
ゆきはふれれし　19-4288 ②
ゆきはわかれず
—ありがよひ　17-3991 ㉜
—おなじをにあらむ　11-2790 ④
ゆきふみならし　19-4229 ④
ゆきふらめやも　10-1835 ②
ゆきふりしきて　17-4000 ⑭
ゆきふりしきぬ　10-1837 ⑤
ゆきふるやまを　9-1786 ②
ゆきふるよは　5-892 ④
ゆきふれしまつを　13-3324 ㊿
ゆきふれて　11-2636 ③
ゆきふれば
—にほひぬべくも　8-1532 ③
—にほひぬべくも　10-2192 ③

ゆきまかめやも　7-1268⑤
ゆきみのさとに　11-2541②
ゆきみるをかの　8-1557②
ゆきみれば　10-1862①
ゆきむかふ　13-3324⑨
ゆきめぐり
　―かひりくまでに　20-4339③
　―きみをおもひで　17-3944③
　―みともあかめや　6-937①
ゆきもしなむと　13-3344㉘
ゆきもしらず　13-3276⑧
ゆきもてけち　3-319⑭
ゆきもふらぬか
　―いちしろく　8-1643②
　―うめのはな　8-1642②
ゆきやわかれむ　10-1923④
ゆきゆきて　11-2395①
ゆきゆけど　16-3857③
ゆきよけど　15-3728③
ゆきよりて　9-1801㉑
ゆきわかれなむ　2-155⑮
ゆきをおきて　10-1842①
ゆきをまつとか　19-4283⑤
ゆくがかなしさ　20-4338⑤
ゆくかげの　13-3250⑪
ゆくかはの
　―きよきせごとに　17-4011⑮
　―すぎゆくひとの　7-1119①
ゆくくもの　10-1923③
ゆくごとみめや　12-2843④
ゆくさきしらず　20-4436②
ゆくさくさ
　―きみこそみらめ　3-281③
　―つつむことなく　20-4514③
ゆくさには　3-450①
ゆくさもくさも　9-1784④
ゆくせのはやみ　2-119②
ゆくせのみづの　6-1054②
ゆくせをはやみ　11-2713②
ゆくたづの　7-1175③
ゆくちふひとは　5-800⑬
ゆくといふみちそ　6-974②
ゆくといふみちに　7-1149②
ゆくといふものを　11-2817⑤
ゆくときさへや　12-3006④
ゆくとしらずて　20-4376②
ゆくともくとも　19-4243④
ゆくとりの
　―あらそふはしに　2-199⑰
　―むれてさもらひ　13-3326⑰
ゆくなれど　4-486③
ゆくはたがせと　20-4425②
ゆくはたがつま　9-1672⑤
ゆくひとごとに　9-1801⑳
ゆくひともがも　15-3612③
ゆくふねの
　―かぢひきをりて　2-220㉓
　―すぎてくべしや　10-1998③
ゆくふねを　5-875①
ゆくべくおもほゆ
　しがらみこして―　11-2709⑤
　そめつけもちて―　11-2827⑤
ゆくへしらずて
　いかにかあがせむ―　13-3240㉝
　したゆそこふる―　11-2723⑤
ゆくへしらずも
　いさよふなみの―　3-264⑤
　みこのみやひと―　2-167㊵
　よせくるなみの―　7-1151⑤
ゆくへしらにす　2-167ィ㊵
ゆくへしらねば　5-800⑨
ゆくへなく　18-4090①
ゆくへなみ
　―あがするときに　13-3289⑤
　―こもれるをぬの　12-3022①
ゆくへもしらず
　―あがこふらくは　11-2739④
　―あさぎりの　13-3344⑯
ゆくへもなくや　12-3072④
ゆくへをしらに
　―あがこころ　15-3627㉒
　―とねりはまとふ　2-201④

ゆくへをなみと　6–984 ②
ゆくみちの　13–3324 ⑦③
ゆくみちを　2–193 ③
ゆくみづに
—かはづなくなり　10–2162 ③
—みそぎてましを　6–948 ㉝
ゆくみづの
—いやましにのみ　18–4116 ㉗
—おときしより　11–2711 ③
—おとにはたてじ　11–2718 ③
—おともさやけく　17–4003 ㉝
—かへらぬごとく　15–3625 ⑬
—ことかへらずぞ　11–2430 ③
—すぎにしいもが　9–1797 ③
—たゆることなく　7–1100 ③
—たゆることなく　17–4002 ③
—つぎてそこふる　12–2860 ③
—ときともなくも　11–2704 ③
—とどめもえぬと　19–4214 ㊾
—とまらぬごとく　19–4160 ㉙
—なのみよそりし　11–2708 ③
—なのみよそりて　11–2708ィ ③
—のちにもあはむ　4–699 ③
—みなあわのごとし　7–1269 ③
—みをしたえずは　12–3014 ③
—われこそまさめ　2–92 ③
ゆくもゆかぬも　4–571 ④
ゆくゆくと　2–130 ③
ゆくよしをなみ　15–3631 ⑤
ゆくらかに　12–3174 ③
ゆくらむわきも　11–2536 ④
ゆくらゆくらに
—あしかきの　13–3272 ⑳
おもかげに　19–4220 ⑳
—おもひつつ　13–3274 ⑳
—おもひつつ　13–3329 ㊿
—したごひに　17–3962 ㉒
ゆくりなく
—いまもみがほし　10–2284 ①
—おもひいでつつ　11–2521 ③
ゆくわれは　19–4251 ③
ゆくわれを
—いつきまさむと　17–3897 ③
—いつきまさむと　20–4436 ③
ゆけとおひしは　8–1505 ④
ゆけどかへらず　12–3132 ④
ゆげのかはらの　7–1385 ②
ゆけばかもとな　15–3729 ④
ゆこさきに　20–4385 ①
ゆざさのうへに　10–2336 ④
ゆすひしひもの　20–4427 ④
ゆずゑふりおこし
—いつるやを　3–364 ②
—かりたかの　7–1070 ②
ゆたけきかも　20–4360 ㊾
ゆたけきみつつ
—あしがちる　20–4362 ②
—ものもひもなし　3–296 ④
ゆたけくきみを　8–1615 ④
ゆたにあるらむ　11–2367 ⑤
ゆたにたゆたに　7–1352 ②
ゆだねまき　15–3603 ③
ゆだねまく　7–1110 ①
ゆついはむらに　1–22 ②
ゆづかなべまき　14–3486 ②
ゆづかにもがも　14–3567 ⑤
ゆづかまきかへ　11–2830 ②
ゆづかまくまで　7–1330 ④
ゆつきがしたに　11–2353 ②
ゆつきがたけに
—かすみたなびく　10–1816 ④
—くもたちわたる　7–1088 ④
—くもゐたつらし　7–1087 ④
ゆつりなば
—おもひはやまず　11–2670 ③
—さらにやいもに　11–2673 ③
ゆづるはの
—ふふまるときに　14–3572 ③
—みゐのうへより　2–111 ③
ゆとこにも　20–4369 ③
ゆなゆなは　9–1740 ㊲
ゆのはらに　6–961 ①

ゆはしも　3–322 ⑤
ゆはずのさわき　2–199 62
ゆばらふりおこし　13–3302 ㉔
ゆひけむしめを　3–402 ④
ゆひしひも　11–2630 ①
ゆひしひもとく　14–3427 ⑤
ゆひつけもちて　15–3766 ④
ゆひてしひもを
—とかめやも　9–1789 ②
—ときさけず　17–3950 ②
—ときもあけなくに　17–3948 ④
ゆひのはぢしつ　3–401 ⑤
ゆひはたの　16–3791 ⑪
ゆふうらの　13–3318 ⑬
ゆふうらを　13–3318 ⑪
ゆふかげくさの　4–594 ②
ゆふかけて
—いはふこのもり　7–1378 ①
—まつるみもろの　7–1377 ①
ゆふかげに
—いまもみてしか　8–1622 ③
—きなくひぐらし　10–2157 ①
—なくこほろぎは　10–2159 ③
ゆふかげにこそ　10–2104 ④
ゆふかたぎぬ　16–3791 ⑦
ゆふかたまけて
—こひはすべなし　11–2373 ④
—なくかはづかも　10–2163 ④
ゆふかはわたる　1–36 ⑳
ゆふがりに
—いまたたすらし　1–3 ⑬
—ちとりふみたて　17–4011 ㉝
—とりふみたて　3–478 ⑪
—とりふみたて　6–926 ⑪
ゆふぎりたちて　14–3570 ②
ゆふぎりたちぬ　7–1140 ④
ゆふぎりに
—かはづはさわく　3–324 ㉑
—きなきてすぎぬ　9–1702 ③
—ころもでぬれて　15–3691 ⑰
—ころもはぬれて　2–194 ㉕
—ちどりのなきし　20–4477 ①
—ながこひしつつ　12–3193ィ ③
ゆふぎりのごと　2–217 ㉞
ゆふぐれに
—うちこえゆけば　9–1749 ③
—ひとりかきみが　12–3193 ③
—わがこえくれば　8–1428 ⑤
ゆふけとひ
—あしうらをそせし　4–736 ③
—いしうらもちて　3–420 ㉕
ゆふけとひつつ　17–3978 62
ゆふけとふ
—うらまさにのる　11–2506 ③
—わがそでにおく　11–2686 ①
ゆふけにも
—うらにもそとふ　16–3811 ㉕
—うらにものれる　11–2613 ①
—こよひとのらろ　14–3469 ①
ゆふけをとふと　11–2625 ②
ゆふこえゆきて　3–298 ②
ゆふこりの　11–2692 ①
ゆふさらず
—かはづなくせの　3–356 ③
—かはづなくなる　10–2222 ①
—めにはみれども　7–1372 ③
ゆふさらば
—きみにあはむと　12–2922 ①
—しほみちきなむ　2–121 ①
—つきにむかひて　19–4177 ㉕
—やどあけまけて　4–744 ①
ゆふさりくれば
—さつひとの　10–1816 ②
—みゆきふる　1–45 ⑱
ゆふされば
—あきかぜさむし　15–3666 ①
—あしへにさわき　15–3625 ①
—あやにかなしみ　2–159 ⑮
—かぜこそきよれ　2–138 ⑲
—かぢのおとすなり　7–1152ィ ①
—かはづなくなり　6–913 ⑪
—かりのこえゆく　10–2214 ①

―きみきまさむと　11-2588 ①
―くもゐかくりぬ　15-3627 ⑲
―くもゐたなびき　17-4003 ㉗
―こまつがうれに　10-1937 ⑦
―ころもでさむし　10-2319 ①
―ころもでさむみ　10-2165 ③
―しほをみたしめ　3-388 ⑨
―たづがつまよぶ　8-1453 ⑨
―てたづさはりて　17-4006 ⑪
―とこうちはらひ　17-3962 ㉝
―とこのへさらぬ　11-2503 ①
―のへのあきはぎ　10-2095 ①
―ひぐらしきなく　15-3589 ①
―ひとのてまきて　11-2599 ③
―ふぢのしげみに　19-4207 ⑦
―ふりさけみつつ　19-4177 ⑤
―みやまをさらぬ　14-3513 ①
―めしたまふらし　2-159 ③
―ものもひまさる　4-602 ①
―やまとへこゆる　6-954 ③
―ゆきすぎかねて　3-354 ③
―をぐらのやまに　8-1511 ①
―をぐらのやまに　9-1664 ①
ゆふしほに
―いこぎわたり　8-1520 ㉕
―かぢひきをり　20-4331 ㉛
―さをさしくだり　20-4360 ㉟
―ふねをうけすゑ　20-4398 ㉛
ゆふしほの　9-1780 ⑨
ゆふしほを　11-2831 ③
ゆふだすき
―かたにとりかけ　13-3288 ⑨
―かたにとりかけ　19-4236 ⑬
―かひなにかけて　3-420 ㉝
ゆふたたみ
―しらつきやまの　12-3073ィ ①
―たなかみやまの　12-3070 ①
―たむけのやまを　6-1017 ①
―たむけのやまを　12-3151 ③
―てにとりもちて　3-380 ①
ゆふだちの
―あめうちふれば　10-2169ィ ①
―あめうちふれば　16-3819 ①
―あめふるごとに　10-2169 ①
ゆふづきを　12-3008 ③
ゆふづくひ　16-3820 ①
ゆふづくよ
―あかときやみの　11-2664 ①
―あかときやみの　12-3003 ①
―おほつかなしも　10-1875 ③
―おほつかなしも　10-1875ィ ③
―かげたちよりあひ　15-3658 ①
―かそけきのへに　19-4192 ⑰
―きよくてるらむ　10-1874 ③
―こころもしのに　8-1552 ①
ゆふづくよかも　7-1073 ⑤
ゆふつづの
―かゆきかくゆき　2-196 ㊼
―ゆふへになれば　5-904 ⑰
ゆふづつみ　12-3073 ①
ゆふつづも　10-2010 ①
ゆふつゆに
―たびねえせめや　12-3152 ③
―ぬれつつきませ　10-2252 ③
ゆふていたづらに　11-2409 ⑤
ゆふてたゆきも　12-3183 ⑤
ゆふとりしでて
―いはひつつ　9-1790 ⑫
―さきくとそおもふ　6-1031 ④
ゆふとりつけて　3-379 ⑧
ゆふとりもち　3-443 ㉔
ゆふなぎに
―あさりするたづ　7-1165 ①
―いほへなみよす　6-931 ⑦
―かこのこゑよび　15-3622 ③
―かぢのおときこゆ　6-1062 ⑪
―かぢのおとしつつ　4-509 ㉛
―かぢのおとしつつ　13-3333 ⑪
―きよるなはのり　13-3302 ⑬
―きよるまたみる　13-3301 ⑤
―みちくるしほの　17-3985 ㉑
―もしほやきつつ　6-935 ⑦

―よせくるなみの　13-3243 ⑦
ゆふなみちどり　3-266 ②
ゆふなみに　6-1065 ⑪
ゆふにはに　17-3957 ㊸
ゆふのはやしに　2-199ィ 64
ゆふのまもりに　18-4094 98
ゆふのやま　7-1244 ③
ゆふはなの　2-199 97
ゆふははなもの　12-2996 ②
ゆふはふる　2-131 ⑲
ゆふひかくりぬ　7-1342 ②
ゆふひなす　13-3234 ㉘
ゆふへおきて
―あしたはけぬる　12-3038 ③
―あしたはけぬる　12-3039 ①
ゆふへかはらひ　19-4160 ㉖
ゆふへだに　11-2406 ③
ゆふへにいたれば　2-199 114
ゆふへにたちて　2-217 ⑭
ゆふへになれば　5-904 ⑱
ゆふへには
―いよりたたしし　1-3 ⑤
―いりゐこひつつ　13-3329 ㊸
―いりゐてしのひ　13-3274 ⑨
―いりゐなげかひ　3-481 ㉝
―かすみたなびく　13-3221 ⑤
―きゆといへ　2-217 ⑪
―たにをみわたし　19-4209 ⑪
―とこうちはらひ　8-1629 ⑨
―めしてつかひ　13-3326 ⑬
ゆふへにも　8-1520ィ ㉕
ゆふへはきます　12-2893 ②
ゆふへはけぬる　10-2291 ②
ゆふまやま
―かくれしきみを　14-3475 ③
―こえにしきみが　12-3191 ③
ゆふみやを　2-196 ㉕
ゆふやがは　7-1114 ③
ゆふやかふちを　7-1115 ②
ゆふやまゆきの　10-2341 ④
ゆふやみと　3-460 ㊶
ゆふやみなるに　10-1948 ②
ゆふやみなれば　10-1948ィ ②
ゆふやみの　11-2666 ③
ゆふやみは　4-709 ①
ゆふわたりきて　9-1775 ②
ゆふゐるくもの　11-2674 ②
ゆみとりもたし　2-199 ㊵
ゆみとるかたの　11-2575 ④
ゆみのみた　20-4394 ③
ゆみやかくみて　6-1019 ⑧
ゆめこころあれ　19-4179 ⑤
ゆめこのはなを　9-1748 ④
ゆめといひつつ　8-1507 ⑱
ゆめはなちるな　20-4446 ④
ゆめひとかくな　10-2184 ②
ゆめよるな　19-4227 ⑧
ゆめよわがせこ　4-590 ④
ゆゆしかしこき　19-4245 ⑭
ゆゆしかしこし　6-1020(1021) ⑧
ゆゆしきかも
―いはまくも　2-199 ②
―わがおほきみ　3-475 ④
ゆゆしききみに　15-3603 ④
ゆゆしきものを　11-2441 ⑤
ゆゆしくあらむと　6-948 ㉔
ゆゆしくもあは　12-2893 ④
ゆゆしけれども　2-199ィ ②
ゆゆしみと　4-515 ③
ゆらくたまのを　20-4493 ⑤
ゆらのさき
―しほひにけらし　9-1671 ①
―つりするあまを　9-1670 ③
ゆらのみさきに　7-1220 ④
ゆりといへるは　8-1503 ④
ゆりもあはむと
―おもひそめてき　18-4087 ④
―おもへこそ　18-4088 ②
―したはふる　18-4115 ②
―なぐさむる　18-4113 ㉔
ゆりもといふ　11-2467 ③
ゆるさくおもへば　4-644 ⑤

ゆるしたまひ　9–1753 ⑭
ゆるしたまへり　8–1657 ②
ゆるしつるかも　12–3182 ⑤
ゆるしてし　4–619 ⑨
ゆるしてば　4–673 ③
ゆるすことなく　17–4011 ㊱
ゆるすべき　16–3796 ③
ゆるふことなく　17–4015 ②
ゆわかせこども　16–3824 ②
ゆゑしもあるごと　7–1379 ④
ゆゑはなけども　14–3421 ④
ゆゑもなく　11–2413 ①
ゆゑよしききて　9–1809 ⑰

よ

よあかしもふねは　15–3721 ②
よいもねなくに　5–831 ⑤
よがらすなけど　7–1263 ②
よきこともなし　15–3773 ⑤
よきことを　18–4094 ㉓
よきぢはなしに　7–1226 ⑤
よきひとの　1–27 ①
よきひともがも　6–952 ⑤
よきひとよくみ　1–27 ⑤
よきみちにせむ　11–2363 ⑥
よぎりごもれる　10–2035 ④
よぎりにこもり　10–2008 ②
よぎりのたちて　6–982 ②
よぎりはたちぬ　9–1706 ②
よくしていませ　3–381 ④
よくするひとを　12–2943 ④
よくせわがせこ　12–2949 ④
よくたちて
　―ながこゑきけば　7–1124 ③
　―なくかはちどり　19–4147 ①
よぐたちに　19–4146 ①
よくまつるべし　3–406 ⑤
よくみずて
　―けふのあひだを　12–2841 ③
　―ながきはるひを　10–1925 ③
よくみていませ　7–1215 ②
よくみてましを　12–3007 ④
よくみてむ　6–976 ③
よくるひもあらじ　15–3683 ⑤
よくれどわれを　9–1697 ④
よくわたる　4–523 ①
よけくはなしに　5–904 ㊸
よけくもそなき　2–210 ㊷
よけくもぞなき　2–213 ㊷
よけくもみむと　5–904 ㉚
よけくをみれば　9–1757 ⑯
よごえにこえむ　12–3156 ④

よこぎるくもの　4-688②
よこしまかぜの　5-904㉞
よこしをききて　12-2871②
よごとにきみが　11-2569④
よごもりてあれ　11-2773②
よごもりに
—いでくるつきの　3-290③
—いでくるつきの　9-1763③
—なくほととぎす　19-4166⑮
よこやまへろの　14-3531④
よごゑなつかし　17-3917②
よさへそさむき　10-2237④
よさみのはらに　7-1287②
よさゆともよし　10-1926⑤
よしきがは　12-3011③
よしこさるらめ　14-3430⑤
よしこせぢより　1-50㉞
よしこのころは
—かくてかよはむ　11-2778④
—かくてもあるがね　10-2329④
—こひつつをあらむ　11-2603④
よしといひし　1-27③
よしといふものそ　16-3853④
よしときかして　3-460④
よしとよくみて　1-27②
よしなしに　14-3430③
よしなはのらじ　12-3077④
よしなはのらせ　3-363④
よしのがは
—いはとかしはと　7-1134①
—おとのさやけさ　9-1724③
—かはなみたかみ　9-1722①
—きよきかはらを　9-1721③
—たぎつかふちに　1-38⑤
—たゆることなく　18-4100③
—むつたのよどを　7-1105③
—ゆくせのはやみ　2-119①
よしのなければ
—こころのみ　4-546⑧
—なつそびく　13-3255⑩
—ますらをの　6-935⑫
よしのなる　3-375①
よしののかはの
—おきになづさふ　3-430④
—かはのせの　6-920④
—きりにたちつつ　6-916④
—たきのうへの　10-1868②
—とこなめの　1-37②
よしののかはら　9-1725④
よしののかはを　9-1720④
よしののくにの　1-36⑩
よしののたきに　6-960④
よしののたけに　13-3294②
よしののみやに　6-1006②
よしののみやは
—たたなづく　6-923④
—やまからし　3-315②
—やまたかみ　6-1005④
よしののみやを　18-4099④
よしののやまに　16-3839④
よしののやまの　3-429④
よしののやまは　1-52㉜
よしのへと　13-3230⑪
よしのよくみよ　1-27④
よしはあらむそ　17-3978㊹
よしもあらなくに　17-3946⑤
よしもあらぬか
—いもがめをみむ　12-3011④
—しろたへの　4-708②
よしもさねなし　18-4131⑤
よしもよすとも　11-2729④
よしろきまさぬ　14-3469⑤
よしわれは　10-2110③
よしゑやし
—いしはふむとも　13-3317③
—いそはなくとも　2-131ィ⑨
—いそはなくとも　13-3225⑪
—うらはなくとも　2-131⑦
—うらはなくとも　2-138⑦
—うらはなくとも　13-3225⑨
—かたはなくとも　2-131⑨
—かたはなくとも　2-138⑨

―きまさぬきみを　11-2378①
―こひじとすれど　10-2301①
―こひじとすれど　12-3191①
―こひてもしなむ　12-2873③
―しなむよわぎも　13-3298①
―ただならずとも　10-2031①
―ひとりぬるよは　11-2800③
―ひとりぬるよは　15-3662④
―よしはあらむそ　17-3978㊸
―よそふるきみが　11-2659③
よしをなみ
―おもひてありし　4-761③
―つねかくのみや　7-1323③
―よそのみにして　4-714③
よしをもちてか　11-2396④
よすかとおもはむ　3-482⑤
よすかとぞおもふ　3-481㊼
よすかのやまと　16-3862④
よすともわれは　11-2740④
よするありその　7-1395②
よするいそみを　17-3961②
よするしらたま　13-3318⑳
よするしらなみ
―あひだなく　12-3029②
―いやましに　18-4093②
しがのおほつに―　3-288⑤
―しくしくに　12-3200②
―みつつしのはむ　7-1150④
―ゆふなぎに　17-3985⑳
よするなみ
―あひだもおきて　11-2727③
―あひだもなけむ　4-551③
―いやしくしくに　17-3986③
―いやちへしきに　19-4213③
―おとだかきかも　11-2730③
―かしこきひとに　4-600③
―へにきよらばか　7-1388③
―まなくこのころ　3-359③
―まなくやいもに　15-3660③
―ゆくへもしらず　11-2739③
―ゆたけくきみを　8-1615③
―よしもよすとも　11-2729③
―よすともわれは　11-2740③
よするなみみに　17-3954⑤
よするはまへに　13-3339⑯
よすれども　14-3411③
よせきておけれ　15-3629④
よせくとも
―きみにまされる　7-1206③
―きみにまされる　7-1206ィ③
よせくるたまも
―かたよりに　17-3993㉘
―よのあひだも　17-3994②
よせくるなみに
―いざりする　15-3661②
―ころもでぬれぬ　15-3709④
よせくるなみの
―おとのさやけさ　7-1159④
―そのしほの　13-3243⑧
―ゆくへしらずも　7-1151④
よせけるか　7-1237③
よせつなはへて　14-3411②
よせむとおもへる
―いそのさやけさ　7-1201④
―はまのきよけく　7-1239④
よそにかもみむ
きみをあすゆは―　3-423ィ㉓
きみをばあゆす―　3-423㉓
しらなみたかみ―　15-3596⑤
よそにかりがね　10-2132②
よそにそきみは　13-3259④
よそにだに　11-2744③
よそにのみ　20-4355①
よそにみし
―まゆみのをかも　2-174①
―やまをやいまは　3-482③
よそにみしこに　13-3294④
よそにみしよは　14-3417④
よそにみしより　4-547②
よそにみてしか　3-393⑤
よそにみましを　12-3033⑤
よそにもみしか　3-474②

よそにやあがみむ 11-2562 ④
よそにやこひむ 15-3631 ④
よそにゐて
—こひつつあらずは 4-726 ①
—こふればくるし 4-756 ①
よそのみそみし 11-2522 ④
よそのみに
—ききつつかあらむ 4-592 ③
—きみをあひみて 12-3001 ③
—きみをあひみて 12-3151 ①
—みつつこひなむ 10-1993 ①
—みつつすぎゆき 15-3627 53
—みつつやきみを 12-2983 ③
—みればありしを 19-4269 ①
よそのみにして 4-714 ④
よそのみみつつ
—ありかねて 3-383 ②
—こととはむ 4-546 ⑥
—なげくそら 19-4169 ⑭
よそのみも
—ふりさけみつつ 17-3978 51
—ふりさけみつつ 17-4000 ㉓
よそのみやみむ 12-3166 ②
よそひまつりて 2-199 102
よそひよそひて 20-4330 ②
よそふけにける
あはきつれども— 11-2618 ⑤
いもがまつらむ— 12-2997 ⑤
かはせをふむに— 10-2018 ⑤
つくめむすぶと— 8-1546 ⑤
まちつつをるに— 7-1071 ⑤
—よしゑやし 15-3662 ③
よそふまに 12-3112 ③
よそふるきみが 11-2659 ④
よそへてむかも
きみがりやらば— 8-1641 ⑤
つととなづけて— 10-2326 ⑤
よそめにも
—あはぬものゆゑ 11-2717 ③
—きみがすがたを 12-2883 ①
—みればよきこを 12-2946 ③
よそりしきみが 11-2755 ④
よそりしきみは 11-2731 ④
よそりづまはも 14-3512 ⑤
よそるとぞいふ 13-3305 ⑮
よそるはまへに 20-4379 ②
よだちきのかも 14-3480 ⑤
よちこらと 5-804 ⑬
よちこをすぎ
—たちばなの 13-3307 ④
—たちばなの 13-3309 ⑰
よぢてたをりつ 8-1507 ㉚
よちをそもてる 14-3440 ④
よつのふね
—はやかへりこと 19-4265 ①
—ふなのへならべ 19-4264 ⑨
よとこかたさり 18-4101 ⑫
よとこもあるらむ 2-194 ⑯
よとこもあれなむ 2-194ィ ⑯
よどせなからし 7-1135 ②
よどせには 17-3907 ⑪
よとでのすがた 12-2950 ②
よどにかあらまし 2-197ィ ⑤
よどのつぎはし 4-490 ②
よどまむこころ 12-3019 ④
よどむことなく 2-119 ④
よどむころかも
しげきによりて— 4-630 ⑤
しげきによりて— 12-3109 ⑤
よどむとおもふな 12-2998 ⑤
よどむとも
—むかしのひとに 1-31 ③
—われはよどまず 5-860 ③
よどめらば 7-1379 ③
よどめりし 12-2988 ③
よどめるよどに 9-1714 ④
よどめれば 4-649 ③
よながからなむ 7-1072 ⑤
よなかにも 9-1739 ③
よなかにわきて 9-1691 ②
よなかのかたに 7-1225 ②
よなきかはらふ 2-192 ④

よなきをしつつ
—いねかてなくは 12-2942 ④
—わがせこを 19-4179 ②
よなばりの
—なつみのうへに 10-2207 ③
—なみしばのの 10-2190 ③
—のぎにふりおほふ 10-2339 ①
—ゐかひのやまに 8-1561 ①
—ゐかひのをかの 2-203 ③
よならべて 11-2660 ①
よにもたゆらに 14-3392 ④
よにもたよらに 14-3368 ④
よにもわすれじ 12-3084 ④
よにわすられず 20-4322 ⑤
よのあくるきはみ 4-485 ⑫
よのあひだも 17-3994 ③
よのかぎりにや 20-4441 ④
よのことごと
—たちてゐて 3-372 ⑯
—ひるはも 2-155 ⑧
—ふしゐなげけど 2-204 ⑭
よのことなれば
—とどみかねつも 5-805 ④
—よそにみし 3-482 ②
よのことわりと
—かくさまに 18-4106 ⑩
—ますらをの 19-4220 ⑩
よのつねに 8-1447 ①
よのながけくも 12-2865 ④
よのなかし
—くるしきものに 4-738 ①
—つねかくのみと 3-472 ①
よのなかなれば 3-466 ㉔
よのなかに
—こころつけずて 19-4162 ③
—こひしげけむと 12-2924 ①
よのなかにそある
—よのなかにそある 13-3336 ㉗
よのなかにそある— 13-3336 ㉘
よのなかの
—あそびのみちに 3-347 ①
—うけくつらけく 5-897 ⑦
—うけくつらけく 19-4214 ㉙
—おろかひとの 9-1740 ㉟
—くやしきことは 3-420 ⑰
—しげきかりほに 16-3850 ①
—すべなきものは 5-804 ①
—つくしえぬものは 11-2442 ③
—つねしなければ 17-3969 ⑦
—つねなきことは 19-4216 ①
—つねのことわり 15-3761 ①
—ひとのことばと 12-2888 ①
—ひとのなげきは 15-3691 ㉓
—をみなにしあらば 4-643 ①
よのなかのみち
あがことばしつ— 5-904 ㊅
すべなきものか— 5-892 ㊇
よのなかは
—かくぞことわり 5-800 ⑤
—かくのみならし 3-478 ㉑
—かくのみならし 5-804ィ ㉙
—かくのみならし 5-886 ㉗
—かずなきものか 17-3963 ①
—かずなきものそ 17-3973 ⑲
—こひしげしゑや 5-819 ①
—つねかくのみか 7-1321 ①
—つねかくのみと 11-2383 ①
—つねかくのみと 15-3690 ①
—つねなきものと 19-4160 ③
—まことふたよは 7-1410 ①
—むなしきものと 3-442 ①
—むなしきものと 5-793 ①
よのなかも 8-1459 ①
よのなかや 5-804 ㊲
よのなかを
—うしとおもひて 13-3265 ①
—うしとやさしと 5-893 ①
—そむきしえねば 2-210 ⑮
—そむきしえねば 2-213 ⑮
—つねなきものと 6-1045 ①
—なににたとへむ 3-351 ①
よのひとなれば

―うちなびき　17-3962 ⑭
―おほきみの　8-1453 ⑥
―おほきみの　9-1785 ⑩
―おほきみの　9-1787 ②
―たまきはる　20-4408 ㊹
―てにまきがたし　4-729 ④
よのひとに　5-813 ⑬
よのひとにして　15-3625 ⑱
よのひとの
―こひにしなむを　14-3491 ③
―たつることだて　18-4106 ⑬
―たふとびねがふ　5-904 ①
よのひとみなの　11-2585 ④
よのひとわれし　10-1857 ④
よのひとわれは　7-1269 ⑤
よのひとわれも　18-4125 ㉖
よのふくらくも　7-1414 ④
よのふけぬとに　10-1822 ⑤
よのふけぬまに
いざこぎいでむ―　10-2059 ⑤
ふなではやせよ―　10-2042 ⑤
わたりもきませ―　10-2054 ⑤
よのふけぬらく　10-2071 ⑤
よのふけゆけば
かぢのおときこゆ―　10-2044 ⑤
てるつくよかも―　7-1082 ⑤
―なげきつるかも　12-2864 ④
―ひさぎおふる　6-925 ②
みるわれくるし―　8-1544 ⑤
よのふれば　6-1029 ③
よのほどろ
―いでつつくらく　4-755 ①
―わがいでてくれば　4-754 ①
よのほどろにも　8-1539 ④
よはあけぬらし　15-3598 ②
よはあけゆきぬ　13-3312 ⑭
よはこもるらむ　4-667 ④
よはすぎぬ　12-2870 ③
よはつねなしと　3-465 ②
よばなくに　9-1738 ⑰
よばひせす　13-3312 ③
よばひにゆきて　12-2906 ②
よはふけにつつ
あがまちをらむ―　7-1084 ⑤
あがまつきみが―　6-1008 ⑤
―あはぬひこほし　10-2076 ④
いつかもこえむ―　3-282 ⑤
つきのいでこぬ―　6-980 ⑤
ひかりすくなき―　7-1075 ⑤
よはふけぬとも
いもがりゆかな―　10-2257 ⑤
ぬれつつきませ―　10-2252 ⑤
よはふけぬらし
―かりがねの　9-1701 ②
―たまくしげ　17-3955 ②
よはふけゆくも　10-2032 ⑤
よばへども　7-1138 ③
よひさらず　10-2098 ③
よひさらずみむ　10-2026 ④
よびしふなびと　7-1225 ④
よびそこゆなる　1-70 ⑤
よびたてしかば　20-4320 ②
よびたてて
―いたくはなかぬ　11-2803 ③
―なくなるしかの　8-1550 ③
―みふねいでなば　9-1780 ⑬
よびたてなくも
やまびことよめ―　9-1761 ⑪
やまびことよめ―　9-1762 ⑤
よひだにきみが　10-2039 ④
よびとよめ　19-4192 ⑮
よひなはこなに　14-3461 ④
よひにあひて
―あしたおもなみ　1-60 ①
―あしたおもなみ　8-1536 ①
よびよせて
―いざつげやらむ　15-3643 ③
―たびのやどりを　15-3643左注 ③
よひよひに　12-2929 ①
よひよひみせむ　10-2349 ④
よふけてなゆき　10-2336 ②
よぶこどり

—いたくななきそ　8–1419 ③
—きさのなかやま　1–70 ③
—きみよびかへせ　10–1822 ③
—こゑなつかしき　8–1447 ③
—さほのやまへを　10–1828 ③
—なきやながくる　10–1941 ③
—みふねのやまゆ　10–1831 ③
よぶこゑの　10–2072 ③
よふねこぐなる　10–2015 ④
よふねはこぐと　15–3624 ②
よふねをこぎて　10–2020 ②
よまでとさだめ　11–2398 ②
よみがへりなむ　3–327 ⑤
よみちはよけむ　3–289 ⑤
よみちゆかじと　11–2590 ②
よみつついもは　18–4072 ④
よみにまたむと　9–1809 ㊳
よみのさかひに　9–1804 ⑭
よみみれば　11–2641 ③
よみもあへぬかも　13–3329 ㊾
よみもあへむかも　13–3274 ㉓
よめにみれども　10–1845 ⑤
よもぎかづらき　18–4116 ㉒
よものくにには
—ひとさはに　20–4331 ⑧
—やまかはを　18–4094 ⑫
よものくにより　20–4360 ㉘
よものひとの　2–167 ㊻
よものひとをも　19–4254 ㉔
よものみちには　18–4122 ④
よもふけにけり
—いまさらに　12–3124 ②
—さよふくと　13–3281 ⑥
—さよふけて　13–3280 ⑥
よもふけゆくに　10–1894 ④
よもふけゆくを　9–1687 ⑤
よやもふたゆく　4–733 ②
よよむとも　4–764 ③
よらのやまへの　14–3489 ②
よらむこもがも　19–4217 ⑤
よらめども　2–98 ③
よりあひとほみ　11–2451 ②
よりあひのきはみ
—しらしめす　2–167 ⑱
—たまのをの　11–2787 ②
—よろづよに　6–1047 ㊷
よりあふをとめは　11–2351 ⑤
よりかつましじ　7–1352 ⑤
よりくるたまを　2–226 ②
よりたたし　17–3977 ③
よりたまはむ　6–1020(1021) ⑮
よりてあれこそ　1–50 ⑭
よりてそいもは　9–1738 ㉘
よりてつかふる
—かみのみよかも　1–38 ㉘
—かむながら　1–39 ②
よりにけらしも　9–1811 ⑤
よりにけるかも
こころはいもに—　10–2242 ⑤
こころはいもに—　13–3267 ⑤
よりにしものを
こころはいもに—　11–2780 ⑤
こころはいもに—　15–3757 ⑤
こころはきみに—　4–505 ⑤
こころはきみに—　12–2985左注 ⑤
こころもみさへ—　4–547 ⑤
すでにこころは—　12–2986 ⑤
ひきみゆるへみ—　12–2989 ⑤
まさかはきみに—　12–2985 ⑤
よりねしいもを　2–131 ㉔
よりもあへず　11–2822 ③
よりよりよりこ　11–2457 ④
よるかのいけの　12–3020 ②
よるかひの　18–4033 ③
よるこつみ　20–4396 ③
よるこつみなす　19–4217 ④
よるさりくれば　7–1101 ②
よるときもなき　11–2823 ⑤
よるとけやすけ　14–3483 ⑤
よるとはなしに　12–3158 ⑤
よるにいたらば　12–2931 ④
よるのいとまに　20–4455 ④

よるのいめにを
—つぎてみえこそ　5-807 ④
—つぎてみえこそ　12-3108 ④
よるのしもふり　1-79 ㉔
よるのひもだに　17-3938 ④
よるは
—いきづきあかし　2-213 ㊴
—よのあくるきはみ　4-485 ⑪
よるはこひぬる　8-1461 ②
よるはすがらに
—あかときの　19-4166 ㉚
—あからひく　4-619 ㉘
—いもねずに　13-3297 ⑧
—このとこの　13-3270 ⑫
—ねのみしなかゆ　15-3732 ④
よるはひともし　15-3669 ②
よるはも
—いきづきあかし　2-210 ㊴
—いきづきあかし　5-897 ㉓
—よのことごと　2-155 ⑦
—よのことごと　2-204 ⑬
—よのことごと　3-372 ⑮
よるひかる　3-346 ①
よるひるしらず　9-1804 ㉘
よるひると　4-716 ①
よるひるといはず
—あがこひわたる　11-2569ィ ④
—おもふにし　4-723 ⑧
—こひしわたれば　11-2376 ④
—ゆくみちを　2-193 ②
よるひるわかず　12-2902 ②
よるべきいその　13-3226 ④
よるへなみ　18-4106 ㊶
よるみしきみを　15-3769 ②
よるみつるかも　3-297 ⑤
よるもきるがね　10-2304 ⑤
よるもねず
—おもふひとには　11-2515 ③
—やすくもあらず　12-2846 ①
よるよしもなし　7-1372 ⑤
よろぎのはまの　14-3372 ②
よろしかるべし　10-1885 ⑤
よろしききみが　2-196 ㉒
よろしきくにと
—かはなみの　6-1050 ⑩
—こごしかも　3-322 ⑧
よろしきやまの　13-3331 ⑥
よろしくも　12-3020 ③
よろしなへ
—かむさびたてり　1-52 ㉙
—このたちばなを　18-4111 ㊾
—みればさやけし　6-1005 ⑪
—わがせのきみが　3-286 ①
よろづたび
—かへりみしつつ　1-79 ⑪
—かへりみしつつ　20-4408 ㊺
—かへりみすれど　2-131 ㉙
—かへりみすれど　2-138 ㉛
よろづつき　18-4122 ⑪
よろづよと　2-199 ⑬⑨
よろづよに
—ありがよはむと　13-3236 ⑬
—いひつぎゆかむ　17-4003 ㉟
—いひつぐがねと　5-813 ⑮
—いましたまひて　5-879 ①
—かくししらさむ　6-907 ⑦
—かくしもあらむと　2-199ィ ㊺
—かくしもあらむと　13-3302 ⑤
—かくしもがもと　3-478 ㉛
—かくしもがもと　6-920 ⑲
—かくしもがもと　13-3324 ㊾
—かたりつがへと　13-3329 ㉗
—かたりつぐべき　6-978 ③
—かたりつぐべく　17-3914 ③
—かたりつげとし　5-873 ①
—かはらずあらむ　3-315 ⑨
—くにしらさまし　2-171 ③
—くにしらさむと　19-4266 ⑨
—くにしらさむと　19-4274 ③
—こころはとけて　17-3940 ①
—さかえゆかむと　6-1047 ㊸
—しかしもあらむと　2-199 ㊺

—しるしつがむそ 19-4254 ㉟
—すぎむとおもへや 2-199 ⑭③
—たえじとおもひて 3-423 ⑲
—たづさはりゐて 10-2024 ①
—たのみしこころ 3-480 ③
—たゆることなく 6-911 ③
—つかへまつらむ 19-4275 ③
—てるべきつきも 10-2025 ①
—としはきふとも 5-830 ①
—みともあかめや 6-921 ①
—めしたまはまし 3-475 ⑦
—われもかよはむ 1-80 ③
よろづよにみむ
きしのはにふを— 7-1148 ⑤
けふをはじめて— 8-1530 ⑤
よろづよにもが 13-3234 ㊳
よろづよの 17-4000 ㉕
よろづよまでに
つかへまつらむ— 17-3907 ⑮
つくれるむろは— 8-1637 ⑤
—はしきやし 2-196 ㊷
またかへりみむ— 7-1114 ⑤
—わすらえめやも 8-1531 ④
われはかよはむ— 7-1134 ⑤
よわたしきけど 18-4089 ㉒
よわたるかりは 10-2139 ②
よわたるつきに
—あらませば 15-3671 ②
—きほひあへむかも 3-302 ④
よわたるつきの
—いらまくをしも 9-1712 ④
—かくらくをしも 2-169 ④
—さやけくは 12-3007 ②
—みえなくおもへば 7-1083 ④
—ゆつりなば 11-2673 ②
よわたるつきは 15-3651 ②
よわたるつきを
—いくよふと 18-4072 ②
—おもしろみ 7-1081 ②
—とどめむに 7-1077 ②
よわたるわれを 10-2140 ④
よをかぞへむと 13-3275 ②
よをさむみ 10-2318 ①
よをながみ 15-3680 ①
よをながみかも 12-2890 ②
よをひとりぬる 11-2476 ⑤
よをやへだてむ 11-2542 ④

り

りきじまひかも　16–3831 ②

わ

わがいでてくれば　4–754 ②
わがいのち　11–2433 ③
わがいのちし　3–288 ①
わがいのちの
　—いけらむきはみ　13–3250 ㉑
　—いけるひにこそ　11–2592 ③
　—ながくほしけく　12–2943 ①
　—またけむかぎり　4–595 ①
わがいのちは　16–3813 ①
わがいのちも　3–332 ①
わがいのちを　15–3621 ①
わがいはろに　20–4406 ①
わがいへすらを　13–3272 ⑫
わがいもこが　20–4405 ①
わがうちゆかば　18–4044 ②
わがうなげる　16–3875 ⑭
わがおほきみ
　—あきのはな　19–4254 ㊳
　—あめしらさむと　3–476 ①
　—かみのみことの　6–1053 ①
　—かむながら　1–38 ②
　—しきませばかも　19–4272 ③
　—たかてらす　1–45 ②
　—たかてらす　1–50 ②
　—たかてらす　2–162 ⑥
　—たかひかる　2–204 ②
　—たかひかる　3–239 ②
　—たかひかる　3–261 ②
　—みこのみかどを　2–199 ㊿
　—みこのみこと　3–475 ⑤
　—みこのみこと　3–478 ③
　—みこのみことの　2–167 ㊲
　—ものなおもほし　1–77 ①
わがおほきみかも
　いやめづらしき—　3–239 ㉕
　さかみづきいます—　18–4059 ⑤
　ちよにわすれむ—　20–4508 ⑤

ちりぬるごとき――　3-477⑤
わがおほきみの
――あしたには　1-3②
――あめのした　2-199㊲
――あめのした　6-1050②
――あめのした　19-4254⑯
――ありがよふ　6-1062②
――いでましところ　3-295④
――いでましの　1-5⑫
――かたみにここを　2-196㊹
――かむながら　6-938②
――かむながら　19-4266⑫
――きこしめす　2-199⑭
――きこしをす　1-36②
――しきませる　3-329②
――たかしかす　6-1047②
――たたせば　2-196⑯
――みなわすらえぬ　2-198ィ④
――みなわすれせぬ　2-198④
――めしたまふ　6-1005②
――もろひとを　18-4094⑳
――ゆふされば　2-159②
――よろづよと　2-199⑬⑧
――をすくには　6-956②
わがおほきみは
――きぬがさにせり　3-240④
――きみながら　6-1050㊱
――こもりくの　3-420④
――たかひしらしぬ　2-202④
わがおほきみを　13-3324㊹
わがおほみかみ　19-4245⑯
わがおもはなくに
あさきこころを――　16-3807⑤
あひだもおきて――　11-2727⑤
あひだもおきて――　12-3046⑤
いもがこころを――　11-2471⑤
いもをわすれて――　4-770⑤
うきたるこころ――　4-711⑤
うすきこころを――　20-4478⑤
うつろふこころ――　12-3058⑤
こころつくして――　7-1320⑤
こころのうちに――　11-2523⑤
こころのうちに――　11-2581⑤
こころのうちに――　12-2911⑤
こころをけには――　11-2399⑤
たえむといもを――　12-3073ィ⑤
たえむときみを――　10-2086⑤
たえむのこころ――　12-3071⑤
たえむのこころ――　14-3507⑤
たゆたふこころ――　11-2816⑤
ちとせもがもと――　7-1375⑤
つねにあらむと――　3-242⑤
つねにあらむと――　3-244⑤
はなにとはむと――　8-1438⑤
よにもたゆらに――　14-3392⑤
わがおもひ　4-734①
わがおもひを　4-591①
わがかけし　4-558③
わがかざす　10-1856①
わがかざすべく　9-1683④
わがかたみ
――みつつしのはせ　4-587①
――もてらむときに　12-2978③
わがかづきこし　7-1203④
わがかづの　20-4386①
わがかづら　18-4086③
わがかづらかむ　19-4238⑤
わかかつらのき　7-1359②
わがかどすぎじ　20-4463④
わがかどに
――ちとりしばなく　16-3873①
――みのかさきずて　12-3125③
――もるたをみれば　10-2221①
わがかどの
――あさぢいろづく　10-2190①
――あさぢがうらば　10-2186③
――えのみもりはむ　16-3872①
――かたやまつばき　20-4418①
――やなぎのうれに　10-1819③
わがかどゆ　19-4176①
わかかへるての　14-3494②
わがかへるとに　20-4395⑤

わがかよはむと　4–576 ④
わがからに　20–4356 ③
わかかりし　9–1740 ㊸
わがかりて　7–1284 ④
わがかりばかの　10–2133 ②
わがかるかやの　14–3499 ②
わがききし　2–128 ①
わがききつる　3–420 ⑫
わがききつるも　3–420 ⑭
わがききに　4–697 ①
わがきけば　10–2163 ③
わかきこどもは　17–3962 ㊵
わがきたるまで　20–4326 ⑤
わがきたれば　13–3310 ④
わがきなば　14–3357 ③
わがきぬに　14–3435 ③
わがきぬにきむ　7–1346 ⑤
わかきのうめは　8–1423 ④
わかきのうめも　4–792 ④
わかくさの
—あゆひたづくり　17–4008 ⑬
—おもひつきにし　13–3248 ⑦
—そのつまのこは　2–217 ㉕
—つまかありけむ　13–3336 ⑮
—つまかあるらむ　9–1742 ⑪
—つまがてまくと　10–2089 ㉕
—つまがりといはば　11–2361 ④
—つまとりつき　20–4398 ⑪
—つまなききみは　7–1285 ④
—つまの　2–153 ⑪
—つまもあるらむ　13–3339 ㉕
—つまもこどもも　20–4408 ㉗
—つまをもまかず　20–4331 ㉑
—にひたまくらを　11–2542 ①
わがくには　1–50 ㉟
わがくるまでに
—たひらけく　20–4408 ㊷
—ふふみてありまて　7–1188 ④
わがくろかみに
—しもそおきにける　12–3044 ④
—しものおくまでに　2–87 ④
—しもはふるとも　2–89 ④
—ふりなづむ　7–1116 ②
わがくろかみの　3–481 ④
わがくろかみを
—なびけてをらむ　11–2532 ④
—ひきぬらし　11–2610 ②
わかけむこらに　16–3793 ④
わかければ　5–905 ①
わがこいふすを　12–2947 左注 ④
わがこえくれば
—ふたがみに　10–2185 ②
—やまもせに　8–1428 ⑥
わがこえこしか　9–1751 ⑥
わがこえし　10–1899 ③
わがこえゆけば
—このはしりけむ　3–291 ④
—ささなみの　13–3240 ⑯
わがこぎくれば
—あはぢの　6–942 ⑧
—ときつかぜ　2–220 ⑭
—ともしかも　6–944 ②
わがこぎゆけば
—ますらをの　3–366 ⑧
—をふのさき　17–3993 ㊵
わがここだ
—しのはくしらに　19–4195 ①
—しのふかはらを　7–1252 ③
—まてどきなかぬ　19–4208 ①
わがこころから
きみにこふらく—　12–3025 ⑤
きみにこふるも—　13–3271 ⑤
つみてこふらく—　4–694 ⑤
—なつかしみおもふ　7–1305 ④
わがこころゆゑ　12–2983 ②
わがごとか　7–1118 ③
わがごとく　10–2137 ③
わがこまくらは　11–2630 ④
わかこもを　3–239 ⑦
わがころもでに
—あきかぜの　10–2092 ⑫
—あさよひに　1–5 ⑯

—いはひとどめむ 4-708 ④
—おくしもも 13-3281 ⑩
—つゆそおきにける 12-3044ィ ④
—つゆはおきぬ 11-2690 ②
—つゆはおきぬとも 11-2688 ④
—ふるゆきは 13-3280 ⑩
わがころもでの
—ふるときもなき 10-1994 ④
—ふるときもなき 12-2954 ④
わがころもでは
—ぬれにけるかも 9-1675 ④
—ぬれにけるかも 12-3163 ④
—ふるときなきか 7-1371 ④
—ふるときもなし 4-703 ④
—またそつぐべき 11-2625 ④
わがころもでも 13-3258 ㉒
わがころもでを
—ぬれていかにせむ 15-3712 ④
—をりかへし 13-3274 ⑫
わがさかり
—いたくくたちぬ 5-847 ①
—またをちめやも 3-331 ①
わがさせる 18-4060 ③
わがさだめてし 3-394 ②
わかさぢの 4-737 ③
わがさとに
—いまさくはなの 10-2279 ①
—おほゆきふれり 2-103 ①
わがさとをみむ 12-3153 ⑤
わかさなる 7-1177 ①
わがさほがはの 3-371 ④
わがしたおもひは 11-2468 ⑤
わがしたごころ 1-5 ㉙
わがしたびもに 4-727 ②
わがしたびもの
—いろにいでず 12-2976 ②
—とくるひあらめや 12-2973 ④
—ゆふていたづらに 11-2409 ④
わがしたびもを 11-2413 ②
わがしたもひを 19-4218 ⑤
わがしまは 3-452 ③
わがしめし
—のへのやまぶき 19-4197 ③
—のやまのあさぢ 7-1347 ③
わがしめしのの 8-1510 ④
わがしめゆひし 3-400 ④
わがしることを 16-3886 ⑩
わがすぎゆけば 13-3240 ㉔
わがすなどれる 4-625 ④
わがすみさかの 4-504 ②
わがすむさとに
—きなきとよもす 15-3782 ④
—こよなきわたる 15-3783 ④
わがするときに 20-4382 ④
わがするわざを 4-721 ④
わがせこが
—あさけのすがた 12-2841 ①
—あさけのすがた 12-3095 ③
—あとふみもとめ 4-545 ①
—いたたせりけむ 1-9 ③
—いめにいめにし 12-2890 ③
—うゑしあきはぎ 10-2119 ③
—おもひくゆべき 11-2528 ③
—おもへらなくに 17-3942 ③
—かきつのたにに 19-4207 ③
—かくこふれこそ 4-639 ①
—かざしのはぎに 10-2225 ①
—かたみのころも 4-637 ①
—かへりきまさむ 15-3774 ①
—くにへましなば 17-3996 ①
—けせるころもの 4-514 ①
—けるきぬうすし 6-979 ①
—こころたゆたひ 4-713 ③
—ことうるはしみ 10-2343 ①
—こととるなへに 18-4135 ①
—こふといふことは 4-656 ③
—こむとかたりし 12-2870 ①
—ささげてもてる 19-4204 ①
—しのひにせよと 13-3329 ㉓
—しめけむもみち 19-4223 ③
—しろたへころも 10-2192 ①
—そでかへすよの 11-2813 ①

—そのなのらじと　11-2531 ①
—たなれのみこと　5-812 ③
—たびゆきごろも　13-3315 ③
—たふさきにする　16-3839 ①
—つかひこむかと　9-1674 ①
—つかひをまつと　11-2681 ①
—つかひをまつと　12-3121 ①
—つみしてみつつ　17-3940 ③
—はなたちばなを　10-1987 ③
—はまゆくかぜの　11-2459 ①
—ふさたをりける　17-3943 ③
—ふりさけみつつ　11-2669 ①
—ふるきかきつの　18-4077 ①
—ふるてをみむと　7-1288 ④
—ふるへのさとの　3-268 ①
—みなのここだく　11-2840 ③
—みふねのとまり　3-247 ③
—みらむさほぢの　8-1432 ①
—もとむるおもに　12-2926 ③
—やどなるはぎの　20-4444 ①
—やどのたちばな　8-1483 ①
—やどのなでしこ　20-4442 ①
—やどのなでしこ　20-4450 ①
—やどのもみちば　19-4259 ③
—やどのやまぶき　20-4303 ①
—ゆきのまにまに　4-543 ㉗
—わがりしこずは　11-2773 ③
わがせこし
—かくしきこさば　20-4499 ①
—けだしまからば　15-3725 ①
—とげむといはば　4-539 ①
わがせこと
—てたづさはりて　19-4177 ①
—ふたりしをれば　6-1039 ①
—ふたりみませば　8-1658 ①
わがせこに
—あがこひをれば　11-2465 ①
—あがこふらくは　10-1903 ①
—あがこふらくは　11-2612 ③
—あがこふらくは　11-2769 ①
—うらこひをれば　10-2015 ①
—こひすべながり　17-3975 ①
—こひてすべなみ　10-1915 ①
—こふとにしあらし　12-2942 ①
—こふればくるし　6-964 ①
—ただにあはばこそ　11-2524 ①
—またはあはじかと　4-540 ①
—みせむとおもひし　8-1426 ①
わがせこは
—あひおもはずとも　4-615 ①
—いづくゆくらむ　1-43 ①
—いづくゆくらむ　4-511 ①
—うかはたたさね　19-4190 ③
—かりいほつくらす　1-11 ①
—さきくいますと　11-2384 ①
—たまにもがもな　17-3990 ①
—たまにもがもな　17-4007 ①
—ちとせいほとせ　6-1025 ③
—にふぶにゑみて　16-3817 ③
—まてどきまさず　13-3280 ①
—まてどきまさず　13-3281 ①
—ものなおもひそ　4-506 ①
わがせこを
—あがまつばらよ　17-3890 ①
—あどかもいはむ　14-3379 ①
—あひみしそのひ　4-703 ①
—いつそいまかと　8-1535 ①
—いづちゆかめと　7-1412 ①
—いまかいまかと　10-2323 ①
—いまかいまかと　12-2864 ①
—こちこせやまと　7-1097 ①
—なこしのやまの　10-1822 ①
—みつつしをれば　17-4008 ⑤
—めにはみれども　12-2938 ③
—やすいなねしめ　19-4179 ③
—やまとへやりて　14-3363 ①
—やまとへやると　2-105 ①
わがせなに　14-3483 ③
わがせなは　14-3469 ③
わがせなを
—つくしはやりて　20-4428 ①
—つくしへやりて　20-4422 ①

わがせのきみが　3-286 ②
わがせのきみは
—なでしこが　17-4010 ②
—ひとりかぬらむ　1-59 ④
わがせのきみを
—あささらず　17-4006 ⑧
—かけまくの　19-4245 ⑫
—かけまくも　6-1020(1021) ⑥
わがせもあれも　3-276左注 ④
わがせをやりて　14-3460 ④
わがそでに
—あられたばしる　10-2312 ①
—ふりつるゆきも　10-2320 ①
わがそでにおく　11-2686 ②
わがそでぬれぬ　10-2235 ④
わがそでは　15-3711 ①
わがそでひめや　10-1995 ④
わがそでふるを　2-134 ④
わがそでもちて　3-269 ②
わがそのに　5-822 ①
わがそのの
—からあゐのはなの　10-2278 ③
—すもものはなか　19-4140 ①
—たけのはやしに　5-824 ③
わがそめしそで　7-1249 ④
わがたたみ　9-1735 ①
わがたちかてね　19-4234 ⑤
わがたちきけば　2-207 ㊷
わがたちくれば　20-4408 ④
わがたちぬれし　2-105 ⑤
わがたちまつに　12-2929 ②
わがたちみれば
—あゆのかぜ　17-4006 ⑯
—あをはたの　4-509 ⑱
—ながきよの　9-1801 ⑧
わがたびは　15-3667 ①
わがたまくらを　3-438 ④
わがたまどこを　10-2050 ②
わがたまにせむ
—しれるときだに　11-2446 ④
そのをはかへて—　7-1326 ⑤
そのをまたぬき—　16-3814 ⑤
たまかづきでば—　16-3870 ⑤
わがたもと　4-627 ①
わがちちははは　20-4344 ④
わがつくる　1-50 ㉛
わがつまさかる　19-4236 ④
わがつまに　9-1759 ⑪
わがつまのこが　2-138 ㊳
わがつまは　20-4322 ①
わがつまも　20-4327 ①
わがてふれなな　20-4418 ④
わがとしの　12-2952 ①
わがとはなくに　10-2268 ④
わがとひしかば　13-3318 ⑫
わがとほづまの　8-1521 ④
わがなかの　5-904 ⑥
わがなきとこに　11-2564 ④
わがなくなみた
—ありまやま　3-460 ㊿
—いまだひなくに　3-469 ④
—いまだひなくに　5-798 ④
—やむときもなし　2-177 ④
わがなげく
—おきそのかぜに　5-799 ③
—やさかのなげき　13-3276 ㉑
わがなけなくに
そへてたまへる—　1-77 ⑤
ひとひかめやも—　11-2835 ⑤
ひにもみづにも—　4-506 ⑤
わがなしをしも　2-93 ⑤
わがなのらすな
いさとをきこせ—　11-2710 ⑤
ゆめよわがせこ—　4-590 ⑤
わがなのりけむ　11-2639 ⑤
わがなはすでに　17-3931 ②
わがなはのらじ　9-1727 ⑤
わがなはのりつ　11-2497 ④
わがなはも　4-731 ①
わがなもたたば
—をしみこそ　11-2697 ②
—をしみこそ　11-2697左注 ②

わがなれる　8–1624 ①
わがぬすまはむ　11–2573 ⑤
わがぬすまひし　11–2832 ⑤
わがぬるよらは　13–3329 (52)
わがぬるよらを　13–3274 ㉒
わがねそめけむ　11–2650 ⑤
わがねたる　1–79 ⑲
わかのうらに
—しほみちくれば　6–919 ①
—しらなみたちて　7–1219 ①
—そでさへぬれて　12–3175 ①
わがはしづまの　8–1521ィ ④
わがはたものの　7–1298 ④
わがははの　20–4356 ①
わがひかば　2–96 ③
わかひさぎ　12–3127 ③
わがひさならば　12–3127 ④
わがひとよづま　16–3873 ④
わがひのみこの
—いましせば　2–173 ②
—うまなめて　3–239 ④
—よろづよに　2–171 ②
わがひもにつく
—かぐやまの　3–334 ②
—ときとなく　12–3060 ②
わがひものをの
—たえぬまに　12–2854 ②
—ゆふてたゆきも　12–3183 ④
わがひものをを　11–2473 ④
わがひもを　7–1114 ①
わがひらかむに　14–3467 ④
わがふたり　11–2484 ③
わがふたりねし　2–109 ⑤
わがふたりみし
—いでたちの　2–213 ④
—はしりでの　2–210 ④
わがふねこがむ　10–2058 ②
わがふねの　7–1221 ①
わがふねは
—あかしのみとに　7–1229 ①
—いざこぎいでむ　10–2059 ③
—おきゆなさかり　7–1200 ①
—ひらのみなとに　3–274 ①
わがふねはてて　20–4412 ②
わがふねはてむ
—いそのしらなく　17–3892 ④
—とまりしらずも　7–1224 ④
—とまりしらずも　9–1719 ④
—とまりしらずも　9–1732 ④
—わすれがひ　15–3629 ②
わがふるさとに　4–609 ④
わがふるそでを
—いもみつらむか　2–132 ④
—いもみつらむか　2–139 ④
—なめしともふな　6–966 ④
わがへには　14–3421 ③
わがへのそのに
—ありこせぬかも　5–816 ④
—うめがはなさく　5–837 ④
わがほりし
—あめはふりきぬ　18–4124 ①
—こしまはみしを　1–12ィ ①
—のしまはみせつ　1–12 ①
わがまきし　7–1362 ③
わがまくらかむ
たがたもとをか—　3–439 ⑤
ひとのひざのへ—　5–810 ⑤
わがまつる　3–406 ①
わがみかど　2–183 ①
わがみかなしも　20–4343 ⑤
わがみしきみを　7–1404 ②
わがみしくさは　19–4268 ④
わがみしこらが　7–1266 ④
わがみしひとを　11–2396 ②
わがみよに　18–4094 ㊸
わがみるやどの　8–1616 ②
わがみるやなぎ　10–1850 ②
わがみるをのの　20–4457 ④
わがめづま　14–3502 ①
わがめらに　16–3886 (51)
わがもてる
—まそみかがみに　13–3314 ⑬

―みつあひによれる 4-516①
わがものすそに 19-4265④
わがもはやれぬ 7-1280③
わがもほのすも 14-3552⑤
わがもるものを 8-1507⑳
わがやどきよぶ 11-2527②
わがやどに
―うゑおほしたる 10-2114①
―うゑしふぢなみ 8-1471③
―おふるつちはり 7-1338①
―からあゐまきおほし 3-384①
―きのふのゆふへ 10-2324③
―さかりにさける 5-851①
―さきしあきはぎ 10-2286①
―さきたるうめを 10-2349①
―さけるあきはぎ 10-2112①
―さけるなでしこ 20-4446①
―つきおしてれり 8-1480①
―なきしかりがね 10-2130①
―はなそさきたる 3-466①
―まきしなでしこ 8-1448①
―みもろをたてて 3-420㉗
―もみつかへるて 8-1623①
わがやどの
―あきのはぎさく 8-1622①
―あきのはぎはら 10-2213③
―あきはぎすすき 15-3681③
―あきはぎのうへに 10-2255①
―あさぢいろづく 10-2207①
―あさぢがはなの 8-1514③
―あさぢがもとに 10-2158③
―いささむらたけ 19-4291①
―うめさきたりと 6-1011①
―うめのしづえに 5-842①
―うめのはなとを 5-826③
―うゑきたちばな 19-4207⑪
―きみまつのきに 6-1041①
―くささへおもひ 11-2465③
―くさのうへしろく 4-785①
―くずはひにけに 10-2295①
―けもものしたに 10-1889①
―さくらのはなは 10-1869③
―すだれうごかし 4-488③
―すだれうごかし 8-1606③
―ときじきふぢの 8-1627①
―なでしこのはな 8-1496①
―はぎさきにけり 10-2287①
―はぎさきにけり 19-4219①
―はぎのうれながし 10-2109①
―はぎのしたばは 8-1628①
―はぎのしたばは 10-2182③
―はぎはなさけり 8-1621①
―はなたちばなに 8-1481①
―はなたちばなに 9-1755⑲
―はなたちばなの 8-1478①
―はなたちばなの 10-1954③
―はなたちばなは 8-1489①
―はなたちばなは 10-1969①
―はなたちばなは 15-3779①
―はなたちばなを 8-1486①
―はなたちばなを 8-1493①
―はなたちばなを 10-1990③
―はなたちばなを 17-3998①
―ひとむらはぎを 8-1565①
―ふゆきのうへに 8-1645①
―ふゆきのうめは 8-1649③
―ほたでふるから 11-2759①
―まつのはみつつ 15-3747①
―やなぎのまよし 10-1853③
―ゆふかげくさの 4-594①
―わかきのうめは 8-1423③
―わかきのうめも 4-792③
―をばなおしなべ 10-2172①
―をばながうへの 8-1572①
わがやどのはぎ 19-4224⑤
わがやどは 11-2475①
わがやどりせむ 3-275②
わがやまに 12-3033③
わがやまのうへに 10-1912②
わがやをみれば 2-216②
わがゆかなくに 4-723②
わがゆきしかば 3-284②

わがゆきの　20-4421 ①
わがゆきは
　—なぬかはすぎじ　9-1748 ①
　—ひさにはあらじ　3-335 ①
わがゆくかはの　1-79 ⑧
わがゆくごとく　13-3278 ⑥
わがゆくみちに　14-3443 ②
わがゆくみちの
　—おきそやま　13-3242 ⑧
　—かはしあれば　8-1546 ②
　—しのすすき　7-1121 ②
わがゆけりせば　8-1497 ②
わかゆつる
　—いもがたもとを　5-857 ③
　—いもらをみらむ　5-863 ③
　—まつらのかはの　5-858 ①
わがゆふかみの　2-118 ④
わがゆゑに
　—いたくなわびそ　12-3116 ①
　—いはれしいもは　11-2455 ①
　—いもなげくらし　15-3615 ①
　—おもひなやせそ　15-3586 ①
　—はだなおもひそ　15-3745 ③
　—ひとにこちたく　11-2535 ③
わがよすぎなむ　5-886ィ ㉛
わがよもしるや　1-10 ②
わがりかよはむ　14-3549 ⑤
わがりきまさむ　8-1519 ⑤
わがりこむといふ　14-3536 ⑤
わがりしこずは　11-2773 ④
わかるこよひゆ　4-508 ②
わかるといへば　19-4279 ④
わかるをみれば　20-4381 ④
わかれかてにと　20-4408 ㊱
わかれかなしみ　19-4242 ⑤
わかれかねつる　3-276 ⑤
わかれかゆかむ　20-4349 ⑤
わかれきにけり　15-3594 ⑤
わかれきにける　15-3698 ⑤
わかれきぬれど　12-3171 ④
わかれきぬれば　2-133 ⑤
わかれこし
　—そのひのきはみ　17-3978 ⑰
　—ひよりおもふに　12-3139 ③
わかれしくれば
　—おもふそら　20-4408 ㊽
　—きもむかふ　2-135 ⑯
　—はやかはの　13-3276 ⑥
わかれしときに　17-3957 ⑫
わかれしときゆ
　—いなむしろ　8-1520 ④
　—おのがつま　10-2005 ②
　—かむさびて　3-317 ②
　—ひさかたの　10-2092 ②
わかれしときよ　18-4101 ⑩
わかれしひより　11-2608 ②
わかれしゆけば　9-1804 ⑱
わかれするかも　15-3695 ⑤
わかれするきみ　15-3694 ⑬
わかれては　15-3591 ③
わかれてひさに　15-3604 ②
わかれても　9-1805 ①
わかれなば
　—いともすべなみ　20-4379 ③
　—うらがなしけむ　15-3584 ①
　—みぬひさまねみ　17-3995 ③
　—みぬひひさしみ　17-3995ィ ③
　—もとなやこひむ　8-1526 ③
　—わがせもあれも　3-276左注 ③
わかれにし　15-3625 ⑲
わかれにしより　19-4220 ⑯
わかれぬる　15-3690 ③
わかれのあまた　13-3291 ㉑
わかれまく　10-2066 ③
わかれををしみ　20-4332 ④
わがわたしてし　7-1283 ⑤
わがわたる　4-643 ③
わがゐねし
　—うなゐはなりに　16-3823 ③
　—うなゐはなりは　16-3822 ③
わがをかに
　—さかりにさける　8-1640 ①

—さをしかきなく　8–1541 ①
わがをかの
—あきはぎのはな　8–1542 ①
—おかみにいひて　2–104 ①
わがをしみせめ　7–1414 ⑤
わがをには　15–3625 ⑦
わがをるそでに　7–1081 ④
わがをるときに
—さをしかの　16–3885 ㉖
—はるかすみ　20–4398 ㊱
わがをれば
—うらしほみちく　15–3707 ③
—ころもでさむく　10–2174 ③
わきくさをかれ　16–3842 ⑤
わきごがみには　16–3791 ②
わきてしのはむ　18–4089 ⑭
わきばさみもち
—わぎもこと　2–210 ㉜
—わぎもこと　2–213 ㉜
わきばさむ　3–481 ㉟
わぎへしおもほゆ　18–4065 ⑤
わぎへなる　10–2328 ③
わぎへのうへに　4–663 ②
わぎへのうめを　8–1445 ④
わぎへのかどを　11–2401 ④
わぎへのけもも　7–1358 ②
わぎへのさとに　8–1488 ④
わぎへのさとの　5–859 ②
わぎへのそのに
—うぐひすなくも　8–1441 ④
—さきてちるみゆ　5–841 ④
わぎへをみれば　6–942 ⑭
わぎめこと　20–4345 ①
わぎもがやどし　8–1573 ④
わぎもこが
—あかものすその　7–1090 ①
—あかもひづちて　9–1710 ①
—あはじといへる　12–2889 ③
—いかにおもへか　15–3647 ①
—いへごともちて　20–4353 ③
—いへのあたりを　11–2609 ③
—いへのかきつの　8–1503 ①
—いへのかなとに　9–1775 ③
—いりにしやまを　3–481 ㊺
—うゑしうめのき　3–453 ①
—おくつきといま　3–474 ③
—おもへりしくし　4–754 ③
—かさのかりての　11–2722 ①
—かたみがてらと　19–4156 ⑮
—かたみにおける　2–210 ㉕
—かたみにおける　2–213 ㉕
—かたみにみむを　15–3596 ①
—かたみのころも　4–747 ①
—かたみのころも　7–1091 ③
—かたみのころも　15–3733 ①
—かたみのねぶは　8–1463 ①
—きつつかづかば　16–3788 ③
—ここだくつぎて　11–2559 ③
—こころなぐさに　18–4104 ①
—さとにしあれば　2–207 ③
—したにもきよと　15–3585 ①
—そでもしほほに　20–4357 ③
—そでをたのみて　11–2771 ①
—たまくらまかず　6–1032 ③
—つけしひもがを　20–4404 ③
—ときあらひごろも　15–3666 ③
—とまれとふらむ　12–3212 ③
—なげきのきりに　15–3616 ③
—なにともわれを　11–2783 ①
—なりとつくれる　8–1625 ①
—はなたちばなを　8–1504 ③
—ははにかたらく　9–1809 ㉙
—ひたひにおふる　16–3838 ①
—またむといひし　15–3701 ③
—またむといひし　15–3713 ③
—みしとものうらの　3–446 ①
—みともみぬごと　4–745 ③
—むすびしひもは　15–3717 ③
—もびきのすがた　12–2897 ③
—やどのあきはぎ　7–1365 ①
—やどのたちばな　3–411 ①
—やどのまがきを　4–777 ①

—やまずいでみし　2-207 ㊴
—ゆひけむしめを　3-402 ③
—ゆひてしひもを　9-1789 ①
—よとでのすがた　12-2950 ①
—わぎへのかどを　11-2401 ③
—われをおくると　11-2518 ①
—ゑまひまよびき　12-2900 ①
わぎもこし
—あをしのふらし　12-3145 ①
—ころもにありせば　12-2852 ③
わぎもこと
—さねしつまやに　3-481 ㉙
—たづさひゆきて　4-728 ③
—ふたりわがねし　2-210 ㉝
—ふたりわがねし　2-213 ㉝
—みつつしのはむ　7-1248 ①
わぎもこに
—あがこひしなば　14-3566 ①
—あがこひゆけば　7-1210 ①
—あがこふらくは　11-2709 ①
—あがこふらくは　13-3260 ⑪
—あはずひさしも　11-2750 ①
—あはぢのしまは　15-3627 ⑰
—あふさかやまの　10-2283 ①
—あふさかやまを　15-3762 ①
—あふちのはなは　10-1973 ①
—あふみのうみの　13-3237 ⑨
—あふよしをなみ　11-2695 ①
—いにしつきより　12-2895 ③
—いままたさらに　3-483 ③
—こころもみさへ　4-547 ③
—こととはましを　12-3143 ③
—こひざるさきに　11-2377 ③
—こひしわたれば　11-2499 ①
—こひすべながり　12-3034 ①
—こひつつあらずは　2-120 ①
—こひつつあらずは　11-2765 ①
—こひつつくれば　13-3243 ⑬
—こひつつをれば　4-509 ⑦
—こひつつをれば　10-1933 ①
—こひてすべなみ　11-2412 ①
—こひてすべなみ　11-2812 ①
—こひてみだれば　4-642 ①
—こひはまされど　11-2597 ③
—こふるにあれは　15-3744 ①
—こふれにかあらむ　11-2806 ①
—ころもかすがの　12-3011 ①
—たちはなれゆかむ　4-665 ③
—のりてかたらく　9-1740 ㊲
—ふるとはなしに　12-3163 ①
—またもあはむと　11-2662 ①
—またもあふみの　12-3157 ①
—みせむがために　19-4222 ③
—みせむとおもひし　8-1508 ③
—ゐなのはみせつ　3-279 ①
わぎもこは
—いつとかわれを　15-3659 ③
—くしろにあらなむ　9-1766 ①
—ころもにあらなむ　10-2260 ①
—とこよのくにに　4-650 ①
—はやもこぬかと　15-3645 ①
わぎもこや
—あをわすらすな　12-3013 ①
—ながまつきみは　13-3318 ⑮
—われをおもはば　11-2462 ①
わぎもこを
—あひしらしめし　4-494 ①
—あひみしからに　11-2576 ③
—いざみのやまを　1-44 ①
—いまもみてしか　12-2880ィ ①
—いめにみえこと　12-3128 ①
—ききつがのへの　11-2752 ①
—こむかこじかと　10-1922 ③
—つぎてあひみむ　4-756 ③
—はやみはまかぜ　1-73 ①
—ひにけにくれば　11-2397 ③
—ゆきてはやみむ　15-3720 ①
—よそのみやみむ　12-3166 ①
わくことかたき　10-2171 ④
わくこともなく　17-4003 ⑩
わくらばに
—なれるあがみは　9-1785 ③

—ひととはあるを　5-892 ㊹
わけがため　8-1460 ①
わけさへにみよ　8-1461 ⑤
わけはこふらし　8-1462 ②
わけをばしねと　4-552 ②
わごおほきみ
—くにしらすらし　6-933 ⑦
—たかてらす　1-52 ②
—たかてらす　13-3234 ②
—よしののみやを　18-4099 ③
わごおほきみの
—うちなびく　20-4360 ⑫
—おほみふね　2-152 ②
—かしこきや　2-155 ②
—たかしらす　6-923 ②
—とこみやと　6-917 ②
わごおほきみは
—いまもみるごと　18-4063 ④
—みよしのの　6-926 ②
わさだかりがね　8-1566 ⑤
わさだのほもち　8-1624 ②
わさだはからじ　10-2220 ④
わざにはあらず　4-498 ②
わさほのかづら　8-1625 ④
わざみがはらの　2-199 ⑳
わざみの　10-2348 ①
わざみのに　11-2722 ③
わし
—あげてあげて　16-3878 ⑤
—さすひたて　16-3879 ④
まぬらるやつこ—　16-3879 ⑧
みむ—　16-3878 ⑩
わしそこむといふ
きみがみために　16-3882 ⓪
—さしばにも　16-3882 ③
わしのすむ　9-1759 ①
わすらえなくに
こひはまされど—　11-2597 ⑤
ひりへどいもは—　12-3175 ⑤
わすらえにけり　5-880 ⑤
わすらえぬかも
いもがこひしく—　20-4407 ⑤
かげにみえつつ—　2-149 ⑤
こひはまされど—　12-3159 ⑤
しましくもあは—　13-3256 ⑤
なきしこころを—　20-4356 ⑤
わすらえめやも
あそぶけふのひ—　10-1880 ⑤
あひみしいもは—　3-447 ⑤
しみにしこころ—　11-2496 ィ ⑤
そのこころびき—　19-4248 ⑤
よろづよまでに—　8-1531 ⑤
わすらこばこそ　14-3394 ④
わすらしなむか　5-877 ⑤
わすらむて　20-4344 ①
わすらゆましじ
きみがこころは—　20-4482 ⑤
なのみもわれは—　3-431 ⑰
わするさあらば　11-2580 ②
わするとおもふな
そでふらずきぬ—　11-2493 ⑤
つかひもやらず—　11-2586 ⑤
われもかよはむ—　1-80 ⑤
わするときなし　12-3139 ⑤
わするやと　12-2845 ①
わするるひなく　4-647 ②
わするるものそ
—こひといふものを　8-1629 ㊳
—わぎもこに　11-2597 ②
わすれかねつも
かはづとふたつ—　7-1123 ⑤
きみがこころし—　16-3857 ⑦
きみがこころは—　12-3047 ⑤
こひといふものは—　11-2622 ⑤
たちてもきみは—　11-2714 ィ ⑤
ならのみやこは—　15-3613 ⑤
ならのみやこは—　15-3618 ⑤
のりにしこころ—　7-1399 ⑤
ひりへどいもは—　12-3175 ィ ⑤
まくらのあたり—　1-72 ⑤
みえつついもは—　8-1630 ⑤
むすびしこころ—　3-397 ⑤

わかれきぬれど――　12-3171⑤
わすれかねつる
いひしけとばぜ――　20-4346⑤
おもへかきみが――　4-617⑤
しみにしかばか――　11-2624⑤
わすれがひ
――いへなるいもを　1-68③
――ひりへどいもは　12-3175③
――よせきておけれ　15-3629③
――よにもわすれじ　12-3084③
――われはわすれじ　11-2795③
わすれぐさ
――かきもしみみに　12-3062①
――わがしたびもに　4-727①
――わがひもにつく　3-334①
――わがひもにつく　12-3060①
わすれくる　14-3362③
わすれけらしも　7-1261⑤
わすれじと　11-2447③
わすれずは　20-4441③
わすれせなふも
くまこそしつと――　14-3419⑤
たまのすがたは――　20-4378⑤
わすれせぬかも
いもがこころは――　20-4354⑤
わがちちははは――　20-4344⑤
わすれたまふな
あづまをみなを――　4-521⑤
いのちのこさむ――　15-3774⑤
いのちはすてつ――　11-2531⑤
わすれたまふや　2-196㉔
わすれておもはむ　6-947⑤
わすれておもへや
いへなるいもを――　1-68⑤
いもがこころを――　4-502⑤
そでかへしこを――　11-2410⑤
ながきはるひも――　17-4020⑤
ならのわぎへを――　18-4048⑤
ひとひのあひだも――　11-2404⑤
ひとひもいもを――　15-3604⑤
わすれにし　10-2184③
わすれぬものを　4-653②
わすれはせなな　14-3557④
わすれむがため　3-334⑤
わすれむしだは
――おほのろに　14-3520②
――くにはふり　14-3515②
わすれむといへば　10-2337④
わすれめや
――いやひにけには　4-595③
――いやひにけには　12-2882③
わすれもしだは　20-4367②
わすれゆく　14-3362左注③
わたくしだかる　7-1275⑥
わたさはだ　14-3354③
わたしてあらば　18-4125⑫
わたつみの
――いづれのかみを　9-1784①
――うみにいでたる　15-3605①
――おきつしらたま　15-3614③
――おきつしらなみ　15-3597①
――おきつたまもの　12-3079①
――おきつなはのり　15-3663①
――おきつみやへに　18-4122㉛
――おきにおひたる　12-3080①
――おきにもちゆきて　3-327①
――おきへをみれば　15-3627㉗
――かしこきみちを　15-3694①
――かみがてわたる　7-1216③
――かみのみことの　19-4220①
――かみのみやの　9-1740㉕
――かみのをとめに　9-1740⑰
――こころをえねば　7-1303③
――たまきのたまを　15-3627㉛
――てにまかしたる　3-366⑰
――てにまきもてる　7-1301①
――とののいらかに　16-3791㉞
――とよはたくもに　1-15①
――もてるしらたま　7-1302①
わたつみは　3-388①
わたなかに
――かこそなくなる　7-1417③

—ぬさとりむけて 1-62 ③
わたのそこ
—おきこぐふねを 7-1223 ①
—おきついくりに 6-933 ⑬
—おきつしらたま 7-1323 ①
—おきつしらなみ 1-83 ①
—おきつたまもの 7-1290 ①
—おきつふかえの 5-813 ⑰
—おきなるたまを 7-1327 ③
—おきはかしこし 12-3199 ①
—おきをふかめて 4-676 ①
—おきをふかめて 11-2781 ①
—しづくしらたま 7-1317 ①
わたもなき 5-892 ㊽
わたらなむ 9-1781 ③
わたらひの
—いつきのみやゆ 2-199 ㊾
—おほかはのへの 12-3127 ①
わたらふつきの 2-135 ㉚
わたりかねめや 4-643 ⑤
わたりきまして 3-460 ⑧
わたりぜごとに
—おもひつつ 10-2074 ②
—たむけそあがする 12-3128 ④
—まもるひとあり 7-1307 ④
わたりぜふかみ
—ふねうけて 10-2067 ②
—わがせこが 13-3315 ②
わたりとほみか 6-1058ィ ④
わたりのやまの 2-135 ㉒
わたりもきませ 10-2054 ④
わたりもり
—ふなでしいでむ 10-2087 ①
—ふねかさめやも 10-2088 ③
—ふねはやわたせ 10-2077 ①
—ふねもまうけず 18-4125 ⑨
—ふねわたせをと 10-2072 ①
わたりゆかむと 15-3627 ⑧
わたりをとほみ 6-1058 ④
わたるあきさの 7-1122 ②
わたるあひだに 17-4011 ㊻
わたるすべなし 8-1525 ④
わたるせおほみ 17-4022 ②
わたるひの
—かげにきほひて 20-4469 ①
—かげもかくらひ 3-317 ⑨
—くれぬるがごと 2-207 ⑲
わたるわがせは 15-3688 ④
わたれども 2-214 ③
わづかそまやま 3-476 ⑤
わづかやま 3-475 ㉓
わになたえそね 14-3378 ⑤
わにもふれこそ 12-2858 ⑤
わによそり
—いはれしきみは 4-564 ③
—はしなるこらし 14-3408 ③
わによそるこら 12-3167 ⑤
わによるべしと
—いふといはなくに 4-684 ④
—ひとのいはなくに 11-2355 ⑤
わぬがゆのへは 14-3476左注 ⑤
わぬとりつきて 20-4358 ④
わぬにこふなも 14-3476 ②
わはありかてぬ 10-2012 ④
わはいまだみず 4-746 ②
わはかへりこむ 20-4368 ⑤
わはこぎでぬと 20-4408 ⑯
わはここにして 14-3538 ⑤
わはさかるがへ
おやはさくれど— 14-3420 ⑤
としさへこごと— 14-3502 ⑤
わはそともはじ 14-3451 ⑤
わはとかじとよ 20-4405 ⑤
わはとどまらむ 11-2514 ④
わはなりてしか 11-2734 ④
わはふたりゆかむ 13-3317 ⑤
わはまかじやも 14-3464 ⑤
わはもちてゆく 8-1549 ⑤
わびしみせむと 4-641 ②
わびそしにける 4-644 ②
わびてなくなり 12-3094 ④
わびてもあるを 4-757 ②

わびなきすなる　10–2154 ②
わびなきせむな　10–2152 ④
わびにしものを　4–750 ②
わびをるときに　4–618 ④
わもまじはらむ　9–1759 ⑩
わらときしきて　5–892 ㊼
わらはがみには　16–3791 ⑩
わらはごとする　11–2582 ④
わらはども
　—いざわいでみむ　13–3346 ⑤
　—くさはなかりそ　16–3842 ①
わらはになしみ　16–3791 ㉓
われいねかねつ　11–2587 ④
われかへらめや　9–1760 ⑤
われかへりみむ
　いやとこしくに—　7–1133 ⑤
　たゆることなく—　19–4157 ⑤
われからず　7–1341 ③
われききつがず　19–4194 ④
われくさとれり　10–1943 ④
われくれど　20–4344 ③
われこえめやも　11–2833 ⑤
われここにありと　2–226 ④
われこそいませ　1–1 ⑭
われこそは　10–1990 ①
われこそば　1–1 ⑮
われこそまかめ　5–857 ⑤
われこそまさめ　2–92 ④
われこそまされ　11–2831 ⑤
われこそゆかめ　12–2931 ⑤
われこそをれ　1–1 ⑫
われこひめやも　5–858 ⑤
われさへに
　—きみにつきなな　14–3514 ③
　—けふむすびてな　12–3181 ③
　—はやくおきつつ　11–2563 ③
　—みればかなしも　9–1801 ㉙
われさへぬれな　7–1090 ⑤
われしおもはば
　—かくばかり　11–2568 ②
　—したにきて　7–1312 ②
われしかなしも　2–183 ⑤
われしかよはば　7–1121 ④
われしかりてば　7–1343 ⑤
われしくるしも　12–2940 ⑤
われししれらば　6–1018 ⑤
われしたにけり　7–1091 ⑤
われしともしも　4–533 ⑤
われしひめやも　12–2965 ④
われしめゆひつ　7–1335 ⑤
われしらめやも　11–2467 ⑤
われそくやしき　11–2678 ⑤
われそくるしき　11–2571 ⑤
われそたをりし　7–1288 ⑥
われたちぬると　9–1696 ④
われたちぬれぬ　2–107 ④
われたちまたむ
　うれつみからし—　14–3455 ⑤
　—はやかへりませ　5–895 ④
われたちまつと　11–2776 ④
われたびなりと　10–2249 ④
われたまひりふ　9–1665 ②
われたまもとむ　9–1667 ②
われつめど　14–3444 ③
われてくだけて　12–2894 ④
われとおもひて　11–2629 ④
われとはにきめ　16–3871 ⑤
われとゑまして
　—ひとにしらゆな　4–688 ④
　—ひとにしらゆな　11–2762 ④
われなけれども　8–1474 ⑤
われなしに　7–1253 ③
われならば
　—いまはよらまし　7–1137 ③
　—つちにはおちず　12–2896 ③
われにあらなくに　12–2886 ⑤
われにえしめし　20–4293 ④
われにおこせし
　—みはなだの　16–3791 ㊾
　—をちかたの　16–3791 ㊼
われにおもほゆ　7–1296 ④
われにかきむけ　19–4191 ④

われにかたらく
　—なにしかも　2-230 ⑱
　—はしきよし　19-4214 ㉔
われにきかする　11-2654 ⑤
われにこひめや　4-771 ⑤
われにしらえず　10-2114 ⑤
われにつぐらく
　—ながこふる　13-3303 ②
　—わぎもこや　13-3318 ⑭
われにつげこそ　7-1248 ⑤
われにつげこむ　11-2384 ④
われにつげせば　16-3789 ④
われになみえそ　16-3829 ④
われににほはね　9-1694 ④
われにのりつる　11-2507 ⑤
われにはつげず　17-4011 ㊿
われにまさりて
　—おもふらめやも　15-3657 ④
　—ものおもはめやも　10-1892 ④
われにみえこそ
　—あはむひまでに　12-3142 ④
　—こととはずとも　7-1211 ④
われにもが　10-1939 ③
われによすといふ
　—われをぞも　13-3309 ⑩
　—われをもぞ　13-3305 ⑩
われによすとふ　14-3384 ④
われぬかめやも　4-747 ⑤
われぬさまつり　12-3217 ②
われのみや　15-3624 ①
われはあそばむ　6-973 ⑥
われはあひみむ　10-1881 ④
われはありけり　2-127 ②
われはあれど　11-2485 ③
われはあれども　13-3223 ⑱
われはいのれど　19-4236 ⑱
われはいははむ　20-4398 ⑭
われはいひてき　12-2947 ④
われはいへおもふ
　—いほりかなしみ　7-1238 ④
　—やどりかなしみ　9-1690 ④
われはいまさむ　6-973 ⑧
われはいもおもふ　2-133 ④
われはいりぬと　11-2722 ④
われはうらみじ　11-2629 ②
われはおへるか
　—あふとはなしに　11-2726 ④
　—をみなとおもひて　11-2726ィ ④
われはおもはず　4-543 ⑱
われはおもひし　18-4049 ②
われはおもへど
　—いねらえなくに　11-2412 ④
　—つきそへにける　15-3679 ④
　—ひとめおほみこそ　11-2359 ②
　—ふりにし　6-1059 ⑧
われはおもへば　4-717 ④
われはかよはむ　7-1134 ④
われはきけるを　2-126 ②
われはきじ　10-2304 ③
われはきなむと　9-1740 ㊹
われはきにしを　20-4370 ⑤
われはけづらじ　11-2578 ②
われはこえゆく　13-3236 ⑲
われはことごと　2-193 ④
われはさぶしも　18-4074 ④
われはさぶしゑ　4-486 ④
われはしかねつ　11-2533 ④
われはしぬべく　18-4080 ④
われはしぬべし　16-3885 ㉚
われはすれども　7-1391 ④
われはぞおへる　6-1022 ⑩
われはたちて
　—おもふそら　13-3299 ④
　このかたに—　13-3299左注 ⑥
われはたのまじ　4-774 ⑤
われはちらさじ　10-1906 ②
われはつかへむ　16-3885 ㉜
われはなし
　—あはずてまねく　12-2892 ③
　—あはぬひまねく　12-2879 ③
　—いもによりては　4-732 ③
　—いもをあひみずて　12-2960 ③

―きみにあはずて　4-616 ③
―みやこにゆきて　7-1217 ③
われはなりなむ　3-348 ⑤
われはぬさひき　8-1453 ⑳
われはまなごぞ
―ははとじに　6-1022 ②
―まゐのぼる　6-1022 ④
われはみやらむ　10-1897 ④
われはむすばな　20-4501 ⑤
われはもちていく　13-3223 ㉒
われはもや　2-95 ①
われはゆゑなみ　12-3026 ②
われはよどまず　5-860 ④
われはよりなむ　16-3795 ⑤
われはわすれじ
―いのちしなずは　4-504 ④
―しかのすめかみ　7-1230 ④
―としはへぬとも　11-2795 ④
われはわすれず
―いへをしそおもふ　17-3894 ④
―まなくしおもへば　4-702 ④
われふくかぜの　1-59 ②
われまかめやも　11-2451 ⑤
われまくらかむ　19-4163 ②
われまたむ　4-744 ③
われまちやせむ　7-1367 ⑤
われまつつばき　1-73 ④
われまつらむそ　18-4072 ⑤
われみても　7-1096 ③
われもあはむと　12-3114 ②
われもおもはむ　4-587 ⑤
われもおもふ　4-606 ①
われもかなしも　10-2089 ㊲
われもかよはむ
いませおほきみよ―　1-79 ㉝
―わするとおもふな　1-80 ④
われもことなく　4-534 ⑱
われもしのはむ　10-2090 ⑤
われもためやも　12-3059 ⑤
われものまをす　16-3853 ②
われもみつ　3-432 ①
われもより　16-3802 ③
われもよりなむ
かたちはみゆや―　16-3796 ⑤
こころはしらゆ―　16-3800 ⑤
こともつくさじ―　16-3799 ⑤
とものなみなみ―　16-3798 ⑤
ともやたがはむ―　16-3797 ⑤
われやかよはむ
―きみかきまさむ　11-2655 ④
―まちにかまたむ　11-2655ィ ④
われやしかおもふ
―きみまちがてに　11-2539 ④
―みまくほりかも　4-686 ④
われやなに(に)か　13-3265 ④
われゆかむ
―きみがつかひを　10-1900 ③
―きみがつかひを　18-4041 ③
われゆきて　15-3702 ③
われゆゑに　15-3727 ③
われよそにみむ　12-3097 ⑤
われよりも　5-892 ㉕
われわするれや　14-3498 ⑤
われわすれめや
しみにしこころ―　11-2496 ⑤
つかのあひだも―　2-110 ⑤
としはゆくとも―　10-2243 ⑤
なくほととぎす―　8-1482 ⑤
われゑひにけり　6-989 ⑤
われをうながす　10-1961 ④
われをおきて　18-4094 ⑩
われをおくると
―あをによし　17-3957 ⑥
―しろたへの　11-2518 ②
われをおもはば　11-2462 ②
われをおもへか
―あまくもも　16-3791 ⑧
―さのつとり　16-3791 ⑦
われをおもへる　6-1025 ②
われをかへすな　4-781 ④
われをかへせり　2-126 ④
われをかも　2-223 ③

われをしおもはば　18-4055⑤
われをしのはす　13-3323⑩
われをしのはせ
　あきのゆふへは――　20-4444⑤
　みつついまして――　12-3061⑤
われをぞも　13-3309⑪
われをたのめて　4-740④
われをとどむる　18-4036⑤
われをなとひそ　10-2240②
われをなやまし　12-2982④
われをぬらすな　7-1196④
われをばきみは　11-2766④
われをほしといふ　11-2362⑤
われをみおくると　20-4375④
われをもそ　13-3305⑪
わろたびは　20-4343①
わわけさがれる　5-892㊿
わをかけやまの　14-3432②
わをかづさねも　14-3432④
わをかまつなも　14-3563④
わをことなさむ
　そこもかひとの――　4-512⑤
　そこもかひとの――　7-1376⑤
　ひかばかひとの――　7-1329⑤
わをしのふらし　20-4427②
わをまちがてに　11-2483⑤
わをまつらむそ　3-337⑤
わをめさましを　3-454⑤
わをめすらめや
　――あきらけく　16-3886⑧
　――かもかくも　16-3886⑯
　――ことひきと　16-3886⑭
　――ふえふきと　16-3886⑫
わをゐしのがむ　7-1308⑤

ゐ

ゐかひのやまに　8-1561②
ゐかひのをかの　2-203④
ゐたれども　4-635③
ゐてかへりませ　19-4245㉘
ゐてきなましを　16-3879⑥
ゐでこすなみの
　――おとのきよけく　7-1108④
　――よそめにも　11-2717②
ゐでのしがらみ　11-2721②
ゐてもそおもふ　11-2550②
ゐながはの　16-3804③
ゐなのうらみを　7-1140ィ②
ゐなのはみせつ　3-279②
ゐなのみなとに　7-1189④
ゐなのをくれば　7-1140②
ゐなやまとよに　11-2708②
ゐぬひなく　4-584③
ゐねてこましを　14-3545④
ゐねてやらさね　14-3388⑤
ゐのへゆただに　7-1256②
ゐまちづき　3-388⑦
ゐむところなみ　19-4288⑤
ゐるくもの
　――たてばつがるる　11-2675③
　――つねにあらむと　3-242③
　――よそにみしこに　13-3294③
ゐるくもを　12-3209③
ゐるしらくもの　12-3179④
ゐるたづの　14-3523③

ゑ

ゑぐつむと　10–1839 ③
ゑにかきとらむ　20–4327 ②
ゑひなきするし　3–341 ④
ゑひなきするに
　—あるべかるらし　3–347 ④
　—なほしかずけり　3–350 ④
ゑまししからに
　—つまといふべしや　7–1257 ④
　—ふるゆきの　4–624 ②
ゑますがからに　14–3535 ④
ゑまはしきかも　18–4086 ⑤
ゑまひつつ　17–4011 ㊺
ゑまひのにほひ　18–4114 ④
ゑまひふるまひ　3–478 ㊵
ゑまひまよびき
　—おもかげに　12–2900 ②
　—さくはなの　5–804 ィ ㉖
ゑまむすがたを　11–2526 ④
ゑまむまよびき　11–2546 ④
ゑみてたてれば
　—たまほこの　9–1738 ⑫
　—なつむしの　9–1807 ㉔
ゑみまがり　19–4192 ⑦
ゑみみいかりみ　11–2627 ④
ゑみみゑまずも　18–4106 ⑳
ゑらゑらに　19–4266 ㉕

を

をがきたばりて　16–3840 ④
をかきつの　9–1800 ①
をかぢしじぬき　9–1780 ⑧
をかぢもがも　13–3299 ⑫
をかなとに　4–723 ③
をかにあはまき　14–3451 ②
をかにたたして　3–322 ⑫
をかによせ　14–3499 ①
をかのくくみら　14–3444 ②
をかのくさねを　1–10 ④
をかのくずはは　10–2208 ④
をかのくずはを　12–3068 ②
をかのこのはも　10–2193 ④
をかのさき
　—いたむるごとに　20–4408 ㊸
　—たみたるみちを　11–2363 ①
をかのみなとに　7–1231 ④
をかのやの　13–3236 ⑨
をかびから　17–3946 ③
をかびには　5–838 ③
をかへなる
　—ふぢなみみには　10–1991 ③
　—わさだはからじ　10–2220 ③
をかへのみちに　6–971 ㉖
をかへのみちゆ　9–1751 ④
をかへもしじに　6–1050 ㉘
をかみがは　17–4021 ①
をかものもころ　14–3527 ②
をぎのはさやぎ
　—あきかぜに　10–2134 ィ ②
　—あきかぜの　10–2134 ②
　をぐきがきぎし　14–3375 ②
　をぐさかちめり　14–3450 ⑤
　をぐさずけをと　14–3450 ②
　をくさをと　14–3450 ①
　をくひともなし　17–3901 ⑤
　をくよしの　17–4011 ㊸

をぐらのみねに　9-1747 ④
をぐらのやまに
—なくしかは　8-1511 ②
—ふすしかし　9-1664 ②
をけにたれたる　13-3243 ②
をけにふすさに　14-3484 ②
をけをなみと　13-3272 ㉔
をごころもなき　12-2875 ⑤
をざかりに　7-1283 ④
をさぎねらはり　14-3529 ②
をさきのぬまに　9-1744 ②
をさとなる　14-3574 ①
をさめたまひ　2-199 ㉔
をさめたまへば
—おきつとり　6-928 ⑭
—ここをしも　18-4094 ㊿
—もののふの　19-4254 ⑱
をさめてし　16-3816 ③
をさをさも　14-3529 ③
をさをもがも　8-1520ィ ㉒
をしかなくなり　10-2149 ④
をしかのつのの　4-502 ②
をしかふみおこし　8-1576 ②
をしかるきみは　10-2066 ④
をしきあがみは　20-4505 ④
をしきいのちを　19-4211 ㉜
をしきこのよを　3-443 ㊷
をしきさかりに　19-4214 ㊷
をしきすがはら　7-1341 ⑤
をしきものかも　13-3291 ㉒
をしきものなり　17-3904 ⑤
をしきよひかも
すぎかくらまく—　7-1069 ⑤
たちわかれまく—　19-4250 ⑤
をしくもあらず　16-3813 ②
をしけくもなし
あなゆむこまの—　14-3533 ⑤
いのちもあれは—　9-1769 ⑤
いまはわがなの—　11-2663 ⑤
けぬべきあがみ—　12-3042 ⑤
しゑやいのちの—　11-2661 ⑤
つくすこころは—　13-3251 ⑤
ながきいのちの—　12-3082 ⑤
みじかきいのちも—　15-3744 ⑤
をしけども
—いもがたもとを　11-2668 ③
—おもひみだれて　12-3182 ③
—かくらひくれば　2-135 ㉛
をしとたかべと　3-258 ④
をしどりの
—こゆかくわたる　11-2491 ③
—をしきあがみは　20-4505 ③
をしのすむ　20-4511 ①
をしみこそ
—ふじのたかねの　11-2697 ③
—ふじのたかねの　11-2697左注 ③
をしみこそなけ　4-731 ⑤
をしみつつ　20-4408 ㉕
をすくになれば　17-4006 ㉜
をすくにの
—こととりもちて　17-4008 ⑪
—とほのみかどに　6-973 ①
—よものひとの　2-167ィ ㊺
—よものひとをも　19-4254 ㉓
をすくには
—さかえむものと　18-4094 ㊺
—やまともここも　6-956 ③
をすくにを
—さだめたまふと　2-199 ㉕
—めしたまはむと　1-50 ⑦
—をさめたまへば　6-928 ⑬
をすてのやまの　7-1214 ②
をすのすけきに　11-2364 ②
をすのたれすを　11-2556 ②
をすのまとほし　7-1073 ②
をそろとあれを　4-654 ④
をそろはいとはし　8-1548 ②
をだえしにきと　16-3814 ②
をだえはまこと　16-3815 ②
をだちとりはき　9-1809 ㊻
をだなるやまに　18-4094 ㉜
をだをからすこ　7-1275 ②

をちえてしかも　13–3245 ⑨
をぢがそのひに　17–4014 ④
をちかたに　13–3299左注 ③
をちかたの
　—はにふのをやに　11–2683 ①
　—ふたあやしたぐつ　16–3791 ㊽
をちかたのへに　2–110 ②
をちかたひとに　10–2014 ⑤
をちこちかねて
　—ことはいへど　4–674 ②
　—むすびつる　12–2973 ②
をちこちきこゆ　7–1135 ⑤
をちこちに
　—いざりつりけり　20–4360 ㊼
　—さはにかくみゐ　20–4408 ㉙
　—さわきなくらむ　17–3962 ㊶
　—しじにしあれば　6–920 ⑬
　—とりふみたて　19–4154 ㉓
をちこちの
　—いそのなかなる　7–1300 ①
　—しまはおほけど　2–220 ㉕
をちのおほのの　2–194 ㉒
をちのこすげ
　—あまなくに　13–3323 ④
　おきながの—　13–3323 ⑫
をちのすがはら　7–1341 ②
をちのすぎゆく　2–195 ④
をちのにすぎぬ　2–195ィ ④
をちましにけり　4–650 ⑤
をちみづは　4–628 ③
をちみづもとめ　4–627 ④
をちもかやすき　17–4011 ㊳
をちをしかねて　12–2853 ②
をつきがもとの　7–1276 ②
をづくはねろの　14–3394 ②
をづくはの
　—しげきこのまよ　14–3396 ①
　—ねろにつくたし　14–3395 ①
をつといふみづそ　6–1034 ④
をつめにいでて　16–3808 ②
をてもこのもに
　—あみさして　17–4013 ②
　—さすわなの　14–3361 ②
　—となみはり　17–4011 ㊹
　—もりへすゑ　14–3393 ②
をとこさびすと　5–804 ㉘
をとこじもの
　—おひみむだきみ　3–481 ㊲
　—わきばさみもち　2–210 ㉛
　—わきばさみもち　2–213 ㉛
をとこはか　9–1809 ㊸
をとこをみなの　20–4317 ④
をとつひも
　—きのふもありつ　17–4011 ㊾
　—きのふもけふも　6–1014 ①
　—きのふもけふも　17–3924 ③
をととしの　4–783 ①
をどのたどりが　14–3405 ②
をとめがともは　1–53 ④
をとめこすゑて　11–2360 ②
をとめさびすと
　—からたまを　5–804 ⑩
　—しろたへの　5–804ィ ⑩
をとめはか　9–1809 ㊺
をとめらが
　—あかものすそに　15–3610 ③
　—あかものすその　7–1274 ④
　—いめにつぐらく　17–4011 ㊸
　—うみをかくといふ　6–1056 ①
　—うみをのたたり　12–2990 ①
　—おくつきところ　9–1801 ㉗
　—おるはたのうへを　7–1233 ①
　—おるもみちばに　8–1512 ③
　—かざしのために　8–1429 ①
　—きけばかなしさ　19–4211 ⑬
　—こころをしらに　13–3255 ⑦
　—さなすいたとを　5–804 ㊴
　—そでふるやまの　4–501 ①
　—たまくしげなる　4–522 ①
　—たまぬくまでに　19–4166 ㉓
　—たまもすそびく　20–4452 ①
　—たまものすそに　1–40 ③

—てにとりもてる　19–4192 ⑨
—のちのしるしと　19–4212 ①
—はなりのかみを　7–1244 ①
—はるなつますと　17–3969 ㊺
—ゑまひのにほひ　18–4114 ③
—をけにたれたる　13–3243 ①
—をとめさびすと　5–804 ⑨
をとめらし
—あしつきとると　17–4021 ③
—はるののうはぎ　10–1879 ③
をとめらに
—あふさかやまに　13–3237 ⑤
—つとにもやりみ　18–4111 ㉑
—ゆきあひのわせを　10–2117 ①
をとめらは
—あかもすそびく　6–1001 ③
—おもひみだれて　17–3973 ㉟
—とこよのくにの　5–865 ③
をとめらを　11–2415 ①
をとめをすぎて
3–250左注 ②, 15–3606 ②
をとめをとこの　9–1759 ⑥
をなのをの　14–3448 ③
をになるまでに　11–2538 ④
をにひたやまの　14–3436 ②
をのうへに　10–1838 ①
をのうへの　9–1751 ⑨
をのうへのさくら　19–4151 ④
をのうへのしげに　19–4239 ②
をのうへのみやは　20–4507 ②
をのうへを　9–1753 ⑪
をのことそおもふ　6–972 ⑤
をのこやも　6–978 ①
をのたえぬれば　13–3330 ㉖
をのとりて　13–3232 ①
をのにしめゆひ
—むなことも　12–3063 ②
—むなことを　11–2466 ②
をののあさぢを　11–2835 ②
をののくさぶし　10–2268 ②
をののたどりが　14–3405左注 ②
をのゆあきづに　7–1368 ②
をはうちふれて　10–1830 ④
をはくるわざを　2–97 ④
をはつせやまの　16–3806 ②
をばなおしなべ　10–2172 ②
をばながうへに　8–1564 ②
をばながうへの
—しらつゆおもほゆ　10–2169 ④
—しらつゆを　8–1572 ②
をばながうれに　10–2167 ②
をばながうれの
—おひなびき　10–2242 ②
—しらつゆおもほゆ　16–3819 ④
をばながうれを
—あきとはいはむ　10–2110 ④
—おしなべて　8–1577 ②
をばながしたの　10–2270 ②
をばなかりそへ　10–2292 ②
をばなくずはな　8–1538 ②
をばなさかふき　8–1637 ②
をばなしおもほゆ　8–1533 ⑤
をばなちる　9–1757 ⑦
をばなふきこす　20–4295 ②
をはなりに　9–1809 ⑤
をばやしに　14–3538左注 ①
をはりだの
—あゆぢのみづを　13–3260 ①
—いただのはしの　11–2644 ①
をぶねつらなめ　19–4187 ⑧
をぶねにのりて　6–1033 ④
をぶねのり　15–3627 ㉛
をぶねひきそへ　16–3869 ②
をぶねもがも
—たままきの　8–1520 ⑳
—たままきの　13–3299 ⑩
をぶねをまけ　9–1780 ⑥
をふのうらに　19–4187 ⑪
をふのうらの　18–4049 ③
をふのさき
—こぎたもとほり　18–4037 ①
—はなちりまがひ　17–3993 ㊶

をふのしたくさ
—つゆしあれば　11-2687②
—はやくおひば　12-3049②
をみなとおもひて　11-2726ィ⑤
をみなにしあらば　4-643②
をみなにしあれば　3-419④
をみなへし
—あきはぎしのぎ　20-4297①
—あきはぎまじる　8-1530①
—あきはぎをれれ　8-1534①
—あへぬこころに　10-2279③
—このしらつゆに　10-2115③
—さきさはにおふる　4-675①
—さきさはのへの　7-1346①
—さきたるのへを　17-3944①
—さきたるのへを　17-3951③
—さきのにおふる　10-1905①
—さきののはぎに　10-2107③
—またふぢはかま　8-1538④
をみなへしかも　17-3943⑤
をみなへしはも　20-4316⑤
をみなわらはも　18-4094㊿④
をみねみかくし
—わすれくる　14-3362②
—わすれゆく　14-3362左注②
をみのおほきみ　1-23②
をみのこら　16-3791㊲
をむかひに　8-1629⑰
をやのしこやに　13-3270②
をやまだの
—いけのつつみに　14-3492①
—ししだもるごと　12-3000③
—なはしろみづの　4-776③
をらえけらずや　8-1457⑤
をらくの　13-3272⑨
をらずきにけり　3-392④
をらばちるべみ　8-1644②
をらましものを
こふらむきみと—　10-2306⑤
さくらのはなも—　9-1750⑤
をらむとすれど
—うらわかみこそ　14-3574④
—ゆふまやま　14-3475②
をりあかして　2-89①
をりあかしも　18-4068①
をりかざさむと
—くずのねの　3-423ィ⑯
—はふくずの　3-423⑯
をりかざし　5-821③
をりかざしつつ
—あそべども　5-828②
—もろひとの　5-843②
をりかざしてば　17-3905④
をりかへし　13-3274⑬
をりかへしつつ　17-3962㉜
をりしあひだに　11-2667④
をりしうぐひす　8-1431④
をりておくらむ　18-4134④
をりてかざさな　19-4252④
をりてかざさむ
あきはぎさきぬ—　10-2105⑤
いまさかりなり—　10-2106⑤
—たぢからもがも　17-3965④
みかりのひとの—　10-1974⑤
をりてかざせる　5-832②
をりのみをりて　10-2099④
をりはやし　14-3406③
をりふせて　4-500③
をりまじへ　10-1904③
をりもをらずも
—みつれども　8-1652②
—みらくしよしも　19-4167④
—みるごとに　19-4185⑥
をりをりて　16-3885③
をるわれを　15-3669③
をれども　5-904⑮
をればいぶせみ　8-1479②
をればくるしも　12-2931②
をろたにおはる　14-3501②
をろのはつをに　14-3468②
ををよわみ
—みだるるときに　12-3081③

—みだれやしなむ　11-2791 ③
をりにをりをり　6-1012 ②

難　訓

莫囂円隣之大相七兄爪謁気　1-9 ①②
物恋之鳴毛　1-67 ②
已具耳矣自得見監乍共　2-156 ③④
智男雲　2-160 ⑤
舟公宣奴嶋尓　3-249 ④⑤
邑礼左変　4-655 ⑤
指進乃　6-970 ①
漸ゝ志夫乎　7-1205 ②
杏人　9-1689 ③
明日者来牟等　10-1817 ②
云子鹿丹　10-1817 ③
定而　10-2033 ③
神競者　10-2033 ④
磨待無　10-2033 ⑤
恨登　11-2522 ①
思狭名盤　11-2522 ②
在之者　11-2522 ③
往褐　11-2556 ③
東細布　11-2647 ①
中見刺　11-2830 ③
等望使念　12-2842 ②
汙瑞能振　13-3221 ⑦
日向尓　13-3242 ⑤
行靡闕矣　13-3242 ⑥
中麻奈尓　14-3401 ①
奈可中次下　14-3419 ②
多我子尓毛　15-3754 ④
刺部重部　16-3791 ㉞
信巾裳成者之寸丹取為支屋所経
　16-3791 ㊹
如是所為故為
　―いにしへ　16-3791 (96)
　―いにしへの　16-3791 (103)
領為跡之御法　16-3809 ②
葉非左思所念　16-3889 ⑤
歌乞和我世　17-3898 ⑤
我家牟伎波母　18-4105ィ ⑤

人 名 索 引

1) この索引は，萬葉集巻1から巻20までに現れた人名について，簡潔に解説をほどこしたものである．人名には，伝承上の人物名等をも適宜含めている．

2) 配列は現代仮名遣いによる五十音順である．

3) 当該人物の作とされる歌の巻数と歌番号を，項目の末尾に示した．それ以外の形で言及されている時は，◇印を付してその箇所(題詞・歌中・左注)を示し，またその人物の歌集に出ると注記された歌は，「歌集」と頭書して該当する歌番号を示した．なお，(　)内に示したものは或本歌によるものや推定によるものを示す．

4) 同名の人物については，¹ ² で区別した．

5) 同一人物の異なる呼称には，便宜 → 印を付して主たる項目を示した．

（山田英雄）

あ

県犬養娘子《あがたのいぬかいのおとめ》 伝未詳. 8-1653

県犬養宿祢浄人《あがたのいぬかいのすくねきよひと》 伝未詳. 万葉集に見える天平勝宝7年(755)から68年後の弘仁14年(823)正月に, 正六位上より従五位下に叙せられた人物がいるが, 同名異人であろう. ◇20-4394左注

県犬養宿祢人上《あがたのいぬかいのすくねひとかみ》 天平3年(731)7月大伴旅人病の折, 勅使として看護したときの歌がある. 時に内礼正. 3-459 ◇3-459左注

県犬養宿祢三千代《あがたのいぬかいのすくねみちよ》 始め美努王に嫁し, 葛城王(橘諸兄)•佐為王•牟漏女王を生み, 離婚して藤原不比等の室となり, 光明子を生んだ. 養老元年(717)正月従四位上より従三位. 同5年正月正三位. 同5月入道. 食封資人を辞したが許されなかった. 天平5年(733)正月薨じた. 時に命婦とある. 同12月従一位を贈られた. 持統朝より高級女官として重きをなしていた. 19-4235

県犬養宿祢持男《あがたのいぬかいのすくねもちお》 伝未詳. 8-1586

県犬養宿祢吉男《あがたのいぬかいのすくねよしお》 天平10年(738)10月内舎人と見え(8-1585), 天平勝宝2年(750)正月より同6月は但馬掾, 正六位上と見え, 同4年4月玄蕃助とある. 天平宝字2年(758)8月従五位下. 同3年5月肥前守. のちに上野介. 同8年10月伊予介となる. 8-1585

県犬養命婦《あがたのいぬかいのみようぶ》 →県犬養宿祢三千代《あがたのいぬかいのすくねみちよ》

安貴王《あきのおおきみ》 続日本紀は阿貴, 阿紀につくる. 春日王の子. 市原王の父. 紀女郎を妻とする. 天平元年(729)3月無位より従五位下, 同17年正月従五位上となる. 養老頃の伊勢行幸の時の歌がある. 因幡八上釆女を娶り, 不敬罪として釆女は本郷に退けられた事件があった. 二条大路木簡に阿貴王と見える. 3-306, 4-534, 535, 8-1555 ◇4-535左注, 643題詞注, 6-988題詞

商長首麻呂《あきのおさのおびとまろ》 天平勝宝7年(755)2月駿河国より防人として筑紫に派遣された. 20-4344

安積皇子《あさかのみこ》 聖武天皇の皇子. 母は夫人県犬養宿祢広刀自. 天平16年(744)閏正月11日恭仁京より難波行幸に随従の途中, 脚病のため桜井頓宮より引き帰し, 13日薨じた. 年17. 光明皇后の生んだ皇太子基は夭折し, 阿閇内親王が皇太子となったが, 皇子(親王)は安積皇子ただ一人でその地位は微妙な立場にあったので毒殺説もある. ◇3-475題詞, 6-1040題詞

朝倉益人《あさくらのますひと》 天平勝宝7年(755)2月, 上野国より防人として筑紫に派遣された. 20-4405

麻田連陽春《あさだのむらじやす》 もと答本陽春と称し, 神亀元年(724)5月, 麻田連の姓を賜わった. 時に正八位上. のち大宰大典, 天平3年(731)3月も大典, 従六位上とあり, 同11年正月外従五位下となり, 石見守, 年56で終わった. 懐風藻に五言詩1首がある. 4-569, 570, 5-884, 885

阿氏奥島《あじのおきしま》 伝未詳. 5-824

葦屋処女《あしのやのおとめ》 摂津国菟原郡葦屋の妻争い伝説上の人. 菟原処女(うないおとめ), 菟名日処女にもつくる. 田辺福麻呂の歌集, 高橋虫麻呂の歌集, 大伴宿祢家持の歌にも見える. ◇9-1801題詞•歌, 1802歌, 1809題詞•歌, 1810歌, 19-4211題詞•歌, 4212歌

飛鳥岡本宮御宇天皇《あすかのおかもとのみやにあめのしたおさめたまいしすめらみこと》 →舒明天皇《じよめいてんのう》

明日香川原宮御宇天皇《あすかのかわはらのみやにあめのしたおさめたまいしすめらみこと》 →斉明天皇《さいめいてんのう》

明日香清御原宮御宇天皇《あすかのきよみはらのみやにあめのしたおさめたまいしすめらみこと》 →天武天皇《てんむてんのう》

明日香清御原宮天皇《あすかのきよみはらのみやのすめらみこと》 →天武天皇《てんむてんのう》

明日香皇女《あすかのひめみこ》 飛鳥にもつくる. 天智天皇の皇女. 母は阿倍倉梯麻呂の娘, 橘娘. 忍壁皇子の妃. 持統6年(692)8月天皇は皇女の田荘に行幸し, 同8年8月皇女のために沙門104口を度した. 文武4年(700)4月薨じた. 時に浄広肆. 柿本人麻呂の挽歌がある. ◇2-196題詞

明日香宮御宇天皇《あすかのみやにあめのしたおさめたまいしすめらみこと》 →天武天皇《てんむてんのう》

安宿王《あすかべのおおきみ》 長屋王の子. 母は藤原不比等の娘. 天平元年(729)2月長屋王の事件の時, 母が藤原氏のため死を免れた. 同9年9月無位より従五位下. 同10月従四位下. 同10年閏7月玄蕃頭. 同12年11月従四位上. 同18年4月治部卿. 天平勝宝元年(749)8月中務大輔. 同3年正月正四位下. 同5年4月播磨守. 同6年2月唐僧鑑真を迎える勅使となり, 同9月内匠頭を兼ね, 同8年11月讃岐

守と見え，天平宝字元年(757) 7 月橘奈良麻呂の乱に加わり，捕えられて妻子とともに佐渡に流された．宝亀 4 年(773) 10 月姓高階真人を賜わった．　20-4301, 4452　◇20-4472 題詞

安宿公奈杼麻呂《あすかべのきみなどまろ》　百済安宿公奈登麻呂にもつくる．天平勝宝 8 年(756) 11 月出雲掾と見え，天平神護元年(765)正月正六位上より外従五位下．　20-4472　◇20-4473 左注

安曇外命婦《あずみのげみょうぶ》　安倍朝臣虫麻呂の母．大伴坂上郎女の母石川内命婦とは同居姉妹．　◇4-667 左注

安曇宿祢三国《あずみのすくねみくに》　天平勝宝 7 年(755) 2 月武蔵掾．武蔵国部領防人使と見える．天平宝字 8 年(764) 10 月藤原仲麻呂追討の功により従五位下となる．　◇20-4424 左注

厚見王《あつみのおおきみ》　系譜未詳．天平感宝元年(749＝天平勝宝元年) 4 月無位より従五位下，天平勝宝 6 年 7 月皇太后の葬送の装束使，同 7 年 11 月伊勢奉幣使，時に少納言．天平宝字元年(757) 5 月従五位上．　4-668, 8-1435, 1458

安都宿祢年足《あとのすくねとしたり》　伝未詳．天平 17 年(745) 4 月，宝亀年間(770～780)の経師，阿刀年足と同一人か不明．　4-663

安都扉娘子《あとのとびらのおとめ》　伝未詳．大伴家持に贈ったと思われる歌が 1 首あるのみ．　4-710

安努君広島《あののきみひろしま》　越中国射水郡大領．伝未詳．◇19-4251 題詞

阿倍大夫《あべだいぶ》　→安倍朝臣広庭《あべのあそみひろにわ》

阿倍朝臣《あべのあそみ》　賀茂女王の母．長屋王の妻．◇8-1613 題詞注

安倍朝臣奥道《あべのあそみおきみち》　息道にもつくる．天平宝字 6 年(762)正月従五位下，若狭守．同 7 年正月大和介，同 8 年 9 月正五位上．同 10 月摂津大夫．天平神護元年(765)正月勲六等．同 2 月左衛士督．同 2 年 11 月従四位下．神護景雲元年(767) 3 月中務大輔．同 2 年 11 月左兵衛督．その後事に坐して罪せられ，宝亀 2 年(771)閏 3 月無位より本位従四位下．同 5 年卒した．時に但馬守，従四位下．　8-1642

安倍朝臣子祖父《あべのあそみこおおじ》　万葉集古義は大宝 3 年(703) 7 月に武蔵守となった従五位下引田朝臣祖父(ひけたのあそみおおじ)が慶雲元年(704) 11 月阿倍朝臣の姓を賜わっているので，続日本紀は子の字を脱しているとして同一人とする．しかし大宝令施行以後であるから阿倍祖父は舎人皇子(とねりのみこ)の大舎人では有り得ない．養老 3 年(719) 10 月舎人皇子は大舎人 4 人を賜わっているのでその中の 1 人であろう．　16-3838, 3839　◇16-3839 左注

安倍朝臣沙美麻呂《あべのあそみさみまろ》　阿倍，佐美麻呂にもつくる．天平 9 年(737) 9 月正六位上より従五位下．同 10 年閏 7 月少納言．同 12 年 11 月従五位上．同 14 年 8 月左中弁と見え，同 15 年 5 月正五位下．同 17 年正月正五位上．天平勝宝元年(749) 4 月従四位上．同 7 年紫微大弼と見え，天平宝字元年(757) 5 月正四位下．同 8 月参議．同 2 年 4 月卒した．時に中務卿．　20-4433

安倍朝臣豊継《あべのあそみとよつぐ》　天平 9 年(737) 2 月外従五位下より従五位下．　6-1002

安倍朝臣広庭《あべのあそみひろにわ》　阿倍(続日本紀)，阿部(本朝月令)にもつくる．御主人の子．慶雲元年(704) 7 月父の功封 100 戸の 4 分の 1 を継いだ．時に従五位上．和銅 2 年(709) 11 月伊予守，同 4 年 4 月正五位上，霊亀元年(715) 5 月宮内卿，養老 2 年(718)正月従四位上，同 5 年 6 月左大弁，同 6 年 2 月参議，同 3 月知河内和泉事，同 7 年正月正四位上，神亀元年(724) 7 月従三位とあり，同 4 年 10 月中納言．天平 4 年(732) 2 月薨じた．時に中納言従三位兼催造宮長官知河内和泉等国事．懐風藻には年 74 とある．同書に五言詩「春日侍宴」「秋日於長王宅宴新羅客」2 首がある．　3-302, 370, 6-975, 8-1423, 9-1772

安倍朝臣虫麻呂《あべのあそみむしまろ》　阿倍にもつくる．虫満にもつくる．安曇外命婦の子．天平 9 年(737) 9 月正七位上より外従五位下，同 12 月皇后宮亮，従五位下，同 10 年閏 7 月中務少輔．同 12 年 9 月藤原広嗣の乱の鎮定に式部少輔で，勅使として参加し，同 11 月従五位上となり，同 13 年閏 3 月正五位下，同 8 月播磨守，同 20 年 10 月左中弁とあり，天平勝宝元年(749) 8 月紫微大忠を兼ね，同 3 年正月従四位下，同 4 年 3 月卒した．時に中務大輔，従四位下．母安曇外命婦は大伴坂上郎女の母石川内命婦と同居の姉妹で，虫麻呂は坂上郎女と戯歌を交わしている．　4-665, 672, 6-980, 8-1577, 1578　◇4-667 左注, 6-1041 題詞, 8-1650 左注

阿倍朝臣老人《あべのあそみおゆひと》　伝未詳．年次不明の遣唐使の一員．　19-4247

阿倍朝臣継麻呂《あべのあそみつぎまろ》　天平 7 年(735) 4 月正六位上より従五位下．同 8 年 2 月遣新羅大使．

同4月拝朝．同6月出発し，同9年正月帰国の途中，対馬で卒した．15-3656, 3668, 3700, 3706, 3708 ◇15-3659 左注

安倍女郎《あべのいらつめ》 伝未詳．3-269, 4-514～516 は阿倍．中臣東人，大伴家持との贈答歌があり，人麻呂時代から恭仁京の時代にわたる．3-269, 4-505, 506, 514, 516 ◇4-515 題詞, 8-1631 題詞

阿閇皇女《あへのひめみこ》 →元明天皇《げんめいてんのう》

天照日女之命《あまでらすひるめのみこと》 天照大神．伊邪那岐・伊邪那美の神より生まれ，日本神話の祖神．◇2-167 歌

海犬養宿祢岡麻呂《あまのいぬかいのすくねおかまろ》 伝未詳．6-996

天之探女《あまのさぐめ》 天稚彦(あめわかひこ)に天からの使者の雉を射殺すよう進言した．◇3-292 歌

天渟中原瀛真人天皇《あまのぬなはらおきのまひとのすめらみこと》 →天武天皇《てんむてんのう》

天豊財重日足姫天皇《あめとよたからいかしひたらしひめのすめらみこと》 →斉明天皇《さいめいてんのう》

天命開別天皇《あめみことひらかすわけのすめらみこと》 →天智天皇《てんじてんのう》

荒雄《あらお》 筑前国滓屋郡志賀村の白水郎．神亀年中対馬へ防人の食料を輸送の途中に遭難した．その妻子らの追悼の歌がある．◇16-3860～3865 歌, 3869 歌・左注

有間皇子《ありまのみこ》 孝徳天皇の皇子．母は妃小足媛．斉明3年(657)9月皇子は病と偽って牟婁温泉に行き，その地を激賞したので天皇は翌4年10月紀温泉に行幸した．同11月留守官の蘇我赤兄は当代の失政3か条をあげて非難した．皇子は喜んで来年始めに挙兵しようとして赤兄の家で謀をめぐらそうとしたが，夾膝が折れたので失敗の前兆として計画は中止した．その夜赤兄は皇子の家を囲み，駅使により天皇に皇子の謀反を知らせた．皇子らは捕えられて紀温泉に送られた．皇太子中大兄は謀反の理由を問い，有間皇子は「天と赤兄のみが知る，吾は知らない」と答えている．中大兄は皇子を藤白坂で絞殺させた．年19．日本書紀には異説をも記している．皇子の死は時の同情を集めたらしく，遺跡は歌の名所となり，2-143～146 に挽歌が見える．有間皇子の立場は微妙で孝徳天皇と皇太子中大兄とは最初から険悪な関係にあり，天皇の悲劇的崩後，有間は孝徳の皇子でありながら最初から皇太子にはなれなかった．孝徳の崩後もその機会はなかった．中大兄の強い権力欲は有間の権力への接近を極度に警戒していたが，有間はその忌諱に触れて排除された．2-141, 142

粟田大夫《あわただいぶ》 →粟田朝臣人《あわたのあそみひと》，粟田朝臣人上《あわたのあそみひとかみ》

粟田朝臣人《あわたのあそみひと》 必登にもつくる．和銅4年(711)4月従六位下より従五位下，同9月兵庫防衛のため将軍となり，同7年11月迎新羅使右副将軍，神亀元年(724)2月従五位上となる．天平2年(730)正月大宰少弐の証はない．(5-817)

粟田朝臣人上《あわたのあそみひとかみ》 和銅7年(714)正月従六位下より従五位下，養老4年(720)正月従五位上，神亀元年(724)2月正五位下，天平元年(729)3月正五位上，同4年10月造薬師寺大夫，同7年4月従四位下，同10年6月卒した．時に武蔵守，従四位下．天平2年正月大宰少弐の証はない．(5-817)

粟田女王《あわたのおおきみ》 養老7年(723)正月従四位下．天平11年(739)正月従四位上．同20年3月正四位上．天平宝字5年(761)6月光明皇太后周忌斎会供奉の労により従三位より正三位．同10月近江保良宮遷都の時，稲4万束を賜わり，同8年5月薨じた．18-4060

粟田女娘子《あわためのおとめ》 伝未詳．大伴家持に贈った歌2首があるのみ．4-707, 708

奄君諸立《あんのきみもろたち》 伝未詳．8-1483

い

池田朝臣《いけだのあそみ》 名を欠く．真枚，足継にあてる説があるが，確証はない．16-3840 ◇16-3841 歌

池辺王《いけべのおおきみ》 大友皇子の孫．葛野王の子．淡海三船の父．神亀4年(727)正月無位より従五位下，天平9年(737)12月内匠頭となる．淡海三船の伝に従五位上とある．◇4-623 題詞

石川卿《いしかわきょう》 伝未詳．9-1728

石川大夫《いしかわだいぶ》 →石川朝臣君子《いしかわのあそみきみこ》

石川朝臣老夫《いしかわのあそみおきな》 伝未詳．8-1534

石川朝臣君子《いしかわのあそみきみこ》 若子，吉美侯にもつくり，号を少郎子という．和銅6年(713)正月正七位上より従五位下，霊亀元年(715)5月播磨守，養老4年(720)正月従五位上，同10月兵部大輔，同5年6月侍従，神亀元年(724)2月正五位下，同3年正月従四位下．家伝下に，神亀年中，風流侍従の一人であったという．万葉集には神亀年中に大宰少弐と

なったことを記している．　3–278,(11–2742)　◇3–247 左注, 278 左注, 9–1776 題詞, 11–2742 左注

石川朝臣足人《いしかわのあそみたるひと》　和銅 4 年(711) 4 月正六位下より従五位下，神亀元年(724) 2 月従五位上，その後大宰少弐となり，同 5 年には遷任した．　6–955　◇4–549 題詞

石川朝臣年足《いしかわのあそみとしたり》　蘇我牟羅志の曾孫．石足の長子．始め少判事．天平 7 年(735) 4 月正六位上より従五位下．同 11 年 6 月出雲守の時その善政を褒められ，同 12 年正月従五位上．同 15 年 5 月正五位下．同 16 年 9 月東海道巡察使．同 18 年 4 月陸奥守，正五位上．同 9 月春宮員外亮．同 11 月左中弁を兼ね，同 19 年正月従四位下．同 3 月春宮大夫．天平勝宝元年(749) 7 月従四位上．同 8 月紫微大弼を兼ね，本官は式部卿．同 2 年 3 月参議治部卿紫微大弼，勲十二等と見え，同 3 年 4 月参議左中弁と見え，同 5 年 9 月従三位，大宰帥．天平宝字元年(757) 6 月神祇伯，兵部卿．同 8 月中納言．同 2 年 8 月正三位，同月以前に式部卿(この時以後，文部卿と改称)．同 4 年正月御史大夫．同 6 年 9 月薨じた．年 75．その墓誌がある．　19–4274

石川朝臣広成《いしかわのあそみひろなり》　天平 15 年(743) 8 月内舎人，天平宝字 2 年(758) 8 月従六位上より従五位下，同 4 年 2 月姓高円朝臣を賜わり，同月文部少輔，同 5 年頃但馬介であった．　4–696, 8–1600, 1601

石川朝臣水通《いしかわのあそみみみち》　伝未詳．　17–3998

石川朝臣宮麻呂《いしかわのあそみみやまろ》　宮守にもつくる．連子の第 5 子．大宝 3 年(703) 10 月太上天皇大葬御装束司次官，正五位下，慶雲 2 年(705) 11 月大宰大弐，和銅元年(708) 3 月右大弁，同 4 年 4 月正四位下，同 6 年正月従三位．同 12 月薨じた．　◇3–247 左注

石川女郎《いしかわのいらつめ》　(1)大津皇子が密かに婚したが，津守連通に卜により暴露された．持統朝の人．　◇2–109 題詞
(2)日並皇子，即ち草壁皇子から歌を贈られた．字を大名児．持統朝の人．(1)と(2)は同一人といわれている．　◇2–110 題詞・歌
(3)大伴宿祢田主と戯歌を贈答し，田主の足疾を見舞う歌を贈っている．持統朝の人．　2–126, 128　◇2–126 左注
(4)大津皇子の宮の侍．字を山田郎女という．持統朝の人．　2–129
(5)藤原朝臣宿奈麻呂の妻．薄愛，離別され，悲しみ恨む歌を作った．　20–4491

石川郎女《いしかわのいらつめ》　(1)久米禅師に求婚され，歌を贈答した．天智朝の人．　2–97, 98　◇2–96 題詞
(2)大津皇子と歌を贈答した．持統朝の人．2–108　◇2–107 題詞
(3)大伴宿祢安麻呂の妻．大伴坂上郎女の母．石川(内)命婦，内命婦石川朝臣，大家石川命婦，佐保大伴大家ともいう．諱を邑婆．安倍朝臣虫麻呂の母，安曇外命婦と同居の姉妹．4–518, 20–4439　◇3–461 左注, 4–667 左注, 20–4439 左注

石川賀係女郎《いしかわのかけのいらつめ》　伝未詳．　8–1612

石川内命婦《いしかわのないみょうぶ》　→石川郎女《いしかわのいらつめ》(3)

石川命婦《いしかわのみょうぶ》　→石川郎女《いしかわのいらつめ》(3)

石川夫人《いしかわぶにん》　天智天皇の挽歌にその歌があるが，天智には夫人はいない．あるいは嬪であった蘇我赤兄の娘の常陸娘をさすか不明．長屋王家木簡に見える．　2–154

出雲娘子《いずものおとめ》　伝未詳．　◇3–429 題詞

石上卿《いそのかみきょう》　名を欠く．　3–287

石上大夫《いそのかみだいぶ》　→石上朝臣乙麻呂《いそのかみのあそみおとまろ》

石上朝臣乙麻呂《いそのかみのあそみおとまろ》　左大臣麻呂の第 3 子，宅嗣の父．神亀元年(724) 2 月正六位上より従五位下，同 11 月大嘗会に内物部を率いて神楯を斎宮南北二門に立て，天平 4 年(732)正月従五位上，同 9 月丹波守，同 8 年正月正五位下，同 9 年 9 月正五位上，同 10 年正月従四位下，左大弁，同 11 年 3 月久米若売を姦した罪により土佐国に流された．この時の五言詩が懐風藻にあり，また銜悲藻 2 巻を作った．万葉集にも歌がある．天平 12 年 6 月の大赦から外されたが，のち許され，同 15 年 5 月従四位上，同 16 年 9 月西海道巡察使，同 18 年 3 月治部卿，同 4 月常陸守，正四位上，同 9 月右大弁，同 20 年 2 月従三位，同 4 月元正天皇の大葬に御装束司，同 21 年 4 月中務卿と見え，天平勝宝元年(749) 7 月中納言．同 2 年 9 月薨じた．万葉集に越前守とあり，懐風藻に入唐大使に任命されたが行かなかったとある．　3–368, 374, 6–1019～1023　◇3–368 左注

石上朝臣堅魚《いそのかみのあそみかつお》　養老 3 年(719)正月従六位下より従五位下．神亀 3 年(726)正月従五位上．天平 3 年(731)正月正五位下．同 8 年正月正五位上．　8–1472　◇8–1472 左注

石上朝臣麻呂《いそのかみのあそみまろ》　宇麻呂の子．乙麻呂の

父．もと物部連．壬申の乱に大友皇子に最後まで随従した．天武5年(676)10月遣新羅大使，時に大乙上．同6年2月帰朝し，同10年12月小錦下，同13年11月姓朝臣を賜わった．朱鳥元年(686)9月天武天皇の殯宮に法官の事を誄した．時に直広参．持統3年(689)9月大宰帥河内王に位記を送る使となり，筑紫の新城を監した．同6年3月伊勢行幸に従い，同10年10月直広壱，資人5人を仮賜され，文武4年(700)10月筑紫惣領，時に直大壱．大宝元年(701)3月中納言，直大壱の時正正三位，同月中納言廃止により大納言，同2年8月大宰帥を兼ねる．慶雲元年(704)正月右大臣，封2170戸を賜わり，和銅元年(708)正月正二位，同3月左大臣，同7月穂積親王と共に勅を賜わり，同3年3月平城京遷都に際して留守司となり，養老元年(717)3月薨じた．年78．　1-44

石上朝臣宅嗣《いそのかみのあそみやかつぐ》　中納言乙麻呂の子．天平勝宝3年(751)正月正六位上より従五位下．同5年正月治部少輔と見え，天平宝字元年(757)5月従五位上．同6年相模守．同5年正月上総守．同10月遣唐副使となったが，同6年3月止め，同7年正月に侍従のまま文部大輔．同8年正月大宰少弐．同10月正五位上，常陸守．天平神護元年(765)正月従四位下．同2月中衛中将．同2年正月参議．同10月正四位下．神護景雲2年(768)正月従三位，同10月式部卿と見え，宝亀元年(770)8月称徳天皇崩じ，藤原永手等と供に光仁天皇を擁立し，同9月大宰帥を兼ね，同2年3月式部卿，同11月中納言．同6年12月姓物部朝臣を賜わり，同8年10月中務卿を兼ね，同11年2月大納言．天応元年(781)4月正三位．同6月薨じた．年53．性朗悟で姿儀あり，経史に通じ，文を好み，草隷に巧みであった．天平宝字より以後淡海三船と共に文人の首と称せられ，その邸を寺とし，その一隅に外典の院である芸亭を作り，好学の徒の閲覧に供した．経国集にその詩2首がある．　19-4282

石上大臣《いそのかみのだいじん》　→石上朝臣麻呂《いそのかみのあそみまろ》

板茂連安麻呂《いたもちのむらじやすまろ》　神亀2年(725)3月の太政官処分に書生と見え，天平7年(735)9月殺人事件を右弁官が処理しなかった罪に坐したが許された．時に右大史，従六位下．　5-831

市原王《いちはらのおおきみ》　安貴王の子．左京四条二坊の戸主．天平5年(733)父安貴王を寿ぐ歌があり，同8年独子を悲しむ歌がある．同11年には東大寺写経司の舎人，同10月皇后宮の維摩講の結願の日に琴を弾いた．同15年5月無位より従五位下，写経司に出仕し，同16年6月には写一切経長官と見える．同18年5月も同様で玄蕃頭を兼ね，また備中守を兼ね，同11月金光明寺造仏長官を兼ね，同21年(749)2月も写経司長官で玄蕃頭，備中守を兼ねる．同4月大仏殿行幸のとき大仏造営の功により従五位上，同(天平感宝元年)閏5月大安寺造仏所長官と見え，同(天平勝宝元年)9月造東大寺司知事，玄蕃頭を兼ね，同2年12月正五位下，同8年6月治部大輔と見える．天平宝字2年(758)11月伊賀国の墾田10町を東大寺に売却した．同3年3月礼部大輔のとき東大寺検財使とあり，同7年正月摂津大夫，同4月造東大寺長官，同5月御執経所の長と見える．　3-412, 4-662, 6-988, 1007, 1042, 8-1546, 1551, 20-4500　◇8-1594 左注

稲置娘子《いなきおとめ》　伝未詳．　◇16-3791 歌

因幡八上采女《いなばのやかみのうねめ》　因幡国八上郡より貢進された采女．安貴王に娶られたが，勅断により不敬罪として本郷に退けられた．　◇4-535 左注

井戸王《いのへのおおきみ》　伝未詳．　1-19　◇1-17 題詞

伊保麻呂《いほまろ》　伝未詳．　9-1735

今城王《いまきのおおきみ》　一条三坊の戸主．母は大伴女郎．天平11年(739)4月大原真人の姓を賜わった．同20年10月兵部少丞，正七位下と見える．天平勝宝7年(755)2月上総大掾と見え，同8年2月兵部大丞，天平宝字元年(757)3月も同様，同5月正六位上より従五位下，同6月治部少輔となり，以後大原今城真人とある．同7年正月左少弁，同2月新羅使を推問した．同4月上野守，同8年正月従五位上，以後消息を絶ち，宝亀2年(771)閏3月無位より本位従五位上に復し，同7月兵部少輔，同3年9月駿河守となった．本朝皇胤紹運録には長皇子の子川内王，その子高安，桜井王とあり，大原真人を賜わったとあり，今城王もその系統と理解する向きもあるが，新撰姓氏録の大原真人は長親王を出自とはしていない．また母大伴女郎を大伴坂上郎女と同一と見て穂積皇子，藤原麻呂との関係を推測する説もあるが，大伴女郎と大伴坂上郎女とは別人であろ

う．高安王らと一族であろうが具体的には不明． 8-1604, 20-4442, 4444, 4459, 4475, 4476, 4496, 4505, 4507 ◇4-519 題詞注, 537 題詞, 20-4439 左注, 4440 題詞, 4459 左注, 4480 左注, 4481 題詞, 4482 左注, 4492 題詞, 4515 題詞

今奉部与曾布《いままつりべのよそふ》 天平勝宝 7 年(755)2 月下野国より防人の火長として筑紫に派遣された． 20-4373

忌部首《いむべのおびと》 名を欠く． 16-3832

忌部首黒麻呂《いむべのおびとくろまろ》 天平宝字 2 年(758) 8 月正六位上より外従五位下． 同 3 年 12 月姓連を賜わり， 同 6 年正月内史局助． 6-1008, 8-1556, 1647, 16-3848 ◇16-3848 左注

石田王《いわたのおおきみ》 忍壁皇子の子． 山前王の弟． ◇3-420 題詞, 423 題詞, 425 左注

磐姫皇后《いわのひめのおおきさき》 仁徳天皇の皇后． 武内宿祢の孫． 葛城襲津彦の娘． 履中・反正・允恭天皇の母． 仁徳 2 年 3 月立后， 同 7 年 8 月皇后のために葛城部を定めた． 天皇は宮人桑田玖賀媛を召しいれようとしたが， 皇后の嫉妬にあい果たさず， また皇后の不在中に八田皇女を妃としたが， 皇后はこれを恨み， 難波宮に帰らず， 同 35 年 6 月筒城宮に薨じ， 同 37 年 11 月那羅山に葬られた． 古事記， 日本書紀には天皇との歌物語がある． 2-85～89 ◇2-90 左注

磐余伊美吉諸君《いわれのいみきもろきみ》 天平勝宝 7 年刑部少録正七位上の時， 兵部省の主典を兼務し， 昔年の防人の歌を抄写して兵部少輔大伴宿祢家持に贈った． ◇20-4432 左注

允恭天皇《いんぎょうてんのう》 雄朝嬬稚子宿祢天皇《おあさづまわくごのすくねのすめらみこと》． 仁徳天皇の皇子． 母は磐姫皇后． 皇后は忍坂大中姫． 木梨軽皇子・安康天皇・雄略天皇の父． 允恭 2 年(413) 2 月皇后のために刑部を定め， 同 4 年 9 月氏姓を正すために味橿丘(うまかしのおか)に盟神探湯(くかたち)を行なった． 同 42 年正月崩じた． ◇2-90 左注

う

宇治若郎子《うじのわきいらつこ》 菟道稚郎子にもつくる． 応神天皇の皇子． 仁徳天皇の弟． 応神 15 年百済の阿直岐に， 同 16 年には王仁に典籍を学び， 天皇に愛された． 応神 41 年天皇崩じ， 皇子は異母兄の仁徳と譲り合い， 日本書紀によれば皇子は自殺して仁徳が即位したという． 9-1795

宇遅部黒女《うじべのくろめ》 天平勝宝 7 年(755) 2 月武蔵国から防人として筑紫に派遣された豊島郡の上丁椋椅部荒虫の妻． 20-4417

右大臣《うだいじん》 →葛城王《かずらきのおおきみ》

有度部牛麻呂《うとべのうしまろ》 天平勝宝 7 年(755) 2 月駿河国より防人として筑紫に派遣された． 20-4337

菟原処女《うないおとめ》 →葦屋処女《あしのやのおとめ》

海上女王《うなかみのおおきみ》 志貴皇子の娘． 養老 7 年(723)正月無位より従四位下， 神亀元年(724) 2 月従三位． 4-531 ◇4-530 題詞

宇努首男人《うののおびとおひと》 養老 4 年(720)大隅・日向の隼人の乱に将軍として勝利を得たという． 6-959

味稲《うましね》 柘枝伝説に見える吉野の人． 3-385 左注

馬史国人《うまのふひとくにひと》 馬比登にもつくる． 平城京東西大溝木簡に天平 8 年(736) 8 月中宮職より兵部省卿(藤原麻呂)宅政所宛に舎人 19 人の考文銭・成選銭・智識銭を請求しているが， その舎人の中に馬国人が見える． 軍防令によると中宮職舎人は五位以上の子孫であるが， 馬史は五位以上とは見えない． 六位以下， 八位以上の嫡子の年 21 以上の内， 中等は兵部の兵衛とする． 国人は兵部省から派遣された舎人であろう． 天平年間東史生， 少初位下と見え， 天平勝宝 8 年(756) 3 月河内国伎人郷の人． 散位寮散位． 天平宝字 8 年(764) 10 月従六位上より外従五位下． 天平神護元年(765) 12 月河内国古市郡の同族と共に武生連を賜わった． 時に右京の人とある． 20-4458 ◇20-4457 題詞

占部小竜《うらべのおたつ》 天平勝宝 7 年(755) 2 月常陸国茨城郡より防人として筑紫に派遣された． 20-4367

占部広方《うらべのひろかた》 天平勝宝 7 年(755) 2 月常陸国より防人として筑紫に派遣された． 20-4371

占部虫麻呂《うらべのむしまろ》 天平勝宝 7 年(755) 2 月下総国より防人として筑紫に派遣された． 20-4388

え

恵行《えぎょう》 天平勝宝 2 年(750) 4 月越中国講師の僧． 19-4204

榎井王《えのいのおおきみ》 志貴皇子の子． 6-1015

縁達師《えんだちし》 僧か． 伝未詳． 8-1536

お

雄朝嬬稚子宿祢天皇《おあさづまわくごのすくねのすめらみこと》　→允恭天皇《いんぎょうてんのう》

生石村主真人《おいしのすぐりまひと》　大石にもつくる．天平10年(738)美濃少目と見え，天平勝宝2年(750)正月正六位上より外従五位下，同4年6月買物解を記している．　3-355

近江天皇《おうみてんのう》　→天智天皇《てんじてんのう》

近江大津宮御宇天皇《おうみのおおつのみやにあめのしたおさめたまいしすめらみこと》　→天智天皇《てんじてんのう》

淡海真人三船《おうみのまひとみふね》　大友皇子の曾孫．池辺王の子．もと御船王．天平勝宝3年(751)正月姓淡海真人を賜わり，時に無位．同8年5月朝廷を誹謗し，人臣の礼を欠く罪に坐し，出雲守大伴古慈悲と共に左右衛士府に禁固されたが，時に内竪．のちに許された．天平宝字2年(758)頃尾張介と見え，同4年正月山陰道巡察使，時に尾張介，正六位上．同5年正月従五位下，参河守．同8年9月仲麻呂の乱における功により正五位上，勲三等，近江介．天平神護2年(766)2月功田20町を賜わり，同9月東山道巡察使．神護景雲元年(767)3月兵部大輔．同6月巡察使として検括過酷の故に解任された．同8月大伴宿祢家持と共に大宰少弐となり，宝亀2年(771)7月刑部大輔．同3年4月大学頭，文章博士を兼ね，同8年正月大判事，同9年2月再び大学頭となる．同11年2月従四位下．この頃石上宅嗣と共に文人の首と称せられた．天応元年(781)また大学頭．延暦3年(784)4月大学頭・因幡守のまま刑部卿．同4年7月卒した．年64．懐風藻，唐大和上東征伝を撰し，続日本紀の編集に参加し，経国集に詩5首がある．　◇20-4467左注

近江宮御宇天皇《おうみのみやにあめのしたおさめたまいしすめらみこと》　→天智天皇《てんじてんのう》

大網公人主《おおあみのきみひとぬし》　伝未詳．　3 413

大石蓑麻呂《おおいしのみのまろ》　天平18年(746)頃東大寺写経所に服仕した．　15-3617

大伯皇女《おおくのひめみこ》　大来にもつくる．天武天皇の皇女．母は天智天皇の皇女，大田皇女．斉明7年(661)天皇の新羅遠征の途中，備前国大伯海で生まれたために命名された．天武2年(673)4月伊勢斎王となって泊瀬斎宮に潔斎し，同3年10月伊勢に赴いた．朱鳥元年(686)11月，大津皇子の死後伊勢より帰った．大宝元年(701)12月薨じた．　2-105, 106, 163〜166

大蔵忌寸麻呂《おおくらのいみきまろ》　伊美吉，万里にもつくる．天平8年(736)遣新羅使の少判官．同9年正月帰国した．時に正六位上．天平勝宝3年(751)11月造東大寺司判官，正六位上，勲十二等と見え，同6年まで同じ．同7年3月同司次官，外従五位下，同8年正月に至る．同5月聖武太上天皇の大葬に造方相司となり，天平宝字2年(758)11月丹波守，須岐国司により従五位下．同4年6月光明皇太后の葬送の養民司となり，同7年正月玄蕃頭．天平神護元年(765)10月紀伊行幸の騎兵副将軍．同閏10月従五位上．宝亀3年(772)正月正五位下．　15-3703

大鷦鷯天皇《おおさざきのすめらみこと》　→仁徳天皇《にんとくてんのう》

大田部荒耳《おおたべのあらみみ》　天平勝宝7年(755)2月下野国より防人の火長として筑紫に派遣された．　20-4374

大田部足人《おおたべのたるひと》　天平勝宝7年(755)2月下総国千葉郡より防人として筑紫に派遣された．　20-4387

大田部三成《おおたべのみなり》　天平勝宝7年(755)2月下野国梁田郡より防人として筑紫に派遣された．　20-4380

邑知王《おおちのおおきみ》　大市王にもつくる．後に文室真人大市．長皇子の子．天平11年(739)正月無位より従四位下．同15年6月刑部卿．同16年閏正月安積皇子の葬事を監護し，同18年4月内匠頭．天平勝宝3年(751)正月従四位上．同4年4月大仏開眼会に内楽頭を奉仕し，時に内匠頭．この年姓文室真人を賜わった．同6年9月大蔵卿．天平宝字元年(757)5月正四位下．同6月弾正尹，同3年11月節部卿，同5年6月光明皇后周忌御斎会奉仕の労により正四位上．同5年10月出雲守．同8年9月民部卿．天平神護元年(765)正月従三位，同2年7月参議．時に出雲国按察使．神護景雲2年(768)10月中務卿と見え，宝亀元年(770)10月正三位．同2年2月中納言兼中務卿と見え，同3月大納言．同7月兼弾正尹．同11月従二位．同12月兼治部卿．同3年2月老病により致仕を乞うたが，許されず，同5年3月兼中務卿．同7月致仕を乞い許された．同11月坂合部内親王邸行幸の時，正二位．妾錦部連針魚女も外従五位下．同11年(780)11月薨じた．時に大納言，正二位．

◇17-3926 左注

大津皇子《おおつのみこ》　天武天皇第2皇子．母は大田皇女．壬申の乱に近江を脱出して伊勢の鈴鹿関に来て天武に合流した．天武12年(683)2月初めて朝政を聞き，同14年正月浄大弐，朱鳥元年(686)8月封400戸を加えられた．同9月天武天皇が崩じ，同10月新羅僧行心らに唆されて叛を企てて失敗し，訳語田舎(おさだのいえ)で死を賜わった．年24．妃山辺皇女は殉死した．日本書紀には，皇子は容止墻岸，音辞俊朗，天智天皇の寵をうけ，才学があり，文筆を好み，詩賦の興は大津より始まるとある．懐風藻に五言詩「臨終」の他3首があり，その伝に，状貌魁梧，器宇峻遠，壮に及び武を愛し，多力にしてよく剣を撃ち，性頗る放蕩，法度に拘らず，節を下して士を礼した．これにより人多く皇子に附託したとある．自分の生んだ皇太子草壁皇子を守る持統皇后との権力闘争に敗れさったものであろう．　2-107, 109, 3-416, 8-1512　◇2-105 題詞, 129 題詞, 163 題詞, 165 題詞

大舎人部千文《おおとねりべのちふみ》　天平勝宝7年(755)2月常陸国那賀郡より防人として筑紫に派遣された．　20-4369, 4370

大舎人部祢麻呂《おおとねりべのねまろ》　天平勝宝7年(755)2月下野国足利郡より防人として筑紫に派遣された．　20-4379

大伴卿《おおともきょう》　未詳．　◇9-1753 題詞, 1780 題詞

大伴卿《おおともきょう》　→大伴宿祢旅人《おおとものすくねたびと》，大伴宿祢御行《おおとものすくねみゆき》，大伴宿祢安麻呂《おおとものすくねやすまろ》

大伴大夫《おおともだいぶ》　→大伴宿祢三依《おおとものすくねみより》

大伴女郎《おおとものいらつめ》　(1)今城王の母．4-519
(2)「留女の女郎」とあり，大伴家持の妹．　◇19-4184 左注, 4198 左注

大伴郎女《おおとものいらつめ》　(1)大伴坂上郎女と同じ．　4-525～528　◇4-522 題詞, 528 左注
(2)大宰帥大伴旅人の妻．神亀5年(728)大宰府において病没．　◇8-1472 左注

大伴君熊凝《おおとものきみくまごり》　肥後国益城郡の人．天平3年(731)6月相撲使の従人として上京の途中，安芸国佐伯郡高庭駅家で病没した．年18．山上憶良の追悼文と歌がある．　◇5-884 題詞, 886 序

大伴坂上郎女《おおとものさかのうえのいらつめ》　大伴宿祢安麻呂の娘．旅人の異母妹．母は石川郎女．始め穂積皇子に嫁し，寵厚く，皇子の霊亀元年(715)7月薨後，藤原朝臣麻呂の妻となり，坂上里に住んでいたので坂上郎女という．のち大伴宿奈麻呂に嫁して坂上大嬢，同二嬢を生む．　3-379, 380, 401, 410, 460, 461, 4-525～529, 563, 564, 585, 586, 619, 620, 647, 649, 651, 652, 656～661, 666, 667, 673, 674, 683～689, 721, 723～726, 760, 761, 6-963, 964, 979, 981～983, 992, 993, 995, 1017, 1028, 8-1432, 1433, 1445, 1447, 1450, 1474, 1475, 1484, 1498, 1500, 1502, 1548, 1560, 1561, 1592, 1593, 1620, 1651, 1654, 1656, 17-3927～3930, 18-4080, 4081, 19-4220, 4221　◇3-461 左注, 4-522 題詞, 528 左注, 649 左注, 667 左注, 759 左注, 8-1619 題詞, 19-4169 題詞

大伴坂上二嬢《おおとものさかのうえのじじょう》　大伴宿祢宿奈麻呂の娘．母は大伴坂上郎女．大伴駿河麻呂の妻．大伴坂上大嬢の妹．　◇3-407 題詞

大伴坂上大嬢《おおとものさかのうえのだいじょう》　大伴宿祢宿奈麻呂の娘．母は大伴坂上郎女．大伴坂上二嬢の姉．大伴家持の妻．　4-581～584, 729～731, 735, 737, 738, 8-1624　◇3-403 題詞, 408 題詞, 4-723 題詞, 724 左注, 727 題詞, 736 題詞, 739 題詞, 741 題詞, 756 題詞, 759 左注, 760 題詞, 765 題詞, 767 題詞, 770 題詞, 8-1448 題詞, 1449 題詞, 1464 題詞, 1506 題詞, 1507 題詞, 1622 題詞, 1627 題詞, 1629 題詞, 1632 題詞, 1662 題詞, 19-4169 題詞, 4198 左注, 4221 左注

大伴宿祢東人《おおとものすくねあずまひと》　天平宝字2年(758)8月正六位上より従五位下．同5年10月式部少輔．同7年正月少納言．宝亀元年(771)6月散位助．同8月周防守．同5年3月弾正弼．　6-1034

大伴宿祢池主《おおとものすくねいけぬし》　天平10年(738)覓珠玉使として駿河国を通過し，時に春宮坊少属，従七位下．同18年は越中掾．同20年3月までには越前掾．天平勝宝5年(753)8月左京少進と見え，同8年3月式部少丞と見え，天平宝字元年(757)6月の橘奈良麻呂の乱に荷担して捕えられ，そのおわりは不明．　8-1590, 17-3944～3946, 3949, 3967 前文, 3967, 3968, 3973 の前の詩文, 3973～3975, 3993, 3994, 4003～4005, 4008～4010, 18-4073 前文, 4073～4075, 4128 前文, 4128～4131, 4132 前文, 4132, 4133, 20-4295, 4300　◇17-3961 左注, 3965 題詞, 3995 題詞, 3998 左注, 4007 左注, 19-4177 題詞, 4189 題詞, 4252 題詞, 20-4459 左注, 4475 題詞

大伴宿祢稲公《おおとものすくねいなきみ》　安麻呂の子．旅人の異母弟．天平2年(730)6月右兵庫助の時，大宰帥大伴旅人脚瘡により，庶弟稲公，甥胡麻呂に遺言を語らんことを馳駅上奏し，稲公ら

が派遣された．のち衛門大尉となり，同13年12月因幡守，時に従五位下．同15年5月従五位上．天平感宝元年(749＝天平勝宝元年)4月正五位下，天平勝宝元年8月兵部大輔，同4年4月大仏開眼会に鎮裏右京使，同6年4月上総守，天平宝字元年(757)5月正五位上，同8月従四位下，大和守．8-1553 ◇4-567左注，586題詞，8-1549題詞

大伴宿祢牛養《おおとものすくねうしかい》　咋子連の孫．小吹負の子．和銅2年(709)正月従六位上より従五位下．同3年5月遠江守．同7年3月従五位上．養老4年(720)正月正五位下．同6年2月左衛士督．天平9年(737)9月正五位上，同10年正月従四位下．同閏7月摂津大夫．同11年4月参議．同14年8月紫香楽宮行幸に平城留守司．同15年5月従四位上．同16年2月兵部卿と見え，難波行幸には恭仁宮留守司となり，同17年正月従三位．同18年4月山陽西海道鎮撫使となり，天平感宝元年(749)4月正三位，中納言．同閏5月薨じた．◇17-3926左注

大伴宿祢像見《おおとものすくねかたみ》　形見にもつくる．天平勝宝2年(750)4月摂津少進，正六位上と見える．天平宝字8年(764)10月藤原仲麻呂の乱の功により従五位下，神護景雲3年(769)3月右大舎人助，宝亀3年(772)正月従五位上．4-664，697～699，8-1595

大伴宿祢清継《おおとものすくねきよつぐ》　伝未詳．◇19-4263左注

大伴宿祢清縄《おおとものすくねきよつな》　伝未詳．8-1482

大伴宿祢黒麻呂《おおとものすくねくろまろ》　伝未詳．天平勝宝4年(752)11月右京少進の時，林王宅の但馬按察使橘奈良麻呂の餞別の宴の歌がある．19-4280

大伴宿祢古慈悲《おおとものすくねこじひ》　吹負の孫．祖父麻呂(おおじまろ)の子．古慈斐・祜信備・祜志備にもつくる．その妻は藤原不比等の娘．大学大允となり，天平9年(737)9月従六位上より外従五位下．同11年正月従五位下．同12年11月従五位上．同14年4月正五位下．時に河内守．同18年3月部内より白亀を献じ，同19年正月従四位下．天平勝宝元年(749)11月従四位上．同4年3月大仏開眼会に講師隆尊を橘奈良麻呂と共に迎え，同4年閏3月衛門督と見え，同8年5月出雲守の時，朝廷誹謗の罪により禁固されたが許された．天平宝字元年(757)7月土佐守在任中橘奈良麻呂の乱に坐して，任国土佐に流された．のち，許され宝亀元年(770)11月無位より本位従四位上に復し，同12月大和守．同2年11月大嘗会に開門を奉仕し，正四位下となり，同6年正月従三位．同8年8月薨じた．年83．大和守．◇19-4262題詞，20-4467左注

大伴宿祢胡麻呂《おおとものすくねこまろ》　古麻呂にもつくる．旅人の甥．宿奈麻呂の子か．継人の父．天平2年(730)6月治部少丞の時，伯父旅人の病により大宰府に赴く．同10年4月兵部大丞と見え，同17年正月，正六位上より従五位下．天平勝宝元年(749)8月左少弁，同2年9月遣唐副使，同3年正月従五位上，同4年閏3月従四位上．渡唐後，同5年正月の朝賀の際，新羅と席次を争い，新羅の上席に列した．同12月帰朝のとき僧鑑真の来朝に尽力した．同6年正月帰国し，同4月左大弁，正四位下．天平宝字元年(757)6月陸奥鎮守将軍，陸奥按察使．同7月橘奈良麻呂の乱に参加し，捕えられて杖下に死んだ．◇4-567左注，19-4262題詞・左注

大伴宿祢宿奈麻呂《おおとものすくねすくなまろ》　安麻呂の第3子．大伴田村大嬢・大伴坂上大嬢・同二嬢の父．妻は大伴坂上郎女．和銅元年(708)正月従六位下より従五位下，同5年正月従五位上，霊亀元年(715)5月左衛士督，養老元年(717)正月正五位下．同3年7月備後守の時，按察使となり，安芸・周防両国を管した．同4年正月正五位上，神亀元年(724)2月従四位下．4-532，533 ◇2-129題詞，4-586題詞，759左注

大伴宿祢駿河麻呂《おおとものすくねするがまろ》　高市大卿(大伴御行か)の孫．大伴坂上二嬢に求婚した．天平15年(743)5月正六位上より従五位下，同18年9月越前守．天平宝字元年(757)8月橘奈良麻呂の乱に参加して弾劾された．のち許され，宝亀元年(770)5月出雲守，従五位上．同10月正五位下，同月肥後守のとき部内から白亀を献じた功により，正五位上．同2年11月従四位下．同3年9月陸奥按察使に任ぜられ，老衰の故を以て辞退したが許されず，正四位下となり，同4年7月陸奥国鎮守将軍．同5年7月蝦夷討滅を命ぜられ，同10月その功により御服等を賜わり，同6年9月参議，同11月蝦夷討滅の功により正四位上勲三等．同7年7月卒した．従三位を贈られた．3-400，402，407，409，(411)，4-646，648，653～655，8-1438，1660 ◇4-649左注

大伴宿祢田主《おおとものすくねたぬし》　安麻呂の第2子．母は

巨勢郎女．字を仲郎という．容姿佳麗，風流秀絶，見る人聞く人嘆息しない者はなかったという．早逝したか，史書には見えない．2-127 ◇2-126題詞・左注，128題詞・左注

大伴宿祢旅人《おおとものすくねたびと》　淡等にもつくる．安麻呂の第1子．家持の父．和銅3年(710)正月左将軍，正五位上，朝賀に騎兵を率いる．同4年4月従四位下，同7年11月迎新羅使，左将軍．霊亀元年(715)正月従四位上，同5月中務卿．養老2年(718)3月中納言，同3年正月正四位下，同9月山背国摂官，同4年2月征隼人持節大将軍，同5年正月従三位．神亀元年(724)2月正三位，同5年頃大宰帥．天平2年(730)10月大納言，同3年正月従二位．同7月薨じた．年67(懐風藻)．3-315, 316, 331～335, 338～350, 438～440, 446～453, 4-555, 574, 575, 577, 5-793, 806, 807, 810, 811, (815序), 822, (847～852), (853序, 853～860), 861～863, 6-956, 957, 960, 961, 967～970, 8-1473, 1541, 1542, 1639, 1640 ◇3-454題詞, 459左注, 4-553題詞, 567左注, 568題詞, 572題詞, 576題詞, 579題詞, 6-962左注, 963題詞, 965題詞, 966左注, 8-1472左注, 1522左注, 1526左注, 1610題詞, 17-3890題詞

大伴宿祢千室《おおとものすくねちむろ》　天平勝宝6年(754)正月左兵衛督と見える．続日本紀にない．4-693, 20-4298

大伴宿祢利上《おおとものすくねとしかみ》　伝未詳．8-1573

大伴宿祢書持《おおとものすくねふみもち》　旅人の子．家持の弟．天平18年(746)9月没．3-463, 8-1480, 1481, 1587, 17-3901～3906, 3909, 3910 ◇17-3913左注, 3957題詞, 3959左注

大伴宿祢道足《おおとものすくねみちたり》　馬来田の子．安麻呂の従弟．慶雲元年(704)正月従六位上より従五位下．和銅元年(708)3月讃岐守．同5年正月正五位下．同6年8月弾正尹．養老4年(720)正月正五位上．同10月民部大輔．同7年正月従四位下．天平元年(729)2月権に参議．同3月正四位下．同9月右大弁．同3年8月参議．同11月南海道鎮撫使．同7年9月訴人の事を裁理せざる罪に坐したが許された．6-962題詞・左注

大伴宿祢三中《おおとものすくねみなか》　天平元年(729)摂津国班田司判官，同8年2月遣新羅副使．時に従六位下．同9年3月帰朝，同12年正月外従五位下，同13年8月刑部少輔兼大判事，同15年6月兵部少輔，同16年9月山陽道巡察使，同17年6月大宰少弐，同18年4月長門守，従5位下，同19年3月刑部大判事．3-443～445, 15-3701, 3707

大伴宿祢三林《おおとものすくねみはやし》　伝未詳．8-1434

大伴宿祢御行《おおとものすくねみゆき》　長徳の子．安麻呂の兄．御依の父．高市大卿か．もと連姓．天武元年(672)壬申の乱の功臣．天武4年3月兵部大輔，時に小錦上．同13年12月宿祢の姓となり，同14年9月御衣袴を賜わり，持統2年(688)11月天武葬送の日に誄す．同5年正月封80戸を増し，通前300戸，同8年正月更に封200戸を増し，氏上となり，同10年10月正広肆，大納言，資人80人を賜わる．文武4年(700)8月その善政を褒められ，正広参となる．大宝元年(701)正月薨じた．正広弐，右大臣を贈られた．19-4260

大伴宿祢三依《おおとものすくねみより》　御依にもつくる．伴氏系図では御行の子．天平元年(729)，同2年筑紫にいたが，その官は不明．同20年2月正六位上より従五位下．以後，主税頭，三河守，仁部少輔を経て天平宝字3年(759)6月従五位上，のち遠江守，義部大輔を経て天平神護元年(765)正月正五位上となり，同2年10月出雲守，宝亀元年(770)10月従四位下．同5年5月卒した．4-552, 578, 650, 690, (5-819) ◇4-556題詞

大伴宿祢村上《おおとものすくねむらかみ》　天平勝宝6年(754)正月民部少丞と見え，宝亀2年(771)4月正六位上より従五位下．同11月肥後介．同3年4月阿波守．8-1436, 1437, 1493, 20-4299 ◇19-4263左注

大伴宿祢百代《おおとものすくねももよ》　百世にもつくる．天平初年大宰大監，同10年(738)閏7月兵部少輔．時に外従五位下．同13年8月美作守，同15年12月筑紫鎮西府副将軍，同18年4月従五位下，同9月豊前守，同19年正月正五位下．3-392, 4-559～562, 566, 5-823 ◇4-567左注, (5-812後文)

大伴宿祢家持《おおとものすくねやかもち》　旅人の子．書持の兄．母は未詳．神亀5年(728)頃から天平2年(730)10月まで父旅人に従って大宰府に在住し，父の大納言遷任と共に帰京．天平10年10月内舎人，同11年6月妾を失う．同12年10月藤原広嗣の乱に伊勢行幸に随従し，河口行宮等を経て，同13年恭仁京にあり，同16年閏正月安積皇子が薨じた時も内舎人．同17年正月正六位上より従五位下，同18年

3月宮内少輔，同6月越中守．7月に赴任し，同19年4月正税帳使として入京し，同20年春部内を巡行し，天平勝宝3年(751)7月少納言となり，帰京した．同6年4月兵部少輔，時に従五位上．同11月山陰道巡察使，天平宝字元年(757)6月兵部大輔，同12月右中弁とあり，同2年6月因幡守，同3年正月因幡国庁の饗宴を最後に万葉集は終了している．同6年正月信部大輔，同8年正月薩摩守，神護景雲元年(767)8月大宰少弐，宝亀元年(770)6月民部少輔，同9月左中弁兼中務大輔，同10月正五位下，同2年11月従四位下，同3年2月左中弁兼式部員外大輔と見え，同5年3月相模守，同9月左京大夫兼上総守，同6年11月衛門督，同7年3月伊勢守，同8年正月従四位上，同9年正月正四位下，同11年2月参議兼右大弁，天応元年(781)4月右京大夫兼春宮大夫，正四位上，同5月左大弁，同11月従三位．延暦元年(782)閏正月氷上川継の事件に坐して兼任を解かれ京外に移されたが，詔により許された．同5月春宮大夫に復任．時に参議，従三位．同6月陸奥按察使鎮守将軍を兼ね，同2年7月中納言，春宮大夫は本のとおり．同3年2月持節征東将軍．同4年8月薨じた．死後まもなく藤原種継暗殺事件が起こり，家持も坐して除名され，続日本紀は家持を「死」と記している．その有する越前国加賀郡100余町が没官された．大同元年(806)3月従三位に復した．大伴系図では年68，伴氏系図では57とする．公卿補任の宝亀11年(780)条に天平元年生とするのは誤で，同書天応元年(781)条に年64，延暦4年(785)条に薨ずとある．　3-403, 408, 414, 462, 464～480, 4-611, 612, 680～682, 691, 692, 700, 705, 714～720, 722, 727, 728, 732～734, 736, 739～755, 764, 765, 767～775, 777～781, 783～790, 6-994, 1029, 1032, 1033, 1035～1037, 1040, 1043, 8-1441, 1446, 1448, 1462～1464, 1477～1479, 1485～1491, 1494～1496, 1507～1510, 1554, 1563, 1565～1569, 1572, 1591, 1596～1599, 1602, 1603, 1605, 1619, 1625～1632, 1635, 1649, 1663, 16-3853, 3854, 17-3900, 3911～3913, 3916～3921, 3926, 3943, 3947, 3948, 3950, 3953, 3954, 3957～3964, 3965 前文, 3965, 3966, 3969 前文, 3969～3972, 3976 の前の詩文，3976～3992, 3995, 3997, 3999～4002, 4006, 4007, 4011～4015, 4017～4031, 18-4037, 4043～4045, 4048, 4051, 4054, 4055, 4063, 4064, 4066, 4068, 4070～4072, 4076～4079, 4082～4086, 4088～4105, 4106 前文, 4106～4127, 4134～4138, 19-4139～4183, 4185～4199, 4205～4208, 4211～4219, 4223, 4225, 4226, 4229, 4230, 4234, 4238, 4239, 4248～4251, 4253～4256, 4259, 4266, 4267, 4272, 4278, 4281, 4285～4292, 20-4297, 4303～4320, 4331～4336, 4360～4362, 4395～4400, 4408～4412, 4434, 4435, 4443, 4445, 4450, 4451, 4453, 4457, 4460～4471, 4474, 4481, 4483～4485, 4490, 4492～4495, 4498, 4501, 4503, 4506, 4509, 4512, 4514～4516　◇3-395 題詞，4-567 左注, 579 題詞, 581 題詞, 587 題詞, 613 題詞, 618 題詞, 675 題詞, 701 題詞, 707 題詞, 729 題詞, 735 題詞, 737 題詞, 762 題詞, 776 題詞, 6-979 題詞, 8-1451 題詞, 1460 題詞, 1505 題詞, 1616 題詞, 1617 題詞, 1624 題詞, 16-3854 左注, 17-3910 左注, 3927 題詞, 3931 題詞, 3959 左注, 3961 左注, 3984 左注, 3990 左注, 4015 左注, 18-4032 題詞, 4070 左注, 4071 左注, 4080 題詞, 4135 左注, 19-4198 左注, 4225 左注, 4229 左注, 4230 左注, 4238 左注, 4259 左注, 4292 左注, 20-4294 左注, 4298 題詞, 4302 題詞, 4303 左注, 4432 左注, 4442 題詞, 4474 左注

大伴宿祢安麻呂《おおとものすくねやすまろ》　長徳の第6子．旅人・田主・宿奈麻呂・坂上郎女らの父．もと連姓．天武元年(672)6月壬申の乱に天武側に参加．同13年2月都の地を視察．時に小錦中．朱鳥元年(686)正月新羅使を饗するため筑紫に赴く．時に直広参，以後宿祢とある．同9月天皇崩御の時大蔵の事を誄した．大宝元年(701)3月中納言のとき直大壱より正従三位．大宝令施行により中納言が廃止され，もとの他の中納言は大納言となったが，安麻呂は外された．同2年正月式部卿．時に従三位．同3年5月朝政に参議し，同6月兵部卿，慶雲2年(705)8月大納言，同11月大宰帥を兼ね，和銅元年(708)3月正三位と見える．同7年5月薨じた．時に大納言兼大将軍正三位．従二位を贈られた．　2-101, 3-299, 4-517　◇2-126 題詞, 129 題詞注, 3-461 左注, 4-518 題詞注, 528 左注, 532 題詞注, 649 左注

大伴宿祢四綱《おおとものすくねよつな》　天平2年(730)頃防人司佑と見え，同10年4月大和少掾とあり，同17年10月雅楽助，正六位上，勲九等と見える．二条大路木簡に見える．　3-329, 330, 4-571, 629　◇8-1499 題詞

大伴田村大嬢《おおとものたむらのだいじょう》　大伴宿祢宿奈麻呂の娘，

坂上大嬢の異母姉.　4–756～759, 8–1449, 1506, 1622, 1623, 1662　◇4–586題詞, 759左注

大伴連佐提比古《おおとものむらじさでひこ》　狭手彦，紗手比古にもつくる．金村の3男．宣化2年(537) 10月新羅が任那を侵したので，金村の子磐は筑紫に留まって備え，佐提比古は海を渡り任那を鎮めて百済を救い，また欽明23年(562) 8月兵を率いて高麗を討ち，財物を得て献上したという．　◇5–871序

大伴連長徳《おおとものむらじながとこ》　咋子の子．御行・安麻呂の父．字を馬養(飼)という．舒明4年(632) 10月唐使を江口に迎え，皇極元年(642) 12月舒明天皇の殯宮に誄した．時に小徳．孝徳天皇践祚の日，金の靫を帯び，壇の右に立った．大化5年(649) 4月大紫，右大臣．白雉2年(651) 7月薨じた．　◇2–101題詞注

大伴部小歳《おおともべのおとし》　天平勝宝7年(755) 2月武蔵国秩父郡より防人として筑紫に派遣された．20–4414

大伴部子羊《おおともべのこひつじ》　天平勝宝7年(755) 2月下総国相馬郡より防人として筑紫に派遣された．20–4394

大伴部広成《おおともべのひろなり》　天平勝宝7年(755) 2月下野国那須郡より防人として筑紫に派遣された．20–4382

大伴部節麻呂《おおともべのふしまろ》　天平勝宝7年(755) 2月上野国より防人として筑紫に派遣された．20–4406

大伴部真足女《おおともべのまたりめ》　天平勝宝7年(755) 2月，防人として武蔵国那珂郡より筑紫に派遣された檜前舎人石前の妻．　20–4413

大伴部麻与佐《おおともべのまよさ》　天平勝宝7年(755) 2月下総国埴生郡より防人として筑紫に派遣された．　20–4392

大汝《おおなむち》　大国主神．古事記には大穴牟遅神，日本書紀には大己貴神，風土記に大汝神(命)とある．出雲神話の中心の神．国作りをしたが，天孫降臨により国土を譲り，出雲大社の祭神，またその奇魂(くしみたま)である大物主神は，大神神社の祭神となる．多くの歌謡を含む説話がある．　◇3–355歌, 6–963歌, 1065歌, 7–1247歌, 10–2002歌, 18–4106歌

太朝臣徳太理《おおのあそみとこたり》　天平17年(745)正月正六位上より外従五位下．同18年正月太上天皇の御在所の雪の宴に参入したが，その歌は伝えられてはいない．同4月従五位下．　◇17–3926左注

大泊瀬稚武天皇《おおはつせわかたけのすめらみこと》　→雄略天皇《ゆうりやくてんのう》

大原真人今城《おおはらのまひといまき》　→今城王《いまきのおおきみ》

大原真人桜井《おおはらのまひとさくらい》　→桜井王《さくらいのおおきみ》

大原真人高安《おおはらのまひとたかやす》　→高安王《たかやすのおおきみ》

大神大夫《おおみわだいぶ》　→三輪朝臣高市麻呂《みわのあそみたけちまろ》

大神朝臣奥守《おおみわのあそみおきもり》　天平宝字8年(764)正月正六位下より従五位下．　16–3841　◇16–3840題詞・歌

大神女郎《おおみわのいらつめ》　伝未詳．大伴家持との贈答歌がある．　4–618, 8–1505

大宅女《おおやけめ》　伝未詳．豊前国の娘子．　4–709, 6–984

崗本天皇《おかもとのてんのう》　舒明天皇か．　4–485～487, 8–1511, (9–1664)　◇4–487左注, 9–1664左注

置始東人《おきそめのあずまひと》　伝未詳．文武3年(699) 7月に薨じた弓削皇子を偲ぶ歌がある．　1–66, 2–204～206

置始連長谷《おきそめのむらじはつせ》　伝未詳．　20–4302　◇8–1594左注, 20–4303左注

息長足日広額天皇《おきながたらしひひろぬかのすめらみこと》　→舒明天皇《じよめいてんのう》

息長足日女《おきながたらしひめ》　→神功皇后《じんぐうこうごう》

息長真人国島《おきながのまひとくにしま》　天平勝宝7年(755) 2月常陸大目，正七位上の時，同国の部領防人使となり，防人の歌を進めた．天平宝字6年(762)正月正六位上より従五位下．この時息長丹生真人国島とある．　◇20–4372左注

忍坂王《おさかのおおきみ》　伝未詳．　◇8–1594左注

刑部直千国《おさかべのあたいちくに》　天平勝宝7年(755) 2月上総国市原郡より防人として筑紫に派遣された．20–4357

刑部直三野《おさかべのあたいみの》　天平勝宝7年(755) 2月上総国より防人．助丁として筑紫に派遣された．20–4349

忍坂部乙麻呂《おさかべのおとまろ》　伝未詳．文武天皇の難波行幸に従った歌がある．　1–71

刑部志加麻呂《おさかべのしかまろ》　天平勝宝7年(755) 2月下総国猨島郡より防人として筑紫に派遣された．　20–4390

刑部垂麻呂《おさかべのたりまろ》　伝未詳．慶雲(704～708)の頃の人．　3–263, 427

忍坂部皇子《おさかべのみこ》　忍壁，刑部親王にもつくる．天武天皇の第9皇子．母は宍人臣大麻呂の娘，擯媛娘(かじひめのいらつめ)．壬申の乱に天武天皇に従って東国に赴く．天武3年(674) 8月石上神宮に使して膏油を以て神宝をみがく．同8年5月草壁皇子らと共に事なからんことを誓い，

同10年3月川島皇子らと共に帝紀及び上古の諸事を記定し，同14年正月浄大参を授けられる．朱鳥元年(686)7月皇子の宮の失火により民部省蔵庸舎屋が炎上．同8月封100戸を加えられ，文武4年(700)6月律令撰定の功により禄を賜わった．大宝3年(703)正月知太政官事となり，慶雲元年(704)正月封200戸を増し，同2年4月越前国の野地100町を賜わった．同5月薨じた．時に三品．◇2-194題詞, 3-235左注, 9-1682題詞

刑部虫麻呂《おさかべのむしまろ》　天平勝宝7年(755)2月駿河国より防人として筑紫に派遣された．20-4339

他田舎人大島《おさだのとねりおおしま》　天平勝宝7年(755)2月信濃国小県郡より防人として筑紫に派遣された．信濃国造．20-4401

他田日奉直得大理《おさだのひまつりのあたいとこたり》　天平勝宝7年(755)2月下総国海上郡より防人．助丁として筑紫に派遣された．海上国造．20-4384

他田広津娘子《おさだのひろつのおとめ》　伝未詳．8-1652, 1659

他田部子磐前《おさだべのこいわさき》　天平勝宝7年(755)2月上野国より防人として筑紫に派遣された．20-4407

忍海部五百麻呂《おしぬみべのいおまろ》　天平勝宝7年(755)2月下総国結城郡より防人として筑紫に派遣された．20-4391

小鯛王《おだいのおおきみ》　置始多久美．置始工ともある．神亀の頃，風流の侍従と称せられた(藤氏家伝)．16-3819, 3820 ◇16-3820左注

小田王《おだのおおきみ》　天平6年(734)正月無位より従五位下．同10年閏7月大蔵大輔．同16年2月難波行幸の時留守司．時に木工頭．同18年4月因幡守，従五位上．天平勝宝元年(749)11月正五位下．更に正五位上．◇17-3926左注

小田事《おだのつこう》　伝未詳．3-291

小野氏淡理《おのうじのたもり》　→小野朝臣田守《おののあそみたもり》

小野大夫《おのだいぶ》　→小野朝臣老《おののあそみおゆ》

小野朝臣老《おののあそみおゆ》　石根の父．養老3年(719)正月正六位下より従五位下，同4年10月右少弁．神亀年間大宰少弐．天平元年(729)3月従五位上，同3年正月正五位下，同5年3月正五位上，同6年正月従四位下．同9年6月卒した．時に大宰大弐，従四位下．3-328, 5-816, 6-958

小野朝臣国堅《おののあそみくにかた》　天平10年(738)7月写経司史生，無位と見え，同11年大初位とあり，同15年10月写経所令史と見える．5-844

小野朝臣田守《おののあそみたもり》　淡理にもつくる．天平19年(747)正月正六位上より従五位下，天平勝宝元年(749)閏5月大宰少弐，同5年2月遣新羅大使，同6年4月再び大宰少弐，同8年6月左少弁，天平宝字元年(757)7月刑部少輔，ついで遣渤海大使．同2年9月渤海使楊承慶を伴って帰朝し，同10月従五位上．同12月唐の安禄山の乱を報告した．5-846 ◇20-4514題詞

小野朝臣綱手《おののあそみつなて》　天平12年(740)11月正六位上より外従五位下．同15年6月内蔵頭．同18年4月上野守．◇17-3926左注

小野臣淑奈麻呂《おののおみすくなまろ》　宿奈麻呂にもつくる．天平6年(734)出雲国計会帳に出雲目，正八位下と見える．5-833

小長谷部笠麻呂《おはつせべのかさまろ》　天平勝宝7年(755)2月信濃国より防人として筑紫に派遣された．20-4403

小治田朝臣東麻呂《おはりだのあそみあずままろ》　伝未詳．8-1646

小治田朝臣広耳《おはりだのあそみひろみみ》　伝未詳．8-1476, 1501

小治田朝臣諸人《おはりだのあそみもろひと》　天平元年(729)3月正六位下より外従五位下．同9年12月散位頭．同10年8月豊後守．同年の周防国正税帳に10月同国を通過と見え，同18年正月太上天皇の御在所の雪の宴に参加し，同5月従五位下．天平勝宝6年(754)正月従五位上．◇17-3926左注

小墾田宮御宇天皇《おはりだのみやにあめのしたおさめたまひしすめらみこと》　→推古天皇《すいこてんのう》

麻続王《おみのおおきみ》　麻績王にもつくる．日本書紀には天武4年(675)4月罪あって因幡に流された．時に諸王三位．1子は伊豆島に，1子は血鹿島に流されたとある．常陸国風土記には行方郡板来駅の西に飛鳥浄見原天皇の世に麻績王が放逐されていた所があるという．1-24 ◇1-23題詞・歌, 24左注

尾張少咋《おわりのおくい》　天平勝宝元年(749)5月越中史生の時，遊行女婦に迷い妻を捨てたので，守大伴家持に教喩された．同3年6月も史生．従八位下と見える．◇18-4106題詞, 4110題詞

尾張連《おわりのむらじ》　伝未詳．8-1421, 1422

か

鏡王女《かがみのおおきみ》　鏡女王，鏡姫王にもつくる．鏡王の娘．額田王の姉か．藤原鎌足の嫡室．天

武12年(683) 7月天皇はその病を問うたが，やがて薨じた．その墓，押坂墓は舒明天皇の押坂陵域内にある．その出自等については諸説がある．　2-92, 93, 4-489, 8-1419, 1607 ◇2-91題詞, 94題詞

柿本朝臣人麻呂《かきのもとのあそみひとまろ》　伝未詳．持統・文武朝の宮廷歌人．　1-29～31, 36～42, 45～49, 2-131～139, 167～170, 194～202, 207～223, 3-235, 239～241, 249～256, 261, 262, 264, 266, 303, 304, 426, 428～430, 4-496～499, 501～503, (9-1710, 1711, 1761, 1762), 15-3611 ◇2-140題詞, 224題詞, 226題詞, 3-423左注, 4-504題詞, 9-1711左注, 1762左注, 11-2634左注, 2808左注, 15-3606～3610左注

歌集　2-146, 3-244, 7-1068, 1087, 1088, 1092～1094, 1100, 1101, 1118, 1119, 1187, 1247～1250, 1268, 1269, 1271～1294, 1296～1310, 9-1682～1709, 1720～1725, 1773～1775, 1782, 1783, 1795～1799, 10-1812～1818, 1890～1896, 1996～2033, 2094, 2095, 2178, 2179, 2234, 2239～2243, 2312～2315, 2333, 2334, 11-2351～2362, 2368～2516, 12-2841～2863, 2947, 3063, 3127～3130, 13-3253, 3254, 3309, 14-3417, 3441, 3470, 3481, 3490

柿本朝臣人麻呂妻《かきのもとのあそみひとまろのつま》　1人は依羅娘子(よさみのおとめ)，その他は不明．　2-140, 224, 225, 4-504, 9-1783 ◇2-131題詞, 207題詞, 9-1782題詞

笠縫女王《かさぬいのおおきみ》　六人部王の娘．母は田形皇女．8-1611, (1613) ◇8-1613左注

笠朝臣金村《かさのあそみかなむら》　伝未詳．霊亀(715～717)から天平5年(733)頃までの歌がある．行幸随従の歌が多く，宮廷歌人の一人．歌集もある．3-364～367, 4-543～548, 6-907～912, 920～922, 928～930, 935～937, 8-1453～1455, 1532, 1533

歌集・歌中 2-230～234, 3-369, 6-950～953, 9-1785～1789

笠朝臣子君《かさのあそみこきみ》　伝未詳．　◇19-4228左注

笠朝臣麻呂《かさのあそみまろ》　→満誓沙弥《まんぜいさみ》

笠女郎《かさのいらつめ》　伝未詳．　3-395～397, 4-587～610, 8-1451, 1616

笠沙弥《かさのさみ》　→満誓沙弥《まんぜいさみ》

榎氏鉢麻呂《かじのはちまろ》　榎井か．伝未詳．　5-838

膳部王《かしわでのおおきみ》　膳夫王，膳王にもつくる．長屋王の子．母は吉備内親王．霊亀元年(715) 2月母の故に皇孫の列に入り，神亀元年(724) 2月無位より従四位下，天平元年(729) 2月父長屋王の自尽の時，母と共に自経した．　6-954 ◇3-442題詞

春日王《かすがのおおきみ》　(1)伝未詳．文武3年(699) 6月卒した．時に浄大肆．　3-243

(2)志貴皇子の子．安貴王の父．養老7年(723)正月無位より従四位下，天平3年(731)正月従四位上，同15年5月正四位下，同17年4月散位で卒した．　4-669

春日蔵首老《かすがのくらのおびとおゆ》　蔵を倉にもつくる．始め僧弁基(弁紀にもつくる)．大宝元年(701) 3月還俗して姓を春日倉首，名を老と賜わり，追大壱を授けられた．和銅7年(714)正月正六位上より従五位下，のち常陸守となる．その娘は藤原房前の室となる．　1-56, 62, 3-282, 284, 286, 298, 9-1717, 1719 ◇3-298左注

春日部麻呂《かすがべのまろ》　天平勝宝7年(755) 2月駿河国より防人として筑紫に派遣された．　20-4345

葛城王《かずらきのおおきみ》　橘宿祢諸兄．栗隈王の孫．美努王の子．母は県犬養宿祢三千代．奈良麻呂の父．和銅3年(710)正月無位より従五位下．天平元年(729) 3月正四位下．同9月左大弁．同2年9月左大弁のまま催造司監．同3年8月参議．同4年正月従三位．同8年11月弟の佐為王等と共に母の県犬養宿祢の姓を請い，許された．藤原四子の急逝の後を受けて同9年9月大納言．同10年正月正三位，右大臣．同15年5月恭仁京にて従一位，左大臣．同18年4月大宰帥を兼ね，天平勝宝元年(749) 4月正一位．同2年正月姓朝臣を賜わり，同8年2月致仕し，天平宝字元年(757)正月薨じた．年74．　6-1025, 17-3922, 18-4056, 19-4270, 20-4447, 4448, 4454, 4455 ◇6-1009題詞・左注, 1024題詞, 1026左注, 8-1574題詞, 1591左注, 16-3807左注, 17-3922題詞, 3926左注, 18-4032題詞, 4057左注, 4060左注, 19-4256題詞, 4269題詞, 4281左注, 4289題詞, 20-4304題詞, 4446題詞・左注, 4449題詞, 4455題詞, 4456左注

葛木其津彦《かずらきのそつびこ》　葛城襲津彦にもつくる．武内宿祢の子．仁徳天皇の皇后磐之媛の父．神功皇后摂政の時，また応神朝に新羅や加羅に派遣され活躍した．玉手臣，的臣等の祖という．　◇11-2639歌

縵児《かずらこ》　伝未詳．　◇16-3788題詞注

門部王《かどべのおおきみ》　和銅3年(710)正月無位より従五位下，養老元年(717)正月従五位上．同3年7月伊勢守のとき按察使となり，伊賀・志摩

国を管した．また出雲守となり，同5年正月正五位下，神亀元年(724) 2月正五位上，同5年5月従四位下．この頃風流の侍従と称せられ，天平6年(734) 2月朱雀門前の歌垣の頭となる．同9年12月右京大夫，同11年4月高安王と共に大原真人の姓を賜わったらしい．同14年4月従四位上．同17年4月卒した．時に大蔵卿，従四位上．皇胤紹運録に長親王の孫とあるが，新撰姓氏録と合わないので疑わしい．　3-310, 326, 371, 4-536, 6-1013 ◇6-1013 左注

門部連石足《かどべのむらじいそたり》　伝未詳．天平2年(730)筑前掾とある．　4-568, 5-845

神社忌寸老麻呂《かみこそのいみきおゆまろ》　伝未詳．　6-976, 977

上毛野牛甘《かみつけののうしかい》　天平勝宝7年(755) 2月上野国より防人として筑紫に派遣された．　20-4404

上毛野君駿河《かみつけののきみするが》　天平勝宝7年(755) 2月上野国大目の時，同国防人部領使となり防人の歌を進めた．　◇20-4407 左注

上総末珠名娘子《かみつふさのすえのたまなおとめ》　伝未詳．　◇9-1738 題詞・歌

上道王《かみつみちのおおきみ》　穂積皇子の子．和銅5年(712)正月無位より従四位下，神亀4年(727) 4月卒した．時に散位，従四位下．　◇4-694 題詞注

上宮聖徳皇子《かみつみやのしようとくのみこ》　用明天皇の皇子．母は穴穂部間人皇女．推古天皇のとき皇太子，万機を総摂して天皇の事をおこなった．仏法を興隆．推古11年(603) 12月冠位十二階を制定し，同12年4月憲法十七条を作る．また三経義疏を作り，法隆寺等の寺院を建立．推古28年2月，天皇記，国記，臣連伴造国造百八十部幷公民等本記を録す．同29年2月薨じた．　3-415

上古麻呂《かみのこまろ》　伝未詳．　3-356

神麻続部島麻呂《かむおみべのしままろ》　天平勝宝7年(755) 2月下野国河内郡より防人として筑紫に派遣された．　20-4381

巫部麻蘇娘子《かむなぎべのまそおとめ》　伝未詳．　4-703, 704, 8-1562, 1621

甘南備真人伊香《かむなびのまひといかご》　もと伊香王．天平18年(746) 4月無位より従五位下．同8月雅楽頭．天平勝宝元年(749) 7月従五位上．同3年10月甘南備真人の姓を賜わり，後に大蔵大輔と見え，天平宝字5年(761) 10月美作介．同7年正月備前守．同8年正月主税頭．神護景雲2年(768)閏6月越中守．宝亀3年(772)正月正五位下．同8年正月正五位上．　20-4489, 4502, 4510, 4513

蒲生娘子《かもうのおとめ》　伝未詳．　19-4232 ◇19-4237 左注

賀茂女王《かものおおきみ》　長屋王の娘．母は阿倍朝臣．　4-556, 565, 8-1613

鴨君足人《かものきみたるひと》　伝未詳．　3-257～260

軽太郎女《かるのおおいらつめ》　軽大娘皇女にもつくる．允恭天皇の皇女．允恭23年(434) 3月同母兄木梨軽太子に通じ，同24年6月その近親相姦が暴露されて伊予に流された．古事記は，天皇の崩後百官が軽太子に叛き，太子は伊予に流され，太郎女は後をおって伊予に行き，共に自殺したとある．その身の光が衣を通して輝いていたので，衣通王，また衣通郎女ともいう．　(2-90) ◇2-90 左注

軽太子《かるのたいし》　→木梨軽皇子《きなしのかるのみこ》，　文武天皇《もんむてんのう》

川上臣老《かわかみのおみおゆ》　天平勝宝7年(755) 2月下野国寒川郡より防人として筑紫に派遣された．　20-4376

川島皇子《かわしまのみこ》　天智天皇の第2子．母は宮人色夫古娘．天武10年(681) 3月詔により忍壁皇子らと共に帝紀及び上古の諸事を記定する．同14年正月浄大参，朱鳥元年(686) 8月封100戸を加えられ，持統5年(691)正月封100戸を加えられ，前に通じて500戸となった．同9月薨じた．時に浄大参，年35．懐風藻の伝に，志懐温裕，局量弘雅，大津皇子と親しかったが，その叛を告げたのは朋友としてその情が薄いといわれた．　1-34, (9-1716) ◇2-195 左注, 9-1716 左注

河辺朝臣東人《かわへのあそみあずまひと》　川辺にもつくる．神護景雲元年(767)正月正六位上より従五位下．宝亀元年(770) 10月石見守．万葉集に見えるのはこれ以前である．　8-1440 ◇6-978 左注, 8-1594 左注, 19-4224 左注

河辺宮人《かわへのみやひと》　伝未詳．河辺の宮に仕える人という説もある．　2-228, 229, 3-434～437

河村王《かわむらのおおきみ》　伝未詳．川村王と同一人とすれば，以下の経歴が知られる．宝亀8年(777) 11月無位より従五位下．同10年11月少納言．延暦元年(782)閏正月阿波守．同7年2月右大舎人頭．同8年4月備後守．同9年9月従五位上．同16年2月内匠頭，従四位下の時，某司の正を兼ねた．　16-3817, 3818 ◇

16-3818 左注

川原虫麻呂《かわらのむしまろ》　天平勝宝 7 年(755) 2 月駿河国より防人として筑紫に派遣された.　20-4340

元仁《がんにん》　伝未詳.　9-1720～1722

き

紀卿《ききょう》　→紀朝臣男人《きのあそみおひと》

私部石島《きさきべのいわしま》　天平勝宝 7 年(755) 2 月下総国葛飾郡より防人として筑紫に派遣された.　20-4385

磯氏法麻呂《きじののりまろ》　磯部か.　伝未詳.　5-836

吉田連宜《きちだのむらじよろし》　→よしだのむらじよろし

木梨軽皇子《きなしのかるのみこ》　允恭天皇の皇太子.　母は忍坂大中姫.　允恭 23 年(434) 3 月同母妹軽太郎女に通じ，同 24 年 6 月その近親相姦が暴露されて軽太郎女は伊予に流された.　古事記には天皇の崩後百官が軽太子に叛き，太子は伊予に流され，太郎女は後をおって伊予に行き，共に自殺したとある.　13-3263　◇2-90 題詞・左注, 13-3263 左注

絹《きぬ》　伝未詳.　9-1723

紀朝臣飯麻呂《きのあそみいいまろ》　大人の孫.　古麻呂の子.　天平元年(729) 3 月正六位上より外従五位下.　同 8 月従五位下.　同 5 年 3 月従五位上.　同 12 年 9 月藤原広嗣の乱に征討副将軍となり，同 13 年閏 3 月従四位下.　同 7 月右大弁.　同 14 年 8 月，同 12 月，同 15 年 4 月の紫香楽宮行幸には留守司.　また弘福寺長官，従四位下右大弁勲十二等とみえ，同 16 年閏正月安積皇子の喪事を監護し，同 9 月畿内巡察使.　同 18 年 9 月常陸守.　天平勝宝元年(749) 2 月大倭守.　同 7 月従四位上.　同 5 年 9 月大宰大弐.　同 6 年 4 月大蔵卿.　同 9 月右京大夫.　同 11 月西海道巡察使.　天平宝字元年(757)正月橘諸兄の葬事を監護し，同 6 月右京大夫.　同 7 月右大弁.　同 8 月正四位下.　同 2 年 8 月参議紫微大弼兼左大弁と見え，同 3 年 6 月正四位上.　同 11 月河内守のまま義部卿(刑部卿).　同 5 年 8 月部下の介の罪を告発して失官せしめた.　同 6 年正月従三位.　同 7 月薨じた.　時に散位従三位とある.　◇19-4257 題詞

紀朝臣男梶《きのあそみおかじ》　小楫・男楫とも作る.　天平 15 年(743) 5 月正六位上より外従五位下.　同 6 月弾正弼.　同 17 年正月従五位下.　同 18 年 4 月大宰少弐.　天平勝宝元年(749)閏 5 月兵部少輔.　同 2 年 3 月山背守.　同 6 年 11 月東海道巡察使.　天平宝字 4 年(760)正月和泉守.　17-3924

紀朝臣男人《きのあそみおひと》　麻呂の子.　慶雲 2 年(705) 12 月従六位下より従五位下，和銅 4 年(711) 9 月兵庫防衛のため将軍，同 5 年正月従五位上，養老元年(717)正月正五位下，同 2 年正月正五位上，同 5 年正月退朝後東宮(後の聖武天皇)に侍した.　同 9 月少納言と見え，同 7 年正月従四位下，天平 3 年(731)正月従四位上，同 3 月大宰大弐と見え，同 8 年正月正四位下，同 9 年 6 月右大弁と見え，同 10 年 10 月卒した.　時に大宰大弐.　年 57.　懐風藻に詩 3 首がある.　5-815

紀朝臣鹿人《きのあそみかひと》　紀小鹿(女郎)の父.　天平 9 年(737) 9 月正六位上より外従五位下，同 12 月主殿頭，同 12 年 11 月外従五位上，同 13 年 8 月大炊頭.　6-990, 991, 8-1549　◇4-643 題詞注

紀朝臣清人《きのあそみきよひと》　国益の子.　浄人にもつくる.　和銅 7 年(714) 2 月三宅藤麻呂と共に国史即ち日本書紀の編纂に参加し，時に従六位上.　霊亀元年(715)正月従五位下.　養老元年(717) 7 月学士として禄を賜わり，同 5 年正月山上憶良らと共に退朝後東宮に侍し，学業に優れ，文章の師範として禄を賜わり，同 7 年正月従五位上.　天平 4 年(732) 10 月右京亮.　同 13 年 7 月治部大輔兼文章博士.　同 15 年 5 月正五位下.　同 16 年 7 月その所有の奴婢を解放して良民とし，同 18 年 5 月武蔵守.　天平勝宝 5 年(753) 7 月卒した.　時に散位従四位下.　神亀の頃文雅の名があった.　17-3923

紀朝臣豊河《きのあそみとよかわ》　天平 11 年(739)正月正六位上より外従五位下.　8-1503

紀女郎《きのいらつめ》　紀朝臣鹿人の娘.　名を小鹿という.　安貴王の妻.　伝未詳.　4-643～645, 762, 763, 776, 782, 8-1452, 1460, 1461, 1648, 1661　◇4-769 題詞, 775 題詞, 777 題詞, 8-1510 題詞

紀皇女《きのひめみこ》　天武天皇の皇女.　母は蘇我赤兄の娘，大蕤娘(おおぬのおとめ).　伝未詳.　3-390　◇2-119 題詞, 3-425 左注, 12-3098 左注

吉備津采女《きびつのうねめ》　伝未詳.　吉備国津郡の貢進した采女.　◇2-217 題詞

清足姫天皇《きよたらしひめのすめらみこと》　→元正天皇《げんしょうてんのう》

清御原宮御宇天皇《きよみはらのみやにあめのしたおさめたまいしすめらみこと》　→天武天皇《てんむてんのう》

く

日下部使主三中《くさかべのおみみなか》　天平勝宝7年(755)2月上総国より防人として筑紫に派遣された. 20-4348 ◇20-4347 左注

草壁皇子《くさかべのみこ》　日並皇子，日並知皇子尊ともいう. 天武天皇の皇子. 母は持統天皇. 文武天皇・元正天皇・吉備内親王の父. 天智元年(662)の生. 妃は元明天皇(阿閇皇女). 天平宝字2年(758)岡宮御宇天皇と追尊された. 天武元年(672)6月壬申の乱に天武天皇に従って東国に赴く. 同8年5月吉野行幸に従い，相助けて争うことなきを5皇子らと誓った. 同10年2月皇太子となり，万機をとる. 同14年正月浄広壱，天武の崩後即位する事なく，持統3年(689)4月皇太子のまま薨じた. 2-110 ◇1-49 歌, 2-167 題詞, 171 題詞

草嬢《くさのおとめ》　伝未詳. カヤノオトメとよむ説もある. 4-512

久米朝臣継麻呂《くめのあそみつぎまろ》　越中国の官人. 天平勝宝2年(750)4月守大伴宿祢家持に従って布勢水海を遊覧したときの歌がある. 19-4202

久米朝臣広縄《くめのあそみひろなわ》　天平17年(745)4月従七位上，左馬少允と見え，同20年3月越中国掾と見える. 朝集使として上京し，天平感宝元年(749)閏5月帰任. 天平勝宝3年(751)2月正税帳使として入京し，同8月帰任. 18-4050, 4053, 19-4201, 4203, 4209, 4210, 4222, 4231, 4252 ◇18-4052 題詞, 4066 題詞, 4116 題詞, 4137 題詞, 19-4207 題詞, 4228 左注, 4235 左注, 4238 左注, 4248 題詞

久米女郎《くめのいらつめ》　伝未詳. 天平11年(739)3月石上乙麻呂と罪を犯して流罪となった久米連若女と同一人という説もある. 8-1459 ◇8-1458 題詞

久米女王《くめのおおきみ》　系譜未詳. 天平17年(745)正月無位より従五位下. 8-1583

久米禅師《くめのぜんじ》　伝未詳. 2-96, 99, 100

久米若子《くめのわくご》　伝未詳. ◇3-307 歌, 435 歌

桉作村主益人《くらつくりのすぐりますひと》　伝未詳. 3-311, 6-1004 ◇6-1004 左注

内蔵忌寸縄麻呂《くらのいみきなわまろ》　伊美吉にもつくる. 天平17年(745)10月大蔵少丞，正六位上と見え，同19年4月越中介と見え，以後天平勝宝3年(751)7月守大伴宿祢家持が少納言に転任するまで越中介と見える. 同5年3月仁王会の装束司判官と見える. 17-3996, 18-4087, 19-4200, 4233 ◇19-4230 左注, 4250 題詞, 4251 題詞

椋椅部荒虫《くらはしべのあらむし》　天平勝宝7年(755)2月武蔵国豊島郡より防人として筑紫に派遣された. ◇20-4417 左注

倉橋部女王《くらはしべのおおきみ》　伝未詳. 椋橋部にもつくる. 3-441, (8-1613) ◇8-1613 左注

椋椅部弟女《くらはしべのおとめ》　天平勝宝7年(755)2月武蔵国橘樹郡より防人として筑紫に派遣された物部真根の妻. 20-4420

椋椅部刀自売《くらはしべのとじめ》　天平勝宝7年(755)2月武蔵国荏原郡より防人として筑紫に派遣された主帳物部歳徳の妻. 20-4416

車持《くるまもち》　伝未詳. 16-3811～3813 ◇16-3813 左注

車持朝臣千年《くるまもちのあそみちとせ》　伝未詳. 6-913～916, 931, 932, (950～953) ◇6-953 左注

け

玄勝《げんしよう》　僧. 天平18年(746)8月越中守大伴宿祢家持の館の宴に大原真人高安作の古歌を伝誦した. ◇17-3952 左注

元正天皇《げんしようてんのう》　草壁皇子の娘. 母は元明天皇. 文武天皇の姉. 名は氷高(日高)皇女. またの名新家皇女. 霊亀元年(715)9月元明天皇の譲りを受けて即位した. 皇太子首皇子の成長までの中継ぎである. 神亀元年(724)2月聖武天皇に位を譲った. 天平20年(748)4月崩じた. 年69. (6-973, 974, 1009), 8-1637, 18-4057, 4058, 20-4293, 4437 ◇6-974 左注, 1009 左注, 17-3922 題詞, 18-4056 題詞, 20-4439 左注

元明天皇《げんめいてんのう》　天智天皇の第4皇女. 母は蘇我石川麻呂の娘，姪娘. 草壁皇子の妃. 文武天皇・元正天皇・吉備内親王の母. 諱を阿閇(阿陪)皇女という. 慶雲4年(707)6月文武天皇崩じ，同7月即位した. 在位8年，その間和銅開珎を発行し，奈良に遷都し，古事記を完成させ，風土記の編纂を命じ，霊亀元年(715)9月元正天皇に位を譲った. 養老5年(721)12月崩じた. 年61. 1-35, 76 ◇1-22 左注, 78 題詞注

こ

皇極天皇《こうぎよくてんのう》　→斉明天皇《さいめいてんのう》

孝謙天皇《こうけんてんのう》　聖武天皇の第1皇女. 母は光明皇后. 諱は阿倍. 譲位後，高野姫尊，上台宝字称徳孝謙皇帝と称せられ，重祚して称徳

天皇という．天平元年(729) 8 月光明皇后立后の時封 1 千戸を賜わった．同 10 年正月皇太子．天平勝宝元年(749) 7 月聖武の譲りをうけて即位した．同 8 月光明皇后のために紫微中台を設置し，紫微令に藤原仲麻呂を任命した．以後天平宝字 4 年(760) 6 月光明の崩までは光明と仲麻呂が権力を握った．天平勝宝 2 年 9 月藤原朝臣清河を遣唐大使とし，同 4 年閏 3 月新羅の王子が来朝し，同 4 年 4 月東大寺大仏開眼会を行い，同 6 年正月遣唐使の帰国と共に唐僧鑑真が来朝した．同 8 年 5 月聖武太上天皇が崩じ，その遺詔により道祖王を皇太子としたが，天平宝字元年(757) 3 月皇太子を廃し，仲麻呂の推す大炊王(淳仁)を皇太子とした．同 5 月仲麻呂を紫微内相とし，同 6 月橘奈良麻呂の乱が発覚し，同 2 年 8 月淳仁天皇に位を譲り，同 5 年 10 月近江保良宮に行幸した．この頃より孝謙太上天皇と仲麻呂との間に隙があり，同 6 年 6 月孝謙は淳仁天皇は常祀小事を行い，太上天皇は国家大事を行うことを宣言した．同 8 年 9 月仲麻呂の乱が起こり，仲麻呂は敗北し，道鏡を大臣禅師とし，その後一族が高位高官に登り，同 10 月淳仁を退位させ，重祚して称徳天皇となった．天平神護 2 年(766) 10 月隅寺に舎利が出現した事により道鏡を法王とし，神護景雲 3 年(769) 9 月道鏡を天皇としようとする八幡神託事件がおこったが，実現はしなかった．宝亀元年(770) 8 月崩じた．年 53．
19–4264, 4265, 4268 ◇20–4301 題詞, 4457 題詞

高氏海人《こうじのあま》 伝未詳．5–842

荒氏稲布《こうじのいなしき》 伝未詳．5–832

高氏老《こうじのおゆ》 →高向村主老《たかむくのすぐりおゆ》

高氏義通《こうじのよしみち》 伝未詳．5–835

河内王《こうちのおおきみ》 川内王にもつくる．朱鳥元年(686)正月新羅客を饗するために筑紫に派遣される．時に浄広肆．同 9 月天武天皇の殯宮に左右大舎人の事を誄した．持統 3 年(689)閏 8 月筑紫大宰帥，同 8 年 4 月没して浄大肆を贈られた．◇3–417 題詞

河内女王《こうちのおおきみ》 高市皇子の娘．天平 11 年(739)正月従四位下より従四位上．同 20 年 3 月正四位下．天平宝字 2 年(758) 8 月従三位．同 4 年(760) 5 月正三位．その後事件に坐して位を奪われたらしく，宝亀 4 年(773)正月無位より本位正三位に復し，同 10 年 12 月薨じた．18–4059

河内百枝娘子《こうちのももえのおとめ》 伝未詳．4–701, 702

光明皇后《こうみようこうごう》 藤原不比等の第 3 子．母は県犬養宿祢三千代．名は安宿媛．聖武天皇の皇后．孝謙天皇の母．大宝元年(701)生．聖武天皇と同年．神亀元年(724) 2 月聖武天皇即位．同 4 年 9 月皇太子基王を生んだが，基は翌 5 年 9 月薨じた．天平元年(729) 2 月長屋王の事件が起こり，同 8 月皇后となる．興福寺の五重塔•西金堂を建立．天平勝宝元年(749) 7 月孝謙天皇が即位．同 8 月皇后宮職を紫微中台に改組し，藤原仲麻呂以下の優れた官人を集め，事実上政権を左右し，天平宝字 4 年(760) 6 月崩じた．年 60．施薬院•悲田院•東大寺•国分寺の創建に尽力したという．
8–1658, 19–4224, 4240 ◇6–1009 左注, 8–1594 左注, 19–4268 題詞, 20–4301 題詞, 4457 題詞

碁師《ごし》 伝未詳．9–1732, 1733

児島《こしま》 →筑紫娘子《つくしのおとめ》

巨勢朝臣宿奈麻呂《こせのあそみすくなまろ》 少麻呂にもつくる．神亀 5 年(728) 5 月正六位下より外従五位下．天平元年(729) 2 月少納言と見え，同 5 年 3 月従五位上．8–1645 ◇6–1016 題詞

巨勢朝臣豊人《こせのあそみとよひと》 字は正月麻呂．伝未詳．
16–3845 ◇16–3844 歌, 3845 左注

巨勢朝臣奈弖麻呂《こせのあそみなでまろ》 推古朝の小徳大海の孫．天智朝の中納言大紫比等の子．天平元年(729) 3 月正六位上より外従五位下．同 3 年正月従五位下．同 8 年正月正五位下．同 9 年 8 月造仏像司長官，同 9 月従四位下．同 10 年正月民部卿．同 11 年 4 月参議．本官は民部卿兼春宮大夫．同 13 年閏 3 月従四位上．同 7 月左大弁兼神祇伯春宮大夫．時に従四位上，勲十二等．また同月正四位上，金牙の御杖を賜わり，同 9 月恭仁京造宮卿．同 15 年 5 月中納言．同 18 年 4 月北陸山陰鎮撫使を兼ね，同 20 年 2 月正三位．天平勝宝元年(749) 4 月従二位，大納言．同 5 年 3 月薨じた．年 84．19–4273 ◇17–3926 左注

巨勢郎女《こせのいらつめ》 巨勢臣人の娘．大伴安麻呂の妻．田主の母．2–102 ◇2–101 題詞, 126 題詞

巨勢臣人《こせのおみひと》 比等にもつくる．巨勢臣大海の子．天智 10 年(671)正月賀正を奏し，御史大夫となる．時に大錦下．同年 11 月天皇病み，仏前に蘇我赤兄らと共に大友皇子を奉じ詔に違わない事をちかった．天武元年(672) 7 月壬申の乱に近江軍の将軍として活動し，同 8 月乱後の処分に子孫と共に配流された．

◇2-102 題詞

巨勢斐太朝臣《こせのひだのあそみ》　巨勢斐太朝臣島村の子．伝未詳．　◇16-3844 歌, 3845 左注

巨勢斐太朝臣島村《こせのひだのあそみしまむら》　巨勢朝臣にもつくる．天平 9 年(737) 9 月正六位下より外従五位下．同 16 年 2 月平城京留守司．同 9 月南海道巡察使．同 17 年正月外従五位上．同 18 年 5 月従五位下．同 9 月刑部少輔．　◇16-3845 左注

巨曾部朝臣対馬《こそべのあそみつしま》　巨曾倍朝臣津島にもつくる．天平 2 年(730) 12 月大和介，正六位上，勲十二等と見え，同 4 年 8 月外従五位下．時に山陰道節度使判官．　6-1024, 8-1576

碁檀越《ごのだんおち》　伝未詳．　◇4-500 題詞

子部王《こべのおおきみ》　伝未詳．児部女王かという説もある．　8-1515

児部女王《こべのおおきみ》　系譜未詳．子部王と同一人か．16-3821　◇16-3821 左注

高麗朝臣福信《こまのあそみふくしん》　もと背奈公福信．武蔵国高麗郡の人．福徳の孫．行文の甥．伯父行文に従って都に入り，友と石上で相撲をとり，その力が聞こえて内竪所に召され，右衛士大志となり，天平 10 年(738) 3 月従六位上より外従五位下．同 11 年 7 月従五位下．同 15 年 5 月従五位上より正五位下．同 6 月春宮亮．同 19 年 6 月背奈公より背奈王となり，同 20 年 2 月正五位上．天平勝宝元年(749) 7 月従四位下．同 8 月中衛少将，紫微少弼．同 11 月従四位上．同 2 年正月高麗朝臣の姓を賜わり，同 4 月兼美濃員外介と見え，同 3 年には兼山背守とあり，同 8 年 7 月兼武蔵守とあり，同 9 年正月竪子と見え，天平宝字元年(757) 5 月正四位下．同 7 月橘奈良麻呂の乱には小野東人等を追捕した．同 4 年正月信部大輔．同 6 年 12 月内匠頭と見え，同 7 年正月但馬守．天平神護元年(765)正月従三位．神護景雲元年(767) 3 月法王宮大夫．時に造宮卿，但馬守．宝亀元年(770) 8 月武蔵守を兼ね，同 7 年 3 月近江守を兼ね，同 10 年 3 月高倉朝臣の姓を賜わり，天応元年(781) 5 月弾正尹．延暦 2 年(783) 6 月武蔵守を兼ね，同 4 年 2 月上表致仕し，同 8 年 10 月薨じた．時に散位，従三位．年 81.　◇19-4264 題詞

軍王《こんきし》　伝未詳．読み方も諸説がある．青木和夫は百済王余豊にあてる．　1-5, 6　◇1-6 左注

さ

佐為王《さいのおおきみ》　美努王の子．葛城王(橘宿祢諸兄)の弟．母は県犬養宿祢三千代．和銅 7 年(714)正月無位より従五位下．養老 5 年(721)正月従五位上．退朝の後東宮に侍し，神亀元年(724) 2 月正五位下．同 4 年正月従四位下．天平 3 年(731)正月従四位上．同 8 年 11 月葛城王と共に橘の姓を賜わり，同 9 年 2 月正四位下．同 8 月卒した．時に中宮大夫兼右兵衛率．　◇6-1004 左注, 1009 左注, 1013 題詞, 1014 左注, 16-3857 左注

斉明天皇《さいめいてんのう》　もと皇極天皇，重祚して斉明天皇となる．宝皇女．敏達天皇の曾孫．押坂彦人大兄皇子の孫．茅渟王の娘．母は吉備姫王．天智天皇・天武天皇・間人皇女(孝徳皇后)の母．用明天皇の孫，高向王に嫁して漢皇子を生み，のち舒明天皇の皇后となる．舒明 13 年(641) 10 月天皇崩じ，皇極元年(642)正月即位，蘇我蝦夷を大臣とし，その子入鹿が国政をとった．中大兄らがその擅権を怒り，皇極 4 年 6 月宮廷において蘇我入鹿を殺し，蝦夷を自殺させて蘇我権力を打倒したので，天皇は位を孝徳に譲った．白雉 5 年(654) 10 月孝徳天皇の崩をうけて再び即位した．在位中土木工事や遊覧が多く，非難されている．唐・新羅の軍が百済を攻撃したので，救援軍を送るため斉明 7 年(661)正月難波を出発したが，同 7 月天皇は朝倉宮に崩じた．年 68 という．　◇1-7 標目・左注, 8 標目・左注, 12 左注, 15 左注, 2-141 標目, 4-487 左注, 1665 題詞

佐伯直子首《さえきのあたいこおびと》　天平 3 年(731) 4 月筑前介，正三(六の誤)位上，勲五等と見える．　5-830

佐伯宿祢赤麻呂《さえきのすくねあかまろ》　伝未詳．3-405, 4-628, 630　◇3-404 題詞, 4-627 題詞

佐伯宿祢東人《さえきのすくねあずまひと》　天平 4 年(732) 8 月西海道節度使判官，外従五位下．　4-622　◇4-621 題詞

境部王《さかいべのおおきみ》　坂合部王にもつくる．穂積皇子の子．養老元年(717)無位より従四位下．同 10 月封を増され，同 5 年 6 月治部卿．懐風藻に五言 2 首があり，従四位上，治部卿．年 25.　16-3833

境部宿祢老麻呂《さかいべのすくねおゆまろ》　天平 13 年(741) 2 月右馬頭と見える．　17-3907, 3908

坂田部首麻呂《さかたべのおびとまろ》　天平勝宝 7 年(755) 2 月駿河国より防人として筑紫に派遣された．

20–4342

尺度《さかと》　伝未詳．坂門ともある．　◇16–3821 歌・左注

坂門人足《さかとのひとたり》　伝未詳．　1–54

坂上家二嬢《さかのうえのいえのじじょう》　→大伴坂上二嬢《おおとものさかのうえのじじょう》

坂上家大嬢《さかのうえのいえのだいじょう》　→大伴坂上大嬢《おおとものさかのうえのだいじょう》

坂上忌寸人長《さかのうえのいみきひとおさ》　伝未詳．（9–1679）◇9–1679 左注

坂上郎女《さかのうえのいらつめ》　→大伴坂上郎女《おおとものさかのうえのいらつめ》

酒人女王《さかひとのおおきみ》　穂積皇子の孫．伝未詳．　4–624 題詞

坂本朝臣人上《さかもとのあそみひとかみ》　天平勝宝 7 年(755) 2 月遠江国史生．防人部領使として防人の歌を進めた．　◇20–4327 左注

桜井王《さくらいのおおきみ》　高安王の弟．本朝皇胤紹運録に長皇子の孫とするが疑わしい．和銅 7 年(714)正月無位より従五位下．養老 5 年(721)正月従五位上．神亀元年(724) 2 月正五位下．天平元年(729) 3 月正五位上．同 3 年正月従四位下．この間風流の侍従と称せられ，天平 11 年 4 月高安王と共に大原真人の姓を賜わったらしく，以後大原真人とある．同 16 年 2 月大蔵卿，従四位下とあり，恭仁京留守．　8–1614, 20–4478

桜児《さくらこ》　伝未詳．　◇16–3786 題詞

雀部広島《さざきべのひろしま》　天平勝宝 7 年(755) 2 月下総国結城郡より防人として筑紫に派遣された．　20–4393

佐々貴山君《ささきやまのきみ》　天平勝宝 4 年(752)天皇・大后の仲麻呂邸への行幸に随従した．内侍．　19–4268 題詞

佐氏子首《さじのこおびと》　→佐伯直子首《さえきのあたいこおびと》

左大臣《さだいじん》　→葛城王《かずらきのおおきみ》，長屋王《ながやのおおきみ》

薩妙観《さつのみようかん》　養老 7 年(723)正月従五位上．神亀元年(724) 5 月河上忌寸の姓を賜わり，天平 9 年(737) 2 月正五位下．万葉集には命婦とある．　20–4438, 4456 ◇20–4455 題詞

狭野弟上娘子《さののおとがみのおとめ》　茅上にもつくる．万葉集巻 15 目録に蔵部女嬬とあるが，伝未詳．　15–3723～3726, 3745～3753, 3767～3774, 3777, 3778 ◇3723 題詞, 3726 左注

佐夫流《さぶる》　伝未詳．　◇18–4106 歌, 4108 歌, 4110 歌

佐保大納言《さほのだいなごん》　→大伴宿祢安麻呂《おおとものすくねやすまろ》

沙弥女王《さみのおおきみ》　伝未詳．　9–1763

沙弥満誓《さみまんぜい》　→満誓沙弥《まんぜいさみ》

佐用姫《さよひめ》　→松浦佐用姫《まつらさよひめ》

山氏若麻呂《さんじのわかまろ》　→山口忌寸若麻呂《やまぐちのいみきわかまろ》

し

志斐嫗《しいのおみな》　伝未詳．新撰姓氏録の左京皇別上に，阿倍志斐連名代(あべのしいのむらじなしろ)は天武朝に楊の花を献じ，辛夷(こぶし)の花と言って固執したので阿倍志斐の姓を賜わったという．　3–237 ◇3–236 題詞

椎野連長年《しいののむらじながとし》　亡命百済人四比の子孫か．神亀元年(724) 5 月正七位上の四比忠勇は椎野連の姓を賜わったが，その一族か．　◇16–3822 左注

志賀津児《しがつのこ》　志賀津は志賀の大津か．吉備津采女との関係不明．諸説がある．　◇2–218 歌

志貴皇子《しきのみこ》　芝基，施基にもつくる．天智天皇の第 7 皇子．母は越道君伊羅都売．室は多紀皇女．光仁天皇(白壁)・湯原親王・榎井親王・海上王の父．天武 8 年(679) 5 月草壁皇子らと千歳の後事なからんことを誓う．朱鳥元年(686) 8 月封 200 戸を加えられ，持統 3 年(689) 6 月撰善言司となる．大宝 3 年(703) 9 月近江の鉄穴を賜わり，慶雲元年(704)正月封 100 戸を増され，和銅元年(708)正月三品，同 7 年正月封 200 戸を加えられ，封租を全給された．霊亀元年(715)正月二品．続日本紀によれば同 2 年 8 月薨じた．宝亀元年(770)光仁天皇即位に伴い，同 11 月御春日宮天皇と追尊された．天武天皇の皇子磯城皇子とは別人．　1–51, 64, 3–267, 4–513, 8–1418, 1466 ◇1–84 題詞, 2–230 題詞, 4–531 題詞, 631 題詞注, 669 題詞注, 6–1015 題詞注

志紀連大道《しきのむらじおおみち》　家伝下に神亀(724～729)の頃暦算に優れていると見える．　5–837

式部大倭《しきぶのやまと》　滝川政次郎は大倭忌寸小東人，後に大倭宿祢長岡とする．小東人は霊亀 2 年(716)入唐請益し，養老 6 年(722) 2 月律令撰定の功により田四町を賜わり，時に従七位上．神亀の頃文雅として名があり，天平 9 年(737) 10 月宿祢の姓を賜わり，散位正六位上より外従五位下．同 10 年閏 7 月刑部少輔．同 13 年正月広嗣の乱に関係したが，配処より召された．以後諸官を経て神護景雲 2 年(768)正月賀正の宴に臨み，年 80，正四位下に叙せられた．同 3 年 10 月卒した．式部省に在任した証は無い．　9–1736

史氏大原《しじのおおはら》　史部か．伝未詳．　5–826

志氏大道《しじのおおみち》　→志紀連大道《しきのむらじおおみち》

持統天皇《じとうてんのう》　天智天皇の第2皇女．母は蘇我遠智娘．天武天皇の皇后．草壁皇子の母．諱は菟野，鸕野，鸕野讃良(うののさらら)，沙羅々皇女．天智10年(671) 10月出家した大海人皇子(天武)に従って吉野に入る．天武元年(672) 6月壬申の乱に天武天皇に従い，東国に赴き，天武を助けた．朱鳥元年(686) 9月天武の崩後，臨朝称制した．持統3年(689) 4月即位の期待されていた草壁皇太子が薨じ，同4年正月即位した．同3年6月浄御原令を発布し，同4年7月高市皇子を太政大臣とし，同8年12月藤原京に遷都し，同11年8月文武天皇に位を譲った．大宝2年(702) 12月崩じた．年58．　1–28, 2–159～161, (162), 3–236　◇1–28標目, 34左注, 39左注, 44左注, 54題詞, 57題詞, 66題詞, 70題詞, 2–105標目, 159題詞, 163標目, 3–235題詞, 9–1667題詞

倭文部可良麻呂《しとりべのからまろ》　天平勝宝7年(755) 2月常陸国より防人として筑紫に派遣された．20–4372

島足《しまたり》　伝未詳．　9–1724

淳仁天皇《じゅんにんてんのう》　天武天皇の孫．舎人皇子の子．母は当麻山背．池田王・船王・守部王の兄．諱は大炊王．廃帝・淡路廃帝・淡路公・淡路親王の号がある．淳仁天皇の号は明治3年(1870) 7月の追諡．藤原仲麻呂は大炊王に亡男真従の婦粟田諸姉を妻合わせて，その田村邸に迎えた．天平宝字元年(757) 3月皇太子道祖王を廃して，同4月仲麻呂の推薦する王を皇太子とした．同7月橘奈良麻呂の乱が起こり，大炊王を退けようとする計画は失敗し，同2年8月孝謙天皇は譲位して大炊王が即位して淳仁天皇となった．以後仲麻呂政権の時期となった．同5年10月近江保良宮に移ってからは，太上天皇・道鏡と仲麻呂との対立は激しくなり，同6年5月平城に帰った．同6月太上天皇は天皇が常祀小事をおこない，太上天皇が国家の大事賞罰をおこなうと宣言し，その対立は決定的となり，仲麻呂は盛んに対抗策を講じ，同8年9月ついに武力闘争となり，仲麻呂は敗北して斬られた．同10月太上天皇は天皇を捕えて退位させ，親王の位を賜い，淡路公とし，配所に幽閉した．しかし逃亡しようとして捕えられて薨じた．年33．20–4486

消奈行文《しょうなのぎょうもん》　背奈にもつくる．武蔵国高麗郡の人．高麗福信の伯父．養老5年(721)正月に正七位上で明経第二博士であり，神亀4年(727)に正六位上から従五位下に昇叙した．懐風藻に詩2首が見える．　16–3836

少弁《しょうべん》　伝未詳．　(3–305), (9–1719), 9–1734　◇3–305左注, 9–1719左注

聖武天皇《しょうむてんのう》　文武天皇の皇子．母は藤原宮子．孝謙天皇(阿倍)・井上内親王・安積皇子の父．諱は首．和銅7年(714) 6月皇太子．時に年14．神亀元年(724) 2月元正天皇の譲りをうけて即位．天平元年(729) 2月長屋王の事件起こり，王を自尽せしめた．同8月藤原光明子を皇后とした．同9年藤原の4子(房前・麻呂・武智麻呂・宇合)が薨じ，同12年8月藤原広嗣の乱起こり，以後同17年まで伊勢から恭仁京，難波京を転々とした．同13年2月国分寺・国分尼寺建立の詔を発し，天平感宝元年(749＝天平勝宝元年) 7月孝謙天皇に位を譲った．天平勝宝8年5月崩じた．その遺愛の品は東大寺に献納され，現在正倉院に保存されている．　4–530, 624, 6–973, 974, 1009, 1030, 8–1539, 1540, 1615, 1638, 19–4269　◇4–626題詞, 721題詞, 725題詞, 6–1028題詞, 8–1614題詞, 1658題詞, 19–4235題詞, 20–4301題詞, 4457題詞

舒明天皇《じょめいてんのう》　敏達天皇の孫，彦人大兄の子．母は糠手姫皇女．天智天皇・天武天皇・古人大兄・間人皇女の父．諱は田村．皇后は宝皇女(皇極・斉明)．推古36年(628) 3月天皇崩じ，蘇我蝦夷に推されて即位した．舒明13年(641) 10月崩じた．年49．　1–2　◇1–2標目, 3題詞, 6左注, 8左注, 4–487左注

神功皇后《じんぐうこうごう》　仲哀天皇の皇后．息長宿祢王の娘．仲哀天皇2年正月皇后．同8年正月天皇は熊襲を討つために筑紫橿日宮に至った．皇后は神がかりして新羅を討つことを勧めたが，天皇は疑い，同9年2月天皇は崩じた．皇后は喪を秘し，また産期に当たっていたので石を腰に挟み，帰った時に生まれることを祈り，海を渡り新羅を討ち従えた．のち応神天皇を生んだが，皇后は摂政，皇太后として政をとった．摂政69年4月に崩じた．年100．日本書紀は巻9全巻を皇后摂政の記事とし，天皇の扱いである．　◇5–813序, 869歌, 15–3685歌

す

推古天皇《すいこてんのう》　最初の女帝．欽明天皇の皇女．

母は蘇我稲目の娘，堅塩媛．異母兄敏達天皇の皇后．幼名を額田部皇女といい，諱は豊御食炊屋姫(とよみけかしきやひめ)．崇峻天皇5年(592) 11月天皇が蘇我馬子に弑され，群臣の推挙により即位．年39．推古36年2月崩じた．年75．◇3-415題詞注

少彦名《すくなびこな》　大国主神の国作りに協力した神．小人で知恵があり，後に粟の茎にはねられて常世の郷に飛びさったという．延喜式に能登国能登郡に宿那彦神像石神社が見える．◇3-355歌，6-963歌，7-1247歌，18-4106歌

清江娘子《すみのえのおとめ》　伝未詳．1-69

駿河采女《するがのうねめ》　駿河国より貢進された采女．4-507，8-1420

せ

清見《せいけん》　天平20年(748) 4月越中国の先の国師の従僧．入京の餞別の宴に，大伴家持は送別の歌を詠んだ．◇18-4070左注

そ

衣通王《そとおりのおおきみ》　軽太郎女の異名．日本書紀では允恭天皇の皇后忍坂大中姫命の妹の弟姫の異名．2-90題詞　→軽太郎女《かるのおおいらつめ》

園臣生羽《そののおみいくは》　伝未詳．苑臣にもつくる．◇2-123題詞，6-1027左注

村氏彼方《そんじのおちかた》　伝未詳．5-840

た

大后《だいごう》　→持統天皇《じとうてんのう》，倭大后《やまとだいごう》

大行天皇《たいこうてんのう》　→文武天皇《もんむてんのう》

太上天皇《だいじようてんのう》　→元正天皇《げんしようてんのう》，元明天皇《げんめいてんのう》，持統天皇《じとうてんのう》，聖武天皇《しようむてんのう》

大納言《だいなごん》　→巨勢朝臣奈弖麻呂《こせのあそみなでまろ》，藤原朝臣仲麻呂《ふじわらのあそみなかまろ》

高丘連河内《たかおかのむらじこうち》　もと楽浪河内．天智2年(663)百済より渡来した沙門詠心の子．和銅5年(712) 7月播磨大目，従八位上の時，正倉を作った功により位一階を進められ，絁等を賜わった．養老5年正月退朝ののち東宮に侍し，文章に優れ，師範たるに堪えるものとして絁等を賜わり，時に正六位下．神亀元年(724) 5月姓高丘連を賜わり，この頃文雅の人と見え，天平3年(731)正月外従五位下．同9月右京亮．同14年8月造離宮司．時に造宮輔．同17年正月外従五位上．同18年5月従五位下，同9月伯耆守．天平勝宝3年(751)正月従五位上．同6年正月正五位下．のち大学頭と見える．6-1038，1039 ◇17-3926左注

高田女王《たかたのおおきみ》　高安王の娘．伝未詳．4-537～542，8-1444

田形皇女《たがたのひめみこ》　天武天皇の皇女．母は蘇我赤兄の娘，大蕤娘．慶雲3年(706) 8月伊勢大神宮に侍し，時に三品．神亀元年(724) 2月二品．同5年3月薨じた．◇8-1611題詞注

高橋朝臣《たかはしのあそみ》　名を欠く．奉膳の子．内膳司の長官は奉膳，但し高橋，阿曇氏以外に任命された時は正という．3-483左注にいう奉膳は天平17年(745) 4月造酒正兼内膳奉膳の高橋朝臣国足か，その他諸説あるが，証は無い．3-481～483 ◇3-483左注

高橋朝臣国足《たかはしのあそみくにたり》　天平10年(738)遠江国少掾正六位下の時，旧防人部領使として駿河国を通過した．同15年5月正六位上より外従五位下．同17年4月造酒正兼内膳奉膳，勲十二等．同18年4月従五位下．同閏9月越後守．◇17-3926左注

高橋朝臣安麻呂《たかはしのあそみやすまろ》　養老2年(718)正月正六位上より従五位下．同4年10月宮内少輔．神亀元年(724) 2月従五位上．同4月征夷副将軍，時に宮内大輔．同2年征夷の功により正五位下，勲五等．天平4年(732) 9月訴人の事を理せざる罪に坐したが，ゆるされた．同9年9月正五位上．同10年正月従四位下．同12月大宰大弐．◇6-1027左注

高橋連虫麻呂《たかはしのむらじむしまろ》　伝未詳．天平14年(742) 12月少初位上高橋虫麻呂が同一人とすると，6-971題詞にいう天平4年藤原宇合が西海道節度使の時は位はないであろう．まして養老年間の宇合の常陸守のとき常陸の国司であったはずがない．検税使大伴卿の歌の年代が養老6，7年頃という説がある．6-971，972 歌集　3-319～321，8-1497，9-1738～1760，1780，1781，1807～1811

高天原広野姫天皇《たかまのはらひろのひめのすめらみこと》　→持統天皇《じとうてんのう》

高宮王《たかみやのおおきみ》　伝未詳．16-3855，3856

高向村主老《たかむくのすぐりおゆ》　天平17年(745) 10月雅楽少允，正六位上と見え，天平勝宝2年(750) 4月正六位上より外従五位下．5-841

高安王《たかやすのおおきみ》　和銅6年(713)正月無位より従五位下，養老元年(717)正月従五位上．紀皇女が窃かに王に嫁したために伊予守に左降され，同3年7月伊予守で，阿波・讃岐・土佐の

按察使となり，同5年正月正五位下，神亀元年(724) 2月正五位上，同4年正月従四位下，天平2年(730)頃摂津大夫，同4年10月衛門督，同9年9月従四位上，同11年4月大原真人の姓を賜わり，同12年11月正四位下．同14年12月卒した．本朝皇胤紹運録に長皇子の孫とあるのは誤り．二条大路木簡に見える．　4-625, 8-1504, 17-3952 ◇4-577 題詞, 8-1444 題詞注, 12-3098 左注

高安大島《たかやすのおおしま》　伝未詳．　1-67, (8-1504)

高安倉人種麻呂《たかやすのくらひとたねまろ》　天平勝宝3年(751)越中国大目．遣唐使関係の歌を伝誦した．◇19-4247 左注

多紀皇女《たきのひめみこ》　託基，当耆にもつくる．天武天皇の皇女．母は宍人臣大麻呂の娘，檝媛娘(かじひめのいらつめ)．朱鳥元年(686) 4月伊勢神宮に遣わされ，同5月帰京した．文武2年(698) 9月伊勢斎宮に遣わされ，慶雲3年(706) 12月大神宮に参ず．時に四品．天平9年(737) 2月三品，天平感宝元年(749＝天平勝宝元年) 4月二品より一品．天平勝宝3年正月薨じた．◇4-669 題詞注

当麻真人麻呂《たぎまのまひとまろ》　伝未詳．　◇1-43 題詞，4-511 題詞

田口朝臣馬長《たぐちのあそみうまなが》　伝未詳．　17-3914

田口朝臣大戸《たぐちのあそみおおへ》　大万戸にもつくる．天平勝宝7年(755) 2月下野国防人部領使として防人の歌を進めた．時に正六位上．天平宝字4年(760)正月従五位下．同6年正月日向守．同7年正月兵馬正．同8年正月上野介．宝亀8年(777)正月従五位上．　◇20-4383 左注

田口朝臣広麻呂《たぐちのあそみひろまろ》　伝未詳．姓を朝臣とすると，慶雲2年(705) 12月従六位上より従五位下．　3-427 題詞に「死」とあるは未詳．◇3-427 題詞

田口朝臣益人《たぐちのあそみますひと》　慶雲元年(704)正月従六位下より従五位下，和銅元年(708) 3月上野守．時に従五位上．同2年11月右兵衛率，霊亀元年(715) 4月正五位下より正五位上．3-296, 297

田口朝臣家守《たぐちのあそみやかもり》　伝未詳．　◇8-1594 左注

高市岡本宮御宇天皇《たけちのおかもとのみやにあめのしたおさめたまいしすめらみこと》　→舒明天皇《じょめいてんのう》

高市大卿《たけちのだいきょう》　大伴御行か．　◇4-649 左注

高市古人《たけちのふるひと》　伝未詳．　1-32 題詞注に「或書云高市連黒人」とあり，黒人の誤りか．　1-32, 33

高市皇子《たけちのみこ》　天武天皇の皇子．母は胸形君尼子娘．天武元年(672) 6月壬申の乱に近江より馳せ参じ，軍事を委ねられて勝利に導いた．同14年正月浄広弐，朱鳥元年(686) 8月封400戸を加えられ，持統4年(690) 7月太政大臣．同5年正月封2000戸を増し，通前3000戸，同6年正月更に2000戸を増し，同7年正月浄広壱．同10年7月薨じた．年43．懐風藻の葛野王の伝に皇子の薨後日嗣を立てる議があったという．長屋王家木簡1-36に後皇子命宮とあるが，同一人かは不明．　2-156～158 ◇2-114 題詞, 116 題詞, 169 注, 199 題詞, 202 左注

高市連黒人《たけちのむらじくろひと》　伝未詳．持統・文武朝の宮廷歌人．　1-58, 70, 3-270～277, 279, 280, 283, 305, 9-1718, 17-4016 ◇1-32 題詞注, 3-281 題詞

竹取翁《たけとりのおきな》　伝未詳．　16-3791～3793 ◇16-3791 題詞

建部牛麻呂《たけべのうしまろ》　伝未詳．　◇5-814 左注

丹比大夫《たじひだいぶ》　伝未詳．　15-3625, 3626 ◇15-3626 左注

丹比県守《たじひのあがたもり》　多治比にもつくる．姓は真人．左大臣島の子．慶雲2年(705) 12月従六位上より従五位下，和銅4年(711) 4月従五位上，霊亀元年(715)正月従四位下，同5月造宮卿，同2年8月遣唐押使，養老2年(718) 10月帰国し，同3年正月藤原武智麻呂と共に皇太子(後の聖武天皇)を賛引し，正四位下に叙せられ，同7月武蔵守の時，按察使となる．同4年9月播磨按察使の時，蝦夷叛し，持節征夷将軍となり，同5年正月正四位上，同4月帰還した．同6月中務卿．天平元年(729) 2月，長屋王の乱に権に参議，同3月従三位．この年，大宰大弐より民部卿．同3年8月，諸司の挙により参議，同11月山陽道鎮撫使，同4年正月中納言，同8月山陰道節度使，同6年正月正三位，同9年6月薨じた．年70．◇4-555 題詞

丹比真人《たじひのまひと》　伝未詳．　2-226, 8-1609, 9-1726

丹比真人乙麻呂《たじひのまひとおとまろ》　多治比にもつくる．屋主の第二子．天平神護元年(765)正月正六位上より従五位下．同10月紀伊行幸の御前次第司次官．　8-1443

丹比真人笠麻呂《たじひのまひとかさまろ》　伝未詳．　3-285, 4-509, 510

丹比真人国人《たじひのまひとくにひと》　多治比にもつくる．天

平8年(736)正月正六位上より従五位下，同10年閏7月民部少輔，同15年正月出雲守と見える．同18年4月従五位上より正五位下，同20年11月播磨守と見え，天平勝宝元年(749)7月正五位上，同2年3月大宰少弐，同3年正月従四位下，天平宝字元年(757)6月摂津大夫．同7月橘奈良麻呂の乱に坐し，遠江守より伊豆国に流された．　3-382, 383, 8-1557, 20-4446

多治比真人鷹主《たじひのまひとたかぬし》　天平勝宝4年(752)閏3月入唐副使大伴胡麻呂を餞別の宴に胡麻呂を寿ぐ歌をつくった．天平宝字元年(757)6月橘奈良麻呂の陰謀に荷担した．　19-4262

多治比真人土作《たじひのまひとはにつくり》　左大臣島の孫．宮内卿水守の子．天平12年(740)正月正六位上より従五位下．同15年3月検新羅客使．同6月摂津介．同18年4月民部少輔．天平勝宝元年(749)8月紫微大忠を兼ね，同6年4月尾張守．天平宝字元年(757)5月従五位上．同5年11月西海道節度副使．同7年正月正五位下．同8年4月文部大輔．天平神護2年(766)11月従四位下．神護景雲2年(768)2月左京大夫(讃岐守のまま)．同7月治部卿．宝亀元年(770)7月参議，従四位上．同2年6月卒した．　19-4243

丹比真人広成《たじひのまひとひろなり》　多治比にもつくる．島の第5子．和銅元年(708)正月従六位上より従五位下，同3月下野守，同7年11月迎新羅使左副将軍，養老元年(717)正月正五位下，同3年7月越前守のとき按察使，同4年3月正五位上，神亀元年(724)2月従四位下，天平3年(731)正月従四位上，同4年8月遣唐大使，同5年3月拝朝，同閏3月節刀を授けられ，同4月出発し，同6年11月帰朝し，同7年3月節刀を進めた．同4月正四位上，同9年9月中納言，従三位，同10年正月に兼式部卿，同11年4月薨じた．　◇5-896後文

丹比真人屋主《たじひのまひとやぬし》　多治比にもつくる．乙麻呂の父．神亀元年(724)2月正六位上より従五位下．天平17年(745)正月従五位上．同18年9月備前守．同20年2月正五位下．天平勝宝元年(749)閏5月左大舎人頭．　6-1031, 8-1442　◇8-1443題詞注

多治比部北里《たじひべのきたさと》　天平勝宝2年(750)2月越中国礪波郡主帳．守大伴家持が墾田検察の時，北里の家に宿した．同3年6月主政．大初位下と見える．　◇18-4138題詞

丹比部国人《たじひべのくにひと》　天平勝宝7年(755)2月相模国足下郡より防人として筑紫に派遣された．20-4329

但馬皇女《たじまのひめみこ》　天武天皇の皇女．母は藤原鎌足の娘，氷上娘．和銅元年(708)6月薨じた．時に三品．藤原宮木簡75に多治麻内親王とある．　2-114〜116, 8-1515　◇2-203題詞

田道間守《たじまもり》　天日槍の子孫．但馬清彦の子．古事記に兄弟とする．垂仁天皇の時，非時香菓(ときじくのかくのみ)を求めて常世の国に遣わされ，非時香菓を得て帰国したが，天皇は既に崩じていたのでその陵に至り哭泣して死んだという．◇18-4111歌

橘少卿《たちばなのしょうきょう》　→佐為王《さいのおおきみ》

橘宿祢文成《たちばなのすくねあやなり》　佐為の子．伝未詳．　6-1014

橘宿祢佐為《たちばなのすくねさい》　→佐為王《さいのおおきみ》

橘宿祢奈良麻呂《たちばなのすくねならまろ》　諸兄の子．母は藤原不比等の娘．室は大原真人明娘．天平12年(740)5月無位より従五位下．同13年7月大学頭．同15年5月正五位上．同17年9月摂津大夫．同18年3月民部大輔．同19年正月従四位下．天平勝宝元年(749)4月従四位上．同閏5月侍従．同7月参議．同4年11月但馬・因幡按察使．以後朝臣とある．同6年正月正四位下．天平宝字元年(757)6月右大弁．同7月仲麻呂排除の計画が漏れ，捕えられて没した．その有する越中国礪波郡の土地は没官され東大寺に施入された．またその家書480余巻も没収された．　6-1010, 8-1581, 1582　◇19-4279題詞, 20-4449題詞, 4454題詞

橘宿祢諸兄《たちばなのすくねもろえ》　→葛城王《かずらきのおおきみ》

竜田彦《たつたひこ》　奈良県生駒郡三郷町立野の竜田神社の祭神．　◇9-1748歌

田辺秋庭《たなべのあきにわ》　伝未詳．　15-3638

田辺史福麻呂《たなべのふひとさきまろ》　伝未詳．歌集は万葉集以外には見えない．　18-4032〜4034, (4035), 4036, 4038〜4040, (4041), 4042, 4046, 4049, 4052　◇18-4052題詞, 4062左注
歌集 6-1047〜1067, 9-1792〜1794, 1800〜1806

田辺史真上《たなべのふひとまかみ》　天平17年(745)10月諸陵大允，従六位上と見える．　5-839

丹波大女娘子《たにはのおおめおとめ》　伝未詳．　4-711〜713

田部忌寸櫟子《たべのいみきいちい》　伝未詳．　4-493　◇4-492題詞

玉槻《たまつき》　伝未詳．　15-3704, 3705

玉作部国忍《たまつくりべのくにおし》　天平勝宝7年(755)2月上総国望陀郡より防人として筑紫に派遣された．　20-4351

玉作部広目《たまつくりべのひろめ》　天平勝宝7年(755)2月駿河国より防人として筑紫に派遣された．　20-4343

田村大嬢《たむらのだいじよう》　→大伴田村大嬢《おおとものたむらのだいじよう》

手持女王《たもちのおおきみ》　伝未詳．長屋王家木簡1-15に田持王が見えるが同一人かは不明．　3-417〜419

足日女《たらしひめ》　→神功皇后《じんぐうこうごう》

丹氏麻呂《たんじのまろ》　丹比か丹波，伝未詳．　5-828

ち

智努王《ちぬのおおきみ》　天武天皇の孫．長皇子の子．智奴・知奴・珍努にもつくる．後に文室真人．名を浄三と改めた．大市の兄．与伎・大原の父．養老元年(717)正月無位より従四位下．天平元年(729)3月従四位上．同12年11月正四位下．同13年8月木工頭．同9月造宮卿．同14年8月近江国紫香楽宮の造離宮司．同18年4月正四位上．同19年正月従三位．天平勝宝4年(752)9月文室真人の姓を賜わり，同5年7月亡夫人従四位下茨田郡王の法名良式(追善)のために仏足石記を作り，同6年4月摂津大夫．天平宝字元年(757)3月廃太子の議に参与し，皇太子に池田王を推したが実現せず，同6月治部卿．同2年6月従三位．同5年正月正三位．同6年正月御史大夫．同11月伊勢奉幣使．同12月神祇伯を兼ね，同8年正月従二位．同9月致仕し，宝亀元年(770)8月天皇の崩後，吉備真備より皇太子に推されたが固辞し，同10月薨じた．年78．19-4275 ◇17-3926左注

智努女王《ちぬのおおきみ》　智奴にもつくる．養老7年(723)正月従四位下．神亀元年(724)2月従三位．　◇20-4477題詞

中衛大将藤原北卿《ちゆうえだいしようふじわらほくきよう》　→藤原朝臣房前《ふじわらのあそみふささき》

張氏福子《ちようじのふくし》　→張福子《ちようふくし》

張福子《ちようふくし》　家伝下に神亀(724〜729)の頃方士と見える．　5-829

つ

通観《つうかん》　僧．伝未詳．　3-327, 353

調首淡海《つきのおびとおおみ》　天武元年(672)6月壬申の乱に舎人として天皇に従って東国に赴いた．その時の日記の断片がある．和銅2年(709)正月正六位上より従五位下，以後連とある．同6年4月従五位上，養老7年(723)正月正五位上，神亀4年(727)11月皇太子賀宴に累世の家嫡子五位以上に絁(あしぎぬ)を賜わった時，年歯が高い故にその例に入れられた．　1-55

調使首《つきのおみのおびと》　伝未詳．　13-3339〜3343

筑紫娘子《つくしのおとめ》　字を児島．遊行女婦．　3-381, 6-965, 966 ◇3-381題詞, 6-966左注, 967歌

角朝臣広弁《つののあそみひろべ》　天平2年(730)12月大和国少掾，正七位上の都濃朝臣光弁と同一人か．8-1641

角麻呂《つののまろ》　伝未詳．　3-292〜295

津守宿祢小黒栖《つもりのすくねおぐろす》　天平勝宝7年(755)2月下野国より防人として筑紫に派遣された．20-4377

津守連通《つもりのむらじとおる》　通は道にもつくる．和銅7年(714)正月正七位上より従五位下，同10月美作守．養老5年(721)正月陰陽の学に優れ，その道の師範たるに堪える故に絁等を賜わった．　◇2-109題詞

て

天智天皇《てんじてんのう》　舒明天皇の皇子．母は宝皇女(斉明天皇)．諱は葛城皇子．開別皇子，中大兄皇子ともいう．舒明13年(641)10月天皇の殯宮に誄す．時に東宮，年16．皇極4年(645)6月藤原鎌足らと共に蘇我氏を滅ぼした．孝徳天皇即位し，自らは皇太子となり，阿倍内麻呂を左大臣，蘇我倉山田石川麻呂を右大臣，鎌足を内臣として大化改新を断行した．白雉5年(654)10月孝徳天皇崩じ，皇極重祚して斉明天皇となり，中大兄は引き続き皇太子として国政をとった．斉明7年(661)7月百済救援のため西征中に斉明天皇が崩じ，中大兄は称制．天智2年(663)3月白村江に日本軍敗戦．同6年8月近江に遷都し，同7年正月ようやく即位した．同10年正月大友皇子を太政大臣，蘇我赤兄を左大臣，中臣金を右大臣とした．同12月崩じたが，間もなく壬申の乱が起こった．　1-13〜15, 2-91 ◇1-15左注, 16標目・題詞, 20題詞, 21左注, 2-91標目, 147標目・題詞, 148題詞, 149題詞, 150題詞, 151題詞, 4-488題詞, 8-1606題詞

田氏肥人《でんじのこまひと》　氏の名，伝未詳．　5-834

田氏真上《でんじのまかみ》　→田辺史真上《たなべのふひとまかみ》

天武天皇《てんむてんのう》　舒明天皇の皇子．母は宝皇女

(斉明天皇). 天智天皇の弟. 諱は大海人皇子. 天智天皇との間はあまり善くはない. 天智元年(662)東宮となり, 同10年(671) 10月天皇不豫のとき皇位を授ける命を辞退して出家し, 吉野に退いたが, 同12月天皇崩じ, 近江の情勢を知り, 天武元年(672) 5月吉野を脱出して東国に赴き兵を挙げ, 壬申の乱が起こった. 同8月勝利ののち都を飛鳥浄御原に移し, 同2年2月即位した. 同10年2月律令の制定に着手, 同3月帝紀及び上古の本辞を記定せしめ, 同13年10月八色の姓を定め, 位階の改訂など政治機構の整備に努力した. 朱鳥元年(686) 9月崩じた. 年は56, 65の説がある. 1-21, 25～27, 2-103 ◇1-21 左注, 22 標目・左注, 24 左注, 2-103 標目, 156 標目, 159 題詞, 160 題詞, 162 題詞, 8-1465 題詞注, 20-4479 題詞注

と

藤皇后《とうこうごう》 →光明皇后《こうみょうこうごう》

十市皇女《とおちのひめみこ》 天武天皇の皇女. 母は額田王. 大友皇子の妃. 葛野王の母. 天武7年(678) 4月宮廷で俄に薨じた. ◇1-22 題詞・左注, 2-156 題詞, 158 左注

土氏百村《とじのももむら》 →土師宿祢百村《はにしのすくねももむら》

豊島采女《としまのうねめ》 伝未詳. 6-1026, 1027 ◇1027 左注

舎人娘子《とねりのおとめ》 伝未詳. 1-61, 2-118, 8-1636

舎人皇子《とねりのみこ》 天武天皇の第3皇子. 母は天智天皇皇女, 新田部皇女. 持統9年(695)正月浄広弐. 慶雲元年(704)正月封200戸を増す. 時に二品. 養老2年(718)正月一品. 同4年5月日本紀30巻, 系図1巻を完成, 奏上した. 同8月右大臣藤原不比等が薨ずると知太政官事となり, 天平7年(735)11月薨じた. 2-117, 9-1706, 20-4294 ◇9-1683 題詞, 1704 題詞, 1774 題詞, 16-3839 左注

舎人吉年《とねりのよしとし》 伝未詳. 舎人は氏かどうかは不明. 2-152, 4-492

豊御食炊屋姫天皇《とよみけかしきやひめのすめらみこと》 →推古天皇《すいこてんのう》

土理宣令《とりのせんりょう》 刀理にもつくる. 経国集に対策文があり, 養老5年(721)正月退朝ののち東宮(後の聖武天皇)に侍せしめられた. 時に従七位下. 3-313, 8-1470

な

内相《ないしょう》 →藤原朝臣仲麻呂《ふじわらのあそみなかまろ》

内大臣《ないだいじん》 →藤原朝臣鎌足《ふじわらのあそみかまたり》

内命婦石川朝臣《ないみょうぶいしかわのあそみ》 →石川郎女《いしかわのいらつめ》(3)

長田王《ながたのおおきみ》 系譜未詳. 和銅4年(711) 4月従五位上より正五位下, 霊亀元年(715) 4月正五位上, 同2年正月従四位下, 同10月近江守, 神亀元年(724) 2月従四位上, 天平元年(729) 3月正四位下, 同4年10月摂津大夫. 同6年2月朱雀門前の歌垣の頭となり, 同9年6月卒した. 時に散位, 正四位下. 風流の侍従とある. 1-81～83, 3-245, 246, 248

中皇命《なかつすめらみこと》 間人皇女(はしひとのひめみこ)か. 間人皇女は舒明天皇の皇女, 孝徳天皇皇后, 天智天皇の妹, 天武天皇の姉. 母は皇極天皇. 天智4年(665) 2月薨じた. 同6年2月皇極天皇陵に合葬された. 1-3, 4, 10～12

中臣朝臣東人《なかとみのあそみあずまひと》 意美麻呂の子. 和銅4年(711) 4月正七位上より従五位下, 養老2年(718) 9月式部少輔, 同4年10月右中弁, 神亀元年(724) 2月正五位下, 同3年正月正五位上, 天平4年(732) 10月兵部大輔, 同5年3月従四位下. 4-515

中臣朝臣清麻呂《なかとみのあそみきよまろ》 意美麻呂の子. 東人の弟. 浄麻呂にもつくる. 天平10年(738) 4月参河掾と見え, 同15年4月造弘福寺司判官, 正六位上, 神祇少副兼式部大丞. 同5月従五位下. 同6月神祇大副. 同19年5月尾張守. 天平勝宝3年(751)正月従五位上. 同4年4月大仏開眼会に鎮裹京使. 同6年4月神祇大副. 同7月左中弁. 天平宝字元年(757) 5月正五位下. 同2年2月式部大輔と見え, 同3年6月正五位上. 同5年頃紫微中台大忠と見え, 同6年正月従四位下. 同8月藤原訓儒麻呂と共に中宮院に侍して勅旨を伝え, 時に文部大輔. 同12月参議. 同7年正月左大弁. 同4月摂津大夫を兼ね, 同8年正月従四位上. 同9月正四位下. 天平神護元年(765)正月仲麻呂の乱鎮定の功により勲四等. 同11月従三位. 神護景雲2年(768) 2月中納言. 同3年6月大中臣朝臣の姓を賜わり, 宝亀元年(770) 10月正三位. 同2年3月右大臣, 従二位. 同3年2月正二位. 延暦7年(788) 7月薨じた. 年87. 20-4296, 4497, 4499, 4504, 4508 ◇19-4258 左注, 20-4496 題詞

中臣朝臣武良自《なかとみのあそみむらじ》 伝未詳. 中臣系図に見える尾張掾, 正六位上の武良士は同一人か. 8-1439

中臣朝臣宅守《なかとみのあそみやかもり》 東人の子. 蔵部の女嬬狭野弟上娘子を娶った時に勅命によって越前

国味真に流罪となった．天平12年(740)6月の大赦に許されなかった．天平宝字7年(763)正月には従六位上より従五位下．同8年の恵美押勝(藤原仲麻呂)の乱に坐して除名された．　15-3727～3744, 3754～3766, 3775, 3776, 3779～3785　◇15-3723題詞, 3730左注, 3785左注

中臣女郎《なかとみのいらつめ》　伝未詳．　4-675～679

中臣部足国《なかとみべのたるくに》　天平勝宝7年(755)2月下野国都賀郡より防人として筑紫に派遣された．　20-4378

長忌寸奥麻呂《ながのいみきおきまろ》　意吉麻呂にもつくる．伝未詳．　1-57, 2-143, 144, 3-238, 265, 16-3824～3831　◇9-1673左注

長忌寸娘《ながのいみきのおとめ》　伝未詳．　8-1584

中大兄《なかのおおえ》　→天智天皇《てんじてんのう》

長皇子《ながのみこ》　天武天皇の皇子．母は天智天皇の皇女，大江皇女．栗栖王・文室真人浄三・同邑珍の父．持統7年(693)正月浄広弐．霊亀元年(715)6月薨じた．時に一品．　1-60, 65, 73, 84, 2-130　◇1-69左注, 3-239題詞

長屋王《ながやのおおきみ》　天武天皇の孫．高市皇子の子．室は吉備内親王．鈴鹿王の兄．慶雲元年(704)正月無位より正四位上，和銅2年(709)11月宮内卿，時に従三位．同3年4月式部卿，霊亀2年(716)正月正三位，養老2年(718)3月大納言，同5年正月従二位，右大臣，神亀元年(724)2月正二位，左大臣．天平元年(729)2月誣告により自尽せしめられた．年54．懐風藻に五言詩が3首あり，また自邸(長王宅)に新羅使を招いての宴での詩も多い．王の邸跡の木簡に長屋親王とある．邸跡から発見された多数の木簡により，その経済組織等が明らかとなった．　1-75, 3-268, 300, 301, 8-1517　◇3-441題詞, 4-556題詞注, 8-1519左注, 1613題詞注, 1638左注

難波高津宮御宇天皇《なにわのたかつのみやにあめのしたおさめたまいしすめらみこと》　→仁徳天皇《にんとくてんのう》

難波天皇《なにわのてんのう》　仁徳天皇をさす．　◇4-484題詞

楢原造東人《ならはらのみやつこあずまひと》　神亀の頃宿儒と称せられ，天平10年(738)4月近江大掾と見え，同閏7月大宰府より進上する法華経の部領使．時に大宰大典，従六位上．同17年正月正六位上より外従五位下．同18年5月従五位下．同19年3月駿河守．天平勝宝2年(750)3月部内より黄金を献じ，勤臣の姓を賜わり，同5月その親族に伊蘇志臣族の姓を賜わり，同12月従五位上．天平宝字元年(757)5月正五位下．また大学頭兼博士．名儒と号された．　◇17-3926左注

に

新田部皇子《にいたべのみこ》　天武天皇の第7皇子．母は藤原鎌足の娘，五百重娘．塩焼王の父．文武4年(700)正月浄広弐，慶雲元年(704)正月封100戸を賜わる．時に三品．養老4年(720)8月知五衛及び授刀舎人事，神亀元年(724)2月一品，同5年7月明一品．時に大将軍．天平3年(731)11月畿内大惣管．同7年9月薨じた．　◇3-261題詞, 8-1465題詞注, 16-3835題詞・左注

丹生王《にふのおおきみ》　伝未詳．丹生女王と同一人とする説がある．　3-420～422

丹生女王《にふのおおきみ》　伝未詳．天平11年(739)正月従四位下より従四位上．天平勝宝2年(750)8月正四位上．　4-553, 554, 8-1610

仁徳天皇《にんとくてんのう》　応神天皇の皇子．母は仲姫．応神崩後，弟の太子菟道稚郎子(うじのわきいらつこ)と皇位を譲り合い，日本書紀によれば太子が自殺したため即位した．在位中，課役をやめる等の善政により聖帝と称されたが，女性関係は多く，皇后との間に多くの歌謡が記紀に伝えられている．仁徳87年正月崩じた．　◇2-85標目・題詞, 90左注, 4-484題詞

ぬ

額田王《ぬかたのおおきみ》　鏡王の娘．十市皇女の母．天武天皇の妃，後に天智天皇の妃か．　1-7～9, 16～18, 20, 2-112, 113, 151, 155, 4-488, 8-1606　◇1-8左注, 2-111題詞

抜気大首《ぬきけのおおびと》　伝未詳．　9-1767～1769

の

後岡本宮御宇天皇《のちのおかもとのみやにあめのしたおさめたまいしすめらみこと》　→斉明天皇《さいめいてんのう》

後皇子尊《のちのみこのみこと》　→高市皇子《たけちのみこ》

能登臣乙美《のとのおみおとみ》　越中国羽咋郡擬主帳．天平20年(748)4月越中掾久米広縄の館の宴での歌がある．　18-4069

は

博通法師《はくつうほうし》　伝未詳．　3-307～309

羽栗《はくり》　名未詳．羽栗臣翼か翔であろう．　15-3640

間人宿祢《はしひとのすくね》　名を欠く．伝未詳．　9–1685, 1686

間人宿祢大浦《はしひとのすくねおおうら》　伝未詳．　3–289, 290 ◇9–1763 左注

間人連老《はしひとのむらじおゆ》　伝未詳．中臣間人連老と同じか．中臣間人連老は，白雉 5 年(654) 2 月遣唐判官として入唐し，斉明元年(655) 8 月帰朝した．時に小乙下．　◇1–3 題詞

丈部直大麻呂《はせつかべのあたいおおまろ》　天平勝宝 7 年(755) 2 月下総国印波郡より防人として筑紫に派遣された．　20–4389

丈部稲麻呂《はせつかべのいなまろ》　天平勝宝 7 年(755) 2 月駿河国より防人として筑紫に派遣された．　20–4346

丈部川相《はせつかべのかわい》　天平勝宝 7 年(755) 2 月遠江国山名郡より防人として筑紫に派遣された．　20–4324

丈部黒当《はせつかべのくろまさ》　天平勝宝 7 年(755) 2 月遠江国佐野郡より防人として筑紫に派遣された．　20–4325

丈部竜麻呂《はせつかべのたつまろ》　伝未詳．　◇3–443 題詞

丈部足麻呂《はせつかべのたりまろ》　天平勝宝 7 年(755) 2 月駿河国より防人として筑紫に派遣された．　20–4341

丈部足人《はせつかべのたるひと》　天平勝宝 7 年(755) 2 月下野国塩屋郡より防人として筑紫に派遣された．　20–4383

丈部鳥《はせつかべのとり》　天平勝宝 7 年(755) 2 月上総国天羽郡より防人として筑紫に派遣された．　20–4352

丈部真麻呂《はせつかべのままろ》　天平勝宝 7 年(755) 2 月遠江国山名郡より防人として筑紫に派遣された．　20–4323

丈部造人麻呂《はせつかべのみやつこひとまろ》　天平勝宝 7 年(755) 2 月相模国より防人として筑紫に派遣された．　20–4328

丈部山代《はせつかべのやましろ》　天平勝宝 7 年(755) 2 月上総国武射郡より防人として筑紫に派遣された．　20–4355

丈部与呂麻呂《はせつかべのよろまろ》　天平勝宝 7 年(755) 2 月上総国長狭郡より防人として筑紫に派遣された．　20–4354

波多朝臣小足《はたのあそみおたり》　伝未詳．　3–314

秦伊美吉石竹《はだのいみきいわたけ》　秦忌寸伊波太気にもつくる．天平感宝元年(749) 5 月，天平勝宝元年(749) 12 月，同 2 年 10 月に越中国少目と見え，天平宝字 8 年(764) 10 月仲麻呂の乱の功により正六位上より外従五位下．宝亀 5 年(774) 3 月飛驒守．同 7 年 3 月播磨介．　◇18–4086 題詞, 4135 左注, 19–4225 左注

秦忌寸朝元《はだのいみきちようげん》　僧弁正の子．弁正は大宝年中(701～703)学生として入唐し，その子の朝慶とともに病没し，朝元のみが帰朝した．養老 3 年(719) 4 月忌寸の姓を賜わり，同 5 年正月医術に優れ，その道の師範に堪える故に禄を賜わり，時に従六位下．天平 2 年(730) 3 月弟子をとって漢語を教え，同 3 年正月正六位上より外従五位下．天平年中入唐判官として渡唐し，父の故に賞賜をうけ，同 9 年 12 月図書頭．時に外従五位上．同 18 年 3 月主計頭．　◇17–3926 左注

秦忌寸八千島《はだのいみきやちしま》　天平 18 年(746)，同 19 年越中大目．　17–3951, 3956 ◇17–3989 題詞

秦許遍麻呂《はだのこへまろ》　伝未詳．　8–1589

秦田麻呂《はだのたまろ》　伝未詳．　15–3681

秦間満《はだのままろ》　天平 8 年(736) 6 月の遣新羅使の一人か．　15–3589

泊瀬朝倉宮御宇天皇《はつせのあさくらのみやにあめのしたおさめたまいしすめらみこと》　→雄略天皇《ゆうりやくてんのう》

泊瀬部皇女《はつせべのひめみこ》　天武天皇の皇女．長谷部内親王にもつくる．霊亀元年(715)正月封 100 戸を増す．時に四品．天平 9 年(737) 2 月三品．同 13 年 3 月薨じた．　◇2–194 題詞, 195 左注

服部呰女《はとりべのあざめ》　天平勝宝 7 年(755) 2 月武蔵国都筑郡より防人として筑紫に派遣された服部於由の妻．　20–4422

服部於由《はとりべのおゆ》　天平勝宝 7 年(755) 2 月武蔵国都筑郡より防人として筑紫に派遣された．　20–4421

土師《はにし》　伝未詳．　18–4047, 4067

土師稲足《はにしのいなたり》　「土師」は「はじ」とも読む．伝未詳．　15–3660

土師宿祢道良《はにしのすくねみちよし》　天平 18 年(746) 8 月越中国史生．　17–3955

土師宿祢水通《はにしのすくねみみち》　水道，御道にもつくる．字は志婢麻呂．伝未詳．万葉集以外に記載がない．　4–557, 558, 5–843, 16–3844 ◇16–3845 歌・左注

土師宿祢百村《はにしのすくねももむら》　養老 5 年(721)正月佐為王，山上憶良らと共に退朝後，東宮(後の聖武天皇)に侍した．　5–825

林王《はやしのおおきみ》　天平 15 年(743) 5 月無位より従五位下．同 6 月図書頭．天平宝字 5 年(761)正

月従五位上.　◇17-3926 左注, 19-4279 題詞

婆羅門《ばらもん》　印度の婆羅門僧. 諱は菩提僊那. 姓は婆羅遅. 婆羅門種. 南天竺から唐に至り, 道俗の崇敬をうけていたが, 天平5年(733)4月入唐した遣唐使多治比広成等の要請により, 仏徹等を伴って, 同8年8月に来朝し, 勅により大安寺に住した. 天平勝宝3年(751)4月僧正となり, 同4年4月大仏開眼会の開眼師となり, 天平宝字2年(758)8月天皇・皇太后に尊号を奉り, 同4年2月遷化した. 年57. 南天竺婆羅門僧正碑并序, 大安寺菩提伝来記がある. 本書では個人の名と見る説には拠らないが, 参考のために記しておく.　◇16-3856 歌

播磨娘子《はりまのおとめ》　伝未詳.　9-1776, 1777

伴氏百代《ばんじのももよ》　→大伴宿祢百代《おおとものすくねももよ》

板氏安麻呂《ばんじのやすまろ》　→板茂連安麻呂《いたもちのむらじやすまろ》

ひ

土形娘子《ひじかたのおとめ》　伝未詳.　◇3-428 題詞

常陸娘子《ひたちのおとめ》　伝未詳.　4-521

日並皇子《ひなみしのみこ》　→草壁皇子《くさかべのみこ》

檜隈女王《ひのくまのおおきみ》　系譜未詳. 天平7年(735)閏11月相模国御浦郡氷蛭郷にその食封40戸が見える. 同9年2月従四位上となった.　◇2-202 左注

檜前舎人石前《ひのくまのとねりいわさき》　天平勝宝7年(755)2月武蔵国那珂郡より防人として筑紫に派遣された.　◇20-4413 左注

紐児《ひものこ》　伝未詳.　◇9-1767 題詞・歌

兵部川原《ひょうぶのかわら》　伝未詳.　9-1737

広河女王《ひろかわのおおきみ》　穂積皇子の孫. 上道王の娘. 天平宝字7年(763)正月無位より従五位下.　4-694, 695

広瀬王《ひろせのおおきみ》　系譜未詳. 天武10年(681)3月川島皇子らと共に帝紀及び上古諸事を記定し, 同13年2月大伴連安麻呂と共に畿内の都とすべき地を視察した. 時に浄広肆. 養老2年(718)正月従四位上より正四位下, 同6年正月卒した. 散位, 正四位下.　8-1468 ◇1-44 左注

ふ

葛井大夫《ふじいだいぶ》　→葛井連大成《ふじいのむらじおおなり》

藤井連《ふじいのむらじ》　伝未詳.　9-1779 ◇9-1778 題詞

葛井連大成《ふじいのむらじおおなり》　神亀5年(728)5月正六位上より外従五位下. 万葉集に筑後守と見える.　4-576, 5-820, 6-1003

葛井連子老《ふじいのむらじこおゆ》　伝未詳.　15-3691〜3693

葛井連広成《ふじいのむらじひろなり》　始め白猪史. 経国集に対策文がある. 養老3年(719)閏7月遣新羅使. 時に大外記, 従六位下. 同4年5月葛井連の姓を賜わり, 天平3年(731)正月正六位上より外従五位下. 同15年6月備後守. 同7月従五位下. 同20年2月従五位上. 同8月その宅に行幸があり, その室県犬養宿祢八重と共に正五位上. 天平勝宝元年(749)8月中務少輔. 神亀の頃文雅の人として知られ, 懐風藻に五言詩2首がある.　6-962 ◇6-962 左注, 1011 題詞

葛井連諸会《ふじいのむらじもろあい》　和銅4年(711)3月対策文があり, 天平7年(735)9月故殺の訴人の事を治めなかった罪に坐したが, 詔により許された. 時に右大史, 正六位下. 同13年6月山背介, 正六位上, 勲十二等と見え, 同17年4月外従五位下. 同19年4月相模守. 天平宝字元年(757)5月従五位下.　17-3925

藤原卿《ふじわらきょう》　→藤原朝臣房前《ふじわらのあそみふささき》

藤原皇后《ふじわらこうごう》　→光明皇后《こうみょうこうごう》

藤原朝臣宇合《ふじわらのあそみうまかい》　不比等の第3子. 武智麻呂・房前の弟. 麻呂の兄. 霊亀2年(716)8月遣唐副使, また正六位下より従五位下となる. 養老3年(719)7月常陸守, 按察使, 同5年正月正四位上. 神亀元年(724)4月征蝦夷の持節大将軍, 時に式部卿, 同11月入京した. 同2年閏正月その功により従三位, 勲二等, 同3年10月知造難波宮事, 時に式部卿. 天平元年(729)2月長屋王の事件には六衛の兵を率いその第を囲んだ. 同3年8月参議, 同11月畿内副惣管, 同4年8月西海道節度使, 同6年正月正三位, 同9年8月薨じた. 年44.　1-72, 3-312, 8-1535, 9-1729〜1731 ◇4-521 題詞, 6-971 題詞

藤原朝臣鎌足《ふじわらのあそみかまたり》　もと中臣氏. 名を鎌子, 仲郎ともいう. 御食子(みけこ)の子. 母は大伴夫人. 皇極3年(644)正月神祇伯を辞退した. 中大兄皇子を助けて皇極4年6月蘇我氏を滅亡させ, 内臣となり, 大化の改新を断行した. 白雉5年(654)正月紫冠, 封戸を増され, 斉明の世大紫冠, 封5000戸を増され, 前後1万5000戸となる. 天智8年(669)10月没する前日, 大織冠を授けられ, 内大臣となり, 藤原朝臣の姓を賜わった. 年56.　2-94, 95 ◇1-16 題詞, 21 左注, 2-93 題詞

藤原朝臣清河《ふじわらのあそみきよかわ》　房前の第4子．母は片野朝臣の娘．鳥養・永手・真楯の弟．天平12年(740) 11月正六位上より従五位下．同13年7月中務少輔．同15年5月正五位下．同6月大養徳守．同17年正月正五位上．同18年4月従四位下．天平勝宝元年(749) 7月参議．同2年9月遣唐大使．同4年閏3月節刀を賜わり，正四位下となる．同6年2月副使の大伴胡麻呂は帰国したが，第1船に乗っていた清河は難破し，南方に漂着して唐に帰った．その後何回も迎使を派遣したが，戻らず，その間天平宝字4年(760)在唐大使，正四位下のまま文部卿，同7年正月常陸守を兼ね，同8年正月従三位．同9年11月清河の娘，喜娘は肥後国に漂着したが，清河は帰国せず，唐で没した．宝亀10年(779) 2月故入唐大使清河に従二位を贈った．李白等詩人との交流があった．　19–4241, 4244　◇19–4240題詞, 4264題詞

藤原朝臣久須麻呂《ふじわらのあそみくすまろ》　仲麻呂の子．母は房前の娘．一名浄弁．天平宝字2年(758)正月東海・東山道問民苦使．時に正六位上．同8月従五位下，式部少輔，同3年5月美濃守，同6月従五位下より従四位下，同5年正月大和守．同6年8月中宮院に侍して勅旨を宣伝す．時に左右京尹．同12月参議，同7年4月丹波守を兼ね，同8年9月仲麻呂の乱には父の命により奮戦したが戦死した．　4–791, 792　◇4–786題詞, 789題詞, (19–4216左注)

藤原朝臣宿奈麻呂《ふじわらのあそみすくなまろ》　宇合の第2子．母は左大臣石川麻呂の娘．広嗣の弟．天平12年(740)兄広嗣の叛に坐して伊豆に流され，同14年に許されて少判事となり，同18年4月正六位下より従五位下．同6月越前守．同9月上総守．天平勝宝4年(752) 11月相模守．同7年2月防人部領使としてその歌を進めた．天平宝字元年(757) 5月従五位上．同6月民部少輔．同3年11月右中弁．同5年正月上野守．同7年正月造宮大輔．その後内外の職を経たが成績はなく，仲麻呂の専権を怒り，除こうとして失敗し，姓・位を奪われた．同8年9月仲麻呂の乱が起こると，即日詔を奉じて追討に加わってその功により従四位下，勲四等．同10月正四位上，大宰帥．天平神護2年(766) 11月従三位．神護景雲2年(768) 11月兵部卿兼造法華寺長官．宝亀元年(770) 7月参議．同8月称徳天皇の崩後，永手等と計り，白壁王を皇太子とし，大宰帥を兼ね，同9月式部卿．同10月正三位．この時から名を良継と改め，同2年3月中納言より内臣．同5年正月従二位．同8年正月内大臣．同9月薨じた．年62．　◇20–4330左注, 4491左注

藤原朝臣豊成《ふじわらのあそみとよなり》　武智麻呂の第1子．母は安倍貞媛娘．あるいは安倍真虎の娘とも．室は房前の娘，百能．仲麻呂の同母兄．養老7年(723)内舎人，兵部大丞．神亀元年(724) 2月正六位下より従五位下．天平4年(732)正月従五位上．同9年2月正五位上．同11年正月正四位下．同12年10月伊勢行幸に留守司．時に兵部卿兼中衛大将．同15年5月従三位，中納言．同18年正月大納言とあるのは誤記か追記であろう(17–3922題詞)．同4月東海道鎮撫使．同20年3月従二位，大納言．天平勝宝元年(749) 4月大仏殿行幸の日右大臣．天平宝字元年(757) 3月皇太子道祖王を廃する議に加わり，同4月永手と共に道祖王の兄塩焼王を推したが，仲麻呂の推す大炊王が皇太子となった．同7月橘奈良麻呂の乱に陰謀を知りながら奏上しなかったとして右大臣の任を止め，大宰員外帥となったが，病と称して赴任しなかった．同8年9月仲麻呂の失脚と共に右大臣に復し，従一位．左遷の勅書・官符類を焼却した．天平神護元年(765) 11月薨じた．時に右大臣，従一位．年62．　◇17–3922題詞, 3926左注

藤原朝臣執弓《ふじわらのあそみとりゆみ》　仲麻呂の第2子．名は弓取とも．後に真先(前)に改めた．天平勝宝9年(757) 3月播磨介と見え，天平宝字元年(757) 5月正六位上より従五位下．同2年8月従五位上．同3年6月従四位下．同5年正月従四位上．時に大和守，美濃・飛騨・信濃按察使を兼ね，同6年正月参議．同12月正四位上，大宰帥．同8年9月仲麻呂の乱に戦ったが殺された．　20–4482

藤原朝臣永手《ふじわらのあそみながて》　房前の子．母は牟漏女王．その室は大野仲智．天平9年(737) 9月従六位上より従五位下．天平勝宝元年(749) 4月従五位下より従四位下．同2年正月従四位上．同4年11月大倭守．同6年正月従三位．同2月式部卿と見える．同7年12月東大寺板蠅杣の施入の勅に従三位左京大夫兼侍従大倭守と署名し，同8年7月の東大寺献物帳に中務卿兼左京大夫侍従とある．同年中納

言兼式部卿．天平宝字元年(757) 4 月皇太子に塩焼王を推したが失敗した．同 7 年正月武部卿を兼ね，同 8 年 9 月正三位，大納言，従二位．天平神護元年(765)正月勲二等．同 2 年正月右大臣，正二位．同 10 月左大臣．神護景雲 3 年 2 月従一位．宝亀元年(770) 6 月天皇不豫のため近衛•外衛•左右兵衛の事を司り，同 8 月天皇の崩後，百川等と計り，白壁王を皇太子とした．同 10 月正一位．同 2 年 2 月薨じた．年 58．太政大臣を贈られた． 19-4277

藤原朝臣仲麻呂《ふじわらのあそみなかまろ》　武智麻呂の第 2 子．豊成の弟．後に名を押勝，姓を藤原恵美朝臣と改めた．幼少より性聡敏．内舎人より大学少允．天平 6 年(734)正月正六位下より従五位下．同 11 年正月従五位上．同 12 年 11 月正五位上．同 13 年閏 3 月従四位下，同 7 月民部卿．同 15 年 5 月従四位上，参議．同 6 月左京大夫．同 17 年正月正四位上．同 9 月民部卿兼近江守．同 18 年 3 月式部卿．同 4 月東山道鎮撫使，従三位．同 20 年 3 月正三位．天平勝宝元年(749) 7 月大納言．同 8 月光明皇后のための紫微中台の紫微令•中衛大将となり，皇后の庇護のもとに権力を伸ばし，同 2 年正月従二位．天平宝字元年(757) 3 月皇太子道祖王を廃し，亡男真従の婦粟田諸姉を娶せて田村の邸に住まわせていた大炊王を推して皇太子とした．同 5 月紫微内相．内外の諸兵事を司り，同 6 月橘奈良麻呂の反乱を克服し，同 2 年 8 月大炊王が即位して(淳仁天皇)，大保となり，藤原恵美朝臣の姓，押勝の名を賜わり，鋳銭挙稲と恵美家の印の使用を許された．同 4 年正月従一位，大師となり，最高の権力者となり，一門も高官となった．同 5 年 10 月保良宮に遷都し，同 6 年 2 月正一位，近江国の鉄穴を賜わった．しかしこの頃から道鏡の存在により孝謙太上天皇との間は円滑を欠き，仲麻呂は危機を感じて同 8 年 9 月都督四畿内三関近江丹波播磨等国兵事使となり，兵権の掌握に努めた．11 日その逆謀が漏れて挙兵し，近江に逃れたが破れて斬られた．その財産は没収され越前国の地 200 町は西隆寺に施入された． 19-4242, 20-4487 ◇17-3926 左注, 19-4268 題詞, 20-4294 左注, 4493 題詞, 4514 題詞

藤原朝臣広嗣《ふじわらのあそみひろつぐ》　宇合の第 1 子．天平 9 年(737) 9 月従六位上より従五位下．同 10 年 4 月大養徳守．式部少輔もとのごとし．同 12 月大宰少弐．同 12 年 9 月玄昉，吉備(下道)真備を除く目的で挙兵したが，失敗し斬られた． 8-1456 ◇6-1029 題詞

藤原朝臣房前《ふじわらのあそみふささき》　不比等の第 2 子．武智麻呂の弟．宇合•麻呂の兄．北家の祖．大宝 3 年(703)正月東海道を巡察した．時に正六位下．慶雲 2 年(705) 12 月従五位下．和銅 2 年(709) 9 月東海•東山 2 道を巡察．同 4 年 4 月従五位上，霊亀元年(715)正月従四位下，養老元年(717) 10 月参議，同 3 年正月従四位上，同 5 年正月従三位．同 10 月太上天皇の詔により，内臣となり内外を計会し，勅に准じて施行して帝業を輔翼することを命ぜられた．神亀元年(724) 2 月正三位，天平元年(729) 9 月中務卿，同 2 年 4 月中務卿兼中衛大将と見え，同 4 年 8 月東海•東山節度使．同 9 年 4 月薨じた．年 57．懐風藻に詩がある． 5-812 前文, 812, (7-1218～1222, 1194, 1195) ◇3-398 題詞注, 5-811 後文, 9-1765 左注, 19-4228 左注

藤原朝臣不比等《ふじわらのあそみふひと》　鎌足の第 2 子．武智麻呂•房前•宇合•麻呂•宮子(文武天皇夫人)•光明子(聖武天皇皇后)の父．持統 3 年(689) 2 月判事，時に直広肆．同 10 年 10 月資人 50 人を賜わり，時に直広弐．文武 4 年(700) 6 月大宝律令撰定の功により禄を賜わり，時に直広壱．大宝元年(701) 3 月大宝令施行により正三位，中納言より大納言．慶雲元年(704)正月封 800 戸，同 4 年 4 月食封 5000 戸を賜わったが辞退し，2000 戸となり，子孫に伝えしめられ，和銅元年(708)正月正二位，同 3 月右大臣．養老 2 年(718)養老律令を撰定し，同 4 年 8 月薨じた．年 63． ◇3-378 題詞, 19-4235 題詞

藤原朝臣麻呂《ふじわらのあそみまろ》　不比等の第 4 子．養老元年(717) 11 月美濃介の時，部内の多度山の美泉により養老と改元され，正六位下より従五位下，同 5 年正月従四位上，同 6 月左右京大夫，神亀 3 年(726)正月正四位上，天平元年(729) 3 月従三位，同 3 年 8 月参議．時に兵部卿．同 11 月山陰道鎮撫使，同 9 年正月陸奥持節大使．陸奥出羽間の陸路を開き，同 7 月薨じた．年 43．懐風藻に五言詩 5 首がある． 4-522～524 ◇4-528 左注

藤原朝臣八束《ふじわらのあそみやつか》　房前の第 3 子．のち名を真楯と改めた．春宮大進より官人となり，

天平12年(740)正月正六位上より従五位下，同11月従五位上，同13年12月右衛士督，同15年5月正五位上．その後，式部大輔兼左衛士督となり，同16年11月従四位下，同19年3月治部卿，また大和守となり，天平勝宝初年参議となる．同4年(752)4月摂津大夫，天平宝字元年(757)8月正四位下，同2年8月参議中務卿と見え，同3年6月正四位上，同4年正月従三位，大宰帥，同6年12月中納言兼信部卿，同8年9月正三位，天平神護元年(765)正月勲二等，同2年正月大納言．同3月薨じた．年52．　3-398, 399, 6-987, 8-1547, 1570, 1571, 19-4271, 4276　◇6-978左注, 1040題詞

藤原郎女《ふじわらのいらつめ》　伝未詳．　4-766

藤原太后《ふじわらのおおきさき》　→光明皇后《こうみょうこうごう》

藤原宮御宇天皇《ふじわらのみやにあめのしたおさめたまいしすめらみこと》　→持統天皇《じとうてんのう》

藤原夫人[1]《ふじわらぶにん》　鎌足の娘，五百重娘．氷上大刀自の妹．天武天皇夫人．新田部皇子の母．字を大原大刀自．尊卑分脈には藤原不比等の妻になり，麻呂を生むとある．　2-104, 8-1465　◇2-103題詞

藤原夫人[2]《ふじわらぶにん》　鎌足の娘，五百重娘の姉．字は氷上大刀自．天武天皇夫人．但馬皇女の母．20-4479

藤原部等母麻呂《ふじわらべのともまろ》　天平勝宝7年(755)2月武蔵国埼玉郡より防人として筑紫に派遣された．　20-4423

藤原北卿《ふじわらほくきょう》　→藤原朝臣房前《ふじわらのあそみふささき》

布勢朝臣人主《ふせのあそみひとぬし》　天平勝宝6年(754)4月遣唐使判官，正六位上の時唐より帰国した．同7月従五位下，駿河守．その後天平宝字3年(759)5月右少弁，同7年正月従五位上，右京亮．文部大輔，上総守，出雲守を歴任した．　◇20-4346左注

道祖王《ふなどのおおきみ》　新田部皇子の子．天平9年(737)9月無位より従四位下．同10年閏7月散位頭．同12年11月従四位上．天平勝宝5年(753)正月大膳大夫とみえ，同8年5月聖武太上天皇の遺詔により皇太子となる．時に中務卿．天平宝字元年(757)3月王は多くの欠陥があるとして廃された．同7月橘奈良麻呂の乱に捕えられて，名を麻度比と改められ，杖下に死んだ．　19-4284

船王《ふねのおおきみ》　舎人皇子の子．神亀4年(727)正月無位より従四位下．天平15年(743)5月従四位上．同18年4月弾正尹．天平勝宝4年(752)閏3月治部卿と見え，同4月大仏開眼会に伎楽頭．天平宝字元年(757)4月皇太子道祖王が廃され，その皇太子決定会議に王は閨房定まらずとして退けられた．同5月正四位下．同7月橘奈良麻呂の乱にその与党を窮問し，時に大宰帥．同8月正四位上．同2年8月従三位．同3年6月三品．同8月も大宰帥と見え，同4年正月信部卿．同6年正月二品．同8年9月仲麻呂の乱に荷担して諸王に下され，隠岐国に流され，越前国足羽郡の墾田8段が没官された．　6-998, 19-4279, 20-4449　◇17-3926左注, 19-4257左注

吹芡刀自《ふふきのとじ》　伝未詳．　1-22, 4-490, 491　◇1-22左注

文忌寸馬養《ふみのいみきうまかい》　壬申の功臣祢麻呂の子．霊亀2年(716)4月父の功により田を賜わり，時に正七位下．天平9年(737)9月正六位上より外従五位下．同12月外従五位上．時に中宮少進．同10年閏7月主税頭．同17年9月筑後守．天平宝字元年(757)6月鋳銭長官．同2年8月従五位下．　8-1579, 1580

文室真人智努《ふむやのまひとちぬ》　→智努王《ちぬのおおきみ》

振宿祢田向《ふるのすくねたむけ》　伝未詳．　9-1766

へ

平栄《へいえい》　ヒョウヨウともよむ．東大寺の僧．天平19年(747)12月東大寺知事僧とみえ，天平勝宝元年5月東大寺野占使として越前国足羽郡の東大寺の野地を占し，また同寺占墾地使僧として越中国にくだり，守大伴宿祢家持の饗を受け，同3年8月寺主法師とみえ，倶舎衆牒に署し，同8年8月東大寺三綱牒に佐官兼上座法師として署し，この前後各地の東大寺地の占定に従った．神護景雲元年(767)阿弥陀院悔過料資財帳に知事大法師とみえ，同4年5月正倉院双蔵雑物出用帳に中鎮進守大法師と見える．　◇18-4085題詞

日置少老《へきのおおゆ》　伝未詳．　3-354

日置長枝娘子《へきのながえおとめ》　伝未詳．　8-1564

平群朝臣《へぐりのあそみ》　名闕く．広成か．広成は天平5年(733)の遣唐使に判官として加わり入唐．幾多の苦難の末に，同11年10月帰朝．式部大輔，摂津大夫などを歴任し，天平勝宝5年(753)正月従四位上で卒した．　16-3842　◇16-3843歌

平群氏女郎《へぐりのうじのいらつめ》　伝未詳．　17-3931～3942

平群文屋朝臣益人《へぐりふみやのあそみますひと》　天平 17 年(745) 2 月民部少録と見える．　◇12-3098 左注

弁基《べんき》　→春日蔵首老《かすがのくらのおびとおゆ》

ほ

穂積朝臣《ほづみのあそみ》　名闕く．老，老人の説があるが不明．　16-3843 ◇16-3842 歌

穂積朝臣老《ほづみのあそみおゆ》　大宝 3 年(703)正月山陽道巡察使．時に正八位下．和銅 2 年(709)正月従六位下より従五位下．同 3 年正月朝賀に左副将軍として朱雀路に騎兵を率い，同 6 年 4 月従五位上．養老元年(717)正月正五位下，同 2 年正月正五位上，同 9 月式部大輔．同 6 年正月多治比三宅麻呂の謀反を誣告の罪と乗輿を指斥する罪に坐し佐渡に流された．天平 12 年(740) 6 月許されて入京し，同 16 年 2 月大蔵大輔，正五位上と見える．天平勝宝元年(749) 8 月に卒した．　3-288 ◇13-3241 左注, 17-3926 左注

穂積皇子《ほづみのみこ》　天武天皇の第 5 皇子．母は蘇我大蕤娘(そがのおおぬのおとめ)．上道王•境部王の父．持統 5 年(691)正月封 500 戸．時に浄広弐．大宝 2 年(702) 12 月二品と見え，慶雲 2 年(705) 9 月知太政官事，霊亀元年(715)正月一品．同 7 月薨じた．　2-203, 8-1513, 1514, 16-3816 ◇2-114 題詞, 115 題詞, 116 題詞, 4-528 左注, 624 題詞注, 694 題詞注, 16-3816 左注, 3833 題詞注

ま

松浦佐用姫《まつらさよひめ》　肥前国風土記にもその伝説が見える．　◇5-868 歌, 871 序, 871 歌～875 歌, 883 題詞•歌

円方女王《まとかたのおおきみ》　長屋王の娘．天平 9 年(737) 10 月従五位下より従四位下．天平宝字 7 年(763)正月従四位上より正四位上，同 8 年 10 月に従三位．神護景雲 2 年(768)正月正三位．宝亀 5 年(774) 12 月薨じた．平城宮木簡 4-4218，長屋王邸木簡 1-15 に円方若王が見える．　20-4477

真間娘子《ままのおとめ》　伝未詳．真間の手児名．　◇3-431 題詞•歌, 432 歌, 433 歌, 9-1807 題詞•歌, 1808 歌, 14-3384 歌, 3385 歌

真間手児名《ままのてごな》　→真間娘子《ままのおとめ》

茨田王《まむだのおおきみ》　天平 11 年(739)正月無位より従五位下．同 12 年 11 月従五位上．同 16 年 2 月恭仁宮の駅鈴，内外印を難波宮に運び，時に少納言．同 18 年 9 月宮内大輔．同 19 年 11 月越前守．天平勝宝 5 年(753)正月中務大輔．天平宝字元年(757) 12 月越中守．同 3 年 11 月越中国東大寺荘惣券に「従五位上行守王(朝集使)」とある．　19-4283

茨田連沙弥麻呂《まむだのむらじさみまろ》　天平勝宝 7 年(755) 2 月上総少目，従七位下．防人部領使として防人の歌を進めた．　◇20-4359 左注

丸子連大歳《まろこのむらじおおとし》　天平勝宝 7 年(755) 2 月上総国朝夷郡より防人として筑紫に派遣された．　20-4353

丸子連多麻呂《まろこのむらじたまろ》　天平勝宝 7 年(755) 2 月相模国鎌倉郡より防人として筑紫に派遣された．　20-4330

丸子部佐壮《まろこべのすけお》　天平勝宝 7 年(755) 2 月常陸国久慈郡より防人として筑紫に派遣された．　20-4368

満誓沙弥《まんぜいさみ》　もとの名，笠朝臣麻呂．慶雲元年(704)正月正六位下より従五位下，同 3 年 7 月美濃守，和銅元年(708) 3 月再び美濃守．時に従五位上．同 2 年 9 月その政績を褒められ，同 4 年 4 月正五位上，同 7 年閏 2 月吉蘇路を開通した功により封田を賜わり，霊亀 2 年(716) 6 月尾張守を兼ねる．養老元年(717) 11 月多度山の美泉により改元，同国国守として従四位上，同 3 年 7 月按察使，同 4 年 10 月右大弁，同 5 年 5 月元明太上天皇の不豫により出家，満誓と号した．同 7 年 2 月造筑紫観世音寺別当．　3-336, 351, 391, 393, 4-572, 573, 5-821

み

三形王《みかたのおおきみ》　御方王にもつくる．天平勝宝元年(749) 4 月無位より従五位下．同 9 年 6 月大監物と見え，天平宝字 2 年(758) 2 月も同様．同 3 年 6 月従四位下．同 7 月木工頭．　20-4488, 4511 ◇20-4483 題詞

三形沙弥《みかたのさみ》　三方沙弥にもつくる．伝未詳．　2-123, 125, 4-508, 6-1027, 10-2315, 19-4227, 4228 ◇6-1027 左注, 10-2315 左注, 19-4228 左注

三国真人五百国《みくにのまひといおくに》　天平 19 年(747)頃越中国の官人か．　◇17-4016 左注

三国真人人足《みくにのまひとひとたり》　慶雲 2 年(705) 12 月正六位上より従五位下．霊亀元年(715) 4 月従五位上．養老 4 年(720)正月正五位下．　8-1655

三島王《みしまのおおきみ》　舎人親王の子．養老 7 年(723)正月無位より従四位下，天平 7 年(735)相模国

大住郡埼取郷にその食封 50 戸が見える．時に従四位下．　5-883

水江浦島子《みずのえのうらのしまこ》　浦島伝説の主人公．日本書紀・雄略 22 年(478) 7 月に，丹波国余社郡筒川の人瑞江浦島子は釣りをしている時大亀を得たが，忽ち乙女になったので婦とし，海に入り蓬萊山に至ったという．丹後国風土記逸文には筒川の嶼子と見える．　◇9-1740 題詞・歌

三手代人名《みてしろのひとな》　伝未詳．　8-1588

御名部皇女《みなべのひめみこ》　天智天皇の皇女．母は蘇我の姪娘．元明天皇の姉．高市皇子の室，長屋王の母．慶雲元年(704)正月封 100 戸を増された．　1-77

水主内親王《みぬしのひめみこ》　モヒトリともよむ．天智天皇の皇女．母は栗隈首徳万の娘，黒媛娘．霊亀元年(715)正月封 100 戸を増し，時に四品．天平 6 年(734) 4 月大和国広瀬郡の田等を弘福寺に施入し，同 9 年 2 月三品．同 8 月薨じた．　◇20-4439 左注

三野王《みののおおきみ》　栗隈王の子．妃は県犬養宿祢東人の娘，三千代．葛城王(橘諸兄)，佐為王(橘佐為)，牟漏女王の父．弥努王，美努王にもつくる．天武元年(672) 6 月壬申の乱の時，父の筑紫大宰栗隈王に従って天武側につく．同 10 年 3 月川島皇子と共に帝紀，上古の諸事の記定に従い，同 11 年 3 月新城の地を見，時に小紫．同 13 年 2 月信濃に派遣され，同閏 4 月その地図を進め，同 14 年 9 月京，畿内の兵を校し，持統 8 年(694) 9 月筑紫大宰率となり，時に浄広肆．大宝元年(701) 11 月造大幣司長官．時に正五位下．同 2 年正月左京大夫．慶雲 2 年(705) 8 月摂津大夫．時に従四位下．和銅元年(708) 3 月治部卿．同 5 月卒した．時に従四位下．大宝元年以前に離婚している．　◇13-3327 歌

三野連石守《みののむらじいそもり》　伝未詳．大宰帥大伴旅人の従者か．　8-1644, 17-3890

三野連(岡麻呂)《みののむらじおかまろ》　墓誌は美努連岡万につくり，続日本紀は美努連岡麻呂．大宝元年(701)正月遣唐使小商監従七位下中宮少進とあり，霊亀 2 年(716)正月正六位上より従五位下，のち主殿頭となり，神亀 5 年(728) 10 月卒した．年 67．その墓誌がある．　◇1-62 題詞

三原王《みはらのおおきみ》　御原王にもつくる．舎人皇子の子．養老元年(717)正月無位より従四位下．天平元年(729) 3 月従四位上．同 9 年 12 月弾正尹．同 12 年 9 月治部卿と見え，同 18 年 3 月大蔵卿．同 4 月正四位下．同 19 年 3 月正四位上．同 20 年 2 月従三位．天平勝宝元年(749) 8 月中宮卿．同 11 月正三位．同 4 年 7 月薨じた．　8-1543　◇17-3926 左注

壬生使主宇太麻呂《みぶのおみうだまろ》　宇陀麻呂にもつくる．天平 6 年(734) 4 月造公文使録事として節度使から出雲国に派遣された．時に正七位上，少外記，勲十二等．同 8 年 2 月遣新羅使の大判官．同 9 年正月帰国した．同 10 年 4 月上野介．同 18 年 4 月正六位上より外従五位下．同 8 月右京亮．天平勝宝 2 年(750) 5 月但馬守．同 6 年 7 月玄蕃頭．　15-3612, 3669, 3674, 3675, 3702

生壬部足国《みぶべのたるくに》　天平勝宝 7 年(755) 2 月遠江国佐野郡より防人として筑紫に派遣された．　20-4326

生部道麻呂《みぶべのみちまろ》　天平勝宝 7 年(755) 2 月駿河国より防人として筑紫に派遣された．　20-4338

三輪朝臣高市麻呂《みわのあそみたけちまろ》　大神朝臣とも．壬申の乱の功臣．朱鳥元年(686) 9 月天武天皇の大葬に理官の事を誄し，時に直大肆．持統 6 年(692) 2 月伊勢行幸は農事の妨げになると上表直言した．時に中納言，直大弐．大宝 2 年(702)正月長門守，時に従四位上，同 3 年 6 月左京大夫．慶雲 3 年(706) 2 月卒し，従三位を贈られた．懐風藻に五言詩 1 首がある．年 50．　◇1-44 左注, 9-1770 題詞, 1772 題詞

神人部子忍男《みわひとべのこおしお》　天平勝宝 7 年(755) 2 月信濃国埴科郡より防人として筑紫に派遣された．　20-4402

む

六鯖《むさば》　伝未詳．　15-3694～3696

身人部王《むとべのおおきみ》　六人部王にもつくる．笠縫女王の父．室は天武天皇の皇女，田形内親王．和銅 3 年(710)正月無位より従四位下，養老 5 年(721)正月従四位上，同 7 年正月正四位下，神亀元年(724) 2 月正四位上．天平元年(729)正月卒した．神亀の頃，風流の侍従と称せられた．　1-68　◇8-1611 題詞注

宗形部津麻呂《むなかたべのつまろ》　伝未詳．　◇16-3869 左注

も

物部秋持《もののべのあきもち》　天平勝宝 7 年(755) 2 月遠江

国長下郡より防人として筑紫に派遣された. 20-4321

物部乎刀良《もののべのおとら》　天平勝宝 7 年(755) 2 月上総国山辺郡より防人として筑紫に派遣された. 20-4356

物部古麻呂《もののべのこまろ》　天平勝宝 7 年(755) 2 月遠江国長下郡より防人として筑紫に派遣された. 20-4327

物部竜《もののべのたつ》　天平勝宝 7 年(755) 2 月上総国種准郡より防人として筑紫に派遣された. 20-4358

物部歳徳《もののべのとしとこ》　天平勝宝 7 年(755) 2 月武蔵国荏原郡より防人として筑紫に派遣された. 20-4415

物部刀自売《もののべのとじめ》　天平勝宝 7 年(755) 2 月武蔵国埼玉郡より防人として筑紫に派遣された藤原部等母麻呂の妻. 20-4424

物部広足《もののべのひろたり》　天平勝宝 7 年(755) 2 月武蔵国荏原郡より防人として筑紫に派遣された. 20-4418

物部真島《もののべのましま》　天平勝宝 7 年(755) 2 月下野国より防人として筑紫に派遣された. 20-4375

物部真根《もののべのまね》　天平勝宝 7 年(755) 2 月武蔵国橘樹郡より防人として筑紫に派遣された. 20-4419

物部道足《もののべのみちたり》　天平勝宝 7 年(755) 2 月常陸国信太郡より防人として筑紫に派遣された. 20-4365, 4366

守部王《もりべのおおきみ》　舎人親王の子. 天平 12 年(740)正月無位より従四位下. 同 11 月従四位上. 6-999, 1000 ◇999 左注

門氏石足《もんじのいそたり》　→門部連石足《かどべのむらじいそたり》

文武天皇《もんむてんのう》　天武天皇の孫. 草壁皇子の子. 母は元明天皇. 聖武天皇の父. 諱は軽(珂瑠). 持統 11 年(697) 2 月皇太子, 同 8 月即位した. 大宝元年(701)正月遣唐使を再興し, 3 月大宝律令を施行した. 同 2 年隼人を征した. 慶雲 4 年(707) 6 月崩じた. 年 25. ◇1-28 標目, 45 題詞, 71 題詞, 74 題詞・左注, 2-105 標目, 163 標目, 9-1667 題詞

や

野氏宿奈麻呂《やじのすくなまろ》　→小野臣淑奈麻呂《おののおみすくなまろ》

八代女王《やしろのおおきみ》　天平 9 年(737) 2 月無位より正五位上, 天平宝字 2 年(758) 12 月先帝聖武天皇に幸せられたが, その志を改めた故にその位記を毀たれた. 4-626

安見児《やすみこ》　伝未詳. 采女. ◇2-95 題詞・歌

八田皇女《やたのひめみこ》　矢田皇女にもつくる. 応神天皇の皇女. 母は和珥臣の祖, 日触使主(ひふれのおみ)の娘, 宮主宅媛. 仁徳天皇は仁徳 22 年正月八田皇女を妃にしようとしたが磐姫皇后がゆるさなかった. 同 30 年 9 月皇后の不在に皇女を宮内にいれたので皇后は帰京せず, 同 35 年 6 月皇后は筒城宮で崩じた. 同 38 年正月八田皇女を皇后とした. (4-484) ◇2-90 左注

八千桙神《やちほこのかみ》　大国主神の別名. →大汝《おおなむち》

矢作部真長《やはぎべのまなが》　天平勝宝 7 年(755) 2 月下総国結城郡より防人として筑紫に派遣された. 20-4386

山口忌寸若麻呂《やまぐちのいみきわかまろ》　伝未詳. 4-567, 5-827 ◇4-567 左注

山口女王《やまぐちのおおきみ》　伝未詳. 4-613～617, 8-1617

山前王《やまさきのおおきみ》　忍壁皇子の子. 石田王の兄. 慶雲 2 年(705) 12 月無位より従四位下. 養老 7 年(723) 12 月卒した. 懐風藻に従四位下, 刑部卿とあり, 五言詩「侍宴」1 首がある. 3-423～425 ◇3-425 左注

山背王《やましろのおおきみ》　長屋王の子. 母は不比等の娘. のちに藤原弟貞. 天平元年(729) 2 月長屋王の変に王子は多く自経したが, 王は不比等の娘の所生の故に安宿王と共に死を免れた. 同 12 年 11 月無位より従四位下. 同 18 年 9 月右大舎人頭. 天平勝宝 8 年(756) 5 月聖武太上天皇の崩御に山作司. 同 12 月勅により大安寺に遣わされ, 梵網経を講ぜしめ, 時に出雲守. 天平宝字元年(757) 5 月従四位上. 同 6 月但馬守. 橘奈良麻呂の反乱を告げた功により, 同 7 月従三位, 同 4 年正月までに藤原弟貞の名を賜わった. 同月坤宮大弼. 同 6 年 12 月参議. 同 7 年 10 月薨じた. 時に参議, 礼部卿. 20-4473 ◇20-4474 左注

山田史君麻呂《やまだのふひときみまろ》　天平 19 年(747) 9 月越中守大伴宿祢家持の飼っていた鷹の養吏. ◇17-4014 歌, 4015 左注

山田史土麻呂《やまだのふひとひじまろ》　天平勝宝 5 年(753) 5 月少主鈴. ◇20-4294 左注

山田御母《やまだのみおも》　山田史女島. 命婦. 比売島(女)にもつくる. 孝謙天皇の乳母. 天平 19 年(747)より天平勝宝 7 年(755)まで東大寺写経所に写経を命じている. 天平勝宝元年 7 月正六位上より従五位下. 同 7 年正月乳母の故に同族 7 人と共に姓山田御井宿祢を賜わった.

天平宝字元年(757) 8 月既に故人であったが，橘奈良麻呂の謀反を聞きながら奏しなかった故に，御母の名を除き宿祢の姓を奪い，旧姓山田史に復せしめられた．　◇20-4304 題詞

倭大后《やまとだいごう》　倭姫王にもつくる．古人大兄皇子の娘．天智 7 年(668) 2 月天智天皇の皇后．同 10 年 10 月天皇の病のあつい時，大海人皇子に皇位を授けようとしたが，皇子は辞退し，皇位を皇后に授けて大友皇子を皇太子にし，自らは出家して吉野にゆく事を願ったという．2-147～149, 153

山上臣《やまのうえのおみ》　憶良の男か．　18-4065 ◇18-4065 左注

山上臣憶良《やまのうえのおみおくら》　山於億良にもつくる．大宝元年(701)正月遣唐少録．時に無位．慶雲元年(704) 7 月帰朝，和銅 7 年(714)正月正六位上より従五位下，霊亀 2 年(716) 4 月伯耆守．養老 5 年(721)正月退朝後，東宮(後の聖武天皇)に侍せしめられ，神亀(724～729)末年筑前守．天平 4 年(732)前後に帰京し，同 5 年 6 月年 74 で間もなく没したのであろう．その編になる類聚歌林は万葉集に引用された以外にはない．　1-(34), 63, 2-145, 3-337, 5-794 の前の詩文，794～799，800 序，800，801，802 序, 802, 803, 804 序，804，805，813 序，813，814, 818, 868　序, 868～870, (871序, 871～875), 876～882, 886 序, 886～896, 沈痾自哀文, 897 の前の詩文, 897～906, 6-978, 8-1518～1529, 1537, 1538, 9-1716, (16-3860～3869)　◇1-6 左注, 7 左注, 8 左注, 12 左注, 18 左注, 2-85 左注, 3-337 歌, 5-870 左注, 882 左注, 893 左注, 896 左注, 6-978 左注, 8-1522 左注, 9-1673 左注, 16-3869 左注, 18-4065 左注, 19-4165 左注

山上大夫《やまのうえのだいふ》　→山上臣憶良《やまのうえのおみおくら》

山部王《やまべのおおきみ》　伝未詳．　8-1516

山部宿祢赤人《やまべのすくねあかひと》　伝未詳．神亀(724～729)から天平年間(729～749)の人．行幸供奉の他に，各地を旅行している．　3-317, 318, 322～325, 357～362, 372, 373, 378, 384, 431～433, 6-917～919, 923～927, 933, 934, 938～947, 1001, 1005, 1006, 8-1424～1427, 1431, 1471, 17-3915(「明人」に作る)

ゆ

雄略天皇《ゆうりゃくてんのう》　允恭天皇の第 5 皇子．母は皇后忍坂大中姫．允恭 7 年(418) 12 月誕生．諱は大泊瀬稚武．古事記は大長谷若建．兄安康天皇を殺した眉輪王，安康天皇が後事を託した市辺押磐皇子ら多くの皇子を殺して即位し，大悪天皇と称されたという．百済，新羅との関係が紛糾し，国内では多くの部を設定した．大臣・大連を始め，大伴・佐伯両氏の職，宮廷の技術氏の起源と，その説話が多い．稲荷山の鉄剣の銘，江田の船山の刀の銘にもワカタケルの名が見える．雄略 23 年(479) 8 月崩じた．年 62．倭五王の中の武に擬せられている．　1-1, 9-1664 ◇1-1 標目

雪連宅麻呂《ゆきのむらじやかまろ》　宅満にもつくる．天平 8 年(736) 6 月遣新羅使の一人．新羅への途中壱岐島で病没した．松尾社家系図所引の伊伎氏本系帳には古麻呂の子に宅麻呂が見えるが，従五位上とあり，大使が従五位下であるから別人であろう．　15-3644 ◇15-3688 題詞

弓削皇子《ゆげのみこ》　天武天皇の第 6 皇子．母は妃大江皇女．持統 7 年(693)正月浄広弐．文武 3 年(699) 7 月薨じた．時に浄広弐．懐風藻の葛野王の伝に，高市皇子の薨後，日嗣の議に皇子は発言，葛野王に叱責されて黙したという．　2-111, 119～122, 3-242, 8-1467, 1608 ◇2-130 題詞, 204 題詞, 9-1701 題詞, 1709 題詞, 1773 題詞

湯原王《ゆはらのおおきみ》　志貴皇子の子．伝未詳．　3-375～377, 4-631, 632, 635, 636, 638, 640, 642, 670, 6-985, 986, 989, 8-1544, 1545, 1550, 1552, 1618

よ

誉謝女王《よざのおおきみ》　与射女王にもつくる．慶雲 3 年(706) 6 月卒した．　1-59

依羅娘子《よさみのおとめ》　柿本朝臣人麻呂の妻．　2-140, 224, 225

吉田連老《よしだのむらじおゆ》　伝未詳．字は石麻呂．　◇16-3853 歌, 3854 左注

吉田連宜《よしだのむらじよろし》　キチダとも訓む．百済の渡来僧，恵俊．文武 4 年(700) 8 月その医術を用いるために還俗させられ，姓を吉，名を宜と賜わり，務広肆を授けられた．和銅 7 年(714)正月正六位下より従五位下．養老 5 年(721)正月医術の道の師範たるに堪えるの故に絁・糸・布・鍬などを賜わった．時に従五位上．神亀元年(724) 5 月吉田の姓を賜わり，天平 2 年(730) 3 月その衰老によりその道を伝習せしめられた．同 5 年 12 月図書頭，同 9 年 9 月正五位下，同 10 年閏 7 月典薬頭．神亀の頃方士として名がある．懐風藻に 2 首の詩が

あり，年70とある．5–864の前の書簡，864〜867

余明軍《よのみようぐん》　大伴旅人の資人．3–394, 454〜458, 4–579, 580 ◇3–458左注

り

理願《りがん》　新羅国の尼．大伴安麻呂の家に寄住し，天平7年(735)に病死した．◇3–460題詞, 461左注

留女女郎《りゅうじょのいらつめ》　→大伴女郎《おおとものいらつめ》(2)

わ

若麻続部羊《わかおみべのひつじ》　天平勝宝7年(755)2月上総国長柄郡より防人として筑紫に派遣された．20–4359

若麻続部諸人《わかおみべのもろひと》　天平勝宝7年(755)2月上総国より防人として筑紫に派遣された．20–4350

若桜部朝臣君足《わかさくらべのあそみきみたり》　伝未詳．8–1643

若舎人部広足《わかとねりべのひろたり》　天平勝宝7年(755)2月常陸国茨城郡より防人として筑紫に派遣された．20–4363, 4364

若宮年魚麻呂《わかみやのあゆまろ》　伝未詳．3–387 ◇3–389左注, 8–1430左注

若倭部身麻呂《わかやまとべのみまろ》　天平勝宝7年(755)2月遠江国麁玉郡より防人として筑紫に派遣された．20–4322

若湯座王《わかゆえのおおきみ》　伝未詳．3–352

地 名 索 引

1) この索引は，萬葉集巻1から巻20までの，目録，標目，題詞，本文，左注などに見られる地名について，簡潔に解説をほどこしたものである．

2) 配列は現代仮名遣いによる五十音順である．

3) 各項の末尾に，例歌の巻数と歌番号(イは一本・或本・異伝)を示した．

4) 同名の地名については，^{1} ^{2} で区別した．

5) 関連ある地名や，訓みに両様ある国名については，→印を付して参照すべき箇所を示した．

（山崎福之）

あ

会津嶺《あいづね》　陸奥国会津郡の山の意．福島県耶麻郡の磐梯山から吾妻山にかけての山塊を指したものであろう．　14–3426

青根峯《あおねがみね》　未詳．吉野山の中の一峰であろう．宮滝周辺とも言われる．　7–1120

英遠浦《あおのうら》　富山県氷見市阿尾の海岸．　18–4093 題詞・歌

明石大門《あかしおおと》　明石海峡のこと．　3–254．→明石門

明石潟《あかしがた》　兵庫県明石市付近の遠浅の海辺．6–941

明石浦《あかしのうら》　兵庫県明石市付近の海．　3–326，15–3627

明石門《あかしのと》　兵庫県明石市付近の明石海岸と対岸の淡路島の北端との間にある，明石海峡のこと．大阪湾と播磨灘とをつなぐ海路の要衝．「明石大門(おほと)」とも．「明石の水門(みと)」は，明石川河口付近の船着場．　3–255, 388, 7–1207, 1229, 15–3608

吾松原《あがのまつばら》　三重県四日市市付近の海岸の地という．　6–1030 歌・左注, 10–2198

赤見山《あかみやま》　未詳．栃木県佐野市西北方の山かという．　14–3479

安芸《あき》　国名．山陽道八国の一で，広島県の西部に当たる．古事記では「阿岐」．　5–886 序，15–3617 題詞

秋津《あきつ》　奈良県吉野郡吉野町宮滝付近一帯の地か．和歌山県田辺市秋津町を指すと見られるものもある．　6–907, 911, 7–1368, 9–1713

秋津野《あきつの》　吉野の秋津(前項)の野．古事記(雄略)に，狩に出た雄略天皇の腕にかみついた虻を蜻蛉がくわえていった時に，天皇が蜻蛉をほめ讃えた，そこでその野を阿岐豆野というのだ，とある．　1–36, 4–693, 6–926, 7–1345, 1405, 1406, 10–2292, 12–3065, 3179

安伎奈山《あきなのやま》　未詳．神奈川県足柄上・下両郡の，箱根山系の山であろう．その北東に連なる丹沢山系の山とする説もある．　14–3431

安騎野《あきのの》　奈良県宇陀郡大宇陀町一帯の山野．「阿騎」「吾城」とも．　1–45 題詞・歌, 46

飽浦《あくのうら》　未詳．「飽等の浜」(11–2795)と同地ならば，和歌山市北西の田倉崎付近か．瀬戸内の地名に続くと見て，岡山市飽浦とする説もある．　7–1187

飽等浜《あくらのはま》　未詳．　11–2795

阿胡行宮《あごのかりみや》　未詳．志摩国英虞郡の行宮．現在の三重県志摩郡阿児町付近であろう．1–44 左注

吾児《あご》　未詳．住吉付近の地であろう．　7–1154

阿胡根浦《あごねのうら》　未詳．和歌山県御坊市野島付近か．他に所見がない．　1–12

阿後尼原《あごねのはら》　京都府宇治市五ケ庄付近の宇治川東岸の地か．奈良から山科へ至る道筋に当たる．　13–3236

阿胡海《あごのうみ》　広島県呉市南方の倉橋島付近の海かという．巻 7 の例は摂津の住吉付近で「吾児(あご)」と同地かと見られる．　7–1157, 13–3243, 3244

安胡浦《あごのうら》　未詳．三重県志摩郡の英虞湾の海，あるいは前項と同所とも言われるが，確定しがたい．　15–3610．　→嗚呼見浦《あみのうら》

網児山《あごのやま》　三重県志摩郡阿児町の英虞の地の山か．　4–662

朝香潟《あさかがた》　大阪市住吉区浅香から大和川を挟んで南側の堺市東浅香山町，浅香山町にかけての一帯．当時はこの付近まで海であった．「浅鹿浦」(2–121)とも．　11–2698

浅鹿浦《あさかのうら》　未詳．大阪市住吉区浅香山から堺市浅香山町にかけての一帯であろう．当時はこの付近まで海であった．「朝香潟」(11–2698)とも．　2–121

安積山《あさかやま》　和名抄の「陸奥国安積郡安積」の地の山．現在の福島県郡山市北部の山と言われる．古今集・仮名序に「難波津の歌」，「安積山の言葉」と並べられ，「この歌は歌の父母のやうにてぞ，手習ふ人のはじめにもしける」と述べられて以来，重要な歌枕となった．　16–3807

朝明行宮《あさけのかりみや》　未詳．伊勢国朝明郡の行宮．天平 12 年(740)の聖武天皇東国巡幸の地．現在の三重県四日市市北部．　6–1030 左注

浅沢小野《あささわおの》　大阪市住吉区の住吉神社東南の野．　7–1361

浅茅浦《あさちのうら》　長崎県対馬の中央部にあり，西に開けた浅茅湾のこと．現在は万関瀬戸・船越瀬戸で東の海に通じているが，近世までは西の開口部から進入して風待ちした．　15–3697 題詞

浅茅山《あさちのやま》　前項の浅茅浦周辺の山のいずれかであろう．　15–3697

朝妻《あさつま》　奈良県御所市朝妻の地．日本書紀・仁

徳天皇 22 年の歌謡に「朝妻の避箇(ひか)の小坂(をさか)を片泣きに道行く者も偶(たぐ)ひてぞ良き」とある．仁徳天皇が磐之媛皇后の出身地を詠み込んで贈った歌．　10–1818

朝妻山《あさづまやま》　前項，朝妻の地の山．金剛山のことか．　10–1817

浅野《あさの》　兵庫県淡路島の津名郡北淡町浅野の地．普通名詞(草深くない野)説もある．　3–388

浅葉野《あさはの》**・浅葉野良**《あさはののら》　未詳．武蔵国入間郡麻羽の地か．現在の埼玉県坂戸市浅羽．また静岡県磐田郡浅羽町ともいう．　11–2763, 12–2863

朝夷《あさひな》　和名抄の「安房国朝夷郡」の地．千葉県安房郡千倉町の一帯．養老 2 年(718) 5 月に上総国から平群・安房・朝夷・長狭の四郡を割いて安房国を置いた．後，天平 13 年(741) 10 月に再び上総国と合併したが，天平宝字元年(757) 5 月にまた独立した．　20–4353 左注

足利《あしかが》　和名抄の「下野国足利郡」の地．栃木県足利市の一帯．　20–4379 左注

味鎌《あじかま》　所在地未詳．　11–2747, 14–3551, 3553

足柄《あしがら・あしがり》　神奈川・静岡両県の県境をなす足柄・箱根山一帯の地域．険阻なことで知られた．　7–1175, 14–3361, 3364, 3367～3370, 3431, 3432

足下《あしがらのしも》　和名抄の「相模国足下郡」の地．神奈川県足柄下郡に当たる．足柄山以南の地．「足下」は「足柄下」を略記したもの．　20–4329 左注

足柄御坂《あしがらのみさか》　神奈川県南足柄市から静岡県駿東郡小山町へ越える足柄峠であろう．箱根路の北．　9–1800 題詞, 14–3371, 20–4372, 4423.　→足柄峰・足柄山

足柄峰《あしがらのみね》　神奈川・静岡両県の県境をなす足柄・箱根山群の総称．「足柄の八重山」(20–4440)とも歌われた．　20–4421

足柄山《あしがらやま》　神奈川・静岡両県の県境をなす足柄・箱根山群の総称．相模国風土記逸文に，この山の杉で作られた船は足が軽くなると見える．足柄の御坂(14–3371)とも．　3–391, 14–3363

蘆城《あしき》　福岡県筑紫野市阿志岐の地．大宰府の東南に当たり，駅家が置かれていた．官人たちの遊宴の場でもあった．　4–549 題詞, 568 題詞, 8–1530 題詞・歌, 1531

葦北《あしきた》　熊本県葦北郡および水俣市の地．日本書紀・景行天皇 18 年 4 月に「葦北の小島に泊りて」とある．　3–246

悪木山《あしきやま》　蘆城山．福岡県筑紫野市阿志岐の地の山．　12–3155.　→蘆城《あしき》

阿自久麻山《あじくまやま》　所在地未詳．　14–3572

味経原《あじふのはら》**・味原宮**《あじふのみや》　大阪市天王寺区味原町の一帯．難波宮の別称でもあったか，海辺にあった離宮か，詳細は不明．「車駕，味経宮に幸して」(日本書紀(孝徳天皇)・白雉元年正月)と見え，和名抄にも摂津国東生郡に「味原」とある．　6–928, 1062

葦穂山《あしほやま》　茨城県真壁郡と新治郡との境にある足尾山．筑波山から北に連なる．常陸国風土記の新治郡の条に「越え通ふ道路を葦穂山と称ふ」と見える．　14–3391

味真野《あじまの》　福井県武生市の東南の野．和名抄に見える「越前国今立郡味真」の地．謡曲「花筐」では男大迹王(後の継体天皇)の隠棲の地と伝える．　15–3770

葦原瑞穂国《あしわらのみずほのくに》　古代日本の呼称の一．葦原の中の五穀豊穣の国の意の美称で，「豊葦原之千秋長五百秋之水穂国」とも，単に「瑞穂国」とも言う．　2–167, 199, 9–1804, 13–3227, 3253, 18–4094

明日香《あすか》　奈良県高市郡明日香村一帯の地．周辺の桜井市，橿原市，高取町の一部を含むこともある．舒明以下，斉明・天武・持統などの天皇の宮はこの地に置かれた．「飛ぶ鳥の明日香」(1–78)と呼ばれ，「飛鳥」とも書かれる．　1–7 標目, 8 左注, 51 題詞・歌, 78, 2–103 標目, 162, 199, 3–268 歌・左注, 324, 6–992, 16–3791, 3886

明日香川《あすかがわ》　明日香の里の中央を南東から北西に流れ，甘樫丘(あまかしのおか)の麓から藤原京を斜めに通り，斑鳩の南で大和川に注ぐ．「世の中は何か常なる明日香川昨日の淵ぞ今日は瀬になる」(古今集・雑下)と詠まれてからは，無常の象徴とされてきた．二上山の南から大阪府羽曳野市飛鳥の地(いわゆる「近つ飛鳥」)を流れる飛鳥川かと言われる例(10–2210)もある．巻 14 の 2 例は，歌が東国へ流伝したか，あるいは同名の川が東国にもあったのか不明．2–194, 196～198, 3–325, 356, 356ィ, 4–626, 7–1126, 1366, 1379, 1380, 8–1557, 10–1878, 2210, 11–2701, 2702, 2713, 12–2859, 13–3227, 3266,

3267, 14-3544, 3545, 19-4258

東《あずま》**・東国**《あずまのくに》　三河・遠江以東の地を広く指すが，足柄・箱根より東の現在の関東・東北地方を主にいう．古事記・日本書紀では，倭建命が「吾嬬はや」と言ったことにより「吾妻」と言うという．　2-199, 3-382, 431題詞注, 4-521, 9-1759注, 1800, 1807, 12-3194, 14-3348標目, 3442, 3477, 18-4094, 4097, 4131, 20-4331, 4333

安斉可潟《あせかがた》　未詳．房総地方の海浜のいづこかであろう．　14-3503

安蘇《あそ》　和名抄には下野国に「安蘇郡安蘇」と見える．「下野安蘇の川原よ」(14-3425)とあるのに合致する．一方「上野安蘇のま麻群」(14-3404)，「上野安蘇山つづら」(14-3434)ともある．国境の地域で帰属に揺れがあったものか(史書では未確認)，歌の伝播による国名の改変か，判然としがたい．　14-3404

安蘇川《あそのかわ》　安蘇の地の川．渡良瀬川の上野(群馬)・下野(栃木)国境付近での呼称か．あるいは，下野(栃木)国内の支流，旗川・秋山川などのいずれかか．　14-3425．　→安蘇

安蘇山《あそやま》　安蘇の地の山．上野下野国境付近の山であろう．　14-3434．　→安蘇川，安蘇

安太《あだ》　和名抄に見える紀伊国在田郡英多の地か．足代(あて)と同地かとも見られる．　7-1214

阿太《あだ》　奈良県五條市東部の吉野川沿いの地．東・西・南阿田の地名が残る．神武天皇が吉野に入った時に，梁を打ち漁をする阿太の養鸕部の始祖に出会ったという(日本書紀・神武即位前紀)．　10-2096, 11-2699

安達太良《あだたら》**・安達太良嶺**《あだたらのみね》　福島県二本松市の西方にある安達太良山．会津峰の東に連なる．　7-1329, 14-3428, 3437

足代《あて》　未詳．和歌山県有田市，有田郡の地か．7-1212

阿渡《あと》　滋賀県高島郡安曇川町の地　7-1238

阿渡川《あどかわ》　前項の地を流れる安曇川．河口の船着場は「阿渡の水門(みなと)」という．琵琶湖西岸の要港．　9-1690, 1718, 1734

吾跡川《あどかわ》　未詳．遠江国にあった川という．前項とは別の川であろう．　7-1293

痛足川《あなしがわ》　「痛背川(あなせのかわ)」(4-643)に同じか．痛足川(穴師川)は，三輪山の北側を西流する巻向川の穴師付近での名．　7-1087, 1100

穴師山《あなしのやま》　奈良県桜井市穴師の東方の山．三輪山の北に当たる．　12-3126

痛背川《あなせのかわ》　未詳．「痛足(あなし)河」(7-1087)に同じか．　4-643

安努《あの》　未詳．東国に求めて駿河国駿東郡の地(沼津市)とする説もある．しかし歌本文の「草陰の安努」は，倭姫命世記・垂仁14年に「草蔭阿野国」とあるのに同じく，伊勢国阿濃郡を指すとも見られる．　14-3447

阿婆野《あばのの》　未詳．大和の地であろう．　7-1404

阿倍《あへ》　駿河国安倍郡の地(静岡市)であろう．14-3523

安倍島山《あへしまやま》　未詳．「阿倍島」(3-359)に同じか．大阪湾周辺の島と見られる．　12-3152

阿倍市道《あへのいちじ》　阿倍の市へ行く道．阿倍は駿河の国府のあった静岡市の地．　3-284

阿倍島《あへのしま》　未詳．前後の歌の「縄の浦」(3-357)，「武庫浦・粟島」(3-358)，「佐農岡」(3-361)から見れば，大阪湾周辺であろう．　3-359

阿保山《あほやま》　未詳．奈良市北郊の丘陵の地であろう．　10-1867

天羽《あまは》　和名抄の「上総国天羽郡」の地．千葉県富津市南部一帯．　20-4352左注

嗚呼見浦《あみのうら》　未詳．三重県伊勢地方の海であろう．異伝歌に「安胡乃宇良」(15-3610)とあり，その左注には「安美能宇良」とあるように，呼称に揺れがある．「嗚呼児(あご)」とすれば，英虞湾とも見られる．　1-40, 15-3610左注

網浦《あみのうら》　香川県坂出市の海辺．　1-5

天香具山《あめのかぐやま》　→香具山《かぐやま》

安益郡《あやのこおり》　香川県坂出市，および綾歌(あやうた)郡東部の地．和名抄の讃岐国郡名に「阿野(あや)」と見える．　1-5題詞

年魚道《あゆじ》　年魚の地に至る道か．年魚は多武峯(とうのみね)の北限とされる鮎谷・阿由谷の地であろう．　13-3260

年魚市潟《あゆちがた》　名古屋市南部の海岸付近にあった干潟．日本書紀・景行天皇51年8月に，草薙剣は尾張国年魚市郡の熱田社にあると見える．　3-271, 7-1163

荒藺崎笠島《あらいのさきのかさしま》　所在地未詳．　12-3192

麁玉《あらたま》　和名抄の「遠江国麁玉郡」の地．静岡県浜松市北部から浜北市にかけての地域．11-2530, 14-3353, 20-4322左注

愛発山《あらちやま》　滋賀県高島郡マキノ町から福井県敦賀市に越える途次の山．鈴鹿，不破とともも

に三関と称される愛発関(あらちのせき)が置かれた．北国へ下る要衝の地．　10–2331

荒津海《あらつのうみ》　福岡県福岡市中央区付近の博多湾．荒津は大宰府の海路の基点となった港の地．　12–3217, 15–3660, 17–3891

荒津浜《あらつのはま》　福岡市中央区の海浜．　12–3215, 3216.　→荒津海

安良礼松原《あられまつばら》　未詳．難波の住吉付近の景勝地であろう．　1–65

在千潟《ありちがた》　所在地未詳．　12–3161

有間《ありま》　神戸市北区有馬町の地．紀湯，伊予湯と並ぶ温泉の地として知られた．「有間の温湯に幸す」(日本書紀・舒明天皇3年9月)．　3–461左注, 11–2757, 12–3064.　→有間山

有間山《ありまやま》　神戸市北区有馬町の有馬温泉近辺の山．南の海沿いの地から望む，六甲山を含む北側の山地を指してもいう．「有間山猪名野笹原風吹けばいでそよ人を忘れやはする」(後拾遺集・恋2)．　3–460, 7–1140

安礼崎《あれのさき》　未詳．「引馬野」(1–57)とともに三河国にあり，三河湾に面した岬と推測される．　1–58

安波《あわ》　未詳．　14–3501

安房《あわ》　国名．千葉県の南部．養老2年(718)，上総国から平群・安房・朝夷・長狭の四郡を割いて安房国を置いた．後天平13年(741)に一旦上総国に統合されたが，天平宝字元年(757)に再び独立した．　9–1738.　→朝夷《あさひな》

淡路《あわじ》　淡路島(3–388)のこと．国名でもある．　3–251, 4–509, 6–933, 942

淡路島《あわじしま》　淡路国．紀伊・四国とともに南海道六国をなす．現在の兵庫県津名郡・三原郡・洲本市．　3–388, 6–935, 946, 7–1160, 1180, 12–3197, 15–3627, 3720, 17–3894

粟島《あわしま》　未詳．記紀の国生み神話では二番目に生まれたのが「淡島」であり，仁徳天皇の歌にも歌われる．巻3・4・7の例は播磨灘の島のいずれか，また阿波とも見られ，巻9・12・15の例は周防国(山口県東南部)の海のいずれかの島(大島など)と言われる．　3–358, 4–509, 7–1207, 9–1711, 12–3167, 15–3631, 3633

阿波山《あわのやま》　阿波国(徳島県)の山．大阪湾から望見して言う．　6–998

い

家島《いえしま・いえのしま》　兵庫県相生市沖の播磨灘に浮かぶ家島群島．難波を出て，明石の門を過ぎるとすぐに見えてくる．　4–509, 15–3627, 3718題詞・歌

廬前角太河原《いおさきのすみだがわら》　奈良県五條市から紀ノ川沿いの大和街道を通って和歌山県側に出た辺り，橋本市隅田町の紀ノ川の河原．　3–298

廬原《いおはら》　静岡県庵原郡の地．清水市の北に当たり，三保の松原を望むところ．　3–296.　→清見崎《きよみのさき》

猪養山《いかいのやま》　奈良県桜井市吉隠の東北の山か．初瀬峡谷の最奥部．　2–203, 8–1561

伊香山《いかごやま》　滋賀県伊香郡木之本町大音付近の山．琵琶湖と北の余呉湖との間に聳える賤ケ岳を中心とする連峰であろう．大音には逸文近江国風土記に見える羽衣伝説の主人公伊香刀美(いかとみ)を祭る伊香具神社がある．　8–1532題詞, 1533, 13–3240

雷岳《いかずちのおか》　奈良県高市郡明日香村北西部の小丘．飛鳥川を挟んで南に甘橿丘(あまかしのおか)と向き合う．雄略天皇の命を受けた小子部栖軽が雷を捕えた丘と伝える(日本書紀・雄略天皇7年7月，日本霊異記・上1)．　3–235題詞・歌・左注

伊香保《いかほ》　群馬県北群馬郡伊香保町から渋川市にかけての，榛名山西南麓一帯の地．「伊香保嶺」，「伊香保ろ」は榛名山を指す．　14–3409, 3410, 3414, 3419, 3421, 3422, 3423, 3435

伊香保沼《いかほのぬま》　榛名湖のことか．榛名山山麓の湖沼と見る説もある．　14–3415

斑鳩《いかるが》　奈良県生駒郡斑鳩町の地．法隆寺・中宮寺・法輪寺・法起寺と，聖徳太子ゆかりの飛鳥時代の寺が建ち並ぶ．　12–3020

壱岐《いき》　→壱岐《ゆき》

活道岡《いくじのおか》・**活道山**《いくじやま》　未詳．久迩京に近い，京都府相楽郡和束町近辺の山であろう．　3–478, 479, 6–1042題詞.　→久迩京《くにのみやこ》

伊久里《いくり》　新潟県三条市井栗説，富山県砺波市井栗谷説などがある．伝誦歌であり，越の国の内とも限らない．　17–3952

生駒高嶺《いこまたかね》・**生駒山**《いこまやま》　生駒山．奈良県生駒市，生駒郡と大阪府東大阪市との間の山地．北の生駒越え，南の竜田越えが大和と河内を結ぶ要路であった．平城京からは西方に，難波からは東方に望まれる．　6–1047, 10–2201, 12–3032, 15–3589, 3590, 20–4380

率川《いざかわ》　奈良市本子守町の率川神社近くを流れる川．開化天皇は率川宮に遷都した(日本

書紀・開化天皇元年). 開化天皇陵も近い. 7-1112

射狭庭岡《いざにわのおか》　松山市の道後温泉の東の丘陵地かという. 伊予国風土記逸文に, 聖徳太子が湯の岡に建てた碑の碑文を見ようと諸人がみな「伊社那比(いざなひ)」来たことから, この名になったと伝える.　3-322

去来見山《いざみのやま》　三重県と奈良県吉野郡の県境にある高見山といわれる. 吉野から伊勢(松阪)へ通う道筋にある.　1-44

不知哉川《いさやがわ》　滋賀県彦根市で琵琶湖に注ぐ大堀川(芹川). 正法寺山(鳥籠山《とこのやま》)の南西麓を流れる.　4-487, 11-2710.　→鳥籠山

石井《いしい》　未詳.　14-3398

石川《いしかわ》　未詳. 柿本人麻呂の死地「鴨山」の比定により, 石見国内の各所に求める諸説(江川上流など)があり, また河内説もある.　2-224, 225.　→鴨山《かもやま》

伊豆《いず》　国名. 静岡県の伊豆半島の地.　14-3360歌・左注, 20-4336

伊豆島《いずのしま》　延喜式によれば, 伊豆国は遠流の国の一. その国内の島のいずれかか. 「しま」が水を隔てて望む陸地をも意味するとすれば(大和島 3-255), 伊豆半島とも見られる. 1-24左注

伊豆高嶺《いずのたかね》　伊豆の地の高山. 伊豆山, 天城山などか. 14-3358左注

泉《いずみ》　泉川(木津川)に沿った地. 京都府相楽郡木津町, 加茂町, 和束町などに当たる. 久迩京もここに置かれた.　4-696, 11-2471, 2645

泉川《いずみがわ》　現在の木津川. 奈良県宇陀郡・三重県伊賀地方に発し, 京都府相楽郡の久迩京付近を西流して淀川に合流する. 重要な水運の道. 「みかの原わきて流るる泉川いつ見きとてか恋しかるらむ」(新古今集・恋 1).　1-50, 6-1054, 1058, 9-1685題詞, 1695題詞・歌, 1708題詞, 13-3240, 3315, 17-3907, 3908, 3957.　→久迩京《くにのみやこ》, 三香原《みかのはら》

出雲《いずも》　国名. 島根県の東部. 国名の由来について, 古事記および日本書紀では須佐之男命(すさのおのみこと)が「八雲立つ出雲」と歌われたからとするが, 出雲国風土記では八束水臣津野命(やつかみずおみつののみこと)が「八雲立つ」と言われたからとする. 3-371題詞, 429題詞・歌, 430, 4-536左注, 20-4467左注, 4472題詞, 4474左注

伊勢《いせ》　国名. 三重県の中央から東北部の一帯. 広く伊勢湾周辺の海浜部を指す場合もある. 1-22題詞・左注, 23題詞, 24左注, 40題詞, 44左注, 81題詞・歌, 2-105題詞, 162, 163題詞・歌, 166左注, 3-306題詞・歌, 4-500題詞・歌, 511題詞, 600, 6-1029題詞, 7-1089左注, 1322, 11-2798, 2805, 13-3234, 3301.　→伊良虞島《いらごのしま》

磯前《いそさき》　未詳.　12-3195

石上布留《いそのかみふる》　「石上」は奈良県天理市の石上神宮西方一帯の地. 和名抄の郷名に「石上 伊曾乃加美(いそのかみ)」とある. 「布留」は同神宮周辺の地.　3-422, 6-1019, 7-1353, 9-1768, 1787, 10-1927, 11-2417, 12-2997, 3013.　→布留《ふる》

石辺山《いそべのやま》　未詳. 滋賀県甲賀郡石部町の磯部山か. 滋賀県内には他にも石部の地が多い. 11-2444

櫟津《いちいつ》　奈良県の大和郡山市櫟枝から天理市櫟本にかけての地にあった川の船着場であろう.　16-3824

市原《いちはら》　和名抄の「上総国市原郡」の地. 千葉県市原市の一部.　20-4357左注

五幡坂《いつばたのさか》　福井県敦賀市五幡付近の山坂. 「可敝流(かへる)」へと向かう難所であった. 海沿いの道, 山中の道があり, 定めがたい. 「いつはた山, かへる山」(枕草子・山は).　18-4055.　→可敝流《かえる》

出立《いでたち》　未詳. 地名と見ない説もある. 地名ならば紀伊の地. 和歌山県田辺市元町に出立の名が残る.　9-1674, 13-3302

出見浜《いでみのはま》　大阪市住吉区の海浜.　7-1274

糸鹿山《いとがのやま》　和歌山県有田市糸我町の山. 南へ越えれば湯浅町を経て御坊市へ. 旧熊野街道が通じる山.　7-1212

怡土郡深江村子負原《いとのこおりふかえむらこうのはら》　福岡県糸島郡二丈町深江の地. 福岡県の西端に当たり, 海沿いの街道を通れば, 隣接する佐賀県東松浦郡の玉島川や領巾振峰(ひれふりのみね)は程近い.　5-813序・歌

猪名川《いながわ》　兵庫県川辺郡猪名川町の山中付近に発し, 川西・池田・伊丹の各市を過ぎて尼崎市で神崎川に入る. その河口の船着場は猪名湊(7-1189), 周辺の海は猪名浦(7-1140ィ)と呼ばれた.　16-3804.　→猪名野《いなの》

引佐細江《いなさほそえ》　浜名湖の東北部, 都田川の注ぐ辺りの入江. 和名抄に見える「遠江国引佐郡」, 現在の静岡県引佐郡細江町付近.　14-3429

猪名野《いなの》　摂津国河辺郡の野. 兵庫県伊丹市を中心に川西市・尼崎市にまたがる, 猪名川

流域の地．西国街道が北東から南西に通り，有馬に向かう道筋でもあった．神楽歌に「猪名野」と題する歌が見える．　3-279, 7-1140

因幡《いなば》　国名．鳥取県の東部．後年，大伴家持が国司として赴任する．国府は鳥取県岩美郡国府町庁の地にあった．　1-24 左注, 4-535 左注, 20-4515 題詞, 4516 題詞

稲日都麻《いなびつま》　兵庫県高砂市の加古川河口付近の地．「いなみつま」とも．播磨国風土記には「なびつま」の形も見える．　4-509, 6-942

稲日野《いなびの》　印南国原(いなみくにはら)に同じ．「印南野」(続日本紀・神亀 3 年 9 月)とも．　3-253

印南国原《いなみくにはら》　兵庫県の南部，淡路島の対岸に近い加古郡稲美町，および加古川市・明石市一帯．　1-14

伊奈美嬬《いなみつま》　6-942.　→稲日都麻《いなびつま》

印南都麻《いなみつま》　15-3596.　→稲日都麻

印南野《いなみの》　兵庫県の南部，淡路島の対岸に近い加古郡稲美町，および加古川市・明石市一帯．「稲日野(いなびの)」とも．　6-938, 940, 7-1178, 1179, 9-1772, 20-4301

印南郡《いなみのこおり》　播磨国印南郡．　6-935 題詞．　→印南野《いなみの》

稲見海《いなみのうみ》　印南野の海．　3-303

将行川《いなむのかわ》　兵庫県加古川市，高砂市付近の印南野を流れる川．現在の加古川．　12-3198

猪名山《いなやま》　兵庫県川辺郡から川西市・伊丹市・尼崎市を流れて神崎川に注ぐ猪名川流域の山．川辺郡猪名川町付近の山か．　11-2708.　→猪名野《いなの》

伊奈良沼《いならのぬま》　未詳．上野国(群馬県)内のいずれかの湖沼であろう．　14-3417

印波《いには》　和名抄の「下総国印旛郡」の地．千葉県印旛郡および佐倉・成田両市の一部．　20-4389 左注

犬上《いぬかみ》　和名抄に見える近江国犬上郡の地．現在の滋賀県犬上郡，彦根市．　11-2710

今城岡《いまきのおか》　未詳．奈良県吉野郡大淀町今木，あるいは御所市古瀬周辺などが考えられている．「今城なる小丘が上に雲だにも著くし立たば何か嘆かむ」(日本書紀・斉明天皇 4 年 5 月歌謡)と見えるのも同地か．　10-1944

今木嶺《いまきのみね》　前項と同地か．京都府宇治市周辺の山ともいう．　9-1795

射水《いみず》　和名抄の「越中国射水郡」の地．富山県射水郡，および高岡市，氷見市．高岡市伏木には国府が置かれた．　17-3985 題詞注, 3991 題詞注, 4015 左注, 18-4065 題詞, 4132 前文, 19-4251 題詞

射水川《いみずかわ》　現在の小矢部川．富山・石川・岐阜三県の県境付近に発し，小矢部市を通り，二上山の麓を通り高岡市伏木で富山湾に注ぐ．　17-3985, 3993, 4006, 18-4106, 4116, 19-4150

夢和太《いめのわだ》　奈良県吉野郡吉野町宮滝付近の吉野川の淵の名．象(きさ)の小川が吉野川に落ち込む辺り．懐風藻に「今日夢の淵の上に遺響千年に流る」(「従駕吉野宮」)とあるように，吉野宮の勝景．　3-335, 7-1132

妹島《いもがしま》　未詳．紀淡海峡の友ケ島のことかという．　7-1199

妹背山《いもせやま》　和歌山県伊都郡かつらぎ町の紀ノ川を挟む北岸の背ノ山と南岸の妹山とを合わせた呼称．角太河原から少し紀ノ川河口寄りの地．　4-544, 7-1195, 1209, 1210, 1247.　→廬前角太河原《いおさきのすみだがわら》

妹山《いものやま》　和歌山県伊都郡かつらぎ町の紀ノ川南岸の山．北岸の背ノ山に対峙する．合わせて妹背山という．　7-1098, 1193, 13-3318.　→妹背山《いもせやま》

弥彦《いやひこ》　弥彦山．新潟県西蒲原郡弥彦(やひこ)村にあり，海際に聳える．東麓に越後一宮弥彦神社がある．　16-3883, 3884

伊予《いよ》　国名．愛媛県に当たる．近隣の数か国を統括する総領が，吉備・周防同様に置かれたと見られる(日本書紀・持統天皇 3 年 8 月)．　8 左注, 2-90 左注, 3-322, 388, 12-3098 左注

伊予湯《いよのゆ》　松山市の道後温泉．紀・有馬と並ぶ古代の代表的温泉．伊予国風土記逸文に景行天皇以下の行幸の記事が見える．　1-6 左注, 2-90 題詞, 3-322 題詞

伊良虞島《いらごのしま》　愛知県渥美郡の伊良湖岬．岬を「しま」と望見したのであろう(→伊豆島)．「伊勢国の伊良虞の島」とあるが，三河国に属した．　1-23 題詞・歌, 24 歌・左注, 42.　→伊勢《いせ》

入野《いりの》　巻 14 の例は，多胡の地(群馬県多野郡吉井町)の野．また山城国や丹後国など各地に同名の地がある．元来，入り込んだ地形の野の意か．　7-1272, 10-2277, 14-3403

入川《いりのかわ》　未詳．前項，「入野」の地の川か．　7-1191

入間道《いりまじ》　武蔵国入間郡(埼玉県入間郡・狭山市・所沢市などの一帯)の道．　14-3378

伊波比島《いわいしま》　山口県熊毛郡上関町の祝島．伊

予灘から周防灘に入る航路にある.　15-3636, 3637

磐城山《いわきやま》　所在地未詳.　12-3195

磐国山《いわくにやま》　山陽道で山口県岩国市から西南の玖珂郡玖珂町に至るまでの峻険な山を指す. 和名抄の郷名に「石国」とある.　4-567

岩倉小野《いわくらのおの》　未詳. 「秋津」とともに詠まれることから, 吉野, あるいは和歌山県田辺市にあると言われる.　7-1368.　→秋津《あきつ》

岩代《いわしろ》　和歌山県日高郡南部町岩代. その一帯の海岸線は断崖が続いている. 熊野街道の要衝でもある.　1-10, 2-141, 143, 144, 146, 7-1343

石瀬野《いわせの》　和名抄の「越中国新川郡石勢」の野とすれば, 富山市東岩瀬町の一帯となろうが, そこは神通川河口に近く, 歌の内容に合いにくい. 庄川沿いで国府にも近い高岡市石瀬の一帯と見るべきか.　19-4154, 4249

磐瀬社《いわせのもり》　未詳. 奈良県生駒郡斑鳩町, あるいは三郷町に遺称地を求める説がある.　8-1419, 1466, 1470

石田野《いわたの》　長崎県壱岐郡石田町の野.　15-3689

石田小野《いわたのおの》　京都市伏見区石田付近の野. 巻十三の長歌(3236)に見えるように, 北東へ醍醐, 山科を経て近江へ通じる.　9-1730

石田社《いわたのもり》　前項の地にあった社. 枕草子「森は」の段にも取り上げられるなど, 「石田乃小野」とともに歌枕となった. 「山城のいはたの杜(もり)の言はずとも秋の梢はしるくやあるらむ」(金槐集).　9-1731, 12-2856, 13-3236

石見《いわみ》　国名. 島根県の西部. 萬葉集では柿本人麻呂関係歌にのみ見える.　2-131題詞・歌, 132, 134, 135, 138, 139, 223題詞

石湯《いわゆ》　1-8左注.　→伊予湯《いよのゆ》

石村《いわれ》　奈良県桜井市の南西部から香具山の東北麓にかけての一帯. 「石村」は「石(いは)」と「村(あれ)」の約によるとした表記. 「磐余」は「磐(いは)」と「余(あれ)」と見たもの.　3-282, 423, 13-3324, 3325.　→磐余池《いわれのいけ》

磐余池《いわれのいけ》　日本書紀・履中天皇2年11月に磐余の池を作るとあり, 奈良県橿原市東池尻町御厨子神社周辺の低地が遺址といわれる. 「磐余」は「磐(いは)」と「余(あれ)」の約によるとした表記.　3-416題詞・歌.　→石村《いわれ》

う

宇敝可多山《うえかたやま》　長崎県対馬の中程に西に開けた浅茅湾南岸の地, 竹敷辺りの山.　15-3703.　→浅茅浦《あさぢのうら》, 竹敷《たかしき》

植槻《うえつき》　奈良県大和郡山市の北部(郡山城跡の北), 植槻町の一帯.　13-3324

浮田社《うきたのもり》　延喜式・神名帳に「大和国宇智郡荒木神社」と見える, 現在の奈良県五條市今井町の荒木神社のこと.　11-2839

浮沼池《うきぬのいけ》　未詳. 普通名詞説もある.　7-1249

鸕坂川《うさかがわ》　富山県婦負郡婦中町鵜坂の地を流れる川. 神通川であろう.　17-4022題詞・歌

宇治《うじ》　京都府宇治市. 大和と近江とを結ぶ道筋に当たる. 仁徳天皇の兄, 菟道若郎子の宮があったと伝えられる(日本書紀・仁徳即位前紀).　1-7, 9-1795題詞

宇治川《うじかわ》　琵琶湖に発した瀬田川が京都府に入ってからの名. 急流で知られる.　1-50, 3-264題詞・歌, 7-1135, 1136, 1138, 1139, 9-1699題詞, 11-2427, 2429, 2430, 2714, 13-3237

宇治渡《うじのわたり》　宇治川の渡し場.　11-2428, 13-3236, 3240.　→宇治川

牛窓《うしまど》　岡山県の南東部, 邑久(おく)郡牛窓町の地. 南の前島との間の牛窓の瀬戸を航行したと見られる.　11-2731

宇治間山《うじまやま》　未詳. 奈良県高市郡明日香村から吉野へ出る道にある千股の山かといわれる.　1-75

碓氷坂《うすいのさか》　群馬県碓氷郡坂本と長野県北佐久郡軽井沢とを結ぶ街道の坂. 碓氷峠. 東山道の要所として知られた.　20-4407

碓氷山《うすいのやま》　群馬県碓氷郡と長野県北佐久郡の境界となる碓氷峠付近の山. 東山道の要路であった.　14-3402

宇陀《うだ》　奈良県宇陀郡大宇陀町の一帯. 狩猟の地であった.　7-1376, 8-1609

宇陀大野《うだのおおの》　奈良県宇陀郡大宇陀町の山野一帯. 狩猟の地であった.　2-191

内《うち》　大和国宇智郡, 現在の奈良県五條市の地.　13-3322

内大野《うちのおおの》　大和国宇智郡, 現在の奈良県五條市大野町一帯の山野. 紀伊への街道沿いの地. 吉野川も程近い.　1-3題詞, 4

打廻崎《うちみのさき》　未詳. 飛鳥の雷丘, 甘樫丘付近であろう.　11-2715

打廻里《うちみのさと》　未詳．飛鳥川の行きめぐる里の意か．　4-589

打歌山《うつたのやま》　未詳．石見国の山であろう．　2-139

宇奈比《うない》　未詳．　14-3381

菟原《うない》　菟名日，菟会，菟名負，宇奈比とも表記．和名抄の摂津国に「菟原　宇波良《うはら》」と見える地．兵庫県芦屋市を中心とした地域．　9-1801, 1802, 1809 題詞・歌, 1810, 19-4211

宇奈比川《うないがわ》　富山県氷見市宇波の地を流れる宇波《うなみ》川．　17-3991

海上《うなかみ》　和名抄の「下総国海上郡」の地．千葉県海上郡，銚子市，旭市の地．別に上総国にも同名の郡がある(14-3348)．　9-1780, 20-4384 左注

海上潟[1]《うなかみがた》　前項の地の海浜．上総ならば今の千葉県市原市だが，決めがたい．　7-1176

海上潟[2]《うなかみがた》　海上の地の海浜．和名抄によれば，千葉県に当たる上総国・下総国のいずれにも海上郡がある．鹿島から目指すという場合は下総国の海上郡(銚子市と現在の海上郡)であろう(9-1780)．巻 14 の例は上総国の海上郡(市原市)と見られる．　14-3348

卯名手之神社・雲梯社《うなてのもり》　奈良県橿原市雲梯町の雲梯神社．畝傍山の北西．　7-1344, 12-3100

畝傍山《うねびやま》　奈良県橿原市畝傍町の西北の山．大和三山の一で最も高く，藤原京の西に当たる．記紀は，この山の東南に神武天皇が橿原宮を営んだと伝える．　1-13, 29, 52, 2-207, 4-543, 7-1335

茨城《うばらき》　和名抄の「常陸国茨城郡」の地．茨城県の霞ケ浦の北西部一帯．新治郡，東茨城郡，西茨城郡，石岡市，土浦市などが含まれる．国府は石岡市にあった．和名抄では「牟波良岐《むばらき》」と訓む．　20-4364 左注, 4367 左注

馬来田《うまくた》　和名抄に「上総国望陀(末宇太《まうた》)郡」と見える地．千葉県君津市から木更津市にかけての一帯に当たる．　14-3382, 3383, 20-4351

宇良野山《うらののやま》　長野県上田市浦野の山か．千曲川が北西に流れる上田盆地の西．　14-3565

潤八川《うるやかわ》・潤和川《うるわかわ》　富士山西麓に発し，富士宮市・富士市を通って駿河湾に注ぐ潤井川かという．　11-2478, 2754

え

越前《えちぜん・こしのみちのくち》　国名．福井県北東部，石川県南部の地．後の弘仁 14 年(823)に石川県南部に当たる地域は加賀国として独立した．　3-368 左注, 15-3723 目録, 18-4073 題詞, 4128 題詞, 19-4177 題詞, 4189 題詞, 4252 題詞．　→越《こし》

越中《えつちゆう・こしのみちのなか》　国名．富山県に当たる．ただし，天平 13 年(741) 12 月から天平宝字元年(757) 5 月までは能登国を合わせていた．16-3881 題詞, 17-3927 題詞, 3929 題詞, 3931 題詞, 3959 左注, 3960 題詞, 3964 左注, 3984 左注, 4000, 18-4076 題詞, 4080 題詞, 4082 題詞, 4097 左注, 19-4228 左注, 4238 左注, 4247 左注．　→越《こし》

得名津《えなつ》　大阪市住之江区・住吉区南部から堺市にかけての地．和名抄の郷名に「榎津　以奈豆《いなつ》」とあり，住吉大社神代記に「朴津」と見える．　3-283

荏原《えばら》　和名抄の「武蔵国荏原郡」の地．東京都大田区，品川区，世田谷区，目黒区などにわたる．　20-4415 左注, 4418 左注

お

相坂山《おうさかやま》　滋賀県大津市と京都市の境にある山．逢坂山とも．近江，山城を結ぶ要路にあたり，関が置かれた．「これやこの行くも帰るも別れつつ知るも知らぬも逢坂の関」(後撰集・雑 1)，「夜をこめて鳥の空音にはかるともよに逢坂の関は許さじ」(後拾遺集・雑 2)は有名．　6-1017 題詞, 10-2283, 13-3236, 3237, 3238, 3240, 15-3762

飫宇海《おうのうみ》　島根県の中海．当時の意宇《おう》郡に当たる南岸の地を流れる意宇川が注ぐ．3-371, 4-536

乎布崎《おうのさき》・乎布浦《おうのうら》　富山県氷見市南部の窪付近の地か．布勢水海《ふせのみずうみ》の岬，またその付近の湖面．　17-3993, 18-4037, 4049, 19-4187．　→布勢水海《ふせのみずうみ》・布勢浦《ふせのうら》

近江《おうみ》　国名．滋賀県に当たる．淡水湖の意の「淡海《あはうみ》」の約で，「淡海」の表記もある．「近江」の表記は「遠江」に呼応するもの．　1-7 左注, 16 標目, 17 題詞, 18 左注, 29 題詞・歌, 32 題詞, 50, 2-115 題詞, 153, 3-263 題詞, 264 題詞, 266, 273, 305 題詞, 6-1017 題詞, 7-1169, 1287, 1350, 1390, 11-2435, 2439, 2440, 2445, 2728, 12-3027, 3157, 13-3237, 3238, 3239

近江道《おうみじ》　近江国の道(4-487)，または近江国

への道(13-3240, 17-3978).

大海原《おうみのはら》　兵庫県明石市西部の地域一帯をいうか．和名抄の播磨国明石郡に「邑美 於布美(《おふみ》)」と見える．　6-938

大荒木《おおあらき》**・大荒木野**《おおあらきの》　奈良県五條市の北東部，今井町の荒木山の地．　7-1349, 11-2839.　→浮田社《うきたのもり》

大浦《おおうら》　琵琶湖北端に近い，滋賀県伊香郡西浅井町大浦か．　11-2729

大浦田沼《おおうらたぬ》　福岡市東区志賀島の地の湿原と言われる．　16-3863

大江山《おおえのやま》　和名抄に「山城国乙訓郡大江」と見える地の山．京都市西京区大枝(《おおえ》)沓掛町から亀岡市へかけての山を指す．「大江山いくのの道の遠ければまだ踏みも見ず天の橋立」(金葉集・雑上)と詠まれたのも，この山．山城・丹波の国境に当たり，「老の坂」ともいう．丹後の大江山とは別．　12-3071

大我野《おおがの》　未詳．配列から見て紀伊国の地であろう．和歌山県橋本市付近か．　9-1677

大川《おおかわ》　伊勢国度会郡の川．現在の三重県度会郡・伊勢市を流れる宮川，あるいは五十鈴川か．　12-3127

大城山《おおきやま》　大野山とも(5-799)．大宰府の北，間近にある．　8-1474 題詞・歌, 10-2197 歌・注

巨椋入江《おおくらのいりえ》　巨椋(《おぐら》)池の入江．巨椋池は京都府宇治市から久世郡にかけて広がっていた．時代とともに縮小し，現在は干拓により消滅している．　9-1699

大坂《おおさか》　奈良県香芝市穴虫から二上山の北を通って大阪府南河内郡太子町へ越える，いわゆる穴虫越えの坂．　10-2185

大崎《おおさき》　和歌山県海草郡下津町大崎．天然の良港として栄えた．和歌山市の北西，友ケ島に近い加太町の田倉崎とする説もある．　6-1023, 12-3072

大島《おおしま》　山口県の西南，大島郡の周防大島(屋代島)．対岸の玖珂郡大畠町との間は大畠瀬戸と呼ばれる，潮流の激しい海峡．　15-3638 題詞

大島嶺《おおしまのね》　未詳．奈良と大阪の県境付近の山か．信貴山周辺といわれる．　2-91

大隅《おおすみ》　国名．鹿児島県の東部．続日本紀・和銅6年(713)4月に，日向国を割いて大隅国を置いたことが見える．　5-838 注

大津《おおつ》　大津市．天智天皇の営んだ大津宮は，その錦織の地と見られる．　1-16 標目, 29, 2-219, 3-288

大伴御津《おおとものみつ》　大阪市から堺市にかけての海浜部に設けられた，難波の津の一つ．大阪市住吉区の辺りか．大伴氏の所領の地によって呼ばれたもの．「み」は美称．　1-63, 68, 5-894, 895, 7-1151, 11-2737, 13-3333, 15-3593, 3722

大野[1]《おおの》　福岡県大野城市一帯．　4-561.　→大野山《おおのやま》

大野[2]《おおの》　和名抄の「越中国礪波郡大野」の地であろう．　16-3881

大浦[1]《おおのうら》　静岡県磐田市と磐田郡福田町にわたる海浜．かつては現在の海岸線より深く湾入する形の湖があった．歌本文の下に細字注(脚注)がある．遠江国国府はその北岸近くにあった．遠江国の勝景の一つとして知られていたものか．　8-1615 歌・注

大浦[2]《おおのうら》　未詳．飫宇海(《おうのうみ》 3-371, 4-536)との混同かと言われる．　20-4472

大野川《おおのがわ》　福岡県大野城市の御笠川か．　11-2703.　→大野，大野山

大野山《おおのやま》　大野[1]にある大城(《おおき》)山．大宰府の北，間近にある．　5-799, 10-2197 注

大葉山《おおばやま》　未詳．紀伊周辺か．　7-1224

祖母山《おおばやま》　未詳．近江の山か．前項の歌と同じ歌ではあるが表記が異なる．　9-1732

大原《おおはら》　奈良県高市郡明日香村小原．飛鳥寺のある平野部の東の山間の地．　2-103, 4-513, 11-2587

大屋原《おおやがはら》　和名抄に見える「武蔵国入間郡大家」の地か．埼玉県入間郡越生町大谷付近．　14-3378

大和田浜《おおわだのはま》　神戸市兵庫区和田崎町の浜．古来からの良港で，平清盛の修復した大輪田泊(《おおわだのとまり》)も同地．　6-1067

岡水門《おかのみなと》　福岡県遠賀郡芦屋町の遠賀川の河口．逸文筑前国風土記には「塢舸水門」と見える．芦屋町は謡曲「砧」の舞台．　7-1231

岡屋《おかのや》　京都府宇治市五ケ庄岡屋の地．　13-3236.　→阿後尼原《あごねのはら》

雄神川《おかみがわ》　富山県東礪波郡庄川町を流れ，新湊市で富山湾に入る庄川．　17-4021 題詞・歌

奥十山《おきそやま》　「泳宮(《くくりのみや》)」周辺の山．日本書紀・景行天皇4年2月の条に，天皇が美濃国に行幸して泳宮に滞在したとある．岐阜県可児市久々利付近と見られるが，確定していない．　13-3242.　→泳宮《くくりのみや》

息長《おきなが》　滋賀県坂田郡近江町の東部の地．日本書紀・天武天皇元年7月7日の条に，「男依等，近江の軍と息長の横河に戦ひて破りつ」とあるように，壬申の乱における戦場の一つ．息長氏の本貫の地でもあり，舒明天皇の和風諡号にも見える(1–2)．　13–3323

息長川《おきながかわ》　滋賀県坂田郡近江町の東部，息長(13–3323)の地を流れる川．天野川．　20–4458

置勿《おくな》　未詳．　16–3886

小桜嶺《おぐらのみね》　竜田越えの道にあった山．大阪，奈良の境付近の大阪府柏原市峠の山とも，奈良県生駒郡三郷町立野の山ともいう．　9–1747

小倉山《おぐらのやま》　飛鳥東方の多武峰付近の山とも，やや北の桜井市朝倉付近の山ともいわれる．　8–1511, 9–1664

忍坂山《おさかのやま》　奈良県桜井市の東部，忍坂の地の山．朝倉の南で，舒明天皇陵や鏡王女の墓のある地．　13–3331

小埼沼《おさきのぬま》　和名抄の武蔵国埼玉郡埼玉の地にあった沼．埼玉県行田市埼玉付近．　9–1744 題詞・歌

押垂小野《おしたれのおの》　未詳．　16–3875

小為手山《おすてのやま》　和歌山県有田郡清水町押手の地の山か．　7–1214

小田《おだ》　和名抄の「陸奥国小田郡」の地．金の産出地は宮城県遠田郡涌谷町黄金迫付近．延喜式・神名帳に黄金山神社が見える．　18–4094

越智《おち》**・越智野**《おちの》　奈良県高市郡高取町越智の辺り．同郡明日香村真弓の西．　2–194, 195, 195ィ, 7–1341.　→真弓《まゆみ》

処女《おとめ》　兵庫県芦屋市から神戸市東部にかけての一帯の地．菟原処女(9–1801)の伝説にちなむ地名であろう．神戸市東灘区から灘区にかけて三つの処女塚(求女塚)古墳が並ぶ．　3–250 左注, 15–3606

乎那峰《おなのお》　未詳．乎那の地を東国各地に求める説があって定まらない．静岡県の浜名湖北西岸の尾奈か．　14–3448

小新田山《おにいたやま》　新田山(14–3408)と同じ山か．群馬県新田郡の山であろう．東隣の太田市の北にある金山かともいう．　14–3436

小泊瀬山《おはつせやま》　「お」は接頭語．奈良県桜井市初瀬の地の山．三輪山から東に連なる，峡谷北側の山か．　16–3806.　→泊瀬山

小治田《おはりだ》　小墾田とも．奈良県高市郡明日香村の北部，飛鳥川に沿った地．日本書紀・推古天皇11年10月に「小墾田宮に遷る」と見える．　8–1468 題詞, 11–2644, 13–3260

か

甲斐《かい》　国名．山梨県に当たる．萬葉集に唯一例．東歌も見えない．　3–319

可敝流《かえる》　福井県南条郡今庄町帰の地．敦賀へと越える難所であった．　18–4055.　→五幡坂《いつばたのさか》

加賀郡《かがのこおり》　越前国の北東端の郡で，越中国と接する．後の弘仁14年(823)に江沼郡とともに加賀国として独立した．　18–4132 前文.　→越前《えちぜん》

鏡山《かがみのやま》[1]　京都市山科区御陵の山．南麓に天智天皇陵がある．　2–155

鏡山《かがみやま》[2]　福岡県田川郡香春町の山．大宰府から豊前国府を通る官道に沿う．豊前国風土記逸文に，神功皇后が鏡を置いたという逸話が見える．　3–311, 417 題詞・歌, 418

香具山《かぐやま》　奈良県橿原市東部の山．大和三山の一で，藤原京の東に当たる．伊予国風土記逸文に，天から降り下った山が二つに分かれ，伊予の天山と大和の香具山になったという伝承が見え，「天(あめ)の香具山」と呼ばれる．動詞「かぐ(香・芳)」を借りて，「香山」「芳山」とも書かれる．　1–2 題詞・歌, 13, 14, 28, 52, 2–199, 3–257 題詞・歌, 259, 260, 334, 426 題詞, 7–1096, 10–1812, 11–2449

可家湊《かけのみなと》　未詳．東歌の地域である遠江以東には求めにくい地名．伊勢湾に面した愛知県東海市加家から横須賀町付近と見る説もある．　14–3553

加古島《かこのしま》　兵庫県の加古川河口付近にあった中州，あるいは島．　3–253

笠縫島《かさぬいのしま》　未詳．住吉(別項)の深江説と愛知県の渥美湾説がある．住吉が笠縫氏の本拠と推定されることや，難波の菅笠が著名だったこと(11–2818)は住吉説に有利だが，同じ歌の「四極(しはつ)山」との関係が説明しがたくなる欠点がある．　3–272.　→四極《しはつ》・四極山《しはつやま》

笠山《かさのやま》　未詳．三笠山(3–373)と同じ山を指すか．　3–374.　→三笠山《みかさのやま》

風早浦《かざはやのうら》　広島県の沿岸部ほぼ中央の豊田郡安芸津町風早の海浜．　15–3615 題詞・歌

香椎潟《かしいがた》　福岡市北東部の香椎の地．「香椎

浦」も同じ．現在も香椎宮があり仲哀天皇と神功皇后を祭る．　6–957題詞・歌, 958, 959

可之布江《かしうえ》　未詳．福岡市中央区香椎の地の入江かと言われる．　15–3654．　→香椎潟《かしいがた》

恐坂《かしこのさか》　未詳．大和から紀伊へ越える真土山の道の途次の坂であろう．　6–1022

梶島《かじしま》　未詳．丹後説，三河説，筑紫説などがある．　9–1729

橿原《かしはら》　奈良県橿原市畝傍町の辺り．神武天皇即位の地といわれる．　1–29．　→畝傍山《うねびやま》

橿原畝傍宮《かしはらのうねびのみや》　奈良県橿原市の畝傍山の麓にあったという神武天皇の宮．　20–4465

香島《かしま》　和名抄の「能登国能登郡加島」の地．石川県七尾市の海浜に当たる．　17–4027．　→香島嶺，香島津

鹿島《かしま》　和歌山県日高郡南部町の沖合の小島．9–1669．　→三名部浦《みなべのうら》

香島嶺《かしまね》　石川県七尾市近辺の山であろう．特定は困難．　16–3880

所聞海《かしまのうみ》　未詳．和歌山と茨城の鹿島，あるいは能登の香島などのいずれかであろう．13–3336

鹿島神《かしまのかみ》　茨城県鹿島市宮中にある鹿島神宮．古来，香取神宮(千葉県佐原市)と並んで，武神として尊崇を集めた．　20–4370

鹿島郡《かしまのこおり》　茨城県鹿島郡の地．和名抄の常陸国に「香島郡」とある．　9–1780題詞

鹿島崎《かしまのさき》　茨城県鹿島郡の南端，波崎町．7–1174, 9–1780．　→海上《うなかみ》

香島津《かしまのつ》　石川県七尾市にあった港．　17–4026題詞

春日《かすが》　7–1295, 8–1570, 10–1827, 1872, 1887, 1913, 1959, 2212, 12–3011, 3209, 19–4240題詞．→春日野《かすがの》

春日野《かすがの》　奈良市街地東方の山野．春日野町を中心とした広範な地域．　3–372題詞, 404, 405, 460, 4–518, 698, 6–949左注, 7–1363, 8–1571, 10–1879～1881, 1974, 2125, 2169, 12–3001, 3042, 3050, 3196, 16–3819, 19–4241

春日里《かすがのさと》　平城京域の東方，春日山・高円山の西麓一帯．　3–407, 4–725題詞注, 8–1434, 1437, 1438

春日山《かすがやま》　奈良市東方の春日・御蓋(みかさ)・若草などの山地一帯を指していう．　3–372, 4–584, 677, 735, 6–948, 1047, 7–1074, 1373, 8–1513, 1568, 1604, 10–1843, 1844, 1845, 2180, 2181, 2195, 2199, 11–2454

滓屋《かすや》　和名抄の「筑前国糟屋郡」の地．福岡県糟屋郡，および福岡市の一部．　16–3869左注

葛城《かずらき》　奈良県北葛城郡新庄町，御所市，五條市の一帯．葛城・金剛山地の東麓．　7–1337

葛城山《かずらきやま》　北から二上山・葛城山・金剛山と続く葛城連山の総称．飛鳥のほぼ真西に当たる．「かつらぎ」は後世の呼称．　2–165題詞, 4–509, 10–2210, 11–2453

鹿背山《かせやま》　京都府相楽郡木津町の北東部．木津川南岸の山．　6–1050, 1056, 1057, 1059

片岡《かたおか》　奈良県北葛城郡王寺町から南の香芝市にかけての地か．やや東の北葛城郡上牧町には片岡の名が残る．聖徳太子が遊行し乞食に衣食を与えた(日本書紀・推古天皇21年12月)という「片岡」と同地と考えられている．7–1099．　→竹原井《たかはらのい》

片貝川《かたかいがわ》　富山県魚津市を流れて富山湾に注ぐ川．立山連峰の北方，毛勝山付近に発して北西に流れる．　17–4000, 4002, 4005

片足羽川《かたしわがわ》　河内大橋のかかる川．その橋は大阪府柏原市安堂と藤井寺市船橋の間にあったと見られている．その付近で合流する大和川と石川のいずれかを，こう呼んだものであろう．　9–1742

可太大島《かだのおおしま》　周防国(山口県)の大島．　15–3634．　→大島《おおしま》

形見浦《かたみのうら》　未詳．紀伊国か．　7–1199

葛飾《かつしか》　和名抄の「下総国葛餝郡」の地．埼玉・千葉・東京の県境付近の江戸川下流域一帯．3–431 題詞注や東歌の表記によれば，「かづしか」と発音されたのであろう．　3–431題詞・歌, 432, 433, 9–1807題詞・歌, 1808, 14–3349, 3384～3387, 20–4385左注

勝野《かつの》　滋賀県高島郡高島町勝野の一帯．　3–275, 7–1171．　→高島《たかしま》

勝間田池《かつまたのいけ》　奈良市西方，西ノ京の唐招提寺から薬師寺にかけての付近にあったと言われる．「池は，勝間田池，磐余池」(枕草子・池は)とあるように，後世歌枕として知られた．16–3835歌・左注

香取《かとり》　未詳．陸奥国であろうが，確定できない．下総の香取と縁ある地か．　14–3427

香取海《かとりのうみ》　琵琶湖の滋賀県高島郡付近の海．

11-2436.　→香取浦

香取浦《かとりのうら》　滋賀県高島郡の湖岸.　7-1172.　→高島《たかしま》

可尓波《かには》　和名抄の「山城国相楽郡蟹幡」の地. 古事記では「苅羽田」, 日本書紀では「苅幡」とある. 現在の京都府相楽郡山城町綺田(かばた)に当たる. 北流する木津川の東岸で, 奈良街道が通る.　20-4456

金岬《かねのみさき》　福岡県宗像郡玄海町の鐘の岬.　7-1230.　→志賀《しか》, 宗像郡《むなかたのこおり》

香春《かはる》　福岡県田川郡香春町. 大宰府から豊前国府へ通じる田河道にある.　9-1767

可保夜沼《かほやがぬま》　未詳. 上野国の中に求められるが, 確定しがたい.　14-3416

鎌倉《かまくら》　和名抄の「相模国鎌倉郡鎌倉」の地. 神奈川県鎌倉市. 海と谷(やと)に囲まれた要害の地.　14-3365, 3366, 20-4330左注

鎌倉山《かまくらやま》　鎌倉市周辺の山. 特定は困難であろう.　14-3433

嘉摩郡《かまのこおり》　福岡県嘉穂郡の東南部. 東に豊前国田河郡(福岡県田川郡)が接していた. 郡家は稲築町にあったか.　5-805左注

神岡《かみおか》　飛鳥の雷丘の異称. 甘樫丘とも考えられる.　2-159, 3-324題詞, 9-1676

神島《かみしま》・**神島浜**《かみしまのはま》　備中の西端(岡山県笠岡市)の神島とも(代匠記〈精撰本〉の説), 備後の東端(広島県福山市)の神島とも言われる. 巻13の例は題詞に備後国とあるが, 巻15の例はどちらとも定めがたい.　13-3339題詞, 15-3599

上野《かみつけの》　国名. 東山道八国の一. 群馬県に当たる. 藤原宮木簡に「上毛野国」. 続日本紀(大宝2年6月7日)では「上野国」. 「かみつけの→かみつけ→かうづけ」と音転した.　3-296題詞, 14-3404, 3405歌・左注, 3406, 3407, 3412, 3415, 3416, 3417, 3418, 3420, 3423歌・左注, 3434, 3436左注, 20-4407左注

上総《かみつふさ》　国名. 東海道十五国の一. 千葉県中部に当たる. 房総半島の先端部の安房国は, 養老2年(718) 5月に上総国から分置されたが, 天平13年(741) 12月にまた上総国に併合され, 天平宝字元年(757) 5月に再び分置された.　9-1738題詞, 14-3348左注, 3383左注, 20-4359左注, 4439左注, 4440題詞.　→安房《あわ》

神御坂《かみのみさか》　神坂(みさか)峠のことと言われる. 長野県下伊那郡阿智から岐阜県中津川市坂本に越える難所.　20-4402

神山《かみやま》　10-2178.　→矢野《やの》

可牟思太《かむしだ》　未詳.　14-3438

可牟嶺《かむのね》　歌意から考えて, 対馬から望見できる筑前・肥前の高山であろう. 雷山, 背振山などと言われるが, 未詳.　14-3516

蒲生野《かもうの》　近江国蒲生郡の野. 滋賀県近江八幡市武佐南野や八日市市蒲生野など一帯の平野. 愛知川と日野川に挟まれた地.　1-20題詞, 21左注

鴨川《かもがわ》　京都府相楽郡加茂町の地の辺りでの木津川(泉川)の呼称.　11-2431

賀茂神社《かものやしろ》　賀茂別雷神社(京都市北区)と賀茂御祖神社(京都市左京区). いずれも延喜式に名神大社として見える, 山城国一の宮.　6-1017題詞

鴨山《かもやま》　未詳. 島根県邑智(おおち)郡湯抱温泉の西北にある鴨山とする説(斎藤茂吉『柿本人麿』)が有力だが, 同県内の他の山とする説, 大和に求める説もある.　2-223

可也山《かやのやま》　福岡県西部の糸島半島西南の山. 糸島郡志摩町にある.　15-3674

韓国《からくに》　朝鮮半島南部の旧称. 「から」とも. 中国を指すこともある(19-4240, 4262).　5-813, 15-3627, 3688, 3695, 16-3885, 19-4240, 4262

唐崎《からさき》　→志賀唐崎《しがのからさき》

韓亭《からとまり》　和名抄の「筑前国志摩郡韓良」の地. 福岡市西区宮浦, 唐泊. 糸島半島の東北端に近く, 博多湾の西端部の出入り口になる.　15-3668題詞, 3670.　→志麻郡《しまのこおり》, 能許浦《のこのうら》

辛荷島《からにのしま》　兵庫県揖保郡御津町室津の沖合の, 地ノ唐荷, 中ノ唐荷, 沖ノ唐荷の三島. 播磨国風土記の揖保郡の条に, 韓人の船が難破し, その荷物が漂着したので「韓荷島」というと見える.　6-942題詞・歌, 943

可良浦《からのうら》　未詳. 山口県周南市の海岸部から下松市・光市・熊毛郡と東南に続く海岸の中に求められる.　15-3642.　→熊毛浦《くまげのうら》

辛崎《からのさき》　未詳. 島根県西部, 大田市から浜田市にかけての沿岸部であろう.　2-135

猟路《かりじ》　未詳. 巻3の例から, 宇陀野付近と推測される. 3-239題詞・歌, 12-3089.　→宇陀大野《うだのおおの》

借島《かりしま》　長門国の島. 島根県境に近い, 山口県阿武郡田万川町の加礼島とも, 下関市吉母の蓋井島ともいう.　6-1024

猟高《かりたか》 奈良市東南の高円山の麓の地か. 6-981

猟高野《かりたかのの》 7-1070. →猟高《かりたか》

雁羽《かりは》 所在地未詳. 12-3048

苅野《かるの》 茨城県鹿島郡神栖町の地. 9-1780題詞

軽池《かるのいけ》 奈良県橿原市大軽・見瀬・石川など一帯の軽の地にあった池. 日本書紀・応神天皇11年10月に軽池を作るとある. 高取川流域の地. 3-390

軽道《かるのみち》 軽の地の道. 奈良県橿原市を南北に通る国道に当たる. 下ツ道の一部. 2-207, 4-543

軽社《かるのやしろ》 軽の地の社. 所在未詳. 延喜式・神名帳に「大和国高市郡軽樹村坐神社二座」と見える. 軽は奈良県橿原市大軽・見瀬・石川など一帯の地. 11-2656

河口行宮《かわぐちのかりみや》 三重県一志郡白山町川口の地に聖武天皇が営んだ仮宮. 6-1029題詞, 1030左注, 1031左注

河口野辺《かわぐちののへ》 6-1029. →河口行宮《かわぐちのかりみや》

河内[1]《かわち》 国名. 畿内五国の一. 和名抄には「加不知(かふち)」とある. 大阪府東部の地. 7-1316, 9-1742題詞, 20-4457題詞

河内[2]《かわち》 和名抄の「下野国河内郡」の地. 栃木県河内郡, および宇都宮市の一部. 20-4381左注

河内大橋《かわちおおはし》 9-1742題詞. →片足羽川《かたしわがわ》

河原寺《かわらでら》 奈良県高市郡明日香村川原の地にあった寺. 橘寺の西北, 伝飛鳥板蓋宮跡の西に当たる. 七世紀末頃の創建と見られる. 現在も多くの礎石を残し, 寺域の一部に弘福寺が建つ. 16-3850左注

元興寺《がんごうじ》 南都七大寺の一. 飛鳥の法興寺(飛鳥寺)を養老2年(718)に平城京に移したもの. 6-992題詞, 1018題詞・左注

き

紀伊《き》 国名. 南海道六国の一. 和歌山県, および三重県の南・北牟婁郡に当たる. 元来「木の国」の意で, 好字二字の表記のために「紀伊」としたもの. 1-34題詞・左注, 54題詞, 2-90左注, 146題詞, 3-285題詞, 307題詞, 4-543題詞・歌, 544, 545, 6-917題詞, 7-1194, 1195, 1220, 9-1665題詞, 1667題詞, 1678～1680, 1692題詞, 1796題詞, 11-2730, 2795, 13-3257左注, 3302, 3318, 3321

記夷城《きいのき》 佐賀県三養基郡基山町の山城. 白村江の敗戦後, 大宰府防衛の拠点として築かれた. 「大宰府をして, 大野・基肄・鞠智の三城を繕治せしむ」(続日本紀・文武2年5月). 現在も遺跡が残る. 8-1472左注. →城山《きやま》

企救池《きくのいけ》 和名抄の「豊前国企救郡」の地にあった池. 福岡県北九州市門司区, 小倉南区, 小倉北区の地域の中で考えられているが, 未詳. 16-3876

企救浜《きくのはま》 豊前国企救郡の浜. 企救郡は企救半島の地. 現在の福岡県北九州市小倉南, 北, 門司の三区に当たる. 壇ノ浦に臨み, 和布刈神社のある関門海峡側を詠んだものか. 7-1393, 12-3130, 3219, 3220

象小川《きさのおがわ》 吉野山から象山と三船山の間の喜佐谷を下って北流し, 宮滝で吉野川に注ぐ川. 3-316, 332. →夢和太《いめのわだ》

象中山《きさのなかやま》**・象山**《きさやま》 吉野の宮滝から正面に望む山. 和名抄に「象 和名岐佐(きさ)」とある. 1-70, 6-924. →象小川《きさのおがわ》

紀伊道《きじ》 紀伊の国への道. 1-35, 6-1098. →紀の川

吉志美我高嶺《きしみがたけ》 未詳. 佐賀県杵島郡白石町の杵島山かという. 肥前国風土記逸文には, そこで杵島曲(きしまぶり)という歌曲が行われたと見える. 3-385

城上《きのえ》 未詳. 奈良県北葛城郡広陵町, あるいは磯城郡田原本町付近かと言われる. 百済原の近くであろう. 2-196題詞・歌, 199題詞・歌, 13-3324, 3326. →百済原《くだらのはら》・百済野《くだらの》

紀の川《きのかわ》 奈良県の吉野川の下流で, 和歌山県内での呼称. 川沿いを大和から紀伊に通じる大和街道が通る. 7-1209. →妹背山《いもせやま》

城山《きのやま》 5-823. →大野山《おおのやま》

紀温泉《きのゆ》 和歌山県西牟婁郡白浜町の温泉. 有間皇子が国讃めしたという「牟婁の湯」も同じ(日本書紀・斉明天皇3年9月). 斉明・持統天皇の行幸が頻繁に行なわれた. 1-7左注, 9題詞, 10題詞

伎波都久岡《きはつくのおか》 未詳. 仙覚の萬葉集註釈には「常陸国真壁郡にあり. 風土記に見ゆ」とあるが, 現存する常陸国風土記は真壁郡の記事を欠く. 筑波山の北側の地. 14-3444

吉備《きび》 備前・備中(岡山県南部)と備後(広島県東部)の総称. 「児島(こしま)」は備前国児島郡の

島．現在は岡山市南方の児島半島．　4–554, 6–967

備後《きびのみちのしり》　国名．　→びんご

寸戸《きへ》　遠江国麁玉郡の地であろうが，未詳．静岡県浜松市北部から浜北市にかけての一帯の内．　11–2530, 14–3353, 3354．　→麁玉《あらたま》

城山《きやま》　佐賀県の東端，三養基郡基山町の山．白村江の戦いの後，ここに山城が築かれた．大宰府のすぐ真南．山の東南麓を街道が通っている．　4–576

清隅池《きよすみのいけ》　所在地未詳．　13–3289

清見崎《きよみのさき》　静岡県静岡市清水興津町の清見寺付近の磯崎．三保の松原を望む地．　3–296 題詞・歌．　→廬原《いおはら》

清御原宮《きよみはらのみや・きよみのみや》　天武天皇の皇居．近江大津宮から飛鳥に戻って営んだ宮で，藤原遷都(694 年)まで続いた．飛鳥寺のほぼ北に当たる飛鳥小学校跡地付近とされてきたが，伝板蓋宮跡，およびその東南のエビノコ大殿遺跡(橘寺，川原寺のすぐ東)とする説が近年は有力視される．　2–162, 167, 20–4479 左注

切目山《きりめやま》　和歌山県日高郡印南町島田付近の山．紀伊水道に突き出す切目崎に連なる狼烟山かという．岩代のすぐ西．　12–3037

く

咋山《くいやま》　京都府京田辺市飯岡の地．北流する木津川の西岸．東岸は歌枕「井手の玉水」で知られる井手の地．　9–1708．　→泉川《いずみがわ》

玖河郡《くがのこおり》　周防国の郡名．今の山口県の東部，玖珂郡・岩国市・柳井市の一帯．　15–3630

泳宮《くくりのみや》　岐阜県可児(かに)市久々利の地にあった行宮．日本書紀・景行天皇 4 年 2 月に泳宮滞在の記事がある．　13–3242．　→奥十山《おきそやま》

草香江《くさかえ》　「草香」は生駒山の西麓，東大阪市日下町の辺り．かつてはここを東岸とした広大な入江があった．　4–575

草香山《くさかやま》　生駒山の西側，東大阪市日下(くさか)町の山地．難波と大和を結ぶ道が通る．　6–976, 8–1428 題詞・歌

久慈《くじ》　和名抄の「常陸国久慈郡」の地．茨城県久慈郡，常陸太田市に当たる．　20–4368 左注

久慈川《くじがわ》　福島県東白川郡に発して南流し，茨城県久慈郡を通って東流，鹿島灘に注ぐ．　20–4368

久世《くせ》　山城国の郡名．京都市伏見区南部，久世郡久御山(くみやま)町から城陽市，宇治市南部の一帯．久世神社は城陽市にある．鷺坂はその東方の山坂．　7–1286, 9–1707, 11–2362, 2403．　→鷺坂《さぎさか》

朽網山《くたみやま》　豊後国風土記直入郡球覃郷の山．日本書紀・景行天皇 12 年 10 月条にも「来田見邑(くたみむら)」と見える．今の大分県直入郡久住町・直入町の山．久住連山を指すのであろう．　11–2674

百済原《くだらのはら》**・百済野**《くだらの》　奈良県北葛城郡広陵町百済の辺り．藤原京の北西．百済からの渡来人が多く居住した地という．他にも同名の地がある．　2–199, 8–1431．　→城上《きのえ》

久迩京《くにのみやこ》　京都府相楽郡加茂町を中心とした都．天平 12 年(740) 9 月藤原広嗣の乱が起こり，聖武天皇は関東への行幸を開始．乱の平定とともに近江・山城と還幸して，以前より甕原(みかのはら)離宮のあったこの地に至り，都とした．しかし，造営途中の同 16 年閏正月に難波宮に行幸し，2 月には難波宮を皇都とした．続日本紀では「恭仁」と表記．　3–475, 4–765 題詞, 768, 770 題詞, 6–1037 題詞・歌, 1050 題詞, 1059, 1060, 8–1464 左注, 1631, 1632 題詞, 17–3907, 3913 左注, 19–4257 左注．　→泉川《いずみがわ》，三香原《みかのはら》

熊来《くまき》　和名抄の「能登国能登郡熊来」の地．石川県鹿島郡中島町一帯．熊木川が流れ，七尾湾西湾に面するところ．　16–3878, 3879, 17–4026 題詞, 4027

熊毛浦《くまげのうら》　周防国熊毛郡の海浜．山口県周南市から下松市，光市，熊毛郡平生町・上関町と東南に続く海岸線の内．上関町室津か．　15–3640 題詞．　→可良浦《からのうら》

熊野岬《くまののみさき》　紀伊国牟婁郡の海岸の地．西の白浜から北東の紀伊長島あたりまでの間のいずこか．　2–90 左注．　→三熊野《みくまの》

倉無浜《くらなしのはま》　大分県中津市竜王町の浜か．瀬戸内海沿岸の地の一つ．　9–1710

倉橋川《くらはしがわ》　奈良県桜井市の多武峰から倉橋を経て北流，初瀬川と合流する寺川．「橋立の」と詠まれるところから，後に丹後の天の橋立に関連付けられた．　7–1283, 1284．　→倉橋山

倉橋山《くらはしやま》　未詳．飛鳥東方の多武峰周辺の山のいずれかであろう．「歌枕名寄」の丹後国の

部に「椋橋山」とあって1282を載せ，「しら雲のたなびきゐたるくらはしの山の松ともきみは知らずや」(紀貫之)などを挙げる．天の橋立観光の浸透とともに現地では定着した．　3-290, 7-1282, 9-1763.　→倉橋川《くらはしがわ》

栗栖《くるす》　未詳．題詞によれば飛鳥近辺であろう．和名抄に見える「栗栖」は，現在の奈良県北葛城郡新庄町付近で飛鳥の西，やや遠いところ．　6-970

伎人郷《くれのさと》　大阪市の東南端，平野区喜連(きれ)の地．和名抄の「河内国渋川郡」に属する．中国南方からの移住者，呉人(くれひと)の住む地であったと言われる．　20-4457題詞

黒牛潟《くろうしがた》　和歌山県海南市黒江の海．「黒牛海(くろうしのうみ)」とも．和歌浦湾の南．　7-1218, 9-1672, 1798

黒髪山《くろかみやま》　未詳．各地にあるが，大和周辺では，奈良市北部の佐保山の一部．　7-1241, 11-2456

久路保嶺《くろほのね》　群馬県勢多郡の赤城山・黒檜山などの総称という．今，東南麓に黒保根村がある．　14-3412

け

飼飯海《けいのうみ》　淡路島西海岸，兵庫県三原郡西淡町の慶野松原一帯の海．　3-256, 15-3609左注．　→飼飯浦

飼飯浦《けいのうら》　未詳．「けひ」の地は各地にある．飼飯海と同地か．　12-3200.　→飼飯海

気太神宮《けたのかむみや》　石川県羽咋市寺家町にある気多大社．　17-4025題詞．　→志雄道《しおじ》

毛無岡《けなしのおか》　未詳．奈良県生駒郡三郷町の岡ともいう．　8-1466

こ

子負原《こうのはら》　→怡土郡深江村子負原《いとのこおりふかえむらこうのはら》

許我《こが》　茨城県古河市の地．埼玉・群馬・栃木・茨城四県の県境の集まる，渡良瀬川流域．渡し場があった．　14-3555, 3558

子難海《こがたのうみ》　所在地未詳．　12-3166, 16-3870

越《こし》　越前・越中・越後の総称．福井県東部から石川県・富山県・新潟県の地．加賀・能登の地域も含まれる．　3-366, 367, 12-3166, 15-3730, 17-3959, 3969, 4011, 4017注, 4020, 18-4071, 4081, 4113, 19-4154, 4173, 4250

越路《こしじ》　越の国へ行く道．越の国を通る道．　3-314, 9-1786, 15-3730, 19-4220.　→越

越大山《こしのおおやま》　未詳．都から越へ行く途上ならば，愛発(あらち)山など，雪を戴く高山としては白山などが考えられる．　12-3153

越前《こしのみちのくち》　国名．　→えちぜん

子島《こしま》　未詳．　1-12イ

児島《こしま》　6-967.　→吉備《きび》

巨勢《こせ》　奈良県御所市古瀬の一帯．飛鳥から南西へ，高市郡高取町を経て到る．大和から紀伊への道に当たる．巨勢山はその周辺の山．　1-54, 56, 7-1097

巨勢道《こせじ》　奈良県御所市古瀬の地を通る道．飛鳥から南西へ，高市郡高取町を経て到る．大和から紀伊への道に当たる．　1-50, 13-3257, 3320

許曾《こそ》　未詳．　14-3559

故奈《こな》　未詳．　14-3478

許奴美浜《こぬみのはま》　未詳．　12-3195

木幡《こはた》　京都府宇治市の北部．宇治から大津へ向かう道筋に当たる．　2-148, 11-2425

粉浜《こはま》　住吉大社の北方の地．大阪市住吉区東粉浜から住之江区粉浜，西粉浜にかけての一帯．　6-997

高麗《こま》　高句麗のこと．「高麗剣」(2-199, 12-2983)，「高麗錦」(10-2090, 11-2356, 2405, 2406, 12-2975, 14-3465, 16-3791)など伝来品が尊重された．　8-1594左注

狛島亭《こましまのとまり》　未詳．肥前国松浦郡の船泊り．東松浦半島周辺であろう．　15-3681題詞

狛山《こまやま》　京都府相楽郡山城町上狛の山．神童子山などを指すか．　6-1058.　→鹿背山《かせやま》

子持山《こもちやま》　群馬県北群馬郡・吾妻郡・沼田市にまたがる山．利根川の上流を挟んで，赤城山に対峙する．　14-3494

さ

西海《さいかい》　西海道11国．現在の九州地方．　6-972左注

雑賀野《さいかの》　和歌山市和歌浦の雑賀崎付近の野．和歌浦の北西．　6-917

雑賀浦《さいかのうら》　和歌山市和歌浦の雑賀崎の海．　7-1194

佐伯郡高庭《さえきのこおりたかにわ》　広島県佐伯郡大野町の高畑の地か．宮島の対岸一帯に当たる．　5-886序

佐伯山《さえきやま》　未詳．広島県佐伯郡の山であろう．　7-1259

坂上里《さかうえのさと》　奈良市法華寺町西北の丘陵地か.　4–528 左注, 759 左注

坂手《さかて》　奈良県磯城郡田原本町阪手の地. 北流する寺川に沿って下ツ道が通る.　13–3230

相模《さがむ》　国名. 東海道十五国の一. ほぼ現在の神奈川県に当たる. 和名抄には「相模　佐加三(さがみ)」とあり, 平安朝以降,「さがみ」と音転したことが知られる.　14–3372 歌・左注, 3433 左注, 20–4330 左注

相模嶺《さがむね》　未詳. 相模国の山. 足柄以東に求めれば, 伊勢原市北部の大山か.　14–3362

相楽山《さがらかやま》　未詳. 京都府相楽郡の山々を総称したものであろう.　3–481

鷺坂《さぎさか》　京都府城陽市久世の久世神社東方の山坂.　9–1687 題詞・歌, 1694 題詞・歌, 1707 題詞・歌.　→久世《くせ》

佐紀沢《さきさわ》**・佐紀沼**《さきぬま》　奈良市佐紀町一帯の沼沢地. 平城宮の北に当たる.　4–675, 7–1346, 11–2818, 12–3052.　→佐紀宮《さきのみや》

辟田川《さきたがわ》　未詳. 越中国府のあった富山県高岡市, あるいはその北の氷見市付近の川であろう.　19–4156, 4157, 4158

埼玉《さきたま》　和名抄の武蔵国埼玉郡に「埼玉」とある地域. 埼玉県行田市周辺一帯の地. 金象眼銘文を持つ鉄剣が出土した稲荷山古墳を含む, 埼玉古墳群がある.　9–1744, 20–4423 左注

埼玉津《さきたまのつ》　和名抄の「武蔵国埼玉郡埼玉」の地にあった利根川, あるいは荒川の渡し場. 埼玉県熊谷市・行田市付近.　14–3380

佐紀野《さきの》　平城宮北方の野.　10–1905, 2107

佐紀宮《さきのみや》　奈良市佐紀町付近にあった長皇子の宮居.　1–84 題詞.　→佐紀沢《さきさわ》・佐紀沼《さきぬま》

佐紀山《さきやま》　平城宮北方の丘陵地.　10–1887

桜田《さくらだ》　名古屋市南区元桜田町の辺りか. 和名抄の尾張国愛智郡の郷名に「作良」と見えるところ.　3–271.　→年魚市潟《あゆちがた》

楽浪《さざなみ》　琵琶湖西南岸一帯の総称か. 主として大津市・滋賀郡の地を指す.「神楽声浪」(7–1398)などとも表記する.　1–29～33, 2–154, 206, 218, 3–305, 7–1170, 1253, 1398, 9–1715, 12–3046, 13–3240

狭残行宮《さざのかりみや》　未詳. 三重県から愛知県に至る, 聖武天皇の行幸経路の上に諸説考えられている.　6–1032 題詞

猨島《さしま》　和名抄の「下総国猨島(佐之万《さしま》)郡」の地. 茨城県猿島(さしま)郡, および古河市の一部.　20–4390 左注

佐太浦・貞浦《さだのうら》　未詳.　11–2732, 12–3029, 3160

佐田岡辺《さだのおかへ》　奈良県高市郡高取町佐田の丘陵. 飛鳥の南西. 草壁皇子の墓所は岡宮天皇陵とされてきたが, その北の束明神古墳が近年では有力視されている.　2–177, 179, 187, 192

薩摩《さつま》　国名. 鹿児島県西部. 大伴家持は因幡守の後には薩摩守となった.　5–842 注

薩摩瀬戸《さつまのせと》　鹿児島県阿久根市黒之浜と天草諸島の南端長島との間の海峡.「隼人瀬戸」(6–960)も同じか.　3–248

佐提崎《さでのさき》　未詳. 志摩半島沿岸の地であろう.　4–662

佐渡《さど》　国名. 北陸道七国の一. 新潟県の佐渡島. 天平 15 年(743) 2 月に越後国に併合されたが, 天平勝宝 4 年(752) 11 月にまた独立した.　13–3241 左注

左奈都良岡《さなつらのおか》　未詳.　14–3451

沙額田《さぬかた》　「さ」は接頭辞. 和名抄の大和国平群郡に「額田」とある地. 奈良県大和郡山市額田部南町, 額田部北町にあたる.　10–2106

讃岐《さぬき》　国名. 南海道六国の一. 香川県に当たる.　1–5 題詞, 6 左注, 2–220 題詞・歌, 20–4472 題詞

佐農岡《さぬのおか》　未詳. 大阪湾周辺の地か. 紀伊の「狭野」(3–265)との異同も不明.　3–361.　→三輪崎狭野《みわのさきさの》

佐野《さの》　群馬県高崎市上佐野・下佐野の地. 後世, 謡曲「鉢木」「船橋」の舞台.　14–3406, 3418, 3420

狭野《さの》　→三輪崎狭野《みわのさきさの》

左野方《さのかた》　滋賀県坂田郡米原町朝妻筑摩の内.　13–3323

佐野山《さのやま》　上野国ならば「佐野」の山だが, 特定しがたい.　14–3473

佐婆海中《さばのわたなか》　和名抄に「周防国佐波郡佐波」とある地の海. 山口県中部の南岸, 宇部市・防府市・周南市にかけての周防灘. 防府市沖に佐波島がある.　15–3644 題詞

佐日隈廻・左檜隈《さひのくまみ》　「さ」は接頭辞. 奈良県高市郡明日香村檜前(ひのくま)の地. 渡来系氏族の居住地として注目される地であり, 高松塚古墳もここにある.　2–175, 7–1109.　→檜隈川《ひのくまがわ》

佐保《さほ》　奈良市法蓮町・法華寺町一帯. 佐保川

夷守《ひなもり》　未詳．福岡市の東隣，福岡県糟屋郡粕屋町付近といわれる．元来「ひなもり」は辺境に派遣される役名．魏志倭人伝には対馬や壱岐に副官として「卑奴母離」があると見える．日本書紀・景行天皇18年3月にも日向国で地名・人名両方の例がある．　4–567左注

檜隈川《ひのくまがわ》　奈良県高市郡高取町の高取山から明日香村の檜前(ひのくま)，真弓，越を通って北流する高取川．弘仁13年(822)畿内に大旱魃が起こった時に，現在の橿原市鳥屋町に堤防を築いてその流れを塞き止め，広大なため池を作った．それが歌枕として名高い「益田池」である(この堤防の一部は現存する)．「ねぬなはの苦しかるらむ人よりも我ぞ益田の生け(池)る甲斐なき」(拾遺集・恋4)．また性霊集2に空海の碑文も見える．　7–1109, 12–3097

肥前《ひのみちのくち》　国名．　→ひぜん

肥後《ひのみちのしり》　国名．　→ひご

氷見江《ひみのえ》　富山県氷見市付近の入江．かつてあった布勢水海(ふせのみずうみ)の入江とも，布勢水海と海とをつなぐ水路の入江ともいわれる．　17–4011．　→布勢水海《ふせのみずうみ》・布勢浦《ふせのうら》

姫島《ひめしま》　淀川河口付近の島と見られるが諸説あり，未詳．古事記・仁徳天皇条に見える雁の卵の瑞祥説話の舞台．また牧が置かれており(日本書紀・安閑天皇2年9月)，後の霊亀2年(716)2月には廃されている(続日本紀)．　2–228題詞・歌, 3–434題詞

日売菅原《ひめすがはら》　未詳．普通名詞とも，空想上の地とも言われる．　7–1277

比良《ひら》　滋賀県滋賀郡志賀町の，比良山東麓の湖岸一帯の地．　1–31ｲ, 3–274

比良浦《ひらのうら》　滋賀県滋賀郡志賀町の，比良山東麓一帯の地の湖．日本書紀・斉明天皇5年3月に平浦に行幸したと見える．　1–7左注, 11–2743

比良宮《ひらのみや》　未詳．比良の地にあった行宮か．日本書紀・斉明天皇5年3月に平浦に行幸したと見える．　1–7左注．　→比良

比良山《ひらやま》　滋賀県滋賀郡志賀町の比良の地の山．琵琶湖西岸の連山．　9–1715

領巾麾嶺《ひれふりのみね》　佐賀県唐津市の東方，虹の松原の南の鏡山．肥前国風土記に「褶振峯」，同逸文には「帔揺岑」とある．松浦山(5–883)とも．　5–868, 871序

広瀬川《ひろせがわ》　奈良県北葛城郡河合町の広瀬神社東方の曾我川か．この付近で曾我川と飛鳥川が並んで北流し大和川に注ぐ．北に斑鳩の里も間近い．　7–1381

備後《びんご・きびのみちのしり》　国名．山陽道八国の一．広島県東部．「吉備の道の後」の意．　13–3339題詞, 15–3612題詞

ふ

深江《ふかえ》　→怡土郡深江村子負原《いとのこおりふかえむらこうのはら》

深津島山《ふかつしまやま》　和名抄の「備後国深津郡」の地．広島県福山市の東・西深津町付近．当時は北の蔵王山から伸びる半島をなしており，周辺は海であったと推定されている．　11–2423

深見村《ふかみのむら》　石川県河北郡津幡付近の村．駅が置かれた地．越前・越中の国境であった礪波山(となみやま)の西麓に当たる．　18–4073前文, 4132前文．　→礪波山《となみやま》

吹飯浜《ふけいのはま》　大阪府泉南郡岬町深日(ふけ)の浜．続日本紀・天平神護元年10月に，称徳天皇が紀伊行幸の帰途，和泉国日根郡深日の行宮に寄ったとある．　12–3201

鳳至《ふげし》　和名抄の「能登国鳳至郡」の地．石川県鳳至郡と輪島市に当たる．　17–4028題詞．　→能登《のと》

富士《ふじ》**・富士山**《ふじのやま》　甲斐(山梨県)と駿河(静岡県)の境に聳える富士山．万葉集では駿河の山として詠まれるのみ．当時火山活動は活発であった．「不尽」の表記はその煙の絶えざるさまを指すのであろう．竹取物語の結末部に地名起源説話が見える．ほかには「布士」や「不自」など．「富士」は平安時代以後のもの．　3–317題詞・歌, 318, 319題詞・歌, 320, 321, 11–2695, 2697, 2697左注, 14–3355〜3357, 3358歌・左注

藤井原《ふじいがはら》　確立した地名であったかどうか不明．「藤原の地の井のある原」の意であろう．　1–52．　→藤原《ふじわら》

藤江浦《ふじえのうら》　兵庫県明石市西部の藤江の海．「藤井浦」(6–938)も同地か．　3–252歌・左注, 6–939, 15–3607

富士川《ふじかわ》　富士山西麓を流れ駿河湾に注ぐ川．　3–319

伏越《ふしこえ》　未詳．土佐国伏超とする説(高知県安芸郡の東端，徳島県境に近い東洋町野根付近)もある．海際の道をいう普通名詞か．　7–1387

藤白《ふじしろ》　和歌山県海南市藤白の地．有間皇子がここで絞首された(日本書紀・斉明天皇4年

11月10日，2–141, 142).　9–1675

伏見《ふしみ》　京都市伏見区の地．その南には巨椋(おぐら)池が広がっていた．　9–1699.　→巨椋入江《おおくらのいりえ》

藤原《ふじわら》　奈良県橿原市高殿町，醍醐町を中心として営まれた都の地．　1–50, 53, 10–2289.　→藤原宮・藤原都

藤原宮《ふじわらのみや》**・藤原都**《ふじわらのみやこ》　持統天皇8年(694)11月から文武天皇代を経て，元明天皇の和銅3年(710)3月の平城遷都までの宮都．奈良県橿原市高殿町，醍醐町を中心とした地．明日香の北西に当たり，大和三山に囲まれて，飛鳥川が南東から北西に流れる．規模について論争が続いたが，近年はいわゆる「大藤原京」を想定する説が有力．　1–28 標目, 50 題詞・左注, 51 題詞, 52 題詞, 78 題詞, 79 題詞, 2–105 標目, 163 標目, 3–268 左注, 416 左注, 13–3324.　→藤原

布勢水海《ふせのみずうみ》**・布勢浦**《ふせのうら》　富山県氷見市の南部にかつてあった湖．現在の田子，窪，布施，矢崎，十二町潟，大浦などの地域が含まれる．近世の干拓によってほとんど姿を消した．　17–3991 題詞・歌, 3992, 3993 題詞・歌, 18–4036 題詞・歌, 4038, 4039, 4040, 4043, 4044 題詞, 4046, 19–4187 題詞・歌, 4199 題詞.　→多祜浦《たこのうら》，氷見江《ひみのえ》

豊前《ぶぜん》**・**《とよのみちのくち》　国名．西海道十一国の一．福岡県東部と大分県西北部にわたる．　3–311 題詞, 417 題詞, 4–709 題詞, 6–959 題詞, 984 題詞, 9–1767 題詞, 15–3644 題詞, 16–3876 題詞

二上《ふたがみ》**・二上山**[1]《ふたがみやま》　奈良県北葛城郡當麻町西方の山．大和盆地を隔てて東の三輪山と対峙し，飛鳥からは北西に遠望される．南の雌岳と北の雄岳に分かれ，雄岳頂上に大津皇子の墓と称される墳墓がある．北は穴虫越え，南は竹内峠と，大和と河内を結ぶ街道が通っている．東麓の当麻寺は曼陀羅を織ったという中将姫伝説で有名．野見宿祢(のみのすくね)に相撲で敗れた当麻蹶速(たぎまのけはや)もこの地の人(日本書紀・垂仁天皇7年7月)．　2–165 題詞・歌, 7–1098, 10–2185, 11–2668

二上山[2]《ふたがみやま》　富山県高岡市の北方，氷見市との境をなす山．山塊の東麓，伏木に越中国府が置かれた．　16–3882, 17–3955, 3985 題詞・歌, 3987, 3991, 4006, 4011, 4013, 18–4067, 19–4192, 4239

布当野辺《ふたぎののへ》　京都府相楽郡加茂町付近の野．久迩京のあった地．「布当原」も同地．「布当山」は同地の山．　6–1050, 1051, 1053, 1055.　→久迩京《くにのみやこ》

二見道《ふたみのみち》　愛知県豊川市の御油町と国府町との境で，浜名湖の南を通る東海道の本道と，浜名湖北岸の通称「姫街道」とが分かれる地点であろう．　3–276 歌・左注

布留《ふる》　奈良県天理市の東部．石上神宮付近の地．　7–1353, 9–1768, 1787, 10–1927, 11–2417, 12–2997.　→石上布留《いそのかみふる》

旧江《ふるえ》　二上山[2]の北麓，布勢水海(ふせのみずうみ)の南岸に当たる地．氷見市宮田から布施にかけての辺りか．　17–3991 題詞注, 4011, 4015 左注, 19–4159 題詞.　→布勢水海・布勢浦，二上山[2]

布留川《ふるかわ》　天理市布留町を西流し，大和川に入る川．　7–1111, 12–3012, 3013

布留山《ふるやま》　奈良県天理市の石上神宮の背後の山．　4–501, 9–1788, 11–2415.　→布留

不破行宮《ふわのかりみや》　美濃国不破郡に置かれた仮宮．岐阜県不破郡垂井町府中付近か．不破関の東．　6–1036 題詞.　→不破関《ふわのせき》，不破山《ふわやま》

不破関《ふわのせき》　岐阜県不破郡関ケ原町松尾に置かれた関所．東山道の要衝であった．　20–4372

不破山《ふわやま》　岐阜県不破郡の山．関ケ原の西に不破関跡がある．　2–199.　→和射見《わざみ》・和射見原《わざみがはら》・和射美野《わざみの》

豊後《ぶんご》**・**《とよのみちのしり》　国名．西海道十一国の一．大分県の西北部を除く大部分．　5–819 注, 16–3877 題詞

へ

平群山《へぐりのやま》　「平群」は和名抄の「大和国平群郡」の地．その地の山．奈良県の北西部，大阪府との境の生駒市南部から生駒郡平群町にかけての辺り．　16–3885

ほ

細川《ほそかわ》　奈良県桜井市南部の多武峰を発して西流し，石舞台古墳付近の明日香村祝戸で飛鳥川に合流する．　9–1704

細川山《ほそかわやま》　奈良県高市郡明日香村の細川上流の山．岡寺東方の山かという．　7–1330

渤海《ぼっかい》　中国東北部から朝鮮半島北部に栄えた渤海国(698～926年)．唐から渤海郡に封じられた．「渤海郡」(5–沈痾自哀文)ともある．日本と修交を結び，たびたび使節の往還があ

った(続日本紀の神亀4年9月の記事など). 20-4514題詞

穂積《ほづみ》　未詳. 奈良市と磯城郡田原本町阪手との間で中つ道の通る地. 天理市西方の前栽町付近かという. 13-3230

堀江《ほりえ》　→難波堀江《なにわほりえ》

ま

真神原《まかみのはら》　奈良県高市郡明日香村の飛鳥寺南方, 甘樫丘の東南にひろがる平野. 浄御原宮跡かと言われる伝板蓋宮跡や, その北西に発見された苑池遺跡などがある. 2-199, 8-1636, 13-3268

巻来山《まききのやま》　未詳.「巻向山」の誤りかともいう. 10-2187

巻向《まきむく》　奈良県桜井市北部の地. かつての磯城郡纏向村. 三輪山の北西麓. 垂仁天皇の宮が置かれたという(日本書紀・垂仁天皇2年10月). 7-1087, 1100, 10-2313, 12-3126. →三輪《みわ》

巻向川《まきむくのかわ》　三輪山の北から奈良県桜井市箸中(箸墓古墳のある地)を通り, 初瀬川(大和川)に合流する. 7-1101

巻向檜原《まきむくのひばら》　三輪山の西麓, いわゆる「山辺の道」の途次に檜原神社がある.「泊瀬の檜原」(7-1095),「三輪の檜原」(7-1118)ともある. この地域一帯に檜が豊かだったのであろう. 7-1092, 10-1813, 2314. →巻向

巻向山《まきむくのやま》　巻向の地の山. 三輪山北東方の山かという. 7-1093, 1268, 1269, 10-1815

望陀《まぐた》　和名抄の「上総国望陀郡」の地. 千葉県君津市, および木更津市の小櫃川下流域. 房総半島の西側で, 東京湾に面する. 20-4351左注

麻久良我《まくらが》　未詳.「ま」を接頭辞として,「下総国葛飾郡久良我(くらが)をいふべし」(古義)などと言われる. 14-3449, 3555, 3558

益城郡《ましきのこおり》　熊本県中部の上・下益城郡の地. 5-886題詞

松浦《まつがうら》　未詳. 14-3552

松田江《まつだえ》　富山県高岡市北方の海岸. 渋谷付近から北に続く浜の辺り, 雨晴海岸と呼ばれるところ. 17-3991, 4011. →宇奈比川《うなひがわ》, 渋谿《しぶたに》, 長浜《ながはま》, 布勢水海《ふせのみずうみ》

真土山川《まつちのやまがわ》　和歌山県橋本市隅田町真土の地の山川のこと. 真土川(落合川とも)は真土山の西, 奈良・和歌山県境を南流して紀ノ川に注ぐ. 7-1192

真土山《まつちやま》　奈良県五條市相知町から和歌山県橋本市隅田町真土に越える小山. 1-55, 3-298, 4-543, 6-1019, 9-1680, 12-3009, 3154

松帆浦《まつほのうら》　兵庫県津名郡淡路町松帆の海浜. 淡路島の北端で明石に対する.「来ぬ人を松帆の浦の夕凪に焼くや藻塩の身も焦がれつつ」(新勅撰集・恋3, 藤原定家)の歌で知られる. 6-935

松浦《まつら》　和名抄の「肥前国松浦郡」の地. 佐賀県東・西松浦郡, 唐津市, 伊万里市から, 長崎県南・北松浦郡, 松浦市にかけての広範な地域. 5-856, 862, 864前文, 865題詞・歌, 870, 7-1143, 12-3173, 15-3681題詞. →狛島亭《こましまのとまり》

松浦潟《まつらがた》　佐賀県東松浦郡浜玉町から唐津市にかけての海浜. 虹の松原を中心とした景勝地. 南に鏡山. 5-868. →領巾麾嶺《ひれふりのみね》

松浦川《まつらがわ》　佐賀県東松浦郡の玉島川. 唐津市で湾に注ぐ松浦川ではない. 5-853序, 855, 857, 858, 860, 861, 863

松浦県《まつらのあがた》　肥前国松浦郡. 佐賀県から長崎県にかけて広がる. 5-853序, 16-3869左注

松浦海《まつらのうみ》　唐津湾の辺りをいうか. 15-3685. →松浦《まつら》

松浦山《まつらやま》　5-883. →領巾麾嶺《ひれふりのみね》

的形《まとかた》　三重県松阪市東黒部町の櫛田川河口近く, 吹井の浜辺り. 伊勢国風土記逸文に, 浦の形が的に似ているという地名起源説が見える. 南の多気郡明和町に伊勢斎宮が置かれた. 1-61, 7-1162

真長浦《まながのうら》　滋賀県高島郡高島町の勝野付近の湖か. 南方の湖岸に迫り出す三尾崎北側であろう. 9-1733. →三尾《みお》, 高島《たかしま》

真野[1]《まの》　神戸市長田区東・西尻池町や真野町一帯. 真野池(4-490)も同地か. 3-280, 281, 7-1166, 1354

真野[2]《まの》　福島県の太平洋岸北部, 相馬郡鹿島町の地. 真野川が流れる. 3-396

真野池《まののいけ》　神戸市長田区東・西尻池町や真野町一帯の地にあった池. 4-490, 11-2772

真野浦《まののうら》　真野の地の海. 真野池の真野と同地か. 11-2771

真間《まま》　千葉県市川市真間の地. 3-431題詞・歌, 432, 433, 9-1807題詞・歌, 1808, 14-3384, 3385, 3387. →葛飾《かつしか》

真間浦廻《ままのうらみ》　真間の地の海. 当時は深く入江

うちひさつ(うち日さつ)　前項に同じと見られるが，語末がツ．→宮．13-3295, 14-3505

うちよする(うち寄する)　駿河の国の海岸に波が打ち寄せる意とスルの同音とによるのであろう →駿河《するが》地名)．3-319

うつせみの　(1)「現実の」の意で →世・人・身・命．1-24, 3-443, 465, 466, 482, 4-597, 619, 729, 8-1453, 1629, 9-1785, 1787, 10-1857, 13-3292, 17-3962, 18-4106, 4125, 4220　(2)同音で →うつし心．12-2960

うつゆふの(虚木綿の)　「虚木綿」は意字表記と考えられるが，詳細と係り方は未詳．→籠る．9-1809

うづらなく(鶉鳴く)　鶉の住む環境はものさびているので →ふる(旧)・古し．4-775, 8-1558, 11-2799, 17-3920

うなかみの　語義未詳．→子負《こふ》の原(地名)．5-813

うまこり(味こり)　未詳．→あやにともし．2-162, 6-913

うまさけ(味酒)　神酒の古語ミワの同音で →三輪(地名)．1-17, 7-1094, 8-1517

うまさけの(味酒の)　神酒の古語ミワの同音で三輪山にかかるのが本来の用法．「三諸《みもろ》の山」は三輪山の異称．→三諸の山．11-2512

うまさけを(味酒を)　(1)前項「うまさけ」の拡大形．→三輪．4-712　(2)味酒をたむけるので．「を」は間投助詞．→神奈備《かむなび》．13-3266

うましもの(うまし物)　形容詞ウマシの語幹が名詞「物」に続いた句．結構な物の意で →阿倍橘．11-2750

うまなめて(馬並めて)　馬を操る動作「たく」の同音で →高．10-1859

うまのつめ(馬の爪)　長い歩行で馬のひづめが磨滅して「尽く」の同音で →筑紫《つくし》地名)．20-4372

うみをなす(績麻なす)　紡いでよった麻の繊維は長いので →長し．6-928

うもれぎの(埋もれ木の)　埋もれ木は地表に現れて見える物ではないので →下．11-2723

お

おきつとり(沖つ鳥)　(1)沖にいるトモエガモの古称「あぢ」の同音で →味経《あぢふ》地名)．6-928　(2)沖にいる鳥の意で →鴨．16-3866, 3867

おきつなみ(沖つ波)　(1)沖の波が頻りに立つので →しく(頻・敷)．11-2596ィ　(2)盛り上がった沖の波が崩れる様子から →撓《とを》む．19-4220

おきつもの(沖つ藻の)　(1)沖の藻が波によってなびくので →なびく．2-207, 11-2782　(2)ナビクの類音で「隠《かく》り」の古語ナバリに係るか．→名張(地名)．1-43, 4-511

おくとも(置くとも)　原文に疑問があるが，同音で未詳の地名に係ると解する．→置勿《おくな》地名)．16-3886

おくやまの(奥山の)　真木《まき》は奥山に生えているので →真木．11-2519, 2616, 14-3467

おしてる　未詳．→難波《なには》地名)．3-443, 4-619, 6-928, 933, 8-1428, 10-2135, 11-2819, 13-3300, 19-4245, 20-4360

おしてるや　前項に間投助詞「や」が付いたもの．→難波．16-3886, 20-4365

おふしもと(生ふ楉)　未詳．オフは古い四段活用動詞の連体形か．シモトは若枝．シモトの同音でかかるか．→本山《もとやま》．14-3488

おほきうみの(大き海の)　大海の奥は知り難いので →奥かも知らず．17-3897

おほきみの(大君の)　大君の召す笠の意で →三笠《みかさ》地名)．7-1102, 8-1554

おほくちの(大口の)　狼は口が大きいので，その古称にかかる．→真神《まかみ》．8-1636, 13-3268

おほともの(大伴の)　大伴の地にあった朝廷の港，御津の同音で →見つ．4-565

おほとりの(大鳥の)　羽根が交差する意で →羽易《はがひ》の山．2-210, 213

おほぶねの(大船の)　(1)大船が停泊する港の意で →津．2-109　(2)大船は海を渡るので →渡《わたり》地名)．2-135　(3)大船は頼りになるので →頼む．2-167, 207, 3-423ィ, 4-550, 619, 5-904, 10-2089, 13-3251, 3281, 3288, 3302, 3324, 3344　(4)大船はゆったりしているので →ゆくら．13-3274, 3329, 17-3962, 19-4220　(5)大船が波に揺れるさまから →たゆたに．2-196　(6)船の「梶《か》取り」の同音で →香取(地名)．11-2436

か

かがみなす(鏡なす)　鏡の譬喩で →見る．2-196, 18-4116

かきかぞふ(かき数ふ)　ヒト・フタと数えるフ

タの同音で →二上山(ふたがみやま). 17-4006

かきつはた　カキツバタが「咲き(キ甲類)」の類音で →佐紀(キ乙類. 地名). 11-2818, 12-3052

かぎろひの　「かぎろひ」は，地表近くで暖められた水蒸気によって光が屈折して，物が揺れて見える現象. (1)その現象が現れる季節から →春. 6-1047　(2)それを炎のように感じて →燃ゆ. 9-1804

かこじもの(鹿子じもの)　鹿は一度に一頭しか出産しないので →ひとり. 20-4408

かしのみの(橿の実の)　橿の実は椀の形の苞にどんぐりが一つずつ入っているので →ひとり. 9-1742

かすみたつ(霞立つ)　(1)季節の風物によって →春日. 13-3258　(2)「かすみ」の同音で →春日(かすが 地名). 8-1437, 1438

かぜのとの(風の音の)　係り方未詳. →遠し. 14-3453

かむかぜの(神風の)　神風の息吹の意で係るか. →伊勢(地名). 1-81, 2-162, 163, 4-500, 13-3234, 3301

かもじもの(鴨じもの)　鴨ではないのに鴨のようにの意で →水に浮く・浮き寝. 1-50, 15-3649

からくにの(韓国の)　同音で，つらい意の形容詞に →からし. 15-3695

からころも(韓衣)　衣を「裁つ」の同音で →竜田山(たつたやま). 10-2194

かりこもの(刈り薦の)　(1)刈った薦の乱雑なさまから →乱る. 3-256, 4-697, 11-2764, 2765, 12-3176, 15-3609ィ, 3640　(2)刈った薦はじきにしおれるので →しのに. 13-3255

き

きみがきる(君が着る)　君がかぶる御笠の同音で →三笠(みかさ 地名). 11-2675

きもむかふ(肝向かふ)　肝と向かい合っている心臓の意で →心. 2-135, 9-1792

く

くさかげの(草陰の)　係り方未詳. (1)→荒藺(あらゐ 地名). 12-3192　(2)→安努(あの 地名). 14-3447

くさまくら(草枕)　(1)草を枕に寝るので →旅. 1-5, 45, 69, 2-142, 194, 3-366, 415, 426, 451, 460, 4-543, 549, 566, 621, 622, 634, 635, 8-1532, 9-1727, 1747, 1757, 1790, 10-2163, 12-3134, 3141, 3145, 3146, 3147, 3176, 3184, 3216, 13-3252, 3272, 3346, 3347, 15-3612, 3637, 3674, 3719, 17-3927, 3936, 3937, 18-4128, 19-4263, 20-4325, 4406, 4416, 4420　(2)「旅」の同音の「た」によるか →多胡(たご 地名). 14-3403

くしろつく(釧着く)　環(たまき)の古語クシロは手首に着けるので，手首の古語「手節(たふし)」の同音で →答志(たふし 地名). 1-41

くずのねの(葛の根の)　長さの譬喩で →遠長に. 3-423ィ

くもりよの(曇り夜の)　曇った夜の暗さから (1)→たどきも知らず. 12-3186　(2)→迷(まと)ふ. 13-3324　(3)→下延へ. 14-3371

くれなゐの(紅の)　(1)染料の紅色が現れる意で →色に出づ. 4-683　(2)紅花で写し染めにするウツシの同音で →うつし心. 7-1343ィ　(3)紅の染色の浅さによるか. →浅し. 11-2763

け

けころもを(毛衣を)　狩の季節は「春」と「冬」であったので，「毛衣を着装う」意で →「春冬(とき)」. 2-191

けふけふと(今日今日と)　今日の次の「明日」の同音で →明日香(あすか 地名). 16-3886

こ

ことさけを(琴酒を)　未詳. →押垂小野(おしたれをの 地名か). 16-3875

ことさへく(言さへく)　異国は言葉が通じないので　(1)→韓(から). 2-135　(2)→百済. 2-199

ことひうしの(牡牛の)　貢納物などを屯倉(みやけ)に運ぶ牡牛の意で →三宅(地名). 9-1780

こまつくる(駒造る)　埴輪の駒を作る意で →土師(はし). 16-3845

こまつるぎ(高麗剣)　高麗の剣の環頭にある輪(わ)の同音で →我(わ)・和射見(わざみ 地名). 2-199, 12-2983

こまにしき(高麗錦)　高級な高麗錦を称辞に転じて →紐. 14-3465

こもたたみ(薦畳)　薦で作った畳を幾重にも重ねる，その「重(へ)」の同音で →平群(へぐり 地名). 16-3843

こもりくの(隠りくの)　山間にこもった所の意で →泊瀬(はつせ 地名). 1-45, 79, 3-420, 424,

428, 7-1095, 1270, 1407, 1408, 8-1593, 11-2511, 13-3225, 3263, 3299ィ, 3310～3312, 3330, 3331

こもりぬの(隠り沼の)　出口のない沼の水が地下をくぐって流れ出ることの譬喩で →下延ふ・下に恋ふ・下ゆ恋ふ．9-1809, 11-2441, 2719, 12-3021, 3023, 17-3935

こらがてを(児らが手を)　共寝するときに女の手を枕にするので，マクの同音で →巻向山(まきむくやま)．7-1093, 1268, 10-1815

ころもで(衣手)　(1)泉などの水を手ですくって飲むとき，袖が「ひつ」(濡れる意)の同音によるか．　→常陸(ひたち 地名)．9-1753　(2)係り方未詳．　→あしげ(大分青)．13-3328

ころもでの(衣手の)　(1)着物の袖の縁で「手(た)」に続くのが原義か．　→田上山(たなかみやま)．1-50　(2)泉などの水を手で汲むとき，着物の袖を「たき」上げる，その同音によるか．→高屋(たかや 地名)．9-1706　(3)衣の袖が風にひるがえるので →返る．13-3276　(4)係り方未詳．→名木(なき 地名)・真若の浦(まわかのうら 地名)．9-1696, 12-3168

ころもでを(衣手を)　衣の布を砧(きぬた)で打つので →打ち．4-589

さ

さかどりの(坂鳥の)　朝，鳥が坂を越えて飛ぶ意か．→朝越ゆ．1-45

さきくさの(三枝の)　枝が三本に伸びる植物の真ん中の意で →中．5-904

さきたけの(さき竹の)　「割き竹」の意はほぼ確かだろうが，係り方は未詳．→そがひ．7-1412

さごろもの(さ衣の)　サは接頭語．衣の緒(を)の同音で →小筑波(をづくは)．14-3394

さざれなみ(さざれ波)　波が立つので →立つ．17-3993

さしあがる(指上る)　平安時代の慣用でサシアガルと読む．→日．2-167ィ

さしならぶ(さし並ぶ)　相並んでいる意で →隣．9-1738

さすたけの(刺竹の)　「刺竹」の表記は一定だが，意味は未詳．(1)→皇子．2-167ィ, 199ィ　(2)→大宮．6-955, 1047, 1050　(3)→舎人男．16-3791

さすだけの(刺竹の)　前項に同じと考えられるが，第3音節は濁音仮名「太」で書かれている．係り方未詳．→大宮．15-3758

さつひとの(猟人の)　狩人の持つ弓の意で →弓月が岳(ゆつきがたけ)．10-1816

さなかづら(核葛)　(1)同音で →さぬ(寝)．2-94　(2)蔓が伸びて別れても後にまた会うので →後もあふ．13-3280, 3281　(3)蔓は長いので →いや遠長し．13-3288

さにつらふ　ニツラは「丹頬」で書かれることが多い．赤みを帯びた顔の美しさを言うのであろう．→紐・色・君．4-509, 11-2523, 12-3144, 16-3811, 3813

さねかづら(核葛)　サナカヅラの異形．別れたつるがまた会うので →後も逢ふ．2-207, 11-2479

さばへなす(五月蠅なす)　真夏五月の蠅の譬喩で →騒く．3-478, 5-897

さひづらふ　外国人のことばの分からないことは鳥のさえずりのようだというので →漢(あや)．7-1273

さひづるや　前項の異形．外国人の言葉が分からないことは鳥のさえずりのようだというので →韓(から)．16-3886

さひのくま(さ檜隈)　同音で →檜隈(地名)．12-3097

さゆりばな(さ百合花)　同音で →ゆり(後)．18-4088

さをしかの(さ雄鹿の)　鹿が入る野の意で →入野(いりの 地名)．10-2277

し

しきしまの(磯城島の)　磯城島の地に欽明天皇の宮が置かれたことから枕詞に転じたか．→大和．9-1787, 13-3248, 3249, 3254, 3326, 20-4466

しきたへの(敷栲の)　敷いて寝る栲の意か．(1)→枕．1-72, 2-217, 220, 222, 3-438, 4-507, 535, 615, 633, 636, 5-809, 6-942, 11-2515, 2516, 2549, 2593, 2615, 2630, 12-2844, 2885, 18-4113　(2)→床．5-904　(3)→たもと・袖・衣手．2-135, 138, 195, 196, 4-546, 11-2410, 2483, 2607, 17-3978　(4)→黒髪．4-493　(5)→家．3-460, 461

ししくしろ　「宍串ろ」の意で，串刺しの肉の味がよいので，同音のヨミに係るとする説がある．　→黄泉(よみ)．9-1809

したびもの(下紐の)　同音で →下．15-3708

しつたまき(倭文環)　日本古来の素朴な紋様の

西暦	和暦	天皇	萬葉集作品・記事	関連事項
642	**皇極元** 壬寅	皇極		1. 15 宝皇女即位.
645	**大化元** 乙巳	孝徳	＊額田王の歌(7)	6. 14 皇極天皇譲位. 軽皇子即位. 中大兄皇子立太子.
658	**斉明 4** 戊午	斉明	＊崗本宮の天皇が紀伊国に行幸した時の作者未詳歌(1665–1666) 紀の温泉に行幸した時, 額田王が作った歌(9) 紀の温泉に行った時, 中皇命が作った歌(10–12) 有間皇子が自ら悲しんで松の枝を結ぶ歌(141–142)	10. 15 紀の温湯に行幸. 11. 3 天皇が紀の温湯に行幸中, 有間皇子が蘇我赤兄に挙兵の意志を明かす. 11. 9 有間皇子を捕えて紀の温湯に送る. 11. 11 有間皇子を藤白坂で絞殺に処する. ⇨143–146
661	**7** 辛酉	斉明 天智	中大兄の三山の歌(13–15) 額田王の歌(8)	1. 6 天皇, 海路を西征の途に就く. 1. 14 天皇の船, 伊予熟田津の石湯行宮に泊まる. 7. 24 斉明天皇崩御. 皇太子称制.
667	**天智 6** 丁卯	天智	額田王が近江国に下る時に作った歌, 井戸王が和した歌(17–19)	3. 19 都を近江に遷す.
668	**7** 戊辰	天智	天皇が蒲生野に遊猟した時, 額田王が作った歌, 皇太子が答えた歌(20–21) ＊額田王が春山の艶と秋山の彩りを判定した歌(16) ↑天皇が鏡王女に賜った歌, 鏡王女が和した歌(91–92)	1. 3 皇太子中大兄即位. 5. 5 天皇, 蒲生野に遊猟する.
669	**8** 己巳	天智	↑藤原卿が鏡王女を娉った時, 鏡王女が藤原卿に贈った歌, 藤原卿の報贈した歌(93–94) ↑藤原卿が采女安見児を娶った時の作歌(95)	10. 16 藤原内大臣鎌足薨去.

西暦	和暦	天皇	萬葉集作品・記事	関連事項
671	天智 10 辛未	(天智)	天皇が病んだ時，大后が奉った歌(147) 近江天皇が危篤の時，大后が献じた歌(148) 天皇の崩御後，倭大后・婦人が作った歌(149-150) 天皇の大殯の時の歌(151-152) 大后・石川夫人の歌(153-154) 山科陵から帰る時に額田王の作った歌(155) ↑額田王が近江の天皇を思って作った歌，鏡王女が作った歌(488-489) ＊久米禅師が石川郎女に求婚した時，禅師と郎女の歌(96-100) ＊大伴安麻呂が巨勢郎女に求婚した時の歌，郎女の報贈歌(101-102)	9.－ 天智天皇病む． 12.3 天智天皇崩御． ⇨1606-1607
672	天武元 壬申	(天智)		6.24 大海人皇子吉野を発し，壬申の乱起る．
		天武	↓壬申の乱平定後大将軍大伴卿の歌と作者未詳歌(4260-4261)	9.15 大海人皇子，岡本宮に移る．
673	2 癸酉			2.27 大海人皇子即位．鸕野讃良皇女立后．
675	4 乙亥		十市皇女の伊勢参宮の時，波多の横山の巌を見て吹芡刀自が作った歌(22) 麻続王が伊勢国伊良虞島に流された時，人が哀傷した歌，麻続王が和した歌(23-24)	2.13 十市皇女・阿閉皇女が伊勢神宮に赴く． 4.18 麻続王を因幡に流す．
678	7 戊寅		十市皇女が薨した時，高市皇子が作った歌(156-158)	4.7 斎宮に行幸する直前に十市皇女薨去．
679	8 己卯		天皇が，吉野に行幸した時に作った歌(27) ＊天皇が作った歌(25-26)	
680	9 庚辰		柿本人麻呂歌集にある庚辰の年の作歌(2033)	

西暦	和暦	天皇	萬葉集作品・記事	関連事項
682	**天武 11** 壬午	(天武)	↑大原今城が伝誦した藤原夫人(氷上大刀自)の歌(4479)	1.18 氷上夫人薨去.
683	**12** 癸未		↑鏡王女の歌(1419)	7.5 鏡王女薨去.
685	**14** 乙酉			9.24 天皇不豫のため諸寺で誦経する.
686	**15** 丙戌 **朱鳥元**		大津皇子が密かに伊勢神宮に下り，上って来る時，大伯皇女が作った歌(105–106) ↑天皇が藤原夫人に与えた歌，夫人が和した歌(103–104) ↑大津皇子が石川郎女に贈った歌，石川郎女が和した歌(107–108) ↑大津皇子が石川女郎と通じたことを津守通が占に露わした時，皇子が作った歌(109) ↑大津皇子の歌(1512)	
		持統	天皇が崩御した時，大后・太上天皇が作った歌(159–161) 大津皇子が死を被った時に磐余池の陂で作った歌(416) 大津皇子の没後に大来(大伯)皇女が伊勢から上京して作った歌(163–164) ＊大津皇子の屍を二上山に移葬した時，大来皇女が哀しんで作った歌(165–166)	9.9 天武天皇崩御. 皇后称制. 9.24 大津皇子，謀反を企てる. 10.3 大津皇子，訳語田の家で死を賜わる. 11.16 大来皇女，伊勢から還る.
689	**持統 3** 己丑		↑日並皇子(草壁皇子)が石川女郎に贈った歌(110) 日並皇子(草壁皇子)の殯宮の時，柿本人麻呂が作った歌(167–170)，皇子の宮の舎人等が作った歌(171–193)	4.13 皇太子草壁薨去.
690	**4** 庚寅		＊持統天皇が作った歌(28) 紀伊国行幸の時，川島皇子が作った歌，勢能山を越える時，阿閇皇女が作った歌(34–35)，山上の歌(1716) ＊近江の荒都に立ち寄った時，柿本	1.1 皇后即位. 9.13 紀伊国に行幸.

西暦	和暦	天皇	萬葉集作品・記事	関連事項
741	**天平 13** 辛巳	（聖武）	2月，三香原の新都を讃めて境部老麻呂が作った歌(3907-3908) 4月2日，大伴書持が奈良の家から兄家持に贈ったほととぎすの歌(3909-3910) 同3日，久迩京から弟書持に報えて送った大伴家持の歌(3911-3913) ＊大伴家持が久迩京にいて奈良の坂上大嬢を思って作った歌(765)，藤原郎女がそれを聞いて和した歌(766)，家持が更に坂上大嬢に贈った歌(767-768) ＊家持が久迩京から坂上大嬢に贈った歌(770-774) ＊大伴家持が安倍女郎に贈った歌(1631) ＊家持が久迩京から奈良の坂上大娘に贈った歌(1632) ＊奈良の京の荒墟を悲しみ惜しんで作った作者未詳歌(1044-1046) ＊田辺福麻呂歌集にある，奈良の故郷を悲しんで作った歌(1047-1049) ＊田辺福麻呂歌集にある，久迩の新京を讃める歌(1050-1058) ＊紀女郎が大伴家持に贈った歌，家持が和した歌(762-764) ＊大伴家持が紀女郎に贈った歌(769, 775)，紀女郎が家持に報贈した歌(776)，家持が更に紀女郎に贈った歌(777-781) ＊紀女郎が裹物を友に贈った歌(782) ＊大伴家持が娘子に贈った歌(783-785) ＊大伴家持が藤原久須麻呂に報贈した歌(786-790)，藤原久須麻呂から来報した歌(791-792) ＊或る者が尼に贈った歌(1633-1634)，尼が頭句を作り，大伴家持が頼まれて末句を作って和した歌(1635)	1.1 恭仁宮に朝政を受ける.

西暦	和暦	天皇	萬葉集作品・記事	関連事項
743	**天平 15** 癸未	(聖武)	8 月 16 日，大伴家持が久迩京を讃めて作った歌(1037) 同日，大伴家持の鹿鳴の歌(1602–1603) 8 月，大伴家持の秋の歌(1597–1599) ＊高丘河内の歌(1038–1039) ＊石川広成の歌(1600–1601) ＊安積親王が藤原八束の家で宴をした日に大伴家持が作った歌(1040) ＊大原今城が奈良の故郷を惜しむ歌(1604) ＊大伴家持の歌(1605)	7. 26 紫香楽宮に行幸. 11. 2 紫香楽京から恭仁京に還御.
744	**16** 甲申		正月 5 日，安倍虫麻呂の家で諸卿大夫が宴をした時の作者未詳歌(1041) 同 11 日，活道岡で宴をした市原王・大伴家持の歌(1042–1043) 安積皇子が薨じた時，大伴家持が 2 月 3 日に作った歌(475–477)，3 月 24 日に作った歌(478–480) 4 月 5 日，大伴家持が平城の故宅で作った歌(3916–3921) 7 月 20 日，亡妻を悲しんで高橋朝臣が作った歌(481–483) ＊田辺福麻呂歌集にある，三香原の荒墟を悲しんで作った歌(1059–1061)，難波宮で作った歌(1062–1064)，敏馬の浦に寄った時に作った歌(1065–1067) ＊田辺福麻呂が伝誦した，元正太上天皇が難波宮に居た時，橘左大臣・太上天皇・河内女王・粟田女王・作者不記の歌(4056–4062)	閏 1. 13 安積親王薨去. 2. 26 難波宮を皇都とする.
745	**17** 乙酉			5. 11 都を平城に復し，中宮の院を御在所とする.
746	**18** 丙戌		正月の積雪に，元正太上天皇の御在所の掃雪に奉仕し，詔に応じて橘諸兄・紀清人・紀男梶・葛井諸会・大伴家持が作った歌(3922–3926) 閏 7 月，大伴家持が越中守として赴任した時，大伴坂上郎女が贈った歌(3927–3928)，更に越中国に贈った歌	6. 21 大伴家持を越中国の守に任ずる.

西暦	和暦	天皇	萬葉集作品・記事	関連事項
746	**天平 18**	(聖武)	(3929-3930) 8月7日，大伴家持の館で宴をした時，大伴家持・大伴池主・秦八千島・土師道良が作った歌，僧玄勝が伝誦した古歌(3943-3955) ＊秦八千島の館の宴で主人が作った歌(3956) 9月25日，大伴家持が弟書持の死を哀傷して作った歌(3957-3959) 11月，大帳使大伴池主の帰任を歓んだ大伴家持の歌(3960-3961)	
747	**19** 丁亥		2月20日，大伴家持が病んで悲しみを述べた歌(3962-3964) 同29日，大伴家持が大伴池主に贈った悲しみの歌(3965-3966) 3月2日，大伴池主が大伴家持に贈った歌(3967-3968) 同3日，大伴家持が大伴池主に贈った歌(3969-3972) 同4日，大伴池主が大伴家持に贈った七言詩「晩春三日遊覧」と序 同5日，大伴池主が大伴家持に贈った歌(3973-3975) 同日，大伴家持が大伴池主に贈った七言詩と歌(3976-3977) 同20日，大伴家持が恋緒を述べた歌(3978-3982) 同29日，立夏が過ぎてもほととぎすの鳴かぬことを恨んで大伴家持が作った歌(3983-3984) 同30日，大伴家持が作った二上山の賦(3985-3987) 4月16日，夜にほととぎすの声を聞いて大伴家持が思いを述べた歌(3988) 同20日，秦八千島の館の，正税帳使餞別の宴で大伴家持が作った歌(3989-3990) 同24日，大伴家持が作った布勢水海遊覧の賦(3991-3992) 同26日，大伴池主が布勢水海遊覧の賦に和して作った歌(3993-3994)	

の北岸の地．懐風藻に詠まれた長屋王の「作宝楼」もここにあった．　3-300, 4-663, 721 題詞注, 6-949, 979 題詞・歌, 8-1447 左注, 1638 左注, 10-1827, 2221, 11-2677

佐保川《さほがわ》　奈良市東方の春日山から若草山北麓を通り，佐保を西流して，やがて大和川に注ぐ．千鳥と柳が繰り返し歌われる．　1-79, 3-371, 460, 4-525, 526, 528, 529, 715, 6-948, 1004, 7-1123, 1124, 1251, 8-1433, 1635, 12-3010, 20-4478 題詞・歌．　→佐保

佐保道《さほぢ》　佐保の地を通る道．　8-1432, 11-2677, 17-3957, 20-4477．　→佐保，佐保川，佐保山

佐保山《さほのやま》　佐保の地の丘陵．平城京の東北縁をなす．　3-460, 473, 474, 6-955, 7-1333, 8-1477, 10-1828, 12-3036, 17-3957 注

狭岑島《さみねのしま》　香川県坂出市沙弥島．坂出港の北西にある小島だったが，現在は地続きとなっている．「沙弥山」(2-221)はこの島の山．　2-220 題詞・歌

沙弥山《さみのやま》　2-221．　→狭岑島《さみねのしま》

寒川《さむかわ》　和名抄の「下野国寒川郡」の地．栃木県下都賀郡の南部，および小山市・栃木市の一部．　20-4376 左注

佐野《さや》　和名抄の「遠江国佐野郡」の地．静岡県小笠郡の北部，および掛川市の一部．　20-4325 左注

左和多里《さわたり》　未詳．群馬県吾妻郡中之条町の沢渡とする説，「さ」を接頭語として「わたり」の地を宮城県亘理(わたり)郡などに求める説などがある．　14-3540

し

志雄道《しおぢ》　富山県氷見市から西へ山越えして，石川県羽咋郡志雄町へ出る道．能登半島の付け根を横断して，気多大社に参詣する道である．　17-4025．　→気太神宮《けたのかむみや》

塩津《しおつ》　滋賀県伊香郡西浅井町の塩津浜(琵琶湖の最北端)．ここから福井県の敦賀に越える要路がある．　9-1734, 11-2747

塩津山《しおつやま》　滋賀県伊香郡西浅井町の塩津浜から福井県の敦賀に越える道の山．塩輸送の要路．　3-364 題詞, 365．　→塩津

塩屋《しおのや》　和名抄の「下野国塩屋(之保乃夜《しほのや》)郡」の地．栃木県塩谷郡，および矢板市に当たる．　20-4383 左注

志賀《しが》　滋賀県滋賀郡，および大津市北部の一帯．「志賀津」はその港のあった地．「志賀の大和太」は大津京近くの湾曲部か．　1-31, 2-115 題詞, 206, 218, 218 ィ, 3-263, 287 題詞, 288, 7-1253, 1398．　→大津《おおつ》，楽浪《ささなみ》

志賀《しか》**・志賀山**《しかのやま》　福岡市東区の志賀島．博多湾の出入口にある島だが，今は陸続きになっている．「漢委奴国王」の金印の出土地．全島が山というべき地形で，志賀山とも言う．　3-278, 4-566, 7-1230, 1245, 1246, 11-2622, 2742, 12-3170, 3177, 15-3652, 3653, 3654, 3664, 16-3860 題詞, 3862, 3863, 3869 歌・左注

志賀唐崎《しがのからさき》　滋賀県大津市下阪本町唐崎．大津京の少し北に当たり，近江八景の「唐崎夜雨」で知られる．志賀は唐崎の地を含んで，北に続く滋賀郡一帯．　1-30, 2-152, 13-3240, 3241．　→楽浪《ささなみ》

飾磨江《しかまえ》　兵庫県姫路市飾磨区の飾磨川河口付近．　7-1178 ィ

飾磨川《しかまがわ》　兵庫県姫路市飾磨区を流れる船場川の古名か．飾磨は染料「飾磨の褐」で著名(梁塵秘抄，謡曲「賀茂」「熊野」)．　15-3605

磯城島《しきしま》　大和のこと．元来は欽明天皇の宮が置かれた地．三輪山南麓の奈良県桜井市金屋付近．「大和」にかかる枕詞に転じ，大和そのものをも示した．　19-4280

敷津浦《しきつのうら》　大阪市住吉区の住吉大社西方の海．今は住之江区北島・加賀屋となっている一帯．　12-3076

敷野《しきのの》　未詳．大和国磯城郡(奈良県桜井市から磯城郡にかけての地)の地とする説は，上代特殊仮名遣いの点で疑問．　10-2143

叔羅川《しくらがわ》　越前国府のあった福井県武生市を流れる日野川かという．　19-4189, 4190

信太《しだ》　和名抄の「常陸国信太郡」の地．茨城県龍ケ崎市，および稲敷郡の一部．　20-4366 左注

斯太浦《しだのうら》　和名抄の「駿河国志太郡」の海．今の静岡県志太郡大井川町の大井川河口付近の駿河湾．　14-3430

師付《しつく》　茨城県新治郡千代田町志筑の地．国府のあった石岡市の西すぐ近く．　9-1757

志都石室《しつのいわや》　未詳．広島県との県境に近い島根県邑智郡瑞穂町説，大田市静間町の海岸説，また播磨説もある．　3-355

思泥崎《しでのさき》　三重県四日市市羽津の岬．　6-1031 歌・左注

信濃《しなの・しなぬ》　国名．東山道八国の一．長野県に

当たる．古事記，日本書紀では「科野」とある．萬葉集では「濃」は「ぬ」に用いる．　2–96, 97, 14–3352 歌・左注, 3400, 3401 左注, 20–4403 左注

信濃道《しなのじ》　信濃へ行く道．信濃を通る道．　14–3399.　→信濃《しなの》・《しなぬ》

信濃浜《しなのはま》　富山県新湊市放生津付近の浜かという．　17–4020

小竹田《しのだ》　大阪府和泉市信太の地．「信太の森」に住む白狐(葛の葉)伝説で有名．「和泉なる信太の森の葛の葉のちへに別れてものをこそ思へ」(古今六帖 2・もり)．　9–1802

師歯迫山《しはせやま》　所在地未詳．　11–2696

四極《しはつ》**・四極山**《しはつやま》　未詳．大阪市住吉の地の山か．日本書紀・雄略天皇 14 年正月には「磯歯津路(しはつぢ)」と見える．また愛知県の渥美湾を望む山ともいわれる．　3–272, 6–999.　→笠縫島《かさぬいのしま》

芝付御宇良崎《しばつきのみうらざき》　芝付は未詳．　→御宇良崎《みうらさき》

司馬野《しばのの》　奈良県吉野郡吉野町の国栖の一帯の野か．訓みは「しまのの」とも．　10–1919

渋谿《しぶたに》**・渋谿崎**《しぶたにのさき》　富山県高岡市渋谷の地．二上山の山塊が北東に伸びて海岸に沈み込んでいる一帯．岩礁の続く景勝地．越中国府のあった高岡市伏木からもほど近い．　16–3882, 17–3954, 3985, 3986, 3991, 3993, 19–4159 題詞, 4206

志摩《しま》　国名．三重県鳥羽市と志摩郡にわたる地域．志摩半島東側．　6–1033

島《しま》　奈良県高市郡明日香村の島の庄一帯．　7–1260, 1315, 10–1965

島熊山《しまくまやま》　未詳．　12–3193

志麻郡《しまのこおり》　和名抄の「筑前国志摩郡」の地．福岡県西部の糸島半島一帯．　15–3668 題詞.　→韓亭《からとまり》

島宮《しまのみや》　奈良県高市郡明日香村島庄にあったといわれる日並(草壁)皇子の宮．石舞台古墳の近く．蘇我馬子の邸宅を修復したものと見られる．池を含む庭園遺跡(2–172 脚注参照)や宮殿遺構が出土している．　2–170～173, 179, 189

下野《しもつけの》　国名．東山道八国の一．栃木県に当たる．「下(しも)つ毛野」の意で，「上野」に応じる．藤原宮木簡に「下毛野国」，続日本紀では「下野国」．和名抄ではまだ「之毛豆介乃(しもつけの)」だが，後に「しもつけ」と略称される．　14–3424, 3425 歌・左注, 20–4383 左注

下総《しもつふさ》　国名．東海道十五国の一．茨城県西南部と千葉県北部に当たり，千葉県南部の上総(かみつふさ)に対する．　14–3349 左注, 3387 左注, 20–4394 左注

下毛郡《しもつみけのこおり》　豊前国の郡名．上毛郡に対する．大分県中津市と下毛郡の地．平城宮木簡，続日本紀，延喜式，和名抄など表記は「下毛」．中世以後は「しもげ」と呼ばれた．　15–3644 題詞

松浦《しようは》　→松浦《まつら》

白神磯《しらかみのいそ》　和歌山県有田郡湯浅町の栖原(すはら)の海岸か．「白崎」と同じともいう．　9–1671.　→白崎《しらさき》，湯羅崎《ゆらのさき》

新羅《しらき》　朝鮮半島の東南部の国．巻 3 には来朝した尼僧理願の死を悼む歌，巻 15 には遣新羅使人の歌が収められ，懐風藻には新羅使を迎えて長屋王の邸宅で催された宴席での詩も見える．　3–460, 461 左注, 5–813 序, 15–3578 題詞, 3587, 3696

白崎《しらさき》　和歌山県日高郡由良町の白崎．紀伊水道に突き出した岬の一つ．　9–1668

白月山《しらつきやま》　未詳．　12–3073

白山《しらやま》　未詳．雪を戴く山の意か．石川・岐阜の県境にある白山か．　14–3509

志留波磯《しるはのいそ》　遠江国の海岸であるが，特定されていない．静岡県榛原郡御前崎町，磐田郡竜洋町，浜松市東部にそれぞれ「白羽」の地がある．同じ歌の「尓閇浦(にへのうら)」も未詳であり，関連も不明．　20–4324.　→尓閇浦《にへのうら》

す

周淮《すえ》　「末」とも．和名抄の「上総国周准(季(すゑ))郡」の地．千葉県君津市，富津市，木更津市にわたる一帯．　9–1738 題詞・歌, 20–4358 左注

周防《すおう》**・**《すわ》　国名．山陽道八国の一．山口県の東南部．古事記，日本書紀では「周芳」と表記．4–567, 15–3630 題詞

須我《すが》　和名抄(高山寺本)の「信濃国筑摩郡崇賀」の地(長野県松本市西方)かというが，未詳．小県郡真田町菅平とも．　14–3352

菅浦《すがうら》　滋賀県伊香郡西浅井町菅浦．琵琶湖の北端，葛籠尾(つづらお)崎に抱かれた良港．竹生島の真北にあたる．　9–1734

酢蛾島《すがしま》　未詳．三重県鳥羽市東方の菅島かという．　11–2727

須加山《すかのやま》　越中国射水郡須加の地の山．　17

-4015
菅原里《すがわらのさと》　奈良市の西部で，西大寺の南方，二条大路の北.　20-4491
次田温泉《すきたのゆ》　福岡県筑紫野市二日市の二日市温泉．大宰府のすぐ南にあった.　6-961題詞
渚沙入江《すさのいりえ》　未詳．愛知県知多郡知多町豊浜の須佐湾かともいうが，東歌は遠江以東の歌と見るのが通例．巻11と巻14の二首が同地か否かも不明.　11-2751, 14-3547
珠洲《すず》　和名抄の「能登国珠洲郡」の地．石川県珠洲市，および珠洲郡．能登半島の先端部に当たる.　17-4029題詞・歌, 18-4101
鈴鹿川《すずかがわ》　三重県北部，亀山市，鈴鹿市を経て伊勢湾に注ぐ川.　12-3156
須磨《すま》　神戸市須磨区の海浜部．摂津の西端であり，畿内の西限でもある.　3-413, 6-947, 17-3932
住坂《すみさか》　奈良県宇陀郡榛原町の西峠付近か．泊瀬峡谷の奥で，大和と伊勢を結ぶ交通の要衝．日本書紀・神武即位前紀には「墨坂」とあり，地名起源説話が残る.　4-504.　→泊瀬《はつせ》
住吉《すみのえ》　大阪市住吉区．航海の守護神住吉大神が「真住み吉し住吉の国」と讃えたという(摂津国風土記逸文)．当時は，住吉大社付近が海岸線で港が開かれた．スミヨシと訓む可能性のある例もある.　1-65, 2-121, 3-283, 295, 394, 6-931, 932, 997, 999左注, 1002, 1020(1021), 7-1144, 1146～1150, 1153, 1156, 1158, 1159, 1273～1275, 1361, 10-1886, 2244, 11-2646, 2735, 2797, 12-3076, 3197, 16-3791, 3801, 3808, 19-4243, 4245, 20-4408, 4457
墨吉《すみのえ》　前項「住吉」と同地か否か不明．いわゆる浦島伝説の遺称地は数多いが，丹後の与謝郡伊根町本庄と竹野郡網野町水之江とは著名.　9-1740
駿河《するが》　国名．東海道十五国の一．静岡県の中央部．西は大井川・焼津から東は沼津まで.　3-284, 296題詞, 317, 319, 4-507題詞, 11-2695, 14-3359歌・左注, 3430左注, 20-4345, 4346左注

せ

摂津《せつ・つのくに》　国名．畿内五国の一で，大阪府西北部と兵庫県東南部に当たる.　3-443題詞, 4-577題詞, 7-1140題詞, 20-4383.　→4-577目録注
石花海《せのうみ》　富士山の北西，御坂山地の南側にあった湖．三代実録によれば，貞観6年(864)の大噴火で溶岩流によって二分され，西湖，精進湖となったといわれる.　3-319
勢能山《せのやま》　背山とも(13-3318)．和歌山県伊都郡かつらぎ町にある山．紀ノ川を挟んで妹山と一対の山として呼ばれた．日本書紀(孝徳紀)・大化2年正月の詔で畿内の南限とされた.　1-35題詞・歌, 3-285題詞・歌, 286, 291題詞・歌, 7-1193, 1208, 9-1676, 13-3318.　→妹背山《いもせやま》
山陰《せんいん》　山陰道八国．現在の兵庫県中北部，京都府中北部，及び鳥取，島根両県.　6-972左注

そ

相馬《そうま》　和名抄の「下総国相馬郡」の地．茨城県北相馬郡，および千葉県東葛飾郡の一帯.　20-4394左注
宗我川《そがかわ》　奈良県御所市重阪から古瀬(巨勢)を通って北流し，橿原市曽我を経て大和川に注ぐ川.　12-3087.　→巨勢道《こせじ》
彼杵郡平敷《そのきのこおりひらしき》　「彼杵郡」は長崎県の東・西彼杵郡，および長崎市，大村市の地．「平敷」の地は不明.　5-813序注

た

高[1]《たか》　京都府綴喜郡井手町多賀の地.　3-277, 10-1859
高[2]《たか》　茨城県の北東部，多賀郡から北茨城市，高萩市，日立市にかけての地.　9-1746
高北《たかきた》　未詳．「泳宮」を含む地域を指す.　13-3242.　→泳宮《くくりのみや》
高城山《たかきのやま》　未詳．吉野山中の宮滝付近から見渡せる山であろう.　3-353
竹敷《たかしき》・**竹敷浦**《たかしきのうら》　長崎県対馬の浅茅湾の南岸，下県郡美津島町竹敷の海．浅茅湾は複雑に入りくみ，竹敷付近は波穏やかで風待ちに好適であった.　15-3700題詞, 3701, 3702, 3703, 3705.　→浅茅浦《あさちのうら》
高師浜《たかしのはま》　大阪府堺市南部の浜寺から高石市にかけての海岸．「音に聞く高師の浜のあだ波はかけじや袖の濡れもこそすれ」(金葉集・恋下)の歌で知られる.　1-66
竹島《たかしま》　未詳．次項「高島」と同地かともいう.　7-1236
高島《たかしま》　琵琶湖の西岸，滋賀県高島郡高島町．すぐ北の安曇川(あどがわ)流域は大きく湖にせりだ

して広大な平野をなす．　3–275, 7–1171, 1172, 1238, 9–1690 題詞・歌, 1718, 1734.　→阿渡川《あどかわ》，勝野《かつの》

高島山《たかしまやま》　前項，高島の地の山．西にやや離れた連山か．南に湖岸にせり出した岳山からの連山とも見られる．　9–1691

高千穂岳《たかちほのたけ》　宮崎県西諸県郡高原町の高千穂峰．県境を越えた，鹿児島県始良郡の霧島とも，また宮崎県西臼杵郡高千穂町の山とも言われる．古事記(神代)には「竺紫の日向の高千穂のくじふるたけに天降り坐しき」，日本書紀には「日向の襲(そ)の高千穂峰に天降ります」と見える，天孫降臨の山．　20–4465

高津《たかつ》　大阪市中央区法円坂町の，大阪城南方の一帯．仁徳天皇の高津宮の地．　2–90 左注, 3–292

高角山《たかつのやま》　角にある高い山であろう．島根県江津市都野津の山か．一説に島の星山と言われる．　2–132, 134.　→角《つの》

高野原《たかのはら》　「高野」は奈良市佐紀町の佐紀丘陵から西南の一帯．　1–84.　→佐紀沢《さきさわ》・佐紀沼《さきぬま》

竹葉野《たかはの》　未詳．　11–2652

誰葉野《たがはの》　未詳．全国の「田川」「田河」「多河」などの地が候補．「竹葉野(たかはの)」(11–2652)も同地か．　12–2863 左注

竹原井《たかはらのい》　大阪府柏原市高井田の地．大和と難波を結ぶ，いわゆる竜田道の要路に当たり，元正・聖武天皇も離宮を設けた(続日本紀・養老2年6月など)．　3–415 題詞

高間《たかま》　奈良県御所市の南西部，高天の付近か．金剛山の東麓．　7–1337

高松《たかまつ》　次項の「高円」と同じと見る説が有力だが，詳細は不明．平城京周辺，大和周辺に見出しにくい．　10–1874, 2101, 2191, 2203, 2233, 2319.　→高円《たかまと》

高円《たかまと》・**高円野**《たかまとのの》　奈良市の東南，春日山の南の高円山を含む一帯の地．聖武天皇の時に山頂近くに高円離宮が営まれた．　2–230, 231, 233, 6–948, 981, 1028 題詞・歌, 8–1440, 1571, 1605, 1610, 1629, 1630, 10–1866, 2121, 20–4295 題詞・歌, 4296, 4297, 4319, 4508, 4510.　→高松《たかまつ》

高円宮《たかまとのみや》　聖武天皇の時に高円山の山頂近くに営まれた離宮．　20–4315, 4316, 4506 題詞・歌, 4507 歌

高屋《たかや》　未詳．奈良県桜井市谷，また高家などとする説がある．地名ではなく，高殿と見る説もある．　9–1706

多芸行宮《たぎのかりみや》　岐阜県養老郡養老町多岐の地に置かれた，元正天皇の仮宮．「多芸の野」(6–1035)はその地．　6–1034 題詞

栲島《たくしま》　未詳．出雲国風土記の島根郡に地名起源説話の見える，中の海の中央にある大根島かともいう．　7–1233

竹田庄《たけたのしょう》　奈良県橿原市東竹田町の地にあった大伴氏の荘園．耳成山の東北．　4–760 題詞・歌，8–1592 題詞, 1619 題詞

高市岡本宮《たけちのおかもとのみや》　奈良県高市郡明日香村の舒明・斉明天皇の宮．現在地は未詳．　1–2 標目, 4–487 左注

多祜《たこ》・**多胡**《たご》　和名抄の「上野国片岡郡多胡」の地．群馬県多野郡吉井町多胡．和銅4年(711) 3月の「建多胡郡弁官符碑」が建つ．　14–3403

多祜浦《たこのうら》　富山県氷見市の東南部で，二上山の北西麓の田子の地かという．かつてその地にあった布勢水海(ふせのみずうみ)の一部．　17–4011, 18–4051, 19–4199 題詞, 4200, 4201.　→布勢水海《ふせのみずうみ》・布勢浦《ふせのうら》

田子浦《たごのうら》　静岡県庵原郡蒲原町・由比町辺りの海浜の地．富士川の，現在の田子の浦とは反対の西岸．清見崎を過ぎた辺りから望まれる．　3–297, 318, 12–3205

多胡嶺《たごのね》　多胡の山．　14–3411.　→多胡

但馬《たじま》　国名．山陰道八国の一．兵庫県北部，豊岡市を中心とした地．　19–4279 題詞

橘《たちばな》　奈良県高市郡明日香村橘．現在は飛鳥川の西岸だが，当時は東岸の島庄をも含む．　2–179, 7–1315

橘樹《たちばな》　和名抄の「武蔵国橘樹郡」の地．神奈川県川崎市，および横浜市の大部分．巻14の例は地名か樹名か判別しにくい．　14–3496, 20–4419 左注

橘寺《たちばなのてら》　奈良県高市郡明日香村にあった橘寺．聖徳太子の創建と伝える．現在の堂宇は近世に再建されたもの．　16–3822

立山《たちやま》　富山県の立山連峰．県東南の長野県境に連なる三千㍍級の高山．後に山岳信仰の霊山として仰がれた．　17–4000 題詞・歌, 4001, 4003 題詞・歌, 4004, 4024

竜田山《たつたやま》　奈良県生駒郡三郷町の竜田大社西方の山並みを広く指す．この山を越える竜田道は大和と河内を結ぶ要路．　1–83, 3–415 題

詞, 4-626ィ, 5-877, 6-971, 7-1181, 9-1747, 1749, 10-2194, 2211, 2214, 2294, 15-3722, 17-3931, 20-4395題詞・歌

手綱浜《たづなのはま》　茨城県高萩市赤浜の海岸.　9-1746題詞・歌.　→高²《たか》

田跡川《たどかわ》　岐阜県養老郡養老町の多度山に発して揖斐川に注ぐ養老川.　6-1035.　→多芸行宮《たぎのかりみや》

田上山《たなかみやま》　滋賀県大津市南部の瀬田川の支流大戸川に沿った上田上(かみたなかみ)の山. 良材の地として有名で，東大寺の杣が置かれ，水運を利して運ばれた.　1-50, 12-3070

棚倉野《たなくらのの》　京都府京田辺市田辺の地とも，京都府相楽郡山城町綺田(かばた)，平尾の地とも言われる. 前者はJR片町線京田辺駅の近くで，延喜式内大社の棚倉孫(たなくらひこ)神社がある. 後者はJR奈良線棚倉駅付近.　19-4257.　→可尓波《かには》

多摩川《たまがわ》　東京都の奥多摩の山に発し，東京都と神奈川県川崎市の境を流れて，東京湾に注ぐ川.　14-3373

玉島川《たましまがわ》　5-853序, 854, 856, 862, 863.　→松浦川《まつらがわ》

玉津島《たまつしま》　和歌山市和歌浦にある玉津島神社後方の山々. 権現山・奠供山・妙見山など現在は陸続きだが，当時は海中の小島であった.　6-917, 919左注, 7-1215, 1217, 1222, 9-1799

玉浦¹《たまのうら》　和歌山県東牟婁郡那智勝浦町の南の海.　7-1202, 9-1692

玉浦²《たまのうら》　岡山県玉野市玉，同倉敷市玉島などの説がある. 巻7・巻9の例とは別地.　15-3598, 3627, 3628

多摩横山《たまのよこやま》　和名抄の「武蔵国多磨郡」の地. 東京都多摩市の丘陵.　20-4417.　→豊島《としま》

玉纏《たままき》　未詳.　10-2245

多武山《たむのやま》　奈良県桜井市の南方の多武峰のこと.　9-1704

田村里《たむらのさと》　平城京跡の東南，三条通の南側一帯の地. 藤原仲麻呂の田村第も，この地(左京四条二坊)に営まれた.　4-759左注

手結浦《たゆいがうら》　福井県敦賀市田結の海浜の地. 敦賀湾の東岸に当たる.　3-366, 367

多由比潟《たゆいがた》　所在地未詳.　14-3549

絶等寸山《たゆらきのやま》　未詳. 兵庫県姫路市の手柄山，姫山，飾磨郡手刈丘などの説がある.　9-1776

垂姫《たるひめ》　富山県氷見市東南部にあった布勢水海(ふせのみずうみ)南岸の地.　18-4046, 4047, 4048, 19-4187.　→多祜浦《たこのうら》，布勢水海《ふせのみずうみ》・布勢浦《ふせのうら》

丹波《たんば・たには》　国名. 京都府北部，および兵庫県東部の氷上・多紀二郡. 和銅6年(713)に五郡を割いて丹後国とした.　4-711題詞, 12-3071

ち

小県《ちいさがた》　和名抄の「信濃国小県郡」の地. 長野県小県郡，および上田市に当たる.　20-4401左注

千江浦《ちえのうら》　未詳.　11-2724

血鹿島《ちかのしま》　長崎県の五島列島や平戸島などの諸島を指す. 最西端の福江島の三井楽が遣唐使船の発着の場であった.　1-24左注, 5-894.　→美祢良久崎《みねらくのさき》

筑後《ちくご・つくしのみちのしり》　国名. 福岡県の西南部. 有明海に面している.　4-576題詞, 5-820注, 6-1003左注

筑前《ちくぜん・つくしのみちのくち》　国名. 西海道十一国の一. 福岡県の中部から北西部の地. 御笠郡に大宰府が置かれた.　4-549題詞, 568題詞, 5-799左注, 805左注, 813序, 818注, 830注, 839注, 845注, 882左注, 6-963題詞, 8-1530題詞, 10-2197注, 15-3668題詞, 16-3860題詞, 3869左注

千曲川《ちくまのかわ》　長野県南佐久郡に発して小諸，上田，更埴を通り，川中島で犀川と合流して，新潟県に入って信濃川となり日本海に注ぐ. 原文の第二音節は濁音仮名「具」で表記されている. 郡名の「筑摩」は和名抄に「豆加万(つかま)」と訓注がある.　14-3400

知多浦《ちたのうら》　愛知県知多郡の知多半島西岸の海.　7-1163

秩父《ちちぶ》　和名抄の「武蔵国秩父郡」の地. 埼玉県秩父郡，および秩父市に当たる.　20-4414左注

千沼《ちぬ》　表記は万葉集で他に陳奴・陳努・智弩，古事記で血沼，日本書紀で茅渟. 大阪府堺市から岸和田市にかけての地. その沖を「千沼の海」という. 古事記(神武)に地名起源説話が見える. 後に大阪湾全体をも指す. またその海で取れる黒鯛をチヌと呼んだ(和名抄に「知沼」).　6-999, 7-1145, 9-1809, 1811, 19-4211

千沼海《ちぬのうみ》　大阪府堺市から岸和田市にかけて

の地の海.　11-2486 歌・左注.　→千沼
千葉《ちば》　和名抄の「下総国千葉郡」の地. 千葉県千葉市, 習志野市の一帯.　20-4387 歌・左注

つ

津乎崎《つおのさき》　未詳. 和名抄の近江国浅井郡に「都宇(つう)」の郷名が見える.　3-352
都賀[1]《つが》　和名抄の「下野国都賀郡」の地. 栃木県上都賀郡, 下都賀郡北部, 日光市, 今市市, 鹿沼市の一帯.　20-4378 左注
都賀[2]《つが》　未詳.　11-2752
机島《つくえのしま》　石川県鹿島郡中島町瀬嵐の東南の小島と言われる. 七尾西・南・北湾内の他の島の可能性もある.　16-3880.　→熊来《くまき》
筑紫《つくし》　筑前・筑後の総称. 九州全体をも指す.　3-245 題詞, 303 題詞, 336, 381 題詞, 4-509 題詞, 556, 557 題詞, 574, 5-794, 866, 6-967, 971, 8-1474 題詞, 9-1766 題詞, 1767 題詞, 1772 題詞, 12-3206, 3218, 13-3333, 14-3427, 15-3634, 3652 題詞, 3718 題詞, 19-4174 題詞, 20-4321 題詞, 4331, 4340, 4359, 4372, 4374, 4419, 4422, 4428
筑前《つくしのみちのくち》　国名.　→ちくぜん
筑後《つくしのみちのしり》　国名.　→ちくご
都久怒《つくの》　未詳.　16-3886
筑波山《つくはやま》・筑波嶺《つくはのみね・つくはね》　茨城県西部の山で, 関東平野に屹立する. 男体, 女体の二峰に分かれ, 常陸国風土記には女体の峰での春秋の山遊びと歌垣(かがい)での歌が伝えられる.　3-382 題詞・歌, 383, 8-1497 題詞・歌, 9-1712 題詞, 1753 題詞・歌, 1754, 1757 題詞・歌, 1758, 1759 題詞・歌, 10-1838左注, 14-3350, 3351, 3388〜3396, 20-4367, 4369, 4371
筑摩《つくま》　滋賀県坂田郡米原町朝妻筑摩の地. 琵琶湖の東端辺りで, ここから東へ東山道をとれば, 不破の関を越えて美濃に入る.　13-3323.　→左野方《さのかた》
託馬野《つくまの》　未詳. 滋賀県坂田郡米原町筑摩(つくま)の地か.　3-395
対馬《つしま》　国名. 和名抄に「西海国対馬島」とある. 長崎県対馬. 壱岐とともに朝鮮半島と九州を結ぶ航路の要衝. 中ほどに浅茅湾を抱え北の上県郡と南の下県郡に分かれる.　1-62, 5-810 題詞注, 841 注, 15-3697 題詞・歌, 3705 左注, 16-3869 左注.　→浅茅浦《あさちのうら》, 竹敷《たかしき》・竹敷浦《たかしきのうら》
対馬嶺《つしまのね》　未詳. 対馬島内の高山の内の一.　14-3516.　→可牟嶺《かむのね》
都太細江《つだのほそえ》　兵庫県姫路市飾磨区今在家付近の飾磨川河口.　6-945
管木原《つつきのはら》　和名抄の「山城国綴喜郡綴喜」の地. 京都府綴喜郡井手町, 京田辺市付近の木津川沿いの平野か.　13-3236
都筑《つつく》　和名抄の「武蔵国都筑郡」の地. 神奈川県横浜市北部の一帯.　20-4421 左注
角《つの》　島根県江津市都野津町一帯の地.　2-131, 138.　→高角山《たかつのやま》
角鹿津《つのがのつ》　福井県敦賀市の港. 北国の海陸の要所であった.　3-366 題詞・歌
摂津《つのくに》　国名.　→せっつ
角島《つのしま》　山口県豊浦郡豊北町の角島. 山口県の北西端の島.　16-3871
角松原《つののまつばら》　兵庫県西宮市松原町の辺り. 当時は角のように砂州の伸びた海辺であったか.　3-279, 17-3899
海石榴市《つばきち》　奈良県桜井市金屋付近. 三輪山の南西麓で, 山辺道から初瀬道に通じる. 交易の地であり, 歌垣の場でもあった. 日本書紀・武烈即位前紀 11 年に「妾望(ねが)はくは海石榴市の巷に待ち奉らむ」と見える. 後世も長谷寺参詣の宿場として栄えたことが, 枕草子や源氏物語でも知られる. 平安朝では音便形「つばいち」が普通.　12-2951, 3101
妻社《つまのもり》　和歌山県橋本市妻の地, また和歌山市平尾の地の社か.　9-1679
都武賀野《つむがの》　未詳.　14-3438
津守《つもり》　和名抄の「摂津国西成郡津守」の地. 大阪市西成区の西端, 木津川に沿った津守の一帯. 少し南の住吉区の住吉大社の南側にあった津守寺は, 住吉大社の神官津守氏の氏寺と考えられている.　11-2646
剣池《つるぎのいけ》　奈良県橿原市石川町の池. 孝元天皇陵の池と言われている. 日本書紀・応神天皇 11 年 10 月に, 剣池を作ると見える.　13-3289
都留堤《つるのつつみ》　和名抄の「甲斐国都留郡都留」の地を流れる川の堤防. 山梨県北都留郡上野原町の鶴川か. 相模川の上流.　14-3543

て

手児呼坂《てごのよびさか》　未詳. 手児を「たご」と見て, 「田子の浦」周辺に求める説などがある.　14-3442, 3477

と

刀比河内《といのこうち》　神奈川県足柄下郡湯河原町土肥の地の渓谷であろう．　14-3368

唐《とう》　→唐《もろこし》

答志崎《とうしのさき》　三重県鳥羽市の北東に浮かぶ答志島の岬．　1-41

東山《とうせん》　東山道八国，現在の滋賀・岐阜・長野・群馬・栃木及び東北地方．　6-972 左注

遠里小野《とおさとおの》　大阪市住吉区遠里小野と堺市遠里小野町の一帯．現在は「おりおの」と言い，新大和川で南北に分かれている．　7-1156, 16-3791

遠江《とおつおうみ》　国名．東海道十五国の一．静岡県西部．近江(おうみ・ちかつおうみ)に対する呼称で，浜名湖のある国の意．　7-1293, 8-1614 題詞, 1615 注, 14-3354 左注, 3429 歌・左注, 20-4324, 4327 左注

遠津浜《とおつのはま》　未詳．　7-1188

鳥籠山《とこのやま》　滋賀県彦根市の正法寺山．日本書紀・天武天皇元年７月の壬申の乱の記述の中に，「近江の将，秦友足を鳥籠山に討ちて斬りつ」とある．　4-487, 11-2710

土左《とさ》　国名．高知県にあたる．平安朝までは「土左」，以後「土佐」．　6-1019 題詞, 1022

豊島《としま》　巻６の例は，東京都豊島区にあたる，武蔵国の「豊島 止志末(としま)」(和名抄)か，大阪府の北摂地域にあたる，摂津国の「豊島 天之万(てしま)」(和名抄)か不明，武蔵国は采女を奉った例がある．巻20の例は，和名抄の「武蔵国豊島郡」の地．東京都の豊島・文京・荒川・北・板橋の各区にわたる一帯．　6-1026 左注, 1027 左注, 20-4417 左注

礪波《となみ》　和名抄の「越中国礪波郡」の地．富山県の東・西礪波郡と砺波市，小矢部市にわたる一帯．　17-4021 題詞, 18-4138 題詞

礪波関《となみのせき》　礪波山の東麓にあったという関．　18-4085．　→礪波山

礪波山《となみやま》　富山県小矢部市石動町西方の山．越中と加賀(当時は越前国加賀郡)との国境をなす倶利伽羅峠は，後に源平合戦の地としても知られる．　17-4008, 19-4177．　→礪波関

利根川《とねがわ》　新潟県境の群馬県利根郡の奥に発して，かつては東京湾に注いだ．江戸初期元和―承応年間の新利根川の開削により，霞ケ浦から銚子市に通じる川筋に合した．　14-3413

十羽《とは》　未詳．　13-3346

飛幡浦《とばたのうら》　福岡県北九州市戸畑区の海浜．筑前国風土記逸文には「鳥旗」とある．　12-3165

鳥羽淡海《とばのおうみ》　茨城県真壁郡明野町から関城町，下妻市にかけての一帯にあった湖．小貝川流域の地．常陸国風土記の筑波郡に「郡の西十里に騰波江(とばえ)あり」とある．　9-1757

飛羽山《とばやま》　未詳．東大寺の北郊の山かといわれている．　4-588

飛火岡《とぶひがおか》　春日野の一部であろう．後には「飛火野」と呼ばれるようになった地．　6-1047

跡見《とみ》　未詳．奈良県桜井市外山(とび)の辺りともいう．大伴氏の荘園があった(4-723)．　6-990 題詞, 8-1549 題詞・歌, 1560 題詞, 10-2346．　→始見埼《はつみのさき》

跡見庄《とみのしょう》　未詳．飛鳥・藤原の近くにあった大伴氏の荘園か．奈良県桜井市外山(とび)の辺りともいう．　4-723 題詞

鞆浦《とものうら》　広島県福山市鞆町の海辺．江戸時代に至るまで瀬戸内海航路の要港として栄えた．3-446, 447, 448 左注, 7-1182, 1183

等夜《とや》　未詳．和名抄の「下総国印旛郡鳥矢郷」の地か．　14-3529

豊浦《とゆら》　奈良県高市郡明日香村豊浦．甘樫丘の北麓．蘇我氏の拠点の一つで，蘇我稲目が建てた向原寺の跡に推古天皇の豊浦宮も置かれた．　8-1557 題詞

豊国《とよくに》　福岡県東部と大分県に当たる．豊前と豊後とに分割される以前の総称．　3-311, 417, 418, 7-1393, 9-1767, 10-2341, 12-3130, 3219, 3220, 16-3876．　→豊前，豊後

豊前《とよのみちのくち》　国名．　→ぶぜん

豊後《とよのみちのしり》　国名．　→ぶんご

取替川《とりかいがわ》　未詳．和名抄の「大和国添下郡鳥貝」の地(奈良県生駒郡)の川とも，大阪府摂津市鳥飼の淀川，安威川とも言われる．　12-3019

取石池《とろしのいけ》　大阪府高石市取石にあった池．すぐ南は信太(しのだ)．　10-2166

な

那珂《なか》　和名抄の「武蔵国那珂郡」の地．埼玉県児玉郡の東南部に当たる．　20-4413 左注

那賀《なか》　和名抄の「常陸国那珂郡」の地．　20-4370 左注．　→那賀郡《なかのこおり》

長井浦《ながいのうら》　広島県三原市糸崎町の海.　15-3612 題詞.　→水調郡《みつきのこおり》

長狭《ながさ》　和名抄の「安房国長狭郡」の地. 千葉県鴨川市, および安房郡天津小湊町の一帯.　20-4354 左注

長門《ながと》　国名. 山口県西北部.　6-1024 歌・左注, 8-1576 左注, 9-1770 題詞

長門浦《ながとのうら》　巻 15 の例は, 広島県安芸郡の倉橋島付近の海であろう. 巻 13 の例がそれと同地か否か不明.　13-3243, 15-3622 題詞.　→阿胡海《あごのうみ》

長門島《ながとのしま》　広島県安芸郡の倉橋島であろう. 広島湾の東にあって, 大きく瀬戸内海に突き出した形の島.　15-3617 題詞, 3621

那賀郡《なかのこおり》　和名抄に「常陸国那珂郡」とある. 茨城県那珂郡, 東茨城郡, ひたちなか市, 水戸市にかけての地域. 常陸国風土記の那賀郡に「郡より東北の方, 粟河を挟みて駅家を置く. そこより南に当たりて泉, 坂の中に出づ. 多に流れていと清く, 曝井と謂ふ」と見える.　9-1745 題詞・歌.　→那賀

那珂郡伊知郷蓑島《なかのこおりいちのさとみのしま》　福岡市東南部の那珂川流域の地. 「伊知郷」は和名抄にも見えず不明.　5-814 左注

長下《ながのしも》　和名抄の「遠江国長下郡」の地. 静岡県磐田郡竜洋町の辺り.　20-4321 左注, 4327 左注

中湊《なかのみなと》　讃岐国那珂郡の港. 香川県丸亀市の金倉川河口辺り. 北東すぐの所に狭岑島がある.　2-220.　→狭岑島《さみねのしま》

長浜《ながはま》　富山県氷見市付近の海岸. 「長浜の浦」と同地かともいう.　17-3991.　→長浜浦, 松田江《まつだえ》

長浜浦《ながはまのうら》　和名抄の「能登国能登郡長浜」の浦かというが, 異説もある. 石川県七尾市の東, 七尾南湾の東部.　17-4029 題詞・歌

長屋原《ながやのはら》　奈良県天理市西部の平原. 和名抄に「山辺郡長屋」とある. 藤原・平城両京のほぼ中間に当たる.　1-78 題詞

長柄《ながら》　和名抄の「上総国長柄郡」の地. 千葉県長生郡と茂原市の一部に当たる.　20-4359 左注

長柄宮《ながらのみや》　孝徳天皇の難波長柄豊碕宮のこと. 後の難波宮の地.　6-928.　→難波宮《なにわのみや》

名木川《なきかわ》　京都府宇治市南部を流れる川か. 伊勢田町に名木の名が残る.　9-1688 題詞, 1696 題詞・歌

泣沢神社《なきさわのもり》　奈良県橿原市木之本町にある畝尾都多本神社. 香具山の北西麓.　2-202 歌・左注

鳴島《なきしま》　兵庫県相生市の相生湾東端の金ケ崎の沖の君島かという. 広範な室の浦の西.　12-3164.　→室浦《むろのうら》

名寸隅《なきすみ》　兵庫県明石市魚住町の付近という. 淡路島を見渡せる船泊りの地.　6-935, 937

名草山《なぐさやま》　和歌山市南方の山. 西に和歌浦を望む.　7-1213

奈呉《なご》　巻 17 以降の例は, 富山県新湊市放生津潟一帯の, 富山湾に面した地. その放生津潟の入江が「奈呉江」, その海が「奈呉海・奈呉浦」. 巻 7 の例は住吉の可能性もある.　7-1155, 1417, 17-3956, 3989, 4017, 4018, 18-4032, 4033, 4034, 4106, 4116, 19-4169, 4213.　→名子江浜《なごえのはま》

名子江浜《なごえのはま》　未詳. 前項の「名児」の入江の「奈呉江」(18-4116)と同所とも, 「住吉の名児の浜辺」(7-1153)と同所ともいう.　7-1190

莫越山《なごしのやま》　未詳.　10-1822

名児浜辺《なごのはまへ》　未詳. 住吉付近の浜かという.　7-1153.　→名子江浜《なごえのはま》

名児山《なごやま》　福岡県宗像郡津屋崎町と玄海町の間の山.　6-963 題詞・歌.　→宗像《むなかた》・宗像郡《むなかたのこおり》

浪逆海《なさかのうみ》　茨城県の霞ケ浦から現在の利根川河口までの湖沼を指すという. 今, 潮来付近に外浪逆浦がある.　14-3397

那須《なす》　和名抄の「下野国那須郡」の地. 栃木県那須郡, および大田原市に当たる.　20-4382 左注

名次山《なすきやま》　兵庫県西宮市名次町の丘陵. 南の海岸との間を山陽道が通る.　3-279

名高浦《なたかのうら》　和歌山県海南市名高町の海.　7-1392, 1396, 11-2730, 2780

夏身《なつみ》　奈良県桜井市吉隠(よなばり)の地であろう. 吉野の夏身とは別.　10-2207

夏実《なつみ》　夏身とも. 奈良県吉野郡吉野町菜摘の地. 宮滝の少し上流に当たる.　3-375, 9-1736, 1737　→夢和太《いめのわだ》

夏身浦《なつみのうら》　未詳. 三重県鳥羽市東方の菅島付近の海か.　11-2727

難波《なにわ》　大阪市とその周辺の地域. 日本書紀・神武即位前紀に, 浪の速さを以て「浪速(なみはや)の国」と名づけ, 訛って「なには」となったと見える. 「難波済(なにはのわたり)」(2-90 左注)は難波

宮近くの渡河地であろう．難波堀江(10-2135)の渡しか．　2-90 左注, 3-312 題詞・歌, 326 題詞, 443, 4-577, 619, 6-928, 8-1428, 1442, 9-1747 題詞, 1751 題詞, 1790 題詞, 11-2651, 2819, 19-4245, 4264 題詞, 20-4329, 4360, 4362, 4398, 4404

難波潟《なにわがた》　難波の浜の干潟，あるいは潟湖．後世，水辺の葦が和歌に多く詠まれた．「難波潟短き葦の節の間も逢はでこの世を過ぐしてよとや」(新古今集・恋 1)．　2-229, 4-533, 6-976, 7-1160, 8-1453, 9-1726, 12-3171, 20-4355

難波津《なにわつ》　難波宮周辺に設けられた港．対外交易の要港．古今集・仮名序に見える「難波津に咲くやこの花冬ごもり今は春べと咲くやこの花」は，仁徳天皇の代に百済渡来の王仁が献じた歌と伝えられる．　5-896, 20-4330, 4331, 4363, 4365, 4380, 4408．　→難波宮《なにわのみや》

難波海《なにわのうみ》　難波の地の海．現在の大阪湾のみならず，宮周辺の海全体を指したのであろう．6-977, 20-4361．　→難波宮《なにわのみや》

難波小江《なにわのおえ》　難波の地の入江．「草香江」(4-575)の一部を指したものか．「草香」は大阪府東大阪市日下町の辺り．　16-3886

難波崎《なにわのさき》　難波の地の岬．難波宮のあった上町台地の北端を指すか．　13-3300

難波宮《なにわのみや》　現在の大阪城の真南，大阪市中央区法円坂町一帯に置かれた宮．当時は南北に岬のように延びる上町台地の北端にあった．孝徳天皇から天武天皇までの前期，聖武天皇の後期に分かれる．　1-64 題詞, 66 題詞, 71 題詞, 2-85 標目, 90 左注, 6-928 題詞, 933, 950 題詞, 997 題詞, 1062 題詞・歌, 1063, 18-4056 題詞, 20-4360, 4457 題詞．　→難波津《なにわつ》

難波堀江《なにわほりえ》　難波の地の堀割．日本書紀・仁徳天皇 11 年 10 月に難波高津宮の北の野原を開削して南の水を(東から西へ)大阪湾へ入れた，これを堀江と言うとある．現在の天満川(大川)に当たると見られる．　10-2135, 18-4056, 4057, 4061, 20-4336, 4360, 4396, 4459, 4460, 4461, 4462, 4482

名張野《なばりの》　三重県名張市の野．名張は大和と伊勢の境界にあり，畿内の東限であった．8-1536

名張山《なばりのやま》　三重県名張市西方の山．　1-43, 60, 4-511

名欲山《なほりやま》　未詳．豊後国直入(なおり)郡の山かという．大分県竹田市，直入郡荻町，久住町，直入町などの地域．阿蘇山外輪山東側にある．　9-1778, 1779

連庫山《なみくらやま》　琵琶湖西岸の連山．比良山から比叡山にかけての山並みをいう．　7-1170

浪柴野《なみしばのの》　未詳．奈良県桜井市吉隠(よなばり)の地であろう．　10-2190

奈良・寧楽・平城《なら》　大和盆地の北部，奈良市に当たる地．かつては「添(そほ)」と呼ばれた．　1-78 題詞, 79 題詞・歌, 80, 84 標目, 3-260 左注, 300, 328, 330, 331, 4-530 題詞注, 765 題詞, 5-806, 808, 867, 882, 6-952, 969 題詞, 992, 1044 題詞・歌, 1045, 1046, 1047 題詞・歌, 1049, 7-1215, 8-1464 左注, 1604 題詞・歌, 1632 題詞, 1639, 10-1906, 2287, 13-3230, 15-3602, 3612, 3613, 3618, 3676, 3728, 17-3910 左注, 3916 題詞, 3919, 3921 左注, 3973, 3978, 4008, 18-4048, 4107, 19-4223, 4245, 4266, 20-4461

奈良思岡《ならしのおか》　未詳．奈良山の一部か．　8-1506

奈良山《ならやま》　奈良市北郊の山地．日本書紀・崇神天皇 10 年 9 月に，天皇の軍勢が草を踏みならしたので「なら山」と言う，と見える．　1-17, 29, 29 ィ, 3-300 題詞, 4-593, 8-1585, 1588, 1638, 10-2316, 11-2487, 12-3088, 13-3236, 3237, 3240, 16-3836, 17-3957

鳴沢《なるさわ》　静岡県富士宮市の富士山麓の沢かという．　14-3358 歌・左注

鳴門《なると》　周防大島の潮流激しい海峡．　15-3638 題詞・歌．　→大島《おおしま》

縄浦《なわのうら》　兵庫県の南西，相生市那波の海浜．深く湾入した相生港の最奥部．　3-354, 357

に

新川《にいかわ》　和名抄の「越中国新川郡」の地．富山県東部．上・中・下新川郡と黒部・魚津・滑川の各市，富山市の一部に当たる．　17-4000 題詞注・歌, 4024 題詞

新田山《にいたやま》　和名抄の「上野国新田郡新田」の地の山．群馬県新田郡，あるいは太田市の山であろう．　14-3408．　→小新田山《おにいたやま》

新治《にいはり》　茨城県下妻市，真壁郡，西茨城郡にわたる地域．鳥羽の淡海の北，筑波山の北西にあたる．　9-1757．　→鳥羽淡海《とばのおうみ》，筑波山《つくはやま》・筑波嶺《つくはのみね・つくはね》

丹生《にう》　和名抄の「上野国甘楽郡丹生」の地か．「にふ」は赤色顔料の「に」(辰砂)を産出する地

を意味する語．同名の地(川)が多い．巻 2(130)の例は吉野，巻 7(1173)の例は岐阜県大野郡であろう．　14–3560

丹生川¹《にうのかわ》　奈良県吉野郡黒滝村に発し，下市町，西吉野村を経て北流，五條市で吉野川に注ぐ．「にふ」は同名の地(川)が多く，紀伊半島中部から阿波にかけての地域，丹後から若狭・越前，そして白山・伊吹・鈴鹿山地周辺の一帯には集中して分布する．　2–130．　→丹生《にう》

丹生川²《にうのかわ》　岐阜県大野郡丹生川村を流れる小八賀川か．　7–1173

丹生檜山《にうのひやま》　奈良県吉野郡の丹生川周辺の山．13–3232．　→丹生川¹《にうのかわ》

丹生山《にうのやま》　和名抄の「越前国丹生郡丹生」の地の山．福井県武生市西方の山かという．　19–4178．　→丹生

尓閇浦《にえのうら》　未詳．遠江国の志留波磯(しるはのいそ)の近くであろう．　20–4324．　→志留波磯

留牛鳥浦《にお のうら》　未詳．琵琶湖の異称か．　11–2743 左注

饒石川《にぎしがわ》　石川県鳳至郡門前町馬場の地を流れて日本海に注ぐ仁岸川．能登半島西側の，現在能登金剛と呼ばれる景勝地のすぐ北．17–4028 題詞・歌

和多豆《にきたつ・にきたつ》　未詳．島根県江津市の近くか．「わたづ」と訓み，同市渡津とする説もある．「角」付近であろう．　2–131, 138．　→角《つの》

熟田津《にきたつ・にぎたつ》　未詳．松山市北部の和気町・堀江町の辺りか．古来諸説がある．　1–8 歌・左注, 3–323, 12–3202

ぬ

沼名川《ぬなかわ》　和名抄の「越後国頸城郡沼川」の地の川．今の新潟県頸城郡を流れて糸魚川市に到る姫川や，その支流の小滝川か．渓谷から翡翠を産する地として知られ，この川を神格化したのが沼河比売(ぬなかわひめ)．古事記上巻に，八千矛神(大国主神の別名)が越の国の沼河比売に求婚し，歌を唱和する物語がある(出雲国風土記にも)．　13–3247

の

能許浦《のこのうら》　福岡市の博多湾内の能古島の浦．韓亭(からとまり)の地(糸島半島東側)とは，少し離れている．　15–3670, 3673．　→韓亭

野坂浦《のさかのうら》　未詳．熊本県葦北郡の海浜であろう．水島の南の海．　3–246．　→水島《みずしま》

野島¹《のしま》　和歌山県御坊市名田町野島．　1–12

野島²《のしま》**・野島崎**《のしまのさき》　淡路島北端の西側の地．兵庫県津名郡北淡町野島．現在は岬と呼ぶべき地形は見られないが，野島断層が走り地形変動の激しい所．「のしまがさき」(3–250 ィ, 15–3606)とも．　3–250, 250ィ, 251, 6–933, 934, 942, 15–3606

後瀬山《のちせのやま》　福井県小浜市南西の海沿いの山．若狭の国府のあった小浜は若狭道の通る海陸交通の要地．　4–737, 739

後岡本宮《のちのおかもとのみや》　奈良県高市郡明日香村の斉明天皇の宮．所在地未詳．　1–8 標目, 2–141 標目, 4–487 左注

能登《のと》　国名．北陸道七国の一．現在の能登半島の地．石川県に属する．養老 2 年(718) 5 月越前国から羽咋・能登・鳳至・珠洲の四郡を独立させて能登国を設けた．後，天平 13 年(741) 12 月に越中国と合併したが，天平宝字元年(757) 5 月に再び独立した．大伴家持が越中国守であったのは，その併合時期に当たる．巻 17 の例は郡名．石川県鹿島郡と七尾市に当たる．　12–3169, 16–3878 題詞, 17–4026 題詞

能登香山《のとかのやま》　未詳．前歌(2423)の深津島山付近に求めて，岡山県中部の山とする説もある．11–2424

能登川《のとがわ》　奈良市東方の春日山から流れ出て西流し，佐保川に注ぐ川．　10–1861, 19–4279

能登瀬川《のとせのかわ》　未詳．滋賀県坂田郡近江町の天野川かという．二例が同地か否かも不明．3–314, 12–3018

能登島山《のとのしまやま》　石川県鹿島郡能登島町の島．七尾湾を北・西・南に分ける大きな島．　17–4026

は

延槻川《はいつきがわ》　富山県の立山連峰に発し，滑川・魚津両市境を流れて富山湾に入る，早月川．17–4024 題詞・歌

羽易山《はがいのやま》　未詳．「引手山」(2–212)と別の山か，同山の別称かも不明．三輪山の北に連なる竜王山を，両山のいずれかとする説もある．2–210, 213

羽買山《はがいのやま》　未詳．春日山の一角の山であろう．10–1827

羽咋《はくい》　和名抄の「能登国羽咋郡」の地．能登半島の西の付け根に当たる，石川県羽咋郡と羽咋市にわたる．　18-4069左注．　→能登《のと》

羽咋海《はくいのうみ》　石川県羽咋市の邑知潟と言われる．かつては広大な潟湖であった．　17-4025

箱根《はこね》　神奈川県足柄下郡箱根町の箱根山一帯の地．　7-1175．　→足柄《あしがら・あしがり》

箱根山《はこねのやま》　神奈川県足柄下郡箱根町の山．　14-3364, 3370

波豆麻《はずま》　未詳．住吉の一部の地名か．人名ともいう．　7-1273

旗野《はたの》　奈良県高市郡高取町の地とも，明日香村畑の地とも言われる．　10-2338

波多横山《はたのよこやま》　「波多」は和名抄の伊勢国壱志郡の郷名に「八太」とある地か．三重県久居市の南，一志郡一志町から嬉野町の一帯．「横山」は雲出川や波瀬川流域かと見られている．　1-22題詞

泊瀬《はつせ》　奈良県桜井市初瀬から宇陀郡榛原町にかけての一帯．初瀬川の峡谷の地で東西に長く，「長谷」とも書かれる．西の平野部から狭い谷奥を望んで「隠《こも》りくの泊瀬」と呼んだか．奥にある長谷寺は聖武天皇の勅願寺．大和から伊勢，伊賀に出る道筋．　3-424, 425, 7-1095, 10-2261, 11-2353, 2511, 13-3310, 3311, 3312

泊瀬川《はつせがわ》　初瀬の峡谷を下り，三輪山の南から西北へと流れる初瀬川．　1-79, 6-991題詞・歌, 7-1107, 1108, 1382, 9-1770, 1775, 11-2706, 13-3225, 3226, 3263, 3299イ, 3330．　→泊瀬《はつせ》

泊瀬朝倉宮《はつせのあさくらのみや》　雄略天皇の宮．所在地未詳．三輪山の南麓，奈良県桜井市東部の脇本遺跡とする説がある．　1-1標目, 9-1664題詞

泊瀬山《はつせのやま》　初瀬の地の山．三輪山から東に連なる，峡谷北側の山か．　1-45, 3-282, 420, 428題詞・歌, 7-1270, 1407, 1408, 8-1593, 10-2347, 13-3331

始見埼《はつみのさき》　未詳．　8-1560．　→跡見《とみ》

埴生《はにう》　和名抄の「下総国埴生郡」の地．千葉県印旛郡，および佐倉・成田両市の一部に当たる．　20-4392左注

埴科《はにしな》　和名抄の「信濃国埴科郡」の地．長野県埴科郡と更埴市にわたる．　14-3398, 20-4402左注

埴安《はにやす》　奈良県橿原市の東北部の地．池は香具山の西から北側の麓にあったか．　1-52, 2-199, 201

隼人瀬戸《はやひとのせと》　鹿児島県阿久根市黒之浜と天草諸島の南端長島との間の海峡．　6-960．　→薩摩瀬戸《さつまのせと》

播磨《はりま》　国名．山陽道八国の一．兵庫県南西部．東は摂津，北は但馬に接する．　6-935題詞, 9-1776題詞, 15-3718題詞, 20-4301左注, 4452左注, 4482左注

ひ

日笠浦《ひかさのうら》　兵庫県明石市から加古川市・高砂市・姫路市にかけての海岸のうちであろう．　7-1178

引津《ひきつ》　福岡県糸島郡志摩町船越から岐志にかけての地．韓亭と反対側の，糸島半島の西側で，可也山の西方．遣新羅使一行の泊まった港がある．　7-1279, 10-1930, 15-3674題詞．　→可也山《かやのやま》, 韓亭《からとまり》

引手山《ひきてのやま》　未詳．　2-212, 215．　→羽易山《はがいのやま》

引馬野《ひくまの》　未詳．三河湾北東部沿いの愛知県宝飯郡御津町辺りか．静岡県浜松市の北郊ともいわれる．　1-57

肥後《ひご・ひのみちのしり》　国名．熊本県に当たる．　5-886序

比治奇灘《ひじきのなだ》　「響の灘」の古称というが，「響の灘」は福岡県北九州市北方と兵庫県高砂市南方の二カ所にあり，決めにくい．歌の内容からは，船出から実際には相当の時日を経て着く地と見られるので，後者であろうか．　17-3893

肥前《ひぜん・ひのみちのくち》　国名．西海道十一国の一．壱岐・対馬を除く佐賀・長崎両県．　5-813序, 15-3681題詞, 16-3869左注

飛驒《ひだ》　国名．東山道八国の一．岐阜県北部．東大寺諷誦文稿に飛驒方言に関する記述がある．　7-1173, 11-2648

比多潟《ひたかた》　未詳．　14-3563

常陸《ひたち》　国名．東海道十五国の一．茨城県の，西南部を除くほぼ全域．　4-521題詞, 9-1753, 14-3351左注, 3397歌・左注, 20-4366, 4372左注

斐太細江《ひだのほそえ》　未詳．「ひだ」は国名にもあるが，各地にも散在する地名．　12-3092

人国山《ひとくにやま》　未詳．「秋津」の近くと見られる．吉野，または田辺周辺．ただ二例が同地か否かはわからない．　7-1305, 1345．　→秋津

をなしていたのであろう．　14-3349

真弓《まゆみ》　奈良県高市郡明日香村西端の真弓の地．南の佐田の岡と厳密には区別されていない．　2-167, 174, 182.　→佐田岡辺《さだのおかへ》

麻里布浦《まりふのうら》　未詳．山口県岩国市付近の海であろう．　15-3630 題詞・歌, 3632, 3635.　→玖河郡《くがのこおり》

真若浦《まわかのうら》　「ま」は接頭辞として，和歌山市の和歌の浦と同地という．　12-3168

み

御宇良崎《みうらさき》　和名抄の「相模国御浦郡御浦」の地の岬か．神奈川県の三浦半島周辺であろう．　14-3508

三重河原《みえのかわら》　三重県四日市市の内部(うつべ)川の河原．　9-1735

三重郡《みえのこおり》　三重県北部の三重郡南部から四日市市にかけての地．　6-1030 左注

三尾《みお》　滋賀県高島郡安曇川町から高島町にかけての地．南を三尾崎(明神崎)で限る．　7-1171, 9-1733

美袁利里《みおりのさと》　未詳．　20-4341

三垣山《みかきのやま》　未詳．神奈備山に垣のように向かい立つ山の意か．甘橿丘かともいう．　9-1761

御笠郡《みかさのこおり》　ほぼ現在の福岡県大野城市・太宰府市・筑紫野市の地．　10-2197 注

三笠野辺《みかさののへ》　三笠山の山麓の野．　6-1047.　→三笠山《みかさのやま》

三笠社《みかさのもり》　和名抄の「筑前国御笠郡御笠」の地の社．福岡県大野城市山田にある．日本書紀・神功皇后摂政前紀に地名起源説話が見える．　4-561

三笠山《みかさのやま》　奈良市の東方，春日大社の背後の山．蓋(かさ)に似た円錐形の山容から名づけられた．「天の原ふりさけ見れば春日なる三笠の山に出でし月かも」(古今集・羇旅)は，奈良朝の遣唐留学生，阿倍仲麻呂が唐土で詠んだ歌として知られる．　2-232, 234, 3-372, 373, 6-980, 987, 7-1102, 1295, 8-1553, 1554, 10-1861, 1887, 2212, 11-2675, 12-3066, 3209

三方海《みかたのうみ》　福井県三方郡の三方湖．いわゆる三方五湖の総称か．　7-1177

御金岳《みかねのたけ》　奈良県吉野郡吉野町の山．青根が峰という山であろう．奥千本と呼ばれる辺り，金峰山神社の東方．　13-3293

三香原《みかのはら》　京都府相楽郡加茂町の木津川(泉川《いずみがわ》)周辺の一帯．元正・聖武天皇の離宮があり，後に久迩京(くにのみやこ)が置かれた．　4-546 題詞・歌, 6-1051, 1059 題詞・歌, 1060, 17-3907 題詞.　→泉川《いずみがわ》，久迩京

三毳山《みかものやま》　延喜式に「下野国駅馬三鴨」と見える地の山．栃木県佐野市と下都賀郡岩舟町との間に当たる．西から碓氷峠を越えて，群馬，足利の駅を経て到る．　14-3424

三河《みかわ》　国名．参河とも．愛知県東部．　1-57 題詞, 3-276 歌・左注

水久君野《みくくの》　未詳．　14-3525

三国山《みくにやま》　福井県坂井郡三国町の山かというが，判然としない．三か国の境にある山の意であろう．　7-1367

三熊野《みくまの》　紀伊国牟婁郡の地．主に和歌山県の東・西牟婁郡を指す．　4-496.　→熊野岬《くまののみさき》

水分山《みくまりやま》　奈良県吉野郡吉野町吉野山の水分神社のある山．「水分」は，元来，分水嶺の意．　7-1130

三越路《みこしじ》　「み」は接頭辞．　9-1786, 15-3730.　→越路

水越崎《みごしのさき》　未詳．地名と考えれば，神奈川県鎌倉市の山崖．稲村ケ崎などか．　14-3365

三島江《みしまえ》　摂津国三島郡にあった入江．大阪府高槻市南部の三島江から摂津市鳥飼，大阪市東淀川区相川に至る地に当たる．淀川とその西北を流れる安威川とに挟まれた地．　7-1348, 11-2766

三島野《みしまの》　富山県射水郡大門町南部の平野．庄川流域の地．　17-4011, 4012, 18-4079

水城《みずき》　天智 3 年(664)に福岡県太宰府市水城の地に築かれた堤防．大宰府防衛の拠点であった．「筑紫に大堤を築き，水を貯へ，名づけて水城といふ」(日本書紀・天智天皇 3 年是歳)．長さ 1 キロメートル余りが現存している．　6-966 左注, 968

水島《みずしま》　熊本県八代市の西南，南川の河口にある小島．肥後国風土記逸文に「名づけて水島といふ．島に寒水(しみづ)を出す」とあり，日本書紀・景行天皇 18 年 4 月にも湧き水伝説が見える．　3-245 題詞・歌, 246.　→葦北《あしきた》，野坂浦《のさかのうら》

水江浦《みずのえのうら》　未詳．いわゆる浦島伝説ゆかりの地だが，確定しがたい．　9-1740 題詞・歌

瑞穂国《みずほのくに》　2-199.　→葦原瑞穂国《あしわらのみずほのくに》

陸奥《みちのく》　国名．東山道八国の一．「みちのお

く」の意で，福島，宮城，岩手，青森の各県の地．国府は宮城郡(仙台市の一帯)にあった．3-396, 7-1329, 14-3427, 3428 左注, 3437 歌・左注, 16-3807 左注, 18-4094 題詞・歌, 4097

御津《みつ》　7-1185, 11-2725, 15-3721.　→大伴御津《おおとものみつ》

美都我野《みつがの》　未詳．　14-3438 イ

三川《みつかわ》　愛知県岡崎市から知多湾に注ぐ矢作川とも，滋賀県大津市下阪本の四ツ谷川ともいう．川筋の細かく分かれた川の意か．　9-1717

水調郡《みつきのこおり》　和名抄の「備後国御調郡」の地．広島県東南部の御調郡．　15-3612 題詞．　→長井浦《ながいのうら》

三津崎《みつのさき》　難波の御津辺りの岬か．　3-249, 8-1453.　→大伴御津《おおとものみつ》

御津浜辺《みつのはまべ》　御津の浜辺．「浜び」(5-894)とも．　4-509, 626 イ, 5-894, 7-1151, 15-3627.　→大伴御津《おおとものみつ》

水無瀬川《みなのせがわ》　神奈川県鎌倉市の稲瀬川．　14-3366.　→鎌倉《かまくら》

南淵《みなぶち》　飛鳥川上流の奈良県高市郡明日香村稲淵の地．608 年，南淵請安は遣隋使小野妹子とともに留学生として唐土に渡り，640 年帰国，中大兄皇子や中臣鎌足らに儒学を講じた(日本書紀・推古天皇 16 年，舒明天皇 12 年)．その墓と伝える墳墓が同地にある．　7-1330

南淵山《みなぶちやま》　南淵の地の山．　9-1709, 10-2206.　→南淵《みなぶち》

三名部浦《みなべのうら》　和歌山県日高郡南部(みなべ)町の海浜．　9-1669

美濃《みぬ・みの》　国名．東山道八国の一．岐阜県南部．萬葉集では「濃」は「ぬ」．一方，「三野之国」(13-3242)ともあり，古事記などにも「三野」とあって両形共存であったか．　6-1034 題詞, 13-3242.　→信濃《しなの・しなぬ》

敏馬《みぬめ》　神戸市灘区岩屋付近．神戸港の東．3-250, 389, 449, 450 左注, 6-946 題詞・歌, 1065 題詞・歌, 1066, 15-3606 左注, 3627.　→処女《おとめ》

美祢良久崎《みねらくのさき》　五島列島(長崎県南松浦郡)の南端の福江島の岬．同島西北部の三井楽(みいらく)町内か．肥前国風土記(松浦郡)にも見える．遣唐使出航の地として知られる．　16-3869 左注

三船山《みふねのやま》　吉野の宮滝から望む山．象川を挟んで象山と向かい合う．　3-242～244, 6-907, 914, 9-1713, 10-1831.　→象中山《きさのなかやま》・象山《きさやま》

美保《みほ》　未詳．　3-434.　→三穂石室《みほのいわや》

三穂石室《みほのいわや》　和歌山県日高郡の最西端，日ノ御崎近くの岩窟であろう．一帯は岩場の多い地形．前項「美保」と同地か．　3-307 題詞・歌, 308, 309

三保浦《みほのうら》　静岡県静岡市の三保岬で囲まれた入海．　3-296.　→廬原《いおはら》，清見崎《きよみのさき》

三穂浦廻《みほのうらみ》　和歌山県日高郡美浜町三尾の海浜．　7-1228

耳我嶺《みみがのみね》　未詳．吉野の山のいずれか．金峰山ともいわれる．　1-25, 26.　→吉野《よしの》

耳無池《みみなしのいけ》　奈良県橿原市の北東部にある耳成山(大和三山の一)の麓にあったという池．16-3788

耳梨山《みみなしやま》　奈良県橿原市北部の耳成山．平野部に孤立した円錐形の山．大和三山の一で，藤原京の真北に当たる．　1-13, 14, 52

三室戸山《みむろとやま》　未詳．京都府宇治市の三室戸寺のある山か．　2-94 イ

三室山《みむろのやま》　奈良県桜井市の三輪山，飛鳥の雷丘や甘橿丘，生駒郡三郷町立野の山など，神を祭る山，神聖な山の意で用いられる．　7-1094, 11-2472

三諸戸山《みもろとやま》　三室戸山に同じか．「三室山」と同じと見る説もある．歌によって指す山が異なるか．　7-1240

将見円山《みもろのやま》　未詳．三室山に同じか．　2-94, 11-2512

三宅之潟《みやけのかた》　千葉県銚子市三宅町の海辺．9-1780.　→鹿島郡《かしまのこおり》

三宅原《みやけのはら》　奈良県磯城郡三宅町の野．北流して大和川に合流する寺川，飛鳥川，曾我川に挟まれた地．大和郡山市と田原本町の間．三宅道(13-3296)はそこを通る道．　13-3295

美夜自呂《みやじろ》　未詳．　14-3575

宮瀬川《みやのせがわ》　未詳．　14-3505

三吉野《みよしの》　1-25, 26, 2-113, 3-244, 313, 315, 353, 6-907, 908, 910, 911, 912, 913, 921, 922, 924, 926, 7-1103, 1120, 1130, 1131, 10-2161, 11-2837, 12-3065, 13-3232, 3233, 3291, 3293, 18-4098.　→吉野《よしの》

三輪《みわ》　大和盆地の東南，奈良県桜井市三輪の一帯．大神(おおみわ)神社が鎮座する．　2-156, 4-712, 7-1118, 1119, 1403, 8-1517.　→三輪山《みわやま》

三輪川《みわかわ》　初瀬川のこと．三輪山付近での呼称．　9–1770題詞，10–2222．　→泊瀬川《はつせがわ》

三輪崎《みわのさき》　和歌山県新宮市三輪崎の地であろう．　7–1226

三輪崎狭野《みわのさきさの》　和歌山県新宮市とその南の東牟婁郡那智勝浦町との間，新宮市三輪崎町，佐野町の辺りといわれる．　3–265

三輪山《みわやま》　奈良県桜井市三輪の山．山全体が大神(おおみわ)神社の神体とされる．祭神の大物主神は祟り神として畏怖され，古事記(崇神)には末裔意富多々泥古(おおたたねこ)によって祭られ鎮まったことや，活玉依毘売(いくたまよりびめ)のもとへ通う神婚説話(蛇婿入り説話の苧環(おだまき)型，あるいは三輪山型といわれるもの)が見える．また日本書紀・崇神天皇8年12月には，三輪の神酒を誉め讃えた酒宴の歌謡がある．　1–17, 18歌・左注, 2–157, 7–1095, 9–1684, 12–3014

む

武庫《むこ》　和名抄の「摂津国武庫郡」の地．兵庫県尼崎市から西宮市にかけての海岸部の一帯．六甲山(むこやま)を望む地．　3–256左注, 358, 17–3895

武庫川《むこがわ》　摂津国武庫郡の川．兵庫県三田市から宝塚市を流れ，尼崎市と西宮市の境となって海に入る．　7–1141

武庫浦《むこのうら》・武庫海《むこのうみ》　武庫は摂津国の郡名．兵庫県西宮市から尼崎市にかけての地の海．両市の境を流れる武庫川河口に武庫泊(むこのとまり)があった．　15–3578, 3595, 3609

武庫泊《むこのとまり》　武庫川河口にあった船着場．　3–283

武射《むさ》　和名抄の「上総国武射郡」の地．千葉県の東部，九十九里浜に面する山武郡の北部に当たる．　20–4355左注．　→山辺《やまのへ》

武蔵《むざし》　国名．東海道十五国の一．埼玉県，東京都，神奈川県東部にまたがる．　9–1744題詞, 14–3381左注, 20–4424左注

武蔵嶺《むざしね》　未詳．武蔵国の山．秩父山地の高山か．　14–3362左注

武蔵野《むざしの》　武蔵国の野．多摩川と荒川に囲まれたいわゆる武蔵野台地．　14–3374, 3375, 3376歌・左注, 3377, 3379

六田川《むつたのかわ》　奈良県吉野郡の六田の地での吉野川の別称．南岸に吉野町六田，北岸に大淀町北六田．　7–1105, 9–1723

宗像《むなかた》・宗像郡《むなかたのこおり》　和名抄の「筑前国宗像郡」の地．福岡県の北部，福岡市の北にあり玄界灘に臨む宗像郡．天照大神と須佐之男命との誓約で生まれた三女神を祭る宗像神社が鎮座する(田島の辺つ宮，大島の中つ宮，沖ノ島の沖つ宮)．　6–963題詞, 16–3869左注

牟良自磯《むらじがいそ》　未詳．　20–4338

室生《むろう》　奈良県宇陀郡室生村の地か，あるいは和名抄に「大和国城下郡室原」と見える，磯城郡田原本町唐古辺りか．　11–2834

室上山《むろかみやま》　未詳．　2–135イ．　→屋上山《やかみのやま》

室浦《むろのうら》　兵庫県揖保郡御津町室津の海．沖に辛荷島が浮かぶ．　12–3164．　→辛荷島《からにのしま》，鳴島《なきしま》

室江《むろのえ》　和歌山県西牟婁郡，田辺市付近の入江．田辺湾を指すか．　13–3302

め

婦負《めい》　和名抄の「越中国婦負郡」の地．富山県婦負(ねい)郡と富山市の一部．和名抄にも，すでに「祢比(ねひ)」と訓んでいる．　17–4022題詞

婦負川《めいがわ》　婦負郡を流れる川．富山市で海に入る神通川であろう．　17–4023．　→婦負

婦負野《めいのの》　婦負郡の野．神通川の中下流域を指すのであろう．　17–4016

も

裳羽服津《もはきつ》　未詳．筑波山周辺の津か．　9–1759．　→筑波山《つくはやま》・筑波嶺《つくはのみね・つくはね》

守部里《もりへのさと》　未詳．　10–2251

守山《もるやま》　未詳．　11–2360

唐《もろこし》　中国の唐王朝．大唐とも．　5–894, 896左注, 8–1594左注, 19–4247題詞

や

屋上山《やかみのやま》　未詳．島根県江津市浅利の高仙山，または同市八神の地の山かといわれる．江の川右岸の山であろう．「室上山」は別名か．　2–135　→渡山《わたりのやま》

焼津《やきつ》　静岡県焼津市．静岡市(阿倍)の西南．倭建命の伝説(古事記・中, 日本書紀・景行天皇40年10月)で知られる．　3–284

野洲川《やすのかわ》　滋賀県甲賀郡に発し，野洲郡野洲町を流れて琵琶湖に注ぐ野洲川．　12–3157

安野《やすのの》　福岡県朝倉郡夜須町辺りの野．蘆城の駅家の東南．　4–555．　→蘆城《あしき》

八田野《やたのの》　未詳．奈良県大和郡山市西部の矢田町の地と言われる．　10–2331

八釣川《やつりがわ》　奈良県高市郡明日香村八釣の地を流れる川.　12-2860.　→矢釣山

矢釣山《やつりやま》　奈良県高市郡明日香村八釣の東北，八釣川の上流で，桜井市高塚付近の山.　3-262

梁田《やなだ》　和名抄の「下野国梁田郡」の地. ほぼ栃木県足利市に当たるが，西端部は隣接する群馬県桐生市に入る.　20-4380 左注

矢野《やの》　未詳. 和名抄の郡名には伊予・備後などに，また「八野」も出雲・播磨などに見える.　10-2178

八橋《やばせ》　滋賀県草津市矢橋の地. 「山田矢橋の渡し船」と称された，大津への渡船場であった. 「矢橋帰帆」は近江八景の一として知られる.　7-1350

荊波里《やぶなみのさと》　越中国礪波郡の地. 主帳の家があったからには，郡家のあったところであろう. 富山県砺波市池原か. 荊波神社と称する神社も各所にあり，定めがたい.　18-4138

屋部坂《やべのさか》　未詳. 香具山の東部説，磯城郡説，生駒郡説などがある.　3-269 題詞

山科《やましな》　京都市山科区. 現在より南の方まで含まれていたか. この地を通り，東へ逢坂山を越えれば大津へ出る.　2-155, 9-1730, 1731, 11-2425, 13-3236

山科御陵《やましなのみはか》　京都市山科区御陵上御廟野町の天智天皇陵.　2-155 題詞.　→鏡山[1]《かがみのやま》

山背《やましろ》　国名. 畿内五国の一. 京都府南部の地. 奈良時代までは「山背」「山代」が一般的な表記. 延暦 13 年(794)平安京遷都に際して，「山城」と改められた.　3-277, 481, 6-1050, 7-1135 題詞, 1286, 9-1707, 11-2362, 2471, 12-2856, 13-3236, 3314, 17-3907, 20-4455 題詞

山田道《やまだみち》　奈良県高市郡明日香村飛鳥から桜井市山田を経て同市阿部へ抜ける道. 東は伊勢へ通じ，北は上ツ道につながる要路. 山田は蘇我倉山田石川麻呂の根拠地で山田寺が建立された地.　13-3276

大和[1]《やまと》　和名抄の大和国城下郡の郷名に「大和於保夜末止(おほやまと)」とあるように，今の奈良県天理市大和の地名から起こり，政権の発展に伴って指す地域も，大和盆地全体，大和国，日本国と拡大していったと考えられる. 続日本紀によれば，天平 9 年(737) 12 月に「大倭国」を「大養徳国」に改めたが，同 19 年 3 月には再び「大倭国」に戻り，天平宝字元年(757)に「大和」が固定するまでは，「倭」「大倭」が普通であった.　1-1, 2, 29, 29ィ, 35, 44, 52, 63, 64, 70, 71, 73, 2-91, 105, 3-255, 280, 303, 319, 359, 366, 367, 389, 475, 4-484 題詞, 551, 570, 5-894, 6-944, 954, 956, 1047, 7-1175, 1219, 1221, 1376, 9-1677, 1787, 10-1956, 2128, 11-2834, 12-3128, 13-3236, 3248, 3249, 3250, 3254, 3295, 3326, 3333, 14-3363, 3457, 15-3608 左注, 3648, 3688, 19-4245, 4254, 4264, 20-4465, 4466, 4487

大和[2]《やまと》　国名. 畿内五国の一. ほぼ奈良県に当たる.　19-4277 左注

大和道《やまとじ》　大和への道.　6-966, 967

倭京《やまとのみやこ》　明日香の清御原宮のこと.　2-112 題詞注

山名《やまな》　和名抄の「遠江国山名郡」の地. 静岡県磐田市から袋井市にかけての一帯.　20-4323 左注

山辺《やまのへ》　和名抄の「上総国山辺郡」の地. 九十九里浜側の地で，千葉県山武郡の南部，および東金市の一部.　20-4356 左注.　→武射《むざ》

山辺五十師原《やまのへのいしのはら》　未詳. 「山辺御井」も同地か. 大和から伊勢への途次にあったと推定される. 三重県鈴鹿市，久居市などの地か.　13-3234, 3235.　→山辺御井《やまのへのみい》

山辺御井《やまのへのみい》　未詳. 「山辺の五十師の原」(13-3234)，「山辺の五十師の御井」(13-3235)ともある. 大和から伊勢への途次にあった. 三重県鈴鹿市，久居市などの説がある.　1-81 題詞・歌

山吹瀬《やまぶきのせ》　京都府宇治市中心部付近の瀬というが，未詳.　9-1700

山村《やまむら》　和名抄の「大和国添上郡山村郷」の地. 平城京の南東で，現在の JR 桜井線帯解駅の東方，円照寺の近辺.　20-4293 題詞

也良《やら》　福岡市西区，博多湾内の能古島の北端の岬.　16-3866, 3867

ゆ

結石山《ゆいしやま》　対馬の上島の北端近くの山.　5-810 題詞・注

結城《ゆうき》　和名抄の「下総国結城郡」の地. 茨城県結城郡，および結城市の一部.　20-4386 左注, 4391 左注, 4393 左注

木綿山《ゆうのやま》　大分県別府市の西，大分郡湯布院町との境にある由布岳.　7-1244, 10-2341

木綿間山《ゆうまやま》　未詳. 巻 14 の例は東国の地であろう. 巻 12 の例と同地かも不明.　12-3191, 14-3475

結八川《ゆうやがわ》　未詳.　7–1114, 1115

壱岐《ゆき》　和名抄に「西海国壱岐島 由岐(ゆき)」と見える, 長崎県壱岐島. 古事記の国生み神話(神代上)には「伊伎島」とある.　5–831 注, 840 注, 15–3688 題詞, 3694, 3696

行箕《ゆきみ》　未詳.　11–2541

弓削河原《ゆげのかわら》　和名抄の河内国に「若江郡弓削」と見える地. 大阪府八尾市東弓削付近に当たる. 現在とは違って, 当時はここも大和川の川筋の一つであった.　7–1385

弓月が岳《ゆつきがたけ》　巻向の東方の山. 巻向山と同じという. 三輪山から北東に連なる峰のいずれかを指すのであろう.　7–1087, 1088, 10–1816.　→巻向山《まきむくのやま》

湯原《ゆのはら》　福岡県筑紫野市の二日市温泉の地. 6–961.　→次田温泉《すきたのゆ》

湯羅崎《ゆらのさき》　和歌山県日高郡由良町の由良港付近の岬.　7–1220, 9–1670, 1671.　→白神磯《しらかみのいそ》, 白崎《しらさき》

よ

横野《よこの》　大阪市生野区巽, 田島, 舎利寺, および東住吉区今林の一帯. 式内社横野神社がかつては生野区巽西にあった. 今は同区巽南の巽神社に合祀されている.　10–1825

依網《よさみ》　大阪市住吉区の苅田, 庭井の一帯か. 式内社大依羅(おおよさみ)神社が庭井にある. あるいは和名抄の三河国碧海郡に「依網」とある地か. 愛知県刈谷市と安城市にわたる地域に当たる.　7–1287

宜寸川《よしきがわ》　奈良市の春日野を流れ, 佐保川に注ぐ吉城川.　12–3011

吉野《よしの》　奈良県吉野郡. 萬葉集では吉野川流域の, 吉野町宮滝を中心とした地を指していう. 斉明・天武・持統の各天皇の離宮もこの地域にあった.　1–27, 36, 113 題詞,　3–242 題詞, 375 題詞・歌, 385 左注, 429 題詞, 6–960, 7–1130 題詞, 9–1736 題詞, 13–3230

吉野川《よしのがわ》　奈良・三重県境の大台ケ原山を源流とし, 吉野の渓谷を流れて, 奈良県五條市で丹生川を合わせ, 和歌山県では紀ノ川となる.　1–37, 38, 2–119, 3–430, 6–915, 916, 920, 7–1104, 1105, 1134, 9–1720～1722, 1724, 1725, 10–1868, 18–4100

吉野岳《よしのたけ》　吉野の高峰. 御金岳(みかねのたけ)に同じであろう.　13–3294.　→御金岳, 耳我嶺《みがのみね》

吉野宮《よしのみや》　奈良県吉野郡吉野町宮滝の地辺りに置かれた離宮.　1–7 左注, 27 題詞・左注, 36 題詞, 39 左注, 70 題詞, 74 題詞・歌, 2–111 題詞, 315 題詞・歌, 6–907 題詞, 916 左注, 920 題詞, 923, 960 題詞, 1005 題詞・歌, 1006, 9–1713 題詞, 18–4098 題詞・歌, 4099, 19–4224 左注

吉野山《よしのやま》　吉野の山地を指す. 宮の周囲の山が多く詠まれたと見られる.　1–52, 74, 3–429, 16–3839

吉隠《よなばり》　奈良県桜井市吉隠. 初瀬峡谷の奥. 2–203, 8–1561, 10–2190, 2207, 2339.　→泊瀬《はつせ》

欲良《よら》　未詳. 長野県小諸市与良町かともいう. 14–3489

因可池《よるかのいけ》　未詳.　12–3020

余綾浜《よろぎのはま》　和名抄の「相模国余綾郡余綾」の地の浜. 神奈川県中郡大磯町, 二宮町一帯. 14–3372

わ

和乎可鶏山《わおかけやま》　未詳. 「かけやま」と同じと言われるが, その地も未詳.　14–3432

若狭《わかさ》　国名. 福井県の西南部, 若狭湾に面した地域.　7–1177

若狭道《わかさじ》　若狭の国への道の意. 琵琶湖の北西, 滋賀県高島郡今津町から北西へ国境を越え, 若狭国府のあった小浜に下りる道が一般に若狭街道と呼ばれる.　4–737.　→後瀬山《のちせのやま》

若浦《わかのうら》　和歌山市の和歌浦一帯. 玉津島神社付近から東方, 名草山一帯にかけて望まれる. 6–919, 7–1219, 12–3175

分間浦《わくまのうら》　大分県中津市の東方の海という. 周防灘を挟んで対岸は佐婆海(宇部市から防府市にかけての海).　15–3644 題詞.　→佐婆海中《さばのわたなか》, 下毛郡《しもつみけのこおり》

和射見《わざみ》**・和射見原**《わざみがはら》**・和射美野**《わざみの》　岐阜県不破郡関ケ原町関ケ原の地. 日本書紀・天武天皇元年 6 月には「和蹔」と書かれる. 壬申の乱の折に, 大海人皇子(天武天皇)方の軍事的拠点となった所.　2–199, 10–2348, 11–2722. →不破山《ふわやま》

度会《わたらい》　和名抄の「伊勢国度会郡」の地. 三重県伊勢市および度会郡に当たる. 志摩半島の, 先端部(志摩国)を除く大部分.　2–199, 12–3127

渡山《わたりのやま》　未詳. 島根県江津市渡津町の山か.

江川の河口近くの地. 2-135. →屋上山《やかみのやま》

和束山《わづかやま》 京都府相楽郡和束町の山. 麓を和束川が南東に流れ, 久迩京の東で木津川(泉川)に注ぐ. 3-475, 476. →泉川《いずみがわ》, 久迩京《くにのみやこ》

枕 詞 索 引

1) この索引は，萬葉集巻1から巻20までに現れた枕詞をすべて掲げたものである.

2) 枕詞の認定には揺れがあるので，この一覧もひとつの解釈にすぎない.

3) 配列は，歴史的仮名遣いの五十音順による.

4) 各項の記事は次の順序に従って記述した.

見出し(意字表記)・説明・ →受ける語・巻数-歌番号(イは一本・或本・異伝)

但し，意字表記が不明なものはそれを省略した.

5) 各語の中で説明が複数になるものには，便宜的に番号を付けた.

（工藤力男）

あ

あがこころ(我が心)　(1)自分の心は清く澄んでいるの意で →清隅(きよすみ 地名). 13-3289　(2)心を「尽くし」の同音で →筑紫(つくし 地名). 13-3333　(3)自分の心が「明し」の同音で →明石(あかし 地名). 15-3627

あかねさし(茜さし)　茜色を帯びる意で →照る. 4-565

あかねさす(茜さす)　前項「あかねさし」の連体形. (1)茜色を帯びる意で →日. 2-169, 199, 6-916, 12-2901　(2)「日」の類義で →昼. 13-3270, 3297, 15-3732, 19-4166, 20-4455　(3)照り映えて輝くような, の賛美の意で →君. 16-3857　(4)高貴な色を賛美して →紫. 1-20

あかぼしの(明星の)　明けの明星が輝く意で →明くるあした(朝). 5-904

あからひく(赤らひく)　赤く輝く意で →日・朝. 4-619, 11-2389

あきかしは(秋柏)　係り方未詳. →潤和(うるわ)川. 11-2478

あきくさの(秋草の)　草を結んで幸せを祈ることから. この場合,「秋」には特に意味がない. →結ぶ. 8-1612

あきづしま(秋津島)　大和(やまと)の古称からほめことばに転じたもの. →大和. 1-2, 13-3250, 3333, 19-4254, 20-4465

あきやまの(秋山の)　秋の山が赤く照り映える意で →したふ. 2-217

あさかしは(朝柏)　係り方未詳. →潤八(うるや)川. 11-2754

あさがすみ(朝霞)　(1)春季の風物として →春日(はるひ). 10-1876　(2)係り方未詳. →鹿火屋・香火屋. 10-2265, 16-3818

あさがほの(朝顔の)　係り方未詳. →としさへこごと. 14-3502

あさかみの(朝髪の)　まだ梳いてない朝髪の譬喩で →乱る. 4-724

あさぎりの(朝霧の)　(1)朝霧に包まれた状態の譬喩で →おほ(凡). 3-481, 4-599　(2)朝霧が幾重にもかさなっていると見て →八重. 10-1941, 1945　(3)霧が漂うさまから →迷(まと)ふ・乱る. 13-3344, 17-4008　(4)未詳. →通ふ. 2-196ィ

あさしもの(朝霜の)　消えやすいので →消ゆ. 2-199ィ, 11-2458, 12-3045

あさぢはら(浅茅原)　チハラの類音で →つばら. 3-333

あさづきの(朝月の)　暦月下旬の月は夜遅く出るので, 夜が明けても西空に残り, 東の空に出た日と向かい合う形になることから →日向(ひむか 地名). 11-2500

あさづくひ(朝月日)　朝の月と日の意か. →向かひの山. 7-1294

あさつゆの(朝露の)　消えやすいので →消(け)やすし・消(け)ぬ. 5-885, 9-1804, 13-3266

あさとりの(朝鳥の)　朝の鳥の習性から　(1)→音(ね)泣く. 3-481, 483　(2)→通ふ. 2-196　(3)→朝立つ. 9-1785

あさもよし　アサモは麻裳か. 産地の紀伊(キ乙類)と, その同音とで →紀伊(地名)・城上(きのへ 地名). 1-55, 2-199, 4-543, 7-1209, 9-1680, 13-3324

あしかきの(葦垣の)　(1)葦で作った垣は古びて見えるゆえか. →古りにし里. 6-928　(2)葦で編んだ垣は乱れやすいゆえか. →思ひ乱る. 9-1804, 13-3272　(3)葦垣の外の意で →外(ほか). 17-3975

あしがちる(葦が散る)　難波江の風物の代表である葦によって →難波(なには 地名). 20-4331, 4362, 4398

あしのうれの(葦の末の)　アシカビノと訓む説もある. 葦の芽の弱々しい状態と同音によるか. →足ひく. 2-128

あしのねの(葦の根の)　根が絡むさまの譬喩と同音とで →ねもころ. 7-1324

あしひきの　語義未詳. (1)→山・峰(を)・八つ峰(を). 2-107, 108, 3-267, 460, 466, 477, 4-580, 669, 670, 721, 6-920, 927, 7-1088, 1242, 1262, 1340, 1415, 1416, 8-1425, 1469, 1495, 1587, 1603, 1611, 1629, 1632, 9-1761, 1762, 1806, 10-1824, 1842, 1864, 1940, 2148, 2156, 2200, 2219, 2296, 2313, 2315, 2324, 2350, 11-2477, 2617, 2649, 2694, 2704, 2760, 2767, 2802, 2802ィ, 12-3002, 3008, 3017, 3051, 3053, 3189, 3210, 13-3276, 3291ィ, 3335, 3338, 3339, 14-3462, 3573, 15-3655, 3680, 3687, 3700, 3723, 16-3789, 3790, 3885, 3886, 17-3911, 3915, 3957, 3962, 3969, 3970, 3973, 3978, 3981, 3983, 3993, 18-4076, 4111, 4122, 4136, 19-4149, 4151, 4154, 4156, 4160, 4164, 4166, 4169, 4180, 4203, 4210, 4214, 4225, 4266, 4278, 20-4293, 4294, 4471, 4481, 4484　(2)→嵐. 11-2679　(3)山のあちこちの面の

意で係るか．→をてもこのも．17-4011

あぢかをし　語義未詳だが，チカの類音で →値嘉(地名)．5-894

あぢさはふ　未詳．万葉集の 5 例すべて「味沢相」の表記．(1)→目．2-196, 6-942, 11-2555, 12-2934　(2)→夜．9-1804

あぢむらの(あぢ群の)　あじ鴨の群れが騒ぐので →騒く．20-4360

あづさゆみ(梓弓)　木質の強靭な梓の木で作った弓．(1)弓に弦を「張る」の同音で →春．10-1829　(2)射るために弓を引くので →引く．7-1279, 10-1930　(3)弓の手元の「本」に対して先を「末」というので →末．9-1738, 11-2638, 12-2985, 2985ィ, 3149, 14-3490　(4)弓の弦が音を出すので →音．2-207, 217　(5)弓を引くと上下の先が「寄る」の同音で →欲良(よら 地名)．14-3489

あはしまの(粟島の)　同音で →逢はじ．15-3633

あまくもの(天雲の)　天空の雲の属性からさまざまの語に係る．(1)遠い存在として →よそ(外)．4-546, 547, 13-3259　(2)拠り所なく動くので →別る．9-1804　(3)漂うので →たゆたふ．11-2816, 12-3031, 15-3716　(4)動きがゆったりなので →ゆくらゆくらに．13-3272　(5)奥が知れないので →奥かも知らず．12-3030　(6)つかみどころがないので →たどきも知らず．17-3898　(7)流れて行くので →行く．13-3344, 19-4242

あまごもる(雨隠る)　笠は雨の日にかぶるので →笠．6-980

あまさがる(天下がる)　遠方では空が地平線や水平線まで下がっていると考えたか．→ひな(鄙)．4-509

あまざかる(天離る)　空のかなた遠く離れている意で →ひな(鄙)．1-29, 2-227, 3-255, 5-880, 6-1019, 9-1785, 13-3291ィ, 15-3608, 3698, 17-3948, 3949, 3957, 3962, 3973, 3978, 4000, 4008, 4011, 4019, 18-4082, 4113, 19-4169, 4189

あまづたふ(天伝ふ)　大空を伝うように進む意で →日．2-135, 7-1178, 13-3258, 17-3895

あまつみづ(天つ水)　天の恵みの雨を待ち望むので →仰ぎて待つ．2-167

あまてるや(天照るや)　天にあって照る意で →日．16-3886

あまとぶや(天飛ぶや)　(1)天を飛ぶので →鳥・雁．5-876, 15-3676　(2)天を飛ぶ雁(かり)の類音で →軽(かる 地名)．2-207, 4-543, 11-2656　(3)天女が身につけるので言うか．→ひれ(領巾)．8-1520

あまをぶね(海人小舟)　漁人の舟が「泊つ」の同音で →泊瀬(はつせ 地名)．10-2347

あめしるや(天知るや)　日光を蔽う意で →日の御陰．1-52

あめつちの(天地の)　天地は悠久なので →遠長く．2-196

あめなる(天なる)　天にある「日」の同音で →姫．7-1277

あもりつく(天降りつく)　天から降って来た山という伊予国風土記逸文の伝承によって →香具山．3-257, 260

あらかきの(荒垣の)　垣根の外から見るので →よそに見る．11-2562

あらたへの(荒栲の)　(1)蔓から荒い繊維タヘを採るので →藤．1-50, 52, 2-159, 3-252, 6-938　(2)荒い繊維タヘを採るフヂの同音で →藤江(地名)．15-3607ィ

あらたまの　(1)粗玉をトグ(研)意で同音のト甲類音に係るのが原義か．→年・月．3-443, 460, 4-587, 590, 638, 8-1620, 10-2089, 2092, 2140, 2205, 11-2385, 2410, 2534, 12-2891, 2935, 2956, 3207, 13-3258, 3324, 3329, 15-3683, 3691, 3775, 17-3978, 3979, 18-4113, 4116, 19-4156, 4244, 4248, 20-4331, 4408, 4490　(2)係り方未詳．→きふ・寸戸(きへ)．5-881, 11-2530

あらひきぬ(洗ひ衣)　洗った衣を取り替えるので →取替川(とりかひがは 地名)．12-3019

あられうつ(霰打つ)　同音で →安良礼(あられ 地名)．1-65

あられふり(霰降り)　(1)霰の降る音がキシムの意か．→吉志美(きしみ 地名)．3-385　(2)霰が物に打ち当たる音トホトホの同音で →遠．7-1293, 11-2729　(3)霰が物に打ち当たる音がかしましいので，その同音で →鹿島(かしま 地名)．7-1174, 20-4370

ありきぬの(あり衣の)　(1)「あり衣」は，透き通った高級織物か．→宝．16-3791　(2)同音で →あり．15-3741　(3)きぬずれの音によるか．→さゐさゐ．14-3481

ありそなみ(荒磯波)　同音で →あり．13-3253

ありねよし　「在り峰よし」の意か．→対馬(つしま 地名)．1-62

あをくもの(青雲の)　雲が出る意で →出づ．

14-3519

あをによし(青丹よし)　(1)青緑色の土があるので →奈良. 1-17, 29, 29ィ, 79, 80, 3-328, 5-806, 808, 6-992, 1046, 7-1215, 8-1638, 10-1906, 13-3236, 3237, 15-3602, 3612, 3728, 17-3919, 3957, 3973, 3978, 4008, 18-4107, 19-4223, 4245, 4266　(2)奈良に係るものを, 筑紫の国内(くぬち)にも広げて用いたか. →国内. 5-797

あをはたの(青旗の)　山の状態によると思われるが未詳. (1)→木幡(こはた 地名). 2-148 (2)→葛城山. 4-509　(3)→忍坂(おさか 地名). 13-3331

あをみづら(青みづら)　「みづら」は成年男子の束髪. 髪を寄せて編むこともあったか. →依網(よさみ 地名). 7-1287

い

いさなとり(鯨魚取り)　イサナは鯨の異名. →海・浜・比治奇の灘(ひぢきのなだ 地名). 2-131, 138, 153, 220, 3-366, 6-931, 1062, 13-3335, 3336, 3339, 16-3852, 17-3893

いしばしの(石橋の)　(1)流れの中の石を橋代わりに跳んで渡るので →間近し. 4-597 (2)石橋の間の遠さから →遠し. 11-2701 (3)係り方未詳. →神奈備山(かむなびやま). 13-3230

いそのかみ(石上)　石上神宮の所在地の布留(ふる)との同音で →降る. 4-664

いなのめの　語義・係り方ともに未詳. →明く. 10-2022

いなむしろ(稲筵)　係り方未詳. →川. 8-1520

いはつなの(石つなの)　岩を這って伸びるツナ(蔓の別称)が元の場所に戻って来ることをいうか. →返る. 6-1046

いはばしる(石走る)　(1)滝の水は岩の上を勢いよく流れるので →垂水(たるみ). 7-1142 (2)係り方未詳. →近江(あふみ 地名). 1-29, 50, 7-1287

いへつとり(家つ鳥)　家で飼う鳥の意で →かけ(鶏). 13-3310

いめたてて(射目立てて)　射る準備をして獲物の足跡を見るので →跡見(とみ 地名). 8-1549

いめひとの(射目人の)　射目に伏して狩の獲物を狙うので →伏見(ふしみ 地名). 9-1699

いもがいへに(妹が家に)　そこに「いく」の同音で →伊久里(いくり 地名). 17-3952

いもがかど(妹が門)　妻の家の門を「いでいりする」の同音で →出入(いでいり)の川. 7-1191

いもがきる(妹が着る)　妹がかぶる笠の同音で →三笠(地名). 6-987

いもがそで(妹が袖)　共寝の際に妻の袖を巻くので →巻来(まきき 地名). 10-2187

いもがてを(妹が手を)　妻の手を「とる」ので →取る. 9-1683, 10-2166

いもがひも(妹が紐)　妻の衣の紐を「結う」ので →結八川(ゆふやがは). 7-1115

いもがめを(妹が目を)　女の姿を見そめる意で →始見(はつみ 地名). 8-1560

いももあれも(妹も我も)　清廉な二人の意で →清し. 3-437

いもらがり(妹らがり)　妻のもとに「今来」の類音で →今木(いまき 地名). 9-1795

いゆししの(射ゆ獣の)　(1)弓で射られた獣の傷が痛むので →痛し. 9-1804　(2)射られた鹿や猪が死ぬので →行き死ぬ. 13-3344

う

うかねらふ(うか狙ふ)　狩において, 獲物を狙うために足跡を見るので →跡見(とみ 地名). 10-2346

うきまなご(浮き砂)　「うき」の類音によるか. →生く. 11-2504

うちえする(うち寄する)　駿河国の海岸に大海の波が寄せることと同音とによるのだろう. →駿河(するが 地名). 20-4345

うちそやし(打麻やし)　「打麻」は打ったソ(麻. ヲの古形か). それをウム(紡ぐ)意のヲウミの約音で(ヤシは間投助詞) →をみ(麻績). 16-3791

うちそを(打麻を)　打ったソ(麻. ヲの古形か)をウム(紡ぐ)こと, ヲウミの約音で →をみ(麻績). 1-23

うちなびく(うち靡く)　(1)木の葉や草葉のなびく季節なので →春. 3-260, 475, 6-948, 8-1422, 9-1753, 10-1819, 1830, 1832, 1837, 1865, 20-4360, 4489, 4495　(2)なびく草の意で係るか. →草香(くさか 地名). 8-1428

うちひさす(うち日さす)　係り方未詳. →宮・都. 3-460, 4-532, 7-1280, 11-2365, 2382, 12-3058, 13-3234, 3324, 14-3457, 16-3791, 20-4473

うちひさず(うち日さず)　前項「うちひさす」と同じと思われるが, 語末が濁音. →宮. 5-886

環は価値が低いので →数にもあらず・賤し. 4-672, 5-903, 9-1809

しながとり(しなが鳥)　「しなが鳥」はカイツブリを言うか. 係り方未詳. (1)→猪名(ゐな 地名). 7-1140, 1189, 11-2708　(2)→安房(あは 地名). 9-1738

しなざかる(級離る)　枕詞「しなてる」を「級照」と書いた例があり,「級(しな)」は階層状の物や事を言うので, 山坂を越えて離れた所の意で係るか. →越(こし 地名). 17-3969, 18-4071, 19-4154, 4220, 4250

しなたつ　未詳.　→筑摩(つくま 地名). 13-3323

しなてる　未詳.　→片足羽川(かたしはがは). 9-1742

しほふねの(潮舟の)　潮舟は並べて置くので →並ぶ・置く. 14-3450, 3556

しまつとり(島つ鳥)　島にいる鳥の意で →鵜. 17-4011, 19-4156

しらかつく(白香つく)　語義・係り方未詳. →木綿(ゆふ). 3-379, 12-2996

しらくもの(白雲の)　(1)白雲が「立つ」の同音で →竜田山(たつたやま). 6-971, 9-1747, 1749　(2)白雲がちぎれる意で →絶ゆ. 14-3517

しらすげの(白菅の)　土地の代表的な景物による.　→真野(まの). 3-280, 281, 7-1354

しらとほふ　未詳.「白遠ふ」か. →小新田山(おにひたやま). 14-3436

しらとりの(白鳥の)　(1)白鳥が「飛ぶ」の同音で →飛羽山(とばやま). 4-588　(2)白い鳥の一つで →鷺. 9-1687

しらなみの(白波の)　白い波が目に著しく見えるので →いちしろし. 12-3023, 17-3935

しらぬひ　領(し)らぬ霊(ひ)が「付く」意で同音によるか. →筑紫(つくし 地名). 3-336, 5-794, 20-4331

しらまゆみ(白真弓)　(1)弓を「張る」の同音で →春. 10-1923　(2)弓を「射る」の同音で →石辺(いそへ 地名). 11-2444　(3)係り方未詳. →斐太(ひだ 地名). 12-3092

しろたへの(白たへの)　(1)白栲で作るものの意で →袖・衣(ころも)・たもと・襷(たすき)・紐・帯. 2-230, 3-443, 481, 4-510, 614, 645, 708, 5-904, 6-957, 7-1292, 8-1629, 9-1675, 10-2023, 2321, 11-2411, 2518, 2608, 2609, 2612, 2688, 2690, 2807, 2812, 12-2846, 2854, 2937, 2952～2954, 2962, 2963, 3044ィ, 3123, 3181, 3182, 3215, 13-3243, 3258, 3274, 14-3449, 15-3725, 3751, 3778, 17-3945, 3993, 18-4111, 20-4331, 4408　(2)白栲を採る藤の意で →藤江(地名). 3-252ィ, 15-3607

す

すがのねの(菅の根の)　菅の根の状態の譬喩で →乱る・長し・ねもころ. 4-679, 10-1921, 1934, 11-2473, 2758, 12-2857, 3054, 13-3284

すかのやま(須加の山)　同音で →すかなし. 17-4015

すずがねの(鈴が音の)　駅馬は駅鈴を鳴らして走るので →早馬. 14-3439

そ

そらかぞふ(空数ふ)　そらでおおよそ数える意. オホの同音で →大. 2-219

そらにみつ(空に満つ)　柿本人麻呂による次項「そらみつ」の新解釈か.　→やまと. 1-29

そらみつ(空みつ)　未詳. 日本書紀・神武紀に饒速日命(にぎはやひのみこと)が空から見たという説話がある.　→大和. 1-1, 29ィ, 5-894, 13-3236, 19-4245, 4264

た

たかくらの(高座の)　天皇の高御座(玉座)には天蓋があるので →三笠山. 3-372, 373

たかしるや(高知るや)　高く聳えて日光を蔽う意で →天(あめ)の御陰(みかげ). 1-52

たかてらす(高照らす)　天の高い所から照らすので →日の皇子. 1-45, 50, 52, 2-162, 167, 13-3234

たかひかる(高光る)　天の高い所で光るので →日. 2-171, 173, 204, 3-239, 261, 5-894

たきぎこる(薪伐る)　薪を伐る鎌の同音で →鎌倉山. 14-3433

たくづのの(栲づのの)　ツノは未詳. (1)栲縄や栲領巾の材料となる, 楮の繊維タクは白いので →白. 20-4408　(2)タクの白の同音で →しらき(新羅). 3-460

たくなはの(栲縄の)　栲で作った縄のようにの意で →長し・千尋. 2-217, 4-704, 5-902

たくひれの(栲領巾の)　(1)栲(こうぞ類)で作った領巾を肩にかけるので →懸く. 3-285　(2)栲の繊維で作った領巾(ひれ)の色の白さから →鷺坂山(さぎさかやま). 9-1694　(3)栲で作った領巾の白さと動きを波に譬えたのだろう. →白浜波. 11-2822, 2823

たくぶすま(栲衾)　栲で作った衾の色の白の同

音で →白山(しらやま)・新羅(しらき). 14-3509, 15-3587

たたなづく　未詳. →柔肌(にきはだ). 2-194

たたなめて(盾並めて)　盾を並べて矢を「射」るの同音イで →泉川(いづみがは). 17-3908

たたみけめ(畳薦)　「たたみこも」の東国語だろうが, 係り方未詳. →牟良自が磯(むらじがいそ). 20-4338

たちこもの(立ち鴨の)　「こも」は「かも」の東国語と見る. その飛び立つ際の声や音から →立ちの騒き. 20-4354

たちのしり(大刀の後)　大刀のしりに当たる, 握りの端の部分を玉などで飾るゆえか. →玉纏(たまき 地名). 10-2245

たちばなを(橘を)　橘の木を守る部が置かれたので →守部(もりへ). 10-2251

たまかきる(玉かきる)　次項の異形. 「たまがきる」と訓むべきか. →ほのか. 11-2394

たまかぎる(玉かぎる)　玉が微妙な光を発する意か, 種々の語に係る. (1)→ほのかに. 2-210, 8-1526, 12-3085　(2)→夕. 1-45, 10-1816, 11-2391　(3)→一目見る. 10-2311　(4)→磐垣淵(いはかきふち). 2-207, 11-2509, 2700　(5)→日. 13-3250

たまかつま(玉かつま)　目の細かい竹籠の美称. (1)蓋と身が合うことから →あふ. 12-2916　(2)アフの同音で →安倍島(あへしま 地名). 12-3152　(3)係り方未詳 →島熊山(しまくまやま). 12-3193

たまかづら(玉葛・玉鬘)　玉は美称. 葛の諸性質によって係り方は多彩. (1)→実成らず. 2-101　(2)→絶ゆることなく・絶えず・いや遠長に. 3-324, 443, 6-920, 10-2078　(3)鬘を「みかげ」ともいったので →影. 2-149　(4)鬘は, 「かざす・さす」などと言うが, 「懸く」とも言ったか. →懸く. 12-2994　(5)葛が長く伸びるように幸を祈った言葉か. →幸くいまさね. 12-3204

たまぎぬの(玉衣の)　玉は美称. きぬずれの音にかかるか. →さゐさゐ. 4-503

たまきはる　語義未詳. キハルは「刻・切」で書かれることが多い. (1)→うち. 1-4, 5-897　(2)→命. 4-678, 5-804, 904, 6-975, 1043, 8-1455, 9-1769, 11-2374, 2531, 15-3744, 17-3962, 3969, 4003, 19-4211, 20-4408　(3)→どの語に係るかも不明. 10-1912

たまくしげ(玉櫛笥)　櫛箱の美称. (1)女性にとって極めて大切なので →奥. 3-376　(2)櫛箱をあけて「見る」の同音で →み. 2-93, 94, 94ィ, 7-1240　(3)櫛箱を「あく」の同音で →明く. 9-1693, 11-2678, 12-2884, 15-3726, 18-4038　(4)櫛箱の「ふた」の同音で →二上山(ふたがみやま). 7-1098, 17-3955, 3985, 3987, 3991　(5)未詳 →蘆城(あしき 地名). 8-1531

たまくしろ(玉釧)　(1)玉を連ねた釧(腕飾り)を付けるので →手. 9-1792　(2)腕に巻くので →巻く. 12-2865, 3148

たまだすき(玉襷)　襷の美称. (1)それを掛ける項(うなじ)の類音で →畝傍(うねび 地名). 1-29, 2-207, 4-543, 7-1335　(2)襷を「かく」の同音で →掛く. 1-5, 2-199, 8-1453, 9-1792, 10-2236, 12-2898, 2992, 13-3286, 3297, 3324

たまだれの(玉垂れの)　「玉垂れ」は玉を緒に連ねて下げる装身具か. その玉を通す緒の同音で →越智(をち 地名). 2-194, 195

たまちはふ(霊ぢはふ)　神の霊(ち)意が広がる(延ふ)意だろう. →神. 11-2661

たまづさの(玉梓の)　(1)言伝ての使者は梓の枝を持っていたので →使ひ. 2-207, 209, 3-420, 445, 4-619, 10-2111, 11-2548, 2586, 12-2945, 3103, 13-3258, 3344, 16-3811, 17-3957, 3973　(2)使者が伝言する相手の意で係るか. →妹(いも). 7-1415, 1416

たまのをの(玉の緒の)　玉を連ねた緒の諸性質による. (1)乱れるので →乱る. 7-1280, 11-2365　(2)切れやすいので →絶ゆ. 3-481, 11-2366, 2787～2789, 2826　(3)緒が長いので →長し. 10-1936, 12-3082, 13-3334　(4)玉の間隔が狭いので →間も置かず. 11-2793　(5)絶えた緒を継ぐので →継ぐ. 13-3255　(6)玉を連ねた「緒」の同音で →惜し. 19-4214　(7)係り方未詳. →現(うつ)し心. 11-2792, 12-3211

たまはやす(たまはやす)　係り方未詳. →武庫(むこ 地名). 17-3895

たまほこの(玉桙の)　玉は美称. 邪霊の侵入を防ぐため桙を人里の路傍に立てたので →道・里. 1-79, 2-207, 220, 230, 4-534, 546, 5-886, 6-948, 8-1534, 1619, 9-1738, 1801, 11-2370, 2380, 2393, 2507, 2598, 2605, 2643, 12-2871, 2946, 3139, 13-3276, 3318, 3335, 3339, 17-3957, 3962, 3969, 3978, 3995, 4006, 4009, 18-4116, 19-4214, 4251, 20-4408

たまもかる(玉藻刈る)　実景から転じたか. →

沖辺. 1-72

たまもなす(玉藻なす)　藻の譬喩で →浮かぶ・靡く. 1-50, 11-2483, 19-4214

たまもよし(玉藻よし)　その地の産物の藻によるか. →讃岐(さぬき 地名). 2-220

たもとほり(たもとほり)　「たもとほる」の類義語「行き回(み)る」の同音で →行箕(ゆきみ 地名). 11-2541

たらちし　未詳. →母. 16-3791

たらちしの　未詳. →母. 5-887

たらちしや　未詳. →母. 5-886

たらちねの　未詳. →母. 3-443, 7-1357, 9-1774, 11-2364, 2368, 2517, 2527, 2537, 2557, 2570, 12-2991, 3102, 13-3258, 3285, 3314, 15-3688, 3691, 16-3811, 17-3962, 19-4214, 20-4331, 4348, 4398

たらつねの　前項の異形. →母. 11-2495

ち

ちちのみの(ちちの実の)　「ちち」は植物名だろうが未詳. 同音で →父. 19-4164, 20-4408

ちはやひと(ちはや人)　猛威を発揮する勇士の「氏(うぢ)」の同音で係るか. →宇治(地名). 7-1139, 11-2428

ちはやぶる　チ(勢い)早振ル(盛んな)の意か. (1)→ 神. 2-101, 3-404, 4-558, 619, 11-2416, 2660, 2662, 2663, 16-3811, 17-4011, 20-4402 (2)→宇治(地名). 13-3236, 3240

ちりひぢの(塵泥の)　塵や泥は価値が低いので →数にあらぬ. 15-3727

つ

つかねども　つかないけれどつくという言葉の洒落で →都久怒(つくの 地名). 16-3886

つがのきの(樛の木の)　ツガの類音で →継ぐ. 1-29

つきくさの(月草の)　(1)月草染めは色が褪せやすいので →移ろふ. 4-583, 12-3058, 3059 (2)その染め色は褪せやすくてはかないので →命. 11-2756

つぎねふ　未詳. →山背(やましろ 地名). 13-3314

つつじはな(躑躅花)　花の美しさの譬喩で →にほふ. 3-443

つねならぬ(常ならぬ)　人の命の常ならぬことから →人国山(ひとくにやま). 7-1345

つのさはふ　表記は「角障経」で一定しているが意味は未詳. →岩・磐余(いはれ 地名). 2-135, 3-282, 423, 13-3324, 3325

つまごもる(妻籠る)　妻が籠る屋(や)の同音で →屋上山(やかみのやま)・矢野(地名). 2-135, 10-2178

つゆしもの(露霜の)　露霜は露の歌語か. (1)露は秋の風物なので →秋. 6-1047, 17-4011 (2)露や霜の降りることを「置く」と言うので →置く. 2-131, 138, 3-443 (3)露は消えやすいので →消(け)ぬ・消(け)やすし・過ぐ. 2-199, 12-3043, 19-4211

つるぎたち(剣大刀)　(1)刀剣の身(み)の同音で → 身. 2-194, 217, 11-2637, 14-3485 (2)刃物の古語ナの同音で →名・己(な). 4-616, 9-1741, 11-2499, 12-2984 (3)刀剣を研ぐので →とぐ. 13-3326, 20-4467 (4)神聖なものとして崇めるので →斎(いは)ふ. 13-3227

つゑたらず(丈足らず)　「つゑ」は長さの単位. 「一丈(ひとつゑ)」は十尺, それに足りないので →八尺(やさか). 13-3344

と

とききぬの(解き衣の)　洗ったり縫い直したりするために解いた衣の性質から →乱る. 10-2092, 11-2504, 2620, 12-2969

ときつかぜ(時つ風)　風が「吹く」の同音で →吹飯(ふけひ 地名). 12-3201

ところづら　ヤマノイモ科の植物トコロの蔓. (1)葉のあるうちに見当をつけておき, 冬に蔓をたどって掘り出すことから →尋(と)め行く. 9-1809 (2)トコの同音で→常(とこ)しくに. 7-1133

となみはる(鳥網張る)　鳥の通り道である坂の上に網を張るからか. →坂手(地名). 13-3230

とぶとりの(飛ぶ鳥の)　原文の「飛鳥」を「とぶとり」と読んで四音節の枕詞とする説もある. 係り方未詳. →明日香(あすか 地名). 1-78, 2-167, 194, 196, 16-3791

とほつかみ(遠つ神)　遠い神代から皇統を伝える意か. →我が大君. 1-5

とほつひと(遠つ人)　(1)遠来の人を待つ意で →待つ. 13-3324 (2)遠来の人をマツの同音で →松浦(まつら 地名). 5-857, 871 (3)半年ぶりに遠くから来る雁を擬人化したのだろう. →雁. 17-3947 (4)その雁の同音で →猟路(かりぢ 地名). 12-3089

ともしびの(灯火の)　その明るさの譬喩で →明石(あかし 地名). 3-254

とりがなく(鶏が鳴く)　分かりにくい東国の言葉を鳥の鳴き声と見て →あづま(地名). 2-199, 3-382, 9-1800, 1807, 12-3194, 18-4094, 4131, 20-4331, 4333

とりがねの(鳥が音の)　鳥の声が「かしまし」の同音で →かしま(地名). 13-3336

とりじもの(鳥じ物)　鳥ではない物なのに水の上を行く意で →なづさふ. 4-509

な

なくこなす(泣く子なす)　泣く子の行動の譬喩で　(1)→慕ふ. 3-460, 5-794　(2)→音(ね)に泣く. 15-3627　(3)→探る. 13-3302

なぐるさの(投ぐる矢の)　投げ矢の譬喩で →遠ざかる. 13-3330

なごのうみの(那呉の海の)　その海の沖は深いので →奥(おき)を深む. 18-4106

なつくさの(夏草の)　夏草が萎れる意か. →思ひしなゆ. 2-131, 138, 196

なつくずの(夏葛の)　葛の蔓の譬喩で →絶えず. 4-649

なつそびく(夏麻引く)　(1)夏麻を引き抜く畝(うね)の類音によるか. →うなひ・うなかみ(地名). 7-1176, 14-3348, 3381　(2)未詳. →命. 13-3255

なはのりの(縄海苔の)　縄海苔は細長く切れ易いか. →引けば絶ゆ. 13-3302

なまよみの　未詳. →甲斐(地名). 3-319

なみくもの(波雲の)　波雲の実態は未詳だが, その雲のようにうつくしいという譬喩なのだろう. →愛(うつく)し妻. 13-3276

なみのほの(波の穂の)　波頭が激しく揺れるので →いたぶらし. 14-3550

なゆたけの(なゆ竹の)　竹はたわむので, タワの母音交替形トヲの同音で →とをよる. 3-420

なよたけの(なよ竹の)　ナヨは前項のナユの転音. →とをよる. 2-217

なるかみの(鳴る神の)　雷鳴の意で →音. 6-913, 7-1092

に

にはたづみ　夕立などで地面を激しく流れる雨水. →流る・川. 13-3335, 3339, 19-4160, 4214

にはつとり(庭つ鳥)　「庭つ鳥」は「鶏」の古称. その擬声語「かけ」から鶏の異称に係る. →かけ. 7-1413

にはにたつ(庭に立つ)　住居周辺の畑で育つ麻の意で →麻手. 14-3454

にほどりの(にほ鳥の)　ニホドリは水鳥のカイツブリ. (1)水に「漂う」の古語で →なづさふ. 3-443, 11-2492, 12-2947イ, 15-3627　(2)水に「カヅ(潜)ク」の同音で →かづしか(地名「葛飾」の東国形). 14-3386　(3)つがいでいることが多いので →二人並び居る. 18-4107　(4)長時間水に潜っていることができるので →息長(おきなが 地名). 20-4458

ぬ

ぬえことり(鵺子鳥)　ヌエはトラツグミの古名か. その悲痛な鳴き声から →泣く. 1-5

ぬえどりの(鵺鳥の)　ヌエが相手を求めて鳴く声から →片恋・うら泣く. 2-196, 10-1997, 2031, 17-3978

ぬばたまの(ぬば玉の)　ヌバタマは黒い実を結ぶ植物らしいが特定し難い. (1)→黒色や夜に連なる諸語, 黒・髪・黒髪・夢・夜・夕へ・宵・昨夜(きそ)・月. 2-89, 169, 194, 199, 3-302, 392, 4-525, 573, 619, 639, 702, 723, 781, 5-807, 6-925, 982, 7-1077, 1081, 1101, 1116, 1241, 8-1646, 9-1706, 1712, 1798, 1800, 10-2008, 2035, 2076, 2139, 11-2389, 2456, 2532, 2564, 2569, 2589, 2610, 2631, 2673, 12-2849, 2878, 2890, 2931, 2956, 2962, 3007, 3108, 13-3269, 3270, 3274, 3280, 3281, 3297, 3303, 3312, 3313, 3329, 15-3598, 3647, 3651, 3671, 3721, 3732, 3738, 3769, 16-3805, 3844, 17-3938, 3955, 3962, 3980, 3988, 18-4072, 4101, 19-4160, 4166, 20-4331, 4455, 4489　(2)→妹. 15-3712

の

のちせやま(後瀬山)　同音で →後. 4-739

のつとり(野つ鳥)　庭つ鳥「かけ」(鶏)に対する野の鳥. →きぎし(雉). 13-3310

のとがはの(能登川の)　類音で →後(のち). 19-4279

は

はしたての(梯立の)　(1)当時の倉は多く高床式で, 梯子を架けて上ったからであろう. →倉橋(地名). 7-1282～1284　(2)「くまき」に係る理由は未詳. →熊来(くまき 地名). 16-3878, 3879

はしむかふ(箸向かふ)　二本一対で使う箸のあ

りかたが，兄と弟の関係に似ているので →弟《おと》．9-1804

はだすすき(はだ薄)　(1)別にある旗薄・花薄との違いは未詳．花が穂のように見えるので →穂．14-3506, 16-3800　(2)穂の尖端を「うら」と言うので →宇良野《うらの》 地名)．14-3565　(3)その様子が動物の尾に似ているので →尾花．8-1637, 10-2311　(4)係り方未詳．→久米の若子．3-307

はつをばな(初尾花)　「初尾花」は穂の出始めた薄《すすき》，その薄のように新鮮な感じで係るか．→花．20-4308

はなぢらふ(花散らふ)　未詳．→秋津の野(地名)．1-36

はねずいろの(朱華色の)　語中に母音音節を含む，唯一の六音節枕詞．「はねず」は初夏に赤い花が咲く植物だが，未詳．色が褪せやすいので →うつろふ．4-657, 12-3074

ははそばの　クヌギ類の樹木の総称ハハソの同音で →母．19-4164, 20-4408

はふくずの(延ふ葛の)　(1)葛は長く延びて生長するので →遠長に・絶えず．3-423, 20-4509　(2)延びて分かれた蔓がまた会うことがあるので →後に逢ふ．16-3834

はふつたの(這ふ蔦の)　蔦がてんでに伸びていくさまから →別る・己が向き向き．2-135, 9-1804, 13-3291, 19-4220

はますどり(浜渚鳥)　浜辺の砂や波で思い通りに進めないので →足悩《あなゆ》む．14-3533

はやかはの(早川の)　川の速い流れの譬喩で →行く．13-3276

はるかすみ(春霞)　(1)春霞の情景とカスの同音とで →春日《かすが》 地名)．3-407　(2)春霞が滞って「居る」の同音で →井《ゐ》)．7-1256

はるかぜの(春風の)　譬喩によると思われるが，未詳．→音．4-790

はるくさの(春草の)　春さきに萌えでる草は心引かれるので →めづらし．3-239

はるとりの(春鳥の)　春の鳥が細い声で鳴くの意で →音《ね》鳴く・さまよふ(呻・吟)．9-1804, 20-4408

はるはなの(春花の)　「散る」の詩的表現で →うつろふ．6-1047

はるひを(春日を)　春の日が「霞む」の同音で →春日《かすが》 地名)．3-372

はるやなぎ(春柳)　(1)春の柳の細い枝をかずらにするので →鬘《かづら》)．5-840　(2)春の柳の「葛《かづら》)」の同音で →葛城《かづらき》 地名)．11-2453

ひ

ひさかたの　語義・係り方ともに未詳．(1)→あめ(雨・天)．1-82, 2-167, 168, 199, 200, 204, 3-239, 240, 261, 292, 379, 420, 475, 4-519, 520, 651, 769, 5-801, 822, 894, 6-1040, 7-1080, 1371, 8-1485, 1519, 1520, 1566, 9-1764, 10-1812, 1997, 2007, 2070, 2092, 2093, 11-2395, 2463, 2676, 2685, 12-3004, 3125, 15-3650, 16-3837, 20-4443, 4465　(2)→月．7-1083, 8-1661, 10-2325, 12-3208, 15-3672　(3)→都．13-3252

ひなくもり　「日な曇り」かと思われるが，未詳．→碓氷《うすひ》 地名)．20-4407

ひのぐれに(日の暮れに)　日暮れの陽光すなわち「薄日」の同音によるか．→碓氷《うすひ》 地名)．14-3402

ひのもとの(日の本の)　大和のほめことばで →大和の国．3-319

ひもかがみ(紐鏡)　鏡の裏面のつまみに付けた紐を解いてはいけない，「な解き」の類音に拠るとの説がある．→能登香《のとか》 地名)．11-2424

ひものをの(紐の緒の)　(1)紐を一重結びにするとき一度組んだ紐の輪に入れるからとの説がある．→心に入る．12-2977　(2)紐が繋がるの意で →いつがる．18-4106

ふ

ふかみるの(深海松の)　同音で →深む・深し．2-135, 13-3301, 3302

ふさたをり(ふさ手折り)　草や木の枝などを房のように大量に折って「たむく」の同音によるのだろう．→多武《たむ》 地名)．9-1704

ふすまぢを(衾道を)　衾は地名か，未詳．→引手・引出．2-212, 215

ふせやたき(伏せ屋焚き)　伏せ屋の中で焚き火をすると，すすけるからか．→すすし．9-1809

ふたさやの(二鞘の)　中に隔てのある二本差しの小刀入れの譬喩で →へだつ．4-685

ふぢなみの(藤波の)　藤の蔓が物に絡んで伸びるさまを人間の動作に擬した．→もとほる．13-3248

ふゆごもり(冬ごもり)　(1)冬が去ることをコモルと言ったか．→春．1-16, 2-199, 199ィ, 6

–971, 7–1336, 9–1705, 10–1824, 1891, 13–3221 (2)末詳．→時じき時．3–382

ふるころも(古衣)　古い衣は解き洗いして打ち直すので，「また打ち」の約音で →真土(まつち 地名)．6–1019

ほ

ほたるなす(蛍なす)　その光の譬喩によって →ほのか．13–3344

ほととぎす(時鳥)　時鳥が「飛ぶ」の同音で →飛幡(とばた 地名)．12–3165

ま

まかなもち(真鉋持ち)　かんなで弓の材料を削るので →弓削(ゆげ 地名)．7–1385

まかねふく(真金吹く)　砂鉄を含む赤土を精錬して朱の顔料をとったので →丹生(にふ 地名)．14–3560

まきさく(真木さく)　檜などの有用な木，即ち真木を楔(くさび)で割くので →ひ(檜)．1–50

まきばしら(真木柱)　譬喩で →太し．2–190

まくさかる(真草刈る)　萱・茅などを刈る意で，実景とも．→荒野．1–47

まくずはふ(ま葛延ふ)　「ま」は美称．葛が茂ってはいひろがるのは夏．係り方未詳．→春日(かすが 地名)．6–948

まくらづく(枕付く)　未詳．→妻屋．2–210, 213, 5–795, 19–4154

ますげよし(真菅よし)　菅(すげ)の類音で →宗我(そが 地名)．12–3087

ますらをの(丈夫の)　足結(あゆひ)に対して，「ますらを」の衣の袖にある手結(たゆひ)からか．→手結浦(たゆひがうら 地名)．3–366

まそかがみ(真十鏡)　マソは称辞．良質の鏡の意．(1)鏡を見るので →見る．3–239, 4–572, 9–1792, 11–2366, 2509, 2632, 12–2979, 2980, 13–3250, 3324, 19–4214, 4221　(2)鏡を「見る」の同音で →ミ．6–1066, 10–2206　(3)鏡は表面を研いで磨くので →研ぐ．4–619, 673　(4)磨かれた鏡はよく照り輝くので →照る．7–1079, 11–2462　(5)月のように丸くて光るので →月・月夜．11–2670, 2811, 17–3900　(6)鏡の中の像は実物にそっくりなので →面影．11–2634　(7)じかに逢っているように見えるので →直(ただ)目に逢ふ．11–2810　(8)表面の清らかさから →清し．8–1507　(9)女性が床のあたりに置くので →床のへ去らず．11–2501　(10)鏡台に「架く」の同音で →懸く．15–3765

またまつく(真玉付く)　玉で飾った「緒」の同音で →をち(遠方)・越(をち 地名)．4–674, 7–1341, 12–2853, 2973

またみるの(俣海松の)　同音で →また．13–3301

まつがねの(松が根の)　同音で →待つ．13–3258

まつかへの(松柏の)　常緑樹である松や柏(かへ)が長く栄えることの譬喩で →栄え．19–4169

まつがへり　「松反」の表記は意味を表すと考えられるが，末詳．→しひ．9–1783, 17–4014

まよびきの(眉引きの)　眉の形は横に長いので →横山．14–3531

み

みけむかふ(御食向かふ)　(1)ミケ(神饌)として向き合っている意．城(き)と葱(き)がともにキ乙類音であることによるか．→城上(きのへ 地名)．2–196　(2)みけとしての蜷(みな)の同音で →南淵(みなぶち 地名)．9–1709　(3)みけとしてのトモエガモの古称「あぢ」の同音で →味経(あぢふ 地名)．6–1062　(4)係り方未詳．→淡路(地名)．6–946

みこころを(御心を)　御心を寄せる意からか．→吉野(地名)．1–36

みこもかる(み薦刈る)　原文「水薦・三薦」の訓はミコモ．ミは水か御か未詳．産物によるか．→信濃(地名)．2–96, 97

みづかきの(瑞垣の)　瑞垣は久しく保たれるので →久し．13–3262

みづくきの(水茎の)　(1)同音で →水城(みづき 地名)．6–968　(2)係り方未詳．→岡．7–1231, 10–2193, 2208, 12–3068

みつぐりの(三栗の)　一つのいがの中に三つの実がある栗の意で →なか．9–1745, 1783

みづたで(水蓼)　水蓼の穂の同音で →穂積(ほづみ 地名)．13–3230

みづたまる(水溜まる)　水が溜まる池の同音で →池田(人名)．16–3841

みづとりの(水鳥の)　(1)水鳥の習性から →浮き寝．7–1235　(2)鴨の羽の青さから青羽の同音で →青葉．8–1543　(3)あわただしく飛び立つので →立つ．14–3528, 20–4337

みつみつし　久米氏は武力で朝廷に仕えた家．ミツは御霊威か．→久米．3–435

みてぐらを(幣帛を)　神にたむけるみてぐらを並べ置くからか. →奈良(地名). 13-3230

みなせがは(水無瀬川)　「水無し川」の転. 水は地下を伏流しているので →下. 4-598

みなそそく(水そそく)　水がほとばしる意で →滝. 1-36

みなのわた(蜷の腸)　食用巻き貝の蜷のはらわたは青黒いので →か黒し. 5-804, 7-1277, 13-3295, 15-3649, 16-3791

みはかしを(御佩かしを)　刀剣の敬語「みはかし」の意で →剣(つるぎ). 13-3289

みもろつく(三諸つく)　神の降臨する山として祭る意で →鹿背山(かせやま)・三輪山. 6-1059, 7-1095

みゆきふる(み雪降る)　199 の歌では冬の風景描写に用いられたが, 4011 では雪深い国の意で →越(こし 地名). 17-4011

みをつくし(澪標)　同音で →尽くす. 12-3162

む

むらきもの(群肝の)　五臓六腑に宿る意か. →心. 1-5, 4-720, 10-2092, 16-3811

むらさきの(紫の)　(1)紫は高貴な色として名高いので →名高(なたか 地名). 7-1392, 1396, 11-2780　(2)係り方未詳. →粉潟(こがた 地名). 16-3870

むらたまの(群玉の)　多くの玉がくるくる回転するの意で係るのだろう. →くる. 20-4390

むらとりの(群鳥の)　その習性から →朝立つ・群立つ・立つ. 6-1047, 9-1785, 13-3291, 17-4008, 20-4398, 4474

も

もちづきの(望月の)　満月の夜は月に一日しかないので →いやめづらし. 2-196

もののふの(物部の)　(1)朝廷の官人は多数なので →やそ(八十)・い(五十). 1-50, 3-264, 8-1470, 11-2714, 13-3276, 19-4143　(2)数多い官人の「氏」の同音で →宇治(地名). 13-3237

もみちばの(黄葉の)　色付いた葉がやがて散り果てるので →過ぐ・移る. 1-47, 2-207, 4-623, 9-1796, 10-2297, 13-3344

ももきね　未詳. →美濃(地名). 13-3242

ももしきの(百磯城の)　多くの石で築いた宮殿の意か. →大宮. 1-29, 36, 2-155, 3-257, 260, 323, 4-691, 6-920, 923, 948, 1005, 1026, 1061, 7-1076, 1218, 1267, 10-1852, 1883, 13-3234, 18-4040

ももしのの(百小竹の)　未詳. →三野. 13-3327

ももたらず(百足らず)　十, 二十と数えていって百には足りない意で　(1)→い(五十). 1-50, 13-3223　(2)→やそ(八十). 3-427, 16-3811　(3)百に足りない八十(やそ)のヤの同音で →山田(地名). 13-3276

ももづたふ(百伝ふ)　(1)十, 二十と数えて百に至る途中の五十(い)の同音で →磐余(いはれ 地名). 3-416　(2)十, 二十と数えて百に至る途中の数で →八十(やそ). 7-1399, 9-1711

や

やきたちの(焼大刀の)　(1)焼き鍛えた大刀を身に付ける意で →へつかふ. 4-641　(2)焼きを入れた大刀は刃が鋭いので「鋭(と)し」の同音で →利心(とごころ). 20-4479

やきたちを(焼大刀を)　前項の異形. 「と」の同音で →礪波(となみ 地名). 18-4085

やくもさす(八雲さす)　多くの雲がわき出る意か. →出雲(地名). 3-430

やさかどり(八尺鳥)　「八尺」は息の長さを言うか. →息づく. 14-3527

やすみしし　「八隅知之」「安見知之」の表記に当時の語意識がうかがえるが, 未詳. →我が大君・我ご大君. 1-3, 36, 38, 45, 50, 52, 2-152, 155, 159, 162, 199, 204, 3-239, 261, 329, 6-917, 923, 926, 938, 956, 1005, 1047, 1062, 13-3234, 19-4254, 4266

やへだたみ(八重畳)　幾重にも畳んで敷いた神座用の畳の重(へ)の同音で →平群(へぐり 地名). 16-3885

やほたでを(八穂蓼を)　同音で →穂積(ほづみ 人名). 16-3842

やまこえて(山越えて)　山を越えた遠い所の意で →遠津(とほつ 地名). 7-1188

やますげの(山菅の)　(1)山菅の実の意で →実. 4-564　(2)葉が入り乱れていることによるか. →乱る. 11-2474, 12-3204　(3)葉がそれぞれ異なる方向に伸びるので →背向(そがひ)ひ. 14-3577　(4)同音で →止まず. 12-3055

やまたづの　未詳. →迎へ. 2-90, 6-971

やまのまゆ(山の際ゆ)　山と山の間から「出づ」の同音で →出雲(地名). 3-429

やみのよの(闇の夜の)　暗闇の中で行くべき方向が知り難いので →行く先知らず. 20-4436

やみよなす(闇夜なす)　「なす」は譬喩の意味. 闇夜に道に迷うようにの意で →思ひまとふ. 9-1804

ゆ

ゆきのしま(壱岐の島)　同音で →行く. 15-3696

ゆくかげの(行く影の)　天空を行く影の意で →月. 13-3250

ゆくかはの(行く川の)　川の水が流れ過ぎるので →過ぐ. 7-1119

ゆくとりの(行く鳥の)　争うように, また群れて飛ぶ鳥の習性から →争ふ・群がる. 2-199, 13-3326

ゆくみづの(行く水の)　行く水が流れ過ぎるので →過ぐ. 9-1797

ゆふたたみ(木綿畳)　(1)木綿を畳んで神に手向けるので →手向け. 6-1017, 12-3151　(2)木綿の白さから →白月山(しらつきやま). 12-3073ィ　(3)係り方未詳. →田上山(たなかみやま). 12-3070

ゆふつづの(夕星の)　(1)宵の明星の金星は明けの明星としても見えるので, あちこち動くと見て →か行きかく行き. 2-196　(2)宵の明星が出る時分の意で →夕へ. 5-904

ゆふつつみ(木綿包み)　木綿包みの白さから →白月山(しらつきやま). 12-3073

ゆふはなの(木綿花の)　神事用の斎串(いぐし)につけた木綿(ゆふ)を白い花と見て →栄ゆ. 2-199

わ

わがいのちを(我が命を)　祈りのことば「長かれ」の同音で →長門(ながと 地名). 15-3621

わかくさの(若草の)　(1)初々しさの譬喩で →妻・新手枕(にひたまくら). 2-153, 217, 7-1285, 9-1742, 10-2089, 11-2361, 2542, 13-3336, 3339, 20-4398, 4408　(2)係り方未詳. →思ひつく. 13-3248　(3)未詳. →足結(あゆひ). 17-4008

わかこもを(若薦を)　若薦を「刈る」の同音で →猟路(かりぢ 地名). 3-239

わがせこを(我が背子を)　(1)「な越し」は「越えさせるな」の意味とする解釈に従う. →莫越(なこし 地名). 10-1822　(2)類音で →我が松原. 17-3890

わがたたみ(我が畳)　「畳」は折りたたむ敷物. 三重にたたむのが普通であったか. →三重(みへ 地名). 9-1735

わぎもこに(我妹子に)　(1)「逢ふ」の同音で →あふち(楝). 10-1973　(2)恋する人に「逢ふ」の同音で →近江(あふみ 地名)・淡路(あはぢ 地名)・逢坂(あふさか 地名). 10-2283, 13-3237, 15-3627, 3762

わぎもこを(我妹子を)　わぎもこをイザ見ムの同音で →いざみ(地名). 1-44

わたつみの(海神の)　海神わたつみが領する意で →海. 15-3605

わたのそこ(海の底)　深い海底の意の「奥」と同源で →沖. 1-83, 4-676, 5-813, 6-933, 7-1223, 1290, 12-3199

ゐ

ゐながはの(猪名川の)　川の沖の意によるか. →奥(おき). 16-3804

ゐまちづき(居待月)　満月後三日ごろの月はまだ明るいので →明石(あかし 地名). 3-388

を

をとめらに(娘子らに)　(1)「行き会ふ」の意で →行きあひ. 10-2117　(2)娘子に「逢ふ」の同音で →逢坂山(あふさかやま). 13-3237

をみなへし(女郎花)　女郎花が「咲き」の類音で係るか. →佐紀(さき 地名). 4-675, 7-1346, 10-1905, 2107

萬 葉 集 年 表

1) 萬葉集の作品と記事の対象にするのは，作歌・詠歌の時期が明らかなもの，推定可能なものに限った.

2) 作歌状況が同じ歌は一括して掲げるようにした.

3) それぞれの記事は，歌の配列，史書の記述，注文などから推定しえた時期に置いた.

4) 記紀等の記事は萬葉集に直接関わるものに限り，ほぼ対応すると判断した箇所に置いた.

5) 推定によったものは，記事の冒頭に記号を付した. ＊印はそのころを，↑はそれ以前を，↓はそれ以後を意味する.

6) 萬葉集正伝によって配列し，異伝（例，山上憶良『類聚歌林』）には言及しない.

7) 記事は，題詞・左注・作者名・目録などを要約し，年月日は算用数字で表記した.

8) 防人歌の条では作者名を省略するほか,「梅花の歌」の作者名も抄録に記した.

9) 遣新羅使歌群, 中臣宅守・狭野弟上娘子贈答歌においては小題を省略した.

10) 和暦は，697 年までは日本書紀，その後 700 年までは続日本紀の紀年を掲げた.

11) 日付が未詳または不確定の場合（－）で示した.

12) 関連事項欄の出典は，持統天皇 11 年までは日本書紀，文武天皇元年からは続日本紀によることを原則とし，その他の場合は出典名を注記した.

13) 人名の表記は簡略を旨とし，原則として姓(かばね)と官位は省略する.

14) 萬葉集の作品と関連する記事には，⇨のあとに歌番号を示した.

15) 歌詠時期や作者について諸説がある場合は，本大系『萬葉集』の解釈に従う

西暦	和暦	天皇	萬葉集作品・記事	関連事項
347	**仁徳 35** 丁未	仁徳	↑磐姫皇后が天皇を思って作った歌(85-89)	6.－ 磐姫皇后薨去.
399	**87** 己亥		↑難波天皇の妹が大和の皇兄に奉った歌(484)	1.16 仁徳天皇崩御.
435	**允恭 24** 乙亥	允恭	古事記によると，軽太子が軽太郎女を犯し，それ故に伊予に流された時，後を追った軽太郎女の歌(90)	6.－ 木梨軽太子が同母妹軽大娘皇女を犯したことが発覚．皇女を伊予国に流す.
453	**42** 癸巳		古事記によると，木梨軽太子が自殺する時に作った歌(3263)	10.－ 軽太子，大前宿禰の家で自害.
478	**雄略 22** 戊午	雄略		7.－ 丹波国余社郡の瑞江浦島子の得た亀が女性に変じ，浦島子は従って海中に赴く．⇨1740-1741
479	**23** 己未		↑雄略天皇の作歌(1) ↑雄略天皇の歌(1664)	8.7 雄略天皇崩御.
537	**宣化 2** 丁巳	宣化		10.1 新羅の侵攻から任那を救うべく大伴磐と狭手彦を派遣．⇨871-875, 883
613	**推古 21** 癸酉	推古	＊上宮聖徳皇子が竜田山の死人を見て悲しんで作った歌(415)	12.1 聖徳太子が片岡に遊行し，飢えて道に臥す人を見て着衣食物などを恵む.
621	**29** 辛巳			2.5 聖徳太子薨去.
639	**舒明 11** 己亥	舒明	讃岐国安益郡に行幸した時，軍王が山を見て作った歌(5-6)	12.14 伊予の温湯宮に行幸.
641	**13** 辛丑		↑天皇が香具山で国見した時に作った歌(2) ↑天皇の内野遊猟の時，中皇命が間人連老に献上させた歌(3-4) ↑崗本天皇の作歌(485-487)	10.9 舒明天皇崩御.

西暦	和暦	天皇	萬葉集作品・記事	関連事項
		(持統)	人麻呂が作った歌(29-31) ＊高市古人が近江の旧都を感傷して作った歌(32-33) ＊柿本人麻呂の歌(496-499) ＊碁檀越が伊勢国に往った時，留まった妻が作った歌(500)，碁師の歌(1732-1733)	
691	**持統 5** 辛卯		川島皇子を越智野に葬った時，柿本人麻呂が泊瀬部皇女に献った歌(194-195) ＊吉野宮に行幸した時，柿本人麻呂が作った歌(36-39)	8.9 川島皇子薨去(懐風藻).
692	**6** 壬辰		伊勢国行幸の時，京に留まった柿本人麻呂が作った歌(40-42)，当麻麻呂の妻が作った歌(43, 511)，石上大臣が従駕して作った歌(44) ＊伊勢に従駕した時の歌(1089)	2.19 三輪高市麻呂，農時の妨げになるとして天皇の伊勢国行幸を諫止. 3.6 諫止を聞かず伊勢国に行幸.
693	**7** 癸巳		9月9日，御斎会を執行した夜に夢で習った歌(162)	9.10 亡き天武天皇のため無遮大会を内裏に設ける.
694	**8** 甲午		河内王が豊前の鏡山に葬られた時，手持女王が作った歌(417-419) ＊藤原宮の役民が作った歌(50) ＊藤原宮の御井の歌(52-53) ＊飛鳥から藤原宮に遷る時，長屋王の故郷の歌(268) ↓藤原宮に遷居後，志貴皇子が作った歌(51)	4.5 筑紫大宰率河内王に浄大肆を追贈. 12.6 藤原宮に遷都.
696	**10** 丙申		高市皇子の城上の殯宮の時，柿本人麻呂が作った歌(199-202) ↑軽皇子が安騎野に宿った時，柿本人麻呂が作った歌(45-49)	7.10 高市皇子薨去.
697	**11** 丁酉 **文武元**	文武	＊天皇が雷丘に出遊した時，柿本人麻呂が作った歌(235) ＊天皇と志斐嫗の贈答歌(236-237)	2.16 軽皇子立太子(釈日本紀所引私記) 8.1 持統天皇譲位，軽皇子即位.

西暦	和暦	天皇	萬葉集作品・記事	関連事項
699	**文武 3** 己亥	（文武）	持統太上天皇が難波宮に行幸した時，置始東人・高安大島・身人部王の歌(66–68)，清江娘子が長皇子に奉った歌(69)，長意吉麻呂(奥麻呂)の応詔歌(238) 弓削皇子が薨じた時，置始東人が作った歌(204–206)	1. 27 難波宮に行幸. 7. 21 弓削皇子薨去.
700	**4** 庚子		明日香皇女の木瓱の殯宮の時，柿本人麻呂が作った歌(196–198)	4. 4 明日香皇女薨去.
701	**大宝元** 辛丑		持統太上天皇が吉野宮に行幸した時，高市黒人が作った歌(70) 9 月，持統太上天皇が紀伊国に行幸した時，坂門人足・調淡海の歌・春日蔵老の歌(54–56)， 柿本人麻呂歌集にある結び松を見た歌(146) 10 月，太上天皇・大行天皇が紀伊国に行幸した時の歌(1667–1679)，後に残った人の歌(1680–1681)	6. 29 太上天皇，吉野離宮に行幸. 9. 18 天皇，紀伊国に行幸. 12. 27 大伯内親王薨去.
702	**2** 壬寅		大神大夫が長門守に任じられた時，三輪川の畔で宴をした歌(1770–1771) 三野連入唐の時，春日蔵老が作った歌(62) 持統太上天皇が参河国に行幸した時，長奥麻呂・高市黒人・誉謝女王・長皇子・舎人娘子の歌(57–61)	1. 17 大神高市麻呂を長門守とする. 6. 29 遣唐使筑紫を進発. 10. 10 太上天皇，参河国に行幸. 12. 22 太上天皇崩御.
704	**慶雲元** 甲辰		＊山上憶良が大唐で国を思って作った歌(63)	5. 10 慶雲の出現を瑞祥として改元. 7. 1 粟田真人，唐から帰国.
706	**3** 丙午		難波宮に行幸した時，志貴皇子・長皇子の歌(64–65) 文武大行天皇が難波宮に行幸した時，忍坂部乙麻呂・藤原宇合・長皇子の歌(71–73)	9. 25 難波に行幸.
707	**4** 丁未	元明		6. 15 文武天皇崩御. 7. 17 阿閉内親王即位.

西暦	和暦	天皇	萬葉集作品・記事	関連事項
708	**和銅元** 戊申	（元明）	元明天皇の作歌，御名部皇女が和した歌(76-77) 上野国司に任じられた田口益人が駿河の清見崎に至って作った歌(296-297) 三野王を悼む挽歌(3327-3328) ↑但馬皇女の歌(1515) *但馬皇女薨去後，穂積皇子が悲しんで作った歌(203)	1.11 武蔵国秩父郡から銅を献上したことを瑞祥として改元. 3.13 田口益人を上野国司に任ずる. 5.30 美奴王卒去. 6.25 但馬内親王薨去.
710	**3** 庚戌		2月，藤原宮から寧楽宮に遷る時に長屋の原で太上天皇が作った歌(78) 或る本に，藤原京から寧楽宮に遷る時の作者未詳歌(79-80) ↓鴨君足人の香具山の歌・或る本の歌(257-260)	3.10 平城京に遷都.
711	**4** 辛亥		河辺宮人が姫島の松原で嬢子の屍を見て作った歌(228-229, 434-437) ↓東歌のうち上野国歌(3403, 3411)	3.6 上野国甘楽郡の六郷を分割して多胡郡を設く.
712	**5** 壬子		4月，長田王を伊勢の斎宮に遣した時，山辺の御井で作った歌(81-83)	
713	**6** 癸丑		↓東歌のうち信濃国の相聞1首(3399)	7.7 美濃・信濃2国の境に吉蘇路を通す.
715	**8** 乙卯		↑長皇子が志貴皇子と佐紀宮で宴をした時，長皇子の歌(84)	6.4 長親王薨去. 7.27 穂積親王薨去.
	霊亀元	元正	9月，志貴親王薨去の時の笠金村歌集にある歌，或る本の歌(230-234)	9.2 元明天皇譲位. 氷高内親王即位. 霊亀の献上を瑞祥として改元.
716	**2** 丙辰			8.11 志貴親王薨去.
717	**養老元** 丁巳			11.17 美濃国多度山の美泉を瑞祥として改元.

西暦	和暦	天皇	萬葉集作品・記事	関連事項
719	養老 3 己未	(元正)	*藤原宇合大夫が上京する時，常陸娘子が贈った歌(521) *大伴宿奈麻呂の歌(532–533) *検税使大伴卿が筑波山に登った時の歌(1753–1754) *石川大夫が上京する時，播磨娘子が贈った歌(1776–1777) *高橋虫麻呂歌集にある，鹿島郡苅野橋で大伴卿と別れた時の歌(1780–1781) *高橋虫麻呂歌集にある歌(319–321, 1497, 1738–1739, 1757–1760, 1807–1808)	7. 13 常陸国守藤原宇合を安房・上総・下総の按察使，備後国守大伴宿奈麻呂を安芸・周防の按察使とする.
720	4 庚申		↓山部赤人が故太政大臣藤原家の山池を詠んだ歌(378)	8. 3 右大臣藤原不比等薨去.
722	6 壬戌		穂積老が佐渡に流された時の歌(3240–3241)，穂積老の歌(288)	1. 20 穂積老を佐渡に配流.
723	7 癸亥		5 月，芳野離宮に行幸した時，笠金村と車持千年の歌(907–916)	5. 9 芳野宮に行幸.
724	神亀元 甲子	聖武		2. 4 元正天皇譲位. 首親王即位. 前年 10 月の白亀献上を吉祥として改元.
			3 月，芳野離宮行幸の時，中納言大伴卿が作った歌(315–316) 7 月 7 日，令によって山上憶良が作った七夕の歌(1518) 同日，左大臣宅で山上憶良が作った七夕の歌(1519)	3. 1 芳野宮に行幸.
			10 月 5 日，紀伊国に行幸した時，山部赤人が作った歌(917–919)，従駕の人に贈るため娘子に頼まれて笠金村が作った歌(543–545)	10. 5 紀伊国に行幸.
725	2 乙丑		3 月，三香原離宮に行幸した時，笠金村が娘子を得て作った歌(546–548) 5 月，芳野離宮に行幸した時，笠金村が作った歌(920–922) *山部赤人が作った歌(923–927)	
			10 月，難波宮に行幸した時，笠金村・車持千年・山部赤人が作った歌	10. 10 難波宮に行幸.

西暦	和暦	天皇	萬葉集作品・記事	関連事項
		(聖武)	(928-934) 山上憶良が神亀2年に作った歌(903)	
726	**神亀 3** 丙寅		9月15日，播磨国印南郡に行幸した時，笠金村・山部赤人が作った歌(935-941)，辛荷島に立ち寄った時，山部赤人が作った歌(942-945)，敏馬浦に立ち寄った時，山部赤人が作った歌(946-47) 藤原宇合が難波宮造営を命ぜられた時に作った歌(312)	10.7 播磨国印南野に行幸. 10.26 藤原宇合を知造難波宮事に任ずる.
727	**4** 丁卯		正月，諸王諸臣等が授刀寮に散禁された時に作った作者未詳歌(948-949)	
728	**5** 戊辰		6月23日，大伴卿が凶問に答えた歌(793) 大伴卿の妻の逝去を弔問した石上堅魚の歌，大伴卿が和した歌(1472-1473) 7月21日に山上憶良が贈った日本挽歌(794-799)，7月21日に山上憶良が撰定した，惑う心を反させた歌と序(800-801)，子等を思った歌と序(802-803)，世間の止まり難いことを哀しんだ歌と序(804-805) 8月，笠金村歌集にある歌(1785-1786) 11月，大宰官人，大伴卿・大弐小野老・豊前守宇努男人たちが香椎浦で思いを述べて作った歌(957-959) 遷任する大宰少弐石川足人に蘆城の駅家で餞した作者未詳歌(549-551) 難波宮行幸の時の笠金村歌集にある歌，膳部王の歌(950-954) 大伴卿が故人を恋う歌(438-440) ＊大伴卿が芳野離宮を思って作った歌(960) ＊大伴卿が次田温泉に宿り，鶴の鳴くのを聞いて作った歌(961)	
729	**6** 己巳		＊大伴卿が大弐丹比県守の民部卿に転任する際に贈った歌(555)	2.11 丹比県守等を権に参議とする.

西暦	和暦	天皇	萬葉集作品・記事	関連事項
729	神亀 6	(聖武)	＊長屋王が死を賜わった後、倉橋部女王が作った歌，膳部王を悲しんだ作者未詳歌(441-442) ＊大宰少弐小野老の歌(328) ＊防人司佑大伴四綱の歌(329-330) ＊帥大伴卿の歌(331-335) ＊沙弥満誓が綿を詠んだ歌(336) ＊山上憶良が宴会を罷めた歌(337) ＊大伴卿が酒を讃めた歌(338-350) ＊沙弥満誓の歌(351) 7 月 7 日，山上憶良の七夕の歌(1520-1522)	2.12 長屋王が密告で捕らえられて自尽，子の膳部王は自経.
	天平元		大宰帥大伴卿の歌と返歌(806-809) 10 月 7 日，大伴淡等(旅人)が藤原房前に日本琴とともに送った書簡と歌(810-811) 11 月 8 日，藤原房前の書簡と歌(812) ＊山上憶良が詠った鎮懐石の歌(813-814) 摂津国の班田史生丈部竜麻呂が自経死した時，判官大伴三中が作った歌(443-445) 12 月，笠金村歌集にある歌(1787-1789) ＊左大臣が誦詠した，班田の時，葛城王が山背国から薩妙観命婦らの所に贈った歌と薩妙観命婦が報贈した歌(4455-4456)	8.5 図を負うた亀の献上を賀して改元. 11.7 京・畿内の班田司を任じ，位田・功田・賜田・職田を整備する.
730	2 庚午		正月 13 日，梅花の歌 32 首と序(815-846) 大弐紀卿，小弐小野大夫，小弐粟田大夫，筑前守山上憶良，主人大宰帥大伴卿ら 32 人 ＊後に追和した歌(849-852) ＊員外が故郷を思った歌両首(847-848) 松浦河に遊んだ序と歌(853-860)，大伴卿が後に追和した歌(861-863)，三島王が後に追和した歌(883) 6月，病の大伴卿を見舞うべく遣わ	

西暦	和暦	天皇	萬葉集作品・記事	関連事項
730	**天平 2**	(聖武)	された勅使を送って夷守の駅家で詠んだ，大伴百代・山口若麻呂の歌(566–567) 7月8日に山上憶良が作った七夕の歌(1523–1526) 同10日の吉田宜の書簡と歌(864–867) 同11日に山上憶良が謹上した歌(868–870) ＊擢駿馬使として遣わされた大伴道足の饗宴の席で，駅使葛井広成が吟じた歌(962) 11月，大伴坂上郎女が上京の途上で，筑前の名児山を越える時に作った歌(963)，海路で浜の貝を見て作った歌(964) ＊大宰帥大伴卿が大納言に任ぜられて上京するに臨み，府の官人たちが蘆城の駅家で餞をした時，門部石足・麻田陽春・大伴四綱の歌(568–571) 11月，大伴卿が大納言になって上京する時，海路を取る供人が悲しんで作った，三野石守の歌と作者未詳歌(3890–3899) 12月6日に山上憶良が謹上した，松浦佐用姫の領巾麾嶺の歌，後人追和歌，最後人追和歌，最々後人追和歌(871–875)，書殿に餞酒した日の倭歌(876–879)，聊か私懐を述べた歌(880–882) 12月，大伴卿が上京する時，娘子が作った歌，大伴卿が和した歌(965–968) 同月，大伴卿が京に向かって上り，鞆浦を過ぎる時に作った歌，敏馬崎を過ぎる時に作った歌(446–450) 大伴卿が故郷の家に帰ってすぐ作った歌(451–453) ＊大伴卿の上京後，沙弥満誓が卿に贈った歌，大伴卿が和した歌(572–575)	

西暦	和暦	天皇	萬葉集作品・記事	関連事項
		(聖武)	*大伴卿が上京した後，筑後守葛井大成が悲嘆して作った歌(576) *大納言大伴卿が新袍を摂津大夫高安王に贈る歌(577) *大伴三依が別れを悲しんだ歌(578)	
731	天平 3 辛未		麻田陽春が作った大伴熊凝の歌(884-885)，熊凝のため山上憶良が和した歌と序(886-891) 大伴卿が寧楽の家で故郷を思った歌(969-970) 7 月，大伴卿が薨じた時，資人余明軍が悲しんで作った歌(454-458)，内礼正県犬養人上が悲しんで作った歌(459)	7.25 大納言大伴旅人薨去.
732	4 壬申		3 月 1 日，大伴坂上郎女が佐保の宅で作った歌(1447) 高橋虫麻呂歌集にある，3 月に諸卿大夫等が難波に下った時の歌，難波に一泊して帰って来た時の歌(1747-1752) 藤原宇合が西海道節度使に遣わされた時，高橋虫麻呂が作った歌(971-972) 天皇が節度使に酒を賜った歌(973-974) 佐伯東人の妻が夫に贈った歌，佐伯東人が和した歌(621-622)	3.26 知造難波宮事藤原宇合以下に賜い物をする. 8.17 藤原宇合を西海道節度使とする. 8.27 西海道判官佐伯東人に外従五位下を授ける.
733	5 癸酉		3 月 1 日，山上憶良が多治比広成に贈った好去好来歌(894-896) 閏 3 月に笠金村が入唐使に贈った歌(1453-1455) 入唐使に贈った作者未詳歌(4245-4246) 遣唐使船が難波を発つ時，母が子に贈った歌(1790-1791) *阿倍老人が唐に遣わされた時に母に奉った悲別の歌(4247) 6 月 3 日，山上憶良が作った，沈痾自哀文・俗道を悲嘆した詩と序・老身重病の歌(897-902)	3.21 遣唐大使多治比広成，拝朝. 4.3 遣唐使の 4 船，難波津を発つ.

西暦	和暦	天皇	萬葉集作品・記事	関連事項
		(聖武)	＊山上憶良が病に沈んだ時の歌(978) 11月，大伴坂上郎女が神を祭った歌(379-380) 草香山を越える時に神社老麻呂が作った歌(976-977)	
734	**天平6** 甲戌		海犬養岡麻呂が詔に応えた歌(996) 3月，難波宮に行幸した時，作者未詳・船王・守部王・山部赤人・安倍豊継の歌(997-1002) ＊葛井大成が海人の釣船を見て作った歌(1003) ＊桉作益人の歌(1004)	3. 10 難波の宮に行幸.
735	**7** 乙亥		大伴坂上郎女が尼理願の死を悲しんで作った歌(460-461)	9. 30 新田部親王薨去. 11. 14 舎人親王薨去.
736	**8** 丙子		6月，芳野離宮に行幸した時，山部赤人が詔に応えて作った歌(1005-1006) 同月，新羅に遣わされた使人たちが，各々別れを悲しんで贈答し，海路上で旅を傷み，思いを述べて作った歌や所に因んで誦詠した古歌(3578-3717) 9月，大伴家持の秋の歌4首(1566-1569) 11月9日，葛城王等が姓橘宿祢を賜わった時，天皇の歌(1009) 橘奈良麻呂が詔に応えた歌(1010) 12月12日，歌儛所の諸王臣子等が葛井広成の家に集まって宴をした歌(1011-1012) ＊市原王が独り子を悲しんだ歌(1007) ＊忌部黒麻呂が友の来るのが遅いことを恨んだ歌(1008)	2. 28 阿倍継麻呂を遣新羅大使に任命. 6. 27 芳野離宮に行幸. 11. 17 皇族の高名を辞して外家の橘姓を請う従三位葛城王に橘宿祢を賜う.

西暦	和暦	天皇	萬葉集作品・記事	関連事項
737	**天平 9** 丁丑	（聖武）	正月，橘少卿と諸大夫が門部王の家で宴をした時，門部王・橘文成の歌(1013–1014)，榎井王が後に追和した歌(1015) 遣新羅使が海路から都に入ろうとして播磨国の家島に着いた時に作った歌(3718–3722) 2 月，諸大夫等が巨勢宿奈麻呂の家で宴をした歌(1016) 4 月，大伴坂上郎女が賀茂神社に詣で，相坂山を越えて近江の湖を見て帰って作った歌(1017)	**1. 27** 遣新羅大使の大判官壬生太麻呂，少判官大蔵麻呂等が帰国・入京. 大使阿倍継麻呂は対馬で病没. **7. 19** 疫瘡の流行により，大宰府管内の諸社に奉幣. **8. 5** 参議藤原宇合薨去.
738	**10** 戊寅		7 月 7 日の夜，大伴家持が独り天漢を仰いで述懐した歌(3900) 8 月 20 日，橘諸兄の家で宴をした時，巨曾倍津島(対馬)の歌，橘諸兄が和した歌，橘諸兄が伝えた豊島采女の歌，高橋安麻呂が伝えた豊島采女の歌(1024–1027)，作者名不記の歌，巨曾倍津島(対馬)の歌，阿倍虫麻呂の歌，文馬養の歌(1574–1580) 10 月 17 日，右大臣橘卿の旧宅で宴をした時，橘奈良麻呂・久米女王・長忌寸娘・県犬養吉男・県犬養持男・大伴書持・三手代人名・秦許遍麻呂・大伴池主・大伴家持の歌(1581–1591) 元興寺の僧の自嘆歌(1018)	
739	**11** 己卯		石上乙麻呂が土佐国に流された時の歌(1019–1023) 6 月，大伴家持が亡くなった妾を悲しんで作った歌(462)，弟書持が和した歌(463)，なでしこの花を見て家持が作った歌(464)，月がかわってのち，秋風を悲しんで家持が作った歌(465)，家持がまた作った歌(466–469)，悲しみが止まず更に作った歌(470–474)	**3. 28** 石上乙麻呂が久米若売を犯した罪で土佐国に，若売も下総国に流される.

西暦	和暦	天皇	萬葉集作品・記事	関連事項
739	**天平 11**	(聖武)	8 月，大伴家持が坂上郎女の竹田の庄で作った歌，郎女が和した歌(1619-1620) ＊巫部麻蘇娘子の歌(1621) ＊大伴田村大嬢が妹大伴坂上大嬢に与えた歌(1622-1623) 9 月，大伴坂上郎女が竹田の庄で作った歌(1592-1593) ＊大伴坂上郎女が竹田庄から大嬢に送った歌(760-761) 9 月，坂上大娘が稲縵を大伴家持に贈った歌，家持が報贈した歌(1624-1625)，また着衣を脱いで贈ったことに家持が応えた歌(1626) 10 月，皇后の宮の維摩講の終日に仏前で歌った唱歌(1594) 天皇の高円野の狩で逃げ込んだ獣を生け捕って献上する時，大伴坂上郎女が作って添えた歌(1028)	
740	**12** 庚辰		↑中臣宅守が蔵部の女孺狭野弟上娘子をめとった罪で越前に流された時，夫婦が別れを悲しみ嘆き，各々の思いを述べて贈答した歌(3723-3785) 6 月，大伴家持が時ならぬ藤の花と萩の黄葉を坂上大嬢に贈った歌(1627-1628) ＊大伴家持が坂上大嬢に贈った歌(1629-1630) 10 月，藤原広嗣の乱によって，天皇が伊勢国に行幸した時，河口の行宮での大伴家持・天皇・丹比屋主の歌(1029-1031)，狭残の行宮で大伴家持が作った歌(1032-1033)，美濃国の多芸の行宮で大伴東人・大伴家持が作った歌(1034-1035)，不破の行宮で大伴家持が作った歌(1036) 12 月 9 日，大宰の時の梅花の歌に追和した大伴書持の歌(3901-3906)	6. 15 大赦があり，穂積老・久米若売等入京．石上乙麻呂・中臣宅守は赦されず． 9. 3 大宰少弐藤原広嗣が僧玄坊・吉備真備を除くことを朝廷に訴えて入れられず，叛乱する． 10. 29 伊勢国に行幸．以後，伊賀・美濃・近江を巡幸． 11. 5 大将軍東人ら，一日に広嗣・綱手を斬し終わると報告．

西暦	和暦	天皇	萬葉集作品・記事	関連事項
747	**天平 19**	(聖武)	4 月 26 日，大伴池主の館で大伴家持を餞した時，家持・内蔵縄麻呂が作った歌，池主が伝誦した石川水通の橘の歌(3995-3998) 同日，大伴家持の館で宴飲した歌(3999) 同 27 日，大伴家持が作った立山の賦(4000-4002) 同 28 日，立山の賦に和した大伴池主の歌(4003-4005) 同 30 日，大伴家持が，京に入る日の近い悲しみを述べて池主に贈った歌(4006-4007) 5 月 2 日，大伴池主が報和した歌(4008-4010) 9 月 26 日，放逸した鷹を夢に見て感悦し，大伴家持が作った歌(4011-4015)	
748	**20** 戊子		正月 29 日，大伴家持の歌(4017-4020) ＊大伴家持が春の出挙に諸郡を巡行して作った歌(4021-4029) ＊大伴家持が鶯の鳴くのが遅いことを恨んだ歌(4030) ＊大伴家持が作った酒造りの歌(4031) 3 月 23 日，左大臣家の使者田辺福麻呂を大伴家持の館で饗した時，新作や古詠で思いを述べた福麻呂の歌(4032-4035) 24 日の宴で，翌日の布勢水海遊覧への思いを述べて田辺福麻呂・大伴家持が作った歌(4036-4043) 25 日，布勢水海への道中の馬上で誦した歌と，水海に遊覧して作った，田辺福麻呂・遊行女婦土師・大伴家持・久米広縄の歌(4044-4051) 26 日，久米広縄の館で田辺福麻呂を饗した時，田辺福麻呂・久米広縄・大伴家持の歌(4052-4055) 田辺福麻呂が披露した橘卿宅の御宴	

西暦	和暦	天皇	萬葉集作品・記事	関連事項
		(聖武)	の歌に追和した大伴家持の歌(4063-4064) 4月1日，久米広縄の館の宴で，大伴家持・遊行女婦土師・羽咋郡の擬主帳能登乙美が作った歌(4066-4069) ＊国師の従僧清見が京に発つに際して饗宴した時，大伴家持が庭のなでしこを詠んで酒を送った歌(4070)，大伴家持が作った歌(4071-4072)	4. 21 元正太上天皇崩御.
749	天平 21 己丑 天平感宝元		3月15日，越前国の掾大伴池主から贈って来た歌(4073-4075) 同16日，大伴家持が報贈した歌(4076-4079) ＊大伴坂上郎女から贈られた歌(4080-4081) 4月4日，大伴家持が京に返した歌と所心(4082-4084) 5月5日，東大寺の占墾地使僧平栄の饗宴で大伴家持が酒を送った歌(4085) 同9日，少目秦石竹の館の宴で主人の作った百合の花縵を詠んだ，大伴家持・内蔵縄麻呂の歌(4086-4088) 同10日，大伴家持が独りほととぎすの声を聞いて作った歌(4089-4092) ＊大伴家持が英遠の浦に行った日に作った歌(4093) 同12日，産金の詔書を賀して大伴家持が作った歌(4094-4097) 同14日，芳野離宮行幸の日のために大伴家持が予作した歌(4098-4100) 同日，大伴家持が京の家に贈るために真珠を願った歌(4101-4105) 同15日，守大伴家持が史生尾張少咋を教え諭した歌(4106-4109) 同17日，少咋の妻が自ら来た時，大伴家持が作った歌(4110) 閏5月23日，大伴家持が作った橘の歌(4111-4112) 閏5月26日，大伴家持が作ったなでしこの歌(4113-4115)	2. 22 陸奥国に初めて黄金を産出. 4. 14 陸奥国の黄金産出を賀して改元.

西暦	和暦	天皇	萬葉集作品・記事	関連事項
749	**天平感宝元**	(聖武)	閏5月27日，朝集使から帰任した掾久米広縄のために守の館で饗して大伴家持が作った歌(4116-4118) ＊ほととぎすの声を聞いて大伴家持が作った歌(4119) 閏5月28日，上京して貴人美人に会って飲宴する日のために大伴家持が予作した歌(4120-4121) 小旱の恐れがある6月1日夕方，雨雲の気を見て大伴家持が作った歌(4122-4123) 同4日，大伴家持が降雨を喜んで作った歌(4124)	
	天平勝宝元	孝謙	7月7日，大伴家持が作った七夕の歌(4125-4127) 11月12日，越前国掾大伴池主が贈って来た戯歌(4128-4131) 12月15日，更に贈って来た歌(4132-4133) 12月，大伴家持が宴席で作った雪月梅花の歌(4134) ＊少目秦石竹の館の宴で大伴家持が作った歌(4135)	7.2 天皇が譲位し，皇太子阿倍内親王が即位．この日改元．
750	**2** 庚寅		正月2日，国庁で諸郡司等に饗を賜うた時，大伴家持が作った歌(4136) 同5日，久米広縄の館の宴で大伴家持が作った歌(4137) 2月18日に墾田地を視察して礪波郡の主張多治比部北里の家に泊まった時，大伴家持が作った歌(4138) 3月1日夕方，大伴家持が庭の桃李の花を眺めて作った歌(4139-4140)，飛び翔る鴫を見て作った歌(4141) 同2日，大伴家持が柳黛を引き折って京を思った歌(4142) ＊大伴家持が堅香子の草花を引き折った歌(4143) ＊大伴家持が帰る雁を見た歌(4144-4145) ＊大伴家持が夜に千鳥の声を聞いた歌(4146-4147)	

西暦	和暦	天皇	萬葉集作品・記事	関連事項
750	**天平勝宝 2**	(孝謙)	＊大伴家持が暁に雉の声を聞いた歌(4148-4149) ＊大伴家持が川を遡る船人の歌を遠く聞いた歌(4150) 3月3日，大伴家持が自分の館の宴で詠んだ歌(4151-4153) 同8日，大伴家持が白い大鷹を詠んだ歌(4154-4155) ＊大伴家持が詠んだ鵜飼の歌(4156-4158) 同9日，大伴家持が出挙の政務で旧江村に行き，途上の景色を見て作った歌と興を覚えて作った歌 　渋谿崎の巌上の樹を見て作った歌(4159) 　世の無常を悲しんだ歌(4160-4162) 　予作した七夕の歌(4163) 　山上憶良の歌に追和して勇士の名を振るうことを願った歌(4164-4165) 同20日，大伴家持がほととぎすと時の花を詠んだ歌(4166-4168) ＊妻が京の母に贈るために頼まれて大伴家持が作った歌(4169-4170) 3月24日が立夏に当たるので，23日に大伴家持がほととぎすの声を思って作った歌(4171-4172) ＊大伴家持が京の丹比家に贈った歌(4173) 3月27日，大宰の時の春苑の梅の歌に大伴家持が追和した歌(4174) ＊大伴家持がほととぎすを詠んだ歌(4175-4176) 4月3日，ほととぎすの歌，感旧の気持に堪えず大伴家持が思いを詠んで大伴池主に贈った歌(4177-4179) 大伴家持がほととぎすを思う心を述べた歌(4180-4183) 4月5日，京の留女の女郎が贈って来た歌(4184) ＊大伴家持が山吹の花を詠んだ歌	

西暦	和暦	天皇	萬葉集作品・記事	関連事項
750	**天平勝宝 2**	(孝謙)	(4185–4186) 4月6日，大伴家持が布勢水海に遊覧して作った歌(4187–4188) 同9日，大伴家持が大伴池主に鵜を贈った歌(4189–4191) 同日，大伴家持がほととぎすと藤の花を詠んだ歌(4192–4193) 更にほととぎすの鳴くのが遅いことを恨んだ歌(4194–4196) 妻に頼まれて大伴家持が京にいる妹の女郎に贈った歌(4197–4198) 同12日に布勢水海に遊覧して多祜湾に船を泊め，藤の花を見て，大伴家持・内蔵縄麻呂・久米広縄・久米継麻呂が各々思いを述べて作った歌(4199–4202)，ほととぎすの鳴かないことを恨んだ久米広縄の歌(4203)，折った朴柏の葉を見た僧恵行と大伴家持の歌(4204–4205)，帰途，浜に出た月を仰ぎ見た大伴家持の歌(4206) 同22日に大伴家持が久米広縄に贈った，ほととぎすを恨んだ歌(4207–4208) 同23日，久米広縄が和した歌(4209–4210) 5月6日，家持が興によって処女墓の歌に追和した歌(4211–4212) 大伴家持が京の丹比家に贈った歌(4213) 5月27日右大臣家藤原二郎の慈母の喪を弔った大伴家持の挽歌(4214–4216) 5月，大伴家持が長雨の晴れた日に作った歌，漁り火を見た歌(4217–4218) 6月15日，大伴家持が萩の初花を見て作った歌(4219) 京の大伴坂上郎女から大嬢に贈って来た歌(4220–4221) 9月3日の宴で久米広縄・大伴家持が作った歌(4222–4223) 10月5日，河辺東人が伝誦した，	9.24 遣唐使を任

西暦	和暦	天皇	萬葉集作品・記事	関連事項
		（孝謙）	芳野宮に行幸した時に藤原皇后が作った年月未詳歌(4224) 10月16日，朝集使秦石竹の餞をした時，大伴家持が作った歌(4225) 12月，雪の日に大伴家持が作った歌(4226)	命す．大使藤原清河・大伴古麻呂副使．
751	**天平勝宝 3** 辛卯		正月2日，守の館の宴で大伴家持が作った歌(4229) 同3日に内蔵縄麻呂の館で集宴した時，大伴家持・久米広縄・遊行女婦蒲生娘子・内蔵縄麻呂の歌(4230–4234) 2月2日，国守の館で正税帳使久米広縄に餞する宴で大伴家持が作った歌(4238) 越中大目高安倉人種麻呂が伝誦した歌 春日の神を祭った日，藤原太后が作って入唐大使藤原清河に賜うた歌(4240)，大使藤原清河の歌(4241)，藤原大納言の家で入唐使らに宴した日，主人藤原卿の作った歌，多治比土作，大使藤原清河の歌(4242–4244)	
			4月16日，大伴家持がほととぎすを詠んだ歌(4239) 8月4日，少納言に遷任された大伴家持が朝集使掾久米広縄に残した歌(4248–4249) 同日，内蔵縄麻呂の館で餞別の宴が設けられた時，大伴家持が作った歌(4250) 同5日，上京の途に就き，射水郡の大領安努広島の門前で餞の席が設けられた時，大伴家持が作った歌(4251) ＊正税帳使から帰任する掾久米広縄と越前国の掾大伴池主の館で会って飲宴した時，久米広縄が萩の初花を見て作った歌，大伴家持が和した歌(4252–4253) ＊京への途上で大伴家持が興を得て	4.4 遣唐使のため諸社に奉幣．

西暦	和暦	天皇	萬葉集作品・記事	関連事項
		（孝謙）	予作した侍宴応詔歌（4254-4255） ＊左大臣橘卿を寿いで大伴家持が予作した歌（4256） 10 月 22 日，紀飯麻呂の家で宴をした時，船王が伝誦した久迩京の時の作者未詳の歌（4257），中臣清麻呂が伝誦した古京の時の歌（4258），大伴家持が梨の黄葉を詠んだ歌（4259）	
752	**天平勝宝** **4** 壬辰		閏 3 月，大伴古慈悲の家で入唐使等に餞して，多治比鷹主が副使大伴胡麻呂を寿ぐ歌，作者未詳の伝誦歌（4262-4263） ＊勅して使を難波に遣わし，入唐使清河等に酒肴を賜うた歌（4264-4265） ＊詔に応ずるために大伴家持が予作した歌（4266-4267） ＊天皇・太后が大納言藤原家に行幸した時，命婦が誦した歌（4268） 11 月 8 日，橘朝臣宅で宴をした時，太上天皇・左大臣・藤原八束・大伴家持の歌（4269-4272） 同 25 日，新嘗祭の宴の時，巨勢朝臣・石川年足・文室智努・藤原八束・藤原永手・大伴家持の歌（4273-4278） 同 27 日，林王宅で但馬安擦使橘奈良麻呂に餞した時，船王・大伴黒麻呂・大伴家持の歌（4279-4281）	閏 3.9 遣唐使に節刀を給い，大使以下に叙位. 4.9 盧舎那大仏が成って開眼.
753	**5** 癸巳		正月 4 日，石上宅嗣家の宴会で石上宅嗣・茨田王・道祖王の歌（4282-4284） 同 11 日，大伴家持が思いを述べた歌（4285-4287） 同 12 日，内裏で千鳥の声を聞いて大伴家持が作った歌（4288） 2 月 19 日，橘家の宴会で大伴家持が柳の枝を折る歌（4289） 同 23 日，大伴家持が興によって作った歌（4290-4291） 同 25 日，大伴家持が作った歌（4292）	

西暦	和暦	天皇	萬葉集作品・記事	関連事項
		(孝謙)	8月12日，二三の大夫が壺酒を提げて高円野に登り，思いを述べて作った大伴池主・中臣清麻呂・大伴家持の歌(4295–4297)	
754	**天平勝宝 6** 甲午		正月4日，氏族の人たちが大伴家持宅に集まって宴をした時，大伴千室・大伴村上・大伴池主の歌(4298–4300) 同7日，天皇・太上天皇・皇太后が東の常宮の南大殿で宴をした時，安宿王が奏した歌(4301) 3月19日，家持の庄の槻の樹下で宴をした時，置始長谷と大伴家持の歌(4302–4303) 同25日に左大臣橘卿が山田御母宅で宴をした時，大伴家持が作った歌(4304) 4月，大伴家持がほととぎすを詠んだ歌(4305) 大伴家持が天の川を仰いで作った七夕の歌(4306–4313) 7月28日，大伴家持が作った歌(4314) ＊大伴家持が秋の野を思って作った歌(4315–4320)	
755	**7** 乙未		2月に交替して筑紫に遣された諸国の防人等の歌 6日，遠江国の防人部領使が提出した歌(4321–4327) 7日，相模国の防人部領使が提出した歌(4328–4330) 8日，防人の悲別の心を痛んで大伴家持が作った歌(4331–4333) 9日，駿河国の防人部領使が提出した歌(4337–4346) 同日，大伴家持が作った歌(4334–4336) 同日，上総国の防人部領使が提出した歌(4347–4359) 13日，大伴家持が拙懐を述べた歌(4360–4362)	1.4 勅によって七年を改めて七歳とす.

西暦	和暦	天皇	萬葉集作品・記事	関連事項
755	天平勝宝 7	(孝謙)	14 日，常陸国の防人部領使が提出した歌(4363-4372) 同日，下野国の防人部領使が提出した歌(4373-4383) 16 日，下総国の防人部領使が提出した歌(4384-4394) 19 日，大伴家持が防人の情のために作った歌(4398-4400) 20 日，武蔵国の防人部領使が提出した歌(4413-4424) 22 日，信濃国から提出された歌(4401-4403) 23 日，上野国の防人部領使が提出した歌(4404-4407) 同日，防人の悲別の情を述べて大伴家持が作った歌(4408-4412) 昔の防人の歌(4425-4432) 2 月 17 日，大伴家持が作った歌(4395-4397) 3 月 3 日，防人検校を終えて勅使等と宴飲し，勅使安倍沙美麻呂・大伴家持が作った歌(4433-4435) ＊大原今城が伝誦した年月未詳歌 昔交替した防人の歌，先太上天皇のほととぎすの歌，薩妙観が詔に和した歌，内命婦石川朝臣が太上天皇の詔に応じた歌(4436-4439) ＊大原今城が朝集使として上総国から上京する時，郡司の妻女等が餞した歌(4440-4441) 5 月 9 日，大伴家持宅の宴で大原今城・大伴家持が作った歌(4442-4445) 同 11 日，左大臣橘卿が丹比国人宅で宴をした時，丹比国人と左大臣の歌(4446-4448) 同 18 日，左大臣が橘奈良麻呂宅で宴をした時，船王と大伴家持の歌(4449-4451) 8 月 13 日，内南安殿で宴をした時，安宿王と大伴家持の歌(4452-4453) 11 月 28 日，左大臣が橘奈良麻呂宅で宴をして作った歌(4454)	

西暦	和暦	天皇	萬葉集作品・記事	関連事項
756	**天平勝宝** 8 丙申	（孝謙）	3月7日，聖武太上天皇・孝謙天皇・光明皇太后が河内離宮への行幸の途時，河内国伎人郷の馬国人の家で宴をした時，大伴家持の歌・馬国人の歌・大伴池主が読んだ大原今城の歌(4457–4459) ＊大伴家持が難波江の畔で作った歌(4460–4462) 同20日，大伴家持が興によって作った歌(4463–4464) 6月17日，大伴家持が族を諭した歌，病に臥して無常を悲しんで修道を願った歌，寿を願って作った歌(4465–4470) 11月5日夜，小雷して雪が庭を覆ったことに感じて大伴家持が作った歌(4471) 同8日，安宿王等が安宿奈杼麻呂の家で宴をした時，安宿奈杼麻呂と山背王の歌(4472–4473)，後日大伴家持が追和した歌(4474) 同23日，大伴池主宅の宴の時，大原今城の歌(4475–4476)	2.24 難波に行幸．この日，河内国知識寺の南の行宮に至る． 3.1 聖武太上天皇，堀江の畔に行幸． 5.11 大伴古慈悲，淡海三船，朝廷を誹謗し，左右衛士府に禁ぜられる．
757	9 丁酉 **天平宝字** **元**		3月4日，大原今城宅の宴で大伴家持が作った歌(4481) 6月23日，三形王宅の宴で大伴家持が作った歌(4483) ＊大伴家持が物色の変化を悲しんで作った歌(4484) ＊大伴家持が作った歌(4485) 11月18日，内裏で宴をした時，皇太子と内相藤原朝臣の歌(4486–4487) 12月18日，三形王宅で宴した三形王・伊香真人・大伴家持・年月未詳の石川女郎の歌(4488–4491) 同23日，大原今城宅の宴で大伴家持が作った歌(4492)	1.6 橘諸兄薨去． 5.20 藤原仲麻呂を紫微内相とする． 7.– 橘奈良麻呂の乱発覚． 8.18 この日，改元．天平勝宝九歳を天平宝字元年とする．
758	2 戊戌		正月3日，内裏の宴で諸王卿が歌を詠んだ時，大伴家持が作って奏上し	

西暦	和暦	天皇	萬葉集作品・記事	関連事項
758	**天平宝字 2**	(孝謙)	なかった歌(4493) 正月6日，侍宴のために大伴家持が予作して奏上しなかった歌(4494) 同日，内庭に仮に樹木を植えて帷にして宴をした時，大伴家持が作って奏上しなかった歌(4495) 2月，中臣清麻呂宅で宴した大原今城・中臣清麻呂・大伴家持・市原王・甘南備伊香・御方王らの歌(4496-4513) 同10日，内相宅で渤海大使小野田守等の餞の宴をした時，大伴家持が作った歌(4514) 7月5日，大原今城宅で因幡国守大伴家持の餞の宴をした時，家持が作った歌(4515)	6.16 大伴家持を因幡国司とす.
		淳仁		8.1 孝謙天皇譲位. 皇太子即位.
759	3 己亥		正月1日，因幡国庁で国の郡司等に饗した時，大伴家持が作った歌(4516)	

現代の論理的意味論

現代の論理的意味論

――フレーゲからクリプキまで――

野本和幸著

岩波書店

Dedicated to Professor David Kaplan
In token of gratitude

Development of Contemporary Logical Semantics
—— From Frege to Kripke ——

はしがき

本書は、現代論理学そのものの歩みを、純学説史的に描くことを目指してはいない。本書の目的は、より限定されたものであって、主に〈意味論的〉視点からみた現代論理の系譜を辿ることである。もうすこし敷衍すれば、本書の狙いは、次のような諸点をやや立ち入って明らかにすることである。——すなわち、フレーゲから最近のクリプキやカプランにいたるここ一〇〇年ほどの、現代論理をめぐる〈意味論的〉ないし〈言語哲学的〉な主要問題とは何か、またそれら諸問題解決のさまざまな試みがどのような基本的道筋において展開されてきたのか、さらに、今後どのような方向に進展が期待されるか——。しかしながら、こうした試みは、現在のところ、欧米にも我が国にも指標となる類書がない上に、どの論争点も決着済みとはいえないのである。それゆえ、本書での問題選択、従来の展開過程の筋道づけ、今後の展望のいずれに関しても、著者自身の見地から方向づけるほかはなかった。それらが正鵠を得たものであるかどうかについては、識者の判定に委ねたいと思う。

ここで、本書の大まかな構成を記しておこう。

第一部「原型と展開」では、まず第一章で、現代論理学の創始者であるドイツの数学者、哲学者ゴットロープ・フレーゲが、論理学を構築するに際して踏み込まざるを得なかった意味論的・言語哲学的考察がいかなるものであったのかを明らかにする。次いで第二章では、フレーゲによって切り拓かれた現代論理をめぐる哲学的諸問題の原型が、ラッセル、ウィトゲンシュタインにどのようなインパクトを与えたか、またこの二人のそれぞれ独自の反応が、問題射程をどのように拡大し、後の展開にどのような点で、より豊かな着想の源泉を用意することになったかを描きたいと思う。

第三章では、こうした原型が、どのように整備され、新たな展開の可能性が追求されているか、さらには、こうした原型の創始と展開こそがフレーゲ以来の実在論的前提を根本的に問い直すという反逆をも惹起する契機となっている次第を明らかにしよう。すなわち、一九三〇年代に、形式言語（論理や数学）における真理の定義を厳密に定式化したポーランドの若き論理学者A・タルスキの仕事を、第一にとりあげる。彼の真理論は、今日の論理学の意味論（モデル論）の範型を決定したのである。次に時代はとぶが、一九六〇年代以降、タルスキ流の真理論を拡張し、日常言語に対しても、フレーゲ、ウィトゲンシュタイン以来の〈真理条件的〉意味論と称される理論を与えようとしたアメリカのD・デイヴィッドソンの仕事と、その最大の論敵であるオックスフォードのM・ダメットの、反実在論的な〈検証主義的〉意味論とを、対比させよう。ダメットはフレーゲ研究の第一人者であるとともに、フレーゲ的な〈実在論的〉言語観に対する最も強力な反対者なのである。また、ダメットの意味論と親近性をもつ非標準的な直観主義論理に関するクリプキ・モデルその他にも言及し、第二部の内包論理へのつなぎとする。

第二部においては、第二次大戦後、カルナップ、チャーチに始まって、一九六〇年代以後めざましい発展を示している内包論理(様相論理、知・信の論理、指標的表現を含む直示語の論理など)の意味論とその諸問題をとりあげる。ところで、内包論理に対し、終始懐疑的なクワインは、いくつかの基礎的かつ重大な逆理を指摘した。そこで、斬新な意味論の構築を試みたクリプキ、モンタギュ、ヒンティカ、カプランらの気鋭の内包論理学者が、クワイン・パズルをどう回避しようとしたかを論述の焦点にしようと思う。関連する論題は、(1)ライプニッツに発し、カルナップを経て、クリプキらによりめざましく展開された〈可能多世界意味論 possible worlds semantics〉、(2)クワイン・パズルに触発された〈貫世界同一性 transworld identity〉をめぐる個体論や本質主義といった形而上学的問題、それと連関して、(3)フレーゲ以来の正統的単称名辞論に対するクリプキ、パトナムらの果敢な挑戦(記述説批判)、(4)その代替案としての〈直接指示 direct reference〉の理論、(5)カプランの包括的内包論理＝〈直示語の論理〉、(6)ヒンティカ、カプランらの〈知・信の論理〉の意味論などである。先述のとおり、いずれの論争点も必ずしも決着済みではない。それゆえ、著者自身の見解と判断によって、論争の整序・解決の方向性を示すよう試みたい。

本書は、拙著『フレーゲの言語哲学』の、いわば続篇をなすものである。前著と同様、本書の構想を育んだのは、American Council of Learned Societies(UCLA, 1977-78)および Alexander von Humboldt 財団(Göttingen, 1979-80)の各研究員としての遊学経験であった。この欧米滞在は、著者にとり決定的な転回点をなすものであった。フレーゲ研究については、G. Patzig 教授との毎週の個人ゼミをはじめとするゲッティンゲン大学哲学科スタッフのおりに触れてのコメントや助言に大変助けられた。また、内包論理の意味論や新言語哲学をめぐっては、この分野のまさにメッカの一つであるUCLAに滞在し、一年間直接 A. Church, D. Kaplan, K. Donnellan, M. Furth, R. Martin 諸教授や当時院生だった N. Salmon らと、セミナーであるいは個人的に親しく交わることのできたことは、誠に得がたい経験であった。本書は、著者にとっては、こうした欧米の師友の学恩と友情への感謝のしるしであり、かつ彼らとの交流の記念でもある。とりわけ、D・カプラン教授は、毎週のごとく貴重な時間を割いて、哲学部のある Dodd Hall のオフィスで、あるいはUCLAの美しい広大なキャンパスを散策しながら、時には花々の咲き乱れる御自宅の庭で、当時は未公刊だった彼の重要論文や著作(*Demonstratives*[*]はいまも未刊である)を中心に、さまざまの質疑応答の相手をしていただいた。いよいよ明日は帰国という最後の個人ゼミが終了すると、握手しながら、あの快活豪快なカプラン教授が、顔を紅潮させ眼を瞬《しばた》かせつつ、別れを惜しんで下さった光景は、いまも感激新たに想い出されるのである。学問上は言うに及ばず、その率直で暖かな人柄を通じ、人間として多くを教えられたカプラン教授に、感謝を籠めて、本書を献げたいと思う。(*一九八九年刊行された。)

またこのようなチャンスの与えられるよう直接間接に援助を惜しまれなかった多くの師友の方々に、心から感謝の意を表したいと思う。

また、(当時の)北海道大学文学部助手金子洋之氏、植木哲也・塚原典央・中川大の院生諸氏、ならびに八戸高専講師高橋要氏からは、校正など多くの助力をいただいた。心から御礼申し上げる。

最後に、本書の企画から完成まで、周到な配慮と理解をもって著者を督励された、岩波書店編集部の大塚信一、中川和夫両氏の友情に厚く御礼申し上げたいと思う。

一九八七年 初秋　ナナカマドの紅く染まる頃　札幌にて

野本和幸

目　次

はしがき
プロローグ　二〇世紀の知的冒険者たち……1

第一部　原型と展開

第一章　フレーゲ意味論の射程……13
1　現代論理学の創始……13
2　フレーゲ意味論の基本的枠組……17
2-1　関数論的解釈意味論（18）　2-2　実在論的傾向（22）
2-3　文脈主義的アプローチ（24）　2-4　意味と意義との区別（31）
3　意義の諸相……35
3-1　周縁的考察（36）　3-2　真理論的規定（38）
3-3　認識論的規定（43）
4　固有名詞論……48
4-1　フレーゲの記述理論（49）　4-2　単称（非）存在言明のパラドクス（52）

6　直接指示……274
6-1　一般命題と単称命題（274）
6-2　指標詞の直接指示性（279）
6-3　指示詞の直接指示性（286）
7　固有名詞論……297
7-1　命名のメカニズム分析（297）
7-2　直接指示性と固定性（301）
7-3　指示の遷移（304）
7-4　伝聞状況での名前学習（306）
7-5　単称(非)存在言明（308）
8　自然種名……309
8-1　社会性（309）
8-2　実在世界への指標性（311）
8-3　直接指示性と固定性（313）
8-4　経験的性格（314）
8-5　まとめ——指示と実在論（315）
9　個体と貫世界同一性……317
9-1　直接指示性（317）
9-2　指示の固定性（319）
9-3　貫世界同定（322）
9-4　直示語と個体（324）
9-5　必然性とア・プリオリおよび心身問題（326）
第六章　知・信の論理……333
1　先駆……333

1-1 問題提起（333）　1-2 カルナップの内包的同型性（335）
2 クワインのパズル……338
2-1 量化文の多義性（338）　2-2 内部量化のディレンマ（340）
2-3 遷出のパズル（344）
3 カプランの内部量化……346
3-1 *de re* 信念のフレーゲ的表記（347）　3-2 遷出可能性のパズル（349）
3-3 代表関係（350）　3-4 チャーチの信念透明性のパズル（355）
4 ヒンティカの知・信の論理……358
4-1『知と信』（358）　4-2 個体化関数（362）
5 クリプキのパズル……369
5-1 固有名・自然種名の場合（369）　5-2 指標詞のパズル（375）
6 依存的解釈の試み……378
6-1 直接話法的な統辞論的アプローチ（379）　6-2 間接話法的な意味論的アプローチ（381）
6-3 フレーゲ・パズル（387）
エピローグ……391

注 …… 395
用語解説 …… 41
引照文献（略称）表 …… 27
索　引 …… 1

プロローグ　二〇世紀の知的冒険者たち

一八七九年、ゴットロープ・フレーゲの『概念記法』出現に続くこの一〇〇年ほどの現代論理の革命は、アインシュタインの「相対論」(一九〇五)により先導された現代物理学における科学革命の劇的な進展に比べ、ずっと地味で注目を集めることも少なかった。しかし、フレーゲのこの小冊子ならびにその後の仕事のうちに秘められていた革命的なインパクトは、いまや蔽うべくもなく顕在化したといってよい。フレーゲの仕事は、現代論理学に画期をもたらすとともに、ラッセル、ホワイトヘッド、ヒルベルト、ブラウワ、タルスキ、ゲーデルといった巨人たちを輩出するにいたる数学基礎論という新しい分野を形成し、他方応用面では、今日の人工知能をはじめとするコンピュータ・サイエンスの基礎を用意するものにほかならなかった。僅々一〇〇ページにも満たない地味で無愛想な小冊子の中に、巨大な起爆力が秘められていたのである。

しかしフレーゲの影響は、単に論理や数学基礎論の領域にとどまるものではない。フレーゲは、算術を基礎づけるに足る新しい論理学を自ら構築しなければならなかったが、他方、論理体系の構築にあたり、いわば準備・予備学として、論理、言語、認識についての哲学的考察にも踏み込まざるをえなかったのである。とりわけ、その後二〇世紀の哲学に巨大な影響を与え、かつ現在も与え続けているのは、フレーゲの豊饒にして透徹した意味論的・言語哲学的考察である。

まず第一に、一九世紀に革命的に進展した数学的関数論の、基本的アイディアを拡張することによって獲得されたフレーゲの関数論的な意味論は、その後の論理的意味論の型を、決定的な仕方で規定したのである。それとともに第二に、フレーゲの哲学的考察は、それぞれ独自の継承と反撥を伴いつつ、ラッセル、ウィトゲンシュタインの哲学形成に、したがってその後今日にいたる分析哲学の形成に、巨大な影響を与えたのである。より詳しくいえば、(i)フレーゲによる表現の意味 Bedeutung と意義 Sinn の区別、意義についての認識論的考察、〈真理条件的〉意味論は、今日まで、論理と言語をめぐる哲学的考察に測り知れない影響を及ぼし続けている。また、(ii)話法や信念に関わる標準的でない文脈に関するフレーゲのパズル指摘とまた彼の示唆した解決案とは、現在も、内包論理の意味論構築に際し、なお魅力を失わず、賛否両論を惹起する論争点を提供しているのである。(iii)意味と意義の区別に基づくフレーゲ流の単称名辞の意味論は、ラッセルのそれと並んで、今世紀の正統と認められるにいたったが、一九七〇年代より、クリプキ、パトナムらにより、大胆な挑戦が開始され、さらに近年は、フレーゲ流の意味論が、人称代名詞や指示詞といった指標的表現に関する満足すべき意味論を与えることができないのではないか、また、固有名や指標的表現の含まれる話法や信念文の場合に、フレーゲ流の処理が事柄の正しい分析であるのかどうかが問われているのである。(iv)また、古典的論理学の実在論的意味論に基づくフレーゲ流の実在論的言語観に対しても、ダメットにより、直観主義論理を背景にした反実在論的言語観が提起され、根本的批判に曝されているのである。この論争は、ハンソン、クーン、ファイヤアーベントらの共約不可能性 incommensurability の主張と相俟って、論理、言語、数学、科学全面にわたる実在論と反実在論との対立という大問題に通底するものなのである。このように、現在深刻な論争に曝されているとはいえ、否、逆にそのような挑戦をなお受けているがゆえに、二〇世紀における、とりわけ論理的意味論の分野での、フレーゲ・パラダイムの射程と影響力は、測り知れないものがあるといってよい。

そこで本書では、第一章でまず、フレーゲの意味論的考察の全体を、やや詳しく概観し、その後の論理的意味論がどのような問題射程のうちで展開されたかを示そうと試みる。

次に第二章では、ミル的見地を一瞥した後、ラッセルの論理的意味論をとりあげる。通常、フレーゲとラッセルとはペアでとりあげられるが、元来ラッセルはフレーゲの仕事を知らずに出発したのである。やがてフレーゲの仕事に出会ったラッセルが、どの点でフレーゲを受容し、どの点で独自の途を歩んだかを辿ることを通じ、両者の対比を際立たせようと思う。その理由は、最近の内包論理の意味論をめぐる論争は、フレーゲ的見地とミル－ラッセル的見地との対立という面をもっているからでもある。

次に、フレーゲ－ラッセルの両者に深く影響されつつ、自らの哲学を形成したウィトゲンシュタインが、両者のそれぞれのどの面を継承し、どの面に反撥したかに注目しつつ、ウィトゲンシュタインの独自な〈写像理論〉と〈事態〉の形而上学の骨子を見ることにする。ウィトゲンシュタインの初期哲学は、その後カルナップの仕事を介して、様相論理の〈可能世界意味論〉や、最近の〈状況意味論〉(1)の淵源の一つをなすからである。

フレーゲ、ラッセル、ウィトゲンシュタインによってその原型を据えられた論理的意味論は、一九三〇年代初頭のタルスキによる真理対応説の厳密な定義により、第二のピークを迎える。タルスキの真理論は、その後の論理学のモデル論の型を決定したのである。第三章では、まずこうしたタルスキの真理論の紹介後、時代的には三〇年とんで一九六〇年代以後にタルスキの真理論を逆転用しながら、フレーゲ－ウィトゲンシュタインに淵源する〈真理条件的〉意味論を、日常言語に拡張しようとしたD・デイヴィッドソンの仕事を概観する。彼の意味論上の諸論考は、その行為論と相俟って、欧米学界に強い影響力をもつ。

デイヴィッドソンに対する最も手強い論敵は、M・ダメットである。ダメットは、デイヴィッドソン流の全体論的な実在論的言語観に対して、構成主義的な〈検証可能性条件〉に基づく意味論を対置しようと試みている。ところで、ダメットの意味論は、古典論理に制限を加えた直観主義論理と親近性を示す。そこで、直観主義論理に対するクリプキ・モデルの特徴を紹介し、併せて、その他の構成主義的な意味論の試みを瞥見する。

以上、第一部では、フレーゲ－ラッセル－ウィトゲンシュタインによって前世紀末から二〇世紀初頭にかけて提示された論理的意味論の原型が、タルスキらの手により、一九三〇年代以後、標準的な古典論理のモデル論として整備された次第を追跡し、次いで一九六〇年代にいたってのデイヴィッドソンによる真理条件的意味論の展開とダメットの検証主義的意味論とを対比させ、最後に、相前後して提示された非標準的な直観主義論理のモデル論に言及しようと思う。

第二部においては、標準的な論理の範囲を超える内包的文脈中(こうした文脈では、基本的な論理法則のいくつかが成立しないように見える)、とくに、「可能」「必然」「偶然」といった論理的様相と、話法や「信じる」「知る」等の命題態度 propositional attitudes をめぐる意味論上の諸問題を取り扱い、併せて、固有名詞や指示詞その他の指標的表現をめぐる直接指示 direct reference の論理と意味論をとりあげたいと思う。

第四章では、最初にA・チャーチによるフレーゲ的着想の厳密な形式化を見た後、内包論理に対し一貫して懐疑的なクワインの挑戦をとりあげ、様相論理の逆理を明らかにする。様相論理の意味論を構築しようとする者は、クワインのパズルをなんらかの仕方で克服する方途を示す義務があるのである。まず、スマリアンとクワインの応酬を見た後、様相述語論理の意味論をはじめて展開したR・カルナップの意味論を、やや立ち入って明らかにする(ただしその前に、タルスキのモデル論とともに、カルナップの着想の主要な淵源をなすライプニッツとウィトゲンシュタインの可能世界論に簡単に言及する)。チャーチ‐カルナップの仕事は、タルスキに続く意味論上の一大ピークを形成するとともに、一九六〇年代以降に展開される可能世界意味論その他の主要な着想を豊富に含んでいるのである。

カルナップは、可能世界への直接の加担を避け、存在論上より安全な(可能世界の)状態記述という統辞論的概念を核にして、その意味論を構成している。この方法は、やがて一九六〇年代に、ヒンティカのモデル集合というアイディアに直接継承される。ヒンティカは、単称名辞の範型を確定記述に求め、したがって単称名辞は各可能世界で相異なる個体を指しうるという指示の多重性 referential multiplicity を示すことを認める。すると、ヒンティカ・モデルでは、ある基本的論理法則(代入則・量化法則)は簡明な形では成立しないことになる。他方、クリプキ・モデルではよりあからさまに可能世界が導入され、表現に何を値として割り当てるかは各可能世界に相対化される。しかしクリプキ・モデルでも、開放文に関しては、代入則も量化法則も成立しない。クリプキは、開放文をその普遍量化の省略とみなすという形でこの困難を避ける方策をとっているが、それは、本質的問題解決の先送りであろう。

かくて、ある基本的な論理法則(代入則・量化法則)の成立・不成立の問題は、個体には各可能世界ごとに分裂・融合が認められるか否か、また、個体は各可能世界内に束縛されているのか、それとも貫世界的に transworldly 延長しているのかといったような、個体に関する形而上学的ないし認識論的な問題を惹起するようにみえ、一九七〇年代に多くの論争を生むことになる。そこで第四章第7節「個体論のパズル」では、こうした個体論論争を批判的に吟味する。まず、(A)言語表現とは独立に個体を直接問題にする立場をとりあげる。個体が複数の世界に延長しているか否かという論争に関し、(1)こうした個体の貫世界同一性に懐疑的な見地、(2)個体は、時空に延長しているごとく、貫世界的に延長していると主張するソーセージ説、(3)個体は、基本的に各世界内に局在し、貫世界個体とは各世界内個体片の人工的重ね合わせだとみなすサンドウィッチ説、の三つの見地が区別できよう。(1)(3)の見地では、なんらかの本質主義に依拠しない限り、先の基本的論理法則は回復できない。他方(2)の見地では、論理法則は成立するが、貫世界的個体を独断的に想定することに抵抗があるであろう。

そこで次に、(B)いずれの形而上学的個体論にも直接コミットせずに、個体がどのような言語表現によって名指されているのかを考慮するという、言語表現の意味論的機能分析に依存する「依存的解釈 dependent interpretation」をとりあげる。すると、貫世界同一性を導くような単称名辞の意味論的身分の探究が必要となる。

そこで、第五章では、一九七〇年代より開始された、フレーゲ以来の正統的な単称名辞論に対する正面からの挑戦である〈直接指示〉の意味論をとりあげる。まず、クリプキ、パトナム、ドネラン、カプランらによる「記述(束)説」——固有名・自然種名・指標的表現に関するフレーゲ-ラッセル-ウィトゲンシュタイン的見解のアマルガム——への批判の骨子を明らかにする。こうした準備に立って、モンタギュらの様相・時制・指標的表現をも含む包括的な内包論理構築の試みや、カプランの〈直示語の論理〉を紹介した後、さらに、指標的表現の〈直接指示〉の問題について一層踏み込んで考察しているカプランの未刊著作の論点を立ち入って明らかにする。以上を導きの糸に、固有名・自然種名に関する著者自身の意味論的見解——それは〈直接指示性〉と〈指示の固定性〉を強調するものである——を提示しよう。

以上の、指標的表現・固有名・自然種名の〈直接指示性〉と〈固定性〉という意味論的特徴の確認の上に立って、前章から持ち越した様相論理における代入則と量化法則の前提となる個体の貫世界同一性の問題に対し、認識論的ならびに形而上学的テーゼから可能なかぎり独立に、「依存的解釈」という純粋意味論的な解決試案を提出したいと思う。それは、ミニマムな形而上学的主張として、「このもの主義 Haecceitism」を含意することになるであろう。

最後の第六章では、「コロンブスは地球が円いと信じた」とか、「カントは7プラス5が12だと知っている」のような、知や信という命題態度に関する文脈がとりあげられる。この文脈でも、通常の代入則や量化法則その他が成立しないようにみえる。にもかかわらず、クワインも認めるように、次のような命題態度文脈内部への量化 quantifying in を含むイディオムは、知や信のよ

新 日本古典文学大系 別巻
萬葉集索引

2004 年 3 月 26 日　第 1 刷発行
2025 年 3 月 7 日　オンデマンド版発行

編　者　佐竹昭広《さたけあきひろ》　山田英雄《やまだひでお》　工藤力男《くどうりきお》
大谷雅夫《おおたにまさお》　山崎福之《やまざきよしゆき》

発行者　坂本政謙

発行所　株式会社 岩波書店
〒 101-8002 東京都千代田区一ツ橋 2-5-5
電話案内 03-5210-4000
https://www.iwanami.co.jp/

印刷／製本・法令印刷

ISBN 978-4-00-731528-2　Printed in Japan

4-3 本来的固有名（55）
5 間接的文脈……59
5-1 間接的文脈と代入則（59）　5-2 間接的文脈の諸例（60）
5-3 残された問題（62）
6 指標的表現の意味論……63
6-1 絶対的真理概念と状況文の永久化（64）　6-2 フレーゲ的意味論の定式化（66）
6-3 フレーゲ的永久化の問題点（68）　6-4 「私」と自己意識（71）
第二章 記述と写像——ミル－ラッセル－ウィトゲンシュタイン——……73
1 J・S・ミルの意味論……73
2 ラッセルの意味論……75
2-1『数学の諸原理』の意味論（75）　2-2 記述理論（80）
2-3 記述と論理的固有名（86）　2-4 フレーゲのパズルと命題関数（89）
2-5 命題と真理（93）
3 『論理哲学論考』の意味論……96
3-1 受容と反撥（97）　3-2『論考』の意味論（99）
第三章 真理論と意味論——真理条件と直観主義——……119

1　タルスキの真理論……120
1-1　形式的正しさ（121）　1-2　内容的適切性（123）
1-3　真理規約T（124）　1-4　充足関係（126）
1-5　まとめ（131）
2　デイヴィッドソンの真理条件的意味論……132
2-1　自然言語における真理条件（133）　2-2　根元的解釈の問題（136）
2-3　まとめ（144）
3　ダメットの検証主義的意味論……146
3-1　デイヴィッドソン批判（146）　3-2　主張可能性条件（149）
4　直観主義のモデル論……152
4-1　クリプキの直観主義モデル（152）　4-2　証明可能性による解釈（158）
4-3　第一部のまとめ（161）

第二部　内包的意味論の諸問題

第四章　様相論理——可能多世界意味論の展開——……165
1　フレーゲ-チャーチの内包論理……165
1-1　通常の意味と間接的意味（165）　1-2　チャーチの内包論理（166）

2 クワインの挑戦——様相のパラドクス……169
2-1 様相のパラドクス (170) 2-2 スマリアンの反論 (174)
2-3 クワイン再論 (177)
3 可能世界論の先駆——ライプニッツとウィトゲンシュタイン……181
3-1 ライプニッツの可能世界 (182) 3-2 ウィトゲンシュタインの可能世界論 (183)
4 カルナップの様相意味論……186
4-1 「様相と量化」における意味論 (186) 4-2 『意味と必然性』における意味論 (189)
5 ヒンティカのモデル集合……196
5-1 相対的必然性 (196) 5-2 モデル集合と代替関係 (198)
5-3 代入則と必然的同一性 (200) 5-4 量化法則と指示の一意性 (201)
5-5 ヒンティカの立場 (205)
6 クリプキ・モデル……206
6-1 モデル構造 (206) 6-2 様相と量化 (207)
6-3 反証モデル (210) 6-4 一般性解釈 (212)
7 個体と単称名辞——個体論のパズル……215
7-1 個体論の相剋——ソーセージ説対サンドウィッチ説 (216) 7-2 メタ言語的アプローチ——モンタギュ－カプラン (225)

第五章　直接指示の理論……239

1　記述説批判 (1)——固有名の場合……239

1-1「意義の理論」としての記述説 (242)　1-2「指示の理論」としての記述説 (244)　1-3 指示対象指定の必要条件 (245)　1-4 指示対象指定の十分条件 (247)　1-5 意義と同一性のパラドクス (248)　1-6 因果説 (249)

2　記述説批判 (2)——自然種名の場合……250

2-1 内包の理論としての記述説 (251)　2-2 外延限定の理論としての記述説 (251)　2-3 指標性と言語共同体 (252)　2-4 方法論的独我論批判 (253)

3　指標的表現に関する記述説批判……255

4　指標説……258

4-1 モンタギュー-スコットの実用論 (258)　4-2 指標説批判 (260)　4-3 言語的意味と言明 (261)

5　カプランの直示語の論理 (LD)……264

5-1 LD の統辞論 (264)　5-2 LD のモデル構造 (265)　5-3 指示と真理の定義 (266)　5-4 LD-真理と LD-妥当 (268)　5-5 定常性と固定性 (270)　5-6 LD と伝統的内包論理 (271)

うな我々の認知的状態を表わすのに不可欠な表現手段だと認められる。ここにクワインのディレンマがある。

(1)　ポワロは、ハイドが誰であるか知っている。

(2)　ホームズは、浜辺でみかけた男について、彼がスパイだと信じている。

この章の後半では、ヒンティカの「知識《エピステーメー》の論理」やカプランの信念文についての意味論的考察と、両者によるディレンマ回避の試みを紹介する。しかし第五章で展開された直接指示の意味論を採用すると、ヒンティカやカプランの右の対策では十分ではない。これがクリプキ・パズルの問題である。この問題は、いまだ十分な解決策が与えられてはいない。最後の節では、著者の「依存的解釈」の概略を、暫定的試案の形で提示しよう。（若干の進展は野本(1997)）

以上、フレーゲにより原型を与えられた現代論理をめぐる意味論のここ一〇〇年ほどの展開過程——気鋭の知的冒険者たちが、どのような課題に対して、いかなる斬新なアイディアをもって立ち向かったのか——のドラマトゥルギーを、近年のクリプキ、カプランにいたるまで、できるだけ精確に描くこと、それが本書の意図である。

第一部　原型と展開

第一章　フレーゲ意味論の射程

1　現代論理学の創始

フレーゲの『概念記法』(一八七九)の出現は、現代論理の基礎を一挙に据えるという論理学史上まことに画期的な事件であった(しかしそう正当に評価されるにいたったのは、後のことである)。

集合論を含むフレーゲ論理学の基礎は、現在第一階述語論理と称されるもので、それは、命題論理と述語論理とに分けられる。

命題論理においては、単文から複合文を形成する結合子として、通常、「否定」(‘¬’)、「連言」(‘&’)、「選言」(‘∨’)、「条件法」(‘→’)が導入される。この結合子をいくつかの単文に再帰的《リカーシイヴ》に(繰り返し)適用することによって、複雑な文章が構成される。ところで今日、単文には、真または偽の二値(真理値と称せられる)のいずれかを割り当てることが当然とされるが、それはフレーゲによって始められたのである。後述のように、フレーゲは文も一種の固有名とみなし、その意味を真理値に求めたのである。また彼は、文が代入されるべき文変項‘p’、‘q’を導入し、文変項にも真偽いずれかを割り当てる(付値する)。すると、先の結合子により、文変項'p'、'q'から形成される複合的な表現(否定文、連言文、選言文、条件文に相当)'¬p'、'p&q'、'p∨q'、'p→q'の真偽は、その構成要素'p'、'q'の真偽によって一義的に確定される(例えば、'¬p'は、'p'が真なら偽、偽ならば真となる)。これは「合成原理 compositional principle」と称せられ、フレーゲによりはじめて明確にされたので、フレーゲの原理ともいわれる。かくてフレーゲは、先の結合子を、真理値から真理値へと写像する関数の一種(いわゆる真理関数)を意味する表現とみなしたのである。

さて、「アキレウスは走る」といった単文や「すべてのものはあるものを愛する」といった一般化(量化)された文の登場する述語論理では、こうした文の内部構造が問題になる。フレーゲは、文の主語‐述語分析を斥けて、項 Argument‐関数 Funktion という概念装置を導入し、「すべて」「ある」という量化子 quantifier を(第二階の)概念とみなすことにより、今日のいわゆる「量化理論 quantification theory」の基礎を一挙に与えたのである。このことが、論理学に対するフレーゲの不滅の貢献である。(1)

次の量化文、

(1)　すべての少年はある少女とダンスをする。

は、文法上は、次の単文と類似している。

(2)　シュテファンはスザンとダンスをする。

「すべての少年」は、「シュテファン」と同様、文の主語のようにみえる。しかしこの表層的な文法的類似性は、ひとを誤るものである。(2)からは次の文が導ける。

(3)　スザンはシュテファンとダンスをする。

しかし、(1)から次は導けない。

(4)　ある少女はすべての少年とダンスをする。

(1)は、「どの少年も少なくとも一人の少女とダンスをする」ということを言っているのみだが、(4)は、「どの少年もが(好んで)ともにダンスをするような(大変人気のある)少女がいる」という一層強い主張をしている。したがって、「すべての少年」「ある少女」は、通常の主語の位置を占めるものではない。

ところがフレーゲに従って、項と関数ならびに量化子を導入するならば、(1)(4)を次のように分析することが可能となるのである。

(1)*　すべてのxについて、xが少年ならば、xとダンスをするような少女yが少なくとも一人存在する。$((\forall x)(Bx \rightarrow (\exists y)(Gy \,\&\, Dxy)))$

(4)*　ある少女yが存在し、かつすべてのxについて、xが少年ならば、xはyとダンスをする。$((\exists y)(Gy \,\&\, (\forall x)(Bx \rightarrow Dxy)))$

このように、量化子が二つ以上現われる多重量化 multiple quantification の定式化と、こうした多重量化の現われる推論とは、昔から論理学上未解決の難問であった。多重量化が表現できないと、順序、一対一対応、系列といった算術の基礎的な部分の論理構造さえ、分析不可能なのである。フレーゲによる関数論的な把握と量化子の導入が、どれほど革命的かは、これだけからしても明白であるといってよい。フレーゲの貢献により、例えば、次のような複雑な文の論理構造が、明らかにされうることとなったのである。

(5)　すべての馬の首は、動物の首である。

はまず「すべてのxについて、xが馬の首ならば、xは動物の首である」と分析され、さらに次のように分析される。

(5)*　すべてのxについて、もしある馬yに関し、xがyの首ならば、ある動物yに関し、xはyの首である。$((\forall x)((\exists y)(Py \,\&\, Hxy) \longrightarrow (\exists y)(Ay \,\&\, Hxy)))$

(5)*のような分析が与えられてはじめて、「すべての馬は動物である」から、(5)が導かれるというある意味で自明な推論の妥当性が見通せるようになったのである。

さて、今日の述語論理のタルスキ型の意味論においては、個体項には(ある個体領域D中の)個体が、述語にはその述語を充足する(D中の)個体の集合が割り当てら(付値さ)れる。

また、文の真理定義は、次のように与えられる。

(T1)　単文「アキレウスは走る」が真となるのは、「アキレウス」に付値された個体が、「走る」

という述語を充足する場合である。

(T2)　量化文「すべてのものが走る」が真となるのは、(D中の)個体のすべてが、「走る」という述語を充足する場合である。

このような(Dに相対化された)真理定義の整備は、後述のように、タルスキによって行われるが、その原型はフレーゲに現われている。フレーゲは、文がいかなる条件の下で真となるか(真理条件)を確定するにあたり、次のような類似の定式化を与えていたのである。

(T1)*　「アキレウスは走る」が真を意味するのは、アキレウスが、概念〈走る〉の下に帰属する場合である。

(T2)*　「すべてのものは走る」が真を意味するのは、第一階概念〈走る〉が第二階概念〈すべて〉の内に帰属する(つまり、すべての対象が〈走る〉という概念の下に帰属する)場合である。

以上が、第一階述語論理の基礎に対するフレーゲの貢献である。以下では、より立ち入って、彼の意味論上の考察を追跡しよう(2)。

2　フレーゲ意味論の基本的枠組

フレーゲ意味論の特色は、(1)関数論的な解釈意味論、(2)実在論的傾向、(3)文脈主義的アプローチ、

(4)意味Bedeutungと意義Sinnの区別、に求められると思う。以下、各特色について説明しよう。[3]

2-1　関数論的解釈意味論

2-1-1〔統辞論的カテゴリ〕　数学的関数論は一九世紀に革命的に進展したが、フレーゲは、〈関数f-項x-関数値fx〉という基本的な関数論的枠組を拡大し、等号、不等号、述語一般をも関数記号に含め、それとともに、項、関数値の領域を、数のみならず、対象一般にまで拡張するのである。また、表現をすべて名前とみなし、名前を固有名と関数名(述語＝概念語も含む)という統辞論的カテゴリに二分する。さらに、主張文(から主張力を除去した残余)をも複合的固有名に同化し、それを真理値名と称する。固有名は、自己のうちで完結しており、(化学用語を借りれば、いわば)飽和gesättigtしていて、補完を必要としないが、関数名は補完を要し、不飽和で不完全であるといわれる。関数名のこうした不飽和性が、文その他の複合的固有名を合成する接着剤の役目を果たすのである。

さらに、フレーゲは、関数名に階型Stufeの差を認めるから、第0階の固有名、第一階関数名、第二階関数名といった区別がなされる。

2-1-2〔意味論的タイプ〕　さて、こうした統辞論的カテゴリの区分と同型的に、フレーゲは、意味論的タイプの区別を導入する。このように、統辞論的カテゴリと同型的に意味論的タイプを異にする存在者を対応させる意味論を、エヴァンズ流に、[4]「解釈意味論」と呼ぶことにする。

さて、有意味な bedeutungsvoll 固有名は、唯一の存在者が付値されるという〈一意的存在条件〉を充たさねばならない。一意的存在条件を充たす固有名によって意味され、表示される存在者が、一般に対象と称される。

他方、関数表現の有意味性条件は、いかなる項に対しても関数値が一意的に定まること、概念語についていえば、いかなる対象に関しても当の概念語が適用できるかできないかのいずれかであるという〈鋭利な境界づけ scharfe Begrenzung 条件〉が充足されていること、である。このような条件を満足する関数表現や述語＝概念語の意味 Bedeutung が関数や概念と呼ばれる。

ところで、フレーゲが述語の意味として、当の述語を満足する対象のクラス（概念の外延）を割り当てずに、不飽和な概念を付値したのは、フレーゲが意味論も関数論の延長線上に整序しようとしたからである。すなわち、フレーゲは、固有名と関数名との差異をその意味 Bedeutung に関しても斉一的に適用し、固有名の意味である対象が自己完結的で補完を要しない飽和された存在であるのに対し、関数や概念は不完全で補完を要し不飽和であるとみなしたのである。

対象と関数・概念との区別に対応して、フレーゲはまた、〈対象についての言表〉と〈概念についての言表〉とを峻別し、またそれと対応して、〈対象が概念の下に帰属する fallen unter〉ことと、〈第一階概念が第二階概念の内に帰属する fallen in〉こととを区別する。この二つの帰属を、フレーゲは〈論理形式・論理的基礎連関〉と称する。（これは、フレーゲ的な原初的事態と照応するともみなされるが、しかし、フレーゲの存在論中には「事実」というカテゴリは認められない。）

2-1-3〔意義のタイプと階型〕　フレーゲはまた、すべての（論理的文法に適った）整成的表現は、意味のみならず意義 Sinn ももつとみなした。それゆえ、固有名と関数名との統辞論的カテゴリに対応して、その意義のタイプに関しても、固有名の飽和された意義と関数名の不飽和な意義とは、明確に区別される。したがってフレーゲは、意味のみならず意義に関しても、斉一的に解釈意味論的見地を採用しているのである。

また、後に触れるように、フレーゲは、主張文の表現する思想 Gedanke をその意義とみなし、かつ間接話法や信念文中の副文の意味を、当の副文の通常の意義とみなし、さらにはその意義を第二階の間接的意義と称することにより、意義についても階型の区別を導入したのである。(5)

2-1-4〔真理値と概念〕　先述のように、フレーゲは、関数論的枠組を拡張し、主張文を複合的固有名に同化したから、その意味は飽和的な対象でなければならない。しかしその対象を、なぜフレーゲは真または偽という真理値に求めたのか。

フレーゲによれば、第一に、文の意味は、その構成要素名の意味と相互依存の関係にあり、全文が有意味なのは、その構成要素名が有意味のときそのときに限る。第二に、全文の意味は、その構成要素名をそれと同じ意味の名前で置換しても変動しないという代入則を充たさねばならない。真理値はこうした条件を充たしている。しかしフレーゲが、文の意味を真理値とみなした理由は、さらに、彼が「真である」を意義から意味への前進としてとらえ(6)、文の真理値への問いが、文中の語の意味の有無の問いを惹起し、逆に、文中の語が有意味であることを前提にしてはじめて、全文の真理値が問われうるという、文中の語の意味と文の真理値への問いとの相互依存原理に求められよう。

このように、文の意味が真理値とみなされたことにより、概念とは、対象を真理値へと写像する特殊な関数であり、否定や条件法といった結合詞の意味も、真理値から真理値への写像＝真理関数として明確化されることになる(例えば、「否定」は、真から偽へ、偽から真へと真理値を逆転する関数なのである)。

このように、文の意味として真理値が導入されることにより、命題算は、真理関数算として、また述語算は概念や関係という特殊な関数算として、いずれも外延的に把握されることになる。すなわち、第一階述語論理は、外延的関数算として斉一的にとらえられたのである。しかし、このように簡明で、かつ強力優美な意味論は、真理概念の一種の物化という代価を払って買いとられたものなのである。

2-2　実在論的傾向

2-2-1〔主題の原則〕　フレーゲは、表現の範型を名前に求め、かつその名前の意味の範型を、当の名前の言語外的な担い手に求める。言いかえれば、ある表現の意味を、言表の主題=言語外的存在に求めるという点に、実在論的傾向がうかがえる。しかもフレーゲの場合、言表の主題は、対象と概念とに、明確に分節されるのである。つまり、フレーゲの論理体系には、(1)固有名が名指し、対象変項の値となる存在者には、現実的個体のみならず、概念の外延、関数の値域(それは関数のグラフに直観化される)、数といった抽象的対象が含まれるという点、さらに、(2)述語や関数記号が意味し、関数変項の値となる概念・関係・関数が客観的独立存在と認められ、それらに存在論的にコミットするという点でも、顕著な実在論的傾向を示すのである。[7] したがって、フレーゲの論理主義の数学観は、中世の普遍論争に重ねてみると、唯名論的な形式主義、概念論的な直観主義に対比して、実在論的色彩の濃いものである。

2-2-2〔二値性の原理と排中律〕　フレーゲは、主張文は真または偽のいずれかの真理値を意味し、主張文の表現する意義=思想は、真または偽のいずれかであるとみなした。すなわち、我々の認知のいかんにかかわらず、文やその思想の真理値が、真または偽のいずれかに確定しているとみなす古典的実在論の見地が、明示されているのである。

同様に、述語=概念語の意味である概念を指定するための定義に関しても、フレーゲは、完結性、すなわち、先述の「鋭利な境界づけ」を要求する。つまり、述語の意味である概念の定義は、「すべての対象に関して、それが当の概念の下に帰属するか否か（当の述語がその対象について真理性をもって言表されうるかどうか）を規定しなければならない[8]」と主張される。この要求は、人間の有限な知識内に、決定手続きが与えられているか否かに関係なく、「ある任意の対象は、ある概念の下に帰属するかしないかのいずれかであって、第三の途はない[9]」という排中律の別形式なのである。ここに、古典論理の前提する実在論的見地が鮮明に打ち出されている。

2-2-3〔意義・思想・真理性の独立自存性〕　フレーゲは、意義・思想が、その存立に、担い手も、我々の把握やその真理性の是認をも必要としない客観的独立性をもち、すでに予め存立している非時間的で永遠不変の存在だとみなす。そして我々が思想を把握する（思惟する）ということは、こうした客観的独立存在とある関係に入る＝発見するのであって、創造するのではないという[10]。

また、思想の真理性 Wahrsein も、真とみなされること Fürwahrgehaltenwerden とは峻別され、我々の認知とは関係なく、また、時、所とも無関係に、端的絶対的に真または偽なのである。思想やその真理性に関するフレーゲの絶対的独立自存性の主張に、我々は、意義・思想に関する超越的な実在論的傾向を明瞭にうかがうことができよう[11]。

2-3　文脈主義的アプローチ

後に影響する所の大きい、表現の意味確定に関するいわゆる「文脈原理」が、最も顕著に表現されているのは、『算術の基礎』(一八八四)であるが、しかしより一般的な仕方では、すでに『概念記法』にその萌芽がうかがえると思う。

2-3-1〈概念内容と判断可能な内容〉

『概念記法』において、記号の表わす〈概念内容〉や、判断の表わす〈判断可能な内容〉の差異性や相等性の確定を、フレーゲは、演繹的推論の可能的帰結や、ライプニッツの同一者不可識別の原理(代入則)という文脈の中に求めており、この点に我々は、彼の文脈主義的傾向の端緒を見ることができる。

フレーゲによれば、記号の〈概念内容〉を確定するには、その記号だけを孤立して考えるべきではなく、その記号の登場する判断が推論全体のうちでどのような「可能的帰結」[12]に影響するのかを問わねばならない。例えば、二つの判断のおのおのが、他の第三の判断と結合して、常に同じ帰結を導くのでないならば、当の二つの判断の〈判断可能な内容〉は異なるのである。[13]また、記号Aと記号Bとの〈概念内容〉が相等であるための必要条件は「記号Aと記号Bとがいたる所で置換可能であること」[14]に求められる。

このように、記号一般の〈概念内容〉、判断の〈判断可能な内容〉が、いずれも、その相等性、差異性に関し、演繹中の可能的帰結や、同一者不可識別の原理といった文脈の中で問われ、確定されている所に、記号の内容確定に関するフレーゲの文脈主義をうかがうことができよう。

2-3-2〔文脈原理〕　いわゆる「文脈原理」は、『算術の基礎』(以下 *GLA* と略称する)において、最も鮮明に主張されている。すなわち、「語の意味《ベドイトゥング》は、文脈 Satzzusammenhang において問われなければならず、孤立して問われてはならない」(*GLA*, x)。

この「文脈原理」は、基本的には、文一般の内容(意義《ジン》と称される)の、文中に現われる語の内容(意味《ベドイトゥング》と称される)に対する優位という主張、「全体としての文が一つの意義をもつならば、それで十分である。そのことによってまたその諸部分もその内容を受けとるのである」(*GLA*, §60, S. 70)と解される。

この原理の消極的効用は、語の意味に関する心理主義(つまり、語の意味を個々人の内的心像とみなすこと)を阻止することである。すなわち、「ひとは、常に全文を視野の内にとらえていなければならぬ。文の中においてのみ語は元来一つの意味をもつのである。その際、我々になんとなく思い浮かぶ内的心像が、判断の論理的構成要素に対応する必要はない」(*GLA*, §60, S. 71)。

『算術の基礎』での文脈原理は、確かに、どの語も文脈の中でのみその意味をもちうるという一般論に敷衍されることを妨げるものではない。したがって、言語ゲームにおける語の使用に語の意味を求めることが、フレーゲの文脈原理の意図であったというウィトゲンシュタインの解釈が[15]、フレーゲの文脈原理の一般化だとみることも、あながち間違いではなかろう。

しかし、『算術の基礎』でのフレーゲの問題は、任意の語の意味ではなくて、より限定された特殊ケースなのである。すなわち、直線の方向、図形の形態、数字の意味といった抽象的存在を表示するとみられる表現に、厳しく限定されているのである。とりわけ、数字について、「我々が数についていかなる表象も直観ももちえない場合、一体どのようにして数が我々に与えられるのか？　一つの文脈においてのみ語はなにかを意味する《ベドイテン》。だから、数字がその中に登場する一つの文の意義《ジン》を解明することが課題」(*GLA*, §62, S. 73)なのである。

　つまり、フレーゲは、「一つの語の意味は孤立してではなく、一つの文の脈絡において解明されねばならぬ」(*GLA*, §106, S. 116)という文脈原理に従うことによってのみ、算術を単なる演算遊戯とみなす形式主義を斥け、「数の心理主義的理解に陥ることなく、しかも物理主義的理解を回避しうる」(同上)と信じたのである。

　ところでフレーゲは、数字の意味が確定されるべき文脈とは、「一つの確定された数を把握し、かつ同じものを再認する一つの手段」(*GLA*, §62, S. 73)、つまり再認手段を与えるものでなければならない、と考える。すなわち、「記号aが一つの対象を表示すべきならば、我々が〔任意の記号〕bがaと同一であるかどうかをいたる所で決定しうるような一つの規準Kennzeichenをもたねばならない」(*GLA*, §62, S. 73)。こうした再認手段を我々に与える「再認文」(*GLA*, §106, S. 116)、「再認判断」(*GLA*, §107, S. 117)とは、例えば、次のような等式である。

(1)　直線aの方向と直線bの方向とは同一である。
(2)　図形Aの形態と図形Bの形態とは同一である。
(3)　パーティの出席者の数と椅子の数とは同一である。

フレーゲは、こうした再認文(等式)の意義を、平行、相似、等数性 gleichzahlig といった同値関係と、概念の外延とを用いて解明することを試み、特に、数字については、等数性という関係をさらに一対一対応の分析により論理的に定義している。このようにして、一般にある概念(を充たす対象)の基数とか、個々の自然数が定義される。例えば、'0' の意味は、「「自分自身と同一でない」という概念(つまりその下になにものも帰属していない空の概念)と等数的である」という概念の外延と定義される。

「文脈原理」そのものは、「語の意味はそれの登場する文脈の意義の解明を通じて確定されなければならない」という一般的な原理であるが、『算術の基礎』ではとくに、数とか、図形の形態、直線の方向といった抽象的対象を指すと思われる記号の意味確定が、特定の文脈(再認文)の意義の解明を通じて具体的に遂行されているのである。(16)

2-3-3〔意味・意義に関する文優位の原則〕　主著『算術の基本法則』(第一巻、一八九三。以下引用はGGAと略称する)では、複合的表現は、七つの原初的関数名に少数の形成規則を繰り返し適用することにより再帰的に構成される。その意味論もまた、複合的表現の意味が原初記号の意味から、合成原理により再帰的に与えられるという、原子論的、ないし、部分から全体へという全く〈綜合的な性格〉をもつようにみえる。しかし、仔細にみると、依然、文脈主義、ないし、全体を前提して部分へ向かうという〈分析的な性格〉が、「意味と意義に関する文の優位」という原則で生きていると思われるのである。

まず、『算術の基本法則』における意味論の根本前提(0)は、「真理値名は、真か偽かを意味する」に求められることに注目しなければならない(GGA, I, § 31, S. 48)。この前提(0)を基礎にしてはじめて、原初的関数記号ならびにそれから派生的に形成される複合記号が何を意味するのかが確定されるのである。それゆえ我々は、前提(0)を、「意味に関する文優位の原則」と呼んでよいと思う。顕著なのは、値域の同一性規準が、公理(V)で、概念の普遍的同値により与えられていることである。またフレーゲは、否定詞「でない」(‘¬’)がいかなる真理関数を意味するのかを確定するには、まず、この否定詞が部分としてあらわれる否定文全体「pでない」(‘¬p’)が、どのような条件のもとで真となるか(すなわち、否定文の〈真理条件〉)を確定する必要があると考えるのである。

ところで、否定文‘¬p’の〈真理条件〉は、次のような定式化によって示されるであろう。

(T1)　‘¬p’が真理値真を意味するのは、文‘p’が真理値偽を意味する場合その場合のみである。

すると、否定詞「でない」が、真理値真から偽へ、偽から真へと写像する真理関数H（すなわち、H(T)＝F and H(F)＝T. ‘T’、‘F’は真理値真、偽を表わす)を意味するということが確定されるのは、単文'p'のみならず、否定文全体'¬p'が、真理値真または偽を意味するということがすでに前提されており、かつ、(T1)によって否定文の真理条件が、予め与えられて初めて可能なのである。

さらにフレーゲは、「意義についての文優位の原則」と呼びうるような次の原則を提示している。すなわち、「真理値の名前がそれらから構成されている単純な名前ないしそれ自体すでに合成された名前は、当の〔真理値名の〕思想を表現するのに貢献する。個々の名前のこの寄与 Beitrag が、その名前の意義なのである。ある名前が真理値名の部分ならば、その名前の意義は、真理値の名前が表現する思想の部分なのである」(GGA, I, §32, S. 51)。

この所説に我々は、〈真理値名(文)の構成要素の意義は、当の文の表現する思想＝意義の連関のうちで問え〉という「意義に関する文優位の原則」をみてとることができよう。

ところで、『算術の基礎』では、元来「語の意味は、その語の登場する文の意義の解明によって行われる」と主張されていた。この点も後述のごとく、フレーゲに従い文の思想＝意義とは、例えば先の(T1)によって示される〈真理条件〉であると解すれば、否定詞の意味(＝真理関数H)が、(T1)のように否定文の意義＝真理条件のうちで問われているから、『算術の基本法則』においても、「語の意味に対する文の意義の優位」という意味での文脈原理を認めうるであろう。実際フレーゲは、「記号が思想を表現する文章の構成要素である場合にのみ、意味が問われうる」(GGA, II, §97, S. 105)と述べている。

このように、『算術の基本法則』においても、意味・意義に関する文優位の原則のうちに、我々はフレーゲの文脈主義的なアプローチを認めることができると思われる。[17]

2-3-4〔通常の意味と間接的意味〕　さらに、表現の意味確定に関するフレーゲの文脈主義的アプローチは、後述の、直接話法、間接話法による報告文や知識・信念を表わす文脈中に現われる語や文の意味とは何かをめぐって、興味深い相を示す。次のような例をみよう。

(1)　「東京には空がない」と智恵子は言った。

(2)　地球は青かったとガガーリンは言った。

(3)　地球の軌道は円だとケプラーは信じた。

フレーゲによれば、(1)の引用文、(2)(3)の副文の意味は、文の通常の意味(=真理値)ではなくて、間接的 ungerade 意味であるという。[18] すなわち、(1)の引用文は智恵子の発話した当の文を意味しており、(2)(3)の副文は、「地球は青かった」「地球の軌道は円である」という文の通常の意義=思想を意味しているのである。このように、フレーゲは通常の文脈では語や文は通常の意味をもつが、話法や信念文のような間接的文脈では、間接的意味をもつとみなした。その場合に何が間接的意味なのかは、後に詳しく述べるように、(1)の引用文、(2)(3)の副文と置換しても、(1)(2)(3)と真理値が変動しないもの、つまり、代入則を充たすものが何なのかによって決まる。かくて語や文の意味が何であるかは、それらが現われている文脈と相対的に定まると考えられるのである。こ

のように、フレーゲの文脈主義は、信念文などのパズル回避にも効いてくるものなのである。(19)

2-4 意味と意義との区別

これまで、表現の意味 Bedeutung と意義 Sinn との区別をすでに前提して論を進めてきたが、ここで改めて、確定記述を含む広義の固有名が単に意味のみならず意義をもつとフレーゲが考えた理由は何かを明らかにしよう。(20)

2-4-1〈同一性のパラドクス〉 意味と意義との区別理由を、フレーゲは、論文「意義と意味について Über Sinn und Bedeutung」(一八九二、以下引用は SB と略称する)において、同一性言明の認識価値 Erkenntniswert をめぐるパラドクスとの関連で提示している。

フレーゲによれば、例えば次の二つの文は、その認識価値を異にする。

(1) 宵の明星は宵の明星と同一である。

(2) 宵の明星は明けの明星と同一である。

すなわち、カント的に言えば、(1)のような型の同一性言明はア・プリオリで分析的だが、(2)の型は必ずしもア・プリオリではなく、認識の拡張を含みうる綜合的言明である。

さて、この認識価値の差異は意味論的にどのように説明されるべきであろうか。

ところで、同一性とは一つの関係であるが、それは、(i)対象間の関係であるのか、または、(ii)

対象に対する名前・記号間の関係であるのか。

(i)のように、同一性を対象間の関係と考えると、(2)型の同一性言明も、それが真の場合には、(1)型の言明と、その表わす内容が異なっているようにはみえない。どちらも例えば、金星が金星自身と同一だという自明の理を表現しているにすぎない。

(ii)のように同一性を対象の名前間の関係と考えると、(2)型の'a=b'という等式は、「'a'と'b'という名前が同一のものを意味する」(SB, 26)ということと同じことを言っているように思われる。『概念記法』では、実際、この(ii)の見地が採られていた。すなわち、(2)は次のことと同じことを述べていることになる。

(3)　「宵の明星」と「明けの明星」とは(日本語では)同じ対象を意味している。

しかし「意義と意味について」ではフレーゲはこの見解を斥けるにいたる。その理由は、(2)型は、ある重要な(天文学上の)事実認識に関する主張であると思われるのに、(ii)のように解釈されると、(2)型の言明は「もはや事柄そのものではなく単に我々の表記法 Bezeichnungsweise にのみ関わることになろう。我々はそのうちになんら本来の認識を表現しないことになろう」(SB, 26)。

このことは、チャーチ－ラングフォードの翻訳テスト[21]により、(2)(3)のおのおの次のような英訳を、日本語を知らない人物Aに見せることにより示されよう。

(2)′　The Evening Star is the same as the Morning Star.

(3)′　'Yoinomyōjō' and 'Akenomyōjō' mean the same thing (in Japanese).

(2)′は A にとりある天文学上の事実認識について語っていようが、(3)′は単に日本語のある単語についての事実を語っているにすぎない。したがって、(2)が(3)と同義だとは思われないのである。

2-4-2〔対象の規定法と意義〕　ところでフレーゲはすでに、『概念記法』において、先の認識価値の差異を、相異なる名前の表わす概念内容の「規定の仕方」の差異として説明しており、『算術の基礎』においても、再認可能な同一対象が「別様の粧いで登場し」(*GLA*, §66)、「多様な仕方で与えられる」(*GLA*, §67)と言われていた。「意義と意味について」においても同様の認識論的アプローチがとられ、「記号の差異が、表示されたものの与えられ方 die Art des Gegebenseins des Bezeichneten に対応」(SB, 26)するとされる。

「意義と意味について」での新しい見地は、こうした認識論的な対象接近の仕方の差異が、各記号の意義に埋め込まれているとみなす点にある。すなわち、対象の「規定の仕方」「与えられ方」という認識論的概念に対応する意味論上の因子として、新しく、記号の意義が導入されたのである。かくて、「宵の明星」と「明けの明星」とは、その意味=表示対象は金星で同じだが、その意義を異にし、この意義のうちに、「対象の与えられ方が含まれているのである」(SB, 26)。

かくて、論文「意義と意味について」において到達したフレーゲの新しい見解は次の如くである。すなわち、文の認識価値の説明に当たっては、単に文の意味=真理値(したがって、その構成

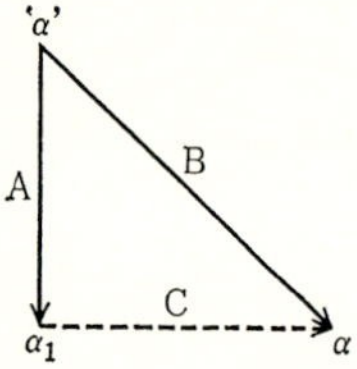

要素名の意味＝表示対象)に劣らず、その意味の与えられ方、規定の仕方が含まれる所の文の意義＝思想(その構成要素名の意義)が考慮にいれられねばならない。すると、先の(1)(2)のように、'a＝b' が真の場合、'a' と 'b' の意味＝表示対象は同一で、したがって、'a＝b' の真理値と 'a＝a' の真理値とは同一であっても、'a' と 'b' との意義は異なりうるのであり、したがって 'a＝b' の表現する意義(＝思想)と、'a＝a' の表現する意義(＝思想)とは異なりうる。こういう場合、二つの文は同じ認識価値をもたない。かくてフレーゲは、すべての記号表現(固有名、述語、文)は、(イ)その意味を表示・意味し、(ロ)その意義を表現するという(SB, 31)。

さて、名前を 'α'、その意味を α、その意義を α_1、「意味する」を解釈B、「表現する」を解釈Aと表記すると、フレーゲの意味論的原則は次の二つにまとめられる。

$(\mathrm{I})_F$　B('α', α)　(「'α' は α を意味する」)

$(\mathrm{II})_F$　A('α', α_1)　(「'α' は意義 α_1 を表現する」)

フレーゲは、すべての名前はその意義を介してその意味を限定するとみなした(ASB. 135)。そこで、チャーチに倣い「意義 α_1 は意味 α の(ラッセル流の)concept である」を導入し、'C(α_1, α)' と表記しよう。すると、解釈Bは、解釈AとCとの関係積 B＝A×C として表わされる。

$(\mathrm{III})_F$　B('α', α) ＝ A('α', α_1) & C(α_1, α)

この三原則の関係は、前ページのダイアグラムで表わされる。(22)

かくして、真なる等式'a=b'は、'a'と'b'の意味=表示対象が同一のゆえに、真理値真を意味するのみならず、同一対象をどのように認識したか、対象の自己同一性という真理をどのような仕方で認識したのか、という事柄自体に関わる固有の認識の仕方が埋め込まれた固有の意義をも表現しているのである。すなわち、'a=b'は、それが真の場合、単に対象の自己同一性という真理を意味するのみならず、その固有の真理認識の仕方を含む意義=思想を表現するという二重の意味論的機能を果たしているのである。

3　意義の諸相

前節ではフレーゲの意味と意義との区別理由に言及したが、本節では、フレーゲが意義ということでどのようなことを考えていたのかを考察しよう。フレーゲ意義論の核心は、(i)真理論的規定と、(ii)認識論的規定とに求められると思われる。しかし周縁的とはいえフレーゲはまた、(1)言語哲学的、(2)認知的、ならびに、(3)存在論的考察をも行っているのである。そこで本節では、周縁的考察からはじめて核心的考察へと進むことにしよう。(23)

3－1　周縁的考察

意義の周縁的考察には、いわば表層的な、(1)言語哲学的、(2)認知的規定から出発して、より深層の、(3)存在論的規定へ、また逆に深層から表層へ還帰するという往還がみられる。

3－1－1〔言語哲学的・認知的規定〕　言語哲学的には、意義は、色あいFärbungや陰影Beleuchtung、また文を主張し諾否を迫り、命令し依頼する力Kraft（オースティン流[24]にいえば、発語内illocutionary行為に関連する）から区別される（発語locutionary行為に関わる）言語相である。意義は、ある言語社会の成員が、言語による表現や文章化による文節化を通じて意思疎通を行う客観的公共的な言語相である。

また認知的側面からは、意義は、外界の事物同様、主観的表象Vorstellungとは異なり、各人の意識内容や内的心像ではなく、担い手を要せず、多数のものに共通な客観性と独立性をもつ。しかしまた、外界の事物とは異なり、感性的に知覚不可能で、その把握に感覚知覚の協働を要せず、思考力Denkkraftによって思惟され把握されうるのである。

3－1－2〔存在論的規定と意義の同一性条件〕　しかし、より深層の存在論的見地からいえば、意義・思想は、その存在に、我々人間による把握、その真理性の是認、言語によるその表明・表現化を一切必要条件としないという客観的独立性をもつ。意義・思想は、人間による発見、理解、表現に先立ってすでにあらかじめ存立しており、ハンマーのような現実性をもたず、非時間的で永遠不変な存在だとの、超越的実在論の見地が採られている。

またフレーゲは、意味・思想の同一性に関し、まず論理的な必要条件としては、(イ)論理的等値ないし背理法的な論理的帰結条件、より強くは、カルナップのいう、(ロ)内包的同型性に相当する条件を提示している[25]。また、(ハ)一種の心理的条件としては、(i)思想σ_1、σ_2は、「ある人物aがσ_1を信じながら、σ_2を信じない」場合には、相異なっているという思想の差異性条件、また(ii)思想σ_1、σ_2は、「誰であろうと、ある人物xがσ_1を信じながらσ_2を信じないということは決して起こりえない」(cf. SB, 32)場合には同一である、という同一性のための十分条件が提示されている[26]。

3-1-3〔深層から表層へ〕　他方、逆に、フレーゲの所論には、こうした超越的な純粋意義の現実化という、深層から表層への還帰がみられる[27]。

超越的純粋意義・思想は、認知的には我々の思考力によって把握され、信じる、思う、知るといった命題態度、心的状態の内容、すなわち、信念内容、思考内容、知識内容と同一視される。また、認識とは「かくかくの思想が真である」という認知とその表明にほかならないから、外界の認識にも、常に思想の把握が随伴されているのである。また言語哲学的には、こうした意義・思想の分節化や伝達は、発語行為を介して、純粋意義・思想が言語の外衣をまとって表現化されることによりはじめて可能となる。また意義・思想は、このように人間に把握され伝達されることにより、現実に人間歴史に巨大な影響力を行使しうるものなのである。

3-2　真理論的規定

3-2-1〔真理の定義不可能性〕　フレーゲが真偽という真理値を対象化し、主張文の意味と同化した一つの理由に、真理の定義不可能性の問題がある。

ところでフレーゲは、体系に先立つ語の解明 Erklärung と、体系内部での定義とを区別する。体系内部で有効な定義としては、フレーゲは、文脈的定義や実在的《リアル》な「分析的」定義を斥け、専らノミナルな「構成的 aufbauend」定義のみを本来的定義とみなすのである。「構成的」定義とは、新しく導入された被定義項の意味と意義とを、既知の定義項により合成し、それを新語の意味と意義であると約定するものである。

(i)まずフレーゲは、「真理」の構成的定義は不可能であると主張する。「真理」は新語ではなく、すでに永く使用されてきた語であるから、恣意的約定によりノミナルに定義することはできない。(ii)リアルな分析的定義はどうか。(a)例えば、「対応説」により、「ある思想が真である」を「当の思想が事実と一致する」と定義できるであろうか。しかしこれは論点先取である。定義項自体の真理性が問われうるからである。(b)真理概念を、ある部分思想の複合で定義しうるであろうか。この場合も、「真」の慣用法にこの定義が合致しているか（つまり、この定義は真であるか）が再び問われねばならず、循環論に陥る。

それにしても、「真である」は、ある思想を表現する主語に対する述語ではないのか。しかし、「思想γが真である」という文の表現する思想は、主語の表わす思想γと同一であって、「真である」は余剰なのである。〔野本〔1995a〕〔1997〕〕

よって、真理概念は、ノミナルな構成的定義によっても、リアルな分析的定義によっても定義されず、述語と解しても全文の思想になんの貢献もしない余剰となる。以上のことも一因となってフレーゲは、真偽を真理値と称して、主張文の意味である一種の対象に物化したのである。[28]

3-2-2〔真理概念の解明〕　しかし、真理概念の定義不可能性は、単に真理概念が原初的な単純概念であることを示すのみであって、こうした原初的概念は体系構築に先立って解明されるべきものなのである。真理概念の解明は、思想との連関においてなされており、この解明において、フレーゲの根源的な真理概念把握と、〈真理条件〉としての思想という規定とがみられるのである。[29]

さて、フレーゲによる真理概念の解明は、次の一句においてなされる。

(T)　$\Phi(\Gamma)$が真ならば、対象Γは概念$\Phi(\xi)$の下に帰属する(GGA, I, §4, 8)。

しかしこの一句は必ずしも分明ではなく、前件については、少なくとも次の四つの解釈が可能であろう。

(i)(T)の$\Phi(\Gamma)$の部分を引用符で括って(対象言語中の)文$\Phi(\Gamma)$の名前'$\Phi(\Gamma)$'と解し、「真」を真理値真**T**と解する。したがって、前件は「'$\Phi(\Gamma)$'が真理値真**T**を意味するならば」というメタ言語中の文と解する。(これを'B('$\varPhi(\varGamma)$', **T**)'と表記する。)

(ii)文$\varPhi(\varGamma)$の表現する意義を間接話法風に表記する表現$\varPhi(\varGamma)_1$を組み込んでいる内包論理の対象言語を考え、さらにチャーチ流の「意義β_1は対象βのコンセプトである」を'C(β_1, β)'で表記すると、前件は「意義$\varPhi(\varGamma)_1$は真理値真のコンセプトである」('C($\varPhi(\varGamma)_1$, **T**)')と解釈される。

(iii)真理値の物化には加担せず、「真である」を意義に対して述語づけられる内包論理の対象言語中の述語'W'と解すると、(T)の前件は'W($\varPhi(\varGamma)_1$)'と表記される。

(iv)さらに、意義・思想への存在論的加担も回避し、「真である」を、文の名前に対して述語づけられるメタ言語中の述語'**W**'と解すると、前件は'**W**('$\varPhi(\varGamma)$')'となる。

後件の〈対象$\varGamma$は概念$\varPhi(\xi)$の下に帰属する〉を、$\varPhi(\varGamma)$と表記し、必要十分条件を'$\leftrightarrow$'と表わすと、先の(T)は次の四通りの定式化が可能である。

(T)(i)　B('$\varPhi(\varGamma)$', **T**) $\longleftrightarrow \varPhi(\varGamma)$

(ii)　C($\varPhi(\varGamma)_1$, **T**) $\longleftrightarrow \varPhi(\varGamma)$

(iii)　W($\varPhi(\varGamma)_1$) $\longleftrightarrow \varPhi(\varGamma)$

(iv)　**W**('$\varPhi(\varGamma)$') $\longleftrightarrow \varPhi(\varGamma)$

これらの定式化中、真理値への物化を前提しない定式化は(iii)(iv)である。しかし(iii)は、(ii)同様、意義に存在論的に加担している内包論理を前提している。それに対し、(iv)は、意義への存在論的加担を前提しない通常の標準的文脈での真理概念の解明として、最も基本的な定式化だと考えられる。すると、フレーゲ真理論の核心は、(iv)の定式化、すなわち、

(T)′ 主張文'$\Phi(\Gamma)$'が真であるのは、対象Γが概念$\Phi(\xi)$の下に帰属する($\Phi(\Gamma)$)ときそのときに限る。

$$〔W('\Phi(\Gamma)') \longleftrightarrow \Phi(\Gamma)〕$$

となろう。(T)′は、後述のタルスキの真理規約と注目すべき類似性を示す。しかし(T)′は、真理概念の、文'$\Phi(\Gamma)$'と論理的基礎連関(フレーゲ的事態)$\Phi(\Gamma)$との対応による定義だと解されるべきではなく、真理という論理的に単純な基本概念の解明なのである。さて、こうしたフレーゲの真理論は、意義・思想の核心的規定と連関する。

3-2-3〔真理条件と思想〕　さてフレーゲは、主張文の意義を思想と称し、思想は「一般にそれについて真理が問題になりうる当のもの[30]」「真理と密接に連関するもの[31]」と規定している。さらに、「ある文の真理条件を知ることが、当の文の意義を理解することである」といういわゆる「真理条件的意味論」の *locus classicus* と称される規定を、フレーゲは次のように与えている。

(G)　「真理値名は、我々のトリキメによって、いかなる条件の下で真を意味するのか、それが規定される。これら真理値名の意義、すなわち、思想とは、これらの条件が充足されているという思想である」(GGA, I, §32, S. 50)。

先の真理論において、我々は、定式化の(iv)を(T)′の基本とみなしたから、(G)も次のように、主張文‘$\Phi(\Gamma)$’に関して再定式化されよう。

(G)′　主張文‘$\Phi(\Gamma)$’は、(述語‘$\Phi(\xi)$’や固有名‘Γ’に関する)我々のトリキメによって、いかなる条件下で真であるか、それが規定される。これら主張文の意義=思想は、これらの条件が充足されているという思想である。

ところで、先の(T)′は、主張文がいかなる条件下で真となるのかの、少なくともシェマを示しているということができよう。つまり、(T)′は、文‘$\Phi(\Gamma)$’が真となるのはいかなる場合かを語る――すなわち、‘Γ’に代入される固有名(例えば「ソクラテス」)がある対象ソクラテスを意味し、‘$\Phi(\xi)$’に代入される概念語(例えば、「哲学者である」)がある概念〈哲学者であること〉を意味するというトリキメに従い、「対象ソクラテスが概念〈哲学者であること〉の下に帰属する」という条件下にあるということを語る――ことによって、文「ソクラテスは哲学者である」の表わす真理条件=思想を、示しているのである。正確には、(T)′は、文シェマ‘$\Phi(\Gamma)$’の表現すべき思想のシェマを示す。具体的な個々の思想とは、‘Γ’や‘$\Phi(\xi)$’に先述のように具体的に固有名や概念語が代入され、それぞれがいかなる対象や概念を表示し意味するのかという意味論上のトリキメによって、各主張文の表現する、(T)′の代入事例的定理としての、〈当の対象が当の概念の下に帰属する〉という条件にほかならないのである。

さらに、単文の構成要素をなす固有名や概念語、関数記号、および複合文を構成する真理関数記号の意義についても、フレーゲは、それらが登場する文の〈真理条件〉＝思想への寄与としての思想部分であるとみなす。「真理値名がそれから構成される単純名ないしそれ自体すでに合成されている名前は、当の思想を表現するのに貢献する。個々の名前のこの寄与が、その名前の意義なのである。ある名前が、真理値名の部分ならば、その名前の意義は、真理値の名前が表現する思想の部分なのである」(GGA, I, § 32, S. 51)。

かくて、先述の、固有名「ソクラテス」の意味(＝表示対象)を確定する条件についての意味論的トリキメ、述語「哲学者である」が、いかなる概念をその意味としてもつか(つまり、どの対象が当の概念の下に帰属し、どの対象が帰属しないかという境界づけ条件)に関する意味論的トリキメ、それらが、文「ソクラテスは哲学者である」がいかなる条件の下で真となるか、という〈真理条件〉としての思想の確定に貢献するのであり、この寄与こそ、それらの固有名や概念語の表現する意義にほかならない。

3-3　認識論的規定

真理論的規定と並んで、フレーゲ意義論の核心をなす意義の認識論的側面を最後にとりあげよう。先にすでに意義と表示対象の与えられ方との密接な連関に言及したが、同一性言明のパラドクスをめぐる認識論的概念には、表示対象の規定法以外にも、認識価値、認識行為、情報、信念態度なども含まれよう。意義とこれら認識論的諸概念との連関に関わるフレーゲの所論のおおよそは以下のようである。[32]

3-3-1〔意義と対象の規定法〕　すでに述べたように、‘a=b’が真の場合、その意義が、‘a=a’の意義と異なるのは、二つの等式の真理値の分岐の仕方(SB, 35)が異なる(つまり、‘a’と‘b’との表示対象の規定法、与えられ方が異なる)場合その場合に限る(SB, 26, G, 65-66)。これを、意義に関するフレーゲの認識論的原則Iと呼ぼう。(文‘p’の意義をp_1、‘p’の表示対象=意味の与えられ方を‘w(p)’と表記する。)

(PE I)　$(a=a)_1 \neq (a=b)_1 \longleftrightarrow w(a=a) \neq w(a=b)$

3-3-2〔認識価値と認識行為〕　フレーゲは、認識価値の差異として、ア・プリオリで分析的(既知の認識の単なる解明)なのか、あるいは、必ずしもア・プリオリではなくてかつ綜合的(認識の新しい拡張)なのかというカント的区別を念頭においている。[33] その際フレーゲは、こうした認識価値の差異があるかどうかの識別規準を、同一律の適用以外の、特別の認識行為Erkenntnistatの要不要に求めている。[34] つまり、‘a=a’の真理性の認識には、同一律の自明的適用以外に特別の認識行為を必要としない(それを‘$T^{-}(a=a)$’と表記する)のに、‘a=b’の真理性の認識には(それが、‘$a =_{df} b$’のようなノミナルな定義からの直接的帰結でない限り)なんらかの特別の認識行為を必要とする場合(それを'T^{+}(a=b)'と表記する)、二つの等式はその認識価値を異にする。(それを'E(a=a)≠E(a=b)'と表記する。)この認識行為と認識価値とに関するフレーゲの主張を、認識論的原則IIと呼んで次のように表わそう。

(PE II)　T^{+}(a=b) & T^{-}(a=a) ⟶ E(a=b)≠E(a=a)

の場合にのみこの二つの等式の表現する意義が異なるとの、次の如き認識論的原則IIIがみられる。[35]

3-3-3〔意義と認識価値〕　またフレーゲには、'a=a'と'a=b'との認識価値が異なる場合、そ

(PE III)　$(a=a)_1 \neq (a=b)_1$ ⟷ E(a=a)≠E(a=b)

つまり、'a=a'と'a=b'との認識価値の差異は、その二つの等式の意義が異なることを識別する「認識根拠 *ratio cognoscendi*」であり、逆に、両者の意義の差異は、意義に存在論的に加担したとすれば、両者の認識価値の差異の「存在根拠 *ratio essendi*」だということもできよう。

以上の(PE II)と(PE III)から、意義と認識行為との関連についての次の定理、すなわち'a=a'と異なり、'a=b'の真理性の認識には特別の認識行為が必要ならば、'a=a'と'a=b'との意義は異なる。[36] すなわち、

(TE 1)　T^{+}(a=b) & T^{-}(a=a) ⟶ $(a=b)_1 \neq (a=a)_1$

また、(PE I)と(TE 1)から、認識行為の要不要が、'a=a'と'a=b'との真理性の与えられ方、分岐の仕方の差異をもたらす、すなわち、

$$(TE2)\quad T^{+}(a=b)\ \&\ T^{-}(a=a) \longrightarrow w(a=b) \neq w(a=a)$$

かくて、‘a=b’と‘a=a’の真理性の認識に、同一律の適用以外の特別の認識行為が必要か否かが、この二つの型の等式のペアに関し、認識価値の差異、意義の差異、さらには真理値の、したがって、‘a’、‘b’の表示対象の与えられ方の差異の（認識根拠としての）十分条件なのである。

ところで、フレーゲは特別の認識行為とは何かについて立ち入った説明を与えていないが、判断の綜合性を、経験的直観による観察や、ア・プリオリな直観における概念の幾何学的構成・代数的な記号的構成・図式化を介し、新しい幾何学的対象や新しい数を産出し、また既知の対象から新しい対象の存在を要請するといったカントのアイディアから(37)、ある示唆をうることができよう。すなわち、ノミナルな定義は除き、‘b’が、それまでの文脈では登場していない新しい名前として導入される場合には、‘a=b’の真理性の認識には、‘b’に含まれる既存の名前‘a’とは異なる対象規定の仕方に従って対象を指定し、かつその対象が‘a’の指定する対象と同一であることを、観察や実験によりア・ポステリオリに立証するとか、あるいは、例えば、ユークリッド空間における合同変換によって、または再帰関数による有限回の演算によってア・プリオリに証明するといった、複雑な認識行為を必要とすると考えられるのである。

3-3-4〔意義と情報〕　フレーゲはまた、文の意義・思想と情報とを結びつけ、二つの文が同じ意義・思想を表現していれば、その二つの文の与える情報は同じであるとの考えを表明している(38)。

逆にいうと、例えば、'a=a' と 'a=b' との与える情報が異なるのは、この二つの文の意義が異なる場合である。文 'p' の与える情報を 'Inf(p)' と表わすと、次のようになろう。

(PE IV)　$\mathrm{Inf}(a=b) \neq \mathrm{Inf}(a=a) \longleftrightarrow (a=b)_{\mathrm{I}} \neq (a=a)_{\mathrm{I}}$

しかしフレーゲは情報概念を十分展開してはいない。'a=b' と 'a=a' との情報量の差異を、例えば、整合的な文の経験的内容は、その文が排除する可能性の大きさに比例するとのポパー[39]の着想を承けたカルナップ－バヒレル[40]の意味論的情報概念(すなわち、整合的な文は、それが排除する可能的事態が多ければそれだけ大きな意味論的情報をもつ)によって説明することができよう。'a=a' は、いかなる可能性も排除しない同語反復《トートロジー》であるから、情報量は0であろう。それに対し、'a=b' は、それが単なるノミナルな定義からの直接的帰結でなければ、'a≠b' となる可能性を排除するから、少なくとも 'a=a' よりは意味論的情報が大であるといってよいであろう。

3-3-5〔意義と信念態度〕　最後に、信念態度と意義・思想との関係を、認識論的原則につけ加えておこう。

すでに述べたように、フレーゲは、信念内容を副文の表現する意義・思想と同一視し、話者eが文 'p' の表現する思想を信じながら、文 'q' の表現する思想を信じないならば、これらの思想は異なると主張していた。この主張を等式 'a=a' と 'a=b' とに適用すると、「話者eが 'a=a' の思想を信じながら、'a=b' の思想を信じないならば、この二つの文の表現する思想は(少なくとも

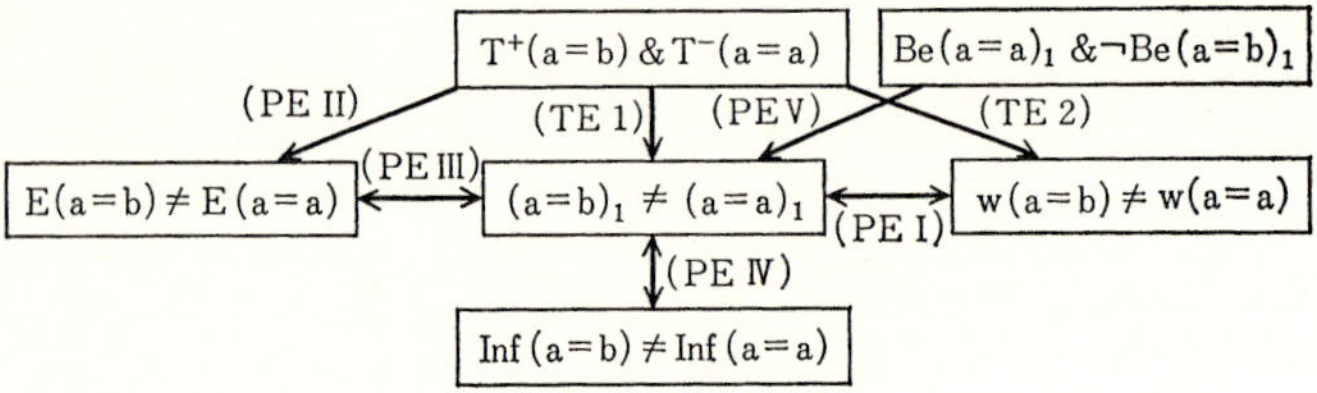

eにとり）異なっている」、すなわち、左記のように表現できよう。

(PE V)　$Be(a=a)_1$ & $\neg Be(a=b)_1 \longrightarrow (a=a)_1 \neq (a=b)_1$

以上の認識論的諸原則は、上のように図示することができよう。

以上のことから明らかなように、フレーゲのいう意義は、単なる語義ではなく、認識論的概念ときわめて密接に関連しているのである。同一性言明‘a=b’の真理性を認識するのに、‘a=a’の場合とは異なって、特別の認識行為が必要であり、また、ある人物が‘a=a’は当然信じながら、‘a=b’は信じないとするならば、‘a=b’の意義は‘a=a’の意義とは異なるのである。またその場合には、両言明の認識価値、真理性の与えられ方、規定の仕方も異なるのであり、かつまた、両言明の意味論的情報も異なるのである。このように、フレーゲにとって、文の意義とは、ある人物の信念、その文の真理性に関する認識行為、認識価値、規定の仕方、その文の情報内容と切り離しがたく結びついているのである。

4　固有名詞論

第五章で詳しくとりあげるが、一九七〇年代より、クリプキ、パトナムらによって、フレーゲ、ラッセル、ウィトゲンシュタインの固有名詞・自然種名に関する理論が、記述(束)説と一括されて、批判にさらされることになる。この批判には、しばしば誤解に基づく攻撃も含まれているので、本節では、固有名詞に関するフレーゲの意味論の骨子をみておくことにしよう。[41]

4-1 フレーゲの記述理論

フレーゲは、広義の固有名詞に、人名、地名といった本来的固有名のみならず、「楕円軌道の発見者」といった、いわゆる確定記述も含めている。

さて、フレーゲは、早い時期から、[42] 論理学においては、単称名辞が空でないと前提されている(例えば「すざん」の名指す人物がいるという存在仮定に立ってのみ、「すべてのxが走るならば、すざんは走る」といった量化法則は成立するのである)ことに注意し、文が一つの思想を表現するのは、その文が空なる語句を含まず、真または偽の場合のみであると主張している。

意味と意義の区別以後、フレーゲは、「ケプラー」といった固有名のみならず、「楕円軌道の発見者」といった記述の場合にも、その意義の中に、意味(=指示対象)の存在仮定は含まれていないと主張している(SB, 40)。

他方フレーゲはまた、日常語のみならず、数学の記号言語中にも、意味を欠く bedeutungslos「オデュッセウス」のようなみかけ上の固有名や「無限発散級数」といった記述があることを認める(SB, 41)。そして、こうしたみかけ上の固有名を含む文「オデュッセウスがイタカの海岸に漂着した」は、意味を欠く(すなわち、真偽いずれでもない)が、しかし有意義 sinnvoll だとみなした。したがって、日常語でも数学的言語でも、有意義でありながら、意味を欠くみかけ上の名前が、事実存在し、また文に真理値の間隙 truth value gap があるという事実は認めた。しかし、フレーゲが、この事実を一般化し、みかけ上の名前を含む文は有意義だが真理値を欠くという真理値間隙の理論を、論理学的見地として採用したとは思われない。名前に関する存在仮定を落とす自由論理 free logic を採用し、量化法則に制限を加えるという立場を、フレーゲは、全く採っていないのである。

フレーゲによれば、我々がある文を用いて、その文の表現する思想＝意義が真であると判断し主張する際には、我々は当の文中に現われる固有名は有意味 bedeutungsvoll であると前提している voraussetzen のである(SB, 31)。もちろん、この存在前提が充足されないことはありうる。しかし、例えば、「オデュッセウスがイタカの海岸に漂着した」という文を、真面目に、真であると主張する人は、当然、「オデュッセウス」という名前が有意味である(その指示対象が存在する)と前提しているのであり、この名前が誰のことも指さないと思っている人は、真面目に、この文の真偽を問題にすることはないのである。したがって、学問においてのみならず日常語でも、文の真偽が問題にされる場合には、文中の語が有意味であると前提されているといってよい。

にもかかわらず、存在前提が充足されない場合には、みかけ上の名前を含む文が、事実として、真理値の間隙を示すような思想を表現していることになる。そこでフレーゲは、後年[43]存在前提の充たされていないことが明らかな虚構 Dichtung と、そうでない場合とを区別しようとする。すなわち、虚構においては、固有名も言明も、すべて真面目にとられるべきではなく、単にみかけ上のものであり、有意義ではあるが意味を欠くみかけ上の名前、みかけ上の言明であり、その場合の意義も真偽を問えないみかけ上の思想 Scheingedanke で、主張もみかけ上の主張にすぎない。かくて、真偽の問われうる意義のみが、本来的思想 eigentlicher Gedanke なのである[44]。

かくして、フレーゲは、我々の存在前提がしばしば裏切られるようなみかけ上の名前の含まれる言語を、論理学などの厳密な学問の言語としては、不完全な言語とみなすのである。フレーゲの〈概念記法〉は、こうした欠陥を免れた言語、つまり、そこに現われる名前、述語、文のすべてが有意味だという前提の充足されている言語なのであり、したがって、どの文にも真理値の間隙はないのである。

さて、すべての表現が有意義かつ有意味であるような、論理学や学問的用法にとり、完全な言語を形成するための方策として、フレーゲの採用した記述理論が、「対象約定説 chosen object theory」[45]である。一見、意味を欠くとみられる記述に対し、一種の人工的約定により、特定の指示対象をわりあてるというフレーゲの方策は、後述のラッセルの記述理論と並び、後続の多くの論理学者によって採用されている。例えば記述「『概念記法』の著者」のように、記述の表わす一意的存在条件を充たす対象が存在すれば、その対象（この場合はフレーゲ）が、この記述の意味である。また、一意的存在条件を充たさない記述、例えば、「9の平方根」「無限発散級数」の場合には、フレーゲは二種の約定を与えている。一つは、「無限発散級数」には、その意味として0をわりあてる、というものである（SB, 41, Anm. 9）。もう一つの約定によると各記述の表わす概念の外延がその意味とされる（したがって、「9の平方根」には、+3のペアの集合が、「無限発散級数」には空集合がわりあてられる）（GGA, I, §11, S. 19）。

フレーゲ自身は、この対象約定説を明示的に本来的固有名に適用しているわけではないが、そうした適用を認めれば、単称文の真理値の間隙をさけて、各文の真理条件を与えることができるはずである。

4-2　単称（非）存在言明のパラドクス

ところが、みかけ上の固有名や記述の登場する（非）存在言明の真理条件に関し、真理値間隙説をとっても、フレーゲの対象約定説をとっても、逆説的にみえる事態がある。

例えば、次の文において、

(1)　ペガサスが存在する。

(2)　ペガサスは存在しない。

(3)　一九八〇年のフランス国王が存在する。

(4)　一九八〇年のフランス国王は存在しない。

「ペガサス」も「一九八〇年のフランス国王」も意味を欠くから、真理値間隙理論に従えば、(1)〜(4)はすべて真でも偽でもない。しかし、これは常識に反する。他方、フレーゲ流の対象約定説に従い、「ペガサス」「一九八〇年のフランス国王」に、0または空集合をわりあてると、(1)(3)は真、(2)(4)は偽となり、一層常識と乖離するようにみえる。常識では、(1)(3)は偽、(2)(4)は真のように思われるからである。

しかしフレーゲの解答は、一刀両断的である。(1)〜(4)は、そもそもナンセンスsinnlosで文法違反なのである。「存在する」は第二階の概念語で、固有名や確定記述のような、第0階の表現を、項の位置にとれないからである。(46)

だが、(1)〜(4)を次のように書き直せば、文法違反ではなかろう。

(1)′　$\exists x(x = \mathrm{Pegasus})$

(2)′　$\neg\exists x(x = \mathrm{Pegasus})$

(3)′　$\exists x(x = \text{the King of France in 1980})$

(4)′　$\neg\exists x(x = \text{the King of France in 1980})$

真理値間隙理論では、(1)′〜(4)′のいずれも(有意義ではあっても)真偽がいえず、われわれの常識に反し、フレーゲ流の対象約定説でも(1)′(3)′が真、(2)′(4)′が偽となり、常識と正反対の真理値となる。

個体変項の変域が、数や集合の場合には、フレーゲの方策が自然であろう。しかし、物的対象や出来事の場合には、先の例にみられるように、不自然な付値となる。しかし、約定されるべき対象は、もっと柔軟に選択可能である。例えば、カルナップに従えば[47]、意味を欠く固有名や記述には、当該議論領域外の存在者＊を選べばよい。そして、任意の名前または記述'α'を含む単称文の真理条件は以下のように、自然な形で定めることができる[48]。

(i) 文'φ(α)'が真なのは、'α'に付値される(議論領域D中の)対象が述語'φ'を充足する場合である。

(ii) 文'φ(α)'が偽なのは、'α'に付値されるD中の対象が述語'φ'を充足しない場合か、または、'α'にD外の＊が付値される場合である。

すると、先の存在言明のパラドクスも、次のように自然な解決がなされる。

(iii) 「αが存在する」が真なのは、'α'に付値される対象が、当該議論領域D中に含まれる場合であり、その場合に限る。

したがって、

(iv)「αは存在しない」が真なのは、'α'に付値される対象がD中に含まれない場合(すなわち、'α'に＊が付値される場合)である。

かくて、先の(1)(3)は偽、(2)(4)は真となる。

4-3　本来的固有名

後述のように、クリプキによれば、フレーゲは、人名、地名のような本来的固有名の意義が確定記述によって与えられるとみなし、しかも、名前の指示対象の指定のみならず、同義語の賦与もまた、確定記述によってなされるという強い意味での「記述説」を採っているという[49]。このクリプキの見解の当否を含め、以下で、フレーゲの本来的固有名の意義と意味についてみておこう。

4-3-1〔本来的固有名の意義〕

「概念記法」において、それまで登場していない新しい固有名を導入するに当たっては、フレーゲは、その固有名を専ら、すでに導入されている長い記述の省略ないし名目的代理とみなしており、したがって、その新固有名の意味も意義も定義記述と同一である。その限り、フレーゲは強い意味での「記述説」を採っているといってよい。

しかし、日常語中の本来的固有名について、その意義が定義記述と同じであるとフレーゲが主張している典拠はなく、本来的固有名の意義は単に指示対象指定のための「指示指定子 reference-fixer」[50]に相当するといえよう。指示指定子として、フレーゲは、確かにしばしば、確定記述を例証に挙げてはいるが、また、例えば、ある探検家が原住民により「アフラ山」と呼ばれている高山を同定する場合のように、知覚を介しての直示的な同定や測量手続きを介しての方位や位置の確定も含まれている。

しかも例えば「アリストテレス」という名前に、ある人は「プラトンの弟子でアレクサンダー大王の教師」を、他の人は「スタゲイラ生まれのアレクサンダー大王の教師」を、それぞれ結びつけている場合のように(SB, 27, Anm. 2)、本来的固有名の意義は、個人により、さらには一個人においても文脈により、ゆれのあることをフレーゲは認めており、その限り、固有名の意義は、基本的には各個人方言 idiolect に固有な、一種の私的性格をもつ。他方フレーゲは、話し手と聞き手の間で、固有名の意義が重なりあう可能性を認めており、ある言語社会では、基本的に私的な意義が僥倖的に重なりあって、ステレオタイプ化される可能性も否定されてはいない。しかし、固有名と特定の意義との結びつきが、常にある言語社会で一定不変であり、固有名には、公共的で一義的な記述的意義があるとフレーゲが考えていたとは思われない。「同じ文脈においては同じ語が同じ意義をもちさえすれば、それで満足せねばならぬ」(SB, 28)というのがフレーゲの見解である。

4-3-2〔本来的固有名の意味〕　意義のこうした、話し手聞き手間や文脈間におけるゆれにもかかわらず、固有名が全く個人方言に属するものとみなされない理由は、フレーゲが、少なくとも固有名の意味は、公共的であるとみなしていたからである。すなわち、個人により文脈により、指示指定法としての意味に差異が認められても、その名の意味(=指示対象)は、単に各人の「話し手の指示」によるのではなく、公共的な「意味論的指示 semantic reference」によるのであって、本来的固有名とその意味(=指示対象)との結びつきは、共同体を背景にしている community-wide とみなされる。すなわち、フレーゲは、「意味が同一である限りは、こうした意義のゆれを我慢できる」(SB, 27, Anm. 2)という。(51)

その限り、フレーゲの見地は、固有名の意味論的機能の核心を、端的にその固有名の担い手を指すことに求めるミル風のアプローチと、矛盾するものではないであろう。

したがって、本来的固有名に関するフレーゲの意味論には、次のような要因が含まれているといえよう。

(i)固有名 α とその意味 x との結合は、私的恣意的なものではなく、公共的なものである。つまり、α の意味 x は、α の意味論的指示対象である。これを'R(α, x)'と表記しよう。

(ii)他方フレーゲは、各個人 a は、α に α とは異なり、α を含まぬ単称名辞 β により表記可能な「指示指定子」を随伴させており、β の表わす対象規定法(=意味)を介して、α の意味 x を指定するとみなす。しかし、β は α の同義語である必要はなく、β は、話し手 a の x に関する手持ちの信念や情報を表現しており、β は、「α とは誰(どれ)か」という問いに対する話し手 a の回答

「αはβである」を与えるものである。したがって、「話し手aは、αの意味をある特定の仕方で指定する」は、「aは、αが誰(どれ)であるかについて、ある信念・意見をもっている」ということであり、それは、$(\exists\beta)(\alpha\neq\beta\ \&\ aB\ulcorner\alpha=\beta\urcorner)$のように表記できよう。

(i)(ii)から、フレーゲのいう「xはαの意味であり、aはxをある対象規定法を含む意義を介して指定する」は、次のように表記されよう。

(R)　$R(\alpha, x)\ \&\ (\exists\beta)(\alpha\neq\beta\ \ \&\ \ aB\ulcorner\alpha=\beta\urcorner)$

虚構中の文においては、αはみかけ上の名前で何も指さない(ないし*を指す)から、次のように表記されよう。

(D)　$R(\alpha, *)\ \&\ (\exists\beta)(\alpha\neq\beta\ \ \&\ \ aB\ulcorner\alpha=\beta\urcorner)$

ところで、フレーゲ説の弱みは、固有名αが、みかけ上の名前なのか、本来の名前なのかがはっきりしないケースにおいて露呈される。

第一に、例えば、聖書のヨナ物語において、ヨナについての情報と考えられた記述「三日三晩大魚の腹中にあったニネヴェの予言者」は、誰にも該当しないが、しかし、ヨナ物語は架空の物語ではなくて、ある実在の人物についての伝説物語であると主張される場合のような余地が、フレーゲ説にはありえないことになる。フレーゲにとり、各人の手持ちの情報以外に、ヨナを同定する手段はなく、こうした場合、フレーゲは「ヨナ」は意味を欠くと結論するほかはない。

また第二に、例えば、「コロンブス」という名前に、「アメリカ大陸の発見者」のように、誤った情報や信念が結びつけられている場合、フレーゲは、「コロンブス」という名前に、コロンブス当人ではなくて、(歴史上のアメリカ大陸発見者である)あるノールウェイ人か誰かを指示対象として結びつけざるをえない。

このように、対象xを指定するための正しい情報が与えられていない場合に、xをどのように指定したらよいのかという手だては、フレーゲ説には用意されていないのである。

5　間接的文脈

5-1　間接的文脈と代入則

「文中の一つの表現を同意味的な表現により置換してえられる文の真理値は不変である」(cf. SB, 36)という代入則が成立する文脈を、フレーゲは通常的 gewöhnlich とし、それに対して通常の意味に関する代入則の成立しない文脈を間接的 ungerade と称した(SB, 37)。しかしフレーゲは、クワインのように、間接的文脈を、代入則の一般に不成立な、したがって、指示的に不透明な文脈とみなしたのではない。むしろ、フレーゲは、表現の意味は、文脈に相対的に定まると解したのである。通常的文脈では表現は通常的意味をもち、間接的な文脈では間接的意味(それが何であるのかは、文脈に依存する)をもつのであり、いずれにせよ、各文脈と相対的に代入則が成立するのである。すなわち、通常的意味に関する代入則の成立するのが通常的文脈であり、間接的意味に関する代入則の成立するのが、間接的文脈であって、いずれも「純粋指示的」ではあるのである。

5-2　間接的文脈の諸例

間接的文脈の例としてフレーゲは、次のようなものを挙げている(53)。(A)直接話法報告、(B)間接話法報告ならびに信念文、命令・疑問・依頼・目的の副文など、(C)認知文や因果・理由などの文脈。

ここでは、(A)および(B)中の間接話法・信念文、(C)認知文のみをとりあげる。こうした文脈中での副文の間接的意味が何かは、各文脈と相対的に定まるのである。

(A)の直接話法においては、通常引用符で括られた表現は、元来の発話者の用いた文を指す一種の名前と考えられるから、引用文の間接的意味とは、元来の発話者の用いた文にほかならない。(B)型の文脈では、副文の間接的意味は、その文の通常の意義ないしそれと同レベルのものであって、思想、信念(内容)、依頼(内容)、目的などであるとフレーゲはみなしている(SB, 38-39)。すると、こうした文脈での代入則は、例えば次のようになる。

(i)　二つの文'ϕ_1'、'ϕ_2'が、同じ通常の意義を表現している場合、もしある人物aが'ϕ_1'の表現する意義を信じていれば、aはまた'ϕ_2'の表現する意義をも信じている。

(C)型の「知る」「認識する」といった認知動詞に導かれる副文について、フレーゲは、それらは、通常的意味(＝真理値)と間接的意味(＝副文の意義・思想)とを、二重にもつとみなしている(SB, 47-48)。すると、「ある人物aはϕであるということを知っている」とは、「aはϕの表現する思想を信じており、かつ、その思想は真である」と分析される。この場合、代入則は次のようになろう。

(ii)　二つの文'ϕ_1'、'ϕ_2'が、真なる同一の思想を表現している場合、aがϕ_1であると知っていれば、aはϕ_2であるということも知っている。

こうした説明で、フレーゲの念頭におかれている「知識」概念は、「真なる信念《ドクサ》」に等しいが、こうした同一視は古来問題視されてきたものである。例えば、後述のヒンティカの「知識の論理 epistemic logic」では、より強い「知識《エピステーメー》」概念がとりあげられている。

さて、このように、間接話法や信念文中の副文の間接的意味がその通常の意義だとすると、「信じる」のような命題態度を表わす動詞が重ねられた場合(例えば、「ソクラテスが哲学者だと知っているとaは信じている」)、副文の、間接の間接の意味は何なのか。フレーゲは、それを当の副文の間接的意義、すなわち、いわば第二階の意義とみなし、意義に関する階層性を主張している[54]。

5-3　残された問題

間接的文脈に関するフレーゲの提案は、以上で尽きる萌芽的なものである。この提案には、なお展開可能な示唆が豊富に含まれているとともに、すでによく指摘される制限や問題点がある。(55)

例えば、(1)間接的意味としての意義の同一性の規準は何か？　(2)意味と意義との区別による代入則をめぐるパズル回避策は、真に満足すべきものかどうか？　(3)フレーゲによる信念文脈は、いわゆる「言表に関する *de dicto* 信念」に限定されているが、「事象に関する *de re* 信念」や内部量化 quantifying into、信念文脈の内外に現われる変項の相互連係 interplay を含むような文脈の扱いはどうするのか？　(4)さらに、本来的固有名の登場するような副文を伴う、信念文の信念内容は、フレーゲ的な意味での思想と同一視されてよいのかどうか？

(1)については、すでに述べたように、フレーゲ自身も、強弱いくつかの規準を提出している。論理的規準としては、論理的等置やカルナップの内包的同型性(対応する構成要素同士が論理的に等値で、かつ、構造が同一)に相当する規準、また認識論的な規準としては、二つの文の真理性認識に特別の認識行為を一方が必要とし、他方が不必要とするという差がないこと、したがって、認識価値に差がないこと、ならびに、ある人が一方を信じ他方を信じないといったことが起こりえないことなどが挙げられているが、いずれもさらに検討を要するものである。(2)以下については、後続の論理学者の課題となる。

6　指標的表現の意味論

前節までに詳論したように、主にフレーゲは、算術の基礎づけを行うに足りるだけの論理学を構築するため、人工言語〈概念記法〉の構成とその意味論的考察に、関心を集中した。しかし同時に、こうした人工言語と対比しつつ、信念文や話法、本来的固有名などの自然言語の諸特徴についても言及していたが、さらに、指示詞や人称代名詞、時や所の副詞などについても、興味深い発言を行っているのである。後に見るように、一九八〇年代に入り、指示詞や代名詞、副詞の意味論が、大いに脚光を浴びるにいたる。我々の自然言語は、基本的に発話の脈絡への依存性や時制をもつからである。また、「いま」「ここ」の発話によって我々は、時の流れと宇宙の拡がりの中に自らの身体を位置づけ、「これ」という指示詞を介して外界の対象に繋留し、「私」と自称しつつ自己を意識し、「汝」と呼びかけつつ他者と出会うのである。したがって、指示詞や人称代名詞のようなきわめて卑近な表現の意味論を追求することは、単に内包論理の意味論上重要であるばかりでなく、外界の事物、他者、自己といった基本的カテゴリがその原初的な姿を現わす〈実用論的な状況〉を抜くものとして、存在論・認識論の基本問題に通底するからである。

以下の行論では、「これ」「あれ」といった指示代名詞を「指示詞」、「私」「あなた」といった人称代名詞、「いま」「ここ」「きょう」「きのう」といった時や所の副詞等を「指標詞 indexicals」と呼んで区別し、両者を「指標的表現」と総称しよう。

さて本節では、フレーゲの著作に断片的に散在する「指標的表現」に関するフレーゲの着想を再構成し、その意味論を定式化してみよう。その上で、フレーゲ流の意味論の問題点を指摘し、後段での考察の出発点としよう[56]。ここで、指示詞や代名詞を「指標的表現」と総称したのは、固有名などと異なり、これらの表現が、対象指定に関して、発話状況や使用脈絡への依存性＝指標性という際立った特徴を示すからである。こうした使用脈絡への依存性のゆえに、指標的表現の意味論は、実用論 pragmatics とも称されるのである[57]。

6-1　絶対的真理概念と状況文の永久化

フレーゲが、主張文の意義＝思想を、我々の思惟から独立で客観的であり、また、我々が把握可能かつ伝達可能な公共性をもつとみなしたことは、すでに述べた。思想はまた、その真理性が問われる当のものであるが、その真理性は、時・所・人間の認知その他の状況とは独立な絶対性をもつとみなされている。つまり、フレーゲは、状況に相対化された真理概念は認めず、絶対的な真理概念のみを許容したのである。

ところが、時制や「いま」「ここ」「私」「これ」といった指標的表現を含み、発話状況からのパースペクティヴが反映されている状況文 occasional or fugitive sentence の真理性は、それ自体で絶対的には定まらず、各発話状況ないし使用脈絡と相対的にのみ決まるように思われる。

もちろんフレーゲも、指標的表現の意味(＝指示対象)や状況文の真理値が、発話状況 die das Sprechen begleitenden Umstände[58] と相対的に変動することに気づいていた。しかしながらフレーゲは、状況文はそれだけでは不完全な文であって、思想を表現しないと主張する。状況文は、発話時点、発話場所、発話者などを表立って補完されることによってはじめて、一つの思想を表現しうる。「時間規定によって補完され、あらゆる点で完全な文にして初めて一つの思想を表現する。こうした思想は、しかし、それが真ならば、単にきょう、あすのみならず、無時間的に真なのである。[59]」かくして、思想の「真理性自体は、時と所とに関わらない ort- und zeitlos」(GGA, I, XVII)。

このように、フレーゲは、一方で状況文や指標的表現の状況依存‐脈絡依存を認める。しかし他方フレーゲは、状況文を思想の完全な表現とは認めず、状況文にその使用脈絡についての知見を補完することによって、一種の脱コンテキスト化・永久化をはかろうとする。したがって、脱コンテキスト化された永久文のみが、思想の完全な表現であり、各永久文の表現する思想の真理性は、脈絡から独立した絶対性をもつ。それゆえ、使用脈絡の変動に応じて変動するのは、思想の真偽ではない。そこでは、一つの発話脈絡についての知見を埋め込まれた永久文から、別の脈絡を埋め込まれた永久文への遷移が起こっているのである。したがって、フレーゲの方針の第一の特色は、状況文の脈絡依存性を、脱コンテキスト化によって永久化し、言語の可変性へと移し入れて、思想の真理性の絶対的性格を保持しようとする点に求められよう。

なおフレーゲは、「これ」のような指示詞の場合にも、「指差し、目差し、表情、手振り、身振り」[60]といった「直示行為 demonstration」[61]を、上記の発話状況の中に算えている。「これ」の発話には、そのつど適切な直示行為が伴われなければ、その直示対象を限定しえないのである。

さて、フレーゲの方針の第二の特色は、状況文の脱コンテキスト化のために、補完されるべきものは、直接端的な発話状況ないし使用脈絡そのものではない点に求められよう。フレーゲは、一つの思想の正しい把握 richtige Auffassung には、「発話に随伴する諸状況についての知見 Kenntnis」[62]が必要だと主張する。つまり、脱コンテキスト化は、発話状況についての知見、手持ちの情報や所信の補完によって遂行されるべきなのである。

6-2　フレーゲ的意味論の定式化

フレーゲの脱コンテキスト化は、使用脈絡そのものの補完ではなく、発話状況についての知見・所信 u の補完によって遂行される。

さて、「いま快晴である」「きょうは快晴である」「きのうは快晴だった」「ここは快晴である」という状況文をそれぞれ '$N\phi$', '$T\phi$', '$Y\phi$', '$H\phi$' と表記しよう。また発話状況についてのそれぞれ適切に分節された知見を補完することにより、フレーゲ流の永久化は次のような形でなされる。

(1)　いま〔1986. 8. 1. 10 p. m. の発話〕快晴だ。　('$N\phi[u_T]$')

(2)　きょうは〔1986. 8. 1. の発話〕快晴だ。　('$T\phi[u_D]$')

(3)　きのうは〔1986. 8. 2. の発話〕快晴だった。　('$Y\phi[u_D]$')

(4)　ここは〔札幌での発話〕快晴だ。　('$H\phi[u_P]$')

('u_T', 'u_D', 'u_P' は発話時点、発話日、発話場所についての知見の表記である)

(5)　私〔『概念記法』の著者〕。　('$I[u_A]$')

(6)　あれ〔机上のバラを指差す〕。　('that[δ]')

('u_A' は、発話者についての知見を、'δ' は指差しなどの直示行為を表わす)

すると、フレーゲ流の永久文の真理条件は以下のように与えられよう('$\leftrightarrow$' は必要十分条件を表わす)。

(Tu 1)　'$N\phi[u_T]$' は真である $\longleftrightarrow$ '$\phi[u_T]$' は真である。

(Tu 2)　'$T\phi[u_D]$' は真である $\longleftrightarrow$ '$\phi[u_D]$' は真である。

(Tu 3)　'$Y\phi[u_D]$' は真である $\longleftrightarrow$ '$\phi[u_{D-1}]$' は真である。

（‘u_{D-1}’は、発話の前日についての知見を表わす）

(Tu 4)　‘Hϕ[u_P]’は真である$\longleftrightarrow$‘ϕ[u_P]’は真である。

また「私」と「あれ」の指示条件は次のようになる。

(Tu 5)　‘I[u_A]’は、発話者に関する知見 u_A により限定される人物を指す。

(Tu 6)　‘that[δ]’は、直示行為 δ により指定された対象を指す。

6-3　フレーゲ的永久化の問題点

ところで、フレーゲ流の永久化には、いくつかの重大な問題点がある。

第一に、フレーゲの永久化の方策は、指標的表現の独自な意味論的機能の過小評価ではないかと疑われる。フレーゲの永久化によれば、例えば、一九八六年八月一日札幌での発話だという知見が補完された「いまここは快晴だ」は、Ⓐ「いまここは〔1986. 8. 1. 札幌の発話〕快晴だ」と永久化され、かつその真理条件は、結局Ⓑ「一九八六年八月一日札幌は快晴だ」という文によって与えられる。すると、Ⓐという永久文の表現する思想は、Ⓑという指標的表現をすべて消去した文の表現する思想と同一であることになる。したがって、「いま」「ここ」といった副詞は、Ⓐの全文の思想には何も貢献していないことになる。すると、文の意味論的機能が、フレーゲのいうように、意義・思想を表現し、真理値を意味することに尽きるとするなら、フレーゲの永久化は、指標的表現の独自な意味論的機能に対する不当な軽視を招く惧れがある。

ところが実は、フレーゲ的永久化は、指標的表現の独自な意味論的機能を前提してはじめて可能なのである。さらにいえば、指標的表現の意味論が、フレーゲ的な意味と意義との二分法的枠組によって十全に与えられるかどうかが疑われるのである。これが第二の問題点である。

フレーゲは、発話者aが「きょう」という指標詞を用いてきのう発話したのと同じことを、きょう言いたい場合には、発話日の変動のため、aは「きのう」という別の指標詞を用いねばならないという、次のような指標詞間の内的意味連関(Ru)に、当然ながら気づいていた[63]。

(Ru)「きのうφだ」が、発話日u_Dにおいて真なのは、「きょうφだ」がその前日u_{D-1}において真の場合に限る。

ところで(Ru)のような意味連関を了解するには、単に発話日についての知見u_D、u_{D-1}をもつのみでは不十分なのであり、日本語を知っている誰にでも自明な次のような各指標的表現の〈語義〉=〈意味論的規則 semantic rules〉が了解されていなければならないのである。

(C1)「きょう」は、その発話のなされる当日を指す。

(C2)「きのう」は、発話のなされる前日を指す。

しかし、これらの〈意味論的規則〉は、その発話状況への依存性のゆえに、フレーゲの意義と混同されてはならないのであり、実際フレーゲは、「きょうは快晴だ」といったような状況文は、それだけでは、フレーゲ的な意味での思想を表現しないと考えたのである。にもかかわらず、(R_U)のような指標詞間の交換は、実は、「きのう」と「きょう」との先の〈意味論的規則〉に基づく次のようなより基本的な内的連関を前提しなければ了解できないのである。

(R_C)「きのうφだ」が発話日C_Dにおいて真であるのは、「きょうφだ」がその前日C_{D-1}において真である場合のみである。(C_Dは、発話日についての知見ではなく、発話日という発話状況そのものの表記である。)

かくて、指標的表現や状況文の意味論的考察に関しては、フレーゲ的な意味と意義との二分法的意味論の枠組では十分処理しきれず、指標的表現の〈意味論的規則〉が、より基本的な第三の意味論的ファクターとして前提されねばならないであろう。実際、もし、「私」は発話者当人を指し、「いま」は発話時点を指し、「ここ」は発話場所を指すといった各指標的表現の〈語義〉=〈意味論的規則〉を全く知らなければ、どのような発話状況についての知見を補って、状況文を脱コンテキスト化し、フレーゲ的意義・思想を表現するに足りる永久文にすべきなのか判らないであろう。しかもこの〈意味論的規則〉は、私秘的なものでは全くなくて、日本語をマスターしている誰もが了解しているものなのである。

さて、フレーゲは、指標詞・状況文がフレーゲ的意義・思想を表現し、かつその正しい把握には、発話状況についての知見を補完する必要があると主張していた。しかしながら、指標詞・状況文そのものの使用のみならず、発話状況に埋め込まれて発話された指標詞・状況文の表わす〈内容〉の理解や指示対象の確定・真偽の値踏みに関して、フレーゲ的な知見が不可欠とは思われないのである。これが、第三の問題点である。

例えば、いまがいつで、ここがどこで、自分が誰か忘れてしまった記憶喪失症患者が、不安にかられて「私はいまここにいる」と叫ぶことはむろん可能なことであり、かつこの発話自体によって、「私」が当の患者を指し、「いまここ」が当の発話のなされた時点と場所を指すと確定されるのである。しかも、この発話に立ち会っている人は、この発話の〈内容〉を直ちに了解できるであろう。その場合に、発話者も聞き手も、フレーゲ的な状況知見を必要とするとは思われない。(この点は、後段で詳論されよう。)

6-4　「私」と自己意識

最後に、人称代名詞「私」に関するフレーゲの興味深い示唆に触れておこう。

フレーゲは、われわれが「私」という人称代名詞を用いるとき、自分が「他人には与えられないようなある独自で原初的な仕方で、自分自身に与えられる」(64) という。この句は、いわゆる自己意識・自覚と称される自己の自己自身への独自で原初的な仕方での関わり方への、言語上の通路が、「私」という人称代名詞なのだということを示唆していると思われる。つまり、「私」という指標詞の独自な〈意味論的規則〉は、他の仕方では代替できない独自のパースペクティヴから、〈自己意識〉という仕方で自分を指定するのだと言えよう。

さらに、フレーゲは続けて、例えば、「ラウベン博士が自分(er)は負傷している」と考える場合、その思想は、「彼が自分自身に与えられるその原初的な仕方を基礎にしており」、「そのように規定された思想は、ラウベン博士自身のみが把握しうる」[65]と述べている。つまり、「私」という指標詞を用いる場合には、意義・思想の把握の仕方・規定の仕方もまた独自な相を示すことになる。

かくて、フレーゲも、「私」という指標詞を消すような仕方で、固有名や記述に置き換えると、独自な自己意識や意義・思想の独自な把握の仕方が失われてしまうことを認めているのである。したがって、「私」は他の固有名、記述等によっては代替できない独自の意味論的機能をもつといってよい。しかし、この点は「私」に限らず、他のどの指標詞にもあてはまることなのだといわれるべきであろう。

以上、フレーゲの指標的表現に関する議論は、断片的萌芽的であって、重大な問題点を含むものであるが、しかし一九八〇年代に入っての論争を喚起しうるような示唆に富んだものでもあるのである。

第二章　記述と写像——ミル－ラッセル－ウィトゲンシュタイン——

本章では、主にラッセル－ウィトゲンシュタインによるフレーゲの受容と反撥を追跡するが、その前に、ラッセルやクリプキに影を落とすJ・S・ミルについて簡単に触れておこう[1]。

1　J・S・ミルの意味論

ミルはまず、単称(個体)名 singular (individual) names と一般名 general names を区別する。前者は、一つの事物についてのみ真に肯定可能であるのに対し、後者は、不定数の事物のおのおのにつき真に肯定可能な名前である。

単称名は、人名・地名のような固有名や、「『アイヴァンホー』の著者」のような確定記述を含む具体名と、「人間性 humanity」や「白さ whiteness」のような抽象名とに分けられる。

ミルはまた一方で、名前を共示的 connotative と非共示的な名前とに分類している。

さて、単称具体名のうち、固有名「ジョン」は具体的個体(＝ジョン当人)を、非共示的端的に指示 signify する。また、単称抽象名「人間性」は、抽象的属性〈人間性〉を端的に指示する。いま、'α'を固有名、'ϕ'を単称抽象名、αを具体的個体、ϕ_1を属性、「指示する」をIで表記すると、ミルの第一の意味論的原則〈指示の原則〉は次のように表記できよう。

$(\mathrm{I})_{\mathrm{M}}$　$\mathrm{I}('\alpha', \alpha), \mathrm{I}('\phi', \phi_1)$

$$'\alpha' \xrightarrow{\ \mathrm{I}\ } \alpha \qquad '\phi' \xrightarrow{\ \mathrm{I}\ } \phi_1$$

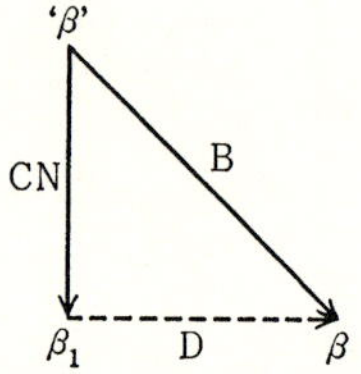

他方、単称名中の確定記述「『アイヴァンホー』の著者」は、〈『アイヴァンホー』の著者であること〉という属性を共示しつつ、かつウォルター・スコットを表示 denote する。また、一般名「白いもの」は、〈白さ〉という属性を共示しつつ、〈白いすべてのもの（というクラス）〉を表示する。

さて、'β'を記述や一般名、β_1を'β'が共示する属性、'β'が表示する個体またはクラスをβ、「共示する」をCN、「表示する」をBと表記すると、ミルの第二の意味論的原則（共示・表示の原則）は次のように表わすことができよう。

$(\mathrm{II})_{\mathrm{M}}$　(i)　$\mathrm{CN}('\beta', \beta_1)$

(ii)　$\mathrm{B}('\beta', \beta)$

ミルの場合には、共示と表示の関係づけはなされていない。属性β_1と個体ないしクラスβとの関係をDで表わすことが許されるとすると、表示関係Bは、共示関係CNとDとの関係積として、B＝CN×Dと表わしうるであろう。するとミルによる確定記述'β'に関しての「'β'が個体βを表示する」という関係Bはフレーゲ的には、「'β'がβを意味する」という「解釈B」に、また、ミルの「'β'が属性$β_1$を共示する」という関係CNは、フレーゲ的には、「'β'が意義$β_1$を表現する」という「解釈A」に、類比的とみることができよう。すると、ミルの第二の意味論的原則は、前ページ右上のように図示しうる。

2　ラッセルの意味論

次にラッセルの意味論を、フレーゲとウィトゲンシュタインの両者と対比しつつ、やや立ち入って見ておこう。

2-1　『数学の諸原理』の意味論(2)

まず、論理に関する最初の著作『数学の諸原理』*Principles of Mathematics*, 1903（以下『諸原理』*PoM* と略す）におけるラッセルの存在論は、おおよそ次のようである。この時期ラッセルはきわめて寛大な実在論者であって、およそ我々の思惟の対象となるもの、命題中で言及されるものはすべて有 being をもつと認め(§47)、それらを〈項 term〉と総称する。単項は、〈もの thing〉と〈概念 concept〉とにわけられる。前者には、実在する〈もの〉のみならず、神話や虚構中の非実在的な対象も含まれる。〈概念〉には、属性(クラス概念)や関係、論理定項が含まれる。複合的項には、命題 proposition(統一的全体 whole as unity)(§81)、多としてのクラス(単項の数的連言で集積的全体 whole as aggregate)が含まれる。(一としてのクラスの認否についてはラッセルに動揺がみられる。)

『諸原理』の意味論はどうか。

この時期ラッセルは、フレーゲ同様、文中のすべての語を広義の名前とみなす(§46, §476)。そして「文中のすべての名前は、〔心理的、言語的な〕意味 meaning をもつ」(§46, §51)と主張する。しかもこれらの各語はすべて、フレーゲ的な意義の媒介なしに、端的にある項を指示 indicate する。指示された各項がその名前の(心理的)意味である。したがってこの時期のラッセルの第一の意味論的原則は、次のような「意味の指示原則 the indication principle of meaning」である。

$(\mathrm{I})_R$　文中のすべての語'α'は、その心理的意味である項αを、端的に指示する(これを'I('α', α)' と表記しよう)。

ところでラッセルは、文中の語を、(1)主語になる実詞 substantives と、(2)述語(形容詞・動詞)とに分ける。さらに実詞を、(イ)固有名などの本来的実詞と、(ロ)名詞化された形容詞、動詞、名詞節および(英語では all, every, any, a, some, the, が冠せられた 'all men', 'the man' といった)表示句 denoting phrases などを含む派生的実詞とに分節する。

フレーゲ同様ラッセルも、こうした統辞論的カテゴリ区分に応じて、意味論的タイプを異にする項を、その意味として付値する。しかし、本来の述語と名詞化された述語＝派生的実詞とのおのおのが指示する項に関しては、存在論的区別を認めない(§46, §49)。

かくて、(1)本来的実詞'τ'の指示する意味とは〈もの〉τであり、(2)派生的実詞＝述語'f'の指示する意味は、〈概念〉f_1である。つまり、形容詞・動詞は、属性や関係という〈概念〉を指示する。(それらをラッセルは〈命題関数 propositional function〉と総称する。命題関数は一つ以上の可変項をもち、それらが定まると命題となる関数である(§22, §82, §106)。表示句'd'は、それぞれ固有の〈表示概念 denoting concept〉d_1を、さらに名詞節'p'も、〈命題概念 propositional concept〉ないし〈非断定命題 unasserted proposition〉p_1を、それぞれ指示する。ラッセルのいう〈概念〉は、フレーゲの意義《ジン》と一脈通じると考えてよい。

さて、本来的実詞'τ'、述語'f'、表示句'd'、名詞節'p'は、それぞれ〈もの〉τ、命題関数f_1、表示概念d_1、命題概念p_1を指示する。すると先の意味論的原則$(I)_R$は次のように分節される。

$(I)_R$　(1) I('τ', τ)、(2) I('f', f_1)、(3) I('d', d_1)、(4) I('p', p_1)

ところでラッセルによれば、「私はその男 the man に会った」といった表示句の現われる文の表現する命題は、実は表示句'the man'の指示する〈表示概念〉にかかわるaboutのではなく、私の会った特定の男にかかわっており、その男こそがこの命題の論理的主語なのである(§65)。

このように、表示概念(それはフレーゲの意義に相当する抽象存在である)と、それにより特定される一つの〈もの〉との間に成立する論理的関係を、ラッセルは、表示関係denoting、〈表示概念〉により表示される〈もの〉を、当の表示概念の論理的意味と称する(§51)。

英語の場合でいうと、例えば'the man'のような、クラス概念を指示する単数の'man'に定冠詞を冠した確定記述definite descriptionが指示する〈表示概念〉は、唯一特定の〈もの〉=人物を表示する(§63)といわれる。

つまり、ラッセルは、人名、地名のような本来の固有名は、フレーゲ的意義なしに、特定の〈もの〉を端的に指示するのに対し、表示句は、フレーゲ的意義に相当する〈表示概念〉を指示しつつ、それを介して、特定の個体やクラスその他の〈もの〉にかかわる、とみなすのである。

すなわち、表示句のみに関するラッセルの第二の意味論的原則は、次のような、「意味の表示原則the denotation principle of meaning」である。

$(II)_R$　表示句'd'の指示する〈表示概念〉d_1は、その論理的意味として、ある特定の〈もの〉dを表示する。

(〈表示概念〉d_1による特定の〈もの〉の表示関係Dは、次のように表記できよう。'D(d_1, d)')

すると、表示句に限っていえば、「名前が指示対象dを意味するbedeuten」($B('d', d)$)というフレーゲの「解釈B」は、ラッセル流には、指示Iと表示Dとの関係積によって表わされる。

$$B = I \times D$$

より詳しくは、

$$B('d', d) = I('d', d_1) \ \& \ D(d_1, d)$$

すると、表示句に関しては、フレーゲの「意義を表現する」という「A解釈」は、ラッセルの表示句による表示概念の指示Iに相当し、先述のチャーチの「意義と意味との間の関係C」は、ラッセル流には「表示関係D」にほぼ相当する。すなわち、

$$A('d', d_1) = I('d', d_1),\quad C(d_1, d) = D(d_1, d)$$

この時期ラッセルは、一般的には、文中のどの語も「意味の指示原則」により、〈もの〉ないし〈概念〉を、端的に指示するとみなす。しかし、表示句'd'の場合にのみ、表示概念d_1の指示に加えて、d_1そのものから表示対象dへの表示を認める。この場合でもフレーゲの「意味する」という関係Bは、指示Iと表示Dの関係積として定義されるから、不必要である。すると、ラッセルの意味論的関係は、次のようなダイヤグラムで表わされよう(3)。

(1)　'α'が本来的実詞の場合

$$`\alpha' \xrightarrow{\ I\ } \alpha$$

(2)　‘α’が述語または名詞節の場合

$‘\alpha’ \xrightarrow{\ \mathrm{I}\ } \alpha_1$

(3)　表示句‘α’の場合（下図参照）

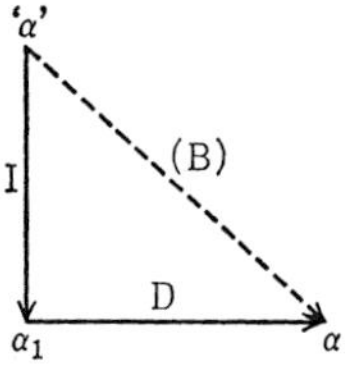

(3)

2-2　記述理論

『諸原理』の意味論に従えば、どの名前もなんらかの項を指示すべきであった。すると例えば、「キマイラ」「円い四角形」「現在のフランス王」といった語に対応する非実在的ないし矛盾的存在にも、存在論上コミットせざるをえない。こうした存在者のひどく稠密なマイノング流の存在論を、やがてラッセルは、「健全な実在感覚に背馳するもの[4]」として、廃棄するにいたる。

また表示句に関し、表示概念と表示対象とが区別されうるには、後者とは独立に前者について語りうるのでなければならない。しかし、表示句を含む文の表わす命題は、表示概念にではなく、表示対象にのみかかわるから、前者について語ろうとすると常に後者について語っていることになってしまう。かくて、ラッセルの結論は、「意味（すなわち、表示概念）と表示対象との連関を保持しつつ、同時にその両者が全く同一と化することを阻止することには成功しえない[5]」というものであった。

実在感覚に反する存在を切り棄て、『諸原理』の意味論上の困難を克服するための、統辞論上の新しい武器としてラッセルが考案したもの、それが記述理論である。それは、表示句・記述句〈クラス抽象を含む〉を、以下に述べるように、それの登場する文章全体の中で文脈的に定義することによって消去する理論である。

　ラッセルは、先の諸困難の根をフレーゲ的な意義に通ずる〈表示概念〉に見出し、それを消去することにより、自らの存在論から円い四角や現在のフランス王といった存在(?)を追放しようとする。そのためには、意味論的原則$(\mathrm{I})_R$の一部「表示句は表示概念を指示する」を棄てればよい。そのことにより同時に、「表示概念が表示対象を表示する」という第二の意味論的原則$(\mathrm{II})_R$も不要となる。

　こうした存在論上、意味論上の変換を、ラッセルは、表示句の消去という統辞論上の手立てによって遂行しようとしたのである。すなわち、ラッセルの記述理論によれば、表示句は、論理的固有名や本来の述語のような完全記号と鋭く対比される。記述句は本質的には文の部分であり、大方の単独語のようには、自前ではなんの意義《シグニフィカンス》ももたず、当の命題が完全に表現されればその句は含まれずに解体されてしまうのである[6]。

　ラッセルが、表示句をどのように文脈中で消去したかを、確定記述「現在のフランス王」($(\iota x)Kx$)を例に、ごく簡単に見ておこう。

　この句が、名前と同様の機能を果たすには、少なくとも、現在のフランス王は唯一人だけ存在するという一意的存在条件を充たさねばならぬ。この条件は、(i)「現在のフランス王が少なくとも一人存在する」($(\exists x)Kx$ と表記する)、(ii)「現在のフランス王はいるとしてもたかだか一人である」($(\forall x)(\forall y)(Kx \,\&\, Ky \to y=x)$)によって表わされる。すると、

(1)　現在のフランス王が唯一人存在する。($E!(\iota x)Kx$)

は、次のように文脈的に定義される。

(2)　$E!(\iota x)Kx =_{df} (\exists x)(Kx \,\&\, (\forall y)(Ky \to y=x))$

現在(一九八六年)フランス国王は存在しないから、右辺は偽となる。

また、次の文

(3)　現在のフランス王は禿である。

は、次のような文と等値であろう。

(3)′　現在のフランス王なる者が少なくとも一人、たかだか一人存在し、かつその者は禿である。

(3)′は、次のように定義されてよいようにみえる。

(4)　$B\{(\iota x)Kx\} =_{df} (\exists x)(Kx \,\&\, (\forall y)(Ky \to y=x) \,\&\, Bx)$

(3)′および(4)の右辺は、現在「フランス王が少なくとも一人存在すべし」という存在条件を満足しないから、偽となる。したがって影の薄い〈現在のフランス王〉なるマイノング流の対象をどこかに想定したり、それが禿かどうかに頭を悩ます必要はない。しかし(4)型の定義は、いかなる文

脈でも有効であるというわけにはいかない。例えば、次のような否定文その他の複雑な文脈の場合には、解釈の仕様では、真偽の反転する多義性を示す。

(5)　現在のフランス王は禿ではない。

(5)では、否定が「現在のフランス王は禿である」という文全体にかかる場合と、「現在のフランス王が唯一人存在し、その王が禿でない」のように、文の部分のみの否定である場合とでは、真偽に差がでてくる場合がある。

そこでラッセルは、記述の作用域 scope を明示することにより、こうした多義性を除去しようとしたのである。

(i)記述が、文全体をその作用域としてもつ(大作用域)とき、記述は「第一次的現われ」をもつといい、それを次のように表記する。'$[(\iota x)Kx]. \neg B[(\iota x)Kx]$.'(これは、否定が文の一部にかかる場合に相当する。)すると、(5)は次のように表わされよう。

$(5)_1$　現在のフランス王が唯一人存在し、かつ、その人物は禿ではない。

$$(\exists x)(Kx \ \& \ (\forall y)(Ky \rightarrow y=x) \ \& \ \neg Bx))$$

$(5)_1$は、「現在のフランス王」のように、記述が一意的存在条件を充たしていない場合には、常に偽となる。

(ii)他方、記述がその作用域として、当の文の部分のみをもつ(小作用域)とき、記述は「第二次的現われ」をもっといわれ、次のように表記される。'$\neg.[(\iota x)Kx]B\{(\iota x)Kx\}$.' すると、この場合には(5)は次のように、否定が全体にかかる形で(すなわち、文全体の否定として)読まれる。

$(5)_2$　現在のフランス王が禿である、ということはない。($\neg(\exists x)(Kx \,\&\, (\forall y)(Ky \rightarrow y=x) \,\&\, Bx)$)

$(5)_2$は、記述が一意的存在条件を充たしていない場合には、それが禿であろうとなかろうと、常に真となる。

したがって(4)は、正確には、記述の作用域を明示した次のようなより一般的な文脈的定義に換えられる。(『数学原理』*Principia Mathematica*(以下『原理』*PM*と略す)I, *14. 01, p. 173)

$(4)^*$　$[(\iota x)Kx].\ B\{(\iota x)Kx\} =_{df} (\exists x)(Kx \,\&\, (\forall y)(Ky \rightarrow y=x) \,\&\, Bx)$

かくして、表示句は文脈的定義によって消去されうることになったから、先の意味論的原則$(I)_R$は、次のように限定純化された形で、一貫して保持されることになる。

$(I)^*_R$　文中のすべての単独語=完全記号は、その意味を端的に指示する。(しかし、不完全記号である表示句は、こうした意味=表示概念をもたず、それが現われる文の意味に貢献するのみである。)

かくて、表示句はフレーゲ的な表示概念を指示せず、したがって、表示概念は存在しない。それゆえ、表示概念による表示という意味論的関係ならびに原則$(II)_R$は、放棄される。よって、「現在のフランス王」「円い四角形」のみならず、「ひとりの人」「すべての人」(クラス抽象)といった表示句の表示対象 denotation に頭を悩ます必要はない。このようにして、記述理論以後のラッセルの意味論的原則は、「完全記号は端的にある存在者を指示する」という先の原則 $(\mathrm{I})^{*}_{\mathrm{R}}$ に表わされる、いわば「直接指示 direct reference」の原則に単純化された。

他方ラッセルは、一九〇五年以降、原則 $(\mathrm{I})^{*}_{\mathrm{R}}$ に次のような認識論的な「見知りの原則 principle of acquaintance」を新しく付加することにより、指示される対象に強い認識論的制限を加えようとする。

$(\mathrm{III})_{\mathrm{R}}$　我々の理解する apprehend あらゆる命題中のすべての構成要素は、我々がその直接の見知りをもつ実在的存在 real entity である。(7)

ラッセルは、見知りの対象として、感覚与件、意識主体である私、および概念(命題関数)を挙げる。この見知りの原則に抵触する固有名はすべて、実は論理的固有名ではなくして、偽装された記述、記述の省略なのである。この原則により確かに「キマイラ」などの架空の対象に心を悩ます必要はなくなる。しかしながら同時に、机や椅子、動物個体や人物といった通常のマクロな対象の名前のほとんどすべてもまた、記述の省略とみなさざるをえなくなる。マクロな物体もすべて、感覚与件と概念からの論理的構成物とみなされるからである。やがてラッセルは、日常語では、厳密な意味での論理的固有名を、「これ」「あれ」といった指示詞や、「私」「ここ」のよう

な指標詞 indexicals のみに限定するにいたるのである。(8)

2-3　記述と論理的固有名

『数学の諸原理』においてもラッセルは、本来的実詞と表示句との間に区別を設けていたが、記述理論を案出した後、一層鋭く、論理的固有名と記述句とを区別するにいたる。以下、簡単に両者の重要な差異について述べよう。

(i)名前は単純な完全記号なのに対し、記述は複合的な不完全記号である。つまり、名前は他の語の意味とは独立に、われわれが直接見知っている一つの個体を(フレーゲ的意義なしに)直接端的に指示し(Russell〔1918〕$_1$, pp.174 f.)、当の名前の登場する原子《アトミック》文の表わす命題は、述語'φ'の表わす属性φ_1とともに、当の名前'α'の名指す個体自身αを、構成要素として含む単称命題$\langle \alpha, \varphi_1 \rangle$である(cf. *PM*, p. 66, Russell〔1905〕, p. 56)。これに対し、記述はいくつかの語からなる複合記号で、孤立してはなんの意味もなく、単に文脈中でのみ用いられ、記述理論により解体されて、全体の意義に貢献するのみなのである。記述は、端的にいって、フレーゲ的には、意味を欠き、意義のみをもつ。また記述句の登場する文の表わす命題は、存在量化文に書きかえられる一般命題である。

(ii)名前の意味論的機能は、なにかを名指すことに尽き、何も名指さぬ表現は名前ではない。したがって、フレーゲ的な、有意義でありながら意味を欠く名前というものはありえない。しかし、記述は、一意的存在条件を充足しない記述でも、それが現われる文全体を真偽のいえない無意義なものにしてしまうわけではない(Russell〔1918〕$_1$, p. 179)。

(iii)「存在」「非存在」の問いは、記述には提起されうるが、固有名についてはこうした問いは生じない。真の名前であれば、必ずその指示対象が存在しているからである。もし「ホーマーは存在するか」という問いが有意味であるとすれば、「ホーマー」は実は論理的固有名ではなくて、省略され偽装された記述なのである(*PM*, pp.174 f., Russell〔1918〕$_1$, pp.178 f., Russell〔1918〕$_2$, p.243)。

(iv)記述句の場合、先述のように、その作用域の大小によって、当の文全体が真偽を異にしうるのに対し、名前に関しては、こうした作用域に関する多義性はない。

(v)名前と記述の差異は、「存在仮定」の要不要にもあらわれる。‘α’が名前の場合には、「すべてのものがϕならばαもϕである」といった量化法則が成り立つのに対し、記述の場合には、それが一意的存在条件を充足している場合にのみ、量化法則が成立するのである(*PM*, p. 174)。さらに、同一性関係に関して、記述についても、対称性‘$a=b \rightarrow b=a$’、移行性‘$(a=b \,\&\, b=c) \rightarrow a=c$’は成立するが、反射性‘$a=a$’は、名前と同様には成立しない。‘$(\iota x)\phi x=(\iota x)\phi x$’が成立するには、記述が存在条件を充たしていなければならないのである。

(vi)‘a’、‘b’が固有名の場合には、いかなる文脈に関しても、次の代入則が成立する。

(SI)　$a=b \rightarrow \phi(a) \equiv \phi(b)$

しかし、'a'、'b'いずれか一方が記述の場合には、この代入則は一般的には成立しないように思われる(Russell〔1905〕, p. 47)。ラッセルの実例をみよう。

(1)　スコットが『ウェイヴァリ』の著者かどうか、ジョージ四世は知りたいと思った。

(2)　スコットは『ウェイヴァリ』の著者である。

もし代入則が成立するなら、(1)(2)から次が導けるはずである。

(3)　スコットがスコットであるかどうか、ジョージ四世は知りたいと思った。

しかし、ジョージ四世の知りたかったのは、スコットの自明的な自己同一性ではないであろう。もちろんラッセルは、先述の通り、記述の現われている文(1)が多義的であることを認め、作用域の区別によって明晰化しようとしている。

(イ)「『ウェイヴァリ』の著者」が小作用域をもつ場合には、(1)は次のように読まれよう。

(1)イ　ジョージ四世は、唯一人の男が『ウェイヴァリ』を書き、かつ、スコットがその当人であるのかどうかを知りたいと思った。

(ロ)記述が大作用域の場合、(1)は次のようになる。

(1)ロ　唯一人の男が『ウェイヴァリ』を書き、ジョージ四世は、スコットがその当人かどうかを知りたいと思った。

(1)が(1)ロのように読まれる場合には、(1)(2)から(3)が導けるといってよかろうが、いずれにせよ、(1)イのように読まれるケースがありうるのであり、その場合には、代入則は不成立となる。固有名に関しては、こうした多義性はない。

もし例えば、「ナポレオン」も「ボナパルト」も、真に名前として用いられているのなら、「ナポレオンはボナパルトである」は「ナポレオンはナポレオンである」と同様、瑣末的なトートロジーである。もし前者がこうした瑣末的な同一性命題でないと解されるのなら、名前のうちのいずれかは、省略された記述なのである(Russell〔1918〕, p. 174 f)。

2-4　フレーゲのパズルと命題関数

見知りという認識論的原則は別とすれば、記述理論の案出によって、ラッセル意味論は、意味と意義の区別に対応する二本立てのフレーゲ意味論に比して、端的な指示のみに簡素化された。かくて、ラッセル意味論は、直接指示という簡明さの点でのみならず、意義といった内包的存在を払拭しえている点でも、フレーゲ意味論と対比して断然卓越しているように見受けられる。しかし事はそう簡単ではない。ラッセルの論理学がまったく外延的であるかというと、答は否である。この重大な論点は、例えば、先述の同一性に関するフレーゲのパズルをめぐるラッセルの処理の中に露呈される。

‘a=a’と‘a=b’の認識価値の差異を、フレーゲは、すべての記号に意味と意義を認めることに

よって説明した。ラッセルはこのパズルをどう解くか。(9)

(1)'a'、'b'が論理的固有名同士の場合、'a=a'、'a=b'はともに純正な同一性言明である。しかし、もし'a=b'が真の場合は、'a=a'同様、対象の自己同一性というまったくトリヴィアルな真理を表わすのみで、われわれの認識をなんら拡張しないか、または、端的に偽となる。

(2)'a'が固有名で'b'が記述(の省略)である場合、例えば、'Scott＝the author of *Ivanhoe*'のように、それが真ならわれわれの認識を拡張しうる。しかしこの場合、'a=b'は'a=a'とは異なり、純粋な同一性言明ではない。記述理論に従い'a=b'が分析されると、ある複雑な一般命題を表わしていることが判明するのである。

(3)'a'、'b'が確定記述同士の場合はどうか。この場合も例えば「明けの明星＝宵の明星」は、「明けの明星＝明けの明星」とは異なり、われわれの認識を拡張しうる。しかしこの場合は、どちらも記述理論によって分析されれば、単純な同一性言明ではなくて複雑な一般命題となろう。したがってこの場合は、一方はトリヴィアルな同一性命題を表わしているのに、他方はそうではないという形では説明できぬ。結局両者の認識価値の差異は、各文が分解された先の文中の述語「x̂は明けの明星である」と「x̂は宵の明星である」とがそれぞれ指示する命題関数の差異に帰着されねばならぬ。するとわれわれは、ラッセル論理学の内包性 intensionality という根本的論点に直面するのである。

(4)この点は、さらに、命題関数間の（いわば第二階の）同一性に関するパズルを考えることにより、一層明瞭となる。

(a)　$\hat{x}$は明けの明星である＝$\hat{x}$は宵の明星である。

フレーゲにとっては、述語の意味《ベドイトゥング》である概念 Begriff は、互いに論理的に等値ならそれらは同一であるという外延性をもつ。そして、(a)と次の式、

(b)　$\hat{x}$は明けの明星である＝$\hat{x}$は明けの明星である。

との認識価値の差異は、述語の意義《ジン》によって説明される。

ところでラッセルの統辞論では、述語は完全記号であるから、最終的にそれを解体消去することはできない。もしラッセルが命題関数を外延的に解釈しているとしたら、(a)と(b)とは同じ自明的命題を表わしていることになり、両者の認識価値の差異は説明されえない。

ラッセル自身は、明確に、こうした命題関数の外延的解釈を斥け、二つの命題関数は論理的に等値であっても、同一でないことがありうると認めるのである。例えば、〈$\hat{x}$＝Scott〉と〈$\hat{x}$＝the author of *Waverley*〉とは論理的には等値だが、〈$\hat{x}$＝the author of *Waverley*〉という命題関数は、〈$\hat{x}$＝Scott〉と異なり、〈ジョージ四世が、スコットについて、その値が真となるかどうか知りたいと思った〉という（第二階の）特性をもつのである。したがって、両方の命題関数は同一ではない。(10)

かくてラッセルは、命題関数を内包的に解釈することによって初めて、上記の記述同士、述語

同士に関わるパズルを回避しうるのである。

(5)それでは、'p=p' と 'p≡q' といった文章間のパズルはどうか。フレーゲにとっては、文の意味は真理値であったから、論理的等値 'p≡q' と 'p=q' との間に差はなく、文はまったく外延的に解釈できる。そして 'p≡q' が真の場合に 'p=p' と異なるその情報賦与性は、'p'と'q'との意義の差異によって説明される。

これに対しラッセルは、一般的には文を真理値の名前とは認めない。もっとも'p'、'q'が真理関数的文脈に現われ、命題を単に真理値の担い手 vehicle とみてよい場合には、'p'、'q'が論理的に等値('p≡q' が真)なら、'p≡q' が導かれる。しかし、'p'、'q'が非真理関数的文脈に現われると、例えば、'p≡q' と 'A *believes* p' から、'A *believes* q' を導出できない。[11] よって、'p≡q' でも 'p'と'q'との指示する命題は同一ではない($p_1 \neq q_1$)ことがありうる。例えば命題 p_1 は、〈Aにより信じられている〉という特性をもつのに、命題 q_1 はそういう特性をもたない。したがって、一般的には、命題が内包的に解釈されることにより、'p=p' と 'p≡q' のパズルは解かれることになる。命題の内包性は、結局、その構成要素である命題関数の内包性に帰着されるものである。

このように、フレーゲは、意義と意味との区別に立った上で、標準的な述語論理に関しては外延的解釈を一貫して採用している。これに対し、ラッセルは一見フレーゲ的意義を存在論から追放しえたかにみえて、実はやはり、命題関数や命題の内包的解釈を『数学原理』の論理学の基本においた上で、その真理関数的文脈を限定明示することにより、外延性を確保しつつ体系展開を遂行しているのである。『数学原理』は、純粋な直接指示の意味論を採用しているが、そのことはラッセルの論理学の外延性を意味するのではない。そのためには、特定の限定が必要なのである。ラッセルの論理学は、論理的固有名のみに関しては、まったく外延的な個体主義を鮮明にしているが、しかし述語や文に関してはそれらの指示する命題関数や命題の内包的解釈に立脚する内包的存在を大幅に許容する存在論なのである。[12]

2-5　命題と真理

これまでは、文中の語を中心にラッセルの意味論に触れてきたが、最後に命題と真理に関するラッセルの見解をみておこう。

『数学の諸原理』*PoM* 前後におけるラッセルの命題論は、必ずしもすっきりしたものとは思われないが、ほぼ次のように要約できるであろう。

ラッセルは時に命題 proposition を言語表現としての文と混同して用いる場合があるが、基本的には文とは区別されたある存在とみなす。[13] さて、ラッセルは、命題を非断定命題 unasserted proposition と現実に断定された命題 actually asserted proposition とを区別する(*PoM*, §38)。非断定命題は、複合概念 complex concept＝命題概念 propositional concept(*PoM*, §38)と称され、文により表現され(*PoM*, § 46)、フレーゲの場合の「思想」にほぼみあうとされている(*PoM*, § 477)。

さて、心理的な意味ではなくて論理的な意味で断定されうるのは、真なる命題のみだとラッセルは考える(*PoM*, § 478)。それゆえ、現実に断定された命題とは、真なる命題——その意味(＝命題概念)が真なる命題(フレーゲ的にいえば、〈真なる思想〉＝事実)——なのであり、マイノングの客体 Objektiv に相当し、文はその場合こうした客体を指示するとラッセルはいう[14]。

ところで、命題は一般にそれを表現する文中の語が指示する存在者から構成される。しかし、非断定命題＝命題概念の場合には、文中の動詞は動名詞に転化され、単に物化された項としての概念 concept as term を指示するにすぎない[15]。命題概念は、〈もの〉としての諸項の和にすぎない。それに対し、動詞が真の動詞として文中に現われ、現実に命題中の諸項を関係づける関係——概念そのもの concept as such——を指示する場合には、命題はこの本来の関係によって統一を与えられ、統一としての全体となる[16]。かくて現実に断定されている命題は、論理的主語である諸項とそれを関係づける論理的な意味での断定とに分析される(*PoM*, § 47 f.)。

この時期ラッセルは、真理概念に関し次のように考えていたとみられる。文および文の表現する非断定命題＝命題概念が真となるのは、当の文がマイノング流の客体を指示し、当の命題が現実に断定される場合なのであり、偽となるのは文が客体を指示せず、論理的意味で断定されえない場合なのである。つまり、この時期ラッセルは、真理とは、命題と現実に断定された命題＝事実との、対応 correspondence というよりは、両者の完全な一致 complete coincidence だ、とみなしていたと解される。

それでは、『数学原理』*PM* 前後の時期に、ラッセルは命題と真理についてどう考えたか。用語法は変わっても、ラッセルの考え方の基本線は余り大きく変化していないと思われる。

しかし若干の新しい考えが見られ、真理を対応 correspondence によって定義しようという意図が明らかになっている。

まず、命題を表現するはずの名詞節、例えば、「これが赤いということ」、「aがbと関係Rにあるということ」は、それだけでは完結した意味をもたない「不完全記号」だという主張が新しく導入される[17]。この場合の「意味」が何か不分明だが、先述の非断定命題＝命題概念に相当すると解しておく。さて名詞節のみではこうした命題概念を表わすのにも十分ではなく、なんらかの補完 supplementation を必要とする。これらの補完は、判断行為 the act of judging[18] をはじめ、信ずる、否認する、希望するといった言語行為によってなされる[19]。したがってこの時期ラッセルは、真偽は文ではなく判断その他について問われるとみなすのである。

さて、例えば、'I judge that A loves B' という判断は、判断主体 the judging mind(私)と単一対象(マイノング流の客体)との二項関係ではなく[20]、判断主体といくつかの項(命題の構成要素)との間の多項関係だとラッセルはみなしている[21]。ラッセルは、方向 sense をもつ関係を含む分離された諸対象の複合 complex(先の例でいえば、〔A, B, Love〕)を「判断諸対象 the objects of the judgment」と称する。[22] つまり、判断は、判断主体と複合的判断諸対象との多項関係である。この複合的判断諸対象が、先の命題概念=非断定命題にほぼみあうものであろう。

また先述のように記述理論により確定記述句が文全体に解体されることにより、原子《アトミック》文中の論理的固有名'α'の名指す個体αそのものと、述語'ϕ'の表わす属性ϕ_1から構成される単称命題〈α, ϕ_1〉と、量化文の表わす、諸属性のみから構成される一般命題との区別が、一層鮮明にされる。

さてラッセルは、判断の真偽を一種の対応によって定義しようとする。ある判断の真偽は、判断諸対象の複合に対応するある種の存在の現前と欠如に依存する。[23] 例えば'I judge that A loves B'という判断が真となるのは、判断諸対象〔A, B, Love〕に対応する複合体が存在する場合、すなわち、〈Love〉という関係が、動詞'love'と同じ向きで、現実にAとBとを関係づけている場合、その場合に限るのである。したがって、ある判断を真とするところの、判断諸対象に対応する存在とは、諸項を現に関係づけ統一している全体としての命題=現実に断定された命題(つまりは、一つの事実)にほかならないと考えられる。

3　『論理哲学論考』の意味論

『論理哲学論考』(1921. 以下『論考』と略称)には、典拠、参照の明示が一切ない。しかし序文でウィトゲンシュタインは、フレーゲとラッセルから多大の刺戟を受けたと述べ、本論中でもしばしば二人に批判的に言及する。それでは、ウィトゲンシュタインが、フレーゲ、ラッセルから受けた影響の内実はいかなるもので、そのうちの何を継承し、何を斥け、何を新しく創始したのか。この点を、意味論を中心に見定めること、それが本節の課題である。

3-1　受容と反撥

まず、フレーゲとの対比でいえば、ウィトゲンシュタインは、(1)本来的固有名がその担い手としての対象を意味としてもつのは認めるが、意義をもつことは認めない、(2)述語、等号、量化子、関数記号、文は、いずれも名前ではなく、したがって、その意味である概念、同一性、第二階概念、真理関数また真理値といった論理的抽象存在にコミットしない、(3)文の二値性や排中律、また文脈原理は継承する、(4)真理概念の(T)型の解明を、〈事実〉というカテゴリの導入により対応説として鮮明にする、(5)文の意味は否定するが、文の真理条件としての意義というフレーゲの考えを継承発展させ、真理条件的意味論の礎を築くことになる。

またウィトゲンシュタインは、ラッセル流の記述理論をその基本線においては受容した。したがってウィトゲンシュタインも、固有名と記述に関しては、ラッセルの修正された意味論的原則

(I)$^{*}_{R}$を受容し、論理的固有名は(フレーゲ的意義の媒介なしに)端的に対象を指示するとみなす。しかしウィトゲンシュタインは、ラッセルの認識論的な見知りの原則(III)$_{R}$は受容しない。少なくとも、固有名の指示対象がいかなる対象であり、(部分的に現象論に傾斜した)見知りの対象に限定されるべきなのかといった、認識論的問題は、心理学に属し、論理学者が考える必要のないものとみなした。

ところで、ラッセルのいう単独語＝完全記号とは、単に論理的固有名のみならず、述語や論理記号をも含むものであり、したがってそれらが指示する命題関数(属性や関係)、論理定項といった概念の存在にコミットするものである。ウィトゲンシュタインは、この点についてラッセルに同意しているようにはみえない。したがってラッセルの修正された原則(I)$^{*}_{R}$についても、述語や論理記号に関してはウィトゲンシュタインはそれを容認せず、よりノミナルな方向を採ったと思われる。

さて、フレーゲ流のパズルに関してウィトゲンシュタインは、そもそも同一性記号の必要を認めず、対象の同一性は記号の同一性で表記すれば足りると考えた。よって、'a=a' は自明的に真であり、'a=b' は常に偽となる。よって、フレーゲのパズルは生じない。ラッセル流の内包論理についてのウィトゲンシュタインの応答はどうか。述語についてはノミナルに考えていると思われるので、命題関数が外延的か内包的かという問いは生じない。文についてはウィトゲンシュタインは、フレーゲとともに真理条件としての意義を認めるから、真理値が同じでも意義の異なる文はもちろん存在する。しかし文には意味を認めないウィトゲンシュタインにとっては、このことは、パズルにならない。意義を異にする二つの文がともに真だとしても、後段で詳しく述べるように、両者は二つの相異なる事実を描く別々の写像であるにすぎない。

先述のように、ウィトゲンシュタインは、ラッセル同様、文を名前に同化し、真理値をその意味とするフレーゲに反対するが、他方判断の真理性が、諸対象の複合体との対応にあるというラッセル説にも満足しない。ウィトゲンシュタインは、対象とは峻別される事実というカテゴリを公然と導入し、文を事実の写像として把握することにより、真理対応説を一層鮮明に主張するにいたるのである。

以上でフレーゲ、ラッセルに対するウィトゲンシュタインの受容と反撥を見たから、次にウィトゲンシュタイン自身の積極的な貢献を明らかにしよう。

3-2　『論考』の意味論

3-2-1〈『論考』以前〉　最初の論文「論理に関するノート」(一九一三年八月)においてすでに、ウィトゲンシュタインは、文 proposition の名前への同化を斥けて両者を対比させ、かつ名前にはフレーゲ流の意義《センス》を認めず、ラッセル流に〈もの〉をその意味とみなす。しかし文に関してはフレーゲに従い、意味と意義《ミーニング》の両方を認めている。意義に関しては、ほぼフレーゲの真理条件的規定を継承する。しかしその意味に関しては、真理値（フレーゲ説）も、真なる文に対応する複合体（ラッセル説）も斥け、現にその文に対応する事実が（『草稿』*Notebook*, 94、以下 *NB* と略す）文の意味だと主張する。

フレーゲ、ラッセルを承けて、ウィトゲンシュタインも文は真か偽かのいずれかだという二極性 bi-polarity をもつと考える。しかし文の理解にはその真偽を知る必要はない。真偽とは独立に文を理解する時に知られるのは、それが真の場合には何が成立し、偽の場合には何が成立するかという（*NB*, 94）真理条件である。文がどのような状況下で真と呼ばれるのかという真理条件を限定することにより、文の意義が限定される（*NB*, 95）。かくしてウィトゲンシュタインは、文の意義に関してはフレーゲ説を継承し、(1)文の意義は真理条件であり、(2)文の理解とはその真理条件を知ることであり、(3)その真偽を知ることとは独立であると考える。

他方、フレーゲ、ラッセルと異なり、文の意味を〈もの〉と対置された〈事実〉に求めた。文‘p’の意味とは、‘p’が真のとき‘p’の表わす正の事実 $_{(+)}p$ positive fact であり、そのときこの同じ事実 p が否定文‘¬p’を偽にする。逆に‘p’が偽のときその意味は負の negative 事実 $_{(-)}p$ であり、その $_{(-)}p$ が否定文‘¬p’を真にする。つまり、‘p’と‘¬p’とは同じ意味をもち、同じ事実によって真偽が定まるがその方向は逆で、一方は真、他方は偽という逆の真理条件＝意義をもつ（*NB*, 97）。

しかし『論考』においてはウィトゲンシュタインは、名前と文との対比を一層尖鋭化させ、意味をもつのは名前のみで、意義をもつのは文のみだと主張するにいたる。また真理の対応説もいっそう明快に主張するにいたる。フレーゲ、ラッセルとは異なるこれらの新しい見解は、ものや対象とは峻別される事態・事実の表立った容認と、文の写像理論によって可能になったといってよい。以下、ウィトゲンシュタインの事態概念と写像理論を、立ち入ってみてみよう。

3-2-2〔事実と世界〕　まず、『論考』におけるウィトゲンシュタインの存在論を簡単に見ておこう。

対象 Gegenstand と事態 Sachverhalt・事実 Tatsache とは、カテゴリを異にする。〈対象〉(事物《ザッヘ》・もの《ディング》)は、世界の実体(2.021)で、不動で存続するもの(2.0271)である。〈事態〉とは、鎖の輪のように特定の仕方で相互に組み合わされている対象の配列 Konfiguration(2.0272–2.031)、結合 Verbindung(2.01)である。「事態」という用語は、現に成立している原子的事態のみならず、成立可能な原子的事態にも適用される。複合的事態は、〈状況 Sachlage〉と称される。事態は互いに独立である(2.061)。また、現に成立している事態は、〈事実〉と称される(2)。他方、事態の成立は正《ポジティフ》の事実、事態の不成立は負《ネガティフ》の事実とも呼ばれる(2.06)。〈現実 Wirklichkeit〉とは、こうした複数の正負の事実である。

〈世界 Welt〉とは、成立している事態の総体(1, 2.04)であり、ものではなく、事実の総体(1.1)

である。現実は世界の一部であると考えてよい。世界は事実により規定されるが、正の事実の全体は、いかなる事態が成立しているかを規定することにより同時に、いかなる事態が成立していないか(負の事実)をも規定するからである(1.11–1.12)。

さて、事実も可能的状況も、〈論理空間 der logische Raum〉の中にあるといわれる(1.13, 2.202)。また、各事態は、論理空間中に特定の〈論理的位置 der logische Ort〉を占め、一定の〈領域 Spielraum＝range〉を有する(3.4, 4.463)。

すると論理空間とは、個々の事実はもちろん、事実の総体である現実世界がそのうちに占めるその論理的位置や領域のみならず、可能的事態およびそれらの多様な組み合わせであるすべての可能的状況や、すべての可能世界の占める論理的位置、領域をも、自らのうちに包含している空間であり、すべての可能的世界の総体であるといってよいであろう。

対象(もの)と事態とは鋭く対置されはするが、しかしまた密接に連関する。ものは特定の事態のみに縛られず、あらゆる可能的状況に現われうるから独立存在である。しかし、事態の構成要素となりうるということが、ものの本質、形式なのであり(2.011)、他の対象と結合して事態を構成する可能性をもたないいかなる対象も考えることができないのである(2.012)。また逆に、対象を知るとは、それが事態の中に現われるすべての可能性を知ることであり、したがって、すべての対象が与えられれば、それとともに、すべての可能な事態も与えられている(2.0141)、とウィトゲンシュタインは主張する。

このように、対象と事態とは互いに独立のカテゴリとされつつ、他方、あらゆる事態の中に現われうるというのが対象の本質であり、逆にすべての対象が与えられれば、すべての可能的事態も与えられるという相互依存関係にある。

以上、ウィトゲンシュタインの存在論には、論理空間↓(可能ならびに現実)世界↓(可能ならびに現実的)事態(事実)↓対象への、一連のカテゴリ分節が認められる。

3-2-3〔写像の一般理論〕　ウィトゲンシュタインの、ラッセル、フレーゲにない新しい貢献は、文《ザッツ》の写像《ビルト》理論である。しかしそれに先立って、ウィトゲンシュタインは絵画、製図、写真、地図、彫刻、模型、楽譜やレコード盤といった写像一般についての理論を述べている。

ウィトゲンシュタインは、パリの法廷で、トラックと乳母車の衝突事故が、玩具と人形で再現されるのに接し、文の写像性に開眼したという(cf. *NB*, 7)。

だがどうして、玩具の乳母車とトラックが、自動車事故を再現するモデル・写像といえるのか。第一に、玩具のトラックと乳母車は、それぞれ実物のトラックと乳母車の代理でなければならない。すなわち、写像の要素は、実物の対象に対応し、それを代表していなければならぬ(2.13-2.131)。写像の要素と事物の対応は、「写像関係 die abbildende Beziehung」と呼ばれる(2.1513-14)。写像関係によって、写像は現実に到達し繫ぎ留められる(2.1511)。

しかしこれだけでは十分ではない。第二に、玩具のトラックと乳母車は、特定の空間関係に配置されなければ交通事故のモデルにはなりえない。写像は、その要素が一定の仕方で互いに関係するところに成立する(2.14)。つまり、玩具のトラックと乳母車とは、特定の空間関係に配置されることにより、一つの事実となる。写像自体が、対象の特定の結合配列という一つの事実でなければならぬ(2.141)。ウィトゲンシュタインは、こうした写像の要素間の連関を、写像の「構造」と呼び(2.15)、また写像の構造の可能性を、写像の「写像形式 die Form der Abbildung」と呼ぶ(2.16)。先の例でいえば、写像の要素としての玩具同士の特定の空間関係が写像の構造で、その空間的配置の三次元性が写像形式である。[24]

このようにして、一つの事実が、正しいにせよ誤っているにせよ、ある現実の写像でありうるためには、第一に写像の要素と現実の対象との間に一対一対応という写像関係が存在し、第二に写像は、それが現実と同一の構造を共有することを可能にする写像形式をもたねばならないのである。この二つの条件が、一つの事実が他の現実の写像であるための必要十分条件である。この条件を充足する写像は、現実を写像する abbilden(2.22)、描写する darstellen(2.173)といわれる。

しかし、以上の条件は、写像がそれだけで真なる正しい写像であることを意味しない。「写像は現実と一致するかしないかのいずれかである。写像は、正しいか誤りか、真か偽かのいずれかであって」(2.21)、「写像だけでは、それが真か偽かわからない」(2.224)。その「真偽を知るためには、写像を現実と比較せねばならぬ」(2.223)。

かくて、玩具のトラックと乳母車とのある配置が、現実の交通事故の正しい真なる写像であるためには、要素間の一対一対応、写像形式の共有に加えて、この特定の玩具のトラックと乳母車との空間的配置という事態が成立するのは、現実のトラックと乳母車との衝突事故が成立する場合、かつその場合に限るという第三の条件が充足されねばならぬ。つまり、一つの事実が他の現実の真なる写像であるためには、(1)その二つの事実の要素間の一対一対応、(2)写像形式の共有に加え、(3)一方の事実の成立が他方の事実成立の必要十分条件であり、現実に両者が同型的 isomorphic である場合である。[25] したがって、写像と被写体とが現実に同型的であるとき、写像は、当の現実の真なる写像であり、その場合、写像は当の現実を現示する vorstellen (2.15) という。

ところで、写像と被写体の相似性はさまざまでありうる。現実と写像とが共有すべき最小限の写像形式を、ウィトゲンシュタインは「論理形式」という(2.18)。例えば、音符の空間的順序と音の時間的順序に共通な論理的順序づけが、論理形式である。つまり、すべての写像は論理的写像である(2.182)。

さて、写像は事態の成立・不成立の可能性、すなわち、論理空間における可能的状況を描写する(2.201–2.202)。ウィトゲンシュタインは、写像の描写する可能的状況を、写像の意義《ジン》と称する(2.221)。「写像の意義と現実との一致・不一致に、写像の真偽が存する」(2.222)。

以上が、写像の一般理論である。

次にウィトゲンシュタインは、簡単に思想 Gedanke に触れ、思想こそ優れて事実の論理的写像であるという(3)。思想は、その論理構造が写像形式のすべてであるような写像である。「ある事態が考えられうる」とはどういうことか。それは「その事態についての写像をつくりうる」ということなのである(3.001)。「考えうる」ものはまた可能でもあり、思想は、状況の可能性を含み、非論理的なことは何ひとつ考えられぬ(3.02)。そして「真なる思想の総体が、世界の写像だ」(3.01)という。写像である以上、思想はそれ自体分節され構造化された一つの事実でなければならぬ。しかしウィトゲンシュタインは、思想の要素がある心的な構成要素だとラッセルに答えるのみで、それが何かは知らぬという(*NB*, 129–30)。

ウィトゲンシュタインに従えば、思想はフレーゲのように文の意義なのではなく、思想自体が文同様一つの事実であり、論理的写像であって、思想の意義とはそれが描写する可能的状況にほかならない。

さて、「思想は文において感性的知覚の可能なように表現される」(3.1)。しかしウィトゲンシュタインは、ただ思想の要素と文記号の要素が対応するように、思想を文で表現しうると述べるのみで、思想が文と事態との環になっていることを示唆しているだけである。

次に、ウィトゲンシュタインは、文の写像理論に移る。

3−2−4〔文の写像理論〕　思想を表現する知覚可能な音声記号・文字記号は、文記号 Satzzeichen と呼ばれる。文 Satz とは、可能的状況の特有の投影方法 projektive Methode(3.11)を伴っている文記号のことである。

さて、文記号は一つの事実である。文記号は、その要素=単語が一定の仕方で互いに関係するところに成り立つからである(3.14)。したがって、文もまた分節される artikuliert, gegliedert (3.141, 4.032)。

また、文の写像性は、他の写像同様、写像の論理に基づく(4.015)。すなわち、第一に、文記号の要素と写像される現実の要素との間に一対一対応という写像関係がなければならず、第二に、文中の各要素の特有の配置が、写像される現実中の対象配列と同一構造をもち、論理形式を共有せねばならない。この二つの条件により、文は状況の論理的写像となる(4.03)。「文はそれが描写する状況と正確に同じ割合に分割されていなければならない。両者は同じ論理的(数学的)多様性を備えていなければならない」(4.04)。

ところで、論理的に完全に分析された文中の単純記号は、名前と呼ばれる(3.201−3.202)。要素文 Elementarsatz は、直接結びあったいくつかの名前の結合・連鎖である(4.22)。単純なシンボルである名前を、ウィトゲンシュタインは単独の文字'x'、'y'により示唆する(4.24)。個体変数'x'が、対象に対する本来の記号である(4.1272)。また要素文はいくつかの名前の関数として、'f(x)', ‘φ(x,y)’と書かれる(4.24)。‘f’、‘φ’は、文法上の述語、関係語に相当しようが、しかし、それらは名前ではない。述語は、状況中の対象の一定の関係の仕方に対応する名前の、一定の配列の仕方を表わす。「複合記号‘aRb’は、《aがbに対して関係Rにある》ということを語っているというのは正しくない。《‘a’は‘b’に対してある関係にある》ということは、aRbということを語っているというのが正しい」(3.1432)。例えば、‘a<b’という文記号は、名前‘a’が‘<’の左にあり、‘b’は‘<’の右にあるという一つの事実であり、この事実が〈aはbより小さい〉という可能的事態を描写しているのである。したがって、述語や関係語を名前とみなし、その意味を内包的な属性や関係に求めるのは正しくない。[26] ウィトゲンシュタインは、文法的述語をよりsyncategorematicな関数的表現と解し、名前を結合配列してその結果として要素文を構成する一種の配列法・操作法を表わすものと、ノミナルに考えているように思われる。[27] 文は、そこに含まれている表現(名前)の関数なのである(3.318)。

さて、名前という記号Zeichenは、各記号がいかにどの対象を表示し《ベツァイヘン》、意味する《ベドイテン》かを定める論理的構文法が与えられるとシンボルSymbolとなる(cf. 3.334, 3.3411)。文はこうしたシンボルからなる。かくて論理文法、なかんずく意味論的規則に基づく写像関係が与えられると、名前は特定の対象を意味しbedeuten、当の対象が名前の意味Bedeutungなのである(3.203)。かくして、名前は文中の対象の代理となる(3.22)。

また文が現実の論理的写像であるためには、さらに、文は現実と論理形式を共有せねばならない(4.12)。この論理形式のゆえに、「文記号における単純記号の配列に、状況における対象の配列が対応するのである」(3.21)。

こうして、論理文法(の意味論的規則)によって、ある文中の名前にはある対象が結びつけられ、当の文は被写体である事態(対象の連鎖・配列)と論理形式を共有することによって、当の事態の写像となる。名前と文、対象と事態の対比を、ウィトゲンシュタインは、名前は対象を名指し表示し意味するのに対し、文は事態を記述し描写し写像するという仕方で行っている。「一つの名前が一つのものを表示し、また他の名前は他のものを表示し、そしてそれらが互いに結合してできた全体が――一枚の活人画のように――当の事態を現示する」(4.0311)。

さてウィトゲンシュタインは、名前が状況中の対象を名指し、また状況との論理形式の共有により、当の状況を描写するという文の写像性を、フレーゲ流の意義《ジン》論と連係させる。彼によれば、文がかくかくの状況を描写するということは、当の文がかくかくの意義をもつということにほかならない(4.031)。したがって、文(の意義)を理解するということは、その文により描写されている状況を知るということなのである(4.021)。

さて、文の理解にはその真偽を知る必要はない。文の構成要素を理解すれば、文を理解しうる(4.024)。ところで文中の名前を理解するということは、その意味=対象を知ることであり、文を理解するとはその意義を知ることであるから、もし文法にかなった文が意義を欠くとすれば、その二、三の構成要素が意味を欠くからであると、ウィトゲンシュタインは考える(cf. 5.4733)。『草稿』でも、文の意義を理解するのは、その構成要素と形式を理解すること、つまり、名前の意味(すなわち名前が表わすもの)を知ることと、文の形式を理解する(例えば、変数'x'、'y'のすべての意味xとyに関して、形式'xRy'はいかなる事実を表わすのかを知る)ことだといわれている(*NB*, 94, 98)。要するに、「文を理解するとは、もしそれが真ならば、いかなることが成り立つかを知ることである」(4.024)。すなわち、文の理解とは、その真理条件を知ることにほかならない。かくて、「一つの点の黒白を語りうるためには、一般にある点はいかなる時に黒と呼ばれ、いかなる時に白と呼ばれるかを、あらかじめ知っておく必要がある。'p'が真(ないし偽)であると語りうるには、私は、いかなる事情のもとに'p'を真と呼ぶかを規定してかからねばならぬ。それにより文の意義も規定することになる」(4.063)。

かくして、文の意義とはその文の真理条件であり、その文が描写する可能的事態であるということができよう。このようにして、ウィトゲンシュタインは、フレーゲの真理条件的意義論を継承し、文を事態の写像とみることによって、新しい展開を行っているのである。

さて、文は論理空間中の一定の論理的位置を指定する。この位置においてのみ、当の文の描写する可能的事態が成立可能となるのである(3.4–3.42)。また、「文の真理条件はその文が事実に対して許容する領域Spielraum〔その文がそのゆえに真となる事実の範囲〕を定める」(4.463)。こうして、「文はその意義を示す。つまり、文は、それが真であるならば、事情はどのようであるかを示す。そして文は、事情がかくかくであるということを語る」(4.022)。

さて、文が写像性をもち、意義をもつとしても、それだけで真なる文、正しい写像であるわけではない。他の写像同様、文の真偽を知るためには、文は現実と比較されねばならぬ(4.05)。文の真偽は、文の意義と現実との一致、不一致にある(4.06, 2.222)。「要素文が真のとき、事態が成立する。要素文が偽のとき、事態は成立しない」(4.25)。かくて、文が現実の真なる写像となるのは、その文の表現している意義、すなわち、可能的事態が、現実に成立している事態＝事実と対応しているとき、そのときに限る。これが、事実との対応による文の真理性の定義である。

以上、要素文は、(1)論理文法の意味論的規則により、その要素である名前が、特定の対象を表示し、(2)文と現実とが論理形式を共有する場合に、写像性をもつ。さらに、文が真であるのは、(3)その文の描写する可能的事態＝意義が、事実と一致する、現に成立している場合なのである。

補足的に、文脈原理に触れておこう。ウィトゲンシュタインは、フレーゲの文脈原理を引き継いで、「原始記号の意味は、解明によって明らかにされうる。解明とは、原始記号を含む文のことである。……文のみが意義をもつ。文の脈絡においてのみ名前は意味をもつ」(3.262–3.3)と述べている。ウィトゲンシュタインの真意は必ずしも分明ではないが、次のように解しておきたい。

文の意義とは可能的事態であり、名前の意味とはその対象のことであった。先述のように、対象にとっては、事態の構成要素となりうることがその内的特徴、本質であった。ものが事態の脈絡のうちに現われうるなら、この可能性は当初からものの中に含まれているのである。事態の中に現われうるということが、対象の形式なのであり、いかなるものも、いわば可能的事態の空間のうちにある。文脈原理は、名前の意味(=対象)の形式・本質が、文の意義(=可能的事態)の中に現われうるという可能性にほかならないということ、したがって対象は事態の中に現われえてのみ対象であることを表わしていると考える。

3-2-5〔真理関数とトートロジー〕　ウィトゲンシュタインは、文とは要素文の全体から導かれるものに尽き(4.52)、およそすべての文は要素文の真理関数である、と主張する(5)。それでは、すべての文は、要素文と否定、連言等の結合子から再帰的に構成されるのか。例えば、フレーゲは、文を真理値名とし、文結合子を、真理値から真理値への関数(「真理関数」と称される)を意味するとみなした。それに対しウィトゲンシュタインは、真理値の物化を斥け、文、「真」「偽」という記号は対象の名前でないとみなす(4.441)。したがって、真理値から真理値へというフレーゲ的「真理関数」なる論理的対象、論理定項も存在しない(5.4)。

かくてウィトゲンシュタインは、文結合子を syncategorematic な表現としてノミナルに考え、ある基礎としての文から、ある結果としての別の文を構成するための操作 Operation を表わすも

のとみなす。否定、論理和等は、真理操作と呼ばれる(5.234)。要素文から真理関数を形成する方法が真理操作である。といっても、ウィトゲンシュタインのいう要素文の真理関数とは、要素文を基礎とするいくつかの真理操作の結果(フレーゲなら、むしろ、真理操作こそ「真理関数」であり、ウィトゲンシュタインのいう真理関数は、「真理関数の値」だというであろう)なのである(5.234)。すべての真理関数は、要素文に真理操作を有限回、継続的に適用してえられるのだから、すべての文は、要素文に真理操作を適用した結果に他ならない(5.3)、とウィトゲンシュタインは主張する。彼は、シェファーの棒(論理学者シェファーにより導入された文結合子'|'で、例えば、'p|q'は、「pでもなければ、qでもない」を意味する)に当たる否定連言'$N(\bar{\xi})$'を基本真理操作に採用する。$N(\bar{\xi})$は、文変数ξのすべての値の否定である。こうして、真理関数とは、要素文に操作$N(\bar{\xi})$を連続的に適用した結果である(5.5)。

さらにウィトゲンシュタインは、より一般的に、どんな文も要素文に真理操作$N(\bar{\xi})$を再帰的に適用した結果であると主張している(6.001)。また、真理関数の一般形式、つまり、要素文の集合$\bar{p}$の否定連言$[\bar{p}, \bar{\xi}, N(\bar{\xi})]$は、文の一般的形式だと主張される(6)。

すると、要素文の真理可能性が、一般にその真理関数の真・偽の条件であり、文とは要素文の真理可能性との一致・不一致の表現なのである(4.41)。だから、要素文(の意義)を知ることが、他のいかなる文(の意義)を理解するにもその基礎になる(4.411)。つまり、要素文の真理関数の意義は、各要素文の意義の関数なのである(5.2341)。

それでは、「すべて」や「ある」といった量化子を含む一般量化文はどうなのか。ウィトゲンシュタインは、これらの文も要素文の真理関数に還元可能とみなした。彼は、例えば、「fを満足する対象は存在しない」は、'f'の現われるすべての要素文の全否定とみなした。すなわち、$N(\bar{\xi})=\neg(\exists x)\cdot f(x)$(5.52)。すると一般に、普遍量化文はすべての要素文の連言に、存在量化文はすべての要素文の選言に還元されるはずなのである。しかし、こうした還元は、対象が無限個の世界の記述に無効なことは明らかである。ウィトゲンシュタインは、有限公理をたてたのか。そうではなかろう。そもそもウィトゲンシュタインは、対象の数について語ることを、ナンセンスとみなしたのである。(ところでウィトゲンシュタインは、要素文のうちにすべての論理的操作がすでに含まれており、例えば'f(a)'は'$(\exists x)\cdot f(x)\cdot x=a$'と同じことを語っているという(5.47)。すると、一般文の要素文への還元が挫折するのみならず、そもそも要素文そのものにすでに問題があることになろう。[28])

いま、文の二値性を採用すると、n箇の要素文があればその真偽の可能性は2^n通りであり、したがって、n個の要素文から成る真理関数の真偽の、要素文の真偽との一致・不一致の可能性は、2^{2^n}通りとなる(4.442)。そして、すべての要素文を挙げれば、世界は完全に記述されうるとウィトゲンシュタインは考える(4.26)。しかし実際は、要素文の数をあらかじめ挙げることは不可能なのである。要素文は名前から成り立つが、名前の数を述べることは不可能だからだとウィトゲンシュタインは主張する(5.55)。その理由は、名前の意味である対象の総数について語ることが、ナンセンスだからである(4.1272)。それは語りえざることを語ろうとする試みの一つである。いかなる要素文が存在するかは、論理の応用がきめる(5.557)。純粋に論理的根拠により知られるのは、要素文が存在せねばならぬということのみである(5.5562)。ここに、言語・世界・論理の限界に関するウィトゲンシュタインの超越論的哲学の片鱗が窺える。

さて、n箇の要素文には2^{2^n}箇の真理関数が考えられるが、このうち二つの極端な場合がある。要素文の真偽いかんにかかわらず真となる同語反復 Tautologie と、偽になる矛盾とである(4.46)。

通常の文は、それが語るところのもの(可能的状況)を示すのに対し、同語反復と矛盾とは、何ごとも語らぬということを示す。それらは意義を欠く sinnlos(4.461)。(しかしナンセンス unsinnig なのではない。それらは論理文法に則った記号体系に属する(4.4611))。つまり、同語反復と矛盾とは現実の写像ではない。それらはいかなる可能的状況も描写しない。前者は可能な状況をすべて許容し、後者はすべてを拒否する(4.462)。

各文は、その真理条件により定められた当の文がそこで真となる領域をもち、論理空間中に特定の論理的位置を占める(4.463, 3.4)。これに対し、「同語反復は現実に対しあらゆる――無限の――論理空間を開放する。矛盾は論理空間をくまなく満たして、現実にいかなる余地も与えない。

したがって、どちらも、現実を何らかの仕方で規定することはできない」(4.463)。いわゆる論理法則とは、同語反復に他ならぬ。

ウィトゲンシュタインは、相異なるカテゴリに属する論理的原子として、完全分析の果てに到達されるべき単純な名前の意味である単純な対象と、要素文の写像する原子的事態の存在を要請した。しかしこうした絶対的な意味での単純者である、名前と対象、要素文と原子的事態の実例やその数を挙げようとすることは、ナンセンスなのであった。それは、言語と論理の限界を超えようとする試みなのである。しかし、このような絶対的な意味での論理的原子論の採用と、写像理論とは独立であると考えられる。(29) 脈絡と相対的に、名前と対象、要素文と事態とを解釈するゆるい意味での相対的論理的原子論と写像理論とは、両立可能だと考えられる。

3-2-6〔語ることと示すこと〕　先に、対象の数について語ることは不可能で、ナンセンスだと言われた。「示されうることは語られえない」(4.1212)ともいわれて、「示すこと zeigen」と「語ること sagen」とが鋭く対置されている。この問題を詳述する余裕はないが、簡単に触れておく。ウィトゲンシュタインは、確かに、示すことと語ることとを対置してはいるが、他方、文はその意義＝真理条件を示し、かつ事実がかくかくであるということを語るとも主張していた(4.022)。この場合の「示す」は、文記号の外的構造と写像関係により、当の文が描写し写像する事態を示すという意味である。(30)

語りえずして、示されるほかはないといわれるもののうちには、対象や事態の内的形式や内的構造が含まれる。例えば、現実の写像であるために文が現実と共有しなければならぬ「論理形式」、それを当の文は描写できない。論理形式は、文のうちに反映される sich spiegeln。言語のうちに反映されるもの、それを言語は描写できない。文は、現実の論理形式を示す、あるいは見せる aufweisen のみである(4.12–4.121)。対象や事態の内的構造や形式的特徴は、文によって表現されたり描写されたりできず、そのうちに示され、文自体の内的特徴を通じておのずと表出される sich ausdrücken(4.122–4.124)。同様に、そもそも、「対象」「複合的なもの」「事実」「関数」「数」といった形式的概念について語ることはナンセンスなのである(4.1272)。

ところで、「示す」と「語る」の区別について、ウィトゲンシュタインはすでに「ムーアに対し口述されたノート」(一九一四・四)において、一見メタ論理的な説明を示唆している。つまり、原始《プリミティヴ》記号を与え、形成規則による文法に適った整式の構成を示し、推理規則により変形するといった手続きにより、統辞論的な記号体系が形成される。文の論理形式、同語反復性、証明といった文の内的特徴や内的関係はすべて、こうした統辞論的規則によってすでに、記号体系の成立とともに与えられている。しかしこうした内的構造は、この記号体系の中では語りえず、示されるのみなのである(NB, 107–108)。

ラッセルは、『論考』への序文で、言語の階層性を示唆しているが、ウィトゲンシュタインはそれに否定的であった。「論理は自分だけで自分を配慮せねばならぬ」(NB, 2)。必要なことは、シンボル体系の中で直ちに示されているのであって、フレーゲ、ラッセルにみられる体系構築に先立つ準備としての予備学や論理学の哲学、メタ論理といったものは、いずれも不必要で、語りえざることを語ろうとするナンセンスだとみなされた。論理形式を描写しようとすれば、我々は論理の外側に立つことができねばならない。つまり、この世界の外側に(4.12)。しかしそれはできない相談である。「私の言語の限界は、私の世界の限界を意味する。……世界の限界は、論理の限界でもある」(5.6–5.61)。

しかしながら、自ら認めるように、『論考』そのものもまた、まさに全編が、語りえざることを語ろうとする試みにほかならない。「語りえざることについては沈黙すべし」(7)——「語られうるもの以外なにも語らぬこと——哲学となんのかかわりももたぬものしか語らぬこと」——それが哲学の正しい方法だと主張したのは、ウィトゲンシュタインである(6.53)。『論考』はまさに、語りえざることのみを語ろうとしており、正しい哲学の方法の全面的違反事例である。「私の諸命題は、私を理解する人が、それを通り、それの上に立ち、それをのり超えていく時に、ついにそれがナンセンスであると認識することによって、解明の役割を果たす」(6.54)というのがウィトゲンシュタインのアイロニーである。しかしそれは、哲学とは理論ではなく、思想の論理的浄化、諸命題の明晰化という活動である(4.112)、とのウィトゲンシュタインの哲学観に添うものである。

第三章　真理論と意味論——真理条件と直観主義——

現代論理開拓期の集大成であるラッセル-ホワイトヘッドの『数学原理』(一九一〇—一九一三)以降、論理学・数学基礎論は、ヒルベルトのゲッティンゲン学派、ブラウワの直観主義派にみられるように、急速な進展を見せる。意味論的にもレーヴェンハイム-スコーレムの定理など重要な仕事がなされるが、一九三〇年代初頭、チェコの若き数学者K・ゲーデルによる不滅の業績は、新たなピークを示す。論理的真理はすべて証明可能であり、その逆も成立するとの、ゲーデルの第一階述語論理の完全性証明は、「証明可能性」という純粋統辞論的概念と「真理」という意味論の中心概念との深い連関を示し、統辞論と意味論を架橋する定理としてきわめて重要なものである。さらに、ゲーデルの、自然数論の不完全性定理(自然数論が無矛盾ならば、その肯定も否定も当の自然数論のうちでは証明不可能な、ある自然数論上の命題が存在するという定理)は、フレーゲ-ラッセル流の論理主義の破産を宣告し、またこの定理の系は有限主義的なヒルベルトの形式主義のプログラムを、さらにゲーデルのもう一つの論文はブラウワ流の直観主義の目論見を、いずれもその根底から震憾させるものとして、学界に深い衝撃を与えたのであった[1]。

同じ一九三〇年代初頭、ポーランドの論理学者A・タルスキにより、論理的意味論の鍵概念である「真理」概念そのものの厳格な定義がはじめて提出され、その後今日までのモデル論を決定的な形で嚮導し続けるのである。

意味論をテーマとする本書では、ゲーデルについてはこれ以上立ち入らず、本章においてはまず、主に「形式化された諸言語における真理概念」(2)により、タルスキ真理論の骨子をみる。次いで、時代は一九六〇年代以後に降って、タルスキの真理論に深く影響されて、真理条件的意味論に新しい展開を示したD・デイヴィッドソンの仕事、また彼の最も強力な論敵であるM・ダメットの検証主義的意味論を対比させよう。そして最後に、ダメット意味論の背後にある直観主義論理に関し、近年のクリプキ・モデルその他に簡単に触れることにしよう。

1　タルスキの真理論

先に見たように、フレーゲは循環論に陥るとして真理概念の定義を断念し、他方、タルスキの真理規約を予兆するような真理概念の解明を与えていた。しかしその取り扱いは、萌芽的なもので、厳密な真理概念の確定とはいい難い。また、ラッセルの、個体と属性からなる複合体や、ウィトゲンシュタインの、事実に訴える真理対応説には、属性の内包性や事実概念の分節不可能性、(3)

さらに無限個の対象に関する量化の問題など、諸々の困難が認められた。また古来より、「真」という語に関しては、「クレテ人のうちのある預言者が言った「クレテ人はいつも嘘つき……」」というパウロの言に、端無くも窺うことのできる嘘つきのパラドクス(このクレテの預言者の言うことが真ならば彼の言は嘘になり、もし嘘なら真となる)という厄介な問題が指摘されてきている。[4]

さて、タルスキの意図は、「真理」の諸用法をすべて「対応」に還元するということにあるのではなく、真理とは実在との一致(対応)であるとの、アリストテレス以来の、「真理対応説」そのものに、満足のゆくような意味論的定義を与えるという限定的なものである。すぐ前のパラグラフで指摘された諸困難の回避には、真理の定義は、(1)内容的に適切 materially adequate で、(2)形式的に正しい formally correct ものでなければならない。

(1)内容的に適切な定義とは、旧来の真理対応説の意味する内容が把捉されていなければならないということであり、(2)形式的に正しい定義とは、真理定義に用いられる言語の形式的構造が特定化されていなければならないということである。

1-1　形式的正しさ

形式的正しさの方から、もうすこし説明を加えよう。

第一の要件は、「真」という名辞の、ある特定言語中の(叙述)文への厳格な適用には、当の言語の構造が特定化されていなければならないということである。すなわち、当の言語は、その文法にかなった適正な文のすべてが、有限個の原初的語彙(論理定項、名前、述語)から有限個の形成規則を用いて形成され、かつすべての定理が有限個の公理から有限個の変形(推理)規則を繰り返し用いて、再帰的に構成されるような、「形式化された言語」でなければならない。

第二の要件は、「真」の定義を、意味論的に閉じた言語内で遂行することの不可能性に関わる。この禁を犯すと、文Sが真なのは、Sが偽のときそのときに限るといった嘘つきのパラドクスが導かれるのである。

そこでタルスキは、ウィトゲンシュタインの「示されるのみで語りえず」との考えに対し、ラッセルが『論考』の序文で示唆していた言語の階層性 hierarchy を採用する。つまり、真理の定義がそれに適用される当面の研究対象である言語Lと、Lについて語り、Lに関する真理定義をそのうちで構成する言語L*とは、相対的に区別されねばならない。前者Lが対象言語 object language、後者L*がメタ言語 metalanguage と呼ばれる。

こうして、①言語の階層性と、②形式化された対象言語とが、形式的に正しい真理定義に要求されるわけである。このような対象言語の一例として、タルスキは、クラス計算言語を挙げている。この言語の定項は、論理定項である否定記号‘N’、選言‘A’、普遍量化記号‘Π’およびクラス間の包含‘I’の四つのみである。

1-2　内容的適切性

それでは、真理定義が、旧来の真理対応説の内容を適切に把捉しているといえるための規準は何か。それは、対象言語L中の各文について、真理定義が、その各文はいかなる条件下で真または偽となるかを示すことができなければならないということである。

例えば、英語が対象言語で、日本語がメタ言語の場合、次のような等値文、

(*)　英文 'Snow is white' が真なのは、雪は白い場合その場合に限る。

が、このような真理定義の満足すべき一事例となるであろう。その場合、日本語の「雪は白い」は、英文 'Snow is white' がいかなる条件の下で真となるかという真理条件を表わしているのである。

すると、一般に、対象言語Lに関する真理定義が、内容的に適切であるということは、

(T)　xが真なのは、pのときそのときに限る。

のような型の等値文(T)文と呼ぶ)が、事実真となる一事例として、L中のすべての文に関して、当の真理定義から導かれなければならないということである。

しかし、(T)それ自身(それは文のシェマにすぎぬ)も、(T)文のどの特定事例も、真理定義そのものではない。pには、ある特定の文が、xにはその文の名前が代入されることによりえられるす

べての(T)文（いまの場合メタ言語は、例えば英語文の引用を含む日本語、対象言語は英語となる）は、真理の部分的定義とみられてよい。その一般的定義は、こうしたすべての部分的定義の連言（論理積）である。

こうした真理定義が内容的に適切であるための規準は、(i)対象言語L中のすべての文に関して、それに対応する(T)文が、当の定義から導出可能であること、(ii)こうして導かれた(T)文のすべてが、事実真であること、である。

1-3　真理規約T

さてすると、形式的に正しく内容的に適切な真理定義を構成するのに必要なメタ言語L*は、対象言語Lより、本質的に豊富でなければならないのである。

すなわち、第一に先の(T)文中のxに代入されるのは、対象言語L中の文ϕに対する名前であるから、メタ言語L*は、ϕの名前——その引用符名'ϕ'または、構造記述名 structural descriptive name——を含まねばならない。例えば、対象言語Lにクラス計算言語をとり、その原初記号——否定'N'、選言'A'、普遍量化'Π'、包含'I'およびk番目の変項'x_k'には、それぞれメタ言語L*中にその名前'¬'、'∨'、'∀'、'⊆'、および'v_k'が含まれるとすると、L中の複合式'$\Pi x_1 N I x_1 x_2$'のL*中の構造記述名は、'$\forall v_1 \neg (v_1 \subseteq v_2)$'となる。

また第二に、各(T)文を事実真とするためには、(イ)対象言語L中のすべての文がメタ言語にも含まれ、従ってL中の任意の文ϕの真理条件を表わすはずの(T)中のpにϕ自身が代入されるか、(ロ)または、pには当の文ϕのメタ言語中への翻訳 translation が代入されるという方策がとられる。すると、対象言語L(クラス計算言語)の各文ϕ、例えば、'$\Pi x_1 \Pi x_2 A I x_1 x_2 I x_2 x_1$'に対して、メタ言語$L^*$(主に日本語)中には、この文の構造記述名'$\forall v_1 \forall v_2 (v_1 \subseteq v_2 \vee v_2 \subseteq v_1)$'および$\phi$と同義の翻訳文「任意のクラス$a$と$b$に関し、$a$が$b$の部分クラスであるかまたは$b$が$a$の部分クラスであるかである」が含まれることになる。こうして、先の(T)文の一事例として、われわれは、L中の文'$\Pi x_1 \Pi x_2 A I x_1 x_2 I x_2 x_1$'に関して、次のような(T)文を入手することになる。

(T)*　$\forall v_1 \forall v_2 (v_1 \subseteq v_2 \vee v_2 \subseteq v_1)$が真なのは、任意のクラス$a$と$b$に関し、$a$が$b$の部分クラスであるかまたは$b$が$a$の部分クラスであるとき、そのときに限る。

この(T)*は、「xは真である」という型の文の意義を精確な仕方で説明していることになる。真理の一般的定義は、こうした型のすべての部分的定義を、特殊ケースとして含むものなのである。

タルスキは、「メタ言語により定式化された、形式的に正しい真理定義が、内容的にも適切な定義であるのは、

(*)　xが真であるのはpのときそのときに限る。

のxには当該対象言語の任意の文の構造記述名を、pにはこの文のメタ言語中での翻訳文を、それぞれ代入してえられるすべての文を、この真理定義がその帰結としてもつ場合である」ということ――それを真理規約 Convention **T**と称するのである。

1-4　充足関係

しかしながら、(T)型の真理定義は、対象言語中の文が有限個であって、かつ自由変項の登場しない閉じた文という特殊ケースにしか該当しない。そこでタルスキは、より一般的な真理定義を求める。

まず、自由変項を含む文関数 sentential function(開放文)を導入し、それに対応してメタ言語に文関数の名前を導入する。例えば、対象言語中の文関数'Ix_1x_2'、'$\Pi x_1 NIx_1x_2$'には、メタ言語中の名前'$v_1 \subseteq v_2$'、'$\forall v_1 \neg(v_1 \subseteq v_2)$'が対応する。文とは、自由変項をもたない文関数という特殊ケースである。

自由変項を含む文関数一般に関しては、タルスキは、「真」にかわって、所与の対象による文関数の「充足 satisfaction」という、より一般的な意味論的概念を、メタ言語に導入する。いま、唯一の自由変項をもつ単項文関数について考えよう('$\Pi x_2 Ix_1x_2$'を例にとれば、この文関数の構造記述名は'$\forall v_2(v_1 \subseteq v_2)$'と表記される)。ところで、どの対象も、ある所与の文関数を充足するかしないかのいずれかである(フレーゲの排中律的な鋭利な境界づけ条件を想起されよ)。すると、単項文関数の充足条件は次のようになろう。

(S)$_0$　すべてのaについて、aが文関数xを充足するのは、pのときそのときに限る。

(xには文関数の名前が、pにはその自由変項をaに置換した、当の文関数(の翻訳)が代入される。) 例を挙げよう。

(S)$_1$　すべてのaについて、aが文関数'x is white'を充足するのは、aが白いときそのときに限る。

(S)$_1$から、例えば、「雪が文関数'x is white'を充足する」とか、「スワンが文関数'x is white'を充足する」といった特殊ケースが導かれる。)

(S)$_2$　すべてのaについて、aが文関数$\forall v_2(v_1 \subseteq v_2)$を充足するのは、すべてのクラス$b$に関し$a$が$b$の部分クラスの場合その場合に限る。

二つの自由変項をもつ文関数の二例も挙げておこう。

(S)$_3$　すべてのaとbについて、aとbとが、'x sees y'を充足するのは、aがbを見るときそのときに限る。

(S)$_4$　すべてのaとbについて、aとbとが$v_2 \subseteq v_3$を充足するのは、aがbの部分クラスのときそのときに限る。

以上のような事例から、タルスキは、一般に任意の数の自由変項をもつ文関数に関しては、その文関数を所与の対象の無限列 infinite sequence of objects f が充足する、とみなす(ただし、各変項 v_k には、同じ指標 k をもつ対象列の項 f_k を対応させる)。すると例えば、次のようになる。

$(S)_5$　クラスの無限列 f が文関数 $v_1 \subset v_2$ を充足するのは、クラス f_1 と f_2 が、この関数を充足する(すなわち、f_1 が f_2 の部分クラス)場合その場合に限る。

かくして一般的には、充足関係のシェマは次のようになる。

(S)　列 f が文関数 x を充足するのは、f が対象の無限列であって、かつ p のときそのときに限る。

(x には当該文関数の構造記述名が、p にはその文関数のメタ言語中の翻訳(ただし、自由変項 v_l、v_k は f_l、f_k で置換)が代入される。)

さて、(S)のシェマからえられるすべての部分的定義を特殊ケースとして含む、クラス計算言語中の文関数の、対象列による充足関係の一般的定義を定式化するために、タルスキは次のような再帰的方法を採用する。それにより、文が潜在無限個の場合にも、再帰的な真理定義が可能となるのである。

すなわち、まず、どの対象列が文関数 $v_k \subset v_l$ を充足するかを示し、次いで、この関数に、否定、選言、普遍量化という三つの基本操作が遂行された場合に、充足関係をどう定義するかを特定化すればよいのである。

いまやわれわれは、タルスキの一般的充足関係の定義に達した。この定義がその後今日まで、論理的意味論の範型となるのである。なお、タルスキの元来の真理概念・充足概念は絶対的な概念であるが、彼はまた、ヒルベルトらのゲッティンゲン学派により導入された相対的真理概念、すなわち、ある個体領域D中における真なる文という概念も紹介している。相対的真理概念に立っての充足定義は、以下のうち括弧内の個体領域Dへの制限が付せられる。

〈充足関係の定義$(S)^{D}_{5}$〉

列fが〔個体領域D中で〕文関数xを充足するのは、〔Dが個体のクラスで〕fが〔Dの部分クラスの〕対象無限列であり、xが文関数であって、これらが次の四つの条件のうち一つを充足する場合である。

(α) $x=v_k \subset v_l$ でかつ f_k が f_l の部分クラスの場合、

(β) yがある文関数で $x=\neg y$(否定文)であり、かつfは〔D中で〕文関数yを充足しない場合、

(γ) y、zはある文関数で $x=y \vee z$(選言文)であり、かつfが〔D中で〕yを充足するか、またはzを充足する場合、

(δ) $x=\forall v_k y$(普遍量化文)なる文関数yがあり、fとはたかだかk番目の場所で異なる〔Dの部分クラス中の〕すべての対象無限列が文関数yを〔Dで〕充足する場合。

充足関係の定義において、所与の対象列が所与の文関数を充足するか否かは、明らかに、当の文関数の自由変項に対応する列の項のみに依存する。すると、自由変項を含まない極端なケース、すなわち、閉じた文、の場合には、列による文関数の充足は列の項の性質に一切依存しないことになり、したがって、二つの可能性のみが残る。つまり、すべての対象無限列が所与の文を充足するか、またはいかなる列もそれを充足しないかである。

以上のことから、充足関係を用いて、閉じた文の真理性は、充足の特殊ケースとして、次のように定義される。(6)

(T)† xが〔個体領域Dにおいて〕真なる文であるのは、〔Dの部分クラスの〕すべての対象無限列が〔D中で〕pを充足する場合その場合に限る。

（xには当の文の構造記述名が、pにはその文のメタ言語への翻訳が代入される。）

もちろん、(T)†は、(T)同様、シェマにすぎないが、このシェマは、有限個のすべての各文関数の充足条件ならびに〈充足関係の定義〉$(S)_D$を基礎に、再帰的な充足関係の定義によって、潜在無限個の文についての(T)†型の部分的定義を含意するから、内容的適切性の規準を充たしているのである。

なお名前xの指示 denotation にも、タルスキは充足関係を用いて次のような規約を与えている。

(D)　名前xが対象aを指示するのは、aが特殊な文関数「v_1はxである」を充足する場合そ

の場合に限る。(7)

1-5　まとめ

タルスキは、対象の無限列のみにコミットすることにより、属性という内包的存在や、事実という問題のある概念への存在論的加担を回避している。また、真理を、最終的に閉じた要素文の原子的事実との一致に求めるウィトゲンシュタインの方策が、潜在無限個の文を含み、また論理和(選言)や論理積(連言)に置換しえない本来の量化を含む言語には真理定義を与ええないといった障害を、タルスキは、「文関数(開放文)の対象無限列による充足」という意味論的概念の導入によって克服したのである。

要約すると、形式化された言語ならびにパラドクス回避のための言語の階層性に基づく形式的に正しい真理定義が、内容的に適切であるためには、次の二条件からなる真理規約**T**を充たしていなければならない。

(i)対象言語L中の潜在無限なすべての文φに関し、次のような(T)文(xはL中の文φの構造記述名、pはφのメタ言語への翻訳である)

(T)　L中のxが真であるのはpのときそのときに限る。

が、(イ)原子文関数の対象列による充足の定義、(ロ)論理的結合子や量化子の意味論的機能を規制する定義から、再帰的《リカーシイヴ》に証明されねばならない。そしてこれら各(T)文は、一般的真理定義の部分的定義を構成する。

(ii)各(T)文は、事実真でなければならぬ。タルスキは(T)文自身の真理性を、メタ言語L*が対象言語Lに対し本質的に豊富であること——つまり、L*がLを含み、(T)文中のpにL中のφ自身の代入が許されること、ないしは、pにはφのL*への翻訳が代入される——の想定によって保証している。すなわち、pとφとの同義性(翻訳関係)を前提することによって、真理定義に内容的適切性を与えようとしたのである。(8)

2　デイヴィッドソンの真理条件的意味論

タルスキは、対象言語中の文'S'のメタ言語中の同義的な文'p'への翻訳を前提することにより、真理概念を定義しようと試みた。これに対し、デイヴィッドソンは、この順序を逆転し、真理概念のインプリシットな理解を前提し、「真である」を原初的述語とみなすことによって、対象言語中の文'S'の意義meaning(ほぼフレーゲのSinnに相当する)を規定するような理論を与えようとするのである。すなわち、文'S'がいかなる条件下で真となるかという真理条件を表わし、'S'の翻訳となるような文'p'をメタ言語中に見いだすことにより、'S'の意義を確定しようとする。(9)

またデイヴィッドソンは、フレーゲ‐ウィトゲンシュタイン流に、文'S'を理解するということが、その意義を把握すること、すなわちその真理条件を知ること、つまり'S'の翻訳・解釈を見いだすことだとみなす。したがって、意義の理論 theory of meaning は、理解の理論に他ならない(10)。

2-1　自然言語における真理条件

ところで、デイヴィッドソンのそもそもの狙いは、形式言語のみならず、自然言語についての意義の理論を構成することにある。そこで彼は、タルスキ流の真理論を、自然言語に適用し、適切な意義の理論を与えるように手直ししなければならない。

　タルスキは、自らの真理論の自然言語への応用については、悲観的であった。自然言語が意味論的に閉じているので、嘘つきのパラドクスのような意味論的逆理を回避しがたいこと、ならびに、自然言語は形式的方法を直接適用するにはあまりに混乱し無定形であり、したがってその形式化は自然言語の自然さを損うものだ、と考えたからである(11)。

　これに対しデイヴィッドソンは、差し当たり、パラドクスを回避している、(例えば)整合的な英語断片を念頭におけば十分であること、またフレーゲの量化や代名詞の処理、タルスキの仕事が、自然言語の重要部分に対する形式的意味論の可能性を示すと考えるのである。かくして、デイヴィッドソンは、形式的に正しい意義の理論の構築に関し、より楽観的である(12)。

しかし、自然言語断片に形式的意味論を与えるには、時制、間接話法、信念文、固有名、副詞、代名詞その他、幾多の克服すべき困難がある。

デイヴィッドソンはまず、自然言語中の文が、時制や発話のコンテキストの変動によって、しばしば、その真偽も変動するという指標性 indexicality を示すことに注目する。したがって、自然言語の真理概念は、タルスキ流の絶対的なものではなく、例えば、発話時点、発話場所、発話者など、発話のコンテキストに相対化されねばならない。すると、自然言語の場合、(T)文は、形式言語の場合のように簡明にはなりえず、文というよりは、ある時点、場所での当の文の発話に関する(T)文型となろう。

指標性(発話状況への依存性)を示す自然言語中の文'S'の発話に関する真理概念は、文'S'の発話者、発話状況が、その真理条件を表わす文'p'の発話者、状況と一致しなければならない。実際、指示詞や指標詞理解の一部は、発話状況の変動に、どのように適応させるかを示す諸規則を知ることなのである。[13] こうした指標性の特徴をとらえるよう真理論を改訂しなければならない。すなわち、(1)「真理」は、文の性質ではなく、文'S'と発話者u、発話時点tとの三項関係 T(S, u, t) なのである。(2)指標的要素を含む各表現に対応して、変動する発話者、発話時点や場所に、当の文の真理条件を関係づける句が、当の理論中に登場しなければならない。例えば、次の$(T)_1^{\alpha}$は、そのような相対化された真理概念の部分的定義の一事例とみなしうる。

$(T)_1^{\alpha}$　「私は退屈している」が、uによりtにおいて(仮に)発言された場合に、真なのは、uがtにおいて退屈しているときそのときに限る。(14)

指標性をもつ自然言語中の文に関しても、$(T)_1^{\alpha}$のような改訂された(T)文が、定理として導かれるような時制や指標詞・指示詞の意味論的機能を支配する公理群を考えることは可能であろう。この点はデイヴィッドソン自身は、単に改訂された$(T)^{\alpha}$文の若干の事例を挙げるにとどまっているが、例えば時制論理の意味論や、後述のカプランの「直示語の論理 Logic of Demonstratives」(15)中の意味論的公理群によって体系化が可能である。

時制や指標性を示す自然言語中の潜在無限個の文に関しても、相対化された真理概念を用いて、時制や指標性を示す語を支配する有限個の意味論的公理から、先の$(T)_1^{\alpha}$のような改訂された(T)文を、定理として導くことが可能であろう。

すると「有限個の語彙と形成規則並びに時制や指標性を示す表現を支配する規則を含む有限個の意味論的公理から、ある自然言語断片の潜在無限個のすべての文に関する(T)文が、定理として導かれるべし」という、自然言語の真理概念の内容的適切性に要求される第一の要件は、充たされることになる。相対的真理述語を原初的述語として前提することにより、この相対化された真理概念論を、逆に読みかえると、例えば先の$(T)_1^{\alpha}$の等値文中の「uがtにおいて退屈している」は、「私は退屈している」がuによりtにおいて発話された場合の、真理条件を表わしていることになる。したがって、(T)$_1^{\alpha}$は、〈tにおけるuの発話「私は退屈している」〉の意義を与えているとみなすことができるのである。このようにして、自然言語の内容的に適切な意義の理論は、その潜在無限個のすべての発話の意義(解釈)を、有限個の原初的表現と形成規則・推理規則、相対的真理概念に関わる有限個の意味論的公理から、(T)$_1^{\alpha}$型の定理を介して、導出すべしという全体論的holistic 要求を充たすことになる。

このようにして、相対化された真理に関するタルスキ型の再帰的《リカーシイヴ》定義を逆転すれば、任意の発話の真理条件=意義が、どのようにその構成要素の意義に依存するかが示されるのである。

2-2　根元的解釈の問題

しかしながら、以上の、全体論的要求で、自然言語の意義の理論が、その内容的適切性をすべて保証されたことにはならない。タルスキ真理論の内容的適切性に関しても、さらに(T)文そのものの真理性が要求されたように、相対化された真理概念に基づく自然言語の意義の理論にも、改訂された(T)$^{\alpha}$文自体の真理性がどのように保証されるのかが問われねばならない。

先述のように、タルスキは、対象言語中の文‘S’とメタ言語中の文‘p’との同義性を前提することによって、(T)文そのものの真理性を保証した。しかしデイヴィッドソンは逆に、真理概念を原初的とみなして、文(の発話)の意義を探求しているのであるから、同義性や翻訳関係を予め前提することはできない。すると、対象言語中の文'S'の発話の真理条件を与えるような（すなわち、'S'の意義を限定するような）文'p'を、どのようにして見い出すのかという、検証を要する問題が生ずる。したがって、意義の理論は、一面、経験的理論なのであり、各$(T)^{\alpha}_{1}$文の真理性は、形式的ならびに経験的にテスト・検証されねばならないものなのである。

2-2-1〔母国語の場合〕　メタ言語も対象言語も母国語の場合をまず考えよう。この場合には、例えば、

(T)　「雪は白い」が真なのは、雪は白いときそのときに限る。

のように、引用符除去により、(T)文の真理性は自明的に与えられ、また偽なる(T)文は容易にチェックされうる。しかしそれは、メタ言語が対象言語を含んでいて、引用符を除去された対象言語中の文とメタ言語中の文との同義性がすでに自明なものとして前提されているからである。指標的要因が含まれていても、次の文のような等値文の真偽のチェックは、同様に容易であろう。

$(T)^{\alpha}_{2}$　「私は退屈している」が、uによりtにおいて発話された場合に真なのは、uはtにおいて退屈しているときそのときに限る。

しかし母国語の場合でさえ、フレーゲ指摘の意義のゆれを想起すれば、二人の発話の同義性をどう検証するかは、必ずしも説明が容易とはいえないのである。

2-2-2〔真理論的な形式的検証〕　対象言語がメタ言語とはまったく異なる未知の外国語の場合、

(T)文の真理性の検証問題は、自明性を失って顕在化する。一般に、

$(T)^{\alpha}$　'S'が(uによりtにおいて発話された場合に)真なのはpのときそのときに限る。

のpに代入されるべき文を見い出す問題を、デイヴィッドソンは「根元的解釈 radical interpretation」の問題と称する。[16]

さて、pに代入されるべき候補は、第一に、S(または、tにおけるuによるSの発話、すなわち⟨S, t, u⟩)と等値な任意の文qであろう。しかし、S(または⟨S, t, u⟩)が、次例のように、たまたまqとは独立に真である場合には、qがS(または⟨S, t, u⟩)の真理条件を与えうるとは考えられない。[17]

$(T)_1$　'Snow is white' が真なのは、芝生が緑のときそのときに限る。

$(T)_2$　「私は退屈している」が、uによりtにおいて発話された場合に真なのは、2+2=4 のときそのときに限る。

したがって、S(または⟨S, t, u⟩)の翻訳を与える文pは、単にS(または⟨S, t, u⟩)との等値条件だけでは十分特定化されえない。

そこで第二に、デイヴィッドソンは、その意義が問われている当の文の論理構造分析に基づく、一種形式的な、全体論的《ホーリスティック》検証条件を提示している。[18]

すなわち、各(T)文は、それのみを孤立して考えるべきではなく、他の諸々の文との全体的な相

互連関の中で、全体論的に考えられねばならない。先述のように、各(T)文は、単に真であるのみならず、対象言語の原初的表現を支配する意味論的公理群から定理として導かれねばならない。ところで各(T)文の真理性の証明は、当の文の真理値が、当の文の固有の再帰的《リカーシイヴ》構造にどのように依存するかを一歩一歩示すものなのである。すなわち、(T)文の証明は、当の文の論理構造に即して、当の文に含まれる論理的結合子、量化子、時制、指示詞、指標詞を支配する意味論的公理群を固有の仕方と順序で用いて再帰的に遂行され、そして最終的には、相異なる文関数(述語)の相異なる対象列による固有の充足に訴えるわけである。こうした(T)文の真理性の証明例を挙げよう。

(1)　現在のフランス王は禿である。

(1)はラッセルの記述理論によれば、次のように分析される。

(1)*　現在のフランス王が少なくとも一人、かつたかだか一人存在し、その者が禿である。

(∃x(Kx & ∀y(Ky→y=x) & Bx))

さて、(1)*が真となるのは、次の場合に限る。

(2)　現在(一九八五年)、生存している人類D中のある人物・iに関して、次の文が真の場合である、すなわち、(a)・iはフランス王であり、かつフランス王はすべて・iと同一人物であり、かつ・iは禿である。

(Ki & ∀y(Ky→y=i) & Bi)

さて、(a)が真なのは、その各連言肢がそれぞれ真の場合である。この連言肢のうち、とくに、(b)「フランス王はすべてiと同一人物である」が真になるのは、D中の任意の人物eについて、(c)「eがフランス王なら、eはiと同一物である」が真となる場合、つまり「eがフランス王である」が偽か、または「eとiは同一人物である」が真の場合である。

このように、文'S'に関する(T)文の真理性の証明は、'S'以外の文に関する(T)文の証明とは、異なるルートを必ず経由せざるをえないのであり、どのように真理に到ったかについて、相異なるストーリーを物語るのである。[19] つまり、真理論的な意義の理論は、各文に適切な充足に関する再帰的説明のステップを走破することにより、各文に固有の物語を紡ぎ出すのである。こうした各(T)文の定理証明の相異なる経路・ストーリーが、当の文の真理条件を与え、意義を限定する文'p'を、メタ言語中の他の文から抜き出すための手だてを提供するのである。

このように、各(T)文の真理性の証明が、その再帰的構造に依存して遂行されるとすれば各文の再帰的構造はまた、当の文と他の文との論理的関係を規定するのである。ある文が他の文からの論理的帰結であるということを示すことなしに、すべての文の真理条件を与えることはできないからである。こうして、各文の再帰的構造は、各文が当の言語中でどのような役割を果たすのかを説明するのであり、したがって、各文の意義がどのようにその構成要素の意義に依存するかをも示すのである。[20]

2-2-3〔経験的検証〕　しかしながら、以上のような、真理論的アイディアによる全体論的な構造分析テストも、未知の言語の原子文や原初的文関数そのものの充足条件に関する根元的解釈の正しさを検証することはできない。この場面で、真理論的な全体論的説明と並ぶデイヴィッドソン理論の第二の特色である意義の経験的理論という主張が明確になる。既知の言語の場合には、各人は正しいと認められるサンプル解釈に証拠を求めることができよう。しかし問題は、未知の言語L中の原子文に関する(T)文の候補(とりわけ原初的文関数の充足条件)をどのように見い出し、それをどのような証拠に基づいて検証するかということである。

デイヴィッドソンは、翻訳の方法を解釈理論とみなすことには否定的である。言語L_1から言語L_2への翻訳は、翻訳者がL_1、L_2の各文がいかなる意義を表現しているのかを全く知らなくとも、L_1の各文にL_2のどの文を対応させるかを規定する翻訳マニュアルさえ与えられれば、可能だからである[21]。

またデイヴィッドソンは、物化されたフレーゲ的意義その他の内包的存在や同義性といった意味論的概念に訴えることを斥けるとともに、未知の言語の話し手の意図や信念に証拠を求めることも斥ける。明確に分節された意図や信念を、話し手に帰属させることは、話し手の発話の解釈(意義)と独立に可能であるとは考えられないからである[22]。

そこでデイヴィッドソンは、根元的解釈の証拠を、未知の言語のネイティヴ・スピーカーが、ある文を真または偽とみなす内包的言語行動や、同意・否認といった態度の型の観察に求める。すなわち、未知の言語Lについて、一つの仮説としての(T)文を構成するため、ネイティヴ・スピーカーがどの文を真とみなすかを、同意・否認という言語行動の観察から看取し、その文からメタ言語(母国語)中の真とみなされる文pへの写像を与えるような、ネイティヴ・スピーカーにとっての真理の特徴づけを構成しなければならない(23)。

例えば、ドイツ人達の同意・否認の言語行動の型の観察から、次のような$(T)_H$文が、一つの経験的仮説として構成されたとしよう(24)。

$(T)_H$　'Es regnet' が、xにより時点tにおいて発話された場合、ドイツ語において真となるのは、xの近傍でtにおいて雨が降っているときそのときに限る。

すると、次のように表わしうるドイツ人クルトの言語行動は$(T)_H$に対する一つの証拠とみなしうるであろう。

(E)　クルトはドイツ語圏に属する人物で、かつクルトは土曜日の正午 'Es regnet' を真とみなし、かつクルトの近傍で土曜日正午に雨が降っている。

ところで、$(T)_H$には、自由変項x、tが含まれているから、$(T)_H$は普遍性を要求する仮説とみなされるべきであろう。すると、(E)型の証拠も、すべてのxとtとに関して$(T)_H$がいえるように一般化される程度まで収集されねばならない。このように一般化された証拠が、経験的仮説としての$(T)_H$文の真理性の検証として用いうると考えられるのである[25]。

一般化された証拠によってその真理性が検証されている経験的仮説としての(T)$_H$文中の「xの近傍でtにおいて雨が降っている」は、ドイツ語文'Es regnet'の任意の時点tにおけるxによる発話の真理条件を与えており、したがって(T)$_H$は、任意の時点tと発話者xによるドイツ語文'Es regnet'の発話の解釈(意義)を限定しているのである。

2-2-4〔発話と環境世界〕　さて以上のようなデイヴィッドソン理論に対して、いくつかの反論が予想される。

ネイティヴ・スピーカーが、周囲の状況を誤認し、例えば雨が降っていないのに降っていると誤解する可能性がある。デイヴィッドソンの回答は、(E)型の一々も、一般化された(E)も、(T)$_H$に対する決定的証拠とみなす必要はないのであり、単に(T)$_H$を支持し、それに最適の証拠と考えられればそれでよいというものである。

より一般的には、デイヴィッドソンは、方法論的守則として、ネイティヴ・スピーカーの発話と周囲の環境世界との合致を最大化するような解釈を選ぶこと、またネイティヴ・スピーカーの言っていることが我々に理解できない場合でも、相手に不整合があると考えるよりも、相手の自己整合性のないし、理解の最大化につとめること、といった寛容原則 principle of charity を採用するのである[26]。

ところで最近デイヴィッドソンは、(T)文が単に真であるのみならず、経験的一般化であるとの主張を補強して、(T)文は擬似法則的 lawlike であるべきだと主張する。つまり、(T)文はある適切な反事実条件法を支持しなければならない。この規準からいうと、先の等値文、

(T)$_1$　'Snow is white' が真なのは、芝生が緑のときそのときに限る。

は、'Snow is white' が偽のとき、芝生は緑なのかそうでないのかについて、何も語らないから、擬似法則的ではない。

ところで、法則への証拠が、究極的には、話し手と世界との間のある因果関係に依拠しているとしたら、(T)$_1$とは異なって、例えば、

(T)$_2$　'Snow is white' が真なのは、雪は白いときそのときに限る。

は偶然的に真なのではない。'Snow is white' を真とするのは外界の雪の白さなのである。また、指示詞を含む文 'That is snow' の(時と場所とに相対化された)発話の真理条件を受容するための証拠は、当の文への話し手の同意と雪の直示的呈示との間の、因果的結合に基づくとデイヴィッドソンは主張し、指示の因果説とのある連関を暗示しているが、この点はしかし未展開である。(27)

2-3　まとめ

以上を要約すると、デイヴィッドソンの意義の理論の特色は、第一にタルスキ真理論における

同義性（翻訳関係）に依拠した真理述語の定義を逆転し、発話状況に相対化された真理述語の原初的理解を前提した上で、特にある未知の自然言語中の潜在無限のすべての文に関して、その真理条件を限定する(T)文を、再帰構造分析を介して、他の文との論理的連関のうちで、定理として導出しようとする全体論 holism と、第二に、当の(T)文を一種の経験的仮説とみなして、その真理性は、経験的証拠によって検証されるべきものとみなした点とに求められよう。

最近デイヴィッドソンは、話し手のある文への同意という言語行動と外界の特徴との因果的関係について言及しはじめている。しかしながら、彼の根元的解釈はなお、理論言語（メタ言語）中の文'p'の意義（真理条件）の理解を予め前提した上で、未知の言語中の文'S'の解釈を、ネイティヴ・スピーカーの同意・否認の言語行動の型の観察から導き出そうとする場面、つまりは、未知の言語中の文の、既知の言語中の文への解釈という次元で動いていると言わざるをえない。この点で、意義の理論は、まさに言語理解の理論でなければならないとの見地から、デイヴィッドソンの意義の理論が、依然、翻訳マニュアルの構成の域を出ていず、いかなる言語の先行理解からも独立に、母国語の習得を説明するような言語理解の理論にはなっていないということを、執拗に批判するのは、Ｍ・ダメットである。そこで次節では、ダメットの所論を見ることにしよう。

3　ダメットの検証主義的意味論

3-1　デイヴィッドソン批判

ダメットは、主に以下の三点からデイヴィッドソンを批判しつつ、彼自身の意義の理論 theory of meaning(この場合も'meaning'は、フレーゲの'Sinn'にほぼ相当する)の粗描を与えている[28]。

3-1-1〔メタ言語の先行理解〕　第一に、デイヴィッドソンの意義の理論は、外挿的 extraneous な前提に依存している。例えば、デイヴィッドソンは、「真」とか「のときそのときに限る」(等値)といったメタ言語中の原初的概念の古典論理的な理解を、既知のものとして前提していて、こうした概念自身の説明は与えていない。

一般に、デイヴィッドソンの根元的解釈が、メタ言語の先行理解を前提し、それを介してのみ、未知の対象言語の解釈を与えるのだとすれば、その解釈理論も結局翻訳マニュアルの域を出ていないのではないか。いかなる言語の先行理解からも独立に母国語を習得するということはどういうことなのかは、デイヴィッドソン理論では説明されていない[29]。

3-1-2〔言語の習得と理解〕　メタ言語の先行理解なしに、タルスキ流の真理論と全体論的言語観との結合によって、適切な意義の理論を構成しうるであろうか。しかし、全体論的言語観では、単独の原子文や単語の意義理解さえ、全言語の理解と切り離しえないはずである。にもかかわらず、話し手が全体としての言語使用の能力を、個々の文や語の理解を示す個別の能力へと、どのように分割するのかは、何も示されていない。[30]

かくてダメットは、まず、意義の理論に関し、(1)全体論を斥け、文の完全な理解には言語断片の知識で十分だという原子論ないし分子論的言語観を採り、また(2)「真」「等値」といった語を含むメタ言語の先行理解を前提しないことを要求する。より積極的には、(3)意義の理論は、われわれがある表現の意義を知るといえるには何を(例えば真理条件を)知っていればよいかを説明するだけではなく、何がこうした知識の所有を構成するのか——言語習得という実践的能力についての知識をもっとはどういうことなのか——をも説明するものでなければならないと主張される。

ダメットによれば、意義の理論、すなわち、言語理解の理論、の課題は、ある言語を知る＝習得するという実践的知識はどのような知識であるのか——いかなる言語も知らない人物が、ある言語を知るに到るために獲得すべきものは何か——、を説明することなのである。つまり、探求されるべきなのは、言語習得という実践的能力の理論的再現 theoretical representation なのである。[31]

3-1-3〔実在論的言語観批判〕　さて第三にダメットは、右のような意義の理論の規定からみて、意義の理論の中心概念を真理概念に求め、意義とは真理条件であるとみなしてよいのかという、最も核心的な論点を提起する。このことは、実在論的言語観の妥当性を問うことでもある。[32]

もちろんダメットは、母国語習得の場合でさえ、既知の言語断片が増大し、一定段階に達すると、その言語の残余に関しては、純粋にコトバだけの説明によって、言語習得が進められることを認める。けれども、言語習得の最も原初的なレベルでは、こうした純粋にコトバによる明示的説明は不可能である。[33]

さて、ダメット自身は、真理概念の起源を、主張 assertion という言語行為に求める。すなわち、真偽という概念の根は、主張の正しさ、誤りという原初的観念にある。[34]

ところが、話し手の主張の正しさ、正当性と、文の真理性との間には、実はギャップがあるのである。当の文が決定可能な decidable 場合には両者の間に乖離はないが、接近不能な過去や未来の時点への言及、無限の個体領域への量化、接続法などの決定不能な undecidable 文の場合には、その真理性は、我々の認知能力を超越し、話し手がその真理性を決定的に確立することは不可能なのである。[35]

にもかかわらず、フレーゲ以来の実在論的言語観では、我々の知識や知り方とは独立に文の真偽は一意的に定まるという二値性 bivalence の原理が仮定されている。しかしこのことは、とりもなおさず、無限の個体領域を見渡し、過去、未来のあらゆる時点を見透しうるような、ある超人的観察者 superhuman observer という仮定《ハイポセティカル》的存在に訴えるに等しい。[36]

けれども、我々人間にとっては、決定不能な文の真理条件に関する知識を示すような実践的能力を認知する仕方は与えられていない。したがって、決定不能な文の真理条件充足に関しては、我々の認知能力と超人的絶対的な知識とは乖離する。決定不能な文に関する真理条件の把握は、我々の認知能力を超える超越的な transcendental ものとなる。[37]

このように、ある文の真理性がどのように知られるかについて、我々に何の観念もない場合には、その文の真理条件という観念には、実は何の実質もないと考えられ、結局、当の文の真理条件を把握するということも、内容空虚となろう。こうして、ダメットは、デイヴィッドソン流の真理条件的な意義の理論は、我々の理解能力を超える決定不能な文の場合には、言語理解の理論とみなすことはできないと主張するのである。[38]

3-2　主張可能性条件

そこでダメットは、デイヴィッドソンがそのインプリシットな理解を前提して出発した真理概念の起源を、主張に求め、正当な主張 warranted assertion 条件——主張可能性 assertability、正当化可能性 justifiability の条件——に基づく意義と理解の理論を構成しようとするのである。

この点において、ダメットの言語哲学は、数学基礎論上の直観主義、あるいは緩められた検証主義 verificationism に親近性を示す。[39]

直観主義の基本的アイディアを援用すれば、文の意義を把握しうるということは、ある(機械的に判別可能な)数学的構成が、当の文の証明か否かを見分ける recognize 能力をもつということである。つまり、文の理解とは、ある所与の構成が、当の文の証明か否かをどのように判別するかを知っているということなのである。

このアイディアを一般化すると、ある文を理解するとは、その文の検証だと称されるものが、本当に検証かどうかを有効に見分ける能力 a capacity to recognize effectively をもつということである。また、こうしたインプリシットな知識は、我々の言語上の実践によって直接示されるのである。かくして、意義の検証理論は、我々の主張の根拠＝その検証を見分ける現実《アクチュアル》の人間的能力に訴えて、文の意義や理解を説明しようとするものなのである。

かくしてダメットの提案によれば、意義の理論、言語理解の理論とは、その中心概念を、超越的実在論者の言語観に基づく真理条件に求めるべきではなく、また他のいかなる既知の言語理解にも依存せずに、我々の主張可能性条件＝正当化可能性条件に求めるべしというものである。つまり、ある文の意義を理解するということは、ある記号構成が当の文の検証・証明ないし反証かどうかを効果的に識別する能力をもつということに求められるのである。[40]

しかし、ダメットの提案は、いまだ萌芽的なプログラムにすぎない。そもそも主張可能性ないし検証ということがどういうことなのか必ずしも明らかではない。最も簡明と思われる論理学や数学における正当化可能性条件に関しても、どのような記号的構成が、直観主義的にある文の証明と認められてよいかは必ずしも自明のことではない。循環に陥ることなしに、論理定項の直観主義的な意義限定を与えるには、証明概念そのものも、古典論理の場合より絞られねばならないであろう。例えば、肯定式 modus ponens の無制限な使用は認められない。ダメットは、通常数学で用いられる演繹 demonstration と、より制限された正準的証明 canonical proof との区別を示唆している。[41] しかし、正準的証明概念そのものも明確とはいいがたい。（恐らくそれは、ゲンツェンの自然演繹 NJ の推理規則中の、消去規則を除いた導入規則のみを推理規則として許すような証明であろう。）

以上、我々はデイヴィッドソンとダメットとの対立において、フレーゲ以来の二値性に基づく古典論理的な真理条件を意義の核心とみなす実在論的言語観と、直観主義ならびに中後期ウィトゲンシュタインの流れを汲む主張可能性条件に依拠する反実在論的な検証主義的言語観との、鮮やかな対比を認めることができよう。この対立点は、単に言語哲学内部にとどまらず、ダメットの影響下、カント的な内部実在論 internal realism に転換したパトナムの例にみられるように、[42] 科学観を含む世界観ならびに存在論全体に影響する重大かつ深刻な論点を形成するものである。

それはさておき、ダメットの言語哲学は、先述のように、実在論的な古典論理に対する直観主義的な数学や論理に親近性を示す。そこで次節では、直観主義の論理に関するモデル論の試みをみてみよう。

4　直観主義のモデル論

直観主義の解釈については、すでに早くにゲーデルの試み(43)があり、またベートのモデル(44)もあるが、本節では、第二部への伏線として、クリプキ・モデルをとりあげよう。

4-1　クリプキの直観主義モデル(45)

クリプキ・モデルに関し興味深いのは、ある文'A'の検証が(その直観的解釈によれば)、ある時点における証拠状況 evidential situation Hの情報に相対化されていることである。(証明可能性解釈の場合でも、クリプキは、ある文'A'の証明可能性を、ある形式体系Eに相対化させている。)

4-1-1〈直観主義的命題論理のモデル〉　直観主義的命題論理のモデルは、$\langle G, K, R, \varphi \rangle$で与えられる。以下、このモデルの直観的解釈を見よう。

Kは、そこにおいてわれわれが多様な情報をもちうる時点ないし証拠状況Hのクラス($H \in K$)

で、Gは、現在の証拠状況・原点(G∈K)を表わす。関係Rは、反射性と移行性をもち[46]、‘HRH′’は、Hの後続時点H′においてわれわれがHにおけるのと同等以上の情報をもつことを表わす。

さてこのような解釈に立つと、タルスキの真理規約(T)に対応するような、直観主義的な真理規約、つまり検証規約(I)は、次のようになろう。

(I)　(i)文‘A’が時点Hにおいて検証される(直観主義的に真である)(これを$\phi(A, H)=T$と表記する)のは、われわれが‘A’を証明するに足る情報をHにおいて所有しているときそのときに限る。

(ii)文‘A’がHにおいて検証されない($\phi(A, H)=F$)のは、Hにおいては、‘A’を証明するのに十分な情報をいまだ所有していないが、‘A’は後刻確立されてもよいときそのときに限る。

なお、クリプキ・モデルでのもう一つの特徴は、すでにHにおいて文‘A’の証明をわれわれがもっているとすれば、どの後続状況H′においても、われわれは‘A’を証明済みとして受容しうる、つまり、われわれは忘却しないと想定されていることである[47]。

さて以上の検証規約(I)を基礎にして、タルスキ流に、複合文の検証条件が再帰的に定義される。このうち、(I)の(ii)の傍点部の条件により、通常の古典論理と鮮やかな対照を示す条件法‘→’と否定‘¬’の直観主義的解釈のみを挙げておこう。

(1)　Hにおいて‘A→B’が検証されるのは、単にHにおいてのみならず、すべての後続状況

H′においても、'A'の証明を入手するならばまた'B'の証明をも入手するということをわれわれが知るときに限る。[48]

(2)　Hにおいて'¬A'が検証されるのは、Hにおいて'A'が検証されていないということをわれわれがHにおいて知るのみならず、また任意の後続時点H′においてどれほど多くの情報を獲得しようと、'A'はH′において検証されないということを、われわれがHにおいて知るときに限る。[49]

このモデルでは、排中律は検証可能ではない。Hにおいては'A'がまだ証明されない場合(φ(A, H)=F)でも、ある後続状況H′においては'A'は証明されうるかも知れないのであり、いかなる後続状況でも'A'の証明は与えられないという否定の条件(2)が充足されない限り、φ(¬A, H)=Tとはならないから、'A∨¬A'がHにおいて検証されるとは言えないのである。

4-1-2〔直観主義的述語論理のモデル〕　先のモデルに、領域関数ψとある制限された個体のクラスUを加えた⟨G, K, R, ψ, U, φ⟩が、述語論理の直観主義モデルを構成する。

このモデルの直観的解釈の特徴を挙げよう。

まず、個体領域が、各時点の情報Hと相対的に制限される。このために、'A'中の変項の個体領域D中から、ある時点の情報Hに基づき、Dに属すると知られ(証明され)ている個体のすべてを抜き出す関数ψが導入される。ψ(H)とは、ある時点における情報Hに基づき、D中に属すると知られた個体のすべてからなる空でない個体領域=種 species である。(なおこのモデルでは、Hの後続状況H′では、D中にあると証明される個体が増大すると想定されている。)[50]

また、Uとは、各時点で利用可能な情報Hに基づき、D中にあると証明される個体のクラスφ(H)の合併である。($U=\bigcup_{H\in K}\varphi(H)$)

述語‘P’への外延の付値も、Hに相対化される。すなわち、φ(P, H)とは、ある時点における情報Hにより、D中にあると知られている個体のクラスφ(H)のうち、Hでの情報によって述語‘P’を充足すると知られている個体列のクラスを表わす。(この場合でも、後続状況では、証明ずみの述語の外延が増大すると想定されている。)

さてそれでは、自由変項を含む開放文への付値はどうなされるか。クリプキ・モデルでは、自由変項には、φ(H)の合併U中の一つの個体(D中にあると、ある時点の情報Hに基づいて知られている個体)が付値される(すなわち、φ(x, H)=a∈U)。そして、自由変項へのある固定された一つの付値と相対的に、その時点での情報Hの範囲内で、開放文‘A’が証明可能なら、‘A’は検証されたとみなされる。かくて、タルスキの開放文(文関数)に関する充足条件に対応するクリプキの直観主義的な検証条件は左記のようになる。

(0)　開放文‘P(x)’が、ある時点の情報Hにより検証される(φ(P(x), H)=T)のは、自由変項‘x’に付値される(D中に属するとHにより知られている)個体a(a∈φ(H)⊂U)が、Hに基づ

(I)*　ある時点における情報Hに基づいて文'A'が検証可能なのは、pのときそのときに限る。

すると、検証可能性条件に基づく意義理論も、適切性の要求を充たしているといってよいようにみえる。(pは、「Hに基づく'A'の検証・証明が存在する」を表わす。)

また、各文の再帰的構造に応じて、最終的な検証に到るルートは多様であるから、デイヴィッドソン流の真理条件的意義の理論の場合と同様、検証可能な各文もその検証の相異なるルートによって、その検証条件すなわち意義は異なると考えられるのである。

こうして、デイヴィッドソンの真理条件的意義の理論で、各文の真理条件を知ることが当の文の意義を知り、その文を理解することであるといわれたのと類比的に、クリプキの直観主義モデルに依拠して、文の検証条件を知ることが当の文の意義を知り、その文を理解することであるという検証主義的な意義と理解の理論を構想しうるように思われるのである。

しかしながら、クリプキ・モデルでも、(I)規約をはじめ、(0)〜(3)の検証条件を示すのに用いられた、「のときそのときに限る」「でない」などのメタ言語中の表現は、いずれも厳密に直観主義的理解に依拠しているとは保証されていない。

また最も基本的な原子文の場合のある時点での情報に基づく検証とは厳密にどういうことなのか、あるいは、ある文の証明が与えられるとはどういうことなのか、厳密に直観主義的な証明とはどういうことかといった問題が残っているといわねばならない。

そこで次に、検証可能性のうち、証明可能性という純粋統辞論的見地から、直観主義論理の形式的意味論を与えようとする立場を見ておこう。

4-2　証明可能性による解釈

4-2-1〔通常の解釈〕　さて、通常の証明可能性による直観主義論理の解釈は、次のようである。[52]

いま、ρ、σをある記号構成を表わす変項、ϕ、ψを文とする。また、「構成ρは文ϕの証明である」を'$\pi(\rho, \phi)$'と表記する。この時、「条件法」「否定」「普遍量化」の解釈は次のように与えられる。

(i)　構成ρが'$\phi \to \psi$'の証明である($\pi(\rho, \phi \to \psi)$)のは、どのような構成σに関しても、もしσがϕの証明($\pi(\sigma, \phi)$)ならば、ρはσをψの証明に変換する($\pi(\rho(\sigma), \psi)$)ときそのときに限る。[53]

(ii)　構成ρが'$\neg\phi$'の証明($\pi(\rho, \neg\phi)$)なのは、あらゆる構成σに関して、σがϕの証明($\pi(\sigma, \phi)$)の場合に、ρは、矛盾が生ずるようにσを変換する($\pi(\rho(\sigma), \bar{0}=\bar{1})$)の場合その場合に限る。[54]

(iii)　構成ρが'$\forall x\phi$'の証明($\pi(\rho, \forall x\phi)$)なのは、どの対象nに関しても、ρが、ϕ中の自由変項xに数字$\bar{n}$を代入した式の証明($\pi(\rho(n), \phi(x/\bar{n}))$)に変換するときそのときに限る。[55]

すると、直観主義的真理概念(すなわち、証明可能性による検証可能性)の定義(P)は以下のようになる。

(P)　文ϕが直観主義的に真(検証可能)であるのは、ϕの証明であるようなある構成ρが存在するとき$(\exists\rho\pi(\rho, \phi))$そのときに限る。

しかしこの通常の解釈には問題がある。ある文ϕの証明とみられる構成が、例えば肯定式MPの無制限な適用を許容するような証明であってはならない。なぜなら、その場合には、直観主義的に定義されるべき「条件法」が、すでに暗黙に「条件法」の性質に訴えて定義されることになり、循環論となるからである。[56] また、「すべての構成σに関して」という句になんの制限も付さない場合には、決定不能な構成も許容する危険がある。つまり、先の構成ρ、σがある文ϕの証明であるということも、直観主義的に限定される必要がある。

4-2-2〔クライゼルの構成理論〕　そこで、論理定項の解釈における循環と証明関係の決定不能性を免れようとするクライゼルの試みを見よう。クライゼルは、ヘイティング流の直観主義論理ならびに数学に、形式的意味論を与えようとする。つまり、数学的主張の意義senseは、どのような構成がその主張の証明を構成するかを規定することによって与えられると考える。

ある記号‘A’により表示される数学的主張の意義は、どのような構成が‘A’の証明を形成するのかを規定したならば——すなわち、もしわれわれが、任意の構成cに関し、cが‘A’の証明の場合には$r_A(c)=0$、cが‘A’の証明ではない場合には$r_A(c)=1$であるような構成r_Aをもつ場合には——、直観主義的に確定（ないし理解）されたのだとクライゼルは主張する。[57] このことは、構成 r_A が決定可能であること（つまりは、「cは‘A’の証明である」という証明述語 π が、0と1と二値的である）、および、メタ言語的説明に現われる論理定項は真理関数的に解釈されてよいこと、を意味する。

さて、「構成cは ϕ の証明である」を‘$\pi(c, \phi)$’と表記すると、条件法、否定、普遍量化の論理定項の解釈は、以下のように与えられる。[58]

(i)　構成cが‘A→B’の証明である（π(c,「A→B」)）のは、cが二つの構成 c_1、c_2 のペアであり、任意の構成fが‘A’の証明ならば、c_2 はそのfを‘B’の証明へと変換する構成的関数であり、構成 c_1 はこの事実の証明であるような場合である。[59]

(ii)　cが‘¬A’の証明である（π(c,「¬A」)）のは、構成fが‘A’の証明ならば、c_2 はfを矛盾を引き出す証明に変換する関数であり、c_1 はその事実の証明である場合である。

(iii)　構成cが‘∀xAx’の証明である（π(c,「∀xAx」)）のは、cが二つの構成 c_1、c_2 のペアであり、構成fについて、c_2 はfを「fが‘Ax’を充足すること」に変換する構成関数であり、c_1 はこの事実の証明である場合である。

右の定義の傍点部分が、証明述語 π の決定可能性を保証するものである。

以上のごとく、クライゼルは、ある数学的主張‘A’の証明可能性を、どのような構成が‘A’の証明を形成するかを決定可能な証明概念に限定しつつ規定することによって、与えようとする。また、このような証明可能性条件の限定により、その文の直観主義的な意義と理解とが示されうると考えるのである。

しかしクライゼル理論からパラドクスが導かれるとの指摘があり[60]、なお、直観主義的な形式的意味論、さらには、一般に、反実在論的意味論が、論理や数学のような形式言語に対してのみならず、自然言語に対しても、整合的に構築可能か否かは、未解決である。

4-3　第一部のまとめ

第一部において、我々は主に、現代の標準的な古典論理をめぐる意味論の原型とその展開とを追跡した。

第一章から第二章までにおいては、フレーゲ、ラッセル、ウィトゲンシュタインの仕事を通じ、現代論理の端初におけるさまざまな意味論的アイディアの原型を精確に見定めようと試みた。この三巨人の仕事には、その後に展開された、または、今後さらに展開に値する着想が豊富に含まれているのである。

ついで第三章では、一九三〇年代初頭、現代論理のモデル論の雛型を提示したタルスキの真理論を詳しく辿ることから始め、時代は降るが、このタルスキ真理論を逆転して、自然言語にまで真理条件的意味論を拡張しようとしたデイヴィッドソンの仕事を立ち入って明らかにした。次いで第三節では、フレーゲからデイヴィッドソンに到る実在論的言語観に、果敢な挑戦を試みているダメットの反実在論的な検証主義的意味論を簡単に吟味した。両者の対立は、意味論のみならず、論理・数学・科学についての哲学や存在論全体に響く深刻な論点を提示するものだからである。この対立は、論理の場面では、標準的古典論理と直観主義論理との対立として顕在化する。そこで、ダメットの着想と親近性のある直観主義をとりあげ、そのモデル論の例として、クリプキ・モデルや証明可能性に基づく形式意味論の構築を狙ったクライゼルの試みを紹介した。しかしいずれもなお多くの難点を抱え、直観主義的な意味論の構築は、未解決の難事業といってよい。ところで直観主義論理は、後述の様相述語論理のS4に埋め込み可能だといわれる。そこで直観主義を繋ぎとして、第二部では、一転して、標準的でない論理——様相や知・信の論理——の意味論にまつわる諸問題をとりあげることにしよう。

第二部　内包的意味論の諸問題

第四章 様相論理 ―可能多世界意味論の展開―

1 フレーゲ-チャーチの内包論理

1-1 通常の意味と間接的意味

ライプニッツの「同一者不可識別の原理」ないしは「同一なるものは、真理に影響することなく一方を他方で置換可能」という「真理値保存的置換原理」は、現代の外延論理においても基本原理と認められている。この原理は、「同一者の普遍的代入可能性」の原理(代入則)とも称され、その内容は、「二つの表現α、βが、同一の(フレーゲ的)意味をもつならば、文'$\phi\alpha$'と'$\phi\beta$'とは同じ真理値をもつ」($\alpha=\beta\rightarrow\phi\alpha\equiv\phi\beta$)というものである。

第一章で述べたように、フレーゲは通常の文脈の規準を、この代入則の成立に求めたが、また一般に代入則の成立は外延性の規準ともみなされるのである。

ところでフレーゲはまた、この代入則が成立しないようにみえる文脈に気づき、その理由ならびに対処法について、示唆に富んだ見解を表明していたのであった。一見、代入則不成立とみえる文脈として、フレーゲが指摘したのは、(i)直接話法、(ii)間接話法、(iii)信念や知識に関わる文脈などで、それらを一括してフレーゲは、間接的 ungerade と称した。

さて、フレーゲの間接的文脈に関する診断では、語や文の意味《ベドイトウング》は、それが登場する文脈と相対的に変動するという一種の多義性を示すとみなされるのである。つまり、語や文は、通常の文脈では通常の意味をもつが、間接的文脈では間接的意味をもつのであり、通常の意味に関して代入則が不成立でも、間接的意味に関しては代入則が成立しうるのである。直接話法文脈中の引用文の意味は、真理値ではなく、引用された当の文そのものであり、また間接話法や信念文脈中の副文の意味は、その副文の表現する通常の意義＝思想なのである。このように文脈に応じて、語や文の意味はシフトしはするが、間接的意味に関して代入則は成立するというのがフレーゲの考えであった。

1-2　チャーチの内包論理

フレーゲ自身は、間接的文脈に関する自らのアイディアを、非形式的に述べるにとどまったが、彼の通常の意味と間接的意味との区別という示唆に富んだ着想を、「必然性」という述語を含む内包論理の形式的体系への意味論として展開したのが、A・チャーチの「意義と表示の論理 Logic of Sense and Denotation」(1)(一九五一、以下 LSD と略す)である。チャーチは、単純階型理論により内包論理の統辞論を形式的に整備し、対象言語中の各表現がフレーゲ流の意義と表示(意味)の双方を意味論的値としてもつような特異な内包的意味論を提示する。

まずチャーチは、存在者の階型《タイプ》を階型oの真理値、階型ιの個体ならびに階型αβの関数に区別する。真理値、個体、関数が、それぞれ文、個別名辞、関数詞に付値される表示体(フレーゲ的意味)である。またフレーゲ的意義をラッセル流にconceptと称し、それらの間に、階型o_1(命題=フレーゲの思想に相当)、o_2(命題概念=フレーゲの間接的思想に相当)……o_{n+1}、また階型ι_1(個体概念=フレーゲの意義に相当)、ι_2(間接的意義に相当)……ι_{n+1}、階型$\alpha_1\beta_1$(関数詞の意義に相当)……といった位階《ハイアラーキー》を導入する。そしてすべての固有記号には、こうした階型o_n, ι_n, $\alpha_n\beta_n$が添記される。

原初記号としては、階型αの無限個の変項のリスト、条件法$C_{o_n o_n o_n}$、全称記号$\Pi_{o_n(o_n\alpha_n)}$、記述関数$\iota_{\beta_n(o_n\beta_n)}$、表示関数$\Delta_{o_n\alpha_{n+1}\alpha_n}$といった論理定項ならびに、非固有記号として括弧やλ記号が含まれる。

次に付値の例をいくつか見よう。'$\lambda x, M_o$' と表記される単項述語には、階型ιの個体から階型oの真理値への階型oιの関数(フレーゲの概念Begriffに相当)が付値される。また関数詞'λx,(x^2),' には、階型ιの個体から階型ιの個体への階型ιιの関数が付値される。条件法'C_{ooo},' には、階型oの真理値の対から階型oの真理値への、階型oooの関数(真理関数的条件法)が付値される

('$C_{ooo}A_oB_o$' は「A_oならばB_o」と読まれる)。普遍量化記号 '$\Pi_{o(o\iota)}$' には階型 $o\iota$ のフレーゲ的概念から階型 o の真理値への、階型 $o(o\iota)$ の関数が付値される('$\Pi_{o(o\iota)}(\lambda x_\iota A_o)$' は「すべての x_ι は $\lambda x_\iota A_o$ である」と読まれる)。

表示関数記号 '$\Delta_{o\iota_1\iota}$' には、階型 ι の個体と階型 ι_1 の個体概念との対から、階型 o の真理値への関数が付値され、'$\Delta_{o\iota_1\iota}(a_{\iota_1}, a_\iota)$' は、「個体概念 a_{ι_1} は、個体 a_ι の concept(意義)である」(初期ラッセルの表示関係 denoting に相当)と読まれる。また '$\Delta_{oo_1o}(M_{o_1}, M_o)$' は、「命題 M_{o_1} は、真理値 M_o の concept(思想)である」と読まれる。

チャーチはさらに、対象言語中に様相子を導入する。'$N_{oo_1}M_{o_1}$' は、「必然的に M_{o_1} である」と読まれ、したがって 'N_{oo_1}' には階型 o_1 の命題から真理値 o への関数が付値される。

さて、チャーチは意義の同一性規準として、強弱三様の選択肢(0)、(1)、(2)を提示しているが、様相論理の意味論には、最も弱い選択肢(2)「二つの名前A、Bが同一の意義をもつのは、A＝Bが論理的に妥当な場合その場合に限る」で十分であるとみなす。

こうして、チャーチの LSD においては、外延的文脈では、同一の表示体をもつ表現同士、また様相文脈中では、選択肢(2)の規準に従って、同じ concept をもつ表現同士、の間で、それぞれ代入則が成立する。したがって必然的同一性(簡単には'A＝B→N(A＝B)'と表記)も成立する。また、存在汎化(「aがFならば、Fなるものが存在する」)などの量化法則についても、外延的文

脈では階型 ι の個体に関して、様相文脈では階型 ι_1 の個体概念に関して、それぞれ階型別に成立する。このように、フレーゲ的着想の整備を基にして、チャーチは独特の「意義と表示の論理」という様相論理の内包的意味論を提示したのである。

2 クワインの挑戦——様相のパラドクス

ところで、「必然」「可能」といった語の登場する命題様相論理の形式的体系化は、C・I・ルイスなどにより、すでに一九一〇年代以降試みられていたが、(2) こうした様相文脈においても、フレーゲの間接的文脈同様、代入則は不成立であり、のみならず、その他重大な逆理の生ずることを、一九四三年以来、再三指摘したのはW・v・クワインであった。彼は、こうした逆理の生ずる文脈を、「純粋に指示的 purely referential でない」「指示的に不透明 referentially opaque」(3) と称し、様相論理学に対して懐疑的見解を表明しつづけている。とりわけ、様相述語論理の意味論的探求は、クワインの提起したパズルを、何らかの形で克服せずしては、進展を望めないのである。一九四〇年代以降の論理学者たちの努力は、こうしたパズルを回避しつつ、どう内包論理の意味論を構築するかということに傾注される。先述のチャーチの「意義と表示の論理」、後述のカルナップの意味論は、こうした努力の代表例である。

いて、述語 'P(x)' を充足する(a∈φ(P, H))と証明可能なときそのときに限る(すなわち、$\varphi(P(x), H)=T$ if and only if $a\in\varphi(P, H)\subset U$)。

さて、自由変項への付値は、U中の個体でよいのに対し、束縛変項へのある時点Hにおける付値は、Hの情報によりD中にあると知られている個体(つまり、φ(H)中の個体)に制限される。すると、普遍量化文の付値は次のようになろう。

(3)　ある時点での情報Hの下で '(∀x)P(x)' が検証されると主張可能なのは($\varphi((\forall x)P(x), H)=T$)、'x' に φ(H) 中の任意の個体bが付値された場合に、'P(x)' が検証されているのみならず、さらに、すべての後続状況H′におけるφ(H′)中の任意の個体bに関しても 'P(x)' が検証されていると、H′で証明されているときそのときに限る。[51]

4-1-3〔直観主義的意義理論〕　さて、以上のようなクリプキの直観主義モデルを、検証条件(主張可能性条件)に基づく意義の理論に読みかえることを試みてみよう。

開放文の付値に関する規定(0)は、タルスキの原初的充足の検証主義者版とみなすことができる。さらに、論理結合子、量化子を支配する検証可能性に関する公理(1)~(3)によって、すべての文に、ある時点での証拠状況における情報Hに基づく検証可能性条件を、再帰的に与えることができる。したがって、タルスキの真理規約(T)に相当する検証可能規約(I)から、すべての文に関して、定理として、(T)文に相当する(I)*文が導かれるといってよい。

2-1　様相のパラドクス

それでは、クワインの指摘する様相のパラドクスとはどういうことであろうか。(4)

2-1-1〔代入則の不成立〕　その第一は、すでにフレーゲ指摘の、代入則に関わるパラドクスである。例えば、次の推論をみよう。('□'は「必然的である」と読む。)

(1)　9が9と同一なのは必然的である。(□(9=9))

(2)　太陽系の惑星の数は9と同一である。

故に、

(3)　太陽系の惑星の数が9と同一なのは必然的である。

さて(1)(2)が真であっても、惑星の数が10であることは論理的に可能であるから、(3)は真ではないであろう。したがって、事実「太陽系の惑星の数」と数字'9'がともに数9を指すにもかかわらず、(1)に登場する数字'9'の一方を無条件に「太陽系の惑星の数」で置換することはできないのである。

このパズルに対するフレーゲ-チャーチの回答は、次のようなものであった。(2)のような通常の外延的文脈中の文とは異なり、(1)や(3)のような間接的な様相文脈中では、各表現は通常の意味ではなくて間接的意味=意義をもつのだから、数字'9'と「太陽系の惑星の数」とのおのおのの意義が異なるのは明らかな以上、両者が現実に同一の数9を指すとしても、様相文脈中で相互代入不可能なのは当然なのである。逆にいえば、同じ意義を表現する名前同士であれば、様相文脈中でも代入則は成立するのである。

2-1-2〔内部量化のパズル〕　確かに、次のような「言表について *de dicto* の様相」文脈の範囲内での、(1)から(4)への量化の場合には、フレーゲ－チャーチ流の方策で正当化可能であろう。

(4)　9と同一のものが存在するのは必然的である。

(□(∃x)(x=9))

しかしこの場合は、変項'x'がとりうる値の変域は、通常の数ではなくて、数字'9'や「太陽系の惑星の数」といった表現の、フレーゲ的意義だと解されねばならない。チャーチの意味論でも、様相文脈中の表現にわりあてられる意味論的値はすべて、その表現の concept にほかならない。

しかしながら、(1)から、次のようないわゆる「事象について *de re* の様相」を遷出しよう export とすると、問題が生ずる。

(5)　あるものは必然的に9と同一である。

((∃x)□(x=9))

〈必然的に9と同一である〉という性質をもつのは、いかなる対象であるかといえば、当然それは9であり、したがって、太陽系の惑星の数であろう。ところが、(5)の真理性は、(3)の偽、すなわち、「太陽系の惑星の数が9と同一なのは必然的ではない」と抵触する。すると、〈必然的に9と同一である〉という性質は、通常の対象の性質ではなくて、あるフレーゲ的意義、したがって、当の対象を指示する仕方 the manner of referring to に依存することになろう。つまり、〈必然的に9と同一である〉という性質を、当の対象を指定する仕方や方法を離れて、端的にある対象に適用することはナンセンスになる。

かくして、(5)のように、様相文脈'$\Box(x=9)$'の外側から、その文脈内部への量化 quantifying into $(\exists x)\Box(\cdots x\cdots)$も、通常の対象を変域にとる変項に関しては不可能だということになり、「事象様相」には意味がないことになる。この「事象様相」＝内部量化の不成立ということが、様相文脈を「指示的に不透明」とみなすクワインの新しい論点なのである。

このように、「必然性」その他の様相は、対象xの特定の指定の仕方を含むフレーゲ的意義を離れて、端的に当のxに適用できないのである。すると、どの変項の値も、その量化に関し、フレーゲ-チャーチ流の意義や concept といった内包的存在 intensional object に制限されねばならなくなる。かくて、元来は通常の対象について *de re* のある必然的ないし偶然的性質に関する言表であったはずの、(5)のような事象様相風の語りは意味をなさない結果になる。

2-1-3〈分析性と相互連係〉　また、内包的存在を変項の値と認めるとすれば、こうした内包的存在の同定規準、つまり、同義性の規準が問題となる。チャーチやカルナップは、様相文脈に関し、論理的等値という規準を提出しているが、様相概念が厳密な論理体系や算術内部の言明に適用される限りはこの規準が容認されるとしても、日常言語において用いられる場合には、こうした規準が有効かどうか疑わしい。従来「必然的にφである」が真となるのは、'φ'が分析的に真である場合であるとの提案がなされてきた。しかしクワインは、分析性、同義性の一般的規準、さらには分析的－綜合的といった二分法に対して、極めて懐疑的である。分析的－綜合的という二分法は、還元主義と並んで、経験論の二大ドグマであって、両者の区別は程度の差にすぎないとクワインは主張するのである。(5)

さらに、フレーゲ－チャーチ流のアプローチでは、変項'x'が、通常の文脈と様相文脈との双方に登場し、しかもそれらが相互連係しあう interplay 次のような場合の処理に困難があろう。

(6) あるものは、太陽系の惑星の数と同一であって、かつそれは必然的に7より大である。

$((\exists x)(x=\text{the number of planets} \ \& \ \Box(x>7)))$

フレーゲ－チャーチ流の方法では、初めの'x'の変域は、通常の対象で、二番目の'x'の変域は内包的存在であるはずである。すると、両方の変項を同一の存在量化記号で束縛している(6)のような表記はナンセンスになってしまうであろう。

2-1-4〔本質主義〕 さてクワインの診断によれば、たとえ様相文脈内部への量化(事象様相)がなんらかの方策によって可能になったとしても、そのことは結局、当該対象xを一意的に指定するいくつかの仕方に対して差別的態度をとること、つまりxはある特性を必然的にもつが、他の特性は偶然的にもつにすぎないとみなすこと、すなわち、対象の本質 essence と偶有性 accidence とを区別するというアリストテレス流の本質主義 essentialism に逆戻りするほかはないのであり、このような本質主義の受容を、クワインは斥けるのである(6)。

以後、様相論理学者は、このクワインの論難になんらかの形で応えなければならないのである。

2-2　スマリアンの反論

以上のようなクワインの主張に対して、ラッセル流に、(イ)記述と名前の区別、(ロ)記述の作用域の区別、という統辞論上の手だてに訴えて、様相文脈のパズルが、実はパズルでないことを示そうとしたのがスマリアンである(7)。

2-2-1〈代入則〉　代入則をおかすようにみえた**2-1**の推論(1)~(3)の結論(3)は実は多義的なのである。すなわち、(3)に現われる確定記述「太陽系の惑星の数」は、(i)大作用域をもつか、(ii)小作用域をもつかの二様に読めるのである。前者の事象様相的な読みに従えば、(3)は次のようになる。

(3)i　太陽系の惑星の数は、必然的に9と同一であるという性質をもつ。

$$([(\iota x)\phi x].\Box((\iota x)\phi x=9))$$

この場合、記述「太陽系の惑星の数」は、数9を端的に指しており、したがって、数9が〈必然的に9と同一である〉という特性をもつといってよい。それゆえ、事象様相の読みに従えば、**2-1**

の推論は妥当なのであり、よって代入則は問題なく成立する。

他方、(ii)の言表様相的な読みに従えば、(3)は次のようになる。

(3)ii　太陽系の惑星の数が9と同一であるということは、必然的である。

$(\Box.[(\iota x)\phi x].(\iota x)\phi x=9)$

この読みに従えば、(3)は偽と解されよう。クワインはこの読みを採用しているが、この読みのみを一方的に採用する理由はない。よって、クワインの指摘する困難は、本質的に代入則に関わる困難ではなく、むしろ結論(3)の多義性に由来するというべきなのである。

2-2-2〔量化法則〕　量化法則についても同様である。例えば、

(7)　一九八四年に英国の女王は唯一人存在する。

(8)　すべてのものは必然的に自己同一である。

故に

(9)　一九八四年に英国の女王が英国の女王と同一なのは必然的である。

(9)は多義的で、両様の読みが可能である。大作用域(事象様相)の読みでは、(9)は次のようになって真である。したがって、右の推論は正しい。

(9)i　一九八四年に英国の女王が唯一人存在し、かつ彼女は必然的に自己同一的である。

$((\exists x)((\forall y)(Qy\equiv .x=y)\ \&\ \Box(x=x)))$

他方、小作用域（言表様相）の読みによれば、(9)は次のようになる。

(9)ii 一九八四年に英国の女王が唯一人存在し、かつ彼女が自己同一的であるということ、それらのことは必然的である。

$$(\Box(\exists x)(\forall y)(Qy \equiv . x=y)\ \&\ (x=x))$$

しかし、一九八四年に英国に女王が存在するということは偶然にすぎないであろうから、(9)ii は偽となろう。したがって、(7)(8)から(9)iiへの推論は正しくない。しかしこうした誤った推論が導かれる理由は、量化法則そのものにあるのではなく、(9)自身の多義性にあるといってよい。

それにしても、(7)のように、確定記述が一意的存在条件を充足している場合には、ラッセルの記述理論に従えば、確定記述は固有名と全く同じ機能を果たすのではなかったのか。そうではない。『数学原理』における記述句に関する量化法則の適用に際して、ラッセルは、単に一意的存在条件のみではなく、同時に慎重に、当の記述が真理関数的文脈に現われる場合には、記述の作用域は文の真理値に影響しないと定式化していたのである。[8]

したがって、たとい一意的存在条件が充足されていても、非真理関数的な文脈においては、記述の作用域は全文の真理値を左右しうるのである。大作用域をもつ記述が常に小作用域をもつ当の記述を含意するといいうるのは、真理関数的文脈に関してのみなのであり、逆にこのことがいえるか否かが、外延的文脈と内包的文脈との重要な分岐点なのである。様相文脈に関しては、事象様相（大作用域＝例えば$(3)_{\mathrm{i}}$、$(9)_{\mathrm{i}}$）が言表様相（小作用域＝$(3)_{\mathrm{ii}}$、$(9)_{\mathrm{ii}}$）を必ずしも含意しないのである。

以上の所論から、スマリアンは、クワイン指摘のパラドクスが様相子に固有な不条理に起因するものではなく、むしろ「記述句が名前であるとする想定から生ずる」[9]とみなし、ラッセルを継承しクリプキを予兆するかのように、名前と記述の差異を強調するのである。かくて、様相パラドクスは、様相文脈中での代入則や量化法則に起因するのではなく、純正な名前と異なり、記述やクラス抽象といった不完全記号の作用域が、様相文脈においては全文の真理値に影響を与えうるのだという事態を無視することから生ずるのである。

2-3 クワイン再論

以上のようなスマリアンの議論を踏まえた上でなお、クワインは次のように論じている[10]。様相的掛りあい modal involvement を、クワインは三つの段階に区別する。

2-3-1〔意味論的述語〕 第一は、「必然的」が、言明 statement の名前に帰属されるメタ言語的な意味論的述語とみなされる段階である。この場合の「必然的」を'Nec'と表記し、言明の名前を次のように引用符名としてもよい。

⑽ '9>5' は必然的である。

(Nec '9>5')

'9>5'は、$n^\frown g^\frown f$という構造記述名でもよい。

(11)　$\mathrm{Nec}(n^\frown g^\frown f)$

すると、(11)には数字'9'がまったく登場しないから、'9'の指示的不透明の問題も生じず、その限り、意味論的述語としての「必然的」には問題がない。

2-3-2〔言明演算子〕　第二段階は、様相子が対象言語に含まれ、言明自体にかかる言明演算子 statement operator とみなされる場合である。この場合の「必然的」は、言明と結合してもう一つの言明を形成する副詞「必然的に」('nec'と表記)に相当し、先の区別では言表 *de dicto* 様相に当たる。

(12)　必然的に9>5である。

　　(nec(9>5))

副詞'nec'の用法はしかし、意味論的述語'Nec'に、簡単に変換可能だとクワインは考える。例えば、(12)は(10)に変換できる。しかし、

(13)　$\mathrm{nec}(p \to p \lor q)$

のような複雑な場合の変換に際しては、言明の名前の代用となる特殊なメタ言語的変項が必要である。それを'φ'、'ψ'とし、準引用符を用いると、(13)は次のように変換される。

(14)　$\mathrm{Nec}\ulcorner \varphi \to \varphi \lor \psi \urcorner$

こうしてクワインは、様相子がメタ言語的な意味論的述語ないしそれに変換可能な限り、また第一階述語論理、集合論、算術の場合のように妥当性(論理的真理性)がよく限定されている場合には、困難はないと認める。しかし、'No bachelor is married' のように、その真理性が、語義や同義性に依存し、必然性が分析性と同一視されることには、依然懐疑的である。

2-3-3〔文演算子〕　さらに、「必然性」が閉じた言明のみならず、次のように、自由変項を含む開放文とも結合する文演算子 sentence operator(事象 *de re* 様相に相当)の場合には、メタ言語的な意味論的述語に変換できないとクワインは考える。

(15)　あるものは必然的に5より大である。

$(\exists x)\,\mathrm{nec}(x>5)$

(16)　9と同一なものはすべて、必然的に5より大である。

$(\forall x)(x=9\rightarrow \mathrm{nec}(x>5))$

この両者を意味論的述語 'Nec' を用いて次のように書き換えたとしよう。

(15)′　$(\exists x)(\mathrm{Nec}\ \text{`}x>5\text{'})$

(16)′　$(\forall x)(x=9\rightarrow \mathrm{Nec}\ \text{`}x>5\text{'})$

しかし引用文中の文字'x'は、単にアルファベットの二四番目の文字でしかなく、次の場合同様、量化記号によって束縛されはしない。

⒄　$(\exists x)(\text{Socrates is mortal})$

また、⑿の'$\text{nec}(9>5)$'という言表様相文から⒂の事象様相文への遷出が可能なのは、⑿が数9の指定の仕方とは独立な、数9自体についての主張でなければならなかった。しかし、既述のように、⑿のような言表様相文中の'9'を例えば記述「太陽系の惑星の数」で置換するとパズルが生ずる。これに対し、スマリアンの反論は、逆理が、代入則や量化法則と様相子との結びつきに起因するのではなく、記述を含む様相文の多義性に問題があるということであった。

これに対しクワインは、指示の不透明性をもたらす根を、名指しnamingよりは量化、とりわけ、内部量化quantifying into（様相文脈の外側から、文脈内部の変項への量化）の不可能性に求める。クワインは、ラッセルの記述理論を徹底し、一切の記述も名前も消去し、変項のみしかあらわれない、したがって、作用域の区別が意味をなさない文脈においてさえ、同様の逆理が生ずると指摘する。クワインは攻撃の的を、次の「必然的同一性」に絞る。

(NI)　事実同一なものは必然的に同一である。

$$(\forall x)(\forall y)(x=y\rightarrow \text{nec}(x=y))$$

この定理は、代入則'$(\forall x)(\forall y)(x=y\rightarrow(Fx\rightarrow Fy))$'と必然的自己同一性'$(\forall x)\text{nec}(x=x)$'からの帰結である。クワインはこの(NI)をパラドクシカルだとみなすが、その逆理性は(NI)を次のように書き直すといっそう顕在化しよう。（'◇'は、「可能性」を表わす。）

$$(18)\quad (\forall x)(\forall y)(\Diamond(x\neq y)\rightarrow x\neq y)$$

すなわち、「二つのものが異なりうるとすれば、実際に異なっている」。

またこうした様相文脈中への内部量化は、本質主義を免れえない。'p'を偶然的に真である言明とすると、例えば、次の式は真となる。

$$(19)\quad (\forall x)(\mathrm{nec}(x=x)\ \&\ (x=x\ \&\ p)\ \&\ \neg\mathrm{nec}(x=x\ \&\ p))$$

すると、量化様相論理は、ある対象の特性を、本質的な特性(例えば〈自己同一性〉)、偶然的特性(例えば〈自己同一的でかつp〉)とに区分するという、アリストテレス流の本質主義という形而上学的ジャングルに我々を引き戻すものだとクワインは主張し続ける。

3　可能世界論の先駆——ライプニッツとウィトゲンシュタイン

前節のクワインに対するスマリアンの反論は、主として統辞論上の枠内で行われている。しかしクワインの批判は、意味論的ならびに存在論的な問題を含意しているのであり、カルナップの見地を念頭において提起されているのである。実際、カルナップの「様相と量化」(一九四六)、『意味と必然性』(一九四七、以下*MN*と略称する)は、様相述語論理の意味論をはじめて与えたものであり、一九六〇年代以降のいわゆる「可能多世界意味論possible worlds semantics」展開の画期をなす業績なのである。

ところでカルナップは、様相論理の意味論のアイディアを、フレーゲやタルスキから継承しつつ、他方、ライプニッツやウィトゲンシュタインの可能世界論から得ていると述べている(11)。

そこでカルナップの意味論に入る前に、本節では、可能世界意味論の先駆としての、ライプニッツとウィトゲンシュタインのアイディアを、簡単にみておこう。

3-1　ライプニッツの可能世界(12)

ライプニッツの可能世界論の出発点は、単純述語'P'に付値される〈単純属性P_1〉の可付番無限集合である。この集合は、〈共可能性 compossibility R〉(それは、移行性、反射性、対称性をもつ同値関係である)により、同値類に類別される。このように類別された同値類のうち、単純属性の最大共可能集合が、〈完全個体概念c_1〉といわれ、単項(名前)'c'にはこの完全個体概念が付値される。この完全個体概念もまた、可付番無限個存在する。さて、この完全個体概念の集合もまた、共可能性Rによって、同値類に分類される。ライプニッツのいう〈可能世界〉とは、こうした〈完全個体概念〉の最大共可能集合にほかならない。ライプニッツは、このような〈可能世界〉もまた可付番無限個存在するという。〈現実世界〉は、こうした無限個の可能世界の一つにすぎない。

ところでライプニッツは、言明の真偽を各可能世界Hに相対化しており、例えば「シーザーがルビコン河を渡った」(この文を'Pc'と表記する)という言明は、現実世界では真であるが、ある可能世界では偽となりうる。

さてこの言明'Pc'の真理条件を考えよう。上記のようなライプニッツの世界論を前提にすると、名前'c'には〈完全個体概念c_1〉が、単純述語中には〈単純属性P_1〉が付値されるから、単文'Pc'がある可能世界Hで真となるのは、個体概念c_1が世界Hに属し、かつ単純属性P_1がc_1の要素の場合その場合に限られる(すなわち、ϕを付値関数とすると、$\phi(Pc, H)=T$ if and only if $P_1 \in c_1 \in H$)。また、「文pは必然的である」('$\Box p$')がHで真となるのは、'p'があらゆる可能世界で真のときそのときに限られる(すなわち、$\phi(\Box p, H)=T$ if and only if for all H', $\phi(p, H')=T$)。

3-2 ウィトゲンシュタインの可能世界論

ライプニッツの可能世界が、単純属性の共可能集合である完全個体概念を基礎にその最大共可能集合として構成されるのに対し、ウィトゲンシュタインの可能世界は根本的に出発点を異にする。ウィトゲンシュタインによれば、可能的事態とは、世界の実体である対象の配列、結合であり、現実に成立している事態が〈事実〉である。可能的ならびに現実的世界は、このような諸可能的事態ないし諸事実の最大無矛盾集合である。すべての可能的ならびに現実的世界を包括するのが、論理空間である。

文の真理条件はどうか。ウィトゲンシュタインは、文を事態の写像と考えた。ところで、要素文自体も一つの事実であり、ある固有の配列法による名前の連鎖である。すると、ある要素文がある可能的事態の写像であるための条件は、各名前には論理空間中の各対象が、名前の配列法には対象の配列法が、それぞれ同型的に一対一に対応づけられねばならない。さらに、その要素文が真となるのは、（それ自身が名前の固有の配列という一つの事態である）当の要素文により写像されている同型的な可能的事態が、現実に成立している場合そしてその場合に限られる。

ウィトゲンシュタインはまた、複合文を要素文の真理関数と考えた。したがって、文一般の真理条件は、結局要素文の真偽可能性に帰着する。要素文の真偽は、先述のように、その文の写像する可能的事態の成立、不成立に求められる。

ところで要素文は真偽二値であるから、n個の要素文の全真偽可能性は2^n通りである。すると、ウィトゲンシュタインの写像理論にしたがえば、真理関数中のn個の要素文の真偽可能性2^n通りに応じて、n個の可能的事態の成立、不成立は2^n通りの可能性がある。例えば、'p', 'q'二つの要素文の真偽の組み合わせの可能性は$2^2=4$通り（それを、'p&q', 'p&¬q', '¬p&q', '¬p&¬q'と表記する）であるが、それに応じて、(+)p&(+)q, (+)p&(−)q, (−)p&(+)q, (−)p&(−)q（(±)pは、pという事態の成立、不成立を表わす）という4通りの可能的状況が対応する。

ウィトゲンシュタインはさらに「すべての真なる要素文を挙げれば、世界は完全に記述される。

すべての要素文を挙げ、加えて、そのいずれが真でいずれが偽かを述べれば、世界は完全に記述される[13]」と述べている。すると、要素文の肯定または否定のいずれかを、全要素文に関して選択するその選択の仕方のおのおのに応じて、世界記述の一つ一つが確定されるのであり、それに相即して、事態の成立・不成立の組み合わせの選択により、一つ一つの可能的世界が確定されるわけである。

例えば、一つの世界記述

(P)　'p_1','$\neg p_2$','p_3','$\neg p_4$',……

に相即して、一つの可能世界

(H)　$(+)p_1, (-)p_2, (+)p_3, (-)p_4$, ……

が確定される。

かくて、もしn個の要素文が与えられれば、全可能的世界の総体である論理空間K中には、n個の可能的事態が含まれる。二値的な要素文はその真偽に関し2^n通りの組み合わせがある。換言すると、2^n通りの正負の事実への分割法がある。よって、n個の事態の含まれる論理空間中には、2^n個の可能世界がある。論理法則とは、すべての可能世界で真となる文である。

以上が、カルナップの様相意味論の展開の背景をなしている、ライプニッツとウィトゲンシュタインの可能世界論の概略である[14]。

4　カルナップの様相意味論

様相論理に関するカルナップの意味論は、後の展開の画期をなすものであり、またさまざまの着想を含んでいるので、やや詳しく見ることにしよう。

4-1　「様相と量化」における意味論

論文「様相と量化」(一九四六、以下MQと略称する)におけるカルナップの基本的着想は、「論理的必然性」という様相概念を、「論理的真理ないし分析性」という意味論的概念によって説明することである。つまり、対象言語に属する副詞的な様相子を含む文「必然的にp」(クワインの'nec p'に相当)の真理性を、「'p'は論理的に真である」というメタ言語的言明の意味論的解明によって説明しようとするのである。

ところでカルナップが、「論理的真理性」を解明するのに用いている一般的な意味論的概念は、〈状態記述 state-description〉ならびに〈レンジ range〉である。状態記述とは、各要素文 p_i について、その肯定否定いずれかのみを含む文の集合であり、直観的にはライプニッツやウィトゲンシュタインの可能世界の記述に相当する。つまり、一つの状態記述とは、すべての個体に関し、それらがいかなる特性をもつか(もたないか)、いかなる関係にあるか(ないか)といった可能的事態の総体としての、特定の可能世界の完全記述 a complete description にほかならない(MQ, p. 50, *MN*, ch. 1, §2)。

ところで、「様相と量化」において特徴的なのは、あからさまに可能世界や可能的事態に言及するのを避け、もっぱら〈状態記述〉という半ば統辞論的な準意味論的概念に訴えて意味論が考えられていることである(これは後述のヒンティカの「モデル集合」概念に直結するものである)。端的にある文がある可能世界で真となるか否かという真理条件に言及する代わりに、当の文が所与の状態記述に埋め込まれる hold in か否かを限定する意味論的規則を与えようというのである。

これらの規則は、例えば次のごとくである。(1)ある要素文がある状態記述に埋め込まれるのは、当の文が当の状態記述の成員である場合に限る。(2)否定文‘¬p’がある状態記述に埋め込まれるのは、‘p’が当の記述の成員でない場合に限る。(3)全称文‘∀xp’がある状態記述に埋め込まれるのは、その全代入事例が当の状態記述に埋め込まれる場合に限る。

またカルナップは、ウィトゲンシュタインの「領域 Spielraum」(ある文がそこで真となるすべての可能的状況)に対応する〈レンジ〉という準意味論的概念を導入する。ある文‘p’のレンジとは、したがって、‘p’が埋め込まれうる全状態記述のクラスである。レンジの概念を用いると、(1)′要素文‘p’のレンジ‘R(p)’とは、‘p’がその成員である状態記述のクラス(‘p’がそこで真となる可能的事態の全記述のクラス)、(2)′否定文‘¬p’のレンジ‘R(¬p)’とは、‘p’のレンジの補レンジ‘$\bar{R}$(p)’、(3)′全称文のレンジ‘R(∀xp)’とは、その代入事例のレンジの積クラスである。

さて以上の準備に立って、カルナップはまず「論理的真理性」を次のように定義する。

(L)　文‘p’が論理的に真であるとは、‘p’がいかなる状態記述にも埋め込まれるということ、換言すると、‘p’のレンジは全レンジ(すべての状態記述のクラス)であるということである

(MQ, p. 50, MN, §2, 2-2, pp. 10 f.)。

カルナップは、「必然的にp」が真であるための必要十分条件を、「‘p’の論理的真理性」に求めた。したがって、「必然的にp」の真理性は、(L)に従えば、‘p’があらゆる状態記述に埋め込まれること(‘p’のレンジが全レンジであること)として、意味論的に解明されることになる。しかも、「すべての状態記述に埋め込み可能」ということは、直観的には、「あらゆる可能世界で真」ということであるから、カルナップの解明は、必然的真理とはあらゆる可能世界で真であることというライプニッツの考えをよく反映したものといってよい。(したがってカルナップの意味論は、ルイスのS5の様相述語論理の意味論である。)

ところでクワインが問題にしていた代入則、必然的同一性、量化法則、言表様相から事象様相への遷出に関するパズルは、「様相と量化」の意味論では回避されている。しかしそれは、「様相と量化」における同一性や量化に関する次のようないくつかの意味論上の特殊な約定《コンヴェンション》に依存

するのである(MQ, p. 50)。

まず等式についていうと、カルナップは、ウィトゲンシュタインに従い、同じ名前が二度現われる等式'a=a'のレンジは全レンジ(つまり、'a=a'はすべての可能世界で真)、他方、相異なる名前間の等式'a=b'のレンジは空レンジ(すなわち、あらゆる可能世界で偽)と約定している。この約定に従えば、代入則並びに必然的同一性は自明的に成立する。

量化文の真理条件に関しては、先述の(3)、(3)′のように、代入事例的解釈が採用され、かつ「必然的にp」の真理性は、結局'p'の論理的真理性、つまり'p'が全可能世界で真であることに求められていたから、量化法則に問題は生じない。例えば、「すべては必然的にpである」('(∀x)nec p')が真ならば、そのすべての代入事例「必然的にpである」('nec p')は真となる。さらに、様相文と量化記号の交換(事象様相と言表様相の等値)が導かれる(MQ, p. 54)。例えば、事象様相文「すべては必然的にpである」('(∀x)nec p')は、言表様相文「必然的にすべてはpである」('nec(∀x)p')と論理的に等値なのである。(15)

4-2　『意味と必然性』における意味論

次に、『意味と必然性』(一九四七、*MN*)を見よう。

*MN*においても、「(論理的)真理性」という概念の解明は、「様相と量化」同様、状態記述と

レンジによってなされているが、さらに、意味と意義の区別というフレーゲ的枠組が、「外延 extension と内包 intension の方法」として精錬されている。

さてカルナップは、主張文、個別名辞、述語を一括して指示子 designator と称する。また、「文‘p’がある意味論的体系S中で論理的に真である」ための必要十分条件を、‘p’の真理性が(言語外的な)諸事実への一切の参照なしに、当の体系に関する意味論的諸規則のみに基づいて確立されうることに求める(*MN*, ch. 2, §2)。そして、当の意味論的規則は、「様相と量化」と同様、状態記述とレンジを用いて与えられる。

4-2-1〔外延と内包〕　さて、二つの指示子が等値 equivalent(すなわち、真理値が一致する文、同一個体を指す個別名辞、同じ個体のクラスに適用される述語)の場合、それらは同一の外延をもつという。また、二つの指示子が論理的に等値(その等値性が意味論的規則のみから帰結する)の場合、それらは同じ内包をもつという(*MN*, §5)。

こうした二つの同一性条件に見合う各指示子の外延・内包は、次のように選択される。

述語の外延はその述語が適用される個体のクラス、その内包は当の述語が表現する特性 property である。したがって、述語の外延の同一性条件はその述語の等値、内包の同一性条件は述語の論理的等値に求められる(*MN*, §4)。

文の外延としてはフレーゲ流に真理値が、その内包としては命題が付値され(*MN*, §6)、二つの文の表現する命題の同一性条件は、当の二つの文の論理的等値に求められる。最後に、個別名辞の外延には、それが指す個体、その内包には、その名辞により表現される個体概念 individual concept(*MN*, §§ 7–9)が付値される。

さて、ある文がその構成要素に関し、外延的といわれるのは、文の外延(真理性)が構成要素の外延の関数である場合である。他方ある文がその構成要素に関し、内包的といわれるのは、その内包(命題)が構成要素の内包の関数である場合である。様相文は、従属文に関して内包的なのである(*MN*, § 11)。

さて、外延的文脈に関しては、次の第一代入可能性原理が成立する。

(i)　指示子'A'と'B'とが等値(外延が同一)ならば、文'…A…'と'…B…'とは等値(真理値が同じ)である。

また内包的文脈に関しては、フレーゲ的な次の第二代入可能性原理が成立する。

(ii)　'A'と'B'とが論理的に等値(内包が同一)ならば、文'…A…'と'…B…'とは論理的に等値(命題が同一)である(*MN*, § 12)。

(なお、信念文脈は内包的でさえない。信念文脈では従属文は、同一の内包的構造(内包的に同型)でなければ、代入可能でないとカルナップはみなした(*MN*, § 14–§ 15)。)

さて、『意味と必然性』における様相概念の処理は、基本的に「様相と量化」と同様であって、結局は、状態記述とレンジという準意味論的概念により「論理的真理性」を定義することによって、「論理的必然性」を解明しようとする（*MN*, § 40 f.）。

しかし『意味と必然性』の様相論理の対象言語においては、変項はもっぱら内包をその値にとる。つまり、個体変項は個体概念を、述語変項は特性を、文変項は命題を変域とするという見地が新しく採られている。また、様相述語「必然的である」は、対象言語に属し、自由変項を含む開放文とも結合するもので、クワインの分類でいえば、最も問題のある第三の様相的掛りあい（本書、一七九頁）の段階に相当する文演算子 'nec' と解されるのである。

4-2-2〔座標言語と個体概念〕　それでは、内包、例えば、個体概念とは何か。

カルナップは、一種の座標言語 coordinate language S を考え、(1) S の個体定項は、論理-確定的 L-determinate である、つまり、個体定項は、x 軸 y 軸両軸に関して順序づけられた領域中の特定の位置を指すと仮定する（後のクリプキの「固定指示子 rigid designator」を予示する）。すると、各個体定項と位置とは一対一対応しており、二つの相異なる個体定項は二つの異なる位置を指す。したがって、'a=b' は論理的に偽、'a=a' は論理的に真となる。それゆえ、必然的同一性は真となる。確定記述 'the φ' も、述語 'φ' の表現する特性が、唯一の位置を占める場合には、その位置が当の記述の指示対象であり、その他の場合には、記述は（フレーゲ流の「対象約定説」により）、当の議論領域外の対象 a* を指すと約定する（*MN*, § 40, pp. 180 f.）。

さて、個体概念に関するカルナップの基本的着想では、(イ)座標言語Sに関する個体概念とは、各可能世界のすべて(状態記述により表現される命題)に対し正確に一つの個体を付値する関数である。さらに、(ロ)座標言語S中の個体定項が個体と一対一対応するとの約定のもとでは、個体や可能世界に言及する代わりに、個体定項と状態記述について語るという、存在論的により安全な(なかば統辞論的な)準意味論的方策を採ることができる。『意味と必然性』でもカルナップはこのアプローチを採用する。

かくして、座標言語Sに関する個体概念は、各可能世界から個体(＝位置)への写像と考えるよりはむしろ、各状態記述に対し正確に一つの個体定項を付値する写像として表わされるのである(*MN*, § 40, p. 181)。記述句についても、座標言語Sでは、その指示対象(＝位置)は、一つの個体定項ないしは‘a*’により代置されうるから、記述句の個体概念も、各状態記述に正確に一つの個体定項を付値する写像とみなされうる(この着想は、後の「名指し関数 naming function」の原型である)。

すると、論理的に等値な個別名辞の表現する個体概念は、どの状態記述に対しても同一の個体定項を付値する写像なのである。

さて、文‘p’の内包(命題)とは、直観的には、‘p’が真となるすべての可能的事態の集合であるが、それはまた‘p’のレンジ(‘p’が埋め込まれうる状態記述のクラス)によって代置されうる。また、述語の内包(特性)とは、直観的には、各個体に正確に一つの命題を付値する命題関数であるが、準意味論的には、個体定項に当の個体定項と述語からなる文のレンジ(当の文の埋め込み可能な状態記述のクラス)を付値する写像として表わされうる(*MN*, § 40, p. 182)。

以上のように、カルナップは、内包についても、一種の準意味論的解釈を採用しているのである。様相文脈のような内包的文脈では、個体定項、確定記述句、個体変項には、内包である個体概念が付値されるわけであるが、座標言語Sの場合、個体概念とは、各状態記述に正確に一つの個体定項を付値する「名指し関数」なのである。

4-2-3〔埋め込み可能性の定義〕　すると、内包的文脈中での準意味論的な「埋め込み可能性」の定義は、開放文、等式、量化文、様相文に関する真理定義に相当するが、それは、次のようになる(*MN*, § 41, p. 183 f.)。

(1) 自由変項'x'を含む開放文'Px'が、'x'のある内包(個体概念)ϕ^xに関して、ある状態記述'H'に埋め込まれる hold in('Px'がある可能世界Hで真となる)のは、当の個体概念ϕ^xにより状態記述'H'に対し付値された個体定項'c'を'x'に代入した結果えられる要素文'Pc'が、先の状態記述'H'に埋め込まれている('Pc'がHで真になる)場合である。

(2) 等式'x=y'が、'x'、'y'の内包(個体概念)ϕ^x、ϕ^yに関して、ある状態記述'H'に埋め込まれる(可能世界Hで真となる)のは、内包ϕ^x、ϕ^yが当の状態記述'H'から同一の個体定項に写像される場合である。

(3)全称文'∀xPx'がある状態記述'H'に埋め込まれる(可能世界Hで真となる)のは、任意の内包(個体概念)ϕに関して、その個体概念が'H'に対して付値する個体定項'c'についての代入事例'Pc'が、当の状態記述'H'に埋め込まれている場合(任意の個体定項'c'に関して、'Pc'が可能世界Hで真の場合)である。

(4)開放様相文「必然的にPx」が、自由変項'x'のある個体概念$^{x}\phi$に関して、ある状態記述'H'に埋め込まれる(可能世界Hで真となる)のは、すべての状態記述に関して、当の個体概念$^{x}\phi$が、各状態記述に対して付値した個体定項'c'を'x'に代入した結果えられる文'Pc'が、当の状態記述に埋め込まれている(任意の世界で真となる)場合である。

こうした準意味論的な内包概念に依拠するカルナップの解釈に従えば、内包的文脈である様相文脈では、個体定項、個体変項の値は、個体概念という内包であり、この内包に関して、代入則、量化法則も、制限なしに成立し、また事象様相と言表様相の論理的等値も成立する(本書、一八九頁参照)。また、個体概念、特性、命題といった内包も、先述のように、文の特定の集合にすぎない状態記述とレンジというなかば統辞論的な準意味論的概念装置に訴えて、それぞれ各状態記述から個体定項への写像、個体定項からレンジへの写像、文のレンジ、として、明確化され、その同一性条件も容易に与えることができる。

したがって、カルナップの意味論は、直観的にはウィトゲンシュタイン流の可能世界やフレーゲ流の内包に訴えてはいるが、存在論的により安全な状態記述やレンジといったなかば統辞論的な道具立てを用いて、クワインの批判を回避する努力を示しているのである。しかしその回避策は、結局、個体定項と個体(＝位置)とが一対一対応するという特殊な座標言語の想定に依存してはじめて可能なものなのである。

また、先に指摘された(本書、一七三頁)次のような言表様相と事象様相との相互連係が含まれる文脈では、変項の付値の中立性(外延的文脈中では外延を、内包的文脈中では内包を付値する)というカルナップの方策は、依然として困難を含むであろう。

(*)　(∃x)(x＝the number of planets and nec (x＝the number of planets))

初めの変項'x'の値は外延(個体)であるのに対し、二番目の'x'は内包(個体概念)を値とすることになろうが、その両方を一つの量化記号で束縛することは意味をなさないであろう。

5　ヒンティカのモデル集合

5-1　相対的必然性

さて、カルナップまでの様相論理の意味論では、「必然性」概念はライプニッツ流に、「すべての可能世界で真である」というように、いわば絶対的な意味に解されており、もっぱらルイスのS5という最も強い体系が念頭におかれていた。しかし、一九六〇年代以降、クリプキやヒンティカらにより展開される可能多世界意味論 possible worlds semantics の新しい特徴の一つは、「ある制限された可能世界のすべてにおいて真」という相対的な「必然性」概念を認める様相論理の諸体系にも適合するような意味論を与えようとする点に求められる。(16)

そこで代表的な様相命題論理の形式的体系を挙げておこう(ただし、以後、「必然性」は'□'、「可能性」は'◇'で表記する。'□'は、クワインのいう様相的掛りあいの第二、第三段階の言明演算子、文演算子 'nec' に相当する)。

まず最も基本的な体系M(またはT)は、次の公理シェマと推理規則をもつ。

A0. 真理関数的トートロジー

A1. $\Box A \to A$

A2. $\Box(A \to B) \to (\Box A \to \Box B)$

R1. $A, A \to B / B$

R2. $A / \Box A$

Mに次の公理シェマを加えると、ルイスのS4をうる。

A3. $\Box A \to \Box\Box A$

Mにそれぞれ次の公理シェマを加えると、ブラウワ系とS5をうる。

A4.　A→□◇A

A5.　◇A→□◇A

5-2　モデル集合と代替関係

さて、こうした多様な様相論理の体系に意味論を与えるに際して、ヒンティカは、後述のクリプキと異なり、直接〈可能的事態〉や〈可能世界〉に言及することを避け、存在論的により安全なカルナップ流の「状態記述」という準意味論的アイディアを発展させようと試みる(Hintikka〔1961〕〔1963〕rep. in〔1969〕$_1$)。

カルナップは、もっぱらS5を念頭においたため、全可能世界の完全記述 exhaustive description を考えた。しかし、ヒンティカらは、より弱い体系も考慮にいれるため、必ずしも全可能世界ではなく、ある所与の可能世界と相対的にその代替 alternative となる世界の、部分的 partial 記述という枠組を採用するのである[17]。

さて、「ある文'p'のある可能世界Hにおける真理」は、準意味論的アプローチでは、可能世界Hの「状態記述」である文集合μ(「モデル集合」と呼ばれる)への文'p'の「埋め込み可能性 embeddability」($p \in \mu$)と等価となる。

すると例えば、可能世界Hに相対化された連言'p&q'の真理条件は、準意味論では次のようになる。「p&qがモデル集合μに埋め込み可能（p&q∈μ）なら、pもqもμに埋め込み可能（p∈μ and q∈μ――pもqもHで真）」と表わされる。また代入則(SI)は、「a=b および Fa がμに埋め込み可能(a=b∈μ and Fa∈μ)ならば、Fbも埋め込み可能(Fb∈μ)」、量化法則、例えば、普遍例化(UI)も「もし全称文∀xFxがμに埋め込み可能(∀xFx∈μ)ならば、μ中の少なくとも一つの文にあらわれている自由変項bをxに代入した事例Fbもμに埋め込み可能(Fb∈μ)」と表わされる(cf. Hintikka〔1963〕rep. in〔1969〕$_3$ p. 71)。

ところで、様相文脈の場合には、現実世界のみならず他の可能世界における事態が考慮されなければならない。すると、可能世界の集合にみあう、モデル集合の集合(「モデル・システムΩ」)が導入されねばならない。しかし、相対的様相概念を念頭におく場合には、全可能世界の完全記述、すなわち、全モデル集合の集合を考える必要はなく、ある所与のモデル集合μと代替可能な(μが記述する世界の代替となりうる世界の)部分記述の集合を考慮すればよい。ある所与のμと代替関係 alternativeness relation Rにある集合は、「μの代替 alternatives」と呼ばれる。

さて、「'◇p'が世界Hで真」「'□p'がHで真」は、モデル集合と代替関係を用いると、次のように表わされる(Hintikka〔1963〕rep. in〔1969〕$_3$ p. 72)。

(M)　「(モデル・システムΩ中の)モデル集合μに◇pが埋め込み可能(◇p∈μ∈Ω)」とは、「Ω

中にpを含むμの代替が少なくとも一つ存在する」〔Hの代替世界の少なくとも一つで'p'が真となるの意〕ということである。

(N)　「□pがΩ中のμに埋め込み可能（□p∈μ∈Ω）」とは、「Ω中のμのすべての代替中にpが埋め込み可能」〔Hのすべての代替世界で'p'が真〕ということである。

したがって、ヒンティカの様相論理に対するモデル構造は、モデル集合μ、モデル・システムΩ、代替関係Rの三つの組⟨μ, Ω, R⟩で表わされよう。なお、代替関係Rが反射性（μRμ）をもてば体系Mの意味論が与えられ、Rが反射性と移行性（$\mu_1 R \mu_2$ & $\mu_2 R \mu_3 \rightarrow \mu_1 R \mu_3$）をもてばS4の、Rが反射性と対称性（$\mu_1 R \mu_2 \rightarrow \mu_2 R \mu_1$）をもてばブラウワ系の、さらに、Rが反射性、移行性、対称性をもてばS5の、それぞれの意味論が与えられる。S5の場合には、Rは同値関係となるから、どのモデル集合も他のモデル集合の代替となる。したがって、S5の場合が、「すべての可能世界で真」という伝統的必然性概念に適合することになる（Hintikka〔1963〕rep. in〔1969〕, p. 75）。

5-3　代入則と必然的同一性

フレーゲ、クワインが指摘する代入則に関するパズルを、カルナップは座標言語と特殊な名指し関数（個体概念）の要請により回避しようとしたが、ヒンティカ・モデルではどう考えられているであろうか。

先の代入則(SI)は、様相文脈に無条件で拡張できない。現実世界で'a'と'b'とが同一対象を指定するからといって、他の世界でも同様に、'a'、'b'が同一対象を指定する保証はないからである。様相文脈でも代入則が成立するには、モデル集合μのいかなる代替世界の記述においても、'a=b'が埋め込まれていなければならないであろう。言い換えれば、次の「必然的同一性」(NI)が付加されなければならない。

(NI)　a=bがμに埋め込み可能(a=b∈μ)ならば、□(a=b)もμに埋め込み可能(□(a=b)∈μ)である。[18]

しかし、クワイン同様、ヒンティカ自身は、必然的同一性(NI)を受容しがたい想定とみなし、したがって、代入則の様相文脈への拡張に懐疑的なのである(Hintikka〔1961〕in〔1969〕a pp. 68–69)。

5-4　量化法則と指示の一意性

ヒンティカの理解によれば、クワインの量化様相論理に対する批判の要点とは、束縛変項の変域は一意的に特定化され、完全に定義された個体の集合であるべきであるという要求なのである。例えば、記述「アメリカ合衆国初代大統領」は、現実世界Gでは、G・ワシントンを指すが、他の可能世界では相異なる人物を指しうるという「指示の多重性 referential multiplicity」[19]を示すから、この記述は完全に定義された個体を一意的に特定化するとはいえない。かくて、ある単称名辞が束縛変項に代入可能であるためには、その名辞があらゆる代替可能な世界で同一の個体を選り抜かなければならない[20]。例えば、次式を考えよう。

(*)　(∃x)□Fx → □(∃x)Fx

この式は直観的には受容しがたいであろう。例えば、「現実に存在する車輪が必然的に円いとしても、円い車輪がどの代替世界にも存在する」と主張することはできないであろう。そのためには、現実に存在する特定の車輪 a が、どのような代替世界にも転移可能 transferable である、つまり、a は現実世界のみならず、そのすべての代替世界に存在すると約定する必要があるのである(Hintikka〔1961〕in〔1969〕, pp. 62–63)。

換言すると、束縛変項に代入されるべき単称名辞の、先述のような、指示の多重性が阻まれ、その名辞が転移可能で定義されたものであるためには、その名辞は、現実世界のみならずそのあらゆる代替世界で同一個体を指定するのでなければならない。ところで、ある単称名辞'a'が、あらゆる代替世界で同一個体を指すということは、'a'がその個体を必然的に指すということ、つまり、次の「指示の一意性」を仮定することにほかならない。

(NE)　(∃x)□(x＝a)

この(NE)は、単称名辞'a'が完全に定義された個体を指すための必要十分条件を表わす[21]。

ところで、フレーゲ－ラッセル以来、標準論理における量化法則には、「存在仮定」が暗黙に前提されている。例えば、「すべてはFである」から「tはFである」への普遍例化(UI)が妥当なのは、't'が「ある現実に存在する個体を指す」($(\exists y)(y=t)$)と、仮定されている場合に限られるのである。こうした「存在仮定」を落とした自由論理 free logic の立場では、量化法則は、次のように、存在仮定を明示してはじめて成立する。

$$(\mathrm{UI})^* \quad ((\forall x)Fx \ \& \ (\exists y)(y=t)) \rightarrow Ft$$

つまり、(存在仮定から)自由な論理では、なにも指さない名前や記述がありうることを、一般的に許容していることになる。

さて、単称名辞のパラダイムとして、ヒンティカのように、指示の多重性を示す確定記述を採る(人名の場合でも「トム」は使用文脈と相対的に多様な人物を指しうる)とすると、クワインの指摘するように、様相文脈では、量化法則は無制限に成立しない。存在仮定から自由で、何も指さない名辞を含む文に真理値の間隙を認める(その場合、真偽いずれでもない文となる)見地を採ると、様相文脈では、量化法則は「一意的指示の仮定」を付加してはじめて成立する。

$$(\mathrm{UI})^{M} \quad ((\forall x)Fx \ \& \ (\exists x)\Box(x=t)) \rightarrow Ft$$ [22]

以上のヒンティカの議論によって、様相文脈における代入則をめぐるパズルと、普遍例化などの量化法則をめぐるパズルとは、同一ではないことが明らかにされたのである。

代入則に関しては、おのおのの可能世界において、二つの単称名辞'a'、'b'の指示対象が分裂

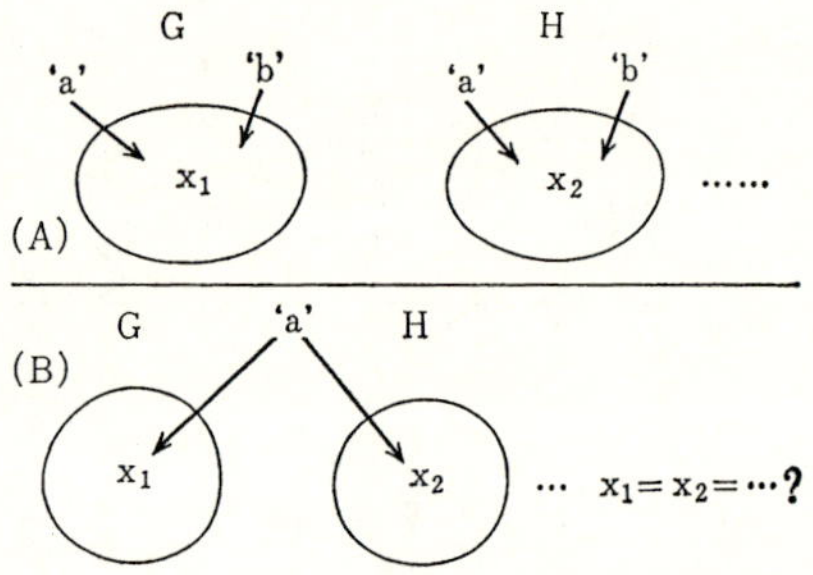

split せず、'a'、'b'が各世界で同一個体を選り抜くかどうかが問題なのである(上図Ⓐ)。

モデル集合でいえば、「a=b が μ に埋め込み可能ならば、μ と代替関係にあるモデル集合 λ のすべてに関し、a=b が λ に埋め込み可能である」、つまり、先の「必然的同一性」(NI)が成立するかどうかが問題なのである。

それに対して、量化法則に関しては、ある一つの単称名辞'a'が、すべての代替世界において同一の個体を選り抜くかどうかが問われているのである(Hintikka〔1968〕in〔1969〕$_3$ p. 147, n. 13)(上図Ⓑ)。つまり、先の「一意的指示」(NE)が問題なのである。この一意的指示の問題は、「貫世界相続線 transworld heir line」[23]「貫世界同一性 transworld identity」ないし「交差同定 cross identification」の問題などと称されるものである。

かくて、ヒンティカによれば、代入則の失敗は、現実世界で二つの名辞が同一個体を指定しても、相異なる世界では、相異なる個体を指しうることに由来し、量化の失敗は、単一の名辞が相異なる世界で同一の一意的個体を特定化するという交差同定の失敗に起因する。

やがてヒンティカはのちに、相異なる可能世界から同一個体を抜き出すような特別の個体概念

(個体化関数 individuating function)を導入する。(24) 個体化関数はまさに、個体の分裂を阻止し、交差同定の方法を与えるものなのである。

5-5 ヒンティカの立場

こうした分析を与えているにもかかわらず、ヒンティカ自身は、様相文脈においては、代入則回復のための「必然的同一性」(NI)や、量化法則回復のための「一意的指示」(NE)の仮定、つまりは、個体化関数の存在要請を、一般的に許容しうるものとは考えないのである。この点でヒンティカは、様相文脈に関してはクワインの懐疑論を継承している。

ヒンティカの考えでは、個体化関数の定義に関する規準は、相異なる可能世界間の相似性ならびに各可能世界内の諸規則性(例えば、個体の時空連続性)次第ということになる。(25) 人物、椅子、分子等の時空連続性を予想した上でのわれわれの通常の個体の交差同定法が、端的に失敗に終わるほど全く不規則な、われわれの世界とは似ても似つかない可能世界に迷い込むということは、論理的にありうることであろう。そのような場合には、様相文脈中への量化はできないとヒンティカは考える。(26) しかしヒンティカの挙げる理由は、「一意的指示」という意味論的問題と、個体の「貫世界同一性」という形而上学的問題、とくに、「貫世界同定」という認識論的問題との混同ではないかと疑われる。この問題は次章で取り上げよう。

6　クリプキ・モデル

クリプキはすでに一九五九年以来、いくつかの論文で[27]、カルナップのアイディアを発展させつつ、多様な様相論理体系の完全性を証明したが、彼の直截簡明なモデル論は、哲学的にもきわめて刺激的なものであった[28]。

6-1　モデル構造

クリプキはまず、すでに直観主義モデルで紹介したモデル構造と称する順序三つ組〈G, K, R〉を導入する。Kはある集合、Rは集合Kにおける反射性をもつ関係で、GはKの成員である。このモデル構造の直観的な様相的解釈では、Kはあらゆる可能世界の集合、Gは現実世界、Rは可能世界間の「相対的可能性」(ヒンティカの代替関係に相当)と解釈される。H_1、H_2を二つの可能世界とすると、H_1RH_2は、H_1で可能な命題は、H_2で成立することを表わしている。このモデル構造は、Mの体系のモデル構造であり、さらにRが移行的ならばS4(直観主義論理はこのS4に埋め込み可能である)の、Rがまた対称的ならばブラウワ系の、Rが同値関係ならS5(古典論理はこのS5に埋め込み可能)の、それぞれのモデル構造となる。

さらに、各可能世界Hと相対的に、表現にある値を付値する付値関数ϕを導入する。例えば、'A'が文の場合、ϕはHと相対的に真または偽を'A'に付値する。これを、$\phi(A, H) = T$ or Fと表わす。すると複合文の真理性は次のように帰納的に定義される。

(i) $\phi(A \& B, H) = T$ if and only if $\phi(A, H) = T$ and $\phi(B, H) = T$.

(ii) $\phi(\neg A, H) = T$ if and only if $\phi(A, H) = F$.

(iii) $\phi(\Box A, H) = T$ if and only if $\phi(A, H') = T$ for every $H' \in K$ such that HRH'.

(iii)は直観的には、「Aは必然的である」がHにおいて真なのは、'A'がHと相対的に可能なすべての世界(代替世界)H′において真の場合に限るということを述べている。かくて様相命題論理のクリプキ・モデルは$\langle G, K, R, \phi\rangle$となる。

6-2 様相と量化

量化に関するクリプキ・モデルの特徴は、束縛変項の変域を各可能世界Hに相対化すること、つまり、参照されるべき個体領域をHに存在するすべての個体に限定するのである。このためクリプキは、各可能世界Hと相対的に個体領域を限定する領域関数ψを導入する。するとψは、各$H \in K$に対し、Hの個体領域$\psi(H)$を付値する。かくて様相述語論理のクリプキ・モデルは、$\langle G, K, R, \psi, \phi\rangle$となる。

こうした見地に立つと、各可能世界Hの個体領域 φ(H) は、相異なる世界と相対的に、異なりうることになる。現実世界で存在する個体が、別の世界では欠落していたり、現実世界には存在しない個体が別の世界に存在するといった、個体の増減が許容されることになる。この点が、個体領域が一意的に確定されているとみなすウィトゲンシュタインやカルナップらとの出発点における大きな相違を示す。

次に、述語'P'への付値も、各可能世界Hに相対化される。つまり、'P'には、当該世界に存在する個体中で、述語'P'を充足するすべての個体の集合(個体領域 φ(H) の部分集合)が、Hにおける'P'の外延として、付値される。

さて、開放文'Px'の真偽の値ぶみ(evaluation)については、面倒な問題がある。'x'にHの個体領域中に含まれない個体が付値された場合、Hにおいて'Px'は真理値をもつのであろうか? 例えば「シャーロック・ホームズは禿である」は、現実世界で真理値をもつのであろうか?

(i)フレーゲ(?)-ストローソンの真理値間隙説[29]に従えば、この文は真理値をもたない。ヒンティカやプライアはこの見地を採る。その場合には、通常の様相論理に修正を加えねばならない。例えば、(イ)プライアは様相命題論理を改変し[30]、(ロ)ヒンティカは代入則や量化法則に制限が必要とみなす。さらには、(ハ) φ(□A, H)＝T はHと相対的なすべての可能世界において真であることを意味するのか、(ニ)単に偽でないという意味なのかが問題となる。

(ii) この問題に関してクリプキは、第一に、より簡明なラッセル的(正確にはフレーゲもそうである)見地を採り、自由変項を含む開放文は、その自由変項に対するいかなる付値に関しても各世界において真理値をもつと想定するのである。

第二にクリプキは、自由変項と束縛変項との付値を区別する。束縛変項の付値は、先述のように、当の世界Hに相対化され、Hの個体領域φ(H)に含まれる個体にのみ限定される。例えば、普遍量化文‘(∀x)Px’が可能世界Hにおいて真となるのは、Hの個体領域φ(H)中のすべての個体が述語‘P’を充足する場合である。かくて量化は、Hに現実に存在する個体のみに制限される。

それに対して、自由変項の付値の場合には、当の世界Hには存在しないがしかし別の世界に存在する個体が付値されてもよいと約定するのである。つまり、各世界に相対的な個体領域φ(H)の合併$\bigcup_{H \in K} \varphi(H)$を、全個体領域をUとすると、Hにおける自由変項への付値は、φ(H)に制限されずに、U中の個体でよいのである。しかしながら、開放文‘Px’がHにおいて真となるのは、自由変項‘x’に付値されたU中の個体aが、Hにおける述語‘P’の外延の成員である場合、その場合のみだと約定される。ところが、述語‘P’のHにおける外延とは、Hに存在し、かつ‘P’を充足する個体の集合である。したがって、もし個体aがHに存在しない場合、aが他の世界で‘P’を充足しようと、Hにおいては‘Px’はaに関しては偽となるのである。こうした約定により、真理値の間隙は排除される。

また、注目すべきクリプキの第三の特色は、標準論理での自由変項への付値の仕方——つまり、一旦自由変項‘x’にある値aが付値されたら、同一文脈では(その変更が明示されない限り)‘x’には同一のaが付値され続けるという方針——を様相文脈でも踏襲するということである。すなわち、自由変項‘x’に現実世界Gに存在する個体aが、Gにおいて一旦付値されると(当然aは全個体領域U中に含まれることになるから)、aが別の世界に存在しようとしまいと、‘x’には、aが付値され続けるのである。つまり、一度、開放文‘Px’中の自由変項‘x’に、ある世界に存在する個体aが付値されれば、‘Px’の真偽がどの世界で値ぶみされようと、‘x’には、固定的rigidに、貫世界的transworldlyに、同一個体aが付値され続けるのである。自由変項の付値に関するこのクリプキの考えが、後の衝撃的な「固定指示子rigid designator」論に連なっていくのである。

6-3　反証モデル

しかし、以上のクリプキ・モデルでは、実は、代入則、必然的同一性、量化法則、バーカン式等の重要な式は、いずれも妥当とはならないのである。

例えば、普遍例化(UI)‘(∀x)Px→Py’の様相文脈への拡張の一例、(UI)^{M}‘(∀x)□Px→□Py’についての反証モデルを考えよう。

さて次のような条件を充たすクリプキ・モデルを考える。(1)Kはいま現実世界G、Gと相対的に可能な世界Hの二世界のみからなる。(2)Gの個体領域φ(G)は、唯一の個体aのみからなり、他方、Hの個体領域φ(H)には、相異なる二つの個体a、bが存在する。(3)述語'P'を充足するのはG、Hいずれの場合にもaのみである(ϕ(P, G)＝ϕ(P, H)＝{a})。

さて、自由変項'x'には、G、Hいずれにおいても、aが付値されたと仮定しよう。他方、述語'P'の外延は、GでもHでも{a}と仮定されていたから、開放文'Px'は、G、Hいずれにおいても、つまりすべての世界において、真となる。よって、'□Px'はGで真となる。ところが、Gの個体領域にはaしか含まれないから、結局、'(∀x)□Px'はGで真となる。よって、(UI)^{M}の前件は、このモデルで真となる。

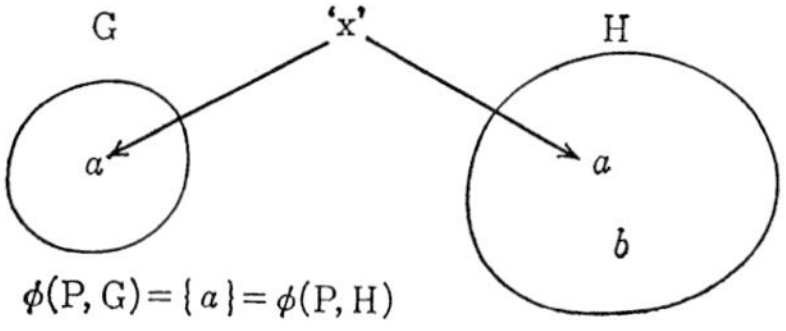

後件'□Py'はどうか。自由変項'y'には、G、Hいずれにおいてもbを付値するとしよう。ところがbは、Hにおいては述語'P'の外延には含まれないと約定されているから、'Py'はHで偽となる(またbはφ(G)に含まれないから、Gにおいても'Py'は偽である)。したがって、(UI)^{M}の後件'□Py'は、Gにおいて偽となる。よって、このミニ・モデルは、量化法則「普遍例化」の反証モデルを提供する(上図参照)。

もし出発点の現実世界Gと相対的に可能な世界Hの個体領域φ(H)は、φ(G)に内含される(φ(H)⊑φ(G))、すなわち、可能世界の個体は、現実世界の個体より減りこそすれ増大しないと約定すれば、先の量化法則は成立する。逆内含要請——現実世界の個体領域ψ(G)は、Gと相対的に可能な世界の個体領域ψ(H)に内含される——すなわちψ(G)$\subseteq\psi$(H)が充たされればバーカン式が成立する。

次に、代入則(SI)‘x=y→(Px→Py)’の様相文脈への拡張例(SI)^{M}‘x=y→(□(x=x)→□(x=y))’により得られる「必然的同一性」(NI)‘x=y→□(x=y)’の反証モデルを考えよう。

現実世界Gは、相異なる二つの個体a、bから構成されるのに対し、Gと相対的に可能な世界Hはaのみからなり、かつK={G, H}と仮定する。さて、Gにおいては、‘x’、‘y’のいずれにもbを付値するとする。するとGにおいては‘x=y’は真となる。しかし、Hにおいても‘x’、‘y’にbを付値すると、bは仮定からHの個体領域ψ(H)には含まれていないから、開放文に関するクリプキの付値条件から、Hにおいては、‘x=y’は偽となる。よって、‘x=y’は、必ずしもすべての世界で真とはならないから、Gにおいて(NI)の後件‘□(x=y)’は偽となる。したがって、このモデルでは(NI)は妥当でない。代入則の一事例(SI)^{M}も同様にこのモデルにより反証される。

6-4　一般性解釈

これらの重要な論理法則の処理をめぐって、クリプキの第四の特色が現われる。

クリプキの提案は、開放文の「一般性解釈 generality interpretation」を与えることである。

例えば、先の代入則や普遍例化は、その普遍閉包 universal closure

(UI)$_G$　(∀y)((∀x)Px→Py)

(SI)$_G$　(∀x)(∀y)(x=y→(Px→Py))

の省略とみなすのである。こうすることにより、ヒンティカのように、量化法則や代入則に制限を設ける必要がなくなる。

(UI)$_G$ においては、先の (UI)^M とは異なり、'y'が量化されているから、その付値に関しては、各値ぶみのなされる世界に存在している個体に制限されることになる。したがって、先の反証モデルの場合のように、現実世界に存在しない個体を'y'に付値することはできないのである。また代入則、必然的同一性に関しても、先の反証モデルのように、現実世界Gと相対的に可能な世界Hに存在しない個体をHにおいて'y'に付値することはできないのである。よって、自由変項に一般性解釈を与える(束縛変項に変換する)ことにより、代入則、量化法則は例外なく成立する(ただし、バーカン式、逆バーカン式は依然不成立である)。

かくて、クリプキは、量化と代入に関する困難を、クワイン自身の方策[31]の採用により、量化は自由変項を含まない閉式のみに関わるとみなすことによって回避しようとする。つまり、自由変項'x'を含む開放文'Px'は、常に'(∀x)Px'に置換可能とみなすのである。この考えは、標準論理の量化理論においてもみられる、「開放文の妥当性はその普遍閉包の妥当性に依存する」との考えに添うものである。

このようにして、一般性解釈の採用により、クリプキ・モデルにおいて、代入則、量化法則は成立することになる。この方策は確かに論理学者にとっては簡明であろう。しかし、自由変項の代わりに、個体定項が登場する場合には、先の反証モデルが有効となるから、依然問題は先送りされただけであるといわねばならない。

だが、先述のクリプキ・モデルの特徴のうち、第一に、自由変項に対し、全個体領域U中に存在するある所与の個体が付値されるなら、その個体が代替世界に存在しなくともよく、かつ、一旦U中のある個体が当の自由変項に付値されると、いかなる可能世界に関しても、当の変項にはその個体が付値されるという付値の固定性の主張、および第二に、述語の外延が、当の世界内の個体に制限されていること、ならびに、一般性解釈の採用により変項の付値を値ぶみの行われる現実世界の個体領域に制限するという一種の現実定位の主張が特に注目される。この二つの主張の中に、諸パズル回避の重要なヒントが含まれていると考えられる。このような自由変項の付値に関する固定性と、述語の外延ならびに変項の付値に関する現実定位という考えは、やがてクリプキの哲学的諸論文において新しい展開をみせ、欧米哲学界に強いインパクトを与えるに到る。

7　個体と単称名辞――個体論のパズル

述語様相論理のパズルとして、代入則や量化法則をめぐる諸困難が指摘されてきた。この困難は、(1)名前や記述などの単称名辞の意味論的機能の再吟味、ならびに(2)個体 individuals をどうとらえるかという重要問題に深く連関しているのである。実際、一九七〇年代初頭から、(1)二〇世紀の古典的正統とみなされていたフレーゲ－ラッセル－ウィトゲンシュタインの単称名辞に関する言語哲学的見地に対し尖鋭な批判が展開され、それと並行して、(2)個体把握をめぐる形而上学的・認識論的な論争が惹起されたのである。

標準論理や命題様相論理の範囲までに必要とされる意味論的データには、単称名辞の指示対象である個体をどう把握すべきかといった情報は、格別、含まれる必要がなかった。ところが、述語様相論理、とりわけ、自由変項を含む開放文や固有名を含む単称文に様相子が付加されると(クワインの、様相的掛わりの第三段階、文演算子としての様相子に相当)、その意味論を与えるためには、自由変項'x'や名前に付値されるべき個体とは、その存在が一つの可能世界内に局限されるのか、それとも複数の可能世界にわたって存在するのか、もし後者なら、別々の世界に存在する個体がどのようにして同一だといえるのか等々といった問題に回答を与える必要に迫られることになったのである。

とりわけ、量化法則、例えば普遍例化の一事例$(UI)^{M}$ $(\forall x)\Box Px \rightarrow \Box Py$を、様相文脈で修正なしに維持するには、自由変項ないし個体定項'y'に、ある世界H_1で付値される個体と別の世界H_2で付値される個体との同一性が保証されねばならない。このように、ある世界に存在する個体を他の世界に位置づける仕事は、先述のように、「貫世界相続線」を限定する問題、また「貫世界同定」「交差同定」の問題とも呼ばれて、様相論理の意味論をめぐる哲学的話題を提供し、活潑な論争を喚起したのであった。そこでまず、近年のこうした個体論論争の諸々の見地についてみておこう。[32]

7-1　個体論の相剋——ソーセージ説対サンドウィッチ説

7-1-1（**懐疑論**）　さて、この貫世界同定の問題に対して、(1)懐疑論、(2)形而上学的見地、(3)相対主義的見地の、三つの応答の型を区別しうるであろう。[33]

クワインに代表される懐疑論的見解によれば、第一に、貫世界同定の試みは、表現の使用と言及の混同とみなされる。フレーゲは、内包的文脈では名前は通常の個体を指さず、当の名前自体とかその名前の表現する意義(内包)を指すとみなすが、クワイン風に言えば、これは、名前を現実個体の指定に使用することと、当の名前ないしはその名前の内包に言及することとの混同なのである。

また第二に、内部量化という事象様相を認めるひとは、個体の貫世界同定のための個体的な本質を要請しなければならない。ところがクワインは、現実世界内の物理的対象でさえ、占有された時空点の位置領域の集合とみなし、こうした領域を連続的につなぎ合わせて一つの対象を人工的に構成するその仕方に優劣を認めない(34)。したがって、まして貫世界連続体のような超世界的個体を構成する特権的な本質は認められないのである。

また、ヒンティカは、交差同定には、カルナップの個体概念に一層強い制限を課し、ある可能世界の全代替世界のおのおのからたかだか一つの世界内局在的個体片を抜き出し、それらをつなぎ合わせて一つの世界線 world line を形成するような個体化関数を存在要請する必要があると認める。そしてむしろ、この個体化関数そのものが、通常のいわゆる個体に相当する貫世界相続線なのだと主張する。にもかかわらずヒンティカは、様相文脈については、クワインの懐疑論に与して、各可能世界が互いにまったく似ても似つかないという可能性を論理的に排除しえないという理由で、こうした個体化関数の要請には論理的根拠がないとみなすのである。こうして彼はむしろ、様相文脈においては、代入則・量化法則にある修正を加える方策を採るのである。

7-1-2〔形而上学的ソーセージ説〕 これに対して、論理学者好みの、貫世界同定の単純な解決策は、各世界の個体領域の成員はすべて、いわば、裸の個体 bare particulars であるとみなすことである。つまり、可能世界は、個体に関しては、初めから重複しあっているoverlappingと考えるのである。各個体は、ソーセージのように複数の世界に延長していて、各世界でのそれぞれの現われは、いわば、一つの個体の人工的な切り口、断面《ステージ》、切片sliceにすぎないとみなされる。同一個体シミズ氏は、現実世界Gでは哲学者として、別の世界H_1ではヒッピーとして、H_2ではロック・シンガーとしてというように多様な仕方で現われうると考えるのである。こうした「属性に先行する実体」というメタ理論的見地では、各世界を超えて延びるsuperentityとしての単一の個体が、各世界で多様な衣装をまとって姿を現わすとみられるのである。

こうした見地は、必ずしも荒唐無稽ではなく、現在をはさんで過去・未来へと延びる時間に関する論理の意味論では、ごく自然なモデルを与えるものである。動物個体や人間個体は、同一個体が時間を通じて、幼少年期、青年期、壮年期、老年期とさまざまな変容・変態をみせつつ、通時的diachronic・貫時間的transtemporalに延長している連続体として表象され、その時々の様態は、こうした通時的連続体の局在的《ローカル》な時間断面とみなされるのが自然であろう。ソーセージ説とは、自由変項や個体定項に付値される個体を、このような通時的連続体とアナロガスな、貫世界的連続体とみなす立場なのである。この見地では、解決されるべき貫世界同一性の問題は、はじめから存在しないということになる。

こうしたソーセージ説を採用すると、内部量化に関して、単称名辞の意味論的機能や個体化関数等への一切の言及なしに、自然な解釈を与えることができるのである。

時制演算子(過去・未来のような)の場合、通時的に延長している個体が存在し、それらの性質は時の経過とともに変化しうるのだと考えることは自然であり、その限り、個体の通時的同一性には何も固有の問題はない(問題があるようにみえるとすれば、それは時制論理に特有の問題ではなく、個体を通時的に同定する方法をめぐる認識論的な一般的問題であろう)。例えば、「次期首相(P)になるであろう(F)ニューリーダー(L)が存在する」は、次のように表記され、その変項'x'には、同一の通時的個体が付値されると、ごく自然に考えることができる。

(1)　$(\exists x)(Lx \,\&\, F(Px))$

同様に、様相文脈の場合に、変項'x'の変域には、通時的個体とアナロガスに、貫世界的個体が付値されることを認めるならば、そうした個体を指すために'x'に代入されるべき名前や記述一切に顧慮することなしに、次のような内部量化文を解釈することができる。

(2)　次期首相になりうるニューリーダーが存在する。

$(\exists x)(Lx \,\&\, \Diamond Px)$

(この解釈は、(2)のようにすべての単称名辞が消去された場合でも有効なのである。なお、このように、間接話法の従属節にかかる言明・文演算子としての様相を、メタ言語的な意味論的述語としての様相に還元せず、直接話法への参照なしに解釈しようとする試みを、独立的 independent 解釈という。[35])

さてしかし、(2)のような様相的文脈の場合には、(1)の時制文脈における通時的個体の想定ほど、貫世界個体の存在仮定は自然ではないし、いかに単純な解釈を可能にするといっても、裸の個体のような形而上学的見地を独断的に容認しなければならないとしたら、払うべき代償は大きすぎるといえるかもしれない。[36]

7-1-3〔相対主義的サンドウィッチ説〕　以上のような裸の個体説に対して、様相文脈での自由変項や個体定項の付値は、束縛変項への付値と同様、各世界に束縛されて world bound おり、個体は基本的に各世界内個体片 world slice とみなす方が自然だという見解がある。その場合、個体は基本的には各世界内局在者 locals なのであり、貫世界的な個体とは、世界内個体片をなんらかの仕方で、サンドウィッチのごとく、重ね合わせた人工的構成物だと表象される。この見地は、「属性の実体に対する先行」を認める見地に通底するといってよい。

ヒンティカによる、単称名辞‘b’の指示の多重性（‘b’が各可能世界と相対的に多様な個体を指しうるということ）の主張も、個体が各世界内に局在する個体片だという見解を前提にしていると考えられる。

こうした世界内局在者としての個体という把握は、「個体を性質の束」とみなすある種の経験論的見地のみならず、イデアや属性が占有するある時空域を個体とみなす説、あるいは、単純属性の最大共可能集合である完全個体概念を個体と重ねる説等々、一見まったく相異なる形而上学的な立場に通底するような、一つの典型的な、個体の見方なのである。

逆にいうと、個体片を基本とする立場にも、通常の時空連続体ないし貫世界連続体としての個体がどう構成されるかについては、さまざまな見地がありうるということなのである。例えば、貫世界連続体としての個体を構成する絶対的本質の存在を認める説から、本質とは各個別の状況や問題関心に応じて相対的であるとの相対的本質主義、さらには、クワインのような特恵的構成原理は存在しないという先の懐疑論まで、多様である。

さて、以上のような(A)ソーセージ説と(B)サンドウィッチ説との対比を、デリカテッセンで働く職人の仕事のメタファで描いておこう[37]。

(A)パンやソーセージ、ハム、トマト、オニオンなどの切片を作っているスライサーは、連続的なパン、ソーセージ、トマトなどのおのおのの塊を、世界の所与とみなすであろう。そして、各切片を作り出すのは、スライサー自身なのである。二つの切片が、一本のソーセージ、一塊のパンをスライスしたものなら、それらは同じソーセージ、同じパンの切片なのであり、いわば類同的 gen-identical なのである。

(B)これに対し、サンドウィッチ作成者は、世界の所与をすでにスライス済みのパン、ソーセージ、トマト等々のそれぞれの各切片とみる。彼は、自分の工夫、客の好みや関心にあわせて、所与のスライスを重ね合わせて一つのサンドウィッチを構成するのである。この構成法――与えられた材料(切片)を重ね合わせる仕方――は、客の要求や自分のアイディア等に依存するのであって、こうしたこととは中立的に、どの切片同士が合体するかを問うことには意味がないことになる。いずれにせよ、相対的な本質主義者は、世界内局在個体片をつなぎ合わせて、貫世界的個体を構成しうると認めはするが、その構成原理である本質とは、絶対的なものではなく、たかだかある関心に相対的な、個体片の貫世界的相続線にすぎないとみなすのである。

7-1-4〔分身説〕　相対的本質主義よりさらに懐疑論に近いのは、D・ルイスの分身説 counterpart theory であろう[38]。ルイスも、クワイン、ヒンティカ同様、個体はすべて世界内に束縛されていると考える。したがって、相異なる世界の個体は決して同一ではありえない。にもかかわらず、こうした世界内個体片は、互いに相似的でありうる。ある世界内の個体は、別の世界に一つ以上の相似な分身をもちうるし(個体分裂に相当)、またある世界内では別々の二つの個体片が、別の世界では一つの分身をもってもよい(個体融合に相当)。また、分身の存在しない世界があってもよい(個体の消滅に相当)。こうしたルイス流の個体把握では、アメーバのような原生動物、官庁や会社などの制度・組織、ハイウェイや河川等、時空を通じて分裂や融合、さらには生成消滅をもゆるすような個体的存在の特徴が念頭におかれているともいえよう。

　このような見地では、個体片の本質とは、たかだか、その分身のすべてが、かつそれらのみが共有する性質ということになる。かくて、分身説では、厳密には、貫世界同定は成立しない。よって、必然的同一性、代入則、量化法則も成立しない。その代わり、分身関係というゆるい貫世界相似性が、貫世界同一性の代用をつとめる。

ところで、メイツとは異なる石黒説[39]によれば、ライプニッツの個体把握も、ルイスの見地に似ているように思われる。まず、単純属性の共可能的集合である個体概念は、現実的ないし可能的個体に帰属し、かつ現実的ないし可能的各個体は、正確に唯一つの現実的ないし可能的世界（それらは、共可能的な個体概念が帰属する現実的ないし可能的個体の集合である）に属するとされるからである。つまり、ライプニッツの個体は、すべて、唯一つの世界に局在するものなのである。よって、厳密な意味では貫世界同定は成立しないから、量化法則はそのままの形では成立しない。

しかし、ライプニッツは、各世界内個体は、相似性により関係させられ、少なくとも一つの分身を別の世界にもつと認める。例えば「シーザー」は現実の人物を指し、この人物、シーザーについて真なるすべての述語がシーザーの個体概念に含まれる。したがって〈ルビコン河を渡った〉という概念はシーザーの個体概念に含まれるが、〈ルビコン河を渡らなかった〉は含まれない。それゆえ、「シーザーはルビコン河を渡らない」は、いかなる世界でも真とならない。ルビコン河を渡らない人物は、シーザーではないのである。にもかかわらず、〈ルビコン河を渡らない〉という一点を除いたすべての面でシーザーに酷似した人物、すなわち、シーザーの一分身は、別の可能世界に存在しうるのである。

7-1-5〔まとめ〕　これまでの考察から、個体を各世界に束縛されている世界内局在者、世界内個体片として把握すると、各種の関心に相対的な個体片の重ね合わせ方や個体化関数に依拠する貫世界相続線の要請によるほかは、貫世界同定は可能でない。また、よりゆるい分身関係に基づく貫世界相似性は、こうした貫世界同一性を保証することはできない。したがって、サンドウィッチ説的な(あるいはより弱い分身説的な)個体把握によれば、通常の時空的連続体としての個体の通時的同定の規準が多様で一義的でないのと同様、貫世界同定の規準も一義的でない、あるいは、そうした規準は存在しないといわざるをえないであろう。すると、量化法則は、なんらかの(相対的であれ)本質主義に依拠しない限り、通常のままの形では維持できないことになる。

他方、ソーセージ説をとると、なるほど量化法則は、通常のまま問題なく成立するが、しかし個体の範型を貫世界的連続体に採るいわば「裸の個体」という形而上学的見解を、独断的に主張しなければならないであろう。この個体把握は、時制論理における通時的個体の想定の場合には自然であろうが、貫世界個体の想定には抵抗が強いであろう。

すると、「xが素数であるということは必然だ」のような開放文に対して、(「xが素数である」は必然だ」のように直接話法の意味論的述語への転換を介してのメタ言語的解釈に依存せずに)間接話法の(対象言語的)表記のまま、独立的 independent 解釈を与えることは、困難であるように思われる。

7-2　メタ言語的アプローチ——モンタギュ-カプラン

すでに述べたように、フレーゲ-クワイン指摘の内包的文脈におけるパズル回避の方法には、大別して、(1)対象言語的な間接話法の方法と、(2)メタ言語的な直接話法の方法という二つのアプローチがあるであろう。例えば「9は5より大であるということは必然である」といった様相文に関し、前者の方法は、この間接話法的な表記法に変更を加えずに(様相子は、クワインの第二、第三の様相的掛わりあいの段階にある対象言語中の副詞——すなわち、言明ないし文の演算子'nec'——に相当する)、その代わり、パズル回避のために、(イ)ヒンティカ流に論理法則に制限を加えたり、クリプキ流に一般性解釈を与える。あるいはさらに、(ロ)貫世界同定のために、超世界的個体の存在を要請したり、なんらかの本質主義に訴えることになる。しかし、論理法則の制限は提案者のヒンティカ自身が認識論的に認めなかったアド・ホックなものであり、クリプキの一般性解釈も単に問題を先送りしたにすぎなかった。また、ソーセージ説や本質主義は、いずれも独断的な形而上学的主張だとの非難を免れえないであろう。そこで、アド・ホックな制限でもなく、形而上学的見地や認識論的見地からもできるだけ独立で、しかも代入則・量化法則の成立を保証するに足るような、より説得的で、純言語哲学的・意味論的解明を求めることはできないであろうか、という課題が残されている。

ところで、第二の、直接話法的アプローチでは、様相子はメタ言語的な意味論的述語と解され、先の様相文も、「「9は5より大である」は必然である」のように直接話法風に書き換えられ、逆に代入則・量化法則はそのまま維持しようとする。しかしそのためには、ヒンティカ流の修正や、あるいはソーセージ説、本質主義の代替となるようななんらかの意味論的説明が与えられねばならない。この方向での萌芽は、すでにカルナップの座標言語における特異な個体概念に見出される。そこで本節では、この方向を、「名指し関数」「標準名」の限定という仕方で追求した、カリフォルニア・セマンティクス[40]の流れの一端をみておこう。

7-2-1〔名指し関数と標準名〕　カルナップの個体概念は、各状態記述に特定の個体（時空位置）と一対一対応する特定の名前を付値する関数であった。この「名指し関数」と「標準名 standard name」というアイディアを用いて、様相パズルを解こうとしたケイリッシュ－モンタギュの試みをみよう[41]。

(i)まず代入則の違反例とされる推論の事例を挙げておこう。

(1)(イ)　太陽系の惑星の数は9である。

(ロ)　9が素数でないことは必然的である。

よって、

(ハ)　太陽系の惑星の数が素数でないことは必然的である。

一見したところ、(イ)(ロ)は真なのに、(ハ)は偽と考えられる。

さて、'9'も「太陽系の惑星の数」も、自然数9に対する広義の名前である。しかし、ケイリッシュ－モンタギュは、9に対する名前を、標準名とそうでないものに区分し、'9'は標準名とみなす。k番目の自然数の標準名として、k番目の数字を選ぶのが自然だというのである。そこで各自然数にその標準名を付値する「名指し関数」N_0を導入する。すると、例えば、$N_0(1)=$'1', $N_0(7)=$'7'……となる。他方、非標準名を付値する名指し関数とは、例えば、$N_1(9)=$「太陽系の惑星の数」、$N_2(9)=$「カナメのお気に入りの数」……となる。

さて、先の(ロ)(ハ)という様相文は、それぞれ多義的なのである。この多義性は、名指し関数の明示によって除去される。すなわち、(ロ)(ハ)は、次のように、少なくとも二様に、直接話法風に表わすことができる。

まず(ロ)(ハ)に、名指し関数N_0を適用すると、$N_0(9)=$'9', N_0(太陽系の惑星の数)$=$'9'となるから、結局(ロ)(ハ)ともに次のように読まれ、それは真とみなされてよい。

(a)　「9が素数でない」は必然的である。

他方、(ロ)(ハ)にN_1を適用すると、$N_1(9)=N_1$(太陽系の惑星の数)$=$「太陽系の惑星の数」となり、したがって(ロ)(ハ)はともに次のように表わされ、それは偽とみなされよう。

(b)「太陽系の惑星の数が素数でない」は必然的である。

かくして、(ロ)(ハ)の従属節「……こと」の中に現われる〈9〉と〈太陽系の惑星の数〉に対し、ともにN_0を適用して標準名'9'を付値するか、または、ともにN_1を適用する場合、いずれも、(1)の推論は妥当となり、代入則の反証例にはならない。

(1)が非妥当とみえるのは、(ロ)にN_0が、(ハ)にはN_1が適用されるケースのみである。しかしこの場合でも代入則の反証例にはならない。(ロ)(ハ)はそれぞれ(a)(b)に書き換えられるが、フレーゲ的にいえば、直接話法様相文脈中の間接的意味は、記号自体であり、同じ記号同士でなければ置換は許されない。よって、(a)中の'9'を(b)中の「太陽系の惑星の数」に置換することはできない。

(ii) 内部量化や変項の連係についてはどうか。

まず、従属節中に自由変項'x'が現われる場合には、'x'を添字として従属節外に出した上で、特定の名指し関数Nを'x'に適用し、しかるべき名前'α'を付値することにより、間接話法様相文を、直接話法様相文に変換するのである。例えば、「xが素数でないということは必然的である」は、「N(xが素数でない)ということ^{x}、は必然的である」('It is necessary^{x} that-N(x is not prime)')となり、それは結局、「ある名前αに関して、「αは素数でない」は必然的である」('(∃α) (N(x)=α & 'α is not prime' is necessary)')と読まれてよいであろう。

さて、次のような内部量化や変項の連係の事例については、

(2) すべての素数は、必然的に素数である。

$(\forall x)(x \text{ is prime} \rightarrow \text{it is necessary that } x \text{ is prime})$

先の方策によって、'x' に対し常に標準名を付値する N_0 の導入により、'x' の外延性(ないし指示的透明性)を保ちうる。すなわち、

$(2)_0$ $(\forall x)(x \text{ is prime} \rightarrow \text{it is necessary}^x \text{ that-}N_0(x \text{ is prime}))$

これは結局、次のように読まれよう。

$(2)'_0$ すべての素数は、それに標準名 α が付値されれば、「α は素数である」は必然的である。

$(\forall x)(x \text{ is prime} \rightarrow (\exists \alpha)(N_0(x) = \alpha \ \& \ `\alpha \text{ is prime'} \text{ is necessary}))$

さて、$(2)'_0$ の代入事例はすべて、「3が素数ならば「3が素数である」は必然的である」のように、真となり、(2)についてのわれわれの直観的理解と合致する。

しかし、ケイリッシュ－モンタギュは、標準名ならびに標準名を付値する名指し関数 N_0 の充たすべき条件は何かについては、数字の例を挙げているだけで、明確な規定は与えていない。

7-2-2〔カプランの標準名〕 早い時期のカプランの仕事『内包論理の基礎』[42](一九六四)は、フレーゲの間接的文脈に関する着想を継承し、チャーチの形式言語を改良しつつ、タルスキ流のモデル論的枠組の中で、カルナップの解釈を発展させて様相論理の意味論を与え、S5様相述語論理の完全性と決定可能性を証明するものであった。また彼の理論中には、標準名についての新しい進

展がみられるのである。

さてカプランは、様相子をメタ言語的な意味論的述語 Nec と解する直接話法的アプローチを採用し、フレーゲの着想を一般化して、様相文脈においては、表現は、(i)他の表現を指す(統辞論的解釈)、(ii)その意義を指す(内包的解釈)という二つの解釈を並行的に展開している。すると例えば、対象言語 L_0 中の文 9>5 に対応するメタ言語 L_1 中の表現を $\overline{9>5}$ とすると、$\overline{9>5}$ にメタ言語的述語「必然的である」(Nec)が、Nec($\overline{9>5}$)のように、述語づけられる。

$\overline{9>5}$ は、統辞論的解釈に立つと、L_0 中の文 9>5 の引用符名 '9>5' や連鎖 $9^\frown>^\frown5$ と解され、内包的解釈に立つと、9>5 の意義(内包)$(9>5)_I$ と解釈される。すると様相文 Nec($\overline{9>5}$)は、Nec '9>5' ないし Nec$(9>5)_I$ と表記される。

代入則は、表現自身の同一性、ないし表現の同義性(その規準は、様相文脈では、論理的等値)に依拠してのみ成立する。したがって、次のような推論は、代入則の反証事例にならない。

(1)(a)　太陽系の惑星の数は9である。

(b)　Nec($\overline{9>5}$)

ゆえに、

(c)　Nec($\overline{太陽系の惑星の数>5}$)

'9'と「太陽系の惑星の数」という表現はもちろん互いに異なり、またその表現する意義も異なるから、互いに交換可能ではないのである。

さらに、カプランの体系における新しい着想は、対象言語L_0中のすべての名前αおよび文ϕは、L_0に対するメタ言語L_1中に一つの標準名$\bar{\alpha}$、$\bar{\phi}$をもつという点である。

ところで、「ヨシコのお気に入りの文」といった文の名前は、それが何を指すのか限定するのに経験的探究を要する偶然的な名前なのに対し、例えば、引用符名やタルスキ流の構造記述名は、その当の表現自身を指すということが、論理的根拠のみによって確立される。標準名の本質は、その指示対象が論理的に確定しているということに求められている。[43] またカプランはこの時期、標準名をもちうる存在者は、数、表現(タイプ)、概念(意義・命題)、集合といった必然的抽象存在であって、物的対象やその集合、センス・データといった偶然的具体存在は標準名をもたないとみなした。[44] いずれにせよ、対象言語L_0中のすべての名前αや文ϕには、メタ言語L_1中にその標準名$\bar{\alpha}$、$\bar{\phi}$が含まれるのであり、$\bar{\alpha}$、$\bar{\phi}$は、統辞論的解釈では、L_0中の名前α、文ϕの引用符名や連鎖、内包的解釈では、αの意義(概念)やϕの表現する命題に対する標準名なのである。

なおカプランは、カルナップ流に、内包を可能的事態からその事態における外延(個体、個体の順序組の集合、真理値)への関数(個体概念、特性、命題)と解釈する。[45] また、可能的事態は、それが対象言語L_0のタルスキ流の一意的モデル$\mathfrak{m}=\langle D, \phi\rangle$ (Dは個体領域、ϕは付値関数)を確定するから、当の$\mathfrak{m}$と同一視される。[46] (相対的様相の場合には、$\langle \mathfrak{m}M\rangle$ ($\mathfrak{m}$は現実世界、Mは$\mathfrak{m}$と相対的に可能な世界の集合)がモデルにとられる。)

すると、「(命題)$\bar{p}$は(S5で)必然的である」が現実世界mで真となるのは、すべての可能世界nの集合M_0に関して、nにおいて$\bar{p}$が真となる場合である。[47]

自由変項を含む様相開放文の値ぶみはどうなされているか。カプランは、自由変項の付値に関しては、差し当たり内包的解釈をとり、その変域を意義(個体概念)とみなす。[48] また、個体概念$\bar{\alpha}$と$\bar{\beta}$の同一性条件は、$\overline{\alpha=\beta}$が必然的に真のときに限るとされていることから、直ちに「必然的同一性」が導かれ、また、一般に、代入則、量化法則、さらにはバーカン式等も問題なく成立する。[49] しかし、実は、その理由は、カプランの内包的解釈には、量化法則の成立に必要な貫世界同定を可能にする一種の「本質主義」が含まれているからなのである。すなわち、自由変項αは、各可能世界から同一の対象を抜き出すような個体概念のみを変項とし、したがって、概念の領域は本質のみを含むとみなされているのである。[50] かくて、標準名は、こうした本質の名前に限定されていることになる。

7-2-3〔内部量化〕　論文「内部量化[51]」(一九六九)においてもカプランは、フレーゲのいう間接的文脈(カプランは中間的 intermediate と称する)の多義性を明晰化するためのフレーゲ流の二つのメタ言語的方法、すなわち、前項の①統辞論的解釈と②内包的解釈、を区別し、前者①を「直接話法的」方法、後者②を「間接話法的」方法と改称している。①の方法では、間接的意味は記号自体であるから、記号表現を変域とする変項としてギリシャ文字を準引用符(コーナー)とともに用い、②の方法の場合には、間接的意味が意義(内包)であるゆえ、意義を変域とする変項にイタリック体を、意義標識 meaning mark Mとともに用いる。

例えば次の例をみよ。

(1)　9が5より大きいということは必然的だ。
(It is necessary that $9>5$)

(1)の言表 *de dicto* 様相は、間接的意味の一部を量化すると次のように書き換えられる。

(*)　$(\exists\alpha)$($\ulcorner\alpha>5\urcorner$ is necessary)

(**)　$(\exists\alpha)$(It is necessary that ${}^{\mathrm{M}}\alpha>5^{\mathrm{M}}$)

前項では最終段階で②の内包的解釈の方法が採られたが、論文「内部量化」では、存在論的に安全な①の方法が採用される。

まず、(1)の言表様相文は、①の方法で次のように直接話法風に書き換えられる。

(1)*　N$\ulcorner 9>5\urcorner$

他方、(1)と対比される次のような事象 *de re* 様相はどう表わされるのか。

(2)　9は、必然的にそれが5より大なるものである。
(9 is such that necessarily *it* is greater than 5)

チャーチ流の表示関係述語'Δ'を導入すると、(2)のフレーゲ－チャーチ流の事象様相の表記は次のようになる。

(2)* $(\exists\alpha)(\Delta(\alpha, 9)\ \&\ \mathrm{N}\ulcorner\alpha>5\urcorner)$

しかしながら、次式が事実真だとしても、

(3)　太陽系の惑星の数は9である。

(1)(3)から代入則により次式を導くことはできない。

(4)　太陽系の惑星の数が5より大きいということは必然的だ。

また次式も偽である。

(4)*　N⌜the number of planets>5⌝

同様に、偶然'Δ('the number of planets', 9)'が(3)のように真だとしても、言表様相(1)から、事象様相(2)へと遷出可能 exportable ではない。つまり、'$\Delta(\alpha, 9)$'を満足する任意の名前αについて、(1)*から(2)*への遷出が可能であるとは限らない。

そこでカプランは、代入則や右のような遷出を許容する名前が、その名指す対象ときわめて密接に結合しているので、それを名指さざるをえないような名前に制限しようとする。こうした名前は、その対象を必然的に表示する('Δ_N'と表記)。このように、その表示対象が論理的ないし言語的根拠のみに基づいて指定されている名前、その表示対象を必然的に表示する名前が、先の標準名である[52](例えば、数字、引用符名、構造記述名)。

「太陽系の惑星の数」と‘9’とは、たまたま同じ自然数9を表示するが、前者は他の反事実的状況や時代と相対的に、別の数を指しうる。しかしアラビア数字の位どりに関する規約(引用符名の構成に関する我々の規約)が恒常なら、‘9’はいかなる可能的状況でも同一の数を固定的に表示する。‘9’がどの数を名指すかわからないというのは、天文学上の無知ではなく、言語運用能力の欠如を示す。かくて、標準名とその対象との間にはある親密性 intimacy があり、そのことが‘9’という数字が様相文脈で9の代理となることを許す。

かくして、(2)(2)*のカプランの分析は、

$(2)_K$　$(\exists\alpha)(\varDelta_N(\alpha, 9)\ \&\ N\ulcorner\alpha > 5\urcorner)$

となる。したがって、‘$\varDelta_N(\alpha, 9)$’を真にする9の標準名‘α’のみが、(1)型の言表様相から(2)型の事象様相への遷出を許容するのである。

このカプランの分析に従えば、代入則の一事例、

(SI)　a = b → it is necessary that a = b

が妥当なのは、‘$\varDelta_N(\alpha, a)\ \&\ \varDelta_N(\beta, b)$’を真にする標準名‘α’、‘β’が存在する場合であろう。すなわち、

$(SI)_K$　$(\exists\alpha)(\exists\beta)(\varDelta_N(\alpha, a)\ \&\ \varDelta_N(\beta, b)\ \&\ a = b \rightarrow N\ulcorner\alpha = \beta\urcorner)$

また(2)の存在汎化、

(5)　必然的に5より大きい数が存在する。

が真となるには、先に指摘された通り、(2)は$(2)_K$と分析されねばならない。(5)は次のように分析されなければ真とはならないであろうからである。

$(5)_K$　$(\exists x)(\exists \alpha)(\Delta_N(\alpha, x)\ \&\ N\ulcorner \alpha > 5 \urcorner)$

さてカプランはこの時期でも、偶然的要因を欠く抽象的対象の一部のみが標準名をもちうるとみなした。例えば、ヘーゲルには標準名がない。第一にヘーゲルは存在しないことも可能であり、第二にその貫世界同定の基準が不明確だからである。

すると一般に、具体的対象の名前に関しては、様相文脈では必ずしも代入則、量化法則が成立するとはいえず、抽象的対象の標準名に関してのみ、これら論理法則の拡張が許されるのである。

ところで、論文「内部量化」では、自由変項の付値に関して、カプランは何も言及していない。したがって、次のような開放文にまで論理法則を拡張した場合の対処法は与えられていない。

(NI)　x = y → it is necessary that x = y

(UI)　(∀x)(it is necessary that Fx) → (it is necessary that Fy)

もしさきほどの標準名の扱いを適用しうるならば、自由変項x、yに関する標準名が存在する場合にのみ、これらの法則が成立すると考えることができよう。すなわち、この二法則は、次のように分析されてよいであろう。

$(\mathrm{NI})_{\mathrm{K}}$ $(\exists\alpha)(\exists\beta)(\Delta_{\mathrm{N}}(\alpha, \mathrm{x})\ \&\ \Delta_{\mathrm{N}}(\beta, \mathrm{y})\ \&\ \mathrm{x} = \mathrm{y} \rightarrow \mathrm{N}\ulcorner\alpha = \beta\urcorner)$

$(\mathrm{UI})_{\mathrm{K}}$ $(\forall \mathrm{x})(\exists\alpha)(\Delta_{\mathrm{N}}(\alpha, \mathrm{x})\ \&\ \mathrm{N}\ulcorner\mathrm{F}\alpha\urcorner) \rightarrow (\exists\beta)(\Delta_{\mathrm{N}}(\beta, \mathrm{y})\ \&\ \mathrm{N}\ulcorner\mathrm{F}\beta\urcorner)$

なおこの論文の後半、信念文脈との関連においてカプランが、名前と指示対象との因果的な生成的関係について述べていることは注目に値する。[53] 彼は、画像について、①何に似ているか、②何の画像であるか、③鮮明であるかといった異なった問いを立てることができるのと同様、名前についても、①名前の記述内容、②因果的な生成的性格 genetic character、③鮮明さ vividness を区別する。名前Nがある具体的対象xの(of)名前であるためには、その記述内容が当のxに似ていようといまいと、対象xとNの命名者との間には、知覚その他を介しての因果的関係が存在しなければならず、xはNの生成の根でなければならない。

カプランのこうした因果的生成的な名前の画像理論は、クリプキと並び、次章で展開される名前の因果説の先駆をなすものである。しかしながら、この時期カプランは、名前の生成的性格をもっぱら信念文脈の意味論的解明に用いていて、様相文脈との関連はつけられていない。

以上、カルナップの論理確定的な単称名辞やその個体概念の着想を展開させた、名指し関数や標準名のアイディアは、示唆に富んだものではあるが、なお抽象的存在や本質の標準名にとどまり、このような名前に関してのみ代入則や量化法則の様相文脈における妥当性は制限されているのである。このような袋小路の中で、単称名辞の意味論が徹底的に再検討される事態を迎えるのである。

第五章　直接指示の理論

単称名辞(固有名、確定記述、自然種名、指示詞や代名詞等)に関する二〇世紀の古典的な言語哲学的見地は、第一章、第二章で論じた、フレーゲ、ラッセル、ウィトゲンシュタインによって代表されよう。ところが、これらの正統的見解に対し、ドネラン、クリプキ、パトナム、カプラン等によって反旗が翻され、一九七〇年代以降の言語哲学の戦線に一大波乱が巻き起こされる。(1)そこで本章では、主に、固有名、自然種名、指標的表現についての正統的見解に対する批判をまず紹介し、ついでそれに対置される「直接指示 direct reference」の理論を立ち入って論じた上で、最後に、再び貫世界同定の問題に戻ることにしよう。

1　記述説批判(1)——固有名の場合

まず、固有名についてのフレーゲ、ラッセルの見解を復習しておこう。

フレーゲは、固有名の意味(＝表示対象)と意義との区別により、同一性言明の認識価値をめぐるパズルや信念文中の代入則の問題を説明しようとした。フレーゲはまたしばしば、固有名の意義を確定記述を用いて例示していた。また、「アリストテレス」や「アフラ山」のような人名、地名の場合には、話し手によりその意義は異なりうると認めた。

ラッセルは、一貫して論理的固有名と記述句とをミル風に鋭く対立させつつも、しかし大方の固有名は実は確定記述の省略、偽装とみなし、その意義はこうした記述により分析的に与えられるとみなした（もっとも、記述句自体も、自らの「記述理論」により消去されてしまうから、単独の意義はもたず、文全体の意義に寄与するだけなのである）。

さてサールは、(2) ラッセル説を緩め、記述の束《クラスター》ないし家族《ファミリー》が名前の意義を与えるという「記述束説」を、後期ウィトゲンシュタインに帰している。サールによれば、アリストテレスが通常彼に帰属される特性の論理和、非排反的選言をもつのは一つの必然的事実であり、これらの特性の少なくともいくつかをもたないような個体は、アリストテレスではありえないということになる。(3)

こうした記述（束）説が、名前をめぐるいくつかの困難回避に有利とみえる諸点は次のようであろう。

(i)名前の指示対象をどのように指定するかという問いに、記述（束）説は、一意的同定記述（束）によると答えうること。

(ii)'a=a'と'a=b'という同一性言明の認識価値の差異、また前者を信じながら後者を信じないという可能性に対して、フレーゲなら、'a', 'b'の意義の差異によって、ラッセルなら、'a', 'b'のいずれか一方が論理的固有名ではなくて、記述（の省略）であるということ（最終的には命題関数の差異に訴えること）によって、説明を与えうること。

(iii)単称（非）存在言明のパズルに対し、フレーゲなら、(イ)名前や記述を含む単称（非）存在言明は文法違反でナンセンスであり、(ロ)指示対象の存在は、前提されているにすぎぬ、(ハ)存在前提の充たされない見かけ上の名前や記述を含む文は真偽が問えない、(ニ)しかし、対象約定という記述理論を採れば、空なる名前・記述を含む文にも自然な付値を与えうると答えよう。

ラッセルなら、第一に、本来的な論理的固有名には、存在非存在の問題はない。指示対象を欠くような名辞は、論理的固有名ではないからである。第二に、（省略された）記述は記述理論により分解され、「アリストテレスは存在するか否か」の問いには、「かくかくの特性を充足する唯一の対象が存在するか否か」により決せられるのである。

さて、こうした今世紀の固有名に関する正統的見解に対して勇猛果敢な反論を展開し、一九七〇年代以降の欧米哲学界を震撼させた最大の旗手は、アメリカの若き論理学者S・クリプキである。クリプキは、彼の話題の論述『名指しと必然性 Naming and Necessity』[4]（一九七二、以下、NNと略称し、ページ付けは一九八〇年版による）において、「名指し naming の理論」を、(1)「意義 meaning の理論」と、(2)「指示 reference の理論」に分つ。(1)は、名前の意義ないし同義語を与える定義に、(2)は、名前の指示対象を指定する定義に、それぞれ対応する(NN, 55)。クリプキは、この両様に解される「記述(束)説」のいずれをも斥ける。「記述(束)説」とは、フレーゲ、ラッセル、ウィトゲンシュタイン三者の共通項であり、名前の指示対象指定のみならず、その意義賦与も、確定記述(束)によって行われるとする説である(NN, 58 f.)。例えば、「イスラエル民族の出エジプトの指導者」は、「モーセ」の指示対象を指定するのみならず、その意義をも与えるものとみなされる。

1-1　「意義の理論」としての記述説

クリプキの攻撃は、まず、強い記述説――記述‘d’が名前‘N’の意義を与えるとの説――に向けられる。強い記述説では、‘d’は‘N’の同義語で、‘N=d’は分析的に真とみなされる。ところで、‘N=d’が分析的に真であるための必要条件を、クリプキは‘N=d’の「ア・プリオリな必然的真理性」に求めているとみられる。

ここでクリプキは、真理に関するカテゴリを、可能、必然、偶然といった形而上学的カテゴリと、ア・プリオリ、ア・ポステリオリという認識論的カテゴリとに峻別する(NN, 38 f.)。「必然的に真」とは、(我々の認知とは独立に)あらゆる可能世界で真ということであり、「ア・プリオリに真」とは、例えば、‘N=$_{df}$d’のような定義から直接帰結すると知られるような場合である(cf. NN, n. 26, 63)。したがって、クリプキの、「意義の理論」としての記述説への反論は、名前'N'に伴う記述'd'と'N'とからなる'N=d'が、必ずしも必然的かつア・プリオリな真理ではないという反証を挙げることにより遂行される。

例えば、先の「モーセはイスラエル民族の出エジプトの指導者である」は、ア・プリオリに知られる必然的真理ではないであろう。モーセは、エジプト王ファラオの宮廷で安穏にその生涯を終えることも可能だったのであるから、彼が出エジプトの指導者となったことは論理的に必然ではない。多くの人名・地名に随伴されている記述中の諸特性が、常にその人物や場所の必然的性質であると強弁することはできない。

確かに、「一メートル」を「時点t_0におけるパリのメートル原器の長さ」と定義した当人は、この定義からア・プリオリに、「一メートルはt_0におけるパリのメートル原器の長さである」が真であると知るであろう。しかし、「モーセが出エジプトの指導者だ」ということを、我々はア・ポステリオリにしか知りえない。'N=d'の形の真理性を、'N'の定義者・命名者ないしその立合人以外は、ア・プリオリに知っていると主張することはできないといってよい。

以上のような考察から、「意義の理論」としての記述説は、一般論としては成立しないといわねばならない。ところでもし、意義の理論としての記述説が不成立ならば、単称存在言明を記述によって分析することはできなくなり、「モーセが存在する」は、「出エジプトに際しイスラエル民族を指導した唯一の者が存在する」と分析することはできない。かくて、記述説は、ラッセルが期待したような単称言明、同一性言明の分析を与ええないことになり(*NN*, 33, 58)、その効用は大幅に減殺されることになる。

1-2　「指示の理論」としての記述説

さて、記述(の束)が名前の意義を与えないとしても、その指示対象を指定するのだという「指示の理論」としての記述説はどうか。(5)

指示対象の指定には、当の対象の非本質的偶然的特性を用いた確定記述で何ら支障がないから、一メートルを「t_0におけるパリのメートル原器の長さ」で、またモーセを「イスラエル民族の出エジプトの指導者」で指定することは、もっともらしく思われよう。

しかしながら、クリプキによれば、記述説の強みと目された、命名の現場に立ち合っていず、見知りのかなわない伝聞状況における(過去の人物の)名前の指示対象の確定には、実は記述は無力なのである。記述を介しての名前の指示対象指定が有効なのは、実は原初的命名 initial baptism のような稀なケースなのである(*NN*, 78)。あるいは、少なくとも、「ヘスペルス」や「海王星《ネプチューン》」の場合のごとく、指示対象を面前にしつつ、ないしは当の指示対象の存在を検証する観察によってはじめて、「宵の明星」とか「しかじかの惑星のずれをもたらす天体」といった記述による指定が有効となるのである(NN, 96)。

1-3　指示対象指定の必要条件

のみならず、記述の表わす一意的同定条件が必ずしも対象指定の必要条件を構成しない。ある記述を用いて、目指す対象の指定に成功したにもかかわらず、実は当の対象はその記述を充足しないことがありうるのである。

というのは、K・ドネランに従えば、記述には、ラッセル流の「帰属的 attributive」使用(話し手が、それが何であれ、当の記述に符合するものについて、何事かを主張したい場合の記述の使用)以外に、「指示的 referential」使用(話し手が、それについて何事かを陳述したい当の対象を(面前にしつつ)、聞き手に摘出 pick out させるための記述の使用)がある。後者の場合、記述は単に、ある対象に聞き手の注意を振り向けさせるという仕事を果たすための一つの道具なのである。ドネランの論文「指示と確定記述」[6](一九六六)は、もっぱら帰属的に使用されると考えられた記述でさえ、指示的に使用される場合のあることを指摘することにより、「直接指示」という単称名辞の意味論的機能の重視へと、言語哲学の方向を転轍する役を果たしたといってよい。

すると、例えば話し手は「戸口でジンを飲んでいる男」という記述によって、ヒロシを指定しようと意図しているとしよう。もちろん話し手は、ヒロシがジンを飲んでいると信じている。しかし実は、ヒロシは(二日酔いで)水を飲んでいたのだとしよう。そしてもし戸口にはジンを飲んでいる者は一人もいないとすれば、先の記述を充足するもの(意味論的指示対象)は存在せず、したがって、ドネランの意味でこの記述が帰属的に用いられているのだとすれば、それは何ものも指さないことになる。にもかかわらず、聞き手をして、話題にされているのがヒロシだと了解させることに成功することがありうるのである。

このように、一般に、話し手が誤った信念や情報に基づいて、当の対象に適合しない記述を使用しているにもかかわらず、聞き手にも当の対象が現前している場合には、記述の指示的使用により、話し手の意図した対象(話し手の指示対象 speaker's reference)を同定しうるのである。

さらに、市井の人は、「キケロ」という名前には、一意的同定記述を結びつけることができず、「ローマのある有名な弁論家」といった不確定記述しか結びつけられないとしても、しかし、彼らの用いる「キケロ」が誰も指さないと速断することはできない(cf. *NN*, 86)。

また、旧約聖書中のヨナの物語を考えてみよう。学者たちは、ヨナを実在の人物とみなしている。しかしそれは、ヨナが大きな魚の腹中に三日三晩とどまったとか、ニネヴェに説教に出かけたと信じているからではない。これらの諸条件は誰にも適合しないかもしれない。にもかかわらず、学者たちは、「ヨナ」という名前はある実在の人物を指し、聖書中のヨナ物語は、ヨナについての伝説だとみなすのである(cf. *NN*, 87)。

ラッセルは時に、「ソクラテス」とは、「「ソクラテス」と呼ばれた男」の省略だという。しかしこのような循環的説明は、我々に何事も語らない。それは、ただ、「彼が指している男を彼は指している」といっているにすぎず、いかなる「指示の理論」をも離陸させえない(NN, 70)。

かくて、一意的確定記述は、必ずしもある名前の指示対象指定の必要条件であるわけではない。

1-4　指示対象指定の十分条件

また、確定記述が常に指示対象指定の十分条件であるわけではない。ある名前に随伴している記述に含まれる特性(の束)が唯一の対象xによって充足されるとしても、そのxが当の名前の指示対象であると断言できない。例えば先の「戸口でジンを飲んでいる男」を充足するのがヒロシではなくてテツヤだとしても、話し手の指したかったのは、テツヤではなくてヒロシなのである。また例えば、通常ペアノは「自然数論の公理の発見者」によって特定されると一般に考えられているが、しかし、事実はこの公理の発見はデデキントに帰せられるべきなのである。しかしわれわれは「ペアノ」という名前で、先の記述の意味論的指示対象であるデデキントを指しているのではない(NN, 84)。つまり、われわれはこうした場合に、ペアノについて、誤った信念や情報をもっているというべきであろう。

このように、指定されるべき対象を面前にしつつ、ある確定記述が指示的に使用される場合、あるいは一般に誤った信念や情報に基づく場合には、ある名前に随伴されている確定記述の充足は、必ずしもその名前の指示対象指定の必要条件でも十分条件でもないのである。

1-5　意義と同一性のパラドクス

クリプキはさらに、フレーゲ的な意義と意味の区別が、同一性言明のパラドクスに有効なのは、「フォスフォルス」「ヘスペルス」のように安定した定義記述「明けの明星」「宵の明星」が随伴されている稀なケースにすぎないと主張する。フレーゲの意義を「指示指定子 reference fixer」と解しても、例えば、「キケロ」と「トゥリウス」、「オランダ」と「ネーデルランド」の間に公共的な相異なる対象指定の仕方が対応しているとは思われない(7)。ところで、フレーゲが、人名などの本来的固有名の意義は人によりゆれがあり、結局、本来的固有名の意義は各人の当の対象に対する信念・情報に依拠するとみなしたことはすでに述べた。すると例えば、ある人が「キケロは禿である」には同意するが、「トゥリウスは禿である」には同意をさし控えるとすれば、そのことはこの人の個人方言において、「キケロ」と「トゥリウス」の意義が異なることの十分条件をなすことになる。

しかし、クリプキやパトナムは、このようなフレーゲの所論に、一種の独我論的心理主義への傾きを嗅ぎ出し、強く反撥する(8)。

またクリプキは、意義を個人方言中の私的意義と解しても、「キケロ」と「トゥリウス」には、通常「ローマの一弁論家」といった同じ不確定記述しか結びつけえない。それにもかかわらず、個人方言の話し手は、「キケロとトゥリウスは同一人物なのか?」と問いうると主張する。

以上のことから、クリプキは、同一の指示対象をもつ共外延的な名前の信念文脈における置換不可能性を、公共的意義の差異によっても、話し手の個人方言中の私的意義の差異によっても、有効に説明しえないとみなす(9)。

1-6 因果説

しかしながら、こうしたクリプキの反論中、とりわけ、歴史上の人物のように、もはや指示対象が現前しえないような伝聞状況の場合、――例えば、(イ)「アメリカ大陸の発見者」が、本当はコロンブスにあてはまらないのに、「コロンブス」はコロンブス当人を指す、とか、(ロ)ヨナ物語は、誰にもあてはまらないのに、「ヨナ」は実在の人物を指す、とか、(ハ)「ローマの一弁論家」が一意的にある人物を選び出しはしないのに、「キケロ」はある人物を指すのだといった主張を、クリプキはどのようにして正当化しうるのであろうか。ある名前に随伴している誤った信念・情報に基づく記述が別の対象を指定してしまったり、手持ちの一切の記述が一意的にある対象を指定しえない場合に、われわれは名前の指示対象をどのように指定しうるのであろうか。

これに対するクリプキの代替的言語像は、名前伝達に関する一種の(歴史社会的な)因果連鎖説である。つまり、伝聞状況での名前の対象指定は、各人の信念・情報にではなく、彼がある言語社会の一員であることに依存するとみなされる。例えば、「モーセ」の指示対象を指定しうるのは、なんらかの記述によってではなく、最終的には命名現場にまで伸びている、当の言語社会の成員間に存在する「モーセ」という名前伝達の歴史社会的連鎖を、環から環へと遡行することによるのである(*NN*, 91)。もちろん、クリプキの意図は、完成された理論の提出ではなく、大まかな、しかし名前学習に関するよりよい描像 better picture の提示にある。この問題は改めて後段でとりあげよう。

2　記述説批判(2)――自然種名の場合

一般名辞のうち、「虎」「ブナ」「金」「水」といった自然種名 natural kinds terms や、「熱」「光」「音」「色」といった知覚可能な自然現象の名前は、その内包外延限定に関して、一般に考えられるよりはずっと、固有名と類縁性をもつとクリプキは主張する(*NN*, 134)。

ところで自然種名に関しても、記述(束)説が考えられ、クリプキ－パトナムは、これに対しても執拗な批判を加える。記述(束)説とは、例えば、「黄地に黒縞模様の巨大な肉食四足獣」といったある標準的特徴記述(ステレオタイプ)が、「虎」という自然種名の意義(内包)と指示対象(外延)とを限定するという説である。

2-1　内包の理論としての記述説

まず「意義(内包)限定の理論」としての記述説はどうか。先のステレオタイプが、「虎」の内包を限定するとすれば、少なくとも(1)「虎は先のステレオタイプを充足する」は、ア・プリオリな必然的真理でなければならぬ。

しかし、外見上先のステレオタイプを充たしながら虎でないことがありうるし、逆に先のステレオタイプの多くを欠いている虎もありうるから、先の文(1)は論理的に必然ではない。また文(1)の真偽は、経験的にしか決せられないであろう。実際、銀灰色の虎も存在する。

2-2　外延限定の理論としての記述説

それでは、ステレオタイプは、種や実体(金や水)限定の必要十分条件を与えるであろうか。ステレオタイプとみなされているものも、サンプル個体の特殊性に依存していたり、誤った情報に基づく場合が少なくない。純金は白色であろうから、「黄金色の美しい艶があり、延性・展性に富む金属」といった金のステレオタイプは、金という金属を指定するための必要条件ではないし、むしろこのステレオタイプは、黄銅鉱を指定しうるから、十分条件でもない。例えばまた、「無味無臭無色透明の液体」といったステレオタイプが、一意的に水を指定する十分条件ではない。また植物に疎いものにとっては、ブナとナラ、ショウブとアヤメ、カキツバタを、互いに識別するに足る特徴記述の持ち合わせを欠いているとしても、これらの植物間に種の区別がないことにはならないのである。したがって、外延指定の理論としても、記述説は斥けられる。

2-3　指標性と言語共同体

それではクリプキは、自然種の外延限定についてどう考えるのか。

第一に彼は、自然種は、性質的記述によってではなく、ある範型《パラディグマティック》的な事例、サンプル個体を介して指定されるとみなす(*NN*, 122)。しかもサンプル個体の指定は、一種の指標性 indexicality を示す。例えば、金とは、むこうにある事例 items over *there* ないしそれらの大部分により例化される実体である。

第二に、自然種や実体の名前の間接的学習の場合には、当の自然種や実体との結びつきを、ステレオタイプによってではなく、ある言語共同体の構成員であるということによってえている(*NN*, 118)。純金を全く見たこともなく、正確なステレオタイプの持ち合わせがない多くの人々も、「金」という名を用いることができる。自然種名の外延限定も、化学者や金の鑑定家にいわば結節する言語社会の構成員間の環から環への伝達という因果的連鎖による。こうした言語の社会性の強調が、クリプキ、パトナムに共通の考えである。

2-4　方法論的独我論批判

最後に、フレーゲ以来の正統的な意味の理論に含まれる「方法論的独我論」に対するパトナムの批判に言及しておこう。

パトナムによれば、[10] 従来の意味の理論は、次の二つの想定に依拠している。すなわち、

(I)語の意味《ミーニング》を知るということは、各人がある心理状態にある——つまり、その語の意味(内包)を各人が把握する、ないし(その語の)指示対象の指定法について、各人がある信念・情報をもつ——ということにほかならない。

(II)語の意味(内包)がその外延を限定する。

パトナムがフレーゲに嗅ぎつける「方法論的独我論」とは、各人の心理状態(各人の信念・情報の所持)が、各人にとっての語の内包を限定し、その内包が外延を限定する、つまりは、各人の心理状態が語の外延を決定するという見解である。すると、同一の心理状態は、同一内包の限定を介して、同一の外延を限定するほかはあるまい。しかしパトナムは、この見地を誤りとみなす。二人の話し手a、bは、aの個人方言中の語‘N’の外延と、bの個人方言中の語‘N’の外延とが事実

異なっていながら、a、bは厳密に同じ心理状態にあることが可能なのである。このことをパトナムは、例えば次のようなSF的な反証例を挙げて示そうとする。[11]

双子地球テラを考える。テラは地球と酷似している。テラには、地球上の各人の分身Doppelgängerがいて、日本語を話す地球人タカシ$_E$には、やはり日本語を話すテラ人タカシ$_T$という分身がいる。テラと地球の唯一の相違は、テラで「水」と呼ばれる液体はH_2Oではなくて、その化学式はXYZであるとする。ただし、XYZのステレオタイプは水と全く同じである。しかしテラの湖や海はXYZに充たされ、XYZの雨が降る。さて、タカシ$_E$とタカシ$_T$とが、宇宙船で互いにテラと地球を訪問しあうとしよう。そして、次のように報告するとする。

〈タカシ$_E$の報告〉

「テラでは「水」は、XYZを意味する。」

〈タカシ$_T$の報告〉

「地球では「水」は、H_2Oを意味する。」

すると、「水$_E$」の外延はH_2O分子の集合、「水$_T$」の外延はXYZ分子の集合で、相異なる。

さて、地球でもテラでも化学が未発達であった一七五〇年にタカシ$_E$とタカシ$_T$をタイムトラベルさせる。この両人は、「水」の外延限定に関して、全く同一の信念・情報しか持ち合わせず、全く同じ心理状態にあるから、彼らの手持ちの情報からはH_2OとXYZとの識別はできない。にもかかわらず、二〇世紀と同様、「水$_E$」の外延はH_2O、「水$_T$」の外延はXYZで全く異なる。よって、語の外延限定は、話し手の心理状態(彼の信念・情報)だけの関数ではない。[12]

SFなどに訴えなくとも、私の個人方言中の「ナラ」と「ブナ」、「アヤメ」「ショウブ」「カキツバタ」には、それぞれ同じステレオタイプ(内包)しか結びつかない。しかし、その外延は事実としてそれぞれ別種であるのは明らかである。

かくて、クリプキ同様パトナムも、第一に、方法論的独我論に基づくステレオタイプ的純粋特徴記述によっては、自然種名の(内包)外延は定まらないこと、さらに、後述のように、第二に、言語労働の社会的分業と構造化された協業に基づく〈言語の社会的性格〉、第三に、実在的環境世界への〈指標性〉を強調するのである。[13]

3　指標的表現に関する記述説批判

第一章で述べたように、フレーゲも、指標的表現の意味(=表示対象)や状況文の真理値が、発話状況と相対的に変動することを認めた。しかし他方フレーゲは、状況依存的な相対的真理概念を認めず、思想の真理性は状況から端的に独立で絶対的であると主張した。このアポリアに対しフレーゲは、各発話状況が補完され、脱コンテキスト化された状況文トークンのみが、フレーゲ的思想を表現し、またそれは絶対的に真または偽なのだとみなす。またフレーゲに特徴的なのは、先述のように、状況文の永久化が、発話状況そのものの補完にではなくて、発話状況に関する知見や情報の補完によるという点である。こうした知見や情報が一種の記述によって表わされるとすれば、指標的表現の意味論についても、記述説が形成されることになる。

しかしこのような記述説には、次のような問題点が含まれている。

(i)話し手聞き手とも発話現場に立ち合っている場合(それが指標的表現の用いられる典型的場面である)には、相互のコミュニケーションに、各状況についての記述的知見は必要条件とならない。例えば、先述のように、記憶喪失症患者は、いまがいつでここがどこで自分がだれか忘れてしまっていても、「私はいまここにいる」と発話することができるし、聞き手は、話し手の言わんとする内容もその真偽も了解しうる。

(ii)また発話状況に関する話し手聞き手の意図・信念・情報は、当の脈絡《コンテキスト》における指示対象指定の十分条件とはならない。例えば、浦島太郎が、五八〇年七月一日に竜宮に出発したとしよう。すでに三〇〇年経過したにもかかわらず、太郎は三日しか竜宮に滞在していないと信じ、かつての自分の村に戻ってきた日(八八〇年七月一日)に、太郎が次のように発話したとしよう。

(1)　きょうは五八〇年七月四日だ。

太郎がどんなに固く、きょうは五八〇年七月四日だと確信していても、彼の信念とは無関係に、

「きょう」は八八〇年七月一日を指定し、したがって(1)は偽と定まっているのである。

(iii)しかし発話のなされた現実世界で、当の対象を一意的に指定する正しい確定記述が補完されれば、指標的表現の対象指定の必要十分条件が与えられるのではないか？

しかしこの場合でも、様相文脈では、当の記述により指定される対象と、指標的表現が当の脈絡で指定する対象とは乖離しうる。

例えば、アメリカ合衆国初代大統領G・ワシントンが、次のように発話したとしよう。

(2)　私は、G・ワシントンである。

記述説によれば、(2)は次のように永久化しうる。

(3)　私〔アメリカ合衆国初代大統領〕は、G・ワシントンである。

(2)も(3)も現実世界では真である。しかし、アメリカ合衆国初代大統領がジェファソンやフランクリンであるような反事実的な可能世界では、(3)は偽となろう。したがって、(3)は必然的に真ではない。それに対し、(2)が現実世界で発話される限り、それによってすでに、「私」の指示対象はG・ワシントンに固定される。したがって、この脈絡での(2)の主張内容は、

(2)*　G・ワシントンはG・ワシントンである。

という自己同一性命題となり、いかなる世界でも真となる必然的真理を表わす。

以上の考察から示唆されるのは、指標詞の、当の発話状況における対象指定は、発話状況に関

する知見・情報・信念といったものによってではなく、当の発話の脈絡そのものと、「『私』は当の発話者を指す」とか、「『いま』は発話時点を指す」といったような、各指標詞の〈言語的規則 linguistic rules〉とによってなされるのではないかということである。しかし、この言語的規則は、その脈絡可感性 context sensitivity のゆえに、フレーゲの意義やカルナップの内包と直接同一視できないものなのである(フレーゲ説の吟味については拙著『フレーゲの言語哲学』第七章参照)。

4　指標説

4-1　モンタギュ-スコットの実用論

さて、指標的表現に関する意味論(実用論 pragmatics とも称せられる)を、現代論理のモデル論に要求される厳格な数学的水準において展開したのは、R・モンタギュやD・スコットである。(14) 実用論においては、語の指示対象や文の真理値は、モデルや解釈、可能世界のみならず、使用の脈絡にも関連する。

かくて、指示対象や真理値限定に関連する世界や時点などの諸相の全複合は、指標 indices や参照点 points of reference と称される。言語Lが、時制、様相のみならず、指示詞、指標詞などの指標的表現をも含む場合には、関連指標 i は、可能世界 w、時点 t、発話場所 p、発話者 a

等を含む。

i＝(w, t, p, a,……)

かくて、Lに対する解釈σは、(i)全指標iの集合I、(ii)あらゆる可能的個体の集合U、(iii)L中の原始的表現に、ある内包を付値する関数Fからなる順序三つ組〈I, U, F〉である。ある表現'α'の解釈σにおける内包$Int_σ(α)$とは、各参照点iと相対的に、'α'のiにおける外延$Ext_{i,σ}(α)$を付値する関数である(すなわち、$Int_σ(α)(i)＝Ext_{i,σ}(α)$)。

すると原始文'P(c)'の真理定義は次のようになる。

(T)　原始文'P(c)'が解釈σで参照点iにおいて真となるのは、iにおける'c'の外延が述語'P'のiにおける外延の成員である場合その場合に限る。

この場合、文'P(c)'の内包(＝命題)とは、指標iから真理値への関数である。

また例えば、「私」という人称代名詞'c'にFにより付値される内包とは、可能的話し手の集合I中のすべての話し手iに関し、当の参照点(すなわち、当の話し手自身)〈i〉をわりあてる関数である(すなわち、$Int_σ(c)(i)＝\langle i \rangle$ for any $i \in I$)。

このように、モンタギュ、スコットによる実用論は、時制、様相、義務の論理および人称代名詞や指示詞をも組み込んだ包括的な内包論理の体系である。

4-2　指標説批判

しかし、モンタギュ-スコットの実用論では、参照点が時点、可能世界、話し手、発話場所等といった独立の指標に分節されているとはいえ、それらが並列的に扱われている点に問題がある。ある文'φ'が論理的に妥当なのは、'φ'があらゆる指標 i、あらゆる解釈で真の場合である。他方、「必然的にφ」('$\Box\varphi$')がある指標(可能世界)で、(ある解釈のもとで)真なのは、(当の解釈のもとで)あらゆる指標(可能世界)で真の場合である。すると、'φ'が妥当なら、'$\Box\varphi$'も妥当という様相的一般化が成立する(同様に時制についても、'φ'が妥当なら、「常にφ」も妥当である)。

しかしながら、'φ'中に指標的表現が含まれる場合には、パラドクシカルな帰結となる。例えば、次の例において、

(1)　私はいまここにいる。

(1)は任意の解釈に関し、誰がいつどこで発話しようと(つまり、任意の関連参照点に関し)、真であるから、妥当である。しかし、通常(1)が必然的に真であるとも、常に真であるともいえまい。すると様相一般化は不成立となる。

指標詞に関わる発話の脈絡中の発話時点、発話世界等を様相や時制論理が関わる可能世界や値ぶみの時点と並列的に扱う指標説的実用論は、こうしたパラドクシカルな問題性を含むのである。

4-3　言語的意味と言明

ところで、ストローソンはすでに早期に、文の（言語的）意味《ミーニング》と文の使用における言明、statementとを区別していた。(15) 次の文、

(2)　あなたはきのうのいまごろここにいた。

の真偽をいきなり問うことはできない。まず(2)が誰に向かっていつどこで発話されたのかという発話の脈絡が限定されねばならない。実際に(2)が発話され、発話の脈絡が確定されてはじめて、言明が表現され、その真偽が問われうる。真偽を問われるのは、文ではなくて、特定の発話の脈絡において表現された言明にほかならない（したがって、ストローソンのいう言明は、フレーゲのいう思想、カルナップの命題に相当する）。

しかしストローソンは、言明とは区別される(1)のような文の（言語的）意味を認めている。文の（言語的）意味を知るとは、その文を発話する人がいかなる条件下で真なる言明をなしうるかという関連言明の真理条件を知ることにほかならない。ストローソンは、文の真理条件＝文の（言語的）意味が、含意規則（論理的含意関係を規定する）と使用規則（指示規則）によって与えられると主張する。(16) 例えば、「「あなた」は、話し手が聞き手を指すのに用いられる」といった規則が、指示規則の一例である。

さて、私が(2)を、シミズ氏に向かって一九八六年八月一〇日午前0時、ススキノで発話した場

合と、ウツノミヤ氏に向かって一九八六年四月三日午後九時、定山渓温泉で発話した場合とを比較してみよう(ただし、事実シミズ氏は一九八六年八月九日午前０時、ススキノに出没しており、他方ウツノミヤ氏が定山渓温泉で寛いでいたのは、一九八六年のエイプリル・フールなのである)。私による(2)の発話の各脈絡で表現されている言明は次のようであろう。

(3)　〈シミズ氏は一九八六年八月九日午前０時ススキノにいた〉

(4)　〈ウツノミヤ氏は一九八六年四月二日午後九時定山渓温泉にいた〉

さて、(3)は真であるが(4)は偽で、互いに真理値を異にするばかりではなく、(3)(4)の表現する言明(＝命題)自体も互いに異なっていることに注目しよう。他方、(3)と同じ言明を、適切な発話の脈絡においては、(2)とは異なる言語的意味をもつ、先の(1)や次のような文によっても表現しうるのである。

(5)　かれはさっきあそこにいた。

かくて、(2)のような文は、相異なる脈絡で発話されると、単に相異なる真理値(＝外延)をもつことがありうるのみならず、相異なる言明(＝内包)を表現することもありうるのであり、逆に、(1)(2)(5)のように、言語的意味を異にする文でも、相異なる脈絡においては、同じ言明(＝命題)を表現することができるのである。

しかしストローソンは、こうした発話の脈絡的要因のからむ指示規則等に関しては、形式論理の範囲外とみなした。けれども、現在の厳格な論理的水準を維持して、指標的表現の論理に関するモデル論を構成することは可能なのである。

D・カプラン[17]は、ストローソンのいう〈(言語的)意味〉を〈意味性格 character〉と呼び、また〈(フレーゲ的)意義＝思想や(ストローソンの)言明、(カルナップの)内包＝命題を一括して〈内容 content〉と呼んで峻別し、また指標説が指標として同列一様に扱った座標を、〈(発話)使用脈絡〉と〈値ぶみの時点や世界〉とに区別する。そして関数論的に、表現の〈意味性格〉を、〈使用脈絡〉から〈内容〉への関数、〈内容〉を〈値ぶみ時点や可能世界〉から外延への関数として表象する。すると、先の文、

(1)　私はいまここにいる。

の〈意味性格〉から、(a)相異なる使用の脈絡においては、(1)の各発話は相異なる〈内容〉＝命題を表現する。しかも(b)いかなる脈絡で発話されても、(1)の各発話は真なる〈内容〉を表現する。にもかかわらず(c)(神のような存在による発話でない限り)(1)の発話は、偶然的かつ一時的に真であるにすぎない〈内容〉を表現する。

(b)により、(1)は、妥当であろうが、(c)により、(1)は必然的でも永久的でもない。このように、指標説では、妥当性が必然性・永久性を含意せざるをえなかったのに対し、〈使用脈絡〉と〈値ぶみの時点と世界〉、〈意味性格〉と〈内容〉との区別により、妥当性と必然的ないし永久的な真理性とが、

明確に区別されることになる。以上のような基本的着想によって、「直示語の論理」を厳密に展開したのが、カプランである。それを次節でとりあげよう。

5　カプランの直示語の論理(LD)

さて先述のように、カプランは、〈意味性格《キャラクター》〉と〈内容《コンテント》〉とを区別し、それに応じて語や文の発話(使用)脈絡 context of utterance (use) と値ぶみの場や時 circumstance and time of evaluation とを明確に区別した。関数論的には、意味性格は使用脈絡から内容への関数、内容は一般的には、値ぶみの場(可能世界)や時点から外延への関数として表象された。以下では、カプランの「直示語の論理 Logic of Demonstratives」[18](LDと略称する)を概観しよう。LDは、様相・時制論理ならびにいくつかの指標的表現を含む包括的な内包論理の意味論的体系である。(Kaplan〔1989〕)

5-1　LDの統辞論

LDの言語は、第一階述語論理(ただし、個体変項の変域は個体と位置 position に区別され、原始述語として、「現存する Exist」「布置されている Located」が導入される)に、「可能(◇)」「必然(□)」の様相子、「未来(F)」「過去(P)」「前日(G)」の時制子が付加される。直示語(指標的表現)の論理に固有な原始記号としては、「いま(N)」「現実に(A)」「昨日(Y)」という副詞、指示詞「あれ(dthat)」(直示的 demonstrative に用いられる指示詞'that')、指標的代名詞「私(I)」「ここ(Here)」が導入される。例えば、'Nφ', 'Aφ', 'Yφ', 'dthat α'は、それぞれ、「いまφ」「現実にφ」「昨日φ」「あのα('α'は単称名辞)」と読まれる。

5-2　LDのモデル構造

LD意味論のモデル構造σは、⟨**C, W, U, P, T, I**⟩である。**C**は使用の脈絡cの、**W**は可能世界wすべての、**U**はすべての個体iの、**P**は(全世界共通の)位置pの、**T**は(全世界共通の)時点tの、おのおの空でない集合であり、**I**は述語や副詞に内包を付値する関数である。使用脈絡cは、発話者(使用者)c_A、使用時点c_T、使用位置c_P、使用世界c_Wに分節される。

なお、「現存 Existence」と「布置」との相互関係ならびに個体の時空状況への布置様式(個体の一定時点と世界における一定の位置への布置、すなわち、当の個体の一定時点と世界での現存の様式)は次のように説明される。

(i)個体は、少なくともある時点と世界に現存しなければならない。(ii)使用者c_Aは、いかなる脈絡の場合でも、当の使用脈絡の時点c_Tと世界c_Wにおいて、位置c_Pに布置されている。かくて、(iii)ある個体がある時点ある世界に現存するための十分条件は、当の時点と世界においてその個体がある位置に布置されているということである。

5−3　指示と真理の定義

LDにおいては、真理も指示対象も、モデル構造σ、（個体変項に適切な対象を付値する）関数f、使用脈絡c、値ぶみの時点tと世界wとに相対化される。このように相対化された文'ϕ'の真理と語'α'の指示対象とは、一般に次のように表記される。

$$\models^{\sigma}_{cftw}\phi,\ |\alpha|^{\sigma}_{cftw}$$

(1)様相(S5)と時制の論理に固有な真理定義を例示しよう。（ただし、以下ではσへの相対化等は時に応じて省略する。）

(i)「必然的にϕ」が(cftwに関し)真なのは、すべての可能世界w'において、'ϕ'が(cftw'に関し)真の場合である。

$$\left(\models^{\sigma}_{cftw}\Box\phi \Leftrightarrow \forall w' \in \mathbf{W} \models^{\sigma}_{cftw'}\phi\right)$$

(ii)「ϕであった」が、tにおいて真なのは、tに先行する時点t'において、'ϕ'が真の場合である。

$\left(\Vdash^{\sigma}_{cftw} P\phi \Longleftrightarrow \exists t' \in \mathbf{T} \text{ such that } t' < t \text{ and } \Vdash^{\sigma}_{cft'w} \phi\right)$

(2)次に直示語の論理に固有の真理と指示の定義をみよう。

(i) 使用の脈絡cにおいて「いまϕ」が真なのは、当該発話時点c_Tにおいて'ϕ'が真の場合である。

$\left(\Vdash^{\sigma}_{cftw} N\phi \Longleftrightarrow \Vdash^{\sigma}_{cfc_Tw} \phi\right)$

(ii) 脈絡cにおいて「現実にϕ」が真なのは、発話世界c_Wにおいて'ϕ'が真の場合である。

$\left(\Vdash^{\sigma}_{cftw} A\phi \Longleftrightarrow \Vdash^{\sigma}_{cftc_W} \phi\right)$

(iii) 脈絡cにおいて「昨日ϕ」が真なのは、発話前日c_{T-1}において'ϕ'が真の場合である。

$\left(\Vdash^{\sigma}_{cftw} Y\phi \Longleftrightarrow \Vdash^{\sigma}_{cf(c_T-1)w} \phi\right)$

(iv) 脈絡cにおける「あのα」の指示対象は、発話時点c_T、発話世界c_Wにおける単称名辞'α'の指示対象にほかならない。

$\left(|\text{dthat } \alpha|^{\sigma}_{cftw} = |\alpha|^{\sigma}_{cfc_Tc_W}\right)$

(v)　脈絡cにおける「私」の指示対象は、当該の発話者(使用者)c_Aである。

$(|I|^{\sigma}_{cftw} = c_A)$

(vi)　脈絡cにおける「ここ」の指示対象は、当該発話位置c_Pである。

$(|Here|^{\sigma}_{cftw} = c_P)$　(LD, 407)

5-4　LD-真理とLD-妥当[19]

さて、ある表現'Γ'の〈意味性格〉($\{\Gamma\}^{\sigma}_{f}$)と、脈絡cにおける〈内容〉($\{\Gamma\}^{\sigma}_{cf}$)は、関数論的には次のように表わされる。

(定義1)'Γ'の意味性格とは、脈絡cからcにおける'Γ'の内容への関数である(したがって、$(\{\Gamma\}^{\sigma}_{f}(c) = \{\Gamma\}^{\sigma}_{cf})$。

(定義2・1)文'ϕ'の脈絡cにおける内容とは、時点t世界wから真理値への関数である(したがって、$\models^{\sigma}_{cftw} \phi$は$\{\phi\}^{\sigma}_{cf}(tw) = \text{Truth}$と表わせる)。

(定義2・2)単称名辞'α'の脈絡cにおける内容とは、時点t世界wから指示対象への関数である(したがって、$|\alpha|^{\sigma}_{cftw} = \{\alpha\}^{\sigma}_{cf}(tw)$)。

かくて、脈絡cにおける真理というLD-真理性($\models^{\sigma}_{c} \phi$)の定義は次のようになる。

(定義T)構造σ、脈絡cにおいて'ϕ'が真なのは、任意のfに関し、'ϕ'のcにおける内容($\{\phi\}^{\sigma}_{cf}$)

が、当の使用時点c_T、使用世界c_Wに対し真理値真を付値する場合である（すなわち、$\models_c^{\sigma}\phi \Longleftrightarrow \{\phi\}_{cf}^{\sigma}(c_T, c_W) = \text{Truth for any } f$）。

かくて、LDにおける妥当性（$\models_{LD}\phi$）とは、すべてのσ、すべてのcに関して、'ϕ'が真である場合である$\left(\models_{LD}\phi \Longleftrightarrow \models_c^{\sigma}\phi \text{ for any } \sigma, \text{ for any } c\right)$。

つまり、

（定義V）'ϕ'がLD-妥当なのは、任意のσ、f、cに関し、'ϕ'のcにおける内容が当の時点c_T、世界c_Wに対し真の場合である（すなわち、$\models_{LD}\phi \Longleftrightarrow \{\phi\}_{cf}^{\sigma}(c_T, c_W) = \text{Truth for any } \sigma, f, c$）。

さて、以上のLD-妥当性の定義に従うと、次のような興味深い妥当、非妥当な式がえられる。

(1)　「αはあのαと同一である」はLD-妥当である。

$(\models_{LD}(\alpha = \text{dthat } \alpha))$

(2)　「私はいまここにいる」はLD-妥当である。

$(\models_{LD} \text{N(Located, I, Here)})$

(3)　「私は現存する」はLD-妥当である。

$(\models_{LD} \text{Exist I})$

(4)*　「αとあのαとは必然的に同一である」はLD-妥当ではない。

$(\models_{LD} \Box(\alpha = \mathrm{dthat}\ \alpha))$

(5)* 「私がいまここにいるのは必然的である」はLD-妥当ではない。

$(\models_{LD} \Box N(\mathrm{Located, I, Here}))$

(6)* 「私が現存するのは必然的である」はLD-妥当ではない。

$(\models_{LD} \Box(\mathrm{Exist\ I}))$

また(4)*～(6)*の'□'を「常に」でおきかえた時制論理の式も非妥当である。

モンタギュ‐スコットの指標説では、(1)～(3)の妥当性から(4)*～(6)*に相当する様相一般化の妥当性が導かれるという逆理が生じたが、カプランのLDではそれが阻止されている。

5-5　定常性と固定性

さて、単称名辞ないし文'Γ'の〈意味性格〉が、いかなる使用脈絡に対しても、同一の内容を付値する定値関数の場合、その意味性格は定常的(脈絡独立的)である(すなわち、$\{\Gamma\}^{\alpha}_{cf}=\{\Gamma\}^{\alpha}_{c'f}$ for any c, c')。この場合'Γ'は指標的表現や状況文ではない(LD, 409)。

また'Γ'の〈内容〉が、すべての時点t世界wに関して同一の外延を付値する定値関数の場合、その内容は定常的(クリプキの意味で固定的 rigid)である($\{\Gamma\}^{\sigma}_{cf}(tw)=\{\Gamma\}^{\sigma}_{cf}(t'w')$ for any t, t', w, w')。'ϕ'を式、'α'を単称名辞、'β'を自由変項とすると、例えば、'ANϕ', 'dthat α', 'β', 'I', 'Here' は、脈絡依存的ではあるが、一旦、脈絡が固定されればいかなる時点・世界でも同一外延を指定する固定性をもつ。

5-6 LDと伝統的内包論理

5-6-1〔必然化規則〕 さて、直示論理LDは、直示語を一切含まない式(定常的意味性格をもつ式)のみにかかわる部分論理 sublogic を確定する。しかしこうした式に対しても、LDは新しい展望を拓く。定常的意味性格をもつ式のみに関わるLDの部分論理は、伝統的内包論理と同一ではないのである。このような式に関してさえ、必然化規則(もし'ϕ'がLD-妥当($\Vdash_{LD}\phi$)なら、'$\Box\phi$'も妥当($\Vdash_{LD}\Box\phi$))は成立しない(先の(4)*~(6)*を見よ)。その時制論理での対(もし$\Vdash_{LD}\phi$なら「(過去・現在・未来にわたり)常にϕ」も妥当)である永久化規則も不成立である。この点が、モンタギュー-スコット流の指標説との重大な差異であることはすでに指摘した。LDの見地では、妥当性とは、あらゆる可能的脈絡において真であるということであるが、伝統的内包論理では必然的(永久的)に真であるにはさらにあらゆる可能的世界(時点)で真である必要がある。各可能的脈絡

cは、当該の時と世界c_T、c_Wを確定するが、しかし逆に、任意の可能世界wと時点tに対し、$t=c_T$, $w=c_W$となる文脈cが存在するとはいえない。とりわけ、どの可能的使用脈絡にも必ず当の使用者c_Aがいるが、しかし、いかなる個体も現存しない可能的状況や時点は許容されうるから、空なる世界や時は可能的脈絡を形成しえないのである。使用者c_Aはいかなる脈絡にも現存し(つまり、「私は現存する」はLD-妥当)、したがって、その当人c_Aは、使用時点c_Tにおいて使用位置c_Pに布置されるから、「私はいまここにいる」はLD-妥当であった。それゆえ、LD中では、「現存するものがある」(‘(∃x)(Exist x)’)、「ある個体が(ある時)ある位置に布置される」(‘(∃x)(∃p)(Located x, p)’)は妥当である。しかし空世界を容認する新伝統的(内包)論理では妥当でない。

5-6-2〔内包論理の妥当性の再定義〕　さて、直示語の論理LDの意味論に立って、伝統的な内包論理における妥当性を定義することは可能である[20]。

‘φ’が永久文(その意味性格が定常的)の場合、‘φ’がある脈絡cで真なら、任意の脈絡で(つまり、脈絡と無関係に)真であろう。よって、内包論理の真理定義は次のようになる。

(T)　‘φ’が(構造σで)twにおいて真となるのは、任意のc, fに関し‘φ’が真の場合である。

$$\left(\underset{tw}{\overset{\sigma}{\models}}\phi \Longleftrightarrow \underset{cftw}{\overset{\sigma}{\models}}\phi \text{ for any c, f}\right)$$

また、様相・時制論理における妥当性の定義は次のようになる。

(v) 'φ'が内包論理的に妥当($\models_{T} \varphi$)なのは、任意のσ、c、f、t、wに関し、'φ'が真の場合である。

$$\left(\models_{T} \varphi \Longleftrightarrow \models^{\sigma}_{cftw} \varphi \text{ for any } c, f, \sigma, t, w\right)$$

以上から、LDと内包論理の次のような興味ある関係が導かれる(LD, 410)。

(i) 'φ'が直示語を含まない永久文の場合、もし、$\models_{T} \varphi$なら、$\models_{LD} \varphi$($\models_{T} \varphi$は、任意のσ、f、t、wのみならず、任意の脈絡cに関しても真でなければならない)。

(ii) しかし、この逆は成立しない。反証例の一つは、$\models_{LD}(\exists x)(\mathrm{Exist}\ x)$、しかし、$\not\models_{T}(\exists x)(\mathrm{Exist}\ x)$(空なる世界)。

(iii) 'φ'が直示語を含まない場合には、伝統的内包論理での'φ'の妥当性は、LDでは、『必然的かつ永久的にφ』の妥当性に相当する($\models_{T} \varphi \Longleftrightarrow \models_{LD} \Box(\neg F \neg \varphi \ \& \ \neg P \neg \varphi \ \& \ \varphi)$)。

(iv) 逆にLD中での'φ'の妥当性は、「現実にいまφ」が内包論理で妥当だということになる($\models_{LD} \varphi \Longleftrightarrow \models_{T} AN \varphi$)。

かくて、第一階述語論理、様相・時制論理を含むきわめて包括的なカプラン流の直示語の論理が公理化可能であることは、次のことから明らかであろう。

① $\models_{T} \varphi$は(i)よりLD-妥当だから)すべてLD中の公理・定理である。(したがって、LD

は、標準論理、様相・時制論理の公理体系を含む。)

② $\underset{T}{\vDash}$ ANϕ も(ⅳ)より LD-妥当ゆえ)、LD の定理シェマ。

③ LD固有の公理(シェマ)の例。

$\underset{LD}{\vDash}(\alpha = \text{dthat } \alpha)$, $\underset{LD}{\vDash}(\phi \longleftrightarrow \text{AN}\phi)$, $\underset{LD}{\vDash}$ N Located (I, Here),

$\underset{LD}{\vDash}$ Exist I, $\underset{LD}{\vDash}(\text{dthat } \alpha = \text{dthat } \beta \longleftrightarrow \alpha = \beta)$.

6　直接指示

6-1　一般命題と単称命題

さて先述のようにカプランは、関数論的枠組に従い、〈意味性格〉を一般に使用の脈絡から〈内容〉への関数、内容を値ぶみの時点や世界から外延への関数と表象していた。またLDの意味論では、内容はカルナップ的内包と同一視されている。つまり、ある使用脈絡における内容は、単称名辞の場合には個体概念、状況文の場合にはカルナップ的命題である。例えば、「私」の意味性格は、脈絡から直接発話者へではなく、ある特有の個体概念(当の脈絡の発話時点と世界からその脈絡での話し手への定値関数)への関数として表象されている。[21] こうした立場では、次の状況文、

(1)　私は空を飛ぶ。

が、ある脈絡において表現している命題は、その構成要素が先述のような特異な個体概念と〈空を飛ぶこと〉という属性というもっぱら内包からなる一般命題だということになる。

ところがカプランは、すでに‘Dthat’(一九七八年公刊。ただし、一九七〇年に文法と意味論に関するスタンフォード研究集会で読まれていた)では、こうした把握とは異なる見地を採っているのである。ミル－ラッセルによれば、(論理的)固有名は、その担い手を直接、端的に名指す。‘Dthat’ではカプランも、表示概念(個体概念)と属性からなる一般命題と、個体自体と属性からなる単称命題 singular proposition というラッセル流の区別を際立たせようとしている。[22]

例えば、次の文中で、

(2)　一人のスパイが怪しい。

(3)　すべてのスパイが怪しい。

(4)　そのスパイが怪しい。

各表示句は、‘A’,‘Every’,‘The’という共義語《シンカテゴレマティック》と〈スパイであること〉という属性Sとの順序対からなる表示概念を表現すると考えられる。すると、〈怪しい〉という属性をPとすると、(2)〜(4)は次のような一般命題を表現するとみられる。

(2)′　〈〈‘A’, S〉, P〉

(3)′　〈〈‘Every’, S〉, P〉

(4)′　〈〈'The', S〉, P〉[23]

しかしカプランは、次のような単称文

(5)　ジョンは怪しい。

を、ジョンの特性Jを導入して、(4)に同化させ、次のような一般命題を(5)が表現するとみなす記述説的な固有名の処理を、クリプキ同様に斥けている。[24]

(5)′　〈〈'The', J〉, P〉

そして、(5)が表現しているのは、ジョン自身が命題中にとらえられる次のような単称命題だとみなすのである。[25]

(5)*　〈John, P〉

(5)*のような単称命題を介してのコミュニケーションにおいては、ある発話に用いられる表示句は、しばしば、語られる内容の部分ではなくして、当の発話がある内容をもっと解釈するのを手助けする脈絡的因子とみなされるべきだとカプランは主張する。こうした脈絡的因子には、どの言語が用いられているのかとか、その発話のなされる状況、補足的コメント、身振り等が含まれよう。その最も顕著な例は、「あれ」のような指示詞の発話に随伴される指差しなどの直示行為に求められよう。[26]

(6)　かれ〔ジョンを指差す〕は怪しい。

カプランは、直示行為を、記述、さらには画像 depiction と並行的に考えているから、直示行為も、先の LD 中の、指示詞に補完される次のような単称名辞と同列に扱われる。

(7)　かれ〔そのスパイ〕は怪しい。

さて、論文 'Dthat' では、カプランは、(6)、(7)の表現する命題をめぐり、フレーゲとは見解を異にする。カプランによれば、(6)、(7)の表現する命題中には、直示行為や記述の内包(＝個体概念)は登場せず、それらは(6)、(7)の発話の内容が何かを解釈する手助けとなる脈絡的因子にすぎない。そして、命題の構成要素となるのは、直示行為や記述により指定された個体にほかならない。したがって、(6)や(7)の表現する命題は、(5)と同様、〈John, P〉という単称命題なのである。指示詞のこのような直示的 demonstrative 使用を際立たせるため、カプランは、'dthat' (demonstrative that) 操作子を導入していたのである。[27] すると、(6)、(7)は次のように表記される。

(6)* Dthat〔ジョンを指差す〕は怪しい。

(7)* Dhe〔そのスパイ〕は怪しい。('Dhe' は直示的に使用されている人称代名詞 'he' である。)

随伴記述や直示行為は、その脈絡において直示される対象を指定するためのみに用いられる脈絡的補助因子なのであって、それらの表現する命題も〈John, P〉という単称命題である。

さて、例えば(4)の表現する一般命題(4)′〈〈'The', S〉, P〉と、(5)〜(7)の表現する単称命題(5)*〈John, P〉との間には、重大な対比がある。いま、(4)も(5)〜(7)も、ある発話世界 cw で真としよう。さて一般命題(4)′のある可能世界wでの真理値限定には、当のwにおいて、「そのスパイ」という記述句がどの個体を指すのかを、いちいち確定しなければならない。それらの個体は、各世界ごとに異なりうる。

それに対し、単称命題(5)*のある世界wでの真理値限定に関連するのは、各世界で記述「そのスパイ」を充足する対象ではなく、むしろ、元来の発話世界cwにおいて先の記述が指定した当の個体なのである。

かくて、指標的表現および状況文にとっては、その発話がそこで遂行される脈絡こそ、内容とは何かを確定する決定的因子なのである。つまり、指標的表現を含む状況文は、その真理値が変動するのみならず、その内容=命題もまた脈絡依存的に変動するのである。しかし、一旦、状況文が発話され、脈絡が確定すると、それによって直ちにその脈絡における内容が定まり、その確定された内容の真偽が、任意の時点や世界に関して問われるのである。

かくて、カプランは、指標的表現・直示語の登場する単称状況文がある脈絡と相対的に表現する内容とは、ラッセル流の単称命題であること、つまり、指標的表現の〈意味性格〉が、発話脈絡と相対的に指定するのは、個体概念ではなくて、個体自体であるという直接指示 direct reference 説を主張するに到る。

6-2　指標詞の直接指示性

やがてカプランは、『直示語 Demonstratives』(Kaplan〔1989〕以下 D. と略称)において、定値関数という特異な個体概念を導入する関数論的アプローチを、論理学者のトリックとしてのみ認め、ある単称名辞は「フレーゲ的意義の媒介なしに直接的に指示する」(D. 483)という「直接指示 direct reference」の意味論を詳細に展開する。

6-2-1〔直接指示の描像〕　直接指示的名辞を含む文の表現する命題は、個体概念ではなく直接個体を命題成分とする。こうした単称名辞は「直接指示語 directly referential term」、直接指示語の含まれる単称文の表現する命題は、(ラッセル流の)単称命題と称せられる。

自由変項への付値は、当の変項の変域中の個体を、約定的規則によって、当の変項にわりあてることによってなされるが、こうした自由変項への付値を、カプランは、直接指示のパラダイムとみなす(D. 484)。

先述のように(6-1参照)、単称命題は、個体を限定する個体概念が登場する一般命題と対比される。関数論的枠組に従えば、直接指示語に人工的にある個体概念を対応させうるとしても、その個体概念はむしろ個体により限定され、個体自体は当の直接指示語により直接指定される。このような直接指示語の現われる単称文が表現する命題は、単称命題と称せられるのである。すると、意味(指示対象)から意義(内包)への帰路は存在せずとのフレーゲ的見地への侵犯を、カプランは認めることになる(D. 485)。指示に関するフレーゲ(－チャーチ－カルナップ)的描像と、ラッセル－カプラン的描像とは、上のような図によって対比されよう(cf. D. 485–6. 第一、二章の図も参照)。

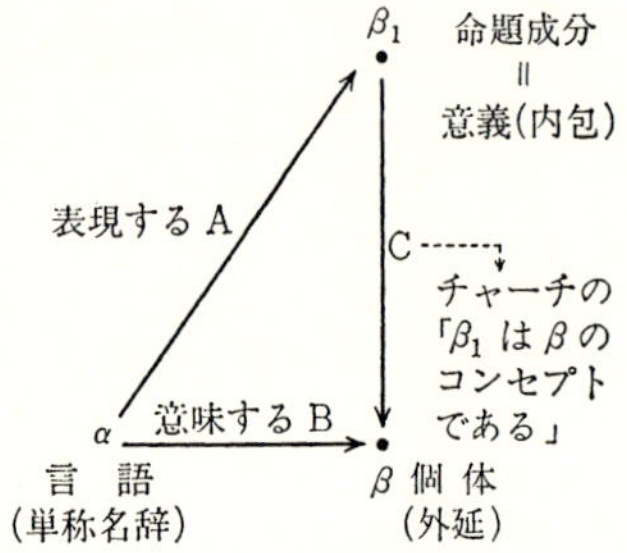

フレーゲ的描像

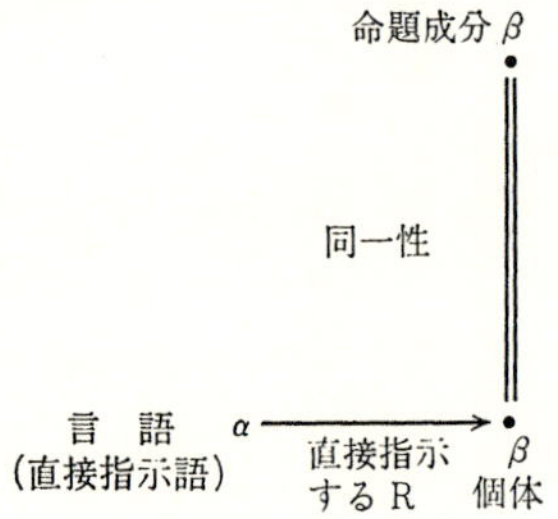

直接指示の描像

「名辞 α が意義 β_1 を表現する」(A(α, β_1))という関係は、規約ないし言語規則によって、または、話者の信念によって限定される。「意義 β_1 が個体 β のコンセプトである」(C(β_1, β))は、一般的に経験的関係であって、個体 β が当の内包(＝コンセプト)β_1 を一意的に充足することを表わす。すると、「名辞 α が個体 β を意味(表示)する」(B(α, β))という関係は、上記AとCとの関係積である。

これに対するカプランの直接指示の描像は右下図のようになる。その場合、「名辞 α が個体 β を直接指示する」(R(α, β))という関係は、規約ないし言語規則によって限定される。他方、命題成分は、個体 β との同一性関係により、β 自体とみなされるのである。

6-2-2 〔指標詞の意味論〕 さてカプランは、指標的表現がおしなべて直接指示的であるとみなす。

すでにフレーゲが気づいていたように、指標的表現中、「これ」「あれ」のような指示詞は、その指示対象指定に指差しなどの直示行為を必要とする。それに対し、「私」「ここ」「いま」「きのう」「きょう」「現実に」といった指標詞 indexicals は、直示行為の随伴を不可欠とはせず、「私」とは当の話し手である」のような言語上の規則によって、発話の脈絡と相対的に、直接に指示対象を指定しうるのである。よって次の自明の原理が成立する。

(P1)　純粋指標詞の指示対象は、脈絡依存的であり、指示詞の指示対象は、随伴する直示行為に依存的である。

この原理は、フレーゲはじめ多くの論者により気づかれていたものである。カプラン独自の原理は次のものである(D. 492)。

(P2)　指標詞も指示詞も、直接指示的 directly referential である。

それでは、これらの指標的表現の直接指示性とは、より立ち入ってみればどういうことなのか。

(i)まず、ある名辞が直接指示的であるということは、ラッセルが論理的固有名について考えたように、その名辞の唯一の意味が、その指示対象であるということを一般的に意味しているのでは全くないし(D.520)、また、指標詞が、記述的意味を欠いていると主張しているのでもない(D.498)。むしろ指標詞は、一般に、使用脈絡の諸相に関連する特定の記述的意味(例えば、話し手、発話場所、発話時点など）をもっている（D. 497-8）。それどころか、直示行為や記述によって補われた指示詞「帽子を目深にかぶったあの男」は、対象指定のために、十分成熟したフレーゲ的意義を伴うといってよい（D. 497）。

(ii) しかしいずれの場合にも肝要なのは、直接指示語のこのような記述的意味は、命題内容の部分ではない（D. 497）ということである。換言すると、指標詞の記述的意味は、「ある使用脈絡における指示対象を確定することのみに関連するのであって、〔内包として〕値ぶみの状況における関連個体を確定するのではない」（D. 498）。

(iii) さてカプランが、一般に、〈意味性格 character〉と〈内容 content〉とを区別し、それに応じて、使用（発話）脈絡と値ぶみの状況とを区別していたことはすでに述べた。ある表現の〈意味性格〉は、言語上の規約によって定立され、多様な使用脈絡における当の表現の〈内容〉を確定する。例えば、「私」という指標詞の〈意味性格〉は、次のような規則によって与えられよう（D. 520）。

(C1) 「私」は、その相異なる発話が相異なる内容をもちうる指標詞である。

(C2) 各発話において、「私」は直接指示的である。

(C3) 各発話において、「私」は、それを発話する当人を指す。

(C1) は、相異なる脈絡と相対的に相異なる内容を確定しうるということ、つまり、「私」は発話脈絡に可感的 context-sensitive であるということを述べている。(C3) は、任意の使用脈絡のどのアスペクトが関連するか、当該脈絡においてどれが「私」の指示対象として指定されるべきかを示す規則である。要するに、「私」は当該脈絡の発話主体を指定するのである。(C2)の直接指示的とはどういうことか。「私」に関する(C1)(C3)の規則により、使用脈絡と相対的に内容が確定されるが、㋑これらの規則は、内容の一部ではなく、いかなる命題成分も構成しないし(D.523)、また㋺この内容は、個体概念のような内包とみなされるべきではなく、㋩当の指示対象(発話者)自体であると考えるべきだということなのである(cf. D. 502, 507)。

なお、関数論的アプローチとの折り合いをつけるとすれば、すでに示唆されていたように、ある脈絡での「私」の指示対象(=発話者自体)という〈内容〉の内包とは、その対象と同一の対象を、任意の値ぶみの時点や状況において常に指定するような定値関数として表象されうる(loc. cit.)。「直接指示語の特徴は、命題成分(=内包)が状況とともに指示対象を確定するというよりむしろ、指示対象が命題成分(=内包)を確定するということである」(D. 497)。このことは、フレーゲに反して、指示対象から意義(=内包)への帰路があるということを意味している(D. 520, n. 44)。

ある単称文により表現される命題中には、単称名辞に対応する構成要素が存在する。こうした命題成分が、値ぶみの状況に関して、その状況における当の命題の値ぶみに関連する対象を確定する。「一般には、命題成分は、多様な属性から論理的合成により構成されたある種の複合体であろう。しかし、直接指示的な単称名辞の場合には、命題の構成要素は、まさに当の対象自体なのである」(D. 494)。

形而上学的に言えば、非直接指示的単称名辞を含む文の表現する命題は、そのすべての構成要素が、カルナップ的な内包からなる複合体（＝一般命題）なのに対し、直接指示的単称名辞を含む単称文がある脈絡で表現する命題は、当の脈絡と相対的に直接指示語の〈意味性格〉が指定した指示対象自体が、その構成要素として登場するラッセル流の単称命題なのである。

かくて、「直接指示語の〔ある可能的〕状況における指示対象は、実際、状況から端的に独立なのであり、状況の（定値的その他の）関数ではもはやないのである」(D. 497)。

(iv) それゆえカプランは、指標詞の直接指示性の原理(P2)から、次の定理をひき出す(D. 19)。

脈絡cにおいて純粋指標詞を用いて語られた事柄が、任意の状況に関して値ぶみされる場合の関連対象は、常に当の脈絡cに関する指標詞の指示対象なのである(T2)。

この定理(T2)は、単称名辞の直接指示性が、その系として、後に触れるクリプキの意味での、指示の固定性 rigidity を含意するということを語っているのである。すなわち、「ある表現の指示対象は、それが一度確定されたならば、あらゆる可能的状況において固定《フィックス》されていると解されるのである。つまり、その対象が命題成分であると解されるような表現に「直接指示」は適用されるのである」(D. 493)。

しかも直接指示語は、たまたま、あらゆる可能的状況で同じ対象を指す結果となるというのではなくて、その意味論的規則が直接的に、あらゆる可能的状況における指示対象を、現実の指示対象に固定している表現である(D. 493)。「直接指示語は、相異なる脈絡において用いられる場合には、相異なる対象を指しうる〔脈絡依存性〕。しかし、ある所与の脈絡において語られた事柄を値ぶみする場合には、単一の対象のみが、あらゆる状況において、当の値ぶみに関連するのである」(D. 494)。したがって、「直接指示的である単称名辞の場合、命題の構成要素はまさに当の対象自体である。それゆえ、構成要素(例えば内包)がたまたまあらゆる状況で同一の対象を確定する結果となったというだけではなくて、(固定指示子に対応する)構成要素がまさに当の対象なのである」(D. 494)。

直接指示語の意味論的特徴は、それがあらゆる状況で同一の対象を指すという事実にあるのではなくて、どの状況でもそれが指すその仕方にある。「こうした表現は、直接指示の装置 a device of direct reference なのである。各使用脈絡において、指示対象を確定する意味論的規則が存在する。これらの規則は、値ぶみの状況と一緒になって、一つの対象を賦与するような一つの複合体〔=内包〕を提供するのではない。それらの規則は、まさに一つの対象を提供するのである」(D. 495)。また、直接指示性の系として、「すべての直接指示語は、それがすべての可能的世界において同じ事物を指す(その事物が当の可能世界に存在しようとしまいと)表現であるという修正された意味で、固定指示子である」(D. 497)ということが導かれる。

6-3　指示詞の直接指示性

6-3-1〔直示行為〕　さてカプランは、指差しなどの直示行為 demonstration を、記述と類比的に考える。すると直示行為についても、フレーゲ流にその意義と意味とを区別しうるであろう。意味に相当するのは直示対象 demonstratum、意義に相当するのは直示対象の呈示方法だと考えられる。すると、同一個体が、呈示方法を異にする直示行為によって指定されうるから、次のような式は情報賦与的《インフォーマティヴ》であろう。

(1)　〔明けの明星を指差す〕は〔宵の明星を指差す〕である。

はじめの直示行為を 'Phos'、二番目を 'Hes' と呼ぶと、(1)は次のように表記できよう。

(1)′　Phos = Hes

これら二つの金星呈示法を含む意義の差異が、(1)、(1)′の情報賦与性を説明する。

ところで、直示行為 Phos は、記述「明けの明星」同様、さまざまな反事実的状況下では、金星以外のさまざまな天体を指しうるであろう。するとこのようなフレーゲ的分析では、直示行為は次のような特徴をもつであろう。

(i)　直示行為は個体の一つの呈示方法である。

(ii)　反事実的状況における直示行為は、現実の直示対象以外の個体を直示しうる。

(iii) 現実にいかなる個体も直示しない直示行為も、反事実的状況ではある個体を直示しうるし、その逆もありうる(cf. D. 525)。

ところで直示行為にとりそれが遂行される場所、時、その遂行者は、本質的ではないであろう。しかし、直示行為があるパースペクティヴから、すなわち、いま、ここから、かくかくの見えを示す直示対象を呈示しているということは、直示行為にとり本質的だとカプランは考える(D. 53)。そこで、彼は、直示行為の標準形を次の(D)に求める。

(D) いまここからAという外観を呈する個体。

すると、①直示行為そのものも暗に「いま、ここ」という指標性をもつと考えられるから、「現在の英国の女王」のような、指標的記述と類比的であろう。したがって直示行為も、それが遂行される脈絡に依存的に相異なるパースペクティヴを規定しうる。②しかし遂行脈絡cにおいて実際に直示行為δが遂行されると、それにより、関連するパースペクティヴ(すなわち、「いま、ここ」の値)が定まる。③そして、その直示遂行の時点と位置からAという外観を呈する個体が存在すれば、それが直示対象である。④パースペクティヴが固定されると、そのパースペクティヴから、各可能的状況において、個体を規定する方法(Aという外観を呈する個体を確定する〈意義＝内容〉)が定まる。⑤しかしこの直示行為の〈内容〉は、すべての可能的状況で同一の個体を直示するとは限らない。例えば先の直示行為Phosは、いかなる状況でも金星を直示するとは限らない。

よって、(i)脈絡cにおいて遂行された直示行為は、一つの〈内容〉を規定する。しかし、(ii)その内容は固定的ではない(D. 527)。

6-3-2〔指示詞の意味論〕　以上のようなフレーゲ的分析では、脈絡cにおける指示詞の使用は、それに随伴する直示行為の単なる位置指定子 place holder にすぎないと解される。つまり、「あれ〔明けの明星を指差す〕」の意義は、結局、直示行為〔明けの明星を指差す〕の意義に他ならない。かくて、任意の直示遂行脈絡cに関して、直示行為δを補完された指示詞「あれ〔δ〕」は、当の脈絡cでのδの直示対象と同一の個体を指す。しかしδは、反事実的状況では、例えば、金星を指すとは限らないから、「あれ〔δ〕」も常に金星を指すとは限らない。要するに、こうしたフレーゲ流のアプローチでは、「あれ〔δ〕」の指示対象は、直示行為δが、関連する値ぶみ状況において指定する直示対象にほかならず、状況により相異なる個体を指定しうるのである。

これに対し、カプランによれば、「あれ」のような指示詞を含む文により表現される命題の、反事実的世界における真理値限定に関連する個体は、当の反事実的世界における遂行脈絡において遂行されるであろうような直示行為が直示するであろう個体ではなく、値ぶみされるべき命題をまさに生起させた現実世界での、直示行為の遂行脈絡における直示対象にほかならない(D. 513)。

カプランは、指示詞に関し次の定理を提出する(D. 513)。

直示対象である限りの直示対象の関連諸特性〔すなわち、直示者にとり一定の外観で呈示されていること等」は、反事実的状況において関連個体を同定するための本質的特徴ではありえない。

すなわち、指示詞「あれ」は、直示行為δの単なる位置指定子ではなく、δの遂行される現実世界におけるδの直示対象を、当の現実世界で直接指示するとともに、どのような反事実的状況においてもその同一対象を指定しつづける意味論的機能を果たすのである。したがって、その個体が反事実的世界で、現実世界と同様の外観を呈しているか否かは、当の個体指定に関係がない。

先述のようにカプランは、直接指示的に用いられる指示詞の代表として、dthat - 操作子を導入していた。すると、直示行為δを補完された完全指示詞 'dthat δ' の〈意味性格〉は、次のような意味論的規則によって与えられる。

(C)　任意の脈絡 c において、dthat δ は、当の脈絡 c における直示行為δの直示対象を、もし存在すれば指し、さもなければなにも指さない直接指示語である(D. 527)。

かくて、カプラン説とフレーゲ説とは次のように対比されよう。

(i) カプラン説では、反事実的状況における命題の評価においては、関連個体は現実の直示対象である。他方、フレーゲ的見地では、指示詞の意義は直示行為の意義と解されるから、反事実的状況においては、関連個体は当の反事実的状況において直示されるであろう個体である。

(ii) カプラン的直接指示理論では、指示詞は固定指示子であるが、フレーゲ説では指示詞の指示対象は、それに随伴する直示行為の直示対象が、相異なる反事実的状況で変動するのに応じて、変動しうる(D. 517)。

換言すると、カプラン説では、

(*)　あれ〔明けの明星を指差す〕は惑星である。

が、直示遂行脈絡 c において表現している命題は、〈明けの明星は惑星である〉といった一般命題ではなくて、〈金星は惑星である〉という単称命題なのである。つまり、関連する単称命題中の構成要素には、どのような外観を呈しているかといった直示対象の規定法を含む直示行為の〈意義〉は、現われない。直示行為 δ に含まれる対象規定法は、直示対象指定のための脈絡的因子にすぎず、'dthat δ' は、δ の直示対象を端的、直接に指定するのである。

6-3-3〔直示と意図〕　6-2で述べたように、指標詞、例えば、「私」「きょう」の場合には、それらの語の発話と同時に、「発話者を指す」とか「発話当日を指す」という〈言語規則＝意味性格〉が、当の発話脈絡と相対的に、直接に発話者や発話日を指定すると考えられた。その際、発話者がどのような意図や信念をもっているかは、対象指定の有力因子にはなりえなかった。どんなに強くフルーツ・ポンチ氏が、自分こそメルロ＝ポンティであり、かつ自分が『知覚の現象学』を書きあげたきょうは、一九四四年八月三日だと思い込んでいたとしても、一九八五年九月一日におけるフルーツ・ポンチ氏の発話、

(1)　私はきょう『知覚の現象学』を書きあげた。の表現しているのは、〈フルーツ・ポンチ氏は一九八五年九月一日『知覚の現象学』を書きあげた〉という偽なる命題でしかありえないであろう。

しかしながら、指示詞については問題は微妙である。「こ」「そ」「あ」といった指示詞は、対象指定に関してきわめて無記的未分節的であって、たかだか、時間空間的・心理的な遠近関係を示唆するにすぎない。そこでフレーゲのいうように、対象指定には、なんらかの直示行為、さらには記述や画像の補完を必要とするのである。さてここで問題になるのは、こうした直示行為や記述が、発話者ないし直示者の〈意図 intention〉の外化、表出なのか、それとも、対象指定に関して発話者の意図とは独立に、発話者、聞き手をともに規制するような一種の文化社会的制度の表現なのかということである。つまり、直示行為の場合には、直示に当たっての直示者自身の〈意図〉のレベルと、直示者と聞き手(受け手)との間のコミュニケーションのレベルとを、分ける必要があると思われるのである。それに即して、我々は直示対象 demonstratum も、直示者の〈意図対象 intended object〉と、直示行為の公共的規制力によって受け手に伝達される〈直指対象 demonstrated object〉とを区別しようと思う。前者は、クリプキのいう〈話し手の指示〉に、後者は〈意味論的指示〉に相当しよう。(28)

カプランの上記の直示行為ならびに指示詞の把握は、それらのもつ公共的規制力に重点をおいた解釈になっている。しかしカプランも、直示者の〈意図対象〉と直示行為の〈直指対象〉とが乖離しうることに気づいている。例えば、振り向かずに、いつもR・カルナップの写真が掲げられていたオフィスの壁の位置を指差しつつ、カプランが次のように発話したとしよう。

(2)　あれ〔カプランは壁のある位置を指差す〕は、今世紀最大の哲学者の一人だ。

しかし知らぬ間に、誰かがカルナップの写真を、R・レーガンの写真とすりかえていたとしよう。すると、この間の事情を一切知らない聞き手にとっては、カプランがどんなに強くカルナップの写真を指そうと意図しようとも、(2)の発話は、〈R・レーガンは今世紀最大の哲学者の一人だ〉という偽なる内容を主張しているとしかとれないであろう[29]。

他方、カルナップの写真がR・レーガンの写真ととりかえられたことを知っている者は、カプランが(2)の発話でいわんとした〈意図内容 intended content〉、すなわち、〈カルナップは今世紀最大の哲学者の一人である〉を十分了解しうるであろう。ここに、〈意図対象〉と〈直指対象〉、〈意図内容〉と〈主張内容 asserted content〉との区別と、またこの両者の乖離の可能性を認めることができる。しかし、カプランは、それ以上こうした問題に立ち入っていない。

そこで、クリプキの〈意味論的指示〉と〈話し手の指示〉に見合う、〈直指対象〉と〈意図対象〉の区別に立って、両者の一致と乖離の現象について、もうすこし補足しておきたい[30]。

直示行為は、基本的には、直示者の意図の外化、表出であると我々は考えたい。しかし直示者の意図の、受け手への伝達の成功には、直示行為のもつ社会制度的な約定(例えば、指差しの場合には、指差された方向に対象を求めるということ)に乗せるような仕方で、直示行為を遂行しなければならないのである。

まず、直示行為∂の、遂行脈絡cにおける〈直指対象〉を$|\partial|_{c}^{D}$と表記すると、「cにおける直示行為∂による直指対象が存在する」は次のように表記される。

(3)　$(\exists x)(x = |\partial|_{c}^{D})$

他方、脈絡cにおける直示者の意図の外化としての直示行為∂の〈意図対象〉を$|\partial|_{c}^{I}$とすると、「cにおける∂の意図対象が存在する」は、ヒンティカの個体化 individuation に関するアイディアを改変し[31]、〈意図対象〉を変域とする変項に対する量化の場合には、通常の対象の場合と区別する量化記号を用いることにより、一般に次のように表記する。

(4)　$(Ey)(y = |\partial|_{c}^{I})$

すると、完全指示詞 'dthat ∂' のcにおける〈直示対象〉$|\mathrm{dthat}\ \partial|_{c}$は、二様に分節されることになる。すなわち、

(I)　$|\mathrm{dthat}\ \partial|_{c} = |\partial|_{c}^{I}$　(意図対象)

(D)　$|\mathrm{dthat}\ \partial|_{c} = |\partial|_{c}^{D}$　(直指対象)

直示対象が右のいずれの場合でも 'dthat ∂' は〈直接指示の装置〉であり、したがって、これらの語

が登場する文の表現する命題は、〈意図内容〉も、〈主張内容〉も、ラッセル流の単称命題であることに変わりはない。

さて、以上の区別に立って、意図された直示の成功と失敗について考えてみよう。

(i)「直示の成功」と私の呼びたいケースは、①〈意図対象〉と〈直指対象〉とがともに存在し、かつ②両者が一致する場合である。すなわち、直示成功の条件は、次のようになろう。

(S)　$(\exists x)(x=|\delta|^{D}_{c} \,\&\, (Ey)(y=|\delta|^{I}_{c} \,\&\, x=y))$

(ii)「意図はずれないし直示の乖離」と呼びたいケースは、先のカルナップとレーガンの写真の場合がその一例である。この場合、①意図対象(カルナップ)と直指対象(レーガン)とがともに存在するが、しかし②両者が一致せず、意図対象と直指対象とが乖離する。

(P)　$(\exists x)(x=|\delta|^{D}_{c} \,\&\, (Ey)(y=|\delta|^{I}_{c} \,\&\, x\neq y))$

(iii)「直指はずれ、ないし幻覚」と呼びうる場合の例として、ハムレットの見た亡霊のケースが考えられる。ハムレットが城壁上に父王の亡霊を見、それを指差しつつ「あれ〔δ〕」という場合、その意図対象は、彼の知覚した亡霊である。しかし、ハムレットの母にはその亡霊は見えない。ハムレットの幻覚なのである。すなわち、直指対象は存在しない。かくて、「直指はずれ(幻覚)」の条件は、①意図対象は存在するが、②直指対象は存在しないということである。

(H)　$\neg(\exists x)(x=|\delta|^{D}_{c}) \,\&\, (Ey)(y=|\delta|^{I}_{c})$

(iv)「意図欠落の直示」に相当するのは、目隠し直示 blind demonstration の場合や、夢遊病患者が、ある特定のものを指す意図なしに、ある対象を指差しつつ、「あれ〔∂〕」と発話し、しかも、周囲の状況から、彼の指差している直指対象が、受け手には十分同定しうるような場合である。すると、この場合の条件は次のようになる。

(N)　$(\exists x)(x=|\partial|_c^D)\ \&\ \neg(Ey)(y=|\partial|_c^I)$

ところで、〈意図対象〉の存在論的身分が問題となろう。意図対象は、直示者の指示しようという意図の外化・表出としての直示行為の向かう対象であった。

(i)の直示成功の場合には、〈意図対象〉は現実に存在する〈直指対象〉と存在論的には区別がないが、方法論的には(我々の概念的スキーム上は)両者は区別されるべきものである。

(iii)の幻覚の場合には、〈意図対象〉は、直示者ハムレットによって知覚された限りでの亡霊、〈知覚対象 perceived object〉にほかならない。つまり、幻覚の場合には、意図対象は、直示者の知覚対象と一致する。「aはyを知覚する」を‚(Ez)Pa(y=z)’と表記すると、先の(H)は正確には、「直示者aは、自ら知覚した対象を指そうと意図しているが、そういう対象は現実には存在しない」、すなわち、次のように修正されよう。

(H)*　$\neg(\exists x)(x=|\partial|_c^D)\ \&\ (Ey)(y=|\partial|_c^I\ \&\ (Ez)Pa(y=z))$

(i)の直示の成功ないし(ii)の両者の乖離の場合でも、〈意図対象〉は、直示者が現に知覚している対象であるか、または少なくとも以前になんらかの方法で直示者に「それが何か(誰か)知られ乃至は信じられている known or believed what(who)」対象でなければならない。「yが何か(誰か)aに知られている」とは、‘(Ez)Ka(y=z)’と表記される。すると、「意図対象が直示者の知覚対象であるか、または、aが何か(誰か)知られている対象である」とは、次のようになろう。

(*)　$(Ey)(y=|\partial|_c^I \,\&\, (Ez)(Pa(y=z)\vee Ka(y=z)))$

したがって、先の(S)、(P)は次のように修正される。

(S)*　$(\exists x)(x=|\partial|_c^D \,\&\, (Ey)(y=|\partial|_c^I \,\&\, (Ez)(Pa(y=z)\vee Ka(y=z)) \,\&\, x=y))$

(P)*　$(\exists x)(x=|\partial|_c^D \,\&\, (Ey)(y=|\partial|_c^I \,\&\, (Ez)(Pa(y=z)\vee Ka(y=z)) \,\&\, x\neq y))$

かくて、カプランのいう完全指示詞‘dthat ∂’の脈絡cにおける〈直示対象〉|dthat $\partial|_c$は、〈意図対象〉$|\partial|_c^I$と〈直指対象〉$|\partial|_c^D$という方法論上の区別に立って、次のように分節されるべきであろう。

(i)　直示の成功の場合には両者が一致し、それが直示対象である($|\text{dthat}\,\partial|_c=|\partial|_c^I=|\partial|_c^D$)

(ii)　両者が乖離する場合には直示対象はその両者のいずれかである($|\text{dthat}\,\partial|_c=|\partial|_c^I \text{ or } |\partial|_c^D$)

(iii)　幻覚の場合、直示対象はその意図対象である($|\text{dthat}\,\partial|_c=|\partial|_c^I$)

(ただし、意図対象は、直示者が現に知覚している対象か、またはそれが何であるかなんらかの仕方で知られ乃至は信じられている対象であると考える。)

以上、カプランのいう直示対象には、ある分節化が必要であるが、しかし完全指示詞はいずれにせよ、「直接指示の装置」であり、この語が登場する文の〈内容・命題〉は、〈意図内容〉であれ、〈主張内容〉であれ、いずれもラッセル流の単称命題であると考えられる。したがって、完全指示詞 'dthat δ' は、直示行為の遂行脈絡 c において指定した直指対象ないし意図対象を、いかなる値ぶみの時点や世界においても指し続ける固定指示子である。[32]

7　固有名詞論

さてここで、改めて固有名をとりあげよう。

7-1　命名のメカニズム分析

記述説を斥けたクリプキも、原初的命名においては、指差しや記述による対象指定を介して命名が行われることを認めており（*NN*, 97）、またカプランは早期に、名前の因果的画像説を提出していた。[33] 画像には、それがある対象に似ているという描写内容と、それがある人物や対象の画像だという生成的性格 genetic character があるように、名前にも、ある対象を記述する内容と、ある対象の名前であるという生成的性格が認められる。より重要なのは、名前がどの対象の名前であるかという生成的性格である。そしてこの生成的関係 genetic (ofness) relation の確立は、直示行為または記述による命名 dubbing によるとみなされるのである。[34] そこで我々は、先の指標的表現の意味論的考察を基礎に、もうすこし立ち入って、命名のメカニズムを分析してみよう。範型的命名のメカニズムに、次の二つの段階を区別することができよう。第一は、特定の個体xを指定することであり、第二は、xに対して新しい名前Γを導入し、約定によりΓの〈意味論的指示対象〉として、xをΓに結合することである。

第一の段階は、(イ)直示行為〔を伴う「これ」などの指示詞〕を介して、(ロ)確定記述(の束)を介して、または、(ハ)「いま」「ここ」「私」といった指標詞を介してなされるであろう。

(イ)の場合、命名者は彼に現前している対象xについての知覚を介して、指差しなどの直示行為〔場合により記述や画像などを補って〕によって、ある発話の脈絡cにおける個体xを指定する。例えば、次のようにである。

「東の空に見える明星を指差す」。=金星

(ロ)個体xが現前しない場合でも、知覚の代用をする記述や画像を介して、特定脈絡においてxを指定する。

「惑星軌道のかくかくのずれを起こす天体」。=海王星

(ハ)の場合、命名者は特定の発話の脈絡cにおいて指標詞の発話により直接xを指定する。

「ここ」c＝サッポロ

第二の段階については、さらに次の二つのプロセスを区別できよう。すなわち、(ニ)(イ)(ロ)については)dthat‐操作子の導入、または、記述'α'の「現にいまαが指定している唯一の個体」('the x AN(x＝α)')といった指標的記述への組み込み、(ホ)「脈絡指標つき定義」による新名Γの導入。この二つのプロセスを通じ、固有名は、直接指示性と全面的な定常性(固定性)を確保する。

(ニ)のカプラン的dthat‐操作子が(イ)の場合の)直示行為や(ロ)の)確定記述に冠頭されて、あるいは記述が先のような指標的記述に組み込まれて、直示行為δや記述'α'が所与の脈絡cで指定した対象xを、いかなる世界でも常に指定するような完全指示詞'dthat δ'、'dthat α'、ないしは、指標的記述'the x AN(x＝α)'が形成される。例えば、

「dthat〔明けの明星を指差す〕」c

「現にいま明けの明星と同一の個体」c

は、いかなる値ぶみの場や時点においても、金星を指す。

また、(ハ)のケースでは、指標詞の〈意味性格〉自体が、脈絡cの変動がない限り、すでにこうした指示の固定性を保証している。

しかし、dthat‐操作子や指標詞の〈意味性格〉は、特定の脈絡cが固定されたという前提の下で、クリプキの意味での固定性、すなわち、値ぶみの場(可能世界)や時点への依存性を定常化す

るのみであって、直示行為、記述ならびに指標詞の、発話の脈絡への依存性はまだ定常化されていない。つまり、先の脈絡cが変動すれば、指示対象は変動しうるのである。これらの指標的表現は、その使用脈絡に可感的であり、その〈意味性格〉は固有名と異なり、脈絡と相対的に相異なる個体を指定しうるのである。そこで、全面的固定性をうるには、使用脈絡への依存性をも定常化しなければならない。カプランの示唆する「脈絡指標つき定義[35]」、

(DK)　$\Gamma =_{c*} \beta$

は、こうした定常化を表わすための定義である。βには、「いま」「ここ」等の指標詞や‘dthat α’, ‘dthat δ’, ‘the x AN(x = α)’等が代入される。例えば、固定された特定の脈絡c^*における‘dthat〔明けの明星を指差す〕’や「現にいま明けの明星と同一の個体」の指示対象が‘Phosphorus’の〈意味論的指示対象〉であると約定するのである。

(DK)　Phosphorus $=_{c*}$ dthat〔明けの明星を指差す〕

Sapporo $=_{c*}$ ここ

Phosphorus $=_{c*}$ the x AN (x = 明けの明星)

(DK)により導入された固有名Γは、いかなる可能世界や時点、いかなる使用脈絡においても、脈絡c^*におけるβに代入される単称名辞の指示対象と同一の対象を指定するのである。かくて命名とは、使用脈絡、値ぶみ時点や世界一切からの全面的定常化なのである。

しかし、右のような原初的命名が常にフォーマルな儀式によって遂行されると考える必要はない。命名ということを我々はよりゆるく解し、ある名前の〈意味論的指示〉に関するあらかじめ確立された約定に従う意図が欠落している、ないしそのような既存の約定に従う意図よりも、当の名前に別の〈話し手の指示〉を結びつけ、しかもそれを旧来の〈意味論的指示〉にとって代わる、新しい〈意味論的指示〉を創始しようという意図が支配的な場合にも、命名が行われたと考えるのである。つまり、公的な命名式の有無は二次的であって、ある主張や問いの中である対象に新しい名前が導入されたり、または既存の名前を用いながら、既存の指示対象とは別の対象を〈意味論的指示対象〉に採用する意図が支配的な場合にも、命名が行われたとみなすわけである。[36] 先に挙げた範型的な原初的命名は、あからさまに行われた命名の標準形だと解されてよい。

これに対し、名前とその〈意味論的指示〉との既存の結びつきに関する約定に従おうとする意図が支配的な場合、我々はそれを既存の名前の「学習ないし習得」と呼ぶ。

7-2　直接指示性と固定性

さて、このようにゆるく解された命名により導入される固有名の独自な意味論的機能は、その①直接指示性と②全面的固定性に求められる。すなわち、①固有名導入に用いられる直示行為、記述の記述的内容や、「いま」「ここ」「私」などの指標的表現の意味性格は、いずれも固有名の意義（＝内包）ではなく、対象指定のための脈絡的因子にすぎないのである。先の脈絡指標つきの定義(DK)は、もっぱら、固有名Γの〈意味論的指示対象〉を指定する定義、つまり、Γを特定脈絡c^*において指定された対象xの名前とするという約定、を表わしているのである。したがって、このような固有名Γが登場する単称文の表現する命題は、その意味論的指示対象x自体が構成要素として現われるラッセル流の単称命題なのである。

また、②Γは、この対象xをいかなる可能的脈絡においても、いかなる値ぶみの時点や世界においても指定し続けるという全面的な固定性をもつ。換言すると、固有名の〈意味性格〉も脈絡依存的でない（いかなる可能的脈絡でも同一対象を指す）のであり、かつその〈内包〉も定値的（いかなる可能世界や時点でも同一対象を指し続ける）なのである。（もっとも、多くのタナカ氏がおり、ナカノシマも大阪、札幌、長崎等にいくつもあるから、人名・地名もその使用脈絡に依存的なのではないかと疑われる。しかし固有名の脈絡依存は、指標詞などの〈意味性格〉のもつ脈絡依存性とは異なっているように思われる。むしろ固有名の場合には、個体領域Dの選択とそれへの付値Iというモデルに相対的に指示対象が定まると考えたい。関数論的にいうと、モデル構造σから〈意味性格〉への関数――〈超意味性格 supercharacter〉――を新しく導入し、固有名の〈超意味性格〉は、モデル構造σから、定常的な〈意味性格〉への写像と表象されよう。つまり、特定の話題世界 universe of discourse U^*の個体領域D^*中の対象xへの当の固有名の特定のわりあてI^*がなされれば、その固有名は、定常的な〈意味性格〉、定常的な〈内包〉をもつとみなされるのである。）

ところで、クリプキの固定指示子 rigid designator の規定にはゆれがあり、少なくとも三つの規定を区別しうる。

(1)一般的規定としては(NN, 49)、ある表現Γが固定的だということは、Γの指示対象xが存在するいかなる可能世界においても、当の同一対象xを指すということである。

(2)「不変 persistent」指示子(N・サモンの命名)[37]とは、Γの指示対象xの存在するいかなる可能世界でも、当の同一対象xをΓは指すが、xが存在しない可能世界においてはΓは何も指さない(Γはこういう世界では定義されていない)場合である(Kripke〔1971〕p. 146)。したがって、不変指示子の内包は、一種の部分関数であり、例えば、「αと同一なる個体 the x(x=α)」「現実にϕである個体 the x Aϕ(x)」「現にいまαと同一である個体 the x AN(x=α)」といった記述がその例である。記述の内部には指標詞が現われているが、全体が記述である以上、その付値は値ぶみ世界に固有の個体領域に制限されるから、その世界内に当の個体が存在しない場合には、何も指さないことになる。

(3)Γがいかなる可能世界でも、現実世界でΓの指示対象xと同一の対象を指示する場合[38]、「頑固 obstinate」指示子とN・サモンは呼んでいる[39]。頑固指示子の内包は、いわば全面的定値関数 total constant function であり、自由変項、'dthat α'、指標詞、固有名はこれに分類される。すでにクリプキ・モデルでみたように、自由変項'x'は、一旦それにいずれかの世界内に存在する個体tが付値されれば、いかなる値ぶみ世界でもtを指すのであり、「dthat〔B. C. 399に毒杯を仰いで死んだギリシャの哲学者〕」、「私」、「ソクラテス」が、発話脈絡c*でソクラテス当人を指すとすれば、ソクラテスが存在しないような値ぶみの時点や世界でも、これらの表現は、依然脈絡c*で指定したソクラテス当人を指し続けるのである。

7-3　指示の遷移

ここで、固定指示子への反論として持ち出される「指示の遷移 reference-shift」に触れておこう。この現象は、〈意味論的指示〉と〈話し手の指示〉との乖離現象によって説明可能であろう。

名前の指示遷移には、いくつかのケースがあるであろう。

(i) ある名前と〈意味論的指示対象〉との既存の結びつきを意図的に廃棄し、別の対象をその名前の新しい〈意味論的指示対象〉として採用するという一種の命名にあたるケースである。例えば、「ナポレオン」という名前の〈意味論的指示対象〉＝ナポレオン当人は、実は一八一五年ワーテルローで戦死していたのだが、ある政治的配慮からその死は秘され、以後その替え玉が「ナポレオン」と呼ばれたのだとしよう。その場合、真相を知っている人々の間では、「ナポレオン」の〈意味論的指示〉も〈話し手の指示〉も遷移したのである。しかし一般人にとっては、「ナポレオン」の

〈意味論的指示対象〉は依然ナポレオン当人だが、その〈話し手の指示対象〉はナポレオンの替え玉なのである。

(ii) このように〈意味論的指示〉と〈話し手の指示〉が乖離している場合、聞き手への伝達の過程で〈話し手の指示〉が〈意味論的指示〉と誤解され、やがてはその誤解がある言語社会で定着してしまうことによって、名前の〈意味論的指示〉の遷移が生じるケースがある。

例えば、「マダガスカル」の〈意味論的指示対象〉は、アフリカ原住民にとってはアフリカ内陸部であった。ところが、マルコ・ポーロがアラブの船乗りの報告を誤解し、その〈意味論的指示〉と自らの〈話し手の指示〉(＝現在のマダガスカル島)との乖離に気づかずに、「マダガスカル」を現在のマダガスカル島を指すものと解したのである。さて、西欧の聞き手は、マルコの〈話し手の指示〉を、「マダガスカル」の〈意味論上の指示〉と受けとり、やがて西欧社会においてこの用法が慣用化し、元来の〈意味論上の指示〉は駆逐されて、マダガスカル島が「マダガスカル」の新しい〈意味論的指示対象〉として支配的になり定着したというふうに説明されよう。

(iii) ある名前の〈意味論的指示〉は現実の対象であったが、どこかで歴史的遮断 a block in the history(40) が介入し、架空の対象に遷移するケースもある。例えば、「サンタ・クロース」の元来の〈意味論的指示〉は、実在人物聖ニコラスであったのであろうが、現在の〈意味論的指示〉は、実在の人物に生成の根をもたず、われわれには歴史的に結合されていない架空の人物へと遷移したと考えられるのである。

7-4　伝聞状況での名前学習

いわゆる記述説によれば、間接的名前学習には、(イ)名前の指示対象同定のための記述(束)が必要であり、(ロ)名前学習に際し、聞き手は同定のための記述により、その指示対象が何であるか知らなければばならないとされる。しかし、先述のとおり、例えばわれわれは、ヨナに面識がなくヨナについて正しい記述を一切持ち合わせていなくとも、事実「ヨナ」という名前を使用しうるし、ヨナについてさまざまの信念を形成しうる。しかも旧約学者は、ヨナを単に伝説上の人物ではなくて実在の人物であり、また「ヨナ物語」をある実在の人物についての伝説だとみなしうる。

こうした伝聞状況での名前学習に関し、記述説にとって代わり、クリプキ、ドネランらの提唱するのが因果連鎖説、より適切には名前学習の歴史・社会的説明である。これらの説明によれば、(i)名前学習とは、歴史・社会的営為である。命名とは対照的に、名前学習とは、学習者が、かれの属する言語社会において、あらかじめ確立されている名前「ヨナ」とその指示対象xとの意味論的指示の関係(「ヨナ」はxの名前であること)を、自らも受容するという意図のもとに、当の名前「ヨナ」を自らの語彙の中に組み込むことなのである。すなわち、学習者が名前「ヨナ」の指示を、当の言語社会で確立されている「ヨナ」の〈意味論的指示〉と一致させて帰属的に用いようと意図することが、命名と対比される名前の学習・習得ということである。

(ii)名前「ヨナ」の伝達が、ある言語社会で成功するためには、当の名前とその指示対象 x との意味論的結合に関する伝達の歴史が、事実存在しなければならないであろう。すなわち、ある言語社会の成員間に、環から環への連鎖のように伸びている、名前「ヨナ」の〈意味論的指示〉の伝達線の歴史を遡及するとき、その指示の維持線が最終的に命名の現場へ、そして、ヨナ当人に投錨され、ヨナ当人と歴史的に結合しているならば、「ヨナ」はその言語社会において、ヨナを〈意味論的指示対象〉として名指しているのである。

ただし、伝達線の末端近くに位置している成員がすべて、「ヨナ」の〈意味論的指示〉の伝達線をその端初まで遡及できるとは限らないし、またその必要もない。この点は、後に自然種について考えられる「言語労働の社会的分業と協業」というパトナムの社会言語学的な視点を考慮することが重要であろう。われわれは、多くの名前を、当の対象との面識も正確な記述もなしに用いるのであるが、それが可能なのは、当の言語社会の他の成員との間の、言語活動に関する社会的分業と協業とに基づいているのである。いずれにせよ、対象 x が「ヨナ」の〈意味論的指示対象〉か否かの決定は、一定の言語社会の構成員間の、指示の伝達線の遡及を介しての通時的、共時的探索により、当人との面識があるといったある特権的成員への投錨に依存するほかはないであろう。

7-5　単称(非)存在言明

最後に、固有名を含む単称(非)存在言明の問題に言及しておこう。

頑固指示子とみなされた固有名は、あらゆる可能世界や時点で、同一対象を指すか、さもなければ、いかなる可能世界や時点でもいかなるものも指さない空名かのいずれかである[41]。例えば、我々が現実世界で用いている「アリストテレス」という名前は、現実のアリストテレス当人にその生成の根をもち、いかなる世界や時点に関して値ぶみされても、アリストテレス当人を指す。したがって、アリストテレス当人の存在しない可能世界や時点で、「アリストテレスは存在しない」という単称非存在言明が真となることに何の不思議もない。

他方、我々が現実世界で用いる単称名「ペガサス」「シャーロック・ホームズ」は、いかなる世界でも何ものも指示しない。ペガサスやホームズの特性記述と称されるものも、幾百万の可能的個体のどれを各世界で抜き出すかを指定する十分条件を構成せず、かつまたペガサスやホームズにどんなに類似している化石や人物が発見されたとしても、それらは我々の用いる名前「ペガサス」や「ホームズ」の指示対象ではない。我々の「ペガサス」や「ホームズ」は、現実のいかなる種や個体にも生成の根＝歴史的結合をもたないのである[42]。

かくて、名前Γがいかなる現実個体とも歴史的に結合しない、あるいは、〈意味論的指示〉の伝達線上のある箇所で、明白に架空名 fictional names として導入されたという「歴史上の遮断」

があると判明する場合には、「Γは存在しない」という単称非存在言明に真を付値することは可能であろう(43)。例えば、フレーゲ–カルナップ以来の「対象約定説」を採り、架空名には、人工的に論議世界外の対象＊を付値し、それが現われる単称命題には常に偽を付値するという方法を採用すれば、「ペガサスは存在する」の表現する命題は、〈＊と同一なものが存在する〉となり、偽である。したがって、その否定は真となるのである。

8　自然種名

クリプキは、「虎」といった自然種、「金」「水」のような元素や化合物(〈実体〉と総称)、「熱」「光」といった自然現象、に対する名前を、固有名同様、固定指示子だとみなした(NN, 127)。またその指示対象は、その範型的事例の指差し、または記述による定義によって指定される。また、こうした自然種名、実体名は、固有名同様、歴史・社会的(因果)連鎖によって伝達され、金や虎を見たことがなく、光を感じたことのないひとでも、その名を用いうるとみなした。

8-1　社会性

パトナムも同様に、第一に、自然種名等の外延限定に関する〈社会性〉、第二に、実在的環境世界への〈指標性〉、および第三に、実質的には直接指示性と固定性とを主張した。[44]

第一の「社会言語学的仮説」といわれるものは、消極的には自然種名等の内包外延が一般的特性による純粋記述によっては定まらないということであり、積極的には、自然種名の外延の限定に際しての、〈言語社会〉への依存性を指す。

例えば、「ナラ」と「ブナ」、「ショウブ」「アヤメ」「カキツバタ」の識別法を、日本語の平均的話し手が正確に知っているとは思われないし、「金」と「黄銅鉱」の場合も同様であろう。我々は、日本語の話し手の中に、その識別方法を知っている専門家がいると考えて安心しているのである。つまり、一般名の外延限定の規準は、個々の平均的話し手にではなく、言語共同体における言語労働の分業（専門家集団の存在）と協業により現実化されているのである。こうした言語活動の分業は、社会的分業が増大し、科学技術が進展すればするほど増大する。「クォーク」「DNA」「AIDS」などの外延の識別方法は、大方の話し手に知られていなくとも、専門家集団を通じてこれらの名前は、当の言語共同体の共通の所有となる。かくてパトナムによれば、自然種名等の外延の指定は、話し手各人の心理状態や信念、一般的特性記述によるのではなくして、社会的分業に基礎をおく「言語労働の分業と構造化された協業[45]」に基づく優れて社会言語的営為によるのである。

8-2　実在世界への指標性

さて第二にパトナムは、自然種名の外延限定がさらに、実在世界内の事物の現実的本性に依存するとみなした。実在的現実世界に指標づけられていること、それが自然種名等の「気づかれざる指標的要素 unnoticed indexical component」にほかならない。[46]

しかし、言語外的脈絡への依存を示す「指標性」と、第三の「固定性」という脈絡独立性の主張とは一見矛盾するようにみえる。そこで以下やや立ち入って、パトナムによる「水」の直示的定義を見てみよう。

(D1)　すべての可能世界Hにおいて、H中のすべての個体xに関し、あるxが(Hで)水であるのは、それが(Hで)現実世界Gにおける「これ」と同じ実体である場合、その場合に限る。[47]

パトナムのこの定義は、大まかなものなのでより精確な分析が必要であろう。

「同実体性 consubstantiality」「同種性 conspecificity」は、実体や種のサンプル個体間の関係であるのに、実体や種とそのサンプル個体との区別を、(D1)は欠いている。しかも、「同実体性」「同種性」は、相異なる可能世界間にわたる交差世界関係 cross-world relation であるが、これらの関係は、種や実体という中間的抽象存在に存在論的にコミットすれば、合成可能である。[48]

また(D1)は、可能世界に量化している。この点をさけて、「様相子風の語り」によって、(D1)を表現しよう。その場合(D1)中の現実世界Gへの指標づけを確保し、また範型的事例が直示行為・記述のいずれによって補完されて指定されようと、指示詞「これ」は直示的に用いられていることを示すため、二箇所にカプランの dthat‐操作子を導入する。すると(D1)は次のように書き換えられる[49]。

(D2)　(すべてのxについて)(xが水であるのは、xがこれ(dthat[α])の属するこの(dthat)実体に属する場合かつその場合に限る)というのは必然的である。

$(\Box(\forall x)[\mathrm{Water}(x) \longleftrightarrow x \in \mathit{dthat}[\mathrm{the}\ z[\mathrm{Substance}(z)\ \&\ \mathit{dthat}[\alpha] \in z]]])$

('dthat[α]' はサンプル個体を指し、'α' はその個体指定のための直示行為(直示的定義の場合)または記述(操作的定義の場合)を表わす。)

(D2)において、実体名の「固定性」と「指標性」とが一層明らかに看取される。「水」に対応する実体名「この(dthat)実体」は、その dthat‐操作子のゆえに、いかなる世界でも同一の実体を指定するのである。のみならず、「指標性」は二重である。すなわち、第一に、「これ(dthat[α])」が指定する対象は、現実に α(直示行為または記述)の遂行・発話脈絡(現実世界)で指定される個体なのであり、第二に、実体名は、このような現実世界で指定された範型的サンプル個体が、現実世界において属するところの実体や自然種を指す。「この(dthat)実体」中の dthat‐操作子は、こうした実体や自然種指定に関する現実の発話脈絡(現実世界)への指標づけを示すのである。

8-3　直接指示性と固定性

以上から、我々は第一に、種や実体指定に対する個体指定の先行性を確認しうる。(D2)で明らかなように、種や実体に存在論的にコミットするのは、「同実体性」「同種性」の合成に際してなのである。しかも種や実体は、現実世界内のその種のサンプル個体およびその現実的本性への指標づけを前提し、かかる個体が現実世界で属する当の種として指定されるのである。種や実体が存在論上、原初的姿を現わすのは、それに属する現実の個体を介してなのである。

第二に、自然種名等の直接指示性と固定性が確認される。自然種は、例えば、「黄地に黒の縞模様の四足肉食獣」といったステレオタイプ（その種の標準的成員のもつ諸特性）の記述を介して操作的に定義されたとしても、この定義は、同義性を与えるものではなく、自然種の指定のための定義なのである。「虎は黄地に黒の縞模様の肉食四足獣である」は、ア・プリオリな必然的真理ではないのである。それゆえ、三本足の白虎がいても形容矛盾ではない。しかも、ステレオタイプは、(D2)の'α'において明らかなように、指定されるべき自然種のサンプル個体の指定に、直接的には、用いられているのである。自然種指定にとり重要なのは、ステレオタイプにより指定されたサンプル個体が、現実にそれに属するその当の自然種だという点なのである。その上、パトナムは、操作的定義に用いられるステレオタイプも、実は純粋な性質的記述とはいえず、ある範型的サンプルないしステレオタイプを充たす局所《ローカル》的存在への隠された言及を含むと主張する。例えば

「この辺りの水」「われわれのいう水」「ミシガン湖の水」(50)。

かくて、自然種名等の内包外延とも、ステレオタイプの純粋記述のみによっては定まらない。したがって、自然種名等が主語として現われる単称文の表現する命題は、自然種や実体そのものをその構成要素として含む一種の単称命題なのである(個体についての量化が含まれる場合には、それらを述語の一部と読めばよい)。かくして、固有名同様、実体名や自然種名も、直接指示性をもつ。また、いかなる世界や時点での値ぶみも、先の自然種そのものを構成要素として含む単称命題に関してなされるから、指示の固定性をもつ。つまり、いかなる世界でも、自然種名は同一種を指定するのである。

8-4　経験的性格

ところで、範型的事例として選ばれる局所的存在に関して、例えば、それが水という実体のノーマルな成員であると経験的に前提されていると思われる。もし範型として選ばれたサンプル個体が、水のステレオタイプは充たしているが、水という実体の一滴でないと判明すれば、それは水の範型事例としての資格を失う破棄可能な defeasible ものである。すると、あるサンプル個体はある実体や種の成員か否かの判別規準が問題になる。こうした判別規準を与えるのは、もはやステレオタイプを記載している辞書や一定の言語社会の平均的話し手でも、意味論でもなく、経験科学であるとパトナムはみなす。[51] ある個体x、yが同種的・同実体的であるためには、xとyとは、ある重要な物理的諸特性において一致すべきだとパトナムは考える。[52] 彼の考える重要な物理的諸特性とは、基本粒子とその一般的構造(本質)にほかならない。[53]

8-5　まとめ——指示と実在論

さて、パトナムの理解によれば、我々現実世界の住人の用語「$水_E$」の外延は、いかなる時点いかなる可能世界においても固定的にH_2Oを指定する定値関数であると表象できよう。他方、SF的な双子地球テラの住人の用語「$水_T$」がXYZを指すとすれば、その外延はいかなる時点や世界でもXYZであり、その内包はいかなる時点や世界でもXYZを指定する定値関数である。つまり、「$水_E$」も「$水_T$」も固定指示子であるが、しかし両者は、外延も内包も異なるのである。

これに対し、自然種名は、それの用いられる時点や世界と相対的に相異なる外延が指定されうる非固定指示子であり、その内包も定値関数ではないという考え方がある。このような見地では、「$水_E$」と「$水_T$」とを区別する必要はなく、どちらも地球で用いられればH_2Oを指し、テラで用いられればXYZを指す。したがって、内包は同一である。すると、語の外延は、それの用いられる時点や世界内に束縛されていて、それらと相対的に変動すると考えられることになる。こうした見地には、真理についての懐疑論や相対主義が認められる。[54] 例えば、「金」「水」「光」「熱」「電子」等は、各時代の「操作的定義」を充たす外延を指しており、現在では「金」はAuを指すが、化学理論の未発達な時代の「金」の外延には、黄銅鉱も含まれていることになろう。したがって、「あるものが金か否か」の真偽問題は、もっぱら、それが値ぶみされる時代や世界内に制限される。こうした見地は、一般に指示や真理の問題がもっぱら一定の理論内的 intra-theoretical・理論依存的 theory-dependent だという相対主義的科学哲学と結びつくであろう。[55]

これに対し、この時期のパトナムは、科学における「収束 convergence」という実在論的見地を採っている。[56] すなわち科学理論を、理論から独立の存在者からなる世界の、近似的に正しい特徴づけと解し、後続理論は一般に先行理論が指示していたのと同じ存在者についてのよりよい記述だとみなす。すると、固定指示子とみられる自然種名は、貫時間的、貫世界的のみならず、理論外的 extra-theoretical な名辞であり、指示や真理の概念も、理論外的概念であると主張される。[57]

さて、以上の考察に立ってパトナムは、自然種名、例えば「水」の包括的な「意味 meaning」の標準的記述として、次のような因子の有限列ないしベクトルを挙げている。[58]

(1) 当の語(例えば「水」)の統辞論的標識――(例)物質名詞。

(2) 意味論的標識――分類体系中のカテゴリ表示の役を果たすもの――(例)自然種、人工物、生物、物理現象、曜日など。

(3) ステレオタイプ――(例)「無色透明無味無臭で渇きをいやす」

(4) 外延――(例)H_2O。

かくてパトナムによれば、各人の所有するステレオタイプならびにそれを把握する各人の心理状態が外延を確定するといった記述説ないし方法論的独我論は放棄され、外延限定は、実在的環境世界への指標性と言語社会における分業と協業とに依存するとみなされる。

9 個体と貫世界同一性

以上の考察を踏まえ、前章で解決を延ばしてきた、個体や種の貫世界同一性の問題を考えよう。しかしその前に、直接指示性と固定性についてのこれまでの議論を整理しておこう。直接指示性と固定性をもつ名辞(「直示語」と総称する)には、指標詞や指示詞のような指標的表現、固有名ならびに自然種名・実体名や自由変項などが認められた。そこで直接指示性と固定性の、統辞論的、意味論的ならびに形而上学的規定を大まかにまとめておこう。

9-1 直接指示性

(1) 統辞論的規定――元来、直接指示性は意味論的概念であるから、統辞論的に特徴づけることはむずかしい。が、記述句と比較すれば、記述句を含む文は、ラッセル－スマリアンの指摘したように、否定や様相子・時制子が登場すると、解釈により真偽を異にする多義性を示す。したがって、その一義化には、作用域の区別が必要であった。

　これに対し、直示語の現われる単称文は、否定や様相子、時制子に関してこのような曖昧性を示さず、いわば常に大作用域(*de re* の位置にある)ないし脱作用域 scopeless を示す、あるいはむしろ、作用域を区別した両様の読みが同値となって差がないのである。[59]

(2)意味論的規定——直示語'Γ'の現われる単称文'$\Phi(\Gamma)$'が(ある使用脈絡cにおいて)真となる条件は、cにおいて'Γ'の指示する対象Γが、述語'Φ'を充足する場合その場合に限るというように、文'$\Phi(\Gamma)$'の真理条件への'Γ'の寄与は、cにおける直接端的な指示対象指定に尽きるのである。したがって、'Γ'に随伴される記述や直示行為のもつ〈記述的意義・内包・ステレオタイプ〉、また'Γ'の〈意味性格〉の一切は、cにおける'Γ'の指示対象指定のみに関わり、値ぶみ時点や世界における文'$\Phi(\Gamma)$'の真偽の確定には関わらない。

(3)形而上学的規定——「このもの主義 Haecceitism」——右の意味論的規定を、命題という抽象存在を措定するような形而上学的な語り方で言い換えると、直示語'Γ'の現われる単称文'$\Phi(\Gamma)$'の表現する命題は、'Γ'の記述的意義・内包・意味性格等の登場する一般命題ではなく、'Γ'が指定した個や種Γ自体と述語の表わす属性(ないし外延)Φとの順序対からなるラッセル流の単称命題

$\langle \Gamma, \Phi \rangle$であるということである。このように、単称文の表現する命題は、当の単称名辞'Γ'の指示対象自体が登場する単称命題だという主張を、カプランに倣いスコトゥス流に「このもの主義」と称したいと思う[60]。

かくて、直示語'Γ'を含む単称文'$\Phi(\Gamma)$'の値ぶみは、いかなる可能世界や時点で行われようと、現実世界の使用脈絡で'Γ'の指定した対象Γを含む単称命題$\langle \Gamma, \Phi \rangle$について行われ、その必然性や可能性、永久性が問われるのである。このことから、指示の固定性は直接指示性から導かれる系であることが判明する。

9-2　指示の固定性

(1)統辞論的規定——様相・時制文脈に関しても、標準的文脈同様、直示語'Γ'に関しては、普遍代入則(SI)も量化法則(Q)も成立する。「指示の一意性仮定」('$(\exists x)\Box(x=\Gamma)$'、'$(\exists x)\mathrm{Always}(x=\Gamma)$')が成立するからである。

$$\text{(SI)}\ \begin{cases} \Gamma_1=\Gamma_2 \rightarrow \Box(\Gamma_1=\Gamma_2) \\ \Gamma_1=\Gamma_2 \rightarrow \mathrm{Always}(\Gamma_1=\Gamma_2) \end{cases}$$

$$\text{(Q)}\ \begin{cases} (\forall x)\Box\Phi(x) \rightarrow \Box\Phi(\Gamma) \\ (\forall x)\mathrm{Always}\,\Phi(x) \rightarrow \mathrm{Always}\,\Phi(\Gamma) \end{cases}$$

(2)意味論的規定——指標詞、指示詞、固有名、自然種名、自由変項といった直示語'Γ'は、クリプキの三つの固定指示子の規定中でも、頑固指示子に相当し、「'Γ'は、現実世界で指定した指示対象Γを、いかなる値ぶみの世界や時点でも(Γが存在しない世界や時点でも)指定し続ける(したがって、'Γ'の内包は、任意の時点や世界からΓへの定値関数として表象可能である)。かくて、いかなる世界や時点に関しても、直示語'Γ'の現われる単称文'$\Phi(\Gamma)$'の表わす同一の単称命題$\langle \Gamma, \overline{\Phi} \rangle$について、真偽の値ぶみがなされることになる。

直示語'Γ_1'と'Γ_2'とが現実世界や使用時点で同一の個体を指示するとすれば、'$\Gamma_1=\Gamma_2$'の表わす命題は、Γと同一性関係Idからなる単称命題$\langle \Gamma, \Gamma, \mathrm{Id} \rangle$である。ところで、この命題は、いかなる値ぶみ時点や世界でも真であるから、'$\Gamma_1=\Gamma_2$'は、必然的かつ永久的に真である。

さて、ヒンティカの指摘したように、量化法則、'$(\forall x)\Box\Phi(x)\to\Box\Phi(\Gamma)$'が回復されるには、「指示の一意性仮定」'$(\exists x)\Box(x=\Gamma)$'が必要である。ところで、直示語'$\Gamma$'が現実世界Gで特定の個体$\Gamma$を指定するとしよう(すなわち'$(\exists x)(x=\Gamma)$'はGで真)。その場合、クリプキ流の付値では、'$x=\Gamma$'中の自由変項'x'への付値は、$\Gamma$が当の値ぶみの世界に存在しなくとも、現実的個体の領域φ(G)を含む全個体領域の合併U中に存在すれば、よいものであった。すると、たとえΓは、当該値ぶみ世界Hに存在しなくとも、仮定から現実世界Gに、したがって、U中に含まれるから、'x'にその個体Γを付値すれば、任意の世界で'$x=\Gamma$'は真となる。したがって、Gで'$\Box(x=\Gamma)$'は真となる。G中に存在するΓについて以上のことが成立するから、'$(\exists x)\Box(x=\Gamma)$' はGで真となる。

次に量化法則'$(\forall x)\Box\Phi(x)\rightarrow\Box\Phi(\Gamma)$' の反証モデルを考えてみよう。ただし、現実世界Gにおいて、直示語'Γ'は個体Γを指定し、かつGに存在する個体はΓのみだと仮定しよう。反証モデルがあるとすれば、Gで、①前件'$(\forall x)\Box\Phi(x)$' が真でありながら、②後件'$\Box\Phi(\Gamma)$' が偽となるケースである。②となる場合は二つ考えられる。

㋑ '$\Phi(\Gamma)$' が、Gで、またはΓの存在する可能世界Hで偽となる場合

㋺ ΓがHに存在しない場合

しかし㋑の場合、自由変項'x'にΓを付値すると、GまたはHで'$\Phi(x)$' は偽とならなければならないから、'$\Box\Phi(x)$' はGで偽となり、前件も偽になってしまう。

他方㋺の場合も、クリプキの付値条件に従うと、'x'にΓを付値すると、$\Gamma\notin\psi(H)$ であるから、'$\Phi(x)$' はHで偽となり、よって同様に前件も偽となる。したがって、'Γ'が直示語で現実世界において一意的指示対象を指定している場合には、一意性の仮定も、量化法則も、'Γ'に関しては回復されるのである。このように、標準名の範囲は、直示語にまで著しく拡大されたことになる。

(3)形而上学的規定――直示語'Γ'によって指定される個体や種は、あらゆる可能世界や時点で自己同一性をもつ、すなわち、貫世界的 transworld 貫時間的 transtemporal 自己同一性をもつ。もし「本質(essence)」を、ある対象が(存在する限り)欠くことのできない特性と解し、それゆ

え、本質主義とは、「ある対象Γが存在するならΓはある特性Φを常にかつ必然的にもつ」(Always $\Box(\exists x)(x=\Gamma)\rightarrow\Phi(x)))$という主張であると解されるならば、先述の個体や種の自己同一性は、貫世界的貫時間的性格をもつから、(当の個体や種が存在する限り)常にかつ必然的に当の個体や種がもつ一種の本質であるということができよう。しかしこの本質は、およそどの個体や種ももっているトリヴィアルな性質であって、一つの個体を他から選り分けるような当の個体のみがもつ本質といったものではない。〈直接指示〉の意味論は、〈トリヴィアルな本質主義〉は含意するが、トリヴィアルでない本質主義を含意するものではない。

9-3　貫世界同定

しかしながら、個体や種の「貫世界的貫時間的自己同一性」(あらゆる世界や時点に関して自己同一的であること)は、形而上学的テーゼであって、個体や種を貫世界的貫時間的にどのように同定・再認しうるかという認識論的問題とは明確に区別されなければならない。「このもの主義」と「貫世界的貫時間的自己同一性」は、直示語の直接指示性と固定性という意味論的規定から帰結する形而上学的テーゼであって、我々が、任意の可能世界や時点で、どのようにして現実世界でいま指定されたある個体や種を追跡し、再認・同定しうるのかという認識論的な「同定」の問題とは、はっきり区別されるべきである。両者は互いに独立の問題であり、後者の問題の解決が、前者の問題の解決に不可欠であるわけではない。さらにそもそも認識論的問題は、個体の同定・再認に限らず、基本的に現実世界内の事柄であり、個体や種の通時的同定は現実世界内での問題である。しかし、貫世界的な同定の問題は、擬似問題であるといわねばならない。直接指示性をもたない記述'd'について、それが現実世界で指定する対象d_1と、別の世界で指定する対象d_2とが同一か否かを問うことは、一種の循環論を犯さずには本来解きようのない問題なのである。したがってクワインやヒンティカ、ルイスらの貫世界同定に関する懐疑論は、その点では正しいといわねばならぬ。その衣装は変容しても可能世界にソーセージのように延長しているという一種の裸の個体を持ち出しても、貫世界同定という認識論的問題を解くことはできないのであり、他方、このような想定により貫世界同一性に形而上学的な支えを与えることは不必要なのである。なぜなら、直示語'*I*'が現実世界で個体xを指定するならば、そのxが他の世界や時点に延長していようといまいと、その貫世界的貫時間的自己同一性はすでに意味論的に保証されているからである。(61)

他方、だからといって、サンドウィッチ説や分身説が正しいという必要もない。これらの説は、直示語の存在を見落とし、非直示的記述を単称名辞のパラダイムとして選択したがゆえに、貫世界同一性の否定へと導かれざるをえないからである。これらの説にはまた、個体や種の自己同一性という形而上学的テーゼとその同定・再認という認識論的問題との混同がみられる。

クリプキ‐パトナム‐カプランの提起した貫世界同一性の問題は、認識論的な同定の問題ではない。彼らの主張は、①通常の記述と鋭く対比される直示語が、直接指示性という特異な意味論的性格をもつということ、②その系として、指示の固定性をもつということ、③これらの意味論的規定が、単称命題の存在という「このもの主義」と、個体・種の〈必然的自己同一性〉という「トリヴィアルな本質主義」との、形而上学的テーゼを含意するということなのである。

9-4　直示語と個体

さて第四章(7-1)では、第一に、もし「xが素数であるということは必然的である」のような開放文を、間接話法風の表記のまま、独立的解釈を与えようとすると、代入則、量化法則の回復、貫世界同一性の保証を与ええない懐疑論やサンドウィッチ説を採るか、または、ソーセージ説のような貫世界連続体という裸の個体説を受け容れるかというディレンマに陥ったのであった。

そこで我々は第二に第四章(7-2)では、先の開放文を「「xは素数である」は必然的である」といった直接話法風の表記に引き戻し、様相子を一種のメタ言語的な意味論的述語と解し、引用文中に現われている単称名辞の意味論的性格を見定めるという、直接話法への依存的解釈の方向を探ったのであった。

第五章において、カルナップの個体概念の元来の着想に由来する名指し関数、標準名論や、クリプキ－パトナムの固有名・自然種名論、カプランの指標的表現の意味論を通じ、我々は、指示詞、指標詞、固有名、自然種名、自由変項が、直接指示性と固定性というユニークな意味論的特徴をもつことを確認した。そしてこうした直示語の意味論的テーゼは、形而上学的には、①直示語の現われる単称文の表現する命題が、個体・種自体の登場する単称命題であるという〈このもの主義〉と、②現実世界で一旦、直示語が特定個体・種を指定したならば、その語は、いかなる値ぶみ世界や時点でも(たとえその世界や時点に先の対象が存在しなくとも)、当の個体・種を指定し続け、したがって当の対象は必然的永久的自己同一性という〈貫世界的貫時間的自己同一性〉を示す、というふうに表わされうる。しかし、この形而上学的テーゼには、個体について、④個体は、基本的に世界内存在で時間切片であり、貫世界的貫時間的個体とは、なんらかの仕方でそれらの個体片を重ね合わせた人工物にすぎぬというサンドウィッチ説、ないしは、⑫貫世界的貫時間的連続体が個体であって、各世界片・時間片はその現われ・断面にすぎないというソーセージ説との、いずれにも加担する必要がないのである。

要するに、表現'T'が直示語ならば、それの登場する単称文の表現する命題は、単称命題であり、いかなる世界や時点での値ぶみにおいても、このすでに現実世界で確定された同一の単称命題についてその真偽が問われるということだけが肝要なのである。

例えば、「プラトンは二〇世紀には存在しない」「プラトンが哲学者でないこともありえた」といった文において、「プラトン」は(いまはもう生存していないが、かつて古代ギリシャに生きた)プラトン当人を指し、これらの文はそのプラトン当人についての陳述なのである。これらの文の真偽の値ぶみに際し、プラトンを貫世界的貫時間的にどのように同定するのかという認識論的問題や、ここでのプラトンとは、世界内時間片なのか、なんらかの仕方でのそれらの重ね合わせなのか、または、貫世界的貫時間的連続体なのか、あるいはプラトンの本質は何かといった形而上学的問題にも、頭を悩ます必要がないのである。こういう問題に決着をつけなくとも、「プラトン」という固有名のもつ直接指示性と固定性という意味論的性格によって、我々は、プラトンについて(それが個体片か連続体かを問うことなしに)、彼が存在しない世界や時点に関しても、多様なことを主張し、その真偽を問いうるのである。

かくして、直示語に関する以上のような意味論的特徴に依存する解釈に立つ様相・時制論理の意味論は、代入則・量化法則を保証する。〈このもの主義〉や〈貫世界的貫時間的自己同一性〉といった最小限《ミニマム》の形而上学的テーゼを含意するとしても、しかし、直接指示の理論は、言語哲学的考察を、個体・種をめぐる錯綜した認識論的・形而上学的問題から切り離し、これらの諸問題に対し中立性を維持する余地を与えるといってよいであろう。

9-5　必然性とア・プリオリおよび心身問題

これまでの議論の帰結として、「必然」「偶然」のような様相概念(一種の形而上学的概念)と

「ア・プリオリ」「ア・ポステリオリ」などの認識論的概念とは、根本的に異なる真理カテゴリを形成するという興味深い知見が得られるのである。

さて、カントがア・プリオリの徴表を必然性と厳密な普遍性に求めたことは、よく知られている。のみならず哲学史上の常識としては、ア・プリオリと必然性とは不可分の概念と考えられた。ところがクリプキは、真理カテゴリを、必然性のような形而上学的概念と、ア・プリオリのような認識論的概念とに区分し、かつ指示の固定・非固定性の区別に立って、ア・プリオリで偶然的、ア・ポステリオリで必然的であるような真理の例証を挙げ、哲学界に衝撃を与えたのである。(62)

「必然的真理」とはあらゆる可能世界で真ということであり、「永久的真理」とはあらゆる時点で真ということである。他方、ア・プリオリとは、経験的探索なしに、定義やコトバの意味から直接抽出される真理の認識のことである。

(1)まず、ア・ポステリオリで必然的かつ永久的真理の例を挙げよう。

①「ヘスペルス=フォスフォルス」(宵の明星、明けの明星各々に対する固有名「ヘスペルス」「フォスフォルス」同士の同一性言明)の真理性はア・ポステリオリにしか知られないが、しかしこの等式は金星の自己同一性を主張しているのだから、その真理性は必然的かつ永久的である。

②「水は H_2O である」も、ア・ポステリオリに知られたが、しかしそれが真ならば、必然的かつ永久的に真である。

③'Dthat〔明けの明星〕＝dthat〔宵の明星〕」というカプラン的指示詞同士の等式の真理性は、「明けの明星＝宵の明星」同様、ア・ポステリオリにしか知られないが、後者と異なり、金星の自己同一性を主張しているのだから、必然的かつ永久的に真である（Kaplan〔1978〕₂ p. 410）。

④鏡に映っている人物が自分だと気づいて、「彼は私だ！」と叫ぶ場合、この発話の真理性はア・ポステリオリに知られたのだが、発話内容は、発話者当人の自己同一性ということであるから、必然的かつ永久的に真である。

このように、固定指示子同士の同一性言明の真理性は、しばしばア・ポステリオリに知られるにもかかわらず、その言明の表現する命題が自己同一性であるため、必然的かつ永久的に真とみなされるのである。

(2)他方、ア・プリオリに知られるにもかかわらず、偶然的かつ一時的に真であるにすぎない言明の例を挙げよう。

①「一メートル＝時点t_0におけるパリのメートル原器の長さ」という言明は、「一メートル」の指示対象の定義者にとっては、当の定義からア・プリオリに導かれる真理を表わしていようが、しかしメートル原器の長さは状況により変動するから、偶然的かつ一時的に真であるにすぎない（Kripke, *NN*, pp. 56 f.）。

②「宵の明星＝dthat〔宵の明星〕」は、真ならア・プリオリに真であろうが、記述「宵の明星」

の指示対象は時点や世界と相対的に変動しうるのに、dthat-操作子が冠頭されると固定指示子となるから、いかなる世界・時点でも金星を指し続け、したがって、火星が宵の明星になっているような世界や時点では、この等式は真とはならないのである(Kaplan〔1978〕₂ p. 410)。

③「私はいまここにいる」「私は現存している」は、誰がいつどこで発話しようと、経験的探究をまたずに、いわばコトバの意味(性格)によって、真である。しかし神のごとき存在者による発話でない限り、特定脈絡でのこの文の発話内容は、必然的かつ永久的に真であると主張することはできない(Kaplan〔1978〕₂ p. 402)。

このように、固定指示子と非固定指示子との間の等式の真理性、あるいは、あらゆる発話脈絡において真である(LD-妥当)状況文の真理性は、ア・プリオリに知られるにもかかわらず、偶然的かつ一時的であるにすぎない場合があるのである。

以上の諸例からも判明するごとく、必然性や永久性といった形而上学的概念と、ア・プリオリのような認識論的概念とは、根本的に異なる真理カテゴリを構成し、互いに別種の内包的文脈を形成するのだと考えられる。そこで次章では、知識や信念にかかわる命題態度文脈の問題をとりあげよう。

しかしその前に、以上のような「固定指示子」間の必然的同一性の説に立ち、クリプキが心身問題をめぐる議論の分析装置に関して一石を投じた次第を、簡単に紹介しておこう。

心身問題は、近代以降に限ってもデカルト以来、哲学上の大きな問題であった。一九五〇年代後半から、いわゆる心身同一説（identity theory）が、それぞれニュアンスを異にしつつ相当数の哲学者により主張され、議論された[63]。

心身二元論も同一説も、心的状態と身体的状態との間になんらかの相関ないし対応が存在するということでは一致する。ただ二元論者はその相関関係が非反射的だと見るのに対し、同一説は同一性関係の特殊ケースだとみなすのである。

ところで、心身同一という場合でも、同定されるべきものには、(1)精神ないし人格（person）とその身体、(2)個々の感覚と個々の脳の状態、(3)あるタイプの心的状態（例えば痛み）とあるタイプの物的状態（例えば脳の神経繊維の興奮）などが考えられよう（Kripke *NN*, pp. 144 f.）。

ところで同一説論者は、心身は同一だが、それは必然的同一性ではなく、偶然的・事実的同一性であると考え、心的状態と脳の状態との間にある種の因果関係を想定している。

しかしクリプキにいわせると、例えばある人に対する「デカルト」という名前や彼の身体を指す名前、各感覚とそれに対応する個々の脳の状態を指す名前、また「痛み」や「神経繊維の興奮」などはいずれも「固定指示子」なのである（*NN*, pp. 144 f.）。すると、これまで述べてきた「固定指示子」間の真なる同一性言明は必然的であるとの「分析上の手だては同一説と対立する」（Kripke,〔1971〕163）ことになる。つまりこれまでの考察が正しければ、デカルトと彼の身体が同一なら、必然的に同一でなければならず、痛みと神経繊維の興奮とが同一ならば、それは必然的に同一でなければならない。同一説をとりながら、それが偶然的同一性だというわけにはいかない(*NN*, pp. 147 f.)。

しかしながら、「熱」が感じられなくても「分子運動」は存在するように、事実として、神経繊維の興奮は痛みの感覚なしにも存在するのではないか。

これに対するクリプキの答えは以下のようである。「熱」の場合、その指示対象はたまたま「熱いという感覚を我々に引き起こす」という熱の偶有的特性により指定されるが、しかしその指示対象すなわち熱は外的現象であって、熱く感じないからといって「熱=分子運動の平均エネルギー」の同一性の必然性が崩れるわけではない(*NN*, p. 133)。しかし「痛み」の場合は、その指示対象が偶有的特性により選り出されるわけにはいかず、それは、痛みそのものである(being pain itself)というその直接的現象的特性によってのみ選り出される。「痛み」は固定指示子であるのみならず、その指示対象はその本質的特性により規定される(ibid.)。同様に、ある脳の状態もある脳の状態にある(being a brain state)という本質的特性により指定される。ある脳の状態を構成している脳細胞の配列《コンフィギュレイション》は、その状態にとり本質的だからである(*NN*, pp. 147 f.)。したがって痛みとある脳の状態とが同一でありながら、必然的でないということは、痛みが痛みなしに存在するという背理となる(Kripke〔1971〕161)。

かくて、クリプキの結論は、心身同一説が固定指示子間の同一性と解される限り、それは必然的同一性でなければならないがゆえに、偶然性を認める同一説は成立しないというものである。ただし、心身の同一性が、経験的でア・ポステリオリに確立されるという主張と、必然性の主張とは両立するのである。

第六章　知・信の論理

1　先　駆

1-1　問題提起

'a＝a'と'a＝b'とがともに真理値真をもつのに、両者の認識価値に相違があるという事態(「フレーゲのパズル」と呼ぼう)を、フレーゲが'a'と'b'との意義Sinnの差異によって説明していたことは、すでに第一章で述べた。彼はまた、通常の代入則の成立しない文脈に気づいていた。例えば、二つの文'φ'と'ψ'との真理値(通常の意味gewöhnliche Bedeutung)が同一であっても、その言語に通暁しているごく正常な人物eが、一方を信じながら、他方を信じないということ(「代入則のパズル」と呼ぼう)がある。フレーゲはこうした文脈を間接的ungeradeと称し、かつ間接的文脈内部では、語や文は間接的意味をもち、その間接的意味に関しては代入則が成立すると主張したのであった。間接的文脈には、直接話法報告、間接話法報告、知・信その他の命題態度に関わる文脈が含まれる。直接話法報告においては、引用文の間接的意味は、引用された元来の文と考えられ、間接話法報告や信念文中の副文の間接的意味は、その通常の意味・思想と重ね合わされた。したがって、eが一方の文'φ'を信じながら、他方の文'ψ'を信じなければ、この二つの文の表現する意味・思想は異なるのであり、逆にいえば、二つの文の意味が同一なら、信念文脈中でもこの意味に関して代入則が成立するといってよい。

以上のフレーゲのアイディアは、きわめて示唆に富んだものであるが、なおいろいろの未解決の問題を含んでいる。

第一に、意味・思想の同一性規準は何か。

第二に、いかなる文についても、認識価値についてのフレーゲのパズルならびに代入則のパズルが、当の文の意味の相違によって説明できるかどうか(クリプキのパズル)。例えば、固有名、指示詞・指標詞、自由変項といった直示語を含む文の場合に、意味の差異に訴えるフレーゲ的説明が、そのままの形で有効かどうか。

第三に、フレーゲのとりあげた文脈は、「eはスパイがいると信じている」といった、いわゆる「言表についての信念 *de dicto* belief」に限られている。しかし、「eはaについてスパイだと信じている」といった「事象についての信念 *de re* belief」や、「スパイだとeが信じているものが存在する」のような信念文脈内部への量化ならびにそれらにまつわるクワイン指摘の諸々のパズルを、フレーゲ的着想の拡張によって解決することができるのかどうか。

本章でこれらの困難な諸問題に、全面的かつ決定的な解答を与えることはむずかしい。しかし、フレーゲが間接的意味の探索の際に、「直接話法的アプローチ」(それは、間接的意味を「記号」に求めるから、「統辞論的方法」と称されてよい)と、「間接話法的アプローチ」(それは、間接的意味を語の「意義」に求めるから、「意味論的方法」と称されてよい)の双方を試みていたことは示唆的である。フレーゲ自身は、「直接話法的アプローチ」の適用を、直接話法報告に限ったが、我々は、後段で、このメタ言語的な両アプローチを、すべての間接的文脈に併用することを試みることにより、先の諸困難解決の可能性を展望しようと思う。

1-2　カルナップの内包的同型性

先述のように、信念文脈では通常の意味(外延)に関する代入則は成立しない。そこでフレーゲは、間接的意味を意義・思想に求めたが、その同一性規準は、例えば、二つの文が論理的に等値(内包が同一)ということでよいであろうか。だが、同一個体を指す「ジキル博士」と「ハイド氏」という固有名を含む次の二つの信念文中の従属節は論理的に等値であっても、(1)は真だが、(2)は偽となりうる。

(1)　ハイド氏が殺人犯だとジョンは信じる。

(2)　ジキル博士が殺人犯だとジョンは信じる。

したがって、信念文中では、一般に論理的に等値な(同じ内包＝命題を表現する)文同士の間でも置換は可能でない。その意味で、信念文脈は、外延的でも内包的でもない。

信念文脈中で交換可能な二つの従属節は、単に全体として論理的に等値であるばかりでなく、両文が論理的に等値な部分から、しかも同じ仕方で形成されていなければならない。こういう場合、カルナップは、両文が同じ内包的構造 intensional structure をもつ、ないし内包的に同型 intensionally isomorphic であると称する(*MN*, § 13, p. 55)。

例を挙げよう。‘5>3’ と ‘Gr(V, Ⅲ)’, ‘pvq’ と ‘Apq’, ‘(∀x)(∀y)(x+y>y)’ と ‘ΠuΠv[Gr(Sum(u, v), v)]’。これらは、対応する構成要素がそれぞれ同じ内包をもち、かつこれらの部分的内包から同じ仕方で全体の内包が形成されているのである(*MN*, § 14, pp. 56–57)。

かくてカルナップは、信念文脈において交換可能な従属節は、互いに内包的に同型な文に限られると考える。正確にいうと、信念文脈中で代入則が成立するのは、ある意味論体系J(例えば日本語断片)における文(1)「ジョンはハイド氏が殺人犯だと信じている」が、意味論的に次のように解釈されうる場合である。

(*)ある意味論体系E(例えば英語断片)中に、次のような条件を充足するある文‘p’が存在する——すなわち、(a)E中の‘p’は、J中の「ハイド氏が殺人犯だ」と内包的に同型であり、かつ(b)ジョンはE中の文‘p’に肯定的に応答する傾性をもつ(*MN*, § 15, p. 62)。

こうしたカルナップの分析に従うと、(1)と(*)から、次の英文が導かれるように見える。

(3)　John believes that Mr. Hyde is a killer.

ところがチャーチは、(1)と(*)のみから、(3)さえ導けないという。[1] この導出には、(*)に含まれていない事実的情報、「ハイド氏が殺人犯だ」が何を意味するか(この文の命題)がわかっていなければならぬ。こうした事態は、(1)の英訳である(3)と、(*)の英訳とを比較してみればよい。(*)の英訳中には、「ハイド氏が殺人犯だ」という日本語の引用文が含まれるから、日本語を知らない人は、(3)は理解しても(*)の英訳は理解できない。したがって、(*)は(1)の分析になっていない。

この批判をうけてカルナップは、(1)のような信念文は一種の理論的構成で、(*)中の(b)、例えば、「ジョンは英語中の文 'Mr. Hyde is a killer.' に肯定的に応答する」のようなジョンの振舞いを記述する文から、一定の高い確率をもって推論可能だという主張に後退する。[2]

さらに、同義的文同士でさえ、相異なる文は相異なる心理的反応を引き起こすとのB・メイツの指摘[3]以来、カルナップは、同義性や内包的同型性に訴えるよりも、むしろ信念文(1)の次のような書き換えを選ぶに至る。

(4)　ジョンは、英文 'Mr. Hyde is a killer.' に対し関係Bをもつ。

(4)は(1)から導出可能ではなく、単に一定程度確証されるにすぎない(*MN*, pp. 230 f.)。

2　クワインのパズル

「信じる」「欲する」などのいわゆる命題態度文脈をめぐる問題状況そのものを一段と深く切り拓くのに、決定的に重要な役割を果たしたのは、クワインの論文「量化子と命題態度」(一九五六、以下 QPA と略称する)である。(4) この論文においてクワインは、いわゆる「言表についての *de dicto* 信念」から「事象についての *de re* 信念」を区別し、さらに文脈内部への量化 quantifying into および *de dicto* 信念から *de re* 信念への遷出 exportation をめぐるパズルを指摘している。しかしこの論文の議論は錯綜していて難解であり、慎重な分析を必要とする。

2-1　量化文の多義性

クワインはまず、次のような量化文は多義的だと考える。

(1)　私は帆船が欲しい。(I want a sloop.)

(2)　ラルフはだれかがスパイだと信じている。(Ralph believes that someone is a spy.)

まず(1)は次のように(2)型の文に変形しうる。

(1)′　私は帆船を所有したい。(I wish that I have a sloop.)

さて、(1)(1)′が、どんな帆船であれ、帆船を一隻入手したいという意味なら、次のように表記されてよい。

$(1)_N$　I wish that (∃x)(x is a sloop & I have x).

同様に、(2)が、「誰であれスパイはいるものだとラルフは信じている」というだけの意味なら、次のように表記されよう。

$(2)_N$　Ralph believes that (∃x)(x is a spy).

こうした、特定の対象や人物に関わらない、一般的な帆船所有欲やスパイ存在の信念を、クワインは「概念的意味 *notional* sense」での（つまり *de dicto* の）欲求や信念と称する。

それに対し、(1)(2)が、「私の手に入れたいと思っている帆船がある」とか「スパイだとラルフが信じている人物がいる」という意味で用いられているのなら、それらは次のように表記されうるであろう。

$(1)_R$　(∃x)(x is a sloop & I wish that I have x).

$(2)_R$　(∃x)(Ralph believes that x is a spy).

この場合の欲求や信念は、ある特定の帆船や人物が念頭におかれ、それと関係づけられているから、こうした欲求や信念をクワインは「関係的意味 *relational* sense」(*de re* に相当）での命題態度と称する。そして彼は、概念的意味と関係的意味との命題態度間に、巨大な差異を認める（QPA,

p. 102)。ラルフが大方の我々と同様FBIにもCIAにも無関係なら、(2)$_N$が真でも(2)$_R$は偽であろう。

かくてクワインは、第一階述語論理中の量化子の作用域の大小に訴えるだけで、多義的とみられた命題態度文脈を、概念的‐関係的の意味に、見事に明晰化したのである。

2-2　内部量化のディレンマ

これで一件落着したのであろうか。差し当たりクワインは、概念的意味での命題態度は、あまり問題視していない。しかし、先の(1)$_R$(2)$_R$のような関係的意味の定式化に含まれる命題態度文脈の外側からその内部への量化 quantifying into を、クワインは、うさん臭い仕事だとみなすのである(QPA, p. 103)。

ここで論点を明確にするため、クワインは次のような状況設定を行う。茶色の帽子をかぶったある男を、ラルフは何度か見かけたとする。その状況は、ラルフをしてその男がスパイだと疑わしめるに十分な問題的状況であった。また、その地方の有力者だとラルフに漠然と知られている灰色の髪の男がいる。しかしラルフは、浜辺で一度だけ見かけた以外はその男に気づいていないとしよう。さて、ラルフは知らないが、実はこの男たちは同一人物(B・J・オートカット)なのである。

さて、この男B・J・オートカットについて、ラルフが彼をスパイだと信じていると言いうるだろうか。この問いは、我々をアポリアに導くようにみえる。

(i)もし我々がそう言いうるとすれば、我々は次のような一見自己矛盾的な連言の型を真として受け容れる羽目になる。

(3)　ラルフは「B・J・オートカットがスパイである」を本気で否認しながら、しかもラルフはB・J・オートカットがスパイであると信じている。

(ii)それでは(3)のような状況を回避し、次の(4)(5)を両立可能とみなすとどうなるか。

(4)　ラルフは、茶色の帽子をかぶった男がスパイだと信じている。

(5)　ラルフは、浜辺で見かけた男がスパイだとは信じていない。

この場合には、(4)(5)はもはやオートカット当人に関わる関係的意味でのラルフの信念を表わさず、単に概念的意味での信念を表わしているにすぎない。このように解された(4)(5)は、通常の代入則が成立しないから、指示的に不透明 referentially opaque とみなされる。よって、概念的意味での信念と解された場合には、$(2)_R$型の内部量化も不適切となる。

かくて、(i)関係的意味に解された信念は、一見矛盾的な(3)型に陥るか、または、(ii)(4)(5)を概念的意味に解してともに真とみなすときには、信念文脈は指示的に不透明となり、$(2)_R$型の内部量化も不適切となるか、である。

こうしたアポリアにもかかわらずクワインは、$(2)_{R}$が表わしている「スパイだとラルフが信じているものがいる」という関係的構成を、我々の言語から葬り去ってしまうわけにはいかないということを認める(QPA, p. 103)。

かくて、クワインは、一方で、(A)関係的意味での命題態度文脈、ならびにそれへの内部量化を不可欠とみなしながら、他方、(B)(i)こうした文脈を認めると矛盾に陥るか、または(ii)指示的に不透明で内部量化が不適切な概念的意味に後退するかというアポリアに曝されるという、ディレンマに陥っているのである。

クワインは、このディレンマをどのように切り抜けようとしたのか。

まず彼は、概念的意味と関係的意味との信念の区別を表現しうる定式化を求める。差し当たり、フレーゲ的に、信念を、信じる者と内包との関係という単一の意味にとり、閉じた従属節により名指される0度の内包を命題、開放文の(度数1の)内包を属性と称し、例えば〈スパイであること〉という属性は、z(zがスパイである)と表記する。

すると、概念的意味での *de dicto* 信念は、信じる者と命題との次のような二項関係的信念として表わされる。

$(6)_{N}$　オートカットがスパイであるということを、ラルフは信じている。

信じる者、対象、属性間の三項関係の、関係的意味での *de re* 信念は、次のように表わされる。

$(7)_R$　オートカットについてz（zがスパイである）と、ラルフは信じている。

さてこのように表記法を整備すると、命題態度文脈内部への量化を禁ずる規則とは、命題などの内包に対する名前（例えば従属節）の内部への量化を禁ずる規則だと捉え直される。すると、先の$(2)_R$は、従属節内部の変項'x'を量化しているから、そのままでは認められないが、$(7)_R$からの次のような量化には問題がない。

$(8)_R$　(∃x)（xについてz（zがスパイだ）ということを、ラルフは信じている）。

これが、「スパイだとラルフが信じているものが存在する」の新しい表記である。

概念的意味での信念では、フレーゲの指摘のように、(4)(5)でみたとおり、ある命題はある対象がある仕方で特定化された場合には信じられ、他の仕方で特定化された場合には信じられないということがありうる。つまり、代入則は不成立なのである。そこでクワインは、内包（命題、属性など）を名指す名辞、およびその中に現われる表現はすべて、指示的に不透明だとみなすのである。例えば、先の$(2)_R$中の変項'x'の変域は内包となる。同様に、一見矛盾的な(3)の後半部分「ラルフはB・J・オートカットがスパイであると信じている」の中の従属節は指示的に不透明であり、オートカットについてのラルフの関係的信念を表わしてはいないのである。すると、ラルフが、オートカットについて矛盾的信念をもっているかのような、(3)の一見矛盾的状況は解消される。同時に、不可欠な言い廻しと考えられる関係的な *de re* 信念の表記法も、$(7)_R$という形で確保される。$(7)_R$は、オートカットがどのような指定のされ方をしても真でありうるのであり、また、その量化$(8)_R$の合法性も保証される。

かくして、内包の名前内部の量化を含む$(1)_R$$(2)_R$はナンセンス、概念的な *de dicto* 信念を表わす$(1)_N$$(2)_N$、また（クワインのラルフに関する状況設定下では）(4)(5)は真、$(6)_N$は偽、他方、関係的な *de re* 信念を表わす$(7)_R$$(8)_R$は真となる。さらに、(5)とは区別される次の文も真である。

$(9)_N$　浜辺で見かけた男がスパイではないと、ラルフは信じている。

このように、(3)型の矛盾に陥ることなく、また、指示的に不透明な文脈への内部量化を避けつつ、しかも、関係的な *de re* 信念とその量化に関する合法的な表記法をクワインは見出したのであるから、信念文脈に関する困難はすべて一掃されたといってよいのではないであろうか。ところがそうではない。

2-3　遷出のパズル

クワインの元来の問いは、先のオートカットの物語から、オートカットについて彼がスパイだとラルフは信じているということができるだろうかというものであった。すなわち、先の(4)のような概念的な *de dicto* 信念から、次のような関係的な *de re* 信念が導けるかということである。

$(10)_R$　茶色の帽子をかぶった男についてz（zがスパイだ）と、ラルフは信じている。

クワインは、こうした概念的な信念から関係的信念への移行を、「遷出 exportation」と称する。仮定により、

(11)　茶色の帽子をかぶった男＝浜辺で見かけた男＝J・B・オートカット

であるから、代入則により、(10)$_{\mathrm{R}}$から先の

(7)$_{\mathrm{R}}$　オートカットについてz（zがスパイだ）と、ラルフは信じている。

が導かれる。また、もし遷出が許されるならば、(9)$_{\mathrm{N}}$と(11)から、

(12)$_{\mathrm{R}}$　オートカットについてz（zがスパイではない）と、ラルフは信じている。

も導かれる。しかし、一見矛盾的とみえる(7)$_{\mathrm{R}}$と(12)$_{\mathrm{R}}$とをともに真と認めざるをえなくなるような帰結をもたらす遷出は、許されないのではないだろうか。これが新しい遷出のパズルである。

ところがクワインは、(7)$_{\mathrm{R}}$と(12)$_{\mathrm{R}}$とをともに真と認めることは、次の場合とは異なり、

(13)$_{\mathrm{R}}$　オートカットについてz（zがスパイであり、かつzがスパイでない）と、ラルフは信じている。

ラルフが矛盾的信念をもつという非難を必ずしも招くものではなく、単に、(7)$_{\mathrm{R}}$と(12)$_{\mathrm{R}}$とが、(13)$_{\mathrm{R}}$を含意するとみなすことが望ましくないということを示すのみだと主張するのである(QPA, p. 106)。

かくてクワインは、遷出の一見矛盾的帰結を受容することが、必ずしも矛盾的信念を導くものではないという微妙な立場に立つことになる。いずれにせよ、遷出は無制限に許されることでは

なく、$(7)_R$ $(12)_R$が$(13)_R$を導かないように制限されねばならないであろう。しかしクワインは、そのためにいかなる制限条件が付されるべきかについては何も語らない。むしろ、関係的な信念とその量化が、常にこうした危険をはらむ決定的な選択に曝されているのだという新しい問題を、クワインは指摘したのである。

論文の残りの部分では、クワインは存在論的により安全な技術的整備を行っている。内部量化の定式化を、彼は差し当たり、内包の名前の導入により与えたが、内包の個体化原理は一義的でないから、むしろ引用符によって当の文や述語を名指すという直接話法的方策を選ぶ。

概念的信念は、「wは(文)「……」を真と信じている」(w Bel「……」)、関係的信念は、「wは(述語)「…y…」がxによって充足されると信じている」(w Bel(「…y…」, x))と表わされる。

このようにクワインは、内包の復権をさけて、文や述語への言及でおきかえる方策を提示しつつも、後者がある言語概念を引き入れる結果をもたらすゆえに、曖昧性をいや増すものとして、この方策にも懐疑的なのである。

3　カプランの内部量化

前記のクワイン論文の注解を意図しつつ、クワインの記法上の不備を正しながら、信念文脈について新しい展開を示したカプランの論文「内部量化 Quantifying In」(一九六九)を見よう。

3-1 *de re* 信念のフレーゲ的表記

命題態度文脈中の語の現われは、単なる綴り上の偶然ではないし、また代入則や量化のテストに失敗するゆえに通常の vulgar 現われでもない中間的な intermediate ものである。中間的現われを、クワインは偶然的現われに同化しようとするが、フレーゲはむしろ通常の現われに同化させようとする。カプランは、基本的にフレーゲの方針を採る。フレーゲは、表現の意味が文脈に相対的な多義性を示すと考える。通常の文脈では表現は標準的意味をもつが、中間的文脈では非標準的な間接的意味をもつ。例えば、次の文、

(1) ラルフは、茶色の帽子をかぶった男がスパイだ、と信じている。

の従属節中の表現の間接的意味は、通常の意義(内包)で、内包に関し代入則・量化法則が成立する。すると(1)は次のように表記可能である。(内包標識 m の内部に現われる表現の変域は内包である。)

$(1)^{\mathrm{M}}_{\mathrm{N}}$ ラルフは ^{m}茶色の帽子をかぶった男がスパイだ$_{m}$と信じている。

内包を変域とする変項 σ を導入すると、次のような量化が表現可能である。

$(2)^{\mathrm{M}}_{\mathrm{N}}$ $(\exists\sigma)$(ラルフは、σ^{m} がスパイだ$_{m}$と信じる)。

他方、直接話法報告中の引用文の間接的意味は、引用された文だとみなすフレーゲの直接話法的アプローチを一般化すると、(1)は次のようになる。

$(1)_N$　ラルフは「茶色の帽子をかぶった男がスパイだ」と信じている。

また表現自身を変域とする変項αを導入すると、次のような量化が表現可能である。

$(2)_N$　$(\exists\alpha)$(ラルフは「αがスパイだ」と信じている)。

以下カプランは、存在論的により安全な直接話法的アプローチを採用する。

さて、$(1)^M_N$も$(1)_N$も、概念的な *de dicto* 信念文であり、こうした文脈中の表現や変項は、内包や表現自体を値とするにすぎない。しかし、「表現αが対象yを表示する」というチャーチ流の意味論的述語「Δ(α、y)」を導入することにより、関係的な *de re* 信念も、フレーゲ的表記法で表現可能であるとカプランは考える。

ところで次のような関係的信念文、

(3)　茶色の帽子をかぶった男について、ラルフは彼がスパイだと信じている。

は、クワイン流には、次の二様に表記された。

$(3)^M_R$　ラルフは、茶色の帽子をかぶった男について、z(zがスパイだ)と信じている。

$(3)^S_R$　ラルフは、「xがスパイだ」が茶色の帽子をかぶった男によって充足されると信じている。

(Ralph B('x is a spy', the man in a brown hat))

さて、$(3)^{S}_{R}$は、フレーゲ-カプラン流には次のように表記される。

$(3)'_{R}$　$(\exists\alpha)(\Delta(\alpha$、茶色の帽子をかぶった男$)$&ラルフは「$\alpha$がスパイだ」と信じている$)$。

3-2　遷出可能性のパズル

さて、前節のクワインによるオートカット物語の前提は、先の$(1)_{N}$および次の二つの文からなる。

$(4)_{N}$　ラルフは「浜辺で見かけた男がスパイではない」と信じている。

(5)　茶色の帽子をかぶった男=浜辺で見かけた男=オートカット。

さてクワインの遷出可能性をめぐる問題は、$(1)_{N}(4)_{N}$という概念的信念文から、(5)を介し、代入則により、次のような一見矛盾的にみえる関係的信念文のペアへの移行をどのように正当化しうるかということである。

$(3)_{R}$　$(\exists\alpha)(\Delta(\alpha$、オートカット$)$&ラルフは「$\alpha$がスパイだ」と信じている$)$。

$(4)_{R}$　$(\exists\alpha)(\Delta(\alpha$、オートカット$)$&ラルフは「$\alpha$がスパイでない」と信じている$)$。

クワインは正当にも、$(1)_{N}(4)_{N}$から遷出された$(3)_{R}(4)_{R}$は、必ずしも常にラルフの次のような矛盾的信念を導くものではないと考えた。

$(6)_{R}$　$(\exists\alpha)(\Delta(\alpha$、オートカット$)$&$($ラルフは「$\alpha$がスパイであり、かつ$\alpha$がスパイでない」と信じている$))$。

実際、$(3)_{\mathrm{R}}(4)_{\mathrm{R}}$から導かれるのは、必ずしも$(6)_{\mathrm{R}}$ではなくて、次の式である。

$(7)_{\mathrm{R}}$　$(\exists\alpha)(\exists\beta)(\Delta(\alpha$、オートカット$)\&\Delta(\beta$、オートカット$)\&$(ラルフは「$\alpha$がスパイだ」と信じている)&(ラルフは「$\beta$がスパイでない」と信じている))。

α、βがオートカットについての相異なる名前ならば、$(7)_{\mathrm{R}}$はラルフが矛盾的信念をもっていることを示してはいない。

だが、概念的な信念から関係的な信念への遷出が無制限に許されるわけではない。例えば、次の式は真であろう。

(8)　ラルフは「一番背の低いスパイはスパイだ」と信じている。

しかし、(8)から、次式やその存在汎化、

(9)　一番背の低いスパイについて、彼が「xはスパイだ」を充足するとラルフは信じている。

(10)　スパイだとラルフの信じているある人物がいる。

のような、特定人物についての関係的な *de re* 信念が遷出可能とは思えないであろう。クワインも、$(1)_{\mathrm{N}}(4)_{\mathrm{N}}$からの遷出は$(6)_{\mathrm{R}}$のような矛盾を導かないように制限されるべきだとみなしていた。しかし彼は、いかなる制限を加えるべきかについては何も語っていなかった。

3-3　代表関係

カプランの方策は、様相文脈において、代入則や量化法則を許す名前を標準名（より一般的には、直示語）に制限したように、信念文脈においても、信ずる者と対象とに特別に親密な intimate 名前に制限しようとする。そこでカプランは、先の表示関係'Δ'の代替となる、信ずる者、広義の名前 α および具体的対象 x のより制限された三項関係を求める。[5]

カプランは、先述のように、次のような名前の画像理論 picture theory of names を提出する。[6]画像には三つの特徴が区別可能であろう。

(i) その画像が誰かに似ているという相似性の面——画像の描写内容 descriptive content

(ii) 画像は、それがある人物の画像であるといわれるためには、その人物が当の画像の産出に至る因果連鎖において有効に作動していなければならない——生成的性格 genetic character、

(iii) さらに画像の鮮明性 vividness。

カプランは、画像と類比的に、名前にも三つの因子を区別する。(i)名前が何を表示するのかを限定するのは、名前の記述内容である。(ii)ある人にとり、名前がどの対象 x の名前かを限定するのは、その生成的性格である。命名とは、命名者の知覚を媒介にした対象 x と名前との約定的結合であり、その際 x は命名者の知覚に因果的に効いていて、当の名前の生成の根でなければならない。間接的名前学習の場合でも、情報源の遡及を介し、直接の源泉 x まで、因果系列が伸びて

いなければならぬ。

ところで、(イ)ある人物の画像がすべて当人に似ているわけではなく、(ロ)ある人物に似ている画像が必ずしも当人の画像とは限らず、誰の画像でもないことがありうるし、(ハ)一枚の画像が何人もの人物の画像でありうる。それと類比的に、名前の記述内容と生成的性格とは区別されねばならないのである。

(iii)鮮明な名前とは、例えばラルフが、ある対象を念頭に思い浮かべるのに用いられる、適当に配列編成されたイメージ、名前、部分的記述の塊である。したがって、鮮明な名前とは、ラルフの信じているすべての文章からなる内的物語 inner story の中で、重要な役割を演ずる人物や対象を代表する represent。代表される対象は、現実に存在しなくともよい。(もちろん、ラルフ当人はそれが存在すると信じていなければならない。) いずれにせよ、鮮明な名前は、ラルフによる個体化の純粋に内的な相に関わる。「ラルフは、オートカットが誰であるかについてある意見をもつ」('(∃x)(Ralph believes that x＝Ortcutt)' と表記できよう)とは、ラルフが自分の内的物語の主要登場人物中にオートカットを定位することができ、したがってラルフは鮮明な名前 α を含む「α＝オートカット」という形の文を信じている('Ralph believes that α＝Ortcutt')ということだと理解しうる。その場合、鮮明な名前 α の変域は、ラルフの内的物語中の内的な(志向的?)対象であろう。

さて、先の遷出が、ラルフにとって親密な en rapport 人物や対象に制限されるべきだという条件は、名前の生成的性格と鮮明さによって与えられる。つまり、ラルフにとって直接間接の因果的連鎖をなさない対象の名前は、一切排除される。また、ラルフに鮮明な刻印を残さなかった(現実的・非現実的)対象の名前も排除される。

かくてカプランは、遷出可能な名前は、単に鮮明であるのみならず、誰かの名前であり、かつその名前が表示する人物の名前でなければならないと主張する。すなわち、名前αが遷出可能なのは、α、対象x、ラルフの三者間に、つぎのような条件を充たす「代表関係 representation」('R(α, x, Ralph)')が存在する場合である。

① αはxを表示する。
② αはラルフにとりxの名前である。
③ αは十分に鮮明である。

この条件の充足は、名前と変項が信念文脈の内外に相互に連係しつつ現われる場合に相当し、それらの値は、現実的でもある内的個体でなければならないということを表わす(すなわち、$(\exists x)(x=\alpha$ & Ralph believes that $x=\alpha)$)。

すると、先の$(3)_R$$(4)_R$が、概念的信念文$(1)_N$$(4)_N$から遷出可能とみなされてよい関係的信念文と解釈されるためには、それぞれ次のように表記されねばならない。

このように、名前α、オートカット、ラルフの三者間に代表関係が成立している場合に、例えば、(3)$^*_R$から次のような存在量化が導かれる。

(3)$^*_R$　(∃α)(R(α, Ortcutt, Ralph) & Ralph B「α is a spy⌝)

(4)$^*_R$　(∃α)(R(α, Ortcutt, Ralph) & Ralph B「α is not a spy⌝)

(10)$^*_R$　(∃y)(∃α)(R(α, y, Ralph) & Ralph B「α is a spy⌝)

これが(10)「スパイだとラルフの信じているある人物がいる」のカプラン流の定式化なのである。

さて「代表関係」の導入により、カプランは遷出をめぐるパズルを回避できるであろうか。(3)$_R$(4)$_R$のクワイン流の定式化は次のようになる。

(3)$_Q$　Ralph B(‘x is a spy’, Ortcutt)

(4)$_Q$　Ralph B(‘x is not a spy’, Ortcutt)

この定式化では概念的信念文(1)$_N$(4)$_N$から遷出された(3)$_Q$(4)$_Q$が整合的だということを示せない。(4)$_Q$からは次の式が導かれるように思われ、

(11)　¬Ralph B(‘x is a spy’, Ortcutt)

(11)と(3)$_Q$とは明白に矛盾しあうと思われるからである。

しかしカプラン流の表記法を採用すれば、(11)は次のように二様に読むことができよう。

$(11)_A$　$(\exists\alpha)(R(\alpha, \mathrm{Ortcutt}, \mathrm{Ralph})\ \&\ \neg \mathrm{Ralph}\ B\ulcorner \alpha \text{ is a spy}\urcorner)$

$(11)_B$　$\neg(\exists\alpha)(R(\alpha, \mathrm{Ortcutt}, \mathrm{Ralph})\ \&\ \mathrm{Ralph}\ B\ulcorner \alpha \text{ is a spy}\urcorner)$

ところで、クワインのオートカット物語の前提では、ラルフは、茶色の帽子をかぶった男と浜辺でみかけた男とが、同一人だとは知らない。したがって、(A)、(11)が$(11)_A$の意味なら、たとい$(4)^*_R$から$(11)_A$が導かれても、$(3)^*_R$と$(11)_A$とは矛盾しない。ラルフは、茶色の帽子の男がスパイだと信じていても、浜辺で見かけた男がスパイだという判断はさし控える suspend ことができるのである。他方、(B)、(11)が$(11)_B$の意味なら、確かに$(11)_B$は$(3)^*_R$と矛盾する。しかし$(11)_B$は$(4)^*_R$とは独立で、$(4)^*_R$の帰結ではない。ラルフは、いかなる状況下でもオートカットがスパイだという判断をさし控えているわけではない(事実、茶色の帽子の男としてのオートカットをスパイだと信じている)からである。

以上、概念的意味の信念から関係的意味の信念への遷出ならびに内部量化がパズルに陥ることなくどのように可能かというクワインの問いに対し、カプランは名前にある制限を加えることにより答えようとした。すなわち、名前αが、(i)対象xを表示し(ii)人物aにとりαはxに生成の根をもち(iii)鮮明であるという、「代表関係」を充足する場合に、遷出や内部量化が許されるのである。

3-4　チャーチの信念透明性のパズル

さて、最後に我々はチャーチの提起した「信念の透明性 the transparency of belief[7]」の原理に関するパズルをとりあげよう。

「同一者不可識別の原理」

(1)　$(\forall x)(\forall y)(x=y\rightarrow(F(x)\rightarrow F(y)))$

と同様に、次式も、基本的な原理と認められる。

(2)　$(\forall x)(\neg F(x)\rightarrow(\forall y)(F(y)\rightarrow x\neq y))$

すると、次式も(2)の代入事例として真のはずである（'$Ba\phi$'は「aはϕと信ずる」と読む）。

(3)　$(\forall x)(\neg Ba(x\neq x)\rightarrow(\forall y)(Ba(x\neq y)\rightarrow x\neq y))$

前件'$\neg Ba(x\neq x)$'は真であろうから、次式が真となるはずである。

(4)　$(\forall x)(\forall y)(Ba(x\neq y)\rightarrow x\neq y)$

しかし、(4)は、例えば、「ジョージⅣ世がxとyとは異なると信じればそれだけで、事実xとyとは異なる」ということを主張しているようにみえる。チャーチは、信念の万能性を主張しているようなこのパズルを「信念の透明性」に関するパズルと呼んだ。

さて、直接話法風のアプローチと、カプランの「代表関係」を利用することにより、このパズルの解決を試みてみよう。

まず(4)の括弧内の開式の対偶をとる。

(4)*　$(\forall x)(\forall y)(x=y\rightarrow\neg Ba(x\neq y))$

さて、肝要なのは、$(4)^*$ が実は多義的であって、その解釈には少なくとも次の二通りがありうるということを認識することである。

$(4)^*_A$　$(\forall x)(\forall y)(x=y \rightarrow \neg(\exists\alpha)(\exists\beta)(R(\alpha, a, x) \,\&\, R(\beta, a, y) \,\&\, Ba\ulcorner\alpha\neq\beta\urcorner))$

$(4)^*_B$　$(\forall x)(\forall y)(x=y \rightarrow (\exists\alpha)(\exists\beta)(R(\alpha, a, x) \,\&\, R(\beta, a, y) \,\&\, \neg Ba\ulcorner\alpha\neq\beta\urcorner))$

さて、(4)$(4)^*$ がパズルに感じられるのは、事実 '$x=y$' が真であっても、我々はしばしばその同一性に気づかない（例えば、「ジキルがハイドとは異なる」と信じる）ことがあるからである。このように名前が異なる（$\alpha\neq\beta$）場合には、(5)は(4)$(4)^*$ の反証事例となるようにみえる。

(5)　$(\exists x)(\exists y)(\exists z)(x=y \,\&\, (\exists\alpha)(\exists\beta)(R(\alpha, a, x) \,\&\, R(\beta, a, y) \,\&\, Ba\ulcorner\alpha\neq\beta\urcorner))$

実際、$(4)^*$ が $(4)^*_A$ と解釈されると、'$x=y$' が真のとき $(4)^*_A$ と(5)との後件同士は矛盾しあう。$(4)^*_A$ の解釈では、$(4)^*$ は、'$x=y$' が真のときはいかなる名前α、βに関しても、aは '$\alpha\neq\beta$' を信じない（$(\forall\alpha)(\forall\beta)(R(\alpha, a, x) \,\&\, R(\beta, a, y) \rightarrow \neg Ba\ulcorner\alpha\neq\beta\urcorner)$）ということを主張しているからである。

しかし、$(4)^*_B$ の解釈に立てば、$(4)^*$ は単に '$x=y$' が真のとき、ある名前α、βに関しては、aは '$\alpha\neq\beta$' を信じないということを主張しているにすぎない。そして、「ジキル」と「ハイド」が同一人物を指すとは知らない人が、この名前のペアに関して、「ジキルとハイドは別人だ」と信じても、別に $(4)^*_B$ と矛盾したことにはならない。

したがって、$(4)^*$ を $(4)^*_A$ のように解釈したときにのみパズルが生じるのであって、$(4)^*_B$ のように解釈すれば、「信念の透明性」に関するパズルは生じない。これが、カプランの代表関係を利用したチャーチのパズルの我々の一つの回避法である。

4　ヒンティカの知・信の論理

クワイン以降、カプランと並んで知・信の論理と意味論に画期をもたらしたのは、ヒンティカの『知と信 *Knowledge and Belief*』（一九六二、以下 *KB* と略称する）以下の一連の仕事である。

4-1　『知と信』

ヒンティカが『知と信』において念頭においている「知」の観念はどのようなものか。先述のように、フレーゲは「aがpと知っているKap」を「aはpと信じBapかつpは真」と分析し、知を真なる信念《ドクサ》とみなした。しかし、ヒンティカの知の観念は、pがqを論理的に含意する場合に、「aがpと知っていればaはqと知ってもいる」といえるようなより強いもので、*epistemic* logicといわれるにふさわしい。

しかし、qがpの論理的帰結だというだけで、「aがpと知っている」から、「aがqと知っている」を導けないのではないか。例えば、高等数学のある公理pを知っている人aでも、この公理の遠い諸帰結qは知らないことがあるのではないか。それに対しヒンティカは、aが合理的人間なら、pはqを論理的に含意するということを妥当な論証によって示すことにより、aを納得させうると考える。このように、aがpと知っており、この知の諸帰結を十分遠くまで追跡すれば、aはまたqも知るに至る場合、Kap は Kaq を「実質的に virtually 含意する」といわれる。かくてヒンティカの知の論理は、各人が各人の知の諸帰結をどこまでも追跡し尽くすような世界のみにかかわる。

そこでヒンティカは、一般的な、整合性(ある世界で真)、不整合性(すべての世界で偽)、妥当性(すべての世界で真)の代わりに、弁護可能性 defensibility、弁護不能性、自証性 self-sustaining を導入する(*KB*, §2.6, p.36)。例えば、「pがqを実質的に含意する」のは、「pならばq」が自証的な場合であるといわれる。それが自証的なのは、その否定が弁護不能な場合である。それでは、弁護不能とはどういうことか。ヒンティカが意中においていたと思われる弁護不能な文とは、自分の知っていることとすべてからのあらゆる帰結を見かつ引き出すことのできる論理的全知者のみが住んでいる世界において偽となる文であろう。[8] すると、弁護可能とは、論理的全知者のみの住む少なくとも一つの世界で真となることであり、自証性とは、すべての「知的に完全な世界 epistemically perfect world」(つまり、その全住民は、彼らが現実に知っていることのすべての帰結を看取するに十分なだけ、自らの知の帰結を追跡するような可能世界)における真理と解

釈されうる。(9)

ヒンティカは、以上のような、弁護可能性、自証性と、（論理的全知者の住む可能世界の部分的記述としての）モデル集合μ、モデル系（μの集合）という準意味論的テクニックを駆使して、知・信の論理の意味論を与えようとする。

‘Kap’は、「aがpの真（弁護可能性）を知っている」ことを意味する。また、‘Pap’とは、aの知る限り、「pは真でありうる（すなわち、‘not p’はaの知っていることからは帰結しない）」ということを意味する。さて、知識様相の場合も、aの知っていることすべてと両立可能な全可能世界が、aの知っていることに対する「知識的代替 epistemic alternatives」(Ω)と称される。すると‘Kap’と‘Pap’に関する主要な知的原則の解釈事例が次のように与えられる(*KB*, §§3.2f.)。

(i)　(C. P*)　aの知る限り現実世界μで‘p’が可能($\mathrm{Pap} \in \mu$)ならば、aの知っていることと両立する代替世界Ωの少なくとも一つの世界μ^*で‘p’が真（弁護可能）である。($p \in \mu^* \in \Omega$)

(ii)　(C. K.)　aがμで‘p’と知っていれば($\mathrm{Kap} \in \mu$)、‘p’は現実にμで真である。($p \in \mu$)

(iii)　(C. K.*)　aがμで‘p’と知っていれば($\mathrm{Kap} \in \mu$)、aの知っていることと両立するすべての代替世界μ^*で‘p’は真である。($p \in \mu^* \in \Omega$)

(iv)　(C. ¬K)　aがμで‘p’と知らない($\neg\mathrm{Kap} \in \mu$)ならば、‘p’でないことが可能である。($\mathrm{Pa}\neg p \in \mu$)

(v)　(C.¬P)'p'がaの知っていることと両立不可能ならば(¬Pap∈μ)、aは'p'でないと知っている。(Ka¬p∈μ)

(vi)　(C. KK*)　aが現実世界で'p'と知っている(Kap∈μ)ならば、aの知と両立可能なすべての代替世界でも、aは'p'と知っている。(Kap∈μ*∈Ω)

以上のような意味論的考察に基づいて、ヒンティカの提示している知の論理は、ルイスの様相論理体系S4に見合う次のような自証的な公理と推理規則からなる体系である。

(K1)　⊢Kap→p

(K2)　⊢Ka(p→q)→(Kap→Kaq)

(K3)　⊢Kap→Ka(Kap)

(R1)　A, A→B/B

(R2)　⊢p/⊢Kap

他方、信の論理は、義務論理 deontic logic 同様、(K1)に相当する公理が不成立となる次のようなD-S4に見合う体系である。

(B2)　⊢Ba(p→q)→(Bap→Baq)

(B3)　⊢Bap→Ba(Bap)

さて、こうした「知・信の論理」においては、代入則と量化法則が一般的に成立しないことをヒンティカも認めている。彼は、その理由を、単称名辞が相異なる事態では相異なる対象を指しうるという多重的指示性 multiple referentiality に求めている。

代入則が不成立なのは、ある人は、例えば、「ジキル」と「ハイド」が同一人物を指示しているとは知らない(ないし信じない)で、別々の人物を指すと思っているからである。代入則が回復されるのは、知や信の主体aが、「ジキル」と「ハイド」は同一人物を指すと知っている(信じている)場合('Ka(Hyde＝Jeykill)', 'Ba(Hyde＝Jeykill)')である(*KB*, §6.6)。

量化法則が不成立なのも、単称名辞の多重的指示性に原因が求められる。量化法則が回復されるのは、知や信の主体aが、例えば、「ジキルが誰であるかを知っている(ないし、誰であるかについて意見をもっている)」場合である('(∃x)Ka(x＝Jeykill)' ないし '(∃x)Ba(x＝Jeykill)')。その場合には、aの知や信と両立するすべての世界で、「ジキル」は同一対象を指すはずだからである(*KB*, §6.11)。

しかし内部量化に関してはなおヒンティカの所論に動揺があり、その後の論争を通じ、次第に彫琢されてゆくのである。(10)

4-2　個体化関数

知・信や知覚などの命題態度をめぐる諸困難の解決に精力的に従事したヒンティカの最終的な

見解は、論文「命題態度に対する意味論 Semantics for Propositional Attitudes」[11]（一九六九、以下SPAと略称）に見出すことができよう。

4-2-1〔代替関係〕 ヒンティカによれば、ある人物に現実世界μでなんらかの命題態度を帰属させるということは、全可能世界Ωを当の態度と両立する世界と不両立な世界とに分割することに相当する。すると、例えば、

(1)　アリスはpと信じている。(Bap)

(2)　アリスはpと信じていない。($\neg$Bap)

は、次のように言い換えられる。

(1)′　アリスの信念と両立可能な世界ではすべてpが成立する。

(2)′　アリスの信念と両立可能な少なくとも一つの世界でpは成立しない。

さて、命題態度の意味論は、様相論理の場合同様、可能世界μの集合Ωによって与えられる。第一に、各可能世界μは、その世界に存在する個体の集合I(μ)によって特徴づけられる。単称名辞や述語への付値は、解釈関数Φにより、各可能世界μと相対的に確定される。すると一般に、単称名辞の指示対象は、相異なる世界では変動しうる。これがいわゆる指示の多重性 referential multiplicity である。また第二に、ある人物アリスがそこにおいてある命題態度をとる一つの際立った世界（現実世界）μ_0が選び出される必要がある。

さて、この所与の世界μ_0で、ある命題態度Bをアリスに帰属させること(すなわち、可能世界の集合Ωを二つに類別すること)は、意味論的には、代替関係Φ_Bを導入することにより、アリスaおよび所与の世界μ_0に対し、μ_0の代替 $\Phi_B(a, \mu_0)$(μ_0におけるアリスの命題態度Bと両立可能なすべての世界)の集合を結びつけることである。

すると先の(1)の真理条件は次のようになる。

(3)「アリスがpと信じている Bap」が、ある世界μ_0で真であるのは、pがμ_0の代替世界 $\Phi_B(a, \mu_0)$ のすべてにおいて真の場合に限る(SPA, p. 153)。

4-2-2〔代入則と内部量化〕 ラルフは、(4)「茶色の帽子の男がスパイだ」と信じるのに、(5)「浜辺で見かけた男がスパイだ」とは信じず、「茶色の帽子の男」と「浜辺で見かけた男」とが相互代入可能でない理由は、命題態度文脈における単称名辞の多重的指示性に求められる。現実世界でこれら二つの名辞は、同一人物オートカットを指示しているにもかかわらず、ラルフの信念中では(すなわち、ラルフの信念態度と両立可能な世界μ_1においては)、別々の人物を指示しており、したがって(5)はμ_1では偽となる。つまり、二つの名辞'b'、'c'が現実世界で同一個体を指示していても、ある命題態度文脈中にそれらが現われると、その命題態度と両立する代替世界で常に'b'、'c'が同一の個体を指すという保証はない。代入則の成立には、ラルフaの命題態度Bと両立可能な代替世界のすべてにおいて、'b'と'c'の指示する個体は分裂しない、つまり、ラルフは、

'b=c' と信じている(ないし知っている)という条件(S)が付加されねばならぬ。

(S)　$Ba(b=c)$

さて、概念的な *de dicto* 信念文、

(6)　ラルフは茶色の帽子の男がスパイだと信じている。

から、次のような内部量化を含む関係的な *de re* 信念文への遷出は無条件には許されない。

(7)　スパイだとラルフが信じているものがいる。

無条件の遷出が可能でない理由を、ヒンティカは先述の通り、単称名辞の多重的指示性に求める。内部量化への遷出が可能であるためには、当該単称名辞が、ある命題態度と両立可能な代替世界のすべてにおいて、現実世界において指定したのと同一の個体を指示するのでなければならない。このことは、ある人物aが、単称名辞'b'の指示する個体が現実に誰(何)であるかを知っている(信じている等)、ということを意味する。すなわち、

$(Q)_1$　$(\exists x)(x=b \ \& \ Ba(x=b))$

現実世界を考慮しなければ('b'が命題態度文脈の内外に現われず、もっぱら文脈内に現われる場合には)、次の条件でよい。

$(Q)_2$　$(\exists x)Ba(x=b)$

4-2-3〔交差同定〕　命題態度文脈中で、代入則や量化の不成立となる理由を、ヒンティカは、

単称名辞の多重的指示性に求めた。したがって、代入則や量化法則の回復には、相異なる世界内の個体をどのように同定するかという交差同定 cross-identification が問題となる。

さてヒンティカは、こうした交差同定のために、ある可能世界μと相対的な個体領域 $I(\mu)$ の中から、たかだか一つの個体を抜き出す関数 f の集合**F**を導入する。f は、フレーゲの意義やカルナップの個体概念の特殊ケースで、単に現実世界での指示対象の与えられ方のみならず、この指示対象の各可能世界での個体化の仕方 a way of being individuated をも含む個体化関数 individuating function である(SPA, pp. 163 f.)。

さて、代入則回復の条件(S)は、二つの単称名辞‘a’、‘b’が現実世界μ_0で同一対象を指示していれば、そのすべての代替世界λでも分裂しないということであるから、つまりは、‘a’、‘b’それぞれの個体化関数f_a、f_bに関し、もし $f_a(\mu_0)=f_b(\mu_0)$ ならば、μ_0のすべての代替世界λにおいても$f_a(\lambda)=f_b(\lambda)$ を要求することにほかならない(SPA, p. 159)。

他方、量化法則回復の条件(Q)は、単称名辞‘b’に結合している個体化関数fが、現実世界μ_0の個体領域 $I(\mu_0)$ 中から抜き出した個体 $f(\mu_0)$ と、μ_0である命題態度と両立可能な任意の代替世界λの個体領域 $I(\lambda)$ 中から抜き出す個体 $f(\lambda)$ とが、同一 ($f(\mu_0)=f(\lambda)$) となるような特定の個体化関数 f の存在要請に相当する(SPA, p. 159)。

さて、こうした個体化関数 f の存在要請とは、ある人物 a がある対象を一義的に特徴づけうると信じていなければならないということ、つまり、自らの信念態度と両立可能なすべての世界で一義的に個体化する仕方をもつべきだという要請である。それは結局、先述のように「aはbが誰(何)であるかを知っている(信じている)」((∃x)Ka(x=b) ないし (∃x)Ba(x=b))ということなのである。

すると、ヒンティカのいう「個体化 individuation」と(現実的)「指示 reference」の区別[12]は、カプランのいう単称名辞の「鮮明性」と「生成的性格」の区別に重なるといってよい。

(i) つまり、カプランのいう因果的生成の根のない鮮明な名前'b'とは、ヒンティカ流には、例えば次のような、指示のない個体化に相当する。

(8)　(∃x)Ba(x=b) & ¬(∃x)(x=b)

すなわち、aはbが誰かについてある意見をもっているが、現実にはbは存在しない。

(ii) 生成的性格は充たされているのに(現実に指示対象は存在するのに)、不鮮明な(個体化できない)場合、すなわち、bは現実に存在するがaにとってはbが誰か判然としない場合は次のようになる。

(9)　(∃x)(x=b) & ¬(∃x)Ba(x=b)

(iii) 生成の根と鮮明さとが重ならない(指示と個体化の両方が充たされているのに不一致の)場合は、次のように表記されよう。

(10)　$(\exists x)(x=b)\ \&\ (\exists x)Ba(x=b)\ \&\ \neg(\exists x)(x=b\ \&\ Ba(x=b))$

(iv) aの個体化がbの現実の指示対象を指定するという個体化の成功のケースは、カプラン的には、aと名前b、ならびにbの現実の指示対象三者間に、「代表関係 representation relation」が成立する場合である。この場合は、結局先の$(Q)_1$に相当する。

$(Q)_1$　$(\exists x)(x=b\ \&\ Ba(x=b))$

かくて、概念的な *de dicto* 命題態度文脈から、内部量化を含む関係的な *de re* 命題態度文脈への遷出が可能なのは、$(Q)_1$のように、現実的指示と個体化とが一致する、つまり、名前'b'により指示される現実的対象が存在し、かつaは、当の対象が誰(何)であるかについて、ある意見をもつ(ある個体化の仕方を知っている)ような場合なのである。また、個体化の方法は一つではなく、我々の多様な命題態度・概念的枠組に応じて、物理的諸規則性に依拠する物理的個体化、知覚的諸性質に訴える知覚的個体化、また記憶やある種の知識に依拠する人格的個体化など多様であると考えられる。[13]

さてしかし、直接指示説が正しいとすると、問題は指示の多重性にはない。直接指示語は、指示の多重性を示さないはずだからである。すると逆に、直接指示説にとっての問題は、後述のクリプキ・パズルやフレーゲ・パズルなのである。次節から、その問題をとりあげよう。

5　クリプキのパズル

5-1　固有名・自然種名の場合

クリプキによれば、(指標詞、指示詞を含まない)直接話法報告から、対応する信念文への移行は、いくつかの条件を充たさねばならない(Kripke[1979]$_2$)。

ある話者aが、〈αがΦであるということ〉を信じていると言えるには、aが単に「αがΦである」という文を口に出したということだけでは不十分である。aは、当の言語の正常な話し手であり、「αがΦである」という文に誠実に sincerely 同意 assent to ないし主張 assert していなければならない。したがって、嘘、芝居、皮肉といった場合は排除される。また、話者aは、文「αがΦである」中の語義に関する不注意やとりちがえ、概念的ないし言語上の混乱といったことのないように「反省した上で on reflection」、その文を発話していなければならない。そこで、誠実な同意から信念への移行が充足しなければならない第一の条件は、つぎの「引用解除の原則 disquotational principle」(Q)である。

(Q)　もし当の言語の正常な話し手aが、反省のうえ、文「αがΦである」に誠実に同意するとすれば、aは〈αがΦであるということ〉を信じている。(14)

さて、「話者aは、反省のうえ、文「αがΦである」に誠実に同意する」を、直接話法信念文と称し、'B^{P}_{a}「Φ(α)」'と表記しよう。また後件「aは〈αがΦであるということ〉を信じている」は、'B^{I}_{a}[that Φ(α)]'と表記する。すると、「引用解除の原則」はつぎのようになる。

(Q)　B^{P}_{a}「Φ(α)」→B^{I}_{a}[that Φ(α)]

さて引用を解除する際、元来の話し手aが当該の言語において文'Φ(α)'で言わんとしていた内容が、報告者による〈αがΦであるということ〉という従属節に正確に翻訳されていなければならない。クリプキは、翻訳の必要条件を、真理値の維持というきわめて緩やかな最低条件にとどめている。さて、「翻訳 translation の原則」(L)は次のようになる。

(L)　一つの言語中の文が当の言語において真理を表わしているなら、その文の別の言語へのいかなる翻訳もまた(その別の言語中で)真理を表わす。[15]

さて、クリプキは、この二つの原理に従って、直接話法報告から信念文へ移行すると、パズルの生ずる場合があると指摘する。クリプキの例をとろう。ピエールは、英語を一言も話せないフランス在住の正常なフランス語の話し手である。彼は、かの有名な英国の都市についての情報に基づき、次のように報告されてよい発話を行ったとしよう。

(1)　ピエールは、《Londres est jolie》に誠実に同意する。

(B^{P}_{a}「Londres est jolie」)

先の二つの原則を介し、我々は(1)から次のような信念文を引き出しうるであろう。

(2)　ピエールは、ロンドンがきれいだと信じている。

(ないしは B^{I}_{a}[that London is pretty])

後日ピエールは、ロンドンの好ましからざる地域に移住したとする。周囲にはフランス語を解する者がいなかったので、‘London’という名前を含め、英語すべてを直接的方法で習得しなければならなかった。ピエールは、その地域外に出たこともなく、その周囲の見聞から、(‘London’と《Londres》が同じ都市を指すとは知らず)次のように報告されるような英語の発話をしたとしよう。

(3)　ピエールは、‘London is not pretty’に誠実に同意した。

(B^{P}_{a}「London is not pretty」)

さて同様に、我々は(3)から次の信念文を導くことができよう。

(4)　ピエールは、ロンドンがきれいではないと信じている。

(ないしは B^{I}_{a}[that London is not pretty])

さてここにパズルがある。(2)と(4)から、ピエールは相矛盾する信念内容をもつということが導かれる。しかしピエールはさしあたり、《Londres est jolie》も‘London is not pretty’も主張し続けており、彼がいかなる矛盾をも見逃さない論理的洞察力を具えていても、自分が矛盾した信念態度をとっているとは認めないであろう。それでは、ピエールは、ロンドンがきれいだと信じているのか、いないのか？

まずクリプキは、このパズルが代入則の反証をなすと考えるのは誤りだとみなす。(2)にも(4)にも同じ「ロンドン」(ないしは 'London')という語しか現われていないのである。(1)から(2)、(3)から(4)への移行は、単に引用の解除と、フランス語・英語からの日本語(ないしは英語)への翻訳があるだけである。

さて、このクリプキの例についてなら、フレーゲにも言い分があろう。《Londres》には、ピエールがフランス在住中に得たロンドンの情報が結びついており、'London' には彼の直接の見聞が結びついている。したがって、フレーゲ的には、《Londres》と 'London' とはその意義を異にする。よって、真理値への寄与が同じということだけで、《Londres》も 'London' もひとしなみに「ロンドン」に翻訳することは許されない。[16] しかし、これが徹底されると、固有名の意義は全く個人方言に固有となり、各人の 'London'，《Londres》は、別人の 'London'，《Londres》や「ロンドン」に翻訳することは意義の僥倖的な合致以外は可能でないことになろう。

また、フレーゲ的には、(1)、(3)の元来のピエールの信念内容は、《Londres est jolie》と 'London is not pretty' という各文の表現する意義＝思想であった。しかも《Londres》と 'London' との意義が異なる以上、(1)や(3)の、(2)や(4)への翻訳は誤りであり、したがって、ピエールは元来矛盾した信念内容をもってはいないのだというのが、フレーゲ流のパズル解決法である。

しかし、こうしたフレーゲ流の解決法は万能ではない。というのは、二つの名前に全く同じ意義ないし同定記述が結合されている場合でも、こうしたパズルは生じうるというのが、クリプキの主張だからである。そこで、論点をはっきりさせるため、同一性言明を選び、また翻訳の問題の介入を回避するため、すべて日本語内の発話に制限する。

(5)　イーダ氏は「イスタンブールはイスタンブールだ」に誠実に同意し、かつ「イスタンブールはコンスタンチノープルではない」にも誠実に同意する。

(5)の引用解除により、次のパズルが導かれる。

(6)　イーダ氏は〈イスタンブールはイスタンブールだ〉と信じ、かつ〈イスタンブールはコンスタンチノープルではない〉と信じている。

(ただし、イーダ氏にとって、「イスタンブール」「コンスタンチノープル」の意義(?)は、「トルコのある有名な町」という不確定記述でしかなく、かつ、イーダ氏は、この二つの名前が一つの都市の別名であることを知らない。) 同様のことが自然種名についても言える。

(7)　ノーヤ氏は「カスタニエンはカスタニエンだ」に誠実に同意し、かつ「カスタニエンはマロニエではない」にも誠実に同意する。

(7)から引用解除により、次が導かれる。

(8)　ノーヤ氏は〈カスタニエンはカスタニエンだ〉と信じ、かつ〈カスタニエンはマロニエではない〉と信じる。

（ノーヤ氏にとって、「カスタニエン」にも「マロニエ」にも「植物の一種である」という不確定記述しか結びつかず、またカスタニエンがマロニエだということも知らないとする。）

こういう場合、フレーゲ的に意義の差異に訴えて、パズルを説明することはできない。さて第五章で明らかにされたように、固有名、自然種名の直接指示説を採用するならば、こうした語の登場する文の表現する命題は、フレーゲ－カルナップ流の一般命題ではなく、それらが指す個体や種自体が構成要素となるラッセル流の単称命題であった。この見地を採ると、(2)(4)、(6)(8)のパズルは一層逆理的となる。つまり、ピエールは、〈ロンドンがきれいであって、かつきれいでない〉という命題を信じていることになり、イーダ氏は〈イスタンブールがイスタンブールと同一であって、かつ同一でない〉という矛盾的命題を、ノーヤ氏もまた〈カスタニエンがカスタニエンであって、かつカスタニエンでない〉という矛盾的命題を信じていることになるからである。にもかかわらず、ピエール、イーダ氏、ノーヤ氏の三人とも、自分たちが矛盾的な信念態度をとっているとは認めないであろう。

また、直接指示説をとった場合、「イスタンブールはイスタンブールだ」「カスタニエンはカスタニエンだ」と「イスタンブールはコンスタンチノープルだ」「カスタニエンはマロニエだ」との、認識価値の差異はどのように説明するのか。各ペアは、真理値が同じであるばかりでなく、それらが表現する命題も同一なのである。したがって、直接指示説を採ると、フレーゲ・パズルの逆理性は一層強化されるように見えるのである。

5-2　指標詞のパズル

クリプキ型パズルは、固有名・自然種に関してのみならず、指標詞などの直接指示語一般に関して生起しうると思われる。

(病院の鏡に映っている)怪我人に向かって、ノリオが本気で「きみは怪我をしている」と発話したとしよう。この発話は次のように報告できよう。

(9)　ノリオは「きみは怪我をしている」に誠実に同意している。

しかし実は、ノリオ自身骨折しているのに、麻酔のためそれに気づかず、自分が怪我をしているとは思っていない。それで「私は怪我をしていない」と本気で発話するとしよう。この発話は次のように報告可能である。

(10)　ノリオは「私は怪我をしていない」に誠実に同意している。

さて、ノリオは麻酔でぼんやりしていて気づいていないが、ノリオに「きみ」と呼びかけられた(鏡の中の)人物は、ノリオ当人だったのである。

さて、この直接話法報告から信念文への移行に際し、クリプキは、引用解除と翻訳の原則が守られねばならないと主張していた。しかし、⑼⑽のように、「きみ」「私」のような指標的表現が現われると、この二つの原則のみでは、適切な信念文に移行できない。

例えば、⑼からヒロシが次のような信念文を引き出して、同じく怪我をしているナカダイ氏に報告したとする。

⑾　ノリオは〈きみは怪我をしている〉と信じている。

この移行は、先の原則(Q)(L)を充たしてはいるが、元来ノリオが⑼で同意していた内容と、⑾でヒロシがノリオの信念内容として報告しているものとは、異なってしまっている。この場合、⑾の報告では、ノリオの信念内容は、あたかも〈ナカダイ氏は怪我をしている〉であると受け取れよう。

したがって、翻訳の原則(L)は、単に真理値の保存というだけではなく、さらに、元来の話者の発話の〈内容 content〉ないし〈命題〉の保存にまで強められねばならないであろう。すなわち、

(L)*　強い翻訳の原則——ある言語中の文の、他の言語中の文への翻訳に際しては、元の文の表現するのと同一の〈内容〉ないし〈命題〉を、当の翻訳が表現しなければならない。

さて、翻訳の原則の強化に伴い、固有名、自然種名、指標的表現に関する引用解除の原則にも、ある制限が必要となる。

カプランによれば、固有名、自然種名、指標的表現は、直接指示語であった。つまり、これら

の表現が登場する原始文の真理条件への直接指示語の貢献は、その指示対象を直接端的に〈指定すること〉に尽きる。それゆえ、直接指示語の登場する原始文の表現する〈内容〉〈命題〉は、その語の指示対象自体と、述語の表わす命題関数(属性)からなるラッセル流の単称命題だと考えられた。すると、直接指示語の現われる原始文の翻訳に際しては、同一のラッセル流の単称命題が保存されるように、信念文中でも、適切な直接指示語が用いられねばならない。かくて、次のような第三の原則が、補足されねばならない。

(R)　直接指示語の原則——直接指示語'α'を含む引用文'Φ(α)'の翻訳は、適切な直接指示語を含む文によって行われねばならない。

さらに、'α'が指標詞のような、発話脈絡に依存的な直接指示語の場合には、右の原則(R)のいわば系として、次のような「指標調整 indexical adjustment の原則」(R)$_I$が必要であろう。

(R)$_I$　指標調整の原則——話者 a による元来の発話文'Φ(α)'中の'α'が指標詞の場合、'Φ(α)'の翻訳に際しては、a による'α'の元来の発話脈絡において'α'が直接指示していたのと同一の指示対象を、信念文の報告脈絡において直接指示するような指標詞に変換 switch しなければならない。

このことは、きのう発話された「きょう」を、きょうの発話では「きのう」に変換する必要を指摘したフレーゲにより認められていたし[17]、また日常我々に周知の事柄でもある。

さて以上のような、「引用解除」(Q)、「強められた翻訳原則」(L)*、「直接指示の原則」(R)、さらに、「指標調整原則」(R)$_I$を充足することにより、我々は、指標詞などの直接指示語を含む直接話法的報告から信念文へ移行しうることになる。

すると例えば、先の(9)(10)から、先行の名詞をうける「照応的 anaphoric 用法」としての人称代名詞「かれ*」と直示的な指示詞「かれ$_D$」とを用いて、次のような信念文を導くことができよう。

(9)$_B$　ノリオは〈かれ$_D$は怪我をしている〉と信じている。

(10)$_B$　ノリオは〈かれ*(自分)は怪我をしていない〉と信じている。

ところが、「かれ$_D$」は「かれ*」同様、ノリオ当人を指す。すると、ノリオは、自分が怪我をしていて、かつ、していないという矛盾した信念をもつように見える。これが、指標的表現に拡張されたクリプキ風のパズルである。

6　依存的解釈の試み

さて、前節で見た、間接話法報告ないし信念文に関わる逆理の解明は、間接話法報告や信念文のみを独立に考察することによってなされるのは、困難のように思われる。そこで本節では、間接話法報告や信念文に関するフレーゲ的、ならびにクリプキ的パズル解明のための生《なま》のデータ

raw data を、直接話法報告に求める戦略――それを「依存的解釈 dependent interpretation」と呼ぼう――を追求しよう。

依存的解釈の場合でも、フレーゲ－カプランの示唆によれば、二種の方法が考えられる。

一つは直接話法的方法ないし統辞論的アプローチで、直接話法報告に引用されている元来の話し手の発話において用いられた文や表現そのものを、解釈の依存すべき「生のデータ」として採用する方法である。

第二の方法は、間接話法的方法ないし意味論的アプローチで、元来の話し手の発話において用いられた文や表現の表わす適切な意味論的値 semantic value を、解釈の依拠すべき生のデータとするアプローチである。

6-1　直接話法的な統辞論的アプローチ

そこでまず、統辞論的なアプローチを採用してみよう。この方法では、信念文の解明は、直接話法報告中の元来の発話にその生のデータを求める依存的解釈によって遂行される。したがって、こうした信念文のメタ言語的分析は、当該信念文の背後にあったはずの、元来の発話中に現われた(隠れた)表現へ遡及され、それにインプリシットに言及するような変形を含まねばならない。

さて、固有名、自然種名、指標詞といった直接指示語を値域とする変項にはα、βを用い、元来の発話脈絡をc、「(元来の発話脈絡cに関して)直接指示語αが対象xを直接指示する」を'$\Delta_D(\alpha, c, x)$'と表記し、「脈絡cにおいて、話者aが文'$\Phi(\alpha)$'に誠実に同意する」を、'$B^D_{a,c}$「$\Phi(\alpha)$」'と表記する(ただし、αが固有名・自然種名のように発話脈絡から独立の場合は脈絡を無視する)。すると、(2)「ピエールは〈ロンドンがきれいだ〉と信じている」という信念文は、(1)「ピエールは《Londres est jolie》に誠実に同意する」のような隠れた直接話法報告に遡及して、次のように分析可能だと思われる。

(2)^S　(任意の脈絡cで)ある固有名αがロンドンを直接指示し、ピエールaは「αがΦだ」という文に誠実に同意している。

$((\exists\alpha)(\Delta_D(\alpha, \text{London})\ \&\ \text{Proper Name}(\alpha)\ \&\ B^D_a$「$\Phi(\alpha)$」$))$

また、(4)「ピエールは〈ロンドンがきれいではない〉と信じている」は、同様に次のように分析可能である。

(4)^S　$(\exists\beta)(\Delta_D(\beta, \text{London})\ \&\ \text{Proper Name}(\beta)\ \&\ B^D_a$「$\neg\Phi(\beta)$」$)$

(2)^{S}と(4)^{S}とは、遡及された固有名α、βがともにロンドンを直接指示していても、'London'と《Londres》とのように、別名であるとすれば(i.e. $\alpha \neq \beta$)、ピエールが矛盾的信念態度をとっているという帰結を導かないことを示す。

次に、指示詞や指標詞の登場する信念文の場合を考えよう。

$(9)_{B}$「ノリオは〈かれ^{D}が怪我をしている〉と信じている」、$(10)_{B}$「ノリオは〈かれ*が怪我をしていない〉と信じている」は、それぞれ次のように分析されよう。

$(9)^{S}_{B}$　$(\exists\alpha)(\exists c)(\varDelta_{D}(\alpha, c, h) \,\&\, \mathrm{Context}(c) \,\&\, \mathrm{Indexical}(\alpha) \,\&\, B^{P}_{h,c}\ulcorner\Phi(\alpha)\urcorner)$

$(10)^{S}_{B}$　$(\exists\beta)(\exists c)(\varDelta_{D}(\beta, c, h) \,\&\, \mathrm{Context}(c) \,\&\, \mathrm{Indexical}(\beta) \,\&\, B^{P}_{h,c}\ulcorner\neg\Phi(\beta)\urcorner)$

この場合も、(9)(10)のように'α''β'が、「きみ」「私」のように相異なる指標詞の場合($\alpha \neq \beta$)、ノリオが矛盾的信念態度をとっているのでないことは、$(9)^{S}_{B}$、$(10)^{S}_{B}$が両立可能であることにより示されるといえよう。

6-2　間接話法的な意味論的アプローチ

次に、第二の意味論的方法での依存的解釈を試みてみよう(18)。

6-2-1〔指標詞の場合〕　まず指標詞が含まれる場合について考えたい。そのためには、ごく簡単に先述の指標詞に関するカプラン流の意味論について復習しておきたい。意義《ジン》と意味《ベドイトウング》というフレーゲ流の二分法意味論の代わりに、カプランは、〈意味性格《キャラクター》〉、〈内容《コンテント》〉、〈外延〉という三分法意味論を提起した。〈内容〉とは、一般に値ぶみの時点と状況から外延への関数として表象され、〈意味性格〉とは表現の言語的意味で、使用脈絡から当の脈絡における〈内容〉への関数として表象される。

さて、指標詞α、βからなる同一性言明、‘$\alpha=\alpha$’と‘$\alpha=\beta$’とを考えよう。直接指示の理論によれば、指標詞も直接指示的で、ある脈絡におけるその内容は、端的にその指示対象xなのである。したがって、‘$\alpha=\beta$’がある脈絡で真の場合には、その脈絡における‘$\alpha=\beta$’と‘$\alpha=\alpha$’との内容は、ともに対象xの自己同一性、⟨x, x, Id⟩という同一のラッセル流の単称命題であると考えられる。それゆえ、‘$\alpha=\alpha$’と‘$\alpha=\beta$’との間の認識価値の差異は、もしあるとしても、⟨内容⟩によっては説明されないのである。しかしカプランは、⟨内容⟩(=命題)の示し方 manner of presentationという認識論的概念に対しては、意味論的には、⟨意味性格⟩が対応するとみなす(D. 60 f.)。

かくして、(i)指標詞α、βが、所与の使用脈絡において同一の⟨内容⟩を相異なる仕方で示すとするならば、それらの⟨意味性格⟩が異なる。(ii)もし‘$\alpha=\alpha$’と‘$\alpha=\beta$’とが、ある使用脈絡において同じ内容をもつにもかかわらず、認識価値において異なるとするならば、それらは⟨意味性格⟩を異にする。(iii)指標詞、指示詞は直接指示的で、それらが現われる原始文は、所与の使用脈絡におけるその指標詞の指示対象と述語の表わす属性からなるラッセル流の単称命題を表現する。

こうしたカプラン流の指標詞に関する意味論を背景に、信念文の意味論的分析を考えてみよう。

さて、元来の発話の脈絡を変域とする変項を$c_1, c_2, \ldots\ldots$、指標詞の⟨意味性格⟩を変域とする変項を$\mu_1, \mu_2, \ldots\ldots$、述語$\Phi$の表現する属性を$\bar{\Phi}$、発話された文が当の発話脈絡において表現する⟨内容=命題⟩を変域とする変項を$\sigma_1, \sigma_2, \ldots\ldots$、ノリオhの持している信念態度を$B_h^I$と、それぞれ表記する。すると、(9)$_B$「ノリオは〈かれ$_D$が怪我をしている〉と信じている」は、次のように解明されうるであろう。

(9)^M_B　ある発話脈絡において、(元来の発話文中のある指標詞の)ある意味性格がノリオ当人を指定し、かつノリオは〈ノリオが怪我をしている〉と信じている。

$$((\exists c_1)(\exists \mu_1)(\exists \sigma_1)(\mathrm{Context}(c_1)\ \&\ \mathrm{Character}(\mu_1)\ \&\ \mathrm{Content}(\sigma_1)\ \&\ \mu_1(c_1) = h\ \&\ B^I_h(\sigma_1)\ \&\ \sigma_1 = \langle h, \bar{\Phi}\rangle))$$

(10)$_B$「ノリオは〈かれ*が怪我をしていない〉と信じている」も、同様に、次のように分析されよう。

(10)^M_B　$$(\exists c_2)(\exists \mu_2)(\exists \sigma_2)(\mathrm{Context}(c_2)\ \&\ \mathrm{Character}(\mu_2)\ \&\ \mathrm{Content}(\sigma_2)\ \&\ \mu_2(c_2) = h\ \&\ B^I_h(\sigma_2)\ \&\ \sigma_2 = \langle h, \overline{\text{Non-}\Phi}\rangle)$$

さて、相異なる脈絡c_1、c_2において、ノリオは気づいていないが、(彼が発話した二つの指標詞の)意味性格μ_1、μ_2が、実は同一対象(ノリオ自身)を指定し、したがって、彼の信念内容が互いに矛盾しているとしても、しかし、(二つの指標詞の)意味性格μ_1、μ_2が異なっているならば、内容の示され方が異なるわけであるから、ノリオが矛盾的ないし不合理な信念態度をとっていると非難されるべきではない。

さらに、統辞論的アプローチと意味論的アプローチの併用方法をとることもできる。すると先の(9)$_B$は次のように分析されよう。

(9)$^{J}_{B}$　ある発話脈絡において、ノリオは、ある意味性格を表わす指標詞を含む文に誠実に同意し、その文は当の脈絡で〈ノリオは怪我をしている〉という内容を表現している。

$((\exists c_1)(\exists \alpha)(\exists \mu_1)(\exists \sigma_1)(\mathrm{Context}(c_1)\ \&\ \mathrm{Indexical}(\alpha)\ \&\ \mathrm{Character}(\mu_1)\ \&\ \mathrm{Content}(\sigma_1)\ \&\ \mathrm{BP}_{h,c_1}\ulcorner\Phi(\alpha)\urcorner\ \&\ \mu_1 = \{\alpha\}\ \&\ \mu_1(c_1) = h\ \&\ \{\Phi(\alpha)\}(c_1) = \sigma_1 = \langle h, \overline{\Phi}\rangle))$

（ただし、'$\{\alpha\}$'は、αの意味性格を、'$\{\Phi(\alpha)\}(c_1)$'は、脈絡c_1における文'$\Phi(\alpha)$'の表わす内容を、表記する。）同様に、(10)$_{B}$は次のように解明される。

(10)$^{J}_{B}$　ある発話脈絡において、ノリオは、ある意味性格を表わす指標詞を含む文に誠実に同意し、その文は当の脈絡で〈ノリオは怪我をしていない〉という内容を表現している。

$((\exists c_2)(\exists \beta)(\exists \mu_2)(\exists \sigma_2)(\mathrm{Context}(c_2)\ \&\ \mathrm{Indexical}(\beta)\ \&\ \mathrm{Character}(\mu_2)\ \&\ \mathrm{Content}(\sigma_2)\ \&\ \mathrm{BP}_{h,c_2}\ulcorner\neg\Phi(\beta)\urcorner\ \&\ \mu_2 = \{\beta\}\ \&\ \mu_2(c_2) = h\ \&\ \{\neg\Phi(\beta)\}(c_2) = \sigma_2 = \langle h, \overline{\mathrm{Non}\text{-}\Phi}\rangle))$

さて、ノリオは気づいていないが、脈絡c_1、c_2において、彼の発話した二つの指標詞α、βの相異なる意味性格μ_1、μ_2が、実はどちらもノリオ当人を指定し、したがって、彼の信念内容が矛盾していたとしても、しかし、用いられた指標詞が異なっており、その意味性格が異なっているならば、内容＝命題の示され方が異なるのであるから、必ずしもノリオが不合理な信念態度をとっているということにはならない。

6-2-2〔固有名の場合〕　固有名に関しては、未だ多くの不分明な問題が残されているので、ここでは一つの試みとして、大まかな略図を描いてみることで満足しなければならない。また固有名の場合には、はじめから、統辞論的ならびに意味論的アプローチの併用法を採用してみよう。

(i)まず、固有名αはその指示対象xを直接指示するから、それを先述のように‘$\Delta_D(\alpha, x)$’と表記する。

(ii)固有名の場合にも、少なくとも話し手各人によるある個体化の仕方 a way of individuation が結びついているケースがありうる。この個体化の仕方は、各話し手が「αは何(誰)か?」という問いに対し、彼なりに、ある単称名辞γを用いて回答する方法を与えるもので、「αが何(誰)かについて、話し手aはある意見をもっている$(\exists\gamma)Ba$「$\gamma=\alpha$」」と表記されてよい(これは、先述のカプランのいう名前の鮮明性条件に相当し、話し手aによるαの再認 recognition 手段を与えるものである)。

(iii)固有名αが、話し手当人aに伝達されたコミュニケーションの、ある歴史社会的ないし因果的連鎖のルートgがあると考えられる。それを‘$(\exists g)g(\alpha, a)$’と表記する。

さて固有名α、話し手a、対象xの間に、以上のような、(i)αはxを直接指示する($\Delta_D(\alpha, x)$)、(ii)aはαの再認・個体化の方法をもつ($(\exists\gamma)Ba$「$\gamma=\alpha$」)、(iii)αはaにコミュニケーションのある歴史社会的なルートを介して伝達される($(\exists g)g(\alpha, a)$)といった、三条件を充足する「生成的・認知的 genetico-cognitive 関係」がある場合、それを‘$G(\alpha, x, a)$’と表記しよう。

以上のような固有名論を背景におくと、先の(2)「ピエールは〈ロンドンがきれいだ〉と信じている」は、メタ言語的に次のように解明されよう。

(2)^{J}　ある固有名α、ピエールa、ロンドンとの間に、ある「生成的・認知的関係」がある場合、ピエールはその名前の現われるある文に誠実に同意しており、かつその文の表現する内容は、〈ロンドンはきれいだ〉である。

$(\exists\alpha)(\exists\sigma_1)(\exists G_1)(G_1(\alpha, \text{London}, a)\ \&\ Ba\ulcorner\Phi(\alpha)\urcorner\ \&\ \sigma_1=\overline{\Phi(\alpha)}=\langle\text{London, Being-Pretty}\rangle)$

同様に、(4)「ピエールは〈ロンドンはきれいではない〉と信じている」は次のように解明されよう。

(4)^{J}　$(\exists\beta)(\exists\sigma_2)(\exists G_2)(G_2(\beta, \text{London}, a)\ \&\ Ba\ulcorner\neg\Phi(\beta)\urcorner\ \&\ \sigma_2=\overline{\neg\Phi(\beta)}=\langle\text{London, Not-Being-Pretty}\rangle)$

さて、先述のように、各「生成的・認知的関係」$G_1(\alpha, \text{London}, a)$, $G_2(\beta, \text{London}, a)$は、それぞれ次のように分析される。

$$\begin{cases} G_1\text{—}\Delta_D(\alpha, \text{London})\ \&\ (\exists\gamma_1)Ba\ulcorner\gamma_1=\alpha\urcorner\ \&\ (\exists g_1)g_1(\alpha, a), \\ G_2\text{—}\Delta_D(\beta, \text{London})\ \&\ (\exists\gamma_2)Ba\ulcorner\gamma_2=\beta\urcorner\ \&\ (\exists g_2)g_2(\beta, a). \end{cases}$$

ところで、ピエールは知らないが、実は、αとβはともにロンドンを直接指示する固有名であり、したがって、ピエールは相矛盾する信念内容σ_1、σ_2を信じているのだが、しかし、「生成的・認知的関係」G_1、G_2が異なっている——すなわち、αとβとが相異なる名前であって、(イ) αとβとの個体化・再認の方法が、aにとって全く異なっている（$\gamma_1 \neq \gamma_2$）か、または(ロ)'α'と'β'とがピエールに伝達された歴史社会的ルートが全く異なっている（$g_1 \neq g_2$）――場合、ピエールが、不合理な信念態度をとっていると非難するには当たらないのである。

6-3 フレーゲ・パズル

フレーゲは、広義の固有名α、βからなる等式'α=α'と'α=β'とが、ともに真の場合でも、認識価値が異なる場合、αとβとの意味（指示対象）は同一でも、その意義は異なるということによって説明しようとした。

しかし、α、βがともに直接指示語の場合には、'α=β'は'α=α'と真理値のみならず、それが表現する内容=命題も同一となる。にもかかわらず、'α=α'がア・プリオリで分析的なのに対し、'α=β'はしばしば綜合的でその真理性はア・ポステリオリに知られるというように、認識上の価値が異なりうる。これが、フレーゲ型の新しいパズルである。(19)

6-3-1〔**固有名の場合**〕　例えば、次の二つの同一性言明は、ともに真であるばかりか、同じ内容=命題を表現している。

(11)　イスタンブールはイスタンブールだ。

(12)　イスタンブールはコンスタンチノープルだ。

にもかかわらず、⑿の真理性を知らぬ人には両者はその認識価値を異にする。
この認識価値の差異は、(i)「イスタンブール」と「コンスタンチノープル」との、ある人にとっての、各個体化・再認の仕方の差異によるか、または両者が同じ場合でも、(ii)この二つの名前がその人にまで伝達されるに至る歴史社会的コミュニケーションの相異なるルートによって説明されよう。

6-3-2〈指標詞の場合〉　自己のアイデンティティを生成論的に説明しようと苦心した末の、フジモト氏の次の発話は、ア・プリオリな分析的真理である。

⑾　私は私だ。

他方、ホロ酔い気分で朦朧としていたフジモト氏が、隣席に腰かけているとおぼしき人物に向かい、「きみ」と話しかけていたのだが、やがて、それは鏡に映っている自分だということにはたと気づいて、次のように発話したとしよう。

⑿　きみは私だ！

この発話は、ア・ポステリオリで綜合的な真理を表わすといってよい。したがって、両者の認識価値は異なる。
ところが、この二つの発話はともに真理値真であるのみならず、それらが表現する内容も、〈フジモト氏はフジモト氏だ〉という同じ命題なのである。したがって認識価値の差異は、内容＝

命題の差異によっては説明できない。これが、新しいフレーゲ型のパズルである。

ところが、これら二つの発話の表現している同一の内容＝命題も、相異なる指標詞「私」「きみ」(「きみ」は、正確には指示詞である。指差しや目差し等の直示行為を伴う必要があるからである)を用いて、異なる仕方で示されている。内容＝命題の示し方に、意味論上対応するのは、指標詞の〈意味性格〉の差異である。したがって、先の二つの発話の認識価値の差異は、意味論的には、その発話中に現われる指標詞の〈意味性格〉の差異によって説明される。

6-3-3〔指示詞の場合〕　最後に、次のような、同じ指標的記述によって表わされ、したがって〈意味性格〉の等しい直示行為が、相異なる脈絡c、c*で遂行される場合に、それらを伴う指示詞同士の同一性言明が、我々の認識を拡張しうるということは、どう説明されるべきか。

(1)　Dthat[いまここからみて明るく輝いている天体]$_{c}$＝dthat[いまここからみて明るく輝いている天体]$_{c^*}$

さてどちらの直示行為も、各遂行脈絡c、c*で、同一の天体＝金星を直示したとすると、(1)は真となる。その場合、多様な時点や世界での真偽の値ぶみに関係する、(1)の表現する命題は、〈金星＝金星〉というラッセル流の単称命題である。にもかかわらず、(1)の真理性を知ることは、我々の認識を拡張しうる。だが、直示行為を伴う指示詞の〈意味性格〉は、この場合、全く同一だから、こうした認識の拡張を意味性格の差異によっては説明できぬ。しかし、二つの直示行為の遂

行脈絡 c、c^* が異なるならば、直示行為(に対する指標的記述)の、脈絡と相対的に確定される「いまここ」の値、⟨c_T、c_P⟩、⟨c^*_T、c^*_P⟩、すなわち、パースペクティヴ、は異なる。すると、直示行為(指標的記述)の各脈絡における内容は、例えば、一方は⟨1486. 5. 1. 6 p.m. ピサの斜塔上からみて明るく輝く天体⟩となり、他方は⟨1986. 5. 1. 5 p.m. 札幌手稲山々頂からみて明るく輝く天体⟩となる。この両者は、値ぶみ世界が変動すれば、金星以外の多様な天体を指しうるのみならず、現実世界でも、(1)の真理性を確定するには、さまざまな経験的探求を必要とする。しかし、特定の直示遂行脈絡で(1)の表わす命題が真と確定されれば、指示詞の直接指示性と固定指示性により、(1)は必然的かつ永久的に真なのである。だが、その真理性は、我々の認識を拡張するア・ポステリオリな探索によって発見されるのである。つまり、認識価値に関わる認識の拡張は、(1)の表現する命題にではなくて、その命題への我々の接近の仕方に関わる。そして、意味論上、こうした認識価値や認識の拡張に対応するのは、(1)の表わす命題ないし命題の構成要素(金星)ではなくて(この場合は、意味性格も同一だから)、相異なる直示遂行脈絡と相対的に確定される直示行為(の指標的記述)の内容なのである。

　このように、指示詞の場合には、認識価値に関わるのは、意味性格のみならず、随伴される直示行為(指標的記述)の使用脈絡と相対的に確定される内容でもありうるのである。

エピローグ

我々は、まず第一部「原型と展開」において、フレーゲにより原型を据えられ、ラッセル、ウィトゲンシュタインによりそれぞれ独自の仕方で豊富にされた、論理学に関する意味論的考察が、タルスキの厳密な真理論によってモデル論として整備され、やがて近年に至って日常言語にまで拡張されたデイヴィッドソンの真理条件的意味論、ならびにその論敵であるダメットの検証主義的意味論、およびそれと親近性を示す直観主義論理のクリプキ・モデルに至る展開を辿った。

第二部「内包的意味論の諸問題」では、内包論理をめぐるクワイン・パズルの解決を焦点に、(1)様相論理の意味論に関しては、ライプニッツ‐ウィトゲンシュタインに淵源するカルナップ以降、クリプキ、モンタギュ、ヒンティカ、カプランに至る「可能世界意味論」を、(2)知・信の論理の意味論に関しては、フレーゲからクワイン、ヒンティカ、カプランに至る意味論を、それぞれ立ち入って考察した。

ところで、クワイン・パズルの核心は、内包的文脈における単称名辞(固有名や指示詞など)の意味論的機能に関わっている。そこで、我々は、フレーゲ‐ラッセル‐ウィトゲンシュタインによる今世紀の単称名辞の正統的意味論に対する、近年のクリプキ‐パトナム‐カプランらによる大胆な挑戦をとりあげ、その直接指示性と固定性の主張を詳しく検討した。そのことを通じ、様相論理のパズルに関し、特定の形而上学的個体論から可能な限り独立に、純意味論的に対処する我々なりの方途を探索した。また、知や信の命題態度文脈におけるクワイン、クリプキ、フレーゲの各パズルに関しても、従来のフレーゲ、ヒンティカ、カプランらの諸説を検討しつつ、我々自身の暫定的な「依存的解釈」の試みを提示した。

こうした考察を通じて、第一に、共通項とともに対蹠的な差異をあわせもつフレーゲ－ラッセル－ウィトゲンシュタインの三者の切り拓いた問題射程とアイディアが、現在までの論理的意味論や言語哲学を、いかに深く規定しているかを、我々は改めて確認せざるをえない。それゆえにまた、これら三者のより突っ込んだ研究の必要性も明らかにされたと思う。

第二に、デイヴィッドソンとダメットの対立は、論理・言語・数学・科学をめぐる実在論対反実在論という重大問題の現われであり、しかも、両者の意味論自体もなお多くの問題を残していることが確認された。しかしまた、値ぶみ時点や世界、ならびに使用脈絡に相対化された真理概念に基づき、直接指示をも組み込んだ準フレーゲ－デイヴィッドソン的な真理条件的意味論を展開する可能性も認められるのである(第五章注(32)参照)。

さらに、近年の論理的意味論についても、いろいろの未解決な問題が残っているのである。可能世界意味論そのものに関しても、最近カプランによりパラドクスが指摘されているのであり、[1]

命題態度文脈のパズル、知や信の内容と指示詞等の連関など[2]、また、意図、欲求、志向性、知覚等々の心的態度に関する意味論と、認知論、行為論、現象学、心の哲学[3]との連関等、本書で十分論ずることのできなかった諸問題は、多岐に亘っている。しかし、これら諸問題の解明は、他日を期するほかはない。

注

プロローグ

（1） Barwise & Perry〔1983〕.

第一章

（1） Dummett〔1973〕$_2$, ch. 2, ch. 15.

（2） フレーゲの意味論全体についてのより立ち入った論述ならびに文献は、拙書『フレーゲの言語哲学』（野本〔1986〕$_1$）参照（フレーゲの公刊著作のページ付は原論文・著書のページ付に従う）。また、飯田〔1987〕参照（明快なダメット流の解釈。ただし、再校時に手にしたので、本書では参照できなかった）。

（3） 野本〔1986〕$_1$、第一章―第三章参照。

（4） Evans〔1982〕 p. 33.

（5） ラッセル宛書簡（1902. 12. 28）〔*WB*〕236. 野本〔1986〕$_1$、三二五ページ。

（6） SB, 33. 野本〔1986〕$_1$、第三章参照。

（7） 野本〔1986〕$_1$、第三章一一〇ページ以下。

（8） cf. *FB*, 20.

（9） *GGA*, II, § 56. 野本〔1986〕$_1$、第三章一一四ページ。

（10） G, 74.

（11） 野本〔1986〕$_1$、第四章一三六ページ以下。

(12) *BS*, 3.
(13) *BS*, 2–3. 野本〔1986〕$_1$、第二章二八ページ以下。
(14) *BS*, 15.
(15) Wittgenstein〔*PU*〕, § 43, § 49.
(16) 野本〔1986〕$_1$、四二ページ以下。
(17) 野本〔1986〕$_1$、第二章七五ページ以下。
(18) SB, 28.
(19) 野本〔1986〕$_1$、第六章参照。
(20) 野本〔1986〕$_1$、第四章二〇四ページ以下。
(21) Church〔1950〕, Linsky〔1983〕p. 7.
(22) cf. Parsons〔1981〕pp. 41–42, Linsky〔1983〕p. 20, 野本〔1985〕$_2$.
(23) 野本〔1986〕$_1$、第四章参照。
(24) Austin〔1962〕Lect. VIII, pp. 94 f.
(25) 野本〔1986〕$_1$、一三八ページ以下。
(26) cf. G, 65. 野本〔1986〕$_1$、第四章一五四ページ以下。
(27) 野本〔1986〕$_1$、第四章一四五ページ以下。
(28) 野本〔1986〕$_1$、第四章一六九ページ以下参照。
(29) 野本〔1986〕$_1$、一八六ページ以下参照。
(30) G, 60.

(31) G, 74.
(32) 野本〔1986〕$_1$、第四章二〇四ページ以下参照。
(33) 野本〔1986〕$_1$、第四章二二六ページ以下。
(34) ラッセル宛書簡(1902. 12. 28)〔*WB*〕234.
(35) 同右〔*WB*〕234-235. [Peano], 369. SB, 50. 野本〔1986〕$_1$、第四章二二二ページ以下。
(36) ラッセル宛書簡(1902. 12. 28)〔*WB*〕234-235. Peano, 369.
(37) Kant〔*KrV*〕B 741, 745. 野本〔1986〕$_1$、第四章二二六ページ以下。より詳しくは野本〔1986〕$_2$。
(38) BG, 196. Anm., 7.
(39) Popper〔1959〕§ 23, 31, appendix, ix.
(40) Bar-Hillel & Carnap〔1953〕; Bar-Hillel〔1964〕, ch. XV. 野本〔1986〕$_1$、第四章二二九ページ以下。
(41) 詳しくは野本〔1986〕$_1$、第五章参照。
(42) Frege, „Dialog mit Pünjer" (vor 1884); „17 Kernsätze zur Logik" (vor 1892).
(43) L(1897).
(44) L(1897) in〔*NS*〕42.
(45) Kaplan〔1972〕の命名。
(46) BG, 200.
(47) Carnap〔*MN*〕§ 8, p. 37.
(48) Kaplan〔1972〕p. 238.
(49) Kripke〔*NN*〕p. 58(ページ付は単行本(1980)による)。

（50） Kripke〔*NN*〕pp. 53 f.
（51） Kripke〔1979〕$_1$.
（52） Quine〔1953〕$_1$ p. 142.
（53） SB, 36 f.
（54） ラッセル宛書簡（1902. 12. 28）〔*WB*〕234. しかし間接的意義は通常の意義に等しい。（Parsons〔1981〕）
（55） 詳しくは野本〔1986〕$_1$、第六章参照。および本書第六章参照。
（56） 詳しくは野本〔1986〕$_1$、第七章参照。および本書第五章参照。
（57） Bar-Hillel〔1954〕.
（58） G, 65.
（59） G, 76.
（60） L, 146; G, 64.
（61） Kaplan〔1977〕の命名。
（62） G, 65.
（63） G, 64.
（64） G, 66.
（65） G, 66.

第二章

（1） Mill, J. S.〔1843〕pp. 28–31.
（2） ラッセルについての詳しい説明については、次を参照。Shilpp〔1944〕, Ayer〔1972〕, Sainsbery〔1979〕,

野本〔1971〕〔1972〕，土屋（純）〔1981〕〔1985〕. また飯田〔1987〕参照（再校時に手にしたので参照できなかったが，初期ラッセルの意味論に関する詳細な優れた論述）。

（3） cf. Kaplan〔1977〕p. 4, Linsky〔1983〕p. 21.

（4） Russell〔1918〕$_1$ p. 170.

（5） Russell〔1905〕p.49.

（6） Russell〔1905〕p. 51.

（7） Russell〔1905〕p. 56, 土屋（純）〔1981〕p. 102.

（8） 論理的固有名を指示詞等の指標的表現と同一視することは，きわめて問題である。拙著『フレーゲの言語哲学』（野本〔1986〕$_1$）第七章，野本〔1982〕$_2$，本書第五章を参照。

（9） 以下の所論についてより詳しくは，下記参照。Kaplan〔1975〕, Linsky〔1983〕ch. 2.

（10） *PM*, I, pp. 83–84.

（11） *PM*, I, Appendix C, pp. 401 f.

（12） Kaplan〔1975〕.

（13） Russell〔1903〕§ 53.

（14） Russell〔1904〕p. 350.

（15） Russell〔1903〕§ 49, § 55.

（16） Russell〔1903〕§§ 54–55.

（17） *PM*, I, p. 44.

（18） *loc. cit.*

(19) Russell〔1906〕rep. in〔1910〕p. 151.

(20) *loc. cit.*

(21) *PM*, pp. 43 f.; Russell〔1906〕pp. 155 f.

(22) *PM*, p. 44; Russell〔1906〕pp. 156 f.

(23) Russell〔1906〕p. 152.

(24) cf. Kenny〔1973〕ch. 4, pp. 55–56. Anscombe〔1959〕.

(25) cf. Stenius〔1960〕pp. 93 f.

(26) Stenius (ch. V, pp. 62 f.)が述語・関係語を名前とみなし、属性・関係を対象に算入するのは疑問である。cf. Copi〔1958〕.

(27) Stenius〔1960〕も pp. 131 f. では述語・関係語に対応するのは直接属性や関係ではなくて関係の特性関数 characteristic だと述べている方が適切であろう。

(28) cf. Kenny〔1973〕ch. 5, p. 94.

(29) Stenius〔1960〕(pp. 125 f.)は、写像理論と論理的原子論とが独立だと主張する。反論は Hacker〔1981〕, in Block (ed.)〔1981〕.

(30) Stenius〔1960〕p. 179.

第三章

(1) Gödel〔1931〕;〔1933〕$_1$.

(2) Tarski〔1936〕, English tr. in〔1956〕. Tarski〔1944〕も参照。

(3) Church〔1956〕p. 25, Davidson〔1967〕rep. in〔1984〕pp. 18 f., Quine〔1953〕$_2$ rep. in〔1966〕pp. 163–64,

Barwise & Perry〔1981〕$_2$,〔1983〕pp. 24 f. 等で論じられている議論で、同じ真理値をもつ文章は、異なるもの（異なる事実）を指しえず、同じもの（同じ一つの事実）を指すほかはないということを示そうとする。

（4） 新約聖書「テトスへの手紙」（1^{12}）。
（5） Tarski〔1956〕p. 193.
（6） *Ibid.* p. 195.
（7） *Ibid.* p. 194, Note 1.
（8） なおタルスキの真理論については、Field〔1972〕、Evans & McDowell〔1976〕参照。
（9） デイヴィッドソンの意味論関係の論文は Davidson〔1984〕に収録されている。
（10） Davidson〔1967〕in Davidson〔1984〕p. 24, 野本〔1986〕$_3$.
（11） Tarski〔1956〕p. 267;〔1944〕p. 348.
（12） Davidson〔1967〕in〔1984〕pp. 28 f.
（13） Davidson〔1967〕in〔1984〕p. 34; Davidson〔1969〕in〔1984〕p. 46.
（14） Davidson〔1967〕in〔1984〕p. 34.
（15） Kaplan〔1978〕$_2$.
（16） Davidson〔1973〕in〔1984〕.
（17） Davidson〔1967〕in〔1984〕pp. 25 f.
（18） Davidson〔1967〕in〔1984〕pp. 22 f.;〔1969〕in〔1984〕pp. 47 f.
（19） Davidson〔1969〕in〔1984〕p. 48.

(20) Davidson〔1970〕in〔1984〕p. 61.
(21) Davidson〔1973〕in〔1984〕p. 129.
(22) cf. *ibid.*, p. 127.
(23) cf. Davidson〔1967〕in〔1984〕p. 27.
(24) Davidson〔1973〕in〔1984〕p. 135.
(25) *Ibid.*
(26) Davidson〔1967〕in〔1984〕p. 27;〔1973〕in〔1984〕pp. 136 f.
(27) Davidson〔1967〕in〔1984〕p. 26, note 11 (1982); Introduction xiv〔1984〕. さらに立ち入った論究については次の論集を見よ。*Truth and Interpretation*, ed. by Lepore〔1986〕. 野本〔1997〕.
(28) Dummett〔1959〕rep. in〔1978〕;〔1975〕;〔1976〕.
(29) Dummett〔1975〕pp. 103 f.
(30) Dummett〔1975〕pp. 115 f.
(31) Dummett〔1976〕pp. 69 f.
(32) Dummett〔1976〕pp. 93 f.
(33) Dummett〔1976〕pp. 78 f.
(34) Dummett〔1976〕p. 83.
(35) Dummett〔1976〕pp. 81 f., pp. 90 f., pp. 98 f.
(36) Dummett〔1976〕pp. 99 f.
(37) Dummett〔1976〕p. 88.

（38） Dummett〔1976〕pp. 100 f.

（39） Dummett〔1973〕$_1$ rep. in〔1978〕；〔1976〕pp. 106 f.

（40） Dummett〔1976〕pp. 110 f.

（41） Dummett〔1973〕$_1$ rep. in〔1978〕, pp. 239 f.

（42） Putnam〔1978〕；〔1981〕；〔1983〕. 藤田〔1984〕.

（43） Gödel〔1933〕$_2$.

（44） Beth〔1956〕；Schütte〔1968〕, VI.

（45） Kripke〔1965〕；Schütte〔1968〕, V.

（46） Rのこの性質が，後述の様相論理系S4への直観主義論理の埋め込み可能性 embeddability を示す。(Schütte〔1968〕, IV)

（47） If $\phi(A, H)=T$ & for any H′, HRH′, then $\phi(A, H')=T$ ということである。

（48） $\phi(A \to B, H)=T$ if and only if for all $H' \in K$ such that HRH′, $\phi(A, H')=F$ or $\phi(B, H')=T$. Otherwise $\phi(A \to B, H)=F$.

（49） $\phi(\neg A, H)=T$ if and only if for all $H' \in K$ such that HRH′, $\phi(A, H')=F$. Otherwise $\phi(\neg A, H)=F$.

（50） If HRH′, then $\phi(H) \subseteq \phi(H')$.

（51） $\phi(\forall x P(x), H)=T$ if and only if for each $H' \in K$ such that HRH′, $\phi(P(x), H')=T$ when x is assigned any element $b \in \phi(H')$; otherwise F.

（52） McCarty〔1983〕pp. 105–149.

(53) ゲンツェンの自然演繹(NJ)中の、条件法'↓'の導入に相当すると考えればよい。

$$\to\text{int.}\quad \dfrac{\begin{matrix}[\phi]\\ \psi\end{matrix}}{\phi\to\psi}$$

(54) NJ の否定の導入に相当。

$$\neg\text{int.}\quad \dfrac{\begin{matrix}[\phi]\\ \curlywedge\end{matrix}}{\neg\phi}\ \text{〔矛盾〕}$$

(55) NJ の普遍量化子の導入に相当。

$$\forall\text{int.}\quad \dfrac{\phi(\bar{n})}{\forall x\phi(x)}$$

(56) Dummett〔1973〕$_1$ in〔1978〕p. 241. 金子〔1986〕.

(57) Kreisel〔1962〕p. 201.

(58) Kreisel〔1962〕p. 205.

(59) 正確には $\Pi\{c_1, \lambda f\Pi(f; ⌜A⌝) \to \Pi[c_2(f); ⌜B⌝], \lambda f_0\}$.

(60) Goodman, N.〔1970〕, 金子〔1986〕. また、最近、Martin-Löf〔1985〕や C. Wright〔1986〕により興味深い試みがなされている。

第四章

(1) Church〔1951〕〔1973〕.

(2) Lewis〔1918〕.

(3) Quine〔1953〕$_1$ p. 140. 真理関数的文脈を「透明 transparent」、そうでない文脈を「透明でない」と称するのは、ラッセルに由来する。*PM*, I, Appendix C. pp. 407 f.

(4) Quine〔1953〕$_1$ pp. 140 f.

(5) Quine〔1953〕$_1$ pp. 20 f.

(6) Quine〔1953〕$_1$ pp. 155 f.

(7) Smullyan〔1948〕rep. in Linsky〔1971〕pp. 35–43.

(8) Whitehead & Russell, *PM*, I, *14.3, p. 185.

(9) Smullyan〔1948〕in〔1971〕p. 39.

(10) Quine〔1953〕$_2$ rep. in〔1966〕pp. 156–174.

(11) Carnap〔*MN*〕p. 10.

(12) Mates〔1968〕の解釈モデルに従う。

(13) Wittgenstein〔*TLP*〕4. 26.

(14) 野本〔1977〕$_2$,〔1985〕$_2$.

(15) 従って、次のバーカン式(BF)および逆バーカン式(CBF)がともに成立する。

(BF) $(\forall x)\text{nec } p \rightarrow \text{nec } (\forall x)p$

(CBF) $\text{nec } (\forall x)p \rightarrow (\forall x)\text{nec } p$

(16) 様相論理のモデル論の概観については、次を参照。Hughes & Cresswell〔1968〕〔1984〕, 神野・内井〔1976〕, Chellas〔1980〕, Davies〔1981〕.

(17) こうした相対化された様相概念に最も早く言及したのは、モンタギュである(一九五五年UCLA春季哲学年次大会)。のち Montague, 'Logical Necessity, Physical Necessity, Ethics and Quantifiers', *Inquiry* III, 4(1960) rep. in〔1974〕で公刊された(Kaplan〔1964〕p. 172, n. 57)。

(18) Hintikka〔1961〕rep. in〔1969〕$_3$ p. 68.

(19) cf. Hintikka〔1969〕$_4$ rep. in〔1969〕$_3$ p. 122.

(20) Hintikka〔1969〕$_4$ rep. in〔1969〕$_3$ p. 125.

(21) Hintikka〔1963〕in〔1969〕$_3$ p. 78.

(22) Hintikka〔1969〕$_4$ rep. in〔1969〕$_3$ p. 124.

(23) Kaplan〔1979〕, 'Transworld Air Line' のもじり。

(24) Hintikka〔1969〕$_4$ rep. in〔1969〕$_3$ p. 137;〔1969〕$_1$ rep. in Linsky〔1971〕pp. 159 f.

(25) Hintikka〔1969〕$_4$ rep. in〔1969〕$_3$ p. 145.

(26) Hintikka〔1969〕$_4$ rep. in〔1969〕$_3$ p. 146.

(27) Kripke〔1959〕〔1963〕$_1$〔1963〕$_2$.

(28) 野本〔1977〕$_1$〔1977〕$_2$〔1981〕.

(29) Strawson〔1950〕.

(30) Prior〔1957〕.

(31) Quine〔1951〕.

(32) 野本〔1981〕.

(33) Kaplan〔1979〕p. 103.

(34) Quine〔1969〕ch. 1.

(35) cf. Kaplan, "Epistemological Remarks on Indexicals," APA presidential talk (1980).

(36) 著者自身も野本〔1981〕では、ソーセージ説を支持していた。しかし本書では、こうした形而上学的見地へのコミットメントなしに、純粋意味論的見地からの「貫世界同一性」問題の解決を試みたい。個体論自体については、例えば、Wiggins〔1980〕を参照。

(37) cf. 注(35)の Kaplan(1980)でのメタファ。

(38) Lewis〔1968〕.

(39) Ishiguro〔1972〕〔1984〕.

(40) cf. Putnam〔1975〕$_1$ pp. 262 f. 一九六〇年代以降カルナップ、タルスキ、チャーチの影響下、モンタギュ、スコット、カプラン、ルイスらにより、内包論理の多様な意味論の試みが、UCLAを中心に行われた。

(41) Kalish & Montague〔1959〕rep. in Montague〔1974〕.

(42) Kaplan〔1964〕.

(43) Kaplan〔1964〕pp. 55 f.

(44) Kaplan〔1964〕p. 57.

(45) Kaplan〔1964〕p. 62.

(46) Kaplan〔1964〕pp. 63 f.

(47) Kaplan〔1964〕p. 74.

(48) Kaplan〔1964〕pp. 147 f.

(49) Kaplan〔1964〕pp. 154 f.

(50) Kaplan〔1964〕p. 157.

(51) Kaplan〔1969〕rep. in Linsky〔1971〕.（ページ付はこの論集による。）

(52) Kaplan〔1969〕p. 128.

(53) Kaplan〔1969〕pp. 131 f.

第五章

(1) 野本〔1977〕$_1$〔1977〕$_2$〔1981〕〔1982〕$_2$ および拙著『フレーゲの言語哲学』第五章にも紹介と吟味がある。
(2) Searle〔1958〕p. 172.
(3) Searle〔1958〕pp. 172 f., cf. Wittgenstein〔*PU*〕§ 79.
(4) Kripke〔*NN*〕(1972).
(5) Ziff〔1960〕.
(6) Donnellan〔1966〕p. 285.
(7) Kripke〔1979〕p. 244.
(8) Kripke〔*NN*〕 p. 91(ページ付は単行本(1980)による), Putnam〔1975〕$_1$ pp. 135 f.
(9) Kripke〔1979〕$_2$ p. 247.
(10) Putnam〔1975〕$_1$ p. 136.
(11) Putnam〔1975〕$_1$ pp. 139 f.
(12) Putnam〔1975〕$_1$ p. 141.
(13) Putnam〔1973〕〔1975〕$_1$.
(14) Montague, 'Pragmatics'(1968)'Pragmatics and Intensional Logic'(1970) rep. in〔1974〕. Scott〔1970〕.
(15) Strawson〔1952〕pp. 3–4, pp. 211 f.
(16) Strawson〔1952〕pp. 211 f.
(17) Kaplan〔1978〕$_2$ rep. in French(eds.)〔1979〕pp. 401–404.

(18) Kaplan〔1978〕$_2$ rep. in French〔1979〕. Kaplan〔1989〕pp. 541 以下。

(19) Kaplan〔1978〕$_2$ rep. in French〔1979〕pp. 408–409.

(20) Kaplan〔1978〕$_2$ rep. in French〔1979〕pp. 409 f.

(21) Kaplan〔1978〕$_2$ rep. in French〔1979〕p. 401, p. 403.

(22) Kaplan〔1978〕$_1$ rep. in French〔1979〕p. 387.

(23) Kaplan〔1978〕$_1$ rep. in French〔1979〕p. 387.

(24) Kaplan〔1978〕$_1$ rep. in French〔1979〕p. 388.

(25) *loc. cit.*

(26) Kaplan〔1978〕$_1$ rep. in French〔1979〕p. 389.

(27) Kaplan〔1978〕$_1$ rep. in French〔1979〕p. 391.

(28) Kripke〔1979〕$_1$.

(29) Kaplan〔1978〕$_1$ rep. in French〔1979〕p. 396.

(30) 拙著『フレーゲの言語哲学』（野本〔1986〕$_1$）、第七章参照。

(31) cf. Hintikka〔1969〕$_2$ rep. in〔1969〕$_3$.

(32) 指標的表現については、なお Dummett〔1973〕$_2$ pp. 382 f., Burge〔1973〕〔1974〕, Dummett〔1981〕ch. 6, Evans〔1981〕〔1982〕〔1985〕, Perry〔1977〕〔1979〕等参照。

ところで、直接指示の主張が、必ずしも全面的に、フレーゲ的な意義の理論の枠組を否認するものと考える必要はないように思われる。ここでフレーゲ的意義の理論の枠組と称しているのは、要するに、一種の文脈原理に基づく真理条件的意味論という大枠に他ならない。またこの場合の意義とは、同義語を与えるものではなくて、指示対象を指定する限りでの意味論的規則である。例えば、否定文‘¬p’の意義は、メタ言語中の次のような(T)文による‘¬p’の真理条件として、また否定詞‘¬’の意義はこの真理条件への貢献として、示される。

(T) ‘¬p’が真なのは、‘p’が偽のときそのときに限る。

さて、我々が一切の脈絡的要因から独立なフレーゲの絶対的真理概念ならびに絶対的な思想＝意義に固執するならば、右の真理条件的意味論の枠組を、時制や様相の文脈および指標的表現を含む状況文に拡張することは、(不可能ではないが)ある困難を招く(本書第五章3節二五五ページ以下、拙著『フレーゲの言語哲学』第七章参照)。しかし、思想や真理の絶対的独立性というフレーゲの主張を緩め、相対化された真理概念に基づく(T)文の解明という文脈原理による真理条件的意味論の枠組を、準フレーゲ＝デイヴィッドソン的な意義の理論として容認するならば(このことを既にデイヴィッドソンの意味論(第三章一三五ページ以下)、更にはクリプキ・モデルに基づく直観主義的意義理論(第三章一五六ページ以下)を論じた際に示唆しておいた)、こうした準フレーゲ＝デイヴィッドソン的意義の理論は、直接指示の主張と両立可能であり、かつ後者を組み込むことが可能だと思われるのである。

既述のように、カプランは、真理概念に関し(モデルへの相対化を別としても)少なくとも(1)値ぶみの時点tや世界wへの相対化と、(2)使用脈絡cへの相対化を区別し、それに応じて、カルナップ的内包も(1)tやwに相対的に外延を定める内容と、(2)cと相対的に内容を確定する意味性格へと分節していた。また、カプランの「直示語の論理LD」の指示と真理の定義(本文二六六ページ以下)において明示されているように、様相・時制文脈ならびに指標的表現を含む状況文の意味論は、先の相対化された真理条件的意味論の枠組をもっていたのである。例えば、

$(T)_M$　様相文「必然的にp」がある世界で真なのは、すべての世界で'p'が真のときそのときに限る。

という$(T)_M$文によって、当の様相文の、値ぶみ世界に相対化された真理条件＝準フレーゲ的意義(M)＝カプラン的内容が確定され、かつ様相子「必然的に」の準フレーゲ的意義(M)は、'p'が値ぶみされるべき世界を限定するのである。

指標的表現の登場する状況文はどうか。

$(T)_C$　状況文「いまp」が脈絡c、値ぶみ時点tで真なのは、'p'が使用時点c_Tで真のときそのときに限る。

という$(T)_C$文によって、当の状況文の、使用脈絡に相対化された真理条件＝準フレーゲ的意義(C)＝カプラン的意味性格が確定され、かつ指標的副詞「いま」の準フレーゲ的意義(C)＝意味性格は、脈絡の関連するアスペクトを使用時点と限定し、さらに'p'の値ぶみ時点をも直接使用時点c_Tと同一な時点として指定するのである。

また「私」のような指標詞、「あれ」のような指示詞の、以下のような、指示対象指定のための定義、

$(D)_1$　使用脈絡cにおける「私」の指示対象は、当の使用者c_Aである。

$(D)_2$　脈絡cにおける「あれ[α]」の指示対象は、使用時点c_T、世界c_Wにおける'α'の指示対象である。

が、「私」「あれ」の、脈絡に相対化された準フレーゲ的意義(C)＝カプラン的意味性格を示す。

ところで、直接指示(ならびにその系である指示の固定性)の主張とは、「いま」「私」「あれ」の意味性格が当該使用脈絡cと相対的に、カプラン的内容として、各指示対象(使用時点c_T、使用者c_A、直示対象)を端的に指定することによって、同時に、直接に、任意の値ぶみ時点や世界に関する外延をも(これらの指示対象と同一なものとして)指示済みとしてしまうということなのである。

したがって、真理概念の多重な相対化と、それに対応するフレーゲ的意義ないしカルナップ的内包の

分節化を容認するならば、指標的表現等が示す直接指示性を組み込んだ、相対化された真理条件(への貢献)という準フレーゲ的な意義の理論の枠組を維持ないし展開しうると考えられるのである。

(33) Kaplan〔1969〕pp. 131 f.

(34) Kaplan〔1973〕p. 499.

(35) Kaplan〔1978〕₂ rep. in French〔1979〕p. 411.

(36) Kaplan〔1977〕pp. 94–97.

(37) Salmon〔1981〕pp. 32 f.

(38) Kripke〔*NN*〕21, n. 21, 48, 〔1971〕p. 145.

(39) Salmon〔1981〕pp. 32 f.

(40) Donnellan〔1974〕rep. in Schwartz〔1977〕p. 237.

(41) cf. Kaplan〔1973〕Appendices X–XIII.

(42) cf. Kripke〔*NN*〕Addenda, pp. 157 f.; Kaplan〔1973〕Appendices X–XIII.

(43) Donnellan〔1974〕pp. 238.

(44) Putnam〔1973〕pp. 125 f., 〔1975〕₂ pp. 227 f.

(45) Putnam〔1973〕p. 126, 〔1975〕₂ p. 228.

(46) Putnam〔1973〕p. 131.

(47) Putnam〔1975〕₂ p. 231. この定義は次のように定式化できよう。'$(\forall H)(\forall x)[Exist_H(x) \rightarrow [Water(x) \leftrightarrow Same_S(x\text{-in-}H, this\text{-in-}G)]]$' ('$Same_S(x, y)$' は、「xとyとは同実体(種)性の関係にある」の意)。

(48) Salmon〔1981〕Pt. II, ch. 4, § 13, p. 123.

$\mathrm{Conspecific}(x, y) =_{df} \iota z[\mathrm{Species}(z)\ \&\ x \in z] = \iota z'[\mathrm{Species}(z')\ \&\ y \in z']$

（49） サモンの定式化を手直しした。Salmon〔1981〕Pt. II, ch. 4, § 14, p. 145.

（50） Putnam〔1973〕p. 123, p. 130 ;〔1975〕$_2$ p. 225, p. 234.

（51） cf. Putnam〔1975〕$_2$ p. 236.

（52） cf. Putnam〔1975〕$_2$ p. 239,〔1973〕p. 129.

（53） cf. Putnam〔1975〕$_2$ p. 239, p. 241.

（54） Putnam〔1975〕$_2$ pp. 236 f.

（55） Putnam〔1975〕$_2$ p. 236.

（56） Putnam〔1975〕$_2$ pp. 236 f.

（57） Putnam〔1975〕$_2$ p. 236. その後パトナムは、ダメットらの影響下、一種カント風の「外在的観念論 external idealism」「内在的実在論 internal realism」の見地に転向した。Putnam〔1978〕pt. 4, pp. 123 f.,〔1981〕chs. 2–3, esp. pp. 49 f.

（58） Putnam〔1975〕$_2$ p. 269.

（59） Kripke〔*NN*〕, Preface p. 12, n. 15.

（60） Kaplan〔1975〕p. 723 ; Adams〔1979〕〔1981〕.

（61） かつて著者はソーセージ説にコミットする必要があると考えたが（野本〔1981〕）、いまや純意味論的考察からその必要がないことが示された。

（62） Kripke〔*NN*〕pp. 56 f., pp. 122 f. ; Addenda pp. 159 f.

（63） Smart, J., "Sensations and Brain Problems," *Philo. Rev.* 68 (1959). Feigl, M., "The Mental and the

Physical," *Minnesota Studies in the Philosophy of Science,* vol. II (1958).

Armstrong, D. M., *A Materialist Theory of Mind* (1968). Davidson, D., "Mental Events," in *Experience and Theory*, ed. by Forster (1970), in Davidson〔1980〕.

第六章

（1） Church〔1950〕.

（2） Carnap〔*MN*〕pp. 230 f., Supplement C.

（3） Mates〔1950〕rep. in Linsky〔1952〕.

（4） Quine〔1956〕rep. in Linsky〔1971〕（ページ付はこの論集による。なおQuine〔1966〕に収録）。

（5） Kaplan〔1969〕rep. in Linsky〔1971〕p. 138.

（6） Kaplan〔1969〕rep. in Linsky〔1971〕pp. 131 f.

（7） Church, "A Remark Concerning Quine's Paradox about Modality"（著者にチャーチ教授から送られた手稿コピー（1981）による。骨子は Linsky〔1983〕pp. 115 f. でも紹介されている）。

（8） Chisholm〔1963〕p. 781.

（9） Hintikka〔1966〕p. 2.

（10） Castañeda〔1967〕$_1$; Føllesdal〔1967〕; Hintikka〔1966〕〔1967〕; Sleigh〔1967〕.

（11） Hintikka〔1969〕$_1$ rep. in Hintikka〔1969〕$_3$ rep. in Linsky〔1971〕（ページ付はこの論集による）。

（12） Hintikka〔1969〕$_1$ rep. in Linsky〔1971〕pp. 156 f.

（13） Hintikka〔1969〕$_2$ rep. in Hintikka〔1969〕$_3$ pp. 171 f.

（14） Kripke〔1979〕$_2$ pp. 248–9.

(15) Kripke〔1979〕$_2$ p. 250.
(16) 拙著『フレーゲの言語哲学』第六章参照。
(17) Frege, G, 64.
(18) Kaplan〔1977〕pp. 85 f. に示唆がある。
(19) 直接指示説を認めつつ、フレーゲ・パズルを解こうとする最近の試みに次のものがある。Salmon〔1986〕. また野本〔1995a〕〔1995b〕〔1997〕.

エピローグ

(1) カプラン(Kaplan〔1983〕)によると、様相子「必然である」「可能である」のような論理的定項と対比される、「と知られている」「と言われている」といった論理的でない内包的定項のあるものは、可能世界意味論内部の処理方法では、パラドクスを生ずるのである。(したがって、命題態度文脈に関する可能世界論風の分析は、慎重な対応を必要とする。)

例えば、任意の命題pに関して、pについてのみ成立しうるような述語(内包的文演算子)Vを想定してみよう。すなわち、

(A) $(\forall p)\Diamond(\forall q)(Vq \leftrightarrow q=p)$

(Vの一例として「主張される」をとると、(A)は「どの命題pに関しても、pのみが主張されうる」となる。)

命題を可能世界の集合の部分集合とみなす可能世界論では、すべての命題(可能世界の集合の巾集合)に言及する(A)はパラドクスを導く。より簡明には、可能世界自体が、(個体領域Dと論理的でない定項への付値関数Rとの順序対〈D, R〉という)モデルMにより表わされるとすると、各モデルMは、Vのよう

な論理的でない定項に対し、M自身がその成員でありうる集合族を付値しなければならないのである。

カプランの示唆する解決の方向は、任意の論理的でない定項の導入に対し、内包論理がこうしたパラドクスを回避するには、内包的階型《タイプ》、とりわけ、命題の階型の位階を認めるというラッセル流の分岐階型論である(cf. *PM*, Appendix C)。

(2) 例えば、Castañeda〔1966〕〔1967〕₂, Lewis〔1979〕また *Synthese*(vol. 49, No. 1–No. 2(1981))中の諸論文、Peacock〔1983〕.

(3) Husserl〔1913〕II/1, V; Anscombe〔1957〕〔1965〕, 例えば、Davidson〔1980〕, Perry〔1980〕, Evans〔1982〕〔1985〕, Woodfield(ed.)〔1982〕, Dreyfus(ed.)〔1982〕, Searle〔1983〕, 黒田〔1985〕₁〔1985〕₂, 野家〔1985〕₁〔1985〕₂, 土屋(俊)〔1985〕, Stalnaker〔1987〕, Dummett〔1993〕.

■岩波オンデマンドブックス■

現代の論理的意味論――フレーゲからクリプキまで

1988 年 6 月30日　第 1 刷発行
1999 年 9 月22日　第 2 刷発行
2014 年 9 月10日　オンデマンド版発行

著　者　野本和幸《のもとかずゆき》

発行者　岡 本　厚

発行所　株式会社 岩波書店
〒101-8002 東京都千代田区一ツ橋 2-5-5
電話案内 03-5210-4000
http://www.iwanami.co.jp/

印刷／製本・法令印刷

ISBN 978-4-00-730139-1　　Printed in Japan

人名索引

ア行

アリストテレス(Aristoteles) 121, 174, 181
飯田隆 395, 399
石黒ひで 223
ウィトゲンシュタイン(Wittgenstein, L.) vi, 2, 4-6, 25, 49, 73, 97-120, 122, 131, 133, 151, 181-7, 189, 208, 215, 239-40, 242
エヴァンズ(Evans, G.) 19, 409
オースティン(Austin, J. L.) 36

カ行

カプラン(Kaplan, D.) 8-9, 135, 229-232, 234-7, 239, 263-4, 270, 273, 275-82, 284, 286-92, 296-7, 299-300, 312, 319, 323-4, 328, 346-9, 351, 353-6, 367-8, 376, 379, 381-2, 385
カルナップ(Carnap, R.) 4-6, 47, 54, 62, 181-2, 185-96, 198, 226, 237, 258, 263, 280, 324, 335, 366
カント(Kant, I.) 31, 44, 46, 151, 327
クライゼル(Kreisel, G.) 159-60, 162
クリプキ(Kripke, S.) 2, 4, 6-7, 55, 73, 152-3, 155-7, 192, 197-8, 206-7, 209-10, 212-4, 239, 241-4, 248-50, 252-3, 271, 284, 291-2, 297, 303, 306, 309, 320-1, 323-4, 327, 329-32, 334, 368-70, 372-3, 375, 378
クワイン(Quine, W. v. O.) 5, 8, 59, 169-70, 173-5, 177-81, 192, 196-7, 201, 203, 213, 215-7, 323, 334, 338-40, 342-50, 354-5
ケイリッシュ(Kalish, D.) 226-7, 229
ゲーデル(Gödel, K.) 119-20, 152
ゲンツェン(Gentzen, G.) 151

サ行

サモン(Salmon, N.) 303
サール(Searle, J.) 240
スコット(Scott, D.) 258-60, 270-1
スコーレム(Skolem, T.) 119
ストローソン(Strawson, P. F.)

208, 261–3
スマリアン(Smullyan, A. F.) 5, 174, 177, 180–1, 318

タ行

ダメット(Dummett, M.) 3–5, 120, 145–51, 162, 391–2
タルスキ(Tarski, A.) 1, 4–6, 17, 120–2, 125–6, 128–34, 136, 146, 153, 155–6, 161, 231
チャーチ(Church, A.) 5–6, 32, 34, 40, 79, 165–73, 229, 234, 280, 337, 348, 355–6, 358
デイヴィッドソン(Davidson, D.) 4–5, 120, 132–6, 138, 141, 143–6, 149, 151, 157, 161–2
デカルト(Descartes, R.) 330
ドネラン(Donnellan, K.) 7, 239, 245–6, 306

ハ行

パトナム(Putnam, H.) vii, 2, 7, 49, 151, 239, 248, 250, 253–5, 307, 309–11, 313, 315–7, 323–4
バヒレル(Bar-Hillel, Y.) 47
ヒルベルト(Hilbert, D.) 1, 119, 129
ヒンティカ(Hintikka, J.) 6, 9, 61, 187, 196–8, 200–1, 203–6, 208, 213, 217, 220, 222, 225–6, 293, 320, 323, 358–63, 365–7
プライア(Prior, A.) 208
ブラウワ(Brouwer, L. E. J.) 1, 119
フレーゲ(Frege, G.) 1–5, 7–9, 13–39, 41, 43–72, 79, 89, 91–2, 97–101, 109–12, 118–20, 132–3, 148, 151, 161–2, 165–7, 170–3, 191, 202, 208–9, 215–6, 228–30, 232, 234, 239–42, 248, 253, 255–6, 258, 261, 277, 279–81, 283, 286, 288–9, 291, 309, 333–5, 342–3, 347–9, 358, 368, 372–4, 377–9, 381
ペアノ(Peano, G.) 247
ヘイティング(Heyting, A.) 159
ベート(Beth, W.) 152
ポパー(Popper, K.) 47
ホワイトヘッド(Whitehead, A. N.) 1, 119

マ行

マイノング(Meinong, A.) 80, 82, 94–5
ミル(Mill, J. S.) 3, 57, 73–5, 240, 275
メイツ(Mates, B.) 223, 337
モンタギュ(Montague, R.) 8, 225–7, 229, 258–60, 270–1, 391

ラ行

ライプニッツ(Leibniz, G. W.) 6, 24, 165, 181–3, 185–6, 188,

196, 223
ラッセル(Russell, B.)　1-5, 8, 49, 73, 75-81, 83, 85-6, 88-101, 117-20, 122, 139, 161, 168, 174, 176-7, 202, 209, 239-42, 244-5, 247, 275, 278-81, 284, 294, 297, 302, 318, 374, 377
ルイス(Lewis, C. I.)　169, 188, 197, 323, 361
ルイス(Lewis, D.)　222, 223
レーヴェンハイム(Löwenheim, L.)　119

事項索引

ア行

ア・プリオリ vs. ア・ポステリオリ　31, 44, 46, 243, 387
ア・プリオリで偶然的　328-9
ア・ポステリオリで必然的　327, 332
意義(Sinn)　2, 20-3, 25-9, 33-6, 38, 40-1, 44-9, 55-8, 69, 78-9, 97, 99-101, 109
(meaning) 138, 242, 249, 251, 372-3
(sense) 170-2, 230-3, 279-80, 283, 286-8, 366
——と意味との区別　31, 92, 190, 239, 248
——と表示の論理(LSD)　166, 169
——に関する階層性　61
——の差異　46, 92, 241, 333-4, 374
——の同一性(の)規準　62, 168, 334
——の認識論的側面　43
——のゆれ　57, 137
——を欠く　110, 115
通常の vs. 間接的——　60-1, 166-7, 334, 347, 398
意義(の)理論(theory of meaning)　133, 136-7, 140, 145-8, 156-7, 241-3
経験的理論(としての)——　141
検証理論(としての)——　150
移行性　87, 153, 182, 200
依存的(dependent) vs. 独立的解釈　7-9, 219, 224, 324, 379, 381, 392
一意的　19, 52, 83-4, 87, 176, 203-5
一般性解釈(generality interpretation)　212-4
一般命題　86, 90, 96, 275-9, 284, 290, 318, 374
意図　301
——対象(intended object)　291, 293, 296, 297
——内容(intended content)　292, 294, 297
——の外化・表出　295
意味(Bedeutung, meaning)　2, 18-22, 25-31, 34-5, 38, 52, 57, 89, 95, 99-101, 108, 111, 165-7, 279, 286, 381, 387
——の指示 vs. 表示原則(the

indication vs. denotation principle of meaning) 76, 78–9
——を欠く 49–51, 53–4, 58, 86, 110
間接的(ungerade) vs. 通常の(的)—— 30, 59–62, 166, 170, 228, 232–3, 333, 335
意味性格(character) 263–4, 268, 270, 272, 274, 278, 282, 289–90, 300, 302, 318, 381–4
定常的(な)—— 271, 302–3
『意味と必然性』 181, 189, 191–3
意味論(semantics) 2, 4–6, 18–9, 21, 27, 49, 63–4, 75–7, 97, 119–20, 133, 158, 161–2, 186–7, 196–8, 200, 215, 258, 381, 391
——的値(semantic value) 167, 171, 379
——的公理 135–6, 139
——的指示(semantic reference) 57, 291–2, 301, 304–6
——的指示の伝達線 307–8
二分法 vs. 三分法—— 70, 381
意味論的原則 34, 74–8, 81, 84–85, 97
因果(的)関係 144–5, 237, 330
因果(的)連鎖(説) 250, 306, 351, 385
引用(の)解除(disquotation)の原則 369–70, 372–3, 378
引用符名 124, 177, 230–1, 235
引用文 166, 333, 348, 377
埋め込み(hold in, embed) 187, 194, 198–201, 204, 206, 403
永久化(規則) 67–9, 271
永久文 65–6, 68, 70, 272–3

カ 行

外 延 196, 208, 231, 251, 255, 262–4, 274, 310, 314–8, 335, 381
外延限(指)定 252, 254, 309–10, 317
外延性 91, 93, 165, 229
階型(Stufe, type)(理論) 18, 20, 167–9, 416
解 釈 75, 79, 133, 145–6, 158, 259–60
——意味論 17, 19
——関数 363
外延的 vs. 内包的—— 92, 230–3
根元的——(radical interpretation) 136, 138, 141, 145–6
独立的 vs. メタ言語的—— 219, 224, 324
概 念 19, 22–3, 40–3, 76–7, 79, 91, 97–8, 167–8
——語(=述語) 18–19, 22,

42-3
——的意味(notional sense) 339-41
——内容 24, 33
——の外延 19, 22, 27, 52
不飽和な—— 19
『概念記法』 1, 13, 24, 32-3
開放文 126, 155-6, 179, 192, 194, 208-13, 215, 224, 236, 342
確定記述(definite description) →記述
仮説(経験的) 142-3, 145
画像(picture) 297, 351-2
語ること vs. 示すこと 115-8
可能性 102, 180, 197, 206, 319
共——(compossibility) 182
可能(多)世界意味論 4, 6, 181-2, 197, 391-2, 415
可能(的)世界 6, 182-3, 185-9, 193-9, 201, 203, 205, 207-9, 211, 214, 217-8, 220, 223, 242, 258, 260, 264-6, 272, 278, 285, 300, 302-3, 308, 315, 319, 321-2, 359-60, 363, 366
——の完全(vs. 部分的)記述 (complete or exhaustive(vs. partial) description) 186, 198-9, 360
の集合 206, 232, 363-4, 415
関 係 21-2, 31-2, 76-7, 96, 98, 108
——積 34, 75, 280
——的意味(relational sense) 339-41
貫時間的(transtemporal) 218, 316, 321
関 数 18-9, 21-2, 107, 114, 167-8, 231, 259, 263, 266, 268, 274, 302, 381
——値 18-9
構成的—— 160
関数論(的) 16-7, 19-20, 263-4, 268, 274, 279, 283, 302
貫世界相続線(transworld heir line) 204, 216-7, 224
貫世界的 7, 210, 316, 321
——個体 7, 219-20, 222, 224
——相似性 223-4
——連続体 217, 221, 324
間接話法 20, 30, 40, 60-1, 134, 166, 219
——的アプローチ・方法 232, 335, 379
——報告 60, 333-4, 378
寛容原則(principle of charity) 143
記 号 24-6, 32, 33, 107-8, 335
——(的)構成 150-1, 158
完全 vs. 不完全—— 81, 84-5, 91, 95, 98, 177
原始(初)—— 27, 111, 117, 124, 167, 265
記 述 31, 49-52, 54, 58, 72-5,

78, 114, 180, 192, 201, 203, 215, 219, 242–5, 249, 286, 291, 300, 303, 307, 311, 324, 328
——の作用域　83–4, 174, 176
——の指示的使用　246–7
——の省略，偽装　55, 85, 87, 89–90, 240–1
指標的——　287, 299
記述(束)説　8, 49, 55, 240, 242–4, 250–2, 256–7, 276, 297, 306, 317
記述理論　51, 81, 85–6, 89–90, 96–7, 176, 240–1
規準(Kennzeichen)　26
規定(統辞論的——, 意味論的——, 形而上学的——)　317–8, 320, 321–2, 324
逆　理　169, 180, 270　→パラドクス，パズル
境界づけ条件　19, 23, 43, 127
共示的(connotative)　73
虚構(Dichtung)　51, 58, 76
偶然(的)　5, 172, 176, 234, 242, 326–7, 329
クラス　74, 76, 78, 125, 127, 128
——計算言語　122, 124–5, 128
クリプキ・モデル　4, 6, 120, 152–7, 162, 206–7, 210, 214
経験論の二大ドグマ　173
形式主義　22, 26, 119
形而上学
——的概念　326–7, 329
——的見地　216, 220, 225
——的テーゼ　322–6
——的 vs. 認識論的カテゴリ　242
形成規則　27, 117, 122, 135–6
結合子　13, 14, 21, 112–3, 131, 139
決定(不)可能　159–60, 229
言　語
——規則　280, 290
——共同体　252, 310
——習得　147–8
——的意味　261–3
——と世界と論理の限界　115–6, 118
——の階層性　117, 122, 131
——の形式的構造　121
——の社会性　253
——理解の理論　145, 147, 149–50
——労働　307, 310
形式(化された)——　122, 131, 133–4, 161, 229
言語社会　56, 250, 253, 305–7, 314
——における分業と協業　317
——への依存性　310
言語哲学　35–7, 149, 151, 239, 245, 392
現実(Wirklichkeit)　101–2, 105, 111, 115

——世界　182-3, 199, 201-2, 204, 206, 208-14, 217-8, 288-9, 303, 308, 311-3, 315, 320-3, 325, 360-1, 363-6
原子文　86, 96, 141, 147, 157
原始文　259, 377, 382
検　証　137, 145, 150-1, 157
検証可能(性)　154, 156-9
検証主義　149, 157
——的意味論　5, 120, 162, 391
——的言語観　151
現代論理　1, 13, 119, 161, 258
言表についての(de dicto)信念　62, 334, 338, 342, 344, 348
言表(de dicto)様相　171, 175-8, 188-9, 195-6, 233-5
言　明　51, 177-9, 183, 186, 261-3, 328
——演算子　178, 197, 219, 225
項(Argument)　14, 18-9
(term ラッセルの)　76-7, 80
公共的(性)　57, 64, 249
交差同定(cross identification)　204-5, 216-7, 366
構　成　158-60
合成原理(compositional principle)　14, 28
構　造　104, 107, 272
——記述名　124-6, 128, 130-1, 178, 231, 235
内包的——　191, 336
肯定式(modus ponens)　151, 159
公理(シェマ)　135, 197-8, 273-4
個人方言(idiolect)　56, 248-9, 253, 255, 372
個　体　6-8, 96, 154, 167, 186, 190, 196, 202, 204, 207-17, 226, 240, 264-5, 272, 275, 277-80, 282, 286-9, 298-300, 315, 317, 320-6, 364-6, 374
——定項　192-6, 214, 216, 218, 220
——の貫世界同定　217
——の通時的同一性　219
——(の)分裂　205, 222
——片　222, 325-6
——融合　222
可能的——　223, 259, 308
裸の——(bare particulars)　217, 220, 224, 324
個体化(individuation)　293, 352, 367-8
——の(する)仕方(a way of being individuated), 方法　366-8, 385-8
人格的——, 物理的——　368
個体概念　168-9, 191-6, 200, 204, 217, 226, 231-2, 237, 274-5, 277-9, 324, 366
完全——　182-3, 221
共可能的な——　223

個体化関数(individuating function)　205, 217-8, 224, 366
個体変項　54, 107, 192, 194-5, 264, 266
個体領域　16, 129-30, 154, 207-9, 211-2, 217, 231, 302-3, 366
——の合併　209, 320
個体論(のパズル)　7, 215-6, 407
固定指示子(rigid designator) 192, 210, 285, 289, 297, 303-4, 309, 315-6, 320, 328-32
固定性　271, 299, 301-2, 310-3, 317, 322, 325-6, 392
古典論理　4, 5, 23, 151, 153, 161-2
このもの主義(Haecceitism)　8, 318, 319, 322, 324-6
個別名辞　167, 190-1, 193
固有名　2, 13, 18-20, 22, 31, 42-3, 51, 53-4, 72-4, 89, 176, 215, 250, 276, 299-303, 308-9, 317, 320, 324-6, 334-5, 374, 376, 379, 384-7
——の意義　56, 240, 372
——の意味　19, 57
——の意味性格　302
本来的(の)——　49, 52, 54, 56-7, 62-3, 78, 97, 248
みかけ上の——　50, 52
論理的——　81, 85-7, 90, 93, 96, 98, 240-1, 275, 281, 399

サ 行

再帰的　13, 27, 112-3, 122, 128, 132, 153
——構造　139-40, 145, 157
再認手段・仕方・方法　26, 385, 387-8
再認判断(文)　26-7
座標言語(coordinate language) 192-4, 196, 200, 226
作用域　83, 87-8, 180, 318
算　術　1, 16, 26, 63, 172, 179
『算術の基礎』　24-6, 29, 33
『算術の基本法則』　27-9
参照点(points of reference) 258-60
サンドウィッチ説　7, 221, 224, 323-5
自己(意識)　63, 71-2
自己同一性　35, 88, 90, 181, 257, 321-2, 327-8, 382
貫世界的貫時間的——　322-3, 325-6
指　示
——規則　261-2
——的(に)不透明(referentially opaque)　169, 172, 178, 180, 341-4
——と表示　79
——に関するフレーゲ的描像 280
——の一意性(的)仮定

202, 204–5, 319–20
——の因果説　144
——の固定性　8, 284, 299, 314, 319, 324, 327
——の遷移(reference-shift)　304–5
——の多重性(referential multiplicity)　6, 201–3, 220, 363, 368
——のない個体化　367
——の理論　241, 244, 247
話し手の——　57, 291–2, 301, 304–5
指示子　190–1　→固定指示子
頑固(不変)——　303, 308, 320
指示詞　2, 5, 63–4, 66, 85, 134–5, 144, 258, 276–7, 288–9, 291, 296–9, 312, 317, 320, 334, 380, 399
——の意義　289
——の指示対象　281
指示指定子(reference-fixer)　55, 57, 248
指示する　76–9, 81, 84–6, 92–4, 98
指示対象　50, 59, 65, 79, 87, 98, 192–3, 203, 231, 242, 249–51, 255, 257–8, 266–8, 279, 281–5, 288, 303, 306–9, 320, 328, 331, 366, 377, 382, 385, 387
——指定の必要・十分条件　247–8, 256
——(の)指定(法)　55, 244, 253, 318
意味論的——　57, 246–7, 298, 300–2, 304–5, 307
話し手の——　246, 305
事　実　20, 96–7, 99, 100, 102–8, 111, 116–7, 120, 131, 183–4
自証性(self-sustaining)　359–60
事象についての(関する)(de re)信念　62, 334, 338, 342–4, 348, 350
事象についての(de re)様相　171–6, 179, 188–9, 195–6, 217, 233–5
時　制　63, 65, 134–5, 139, 258–60
——(演算)子　219, 264, 318
——(の)論理　135, 219, 224, 260, 266, 270–1
自然演繹　151, 404
自然言語　63, 133–6, 161
自然種　252, 307, 309, 312–4, 316
自然種名　8, 49, 239, 250, 309–10, 313–7, 320, 324–5, 373, 376, 379
——の意義　251
——の外延　255, 311
——の直接指示説　374
思想(Gedanke)　20, 22, 23, 29, 30, 34–43, 46–7, 49, 51, 60–2,

64–5, 68, 70, 94, 106–7, 166–8, 256, 261, 263, 334–5, 372
——の真理性　65–6, 255
——の正しい把握　66
——の把握・規定の仕方　72
本来的 vs. みかけ上の——(eigentlicher G. vs. Scheingedanke)　51
事　態　101–3, 105–6, 116, 199, 362
——の内的形式(構造)　117
可能的——　102–3, 108, 110–2, 183–5, 187, 193, 198, 231
原子的——　101, 116
実在論　3
——対反実在論　392
——的意味論　3
——的言語観　3–4, 148, 151, 162
——的な古典論理　151
内部——(internal realism)　151
実　体　251–2, 309, 311–4
——限定の必要十分条件　251
——名　309, 312, 314, 317
実用論(pragmatics)　63, 64, 258–60
時　点　265–6, 268–9, 271–2, 278, 315, 319–22, 325–6, 329
指標(indices)　258–60, 263
——調整(indexical adjustment)の原則　377–8
——的要素(要因)　134, 137, 311
指標詞(indexicals)　64, 69–71, 86, 134–5, 139, 257, 260, 281, 290, 298, 300, 302–3, 317, 320, 325, 334, 369, 375–8, 379–84
——の意味性格　282, 299, 382, 389
——の記述的意味　282
——の言語的規則　258
——の指示対象　284, 382
指標性(indexicality)　134–5, 252, 255, 287, 311–2, 317
指標説　263, 270–1
指標的表現　2, 5, 8, 64, 68–70, 72, 257–8, 263–4, 270, 278, 280–1, 300, 317, 376, 378, 409
——の意味　65, 255
——の意味性格　301
——の意味論　64, 69, 256, 324
社会言語学的　307, 310
写　像　99, 103–7, 184, 193–5
——の構造　104
——の真偽　105, 111
現実の——　104, 115, 117
事態の——　109–10, 184
論理的——　105
写像関係(die abbildende Beziehung)　103–4, 107–8, 116
写像形式(die Form der Abbild-

ung)　104-6
写像理論　4, 101, 106, 116, 184, 400
種(species)　155, 308, 311, 313-4, 317-8, 321-6, 374
集　合　52-54, 182, 231
　共可能——　182-3
充足関係の定義　128-30
充足条件　141, 155
自由変項　126-8, 130, 142, 155, 158, 179, 194-5, 199, 209, 211, 213-6, 220, 228, 303-4, 317, 321, 325, 334
　——(へ)の付値　156, 210, 232, 236, 279, 320
自由論理(free logic)　50, 203
主　張　148-9, 301, 369
　——可能性(assertability)　149-51, 156
　——内容(asserted content)　292, 294, 297
　みかけ上の——　51
主張文　18, 20, 22, 38, 41-2, 64, 190
述　語　51, 54, 76, 80, 86, 90-1, 93, 96-8, 108, 122, 139, 155, 190, 192, 194, 209, 259, 265, 318, 346
　——の意味と意義　23, 91
　——の外延と内包　155, 193, 211, 214
　——への付値　208
　——を充足する　156, 211
　意味論的——　178, 224, 348
述語論理　14, 16, 92, 119
　——の直観主義モデル　154
準意味論的　187, 192-5, 198-9, 360
循環論　38, 247
使　用
　——位置・時点・世界　265, 269, 272, 320
　帰属的 vs. 指示的——　245
　直示的——　277
照応的(anaphoric)用法　378
状　況　65, 101, 108-9, 276, 285
　可能的——　102, 105-7, 115, 184, 284-5
状況文(occasional or fugitive sentence)　65, 67, 69-71, 255, 270, 274, 278
　——の永久化　256
　——の脈絡依存性　66
条件法　13, 21, 153, 158-60, 167, 404
　反事実——　144
証　拠　143-5
　——状況(evidential situation)　152-3
状態記述(state-description)　6, 186-90, 192-6, 198, 226
使用(の)脈絡　66, 258, 263-7, 270, 274, 281-3, 285, 302, 318, 381-2

——に可感的　300
——についての知見　65
——への依存性　64, 300
情　報　46, 57-9, 66, 152-7, 247-51, 253-6, 258
——賦与性　92, 286
意味論的——　47-8
証　明　117, 139, 150, 154, 158-60
完全性——　119
正準的——(cannonical proof)　151
証明可能(性)　119, 152, 155-6, 158, 161-2
——性解釈　152
真
あらゆる可能的世界(脈絡・時点)で——　271, 327, 329
偶然的かつ一時的に——　181, 263, 328
絶対的に——　256
直観主義的に——　153, 159
必然的かつ永久的に——　273, 320, 327-9
必然的に——　232, 242, 257, 271
分析的に——　173, 242
真　偽　50-1, 54, 87, 95, 100, 104, 111, 115, 134, 137, 148, 185, 203, 210, 241, 256, 261, 318, 325-6
——二値　184
——(の)可能性　114, 184
——の問われうるもの　51
——の値ぶみ　71, 208, 320, 326
——の反転する多義性　83
心身問題　329-30
真とみなされること(Fürwahrgehaltenwerden)　23
信　念　48, 57-60, 246-50, 253-6, 280, 290, 310, 329, 339, 342, 363-4
——内容　62, 371-2, 376, 383-4, 386
——の透明性　355-6, 358
概念的(な)——　345-6, 350
関係的(な)——　341, 343, 345-6, 350, 355
真なる——(ドクサ)　61, 358
矛盾的——　343, 345, 349, 350
信念態度　44, 47, 364, 367, 372, 385
不合理な——　383-4, 387
矛盾的(な)——　374, 380, 381
信念文　2, 9, 20, 30, 60-3, 134, 240, 334-7, 369-71, 376-82
——のメタ言語的分析　379
概念的な(de dicto)——　349, 353-4, 365
関係的な(de re)——　348-9, 353, 365
信念文脈　166, 191, 237, 249,

334-6, 341, 344, 346, 351, 353
——内部への量化　334
真理(性)　23, 41, 64-5, 93-5, 119, 121, 131-2, 134, 136-7, 140, 142, 188-91, 266, 316, 327-9, 359, 370, 387-8
——カテゴリ　242, 327, 329
——操作　113
——の与えられ方・分岐の仕方　45, 48
——の是認　36
——(の)対応説　4, 99, 101, 120-1, 123
永久的——　327
相対化された——　136
論理的——　119, 179, 186, 188-9, 192
真理概念　21, 38-9, 41, 94, 120, 129, 134, 136, 148
——の解明　39, 97, 120
——の起源　148-9
絶対的な——　64
相対化された——　64, 129, 134-6, 255, 392
真理関数　14, 21, 28, 97, 112-5, 184
——的条件法　167
——的文脈　92-3, 176, 404
真理規約　41, 120, 126, 131, 153, 156
心理主義　25-6
真理条件　17, 28-9, 39, 41-3, 52, 68, 99 f., 110, 115-6, 123, 132-5, 138, 145, 147-50, 187, 261, 364
——的意味論　2, 4, 5, 41, 97, 120, 161, 391-2
——的(な)意義の理論　149, 157
真理値　13-4, 20-2, 30, 34, 38-9, 46, 54, 59, 92, 165-8, 176-7, 190, 370
——限定　258, 278, 288
——の間隙(truth value gap)　50-4, 203, 208-9
真理値名　18, 28, 29, 41, 43, 112
真理(の)定義　17, 38, 121, 123-6, 128, 131-2, 134, 194, 266
真理論　4, 41-2, 120, 133-4, 136, 146, 161, 391, 401
——的規定　35, 43
推理規則　117, 122, 136, 151, 197
数　学　49-50, 151-2, 159-60
数学基礎論　1, 119, 149
『数学原理』(Principia Mathematica)　84, 92-3, 95, 119, 176
『数学の諸原理』(Principles of Mathematics)　75, 80, 86, 93
生成的(genetic)関係　237, 298
——性格　237, 297-8, 351-3, 367
——認知的関係　386
生成の根　237, 308, 351, 355, 367
正当化可能性(justifiability)(の)

条件　149–51
世界(Welt)　101–3, 114, 184, 326
——内個体片(world slice)　7, 220, 222, 224
知的に完全な——(epistemically perfect world)　359
反事実的——　288–9
選　言　13–4, 122, 124, 128–9, 131
還出(exportation)(可能)　234–5, 338, 345, 349–50, 353–5
全　称　167, 187–8, 195, 199
全体論(holism)　145, 147
全体論的　4, 139
——言語観　146–7
——検証条件　138
——な構造分析　141
前提する(voraussetzen)　50
相互依存原理　21
相互連係(interplay)　62, 173, 353
相対主義的科学哲学　316
相対主義的見地　216
属　性　74, 76–7, 86, 96, 98, 108, 120, 131, 218, 220, 275, 283, 318, 342–3, 377, 382
束縛変項　156, 201, 202, 207, 209, 213, 220
ソーセージ説　7, 218, 221, 224–6, 325, 406, 413
存　在　87
——仮定　49, 50, 87, 202–3
——条件　82, 87
——前提　50–1, 241
——汎化　168, 236, 350
局所的——　313–4
抽象(的)——　231, 237
存在量化　86, 114, 173, 354
存在論　6, 20, 63, 75, 80–1, 92–3, 151, 162, 313
——的加担(コミット)　22, 40, 45, 131
——的規定　36

タ 行

第一階概念　17, 19
第一階述語論理　13, 17, 21, 179, 264, 273, 340
対応(correspondence)　95–6, 99, 121
——説　38, 97
一対一(に)——　16, 27, 104–5, 107, 184, 192–3, 196, 226
対　象　19–23, 26, 31–2, 39–43, 98–9, 101–4, 107–12, 115–7, 400
——規定(法)　46, 57–8, 290
——(の)配列(Konfiguration)　101, 107, 109, 183–4
——の本質　103, 174
——(の)無限列(infinite sequence of objects)　128–31

——を指示する仕方(the manner of referring to)　172
架空の——　85, 305
具体的 vs. 抽象的——　236-7
対象言語　39, 40, 122-6, 131-2, 136-7, 139, 167-8, 178, 186, 192, 225, 230-1
対象指定　248, 282, 291, 297, 302
——の必要十分条件　245, 257
対称性　87, 182, 200
対象約定説(chosen object theory)　51-4, 192, 241, 309
第0階　18, 53
代替(alternative)　198-200, 364
——関係(alternative relation)　200, 204, 206, 364
——世界　200-2, 204, 207, 214, 217, 360-1, 364-6
第二階
——(の)概念　14, 17, 19, 97
——の(間接的)意義　20, 61
代入可能性　191, 202
代入(した)事例　42, 187-9, 195, 199, 229
——的解釈　189
代入則　6, 8, 20, 24, 30, 59-62, 87-9, 165-6, 168-71, 174-5, 177, 180, 188-9, 199-201, 204-5, 208, 210, 212-5, 217, 223, 228, 230, 234-7, 326, 335-6, 341, 343, 345, 347, 349, 351, 361-2, 365-6,
——をめぐる(の)パズル　203, 333-4
代表関係　353-6, 358
多義性　87, 89, 166, 175-6, 227, 318
多項関係　95-6
多重的指示性(multiple referentiality)　362
多重量化(multiple quantification)　15-6
脱コンテキスト化　65-6, 70, 255
妥当性　263, 269, 271, 359
単項(述語)　76, 167, 182
単純属性　182-3
——の共可能的集合　220, 223
単称(非)存在言明　241, 243-4, 308-9
単称文　52, 215, 276, 279, 283-4, 302, 314, 318-20, 325
単称名辞　2, 6, 7, 49, 57, 201-3, 219-20, 239, 265, 270-1, 274, 277, 279, 283, 285, 319, 362, 385
——の意味論　238
——の指示対象　215, 267, 363
——の鮮明性　367
——の多重的指示性　364-6
——の直接指示性　284
単称命題　86, 96, 275-9, 284, 290, 294, 297, 302, 309, 314,

318-20, 324-5, 374, 377, 382
単独語　81, 84, 98　→(完全)記号
知　覚　237, 294-5, 298, 351, 362, 393
——的個体化　368
置　換　24, 59, 228, 249, 336
知　識
——的代替(epistemic alternatives)　360
——の論理(epistemic logic)　9, 61, 358-9
知(識)・信(念)　8, 30, 333, 362
——の論理　162, 360-1, 391
『知と信』　358
超越的(transcendental)　149
——実在論　37
——実在論者の言語観　150
超人的観察者(superhuman observer)　149
直示語　271, 273, 278, 317-9, 320-4, 325-6, 334, 351
『直示語』　279
直示行為(demonstration)　66-8, 276-7, 281-2, 286-93, 295, 297, 298-301, 311-2, 318
——の意義　290
——の直指対象　292
——の標準形　287
「直示語の論理，LD」　8, 135, 264-5, 267, 270, 272-3, 277
——－真理 vs. －妥当　268-9, 271-4
——の意味論　265, 272, 274
直示者　291-2, 295-6
——の意図対象　292
——の意図の外化，表出　291-2
——の知覚対象　296
直示遂行脈絡　287-8, 290, 293, 297
直指対象(demonstrated object)　291, 293-7
直示対象(demonstratum)　66, 286, 288-91, 293, 296-7
直示の乖離・成功　294-6
直接指示(性)　5, 8, 89, 239, 245, 278, 299, 301, 313-4, 317-9, 323-5, 385-6, 392
——説　368, 374, 375, 415
——の意味論　7, 9, 93, 279, 322
——の原理　281, 284
——の装置　285, 297
——のパラダイム　279
——の描像　280
——(の)理論　289, 326, 382
直接指示語　279, 282-3, 285, 289, 375-8, 379, 387
——の意味性格　284
——の原則　377
直接話法　30, 166, 219, 227, 233
——信念文　370
——的アプローチ　226, 230,

335, 348
——的方法　232, 379
——への依存的解釈　324
——報告　60, 333, 335, 348, 369–70, 376, 379–80
直観主義　22, 119, 149–52, 162
——的真理概念　158
——的な意義と理解　161
——的な意味論　161–2
——的な検証条件　155
——的な証明　157
——的な真理規約　153
——(の)論理　vii, 3–5, 120, 152, 158–9, 162, 206, 391, 403
——モデル　156–7, 206
通時的(diachronic)　218
——個体　219–20, 224
——同定　224, 323
定　義　22, 111, 120, 158, 160, 242, 268, 302, 313, 327–8
記述による——　309
帰納的——　207
操作的——, 直示的——　311–3, 316
ノミナルな——　44, 46–7
分析的——, 本来的(構成的)——　38–9
文脈的(に)——　38, 81–2, 84
脈絡指標つきの——　299, 300, 302
dthat　290, 293, 328
——-操作子　289, 299, 312, 329
'Dthat'　275, 277
定常化　299, 300
定値関数　270–1, 274, 279, 283, 303, 315, 320
定　理　135–6, 139–40, 145, 156, 180, 273–4
転移可能(transferable)　202
伝聞状況　249–50, 306
同一者不可識別の原理　24, 165, 356
同一性　31–2, 36–7, 87, 89, 97, 188, 216, 280, 320, 330
——規準　335
——条件　190, 195, 232
——に関するパズル　91
貫世界——　7, 204–5, 223–4, 317, 323–4, 407
同一性言明　31, 48, 90, 327–8, 330, 373, 382, 387
——の認識価値　239–40
——のパラドクス　43, 248
同一律　44, 46
同義語　55, 57, 241, 242
同義性　132, 136–7, 141, 145, 172–3, 179, 313, 337
同語反復　47, 115–6
等　式　44–7, 189, 194, 328–9, 387
同実体性(consubstantiality)　311, 313
同種性(conspecificity)　311,

313
統辞論　80-1, 117, 119, 174, 181, 317, 319, 335
——的解釈　230-2
——的カテゴリ　18, 20, 77
等　値　82, 138, 146-7, 190-1
——文，（T）文　123-5, 131, 134-5, 137, 144-5
論理的(に)——　37, 62, 91-2, 172, 189-91, 193, 195, 230, 335-6
同値関係　182, 200, 206
同　定
——・再認　322-3
——(のための)記述　240, 246, 306, 373
貫世界——　205, 216, 218, 223-5, 232, 236, 239, 323
直示的な——　56
独我論
方法論的——　253, 255, 317
特　性　92, 187, 190, 192, 195, 231, 247, 276, 321
——記述　308
本質的(な)vs. 偶然(有)的——　181, 331

ナ　行

内部量化(quantifying in(into))　62, 172, 180-1, 217-8, 228, 341-2, 344, 346, 355, 362, 365
「内部量化」　232-3, 236, 347
内包(intension)　190-2, 194-6, 216, 230, 233, 251, 253, 255, 258-9, 262-3, 275, 279-80, 282-5, 302-3, 310, 314-5, 318, 336, 342-4, 346-8
内包性(intensionality)　90
内包的存在　89, 93, 131, 141, 172-3
内包的同型性　37, 62, 337
内包論理　2, 5, 40, 98, 273, 391
——の意味論　3, 63, 169, 264
——の真理定義　272
『内包論理の基礎』　229
内容(content)　263-4, 268-71, 274, 276-8, 282-3, 287, 292, 297, 377, 381-4, 386-7, 388-9
内容的適切性　130, 132, 135-6
名差し(naming)　180, 241
名差し関数(naming function)　193-4, 200, 226-9, 237, 324
『名差しと必然性』　241
名　前　89, 97, 99, 101, 107-11, 124, 215-6, 236, 243, 247-8, 308, 353, 355, 357, 368, 373, 400
——伝達の歴史社会的連鎖　250
——と記述の差異　87, 177
——の意義　240-2, 244
——の意味　108, 112, 115-6
——の意味論的指示　301
——の(因果的)画像説(理論)

237, 297, 351
——(の)学習　250, 301, 306-7
——の記述内容　237, 351-2
——の指示　130
——の鮮明性条件　385
——の対象指定　250
意味を欠く(空なる)——　86, 241
鮮明な——　352, 367
みかけ上の——　50-1, 58, 241
生のデータ(raw data)　378
ナンセンス(sinnlos)　53, 115-8, 241
二極性(bi-polarity)　100
日常(言)語　4, 49-50, 55, 173
二値性(の原理)　97, 148, 151
認識価値(Erkenntniswert)　31, 33-4, 44-6, 48, 62, 89-91, 333-4, 375, 382, 387-8
認識行為(Erkenntnistat)　44-6, 48, 62
認識論　63
——的概念　44, 48, 327, 329, 382
——的規定　35, 43 f.
——的(諸)原則　44-5, 48, 89
人称代名詞　2, 63, 71, 259, 277, 378
値ぶみ　284, 308, 316, 319, 381
——(の)時点と(や)世界，——の場や時　260, 263-4, 266, 274, 297, 299-300, 302, 304, 314, 320, 392
——(の)状況　282, 285, 288

ハ 行

排中律　23, 97, 154
バーカン式　210, 212-3, 232
発語内(illocutionary)行為　36
発　話　68, 138, 257, 261, 263, 276, 282, 290, 292, 298, 329, 370, 379
——位置・時点・場所・世界　65, 67, 70, 134, 258, 260, 267-8, 274, 277-8
——主体　283
——の真理条件　136-7, 143-4
——の内容　71, 376
発話者，話し手　60, 65, 67-70, 134, 143, 258-60, 265, 268, 274, 281, 283, 290-1, 310, 385
発話状況　64-7, 70-1, 134, 145, 256
——についての知見　66, 70
——への依存性　69, 134
発話(の)脈絡　134, 258, 260-4, 278, 281, 298, 304, 312, 377, 380, 383-4
——と相対的　290
——に可感的　282
——への依存性　63, 300
パラドクス，パズル　131, 169-

70, 177, 214, 225, 240, 392
嘘つきのパラドクス　121-2, 133
クリプキ・(の)パズル　334, 368, 392
クワイン・(の)パズル　5, 391
述語様相論理のパズル　215
存在言明のパラドクス　54
フレーゲ・(の)パズル　2, 333-4, 368, 415
範　型　22, 314
——的(な)事例　252, 309, 311, 314
——的命名　298
反事実的状況　235, 286, 288-90
反実在論　3
——的意味論　161
——的言語観　3
反射性　87, 153, 182, 200, 206
反証モデル　210-4, 321
判　断　24-5, 95-6
判断行為(the act of judging) 95
判断主体(the judging mind) 95-6
非断定命題(unasserted proposition)　77, 93-6
必然化規則　271
必然性　166, 172, 179, 196-7, 263, 319, 327, 329, 332
論理的——　186, 192, 251
必然的　172-80, 183, 186, 195, 202, 207, 226-30, 231-2, 233-5, 260, 263, 266, 270, 273, 312, 320, 322, 327
——真理　188, 243, 257
——同一性　168, 180, 188-9, 192, 201, 204-5, 210, 212-3, 223, 232, 324, 329-30, 332
必要条件　24, 37, 251, 256
否定(文)　13-4, 21, 28-9, 83, 100, 112-4, 124, 128-9, 153, 158, 160, 185-8, 318, 404
表　現　22, 230, 348, 381
——の意義と意味　59, 147, 347
——の使用と言及　216
原初的——　136
表　示　79, 84
表示概念(denoting concept) 77-9, 80-1, 84, 275
表示関係　75, 78-9, 168, 351
表示関数　167-8
表示句　77-81, 84, 86, 275-6
表示対象　79-81, 85, 234, 239
——の与えられ方・規定法 43-4, 46
描写する(darstellen)　104, 107, 110, 116-8
標準名　226-9, 231-2, 234-7, 321, 324-5, 351
標準論理　202, 210, 213, 215, 274
表象(Vorstellung)　26, 36
ヒンティカ・モデル　6, 200

不確定記述　246, 249, 373–4
不完全性定理　119
複合体　96, 100, 120, 283–5
複合文　13, 43, 153, 184, 207
副　文　47, 60–1, 166
——の間接的意味　334
付値(する)　14, 16, 19, 54–5, 77, 155–6, 167–8, 182, 190, 193–5, 207–14, 216, 218–20, 226–9, 241, 266, 302–4, 320
——関数　183, 207, 231, 415
——条件　212, 321
部分関数　303
普遍閉包(universal closure) 213
普遍量化　6, 114, 124, 128–9, 156, 158, 160, 209
——記号　122, 168
普遍例化　199, 203, 210–1, 213, 216
普遍論争　22
ブラウワ系　198, 200, 206
文(Satz)　115, 124, 158, 165, 167, 231, 279, 333, 337, 346, 352, 369–70, 374, 379, 386
——の意義と意味　92, 97, 100, 110–2, 113, 132, 136, 150, 261, 334
——(の)演算子(sentence operator)　179, 192, 197, 215, 219, 225
——の外延　190–1
——の検証　150, 152, 157
——の写像理論　101, 103, 106–7, 109
——の真理条件　54, 97, 110, 125, 140, 157, 184, 261, 318
——の真理値　139, 176, 258
——の内包　193
——の二値性　97, 114
——の理解　100, 150
——のレンジ　194–5
——の論理形式(構造)　117, 138–9
——優位の原則　28–9
決定不能な——　148–9
閉じた——　126, 130
不完全な——　65
弁護不能な——　359
文関数(sentential function) 126–31, 139, 155
——の充足　126, 130
分子論的言語観　147
分身関係　223–4
分身説(counterpart theory) 222–4, 323
分析的(性)　28, 31, 44, 173, 179, 186, 387
文変項　13–4, 113, 192
文　法　20, 53, 117
文脈(Satzzusammenhang)　24–6, 56, 60
——内部への量化　172–3, 338
外延的——　168, 170, 176,

191, 196
間接的 vs. 通常的(の)――
59–60, 62, 165–6, 169, 173, 229, 232, 333, 335, 347
内包的――　5, 176, 191, 194–6, 216, 225, 329, 391
標準的――　2, 41, 319
文脈原理　24–7, 29, 97, 111–2
文脈主義　24, 28, 31
――的アプローチ　17, 30
変　域　171–3, 192, 219, 232, 279, 293
変　項　110, 124, 128, 154, 158, 180, 192, 219, 279, 293, 343, 353
弁護可能性(defensibility) 359–60
方法(統辞論的――, 意味論的――)　335, 381
飽和(gesättigt)　18–20
本　質　102, 112, 217, 221–2, 232, 237, 315, 321–2, 326
本質主義　7, 174, 181, 224–6, 232
相対的――　221
トリヴィアルな――　322, 324
翻　訳　125–6, 128, 130–3, 138, 141, 372–3
――関係　132, 136, 145
翻訳の原則　370, 376, 378

マ 行

見知り(acquaintance)　85, 89, 98
脈絡(コンテキスト)　256–7, 262–3, 267–8, 272–5, 278, 283–5, 287–9, 293, 296, 299, 300, 382–4
――依存性　285, 302
――可感性　258
――独立性　311
――的要因　276–7
矛　盾　115, 160
命題(proposition)　76, 78, 80, 86, 92–3, 118, 167–8, 192–3, 195, 231–2, 259, 261–3, 274–9, 288–91, 294, 297, 314, 318, 320, 325, 328, 336–7, 342–3, 374–5, 377, 382, 387, 388–9, 415
――の構成要素　95, 277, 283, 285
――の示し方(manner of presentation)　382
――の同一性条件　191
現実に断定された――　(actually asserted proposition) 93–4, 96
命題概念　77, 93–6, 167
命題関数　77, 85, 90–1, 93, 98, 194, 241, 377
――の外延的解釈　91
――の内包性　91–2

命題成分　279–80, 283–4
命題態度(propositional attitude)(文脈)　5, 8, 37, 61, 329, 333, 338–40, 347, 362–6, 415
——内部への量化　343
——の意味論　363
——のパズル　393
概念的な(de dicto)——　368
関係的な(de re)——　368
命題論理　13
直観主義的——　152
命　名　297–8, 300, 304, 306–7, 351
——の現場　250, 307
——の標準形　301
——のメカニズム　298
原初的——　244, 297, 301
メタ言語　39, 122–6, 128, 132, 136–7, 140, 142, 145–6, 157, 160, 230–1
——的な意味論的述語　177, 179, 219, 226, 230, 324
——的な直接話法の方法　225
——の先行理解　146–7
メタ論理　117–8
モデル　103, 212, 258, 302, 415
——構造　200, 206, 266, 302
——・システム　199, 200
——集合　6, 187, 198–201, 360
モデル論　4–6, 120, 152, 161–2, 206, 229, 258, 263, 391, 405
問題(意味論的——, 形而上学的——, 認識論的——)　205, 322–3, 326

ヤ 行

約　定　38, 51–2, 54, 209, 279, 298, 301–2
有意義(sinnvoll)　50–1, 86
有意味(bedeutungsvoll)　50–1, 87
——性条件　19
指差し　281, 297, 309
様　相　162, 172, 185–6, 191–2, 219, 258, 326, 405
——的一般化　260, 270
——的掛りあい(modal involvement)　177, 192, 197, 215, 225
——(の)パラドクス, パズル　170, 177, 226
相対的——　199, 231
様相子　168, 177–80, 186, 215, 225–6, 230, 264, 311, 318, 324, 415
様相・時制論理　264, 272–3, 326
様相(的)文脈　168–73, 176–7, 180–1, 194–5, 199, 201, 203, 210, 212, 216–7, 219–20, 228, 235–7, 257, 351
——中への量化　205
——のパズル　174

「様相と量化」　181, 186–91
様相文　189, 191, 194, 225–8, 230
——の多義性　180
開放——，様相開放文　195, 232
様相(命題・述語)論理　4, 8, 162, 181, 186, 192, 197–8, 200, 206–8, 229, 232, 266, 363, 403, 405
——体系の完全性　206
——の意味論　5, 168–9, 181–2, 188, 196, 216, 229, 391
——のパズル，逆理　5, 392
要素文(Elementarsatz)　107–8, 111–6, 184–7, 194

ラ　行

理解(する)　109–10, 113, 150, 157
——の理論　133
原初的——　145
領域(Spielraum＝range)　102, 111, 115, 187
領域関数　154, 207
量化(quantification)　121, 133, 148, 188, 207, 209, 213, 293, 311, 343, 347, 365
量化子(quantifier)　14–6, 97, 114, 131, 139, 156, 340
「量化子と命題態度」　338
量化文　14, 17, 96, 114, 194, 338
——の真理条件　189
量化法則　6, 8, 49–50, 87, 168, 176–7, 180, 188–9, 195, 199, 203–5, 208, 210–7, 223–6, 232, 236–7, 319–21, 324, 326, 347, 351, 361–2, 366
——をめぐるパズル　203
量化理論(quantification theory)　14
理論依存的(theory-dependent)　316
連　言　13–4, 112, 114, 131, 140
——の真理条件　199
レンジ(range)　186–90, 192–3, 195–6
論　理
——-確定的(L-determinate)　192
——空間(der logische Raum)　102–3, 105, 110, 115, 183–5
——形式(構造)　105–6, 107, 109, 111, 117–8
——積　124, 131
——体系　1, 22, 172
——和　113, 131
論理学　1, 49, 51, 63, 92, 119, 161, 391
論理主義　22, 119
論理定項　76, 98, 112, 122, 151, 159–60, 167
論理的位置(der logische Ort)　102, 110, 115
論理的意味論　2–5, 120, 129, 392

論理的原子論　116, 400
論理的全知者　359-60
『論理哲学論考』(ウィトゲンシュタイン)　97, 101, 117, 122
論理文法　109, 111, 115
論理法則　6, 7, 116, 185, 212, 225, 236

ワ 行

私
——という指標詞　72
——の意味性格　274
——の指示対象　283
意識主体である——　85

引照文献(略称)表

Adams, R. [1979] 'Primitive Thisness and Primitive Identity', *JP*, 76, 1979.

[1981] 'Actualism and Thisness', *Synthese*, 49, 1981.

Anscombe, M. [1957] *Intention*, Oxford, 1957.

[1959] *An Introduction to Wittgenstein's Tractatus*, London, 1959.

[1965] 'The Intentionality of Sensation', in *Analytical Philosophy*, 2nd series, ed. Butler, Oxford, 1965.

Austin, L. [1962] *How to Do Things with Words*, Oxford, 1962.

Ayer, A. [1972] *Russell*, London, 1972.

Bar-Hillel, Y. [1954] 'Indexical Expression', *Mind*, 63, 1954.

[1964] *Language and Information*, California, 1964.

Bar-Hillel and Carnap [1953] 'Semantic Information', *BJPS*, vol. 4, 1953–4.

Barwise and Perry [1981]$_1$ 'Situations and Attitudes', *JP*, 78, no. 11, 1981.

[1981]$_2$ 'Semantic Innocence and Uncompromising Situations', in *Midwest Studies in Philosophy*, ed. French et al. 6, Minneapolis, 1981.

[1983] *Situations and Attitudes*, The MIT Press, 1983.

Beth, E. W. [1956] 'Semantic Construction of Intuitionistic Logic', *Mededeligen der Kon. Nederl. Wetensch.*, n. s. 19, 1956.

Block, I. (ed.) [1981] *Perspectives on the Philosophy of Wittgenstein*, Oxford, 1981.

Boër and Lycan [1986] *Knowing Who*, The MIT Press, 1986.

Burge, T. [1973] 'Reference and Proper Names', *JP*, 70, 1973.

[1974] 'Demonstrative Constructions, Reference and Truth', *JP*, 71, 1974.

[1977] 'Belief *De RE*', *JP*, 74, 1977.

Carnap, R. [1946] 'Modalities and Quantification' (MQ), *JSL*, 11, 1946.

[1947] *Meaning and Necessity* (*MN*), Chicago, 1947.

Castañeda, H. [1966] ' "He": A Study in the Logic of Self-Consciousness', *Ratio*, 8, no. 2, 1966.

[1967]₁ 'On the Logic of Self-Knowledge', *Nous*, I, 1967.

[1967]₂ 'Indicators and Quasi-indicators', *American Philosophical Quarterly* iv, 1967.

Chellas, B. [1980] *Modal Logic*, Cambridge, 1980.

Chisholm, R. [1963] 'The Logic of Knowing', *JP*, 60, 1963.

Church, A. [1950] 'On Carnap's Analysis of Statements of Assertion and Belief', *Analysis*, 10, 1950.

[1951] 'A Formulation of the Logic of Sense and Denotation', (LSD) in *Structure, Method and Meaning*, ed. Henle et al., New York, 1951.

[1956] *Introduction to Mathematical Logic*, vol. I, Princeton, 1956.

[1973] 'Outline of a Revised Formulation of the Logic of Sense and Denotation' (pt. I), *Nous*, VII, no. 1 (1973), (pt. II), *Nous*, VIII, no. 2 (1974).

Copi, I. [1958] 'Objects, Properties and Relations in the "Tractatus" ', *Mind*, 67, 1958.

Davidson, D. [1967] 'Truth and Meaning', *Synthese*, 17, 1967, rep. in [1984].

[1969] 'True to the Facts', *JP*, 66, 1969, rep. in [1984].

[1970] 'Semantics for Natural Languages', *Linguaggi nella Societa e nella Tecnica*, 1970, rep. in [1984].

[1973] 'Radical Interpretation', *Dialectica* 27, 1973, rep. in [1984].

[1980] *Essays on Actions and Events*, Oxford, 1980.

[1984] *Inquiries into Truth and Interpretation*, Oxford, 1984.

Davidson and Harman (eds.) [1972] *Semantics of Natural Language*, Dordrecht, 1972.

Davidson and Hintikka (eds.) [1969] *Words and Objections*, Dordrecht, 1969.

Davies, M. [1981] *Meaning, Quantification, Necessity*, London, 1981.

Donnellan, K. [1966] 'Reference and definite Descriptions', *Philo. Rev.*, 75, 1966, rep. in Schwartz [1977].

[1974] 'Speaking of Nothing', *Philo. Rev.*, 83, no. 1, 1974, rep. in Schwartz [1977].

Dreyfus, H. (ed.) [1982] *Husserl, Intentionality and Cognitive Science*, The MIT Press, 1982.

Dummett, M. [1959] 'Truth', *PAS.*, vol. 59, rep. in [1978].

[1973]$_1$ 'The Philosophical Basis of Intuitionistic Logic', Logic Colloquium, Amsterdam, 1973, rep. in [1978].

[1973]$_2$ *Frege—Philosophy of Language*, London, 1973.

[1975] 'What is a Theory of Meaning?', in Guttenplan [1975].

[1976] 'What is a Theory of Meaning? (II)', in Evans and McDowell [1976].

[1978] *Truth and other Enigmas*, London, 1978.

[1981] *The Interpretation of Frege's Philosophy*, Cambridge, Mass., 1981.

Evans, G. [1976] 'Semantic Structure and Logical Form' in Evans and McDowell [1976], rep. in [1985].

[1981] 'Understanding Demonstratives' in Paret and Bouvresse (eds.) *Meaning and Understanding*, Berlin, 1981, rep. in [1985].

[1982] *The Varieties of Reference*, ed. by McDowell, Oxford, 1982.

[1985] *Collected Papers*, Oxford, 1985.

Evans and McDowell (eds.) [1976] *Truth and Meaning*, Oxford, 1976.

Field, H. [1972] 'Tarski's Theory of Truth', *JP*, 69, 1972.

Føllesdal, D. [1967] 'Knowledge, Identity and Existence', *Theoria*, 33, 1967.

Frege, G. [*BS*] *Begriffsschrift*, Halle, 1879. *Conceptual Notation and Related Articles*, tr. and ed. Bynum, Oxford, 1972.

'Dialog mit Pünjer über Existenz', (1880–3) in [*NS*] & [*SLS*].

[*GLA*] *Die Grundlagen der Arithmetik*, Breslau, 1884, rep. with English tr. by Austin, Oxford, 1950.

[*FB*] *Funktion und Begriff*, Jena, 1891, rep. in [*KS*] & [*FBB*].

'17 Kernsätze zur Logik', (vor 1892) in [*NS*] & [*SLS*].

[BG] 'Über Begriff und Gegenstand', in *Vierteljahrsschrift für wissenschaftliche Philosophie*, vol. XVI, 1892, SS. 192–205, rep. in [*KS*] & [*FBB*].

[SB] 'Über Sinn und Bedeutung', in *ZPK*, vol. c, 1892, SS. 25–50, rep. in [*KS*] & [*FBB*].

[ASB] 'Ausführungen über Sinn und Bedeutung', (1892–5) in [*NS*] & [*SLS*].

[*GGA*] *Grundgesetze der Arithmetik*, Bd. I, 1893, Bd. II, 1903, Jena.

[Peano] 'Über die Begriffsschrift des Herrn Peano und meine eigene', in *Berichte über die Verhandlungen der Königlich Sächsischen Gesellschaften zu Leipzig, Mathematisch-Physische Klasse*, vol. XLVIII, 1897, SS. 361–378, rep. in [*KS*] SS. 220–233.

[L] 'Logik', (1897) in [*NS*] SS. 137–163.

[G] 'Der Gedanke: eine logische Untersuchung', in *BPI*, vol. 1, 1918–19, SS. 58–77, rep. in [*KS*] & [*LU*].

[*FBB*] *Funktion, Begriff, Bedeutung*, hrsg. von Patzig, Göttingen, 1962.

[*LU*] *Logische Untersuchungen*, hrsg. von Patzig, Göttingen, 1966.

[*KS*] *Kleine Schriften*, hrsg. von Angelelli, Darmstadt, 1967.

[*NS*] *Nachgelassene Schriften*, hrsg. von Gabriel et al., Hamburg, 1969.

[*SLS*] *Schriften zur Logik und Sprachphilosophie*, hrsg. von Gabriel, Hamburg, 1971.

[*WB*] *Wissenschaftlicher Briefwechsel*, hrsg. von Hermes et al., Hamburg, 1976.

Journals in which Frege published his papers:

BPI *Beiträge zur Philosophie des deutschen Idealismus.*

ZPK *Zeitschrift für Philosophische Kritik.*

なお公刊論文のページ付は原論文により，遺稿は[*NS*]と[*WB*]によった．
[1979] *Posthumous Writings*, tr. by Long and White, Oxford, 1979.
[1980]₁ *Philosophical and Mathematical Correspondence*, ed. McGuiness tr. by Kaal, Oxford, 1980.
[1980]₂ *Translations from the Philosophical Writings from Gottlob Frege*, ed. and tr. by Geach and Black, 3rd ed., Oxford, 1980.
[1984] *Collected Papers on Mathematics, Logic and Philosophy*, ed. and tr. by McGuiness et al., 1984.
French et al. (eds.) [1979] *Contemporary Perspectives in the Philosophy of Language*, rev. ed., Minneapolis, 1979.
藤田晋吾　[1984]『意味と実在』，勁草書房，1984.
Gödel, K. [1931] 'Üeber formal unendscheidbare Sätze der *Principia Mathematica* und verwandter Systeme', *Monatshefte f. Math. u. Physik*, 38, 1931, tr. in Heijenoort [1967] and rep. in Gödel [1986].
[1933]₁ 'Zur intuitionistischen Arithmetik und Zahlentheorie', Ergebnisse eines mathematischen Kolloquiums, 4, 1933, tr. in Gödel [1986].
[1933]₂ 'Eine Interpretation des intuitionistischen Aussagenkalkülls', ibid., 4, tr. in Gödel [1986].
[1944] 'Russell's Mathematical Logic', in Schilpp [1944].
[1986] *Kurt Gödel: Collected Works*, vol. I, ed. Feferman et al., Oxford, 1986.
Goodman, N. [1970] 'A Theory of Constructions equivalent to Arithmetic', Kino et al. ed. [1970].
Guttenplan, S. (ed.) [1975] *Mind and Language*, Oxford, 1975.
Haaparanta and Hintikka (ed.) [1986] *Frege Synthesized*, Dordrecht, 1986.
Hacker, P. M. S. [1981] 'The Rise and Fall of the Picture Theory' in Block [1981].
Heijenoort, J. (ed.) [1967] *From Frege to Gödel*, Cambridge, Mass., 1967.

Heyting, A. [1956] *Intuitionism, an Introduction*, Amsterdam, 1956.

Hintikka, J. [1961] 'Modality and Quantification', *Theoria*, 27, 1961, rep. in Hintikka [1969]₃.

[1962] *Knowledge and Belief* (*KB*), Ithaca, 1962.

[1963] 'The Modes of Modality', *Acta Philosophica Fennica*, 16, 1963, rep. in Hintikka [1969]₃.

[1966] ' "Knowing Oneself" and other Problems in Epistemic Logic', *Theoria*, 32, 1966.

[1967] 'Individuals, Possible Worlds and Epistemic Logic', *Nous*, I, 1967.

[1969]₁ 'Semantics for Propositional Attitudes' (SPA), in *Philosophical Logic*, ed. Davis et al., 1969, rep. in Hintikka [1969]₃.

[1969]₂ 'On the Logic of Perception', in *Perception and Personal Identity*, ed. Care rep. in Hintikka [1969]₃.

[1969]₃ *Models for Modalities*, Dordrecht, 1969.

[1969]₄ 'Existential Presuppositions and Uniqueness Presuppositions', in [1969]₃.

[1973] *Logic, Language games and Information*, Oxford, 1973.

[1975] *The Intentions of Intentionality*, Dordrecht, 1975.

Hughes and Cresswell [1968] *An Introduction to Modal Logic*, London, 1968.

[1984] *A Companion to Modal Logic*, London, 1984.

Husserl, E. [1913] *Logische Untersuchungen*, II/1, Tübingen, 2te Aufl. 1913.

飯田 隆 [1987]『言語哲学大全』I, 勁草書房, 1987.

Ishiguro, H. [1972] *Leibniz's Philosophy of Logic and Language*, London, 1972.

[1984]『ライプニッツの哲学』, 岩波書店, 1984.

Kalish and Montague [1959] 'That', *Philo. Studies*, 10, 1959, rep. in Montague [1974].

神野慧一郎・内井惣七 [1976]『論理学』, ミネルヴァ書房, 1976.

金子洋之 [1986]「意味と証明」,『哲学』22(北大哲学会), 1986.

Kant, I. [*KrV*] *Kritik der reinen Vernunft*, Berlin, 1. Aufl.(A), 1781, 2. Aufl.(B), 1787.

Kaplan, D. [1964] *Foundations of Intensional Logic*, University Microfilms, Ann Arbor, Michigan, 1964.

[1969] 'Quantifying In', *Synthese*, 19, 1969, rep. in Linsky [1971].

[1972] 'What is Russell's Theory of Description', in *Bertrand Russell* ed. Pears, New York, 1972.

[1973] 'Bob and Carol and Ted and Alice', in *Approaches to Natural Language*, ed. by Hintikka et al., 1973.

[1975] 'How to Russell a Frege-Church', *JP*, 72, no. 19, 1975.

[1977] *Demonstratives*, 2nd Draft mimeo., UCLA, 1977.

$[1978]_1$ 'Dthat', in *Syntax and Semantics* ed. Cole, vol. 9, New York, 1978, rep. in French et al. ed. [1979].

$[1978]_2$ 'On the Logic of Demonstratives', *JPhL*, vol. 8, 1978, rep. in French et al. [1979].

[1979] 'Transworld Heir Lines', in Loux [1979].

[1983] 'A Problem in Possible World Semantics', Abstracts of Papers, International Congress for Logic, Mathematics and Philosophy of Sciecne, 1983.

Kenny, A. [1973] *Wittgenstein*, London, 1973.

Kino et al. [1970] *Intuitionism and Proof Theory*, Amsterdam, 1970.

Kneale, W. and M. [1962] *The Development of Logic*, Oxford, 1962.

Kreisel, G. [1962] 'Foundations of Intuitionistic Logic', Nagel et al. eds. *Logic, Methodology and Philosophy of Science*, Stanford, 1962.

Kripke, S. [1959] 'A Completeness Theorem in Modal Logic', *JSL*, 24, 1959.

$[1963]_1$ 'Semantical Analysis of Modal Logic I', *Zeitschrift für Mathematische Logik und Grundlagen der Mathematik*, 9, 1963.

$[1963]_2$ 'Semantic Considerations on Modal Logic', *Acta Philosophica Fennica*, 16, 1963, rep. in Linsky [1971].

[1965] 'Semantical Analysis of intuitionistic Logic I', in Crossley and Dummett eds. *Formal Systems and Recursive Functions*, Am-

sterdam, 1965.

[1971] 'Identity and Necessity', in *Identity and Individuation* ed. by Munitz, 1971.

[*NN*] 'Naming and Necessity' in Davidson and Harman [1972], *Naming and Necessity* with Preface, Oxford, 1980.

$[1979]_1$ 'Speaker's Reference and Semantic Reference', in French et al. [1979].

$[1979]_2$ 'A Puzzle about Belief' (PB), in Margalit, A. ed. *Meaning and Use*, Dordrecht, 1979.

黒田 亘 $[1985]_1$「志向性の文法」,『哲学雑誌』722, 1985.

$[1985]_2$「行為の志向性」,『科学哲学』18, 1985.

Lepore, E. (ed.) [1986] *Truth and Interpretation*, Oxford, 1986.

Lewis, C. I. [1918] *A Survey of Symbolic Logic*, Berkeley, 1918.

Lewis, D. [1968] 'Counterpart Theory and Quantified Modal Logic', *JP*, 65, 1968, rep. in Loux [1979] and rep. in Lewis [1983].

[1979] 'Attitudes *de dicto* and *de se*', *Philo. Rev.*, 88, no. 4, 1979, rep. in Lewis [1983].

[1983] *Philosophical Papers*, I, Oxford, 1983.

Linsky, L. (ed.) [1952] *Semantics and the Philosophy of Language*, Urbama, 1952.

(ed.) [1971] *Reference and Modality*, Oxford, 1971.

[1983] *Oblique Contexts*, Chicago, 1983.

Loux, M.(ed.) [1979] *The Possible and the Actual*, Cornell UP., 1979.

Martin-Löf [1985] 'On the Meanings of the Logical Constants and the Justifications of the Logical Laws', *Atti Degli Incontri di Logica Mathematica*, vol. 2, Università di Siena, 1985.

Mates, B. [1950] 'Synonymity', in *Meaning and Interpretation*, 25, rep. in Linsky [1952].

[1968] 'Leibniz on Possible Worlds', *Logic, Methodology and Philosophy of Science*, III, 1968, rep. in Frankfurt ed. *A Collection of Critical Essays on Leibniz*, 1972.

McCarty, C. [1983] 'Intuitionism: An Introduction to a Seminar',

JPhL, vol. 12, Dordrecht, 1983.
McDowell, J. [1977] 'On the Sense and Reference of a Proper Name', *Mind*, 86, pp. 159–185, 1977.
Mill, J. S. [1843] *A System of Logic*, London, 1843.
Mohanty, J. [1982] *Husserl and Frege*, Indiana, 1982.
Montague, R. [1974] *Formal Philosophy*, New Haven, ed. by Thomason, R., 1974.
野家啓一 [1985]₁「志向性と指示行為」,『哲学雑誌』722, 1985.
[1985]₂「志向性の目的論的構造」,『科学哲学』18, 1985.
野本和幸 [1971]「B. Russell の存在論〈その1〉」, 茨城大学教養部紀要, 3, 1971.
[1972]「B・ラッセルの記述理論形成の過程」,『哲学研究』524, 1972.
[1974]₁「フレーゲの意味論」,『科学哲学』6, 1974.
[1974]₂「G・フレーゲの存在論」,『思想』596, 1974.
[1976]「様相論理のモデル理論と存在および同一性の問題」,『科学哲学』9, 1976.
[1977]₁「様相論理のモデル論と哲学的諸問題」,『理想』1977. 1.
[1977]₂「モデル論と世界像」,『理想』1977. 4.
[1977]₃「論理学から自然言語へ」,『ことばと情報』(『日本語と社会』第5所収)三省堂, 1977.
[1980] 'Kritische Bemerkungen zur Theorie Freges über "token reflexive" Ausdrücke', Vortrag, gehalten in philosophischen Kolloquium vom 23. 10. 1980 des philosophischen Seminars an der Universität Göttingen.
[1981]「可能世界意味論と形而上学」,『哲学』31, 1981.
[1982]₁ 'G. Frege's Semantics and Ontology', *Formal Approaches to Natural Language, Proceedings of the Second Colloquium on Montague Grammar and Related Topics*, Tokyo, 1982.
[1982]₂「直示性, 指標性, 社会性」,『理想』1982. 7.
[1983]「個・種と場――プラトン・アリストテレスの世界記述方式をめぐって」,『ペディラヴィウム』16, 17, 1983.

[1984]₁ 'On Some Semantico-Philosophical Problems concerning Modal Logic', *Bulletin of the General Education* (Ibaraki University), 16, 1984.

[1984]₂「フレーゲにおける論理哲学の形成」,『哲学研究』548, 1984.

[1985]₁ 'Frege on Indexicals', *The Abstracts* of the 17th World Congress of Philosophy (Sect. Philosophy of Language), 8. 22. 1983, Montréal, *The Annals of the Japan Association for Philosophy of Science*, vol. 6, no. 5, 1985.

[1985]₂「現代意味論における『論考』の位置」,『現代思想』12月臨時増刊, 総特集「ウィトゲンシュタイン」, 1985.

[1986]₁『フレーゲの言語哲学』, 勁草書房, 1986.

[1986]₂「カント『純粋理性批判』と現代哲学の一視角」,『古典解釈と人間理解』所収, 山本書店, 1986.

[1986]₃「言語理解とは何か」,『科学哲学』19, 1986.

Parsons, T. [1981] 'Frege's Hierarchy of Indirect Senses and the Paradox of Analysis', in *Midwest Studies in Philosophy*, vol. 6, Minneapolis, 1981.

Patzig, G. [1966]₁ 'Gottlob Frege und die《Grundlagen der Arithmetik》', *Neue Deutsche Hefte*, 13, 1966.

[1970] *Sprache und Logik*, Göttingen, 1970.

Peacock, C. [1983] *Sense and Content*, Oxford, 1983.

Perry, J. [1977] 'Frege on demonstratives', *Philo. Rev.*, 86, no. 4, 1977, pp. 474–497.

[1979] 'The problem of the essential Indexical', *Nous*, XIII, 1979, pp. 3–21.

[1980] 'Belief and Acceptance', *Midwest Studies in Philosophy*, vol. 5, 1980.

Popper, K. [1959] *The Logic of Scientific Discovery*, London, 1959.

Prior, A. [1957] *Time and Modality*, Oxford, 1957.

Putnam, H. [1970] 'Is Semantics Possible?', in Kiefer et al. eds. *Language, Belief and Metaphysics* 1970, rep. in Putnam [1975]₂.

[1973] 'Meaning and Reference', *JP*, 70, 1973, rep. in Schwartz

[1977].

[1975]$_1$ 'The Meaning of "Meaning"', *Language, Mind and Knowledge*, Minneapolis, 1975, rep. in [1975]$_2$.

[1975]$_2$ *Mind, Language and Reality*, Cambridge, 1975.

[1978] *Meaning and the Moral Sciences*, Boston, 1978.

[1981] *Reason, Truth and History*, Cambridge, 1981.

[1983] *Realism and Reason*, Cambridge, 1983.

Quine, W. v. [1951] *Mathematical Logic*, rev. ed. Cambridge, Mass., 1951.

[1953]$_1$ *From a Logical Point of View*, Cambridge, Mass., 1953.

[1953]$_2$ 'Three Grades of Modal Involvement', *Proceedings of the 11th International Congress of Philosophy* 14, 1953, rep. in [1966].

[1955] 'On Frege's Way Out', *Mind*, 64, 1955.

[1956] 'Quantifiers and Propositional Attitudes' (QPA), *JP*, 53 (1956), pp. 177–187, rep. in [1966] and Linsky [1971].

[1960] *Word and Object*, Cambridge, Mass., 1960.

[1966] *The Ways of Paradox and Other Essays*, New York, 1966.

[1969] *Ontological Relativity and other Essays*, New York, 1969.

Resnik, M. [1980] *Frege and the Philosophy of Mathematics*, New York, 1980.

Russell, B. [1903] *The Principles of Mathematics* (*PoM*), Cambridge, 1903.

[1904] 'Meinong's Theory of Complexes and Assumptions', *Mind*, 13, 1904.

[1905] 'On Denoting', *Mind*, 14, 1905, rep. in [1956].

[1906] 'On the Nature of Truth and Falsehood' (1906), rep. in [1910].

[1910] *Philosophical Essays*, London, 1910.

[1918]$_1$ *Introduction to Mathematical Philosophy*, London, 1918.

[1918]$_2$ 'The Philosophy of Logical Atomism', *The Monist* 1918, rep. in [1956].

[1956] *Logic and Knowledge*, ed. Marsh, 1956.
Sainsbury, M. [1979] *Russell*, London, 1979.
坂井秀寿 [1978]『哲学探究』, 東大出版会, 1978.
[1979]『日本語の文法と論理』, 勁草書房, 1979.
Salmon, N. [1981] *Reference and Essence*, Princeton, 1981.
[1986] *Frege's Puzzle*, The MIT Press, 1986.
Schilpp, A.(ed.) [1944] *The Philosophy of Bertrand Russell*, New York, 1944.
Schütte, K. [1968] *Vollständige Systeme modaller und intuitionistischer Logik*, Berlin, 1968.
Schwartz, S.(ed.) [1977] *Naming, Necessity and Natural Kinds*, Ithaca, 1977.
Scott, D. [1970] 'Advice on Modal Logic', in Lambert ed. *Philosophical Problems in Logic*, Dordrecht, 1970.
Searle, J. [1958] 'Proper Names', *Mind*, 67, 1958.
[1969] *Speech Acts*, Cambridge, 1969.
[1983] *Intentionality*, Cambridge, 1983.
白井賢一郎 [1985]『形式意味論入門』, 産業図書, 1985.
Sleigh, R. [1967] 'On Quantifying into Epistemic Contexts', *Nous*, I, 1967.
Sluga, H. [1980] *Gottlob Frege*, London, 1980.
Smullyan, A. [1948] 'Modality and Description', *JSL*, 13, 1948, rep. in Linsky [1971].
Stalnaker, R. [1987] *Inquiry*, The MIT Press, 1987.
Stenius, E. [1960] *Wittgenstein's Tractatus*, Oxford, 1960.
Strawson, P. [1950] 'On Referring', *Mind*, 59, 1950.
[1952] *Introduction to Logical Theory*, London, 1952.
Tarski, A. [1936] 'Der Wahrheitsbegriff in den formalisierten Sprachen', *Studia Philosophica*, I, 1936, Engl. tr. in [1956].
[1944] 'The Semantic Conception of Truth', *Philosophy and Phenomenological Research*, 4, 1944.
[1956] *Logic, Semantics, Metamathematics*, ed. and tr. by Woodger,

Oxford, 1956.
Thiel, C. [1972] 'G. Frege: Die Abstraktion', in *Grundprobleme der großen Philosophen*, Göttingen, 1972.
土屋純一 [1981]「記述理論の成立」, 金沢大学文学部論集, 2, 1981.
[1985]「ラッスルの判断論(一)」, 同上, 5, 1985.
土屋 俊 [1979]「フレーゲにおける固有名の意味について――『意味と指されるものについて』論文冒頭箇所の解釈をめぐって」,『哲学雑誌』94, 1979.
[1985]「不合理な信念」,『哲学雑誌』722, 1985.
Tugendhat, E. [1975] 'Die Bedeutung des Ausdrucks, „Bedeutung“ bei Frege', (Originally in *Analysis*, 30, 1970) rep. in Schirn ed. *Studien zu Frege* (I–III) III with Postscript, 1975.
[1976] *Vorlesungen zur Einführung in die sprachanalytische Philosophie*, Frankfurt am Main, 1976.
Whitehead and Russell [1910] *Principia Mathematica* [*PM*], vol. I, Cambridge, 1910.
Wiggins, D. [1980] *Sameness and Substance*, Oxford, 1980.
Wittgenstein, L. [*TLP*] *Tractatus Logico-Philosophicus*, London, 1921.
[*PU*] *Philosophische Untersuchungen*, Oxford, 1953.
Woodfield, A. (ed.) [1982] *Thought and Object*, Oxford, 1982.
Wright, C. [1983] *Frege's Conception of Numbers as Objects*, Aberdeen, 1983.
(ed.) [1984] *Frege: Tradition and Influence*, Oxford, 1984.
[1986] *Realism, Meaning and Truth*, Oxford, 1986.
Ziff, P. [1960] *Semantic Analysis*, Ithaca, 1960.

［文献追補］（本書刊行［1998］後に公刊された関連文献の一部及び拙論・著に限る）

Boolos, G. [1998] *Logic, Logic, and Logic*, Harvard U. P..
Demopoulos, W. (ed.)［1995］*Frege's Philosophy of Mathematics*, Harvard U. P..

引照文献(略称)表

Dummett, M. [1991] *Frege: Philosophy of Mathematics*, Duckworth.

[1991a] *The Logical Basis of Metaphysics*, Harvard U. P..

[1993] *Origins of Analytical Philosophy*, Duckworth.

[1993a] *The Seas of Language*, Oxford U. P..

Hilton, P. [1990] *Russell, Idealism and the Emergence of Analytical Philosophy*, Oxford U. P..

Kaplan, D. [D] 'Demonstratives' and 'Afterthoughts', in *Themes From Kaplan*, (eds.) Almog, J. et al., Oxford U. P..

Perry, J. [1993] *The Problem of the Essential Indexicals*, Oxford U. P..

Salmon N. & Soames S. (eds.) [1988] *Propositions and Attitudes*, Oxford U. P..

Tait, W. (ed.) [1997] *Early Analytic Philosophy*, Open Court P. C..

Wettstein, H. [1991] *Has Semantics Rested on a Mistake?*, Stanford U. P..

飯田 隆『言語哲学大全』II, 1989, III, 1995, 勁草書房.

大出 晁『パラドクスへの挑戦』1991, 岩波書店.

丹治信春『言語と認識のダイナミズム』1996, 勁草書房.

竹尾治一郎『分析哲学の発展』1997, 法政大学出版局.

野本和幸 [1993] 'Davidson's Theory of Meaning and Fregean Context-Principle', in *From the Logical Point of View*, 93/1, Prague.

[1995] 'Frege on Truth and Meaning', in *Logik und Mathematik*, de Gruyter, Berlin.

[1995a] 'The Semantics for Belief Sentences', 東京都立大学『人文学報』256 号.

[1995b] 'A Semantic Proposal for Puzzles about Belief, in *Volume of Abstracts : 10th International Congress of Logic, Methodology and Philosophy of Science*, Frolence.

[1997]『意味と世界——言語哲学論考』法政大学出版局.

[1999]「G・フレーゲ『算術の基本法則』における論理と数学の哲学」東京都立大学『人文学報』295 号.

用 語 解 説

一意性(uniqueness)　固有名や確定記述による指示の成功には，現実にその名前や記述のあてはまる対象が，唯一つ存在するのでなければならない．この唯一性を一意性と称する．更に，様相や命題態度文脈中では，現実世界の代替となるいかなる可能世界においても，当の名前が同一個体を指定する場合に，指示の一意性が充たされているという．

埋め込み(hold in, embed)　‘ある文がある可能世界で真’という代わりに，カルナップやヒンティカは，‘当の文が当の可能世界を記述する文の集合(状態記述)に埋め込まれる’という．他方，例えば，直観主義論理が様相論理体系S4に埋め込み可能という場合には，前者の式が導出可能なのは後者の式が導出可能な場合に限られるというふうに，前者の式を後者の式に対応づけうるという意味である．

階型(Stufe, type)　具体的ならびに抽象的対象(0階)，第1階関数，第2階関数といったフレーゲの区別を，ラッセルは対象自体にも適用し，個体的対象(0階)，対象のクラス(第1階)，クラスのクラス(第2階)といった存在者の階型《タイプ》を区別することにより，集合論上のパラドクスを解決しようとした．

確定記述(definite description)　‘ある人(a man)’のように誰を指すか不確定な句(不確定記述)に対し，‘“リヤ王”の著者(the author of ‘King Lear’)’といった句(印欧語では定冠詞つきの単数名詞句)のように，存在する唯一の対象を確定的に指す意図をもって用いられる表現が，確定記述である．

指示(indicate, refer)，**表示**(denote)，**直示**(demonstrate)　ラッセル的用法では，言語表現はものや概念を指示するといわれ，それに対し(記述句によって指示される)表示概念自体は，(その概念があてはまる)事物を表

示するといわれる．転じて，固有名のように，記述的意味なしに直接端的に対象指定を行う場合に，（純粋ないし直接）指示といい，記述句のように，記述的意味を介して対象指定を行う場合に，表示という場合もある．指差しなどによる対象指定を直示という．（ただし，‘直示語’という場合には，‘直接指示語’の省略である．）

指示詞(demonstrative)と**指標詞**(indexical)　どちらもその指示対象は，発話の脈絡に相対的にのみ確定されるが，‘私’‘いま’‘きょう’といった指標詞は，当の語の発話のみによって直ちに話し手，発話時点，発話日が確定されるのに対し，‘これ’‘あれ’といった指示詞の対象指定には，当の語の発話に指差しなどの直示行為を伴う必要があるのである．

（指示の）不透明性(referential opacity)　文‘9＝9’は必然的に真であり，誰でも真と信じているであろうが，文‘9＝太陽系の惑星の数’は必然的に真ではなく，誰もが真と信じているわけでもない．様相や信念・知識に関わる文脈中では，現に同一の対象を指示しているにもかかわらず，‘9’と‘太陽系の惑星の数’とは，置換可能でない．こうした事態を招く文脈を，クワインは‘純粋に指示的でない’‘指示的に不透明’だという．対象の指定の仕方とは独立に，当の表現の指示対象を端的には語れないからである．

事態(Sachverhalt, state of affairs)と**写像**(Bild)　ウィトゲンシュタインによれば，対象の（可能的ならびに現実的）配列が事態であり，現実に成立している事態が事実(Tatsache, fact)である．ある事実（例えば絵画や文）の各構成要素（語）が，別の被写体（事態）の各構成要素を代表し，かつ要素配列の論理構造が共有されている場合，前者の事実は，後者の事態の写像であるという．後者の事態が現に成立している事実の場合，この写像は真なる写像といわれる．

充足(satisfaction)と**飽和**(gesättigt)　ある述語がある対象に適用可能な場合，それらの対象によって当の述語は充足されるという（タルスキ）．フレーゲは，概念，関数が補完を要する空所をもつので，（化学からの喩を用いて）不飽和と称した．また，（述語の意味である）概念は，その下に属す

る対象によって飽和される.

遷移(shift), **遷出**(exportation), **転移可能**(transferable)　例えば, ‘マダガスカル’ という地名の指示対象は, 元来はアフリカ内陸部であったのが, やがて現在のマダガスカル島にすり変わったような場合, 当の名前の指示が遷移したという. ‘必然的に 9=9’ といった言表(*de dicto*)様相から, ‘必然的に 9 と同一の対象が存在する’ といった事象(*de re*)様相を引き出すことを, クワインは遷出という. また, ある名前が現実世界で指定するのと同一の対象を, 他の可能世界においても指定しうる場合に, 当の対象は転移可能といわれる.

全称(universal), **特称**(particular), **単称**(singular)　‘すべての人間は動物である’ という文(ないし命題)は全称的, ‘ある人間は哲学者である’ は特称的, ‘プラトンは哲学者である’ は単称的といわれる.

代入(substitution), **置換**(replacement)　例えば ‘x は奇数である’ という述語や ‘9 は奇数である’ という文中の ‘x’, や ‘9’ に ‘太陽系の惑星の数’ を代入(‘x’ や ‘9’ を ‘太陽系の惑星の数’ で置換)すると, ‘太陽系の惑星の数は奇数である’ という文が得られる.

内包(intension)と**外延**(extension)　伝統的論理学では, 例えば〈人間〉という概念の内包は〈人間性〉, 外延は〈人類〉となる. フレーゲでは, ある概念(=述語の意味)に属する対象の集合(値域)が当の概念の外延であるが, また当の述語の意義がほぼ内包に相当する. カルナップは, フレーゲ的意味と意義の区別を改変しつつ一般化し, 外延と内包の区別に重ね, 名前, 述語, 文の各外延(内包)を, それぞれ, 個体(個体概念), 個体の集合(性質), 真理値(命題)とみなした.

反射的(reflexive), **対称的**(symmetrical), **移行的**(transitive)　関係の論理的性質. ‘x が x に対して関係 R にある’ とすれば, R は反射的であり, ‘x が y に対して関係 R にあれば, y は x に対しても R にある’ とすれば, R は対称的, ‘x が y に対して関係 R にあり, かつ y が z に対して R にあれば, x は z に対して R にある’ とすれば, R は移行的である. 例えば

‘同一性’関係は，この三つの性質をもつ.

付値(value assignment)　ある言語表現に，適切な存在者を値としてわりあてることを，付値という．例えば，単称名辞にはその指示対象を，述語にはそれが適用される対象のクラスを，文には真理値をというように，外延の付値がなされる.

約定(Festsetzung)　ある記号表現に，約束によってある存在者をその意味(ないし意義)としてわりあてることを約定という．例えば，‘自己自身と同一でないもの’は何も指さず，‘4の平方根’には ±2 の二つの数があてはまるが，フレーゲは約定によって，前者には数0または空集合を，後者には ±2 からなる対《ペア》の集合を(各語の意味として)わりあてる．また，(名目的)定義の場合には，複合的表現に対し，新しい単純な表現を，約定によって同意語として導入する.

量化(quantification)と**変項**(variable)　‘x’，‘y’などで表わされる(個体)変項は，固有名などが占めるべき場所を示す．自由変項‘x’を含む述語‘xは人間である’に，普遍量化子‘すべて’，存在量化子‘ある’を付加することを量化といい，その結果‘すべてのxは人間である’‘あるxは人間である’という量化文(全称文・特称文)が得られる．量化されると，自由変項は束縛されたという.